JOSÉ LUIS SAMPEDRO

Der Gesang der Sirene

Buch

Alexandria, im 3. Jh. n. Chr.: Auf einem Sklavenmarkt sieht der Gutsverwalter Amoptis eine junge Frau, die durch ihre einzigartige Schönheit und unvergleichliche Haarpracht besticht. Um seiner Herrin Sinuit, Tochter des einflussreichen Kaufmanns Ahram, eine Freude zu machen, kauft er diese Sklavin, die später den Namen Glauka tragen wird. Glauka befindet sich nicht lange im Besitz von Sinuit, als auch deren Vater dem Zauber der schönen Fremden erliegt, die allem Anschein nach über geheimnisvolle übernatürliche Kräfte verfügt. Ahram holt Glauka zu sich, und eine große leidenschaftliche Liebe nimmt ihren Anfang. Die Kraft dieser Liebe ist es auch, die Glauka ihr wahres Ich eröffnet: Einst war sie eine Sirene, die die Göttin Aphrodite darum bat, in eine Sterbliche verwandelt zu werden, da sie das leidenschaftslose Dasein der Unsterblichen nicht mehr ertragen konnte. Doch Ahrams machthungriges Streben nach einem unabhängigen, starken Königreich Ägypten macht ihn blind für den wahren Lauf der Welt und droht schließlich sogar seine große Liebe zu zerstören …

Autor

José Luis Sampredro wurde 1917 in Barcelona als Sohn eines kubanischen Vaters und einer algerischen Mutter geboren. Seine Kindheit und Jugend verbrachte Sampedro vor allem in Tanger/Marokko. Sein Studium der Politik und Wirtschaftswissenschaften führte ihn – unterbrochen vom Bürgerkrieg – schließlich nach Madrid. Dort war er an der Universität tätig sowie in Wirtschaft und Politik. Seit 1990 ist Sampedro Mitglied der *Real Academia Española*. Neben Romanen schreibt er auch Theaterstücke. Er gilt als einer der wichtigsten und erfolgreichsten spanischen Autoren der Gegenwart.

Von José Luis Sampedro außerdem bei Goldmann lieferbar:

Das etruskische Lächeln. Roman (45621)

José Luis Sampedro

Der Gesang der Sirene

Roman

Aus dem Spanischen
von Roberto de Hollanda

GOLDMANN

FSC
Mix
Produktgruppe aus vorbildlich bewirtschafteten Wäldern und anderen kontrollierten Herkünften

Zert.-Nr. SGS-COC-1940
www.fsc.org
© 1996 Forest Stewardship Council

Verlagsgruppe Random House FSC-DEU-0100
Das für dieses Buch verwendete FSC-zertifizierte Papier
Holmen Book Cream liefert Holmen Paper, Hallstavik, Schweden.

Einmalige Sonderausgabe November 2008

Umschlaggestaltung: Design Team München
Umschlagmotiv: Corbis/Summerfield Press
Druck und Bindung: GGP Media GmbH, Pößneck
Printed in Germany
ISBN: 978-3-442-46894-2

www.goldmann-verlag.de

Inhalt

I. Die Sklavin (257 n. Chr.)

II. Die Sirene (262–270 n. Chr.)

III. Die alte Sirene (274 n. Chr.)

Anhang

Für Glauka,
den Abendstern

I

DIE SKLAVIN

(257 n. Chr.)

»Die Ewigkeit ist verliebt
in die Schöpfungen der Zeit.«

W. Blake

1. Das Land der Götter

An einem warmen, fast schon sommerlichen Frühlingsmorgen in Ägypten ist der Dreitagesmarkt von Kanopos ein unablässig pulsierendes Gewebe von Licht, Farben und Stimmen. Die unterschiedlichsten Gerüche und das Geschrei der Händler, die auf geflochtenen Papyrusmatten sitzen und ihre Waren anpreisen, erfüllen die Luft. »Aus dem Weg! Platz da!«, schreien jene, die versuchen, sich einen Weg durch das Gewühl zu bahnen, das heute noch dichter ist als sonst, da viele Fellachen die Ernte eingefahren haben und sich nun an der Muße erfreuen, zu der die Nilschwelle sie Jahr für Jahr zwingt. In Kürze wird sie vom Großen Nilmeter im Süden, auf der Insel Elephantine, ausgerufen werden. Manche nutzen die Gelegenheit, um sich in die Hände der Bader zu begeben, andere vertreiben sich die Zeit mit dem Spiel der Schlangen oder suchen den Quacksalber mit seinen magischen Kräutern gegen Liebeskummer oder andere Leiden auf. Sie gönnen sich sogar den Luxus, beim Wasserverkäufer, der sein Getränk mit klingenden Glöckchen anpreist, Gerstensaft zu kaufen, so glücklich sind sie: Endlich hat die Plage der Steuereintreiber die Felder verlassen. Wie gierige Raben haben sie die Ernte überwacht, um dann nach bloßem Augenmaß die fälligen Abgaben festzusetzen.

Gegen Mittag brechen Gemüseverkäufer und Händler ihre Stände ab. Die herben oder süßen, scharfen oder aromatischen Gerüche verstärken sich noch einmal beim Bewegen der Ware. Bohnen, Linsen, geräucherter Fisch aus dem Flussdelta, Innereien und Fleisch, die kleinen Feigen der Sykomore neben den saftigeren des Feigenbaums, Datteln, Pistazien, Schnecken, Honig von wilden Bienen, der in den nubischen Oasen gesammelt wurde, Sesam, Knoblauch und unzählige andere, nicht essbare Waren wie Ziegenfelle, Stoffe, Leder, Werkzeuge, Brennholz, Holzkohle, Ackergeräte, Sandalen und Hüte aus Papyrus. Der große Platz leert sich, doch die kleinen Buden in den angrenzenden Gassen mit ihren auserlesenen Waren bleiben geöffnet: von feinster Seide und durchscheinendem Leinen zum Plissieren bis zu Geschmeide aus Gold, dazwischen Amulette und Parfüm, Silber und Lapislazuli aus dem Sinai, importierter Bernstein, Kosmetika, Perücken für Frauen und Männer oder Gürtel nach der neuesten Mode. Durch eine der Gassen, die von dem Hügel hinunterführt, auf dem der berühmte Serapistentempel thront, kommt jetzt ein Esel, dessen Größe und schimmernde Mähne auf die Bedeutung seines Reiters schließen lassen. Es ist ein Mann im reifen Alter mit heller Haut, kleinen, listigen Augen und schmalen Lippen, der gelegentlich die Hand hebt, um den Sitz seiner schwarzen Perücke zu prüfen. Ein Sklave bahnt dem Tier den Weg, ein anderer läuft neben ihm her und trägt den Stock und die Sandalen seines Herrn. Dahinter folgen drei Träger mit Tuchballen, die er auf dem Markt erstanden hat.

Das Lächeln zeugt von der heiteren Stimmung des Reiters. Die Worte, die er gerade im Tempel gehört hat, hätten vielversprechender nicht sein können. Sie haben all seine Befürchtungen zerstreut, der neue Vater der Mysterien könnte ihm nicht dieselbe Gunst erweisen wie der alte, der vor kurzem gestorben war. Die Priester denken langfristig und haben weder ihren Plan geändert, die alte Macht der Priesterkaste wiederherzustellen, noch die Dienste vergessen, die der Reiter ihnen erwiesen hat, seit er in jungen Jahren als Schreiber im Tempel begann. »Hab Geduld, mein Sohn«, hat der Vater ihm erklärt. »Die Zeit arbeitet für den Himmel. Wir werden die frevelhafte Enteignung der Latifundien von Tanuris durch den Kaiser Caracalla vor zweiundvierzig Jahren mit deiner Hilfe rückgängig machen. Die Serapisten werden diesen Besitz zurückerhalten, und dann wirst du nicht mehr der Haushofmeister eines gottlosen Herrn sein, sondern die Länderei im Namen des Tempels auf Lebenszeit verwalten.« Der Reiter wird auf Tanuris das Sagen haben und sich auf dem Hügel neben dem Kanal eine Gruft bauen, die eines Schreibers aus der Priesterkaste würdig ist, mit einem schönen Sarkophag, um in der Welt des Osiris weiterzuleben. Vergnügt denkt er an Mittel und Wege, die den Prozess der Rückgabe beschleunigen könnten, und an die Möglichkeiten, die sich für seine Tochter Yazila eröffnen. Sie ist zwar erst zehn Jahre alt, verspricht aber ein bezauberndes und begehrenswertes Mädchen zu werden. Wenn es ihr gelänge, den jungen Herrn für sich einzunehmen ...!

Mittlerweile hat der Sklave, der vorangeht, die Gruppe aus dem Markt herausgeführt, und der Zug nähert sich den Vergnügungsstätten an den Ufern des Kanals von Alexandria, die aus Kanopos eines der luxuriösesten Heilbäder und Erholungszentren in ganz Ägypten gemacht haben. Von den kleinen Pavillons, den Freudenhäusern und den bunt bemalten Vergnügungsbooten am Ufer dringt das Klingklang der Zimbeln, der Rhythmus der Tamburine und die Melodie der Zithern und Flöten. Manche Barken haben Ausflügler aus Alexandria an Bord, die meisten jedoch gehören reichen Kaufleuten und adligen Familien, deren Namen in Schmähschriften oder erotischen Spottgedichten zu lesen sind, die über Nacht an gewissen Mauern der Hauptstadt erscheinen.

Als weitere Attraktion befindet sich hier auch einer der besten Sklavenmärkte. Er ist spezialisiert auf junge Menschen beiderlei Geschlechts, die für die Lust ausgebildet werden können. Der Besitzer springt hastig von seinem schattigen Plätzchen unter dem Portikus auf, als er seinen alten Stammkunden erkennt: Der Große Haushofmeister von Tanuris, das Ahram dem Seefahrer gehört und von seinem Schwiegersohn Neferhotep und dessen Familie bewohnt wird. Der Reiter hält seinen Esel an und hört sich die Schmeicheleien des Händlers höflich an, als der jedoch seine Ware anpreist, wird er ungeduldig, da er keine Absicht hat, etwas zu erstehen. Doch der Verkäufer lässt nicht locker: »Wirf doch wenigstens einen Blick hinein, edler Amoptis. Ich habe eine echte Seltenheit, so was hast du noch nie gesehen. Wie würde ich es sonst wagen, dir deine Zeit zu stehlen?«

Auf ein Zeichen des Reiters beeilt sich sein Stockträger, die Sandalen neben das Tier zu legen und seinem Herrn beim Absitzen zu helfen. Dann reicht er ihm den Stock und folgt ihm durch den Portikus in den Innenhof, wo er zurückbleibt und auf Amoptis' Rückkehr wartet.

In einem Raum etwas abseits von den gemeinschaftlichen Schlafkammern ruht eine Frau auf einer mit Papyrusmatten gepolsterten Steinbank. Als sie sieht, dass ein möglicher Käufer den Raum betritt, steht sie auf und lässt mit dem Gleichmut der Gewohnheit den Umhang, der sie bedeckt, zu Boden gleiten. Augenblicklich tauchen die durch das Fenstergitter gefilterten schrägen Sonnenstrahlen das glänzende Weiß der wohlgerundeten Hüften in Gold, ohne jedoch das Interesse des Besuchers zu wecken. Amoptis zieht androgyne Formen diesem prächtigen Körper mit seinen üppigen, doch straffen Brüsten vor, deren Reiz mehr noch in einer zu erahnenden Festigkeit als in ihrer Fülle liegt. Zudem ist das Fleisch nicht mehr frisch: Sie hat die zwanzig bereits überschritten. Der Verwalter bereut seinen Besuch und wirft dem alten Händler einen vorwurfsvollen Blick zu. Doch der hat offensichtlich damit gerechnet. Ohne ein Wort der Entschuldigung lächelt er verschmitzt und reißt der Frau das Tuch vom Kopf.

Mit einem Schlag ergießt sich eine unglaubliche Kaskade von Haar über die nackten Schultern und umrahmt das Gesicht mit einem goldenen Schimmer, der wie poliertes Kupfer glänzt. Sie ist nicht rothaarig, was bei den abergläubischen Ägyptern als schlechtes Omen gilt. Diese lebendige, seidige Mähne, die sich bei jeder Bewegung in langen Wellen schlängelt wie ein endloses Meer, hat das tiefe, süße Goldgelb von altem Bernstein oder frischem Honig. Fasziniert tritt Amoptis näher und fährt mit zitternder Hand über das Wunder, während die Frau vollkommen gleichgültig bleibt. Jetzt sieht er ihr zum ersten Mal ins Gesicht und muss erstaunt feststellen, dass ihre grüngrauen Augen Schuldgefühle in ihm wecken, obwohl sie ihn nicht einmal ansehen. Nein, sie sehen ihn nicht. So gleichgültig, als wäre sie völlig allein, offenbart die Frau seinem Blick eine Figur, die ihm jetzt bewundernswert erscheint:

die vollen, schön geschwungenen Lippen, die feine Nase, den schlanken Hals über den runden Schultern, die spitzen, maulbeerfarbenen Brustwarzen, den glatten Bauch mit dem vollkommenen Nabel, die zarte Scham und die langen, kräftigen Beine, wie die einer Statue, mit makellosen Knien. Amoptis hätte am liebsten, wie es bei dieser Art von Geschäft üblich ist, mit dem Finger geprüft, ob sie noch Jungfrau ist, doch irgendetwas schüchtert ihn ein. Plötzlich kehrt er der Sklavin den Rücken zu und geht in Richtung Ausgang. Verdutzt folgt ihm der Händler und schließt die Tür hinter sich.

»Hat sie dir nicht gefallen, edler Herr?«

»Ich vermute, dass sie in ihrem Alter keine Jungfrau mehr ist.«

Der Händler macht eine hilflose Geste.

»Wenn sie es wäre und jung obendrein, hätte sie alles. Aber Herr, dieses Haar …! So etwas habe ich in meinem ganzen Leben nicht gesehen!«

Amoptis muss ihm beipflichten, und in diesem Augenblick kommt ihm eine Idee, wie er gleichzeitig die Gunst seiner Herrin gewinnen und – obwohl er es sich selbst nicht eingesteht – die lächerlichen Hemmungen gegenüber einer einfachen Sklavin ablegen kann. Sie sind absurd für den Großen Haushofmeister von Neferhotep, der wiederum ein Schwiegersohn von Ahram, dem Seefahrer, und dank dessen Einfluss Mitglied im Stadtrat von Alexandria ist!

Amoptis beginnt zu handeln.

»Viel wert ist sie nicht. Ich kann nur ihr Haar gebrauchen. Wenn du mir das Haar verkaufst, überlasse ich dir den Körper«, sagt er verächtlich.

Der Verkäufer sieht ihn verwundert an.

»Ich will meiner Herrin eine Perücke schenken. Sie wird die Damen von Alexandria liebend gern damit beeindrucken«, erklärt er.

Nachdem sie sich über den Preis einig geworden sind, der nicht besonders hoch ausfällt, weil der Verkäufer zugeben musste, dass sie bereits dreiundzwanzig Jahre und obendrein eine christliche Aufwieglerin ist, kehren sie in den Raum zurück. Die Frau ahnt das Ergebnis und steht auf.

»Du kannst froh sein. Du hast Glück gehabt mit deinem neuen Herrn«, sagt der Händler. »Kein Geringerer als der mächtige Ahram ...«

Amoptis bringt ihn mit einer Geste zum Schweigen und befiehlt der Frau, sich auszuziehen.

»Dreh dich um, und bück dich«, sagt er herrisch und betrachtet den wohlgeformten Frauenrücken, der fast bis zu den Hüften von Haar bedeckt ist.

Die Frau gehorcht, bückt sich und bleibt reglos stehen, die Hände auf die Knie gestützt. Amoptis nähert sich ihrem vollkommenen Gesäß, fährt mit erniedrigender Brutalität zwischen ihre Hinterbacken und zieht sie auseinander. Nach außen führt er lediglich das aus, was Brauch ist, in Wirklichkeit jedoch rächt er sich, weil sie ihn zuvor eingeschüchtert hatte, auch wenn er dafür die unreine Spalte einer Frau berühren muss, die auf jemanden, der mit männlichen Tempelschülern in die körperliche Liebe eingeweiht wurde, wenig anziehend wirkt. Anschließend befiehlt er der Sklavin, sich wieder anzuziehen und ohne seine ausdrückliche Genehmigung niemandem ihr Haar zu zeigen. Er will seine Herrin überraschen.

»Woher kommst du?«, fragt er auf Ägyptisch.

»Von der Insel Psyra, Herr«, antwortet sie ebenfalls auf Ägyptisch, wenn auch etwas unbeholfen. Ihre Stimme ist verführerisch, dabei aber ganz natürlich.

»Dein Name?«, fragt Amoptis dann auf Griechisch, stolz auf seine Sprachkenntnisse.

»Zuletzt nannte man mich Irenia«, antwortet die Sklavin. Ein kaum wahrnehmbarer Stich fährt ihr durchs Herz, als sie sich erinnert, dass es Domicia war, die ihr diesen Namen des Friedens gab, nachdem sie sich den umherziehenden Christen angeschlossen hatte.

Amoptis bezahlt und schickt nach einem Paar Sandalen aus Papyrus für die Sklavin. Er will nicht, dass die zarten Füße, die zum Wert der Ware beitragen, durch den einstündigen Fußmarsch nach Tanuris Schaden nehmen.

Um die Überraschung nicht zu gefährden, und da es schon zu spät ist, um seine Entdeckung vorzuführen, befiehlt er nach der Ankunft, die Sklavin in seine privaten Gemächer zu bringen und ihr eine Papyrusmatte und zu essen zu geben. Nachdem er verschiedene andere Verpflichtungen erledigt hat, geht er zu seinen Gemächern, wo die Frau auf ihn wartet. Er wäre jetzt lieber allein, aber da sie nun einmal da ist, befiehlt er ihr, ihm die Sandalen auszuziehen und die Füße mit Seifenwasser zu waschen. Vorher jedoch soll sie das außergewöhnliche Haar entblößen.

Abgelenkt lässt er sie gewähren, bis ihm plötzlich auffällt, wie einzigartig sanft ihre Berührungen im Fußbecken sind. Er beugt sich vor und beobachtet die Hände um seine Knöchel, die zart und keineswegs rau sind, wie man es von einer Person erwartet hätte, die mit einer Bande von Umstürzlern durchs Land gezogen ist. Das Haar auf dem gebeugten Kopf bildet bei jeder Bewegung neue Wellen. Amoptis fährt mit der Hand über diese Seide und spürt, wie ein fast vergessenes Gefühl in seinen alten Adern pocht. Mittlerweile hat sie seine Füße abgetrocknet und stellt die Waschschüssel weg.

»Du bist geschickt. Hast du auch die Kunst des Massierens gelernt?«

»Ich habe sie ausgeübt, Herr.«

Der Mann steht auf und befiehlt ihr, ihm beim Ausziehen zu helfen. Dann legt er sich bäuchlings auf das Bett und kehrt ihr seinen schmalen Schreiberrücken mit der leicht gekrümmten Wirbelsäule, den schlaffen Hintern und die dünnen Beine mit den knotigen Knien zu. Er deutet auf einen Flakon mit Öl auf der Konsole. Ihre Hände fangen an, den mageren Körper zu streicheln, zu kneten und zu stimulieren. Der Mann seufzt nachdenklich.

Wer hätte das gedacht... Was ist mit mir los, in meinem Alter...? Wenn meine kleine Yazila lernen könnte, so gut zu massieren, bestimmt fände der junge Herr Gefallen an ihrem geschmeidigen Körper und ihrer Zimthaut... Es muss mir gelingen, und sie wird mir dabei helfen. Ja, diese Frau, diese Frau!... Sie ist so kühl und weiß so viel! Wie eine sanfte Häutung fühlt es sich an, als zöge sie mir das Fell ab, um tiefer einzudringen … Wo hat sie das bloß …?

»Hast du in den Freudenhäusern gearbeitet? Lüg mich nicht an!«

Die Frau sieht ihn verdutzt an. Warum sollte sie ihn anlügen? »In Byzanz, Herr.«

Byzanz. Es heißt, dass dort die Lust … Bestimmt weiß sie … Mit einem Mal dreht er sich auf den Rücken, und noch ehe er daran denkt, befiehlt sein Körper seiner Stimme zu sprechen:

»Na los, mach schon!«

Die Sklavin widerspricht nicht. Kniend beugt sie den Kopf über sein Geschlecht und beginnt, das beschnittene Glied mit dem Mund zu liebkosen, während ihr Haar die leicht gespreizten Schenkel des Mannes streift. Langsam … sehr langsam … Der Mann stöhnt, keucht, zuckt, explodiert … Danach ist sein Körper erschöpft, ausgelaugt und feucht. Lange her, dass er einen so feurigen Orgasmus hatte. Die Frau holt die Waschschüssel aus der Ecke des Zimmers und wäscht ihm sorgfältig das schlaffe Glied.

»Lösch alle Lichter«, befiehlt der Mann schließlich, »nur die kleine Öllampe dort lass an.«

Amoptis schließt die Augen, nicht, um zu schlafen, sondern um die Verursacherin seiner Verwirrung nicht ansehen zu müssen. Ausgerechnet er, der sonst so selbstsicher ist! Wie kann ihn diese Frau, die ihn so offen ignoriert, derart verwirren? … Allmählich fragt er sich, ob er vielleicht den bösen Blick ins Haus geholt hat. Mit Schrecken erinnert er sich an gewisse Gerüchte, denen zufolge Menschen, die ein lasterhaftes Leben führen, diese seltsame Seuche übertragen, die in letzter Zeit so zugenommen hat … Sobald man ihr das Haar geschoren hat, gleich morgen früh, wird er sie in die Küchen verbannen. Nein, in die Ställe, wo er sie nicht mehr zu Gesicht bekommt und sie niemandem gefährlich werden kann. Instinktiv führt er die Hand zu seinem Glied, als wollte er es schützen, und murmelt eine Formel, um Sachmet, die Zerstörerische, die Mächtige, zu besänftigen.

So wurde in den Kalenden des Mais im Jahre 1010 nach der Gründung Roms, im vierten Jahr der Herrschaft von Kaiser Publius Licinius Valerianus, in dem Monat, den die ägyptischen Schriftgelehrten *mesori* nennen und das Volk als vierten Monat *schômu* kennt, ehe Isis' Tränen im fernen Süden den Nil anschwellen lassen, so dass er das jahrtausendealte Land der Pharaonen überflutet, die Sklavin Irenia für den erhabenen Herrn Neferhotep von Tanuris gekauft.

Was geschieht mit mir? Warum bin ich so verwirrt? Vielleicht denkt dieser aufgeblasene Mann, der mich gekauft hat und sich jetzt unruhig hin- und herwälzt, ich könnte seinetwegen nicht schlafen, oder aus Angst vor meinen neuen Besitzern, aber das ist es nicht. So geht es mir, seit ich hierher gebracht wurde, in dieses Land, nach Ägypten … Ich bin noch keine drei Wochen hier, aber allein das, was ich unterwegs gesehen habe, was ich im Innenhof hörte, was ich esse, rieche oder während der Nacht fühle, versetzt mich in eine ungeahnte Welt. Ägypten! Früher war es nur ein Name für mich, wie Syrien, Armenien, Sogdiana, die Cyrenaica. Als wir mit Uruk durch das Land zogen, erzählte mir Fakumit von Ägyptens Ruhm und seinen Göttern. Für sie gab es kein schöneres Land, kein mächtigeres Reich. Ich hielt es für nostalgische Übertreibung, doch es ist wahr, es ist eine andere Welt. Was für ein Schwall von Leben und Rätseln! Meine Verwirrung hört nicht auf, und obwohl mich nichts mehr am Leben reizt und ich nichts erwarte, werde ich von dieser Fülle mitgerissen. So muss die Welt entstanden sein, prall, überquellend, ein unablässiges Hervorbringen von Wasser, Wesen, Göttern. Gestern, als ich aus dem Sklavenhaus kam, sah ich die Hyazinthe in der Ecke des Innenhofes, vorgestern war sie noch nicht da gewesen, nur in einer einzigen Nacht ist sie erblüht mit ihrer sanften Überheblichkeit, ihrem kräftigen und zugleich verletzlichen Stiel, ihren Blüten, den rasch geschossenen Blättern, und nun verbreitet sie ihren Duft wie der Hahn sein Geschrei. Noch vorgestern gab es sie nicht. Diese Erde ruht niemals, unablässig bringt sie etwas hervor: Lotusblüten, Krokodile, Papyri, Ibisse, Vögel, Palmen, Schlangen, Stiere, Flusspferde und das blendende Grün der Pflanzen, selbst hier in dieser Stadt am Meer vibriert alles vor Wärme, die Wedel der Palmen, die Luft, die nie stillsteht. Die ständig gebärende, sich ständig vervielfältigende und vor Leben strotzende Welt überflutet mich, erfüllt mich von Kopf bis Fuß. Was für ein Gegensatz zur Cyrenaica! Nicht nur zu dem Gefängnis und seinen nach Schweiß stinkenden Mauern, dem ekelhaften Fraß und dem Schmutz. Sogar als Freie, als ich von Oase zu Oase zog, herrschte stets Not, die Palmen wurden vom Sand belagert, Wasser gab es nur in einer Pfütze oder aus einem kleinen Brunnen, hier dagegen breite Kanäle und die unzähligen Arme des Flussdeltas. Dort höchstens Rosenlorbeersträucher an den Ufern der ausgetrockneten Wassergräben, während Ägypten das Leben selbst zu erschaffen scheint und obendrein alle Götter: Sobek, das heilige Krokodil, Bast, die Katze, Wadjit, die Kobra, Hapi, die Flut, Nefertum, den Lotus, Hathor, die Mutter von Osiris, nein, ich habe mich vertan, seine Tochter, und Seth, der böse und gut zugleich ist. Alles ist göttlich, das Wasser, der Weizen, das Bier, denn es spendet Leben. »Leben« ist das Schlüsselwort, deshalb so viel Hoffnung, deshalb lächeln die Menschen, auch wenn sie nackt und arm sind, sogar die Toten in ihren Grüften leben. Nur ich habe keine Seele mehr, wie sollte ich nach meinem Unglück weiterleben? Ich bin in der Arena gestorben, obwohl die Bestien mich verschonten, aber der Tod von Domicia brachte auch mich um. In jeder Stille höre ich ihre Stimme, auch jetzt, dieses Säuseln, ihre heitere Weisheit. Und ihre Hand, ihre Hand, nie hat mich jemand so berührt, weder Narsos auf der Insel noch irgendein Mann in Byzanz oder im Harem, nein, nicht einmal Uruk, er war anders, ein brennendes Feuer, das jedoch erlosch. Domicias Hand war dunkle Hitze, eine endlose Liebkosung, niemand war wie sie, weder in der Erinnerung noch im Vergessen. Angesichts meiner Ekstase lächelte sie und sagte: »Kein Mann versteht den Körper einer Frau, nur eine andere Frau.« Sie wusste, was ich fühlte, und fühlte dasselbe im gleichen Augenblick. Welche Lust sie mir schenkte! Ihre Finger und ihre Zunge brannten. Es war eine Welt von Frauen, obwohl auch Männer der Mutter folgten. Ich hatte schon früher von Christus gehört, als mich Uruk am Orentes entlang nach Antiochia brachte. Ich kann mich noch gut daran erinnern, aber sie behaupteten, der Messias sei eine Frau gewesen und die männliche Aufmachung nur Verkleidung. Christus sei als Mädchen geboren, in einem Mädchenkörper, mit einer Mädchenseele und als Frau aufgewachsen. Diese neue Göttin zog mich an, und Domicias Liebe fesselte mich, ihre grenzenlose Sicherheit, nichts konnte sie treffen. Sie führte mich zu anderen Höhepunkten als die Männer, nie werde ich diese Augenblicke wieder erleben, diese Offenbarung des Lebens, diese Befreiung der Seele. Früher waren es Leidenschaften, Berührungen oder Erregung gewesen, die Region des Fleisches, aber Domicia war auch eine Meisterin des Geistes. Was sie mir alles beibrachte! Die Buchstaben, Latein, und dazwischen unsere Küsse! Was für eine Geometrie in der Haut! Sie hatte in Syrakus studiert, stammte aus einer reichen Familie, deshalb war sie die Diakonisse der Mutter, ohne sie bin ich tot! Sie war mein Ein und Alles. Ach, diese schreckliche Erinnerung! Die Leere quält mich, meine Scham und meine Brustwarzen vermissen ihre Lippen, meine Hände können sie nicht ersetzen. Ich darf nicht daran denken, mich nicht erinnern, aber ich kann nicht vergessen. Ich trage sie in meiner Haut, seit der ersten Berührung, als sie mir in dem dunklen Kerker die Hand auf den Arm legte und mit sanfter Stimme fragte: »Was betrübt dich, Schwester?« Ich weinte um Uruk, Monate waren vergangen, aber ich weinte immer noch. Es war das erste Mal, dass jemand mich Schwester nannte, mich, ein Waisenkind, das man ohne Erklärung am Strand gefunden hatte. Sie führte mich ins Licht des kleinen Fensters. Auf ihrer Wange erkannte ich den violetten Striemen eines Peitschenhiebs, der sich über das ganze Gesicht zog, aber ihre Augen strahlten Ruhe und eine unerschütterliche Sicherheit in ihrem Glauben aus. Ich vertraute mich ihr an. Zum ersten Mal konnte ich darüber reden, wie Uruk vor meinen Augen umgebracht worden war, ich vertraute ihr meine Verzweiflung an, und seitdem waren wir unzertrennlich. Sie schenkte mir ihre Ruhe und brachte mir bei, dass die Liebe zwischen zwei Frauen nichts mit den Spielen im Freudenhaus und im Harem zu tun hat. Man muss die Seele zum Körper und den Körper zur Seele werden lassen. Sie nahm mir den Schmerz, ohne dass ich Uruk vergessen musste, weil in ihrem Herzen auch für ihn Platz war, auch sie hatte die Liebe zu einem Mann gekannt und konnte mich verstehen. Warum erinnere ich mich an all das, wenn es so schmerzt? An die nächtlichen Umarmungen, die Oase, diese dunkle Insel mit dem silbernen Mond über dem Sand, an die Spaziergänge Hand in Hand, die beneidet, bewundert, aber auch verurteilt wurden, vor allem von den Männern in der Gruppe, weil sie uns begehrten. Ich weiß, dass ich den Diakon verletzt habe. Er war in mich verliebt, ohne es einzugestehen, und ich wäre seine Frau geworden, sie hätte es verstanden, aber er verbot es sich selbst. Er liebte mich auf eine seltsame Art, nur für den Glauben, für die Erlösung in einem anderen Leben. Welche Verachtung für das diesseitige Leben! Unmöglich, ihn zu verstehen, aber vielleicht liegt das Geheimnis in seiner Vergangenheit, vielleicht ist er genauso gleichgültig wie ich. Seit Domicias Tod ist mein Leben zu Ende, sie änderte meinen Namen, gab mir einen neuen, den letzten in meinem Leben voller Wiedergeburten. Jetzt bin ich tot. Ich wollte mir das Haar abschneiden neben ihrem von Pfeilen durchbohrten Körper, das Haar, das sie liebte und unter dem sie so oft erschauerte, wenn es ihre Schenkel, Brüste und ihr Gesäß liebkost hatte. Aber ich durfte es nicht. Das Haar macht mich wertvoller, sie hätten es selbst geschoren und verkauft, wenn mich die Bestien zerfleischt hätten. So wie der Alte hier, bestimmt hat er das vor, aber was macht das schon? Mir ist ohnehin alles egal. Und doch, als man Uruk tötete, ging die Welt schon einmal für mich unter, und auch als die Seeräuber meine arme Tochter erstachen, meine kleine Nira. Es waren grauenhafte Erlebnisse, aber ich lebte weiter. Das Leben wehrt sich. Es hält uns zurück. Erst recht hier in Ägypten, diesem menschlichen Ameisenhaufen. Die Fruchtbarkeit des Nils … Alles ist mir gleichgültig, und trotzdem … Wie uns das Leben berauscht!

Ich habe andere Tode gespürt, solche wie den jetzigen, aber ich habe mich nicht umgebracht, obwohl es so leicht gewesen wäre. Das Blut ist stärker als der Schmerz. Wird sich denn immer nur alles wiederholen? Es erscheint mir unmöglich, aber warum dann im Ersticken weiteratmen? Ich quäle mich, aber ich mache weiter, ohne die Stunden, diese kleine Ewigkeit mit Domicia zu vergessen, die wir in der Kirche des Göttlichen Weibes zusammen mit den anderen »Sektenweibern«, wie man uns nannte, verbrachten ...

Bevor die Sklavin Irenia hieß, trug sie den Namen Nur, den sie von Uruk erhalten hatte. Die Korallenfischer, die sie an der syrischen Küste fanden, als sie auf der Flucht vor seinen Mördern war, übernahmen ihn. Sie segelten Richtung Westen auf die Säulen des Herkules und den Garten zu, wo die Hesperiden ihre goldenen Äpfel hüten. In Puteoli und Nova Karthago verkauften die Fischer ihre Korallen aus dem Ägäischen Meer und luden den berühmten *garum*, der bei den Sybariten rund um das Mare Nostrum so begehrt war. Nur fühlte sich wohl bei ihnen und nahm ihre alten Bräuche aus Psyra wieder auf wie damals, als sie mit dem Fischer Narsos gelebt hatte. Wind und Wellen, Segel und Deck der Feluke waren ihr vertraut, und die Fischer waren froh über eine solche Gefährtin, die ihnen überdies in der Höhlung des Bootes oder des Nachts im warmen Sand der Buchten, wo sie an Land gingen, ihren sinnlichen Körper schenkte. Sie überraschte sie mit unerwarteten Kenntnissen oder erstaunlichen Geschichten, da sie mehr herumgekommen war und mehr Lebenserfahrung hatte als sie. Das Rauschen des Meeres, der Geruch des Salzes und die Einsamkeit zwischen diesen rauen Männern war alles, was sie nach Uruks Tod von der Welt noch ertragen konnte. Dass sie mit ihr schliefen, machte ihr nichts aus. Es gehörte zu ihren Aufgaben wie in Byzanz, wo Astaphernes' Arzt ihr bereits gesagt hatte, dass sie keine Kinder mehr bekommen könnte. Vermutlich als Folge der Brutalitäten, die die Seeräuber ihr angetan hatten, obwohl sie sich später, halb bewusstlos, nur noch an Schmerzen und Blut erinnern konnte.

So markierte das Leben auf dem Meer mit den Korallenfischern eine lange Periode der Ruhe, eine friedliche Atempause in ihrem Leben. Das Unglück begann, als sie Leptis Magna anliefen und die Männer im Hafen etwas trinken wollten, während sie zum Markt ging, um Proviant zu kaufen. Ja, das Unglück begann mit einem Tumult auf der Straße, in den sie hineingeriet und plötzlich inmitten einer Gruppe von Herumtreibern von den berittenen Söldnern des Statthalters umzingelt und ins Gefängnis gebracht wurde. Das Glück hingegen kam mit der Hand, die sich im dunklen Kerker auf ihren Arm legte, und einer zärtlichen Stimme, die fragte: »Was betrübt dich, Schwester?« Als alle Frauen aus dem Gefängnis entlassen wurden, führte dieselbe Hand sie zu Mutter Porphyria. Sie leitete eine von vielen Sekten, die in diesen Zeiten der Erleuchtung und Umwälzung durch die Cyrenaica zogen und jede auf ihre Art die Botschaft des Galiläers predigten. Diese Botschaft Christi mit den vielen Evangelien nahm die widersprüchlichsten Formen an, die von ihren jeweiligen Anhängern verbissen verteidigt wurden. Man stritt sich sogar über das Wesen des Messias. Manche hielten ihn für einen Menschen aus Fleisch und Blut, dem das Göttliche in einen sterblichen Körper eingepflanzt worden war, andere behaupteten das Gegenteil, er sei Gott im Körper eines Menschen, wieder andere versuchten, beide Ansichten zu einer einzigen zu verschmelzen. Nur, die jetzt Irenia hieß, konnte diese Diskussionen nicht verstehen, und deshalb verweigerte sie sich der Taufe. Domicia drängte sie nicht, sie akzeptierte den natürlichen Fluss der Dinge und das langsame Reifen von Entscheidungen des Herzens.

Die Gläubigen unterschieden sich auch in ihrer Lebensweise. Die einen suchten die Tugend nur in der Anwendung ihres Glaubens auf das alltägliche Leben und unterwarfen sich dem Gesetz des Römischen Reiches. Andere lehnten diese Herrschaftsform ab und führten ein bescheidenes Leben in Gemeinschaften, in denen alles allen gehörte und alle gleich waren. Manche aber wollten ihre Prinzipien der gesamten Gesellschaft aufzwingen, wie im Falle der so genannten »Umstürzler«. Diese forderten, den Reichtum unter den Armen zu verteilen, jegliche Autorität und Macht durch das Prinzip der Brüderlichkeit zu ersetzen und Heere und Waffen abzuschaffen, um den ewigen Frieden zu erlangen. Sie schreckten nicht davor zurück, ihre Ziele mit derselben Brutalität wie ihre Peiniger zu verfolgen, um die soziale Ordnung des Reiches zu zerstören. Schließlich gab es noch die Wenigen, die in der Wüste oder abgelegenen Orten Zuflucht suchten, um für sich den Widerspruch zwischen ihren Prinzipien und der herrschenden Ordnung zu lösen. Sie gründeten die ersten Klöster, in denen jene asketische Stille und Kasteiung herrschten, die, gepaart mit spiritueller Inbrunst die Körper dieser Männer auf eine bloße Hülle reduzierten. Jede Doktrin versuchte der anderen ihre theologischen Argumente aufzuzwingen und verteidigte ihre Wahrheiten gegen die der Ketzer. Der Hass war furchtbar: Man verachtete den Bruder, der anders glaubte, mehr als die Römer, Hebräer oder Ägypter, die das Licht des Evangeliums noch nicht erreicht hatte.

Irenia konnte diesen Geschwisterhass nicht verstehen, ebenso wenig, dass Fasten, tägliche Geißelung, Büßergürtel oder Schmutz einem Gott gefallen oder gar dienen sollten. Auch das Brandschatzen und Plündern der Umstürzler hieß sie nicht gut. Die Gemeinde von Domicia jedoch zog sie an, obwohl sie nur wenige Anhänger hatte. Porphyria von Sabratha, Schülerin des Alexandriners Origenes, der wenige Jahre zuvor in Tyros gestorben war, führte sie an. Sie hatte seine Ideen weiterentwickelt und war von der weiblichen Natur Christi überzeugt. Sie glaubte auch – obwohl sie kein Dogma daraus machte –, dass es in Wirklichkeit Adam gewesen war, der in einem Hochmut, der Frauen fremd ist, Gott im irdischen Paradies herausgefordert und Eva zur Sünde verleitet hatte. Später hatten die männlichen Verfasser der Genesis eine veränderte Version durchgesetzt, die letztlich nur dazu diente, die Unterwerfung der Frau im gesellschaftlichen Leben zu rechtfertigen.

Porphyria besaß unzählige Argumente, um ihre Thesen zu verteidigen. Zum einen konnte man einen Gott, der sich als Mann inkarniert hatte und damit das andere Geschlecht diskriminierte, unmöglich als gerecht empfinden. Dies wäre nur hinnehmbar gewesen, wenn er androgyn oder geschlechtslos auf die Welt gekommen wäre, dann aber hätte seine unzureichende Menschwerdung verhindert, dass er die Wesen, die er erlösen wollte, verstand oder von ihnen verstanden wurde. Wenn er aber gezwungen gewesen war, ein Geschlecht anzunehmen, so wäre das weibliche richtiger gewesen, weil es in der Schöpfung von Leben erfahrener war. Verweigerte sich ihr Gegenspieler dieser Argumentation, pochte Porphyria auf die Natur der göttlichen Botschaft selbst. Es sei unmöglich, die Predigten des so genannten Jesus unvoreingenommen zu betrachten, ohne darin eine Liebe und eine Sanftmut zu entdecken, die der Gesinnung der bärtigen hebräischen Patriarchen mit ihren kriegerischen Bräuchen völlig fremd waren. Diese zeigten sich beispielsweise in ihren Beutezügen, die dazu dienten, den Kanaanitern das Land wegzunehmen und ihnen ihren unversöhnlichen Gott Jehova aufzuzwingen. Nur eine Frau habe sich diese Friedensbotschaft ausdenken können, aber in einer Gesellschaft, die ihr niemals erlaubt hätte, Derartiges zu predigen, habe Maria, die wunderbare Mutter des Gottesmädchens, es von Geburt an in Jungenkleider gesteckt und ihm so geholfen, seine Rolle bis zum Tod beizubehalten.

An diese weibliche Natur Christi hatte bestimmt auch der Meister Origenes geglaubt, als er sich selbst entmannte. Nicht um den Verdacht auszuräumen, er habe unerlaubte Beziehungen mit den Katechetinnen unterhalten, die er unterrichtete (wie prüde Ausleger damals behaupteten), sondern, um sich mit seinem weiblichen Messias zu identifizieren. Christus war eine Frau, und der von ihr inspirierte Origenes hatte eine Abhandlung hinterlassen – das *Traktat über das Göttliche Weib* –, die Porphyria vor der Zerstörung hatte retten können, als Bischof Demetrios die Schriften des Philosophen verbrennen ließ. Zusammen mit dem Evangelium von Philippus bildeten sie die Grundlage des porphyrianischen Glaubens. Origenes kommentierte in seinem Werk die göttliche Botschaft im Licht dieser weiblichen Inspiration und erklärte, dass durch eine wundersame Verblendung aller Anwesenden weder im Prätorium noch während der Kreuzigung irgendjemand das wahre Geschlecht der Göttin erkannt habe. Im Übrigen enthüllte er auch die wahre Liebesbeziehung zwischen der so genannten »Jesus« und dem hübschen Apostel Johannes, die andere Schriften, in denen nur die Rede vom »geliebten Jünger« war, übergingen. Schließlich hatte Origenes prophezeit, dass diese Göttin eines Tages auf die Erde zurückkehren werde, um ihre strahlende Weiblichkeit zu offenbaren, und dann werde ihre Lehre sich durchsetzen und Sanftmut, Friede und Liebe auf der Welt herrschen.

Diese Wahrheiten, die Porphyria unermüdlich wiederholte, während sie, an den Stamm einer Palme oder eine Brunnenmauer gelehnt, ihre Jünger um sich scharte, waren Balsam für Irenias Herz. Ein Friede überwältigte sie, der anders war als das Vergessen, in das sie sich mit den Korallenfischern gestürzt hatte. Eine tiefe Ruhe, die sie bis in die kleinste Faser erfüllte und die Flamme der Lust am Leben entfachte. Bei einer dieser Gelegenheiten, als sie ihr Lager in der Schlucht von Millah aufgeschlagen hatten und die Sonne gerade unterging, hatte Domicia, wie sie ihr später selbst erzählte, ein neues Leuchten in ihren Augen erkannt, Augen, deren weiche Schattierungen von grau über grün bis malvenfarben reichten. Oder hatte Domicias Blick Irenias Augen aufleuchten lassen, nachdem die Mutter ein glühendes Plädoyer für die Liebe gehalten hatte? Domicia nahm ihre Freundin an der Hand und führte sie auf der Suche nach einem abgeschiedenen Ort den Hang hinauf bis zu einem Vorsprung in der Felswand, wo sie eine kleine Höhle entdeckten. Schon im Eingang stießen ihre Körper wie zufällig zusammen und ergriffen zu ihrem eigenen Erstaunen die Initiative. Sie umarmten sich, ihre Lippen verschmolzen. Sie sprachen nicht, sie dachten nicht, sie waren nur brennende Haut und darunter feuriges Blut, und etwas tiefer lag das Reich der Lust. Irenia, die die Liebe zwischen Frauen kannte, nachdem sie sie in Astaphernes' Harem eher aus Langeweile als aus Überzeugung praktiziert hatte, erlebte die Vereinigung durch die Übertragung der spirituellen Ekstase auf ihre Körper mit nie erlebter Intensität. Seither waren sie einander in glühender Liebe verbunden, die nur Domicias Tod hatte beenden können. Unauslöschlich brannte sie in Irenias Erinnerung weiter, denn sie war überzeugt, dass sie auch in der Seele der Verstorbenen weiterlebte, die jetzt zweifellos Einzug ins Paradies des Göttlichen Weibes gehalten hatte.

2. Ahram, der Seefahrer

Nachdem am gestrigen Nachmittag der Bote Bachir Ahrams Ankunft aus Alexandria angekündigt hat, der im Kreise der Familie den ersten der Schalttage feiern will, mit denen das ägyptische Jahr endet, späht die Sklavin hinter dem kleinen vergitterten Fenster auf dem Dachboden aufs Meer hinaus. Sie hat beobachtet, wie die nächtliche Dunkelheit verblasste und die Sonne aufging: ein zögerndes Strahlen, ein roter Punkt, ein Bogen, ein glühender Kreis, eine im Meer verblutende Wunde. Orangefarben während sie langsam höher steigt, golden zwischen den bauschigen Wolken, ein weißes Feuer, das glitzernde Funken auf das ruhige Wasser wirft … Was geht mich der Herr an?, denkt sie. Er wird wie alle sein. Trotzdem kehrt sie immer wieder zur Dachluke zurück. Man erzählt so viel über ihn! »Er kommt immer übers Meer. Du wirst sehen, wie er sein Schiff steuert, er hat es selbst entworfen, er kann die Winde voraussagen.« Und sie reden nicht nur, sie meinen es auch so. Der Schwiegersohn hat seine Reise nach Alexandria verschoben, Amoptis ist nervös und widerspricht sich in seinen Anweisungen. Der Priester ist mit seinem Akolythen vom Tempel gekommen, die alte Tenuset hat ihren Rock angezogen, der messerscharf plissiert ist, obwohl sie nicht erwartet, gerufen zu werden, und das Haus ist von oben bis unten geputzt worden. Immer wieder kehrt Irenia zu ihrem Aussichtspunkt zurück.

Endlich! Am westlichen Felsvorsprung taucht ein Schiff auf, neigt anmutig beide Masten und nimmt Kurs auf den Steg der kleinen Bucht. Ist das die *Jemsu*?, denkt die Sklavin verunsichert, weil ihr das Schiff eigentlich nicht außergewöhnlich vorkommt.

Sie wirft einen Blick nach unten auf die Palmen am goldenen Strand und den Garten der Frauen, aber wegen des Gitters am Fenster kann sie sich nicht hinauslehnen und die Terrasse sehen, von wo der Lärm und die Stimmen der Sklaven heraufdringen. Sie sind dabei, das Sonnendach aufzubauen. Als sie wie früher den Kopf nach hinten wirft, um sich das Haar aus dem Gesicht zu schütteln, fällt ihr wieder ein, dass sie ihr am Tag nach ihrer Ankunft den Kopf kahl geschoren haben. Trotzdem muss sie jetzt weiter den Kopf bedecken, da man sie ins Herrenhaus beordert hat. In den Ställen war es nicht so heiß wie hier unter dem Dach, aber der Gestank nach Rind und Dung und die Bremsenstiche waren unerträglich. Am schlimmsten aber waren die Gänse, große, widerspenstige Tiere, die aus dem Delta stammen und sie ununterbrochen auf Trab hielten, wenn sie sie beisammenhalten wollte. Angriffslustig obendrein; mehrmals hatten sie Irenia schmerzhaft gebissen, wenn sie die Eier aus ihren Nestern sammelte. Außerdem hatte der Grünschnabel, der sich mit ihr um die Tiere kümmerte, sie nicht leiden können. Doch das war ihr Glück gewesen. Da er behauptete, sie sei faul und müsse bestraft werden, wurde die Angelegenheit von Tenuset überprüft, die für die Sklaven in den Küchen und darunter verantwortlich war. Die rüstige alte Frau mit der sanften Stimme, den müden Augen und immer noch wohlgeformten Beinen, schimpfte mit ihr, war aber überrascht, als sie hörte, wie Irenia sich verteidigte. Sie sah sich ihre Hände und den Kopf an, stellte ihr einige unübliche Fragen und beschloss dann, sie mit in die Küchen zu nehmen. Deswegen schläft die Sklavin nun auf dem Dachboden des Herrenhauses.

Unten hallt ein schriller Schrei durch die Luft. Sie weiß, dass es Malki ist, Ahrams Enkel. Sie hat ihn nur von weitem gesehen, im Garten, aber alle Sklaven klagen über seine Launen und seine Frechheit, obwohl er nicht einmal fünf Jahre alt ist. Auch die Herrin hat sie noch nicht zu Gesicht bekommen. Ihr Vater hat sie Sinnah genannt, doch nach ihrer Heirat hat sie die ägyptische Form Sinuit angenommen. Und Neferhotep kennt sie ebenfalls nicht, von ihm heißt es, er sei geizig, gelegentlich grausam den Sklaven gegenüber, doch zumeist gleichgültig, außer wenn es um den Respekt geht, der ihm auf Grund seiner Stellung im Stadtrat von Alexandria gebührt.

Er lässt sich mit Erhabener Herr anreden. Die ägyptischen Umgangsformen hören nicht auf, Irenia zu erstaunen. Domicia wäre weniger überrascht, sie stammte aus einer aristokratischen Familie. Domicia! Wie fern ihr diese Zeit jetzt erscheint! Wenn sie sich zu erinnern versucht, schiebt sich ein Schleier dazwischen und verwischt das Bild. Manchmal hat sie Mühe, sich an Domicias Augen zu erinnern, obwohl sie ihr noch vor einem Monat den Schlaf raubten. Es liegt nicht an der Zeit, die vergangen ist, sondern an der Lawine von Menschen, Dingen und neuen Ereignissen, am Überfluss dieses Landes, dessen Bewohner ohne Punkt und Komma reden, sich mit Geschichten und Mythen umgeben und der greifbaren Welt eine aus Fantasie und Erinnerungen vorziehen. Sogar Ahram kommt Irenia wie ein Mythos vor, wenn sie ihn mit den Augen der Sklaven sieht, die ihn fürchten und bewundern, oder denen seiner Pächter, die versuchen, ihn zu betrügen, und ihn gleichzeitig um Hilfe gegen die Steuereintreiber bitten, oder denen des Priesters der Göttin Neith, der Ahrams Gottlosigkeit anprangert, obwohl er ihm den Wiederaufbau des Tempels zu Ehren Unserer Herrin des Wassers verdankt, der von Caracalla zerstört worden war. Vor allem aber muss man hören, wie Tenuset und erst recht Bachir Ahrams Namen aussprechen.

Bachir! Seit Irenia zum ersten Mal sah, wie er von der achtzig Stadien westlich von Tanuris gelegenen Stadt Alexandria kam, seine Kamelstute im Hof auf die Knie zwang und auf die Küche zuhinkte, ist er für die Sklavin Ahrams Bote, der jeden Tag Nachrichten und Anweisungen vom Großen Haus bringt, um dann mit den Antworten aus Tanuris zurückzukehren. Er ist Ahrams ältester Gefährte, ihre Freundschaft datiert aus den schwierigen und abenteuerlichen Zeiten der Jugend. Daher wird der Alte mit dem zerfurchten Gesicht, den von Fältchen umrahmten, funkelnden schwarzen Augen, der dicken Nase und dem dichten grauen Schnurrbart, der an den spöttischen Mundwinkeln herabhängt, von allen wie eine ranghohe Persönlichkeit respektiert, obwohl er bloß ein Bote ist. Er ist hager, knochig und nicht besonders groß. Das Hinken soll von einer Lanze stammen, die ihn auf einem seiner Streifzüge mit Ahram erwischte. Was die Sklavin aber am meisten für ihn einnimmt, ist die Neugier, die Bachir ihr entgegenbringt. Wenn Irenia ihm in der Küche das Mittagessen serviert – auf Geheiß von Tenuset ist das ihre Aufgabe –, hat sie das Gefühl, als würde sie von seinem Blick und den vielen Fragen, die nicht boshaft, sondern höflich und offen sind, einer Prüfung unterzogen. Außerdem unterhält sich Bachir mit ihr fast genauso oft wie mit Tenuset, zur Verwunderung aller, die den Alten immer für einen zurückhaltenden Mann hielten. Jedenfalls hilft es ihr, sich auf Tanuris einzuleben.

Das Schiff ist schon nahe, es war schnell, obwohl kaum Wind geht. Irenia, die etwas vom Meer versteht, bewundert nun den feinen Rumpf, der länger ist als die der Inselschiffe, die doppelte Gischt, die der Rammsporn aufwirft, und die außergewöhnliche Neigung des Besanmastes. Auch das Deckhaus liegt tiefer als bei konventionellen Schiffen. Ihr wird klar, dass kein gewöhnlicher Schiffsbauer das Segelschiff entworfen haben kann.

Auf der Terrasse hört die Sklavin eine junge, durchdringende Stimme neben der des Jungen. Es ist Yazila, Malkis neue Amme, besser gesagt, seine Spielgefährtin, denn sie ist erst zehn Jahre alt. Normalerweise treibt sie sich in den Gemächern der Herren herum und meidet den Kontakt zu den Sklaven, aber sie ist schon einige Male in die Küche gekommen und hat zu einer unmöglichen Zeit zu trinken und zu essen verlangt. Vermutlich wegen ihrer neuen Aufgabe und vor allem, weil sie Amoptis Tochter ist, strotzt sie vor Hochnäsigkeit. Irenia sieht, wie sie im Garten hinter dem Kleinen herrennt, und bewundert die dunkle Hautfarbe ihres Mestizenkörpers mit den kaum wahrnehmbaren kleinen Brüsten, die langen Beine und ihren Hintern, der von dem für ihre neue Stellung angemessenen plissierten weißen Röckchen kaum verhüllt wird.

Mittlerweile hat das Segelschiff Anker geworfen, zwei Seeleute haben das purpur-grün gestreifte Hauptsegel eingeholt, das Ahrams Schiffe tragen, und am Heck ein Beiboot zu Wasser gelassen. Ein Mann mit glatter dunkler Tunika, Schärpe und straff gewickeltem Turban, dessen Zipfel ihm über das Gesicht fällt, tritt aus dem Deckhaus, steigt über die Reling und klettert geschickt ins Boot hinunter. Ihm folgt ein herausgeputzter Mann mit einer großen Tasche, der die Hilfe eines Seemanns benötigt, um ins Beiboot zu gelangen. Dann rudert der erste Mann mit kräftigen Schlägen auf das Ufer zu, während der mit dem Sack sich ängstlich auf die Heckbank setzt und die edle ägyptische Perücke auf dem Kopf festhält. Die Sklavin ist enttäuscht. Diese fette, ungeschickte Figur hat Ahrams Mythos zerstört. Es lohnt nicht, weiter hinzusehen.

Sie hört Stimmen auf dem kleinen Pfad, der an der Gartenmauer entlang zum Strand hinunterführt, und sieht eine Gruppe von Männern und lärmenden Kindern, die von Amoptis angeführt wird. Unter den Ersten erkennt sie den Sklavenaufseher, den obersten Schreiber und den für die Aussaat Verantwortlichen. Sie haben es eilig, denn das Beiboot hat den kleinen Steg bereits erreicht. Der Ruderer springt mit einem Tau in der Hand auf den Steg, macht es fachmännisch an einem der Pfähle fest und reicht dem Passagier die Hand, um ihm beim Aussteigen zu helfen. Sie kommen bereits über den Strand, als die Gruppe sie erreicht. Die Sklavin staunt: Der Mann, vor dem sich alle ehrfürchtig verbeugen, ist der Ruderer mit dem dunklen Umhang, der erst jetzt die Sandalen anzieht, die der Dicke ihm hinlegt. Einer der Sklaven tritt hinzu, um ihm zu helfen, ein anderer will ihm mit einem indigoblauen Sonnenschirm Schatten spenden – so wie der Erhabene es immer fordert –, aber sie werden mit einer herrischen Geste abgewiesen und ziehen sich rückwärts und gebückt zurück.

Der Ruderer also ist Ahram, der Seefahrer! Die Sklavin atmet erleichtert auf. Der Mythos ist wahr. Jetzt beobachtet sie gespannt die Ereignisse. Der Herr kürzt die Zeremonie ab, holt aus seinem Ärmel Süßigkeiten hervor, die die Kinder wie Spatzen anlocken, verteilt die kleinen Geschenke und marschiert weiter hinauf. Weder nachlässig noch besonders achtsam schreitet er gebieterisch voran, schwingt die Arme und schaut sich dabei um. Die Sklavin kann bereits den Dolch erkennen, der in seiner Schärpe steckt. Eine richtige Waffe, nicht das übliche schmucke Beiwerk. Bevor die Gruppe um eine Ecke des Hauses biegt und verschwindet, kann sie noch einen Blick auf den dichten, gepflegten Spitzbart, die feinen Lippen unter der Adlernase und das lockige, leicht ergraute Haar erhaschen, das von dem Turban, einem schlichten um die Schläfen gewickelten goldblauen Tuch, nicht bedeckt wird. Durch die dünne Tunika erkennt man die aufrechte Haltung des schlanken Körpers, der kräftig und zugleich geschmeidig wie der einer Katze ist. »Ja, das ist Ahram«, sagt sich die Sklavin. »Er hat selbst gerudert, weil er seine Freiheit und Unabhängigkeit liebt.« Nachdenklich sieht sie ihm nach, bis ihr plötzlich einfällt, dass sie längst unten auf der Terrasse sein sollte, um zu helfen, wie man ihr gestern aufgetragen hat. So bedeckt sie hastig ihr Haar, zurrt das Leinentuch fest, das ihr als Rock dient, und rennt barfuß auf die Treppe der Sklaven zu, so schnell, dass ihre festen Brüste am nackten Oberkörper auf und ab wippen.

Unten herrscht ein einziges Durcheinander. In dem kleinen Gewölbe unter der Terrasse bereiten andere Sklavinnen Getränke und Speisen vor, die sie über den Innenhof und eine Außentreppe zu den Gemächern der Herren tragen werden. In diesem Hof befindet sich der Brunnen, aus dem man jederzeit frisches Wasser holen kann, und dort hat auch Irenia ihre Aufgabe. Sie kann die Terrasse nicht sehen, nur das purpur-grün gestreifte Sonnendach, aber sie hört den Klang der Harfen, deren Saiten gerade gestimmt werden, falls die Dienste der Künstlerin während des Mittagessens verlangt werden. Schließlich hört man, wie die Herren auf die Terrasse kommen. Eine Sklavin eilt hinunter zum Brunnen, um frisches Wasser zu holen, da die Getränke schnell warm werden. Andere kommen und gehen, das Hin und Her auf der Treppe hat kein Ende, und gelegentlich erscheint Tenuset in der Tür, die zum unteren Gewölbe führt, und wirft einen Blick hinein, oder Nufria, die Kammerzofe der Herrin, erteilt von oben Anweisungen. Diejenigen, die zum Brunnen kommen, flüstern Irenia zu, was oben vor sich geht: Das junge Ehepaar thront, wie es in Ägypten Brauch ist, vor kleinen Tischen, während Ahram, wie es im Orient Brauch ist, auf Teppichen und Kissen sitzt und aufs Meer blickt.

Jetzt überreicht die Herrin, die in durchscheinendes Leinen gekleidet ist, ihrem Vater mit einem geheimnisvollen Blick ein Kästchen aus Zedernholz, das eine Überraschung enthält. Ahram öffnet den Deckel und bewundert erstaunt ein seidiges Vlies von unbestimmbarer Farbe: weder orangefarben noch rot oder golden ist es, hat aber von allem etwas in wechselnden Schattierungen, je nach Lichteinfall. Da es ihm nicht wie Seide vorkommt, sieht er seine Tochter fragend an.

»Haar, Vater. Von einer Frau … Nein, nicht gefärbt.«

Von einer Frau? Welche Frau hat so ein Haar?, denkt Ahram, ohne sich seine Neugier anmerken zu lassen.

»Ich werde mir eine Perücke machen lassen«, erklärt seine Tochter. »Die Frauen in Alexandria werden vor Neid platzen! Es ist von einer Sklavin, die Amoptis aufgetan hat. Ich will die Perücke zu Malkis Initiationsfeier tragen. Kannst du das Haar morgen mitnehmen? Dann könnte Kritos die Perücke beim Haarmacher in Auftrag geben, natürlich bei Lisinius. Kritos weiß immer, was gerade Mode ist. Mein Nefer hat keine Zeit, wenn er in der Stadt ist. Er hat so viel für den Rat zu tun.«

Während Neferhotep bedauert, sich nicht nützlicher machen zu können, denkt Ahram daran, dass sein Schwiegersohn niemals Zeit für Dinge hat, die ihn nicht interessieren.

»Es ist höchste Zeit, den Jungen im Haus des Lebens anzumelden. Er ist schon so groß.«

»Nefer hat in Kanopos alles in die Wege geleitet. Wir werden ihn bald hinbringen.«

»Wer ist denn die Kleine, die mit ihm spielt?«

»Amoptis' Tochter. Er hat sie uns als Amme vorgeschlagen.«

»Traust du es ihr zu? Mir kommt sie ein bisschen jung vor.«

»Ich passe auf, wenn sie sich um ihn kümmert. Sie ist sehr schlau. Wenn du sie sehen könntest! Sie hat Augen wie ein kleiner Affe, nichts entgeht ihr. Sie nimmt mir viel Arbeit ab.«

»Aber jemand muss sich um Malkis Erziehung kümmern. Er ist launisch und ungehorsam.«

»Dazu ist noch Zeit, Vater. Er ist so süß.«

Ahram schweigt. Es ist immer dasselbe. Er hat seine Tochter, die so früh ihre Mutter verlor, allzu sehr verwöhnt, und jetzt nimmt sie immer den leichtesten Weg, lässt einfach alles laufen. Währenddessen lobt Sinuit den *garum*, die Fischsauce aus Nova Karthago, die ihr Vater vor Tagen mit Bachir geschickt hat, und fragt nach den neuen Waren auf dem Hafenmarkt, wo man sämtliche Produkte der Welt bekommt. »Ach!«, ruft sie. »Ich kann es kaum erwarten, dass die Flut beginnt und wir nach Alexandria ins Große Haus ziehen. Ich muss unbedingt erfahren, was gerade Mode ist. Hier auf dem Land verkümmert man ja.«

Narbises taucht auf, Ahrams oberster Buchhalter, der mit ihm an Bord des Segelschiffs war. Nach einer kurzen Verbeugung lässt er seinen beleibten Körper auf einige Kissen neben Ahram sinken und entnimmt seiner Tasche eine Papyrusrolle mit Berechnungen, die er mit Amoptis durchgegangen ist. Neferhotep gesellt sich zu ihnen, und sie besprechen die Ergebnisse der Ernte, die dieses Jahr recht gut ausgefallen ist und außergewöhnlich profitabel war, weil der neue Leiter der Steuereintreiber Geschenke annahm und äußerste Nachsicht walten ließ, als er die Abgaben festlegte. Trotzdem macht Narbises einige Vorschläge, um die Erträge noch mehr zu steigern, und anschließend beraten die drei über die Ereignisse im Stadtrat von Alexandria, wo wie immer die Interessen der mächtigsten Gruppen aufeinander treffen. Hebräer und Hellenisten streiten sich um das Geld, Römer und der ägyptische Adel um die Macht.

Plötzlich kommt Malki angelaufen, der mit der niedlichen Haarsträhne neben der rechten Wange wie ein kleiner Pharaonenprinz aussieht, und unterbricht sie, um seinem Großvater stolz das Amulett zu zeigen, das von seinem Gürtel hängt. Ein *udjat*, das Horusauge. »Sehr wirksam gegen Bisse, bei den vielen Skorpionen, die es hier gibt«, erklärt seine Mutter. Genauso schnell wendet der Kleine sich wieder seinem Spiel zu, und Neferhotep bietet seinem Schwiegervater Wein aus Imit an. Nach einem kleinen Trankopfer auf Renutet, die Kobragöttin und Beschützerin der Ernte, nehmen beide den ersten Schluck. Das Ehepaar probiert von den Süßigkeiten auf den kleinen Tischen, und Ahram knabbert Pistazien.

»Kannst du nicht noch einen Tag länger bleiben, Vater?«, bettelt die Herrin.

»Ich muss morgen nach Alexandria zurück. Wie du weißt, hat Bachir heute eine dringende Botschaft gebracht, die mit einer meiner Tauben aus dem Süden kam und von Soferis entschlüsselt wurde.«

»Unannehmlichkeiten?«, fragt Neferhotep höflich.

»Im Augenblick ja, aber ich werde schon dafür sorgen, dass sie auf die zurückschlagen, die sie verursacht haben. Meine Pläne im östlichen Mittelmeer durchkreuzt so leicht niemand.«

Sinuit bedauert verständnisvoll. Auch sie hat ihre Probleme. Gestern war ein schlechter Tag. Sie hat ihr Zimmer nicht verlassen, weil es ein unheilvolles Datum war. Aber dank der Göttin im Tempel ist nichts passiert.

Auch jetzt geschieht nichts. Auf der Terrasse beginnt man, das Mittagessen zu servieren, die Herrin wünscht Musik. Die Harfenspielerin, eine Frau mit rundem Gesicht und üppigen Brüsten, die bislang still in einer Ecke wartete, moduliert einige Arpeggios und stimmt ein Lied an, das in Memphis gerade Mode, aber schwächer ist als die Lieder aus Theben. Nach dem Essen schlägt das Ehepaar vor, eine Partie *senet* zu spielen, und eine Sklavin holt das Brett und die dreißig Stäbchen, während eine andere frische Getränke bringt.

Unten am Brunnen ruht sich Irenia im Schatten aus und genießt den feuchten Luftzug, der aus der Zisterne steigt. Plötzlich kommt der Junge in den Innenhof, nähert sich einem Teich und zeigt mit dem Fingerchen auf die roten Fische. Da keine Gefahr besteht, trägt die zarte Silhouette des Kleinen zum Zauber des friedlichen Nachmittags bei. Aber wo ist Yazila?, fragt sich die Sklavin, und im gleichen Augenblick schlägt die Stimmung um. Der Frieden wird jäh zerstört, als ein riesiger Hund auftaucht. Es ist *Tijon*, eine Bulldogge, die Ahram vor kurzem mitgebracht hat und die nachts frei im Garten herumstreift. Eines jener aggressiven Tiere, die auch »Seemannshunde« heißen, weil sie sich dem Leben an Bord anpassen können. Irgendwie hat er sich von seiner Kette losgerissen und läuft jetzt laut bellend hinter einer Katze her. Der Kleine schreit vor Angst, während sich die Katze auf eine Sykomore rettet.

Frustriert wendet sich der Hund gegen Malki und fletscht die Zähne. Ohne nachzudenken läuft die Sklavin mit dem Kind auf dem Arm in eine Ecke und schützt es mit ihrem eigenen Körper vor der wütenden Bulldogge. Wie damals in der Kampfarena überwältigt sie das Gefühl der Hilflosigkeit vor der Bestie, die sie gleich in Stücke reißen wird, und Malki ist ihre kleine Tochter, die sie damals nicht retten konnte. Auch jetzt zittert sie vor den bedrohlichen Reißzähnen und den mörderischen Augen, aber sie bleibt standhaft und sieht dem Tier entschlossen in die Augen.

Ein Schrei, der wie ein Peitschenknall die Luft zerreißt, lässt das Tier auf der Stelle erstarren. Alarmiert von den Schreien und dem wütenden Bellen ist Ahram oben auf der Treppe erschienen.

»Aus, *Tijon!* Aus!«

Ahrams Stimme stellt die Ordnung wieder her. Er eilt die Treppe hinunter, greift nach der Kette, die der Hund hinter sich herschleift, und drückt sie einem Sklaven in die Hand, der aus dem kleinen unterirdischen Gewölbe aufgetaucht ist. Dann tritt er auf Irenia zu, die den Blick senkt.

»Hat er den Jungen gebissen?«

»Nein, Herr, er hat nur Angst.«

»Und du nicht?«

Erst jetzt, als die Gefahr vorbei ist, überlässt sich die Sklavin der Angst und bringt kein Wort heraus.

»Du nicht?«, wiederholt der Mann. Eher neugierig als ungeduldig. »Also doch. Und trotzdem hast du dich ihm entgegengestellt.«

Ohne die Augen zu heben, spürt die Sklavin den Blick des Mannes auf ihren Brüsten. Eine schamhafte Hitzewelle, die sie sich nicht erklären kann, löst die Angst ab. Später wird sie es der metallischen Stimme des Herrn zuschreiben, die vor Sorge um den Jungen vibrierte, während er den Knauf seines Dolches berührte.

Inzwischen klammert sich der Junge an die Beine des Großvaters, der ihn auf den Arm nimmt. Schließlich hebt die Sklavin den Blick: zu dem Kleinen und zu dem Alten. Sie betrachtet die durchdringenden Augen, die schmalen Lippen zwischen dem Bart, die sich nun zu einem Lächeln verziehen und schneeweiße Zähne offenbaren. Wie die Reißzähne des Hundes, schießt es ihr durch den Kopf.

»Endlich siehst du mich an.«

Wieder eine Pause. Sie hat den Blick erneut gesenkt, und er schließt leise:

»Danke.«

Warum kommen mir jetzt die Tränen, fragt sich die Sklavin verwirrt und versucht, sie zu verstecken. Sie weiß nicht, ob es ihr gelungen ist, als sie die Finger des Mannes an ihrer Schläfe spürt, wo das um den Kopf geknotete Tuch die Farbe des nachwachsenden Haares nicht bedeckt. Die Finger verharren einen Augenblick, ohne dass Ahram etwas sagt. Dann leuchtet plötzlich eine Idee in seinen Augen auf.

»Komm mit nach oben«, befiehlt er.

Irenia folgt dem Mann die Treppen hinauf und schämt sich für den schäbigen Rock, den sie anhat. Was würde sie für eines der Kleider geben, die sie in Byzanz oder im Harem trug, jetzt da sie die prächtige Terrasse sieht! Die Teppiche, die Kissen, die Tischchen und kleinen Hocker aus Zedernholz, das Silber, das phönizische Glas, die Wedel mit parfümiertem Wasser und die feine Tunika der Herrin, die den Jungen auf den Arm nimmt und mit Küssen überhäuft. Dann hört man hastige Schritte auf der Treppe und das Schluchzen von Yazila, die erschrocken heraufkommt. Ahram schreit sie an.

»Willst du so etwa Malki hüten? Nufria, nimm diesen Nichtsnutz mit! Morgen erhält sie sieben Peitschenhiebe im Hof vor allen.«

Was für eine gefährliche Stimme!, denkt Irenia und zuckt zusammen, als sie die Kleine wegbringen, die laut um Vergebung fleht.

»Wie heißt du?«, fragt Ahram die Sklavin.

»Irenia.«

»Passt nicht zu dir«, murmelt er, während er sie ansieht. Doch dann fällt es ihm plötzlich wieder ein, und seine Stimme wird versöhnlich. »Ach, du bist das!« Seine Tochter ist erstaunt, dass er im Bilde ist. »Aus Psyra, glaube ich, Fischerin.«

»So ist es, Herr.«

»Ich kenne die Insel, sie liegt gegenüber von Chios. Du siehst aber nicht ionisch aus.«

»Ich weiß nicht, wo ich geboren wurde«, antwortet sie verlegen.

Ahram sieht sie verwundert an, aber er lächelt.

»Jedenfalls wirst du verantwortungsvoller sein als diese Göre. Ab morgen kümmerst du dich um den Jungen.«

Die Tochter protestiert entsetzt:

»Aber Vater, wir kennen sie doch gar nicht. Und Amoptis hat mir gesagt, dass sie direkt aus dem Kerker auf den Sklavenmarkt kam.«

»Kann nicht schaden. Auch ich war schon im Kerker, wie du weißt.«

»Aber sie war drin, weil sie einer dieser Sekten angehört. Sie ist eine Umstürzlerin! Wer weiß, was sie alles angestellt hat.«

»Ich habe gesehen, was sie angestellt hat, und ich weiß, was mir Bachir erzählt hat«, fügt er hinzu, zum Erstaunen der Sklavin, die jetzt manches versteht und sich auch selbst erklären möchte.

»Ich wurde zusammen mit den Christen gefangen genommen, das stimmt, aber ich selbst bin keine.«

»Ich glaube dir. Du warst mutig, und sie sind sanftmütig.«

»Sie wissen zu sterben, Herr«, entgegnet sie, stolz auf ihre Freunde. Ahram wird nicht wütend, zur Verwunderung der Anwesenden.

»Sterben ist leicht, das Töten ist wichtig. Würdest du töten? Um einen Jungen zu retten?«

Sie erinnert sich an ihre Tochter, nickt und senkt den Kopf.

»Hier, nimm das für deinen Mut«, schließt Ahram, zieht einen Beutel aus der Schärpe und reicht ihn der Sklavin. Doch sie nimmt ihn nicht an und wagt, eine Bitte zu stellen.

»Darf ich um etwas anderes bitten, Herr?«, entgegnet sie und fährt ungeachtet Ahrams Stirnrunzeln und des allgemeinen missbilligenden Schweigens fort: »Seid barmherzig und verzeiht der Kleinen. Sie ist noch ein Kind. Sie kann mir helfen, auf den Jungen aufzupassen.«

Ahram denkt einen Augenblick nach, überrascht wie alle anderen in der Runde.

»Na schön, aber du bist für Malki verantwortlich. Mit deinem Leben! Du wirst mir einen richtigen Mann aus ihm machen.«

Er drückt ihr den Beutel in die Hand und entlässt sie mit einer knappen Geste. Die Sklavin nimmt den Beutel und verbeugt sich. Auch vor der Herrin verbeugt sie sich, die erfreut ist, dass sie sich für Yazila eingesetzt hat, und zieht sich zurück.

Auf Psyra wurde ich nicht geboren, ich weiß nicht, wo, und nie wird jemand es herausfinden. Als ich die Augen aufschlug, sah ich weder eine Wiege noch meine Mutter, sondern drei Gestalten, die mich betrachteten, wie ich nackt am Strand lag, das ist alles, woran ich mich erinnern kann, so kam ich auf die Welt. Später begriff ich, dass es Frauen waren und dass sie miteinander tuschelten, aber zuerst war alles bloß ein Singsang, Höhen und Tiefen, ein Wortschwall, der aus drei Mündern kam, erst später konnte ich mir denken, was sie gesagt hatten:

(»Seht mal, sie öffnet die Augen. Wer bist du? Woher kommst du? Ich glaube, sie ist stumm. Sie versteht nicht. Eine Barbarin. Perserin. Nein, aus dem Norden. Seht nur ihr Haar. Eine Gotin. Und aus reichem Haus, seht euch ihre weiche Haut an! Und die zarten Hände! Eine Schiffbrüchige? Ach, was! Bei der ruhigen See die ganze Woche? Sie ist von einem Schiff ausgesetzt worden, als Rache, die Tochter eines Königs, wäre nicht das erste Mal. Unmöglich, mein Mann hat bis zum Morgengrauen gefischt, er hätte etwas gesehen! Und dann … Warum berührt sie ihre Beine?«)

Ja, ich berührte sie, weil ich meinen Körper entdeckte, vor allem die Beine, denn ich hatte die vage Ahnung, sie schon einmal benutzt zu haben, aber mein Kopf war leer, und ich wollte nur eins: meinen ganzen Körper fühlen, mit dem Daumen über die weichen Schenkel gleiten, das Kitzeln meiner Schamhaare spüren, und was für ein Schreck, als ich dort etwas spürte, ein kleiner bernsteinfarbener Strahl rann zwischen den Beinen entlang und versickerte im Sand! Ich hatte Angst, ich könnte einfach zerfließen, und wurde kreidebleich, doch die drei klatschten in die Hände und lachten, weil sie glaubten, ich würde mich schämen. Sie haben es mir später so oft erzählt! Als sich einige Männer näherten, deckte mich eine mit ihrem Umhang zu, diese nannte ich später Mutter, die erste und einzig wirkliche Mutter, die ich je hatte, viel früher als Porphyria, aber auch sie konnte mir nicht sagen, wo ich geboren war. Wie sollte sie es wissen? Während der vier Jahre, die wir zusammen verbrachten, ließ das Rätsel meiner Herkunft sie nicht los, sie versuchte immer wieder, anhand meiner ersten Gesten zu erraten, woher ich gekommen war, doch an diesem ersten Tag bedeckte sie mich mit ihrem Umhang und nahm mich mit zu sich.

Warum bin ich so aufgewühlt? Warum erinnere ich mich jetzt daran? Will ich wissen, was damals war? Nur Gefühle, und nicht alle angenehm, eine bittere Trockenheit im Mund und das Verlangen, sie zu lindern. Ich stand auf und ging, ohne zu wissen, warum, zum Ufer, an dem sich die Wellen brachen, tauchte meine Hand ins Wasser und führte sie zum Mund, es schmeckte fremd, verwirrt sah ich die Gruppe an. Die Jüngste verschwand und kehrte bald darauf mit einer Muschel zurück. Sie enthielt etwas, dessen Namen sie wiederholte, als sie sie mir reichte. »Wasser! Wasser!« Es war das erste Wort, das ich lernte. Ich führte die Muschel zum Mund. Was für eine Wohltat für die Kehle, ich spürte, wie sie sich beim Schlucken bewegte! Das Wasser war eine Offenbarung für meinen Körper, jetzt trinke ich, ohne etwas dabei zu finden, aber damals war es ein Wunder. Ich verzog das Gesicht, um das Lächeln des Mädchens zu imitieren, und dankte meinem trockenen Mund, dass er mir so viel Lust geschenkt hatte.

Damals hatte ich das Gefühl, als würde ich neu geboren werden, als würde ich alles zum ersten Mal erleben, und ich war offen dafür. Endlose Überraschungen, Entdeckungen in einer Welt, die mich mir selbst offenbarte. Das Trinken war ein Wunder, schade, später verkommt alles zu einer Gewohnheit. Aber auch sie entdeckten mich. Die Mutter sprach mich an, und als ich nur erstaunt schwieg, wandte sie sich an die anderen und sah mir anschließend in die Augen. Was für ein Blick! Diese hellgrauen Augen, die ich später nur selten bei Frauen und noch seltener bei Männern sah. Sie legte mir den Arm um die Taille, während sanfte Töne aus ihrem Mund kamen, ein verführerischer Klang, und so führte sie mich zu dem, was ich später als »Haus« zu bezeichnen lernte.

Großzügige, unvergessliche Mutter! Doch ihre erste Gabe endete mit einer Enttäuschung, es schmerzte mich, dass sie mich mitnahm und sich dann verweigerte, so empfand ich es damals, das Verstehen kam später. Sie gab mir zu essen, und die vorherige Lust beim Trinken wiederholte sich, aber viel intensiver, ich spürte, wie sich mein Körper füllte und ein Gefühl der Glückseligkeit mich überwältigte, aber zugleich empfand ich eine unerklärliche Leere, etwas Notwendiges, das fehlte. Als sie mich zu einem Bett führte und ihre Arme um meine Schultern legte, ahnte ich, was es sein könnte. Ich klammerte mich an sie, und wir fielen beide auf das Bett, ich auf sie, und ich drückte sie an mich, so fest, als sollten wir uns gegenseitig durchdringen, so wie das Essen und das Wasser in mich eingedrungen waren auf der dunklen Suche nach diesem Ziel. Doch ihr Körper verweigerte sich, ohne Gewalt, sie sah mir nur unverwandt in die Augen, verwundert, denn sie erschrak nie, war immer nur neugierig. Als ich schließlich verwirrt aufstand, umarmte sie mich, anders als zuvor, fuhr mir über das Haar, küsste mich auf die Stirn und beruhigte mich allmählich, indem sie die Leere in mir füllte, aber nicht ganz, das war es nicht, sie beruhigte mich mit Zärtlichkeiten so wie ein ängstliches Fohlen mit sanften Worten, die es nicht versteht.

So beginnen meine ersten Erinnerungen, die einzigen, aber warum tauchen sie gerade jetzt aus der Versenkung auf? Mein Gedächtnis war Domicia. Ich schlug die Augen am Strand auf, vielleicht war ich deshalb schon immer vom Meer fasziniert. Es war ein schwerer Anfang! Zu lernen, was die anderen längst wissen, sie haben nur vergessen, dass auch sie es lernen mussten, Schritt für Schritt, die Sitten, Bräuche und Rituale neu lernen. Sie nannten mich Kilia, weil Rom damals sein tausendjähriges Bestehen feierte. Ob Ahram dieser Name besser gefallen würde als Irenia? Oder Falkis, wie ich bei Astaphernes hieß? Oder Nur, wie mich Uruk taufte? Jeder hat bloß einen Namen, nur ich nicht, mir kann man so viele geben, wie man will, weil ich keine Wurzeln habe. Was erwartet mich jetzt? Sie schätzten mich auf zwölf oder dreizehn Jahre, weil ich bald wie eine Frau zu bluten begann, obwohl ich noch wie ein Mädchen aussah. Das war ein Schreck an diesem Tag … Aber die Jahre davor, wo sind sie? Meine verstümmelte Kindheit? Deshalb lebte ich die meiner Tochter so intensiv, mit ihr wollte ich meine eigene Kindheit neu erleben, deshalb wühlt mich der kleine Malki auf, mit ihm werde ich wieder leben, werde ich neu geboren werden. Lieber Bachir, dir habe ich das zu verdanken! Warum bin ich dir aufgefallen? War es wieder mal mein Haar? Nein, man hatte mich bereits geschoren, als du mich das erste Mal sahst, das war es nicht, ich kenne die Männer, es war etwas anderes, aber dir habe ich ihn zu verdanken, den Jungen. Morgen werde ich deiner Kamelstute den zartesten Papyrus bringen. Ihren Namen *Al-lat* hast du mir erklärt, es ist der einer Göttin, die in einem Brunnen deines Landes ihren Thron hat, du hast sie aus deiner Wüste mitgebracht, dort bedeutet sie Leben für die Menschen, so wie der Junge mir schon jetzt so viel bedeutet. Und du, Ahram, woher stammst du? Wie konnte ich wissen, dass dein Bote Bachir auch umgekehrt mir dich ankündigte? Bist du wirklich so, wie sie sagen? Was für eine Überraschung, deine Ankunft, aber bist du so, wie sie sagen? Ja, jetzt erinnere ich mich, dass man dich sogar in Byzanz den Seefahrer nannte, den Herrscher der Meere, ich hatte es vergessen, die Erinnerung ist ein geheimnisvoller Strom, der die Vergangenheit bringt und sie wieder mitnimmt. Nur meine nicht! Bist du so, wie sie sagen? Meine Augen haben heute deine Füße gesehen, gut geformt wie die von Narsos, stramm und hart vom vielen Gehen auf Deck oder Sand, bestimmt hast du raue Fußsohlen wie die Fischer. Danke für deine Worte, danke für den Jungen. Alles ist gut! Jetzt, da die Angst verflogen ist, kommt mir der Hund stark und schön vor in seiner Freiheit, und morgen fange ich mit Malki an. O Malki, in meinen Armen! Schon der Gedanke raubt mir den Schlaf, erfüllt meine schweißgebadete Brust mit Freude, hoffentlich löst sich diese Schwüle bald auf, der Gestank nach halb ausgetrockneten Sümpfen, faulendem Unkraut, hoffentlich tritt der Nil bald über die Ufer und ergießt sich über die Welt. Tenuset sagt, wenn der Soptetstern kurz vor der Morgendämmerung am Himmel erscheint, werden alle Ufer überschwemmt, bis das ganze Land unter Wasser steht, ein Meer zwischen Wüsten, hier bleiben nur das Haus, das Dorf und der Tempel verschont, weil sie auf Hügeln stehen. Die Sintflut, sagten die Christen dazu, hier glaubt man, dass Isis jedes Jahr in den Heiligen Bergen um Osiris weint, die Alexandrinische Bucht wird gelb vom Schlamm, der Nil reißt die Erde mit und erneuert sie. Und alle warten auf diese Neugeburt der Fruchtbarkeit. Ob auch ich neu geboren werde? Der Junge ist meine Rettung. Ob ich an einen anderen Strand gespült werde, so wie damals auf Psyra? Seit Stunden denke ich über diesen Hund nach, den mir das Schicksal schickte, und jetzt spüre ich ein weiteres Zeichen. Diese innere Ruhe, die mich überwältigt, ich kenne sie, sie ist ein Zeichen, nur weiß ich nicht, wofür, hier in Ägypten ist alles möglich. Danke Ahram für dein Geschenk, deinen Enkel, das Leben.

3. Das *udjat*

Endlich erschien vor Sonnenaufgang der Soptetstern am Horizont, und das Jahr begann mit dem Monat *thoth*. Es wird nicht mehr lange dauern bis zur Flut. Ahram wird es in Alexandria dank seiner Brieftauben als Erster erfahren. Bachir versichert, dass man bald am Großen Nilmeter ablesen kann, ob die kommende Ernte gut oder schlecht ausfallen wird. Die Hitze ist mit jedem Tag unerträglicher. Die Luft staut sich hier im Menhit auf, einem weiten fächerförmigen Landstrich mit den sieben Mündungsarmen des Nils, an deren Kanälen und Küsten jetzt keine Papyrusboote mit Fischern und Vogelfängern mehr segeln.

Auf der Terrasse fächelt eine Sklavin der Herrin ununterbrochen Luft zu. Diese hat Migräne und will sie mit frischen Getränken, Parfüm und einer Schläfenmassage lindern, während sie ihren armen Mann bedauert, der bald aus der Stadt zurückkommen wird. »Er muss sich zu Tode schwitzen in diesem Backofen, der Arme!«

Am Strand, im Schatten der sanft bewegten Palmen, verschafft die Brise Irenia etwas Erleichterung. Jeden Tag kommt sie mit dem Kleinen und Yazila hierher, seit die Herrin begann, ihr zu vertrauen, weil sie das Amulett wiedergefunden hat. Malki hatte es im Teich verloren, was die Mutter für ein böses Omen hielt. Zufällig fand Irenia es im Wasser unter den Lotusblüten, und das war der Beweis, dass sie Glück brachte. Deshalb erlaubt man ihr, mit dem Jungen an den Strand zu gehen. Kaum dass sie den Sand erreichen, streift die Sklavin die Sandalen ab, auf die sie nun als Erzieherin des Kleinen Herrn ein Anrecht hat. Dann geht sie mit ihm ins Wasser, während Yazila sich mit übertriebenem Getue die Füße und das Gesicht benetzt, in den Schatten zurückkehrt und misstrauisch die Frau beobachtet, die ihr die Stelle weggenommen hat. Malki spielt in der Gischt der kleinen Wellen und weint nicht einmal, wenn ihm das Wasser ins Gesicht spritzt. Er liebt es, an der Tunika zu zupfen, die Irenia nun im Gegensatz zu den anderen Sklavinnen trägt, um sie zu Boden zu reißen. Sie lässt sich fallen und beobachtet mit Genugtuung, wie sich Malki neben ihr ausstreckt und mit den Armen so tut, als würde er schwimmen. Ahram wird Augen machen, wenn er seinen Enkel sieht, ein richtiger kleiner Seemann.

So verbringen sie den Morgen, bauen Sandpyramiden, Flüsse, die wie der Nil überlaufen, oder Mauern, die von der Brandung langsam zerstört werden. Als Irenia ein Stück Röhricht auf dem Wasser treiben sieht, kommt ihr die Idee, beim Schreiner des Dorfes ein Spielzeugschiff zu bestellen. Besser noch bei einem der Kunsthandwerker, die aus Kanopos gekommen sind, um die Gruft zu schmücken, die Neferhotep sich gerade bauen lässt. Er überwacht die Arbeiten auf dem Hügel des Tempels regelmäßig und ergötzt sich an den Malereien und Reliefs seines letzten Zuhauses, an den Gefäßen aus Kanopos für seine Organe und an der Ausrüstung, die er für den langen Weg seiner Seele brauchen wird. Der Holzschnitzer müsste im Handumdrehen eine perfekte Miniatur von Ahrams *Jemsu* schnitzen können, mit dem schlanken Rumpf, den purpur-grün gestreiften Segeln und sogar einigen winzigen Seeleuten.

Wenn die Sonne im Zenit steht, kehren sie nach Hause zurück. Der Junge rennt noch hinter ein paar Hühnern her, während er vor den Gänsen Angst hat, aber schließlich liefert sie ihn und Yazila bei der Mutter ab, die sich gern damit brüstet, das Mittagessen ihres Sohnes selbst zu überwachen. Irenia nutzt die Gelegenheit, sich unter den Sonnenschutz aus Röhricht neben der Küche zurückzuziehen, wo sie Bachir und Tenuset antrifft. Sie streichelt ihre Katze, während er ununterbrochen erzählt und an einem Papyrusstiel kaut, da ihm sein Vorrat an *quem*, den ihm Ahrams Schiffskapitäne manchmal aus seiner Heimat mitbringen, zu Ende gegangen ist.

»Sei willkommen, Irenia«, grüßt der Alte und betrachtet sie mit zusammengekniffenen Augen. »Gerade erzählt mir meine Freundin, wie du das Amulett gefunden hast.«

»Wenn ich es dir sage, Bachir. Dieses Mädchen kann zaubern.

Durch das Wasser, die Lotusblüten und den Schlamm hindurch hat sie das *udjat* meines kleinen Lieblings gesehen.«

Tenuset war Sinuits Amme gewesen und behandelt Malki wie ihren eigenen Sohn. Die Sklavin widerspricht lachend.

»Ach was! Die anderen haben nicht richtig gesucht. Der Teich ist nicht so tief.«

»Aber du hast nicht gesucht. Du bist direkt hingegangen und hast einfach zwischen den Lotus gegriffen.«

»Das Amulett war in den Teich gefallen. Man konnte es zwar nicht sehen, aber irgendwo musste es ja sein. Was ist daran Zauberei?«

Die Sklavin mag es gar nicht, dass man ihr diese Macht zuschreibt, weil es Argwohn weckt, und das hat ihre Herkunft bereits zur Genüge getan. Aber überrascht ist sie nicht. Bei den Christen ist ihr dasselbe passiert, und Uruk nannte sie eine Magierin, weil sie manchmal einen Sturm voraussagte, den sie in der Luft spürte, noch ehe irgendjemand etwas ahnte. Daher wechselt sie nun lieber das Thema und fragt Bachir, ob er tatsächlich mit dem Herrn über sie gesprochen hatte.

»Mit dem Herrn? Wann denn?«, antwortet er und tut so, als wüsste er von nichts.

»Bevor er mich hier sah.«

»Na ja, schon möglich. Wegen dieser alten Schwindlerin hier. Sie hatte mir erzählt, dass du anders bist als die anderen. Außerdem hat mich dein Haar fasziniert.«

»Und jetzt ist es in Alexandria beim Perückenmacher!«, lacht die zahnlose Tenuset.

»Das macht nichts. Es wächst schnell wieder nach.«

Bachir zeigt auf den Kopf, der bereits aussieht, als sei er von einem glänzenden Kupferhelm bedeckt, und fügt zum Erstaunen der Sklavin hinzu:

»Hat dein Haar dir Pech oder Glück gebracht?«

»Das ist eine lange Geschichte«, antwortet die Sklavin mit einem Seufzer.

»Es ist nicht das Haar einer Hellenin und auch nicht das einer christlichen Aufwieglerin.«

»Nein, ich bin keine Christin.«

»Du wurdest aber als solche den Raubtieren vorgeworfen. Wie hast du dich retten können?«

»Siehst du? Sie ist doch eine Zauberin«, wiederholt Tenuset.

»Bitte sag das nicht, sonst werden sie Angst vor mir bekommen und mir den Jungen wegnehmen.«

»Du kannst niemandem Angst einjagen«, versichert Bachir ernst.

Die Sklavin schweigt nachdenklich. Woher weiß Bachir das mit der Kampfarena? Der Sklavenhändler wusste nichts davon, er kann es Amoptis nicht verraten haben. Haben sie etwa Erkundigungen eingezogen? Ob sie auch wissen, dass die hungrigen Muränen ihr nichts antun wollten? Vorsichtig fragt sie Bachir.

»Ahram hat es mir gesagt. Die in der Kampfarena ... Ahram ist über alles im Bilde, sogar über das, was in der Cyrenaica oder in Rom passiert. Und was er nicht weiß, erfährt Kritos.«

»Wer ist das?«

»Ein Freund von Ahram. Er wohnt im Großen Haus. Nun ja, besser gesagt, in einer Hütte im Garten.«

Der doppeldeutige Tonfall seiner Stimme überrascht Irenia. Tenuset mischt sich ein.

»Du magst Kritos nicht, aber er ist ein guter Freund des Herrn.«

»Nein, er gefällt mir nicht, auch wenn er es ist. Er mag Männer und keine Frauen.«

»Als wenn er der Einzige wäre!«

»Dass er Knaben mag, ist ja in Ordnung, aber nicht, dass er ihnen als Frau dient. Er hat keine Scham, und obendrein verkleidet er sich als Frau. Pfui!«

Doch augenblicklich bereut er seinen Ausbruch und sagt respektvoll:

»Aber es stimmt. Er ist ein ergebener Diener. Und er liebt den Herrn ... Wahrscheinlich ist er bloß ein bisschen verrückt ...

Vielleicht redet er deshalb so seltsam. Dazu hat er wirklich Talent. Hm, aber sich wie eine Frau zu kleiden in aller Öffentlichkeit!« Wieder der verächtliche Tonfall.

Plötzlich taucht Malki auf, gefolgt von Yazila, und wirft sich Bachir in die Arme. Der Junge spürt, dass der Alte wie sein Großvater ist, denkt Irenia. Er entnimmt seinem Postsack ein plumpes Flusspferd aus dem Holz einer Sykomore, dessen gelenkiger Unterkiefer sich mit einer Schnur, die durch die Ohren führt, auf- und zuklappen lässt. Malki greift mit einem Freudenschrei nach dem Spielzeug, doch Tenuset ist schneller und schnappt es ihm vor der Nase weg. Sie hält das Tier mit dem Kopf nach oben und nimmt ein Messer. Malki schlägt wütend auf ihre Schenkel und protestiert lautstark.

»Was hast du vor?«, fragt Bachir überrascht.

»Ich will ein Weibchen daraus machen«, antwortet sie und schnitzt dem Tier einen Spalt zwischen die Beine. »Der Bulle dient Seth, dem Zerstörer, das Weibchen dagegen Thoëris, der Fruchtbarkeitsgöttin.«

»Unsinn!«, lacht Bachir, während Irenia sich ein weiteres Tier merkt, das die Ägypter vergöttern. »Außerdem ist unser kleiner Malki fast schon ein Mann. Kraft kann ihm nicht schaden.«

»Du bist derjenige, der Unsinn redet, du bist doch nur ein Beduine aus einem rückständigen Land.« Die Worte sind beleidigend, ihr Tonfall jedoch voller Zärtlichkeit.

Malki bekommt sein Spielzeug und nimmt es mit, um damit zu spielen. Bachir steht auf, verabschiedet sich von Irenia und küsst Tenuset zum Spaß auf die Nase, nach altem ägyptischen Brauch.

Auf der Terrasse feiert unterdessen die Herrin die Ankunft ihres Gatten. Der beleibte Neferhotep macht es sich auf einem Stuhl bequem, nimmt die Perücke ab und richtet seine listigen Äuglein auf ein Papyrus, während eine Sklavin ihm das rasierte Haupt fächelt. Die Herrin respektiert diese Aufgabe und freut sich auf den anschließenden Mittagschlaf, denn der Erhabene ist sinnlich und legt seine Trägheit im Bett ab.

Eine goldbraune Sklavin huscht lautlos über die Terrasse und räumt die Schalen, Gläser und die Waschschüssel ab, die die Herren benutzt haben.

»Wie geht es deinem Kopf, mein Liebling?«, fragt der Herr zuckersüß.

»Besser, besser«, antwortet Sinuit hastig, denn sie wartet nur darauf, sich endlich in ihre Gemächer zurückzuziehen.

Aber Neferhotep lässt sie gern schmoren und schlägt eine Partie *senet* vor. Nufria bringt das Brett und die Stäbchen, die man auf Tanuris benutzt, um die Punkte zu zählen, statt der griechischen Würfel. In Alexandria gibt sich der Erhabene fortschrittlich und ahmt die Hellenisten nach, während er auf dem Land die ägyptischen Traditionen hochhält, um dem Klerus von Kanopos zu schmeicheln.

Während des Spiels unterhalten sie sich über den Umzug nach Alexandria in Ahrams Haus. Sobald die Flut eintrifft und das Land überschwemmt wird, liegen alle Arbeiten brach. Wie Bachir berichtet, hat Ahram das Schiff, das sie, die Sklaven und den weiteren Tross in die Stadt bringen wird, bereits startklar gemacht, und obwohl der Erhabene nichts zu den Vorbereitungen beigetragen hat, schreibt seine Frau den ganzen Verdienst ihm zu. Plötzlich hört man unten im Garten Malki verzweifelt weinen.

»Hathor, Herrin der Türkise, rette meinen Sohn!«, schreit die Herrin und wirft die Hände über den Kopf. »Ob er gefallen ist? Vielleicht hat er sich etwas gebrochen! Lauf, mein Nefer, lauf und wende das Unglück ab!«

Der Erhabene steht schwerfällig auf und befiehlt seiner hysterischen Frau, sich zu beruhigen. Noch ehe er auch nur einen Schritt getan hat, hört man das Weinen bereits auf der Treppe, und dann erscheint Amoptis mit dem Kind an der Hand. Danach folgt Irenia mit hoch erhobenem Haupt und herausforderndem Blick. Die Mutter entreißt ihm den Jungen, der der Sklavin böse Blicke zuwirft.

»Es schmerzt mich, es sagen zu müssen, Herr«, erklärt Amoptis, »aber diese Sklavin hat den kleinen Malki geschlagen.«

Die Herrin ist so entsetzt, als hätte er eine Gotteslästerung ausgesprochen.

»Dieses unschuldige Wesen geschlagen? Das ist doch nicht möglich!«

»Er kann es nicht lassen, die Steine umzudrehen, unter denen die Skorpione Schutz vor der Sonne suchen«, erklärt Irenia.

»Dann halte ihn davon ab, aber ihn schlagen? Deinen Herrn?«

»Er muss schließlich lernen zu gehorchen«, entgegnet Irenia ernst.

»Lernen?«, kreischt die Mutter, während sich Neferhotep wieder hinsetzt und die Angelegenheit seiner Frau überlässt. »Und wozu bist du dann gut? Sechs Peitschenhiebe! Und bloß sechs, weil ich die Güte in Person bin!«

»Ich hätte mit meinem Sohn dasselbe gemacht.«

Der Haushofmeister wirft die Hände zum Himmel, als riefe er ihn zum Zeugen für die ungeheuerliche Respektlosigkeit an.

»Wie kannst du es wagen, deinen Herrn ›Sohn‹ zu nennen? Für wen hältst du dich? Nur weil dich dieser wilde Hund so erschreckt hat, dass du nicht weglaufen konntest! Nicht sechs, sondern neun Peitschenhiebe. Hast du gehört, Amoptis? Morgen früh im großen Innenhof. Und was den Jungen angeht …«

Sie will schon ankündigen, dass Irenia nicht länger auf ihn aufpassen darf, doch dann fällt ihr wieder ein, dass es nicht ihre Entscheidung, sondern die ihres Vaters war. Da sie erst ihn fragen muss, beendet sie ihren Satz nicht und ruft Yazila zu sich, die die Szene mit einem falschen Grinsen von der Treppe aus beobachtet hat.

Die Strafe wird am folgenden Tag vollzogen. Man zieht die Sklavin bis auf den Rock aus und fesselt ihre Hände an den Bock, an dem die Esel beschlagen werden. Da die Arbeit auf den Feldern brachliegt, kommen fast alle in das Herrenhaus, denn die neue Sklavin ist wegen ihres Haars und ihres Rufes als Umstürzlerin umstritten, und auch, weil sie die Gunst des Herrn so schnell hat gewinnen können. Der oberste Schreiber leitet die Bestrafung und zählt die einzelnen Schläge, die der Sklavenaufseher mit einer rauen Peitsche aus Flusspferdleder ausführt. Alle staunen, weil sie die weiche Haut nicht zerreißt, sondern bloß lange violettblaue Striemen hinterlässt. Glücklicherweise schreit die Sklavin beim viertem Hieb auf, zur Erleichterung des Aufsehers, der bereits um seinen Ruf fürchtete.

Doch es ist nicht der Schmerz, der Irenia am meisten in Schrecken versetzt. Während Tenuset die Wunden am Rücken mit Wasser und Essig versorgt, ist es ihre größte Angst, von dem Jungen getrennt zu werden. Sie bereut nichts: Malki weiß nun, dass er nicht alles darf. Wenn sie ihn aber jemand anderem anvertrauen, wird derjenige ihn wieder verwöhnen und ihm aus Angst vor der Peitsche alles erlauben. Der Gedanke lässt sie nicht ruhen.

Aber so weit kommt es nicht. Am nächsten Morgen lässt Bachir die Sklavin zu sich rufen und empfängt sie allein in seinem kleinen Raum neben den Küchen, wo er manchmal schläft. Er hört ihr aufmerksam zu, lässt sich anschließend den Rücken zeigen und fährt mit den faltigen Fingern, die unerwartet sanft sind, über einen der Striemen.

Wenn er überrascht ist, wie wenig die Peitsche aus Flusspferdleder ihrer weichen Haut anhaben konnte, so lässt er sich nichts anmerken. Als die Sklavin sieht, dass das alles und ihr Gespräch zu Ende ist, wirft sie sich auf die Knie, umklammert die Beine des Alten und lässt ihren Tränen freien Lauf.

»Die Peitschenhiebe machen mir nichts aus, wenn sie mir bloß den Jungen nicht nehmen! Ich wollte ihn erziehen, nur deshalb habe ich ihn geschlagen. Erkläre es dem Herrn! Er hat mir aufgetragen, einen richtigen Mann aus ihm zu machen, und ich weiß, was ein Mann ist! Sag es ihm, ich bitte dich …«

Bachir lässt sie nicht fortfahren. Er packt sie an den Armen, zieht sie hoch und begleitet sie mit einem seltsamen Glanz in den Augen zur Tür.

»Geh in Frieden und mach dir keine Sorgen! Das sage ich dir, ich, Bachir.«

Am nächsten Morgen geben sie der Sklavin die Sandalen und die

Tunika zurück und vertrauen ihr den Jungen wieder an. Den Befehl dazu überbringt Yazila, die ihn überschwänglich mitfühlend und solidarisch verkündet.

Als sie damals mit den Anhängern des Göttlichen Weibes durch die Cyrenaica zog, war Irenia aus Liebe zu Domicia und dem Wunsch, dieselbe innere Ruhe wie sie zu finden, immer mehr geneigt gewesen, sich taufen zu lassen. Außerdem verstand sie den weiblichen Messias der porphyrianischen Glaubenslehre als Anbetung der Gottmutter, die sie selbst schon immer verehrt hatte, nicht, weil sie eine Frau war, sondern weil sie als Einzige das verkörperte, was Irenia für anbetungs- und hingebungswürdig hielt: das Leben an sich. Diese Mutter hatte Irenia in Astaphernes Harem Ischtar genannt und ihr unzählige weiße Tauben geopfert. Mit Uruk hatte sie sie als unterirdische Göttin angebetet, die das Gras für die Pferde derer sprießen lässt, die in den runden Zelten wohnen. Sie hatte auch gehört, dass andere sie Astarte, Baalat, Isis, Venus und vor allem Aphrodite nannten, was in ihrem Herzen am schönsten klang.

Porphyria war ihrerseits von Irenias Intelligenz, Energie und Feingefühl fasziniert und wollte sie ausbilden und zu Domicias Diakonisse weihen lassen, wenn sie nicht mehr da wäre. Die unermüdliche Matrone mit dem langen weißen Haar, den tief liegenden dunklen Augen, der kühnen Nase und heiseren Stimme, die stets einen Männerumhang trug, wie der weibliche Christus damals in Palästina einen getragen hatte, bis er gekreuzigt wurde, zog mit ihren leidenschaftlichen Predigten alle Zuhörer in ihren Bann. Bei Irenia hatte sie wertvolle Fähigkeiten ausgemacht, obendrein war sie auf geheimnisvolle Weise am Strand von Psyra gefunden worden, was sich durchaus als positives göttliches Zeichen gegenüber der Glaubensgemeinschaft werten ließ. Deshalb verbrachte sie lange Stunden mit ihr und Domicia unter den flimmernden Sternen der Cyrenaica, und diese Bevorzugung nährte böswillige Gerüchte.

Gerade als sich Irenia langsam mit dem Gedanken an eine Taufe anfreundete, die Porphyria vollzog, indem sie den Täufling vollständig in das regenerierende Wasser tauchte, um seinen Körper zu reinigen, wurde das Leben der Frauen durch das Erscheinen einer anderen christlichen Sekte durcheinander gebracht. Anfänglich rettete sie die Frauen vor dem Hunger, dann aber zerstörte sie den Frieden und läutete den tragischen Untergang der Gemeinde ein. Ihr Anführer Roteph trat vehement für eine vom Bischof von Rom unabhängige Kirche in Afrika ein und bekämpfte das Römische Reich mit den brutalsten Mitteln, die ihm zur Verfügung standen. Er überfiel die reichen Häuser und Latifundien der von der Regierung konzessionierten Großgrundbesitzer, griff kleine Legionärsposten an und finanzierte seinen Krieg mit dem Lösegeld aus Entführungen. Kurz, er gehörte zu denen, die dafür verantwortlich waren, dass alle Christen als Aufwiegler bezeichnet wurden. Obwohl eine hohe Belohnung auf seinen Kopf ausgesetzt war, gelang es ihm immer wieder, den Fängen der Legionäre zu entkommen, die höchstens einen Nachzügler seiner Gruppe zu fassen bekamen. Mit seinen Kriegslisten, seiner genauen Ortskenntnis und der Unterstützung der armen Fellachen, die ihn als großzügigen Räuber verehrten, schaffte es Roteph immer wieder, seine Männer in Sicherheit zu bringen, zu denen vor allem entlaufene Sklaven und Bauern zählten, die ihre Dörfer hatten verlassen müssen, weil sie die hohen Abgaben nicht entrichten konnten.

An einem frühlingswarmen Nachmittag kam Roteph mit seinen Anhängern in der kleinen Oase an, die die Frauen bereits am Morgen erreicht hatten. Zuerst wollte er nur eine Nacht Brunnen und Zeltplatz mit ihnen teilen, aber als er Porphyria aufsuchte und Irenia sah, leuchteten seine Augen so lüstern, dass diese Angst bekam. Aus ihren Erfahrungen mit Männern wusste sie, dass sie bald von dem robusten Körper bedrängt werden würde, der nach vierzig Jahren Kampf unter freiem Himmel auf dem Höhepunkt seiner Kraft war. Das lange schwarze Haar und der dichte Bart, die im Gegensatz zu denen der anderen Heimatlosen sauber und gepflegt waren, unterstrichen die Adlernase, die vor Arroganz und Skrupellosigkeit blitzenden schwarzen Augen und den Mund, der immerzu lachte und schrie.

Roteph verbarg zunächst seine wahren Absichten und sprach mit Porphyria über den Proviant und andere Probleme, die mit dem Vagabundenleben zu tun hatten. Sein Glaube unterschied sich von dem der Mutter, da er an einen androgynen Christus glaubte und daran, dass das Paar, egal ob auf Erden oder im Himmel, der Ursprung der Menschheit und die Grundlage des Lebens sei. Deshalb befolgten die Priester seiner Gruppe nicht das Zölibat, erteilten Frauen die Sakramente und lasen die Messe, womit sie Porphyrias Überzeugungen viel näher standen als die patriarchalischen Ansichten konventioneller Christen, die derlei ausschlossen. Aus diesem Grund stimmte die Mutter seinem Vorschlag zu, beide Gruppen zu einer einzigen zu vereinen, wenigstens solange sie verfolgt wurden; vielleicht auch, weil sie nach monatelangen Kämpfen geschwächt war. Kaum hatten die beiden Anführer nach dem Abendgebet den Zusammenschluss verkündet, fand eine begeisterte Verbrüderung statt, weil die Frauen darin das Ende ihrer Not sahen und Rotephs Männer sich auf die überwiegend aus Frauen bestehende Gemeinschaft des Göttlichen Weibes freuten.

Die ersten Tage verliefen friedlich, möglicherweise, weil das Passionsfest vor der Tür stand, das im Geist der Buße und Enthaltsamkeit begangen wurde, sogar von den wilden und gewalttätigen Männern Rotephs. Doch es dauerte nicht lange, bis dieser Irenia seine Leidenschaft gestand und ihr eine körperliche Vereinigung vorschlug, um die doppelte Natur seines androgynen Christus noch intensiver Fleisch werden zu lassen und eine Dreifaltigkeit zu gründen, in der Porphyria die Mutter verkörpern würde. Mit Porphyrias Zustimmung schob Irenia die Absage hinaus, weil sie eine gewalttätige Reaktion fürchtete, doch Rotephs Drängen wurde immer stärker und hätte sich vermutlich entladen, wären am Ostertag nicht plötzlich zwei Zenturien über sie hergefallen, die ihnen seit langem auf den Fersen gewesen waren. Der Überraschungseffekt und die militärische Überlegenheit besiegelten das Schicksal der christlichen Krieger, die fast alle bei dem Angriff starben. Auch Porphyria und Domicia wurden Seite an Seite von Pfeilen durchbohrt. Die überlebenden Christen wurden gefangen genommen, um entweder als Sklaven verkauft oder den Raubtieren zum Fraß vorgeworfen zu werden, nachdem man für den Transport nach Cyrene die Männer von den Frauen getrennt hatte.

Erst Tage später entdeckte Irenia in den unterirdischen Kerkern der Kampfarena, in die sie gebracht worden waren, Roteph wieder, als sie in der Dunkelheit seine unverwechselbare, zornige Stimme erkannte. Obwohl sie keine Gefühle für ihn empfand, zog seine Männlichkeit sie an, und so kletterte sie über die vielen Körper, die laut protestierten oder nur leise stöhnten, weil das Fieber sie zu sehr geschwächt hatte. Roteph war an der Wand angekettet, doch als er sie sah, strahlte er, als befänden sie sich in der freien Wüste. Seine Leidenschaft für sie war ungebrochen. Irenia unterbrach ihn und erinnerte ihn an die schwere Reise zu Gott, die ihnen bevorstand.

»Er ist mir egal. Meine Göttin bist du.«

Sie ermahnte ihn, nicht Gott zu lästern, worauf Roteph in Gelächter ausbrach.

»Ich glaube nur an dieses Leben. Ich wurde Christ, um das Leben auf meine Art zu leben, als freier Mann, der die Römer bekämpft. Wir wollten denjenigen das Leben schwer machen, die von Geburt an reich sind und alles haben. Irgendwann werden sie wie vom Blitz erschlagen, ich weiß es, aber ich wollte es beschleunigen. Roteph der Täufer, wie ihr Christen sagt: der Täufer des Schicksals. Das mit dem Paar, das Christus verkörpert, habe ich mir ausgedacht, weil wir nun mal dafür erschaffen sind, und ich habe es vor Porphyria nur deshalb so glühend verteidigt, weil ich dich gesehen hatte. Ich habe mich sofort in dich verliebt, und das, obwohl dein Haar stets bedeckt war. Dass ich es hier berühren darf! Als ich dich sah, vergaß ich den Krieg und meine Rebellion, wie sie es nennen … Ich wurde unachtsam, und vielleicht haben sie uns deshalb überrascht …«

Er hielt inne. Seine Hände strichen ihr übers Haar und blieben auf ihren Schultern liegen.

»Was hast du für eine Macht? Woher kommst du?«, fragte er dann. »Als ich dich sah, hatte ich das Gefühl, als würdest du mir das Kriegerblut aus den Adern saugen und durch das Blut der Liebe ersetzen. Ich vergaß, dass ich meinen Kämpfern Frauen versprochen hatte, als wir uns der Oase näherten und euch entdeckten. Ich vergaß, dich sofort zu nehmen, wie es sonst meine Art ist. Ich hielt meine Männer zurück und fand mich damit ab, dass auch ich warten musste, weil du es so wolltest.«

Er lächelte leicht.

»Eine noch schlimmere Strafe war, dass ich mir Porphyrias Glaubenslehren anhören musste und mich selbst nicht wieder erkannte, als ich plötzlich anfing, Dinge zu erfinden, über die ich noch nie zuvor nachgedacht hatte, ganz neue Religionen. Was macht eine mehr oder weniger schon aus! Aber wenn ich dich ansah, glaubte ich tatsächlich, dass Porphyria Recht hatte. Gott ist eine Frau, denn du bist mein Gott.«

Irenia hielt ihm die Hand vor den bärtigen Mund und empfing einen derart leidenschaftlichen Kuss darauf, dass sie das Gefühl hatte, trotz der Ketten von ihm umarmt zu werden. Sie hörte, wie der Mann keuchte und seine Lust mühsam unterdrückte.

»Lass mich allein. Ich bin deiner nicht würdig.«

Nach seiner vorherigen Überheblichkeit war diese Unterwürfigkeit so überraschend, dass Irenia fast die Tränen kamen.

»Ich bin wie der gute Dieb, und jetzt, an deiner Seite, bin ich im Paradies. Dir vertraue ich meinen Glauben an, Jesus Christus, komm zu mir.«

Fasziniert näherte Irenia ihr Gesicht dem seinen, und als sie das Feuer auf Rotephs Lippen spürte, umarmte sie ihn. So verbrachten sie die Nacht zusammen. Der Mann tröstete Irenia, der es nach Domicias Tod zwar nichts ausmachte, ebenfalls zu sterben, aber Angst vor den Qualen, sollten die Raubtiere sie vielleicht nicht sofort töten, hatte sie dennoch. Roteph aber versprach ihr, dass sie noch vor ihm sterben würde. Er war dazu verurteilt, an ein Kreuz gefesselt zu werden, damit er sich nicht wehren konnte und die Prankenhiebe ihn nicht sofort töteten.

Als am nächsten Nachmittag die Tore aufgingen, ein wenig Licht in den Kerker fiel und sie das Geschrei des Pöbels auf den Tribünen hören konnten, wurde Roteph als Erster aufgerufen. Danach traten die anderen in die Arena, von der Sonne geblendet und von den schrillen Schreien der Menge betäubt. Irenia sah das in der Arena aufgepflanzte Kreuz, an das Roteph gefesselt war, so dass die Raubtiere springen mussten, um ihn langsam zu zerfetzen, statt ihn mit einem tödlichen Biss zu erlösen. Als die Posaunen erklangen, wurde es totenstill, und sie konnten sehen, wie ein Leopard in die Arena sprang. Im gleichen Augenblick bahnte sich jemand einen Weg durch die Gruppe von Christen, die am Rand der Arena standen, packte Irenia am Arm und schleifte sie zurück. Irenia konnte noch sehen, wie Roteph, der es geschafft hatte, einen Arm frei zu bekommen, versuchte, sich von den Fesseln zu befreien, um mit bloßen Händen und einem Furcht erregenden Schrei einen Löwen abzuwehren. Dann spürte sie, wie man sie durch das kleine Tor, das in die Arena führte, zurück in die Dunkelheit des Kerkers zerrte. Man schleifte sie durch Gänge und über Treppen, bis das Kreischen der Menge nur noch ein fernes Summen war.

Man brachte sie in einen kleinen Raum mit niedriger Decke und befahl ihr, sich einem kahlköpfigen, fettleibigen Römer in einer rot eingefassten Toga zu nähern, der auf einem Schemel saß. Neben ihm stand ein unterwürfiger Sklavenaufseher. Die Tür schloss sich hinter ihr, der Dicke machte eine stumme Geste, worauf der andere Irenia den Umhang vom Leib riss, so dass sie bis auf die Binde, die ihre Brüste hielt, nackt vor ihnen stand. Auch die nahm er ihr ab, und dann sagte der Dicke:

»Idioten! Habt ihr keine Augen im Kopf? Seid ihr blind? Schaut euch diese Haut an, das Haar, die Hüften. Du, dreh dich um!«

Sie gehorchte und spürte, wie sich seine speckige Hand um ihre Hinterbacken legte.

»Ich habe es gesehen, kaum dass sie die Arena betrat. Idioten! Der Statthalter wird entzückt sein, seinen hungrigen Muränen dieses zarte Fleisch vorwerfen zu können. Schickt sie ihm.«

Irenia lief es kalt über den Rücken. Auf Psyra fürchteten die Fischer die Muränen mehr als die giftigen Quallen und die Haifische, weil man sie zwischen den Felsen nicht sah und ihre Angriffe brutal waren. Drei weitere Tage verbrachte sie einsam in der Zelle, allein mit ihrer Angst vor den Schmerzen und ihrer Trauer um Domicia, und wunderte sich, dass sie nicht mal an Selbstmord dachte. Schließlich brachte man sie in einen prächtigen Palast mit einem großen Garten, wo man sie entkleidete und neben einem Rosenbeet warten ließ. Die Bienen summten, ein Schmetterling setzte sich auf ihre linke Brust. Es war ein herrlicher Nachmittag, die Luft erfüllt vom Duft der Blumen, und Irenia staunte, wie sie in ihrer Lage so viel Frieden wahrnehmen konnte.

Schließlich hörte sie eine Stimme, jemand stieß sie vorwärts, es ging an einigen Myrten vorbei, und dann stand sie vor einem Weiher, in dem dunkle schlangenartige Schatten schwammen. Sie schloss die Augen und hörte Gelächter. Vier alte Männer mit Blumenkränzen auf dem Kopf lagen auf Klinen und ließen sich von Sklavinnen Früchte und Wein servieren. Sie musterten sie gütig.

»Jammerschade, so eine Verschwendung«, sagte der eine.

»Kannst du sie etwa noch genießen?« Alle brachen in Gelächter aus. »Los, los, soll sie uns den einzigen Spaß bereiten, den wir noch haben können. Na, mach schon, Mädchen, nimm ein Bad für uns. Keine Angst. Wasser beißt nicht.«

Jemand schubste sie von hinten in den Weiher. Er war nicht tief, aber sie tauchte unter und schluckte so viel Wasser, wie sie konnte, um zu ertrinken. Dann aber tauchte sie instinktiv wieder an die Oberfläche und hustete heftig. In diesem Augenblick spürte sie, dass etwas leicht an ihrem Bein vorbeistreifte, aber keinen Biss. Überrascht blickte sie nach unten. Die Muränen – es waren drei – schwammen verspielt zwischen ihren Beinen und um ihre Hüften. Einen Augenblick lang streckte eine unweit von Irenias Brüsten den Kopf aus dem Wasser und zeigte die messerscharfen Zähne und die sanften Augen eines friedlichen Tieres.

Unerwarteter Triumph brach aus Irenias Brust wie ein stummer Schrei, während die Alten sie überrascht anstarrten. Einer stand auf und ging auf den Mann zu, der sie geschubst hatte.

»Was soll das, Divisius? Hast du sie nicht hungrig gehalten?«

»Herr, ich schwöre ...«

»Schwöre nicht, Schurke. Beweis es!«

Der Alte ging auf den Teich zu.

»Wie denn, Herr? Nein!«

Er hatte zu spät verstanden. Der Alte hatte ihn bereits ins Wasser gestoßen. Der Mann versuchte noch herauszuklettern, doch blitzartig hatten sich die Muränen in einem Bein und in der Hüfte festgebissen. Als er schreiend vor Schmerzen und Angst versuchte, aus dem Wasser zu steigen, hingen sie noch in seinem Fleisch, bis sie schließlich losließen, am Rand des Weihers entlang wieder ins Wasser glitten und weiter mit Irenia spielten, die ungläubig zusah, wie sich das Wasser rosa färbte. In dem Moment schrie einer der Alten in Panik:

»Eine Hexe! Sie ist eine Hexe!«

»Stimmt, die Christen haben Hexen«, beteuerte ein anderer.

Der Hausherr erblasste und schrie Befehle, worauf Sklaven herbeieilten und Irenia aus dem Wasser halfen. Die Alten ergriffen die Flucht, und während der Verletzte immer noch schreiend am Boden lag, führte man Irenia hastig in ein Zimmer.

Jetzt wird es mir klar, das hier ist meine Menschwerdung. Ich habe sie mit den Peitschenhieben erkauft, aber sie waren es wert, dafür bin ich auf die Welt gekommen, um auf Malkis Erscheinen zu warten. Zuerst war er ein Kreuz, wie die Christen sagen, unausstehlich, widerwärtig, niemand hat ihn erzogen. Yazila spielt nur mit ihm, gibt ihm, was er will, und seine Mutter erlaubt ihm alles, damit sie sich ungestört ihrer Migräne hingeben kann, während sie auf ihren Mann wartet. Der Junge ist eine kleine Bestie! Sobald man ihm etwas verwehrt, schlägt er um sich und schreit! Und alle schauen mir auf die Finger, vor allem Amoptis. Was habe ich ihm getan? Warum verleumdet er mich? Ich habe ihn nicht genötigt, mich zu kaufen, es war mein Haar, natürlich, ich habe ihn auch nicht gezwungen, mir sein Geschlecht in den Mund zu stecken. Später hat er sich geekelt, ich habe es gemerkt, er zieht Knaben vor, hier hat man es mir bestätigt. Er hat sogar vor einem Schreiber gesagt, man müsse mich in meine Schranken weisen, weil ich mir zu viel einbilde, deshalb habe er dafür gesorgt, dass ich ausgepeitscht wurde. Er erzählt, dass ich den Jungen noch entführen oder vergiften werde, weil ich eine Aufwieglerin sei. Elender Kerl! Der Schreiber hat es gehört und mir bei Maat geschworen, dass er genau das gesagt hat. Ich verstehe ja, dass er an seine Tochter denkt, er hofft, dass ich bei dem Jungen versage, aber die Freude mache ich ihm nicht, er hätte es fast geschafft, aber sie haben mir das Kind nicht weggenommen, die Mutter wagt es nicht, Ahram zu widersprechen, dank Bachir, gesegnet sei er! Ob er auch das mit den Muränen weiß? Ob sie auch in Cyrene Erkundigungen eingezogen haben? Dann war es Ahram, er wird wissen wollen, wem er seinen Enkel anvertraut. »Ahram möchte, dass du einen Mann aus Malki machst«, erklärt mir Bachir, aber muss er deshalb alles über mein Leben wissen? Mir würde es reichen, wenn er herausfindet, was vor Psyra war. Aber wozu? Das ist es nicht, was mich rettet, sondern Malki, mein Messias, Domicia hatte Recht. O du meine unvergessliche Domicia! Ich habe Porphyria beneidet, weil sie in deinen Armen starb, jetzt verstehe ich, du hast mir die wahre Liebe geschickt, das, was mich in dieser neuen Welt erwartete, in Ägypten, dem Land des Überflusses. Für mich ist die Nilschwelle bereits da, ich muss nicht länger warten. Diese Mutterschaft erfüllt mich ganz, da sie mir gar nicht mehr vergönnt war. Egal, wie lange es dauert, Malki gehört mir, die Herrin hat nachgegeben trotz Amoptis, trotz allen anderen. Was haben sie gegen mich? Gestern saßen die Herrin und die Nachbarin von der anderen Seite des Kanals von Kanopos auf der Terrasse und aßen Pistazien mit Honig und andere Süßigkeiten. Was sind sie bloß für

Schleckermäuler! Kaum hat sie Gesellschaft, verfliegt ihre Migräne. Die andere sprach extra laut, damit ich sie hörte, während ich auf den Jungen aufpasste, und wollte wissen, warum ich kein Brandzeichen trage, wie es sich für Sklaven gehört, in Ägypten nicht, weil es hier nicht so viele gibt, aber in der Cyrenaica, vor allem die Umstürzler, schließlich bedrohen sie die öffentliche Ordnung und die Sicherheit der Bürger! Meine Herrin brachte sie mit einer Geste zum Schweigen, sie hat Angst vor meinen vermeintlichen Zauberkünsten, das gefällt mir nicht, andererseits kommt es mir zugute. Immerhin habe ich das Amulett gefunden, aber das war nichts Besonderes! Wenn sie wüsste, dass ich schon mal gebrandmarkt wurde, als ich in den Harem kam. Das Zeichen ist mit der Zeit verschwunden, vielleicht waren sie nicht besonders sorgfältig mit dem Brandeisen, oder der Schmied hatte Mitleid mit mir. Bestimmt würde sie mich dann erst recht für eine Hexe halten. Seltsam ist auch, dass man die Peitschenhiebe kaum noch sieht und mein Körper fast genauso intakt ist wie der des Jungen, obwohl er schon so oft benutzt wurde, besser gesagt, missbraucht. Intakt? Ein Körper, der Peitsche, Fesseln, Ketten und Fußeisen kennen gelernt hat und so viele Hände, Zungen, Zähne, Tritte, Penisse, Brutalität und Gier, aber auch Zärtlichkeit und Ekstase, ein Körper, in den man überall eingedrungen ist, den man zerkratzt und gestreichelt hat, und der immer noch intakt ist. Haut wie ein Kind, aus Jasmin und Rosen, wie Uruk sagte, »ein Juwel für einen Herrscher«. Intakt, als hätte es weder Brandeisen noch Peitsche gegeben, weder Mann noch Frau. Wie der des Jungen, der aussieht wie ein Püppchen, wenn er nackt herumläuft. Er scheint aus Lehm zu sein, wie alles in Ägypten, mit Ausnahme der Tempel, seine Haut schimmert so golden wie frischer Honig, nur mit seinem Band um die Hüften und seinem Amulett, meinem Amulett, dem Horusauge. Mein Junge, der mich liebt, obwohl ich mit ihm schimpfe. Er weiß noch nicht, dass es nur zu seinem Besten ist, akzeptiert es aber, weil er etwas anderes weiß, das Wichtigste, nämlich, dass ich ihn liebe und dass er mein Leben ist. Ich sage es ihm mit Worten, aber vor allem mit den

Händen, dem Körper, so wie Domicia und ich uns unsere Liebe erzählten, Liebe trinkt man durch die Haut. Er sieht mich jetzt anders an, zieht mich den anderen vor, lacht mit mir, und es macht ihm sogar Spaß, über mein Haar zu fahren, obwohl es sich wie eine Bürste anfühlt. Dann küsst er mich, als wüsste er, dass ich mich hässlich fühle. Am Anfang konnte er nur mit der Nase küssen wie Yazila, die in den Küchen groß geworden ist, nach alter ägyptischer Tradition, aber er lernt dazu. Anfangs lutschte sein Mündchen an meiner Wange, und seine Zunge leckte an ihr, doch jetzt küsst er schon richtig. Dem Herrn hat es nicht missfallen; obwohl er altmodisch ist, gibt er sich gern modern, und die Herrin betrachtet es als eine Laune. So hätte mich meine Kleine auch geküsst. Sie wäre jetzt doppelt so alt wie Malki, bald wird er im Tempel von Kanopos sein erstes Kleid bekommen, sein Großvater kommt eigens dafür hierher. Er muss froh sein, ich werde einen Mann aus seinem Enkel machen, doch wird ihm meine Vorstellung von einem Mann gefallen? Mein Herr ist so anders. Ich frage Bachir, aber er ist einsilbig, kennt den Herrn ein ganzes Leben, tut aber so, als hätte er keine Ahnung. Da kann man nichts machen, Hauptsache, er unterstützt mich. Wie er mich angesehen hat, als ich, nachdem man mich ausgepeitscht hatte, zu ihm ging und ihn anflehte, sie sollten mir den Jungen nicht wegnehmen – mit den Augen eines Vaters, aber eines leidenden Vaters. Vaters? Gestern am Strand hat er mir wieder über das kurze Haar gestreichelt, seine Hand zitterte, und ich weiß nicht, ob es nur an seinem Alter lag. Wie viele Hände haben gezittert, bevor sie mich zum Bett führten? Ich war gerührt, wartete auf seinen Befehl, hätte fast angefangen, mich auszuziehen, aber er sagte nichts, und als ich zu ihm aufsah, lächelte er übers ganze Gesicht. War es das Lächeln eines Vaters? Eines Mannes? Bloß ein Lächeln, und ich erwiderte es. Es war wie ein Schwindel, nun gut, der Schatten eines Schwindels, der Schwindel in einem anderen Himmel, ich weiß, wovon ich rede. Was sollte ich machen? Ich küsste seine Hand, und er zog sie sanft zurück und schüttelte den Kopf, aber er lächelte. Es war ein erschütternder Frieden, wir verstanden uns ohne Worte, umarmten uns ohne Körper, so wie damals mit Roteph im nächtlichen Kerker der Kampfarena, obwohl das etwas anderes war. Deshalb gehört Malki mir, weil wir uns verstehen. Ein bemerkenswerter Mann, dieser Bachir, aus derselben Rasse wie Ahram oder Uruk. Sie werfen Ahram vor, er wolle Kaiser werden, aber so dumm kann er nicht sein, heute kann jeder Söldner Kaiser werden, Ahram ist viel mehr, Adler und Gepard zusammen, in Rom genauso wichtig wie in Ktesiphon. Du hattest Recht, Domicia, als du mir einen neuen Namen gabst und mir nach der Ekstase mit dir Großes voraussagtest. Domicia, meine Liebe! Wie gern wäre ich neben dir gestorben! Doch jetzt begreife ich, das hier war mein Schicksal, der Junge brauchte mich. Hast du das von da oben eingefädelt? Weißt du schon, ob dein Christus eine Frau ist wie wir? Es kann nicht anders sein, sie hat mir so viel gegeben, war so großzügig. Jetzt bist du in ihrem Himmel. Es war nicht so, dass etwas zu mir kommen musste wie die Flut zum Nil, ich musste zu diesem Jungen gelangen, mehr als durch das Eisen war ich für ihn gebrandmarkt, deshalb wird Ahram ihn mir nicht nehmen. Aber werde ich ihn auch nicht enttäuschen? Was wird Ahram sagen, wenn er kommt? Er ist ein verwirrender Mann, er hat Narsos' Füße und Uruks Stimme und rudert sein Beiboot mit eigener Hand, obwohl er mehr Seeleute befehligt als jeder andere auf der Welt. Dieser Mann muss mich verstehen, er muss wissen, worauf es in Wahrheit ankommt, er wird zu mir halten, und Malki wird so aufwachsen, wie er es sich wünscht.

4. An Bord der *Jemsu*

Zwei Tage später umsegelt die *Jemsu* von Alexandria kommend die westliche Klippe und wirft in der kleinen Bucht den Anker aus, nachdem sie die Segel eingezogen hat. Dann löst sich das Beiboot vom Schiff, wie ein kleiner Wal, den seine Mutter spielen lässt. Als Ahram aus dem Beiboot steigt, dieses Mal allein, wird er erneut von einer großen Menschenmenge empfangen, in der er zu seiner großen Freude auch den Enkel erkennt. Malki löst sich von der Hand der Sklavin und rennt auf den Großvater zu, um ihm als Erstes sein neues Spielzeug zu zeigen, das er ihm mit beiden Händchen entgegenstreckt.

Ahram gestaltet den Empfang, den Amoptis und seine Leute ihm bereiten, so kurz wie möglich und tritt mit dem Jungen und der Sklavin durch eine Seitentür in den Garten. Er setzt sich in den Schatten einer duftenden Sykomore und bewundert gebührend das plumpe Flusspferd, das auf Malkis Befehl hin das Maul öffnet und schließt.

»Wunderschön! Wer hat dir denn das geschenkt? Deine Mutter?«

»Bachir! Bachir!«

»Ach ja? Spielst du mit ihm? Magst du ihn gern?«

»Sehr. Er kann schön mit mir spielen.«

»Das freut mich.« Er wendet sich der Sklavin zu, die neben ihm steht. »Ja, bring ihn oft zu Bachir. Er ist ein guter Lehrer. Und wenn dich etwas bedrückt, wende dich an ihn, als wäre ich es.«

»Das habe ich bereits getan, Herr. Und er hat mich gerettet.«

»Wovor? Jedenfalls nicht vor der Peitsche.«

»Sie konnte ich ertragen. Ich wollte nur nicht, dass sie mir den Jungen nehmen. Ich danke Euch, Herr, von ganzem Herzen.«

»Wie geht es deinem Rücken?«

Sie spürt, dass der Herr den Wunsch hat, ihn zu sehen. Warum fordert er es dann nicht, er ist der Besitzer? Ein seltsamer Herr, denkt sie, und antwortet, er sei schon wieder geheilt.

»Und sie – hast du sie auch gern?«, fragt Ahram den Jungen.

»Ja, sie hat mein Amulett gefunden. Aber sie schlägt mich«, setzt er mürrisch hinzu.

»Weil sie dich liebt. Ich würde dich auch schlagen, wenn ich sehe, dass du mit Skorpionen spielst, die dich töten könnten.«

»Was ist töten?«

»Töten ist, wenn du einschläfst und nie mehr wach wirst, wenn du nicht mehr isst, dich nicht mehr bewegst, nichts mehr hörst, gar nichts.«

»Und spielen?«

»Auch nicht. Deshalb hätte auch ich dich geschlagen. Du hast richtig gehandelt«, schließt er, an die Sklavin gewandt. »Du weißt ja, ich will einen Mann und keinen ... verzogenen Bengel.«

Ob er damit Neferhotep meint?, schießt es der Sklavin durch den Kopf, aber er unterbricht ihre Gedanken.

»Wie war noch dein Name?«

»Irenia. Der Junge nennt mich Nenia«, antwortet sie und lächelt.

»Er gefällt mir nicht. Ich werde dir einen anderen suchen.«

Er unterhält sich noch eine Weile mit Malki und geht dann zum Eingang des Hauses, um mit Amoptis einige Angelegenheiten zu besprechen. Anschließend isst er mit seiner Tochter zu Mittag. Diese zieht sich danach in eine Kammer zurück, die durch den Springbrunnen eines angrenzenden kleinen Innenhofs gekühlt wird. Oben auf dem Haus hat Ahrams Baumeister Philopator dafür einen Wasserspeicher anbringen lassen. Eine Vorrichtung, die von einem im Kreis laufenden Esel betätigt wird, versorgt den Speicher mit Wasser aus der Zisterne. Aber Ahram sitzt lieber auf der Terrasse vor dem Meer, das bei seiner Ankunft silbergrau war und jetzt tiefblau ist, von Wellen belebt, die sich manchmal wie von einem Peitschenhieb zu Gischt kräuseln. Das Meer ... Aus einem Impuls heraus zieht der Mann seine Sandalen an, steigt in den Innenhof hinab und tritt durch ein kleines Tor in den Garten. Die Sklavin, die dort gerade mit Malki Dame spielt, hört seine Schritte auf den Kieselsteinen und dreht sich um. Malki ist wütend, weil er nicht gewinnt.

»Hast du Lust, einen Ausflug mit dem Schiff zu machen?«, fragt Ahram den Jungen.

Der fragende Blick, den Malki der Sklavin zuwirft, ehe er bejaht, entgeht dem Mann nicht. Er sieht die Sklavin an.

»Wirst du seekrank?«

»Niemals!« Allein bei dem Gedanken muss sie lachen.

»Auch nicht, wenn der Wind stärker wird?«

»Er wird nicht stärker«, sagt sie selbstsicher, nachdem sie einen kurzen Blick auf das Meer geworfen hat.

Wie selbstbewusst sie ist!, denkt der Herr und hebt überrascht die Brauen. Bachir hat ihm bereits erzählt, dass sie vor einigen Tagen einen Wolkenbruch vorausgesagt hat. Welcher Wind hat diese Frau in sein Haus geweht? War es ein guter oder ein schlechter Quadrant?

Er lässt sie im Garten zurück, während er seinen Seeleuten Befehle erteilt. Danach informiert er Sinuit von dem Ausflug, die nicht besonders erfreut ist, dass er den Jungen mit auf See nehmen will, sich jedoch nicht traut, ihrem Vater zu widersprechen. Es ist zu heiß. Was für ein Glück, dass sie einen Mann wie Neferhotep geheiratet hat, der so wenig Seemann ist! Sie ist wie ihre Mutter Damira, denkt Ahram unterdessen, sie konnte meine Schiffe auch nicht ausstehen: meine Macht! Und wieder einmal ist er stolz darauf, die Meere um Zypern, Kreta, Phönizien und Ägypten zu beherrschen.

Bald darauf steigen die drei ins Heck des Segelschiffs, während zwei Seeleute und der Schiffsjunge den Anker lichten und das große Segel setzen. Die Pinne fest in der Hand, beobachtet Ahram, wie sich das Segel aufbläht und das Wasser zu beiden Seiten des Rumpfes vorbeigleitet. Neben ihm steht die Sklavin und hält den Jungen auf dem Arm, der begeistert in die Hände klatscht. Sobald das Schiff auf Kurs ist, dreht Ahram den Bug leicht luvwärts gegen den Wind, um die Klippe weiträumig zu umsegeln. Im Nu sind sie daran vorbei und verlieren sich in der Weite der blauen Freiheit.

Die Sklavin beobachtet heimlich den Mann, dem sie untertan ist. Immer noch umklammert er die Pinne, die Spitze seines Turbans flattert im Wind, und sein Gesicht kommt ihr noch schmaler vor, die Füße mit den festen Knöcheln und den kräftigen Nägeln scheinen sich förmlich in das Achterdeck zu krallen. Er ist wie verwandelt. Sein Mund lächelt zwar nicht, ist aber auch nicht länger gebieterisch, sondern strahlt die Glückseligkeit eines Kindes aus, das leidenschaftlich in sein Spiel vertieft ist. Seine Augen leuchten anders, während sie verstohlene Blicke auf den Kopf der Frau werfen. Das geknotete Tuch kann nicht verhindern, dass die Finger des Windes über den Helm aus kupfernem Gold streichen.

Außer dem Kind, das mit den Lippen neue Geräusche ausprobiert oder wie eine Möwe kreischt, spricht niemand ein Wort. Nur die Stimmen des Meeres und des Windes sind zu hören, das Plätschern des Wassers gegen den Rumpf, das Peitschen der Gischt, das Knallen der Hisstaue und gelegentlich ein wuchtiger Schlag des Segels gegen den Mast, wenn der Kurs geändert wird … Der Mann und die Frau werden von diesen Stimmen mitgerissen, lösen sich von ihrer Umgebung und voneinander, lassen sich von dem Universum des Meeres entführen und vertrauen ihm ihre kleine menschliche Dimension und ihren hartnäckigen Lebenswillen an. Wie der Wind an den Segeln und das Wasser am Schiffsrumpf, so gleitet die Zeit an ihnen vorbei, schleift sie ab, nimmt ihnen etwas weg, bestätigt ihnen jedoch zugleich ihre Existenz. Diese Augenblicke des Nichts, ohne dass etwas passiert, ohne eine Geste, kommen ihnen unermesslich vor.

Der Junge langweilt sich und will näher an die Reling. Sie hält ihn fest und erinnert sich, wie der Mann am Ruder auch, wieder an die Zeit. Die Sonne senkt sich allmählich, die Windböen werden stärker, und auf dem Blau des Wassers nimmt die weiße Gischt der Wellenkämme zu. Ahram erteilt einen Befehl und leitet zusammen mit den Männern am Segel das Wendemanöver ein. Der Schiffsrumpf neigt sich, und der Junge streckt den Arm aus, als wollte er das Meer berühren. Mit der Sonne im Rücken erkennen sie in der Ferne die glatte Linie der Deltaküste. Das Kopftuch der Sklavin flattert jetzt rebellisch im Wind und droht, den verbotenen Schatz ihres Haares zu enthüllen. Sie fährt mit der Hand zum Kopf, um es festzuhalten. Als sie sieht, wie der Mann sie dabei beobachtet, schämt sie sich. Nicht weil er es für eine kokette Geste halten könnte, sondern schlimmer, als Widerstand gegen die Kräfte des Kosmos. Sie steht auf, das Kind immer noch auf dem Arm, und sucht eine Stelle, wo der Wind ihr nicht in den Rücken bläst.

In diesem Moment, als sie von einer Seite des Schiffes zur anderen geht – während der Mann ihre sicheren Schritte auf dem schlingernden Deck bewundert –, erkennt sie etwas auf dem Meer vor dem Bug, greift, ohne zu überlegen, mit der freien Hand nach der Pinne, wirft sie um und ändert gegen Ahrams Willen, der völlig überrumpelt ist und es nicht verhindern kann, den Kurs. Wütend und grob reißt er die Hand der Frau vom Ruder und will sie schon beschimpfen, als er hört, wie der Schiffsrumpf leicht an etwas vorbeischrammt. Offenbar hätten sie etwas gerammt, das sich unter der Wasseroberfläche verbirgt. Er lässt die Frau los und starrt sie erstaunt an, während sie den Kopf senkt.

»Wie hast du diese Untiefe gesehen?«, fragt er sie. »Ich glaubte, mir wären alle in dieser Bucht bekannt.«

»Ich habe sie nicht gesehen, Herr. Etwas an den Wellen oder an der Farbe des Wassers war anders, ich weiß nicht. Es war zu spät, um Euch zu warnen, deshalb habe ich das Ruder herumgerissen. Verzeiht mir.«

»Schon gut, es war wirklich in letzter Minute.«

Langes Schweigen. Allmählich kommt der Strand näher.

»Du verstehst was vom Meer, nicht wahr?«

»Ich habe auf Psyra mit Fischern zusammengelebt. Meine frühesten Erinnerungen stammen alle vom Meer.«

Dann fährt sie fort, als könnte sie sich nicht beherrschen:

»Ich habe auf Schiffen gelebt, eine kurze Zeit mit Seeräubern, dann mit Goten, aber auch nicht lange, am längsten mit den Korallenfischern, anschließend bin ich durch Syrien und die Cyrenaica gezogen.«

Mit Uruk, mit Domicia, denkt sie, behält es aber für sich. Die schönste Zeit in meinem Leben trotz Hunger und Verfolgung.

»Dann sprichst du auch andere Sprachen.«

»Auf Psyra lernte ich Griechisch.«

»Und davor?«

»Ich habe schon gesagt, dass ich mich an nichts erinnern kann.«

»Aber hier habe ich dich Ägyptisch sprechen hören.«

»Fakumit, ein ägyptisches Mädchen aus einer Gruppe in Syrien, brachte mir ein wenig von ihrer Sprache bei, das hilft mir jetzt.«

»Und Latein?«

»Die Christen in der Cyrenaica sprachen es ... und als ich durch Kleinasien zog, habe ich auch Aramäisch gelernt. Und etwas von Uruks Sprache«, schließt sie, da sie erkennt, dass er mehr wissen will, obwohl er das Ruder nicht loslässt. »Ich weiß nicht, welche Wüstensprache er sprach. Die eines Reitervolkes.«

»Baktrien, Sogdiana?«

»Ich weiß es nicht.«

»Dieser Uruk, war er dein Herr, dein Mann?«

»Er war unser Anführer. Wir waren zu sechst und haben die Leute unterhalten. Mit Kraft- und Geschicklichkeitsspielen, Tanz und Geschichtenerzählen.«

Sie sind auf der Höhe der Klippe, als Ahram den Kurs leicht ändert. Schließlich werfen sie den Anker aus, lassen das Beiboot zu Wasser, und der Seefahrer rudert sie zur Anlegestelle, wo niemand sie erwartet. Nur Sinuit winkt ihnen von der Terrasse aus mit einem Taschentuch zu. Die Sklavin wartet mit dem Jungen darauf, dass der Herr vorangeht, doch Ahram dreht sich um, sieht sie durchdringend an und sagt in schneidendem Ton:

»Merk dir eins. Vier Mal hat man mir Spione ins Haus geschmuggelt. Unter den Sklaven, den Boten und Schreibern. Ich habe alle vier entlarvt, und alle sind eines schrecklichen Todes gestorben. Hast du mich verstanden? Eines schrecklichen Todes.«

Er erhält keine Antwort, nur ein befremdetes, schmerzliches Staunen leuchtet in ihren Augen auf.

»Beim letzten Mal war es eine Frau. Wie du. Als sie spürte, dass ich sie durchschaut hatte, versuchte sie, mich zu erstechen. Ich trage heute noch die Narbe. Sie hatten sie abhängig gemacht. Weißt du, was das ist? Sie war richtig fanatisch. Auch sie soll Aufwieglerin gewesen sein, obwohl sie keine Christin war. Ich ließ sie zwei Wochen ohne Drogen schmoren, sie quälte sich entsetzlich, noch nie habe ich jemanden so sehr leiden gesehen. Schließlich tat sie mir Leid, und ich ließ sie häuten.«

Jetzt ist sie es, die ihn fast verächtlich – nein, mitleidig – und unbeschreiblich hochmütig ansieht. Es ist keine Beleidigung, obwohl der Mann innerlich zusammenzuckt. Dann ärgert er sich über sich selbst, weil er sich nichts vorzuwerfen hat. Sie ist nur eine Frau, und eine Sklavin obendrein.

»Ich wollte, dass du das weißt«, stößt er rau hervor. »Nichts weiter.«

Dann geht er auf das Haus zu, gefolgt von Irenia, die Malki fast hinter sich herschleifen muss, so müde ist er.

Wie konnte sie den Felsen sehen? Es war unmöglich! Weder der Seemann am Bug noch ich! Hat sie ihn gespürt, erraten? Wenn ich jemanden ansehe, kann mir keiner etwas vormachen. Durch die Augen dringe ich vor bis ins Herz. Die ihren verändern sich unablässig, wie das Meer. Sie spricht vom Meer wie ich. Ihre Augen waren klar, sie strahlten keine Gefahr aus. Aber wie hat sie den Felsen gesehen? Diese Frau, diese Frau! Bachir hat Recht, sie ist nicht wie die anderen. Und ich vertraue ihr auch noch meinen Enkel an! Vorsicht! Kleinasien, die Cyrenaica, so viele Sprachen, Seeräuber, Goten, Gaukler, Christen. Dabei ist sie noch so jung! Und sie will nicht wissen, woher sie stammt? Unmöglich! Das wiegt am schwersten: Warum verheimlicht sie es? Aber ich werde es herausfinden. Meine

Leute werden weitersuchen, bestimmt findet mein Spitzel auf Chios etwas heraus. Auch Kritos soll sich umhören, das einfache Volk weiß alles. Ich muss auf der Hut sein, selbst wenn mein Instinkt mich nicht warnt. Eigentlich empfinde ich eher Staunen als Gefahr. Malki mag sie, wie süß er jetzt mit der kleinen Göre spielt. Irenia wird zu den Küchen hinuntergegangen sein. Wer hat ihr bloß diesen unpassenden Namen gegeben? Irgendein friedliebender Christ, wer sonst. Meine Sinuit ist immer noch beunruhigt, weil sie mit den Umstürzlern zusammengelebt hat. Mir machen sie keine Sorgen; wenn sie eine Gefahr darstellen, dann für Rom. Sie sind meine Verbündeten, ohne es zu wissen. Ob ich sie für meine Zwecke benutzen könnte? Sie im Kampf ausbilden sollte? Sie sind diszipliniert und loyal untereinander; niemals würden sie einen aus ihrer Gemeinschaft verraten. Schwächlich, ja, aber nicht allzu sehr. Nicht diese Frau jedenfalls. Was sagte sie heute Morgen, bevor wir an Bord gingen? Ach ja, der Hund, *Tijon*. Dass sie zwar Angst hatte, den Hund aber trotzdem bewunderte, wegen seiner Kraft, und weil er sich befreit hatte. Ja, so etwas Ähnliches sagte sie. Seltsame Gedanken für eine Sklavin! Aber wahr! Die Kraft schenkt uns die Freiheit, und die Freiheit ist es, die uns stark macht. Das ist nicht christlich. Was ist sie bloß? Wenn man die Christen einspannen könnte … und was für eine Informationsquelle! Ihre Priester sind ständig unterwegs, sie schreiben sich, sie sind überall. Ich werde es mit meinen Leuten besprechen und mit dem Fürsten Odaenathus verhandeln. Mein Spion in Palmyra warnt mich vor seiner Macht und noch mehr vor der seiner Frau Zenobia. Die Römer werden ihn angeblich zum Konsul ernennen, vielleicht will er auch Kaiser werden. Wäre nicht der erste Araber, der Kaiser wird. Ein hervorragender Kaiser war Philippus, mit ihm habe ich mich in Rom bestens verstanden! Ermordet wie alle. Roms Purpur ist giftig, besser eine Macht ohne Insignien. Odaenathus gefällt mir. Ich muss mal wieder nach Palmyra reisen und mich um diese Front kümmern. Rom zerfällt langsam, es ist nicht mehr so mächtig. Ich werde das Bündnis mit Odaenathus neu beleben und meinen Lebenstraum verwirklichen: Rom und seine verhassten Legionen zu vernichten. Weder Persien noch Rom werden die Welt beherrschen, sondern Palmyra und Alexandria: auf dem Land und auf dem Meer.

Diese Frau ist niemals eine römische Spionin, jedenfalls benimmt sie sich nicht wie eine. Man kann sie natürlich auch gekauft haben, aber ich halte sie nicht für käuflich. Was für ein arroganter Blick, als ich die Verräter erwähnte! Sie macht mir zwar keine Sorgen, aber ich verstehe sie nicht. Welchem Volk gehört sie an, woher stammt sie? Sie scheint mir keine Christin zu sein. Nicht mit dem Haar, das so schnell wächst! Wie es wohl aussieht, wenn es ihr bis auf die Schultern fällt? Kein Wunder, dass meine Tochter es haben wollte. Die meisten Barbaren haben blondes Haar, aber nicht von so einer Farbe. Ob sie von einem Schiff der Goten stammt, das Schiffbruch erlitt? Sie stoßen über den Pontos Euxeinos immer weiter in den Süden vor. Auch mit ihnen könnte ich mich verbünden, eine weitere Macht gegen Rom. Schimmern ihre Augen grün und grau? Oder blau und grau? Dieser schlanke Körper. Ich hätte ihr befehlen sollen, mir den Rücken zu zeigen. Warum habe ich es nicht getan? Wie seltsam. Diese schönen straffen Brüste, als sie sich *Tijon* entgegenstellte. Eine dieser falschen Schlanken, deren Nacktheit überrascht. Ein echter Leckerbissen, aber darum geht es nicht. Vorerst jedenfalls nicht. Genau das ist die Waffe der Spioninnen: uns zu blenden, damit wir unvorsichtig werden. Bei mir wirkt das nicht. Bachir hat ihren Rücken gesehen und war überrascht, dass die Wunden so schnell heilten. Die reinste Magie, sagte er, und eine Haut wie Elfenbein, wie Seide, unvergleichlich. Obendrein kann sie wohl auch das Wetter voraussagen. Sie entkam den Raubtieren, und man brachte sie in den Palast des Statthalters, den niemand lebend verlässt, wie man mir versichert hat. Für eine Orgie natürlich. Warum aber blieb sie am Leben und wurde anschließend verkauft? Und jetzt diese Untiefe ... Meine Tochter hält sie für eine Zauberin, weil sie das Amulett fand. Das wäre schlimmer als eine Spionin; dagegen bin ich machtlos. Man muss sie im Auge behalten und auch Malki. Bachir beruhigt mich, und Tenuset hält beide Augen offen. Auch so eine Frau. Und wie treu! Sie liebt mich, obwohl ich sie wegen ihrer Schwester verließ. Ich habe Glück, ich bin von treuen Freunden umgeben. Und das ganz ohne Zauberei. Ich werde mit Assurgal sprechen, er soll die Sterne um Rat fragen, zu irgendetwas wird es gut sein, und dafür habe ich ihn ja. Wir könnten sie auf die Probe stellen, ohne dass sie es mitbekommt. Amoptis ist davon überzeugt, dass sie die schwarze Kunst ausübt, aber ich habe auch meine Geheimwaffen, außerdem traue ich ihm nicht: Er könnte sie verleumden, um von etwas anderem abzulenken. Was, wenn es gar nicht stimmt, dass er sie gekauft und mir stattdessen eine Spionin der Priester ins Haus geschmuggelt hat? Amoptis ist einer von ihnen. Bachir hat es in Kanopos herausgefunden. Sie kann ich mir unter diesen Leuten nicht vorstellen. Aber der gerissene Verwalter ist in einem Tempel groß geworden, es steckt ihm im Blut. Der Klerus von Kanopos hasst mich und will sich Tanuris aneignen. Wenigstens ist Amoptis fleißig und stiehlt nur das, was für einen Verwalter normal ist. Hat er irgendetwas mit seiner Tochter Yazila vor? Diese Taktiken kenne ich, es würde mich nicht wundern. Aber aus Irenia werde ich nicht klug, und diesen Namen mag ich gar nicht. Meine Tochter sorgt sich, wenn der Junge am Strand ist, aber Malki fängt schon an zu schwimmen, und unbedacht ist die Frau nicht. Im Gegenteil, sie scheint genau zu wissen, was sie tut. Ach, könnte Malki einmal Seefahrer werden wie ich, ein Sohn der Wüste! Eigentlich ist es dasselbe, beide sind Nomaden – die einen durchstreifen Dünen aus Sand, die anderen Wellentäler. Und die Freiheit, vor allem die Freiheit! Von niemand anderem abhängig zu sein als von sich selbst. Die *Jemsu* ist ein bemerkenswertes Schiff und Philopator ein Genie. Ich kann mich noch an mein erstes Schiff erinnern, das ebenfalls *Jemsu* hieß. Es war nicht wie dieses, nur ein einfaches Boot, aber es gehörte mir. Mein Boot, meine erste Freiheit. Als mich die Römer als Galeerensträfling auf die Trireme verbannten, träumte ich von meinem Schiff. Bachir und ich, Schulter an Schulter, ohne Unterlass rudernd. Ein Schiff ist genauso schön wie ein Kamel. Breite Schiffe voller Amphoren und Stoffballen, lange, schmale für den Krieg oder die Seefahrt. Es ist ein prächtiger Anblick, wenn man sie vom Sand langsam ins Meer schiebt. Oder wenn in den Schleusen von Rhodos das Wasser langsam steigt, bis sie schwimmen. Das Wasser kommt und trägt ein Schiff davon, wie eine Mutter, die ihr Kind in den Armen trägt. Genauso wiegt es uns in seinen Armen. Da kommt sie auf die Terrasse und hebt Malki hoch, der bei ihrem Anblick vor Freude strahlt.

Sinuit klagt. Alle stöhnen unter der Hitze. Aber so schlimm ist sie gar nicht. In der Wüste mit ihrem verbrannten Boden, in den Zelten aus Kamelhaar spürt man sie viel stärker. Das ist richtige Hitze. Hier stört nur der lästige Südwind, der den fauligen Gestank vom See und vom Kanal mit sich bringt. Zum Glück weht hin und wieder eine frische Brise vom Meer. Es war auf der Insel, wo ich mich in das Meer verliebte. Verzweifelt war ich dort angekommen. Ein atemloser Junge auf der Flucht vor dem Tod, die Verfolger im Nacken. Und dann das Boot im Sand, das der Göttin diente, Ittaras Göttin, der Frau, die mein Schicksal auf dieser Insel für mich bereithielt. Wie seltsam! Es ist so lange her, dass ich mich zuletzt daran erinnerte. Warum gerade jetzt? Man muss auf diese Zeichen achten, es sind Warnungen. Ittara allein auf der Insel, das Boot am Strand, als wartete es auf mich. Sie konnten mir nicht mehr folgen, sie durften die heilige Insel nicht betreten. Sie rettete mich, sie und ihre Göttin in der Höhle. Ich lebte zwischen den Wellen und ihren Armen, und für ihre Liebe bezahlte sie mit dem Leben. Vor meiner Ankunft bewohnte sie die Insel allein: traurig, weil kaum noch jemand der Göttin opferte, aber stolz darauf, der ältesten und höchsten Gottheit zu dienen. Der Mutter aller Götter und des Universums. Ittara! Ittara! Wir saßen am Strand. Golden erhob sich die Sonne am Morgen, glühend ging sie unter. Allein das Meer und die Sonne, das flache Meer nahm sie auf, und die Sonne versank in ihm, so wie Ittara und ich am Strand ineinander verschmolzen. Diese verbotene Liebe, die sie das Leben kostete. Warum erinnere ich mich jetzt daran?

Sah ich ihn, oder war es ein Gefühl? Verriet ihn ein Schatten im Wasser oder die Möwe, die mit einem knappen Flügelschlag die Richtung änderte? Irgendetwas geschah mit mir, ohne dass ich es wusste, als ich wegen des Windes aufstand und plötzlich das Ruder herumwarf. Wie die Male zuvor, eine tiefe Leere, weder Vorahnung noch Angst, nur plötzlich das Gefühl, als fehlte mir etwas oder als wüsste ich etwas, das sonst niemand weiß. Ob ich früher ein anderes Leben hatte? Die Ägypter glauben daran, weil hier alle Arten von Leben möglich erscheinen, Fakumit hat es mir erklärt, die Christen auch, aber bei ihnen ist es kein anderes Leben, sondern ihr Paradies, und das sagt mir nichts. Dort, wo Uruk herkam, glaubten sie an eine Reihe von endlos aufeinander folgenden Leben. Ich weiß noch, wie er sich darüber lustig machte. Ob ich in einem anderen Leben eine andere war? Oder ein anderer? Ein Tier vielleicht? Die Möwe, die der *Jemsu* folgte? Was für ein Schiff! Ich verstehe, warum Ahram es liebt: weil das Schiff auch ihn liebt, genauso wie das Meer! Wie er am Ruder stand, die Beine auf dem Deck gespreizt, ein Blick, der alles erfasst und plötzlich innehält, wie das Auge des Adlers, wenn es die Beute ausgemacht hat. Mehr als ein Mann des Meeres ist er ein Mann des Feuers, eines unauslöschlichen Feuers, er ist die Freiheit, achtet auf die Segel und Wellen und ist glücklich, mit ihnen zu spielen. Was für ein triumphierendes Lachen, als der Wind einen Augenblick unentschlossen zögerte und er der anschließenden Böe zuvorkam. So lachte auch Uruk, ein zweiter Ahram, wären nicht seine zertrümmerten Beine gewesen – aber dieselbe geballte Männlichkeit.

Es war keine Untiefe, sondern der Mast eines versunkenen Schiffes, keine Ahnung, woher ich das weiß. Ahram hatte Recht, als er nicht an eine Untiefe glauben wollte. Vor Alexandria gibt es welche, die Insel Pharos oder andere kleine Klippen, die man sehen kann, aber nicht hier. Hier gibt es nur Sand auf dem Meeresgrund, bei Kanopos beginnt das Delta mit dem westlichsten Mündungsarm des Nils. Ich habe nicht darauf bestanden, dass es ein untergegangenes Schiff war und seine Ladung im Frachtraum aus Amphoren bestand, die mit Öl gefüllt und gut verschlossen waren, all das habe ich ihm nicht gesagt. Auch nicht, dass sie noch da unten liegen. Woher weiß ich das? Ich fürchte mich vor mir selbst. Wie hätte ich es ihm sagen sollen? So erschrocken war er, als der Rumpf den Mast streifte, dass er sich an die Brust fasste und irgendetwas unter der Tunika berührte, bestimmt sein Amulett. An seinem Hals habe ich das Band gesehen, er ist abergläubisch, wie Uruk, wie alle Männer, aber die Schwachen noch mehr. Astaphernes und seine Ängste. Wer sind wohl Ahrams Götter? Obwohl er so selbstsicher ist, als wäre er aus Stein, kam dieser Wutanfall, der brutale Blick, die Kraft in seiner Hand, als er die meine vom Ruder wegriss! Zum Glück hörte er das Knirschen am Rumpf, sonst hätte er mich ins Meer geworfen. Ein gefährlicher Mensch!

Was wird er jetzt denken? Die beiden Seeleute haben alles mitbekommen, starrten mich ständig an und drehten sich nach mir um, wenn sie meinten, ich würde es nicht merken. Sogar Malki hat etwas gespürt; als wir zurückkamen, war er ruhiger als sonst, als wäre er sprachlos, aber vielleicht hatte das weite Meer ihn nur ermüdet. Trotzdem, alle waren irgendwie verwirrt, und ich möchte den Leuten keine Rätsel aufgeben. Ahram misstraut mir, deshalb hat er mich vor dem Spionieren gewarnt. Aber ich habe keine Geheimnisse! Ich bin in dein Haus gekommen, weil du mich gekauft hast, und ich sehne mich danach zu bleiben, wegen des Jungen, der mir jeden Tag näher ist, mir immer mehr gehört. Ich bin seine Sklavin und zugleich die Herrin, die über sein Wohl wacht! So einfach ist das! Aber das Einfache versteht niemand: meine Liebe zu dem Jungen, die mich rettet, Domicias Geschenk. Vielleicht stimmt das mit den anderen Leben, und er ist meine wieder geborene kleine Tochter? Egal, dieser Junge erweckt mich wieder zum Leben. Vor ihm war ich tot, ein Stück Kork, so wie nach jedem großen Schmerz, nach jedem Tiefschlag, aber Kork schwimmt, das Leben wird nicht müde, uns über Wasser zu halten, nach jeder neuen Welle treibt es uns wieder nach oben. Es hat Mitleid mit uns, erst das Leid setzt dem Glück die Glanzlichter auf, eins gäbe es nicht ohne das andere, und die Hand des Jungen führt mich zu neuen Glückseligkeiten. Wie herrlich das Meer ist und wie mächtig! Immer in Bewegung und trotzdem beständig, es trocknet weder aus, noch nimmt es ab, noch verändert es sich, anders als das Land, das der Nil hoffentlich bald überschwemmt. Soeben kam Bachir im Galopp, *Al-lat* tropfte der Schaum aus dem Maul, die Taube hat sich auf das Große Haus gesetzt, die *achet* hat begonnen, die Überschwemmungszeit, und bald wird das Wasser das Delta erreichen.

Im Augenblick herrscht Stille, Malki schläft auf seinem Teppich, die Herren spielen nach dem Abendessen, befehlen nicht, dass ich ihn sofort ins Bett bringe, alle sind entspannt, die Harfe klingt ganz leise, wie eine Brise im Ohr. Unten das Rauschen der Palmen, die Schritte der barfüßigen Sklavinnen auf dem Marmor, das Rot des Sonnenuntergangs am Horizont, wo Alexandria liegt, dieselbe Farbe, die meine Hände verbrannte. Wie lebendig die Vergangenheit ist! Ich war bei der Mutter, sie hatte mich gerade in ihre Hütte gebracht, und ich war noch verwirrt wegen meiner Umarmung. Es war ein unerklärlicher Impuls gewesen, aus dem heraus ich sie aufs Bett geworfen hatte, ich konnte mich nicht ausdrücken, alles war so neu, eine völlig neue Welt. Dann fiel mein Blick auf eine Ecke im Raum. Was für wunderschöne glühend rote Steine! Sie leuchteten! Ein durchscheinendes inneres Licht … Ich lief hin und griff nach einem, noch bevor die Mutter mich daran hindern konnte, dem größten … Schmerz durchfuhr mich, obwohl ich ihn sofort wieder fallen ließ, ein unerträgliches Brennen. Die Mutter staunte über meine Ahnungslosigkeit, mehr noch als zuvor auf dem Bett. Ich starrte auf meine schmerzende Hand, auf das rote Fleisch und die Blase, die immer größer wurde … Es war die erste Lektion in der Kunst des Heilens, als sie sofort irgendwelche Kräuter darauf legte, und es waren die ersten Tränen, die mir in die Augen stiegen, zu meiner Überraschung über die Wangen liefen und ein seltsames Geräusch in meiner Kehle erstickten … Der rote Himmel im Westen erinnert mich an diesen Augenblick, an meine ersten Schritte ins Erwachsenendasein, ohne dass ich eine Kindheit gehabt hätte. Die Mutter umarmte mich, nicht ungeschickt und brutal, wie ich es zuvor getan hatte, sondern zärtlich. Aus ihrem Mund kamen beruhigende Töne, für mich klangen sie wie Musik, da ich die Sprache noch nicht verstand. Ich spürte eine starke Geborgenheit an ihrem Körper, der immer noch schön war, ich sah sie nur einmal nackt, als ich den Körper mit meinen eigenen Händen wusch und mit dem duftenden Öl aus ihren Kräutern einrieb, bevor wir sie vor die Grotte der Göttin trugen und verbrannten, nur wir Frauen, wie sie angeordnet hatte, und ihre Asche über diesem Land verstreuten, wo wir so oft für die Göttin getanzt hatten, für die Göttin, die auch Mutter war.

Jetzt ist der Himmel anders, violetter, aber auch er spricht zu mir. Auch damals war er violett, fast schwarz, als der Körper, der mich als Allererster besitzen würde, zu mir kam, der Körper, der zu meinem wurde, indem ich die seine wurde. Ihr Sohn Narsos, er sah mich an, und ich spürte dasselbe verwirrende Gefühl wie zuvor, als ich seine Mutter aufs Bett geworfen hatte. Verschiedene Töne kamen aus ihren Mündern, und ich verstand, dass ich in dem Haus bleiben durfte. Später erfuhr ich, dass sie sich immer eine Tochter gewünscht hatte, und er war zufrieden. An diesem Morgen hatte das Meer mich gebracht und auch ihm ein Geschenk gemacht, eine Silbermünze, die er stolz seiner Mutter zeigte. Eine römische Trireme hatte sein Fischerboot angehalten, ihm den Fang abgekauft und obendrein eine Münze mit der Prägung des Kaisers Philippus Arabus geschenkt, zum Gedenken an den tausendsten Jahrestag Roms, das Jahr, in dem ich aufgetaucht war. Die Fischer wussten es nicht, aber das Ereignis diente ihnen dazu, mir einen Namen zu geben, da ich meinen nicht kannte. All das erfuhr ich erst später, vorerst lernte ich, Kilia zu heißen, und er nannte mich als Erster so, denn ich war zu ihm gekommen. Sie zeigten mir, wie man richtig sitzt und isst, sein Körper zog mich an, er berührte meine gesunde Hand und sah sich auch die andere an, die seine Mutter verbunden hatte. Aber etwas anderes schmerzte mich noch mehr, es war der Fisch, den er in einem Korb mitgebracht hatte und der noch zappelte. Ich brauchte lange, um mich an den Anblick sterbender Fische zu gewöhnen, an die offenen Mäuler, die keine Luft schnappen und nicht verhindern können, dass ihnen das Leben stoßweise entweicht wie eine lustlose Ejakulation, an das Verschwinden ihrer Schönheit, die Trübheit in ihren Augen, die matten farblosen Schuppen, die erloschenen Lichtreflexe. Wie konnten sie das nur mitansehen? Aber eine Frau gewöhnt sich an alles, wie der Mann, und alles geht einfach weiter bis zum Tod …

Narsos war anders als die Insulaner: Er hatte mit dem phrygischen Blut seiner Mutter auch ihren entschiedenen, geheimnisvollen Charakter geerbt. Er war noch verwirrt von der ungewöhnlichen Begegnung mit dem Schiff des Römischen Kaiserreichs, das das tausendjährige Bestehen Roms verkündete, als er am Abend zurückkam und erfuhr, dass in seinem Haus nun ein fremdes Mädchen wohnte, das ebenfalls einem anderen Volk angehörte. Die Mutter erzählte ihm, was geschehen war, während sie den Fisch für das Abendessen ausnahm und die Unbekannte mit der verbrannten Handfläche auf den Knien neben ihr saß. Natürlich war sie anders! Man brauchte nur ihr Haar zu sehen, von dem der Fischer seine Augen nicht abwenden konnte. Und dieses Geheimnis. Sie wusste nichts über ihre Vergangenheit, sprach nicht mal irgendeine unverständliche Sprache. Wie alt mochte sie sein? Der Körper bereits der einer Frau, aber noch so jung! Während er langsam und gründlich nachdachte, wie es seinem an die Einsamkeit des Meeres gewohnten Charakter entsprach, betrachtete das Mädchen den nackten, bloß von einer kurzen Hose bedeckten Körper des Mannes und das pechschwarze Haar auf der Brust, in dem noch feine Reste von Seetang klebten.

Die Mutter sagte etwas, und der Sohn brach in schallendes Gelächter aus. Es kam ihr vor wie eine Riesenwelle, die ein ganzes Boot zum Kentern bringen kann. Die Mutter sah ihn erstaunt an. Er nickte und ging auf die Unbekannte zu, legte ihr die Hände auf die Schultern, zeigte mit dem Finger auf sie und sagte:

»Kilia, Kilia.«

Obwohl die Hände nur einen Augenblick auf ihren Schultern ruhten, spürte sie eine süße Wärme in ihrem Innern und eine geheimnisvolle Feuchtigkeit. Die Mutter hatte einen Knoten im Bauch, als sie sah, wie ihr Sohn sich erneut einer Frau öffnete, aber sie war froh bei dem Gedanken, dass ihr Narsos diesmal mehr Glück haben würde. Die schöne Insulanerin, die er vor vier Jahren unbedingt hatte heiraten wollen, hatte ihm keine Kinder geboren. Zudem hatte sie sich zu viel auf ihre Schönheit eingebildet. Sie hatte ihn zum Mann genommen, weil sie hoffte, er werde sie eines Tages von der Insel wegbringen, auf der sie ihre Träume nicht verwirklichen konnte, und weil seine Mutter auch nicht von der Insel stammte. Als sie begriff, dass es dazu nicht kommen würde, verschwand sie. Später erfuhren sie, dass sie mit einem Schwammhändler, der vor ein paar Tagen vor dem Dorf angelegt hatte, durchgebrannt war. Seitdem hatte der Sohn sich für keine andere Frau interessiert, bis ...

So begann Kilias merkwürdige kindliche Jugend, und so begannen Irenias Erinnerungen. Sie wuchs unter den Fittichen der Mutter heran und lernte von ihr die Sprache, Sitten, Bräuche und sogar Fertigkeiten, die im Dorf unbekannt waren: Den Anbau von Kräutern in einem kleinen Beet, die geheimnisvolle Kräfte besaßen, die Kunst, Tiere anzulocken, für die die Mutter sie überraschend begabt fand, oder das Wetter vorauszusagen, indem man die Wolken, den Wind, den Zustand des Meeres und den Lichthof des Mondes beobachtete. Das Dorf war um ein weiteres Wesen reicher geworden, das noch fremdartiger war als die Mutter und der Sohn. Kilias Unwissenheit überraschte, aber bei ihrer Gelehrigkeit und auf Grund ihres Zaubers wurde sie bald in die Gemeinschaft aufgenommen, auch wenn ihr außergewöhnliches Haar bei den jungen Frauen des Dorfes auf Neid stieß. Mit der Zeit verschwanden die Mutmaßungen über ihre Herkunft, da sie nicht überprüfbar waren. Zudem sagte ihr die Mutter immer:

»Ich weiß, dass du einer anderen Rasse angehörst, aber es ist mir egal.«

In der Hütte war das Leben nach außen ruhig und eintönig, doch hinter der Fassade brodelte es vor Spannung. Für die Mutter, weil sie die Jugendlichen ständig im Auge behielt, für den Mann, weil er es als unbeschreiblichen Luxus empfand, jeden Abend, wenn er vom Meer kam, Kilia vorzufinden, und für sie selbst, weil Narsos die wichtigste von den vielen Entdeckungen war, die ihr Leben immer mehr bereicherten. Allein die Anwesenheit des Mannes, der Klang seiner Stimme oder seiner Schritte, wenn er sich ihr näherte, weckten unaussprechliche Gefühle. Schon in der ersten Nacht, nachdem sie sich der Mutter so ungestüm in die Arme geworfen hatte, berauschte sie sich nicht nur an seinem Atem, den sie im Dunkeln hörte, wo er auf dem Boden schlief, sondern auch an dem männlichen Geruch seines Bettes, wo sie nun lag, aufgewühlt von heftigen Gefühlen.

Eines Morgens, als Narsos' Schiff noch nicht am Horizont verschwunden war und die beiden Frauen in die Hütte zurückkehrten, spürte Kilia eine schleimige Flüssigkeit zwischen den Beinen. In der Hütte hob sie den Rock hoch und entdeckte ein rötliches Rinnsal auf den Schenkeln. Sie wusste bereits, was Blut war und dass Blut mit dem Verlust des Lebens zu tun hatte, deshalb war sie starr vor Schreck. Doch die Mutter seufzte erleichtert auf, zu viele Monate war das Mädchen im Haus gewesen, ohne zu menstruieren, und dieses erste Mal zerstreute alle ihre Befürchtungen. Die Erklärung beruhigte Kilia, hinterließ aber auch einen unvergesslichen, halb religiösen, halb bedrohlichen Eindruck, einen weiteren Beweis für die Macht des Lebens über den Körper und des Mondes über das Blut: Auch die Frauen werden überschwemmt.

Wochen später, während die beiden Frauen ein Netz flickten, wurde Kilia plötzlich bewusst, dass sie sich bereits genauso verhielt wie die anderen Mädchen und mit derselben listigen Unschuld Männer begehrte, denn sie ertappte sich dabei, wie sie die Mutter über den Sohn ausfragte, um mehr über die geheimnisvolle Vergangenheit zu erfahren, von der sie aus den Andeutungen der Dorfbewohner nur wenig wusste, und warum ein so kräftiger Mann sich nicht eine andere Frau genommen hatte, um der Mutter Enkel zu schenken. Diese warf ihr einen durchdringenden Blick zu, und Kilia errötete: In diesem Augenblick fiel ihre Maske, und die Mutter durchschaute ihre naiven Hintergedanken. Doch sie lächelte nur und sagte nach kurzem Zögern:

»Mach dir keine Gedanken. Durch dieses Haus wird ganz sicher noch ein Enkelchen laufen.«

Kilia erschauerte vor Entzücken, als sie erfuhr, dass bereits alles entschieden war. Und dann fügte die Mutter hinzu:

»Ich bin sehr glücklich, meine Tochter, weil du nicht gehen wirst. Im Gegenteil, du kommst immer an, mit offenen Armen. Ich weiß nicht, woher du kommst, aber von weit her, und du suchst hier dein Schicksal: Deshalb wirst du nicht wieder gehen.«

Seitdem war Kilias Leben nicht mehr eintönig. Eine Hochzeit war ein wichtiges Ereignis im Dorf, und als die ihre bekannt gegeben wurde, erweckte die Verbindung zwischen zwei Menschen, die von weither gekommen waren, fröhliche Neugier. Es war etwas Außergewöhnliches, als hätte die Welt ein neues Ziel, ein anderes Schicksal.

Da Narsos mit seinem eigenwilligen Charakter fest entschlossen war, seine vorherige Erfahrung keinesfalls zu wiederholen, änderte er die Hochzeitszeremonie, und nicht die härteste Kritik konnte ihn von seinem Entschluss abbringen. Er hielt sich zwar an die alten Riten, nahm an den traditionellen Opfern für Mutter Erde und das Meer teil und tanzte in der Nacht mit Kilia zum Klang der Flöte des alten Kataris um das Lagerfeuer, doch als sie allein in der Hütte waren und alle, auch die Mutter, draußen warteten, rührte er sie weder an, noch zündete er die Lampe an. Kilia, die von der Mutter natürlich instruiert worden war und von ihren Freundinnen boshafte Anspielungen gehört hatte, setzte sich auf ihr Bett und verstand gar nichts mehr. Sie fühlte sich gedemütigt. Doch ihr Kummer dauerte nicht lange. Plötzlich kam Narsos, nackt wie sie, in der Stille der Dunkelheit zu ihr ans Bett und schloss sie in die Arme. Zum ersten Mal drückte Kilia die Wange gegen die behaarte Brust eines Mannes, und ihr weiches Fleisch spürte unter seiner Haut die Kraft seiner Muskeln. Jetzt machte es ihr nichts mehr aus, zu unbekannten Ufern geführt zu werden, schon gar nicht in diesen Armen.

Die Fischerhütten am Strand schliefen genauso tief wie die auf den Sand gezogenen Boote, und nur ein Haufen scharlachroter Glut wies auf das ersterbende Lagerfeuer hin. Narsos trug Kilia zu seinem Schiff, legte sie hinein wie in eine Wiege und setzte das Segel.

Das Schiff segelte auf die schmale Hafeneinfahrt zu. Als sie die Bucht verließen, änderte der Wind die Richtung. Wie heftig er sie umarmte! Kilias Körper nahm ihn mit seiner salzigen Feuchtigkeit auf. Das Wasser, das vom Bug gespalten wurde, rauschte wie Seide an den Seiten des Rumpfes vorbei, die Sterne am Himmel strahlten heller als je zuvor, und in der Dunkelheit über den phosphoreszierenden Wellen sah man ihre weißen Körper, die das erste Tageslicht bald in fahles Weiß und Violett tauchen würde. Am Horizont erhob sich wie ein riesiger Seelöwe die felsige Insel Chios, über deren hohem Berg sich endlich die Sonne zeigte und ihre Körper vergoldete.

Während Kilia vor den Augen des Mannes, der das Ruder umklammerte und gelegentlich das Segel ausrichtete, nackt auf dem Deck lag, sah sie nur das Weiß des vom Wind aufgeblähten Segeltuches und das Blau des Himmels zwischen den sich ständig verändernden Wolkenmustern. Die Zeit war wie aufgehoben, und in der Glückseligkeit wartete die Lust auf sie. Erst als der Bug sanft am Strand auflief, rührte sie sich wieder. Narsos schob das Boot weiter den Strand hinauf und verhakte den Anker am Stamm einer dunkelgrünen Kiefer. Der kalte Sand erwärmte sich bald unter der Glut der Liebenden und diente als Lager für ihre Bewegungen, Erschütterungen, Fieberschauer und Glut. Kilia fand ihr Schicksal, indem sie sich ohne Erinnerung, ohne Ziel durch die Dunkelheit tastete: indem sie ihr Blut, ihren Pulsschlag, die Höhlen und Flüsse in ihrem Innern, ihren Körper und ihre Seele entdeckte, so wie das Keuchen und den triumphierenden Schrei in der Umarmung des

Mannes, seine lodernde Leidenschaft, als sie von derselben Flamme verzehrt wurden. Der Vogel, der in diesem Augenblick erscheint, begann zu singen, und der Orkan, der in ihr wütete, zerriss die alltägliche Ordnung unter den vergoldeten großen Wolken am blassen Blau des morgendlichen Himmels.

Danach lagen sie schwer atmend nebeneinander, im Wissen um den anderen, und erholten sich von dem Erdbeben. Die zärtlichen, unschuldigen Berührungen, fast kindlich naive Gesten, holten Kilia wieder auf die Erde zurück, wo es andere Menschen und bestimmte Regeln gab. Und dann fiel ihr plötzlich ein, dass sie ins Dorf zurückmussten und sie nichts hatte, um sich zu bedecken. Er beruhigte sie.

»Du brauchst nichts. Wir werden erst abends zurückkehren.«

Dann ging er zu seiner Feluke und holte ein Bündel mit Proviant und Wasser, das sie schon auf dem Meer gesehen hatte. So verbrachten sie den Tag, allein im Universum, unter der Sonne, zwischen den Wellen, im Sand, im Schatten der Pinien. Immer wieder besang der Vogel in jenen Stunden den unvergänglichen Augenblick der Ekstase, verwandelte Körper ebenso wie Klippen in vibrierende Materie und ließ sie das erleben, was sie später als »Schwindel« bezeichnete: das Gefühl, sich über einen unergründlichen Abgrund zu beugen, während man zugleich auf den Gipfel zuklettert. Sie hatte keine Worte, um es zu erklären, trotzdem stotterte sie irgendetwas zwischen heftigen Küssen, damit er es wusste – dabei wusste er es, und sie wusste auch das.

»Damit du nicht weggehst«, sagte Narsos schließlich. Dann stützte er sich auf den Ellbogen, betrachtete ihren im Sand ausgestreckten Körper und sagte wild: »Du wirst nicht gehen!«

Kilia sah ihn überrascht an. Warum sollte sie das tun? Was konnte es auf der Welt sonst schon geben?

Damals in ihrer Ekstase konnte sie nicht ahnen, dass das Leben anders entscheiden würde. Die anderen würden gehen, nicht sie. Beide: die Mutter zuerst, dann er, und auch Nira, die ungeborene Tochter, die sie soeben gezeugt hatten.

5. Das Wasser steigt

Nicht mehr die Brieftauben kündigen die bevorstehende Flut an, sondern die zahlreichen Fischerboote auf dem Kanal. Das Wasser hat Memphis erreicht, zuerst grüne Anschwemmungen von Vegetation, dann rötlicher Schlamm. Hervorragende Nachrichten: Am Nilmeter erwartet man eine Zunahme um sechzehn Ellen. Man wird so viel Land bepflanzen können, wie die gut erhaltenen Bewässerungsgräben erlauben, ohne dass sie nachher wegen maßloser Überbeanspruchung wieder repariert werden müssen. Die Bewohner von Tanuris sind froh und verzweifeln nicht länger an ihren vertrockneten Feldern oder der drückenden Hitze, die ein wehrhaftes Bollwerk gegen die frische Meeresbrise bildet. Des Nachts hat man das Gefühl, als wären die Fensterläden fest verschlossen, kein Lüftchen geht, und die Sklavinnen schlafen wie erschöpfte Hunde. Am Nachmittag verwandelt sich der Himmel in bleiernen Dunst, und nur selten rüttelt ein zorniger Windstoß am Sonnendach auf der Terrasse. Manche haben Angst vor Krankheiten oder Seuchen, die Sachmets böser Blick auslösen könnte, wie in dem Jahr, als die Maulbeerbäume erkrankten. »Das Wasser wird sich bald über uns ergießen wie eine geplatzte Fruchtblase«, beruhigt Tenuset Irenia. »Dann haben unsere Qualen ein Ende.«

Da berechtigte Hoffnung auf eine gute Ernte besteht, und um zu vermeiden, dass die müßigen Fellachen während dieser Zeit des Nichtstuns auf dumme Gedanken kommen, hat Neferhotep ein Opferritual organisiert als Dank an Neith, Göttin des Wassers, die im Tempel von Tanuris verehrt wird. Er hat sich in seiner Erhabenheit bereit erklärt, zu dem kleinen Tempel zu kommen, wo die göttliche Gestalt mit einem Delfin zu ihren Füßen in einem Granitschrein residiert. Daneben liegt die zeremonielle Barke, auf der man sie während der Prozessionen transportiert. Ein langer Tross von Dienern, angeführt von Amoptis, begleitet den Herrn, der sich in einer Sänfte tragen lässt, dann folgen die Fellachen des Dorfes und die Sklaven der Länderei. Trotz der Hitze trägt der Herr eine sorgfältig plissierte weiße Tunika, die ihm bis zu den Füßen reicht, und einen spitz zulaufenden Leibschurz, ganz nach der letzten Mode. Von dem breiten, mit Goldplättchen besetzten Gürtel hängen eine kostbar bestickte Tasche und ein Fliegenwedel aus Zebrahaar mit einem Griff aus Ebenholz. Die Ärmel reichen bis zu den Ellbogen und geben den Blick auf die bleichen, von Armbändern bedeckten Unterarme frei. Mehrere Ringe mit Gemmen und Kameen verzieren seine Finger, und ein prächtiger Brustschmuck aus Malachit mit eingravierten Hieroglyphen vervollkommnet seine Aufmachung. Die alte schwarze Perücke umrahmt sein rundes Gesicht, in dem die flache Nase und die vollen sinnlichen Lippen einen lebhaften Kontrast zu den arglistigen Äuglein bilden. Neben der Sänfte geht der Stockträger mit den vergoldeten Sandalen seines Herrn.

Auch die Sklavinnen sind erschienen, um an der Prozession teilzunehmen; Irenia jedoch ist bei Tenuset geblieben, deren schwache Beine solch lange Märsche nicht mehr mitmachen. Unter dem Sonnenschutz bei den Küchen sitzt auch Bachir und kaut, dank einer neuen Lieferung, wieder sein *quem*. Irenia kann sich ausruhen, Neferhotep hat seinen Sohn zu der Prozession mitgenommen, weil er ihn langsam in das Leben der Erwachsenen einführen will. In Kürze soll er sein erstes richtiges Kleid bekommen. Nur Nufria und die Dienerinnen sind im Haus geblieben, um sich um die Herrin zu kümmern, die wieder mal an Kopfschmerzen leidet. Doch werden diese vergehen – wie Nufria während eines kurzen Besuches in den Küchen verkündet –, sobald die zwei Freundinnen aus der Nachbarschaft eintreffen, die sich angemeldet haben. Am Morgen hat die Migräne Sinuit nicht davon abhalten können, eigenhändig die Brote zu bereiten, die zusammen mit Gerstensaft, zwei Gänsen und im Kanal frisch gefischten Barschen – Neiths Lieblingsfisch – der Göttin als Opfer dargebracht werden sollen.

»Bringt ihr Christen eigentlich auch Opfer dar?«, fragt Tenuset.

»Ich bin keine Christin«, erwidert Irenia.

»Du hast aber mit ihnen gelebt.«

»Ja«, seufzt sie. »Das stimmt.«

»Und hast du auch wie sie getötet?«, fragt Tenuset.

Irenia antwortet nicht. Es wäre zwecklos, die Alte steht ganz unter dem Einfluss der üblichen Vorurteile, mit denen man den so genannten »Umstürzlern« begegnet. Manche Leute glauben sogar, nachdem sie etwas von einer Kreuzigung gehört haben, die Christen hätten ihren eigenen Gott umgebracht, da sie selbst behaupten, sie würden weiterhin sein Fleisch essen und sein Blut trinken.

»Was machen sie jetzt im Tempel?«, fragt Irenia, um das Thema zu wechseln, und fährt sich automatisch durch das Haar, ohne daran zu denken, dass es ihr abgeschnitten wurde.

»Da du das Ritual verpasst hast, nur um mit Bachir einer alten, halb gelähmten Frau Gesellschaft zu leisten, will ich es dir verraten.«

Während sich die Alte gelegentlich die Kehle mit einem Schluck Bier benetzt – eins von vielen Privilegien, die Ahram ihr gestattet hat –, erzählt sie von den ägyptischen Göttern, doch über Neith weiß sie nicht allzu viel, weil sie zu den uralten Gottheiten gehört, die von moderneren Göttern abgelöst wurden. Sie beschreibt Irenia das religiöse Ritual, das auch im Tempel von Tanuris genauestens befolgt wird. Es beginnt am Morgen, wenn der Priester das Tonsiegel zerbricht, das er tags zuvor an der Tür zur inneren Kammer angebracht hat, sich vor der Göttin niederwirft und ihr das Horusauge und eine kleine Figur der Göttin Maat zeigt, in deren Haar eine Straußenfeder steckt: Wahrheit, Gerechtigkeit und Ordnung des Universums.

»So kann die Göttin anfangen zu leben«, fährt die Alte fort. »Bis dahin sind die Figuren in den Tempeln bloß ein Stück Holz oder Stein. Erst wenn der Priester die Wahrheit und das heilige Auge offenbart, wird die Göttin auch zur Göttlichen Wahrheit. So als würde sie zum Leben erweckt. Verstehst du? Deshalb kümmert sich der Priester um sie, als wäre sie eine Königin, die gerade erwacht. Er wäscht die Figur, die sich bereits in eine Göttin verwandelt hat, kleidet sie an, parfümiert sie, hüllt sie in Weihrauch und legt ihr schließlich die Opfergaben zu Füßen, die später vom Feuer verzehrt werden.«

»Und so landen die Gänse schließlich im Bauch des Priesters«, unterbricht sie Bachir spöttisch.

»Sei still, du ungläubiger Nabatäer! Es stimmt, ein Teil der Opfer sind für den Tempel bestimmt, aber wir geben sie den Göttern.«

»Und dann?«, will Irenia wissen.

»Das hängt von der Art der Festlichkeit ab. Heute werden sie Neith bestimmt in ihre Barke setzen – die Götter reisen immer zusammen mit Osiris im Boot –, und alle, die zum Fest gekommen sind, werden die Prozession begleiten. Wenn du wüsstest, was für prachtvolle Prozessionen in den großen Tempeln stattfinden! Am Schluss, wenn sie zu ihrem Tempel zurückkehrt, entkleidet der Priester sie wieder, zieht sich rückwärts zurück, versiegelt die Tür erneut und achtet darauf, alle Spuren zu verwischen: Der Weg zu den Göttern muss ein Geheimnis bleiben.«

Am Mittag, nachdem die Zeremonie beendet ist, tritt die Herrin trotz Hitze und Kopfschmerzen auf die Terrasse, um sich von ihrem Ehemann zu verabschieden. Neferhotep erscheint in Reisekleidung, ohne Perücke. Die trägt sein Diener in einer besonderen Schachtel. Die plissierte Tunika hat er gegen eine glatte eingewechselt, die Sandalen gegen römische Schnürschuhe. Seine Ehefrau begleitet ihn bis zur Treppe an der Tür, wo eine Sänfte mit kleinen Vorhängen auf ihn wartet, die von zwei Eseln getragen wird.

»Musst du wirklich weg, Liebling, in dieser Hitze?«

»Die Nachricht war dringend, Schwesterchen. Eine wichtige Ratsversammlung. Die Flut bringt immer irgendwelche Probleme mit sich. Kein Wunder, wenn alle in die Stadt kommen, solange die Felder überschwemmt sind. Außerdem«, fügt er hinzu und senkt die Stimme, »muss ich mich um eine unangenehme Angelegenheit kümmern. Ein anderer Ädil hat eine Baugenehmigung für das Viertel Rhakotis erteilt. Ich werde über Nacht bleiben müssen.«

»Da sind meine Freundinnen aber bestimmt enttäuscht, sie hören dir so gern zu!«

»Auch mir tut es Leid, sie sind ganz reizend«, erklärt der Herr, obwohl er weiß, dass die Damen bloß daran interessiert sind, so viel wie möglich über die Ratsversammlungen aus ihm herauszubekommen, um es dann ihren Ehemännern zu berichten. »Aber pass auf, erzähl ihnen nichts von der Genehmigung, bei Maat!«

»Ich bitte dich, Brüderchen, ich bin doch nicht dumm. Das ändert aber nichts daran, dass du wieder in die Stadt reisen kannst, während ich seit Monaten hier schmachte … Wenn Pompilia mich nicht mit ihren Briefen auf dem Laufenden halten würde, wäre ich längst eine Provinzlerin, und du hättest mich satt.«

»Wie kannst du so etwas sagen? Wir müssen uns um das Anwesen kümmern, und was gibt es besseres für Malki als das Landleben? Für euch beide opfere ich mich … und für seine zukünftigen Geschwister.«

»Nicht so eilig. Ich habe nicht vor, eine dieser trächtigen Kühe zu werden, die euch Männern so gefallen. Ich will nicht auf diese Art alt werden. Mach es so wie deine römischen und griechischen Freunde, auch wenn du so tust, als wärst du stolz darauf, Ägypter zu sein, und krieg die Kinder, die du dir wünschst, mit deinen anderen Frauen.«

»Sie sind nur meine Freunde, weil sie an der Macht sind. Damit uns diese Barbaren in Frieden leben lassen.«

»Wie auch immer, vergiss nicht meinen Auftrag. Hoffentlich ist die Perücke fertig, damit ich sie anprobieren kann, bevor wir in die Stadt ziehen.«

»Ja, ich werde sie holen lassen, von wo auch immer.«

»Nicht von wo auch immer! Du hörst mir nicht zu, wenn ich mit dir rede. Du denkst nur an deine Ratsversammlung! Bachir hat die Perücke zu Lisinius gebracht, dem besten Perückenmacher im ganzen Orient.«

»Früher hast du gesagt, Theopompus wäre der Beste.«

»Das war letztes Jahr, als es noch Mode war, die Perücken mit Harz zu festigen. Jetzt trägt man das Haar lose, deshalb wird mir das der Aufwieglerin so wunderbar stehen. Sieh dir die Frauen gut an, damit du mir sagen kannst, was sie tragen. Ach übrigens, meinst du nicht, dass das Haar dieser Sklavin viel zu schnell nachwächst? Ob sie magische Kräfte hat?«

»Aber Liebling, ich gehe doch nicht in die Stadt, um mir Frauen anzusehen!«, schließt der Herr, küsst sie auf griechische Art und macht sich eilig davon, als er im Garten die schrillen Stimmen der Besucherinnen hört.

Sogar Yazila weiß, und sie hat es Irenia erzählt, dass zu den Aufgaben des Herrn, vor allem, wenn sie eine Übernachtung einschließen, auch angenehmere Verpflichtungen gehören als die Debatten im Stadtrat. Zwar rechtfertigt Neferhotep seine Abendessen mit der Pflege von Beziehungen, die dazu dienen, den Kontakt zu den Führern der Gremien, den mächtigen Geldverleihern und manchmal sogar dem römischen Statthalter aufrechtzuerhalten, doch jeder weiß, dass an besagten Banketten immer auch hübsche Mädchen aus Dophinias Bordell oder einem der vielen anderen im berühmten Vergnügungsviertel Rhakotis teilnehmen, dazu nicht weniger hübsche Knaben, die von manchen Tischgästen bevorzugt werden. Innerhalb der besseren Gesellschaft ist das die Norm, und selbst die Ehefrauen wissen Bescheid, deshalb denkt der Erhabene, während er in seine Sänfte klettert ohne jegliche Gewissensbisse an die Freuden, die ihn am Abend erwarten.

Ich hätte die »Delfingöttin«, wie Tenuset die Göttin Neith nannte, gern gesehen. Auf Psyra gab es so viele Delfine! Sie kamen in Schwärmen fast bis an die Ufer des Strandes. Seltsamer Kult, wenn ein Priester die Götter zum Leben erwecken muss, noch eine Überraschung in Ägypten. Für die Alte ist es völlig normal. »Natürlich, so wie Re die Seele des Pharaos erweckt, der uns alle am Leben erhält, so müssen auch wir die Götter zum Leben erwecken.« Müsste es nicht umgekehrt sein? Müssten nicht die Götter die Menschen zum Leben erwecken? Aber Ägypten ist Ägypten. Jeder Mensch hat drei Seelen, *akh*, *bâ*, *kâ*. Die Christen haben nur eine, aber auch sie hauchten den Dingen göttliches Leben ein, jetzt erinnere ich mich wieder. Beim Liebesmahl verwandelte Porphyria das Brot in das Fleisch Gottes, durch ihre Worte wurde es zum Körper des Frauenchristus. Eins der Argumente, die sie immer wieder vorbrachte, war, dass es mehr die Sache des Weibes sei als die des Mannes, etwas zu segnen, egal, was die männlichen Bischöfe behaupteten, denn das Weib spendet Leben, also brauchen die Götter die Menschen doch. Aber auch so aufgeblasene Gockel wie den Erhabenen? Oder die leichtfertigen Damen, die die Herrin besuchen? Im Vergleich dazu ist Tenuset die Weisheit in Person, sie freut sich über das Leben, trotz ihrer Gebrechen, die anderen dagegen langweilen sich, obwohl sie alles haben, weil sie sich dennoch nicht lebendig fühlen. Sie haben Kinder geboren, kümmern sich aber nicht um sie, sondern überlassen sie den Sklavinnen, dem Erzieher oder dem Gymnasium, ohne darüber nachzudenken. Ihr Blut ist kalt, ihre Augen sehen nicht, sie sind nur gut, um Schminke auf den Lidern zu tragen. Auch meine Herrin sieht ihren Mann nicht so, wie er ist. Was hat dieser Kerl an sich, um niemand Geringeres als die Tochter Ahrams für sich einzunehmen? Die obendrein wunderschön ist, eine exotische Schönheit, gar nicht ägyptisch, sie erinnert mich an Schingia mit ihren schräg stehenden Augen, die damals versucht hatte, Astaphernes zu vergiften. Wie verzweifelt muss sie gewesen sein! Was für ein schrecklicher Tod! Langsam gehäutet zu werden, jeden Tag ein Stück, sie zwangen uns, es mit anzusehen, wie sie auf Kissen lag, Wasser und Nahrung bekam, aber mit jedem Tag ein bisschen mehr zu einem Stück rohen Fleisch wurde. Sie hat versucht, sich umzubringen, aber man hinderte sie daran. Bestimmt hat Sinuit das Gesicht ihrer Mutter geerbt. Wie war wohl Ahrams Frau? Man hat mir erzählt, sie sei im Wochenbett gestorben. Und seine jetzigen Frauen? Nach Tenusets Worten hat er nicht viele, nur so viele, wie er seiner Stellung schuldet. So wie für Astaphernes Frauen bloß Gefangene waren, die er niemals besuchte, weil er einen anderen, einen Knabenharem hatte. Allerdings ist Ahram natürlich das Gegenteil, ein ganzer Mann, er holt sich bestimmt auch Weiber ins Bett, aber er wird nicht zu viel Zeit mit ihnen verlieren, er ist ein Mann der Tat, jeder sagt das. Ob er eine Lieblingsfrau hat? Bestimmt weiß Tenuset es, Bachir erzählt ihr alles, sie sind wie Pech und Schwefel, teilen ihre Geheimnisse, tauschen sich gegenseitig aus. Aber was geht mich seine Lieblingsfrau an? Ich denke nicht an Männer, nur an meinen Malki. Domicia hat ihn mir geschickt, was gehen mich seine Frauen an, Tenuset weiß auch nicht, wie viele es sind. Bestimmt nicht viele, diese Harems sind nicht wie die in Kleinasien, das war eine andere Welt. Wie hat sich mein Leben geändert, als ich von der Insel in Astaphernes' Harem kam. Es war ein unbeschreiblicher Sprung, mehr noch: ein ganz neuer Anfang, sogar mit einem neuen Namen, Falkis. Wieder geboren wurde ich in einem Korb, zusammengekauert wie ein Fötus im Bauch. Wie ich daran denke, die Knie gegen die Brust gepresst, den Kopf dazwischengequetscht, kleine Lichtsprenkel, die durch das Korbgeflecht fallen, der Schmerz in den erstarrten Muskeln, die drohenden Krämpfe, Schweiß, der an den Brüsten herunterrinnt, der beißende Gestank nach Kamel, das heftige Schaukeln bei jedem Schritt des Tieres, all das erlebe ich jetzt wieder, auch dort wurde ich wieder geboren, aber ohne den Tod zu vergessen: den meiner kleinen Tochter und meines Narsos. Falkis, eine weitere Reinkarnation, wie jetzt, von der Wüste der Cyrenaica in den Überfluss Ägyptens versetzt, von den Sektenweibern ins Haus von Ahram, der mir schon wieder einen anderen Namen geben will. Ob er sich daran erinnert, bei all den Aufgaben, die er hat? Für meine Wiedergeburt fehlt mir nur noch der Name, Irenia hat mir nie gefallen, auch wenn Domicia ihn benutzte, allerdings nur selten, sie hatte andere Koseworte für mich. Was für ein Unterschied zwischen Astaphernes und Ahram! Er war das Gegenteil von ihm, aber auch er hatte Größe in dem, was er tat, auch er war reich, mächtig, und an seiner Seite wurde ich Falkis, seine exotische Begleiterin …

Die Karawane hatte die Ladung vom Schiff, das am Hafen von Trapezunt ankerte, übernommen, war am Fluss Hyssus entlang Richtung Armenien gezogen, hatte die Täler von Acampsis und Glaukos durchquert und stieg endlich mit dem Araxes stromabwärts zum Palast von Artaxaca. Es war eine kleine Karawane: nur drei Dutzend Kamele samt Reitern und Sklaven, um keine Aufmerksamkeit auf sich zu lenken. Weder ihr Proviant noch das Wasser oder die Ware, die sie mitführte, sollten kriminelle Gelüste wecken. Sie war für den allmächtigen Astaphernes bestimmt und bestand aus den schönsten jungfräulichen Knaben, die auf dem Markt zu haben waren, sowie einer außergewöhnlichen Sklavin. Der Anführer der Karawane fragte sich immer wieder, ob er mit seinem letzten Kauf richtig gelegen hatte. Die Idee war ihm während eines Besuches im Freudenhaus gekommen und konnte ihm eine hübsche Belohnung und einen höheren Rang in der Hierarchie des Palastes einbringen, genauso gut aber auch eine Tracht Prügel, Verstümmelung oder den Verlust seiner Stellung. Jedenfalls wachte er selbst über die Sklavin und verbarg sie eifersüchtig mit einem Umhang und einem Schleier vor den Blicken anderer. Er ließ sie sogar neben sich schlafen und kettete sie mit dem Fußknöchel an das eigene Bein.

Die Sklaven wurden in großen Körben gefangen gehalten, von denen jedes Kamel zwei trug. In einem dieser Körbe lag zusammengekrümmt die so genannte Kilia, die noch vor kurzem unter einem anderen Namen in einem byzantinischen Freudenhaus gearbeitet hatte. Überraschenderweise gab ihr die beschwerliche Reise allmählich das Gefühl zurück, am Leben zu sein und eine Identität zu haben, die sie auf der Insel Psyra auf traumatische Weise verloren hatte, als Seeräuber ihren Mann und ihre Tochter getötet und sie selbst entführt hatten. An jenem Tag hatte sie am Strand das Gefühl für sich selbst verloren und konnte sich – zum Glück – nicht an die Qualen und Misshandlungen erinnern, die sie an Bord des Schiffes hatte ertragen müssen. In einem kurzen lichten Moment, als sie bereits in der Nähe von Byzanz waren, stürzte sie sich ins

Wasser, in der Hoffnung, von einem Haifisch zerfleischt zu werden, doch das Tier umkreiste sie nur, als wollte es mit ihr spielen, und diese Tatsache flößte den abergläubischen Seeräubern Respekt ein und ersparte ihr weitere Qualen, bis sie sie an Land verkauften. Auch im Freudenhaus von Byzanz gingen die Ereignisse fast spurlos an ihr vorüber: Die Einführung durch die Bordellmutter in das Gewerbe, die erotischen oder nur freundschaftlichen Beziehungen zu ihren Leidensschwestern und schließlich die Unterwerfung vor den Kunden, die nicht lange dauerte, da sie sofort wieder verkauft wurde. Durch das anstrengende Schwanken des Korbes zur Bewegungslosigkeit verurteilt, dachte sie über die leidvolle Vergangenheit nach, die sie ihrem Körper in Form von verschwommenen Erinnerungen entriss. Gleichzeitig erwachte dieser in der Höhlung des Korbgeflechts tatsächlich wieder zum Leben. Die Verspannungen und Quetschungen löschten die anderen Schmerzen aus, übertrafen sie und gaben der Frau das Gefühl zurück, einen lebendigen Körper zu haben.

Eines Nachmittags öffnete sich die Welt erneut vor ihren Augen. Sie sah einen von hohen Mauern umzäunten Garten, einen malvenfarbenen Himmel mit der untergehenden Sonne, die die Wolken rötlich färbte, und einen Springbrunnen. Die männlichen Mitglieder der Karawane hatten sich in einer Reihe aufgestellt, sie war die Letzte und stand etwas abseits. Alle unter dem wachsamen Blick des Karawanenführers, der mit ihnen wartete.

Dann tauchte Astaphernes auf, ihr neuer Herr, und wechselte ein paar Worte mit dem Anführer der Karawane, der sich tief verbeugte. Der neue Herr war ein Mann von durchschnittlicher Statur, dessen einsetzende Fettleibigkeit seine energischen Bewegungen nicht behinderte. Über der persischen Hose trug er einen langen gelben Umhang und an den Füßen kostbare Sandalen aus Leopardenfell. Statt einer Tiara schmückte ein Diadem das künstlich gelockte Haar, das ebenso fein und sorgfältig geschnitten war wie sein Bärtchen. Am rechten Ohr hing eine birnenförmige Perle und um den Hals eine goldene Kette mit einem Emailleanhänger. An den

Fingern blitzten auffällige Ringe. Der sinnliche Mund und die wachsamen Augen bildeten einen scharfen Kontrast zu seiner vornehmen Tracht und deuteten mehr innere Kraft an, als vorgetäuscht wurde. Zwei Knaben begleiteten ihn, deren kurze Röckchen, geschminkte Augen und affektierte Gesten die Art von Diensten verrieten, die sie für ihren Herrn verrichteten. Eine gewisse Grausamkeit spiegelte sich in seinem zufriedenen Lächeln wider, als er die aufgereihten Neuankömmlinge begutachtete.

Der Anführer der Karawane fragte, ob sich die Gefangenen ausziehen sollten.

»Nein. Das will ich selbst übernehmen. In der Eile entgeht einem das Beste«, fügte er hinzu und warf einem seiner Knaben einen Blick zu, der dann lachte, als enthielte die Äußerung eine geheime Bedeutung für ihn.

Der Herr schritt langsam die Reihe ab und befahl einem hübschen Knaben vorzutreten. Dessen Gesicht verzerrte sich vor Angst, bis der Herr ihm sanft über das Kinn streichelte. Als er zu Kilia kam, bemerkte er sofort das weibliche Geschlecht unter dem Umhang. Wütend drehte er sich zu dem Karawanenführer um.

»Eine Frau? Was soll das?«

Die beiden Knaben lachten empört. Daraufhin riss der Angesprochene ihr das Tuch vom Kopf, das ihr Haar während der ganzen Reise eifersüchtig verdeckt hatte. Dieses unbeschreiblich leuchtende Haar, halb Kupfer, halb Amber, fiel ihr jetzt bis auf die Schultern. Astaphernes war sichtlich beeindruckt. Er sah der Frau aufmerksam in die Augen.

»Falkis«, murmelte er. »Falkis …«

Der Karawanenführer lächelte, als er sah, dass er richtig gelegen hatte. Die Frau merkte sich das Wort, obwohl sie erst später erfahren sollte, dass es der Name einer anderen Frau war, die wie sie blondes Haar und helle Augen gehabt hatte, doch ihr Schicksal blieb ihr unbekannt. Auf eine Geste des Herrn hin brachte man sie in einen prunkvollen Teil des Harems, wo Sklavinnen sich um sie kümmerten. Allerdings blieb sie nicht lange im Trakt der Frauen, den Astaphernes nur wegen seiner gesellschaftlichen Stellung unterhielt, und auch, um die regelmäßigen, mächtigen Gäste zu beeindrucken. Kilia, die jetzt Falkis hieß, bezog bald eigene Räume neben denen des Herrn und der Knaben, an denen er sich erfreute. Dort lebten sie alle zusammen, die einen als Frauen verkleidet, die anderen als Männer, je nach Laune ihres Herrn. Und da sie Zugang zu beiden Häusern hatte, konnte Falkis dieselben Leidenschaften, dieselben Eifersüchteleien und Intrigen wie im Bordell von Byzanz beobachten. Sie selbst gehörte keiner dieser beiden Welten an, sondern begleitete als Mann verkleidet ihren Herrn überallhin, auch zu geschäftlichen oder politischen Gesprächen, und war sogar anwesend, wenn er seinen Orgien frönte. Schon früh hatte er ihr auf Griechisch ins Ohr geflüstert:

»Ich will dich an meiner Seite haben, weil du mein Schicksal bist. Mein Astrologe hat mir vor langer Zeit dein Haar und deine Augen vorausgesagt. Ich habe dich erwartet.«

Niemals hatte der Herr eine erotische Andeutung gemacht, sondern sie stets mit Respekt behandelt und sie sogar mehrmals wie ein Orakel um Rat gefragt. Nach ihrer kleinen Insel war Falkis von dieser ungeahnten Welt fasziniert. Astaphernes war kein gewöhnlicher Despot, der die Reichtümer verprasste, die ihm das Leben geschenkt hatte. Als Sohn eines Armeniers und einer Perserin, der er seinen Namen verdankte, hatte sein Vater ihm beigebracht, die Frauen zu verachten – seine eigene Frau hatte er wegen Ehebruchs töten lassen – und nach politischer Macht zu trachten. Schließlich waren sie Nachfahren der Dynastie, die das Land beherrscht hatte, bevor Traianus es eroberte, und Verwandte von Tiridates, der nach der Vertreibung der persischen Besatzer auf den Thron gehoben werden sollte. Astaphernes half diesem, Bündnisse mit ausländischen Mächten zu schmieden, weil er insgeheim hoffte, ihm eines Tages auf den Thron zu folgen. Das erforderte ein breites Netz von Intrigen und raffinierten Bündnissen, um den Kaiser Valerian gegen Schahpur aufzuhetzen, und sich mit den gotischen Seeräubern zu arrangieren, die seit kurzem über den Pontos Euxeinos bis ins Ägäische Meer vorstießen, auf der Suche nach Beute und neuen Gebieten. Diese wollten sie besiedeln, auf Kosten Roms, das wegen der in seinem Heer brodelnden Anarchie ohnehin unter Druck stand.

Falkis saß Astaphernes zu Füßen, wenn der verhandelte, und begriff in dem Maß, wie sie der Sprache Herr wurde, die Bedeutung seiner Vorhaben. Neben seinem außerordentlichen Talent für Intrigen und seinen kostbaren Besitztümern verfügte Astaphernes auch über beträchtliche finanzielle Mittel aus den Lapislazuliminen in den entfernten Bergen von Sogdiana, die die ganze bekannte Welt belieferten. Das bedeutete nicht nur außerordentlichen Reichtum, sondern auch Kontakte und Verbindungen, mit deren Hilfe er nichts Geringeres vorhatte, als in einem selbstständigen Armenien die Karawanenstraßen, die alle durch Palmyra im Süden führten und Seide und Gewürze aus dem Orient brachten, zu den Häfen des Pontos Euxeinos zu locken. Astaphernes vertraute diese Träume Falkis an, während er den nackten Körper eines seiner Knaben streichelte, und sah sie dabei an, als würde ihre Anwesenheit ihm die Gewissheit vermitteln, dass sie tatsächlich wahr wurden. Vielleicht hatte er auch in einem Anflug von Melancholie das Gefühl, die Falkis seiner Jugend vor sich zu haben. Bei solchen Gelegenheiten erzählte er ihr oft von der Stadt des Mondes, wo seine Mutter geboren war und er seine Jugend verbracht hatte, dort, wo Kokcha und Oxus zusammenfließen. Die Stadt war mehr als einmal von den Nomaden zerstört und anschließend wieder aufgebaut worden, weil ihre Nähe zu den einzigartigen Minen ihre Bevölkerung immer wieder rasch anschwellen ließ. Nicht weit entfernt wurde Lapislazuli gefördert, und dort hatte er die geheimnisvolle Falkis kennen gelernt.

Die selbstsichere Gelassenheit, mit der Astaphernes am Rande der herrschenden Sitten lebte, der Respekt und die Akzeptanz, die er jenen abtrotzte, die ihn umgaben, versetzten sie in Staunen. Kilia begleitete ihn, wenn er sich in seinen Knabenharem zurückzog, wo die Jünglinge begierig darauf warteten, ihn zu befriedigen. Alles bezaubernde, hoch gewachsene Kinder, die immer nur lächelten, aber bereits einen verstohlenen oder verdorbenen Blick besaßen. Werden sie denn niemals älter?, fragte sich Kilia angesichts solch hartnäckiger Jugend. Einmal aber beobachtete sie, wie Astaphernes den Jüngling, den er gerade streichelte, angewidert von sich stieß und ihn wegen seiner frisch gesprossenen Schamhaare beschimpfte. Anschließend wurde der Knabe im Harem nie mehr gesehen. Die Frauen erzählten sich, dass er sie töten ließ. Kilia redete sich ein, dass er sie nur verkaufte oder entließ, da sie keinen Anlass für ein derartiges Verbrechen sah. Manchmal nahm er ein paar Frauen mit in den Knabenharem, um sie zu demütigen. Er ließ sogar zu, dass die Knaben ihre Lust an ihnen befriedigten. Kilia blieb von derartigen Übergriffen natürlich verschont. Nur einmal hatte einer der älteren Jünglinge versucht, sich ihr zu nähern, als sie alle auf Astaphernes warteten. Dieser hatte ihn daraufhin eigenhändig kastriert, und der Junge war später unter großen Schmerzen gestorben, als die Wunde sich entzündete und er nicht mehr urinieren konnte.

Nachdem Kilia im schlingernden Korb erlebt hatte, wie ihr Körper wieder zum Leben erwachte, beobachtete sie nun erstaunt die Vielfalt der Welt. Während sie tagtäglich an politischen Intrigen teilnahm, an riskanten Geldgeschäften oder dem Kitzel verbotener Liebesspiele, die mit herausfordernder Leidenschaft gelebt wurden, entdeckte sie, dass man anders als auf der Insel, wo ihr Leben in vorgezeichneten Bahnen verlaufen war, mit bloßem Willen die Wirklichkeit verändern kann. Gelegentlich bekam sie auch einen Einblick in die Abgründe der Unmenschlichkeit, wie damals, als sie zusammen mit den gefangenen Knaben und den anderen Frauen ansehen musste, wie die hübsche Schingia, die aus der fernen Stadt des Mondes entführt worden war und deren übergroßer Hass auf Astaphernes sie zu dem Versuch verleitet hatte, ihn zu vergiften, langsam gehäutet wurde.

Daher konnten weder Neid noch Kummer oder die boshaften Sticheleien der Frauen, Knaben und Sklaven, die auf ihren Einfluss eifersüchtig waren, sie verletzen. Der Kontakt mit Händlern,

Künstlern, Politikern und Gelehrten, die mit dem Despoten Handel trieben oder Intrigen schmiedeten, war für sie eine Bereicherung, und dieser Umgang mit Menschen kultivierte und verfeinerte sie mehr und mehr.

Nach einigen Wochen stand sie derart hoch in Astaphernes' Gunst, dass er sie mit auf eine Reise nahm. Stets als Junge verkleidet, wie ein besonderer Page, unterschied sie sich von den Lieblingsknaben, die ihn begleiteten. Es war ein luxuriöser Ausflug, den sie nach dem engen Korb auf dem Kamel umso mehr zu schätzen wusste. Das vornehme Zelt, das bequeme Bett, die vorzüglichen Speisen und Getränke und die Ruhepausen während der heißesten Stunden des Tages machten die Reise zu einem Vergnügen, dessen Höhepunkt die Rückkehr ans Meer versprach. Das Meer! Als nach dem letzten Anstieg in der Nähe von Trapezunt der blaue Horizont vor ihren Augen auftauchte, wurde Kilia bewusst, dass ihre wahre Heimat in der Nähe der Wellen war. An einem Strand hatte sie die einzige Geburt erlebt, die sie kannte, daher war das fehlende Meer die größte Entbehrung, die sie im armenischen Palast ertragen musste. Sie wurde es nicht leid, am Meeresufer entlangzuschlendern oder es von der Terrasse des prächtigen Hauses aus, das Astaphernes am Stadtrand mit einem eigenen kleinen Anlegeplatz besaß, zu beobachten. Und nur weil er ein Mann des Meeres war, interessierte sie sich für den gotischen Seeräuber, den Astaphernes dort traf, um Strategien zu besprechen, mit denen sie Rom überraschen konnten.

Vestericus seinerseits war von Kilia mehr als fasziniert, und das bereits auf den ersten Blick. Die männliche Verkleidung hatte weder seine Augen noch seine Begierden getäuscht. Um keine Aufmerksamkeit zu erwecken, hatte er sich zuvor von seiner Flotte abgesetzt und war mit einer kleine Feluke nach Trapezunt gesegelt, wo ihn Astaphernes in seinem Haus unter dem purpurnen Sonnendach der Terrasse empfing. Kilia nahm an allen Verhandlungen teil, die der Gote in seinem barbarischen, gutturalen Griechisch führte. Sie bewunderte Astaphernes' ausgeklügelte Strategie, die zwei Phasen vorsah. Zuerst wollten sie auf eine günstige Gelegenheit warten, um mit Hilfe der Römer den persischen König Schahpur aus Armenien zu vertreiben, ohne dass die Goten sichtbar in den Kampf eingreifen mussten. Umso energischer würden diese im nächsten Schritt die Unabhängigkeit Armeniens von Rom unterstützen. Tiridates sollte auf den armenischen Thron gehoben werden, Astaphernes würde Minister und Vizekönig, Vestericus Heerführer werden. Da Tiridates bereits alt war, würde ihm Astaphernes bald auf den Thron folgen, und damit wäre das unabhängige Armenien ein sicherer Hafen für die Schiffe der Seeräuber, wenn sie auf ihren Beutezügen bis ins Ägäische Meer vorstießen.

Vestericus war ein hoch gewachsener, kräftiger Mann, dessen kriegerische Rohheit eine gewisse Anziehungskraft auf Irenia ausübte. Das lange blonde Haar fiel ihm ins sonnenverbrannte Gesicht mit dem katzenhaften Ausdruck. Er trug weite Hosen, die denen der Perser glichen, Schuhe, deren Riemen bis zu den Knien reichten, und einen mit Nägeln beschlagenen Brustharnisch aus Leder. Einen der nackten Arme schmückte ein lederner Riemen, an dem ein Amulett aus Zinn hing. Nachdem er Kilia eine Weile durchdringend gemustert hatte, fragte er schließlich, wer sie sei.

»Mein Talisman«, antwortete Astaphernes. »Du kannst ganz offen reden, er kennt alle meine Geheimnisse.«

»Ist er ein Magier?«

»Warum sagst du das? Ist dir nicht aufgefallen, dass er eine Frau ist?«

»Gerade deshalb. Bei uns verkleiden sich die Wahrsager als Frauen, wenn sie die Götter befragen.«

»Bei ihr ist es umgekehrt. Sie kleidet sich als Mann«, erklärte Astaphernes und lächelte.

Der Gote wechselte das Thema, konnte aber die Augen nicht von Kilia abwenden. Noch am gleichen Abend, nachdem Astaphernes während eines Gelages all seinen Prunk aufgefahren hatte, um Vestericus und seine Mannen zu beeindrucken, gelang es dem Goten, Kilia allein zu sprechen.

»Morgen setze ich die Segel, und ich möchte dich mitnehmen.«

Beunruhigt merkte sie, dass er zwar betrunken war, hinter seiner volltönenden Stimme aber ein unaufhaltsamer Wille brannte.

»Wie kannst du so etwas vorschlagen?«, entgegnete sie. »Ich bin nicht frei, und du bist mit Astaphernes verbündet!«

»Was interessiert mich sein Armenien! Dich will ich!«

Kilia versuchte, es als bloßes Kompliment abzutun, aber er ließ nicht locker:

»Du wirst schon sehen. Bei meinem nächsten Besuch nehme ich dich mit.«

Am nächsten Morgen erzählte sie Astaphernes alles und war überrascht, als er lachte und sich zufrieden die Hände rieb.

»Wunderbar. So habe ich ihn an der Angel.«

Nachdem sie in den Palast zurückgekehrt waren, erfuhr Kilia, dass die Verhandlungen mit dem Goten mittels verschlüsselter Botschaften fortgesetzt wurden. Nach einer Weile reiste sie erneut mit Astaphernes nach Trapezunt, wo sie von der Terrasse aus fünf Schiffe mit jeweils zwei Brücken sah. Die Goten ankerten seit einem Tag vor der Bucht. Im Gegensatz zu den bunten griechischen Schiffen, die auf beiden Bugseiten mit aufgemalten Augen geschmückt waren, handelte es sich um leichte schwarze Boote mit großen, jetzt eingezogenen Segeln, deren Ruderer, freie Krieger, das Geheimnis ihrer Schnelligkeit waren. Kilia spürte, dass die kleine Kriegsflotte, deren auf dem Wasser schwebende dunkle Silhouetten ihr wie gefährliche Wale erschienen, nur ihr galt.

Sie empfing Vestericus und seine beiden Begleiter in einem Vorraum und führte sie zu der Tür des Armeniers, doch bevor sie sic öffnen konnte, packte Vestericus sie an der Hand und sagte leise, aber bestimmt:

»Dieses Mal nehme ich dich mit!«

Seine beiden Begleiter lächelten. Kilia spürte, dass er etwas im Schilde führte, doch während sie noch überlegte, wie sie seinen Plan durchkreuzen könnte, wurden ihre Gedanken abrupt unterbrochen, als sie hörte, wie Astaphernes, nachdem er den Besucher überschwänglich begrüßt und sie sich gesetzt hatten, plötzlich unverhohlen sagte:

»Du willst mir meinen Talisman rauben? Ist das wahr?«

Der Gote erhob sich, pflanzte sich vor ihm auf und erwiderte herausfordernd:

»Ja, und ich werde ihn auch bekommen.«

Der Armenier lächelte und entgegnete, ohne sich aus der Ruhe bringen zu lassen:

»Setz dich, setz dich wieder hin, und wir werden sehen. Man kann über alles verhandeln.«

Wie sollte sie sein Verhalten deuten, wenn sie so wichtig für ihn war? Diese Frage ließ Kilia nicht los, während die anderen sich über Waffen, Kriegsschiffe, andere gotische Kriegsfürsten, die an dem Kampf teilnehmen wollten, aufständische Stämme in Thrakien und Mysia, die imstande waren, Rom kleinere Probleme zu bereiten, und die Lage in Persien unterhielten. Gelegentlich entfernte sie sich für eine kurze Zeit, aber wenn sie zu lange wegblieb, klingelte Astaphernes' unverwechselbares Silberglöckchen und verlangte nach ihrer Anwesenheit. Erst als sich die Goten zurückgezogen hatten, konnte der Astaphernes, den sie kannte, sie wieder beruhigen. Wie sie auf die Idee komme, dass er sie irgendwem überlassen könnte, sie, seinen Glücksstern und sein Schicksal? Er wollte sich nur Vestericus' Dienste sichern, während er insgeheim einen klügeren Gotenfürsten – einen von Vestericus' Begleitern –, dazu anstachelte, seinen Heerführer zu ermorden und dessen Stellung einzunehmen. Es war ein Plan, den er schon länger verfolgte.

Die nächtliche Feier wurde von neuen Gästen belebt, Tänzerinnen und Musikern. Die Goten zeigten kein Interesse an den Knaben. Nachdem sie einen Kriegstanz aufgeführt hatten, machten sie sich in einer wilden Orgie über die Frauen her. Kilia bat Astaphernes um Erlaubnis, sich zurückziehen zu dürfen. Trotz seiner Gelassenheit ging sie besorgt zu Bett. Sie hatte einen seltsamen Albtraum, in dem sie flog. Als sie aufwachte, befand sie sich tatsächlich in der Luft, in den Armen des Goten nämlich, der sie aus dem Bett gehoben hatte. Durch einen plötzlichen Satz konnte sie sich befreien und vor ihrem überrumpelten Entführer flüchten. Sie lief durch den von Öllampen beleuchteten Korridor auf Astaphernes' Gemächer zu, dicht gefolgt von dem weniger behänden Vestericus.

Vor Astaphernes Schlafkammer weckten die Hilfeschreie den dösenden Wächter auf, und auch Astaphernes erschien mit einem Schwert in der Hand vor der Tür. Kilia schlüpfte unter dem bewaffneten Arm in seine Schlafkammer. Ohne ein Wort zu sagen, zog der Gote seinen Dolch, schleuderte ihn gegen Astaphernes, stürzte sich auf den Wächter und drückte ihm die Kehle zu, um ihn am Schreien zu hindern.

Kilia hörte ein unterdrücktes Röcheln und das Klirren von Stahl auf den marmornen Fliesen. Dann sah sie, wie sich Astaphernes umdrehte und sie ungläubig und überrascht anstarrte. Für einen kurzen Augenblick stand er aufrecht vor ihr, so mächtig wie noch nie, dann wankte er leicht wie ein Turm während eines Erdbebens. Der Griff des Dolches ragte aus seiner Brust, ohne dass sein Nachtgewand sich rot färbte.

Die allmählich erlöschenden Augen hauchten Kilia tausend unvergessliche Worte zu, sein Mund aber brachte nur noch, wie als Entschuldigung, hervor:

»Er war schneller als ich …«

Erst dann kam das Blut. Wie ein Springbrunnen spritzte es aus seinem Mund, erstickte das Wort und trug sein Leben fort, beendete alles, was er gewesen war: Herrlichkeit und Verderbtheit.

Der Körper des erdrosselten Wächters sackte lautlos zu Boden. Der Gote trat über die Leiche und packte Kilia, die schluchzend um sich schlug. Er hielt ihr den Mund zu, damit sie nicht schreien konnte, und folgte seinen Mannen, die schon auf ihn warteten. Ehe die Wächter etwas bemerkten, gelangten sie zu den Schiffen und lichteten die Anker.

Dies markierte einen weiteren Wendepunkt in Kilias Leben, auch wenn der neue Besitzer ihr keinen neuen Namen gab. Statt zwischen den Bergen auf den fernen Gipfel des Ararat zu blicken, lebte sie nun auf dem Meer wie noch nie zuvor. Kein Strand, nur Meer, so weit das Auge reichte. Der Mond, die Sonnenaufgänge, die sanften Winde und die Stürme, die Wärme des Ägäischen Meeres und die Kälte am Pontos Euxeinos, das Plankenwerk, die Takelage, die Segel und die rhythmischen Schläge der Ruderer waren das Einzige, das sie über die schmerzliche Erinnerung an Astaphernes hinwegtröstete, für den sie zwar nichts empfunden hatte, der sie aber wenigstens nie wie der Gote mit brutaler Gewalt genommen hatte, ohne sich für den Körper zu interessieren, in den er eindrang. Sogar während ihres kurzen Aufenthaltes im vornehmen Freudenhaus von Byzanz hatten die Freier ihr mehr Respekt und Zuneigung entgegengebracht. Vestericus sorgte lediglich dafür, dass sie an Bord alles bekam, und erstickte jedes fremde Verlangen nach ihr im Keim, wobei er nicht einmal davor zurückschreckte, seinen Steuermann niederzustechen. Sie fragte sich, was das für eine Leidenschaft war, die er so auch mit jeder anderen hübschen Frau hätte leben können. Was hatte er in ihr gesehen? Vielleicht nur den Talisman, den er dem berüchtigten Astaphernes entwendet hatte, dessen Name unter den Seeräubern ein Mythos war? Während Kilia reglos und ohne das geringste körperliche Empfinden die Grausamkeiten ihres Peinigers im Bett ertrug, steigerte sich ihr Hass ins Unermessliche.

Doch wenn sie dann beobachtete, wie er an Deck Befehle erteilte, vor allem in jenem harten Winter, spürte sie eine widerwillige Bewunderung für den Mann. Während der Stürme, wenn heftige Böen die Mannschaft zwangen, die Segel einzuholen, hohe Wellen das Boot hin- und herwarfen, so dass die Ruder über einem Meer, das es fast zum Kentern brachte, durcheinander fielen, und drei Männer nicht imstande waren, die Pinne gerade zu halten, damit sie Kurs auf die Wellen hielten, blieb Vestericus gelassen wie der Gott des Sturmes und flößte allen Vertrauen und Zuversicht ein. Zwar hatte Kilia nicht gesehen, wie sie die Handelsschiffe, die ihnen begegneten, kaperten, weil man sie in eine Kajüte einschloss, doch konnte sie sich sehr wohl seine Brutalität vorstellen, wenn er anschließend mit eigenem und fremdem Blut auf seinem Brustharnisch zu ihr kam, um seine männlichen Triebe zu befriedigen und den barbarischen Exzess zu vollenden.

Aber sie bewunderte auch die Verachtung, die er für jene empfand, die sich mehr und mehr als seine Feinde entpuppten. Astaphernes' Tod hatte die Anführer der Seeräuber in Rage versetzt. Er war ein unverzichtbarer Verbündeter gewesen und hatte ihnen die Nutzung der Häfen am Pontos Euxeinos garantiert, die näher an den reichen Handelszentren Roms lagen als ihre eigenen Häfen an der Donaumündung. Dass Vestericus den großen Astaphernes wegen einer Frau getötet hatte, brachte die Anführer noch mehr gegen ihn auf. Für die Seeräuber waren Frauen Objekte ihrer fleischlichen Gelüste, solange sie jung waren, doch waren sie in ihrer Heimat erst einmal Mütter geworden, hatten sie allenfalls noch für häusliche Gemütlichkeit zu sorgen.

Derjenige, der nach der Macht trachtete und dessen Pläne mit Astaphernes jetzt durchkreuzt worden waren, stachelte insgeheim einen Aufstand an, und so gelang es ihm, die gesamte Flotte unter seinen Befehl zu bringen. Seitdem segelte Vestericus allein durch den Pontos Euxeinos und das Thrakische Meer, da seine Männer zu schwach waren, um weiter in den Süden vorzustoßen. Zudem stand die Mannschaft kurz vor einer Meuterei. Nur der Respekt vor Vestericus' Mut hielt die Männer zurück, doch eines Nachts, als das Schiff an den Küsten von Mysia vorbeisegelte, weckte Vestericus Kilia auf.

»Ich werde dich nicht mehr lange beschützen können. Sie geben dir die Schuld am allem, und ich will nicht, dass sie dich töten. Ich setze dich jetzt in ein kleines Boot, in dem du alles finden wirst, was du für die nächste Zeit brauchst. Binde es los, und rudere an die Küste. Siehst du sie? Sie ist ganz nah. Ich kann sogar ein Licht dort sehen. Die Hirten und Bauern werden dir helfen. Nimm.«

Er reichte ihr einen Beutel mit Münzen und grunzte zum Abschied wie ein wütendes Tier. Kilia gehorchte, ergriff die Ruder und gelangte auf dem ruhigen Meer bald ans Ufer, geleitet von einem Lagerfeuer an Land. Merkwürdigerweise wärmte sich niemand daran auf. Es brannte einsam am Strand, als hätte ein wohlwollender Gott das Feuer eigens für sie angefacht.

6. Der Kameltreiber Bachir

Nur am Meer findet die Sklavin Erleichterung für ihren Kummer. Im Haus verzweifelt sie an der Hitze, den Kopfschmerzen der launischen Herrin – vor denen der Ehemann immer öfter nach Alexandria flieht – und den langen Stunden während der Sommersonnenwende, wenn man das Tropfen in der Wasseruhr so einstellen muss, dass es von Sonnenaufgang bis Sonnenuntergang weiterhin genau zwölf Einheiten sind. Im Garten erdrücken sie der bleierne Himmel, der Gestank in der stehenden Luft, die Schwärme von Stechmücken und das Brüllen, Wiehern oder Gackern der Tiere, die auf das Anschwellen des Flusses unruhig reagieren. Das Hochwasser an der westlichen Nilmündung wird in wenigen Tagen über die Ufer treten. Auf dem Kanal schleppen sich die Barken der Kanopos-Ausflügler dahin, denn der Fluss scheint mehr Schlamm als Wasser zu führen. Er ist wie ein Weg, aus dem Wurzeln, Laubwerk und Papyrustriebe wachsen, die vielleicht an den fernen Ufern Nubiens vom Wasser mitgerissen wurden. Sogar der kleine Malki fällt in seine alte Maßlosigkeit zurück, als spürte er die innere Unruhe der Sklavin, und nutzt die Gelegenheit aus, um ihr seinen Willen aufzuzwingen. In den stickigen Nächten, wenn sie in ihrem Bett liegt, das neben dem von Yazila steht, hallt das durchdringende Zirpen der Grillen und das rhythmische Quaken der Frösche in den Ohren der Sklavin wider, die sich nackt auf der feuchten Matratze wälzt und das Mädchen neben sich um dessen Schlaf beneidet. Wieso kann ich nicht auch vor Erschöpfung einschlafen?, fragt sie sich. Was ist mit mir los? Wann ziehen wir endlich nach Alexandria, weg von hier, egal wohin? Zum Glück verstreut der barmherzige Mond, der durch die Fenstergitter fällt, sein Silber über den Boden wie eine Hand voll Münzen: Sie trösten Irenia, die sich schon immer mehr als Kind des Mondes als der Sonne gesehen hat.

Nur am Meer findet sie Ruhe. Der morgendliche Strand ist ihre Zuflucht. Sie überlässt sich dem Rauschen der Brandung, die sich am Ufer bricht, der friedlichen blauen und grünen Unendlichkeit, dem weißlichen Horizont, und beobachtet Yazila und Malki, zwei hübsche Tonfiguren, die in ihrem Tempel aus Sand mit dem hölzernen Flusspferdweibchen spielen. Sie lässt sich im Schatten einer Palme nieder, döst kurz ein und wacht zum Lächeln des Jungen auf, der wie ein kleiner Mann mit gespreizten Beinen vor ihr steht und das Amulett streichelt, das an seinem Gürtel hängt. Yazila ruft Malki zurück. Ungeduldig stampft sie die Ferse in den Sand und offenbart so ihren Wunsch, wieder wie früher über den Jungen zu bestimmen. Die Sklavin lächelt und denkt daran, dass Malki ihr gehört und ihr Kummer keine wirkliche Bedeutung hat.

Das Knirschen im Sand hinter ihr steigert ihr Glück, weil sie Bachirs gleichmäßige Schritte erkennt, der das Meer nie mochte, aber jetzt zum Erstaunen aller regelmäßig in die kleine Bucht hinuntersteigt, nachdem er der Herrin Bericht erstattet hat. Wenn er einen Brief von Pompilia dabeihat, lächelt die Herrin und ruft augenblicklich nach dem Schreiber, damit er ihr das Neueste aus der Stadt vorliest. Bachir unterhält sich wie früher eine Weile mit Tenuset, bis er schließlich seinen bescheidenen Imbiss beendet hat und aufsteht.

»Willst du schon wieder zum Strand? Hast du dich etwa in Irenia verguckt, du alter Knochen?«, stichelt Tenuset liebevoll. »Wenn meine armen Beine mich tragen könnten, käme ich mit, um nach dem Rechten zu sehen.«

Bachir fletscht die Zähne wie ein Hund. Es ist seine Art zu lächeln, obwohl er bloß eine Zahnlücke zeigt. Aber seine Augen strahlen, und sie tun es immer noch, als er sich am Strand neben Irenia setzt, die ihm unzählige Fragen über Alexandria stellt, um sich besser auf den Tag des Umzugs vorbereiten zu können.

»Ahrams Haus?«, wiederholt Bachir und erklärt: »Groß, größer als der Palast des Statthalters, der auf der anderen Seite des großen Hafens liegt. Im Vergleich dazu ist das Haus hier eine Hütte. Das

Grundstück nimmt einen großen Teil der Insel Pharos ein. Du wirst sehen, was für ein Gewimmel in dem Flügel herrscht, wo die Kontore untergebracht sind! Ein endloses Kommen und Gehen, Händler, Schiffskapitäne, Informanten, Boten, Kunden. Aber in den Garten dürfen sie nicht. Geschweige denn auf den Hügel, wo sich der Turm mit Ahrams Privatgemächern befindet.«

»Aber du schon.«

»Natürlich«, nickt Bachir stolz. »Ich vor allen anderen.«

»Kennst du Ahram schon lange?«

»Uff, ich weiß nicht, wie lange schon …! Seit das hier passierte, das eigentlich ihm galt.«

Er zeigt ihr eine lange helle Narbe zwischen den Härchen auf dem linken braun gebrannten Unterarm. Irenia würde gern mehr wissen, aber da er plötzlich verstummt, wechselt sie das Thema.

»Und wo befinden sich die Gemächer der Frauen?«

»Im nördlichen Flügel, zwischen den Lagerhäusern und der offiziellen Residenz.«

»Wohnt er nicht bei ihnen?«

»Er wohnt in seinem Turm, wie gesagt. Dort kümmert sich Uschait, die jüngere Schwester von Tenuset, um sein Wohl. Und gelegentlich stattet er seinem Harem auch einen Besuch ab.«

»Oder nimmt eine seiner Frauen mit in den Turm …«, fordert Irenia ihn heraus.

»In den Turm? Niemals. Das ist noch nie vorgekommen. Frauen haben da nichts zu suchen.«

Diese kategorische Antwort hinterlässt eine Spur des Schweigens.

»Seit zwei Wochen ist er nicht mehr gekommen«, murmelt Irenia dann. »Seit der ersten Pentade des *thoth*.«

»Er ist kurz darauf verreist, aber er wird bald wieder zurück sein.«

»Weit?«

»Ich glaube nicht. Sein Sekretär Soferis wird es wissen. Ahram macht überall auf der Welt Geschäfte. Er ist ständig unterwegs.«

Dann fügt er nachdenklich hinzu: »Er hat alles, aber er kann nicht loslassen.«

»Warum nicht?«

»Wer weiß das schon? Die Götter – vielleicht.«

Nicht die Antwort überrascht sie, sondern sein merkwürdiger Blick. Warum?, denkt die Sklavin.

»Na ja«, fügt Bachir leise hinzu, als wollte er den geringsten Verdacht eines Geheimnisses ausräumen. »Er will nun mal die Dinge verändern. Manchmal kommen in seiner Abwesenheit eigenartige Boten. Gestern zum Beispiel tauchte wieder so ein merkwürdiger Kerl auf. Er war spindeldürr, hatte glühende Augen und trug nur einen Lendenschurz und Sandalen. Auf die Stirn hatte er einen violetten Punkt gemalt. Er hat kaum etwas gegessen, nur Gemüse. Er schläft auf dem Boden und trägt keine Waffen. Kannst du dir einen Mann vorstellen, der keine Waffen trägt? Er hatte nur einige Papiere in einem Beutel dabei, die er Soferis überreichte.«

»Papiere? Was für Papiere?«

»Blätter, auf denen diese Leute schreiben. Kein Pergament, es sieht wie Papyrus aus. Der Philosoph meint, der Mann sei aus Indien, wo immer das liegen mag.«

»Welcher Philosoph?«

»Kritos, ich habe dir schon mal von ihm erzählt. Der Mann, der im Garten des Hauses wohnt und sich manchmal als Frau verkleidet. Er trägt sogar einen goldenen Gürtel wie eine Kurtisane! In dieser Aufmachung spaziert er durch die ganze Stadt bis zu dem verruchten Viertel Rhakotis, wo sich das Laster ausbreitet … Niemand krümmt ihm ein Haar, weil ganz Alexandria weiß, dass er unter Ahrams Schutz steht. Kannst du das verstehen? … Ja, er beschützt ihn, er brachte ihn mit nach Hause, als … ja, als deine Herrin Sinuit geboren wurde. Ahram behauptet, Kritos habe ihm das Leben gerettet. Pah! Das war ohne Kampf, nicht eine einzige Narbe hat er davongetragen.«

Sie hört die Verachtung in seiner Stimme. Bachir fürchtet, zu weit gegangen zu sein, und setzt rasch hinzu:

»Aber es stimmt, Kritos ist sehr weise. Jedes Mal, wenn wir uns versammeln, fragt Ahram ihn um Rat, weil er auf Dinge kommt, die uns nie einfallen würden. Und reden kann er! Er würde einem sogar einreden können, dass die Sonne schwarz ist. So hat er Ahram vor Gericht das Leben gerettet. Bloß mit Worten.«

»Kann man das Meer sehen?«, fragt Irenia, als sie merkt, dass das Thema dem Alten unangenehm ist.

»Das Meer? Von wo aus?«

»Du stellst dich vielleicht an! Muss man dir denn alles aus der Nase ziehen? Von den Räumen der Sklavinnen aus, wo ich vermutlich wohnen werde.«

»Du bist nervös, Mädchen. Seit Tagen fällt mir das schon auf. Was hast du? Natürlich kann man das Meer sehen! Man kann es von überall aus sehen. Pharos ist eine kleine Insel vor Alexandria. Davor liegt das offene Meer, im Osten erhebt sich der Leuchtturm, du wirst sehen, wie hoch und weiß er ist, im Westen der Hafen Eunostos und im Rücken die ganze Stadt, die schönste Stadt der Welt, vom Königspalast bis hin zum Viertel Rhakotis. Wie sollte man das Meer nicht sehen können? Ahram würde zu Grunde gehen.«

»Ich auch«, murmelt die Sklavin gedankenverloren. »Du dagegen magst das Meer nicht, stimmt's?«

»Nein. Ich habe zu viele Peitschenhiebe auf einer römischen Galeere bekommen. Ich bin hier zu Hause.«

Er vergräbt die nackten Füße im warmen, goldfarbenen Sand, hebt eine Hand voll auf und lässt ihn langsam herunterrieseln. Da kein Wind weht, fallen die Körner gerade wie Blei.

»Du stammst aus der Wüste, nicht wahr?«, fragt sie und verspürt einen Stich, als sie an Uruk denken muss.

»Aus den Wüsten, Sandwüste und Steinwüste. Meine Vorfahren kamen aus Arabien, aber nicht aus der römischen Provinz, sondern von weiter weg, von da, wo der Weihrauch herkommt. Es gab Krieg, und sie mussten fliehen. Ich wurde in Petra geboren, in einer Stadt, die von Felsen umgeben ist. Rote Felsen, die höchsten der Welt. Nein, meine Welt ist nicht das Schiff.«

»Aber das Kamel.«

»Richtig. Die Römer verliebten sich in das Pferd, die Ägypter begnügten sich mit dem Esel. Pah! Aber das Kamel …! Der vornehmste, schnellste und treueste Freund des Mannes. Ich könnte ohne *Al-lat* nicht leben, und ich hoffe, dass ich vor ihr sterbe, sie ist ja noch jung. Ahram schenkte sie mir, als meine alte Stute starb … Ihr Frauen könnt nicht verstehen, was ein gutes Kamel bedeutet.«

Die Sklavin widerspricht nicht, aber sie erinnert sich an ihre quälende Reise im Korb auf dem Rücken eines Kamels, das sie zu Astaphernes brachte. Unterdessen singt Bachir mit einer Inbrunst, die sie überrascht, Loblieder auf seine *Al-lat.* Doch am Ende kommt er auf ein anderes Thema zu sprechen.

»Ahram dagegen ist ein Mann der Schiffe. Der ›Purpur-Grünen‹, wie das Volk seine Flotte nennt. Im Augenblick lässt er sein größtes Schiff bauen, nicht umsonst arbeiten die besten Schiffsbauer für ihn, besser als die der Römer. Philopator hat sogar eine Pentere entworfen. Es scheint unvorstellbar, dass sich die fünf Ruderreihen nicht gegenseitig behindern, aber ich habe sie selbst gesehen. Philopator hat ein Modellschiff gebaut. Ich kann es in meinen Armen tragen, es ist so groß wie ein Spielzeug. Jetzt steht es bei Ahram im Turm, damit niemand es sieht. Eines Tages wird es segeln, genau wie Ahrams Doppelschiffe, die zwei miteinander verbundene Rümpfe haben, um die großen Steinblöcke für die Tempel oder die langen Baumstämme aus dem Libanon zu transportieren, aus denen man Schiffsmasten herstellt. Vielleicht nimmt dich Ahram eines Tages mit in den Süden, zum Smaragdlager, wo seine besten Erfinder und Gelehrten sind.«

Er verstummt plötzlich und schlägt sich mit der Faust gegen den Kopf.

»Bei dir verliert ein alter Mann seinen Verstand, Mädchen. Ich rede zu viel.«

Die Reaktion der Sklavin ist beinahe feierlich. Sie beugt sich vor und nimmt seine Hand.

»Bachir, was redest du da? Ich will es gar nicht wissen. Aber eines darfst du nie vergessen. Ich würde meinen Herrn niemals verraten, und dich auch nicht.«

Bachir lächelt, aber auch seine Stimme klingt ernst.

»Das weiß ich. Und wenn du es gegen ihn verwenden würdest, müsste ich dich töten.«

»Verwenden? Was verwenden?«

Der Mann hält einen Augenblick inne:

»Das, was du bist und was meine Zunge so gelockert hat. Was weiß ich? Richte lieber dein Kopftuch, man sieht dein verbotenes Haar.«

Er sagt es lächelnd, und sie nimmt das Tuch ab, um ihr Haar erneut darunter zu verstecken, während Bachir über das unbeschreibliche Achatrot staunt und sich wundert, wie schnell das Haar nachwächst. Sie dagegen fragt sich, was er mit »verwenden« meint. Sie erinnert sich an den Tag, als sie an derselben Stelle saßen und sie das Gefühl hatte, er begehre sie, obwohl sie genau weiß, dass es nicht das ist ... Was sehen diese beiden Männer in ihr, Bachir und sein Herr? Was versuchen sie zu erfahren? So sehr sie darüber nachdenkt, sie kann nichts Rätselhaftes an sich entdecken ... Abgesehen von dem Kummer dieser Tage, der inneren Leere, dem unerklärlichen Zittern ...

Bachir plaudert weiter, erzählt von Ahram, der immer irgendwelche Projekte oder Pläne verfolgt und unablässig unterwegs ist. Er hat außergewöhnliche Männer um sich versammelt, wie diesen Erfinder und Baumeister Philopator. »Die Welt wird sich verändern«, sagt er immer wieder zu Bachir. Unten in einer Oase im Süden arbeiten sie an seltsamen Dingen. An einem Spiegel, der Feuer speit, an einer Flüssigkeit, dic Gold zum Schmelzen bringt, einem Rohr, mit dem man in die Ferne blicken kann, einem Kristall, der in der Sonne Flammen wirft. Bachir war da und hat sogar Vorrichtungen gesehen, mit denen riesige Steine gehoben oder in die Ferne geschleudert wurden, die Gehege der Schlangen, die Kräuterbeete und die seltenen Tiere, die sie aus einem Gebiet jenseits von Nubien oder von der anderen Küste des Arabischen Golfes mitgebracht haben. »Diese Männer suchen nämlich nach Pflanzen, die heilen oder töten. Sie forschen auch in den Bibliotheken der Stadt, im Serapeion und dem, was nach dem großen Brand vom Museum übrig geblieben ist, und in den vergessenen Werken der alten Gelehrten. Ahram spornt sie an.«

»Kein Wunder, dass er keine Zeit für seine Frauen hat«, scherzt die Sklavin. »Wozu hält er sich überhaupt einen Harem?«

Bachir wirft ihr einen überraschten Blick zu.

»Wenn ich es dir sage! Du bist nervös. Du redest, ohne zu überlegen. Wie soll sich ein Mann von seinem Rang keinen Harem leisten können? Die ganze Stadt würde sich über ihn lustig machen. Es wäre dasselbe, als würde er niemals zu einem Fest einladen.«

»Gibt er denn viele Feste?«

»Notgedrungen, bei den vielen Gruppen, die sich in der Stadt gegenüberstehen. Er muss alle zufrieden stellen: die Römer, die Hellenisten, die Ägypter, die Hebräer und was weiß ich, wen noch. Du wirst es bald mit eigenen Augen sehen.«

»Ich werde gar nichts sehen. Ich bin nur eine armselige Sklavin.«

Bachir mustert sie eindringlich. Wie vorhin, als er die seltsamen Worte sagte.

»Ich muss jetzt wieder in die Stadt«, erklärt er kurz. »Sei zufrieden, Mädchen, und grübele nicht zu viel.«

Er steht auf, zieht seine Sandalen an und geht zu Malki, um ihm übers Haar zu streichen.

Bevor er geht, fragt Irenia, ohne zu überlegen:

»Warst du eigentlich jemals verheiratet, Bachir?«

Als sie seinen versteinerten Blick sieht, tut es ihr sofort Leid.

»Du musst wohl alles wissen, was?«

Dann hinkt Bachir langsam den Hügel hoch.

Wie soll ich nicht grübeln, bei dieser inneren Unruhe? Krankheit, Vorahnung …? Unmöglich! Was dann …? Es liegt an der Hitze, den Tieren, den Göttern … Allen geht es so. Der Herrin, dem Herrn, Amoptis, der mich lüstern und furchtsam zugleich ansieht.

Ob er zu denen gehört, die Angst vor der Pest haben, weil sie vor allem jene befallen soll, die anders sind? Ob er immer noch dieselben Vorlieben wie im Tempel hat, als er ein Schreiberling unter vielen war? Und Yazila, sie ist so ehrgeizig, wie vorhin, als sie sich wegen Malki so aufregte, es wurmt sie, ihn verloren zu haben, aber ist das vielleicht meine Schuld? Sie war nicht fähig, ihn zu erziehen, wahrscheinlich hasst sie mich, weil sie nicht mehr im Mittelpunkt steht. Manchmal gibt sie sich zu erkennen, ihre kleinen Affenaugen verraten ihre Eitelkeit. Gestern, als der Junge schlief und ich ihr, wie ihr Vater es mir aufgetragen hatte, beibrachte, wie man massiert, bedankte sie sich bei mir für die Lektion, aber ihre Lider waren halb geschlossen wie die einer Echse ... Meinte sie es aufrichtig, oder ist sie genauso gefährlich wie ihr Vater, feige und hinterhältig? Sie schläft so ruhig! Könnte ich nur schlafen wie sie! Als hätte sie keine Seele, die sie plagt, keine der drei ägyptischen Seelen. Und ich? Was habe ich in mir? Wie kann ich diese Leere füllen, diese Beklemmung abschütteln? Zum Glück gibt es Malki, seine Ärmchen um meinen Hals, aber allmählich wird er wie alle anderen, obendrein ist er so aufgeregt wegen seiner Initiation. Mit dem ersten Kleid wird er zum Mann, zu einem kleinen Mann, wie die Neubekehrten, wenn Porphyria sie taufte, erwachsene Menschen, die trotzdem aufgeregt waren vor dem Ritual. Malki sieht mich fast schon überheblich an. Vielleicht bilde ich es mir ein, aber er scheint Yazilas Nähe zu suchen, diese Göre riecht bereits nach Frau. Malki spielt mehr als früher mit ihr, aber wenigstens kann ich mich dann in Ruhe mit Bachir unterhalten. Tenuset wundert sich schon. »Worüber redet ihr beiden am Strand eigentlich?« Früher sprach Bachir mit niemandem außer ihr. Heute konnte er sich nicht zügeln. Das hat ihn geärgert. Dummkopf, meinst du wirklich, ich könnte euch verraten? Du bist wie der Vater, an den ich mich nicht erinnere, aber das sage ich dir nicht, weil es dich kränken würde, so wie meine letzte Frage dich gekränkt hat. Woran habe ich gerüttelt, als ich die Heirat erwähnte? Du bist so männlich! Ich glaubte, du würdest mich ausfragen, um mehr über mich zu erfahren, was ich verstehe, schließlich bin ich eine Aufwieglerin, die den Raubtieren entkommen ist. Aber das ist es nicht mehr, du weißt, dass ich nichts Böses im Schilde führe, das habe ich nie getan, obwohl ich von vielen gequält wurde, wie von den verfluchten Seeräubern. Manche haben mich auch geliebt, aber das gehört alles der Vergangenheit an. Wieso muss ich jetzt an Retilus denken, unseren Boten in Byzanz? Der arme Eunuch war in mich verliebt, er beschützte mich im Freudenhaus, obwohl er sich nicht traute, es mir zu gestehen. Die anderen Frauen haben ihn ausgelacht. Warum hat er es mir nie gesagt? Ich hätte ihn befriedigt, so wie wir Frauen uns untereinander befriedigten. Wie wären seine Zärtlichkeiten gewesen? Feurig oder kühl, sanft oder heftig? Schluss mit der Phantasiererei! Vergiss das alles! Aber dass sie mir Malki wegnehmen wollen … Ohne Zärtlichkeit kann man nicht leben, mein Junge, du wirst sie schon lernen, na ja, du weißt schon eine Menge, aber ich denke an eine andere Art von Zärtlichkeit, die kennst du noch nicht. Andererseits – wozu, wenn sie doch längst tot ist? Bachir gibt mir manchmal das Gefühl … Was will er wissen? »Wir reden über nichts Besonderes«, erkläre ich Tenuset, aber natürlich unterhalten wir uns über das Große Haus und Ahram, ich frage ihn aus. Die Herrschaften interessieren immer, sie können einem das Leben schwer machen, es ist ganz normal, dass man mehr über sie wissen will. Trotzdem weiß ich so gut wie nichts von Ahram, nur, dass er keine Ruhe gibt, dass er die Welt verändern will, so ein Unsinn, aber das passt zu ihm, er interessiert sich für Dinge, die Frauen nicht verstehen, sie sind ihm egal. Wie er mich angesehen hat … und nicht nur einmal. Oder habe ich seine Blicke missverstanden? Galten sie der Angst vor der Magie, die man mir andichtet? Nein, ich kenne diese Art von Blicken. Warum lässt er sich schon so lange nicht sehen, obwohl er seinen Enkel so liebt? Bachir sagt, er sei auf Reisen. Ob er andere Kinder und Kindeskinder hat? Er muss welche haben, vielleicht sogar kleine, er ist nicht so alt, jünger als Bachir, viel jünger. Wie alt wohl? Obwohl wir so oft über ihn sprechen, erfahre ich so gut wie nichts! Nur wirres Zeug, dass er die Welt verändern will, dass er nichts braucht, wenig isst, bescheiden lebt, Feste nur aus Verpflichtung feiert. »Er ist wie ein Beduine, mit Datteln und Wasser ist er zufrieden«, erklärt Bachir, genau wie Porphyrias Christen. Warum dann die Welt verändern? Ist er etwa einer von diesen verrückten Rebellen? Nein, er nicht. Wie dieser Kritos, den Bachir nicht mag, der aber irgendetwas haben muss, wenn sich Ahram bei ihm Rat holt. Ich habe Männer gekannt, die sich wie Frauen kleideten und wie Frauen die Lust genossen, aber sie wechselten nicht das Geschlecht. Ich würde ihn gern kennen lernen und auch das Große Haus in Alexandria. Das muss ein ganz anderes Leben sein! Vielleicht ist es das, was mich in Ägypten erwartet? Was für eine Veränderung! Und werde ich je den Turm betreten dürfen? Wie gern würde ich, um ihn richtig kennen zu lernen. Schiffe mit fünf Ruderreihen! Komische Interessen hat er! Was wird es in diesem Turm sonst noch alles geben? Er lässt sich von Uschait bedienen, die jünger ist als Tenuset. Ob sie so alt ist wie Ahram? Ob ihn ihretwegen keine anderen Frauen interessieren? In den Turm werde ich wohl nie gelangen, das wäre zu viel verlangt, ich kann nur hoffen, dass mir Malki erhalten bleibt und Bachir, noch ein Mann aus der Wüste, wie Uruk. »Aus den Wüsten«, hat er gesagt. Uruks Wüste war wieder anders, weites, flaches Grasland, in der Ferne verschneite Bergketten, seine Augen leuchteten, wenn er davon erzählte, eine Wüste aus Gras, im Frühling ein grünes von Blüten gesprenkeltes Meer, auf dem friedliche Pferde grasten, im Sommer gelb, im Winter schneeweiß. Und die langen Ausritte …! Uruk, deine Arme! Sie brachten mir den Schwindel von Narsos zurück, nach meinen Wüsten, den Seeräubern, dem Freudenhaus, Astaphernes! Diesen Schwindel erlebte ich erst bei Domicia wieder, und da war es ein anderer, eine andere Art von Ekstase …

Nufria kommt die Stufen vom kleinen Innenhof auf die Terrasse hochgelaufen, wo Irenia mit Yazila und dem Jungen spielt, während die Herrin über die Hitze und ihre hartnäckigen Kopfschmerzen klagt. Aufgeregt ruft sie schon von weitem:

»Herrin! Herrin! Die Umstürzler kommen, es ist eine ganze Bande! Sie sind schon am Außentor!«

Der Schrei beendet mit einem Schlag Sinuits Trägheit. Sie springt auf und schreit:

»Yazila, den Jungen! Gütige Isis, steh uns bei! Und mein Neferhotep in Alexandria, wie üblich! Immer muss ich mit allem allein fertig werden! Ruft Amoptis! Zumindest er müsste doch hier sein! Er soll die Verteidigung organisieren! Sind denn überhaupt keine Männer in diesem Haus? Komm her, mein Liebling, komm, Malki, deine Mutter wird dich beschützen ... Irenia, nimm den Jungen und versteck dich irgendwo mit ihm. Nein! Warte, er soll bei mir bleiben, vielleicht haben diese Unmenschen Erbarmen mit einer Mutter ... Jemand soll nach Alexandria laufen, schnell, und die Soldaten holen.«

Schließlich verschwindet sie mit ihrem Sohn, der sich an sie klammert, verzweifelt schluchzend im Innern des Hauses. Ihre Schreie haben die Frauen des Hauses in den Innenhof gelockt, wo auch einige Sklaven erschienen sind, sich aber nicht trauen, auf die Terrasse zu steigen. Irenia versucht, mehr zu erfahren. Offensichtlich ist die umherziehende Gruppe nicht besonders groß, unbewaffnet und will nur angehört werden. Bedauerlicherweise befindet sich Amoptis am anderen Ende des Anwesens, um mit dem obersten Schreiber die Pläne für die nächste Aussaat und die Ausbesserungsarbeiten am Bewässerungssystem zu besprechen. Der Sklavenaufseher hat bereits eigenmächtig Maßnahmen ergriffen, unter den Männern Sicheln und Heugabeln verteilen lassen und jemanden ins Dorf geschickt, um Verstärkung zu holen.

Irenia ist beunruhigt. Der Sklavenaufseher, der sie zur Strafe auspeitschte, ist ein zorniger und autoritärer Mann, der nur auf Gewalt setzt. Diese Gelegenheit kommt ihm vermutlich wie gerufen: Jetzt kann er seinem Herrn Treue beweisen, indem er die Ankömmlinge abschlachtet. Irenia ist sicher, dass es sich bei den Umstürzlern um Christen handelt, sonst hätte man sie Banditen oder Deserteure genannt. Die Obrigkeit stempelt sie als »Vagabunden« ab, Menschen, die umherwandern, um den Steuern oder zu leistenden Fronarbeiten zu entgehen. Aus diesem Grund will sie Gewaltanwendung vermeiden, weniger aus Solidarität mit den Christen, als um spätere Konsequenzen zu vermeiden. Eine blutige Abfuhr könnte die Rache anderer, aggressiverer Sekten nach sich ziehen, vom Schlage derer, die Roteph damals anführte.

Die Sklavin stürzt aus dem Haus, rennt durch die Gärten und den Weg entlang, bis sie auf die Gruppe trifft. Der Wächter am äußeren Tor kommt ihr entgegen und entschuldigt sich wieder und wieder dafür, dass er die Eindringlinge nicht hat aufhalten können. Irenia steht vor einer etwa fünfzigköpfigen Gruppe armselig gekleideter Männer und Frauen, die zumeist barfuß sind. Auch Greise befinden sich darunter, und manche Mütter tragen Kinder auf den Hüften oder auf dem Arm. Sie werden von einem Alten mit einem langen Stock angeführt. Neben ihm steht eine junge Frau. In ihren unterwürfigen Blicken und Verhalten spiegelt sich Friedfertigkeit und Hoffnung wider. Ja, Hoffnung, wie bei Porphyrias Sektenweibern. Irenia versetzt sich im Geiste wieder in die Cyrenaica und erlebt erneut die starke Kraft dieser Menschen mit ihrem unerschütterlichen Glauben, ja, beneidet sie darum, wie sie sich eingesteht. Die Augen in den abgemagerten Gesichtern sehen nicht die Gegenwart, sondern die Zukunft, und da sie davon überzeugt sind, dass sie ihnen gehört, strahlen sie, als wären sie die wahren Herrscher des Landes. Im Vergleich mit diesen Bedürftigen kommt einem der von Reichtum und Sklaven umgebene Erhabene Neferhotep wie ein ängstlicher, von unbefriedigtem Ehrgeiz zerfressener Mann vor.

Irenia beruhigt den Wächter, und als sie die Gruppe ansieht, findet sie, ohne es zu wollen, Porphyrias Worte:

»Ave Maria.«

Die vorn Stehenden sehen sie an, und ihre Augen leuchten angesichts der völlig unerwarteten Begrüßung auf. Dann breitet sich das Staunen bis in die hintersten Reihen aus.

Der alte Mann tritt einen Schritt vor.

»Habe ich richtig gehört? Bist du etwa Christin, Schwester?«

»Nein, aber ich habe eine Zeit lang mit einer Gruppe gelebt, die mich bei sich aufgenommen hatte. Habt ihr schon mal von Mutter Porphyria gehört?«

Ein junger Mann, der hinter dem Alten steht, macht einen ungestümen Schritt nach vorn und fällt ihr wütend und beunruhigt ins Wort.

»Die Sektenweiber! Porphyrias Anhängerinnen!« Er spuckt auf den Boden und sieht Irenia bedrohlich an. »Ketzerin! Ihr seid schlimmer als die Heiden!«

Der Alte hält ihn am Arm zurück und bringt ihn mit einem Blick zum Schweigen.

»Porphyria hat ihr Leben dem Glauben geopfert. Richte nicht über sie.« Dann sagt er, an Irenia gewandt: »Verzeih ihm, er ist noch jung und erst seit kurzem bei uns. Ich weiß nicht, wer du hier bist, aber wir wollen euch nichts Böses antun. Wir bitten nur darum, uns im Schatten ausruhen zu dürfen, um Wasser und etwas zu essen, und wenn möglich Medizin für unsere Kranken. Die Flut hat uns bis hierher getrieben, und nach Alexandria will man uns nicht hineinlassen.«

»Ich bin bloß eine Sklavin und habe nichts zu sagen, aber ich werde versuchen, bei der Herrin ein gutes Wort für euch einzulegen. Sie ist verängstigt, weil sich ihr Mann auf Reisen befindet. Bleibt hier und seid friedlich«, fügt sie hinzu, als sie die kriegerischen Schreie des Sklavenaufsehers hört, der sich ihnen mit einer Gruppe bewaffneter Männer nähert. »Ich werde eure Bitten vortragen.«

Irenia geht auf die Gruppe der Tagelöhner zu. Sie wird von dem Sklavenaufseher angeführt, der sie um ein Haar aus dem Weg stößt. Zum Glück erinnert ihn ein Sklave an die privilegierte Stellung Irenias, die Bachirs Schutz genießt. Sie versucht, den Sklavenaufseher davon zu überzeugen, dass Amoptis auf jeden Fall Verhandlungen vorziehen würde und Gewalt gegen die Neuankömmlinge die Rache anderer Gruppen nach sich ziehen könnte. Was ihn aber letztlich überzeugt, ist die Angst vor den übernatürlichen Kräften der

Sklavin. Er will seinen Männern lediglich das Gefühl vermitteln, dass er der Sklavin nicht nachgegeben hat, sondern Nachsicht gegenüber der armseligen Gruppe von Christen übt. Schließlich verschafft er seinen eifrigsten Männern Genugtuung, indem er sie mit der Bewachung der Umstürzler beauftragt, damit sie nicht weiter auf das Gelände vordringen.

Anschließend führt man die Fremden auf ein Feld in der Nähe des Kanals von Kanopos, wo sie ihre Zelte aufbauen dürfen. Irenia verspricht, dass sie etwas zu essen bekommen werden. Dann sieht sie sich die Kranken an, die auf Bahren liegen. Sie scheinen bloß an Erschöpfung zu leiden, trotzdem befragt sie sie eingehend, um später bei Tenuset, die sich mit Heilmitteln bestens auskennt, Rat einholen zu können.

Schließlich eilt sie zu ihrer Herrin, um sie zu beruhigen, ehe Amoptis von den Feldern zurückkehrt und die beiden zusammen eine gewalttätige Lösung aushecken. Sie hat bereits den Garten erreicht und sinnt noch darüber nach, wie sie Sinuit davon überzeugen kann, mit einer kleinen Essensgabe weiteres Unheil abzuwenden, als sie hastige Schritte hinter sich hört. Sie dreht sich um und sieht eine Frau mit prallen Brüsten auf sie zukommen. Sie erkennt sie sofort, es ist die Harfenspielerin, die auf der Terrasse singt.

»Bist du wirklich keine Christin?«, fragt Marsia neugierig, nachdem sie sich begrüßt haben und gemeinsam auf das Haus zugehen.

»Nein, das habe ich den anderen schon gesagt.«

»Trotzdem hast du wie eine Christin gehandelt. Danke.«

Irenia sieht sie an. Ein rundes Gesicht wie das einer gewöhnlichen Fellachin. Ob die dunkle Hautfarbe auf nubische Vorfahren zurückgeht? Und dazu helle Augen, die ebenso lächeln wie ihr Mund.

»Aber du bist Christin, nicht wahr?«

»Ja, ich bin getauft, doch hier weiß niemand davon.« Ihre Stimme klingt flehentlich.

»Hab keine Angst. Ich werde dich nicht verraten. Wie heißt du?«

»Oh, ich habe keine Angst!« Wieder lächelt sie. »Ich heiße Marsia. Als ich von der Gruppe erfuhr, bin ich hingelaufen und habe gesehen, wie du mit dem Diakon gesprochen hast. Ich hatte eher Angst um dich, als der Sklavenaufseher kam, er ist ein schlechter Mensch. Doch Gefahr kann dir nichts anhaben. Jetzt verstehe ich.«

»Was verstehst du?«

»Das, was sie über dich sagen.«

»Etwas Schlechtes?« Jetzt ist es die Sklavin, die leise lächelt.

»Dass du seltsame Kräfte besitzen sollst«, antwortet die andere.

Sie gelangen zum Haus und verabschieden sich wie Freundinnen. Irenia fragt sich, ob es auf Tanuris noch mehr Christen gibt, obwohl sie sich ziemlich sicher ist. Von welcher Gruppe, aus welcher Sekte? Diese hier, hat ihr der alte Mann erklärt, sind Anhänger des Bischofs Cyprianus, den sie gerade nach Curubis verbannt haben, weil er für eine von Rom unabhängige afrikanische Kirche eintritt. Wie seltsam! So viele verschiedene Glaubensrichtungen, und alle für einen einzigen Gott!

Das Wichtigste aber ist, dass sie Amoptis zuvorkommt und die Herrin überzeugt. Es gelingt ihr, unter der Bedingung, dass die Umstürzler spätestens nach fünf Tagen die Latifundien verlassen. Anschließend gibt sie dem Jungen zu essen, der rasch einschläft. Erschöpft von all der Aufregung des Tages geht Irenia allein zum Strand hinunter.

Es ist nicht länger die morgendliche Welt. Der Himmel wölbt sich über ihr wie ein Ofen, wie ein weißer Schleier. Das spiegelglatte Meer glänzt wie Quecksilber, keine Welle, keine Gischt, nur diffus funkelnde Helligkeit. In den Wedeln der Palmen rauscht kein Wind ... Wo ist die Brandung? Ist die Welt stehen geblieben? Worauf wartet sie?

Angesichts dieser vielen Fragen der Seele streckt Irenia sich im Sand aus. Sie betrachtet eine kleine leere Seemuschel, stellt sich vor, sie sei wie sie, und verkriecht sich spiralförmig in die Tiefe ihrer eigenen Höhle.

7. Die Priesterin

Die Sklavin, die vergeblich versucht hat, etwas zu dösen, während der Junge seinen Mittagsschlaf hält, kommt von ihrer Dachkammer herunter, um erneut auf ihn aufzupassen, bis er seine letzte Mahlzeit bekommt. Als sie an den Küchen vorbeigeht, sieht sie Bachir, der normalerweise vor der siebten Stunde zum Großen Haus aufbricht, und ist umso erstaunter, als er sie nur mit einer knappen Geste grüßt, deren Bedeutung sie nicht versteht. Was hat er? Was wollte er mir sagen?, denkt sie, durchquert den Innenhof mit dem Brunnen und steigt die schmale Treppe zur Terrasse hoch.

Überrascht erstarrt sie. Auf den großen Kissen neben dem niedrigen ägyptischen Schemel, wo Sinuit sitzt, entdeckt Irenia Ahram, der mit Malki *tabas* spielt. Wann ist er gekommen? Wieso wusste man es nicht? Jetzt versteht sie Bachirs Geste. So ist es, er ist gekommen, und in der Bucht tanzt die *Jemsu* auf dem Meer, das heute aufgewühlt ist ... Es ist Ahram, und angesichts all dieser Gedanken bleibt sie ungehörigerweise auf der letzten Stufe der Treppe stehen. Sie verschränkt die Arme über der Brust und macht eine tiefe Verbeugung. Die rechte Hand, die auf der linken Brust ruht, spürt das Schlagen des Herzens. Warum bin ich so aufgeregt?, fragt sie sich, während sie in eine Ecke geht und auf Anweisungen wartet, da der Junge nicht den Eindruck macht, sich gleich wieder von seinem Großvater trennen zu wollen.

Ahram nimmt der Sklavin ihren tollpatschigen Auftritt nicht übel. In einem großen Beutel, der neben ihm liegt, wühlt er nach einer seltsamen Phiole mit bunten Kristallen, deren farbliche Zusammensetzung sich verändert, wenn man die Phiole bewegt. Malki sieht sich das neue Spielzeug noch an, da holt der Großvater einen gewölbten Spiegel hervor und hält ihn dem Kind vor die Nase. Zu seiner Überraschung erschrickt der Junge und weint.

»Hör auf damit!«, befiehlt der Großvater, halb gereizt, halb verwirrt. »Es ist nur der Spiegel, der dein Gesicht so lang gemacht hat.«

»Er ist hässlich!«, schreit Malki, während seine Mutter sich vorbeugt, einen Blick in den Spiegel wirft und überrascht auflachend das Gesicht verzieht.

»Der Junge hat Recht, Vater. Wo hast du das her? Es sieht aus wie hohles Glas.«

»Eine Erfindung meiner Leute, ein Spiegel, der verzerrt. Sieh mal, er ist besser als die aus Silber. Sie haben etwas Neues gefunden, das sie hinter dem Glas anbringen. Jetzt reicht es aber, Malki! Es gibt überhaupt keinen Grund zu heulen! Bald wirst du dein erstes Kleid bekommen, und ein Mann weint nicht. Hier, ich habe dir noch was Schönes mitgebracht.«

Aus dem unerschöpflichen Beutel holt er einen merkwürdigen Kopfputz hervor und setzt ihn dem Jungen auf den Kopf, der daraufhin anfängt zu lachen. »Eine persische Tiara«, erklärt er der Mutter und ruft Irenia, damit sie Malki übernimmt.

»Er weint immer noch sehr schnell, Irenia«, sagt er, als sie den Jungen an die Hand nimmt. »Aber er ist nicht mehr so launisch. Mach so weiter. Und bleib noch etwas hier oben mit ihm.«

Mit der Phiole voller Kristalle und der persischen Tiara beschäftigt die Sklavin den Jungen, bis Yazila kommt und mit ihnen spielt. Entzückt lauscht Irenia der tiefen, ruhigen, aber auch autoritären Stimme Ahrams, der sich von Sinuit die letzten Neuigkeiten berichten lässt. So erfährt er von Malkis kleinem Schnupfen vor zehn Tagen, dem Tod des Deckbullen, dem seltsamen Fisch, der an den Strand gespült wurde, dem Steigen des Wassers an der Kanobischen Nilmündung, den Ausbesserungsarbeiten, die Amoptis an den Bewässerungsanlagen vornehmen lässt, der Abwesenheit seines Schwiegersohns, der seit zwei Tagen in Alexandria ist, und dem Auftauchen der Umstürzler …

Als Ahram das hört, sieht er besorgt auf. Seine Tochter erzählt ihm von der Angst, die sie ausstehen musste, und wie sie ihre Zelte auf dem Feld neben dem Kanal aufgeschlagen haben und fünf Tage geblieben sind. Aufgeregt erzählt sie, was alles hätte passieren können, und fasst sich an die Stirn. Wieder wird sie von Kopfschmerzen geplagt und zieht sich mit Nufria zurück, die ihr beim Hinlegen helfen und feuchte Tücher auf die Stirn legen soll.

»Entschuldige, Vater! Diese Hitze. Wir sollten längst in Alexandria sein. Das sage ich meinem Nefer jeden Tag.«

Ahram schweigt eine Weile und ruft dann die Sklavin.

»Was war mit den Umstürzlern? Haben sie irgendwelchen Schaden angerichtet?«

»Nein, Herr. Sie haben sich nicht von dem Feld gerührt und waren mit etwas zu essen zufrieden. Der Diakon, der sie anführte, hat sogar ein Kind aus dem Dorf geheilt.«

»Es muss dich gefreut haben. Das waren deine Leute«, sagt Ahram.

»Es sind nicht meine Leute. Ich habe es Euch schon erzählt, ich war nie selber Christin, ich habe nur eine Weile bei ihnen gelebt, mehr nicht.«

»Haben sie dich nicht in dieses heilige Bad gesteckt, das sie angeblich reinigt?«

Ahram durchbohrt die Sklavin mit seinem Blick, während sie ihm Einzelheiten ihres Lebens mit den Anhängerinnen des Göttlichen Weibes erzählt. Plötzlich unterbricht er sie.

»Stimmt es, dass der römische Statthalter dich in einen Teich mit Muränen warf und sie dir nichts taten?«

Die Sklavin nickt, wie immer voller Panik, dass man ihr übernatürliche Kräfte andichten könnte. Ahram lächelt, streckt das linke Bein aus und zieht die Tunika hoch. Auf der dunkelbraunen Wade klafft die hässliche Narbe eines Bisses.

»Hier hat mich eine erwischt, und das, obwohl ich das Bein blitzschnell aus dem Wasser zog. Aber das Biest hatte sich bereits festgebissen und wand sich in der Luft. Bachir hat ihr mit einem Hieb den Rumpf vom Kopf getrennt. Die Zähne blieben im Fleisch stecken. Aber noch schlimmer war es, als ich den Kopf herausriss, während die Augen der Bestie mich wütend anstarrten … Wie hast du dich gerettet? Hatten sie keinen Hunger? Schützt dich etwas? Ein Amulett vielleicht?«

Sein Blick ist so durchdringend wie noch nie. Sie sieht ihn ganz offen an und schwört, dass sie keins hat und sich selbst nicht erklären kann, warum sie verschont blieb.

»Derartige Dinge sind mir schon früher passiert«, fährt sie fort und bereut es sofort wieder, aber vor Ahram kann sie einfach nichts verbergen. »Einmal schwamm ein Haifisch um mich herum, aber er griff mich nicht an. Ich weiß nicht, warum. Es muss das Meer sein.«

»Ich weiß, dass du das Meer magst. Es gefällt mir, dass du mit Malki an den Strand gehst«, erklärt Ahram nach einer Weile. »Ich will, dass er so wird wie ich. Würdest du dich trauen, morgen auszufahren, auch wenn das Meer aufgewühlt ist?« Er zeigt auf die schmutzig grauen Wellen, die sich wütend an den Felsen brechen.

»Bis morgen wird es sich beruhigt haben«, antwortet die Sklavin und beißt sich auf die Zunge, erschrocken über die spontane Selbstsicherheit, mit der sie es gesagt hat. Ihr wird bewusst, dass sie auf diese Weise, ohne es zu wollen, den Glauben an ihre magischen Kräfte nährt. Was ist bloß los mit ihr?

»Wir werden sehen«, antwortet Ahram gelassen und wirft ihr einen stummen Blick zu, der so durchdringend ist, dass ihr das Blut ins Gesicht steigt. Dann wechselt er das Thema. »Ich weiß nicht, warum man sie als Umstürzler bezeichnet, obwohl die meisten friedfertig sind. Rom hat keine Ahnung, was ein richtiger Umsturz ist. Aber wie man einen Gott verehren kann, der so schwach ist, dass er sich von seinen eigenen Geschöpfen ans Kreuz schlagen lässt, ist mir schleierhaft. Pah! Ich würde die heutigen Götter niemals anbeten, sie sind mir viel zu verweichlicht! Die alten hingegen waren mächtig, vor allem die weiblichen.«

In diesem Augenblick unterbricht sie Neferhotep, der soeben aus Alexandria eingetroffen ist. Ahram, der darauf brennt, gewisse Angelegenheiten mit ihm zu besprechen, befiehlt ihr, den Jungen von der Terrasse zu bringen.

Am nächsten Morgen schreckt Yazila aus einem Albtraum auf. Jemand hat sie wachgerüttelt, und als sie sieht, dass der Tag noch nicht angebrochen ist, befürchtet sie etwas Schlimmes. Sie richtet sich unruhig im Bett auf.

»Sieh doch!«, sagt Irenia und schüttelt sie.

Yazila tritt ans Fenster. Es ist dieselbe Welt.

»Siehst du das nicht? Das Meer ist ruhig, die Palmen bewegen sich nicht.«

Das Mädchen sieht Irenia erstaunt an. Sie ist so anders als sonst. Sie hört, wie sie verwirrt murmelt:

»Wie soll ich ihm das erklären? Er wird wissen wollen, woher ich das gewusst habe …«

Yazila ärgert sich wieder einmal über diese sonderbare Frau, die in ihr Leben eingedrungen ist, und kuschelt sich wieder in ihr Bett. Irenia gibt auf und sucht Zuflucht am menschenleeren Strand. In der Mitte der Bucht gleicht die *Jemsu* einem merkwürdigen Insekt auf einer Schicht aus flüssigem Zinn.

Später, als beide mit dem Jungen auf der Terrasse erscheinen, ist es Ahram, der von dort aus auf das Meer sieht, das die Sonne bereits in einen goldschraffierten Saphir verwandelt hat. Als er Schritte hört, dreht er sich um. Im Gegenlicht kann die Sklavin seinen Gesichtsausdruck nicht erkennen, während seine Worte sie beruhigen, aber auch enttäuschen. Sie hatte erwartet, dass er überrascht wäre.

»Ich wusste, dass du Recht hattest. Der Wind hat sich bereits letzte Nacht gelegt.«

Sie verbeugt sich unterwürfig, als wollte sie um Verzeihung bitten. Zumindest war sein Ton gnädig. Aber was kann noch kommen? Was steckt dahinter?

»Heute Nachmittag machen wir einen kleinen Ausflug. Etwas weiter als das letzte Mal. Bist du schon mal auf Karu gewesen? Ich noch nie.«

Nein, die Sklavin war auch noch nie auf dieser Insel, die sie letztes Mal im Westen, Richtung Alexandria sahen, aber was spielt das für eine Rolle?

»Was gibt es da?«, fragt sie, um Interesse vorzutäuschen und von der Flaute abzulenken, die sie vorausgesagt hatte.

»Die Insel ist unbewohnt, aber es heißt, dass sich dort Reste eines Tempels befinden. Wir werden sehen. Auf dem ruhigen Meer wird der Junge die Fahrt genießen. Er soll einmal ein richtiger Seefahrer werden.«

Nach dem Mittagsschlaf führt die Sklavin Malki zum Anlegeplatz hinunter. Sie folgen Ahram, der eine kurze Seemannshose trägt. Die Tunika hat er gegen ein purpurnes Hemd eingetauscht, dessen offener Ausschnitt den Blick freigibt auf eine Schnur, an der etwas zwischen dem Stoff und der behaarten Brust baumelt. Sie setzt sich mit Malki ans Heck des Beibootes und beobachtet, wie der Seefahrer mit der Leichtigkeit alter Gewohnheit das Ruder handhabt. Ahram hat verfügt, dass Yazila an Land bleibt, sehr zu deren Erleichterung, da sie sich vor dem Meer fürchtet. Die drei erreichen das Segelschiff, steigen an Bord und begeben sich wie letztes Mal zum Achterdeck, während die beiden Seeleute und der Schiffsjunge das Beiboot hochziehen. Die Sklavin hofft inbrünstig, dass dieses Mal nichts Außergewöhnliches geschieht. Ahram erteilt Anweisungen, worauf sich die Blockrollen kreischend in Bewegung setzen. Tinab, der Schiffspatron, hisst zuerst das große Segel, dann den Klüver. Sie lichten den Anker, und das Schiff rauscht durch die Wellen. Die stickige Luft des Gartens bleibt zurück, die Felsen gleiten an ihnen vorbei, und eine sanfte Brise streichelt sie. Der Schiffsrumpf bäumt sich auf, gewinnt an Fahrt und richtet den Bug aufs offene Meer. Ahram hält die Pinne fest und beobachtet aufmerksam, wie sich das Segel aufbläht. Irenia kommt es vor wie ein Traum, in dem sich die erste Reise wiederholt, und sie lächelt glücklich.

Wie an jenem Nachmittag. Der Geschmack nach Salz in der Luft, die Spannungen im Takelwerk, das Klatschen des Wassers gegen den Rumpf, das Rauschen und Säuseln, der purpur-grüne Bauch des Segels vor dem blauen Himmel und den weißen, runden Wolken. Die Sklavin hat Mühe, sich aus ihrer Seligkeit zu lösen und um den Jungen zu kümmern, der ständiger Aufmerksamkeit bedarf.

Einen kurzen Augenblick ist er ihr entwischt und auf den Holzplanken hingefallen. Jetzt weint er.

»Schon gut, mein Liebling. Sieh nur aufs Meer, gleich tauchen Fische auf, die aus dem Wasser springen. So große Fische hast du noch nie gesehen.«

Das Versprechen erfüllt sich zwar nicht sofort, aber es dauert nicht lange, bis plötzlich ein Schwarm von Delfinen vor dem Bug auftaucht. Verspielt überholen sie das Schiff, tauchen unter den Rumpf hindurch und auf der anderen Seite des Bugs wieder aus dem Wasser auf, schwarz schimmernde Körper, die bei ihren Sprüngen perfekte Bögen beschreiben. Der Junge klatscht in die Hände und schreit vor Begeisterung, hat aber Angst, wenn sie dem Schiff zu nahe kommen. Tinab steht am Bug und hält nach Untiefen Ausschau, vor allem nach der Erfahrung des letzten Ausflugs. Er ruft den Schiffsjungen, der in der Kajüte ist, und als dieser den Kopf aus der Luke steckt, zeigt er auf die Delfine und ruft etwas, was die Sklavin nicht ganz versteht. Sie erkennt nur das Wort *menhit* wieder, das Delta.

»Was sagt er?«, fragt sie Ahram, der ihr mit der Pinne in der Hand noch größer vorkommt als sonst.

»Er wundert sich. So nah am Delta sieht man nur selten Delfine, vor allem während der Nilschwelle. Sie mögen keine trüben Gewässer und ziehen das klare Meer vor.«

Schon bereut sie es, die Delfine überhaupt erwähnt zu haben. Ich habe doch selbst nicht daran geglaubt, denkt sie mutlos. Ich habe mir doch nichts dabei gedacht. Ich wollte nur den Jungen ablenken, damit er nicht weint. Was wird er jetzt denken? Aphrodite, mach, dass ich heute Nachmittag nichts mehr voraussage.

Alle schweigen und überlassen das Sprechen dem Meer und dem Wind, während sie auf die Insel zusegeln und schließlich in eine winzige Bucht an der östlichen Küste einlaufen. Die dunklen Felsen, gegen die das Wasser plätschert, verleihen dem Meer eine bedrohliche Farbe. Mit eingezogenem Segel nähern sie sich der Küste so weit, bis einer der Seeleute mit einem Seil auf einen Felsenvorsprung springt und das Schiff vertäut. Sie legen eine Planke aus, und Ahram geht darüber, gefolgt von der Sklavin mit dem Jungen. Der Schiffsjunge nutzt die Zeit, um mit einer Schnur, an der er einen Haken befestigt, zu angeln.

Der salzige Geruch nach Meer vermischt sich mit dem durchdringenden Duft von wilden Kräutern, die überall zwischen den Felsen wachsen. Auf halbem Weg zum Gipfel gelangen sie zu einem breiten Vorsprung am Berghang. Ein unerschrockener Hase, der im Schatten eines Busches hockt, beobachtet sie aufmerksam. Aber es ist kein gewöhnlicher Busch, wie die Sklavin erkennt.

»Ein Granatapfelbaum!«, ruft sie.

»Der Baum der Persephone, wie Kritos sagt«, erklärt Ahram und dreht sich zu ihr um. »Weißt du, wer das war?«

»Nein, Herr. Eine griechische Göttin? Es gibt einfach zu viele Götter.«

»Ja, da hast du Recht! Kritos kennt sie alle«, setzt er nachdenklich hinzu, »obwohl ich ihm beweisen konnte, dass sie keine griechische Göttin ist, sondern schon in vorgriechischer Zeit verehrt wurde.«

Unmittelbar vor ihnen erhebt sich der Fels über die Insel, und an seinem Fuß entdecken sie eine Öffnung, die von zwei ins Gestein gehauenen Säulen flankiert wird. Sie gehen auf den dunklen Eingang zu. Der Junge, der anfänglich neugierig war, klammert sich nun ängstlich an Irenias Tunika.

Das Innere ist eng, und im Licht, das durch den Eingang fällt, erkennen sie am Ende einen Opferstein. Darüber, in denselben Fels gehauen, steht in einer bogenförmigen Mauernische eine anderthalb Ellen große Statue mit vollen runden Brüsten, einem gefalteten Tuch um die Hüften und einer um das Bein gewundenen Schlange. Ein Arm hängt locker am Körper herunter, mit dem anderen hält sie einen Vogel. Eine Taube, denkt die Sklavin, die hinter Ahram steht und die Tränen in den Augen des Mannes nicht sehen kann. Aber sie spürt etwas in seiner plötzlichen Starre und respektiert sein Schweigen. Ja, er hat irgendetwas, denn zu ihrem großen

Staunen murmelt Ahram leise einen Namen, verbeugt sich respektvoll und hebt die Arme zum Gebet.

Malki zieht an ihrer Tunika, und Irenia führt ihn hastig aus der Höhle. Von draußen beobachtet sie einen Augenblick lang den reglosen Ahram. Er senkt die Arme. Hat er die rechte Hand zum Gesicht geführt? Dann tritt er rückwärts hinaus, dreht sich wortlos um und beginnt, den Berghang wieder hinabzusteigen.

Während Irenia Ahram folgt, der mehrmals den Anschein erweckt, als wollte er sich umdrehen und ihr etwas erklären, achtet sie darauf, dass der Junge beim Versuch, einen der vielen Schmetterlinge zu fangen, nicht ausrutscht. Sie erreichen die Bucht und gehen wieder an Bord, doch Ahram erteilt keine Anweisungen, und alle warten. Der Junge hat an Deck die kleinen Fische gesehen, die der Schiffsjunge geangelt hat. Sie zappeln noch. Die Sklavin kann nicht verhindern, dass Malki mit ihnen spielt: Die Männer würden sie auslachen, wenn sie Mitleid mit sterbenden Fischen zeigte.

Schließlich befiehlt Ahram dem Schiffsjungen mit einer Kopfbewegung, Schluss zu machen, und als er die Schnur aus dem Wasser zieht, hängt ein weiterer Fisch am Haken. Da es dem Jungen nicht gelingt, den Fisch vom Haken zu lösen, zieht Ahram ungeduldig seinen Dolch und befreit die Beute mit der Klinge. Für einen kurzen Augenblick legt er den Dolch neben sich, um seinem Enkel den Fisch zu zeigen, der aber greift blitzschnell nach der Waffe und wirft sie übermütig ins Wasser. Verärgert beugt sich Ahram über die Reling und sieht, wie das Funkeln des Stahls immer dunkler wird und schließlich in der Tiefe verschwindet. Mit wutentbranntem Gesicht wendet er sich dem Enkel zu und hebt schon die Hand, als die Sklavin ohne nachzudenken ruft:

»Nicht schlagen! Ich hole ihn!«

Als sie das sagt, ist sie bereits über die Reling geklettert und springt ins Wasser. Ehe die Wellen sich um ihren Kopf schließen, hört sie noch, wie Ahram sie zurückruft.

Sein Zorn richtet sich nun gegen die Torheit der verrückten Sklavin, während Malki sich vergnügt über die Reling beugt, wo der

Schiffsjunge ihn gerade noch rechtzeitig zurückhält. Mit dem Jungen an der Hand suchen der Schiffsjunge, Tinab und Ahram das Meer ab und warten vergeblich darauf, dass die Frau wieder auftaucht. Der Seemann macht eine nervöse Geste, aber Ahram kommt ihm zuvor, zieht das Hemd aus und springt ins Wasser. Als er untertaucht, werfen sich die beiden Männer einen Blick zu. Der Junge weint erschrocken. Sie befürchten das Schlimmste: Die Frau muss sich verletzt haben; sie ist schon viel zu lange unter Wasser. Ahram taucht auf, holt erschöpft Luft und taucht wieder unter. Die Frau kann nicht mehr am Leben sein ... In diesem Augenblick hören sie hinter sich ihre Stimme und eilen auf die andere Seite des Schiffes. Neben der Feluke schwimmt Irenia und hält den Dolch in einer Hand. Tinab hilft ihr an Bord, und der Schiffsjunge sagt Ahram Bescheid, der ratlos im Meer hin und her schwimmt. Als er an Deck steigt, kommt die Sklavin auf ihn zu und reicht ihm den Dolch. Doch Ahram lässt ihn fallen, und bevor er ihn wieder aufhebt, versetzt er der Sklavin unverständlich zornig eine schallende Ohrfeige.

»Dummes Ding! Bist du von Sinnen? So lange kann niemand die Luft anhalten. Nicht mal meine Perlentaucher im Roten Meer! Du hättest ertrinken können! Du bist unmöglich, wie alle Frauen.«

Als die Sklavin die Hand, die sie geschlagen hat, küsst und um Verzeihung bittet, verstummt Ahram abrupt.

Er beherrscht sich und hilft ihr, sich hinzusetzen, während er dem Schiffsjungen befiehlt, sich um Malki zu kümmern, damit Irenias Tunika ihn nicht durchnässt. Dann setzen Tinab und Ahram das Segel, ziehen die Planke an Bord und machen das Schiff los. Schließlich übernimmt Ahram das Ruder.

»Du zitterst ja«, sagt er, an die Sklavin gewandt. »Geh nach unten.«

»Nein!« Sie widerspricht so energisch, dass er überrascht ist. »An der Sonne trockne ich schneller.«

Jetzt weht ein stetiger Wind vom Heck und beschleunigt die Rückfahrt. Niemand spricht, aber alle drei Männer beobachten die ganze Zeit staunend die Frau, von Minute zu Minute mehr von den Rundungen ihres Körpers erregt, die sie unter dem nassen Kleid so unverfroren zur Schau stellt. Sie hat Angst, dass auch der Herr sie so ansehen könnte, traut sich aber nicht, den Blick zu heben, um sich zu vergewissern. Der Junge, um den sich nun Tinab kümmert, ist still. Erst als Wind und Sonne ihre Kleider fast getrocknet haben, nimmt sie Malki wieder an sich. Als der Schiffspatron ihn ihr übergibt, streift er absichtlich ihre Hüfte, aber sie sagt nichts. Ahram – hat er es gesehen? – ruft etwas in einer Sprache, die sie nicht versteht. Der Mann sieht überrascht zu seinem Herrn auf und grinst, bevor er den Schiffsjungen ruft und beide hintereinander in der Springluke verschwinden.

Jetzt erst wagt die Sklavin, Ahram anzusehen. Er steht mit gespreizten Beinen am Ruder, seine starke nackte Brust, vor der jetzt ein goldenes Amulett hängt, atmet tief ein und aus. Die Feluke scheint wie von selbst zu segeln. Der Kleine legt den Kopf in Irenias Schoß und döst ein. Die Zeit vergeht nicht, sie dringt in die Brust dieser beiden Menschen, die jeder für sich und gleichzeitig eins mit dem anderen sind, umgeben von Meer, Himmel und Wind.

Bald darauf tauchen die beiden Seeleute wieder an Deck auf und ziehen mit einem komplizenhaften Lächeln, das sie vor Ahrams finsterem Blick verbergen, ihre Gürtel straff. Das alltägliche Leben an Bord geht weiter. Die Linie der Küste wird sichtbar und größer, vor dem Bug geht die Sonne langsam unter, und das Meer färbt sich violett in der ruhigen abendlichen Flaute. Der Wind hat sich gelegt, als sie den Felsen umsegeln, in die Bucht von Tanuris einlaufen und den Anker auswerfen. Ahram und die Sklavin, die den schlafenden Jungen auf dem Arm trägt, werden diesmal von dem Schiffsjungen zum Anlegeplatz gerudert.

Auf halbem Weg zum Haus bleibt Ahram plötzlich stehen und dreht sich zu der Sklavin um.

»Ich verehre keine Statuen. Das auf der Insel war wegen der Höhle. In einer ähnlichen Höhle habe ich vor langer Zeit gelebt.«

Er scheint noch etwas sagen zu wollen, doch dann überlegt er es sich anders und geht weiter den Pfad hinauf, gefolgt von der überraschten Sklavin mit dem schlafenden Malki auf dem Arm.

Ich muss von Sinnen sein, jetzt ist alles verloren. Dabei fing es so gut an, gestern mit der Überraschung. Bachir, dieses Schlitzohr, hatte mir nichts verraten! Auf der Terrasse wusste ich nicht mal, was ich zur Begrüßung sagen sollte! Er muss mich für entsetzlich dumm halten. Aber meinen Namen hatte er nicht vergessen! Nach vierundzwanzig Tagen, und obwohl er so beschäftigt ist, der Name der letzten Sklavin, und jetzt habe ich alles verdorben! Das ist das Ende meiner Träume – welcher Träume? –, jetzt sind sie dahin. Das Ende auch dieses lebendigen Ägyptens, weil ich zu viel rede, weil ich zu überschwänglich bin, immer endet es mit einer Katastrophe. Wozu das Ganze dann? Doch wenn man nichts riskiert, was bleibt einem dann? Leben heißt nicht, sich irgendwo niederlassen und alles vergessen, man will doch vorwärts kommen, aber diesmal bin ich zu weit gegangen. Warum musste ich unbedingt verkünden, dass es heute ruhiges Wetter geben würde? Bestimmt ist er jetzt wieder misstrauisch und fürchtet meine magischen Kräfte. Als hätte ich welche! Ich sagte es ohne nachzudenken, wie jedes Mal, wenn es um das Meer geht. Auf Psyra war es genauso, sie fragten mich, wo die meisten Fische auftauchen würden, und schon plapperte ich drauflos. Ich muss lernen, den Mund zu halten, als hätte er einen eigenen Verstand. Und dann die Delfine, ich hatte sie nicht vorausgesagt, ich hatte sie erfunden, damit der Junge nicht mehr weint. Aus demselben Grund sprang ich ins Wasser, ich wollte ihm gefallen, ich weiß doch, wie viel ihnen diese Dolche bedeuten, obwohl ich nicht mal daran dachte, wenn ich ehrlich sein soll. Es ist so gut, ihm zu dienen. Wie ich mich über seine Ohrfeige gefreut habe! Weil er wütend war, natürlich, aber auch weil er einen Schrecken bekommen hatte; herrlich, seine Angst um mein Leben! Wie lange war ich unter Wasser? Wenn er wüsste, wie schön es am Meeresgrund ist! Was für eine Wonne es ist, sich im Wasser zu bewegen! Wie weich die Seeanemonen sind! Und wie schnell einem die Luft ausgeht. Auch ich kann ertrinken, siehst du, dass ich nicht zaubern kann! Er erschrak und sprang hinterher, um mich zu retten! Er! Wegen einer Sklavin! Ob er an seine Perlenfischer dachte? Sogar die Perlen Arabiens gehören ihm! Er sprang wegen einer Sklavin ins Wasser – aber was mache ich mir bloß für Illusionen? Bestimmt dachte er an meine magischen Kräfte, deshalb bin ich wertvoll für ihn, deshalb wollte er mich retten, dann kam wieder sein Argwohn, kein einziges Wort während der ganzen Rückfahrt, ich hätte ihm gehorchen sollen, als er mich nach unten schickte, aber mein Widerwille war stärker, die Erinnerung an das Seeräuberschiff, an das stinkende Heu und das brake Wasser, die Erniedrigungen und den Hunger, ich hasse Schiffsbäuche, sie sind wie Gefängnisse. Mit den Korallenfischern war es etwas anderes, da war ich eine von ihnen. Ich weigerte mich und sah den Fehler sofort ein, ich schämte mich, weil mein Körper unter dem nassen Kleid zu sehen war, bestimmt hat er meine Brüste angestarrt, schlimmer als wenn sie nackt gewesen wären, die durchschimmernden Brustwarzen, die aufgerichtet waren vor Kälte, nicht violett, aber auch nicht rosa, doch warum sollte ich mich schämen? Eine Sklavin kennt keine Scham, nicht wenn sie in einem Harem war, von Seeräubern vergewaltigt wurde, in einem byzantinischen Freudenhaus arbeiten musste. Sie ist ein Gegenstand, wie jetzt, mein Körper gehört ihm, er kann ihn sich nehmen, ihn verkaufen oder einem Hund zum Fraß vorwerfen. Und wie alle mich angesehen haben, dabei bin ich nicht mal mehr jung! Mein Mut unterzutauchen machte mich begehrlicher, aber die Lüsternheit seiner Untergebenen war ihm peinlich, weil sie das begehrten, was ihm gehört und was zur Schau gestellt war. Es war nicht meine Schuld. Dieser unverschämte Schiffspatron, der mir den Jungen brachte, als ich wieder trocken war. Und wie Ahram sich aufgeregt hat! Er befahl beide nach unten. Zum Abreagieren! Sie haben es nicht einmal verborgen! Tinab zog den Schiffsjungen am Gürtel und rieb sich prahlerisch den Bauch, als er ihm die Treppen hinunterfolgte. Bestimmt hatte er eine Erektion. Er erinnerte mich an die Korallentaucher, er war kurz davor, an Bord endet es immer so, der Junge hat ihm vermutlich auf allen vieren den Hintern angeboten oder den Mund. Halte durch, Kleiner, bald wirst du die Schiffsjungen »rammen«, wie sie sagen. Ob Ahram auch einen stehen hatte? Wenn ich ihn angesehen hätte, würde ich es jetzt wissen, ich brauche nicht auf seine Hose zu schauen, ich muss ihm nur in die Augen blicken, aber ich traute mich nicht, ich dachte an meine Brüste, an meine sichtbare Scham, an die kurzen Locken, die sie mir gelassen haben, ich dachte, dass es nicht so schlimm wäre, wenn ich mich hinsetzte und die Beine verschränkte. Wie beschämend! Natürlich muss er erregt gewesen sein, auch wenn meine Brüste nur die einer Sklavin sind, die ohnehin ihm gehören ... wann immer er will. Falls er sie will, denn er interessiert sich mehr für Politik als für Frauen. Trotzdem ist er ins Wasser gesprungen, um mich zu retten, und deshalb war er so verärgert, weil er es nicht geschafft hatte und ich auf der anderen Seite auftauchte und den Dolch triumphierend in der Hand hielt. Wenn er mich halb ertrunken auf den Armen getragen hätte, wäre er vor seinen Männern der Held gewesen, ich habe ihn zum Narren gemacht, ich habe ihn blamiert und alles verdorben. Deshalb war er auch so still. Was für eine Rückfahrt, wie auf glühenden Kohlen. Diese mörderische Spannung auf der *Jemsu*, nur der Kleine schlief, und sogar die Delfine blieben auf der Insel zurück. Ob sie dieser Göttin gehören? Wie hat er sie genannt? Und was meinte er damit, dass er vor langer Zeit in einer solchen Höhle gelebt hat? Das verstehe ich nicht, aber es war schön, als er es mir sagte, es würde mir sogar Hoffnung machen, wenn er nicht so verärgert wäre. War es das, was er mir erklären wollte, als wir zum Schiff zurückkehrten? Aber warum sollte er mir etwas erklären? Ich darf mir keine Illusionen machen! Seine Göttin. Wer das wohl ist? Bachir behauptet, er sei nicht gläubig. Aber er ist abergläubisch, und deshalb macht er sich Sorgen um meine Magie. Eine Göttin jedoch hat er, ich werde Bachir fragen. Vorsicht! Nicht dass ich noch mehr kaputtmache, seine Worte verlangten Schweigen, und Bachir würde ihm von meiner Neugier berichten, dabei ist es gar nicht Neugier. Ich will diesen Mann besser kennen lernen. Wie alt er wohl ist? So wie Bachir erzählt, muss er schon recht alt sein, obwohl er nicht so aussieht, aber was geht mich das eigentlich an? Jetzt ist ohnehin alles egal. Und ich vertraute auf dieses Ägypten, ich dachte, hier sei alles möglich. Was für ein Trugschluss! Wie kann ich bloß noch solche Illusionen haben? Ich starb mit Domicia. Und jetzt geht sogar der Junge weg, heute Morgen kam Amoptis mit dem Priester, dem aus dem Haus des Lebens, er hat ihn aus Kanopos angeschleppt, damit er Malki sieht und die Zeremonie vorbereitet, sie werden ihn mir wegnehmen, es hat alles keinen Sinn mehr. Hoffentlich lassen sie mich hier, wenn sie nach Alexandria ziehen, hier kann ich mit Bachir und Tenuset dahinvegetieren. Jedes Mal, wenn ich etwas wage, scheitere ich, das ganze Leben besteht aus Risiken und Niederlagen. Wozu? Ich ging an Bord und freute mich auf einen Ausflug, und dann wurde ein Erdbeben daraus, das mein Leben aufwühlte und verfinsterte, wie das Meer, als wir zurückkamen, diese Flut, die an der Mündung bei Kanopos über die Ufer tritt, der Schlamm, der bis hierher dringt und das Meer verfärbt. Das einzige Klare ist der Schlick, das Treibholz, das Ende …

Da saß sie, als ich sie zum ersten Mal sah. Dort in der Ecke neben dem Brunnen stellte sie sich schützend vor meinem Malki und trotzte *Tijon* und seinen Reißzähnen. Da stand sie, zitternd vor Angst und trotzdem mutig. Auch wenn Bachir mir nicht vorher von ihr erzählt hätte, ich hätte sie an ihrer Ausstrahlung erkannt; was Menschen angeht, irre ich mich nie. Eine geheimnisvolle Ausstrahlung. Und heute war diese Sklavin mein Führer. Die Insel hat mich nie interessiert, aber heute fasste ich plötzlich den Entschluss, sie mir anzusehen. Ob sie mich dazu getrieben hat, als sie gestern gutes Wetter prophezeite? Wusste sie es, oder war es bloß Zufall? Jedenfalls führte sie mich dorthin, auch wenn ich das Ruder hielt. Zu Ittara, als wüsste sie, was sie mir bedeutet.

Ich erkannte sie sofort, da in der Höhle. Ischtar, Ittaras Göttin. Dieselbe Haltung, dieselbe Taube, ja, sogar dieselbe Grotte. O Ittara, in der Höhle deiner Herrin! Ein ganzes Leben, und trotzdem ist es so, als wäre es erst gestern gewesen. Meine Arme erhoben sich, wie sie es mir beigebracht hatte. Wie meine Mutter sie dem Morgen- und Abendstern entgegenstreckte. Welche Göttin ist die ihre? Hat sie überhaupt eine? Jedenfalls ist es nicht dieser Christus, egal ob als Mann oder Weib, er passt nicht zu ihr. Und jetzt verdanke ich ihr meinen Dolch. Ein Wink des Schicksals? Meinen Dolch! Meine Geschichte, mein Leben. Den Dolch, den ich bekam, als ich Belgaddars Handelsschiff vor den Seeräubern nach Tyros in Sicherheit brachte. Damit fing alles an. Derselbe Belgaddar schenkte mir einen weiteren Dolch, eine wunderbare Arbeit aus Damaskus. Aber dieser hier von dem blonden gotischen Seeräuber ist mir lieber. Nicht so gut geeignet wie die gebogenen, um dem Feind die Kehle aufzuschlitzen, aber mit der gerade Klinge hervorragend als Wurfmesser geeignet. Damit kann man nur siegen. Der Sieg, das ist es, was mir fehlt, heute bin ich geschlagen worden. Sie ist länger getaucht als ich, und dabei konnte ich früher genauso lang wie meine besten Taucher unter Wasser bleiben. Du hast mich erschreckt! Ich werde allmählich alt. Noch vor zehn Jahren wäre sie vor mir aufgetaucht. Mir bleibt immer weniger Zeit, um meine Pläne zu verwirklichen, aber ich werde nicht sterben, bis ich mein Werk vollendet habe. Wäre doch Philippus Arabs noch Kaiser von Rom! Wir haben uns immer gut verstanden, weil wir derselben Rasse angehörten. Das purpurne Gewand ist diesem Valerian eine Nummer zu groß. Er begeht einen Fehler, so weit nach Persien vorzustoßen. Schahpur lässt ihn gewähren, er ist nicht schwach, er wartet, dass er in die Falle tappt. Das weiß Odaenathus in Palmyra natürlich auch, er ist ebenfalls Araber. Er wartet ab, was seine beiden Rivalen machen. Ich verstehe mich immer besser mit diesem Fürsten, dem es gelungen ist, Schahpurs Vorstöße zu bremsen. Ein Araber, wahrscheinlich deshalb. Ich muss unbedingt wieder mal nach Palmyra, es ist schon fünf Jahre her, seit ich dort war. Man berichtet mir, dass die Stadt riesige Fortschritte gemacht hat. Sie hatte sich schon damals sehr verändert gegenüber dem ersten Mal, als ich dort war, zurzeit des Kaisers Gordianus. Außerdem muss ich Zenobia kennen lernen, die, wie man mir berichtet, großen Einfluss ausübt. Es scheint, als bestimme sie über Odaenathus. Aber davon muss ich mich selbst überzeugen, und zwar bald.

Manche Frauen machen uns groß, andere zerstören uns. Und die neue, die mich, ohne es zu wissen, auf diese Insel zu Ittara führte? Ich brauche sie im Palast mit ihrer Magie oder was immer es sein mag. Für Malki hat sie schon alles getan, was sie konnte ... Magie? Wie sie das ruhige Wetter und die Delfine voraussagte, die Klippe ahnte, die Höhle auf der Insel und den Dolch fand ... Ihre Augen sind treu, wechseln aber ständig die Farbe, wie das Meer ... Ich muss ihr Horoskop haben. Sie sollen herausfinden, wann sie geboren wurde, vielleicht lässt sich auf diese Art Licht in die Angelegenheit bringen. Wenn ich den Verdacht ausräumen kann, wird sie mir nützlich sein. Was für ein Verlust, wenn sie heute Nachmittag ertrunken wäre! Mein Glücksstern hat mir immer die Menschen geschickt, die ich brauchte: Bachir, Kritos, jetzt sie. Meine Sterne oder Ischtar, Ittaras Göttin. Ittara!

Meine Gelehrten sollen sich weiter um ihre Entdeckungen kümmern. Dagumpah hat einen Bericht über ein Gerät gelesen, das ständig zum Nordlicht zeigt. Damit könnten wir segeln, auch wenn Wolken die Sterne verdecken. Ob das stimmt? Was für ein Vorteil gegenüber anderen Schiffen! Ein Triumph meiner Gelehrten. Die der Römer taugen nur, um Straßen zu bauen oder Prozesse zu führen, aber nicht zum Erfinden. Ob das mit dem Pulver aus dem Land der Seresh stimmt, wo die Seide herkommt? Man sagt, dass es brennt wie Donner und Blitz. Bachir lachte, als er davon hörte, aber die Welt steckt voller Geheimnisse. Wer sie entdeckt, wird siegen. Wie dieser Geist des Feuers, nach dem wir forschen und der im Öl der Steine versteckt ist, wo ihn bislang niemand vermutet hat. Nicht nur das Wort ist nützlich, Kritos, auch Dinge. Und die Menschen. Diese Frau hat mir meinen Dolch gerettet, sie kann nicht auf Tanuris bleiben. Ich werde herausfinden, wer sie ist und was sie weiß, und wie sie uns nützen kann. Dass sie etwas Besonderes ist, habe ich bereits am Brunnen gesehen. Aber vielleicht ist sie auch gefährlich. Heute Nachmittag auf der *Jemsu* erhitzte sie die Luft. Deshalb waren meine Männer auch so verwirrt. Wäre ich allein gewesen, ich selbst hätte … Aber Vorsicht, vielleicht will sie mich bezirzen, man kann nie misstrauisch genug sein. Wollte sie uns provozieren? Warum ging sie nicht in die Kajüte? Aber dann hätte sie sich bewegt und uns eindeutige Blicke zugeworfen. Nichts von dem. Es schien vielmehr, so absurd das klingen mag, als schämte sie sich. Sie blieb reglos sitzen wie eine Statue. Sie muss böse gewesen sein. Ich hätte sie nicht ins Gesicht schlagen sollen, natürlich nicht, sie hatte gerade meinen Dolch gerettet. Warum habe ich das getan? Egal. Wie sie ins Wasser sprang! Ohne nachzudenken. Der Dolch war noch nicht auf den Grund angelangt. Warum hat sie das getan? Wenn keine bösen Absichten dahinter stecken, ist sie ein echter Glücksfall.

Die Frage ist, ob sie mich zu der Insel führte oder nicht? Bachir könnte mir helfen, es herauszufinden. Halt, ihn hat sie bereits um den Finger gewickelt. Nein, auch das ist es nicht, nichts ist vollkommen klar. Bislang spricht alles für sie. Für diese Statue, an deren Körper die Tunika klebte. Sie ist nicht mehr jung, aber … Und dieses Haar, das ich nur kurz geschnitten kenne … Sie nahm das Tuch nicht ab, aber Bachir sagt mir, dass es ungemein schnell wächst. Auch Magie? Sie hat die Ohrfeige nicht verdient. Dabei schien alles völlig normal, als wir den Fels hinaufstiegen. Aber das mit dem Granatapfelbaum war schon seltsam, klein wegen des Windes, aber dicht und knorrig. Persephones Baum. Ittara nannte sie Persephasa, ein anderer Name für die Göttin. Ischtar, mein Morgenstern und Abendstern. Wenn sie am Himmel erscheint, erinnert sie mich immer an meine Mutter auf dem kleinen Beet hinter dem Haus, das sie selbst bestellte, nachdem sie es vor der Habgier meines Onkels gerettet hatte. Vor den hohen schwarzen Felsen auf der anderen Seite der Oase. Kurz bevor die Sonne auf- oder unterging, hielt sie mich vor ihrem knienden Körper und hob meine kleinen Arme zum Licht der Morgen- oder Abendröte empor. Ein einsames Gestirn am bleichen Himmel, wenn es weder Tag noch Nacht war. »Dein Stern«, sagte meine Mutter, »hat zwei Leben. Arsu, Gott des Morgens, und Azizu, Göttin der Nacht.«

Ittara verschmolz beide zu einem: Die Herrin über Tauben und Schlangen, die erhabene Ischtar … Ittara, meine letzte Mutter, meine erste Frau, die heute so plötzlich in mir wieder erwachte … Was weiß diese Sklavin? Hat sie mich absichtlich zu der Insel geführt? War es Zufall, Schicksal? Plötzlich stand Ittara vor mir, als wäre sie tatsächlich da, in der Ecke des Brunnens. Wie damals, als sie neben der Quelle saß, ich vor ihr stand und ihr unverständliches Gebet wiederholte, das mir jetzt wieder einfällt, nachdem ich es so lange vergessen hatte:

Hör mein Flehen, Ischtar,
Mond der Liebenden.
Von dem, der nicht zu geben weiß,
lehr mich, alles zu empfangen.
Von dem, der sich nicht öffnen kann,
lass mich füllen …

… was füllen? Wie ging noch das Ende? Vergessen! Irgendetwas mit einem Augenblick, einem Kelch …

Auf der kleinen, ein halbes Stadion vor der Küste gelegenen Felsinsel hatte man bislang vom gegenüberliegenden Strand nur Lobgesänge gehört. Deshalb hielt die Priesterin beim Nachfüllen der Öllampen inne, trat zum Portikus des Tempels und blieb auf der obersten Stufe stehen, als sie die bedrohlichen Schreie hörte. Sie war nur neugierig, keineswegs beunruhigt, schließlich handelte es sich um eine heilige Insel, die seit Menschengedenken der Göttin Ischtar gewidmet war.

Am Strand der gegenüberliegenden Küste stießen ein paar Männer ein wildes Geschrei aus, während andere das kleine Boot, das immer dort lag, um der Göttin zu dienen, ins Wasser schoben. Ein anderer Mann war durch die Meerenge geschwommen, hatte bereits die Insel erreicht und lief keuchend auf den Tempel zu. Man sah, dass er am Ende seiner Kräfte war. Immer wieder stürzte er und rappelte sich erneut auf, bis er die unteren Stufen des Heiligtums erreichte, wo er erschöpft und atemlos zusammenbrach. Er hatte kaum etwas an. Unter der zerfetzten Tunika sah man einen glatten, leicht gebräunten Rücken. Die Priesterin stieg die Stufen hinunter, und als sie das feine Leinen der Tunika berührte, hob der Mann den Kopf und rief ängstlich:

»Sie wollen mich töten.«

Das Gesicht war jung. Unter den kurzen Locken blickten die Frau zwei dunkle Augen an, in denen sie Angst, aber auch Mut las. Sie flehten um Hilfe, und sie waren im Recht. Mittlerweile trennten nur noch wenige Ellen das Boot der Männer vom Ufer der Insel.

»Liefere uns den Mörder aus! Er hat unseren Herrn getötet!«, riefen sie.

»Das kann ich nicht. Er hat das Asyl der Göttin erreicht«, entgegnete die Frau ernst.

Die Verfolger überlegten, und einen Augenblick lang fürchtete sie schon, sie könnten Gewalt anwenden, denn ihr Akzent und die Kleidung verrieten sie als Fremde. Doch wahrscheinlich gab es auch in ihrem Land heilige Tempel, die man nicht schänden durfte, und so zogen sie sich wieder auf das Festland zurück. Die meisten verschwanden im Landesinneren. Nur die hartnäckigsten unter ihnen setzten sich an den Strand, als warteten sie darauf, dass der Flüchtling die Insel wieder verließ.

Die Priesterin kehrte ihnen den Rücken zu. Der Junge saß vornübergebeugt auf den Stufen und wartete auf sie. Er war noch außer Atem, aber schon strahlten seine Augen spitzbübisch.

»Hast du wirklich getötet?«, fragte sie, ohne den Blick von dem entschiedenen Gesichtsausdruck und dem vollen, leicht geöffneten Mund nehmen zu können, in dem weiße Zähne blitzten.

Der Junge erzählte ihr mit knappen Worten, was geschehen war. Vor einem Monat hatte er im Hafen von Tyros als Schiffsjunge auf einem Fischerboot angeheuert, und jetzt, als sie in der nächstgelegenen Stadt Sarepta anlegten, hatte man versucht, ihm seinen ersten Lohn vorzuenthalten. Er hatte sich beim Schiffspatron beschwert, der ihn dann vor lachender Mannschaft verprügelte. Er hatte sich zur Wehr gesetzt und dem Schiffspatron einen Stoß versetzt. Dieser war gestürzt, mit dem Hinterkopf gegen die Reling geschlagen und reglos liegen geblieben. Der Junge wusste nicht, ob er ihn getötet hatte, da er sofort die Flucht ergriffen hatte, als er sah, wie die Seeleute ihre Messer zückten. Er war über die Felder gerannt und schließlich mit letzten Kräften auf die Insel zugeschwommen, ohne zu wissen, dass sie eine heilige Kultstätte war.

Die Frau glaubte ihm. Sie konnte gar nicht anders, als seinem frühreifen, männlichen Blick zu vertrauen. Er strahlte die Sicherheit desjenigen aus, dem jede Lüge fremd ist.

»Hier bist du sicher«, erklärte sie. »Du kannst bleiben, bis dein Fischerboot weitersegelt. Kommst du von weit her?«, setzte sie wegen seines gutturalen Akzentes noch hinzu.

»Was spielt es für eine Rolle? Es ist egal. Ich habe kein Zuhause, ich habe niemanden.«

Er atmete wieder ruhig, und die Priesterin bemerkte, dass er sie ansah. Erst jetzt entdeckte der Junge das glatte, schöne Haar, das sie zusammengesteckt hatte, die fein geschnittenen Züge, den Hals, der den Kopf hielt wie ein Stängel einen Blütenkelch, den kleinen, wohl geformten Körper, die straffen Brüste unter der Tunika und die runden Hüften. Sein Blick blieb an den rituellen Sandalen mit den hohen Absätzen haften und tastete sie dann von unten nach oben ab, als würde er sie streicheln, während er ihren Anblick genoss. Seine Augen strahlten nicht nur, sie sprühten vor Leben.

»Wie heißt du?«

»Ahram.«

»Komm, deine Füße bluten ja.«

Sie traten durch den Portikus, der aber nicht in den Tempel führte, sondern zu einer natürlichen von schwarzen Felsen umgebenen Lichtung mit einem kleinen Beet und ein paar Bäumen. Der Junge staunte. Es war wie die Oase, in der er geboren wurde, nur viel kleiner. Sie führte ihn zu einer Quelle, aus der sich die wunderbare Vegetation speiste, wies ihm einen Platz im Schatten eines Granatapfelbaums zu und hieß ihn die von der Flucht geschundenen Füße ins Wasser zu tauchen. Während das kühle Wasser ihm Erleichterung verschaffte, trat sie zu einem kleinen weißen Gebäude neben dem Felsen mit einer Tür und einem winzigen Fenster. Klein, würfelförmig, mit einem schlichten Kuppeldach. Sie brachte einen Korb mit Käse, Brot und ein paar Früchten. Der Junge aß gierig, während sie gegen seinen Willen einen Fuß nahm, ihn wusch und vorsichtig die Blasen untersuchte. Am anderen Fuß hatte er eine blutende Schnittwunde. Sie pflückte einige feuchte Kräuter, die in der Umgebung wuchsen, band sie mit den Blättern der Schwertlilie um die Wunde und erklärte, dass sie bald heilen würde.

In der Nacht schlief der Junge vor der Tür des kleinen Hauses, das der Priesterin als Wohnung diente. Zuvor hatte sie im Innern der tief in die Felsenwand gehauenen Grotte, an deren Ende Ahram von draußen – nur sie durfte hinein – einen Blick auf die göttliche Statue erhaschen konnte, die abendlichen Rituale zu Ehren der Göttin ausgeführt, auf Knien gebetet und über einer Öllampe, die im Innern dieses eigentlichen Tempels brannte, Weihrauch verbrannt.

Mit dem nächsten Morgen begannen Tage, die dem Jungen vorkamen wie ein Traum. Ittara, so hieß die Priesterin, stand wie Ahram vor dem Morgengrauen auf, und nachdem sie den Morgenstern begrüßt hatte, vollzog sie in der heiligen Grotte die religiösen Rituale des Kultes. Ahram, der sich bereits am ersten Tag davon überzeugen konnte, dass seine Verfolger endgültig aufgegeben hatten, erfuhr, dass die Priesterin dem alten syrischen Kult angehörte, der sein Zentrum in Hierapolis hatte, in dem berühmten Tempel, den die Königin Estratonice der Göttin Atargatis geweiht hatte. Man hatte sie für ein Jahr auf die Insel geschickt, danach würde eine andere Priesterin sie ablösen. Sie lebte von dem Essen, das die Bauern der Umgebung als Opfer brachten, aber auch von den

Gaben der Bürger, die aus Sarepta, Sidon und sogar Tyros kamen. Sie erklärte Ahram, dass er sich mit Ausnahme des Tempels überall auf der Insel frei bewegen dürfe, und er schlug ihr vor, mit dem kleinen Boot hinauszufahren, um zu fischen, oder zwischen den Felsen Muscheln zu sammeln. Abends kehrte Ahram mit einem Fisch, den er an den Kiemen hielt, triumphierend zum Tempel zurück. Dies gab ihm das Gefühl, nicht länger ein Eindringling zu sein, sondern sich auf eigenem Terrain zu bewegen.

Die Tage füllten das Leben des Jungen völlig aus, er fischte, genoss die Sonne, die nach frischen Kräutern duftende Brise, das einfache Essen und vor allem die weibliche Gesellschaft, deren Vorzüge ihm immer bewusster wurden. Sie kümmerte sich um die Sauberkeit im Tempel, um die Öllampen und die Riten des Kultes. Ahram ging ihr beim Saubermachen zur Hand und half ihr, das Beet zu bestellen. Wenn sie am Morgen oder am Abend in ihrer strahlend weißen Tunika am Eingang zur Höhle auftauchte, erinnerte sie den Jungen an die Sterne, die ihm seine Mutter in der Oase zwischen Marib und Timna gezeigt hatte, wo er zur Welt gekommen war. Er erzählte es der Priesterin in einem ihrer langen, von Pausen unterbrochenen Gespräche bei Tag, wenn die Sonne die Schatten von den Felsen vertrieb, oder des Nachts unter den Sternen rings um den zunehmenden Mond. Sie erklärte ihm, dass die beiden in Wirklichkeit nur ein einziger Stern waren, Ischtars Stern, den die Römer Venus nannten. Während dieser vertraulichen Unterhaltungen erzählte der Junge von seinem kurzen, aber abenteuerlichen Leben. Voller Bewunderung berichtete er von seiner Mutter, die im Luxus von Palmyra geboren und aufgewachsen war. Wie Krieger aus Saba sie während einer Reise entführt hatten, sie sich unsterblich in einen der Anführer verliebte und lieber bei ihm geblieben war, als sich von ihrer Sippschaft freikaufen zu lassen. Wie sein Vater eines gewaltsamen Todes gestorben war, wie er – Ahram – und seine Mutter von den Abu-Raim befreit wurden, wie er den Römern ewigen Hass geschworen hatte. Von dem frühen Tod der Mutter, den mühseligen Märschen mit der Karawane seines Onkels, seiner Flucht vor dessen Brutalität, als sie im Hafen von Rhodos ankamen, seinen ersten Gelegenheitsarbeiten, kleinen Diebstählen und schließlich von dem Fischerboot, auf dem er angeheuert hatte, und dem unheilvollen Ausgang. Während dieser langen Unterhaltungen, wenn sie von den Opfergaben aßen, die gelegentlich auf den Stufen hinterlassen wurden, schufen die Worte, die Blicke und das Lächeln eine Vertrautheit zwischen ihnen, die an ein altes Ehepaar erinnerte. Doch mit jedem Tag wurden die zärtlichen Blicke begieriger, zuerst ungewollt, dann bewusst.

So verging die Zeit, bis am Vorabend des ersten Vollmondes nach seiner Ankunft Ittara mit verlegener Stimme zu Ahram sagte:

»Morgen wirst du nicht auf der Insel übernachten können. Auf dem Festland droht dir keine Gefahr mehr.«

Der Junge sah sie verwundert an, und sie erklärte ihm:

»Die Nacht des Vollmondes gehört Ischtar und ihrer großzügigen Herrlichkeit. Dann kommen andere Gläubige auf die Insel, und du darfst hier nicht anwesend sein. Du bist kein Gläubiger.«

Der Junge war gekränkt.

»Ich glaube an das, woran du glaubst, Ittara.«

»Nein. Es ist die Nacht der Göttin. Meine Schwestern und ich dienen dem Kult.«

»Kann ich nicht an der Zeremonie teilnehmen?«

Sie schüttelte den Kopf. Dem Jungen war es kein Trost, als er ihren traurigen Blick und die Betroffenheit bemerkte, mit der sie das Verbot ausgesprochen hatte. Er brachte ihr Verhalten mit dem sorgenvollen Gesichtsausdruck der letzten Tage in Verbindung. Was wollte sie ihm sagen, das ihr so schwer fiel?

Das Ritual am nächsten Morgen unterschied sich nicht von den vorangegangenen, aber es gab Neuerungen: schwarz geschminkte Schatten um Ittaras Augen, rote Lippen und ein goldener Gürtel um ihre Tunika. Zum ersten Mal sah er ihr seidig schimmerndes schwarzes Haar, das anmutig über die Schultern fiel. Am linken Arm trug sie ein silbernes Armband in Form einer gewundenen Schlange mit Augen aus Malachit.

Am Portikus verabschiedete sie sich von ihm. Ahram ging die Stufen hinunter, bestieg das kleine Boot und ruderte zum Strand, wo er es an Land zog. Sie blieb reglos auf den Stufen stehen und winkte ihm zu, kurz bevor er am Hang hinter den Büschen verschwand, sich ein letztes Mal umwandte und den Arm hob. Er sah noch, wie sie mit gesenktem Kopf durch den Portikus trat.

Der Junge bahnte sich einen Weg durch die Mastixsträucher, Zypressen und Zedern, bis er sicher war, dass sie ihn nicht sehen konnte. Dann setzte er sich auf einen Stein und beobachtete durch das Gestrüpp die Insel. Der Vollmond warf einen Streifen aus flüssigem Silber auf das spiegelglatte Meer und tauchte die schwarzen Felsen, die das Innere der Insel umgaben und den Blicken vom Festland entzogen, in ein beinahe weißes Licht. Zum ersten Mal dachte er, dass sie den Bergen glichen, an denen sie mit der Karawane seines Onkels vorbeigezogen waren und von denen es hieß, sie seien hohl und spuckten gelegentlich Rauch.

Er wartete eine Weile in der Stille der Nacht, gereizt vom unaufhörlichen Zirpen der Grillen und den Rufen einzelner Vögel. Plötzlich hörte er Schritte und das Kullern kleiner Steine. Auf dem Pfad zu seiner Rechten tauchte ein Mann auf, der wie ein Bauer aussah, und ein Zicklein auf den Schultern trug. Ahram beobachtete, wie er mit seiner Last das kleine Boot bestieg, auf die Insel ruderte, das Boot festmachte, die Stufen zum Tempel nahm und durch den Portikus verschwand.

Noch ehe er wieder herauskam, näherte sich auf einem anderen Pfad ein zweiter Mann mit einem Sack. Als er sah, dass der Strand verlassen war und sich das kleine Boot am gegenüberliegenden Ufer befand, setzte er sich geduldig in den Sand. Schließlich erschien der erste Mann ohne seine Last am Eingang des Portikus, ruderte mit dem Boot zum Strand, half dem anderen einzusteigen und ging denselben Weg, den er gekommen war, zurück, während derjenige, der ihn abgelöst hatte, Kurs auf die Insel nahm.

Sieben Männer besuchten in dieser Nacht die Insel, und alle hatten eine Opfergabe dabei. Ahram wunderte sich, er hatte sich die angekündigte Zeremonie als eine Zusammenkunft von Gläubigen vorgestellt, die den Kult mit Kerzen und Gesängen feierten. Diese seltsamen Einzelbesuche verwirrten ihn.

Er dachte nach und kam zu dem Schluss, dass es nur eine mögliche Erklärung gab. Obwohl Ahram noch keine Frau gehabt hatte, wusste er von den Liebespriesterinnen oder den heiligen Prostituierten in den Tempeln bestimmter Göttinnen. Allein der Gedanke, dass diese Fremden einer nach dem anderen die Frau besessen hatten, für die er geschwisterliche Gefühle hegte, machte ihn rasend, so dass er aufstand und einen lauten Schrei ausstieß. Die Vögel in den benachbarten Nestern flatterten auf. Plötzlich fiel es ihm wie Schuppen von den Augen: Es war ein anderes Gefühl, das unbemerkt in seiner Brust gewachsen war. Er fühlte sich gekränkt und beschloss, etwas zu unternehmen.

Als der Morgenstern am Himmel erschien, fand er keine Worte des Gebets für Ischtar. Wenig später trat Ittara durch den Portikus und suchte die Umgebung nach ihm ab. Er überraschte sie mit einigen frisch gefangenen Krebsen. Sie versuchte zu lächeln, aber das Lächeln wirkte bitter. Keine Spur mehr von der Schminke der letzten Nacht. Sie begrüßte ihn, und zusammen traten sie durch den Portikus. Ahram legte seine Krebse zu den anderen Gaben. Sie wollte sie beiseite tun.

»Lass sie liegen«, sagte der Junge mit zittriger Stimme und warf der Frau einen festen Blick zu. »Das ist meine Opfergabe. Beim nächsten Vollmond werde ich der Erste sein, der zu dir kommt.«

Ittara führte die Hand zum Mund, um einen Schrei zu unterdrücken. Als Ahram ihre Tränen und ihre Verzweiflung sah, tat es ihm sofort Leid. All sein Zorn und sein Groll verflogen. Er fühlte sich wie ein Kind, fiel vor der Frau auf die Knie, verbeugte sich und küsste mit gesenktem Kopf ihre Hände.

Sie setzte sich neben ihn und fuhr mit der Hand über seine jugendlichen Haarlocken. Straffes männliches Haar. Ihre Stimme war süß und traurig zugleich:

»Ich bitte dich, tu das nicht! Sprich nicht so zu mir.«

»Warum nicht? Ich bin genauso ein Mann wie sie!«

Er wisse, was körperliche Liebe sei, an Bord des Fischerbootes habe er es mit eigenen Augen gesehen; er könne es auch.

»Du bist etwas ganz anderes.«

Sie schrie es beinahe heraus, weinend, verletzt. Er sah sie unversöhnlich und noch wütender an als zuvor.

»Was meinst du? Bin ich ein Hund, ein Aussätziger?«

Die Antwort war verzweifelt.

»Nein, du bist viel mehr als jeder andere! Aber du bist mir verboten!«

»Warum?«, rief er fassungslos.

Sie hielt inne, senkte den Kopf und sagte leise, ohne ihn anzusehen:

»Wir müssen geloben, niemals zu lieben, niemals unsere Seele zu verschenken. Und diesen Schwur habe ich gebrochen.«

Dermaßen verwirrt war Ahram von dem unerwarteten Geständnis, dass er nicht wusste, ob er weinen oder lachen, still bleiben oder aufspringen und die Frau umarmen sollte. Sein durchdringender Blick, das Zittern seiner Hände und die Anspannung seines Körpers waren so stark, dass Ittara das Gefühl hatte, von einem Wirbelwind erfasst zu werden. Sie senkte den Blick noch mehr, um nicht mitgerissen zu werden, doch dann sah sie die noch unbehaarten, kräftigen Schenkel unter der kurzen Tunika, die glatte Haut und die angespannten Muskeln. Ahram merkte, wie sie heftig atmend aufstand, aber als er ihr folgen wollte, schluchzte sie:

»Bitte, lass mich allein. Ich will beten.«

Eilig verschwand sie in der Grotte. Ahram machte nur ein paar Schritte. Sein Herz schlug heftig, seine Gefühle spielten verrückt. Als er im Schein des Lichts stand, das vom Laubwerk des Granatapfelbaumes gefiltert wurde, das Rauschen des Wassers und das Summen der Insekten hörte, weitete sich seine Brust angesichts dieser Fülle, und eine kosmische Kraft erfüllte ihn. Er schritt auf den Eingang der Grotte zu, fest entschlossen, das Unbekannte zu entdecken und das, was ihm gehörte, in Besitz zu nehmen …

Im selben Augenblick erschien sie vollkommen nackt, die Wangen gerötet, der Körper weiß, mit Ausnahme der rosigen Warzenhöfe und des schwarzen gekräuselten Schamhaars.

»Ah!«, rief Ahram den Felsen und dem Wind zu. »Die Göttin ist uns wohlgesonnen!«

»Im Gegenteil. Sie hat es verboten: Die Öllampe ist von allein erloschen.«

In ihrer Stimme schwang Schmerz und tragische Entschlossenheit mit, als sie auf den Jungen zuging, ihm die Hände auf die Schultern legte und die Tunika löste, die zu Boden fiel. Während sie niederkniete, glitten ihre Hände an seinem Körper hinab. Er folgte ihrer Bewegung, streichelte mit den Fingern die kleinen, erregten Brustwarzen. Sie brauchte sein Geschlecht nicht zu berühren, damit es steif wurde. Sie legte sich auf den Rücken, schloss die Augen und spreizte die Beine, so wie sie es während des nächtlichen Rituals tat, weil sie sich ihr Sakrileg nicht eingestehen wollte. Sie spürte Ahrams Knie und Schenkel zwischen den ihren und wie sein Glied unbeholfen versuchte, sein Ziel zu finden, bis sie selbst es führte. Der Junge hob den Oberkörper und drang in sie ein. Er war blind und allein, eine einsame Harpune im Nebel. Sie empfing den Ansturm, ertrug das frenetische Auf und Ab, das schließlich im Höhepunkt, in animalischen Schreien und Bissen gipfelte, bis der erschöpfte Körper des Jungen reglos auf ihr liegen blieb.

Schließlich wälzte er sich neben ihr ins Gras. Er fühlte sich siegreich und geschlagen zugleich. Es war, als tauchte er aus einem dunklen Abgrund auf. Zwar hatte sein Körper den biologischen Höhepunkt erlebt, doch war er nicht viel anders gewesen als diejenigen, die er sich selbst verschafft oder auf dem Fischerboot erlebt hatte. Es war, als hätte er an einem Wettlauf teilgenommen und sich verausgabt, aber zumindest war er der Sieger. Das verkündete er nun stolz.

»Siehst du, ich bin wie die anderen!«

Sie stützte sich auf den Ellbogen und sah ihn unbeschreiblich sanft an.

»Nein. Du bist viel mehr als die anderen, das habe ich dir schon gesagt. Und ich habe dir mehr gegeben als jedem anderen. Ich werde es dir weiterhin geben. Komm, Liebster, ich werde dir alles zeigen, bevor die Dämonen der Rache meine Seele für immer zerstören. Ich werde dir alles beibringen.«

In ihren Armen und unter ihrem Blick begann Ahram zu begreifen, was wirkliche Liebe ist. Der Tag kam ihnen so endlos wie kurz vor. Die Erde bebte unter ihren verschlungenen Körpern, und die am Himmel tanzende Sonne entfachte ihre Glut immer wieder aufs Neue. Zwischen den Umarmungen vergoss Ittara zuweilen bittere Tränen über ihre Sünden. Einmal flüchtete sie in die Grotte, kam aber sofort wieder heraus, als sie sah, dass Ahram ihr folgte. »Nicht da drin!«, sagte sie und zog ihn vor dem Eingang an sich. Von diesem Augenblick an weinte sie nicht mehr, und ihre Augen füllten sich nicht mit Tränen, sondern mit Dunkelheit, die nur noch von Blitzen der Lust erhellt wurde. Sie bat Ahram darum, sie mit Zweigen auszupeitschen, konnte aber nur erreichen, dass seine Zärtlichkeiten, die sie wie Regen auf der Haut streichelten, noch zunahmen. Als die Sonne unterging, traute sie sich nicht in die Höhle hinein und verrichtete ihre Gebete von draußen. Da sah Ahram durch die Öffnung im Licht der brennenden Öllampe die Statue der Göttin. Ein Arm hing locker an der Seite hinunter, mit dem anderen hielt sie eine Taube, und an ihrem Bein wand sich eine Schlange empor. Als Ittara das Gebet beendet hatte, trug Ahram sie auf den Armen in ihr kleines Wohnhaus, das er zum ersten Mal betrat, und legte sie auf das nach Kräutern duftende Bett. Hier fanden während des Vollmondes die Rituale der Lust statt, wie er sich denken konnte. Und hier liebte er sie, bis ihn die Müdigkeit übermannte.

Am Morgen, zwischen den ersten Küssen, drückte sie ihm ein Medaillon aus Zinn in die Hand. Auf einer Seite war der Baum des Lebens mit einem Stern rechts und links und darüber die Sichel des zunehmenden Mondes abgebildet, auf der anderen eine von Wellen umgebene Gestalt, halb Fisch, halb Frau.

»Nimm!«, sagte Ittara und legte ihm das Medaillon um den Hals. »Ich kann es nicht länger tragen. Ich gehöre nicht mehr der Göttin, sondern dir. Und du gehörst jetzt ihr.«

8. Alexandria

Der Leuchtturm! Dort drüben am anderen Ende der Insel, nur acht Stadien entfernt. Die gewaltige Marmorsäule mit der zylindrischen Leuchte oben, die man vom Hof der Frauen über den Palmen sieht, ragt in die Wolken, als wollte sie den Himmel stützen. Düster am Morgen im Gegenlicht der aufgehenden Sonne, strahlt der Turm am Nachmittag grell wie ein vertikaler Spiegel, um am Abend in einem weichen Blassviolett zu versinken. Des Nachts verschmilzt der Riese mit der Dunkelheit, aber am Himmel leuchtet dann ein roter Stern, heller als alle anderen. Ein loderndes Feuer, dessen tänzelnde Flammen die Seeleute in einer Entfernung von dreihundert Stadien beruhigen und den Garten und die Mauern des Großen Hauses in rotes Licht tauchen.

Auch für die Sklavin ist der Leuchtturm während der ersten einsamen und unsicheren Tage in ihrer neuen Residenz ein Zeichen der Hoffnung. Sechs Tage fast ausschließlich in den Frauengemächern, die sie höchstens verließ, um im Privatgarten über den Klippen im Norden der Insel spazieren zu gehen. Sechs Tage unter fremden Menschen, in denen sie Malki kaum umarmen konnte, weil er lieber mit den anderen Kindern spielt, in denen sie ihre Herrin gar nicht und Bachir nur ein einziges Mal zu sehen bekam, in denen sie ausschließlich von neugierigen und unterwürfigen Frauen umgeben war. Wer weiß, was man ihnen über ihre Person, ihr Haar, ihre magischen Kräfte erzählt hat … Sechs trostlose Tage, in denen sie sich fragte, ob sie sich überhaupt noch im lebendigen und fruchtbaren Ägypten befindet, ob dieses Alexandria, das sie nicht sehen konnte, weil die Feluke im Norden der Insel anlegte, tatsächlich existiert. Das einzig Sichere ist der Leuchtturm, unanfechtbarer Herrscher über Tag und Nacht, Alexandrias Verheißung.

Jetzt beobachtet ihn die Sklavin von dem kleinen Beiboot aus, das ihre Herrin zum Einkaufen nach Alexandria bringt und gerade am Leuchtturm vorbeikommt. Malki, der neben Irenia sitzt, hebt mit der Hand ihr Kinn und zwingt sie, nach oben zu sehen.

»Sieh mal, sieh mal!«, ruft er aufgeregt.

Ja, in seiner ganzen Pracht erhebt sich der Leuchtturm auf seinem viereckigen Fundament mit den Gebäuden für die Bediensteten und den Rampen, um das Brennholz nach oben zu transportieren, bis zu der goldenen Statue des Poseidon auf der Spitze, fast dreihundert Ellen über dem Meer. Aber sie sind schon beinahe daran vorbei. Die sechs Ruderer umfahren bereits die Klippe, und die Hand des Kindes wendet den Kopf der Sklavin einem anderen Spektakel zu, dem Hafen von Alexandria.

»Schau, schau, die vielen Schiffe!«

Sie laufen in den Großen Hafen ein, und die Ruderer müssen das Tempo drosseln, um den dort vor Anker liegenden Schiffen auszuweichen: Große Kriegstriremen mit römischen Standarten, kurze Handelsschiffe, dickbäuchige Galeeren mit Amphoren für Öl oder Getreide, phönizische Schiffe mit hohem Bug und niedrige ägyptische Barken für Lasten, die durch den Kanal in den Nil fahren. Manche haben an den Piers angelegt, andere ankern davor, und dazwischen schwirren unzählige Beiboote, kleine Barken und Kanus wie Insekten über das Wasser. Der Junge ist begeistert von dem Schauspiel, aber als sie sehr nah an einem dunklen Schiff vorbeirudern, dessen Bugseiten mit riesigen Augen geschmückt sind, klammert er sich ängstlich an Irenia. Sie ist mehr von dem beeindruckt, was sie durch das Gewirr aus Masten und Segeln bereits erkennen kann: das Panorama der Stadt, die sich längs der Piere vom Königspalast, in dem jetzt der Statthalter residiert, mit seinem eigenen Hafen und dem Pavillon auf der kleinen Insel Antirrhodos, bis zum Heptastadion erstreckt, einem langen Steindamm, der gebaut wurde, um als Brücke zwischen der Stadt und Pharos zu dienen. Er verfügt über mehrere Öffnungen, durch die Schiffe zum Eunostos-Hafen im Westen der Stadt gelangen.

Sie kommen näher. Die weißen Häuserfassaden und Mauern setzen sich von den grünen Gärten und dem dunklen Basaltstein der Wege auf den Hafenmolen ab, über die sich gewaltige Menschenmassen und lange Züge von Lasteseln mit Waren schieben. Sinuit, die sich auf ihre Einkäufe freut, zeigt der Sklavin gut gelaunt die Gebäude: Kleopatras Palast mit seinen kolossalen Obelisken, das Poseidon-Heiligtum, das Emporium, den weltberühmten Hafenmarkt, die großen Lagerhäuser von Apostaseis, die Werften von Neoria und hinter der ersten Reihe der atemberaubenden Kolonnaden, Treppen, Frontonen und Giebelverzierungen die flachen Dächer der Stadt, überragt von denen des Theaters, des Caesareums und Museums, der Bibliothek und des Serapeions, und am Ende, auf dem bewaldeten Hügel das alles überragende Paneion, die Weihestätte für alle Götter.

Mittlerweile hat das Beiboot an der großen Landungsbrücke vor den Obelisken angelegt. Dort wartet auch die Sänfte, die die Herrin durch die Straßen bringen wird und von Trägern vom Großen Haus über das Heptastadion bis hierher geschleppt wurde. Bevor Sinuit einsteigt, wirft sie einen Blick durch das große Tor auf den Hafenmarkt. In den unzähligen kleinen Läden unter dem Gewölbe der riesigen Halle kann man alle Waren der Welt erstehen. Malki will durch seine Arkaden laufen, und sie müssen ihn zurückhalten.

»Auf dem Heimweg werfen wir einen Blick hinein. Du wirst sehen, was für wunderschöne Dinge sie haben«, verspricht Sinuit der Sklavin.

Sie ziehen sich zurück und wehren die Traube von Knaben ab, die versuchen, sie in die Buden zu locken. Obwohl es von der Via Soma bis in die Nähe der Gruft von Alexander dem Großen nur ein Katzensprung ist, steigen Sinuit und der Junge in die Sänfte. Irenia geht neben ihnen her und schaut sich nach allen Seiten um, bis sie den Tetrapylon erreichen, das mit Ornamenten versehene vierfache Tor auf dem großen Platz, wo sich die beiden Hauptstraßen kreuzen. Jene, auf der sie gekommen sind, und die Via Kanopos, die sich vom Sonnentor bis zum Mondtor durch die ganze Stadt zieht. Sie ist so breit, dass sechs Streitwagen nebeneinander

Platz haben, und wird auf beiden Seiten von Marmorsäulen gesäumt. Die Träger lassen die Sänfte zu Boden, und Sinuit und Malki betreten durch einen Portikus einen kleinen Marktplatz, an dessen vier Seiten sich zahlreiche Buden befinden. Die Sklavin wartet draußen, während Mutter und Sohn zu einem Schuster gehen, um die Sandalen zu kaufen, die Malki während der Zeremonie seiner Einkleidung tragen wird.

Wie betäubt von dem Straßengewirr, den lauten Stimmen, dem Lärm, den Farben und Kleidern lehnt sich Irenia in der Nähe der Sänfte an eine Säule und beobachtet die Menschen, die an ihr vorbeiströmen. Studenten mit ihren Schreibtafeln und Papyri auf dem Weg in die Bibliothek, arme, barfüßige Ägypter, die nur mit kurzen Röcken bekleidet sind, hin und wieder auch eine ägyptische Frau, aber mit bedecktem Oberkörper, Griechen mit ihren kurzen Tuniken, Griechinnen in schlichten, aber eleganten Chitons, Legionäre ohne Brustharnisch, Hebräer mit schwarzen Gewändern, Syrer mit Armbändern, Phönizier mit kegelförmigen Mützen, Nubier mit Straußenfedern im zusammengebundenen Haar, Leute aus Punt mit Leopardenschwänzen am Arm, ein makellos weiß gekleideter Priester mit kahl rasiertem Kopf und gelegentlich ein Perser auf Geschäftsreise mit weiter Hose und einem hohen Hut, der sich argwöhnisch umschaut, weil er in einem fremden und zuweilen auch feindlichen Land ist. Laute Stimmen, Dialekte, bekannte Sprachen, Begrüßungen, Unterhaltungen, Hände, die zur Stirn und zur Brust gehen, Verbeugungen und Verrenkungen, Beleidigungen und die Schreie der Eseltreiber, die um Durchlass für ihre Tiere bitten. Ein einziges Durcheinander, das die Sklavin umwogt und ihr hier, im Auge des Wirbelsturms die Sinne raubt. Sie bewundert die luxuriöse Sänfte einer Dame, die verächtliche Arroganz eines berittenen Zenturios, den angewiderten Ausdruck eines hohen Beamten mit Toga, der auf einem Tragestuhl zu irgendeiner Zeremonie unterwegs ist. Ein Müßiggänger nähert sich in der Annahme, es gebe bei ihr etwas zu holen, weil sie allein ist, wird aber sofort eines Besseren belehrt.

Ganz in der Nähe, an einer Ecke des Platzes, steht eine Bude mit Süßigkeiten und frischen Getränken, und daneben hockt ein aussätziger Bettler und verscheucht die Fliegen. Die Gäste, die Granatapfel- oder Gerstensaft trinken, haben die purpur-grünen Farben von Sinuits Sänfte erkannt und reden über Ahram, ohne die Sklavin wahrzunehmen.

»Habt ihr die Armbänder gesehen?«, fragt der Budenbesitzer.

»Und ob! Muss eine von Ahrams Frauen sein. So viel Gold trägt sonst niemand, wo hier so viele Diebe unterwegs sind.«

»Ich möchte den sehen, der sich mit den vier kräftigen Burschen anlegt, die ihre Sänfte tragen.«

»Nicht der Stärkste siegt, sondern der mit den schnellsten Beinen«, hält ein anderer dagegen, worauf alle laut lachen.

»Man kann sich ja kaum noch auf die Straße wagen!«, unterbricht sie erneut der Budenbesitzer und erzählt von seinem Pech, als er vor einigen Tagen nachts von Jugendlichen, die mit Messern bewaffnet waren, fast noch Kindern, überfallen und um die Einnahmen des ganzen Tages gebracht wurde.

»Das Gesindel kommt aus Arabien. Nabatäer, Sabäer und die Beduinen aus der Wüste. Man sollte sie gar nicht erst nach Ägypten reinlassen.«

Die Sklavin verliert das Interesse an einem Gespräch, in dem es nicht länger um das Haus von Ahram geht. Es sind dieselben Themen, über die man auch im Frauenharem tratscht, neben alltäglichen Intrigen und anderen Belanglosigkeiten wie Preise oder bestimmte Gerüchte über politische Skandale. Doch plötzlich spitzt sie die Ohren, als sie hört, wie ein Mann sagt:

»Wahrscheinlich kauft sie den Laden leer.«

»Und wenn schon! Sie kann es sich leisten. Der Seefahrer ist so reich, dass sie ganz Rom kaufen könnte.«

»Ahram interessiert sich nicht für Rom«, entgegnet der Budenbesitzer wie ein Eingeweihter. »Er hat mit Rom nichts am Hut. Er interessiert sich für die weite Welt: Griechenland, die Barbaren, bis hin zu den Hyperboräern. Für Persien, Nubien und Punt.«

»Der Kaiser des Orients?«

»Und warum nicht? Es heißt, er sei im Jahr dieses Sterns geboren, der die Sonne verdeckte, und ein Hohepriester des Ptah, der die Zukunft voraussagt, soll verkündet haben, dass …«

Die Sklavin wendet sich ab, weil die Herrin mit Malki auftaucht, der bockig ist und murrt.

»Was für ein Quälgeist, dieser Junge!«, klagt Sinuit auf dem Weg zur Sänfte. »Alle Sandalen taten ihm weh!«

Irenia denkt an die nackten kleinen Füße, die weder an Leder noch Papyrus gewöhnt sind, während sie der Sänfte durch die Menschenmenge folgt. Da Malki nichts mehr anprobieren muss, sieht sich die Sklavin, während die Mutter ihre Besorgungen erledigt, mit dem Jungen die verlockenden Spielzeugstände an und kauft ihm irgendeine Kleinigkeit mit den Obolussen, die sie von der Herrin bekommen hat, ständig von der Angst geplagt, der neugierige Bengel könnte ihr entwischen. So geht es vom Parfümverkäufer zum Goldschmied, danach zum Tuchhändler, dann zum Konditor, zum Schneider, und zu guter Letzt suchen sie das Geschäft von Lisinius auf, dem Perückenmacher, um die neue Perücke abzuholen. Kaum ist die Herrin im Laden verschwunden, da kommt eine Dienerin heraus und ruft Irenia, die ihr mit dem Jungen folgt. Sinuit sitzt auf einem Schemel und daneben, triumphierend, der herausgeputzte Künstler. Auf dem Kopf trägt sie stolz Irenias Haar, das nach der letzten Mode zu einer glatten, kurzen Scheitelperücke gestutzt wurde. Obwohl es in dem kleinen Raum wenig Licht gibt, scheint Sinuits Gesicht von hellem Glanz umrahmt.

»Wie steht sie mir?«, fragt die Herrin mit zufriedenem Lächeln.

Irenia erweist ihr die erwarteten Komplimente, während sie das seltsame Gefühl auskostet, sich mit einem anderen Gesicht im Spiegel zu betrachten. Sie denkt daran, dass dies nur ein Teil ihres Haars ist, und fragt sich, ob der Perückenmacher wohl den Rest dazu benutzt hat, um sich eine weitere Perücke daraus zu fertigen, hält jedoch lieber den Mund.

Das Kunstwerk wird auf ein Perückengestell platziert, vorsichtig verpackt und in eine spezielle Schachtel gelegt, die man Irenia aushändigt. Die Herrin wird zum Ausgang begleitet und geht auf die Sänfte zu.

»Ich bin völlig erschöpft!«, erklärt sie und seufzt. »Wie anstrengend!«

Der Junge klagt, weil er Hunger hat, und die Sklavin kauft ihm frische Feigen aus Fayum, von denen die Straßenverkäuferin beteuert, sie seien süß wie Honig. Schließlich machen sie sich zum Anlegeplatz auf, um sich durch den Hafen wieder nach Hause zurückrudern zu lassen.

Später, als der Junge in der Obhut einer anderen Sklavin Mittagsschlaf hält, verlässt Irenia die Gemächer der Frauen und spaziert langsam durch den privaten Garten, während sie zwischen den Bäumen den Leuchtturm in der Ferne bewundert. Sie erinnert sich an das Gespräch auf der Straße und spürt, wie Ahrams Reich sie umgibt. In den Frauengemächern hat man ihr erzählt, dass Ahram sein erstes Haus noch innerhalb der Stadtmauern, am Fuß des Pan-Heiligtums baute, als er vor dreißig Jahren als Verwalter des wohlhabenden Belgaddar nach Alexandria kam. Später, nachdem er die Tochter des Phöniziers geheiratet hatte und sein Teilhaber geworden war, zog er in ein schöneres Haus in der Nähe der Stadtmitte zwischen dem Caesareum und dem Theater. Bald darauf starb Belgaddar und hinterließ ihm alles. Mit der Herrschaft des Soldatenkaisers Maximinus Thrax brach die Zeit der Anarchie aus, die Ahram skrupellos ausnutzte, um sich zu bereichern. Nachdem er Rom mehrmals vor einer Hungerkatastrophe gerettet hatte, indem er die Stadt mit seiner Handelsflotte versorgte, erhielt er das Privileg, den westlichen Teil der Insel Pharos zu kaufen. Dort, auf den Ruinen eines alten Friedhofs, baute er seinen Palast, der neben dem großen Anlegeplatz im Süden, gegenüber dem Heptastadion, das in die Stadt führt, auch über einen kleinen privaten Hafen in einer felsigen Bucht im Norden der Insel verfügt.

Von der ganzen Anlage kennt die Sklavin nur das Frauenhaus, den Frauenhof und diesen kleinen Privatgarten, durch den sie jetzt spaziert, aber sie weiß, dass sie auch Ahrams Gemächer, seine Büros, die großen Empfangssäle, die wunderschöne Galerie gegenüber dem Palast des römischen Statthalters, den Sklavenflügel, die Reitställe und die Lagerhäuser umfasst, abgesehen von Ahrams Gebäuden im Hafen und auf dem Markt, wo er seine wertvollsten Waren lagert: Elfenbein, Edelmetalle, Purpur, Bernstein, Edelsteine, Seide oder Weihrauch, die die Steuereintreiber und Beamten des Reiches aus Gründen der Sicherheit vor Ort überprüfen. Irenia aber interessiert sich am meisten für den Hügel, die höchste Stelle auf der Insel, wo Ahrams Privatgemächer liegen: in dem Turm, den sie zu ihrer Linken hinter einer Mauer sieht. Dort sorgt Uschait, Tenusets jüngere Schwester, für Ahrams Wohl.

Irenia gelangt zum Rand des Abgrundes und blickt hinunter auf die Bucht, wo die *Jemsu* anlegte, als sie vor sechs Tagen aus Tanuris kamen. Da wo der Pfad etwas breiter wird, entdeckt sie im Schatten einer Sykomore eine kleine Marmorbank, deren Armlehnen spielende Delfine darstellen. Sie ist so angetan von der friedlichen Stille, dass sie sich hinsetzt und auf den Leuchtturm gegenüber blickt, der im nachmittäglichem Sonnenlicht strahlend weiß leuchtet. Unten in der Bucht wiegt sich die *Jemsu* auf dem Wasser neben dem Beiboot, in dem sie am Morgen nach Alexandria gerudert wurden, und zwei weiteren kleinen Booten. Am Fuß der Klippe liegt ein schmaler Streifen Sand mit einem Häuschen. Wahrscheinlich für die Wärter, die auf die Boote aufpassen, denkt sie. Allmählich schläfern der Horizont am Meer, die sanften Schatten, die Düfte der Blumen und der Gesang der Vögel sie ein und entrücken sie ihrer Umgebung.

Das Knirschen von Kies reißt sie aus ihren Träumen, und sie entdeckt eine Frau, die den Pfad entlang auf sie zukommt. Sie ist blond und trägt einen luftigen, eleganten Chiton, den sie scheinbar lässig mit einem goldenen Gürtel um die Hüften befestigt hat. Das linke Handgelenk schmückt ein prachtvolles Armband, wenn auch nicht so übertrieben breit, wie es die Mode vorschreibt, und die Schnüre der Sandalen kreuzen sich in einem ungewöhnlichen Muster. Sie bewegt sich träge, hat aber nichts Übertriebenes oder Künstliches an sich. Im Gegenteil, alles ist natürlich, das Aussehen und die Bewegungen der … Plötzlich wird Irenia bewusst, dass es gar keine Frau ist, sondern ein großer, schlanker, gut aussehender Mann.

Er versucht gar nicht, seine Männlichkeit zu verbergen, genauso wenig wie die Falten in dem reifen Gesicht. Er trägt weder Schminke, noch versteckt er seinen Adamsapfel unter einem Halsband, und er kämmt sich auch nicht wie eine Frau. Er trägt lediglich ein blaues Band in den kurzen männlichen Locken, so wie manche Männer während eines Festmahls einen Lorbeerkranz. Die Sklavin erkennt ihn sofort, da ihr schon viele, nicht nur Bachir, von Kritos berichtet haben, entweder kichernd, bewundernd oder staunend.

»Du bist bestimmt Irenia, nicht wahr?«, sagt der Mann, als er sie erreicht hat. »Oh, bleib nur sitzen! Gestattest du, dass ich mich zu dir setze? Das hier ist einer meiner Lieblingsplätze.«

»Ich habe ihn gerade entdeckt, aber wenn ich störe …«

»Lass die Formalitäten.«

»Ich bin bloß eine Sklavin.«

»Und ich bloß ein Philosoph. Ein bisschen anders als die anderen. Bestimmt hat man dir von mir erzählt.«

Er lächelt belustigt und fährt fort:

»Ich war nicht sicher, weil ich dein Haar nicht sehen konnte. Warum versteckst du es? Das Kopftuch ist sehr hübsch, aber ich habe gehört, dass sich darunter etwas weitaus Hübscheres verbirgt.«

»Die Herrin will es so. Niemand soll mein Haar sehen.«

Kritos lacht laut und natürlich.

»Natürlich. Ihre Perücke. Die berühmte Perücke! Sie will nicht, dass irgendwer erfährt, woher sie stammt. Was sagt sie, woher sie sie hat?«

»Aus dem Land des Bernsteins«, erklärt die Sklavin verwirrt, weil sie das Geheimnis ihrer Herrin einem Menschen verraten hat, den sie erst seit kurzem kennt. Sie kann es aber nicht verhindern: Der Mann verführt zum Reden.

»Lass es mich sehen! Wenn man dich bestrafen will, sag, dass Kritos es dir befohlen hat, und sie werden dir nichts tun.«

Die Sklavin hebt die Arme, um den Knoten zu lösen, und der Philosoph bewundert die anmutige Pose, die einer Tanagrafigur würdig wäre. Die neuen Locken bedecken weich und dicht ihren Kopf, sind aber noch zu kurz, um ihren vollen Glanz zu entfalten. Der Philosoph bewundert die Fülle, die Farbe zwischen Honig und Feuer. Ob die Frau auch so ist?

»Jeder, der etwas davon versteht, wird erkennen, dass die Perücke nicht aus dem hohen Norden stammen kann. Dort haben die Menschen hellblondes Haar, fast wie Asche. Deines ist dunkel und leuchtend. Ja«, murmelt er abwesend. »Dunkel und leuchtend.« Ob diese Frau auch so ist?, denkt er erneut und sagt: »Bachir hat untertrieben. Es ist mehr als schön.«

»Bachir?«

»Natürlich, und auch andere. Uschait.«

»Sie hat mich doch noch nie gesehen!«

»Sie weiß es von Tenuset ... und von Ahram.«

Der Mann hat sie durchdringend angesehen, als er den letzten Namen nannte, aber sie hat sich nichts anmerken lassen, obwohl sie einen Augenblick innehält, um ihre Stimme zu beruhigen.

»Der ehrenwerte Ahram spricht über eine Sklavin? Obwohl er so viel zu tun hat?«

»Sehr viel! Das stimmt. Aber er weiß die Spreu vom Weizen zu trennen.«

Die Sklavin verzichtet auf eine Erklärung. Es ist nicht meine Sache, ich sollte nicht daran denken. Sie versucht, das Thema zu wechseln, indem sie ihren Gesprächspartner anlächelt, doch der durchschaut sie.

»Und was haben sie über mich gesagt?«

»Sie haben über dein Haar gesprochen, natürlich. Über deine magischen Kräfte, deine Prophezeiungen, deine geheimnisvolle Herkunft. Stimmt es, dass du dich an nichts erinnern kannst, außer dass man dich am Strand gefunden hat?«

Die Sklavin erzählt ihm ihre Geschichte und beteuert, dass sie sich nicht an ihre Kindheit erinnern kann.

»Seltsam, seltsam. In Athen in der Stoa hatten wir einen ähnlichen Fall, aber der Junge war viel jünger, als man ihn fand. Viele waren der Meinung des Sophisten Kratides, der ihn zum Sohn einer Göttin erklärte, die von einem Sterblichen verführt worden war …«

»Kann denn das sein?«

»Nein! Welche Göttin würde sich schon von einem Sterblichen verführen lassen? Auch wenn es die tollsten Geschichten über die Götter gibt. Nein, die Seele des Jungen war verwirrt. Hätten wir gewusst, wer seine Eltern waren, hätten wir ihn besser verstehen können.«

»Ich wünschte, ich wüsste, wer meine Eltern waren! Aber ich weiß nicht einmal, wer ich bin.«

»Was macht das schon aus? Ich weiß es auch nicht. Wir sind eben zwei Stimmen zwischen diesen Delfinen aus Marmor.«

»Jedenfalls war meine Mutter bestimmt keine Göttin, sonst hätte sie es nicht zugelassen, dass ihre Tochter versklavt wird«, sagt Irenia im Scherz.

»Behandeln sie dich schlecht?«

»Nein. Ich habe ein gutes Leben. Ahram ist sehr gütig.«

Der Mann lacht.

»Viele sind anderer Meinung. Aber ein gutes Leben hast du nicht. Ich sehe doch, dass dir etwas fehlt.«

Woher weiß er das?, denkt die Sklavin erstaunt, und ihr wird klar, warum dieser Mann so wertvoll für Ahram ist. Allmählich senkt sich die Sonne und die blendende Reflexion der Marmorsäule, die sich in den Himmel erhebt, verliert an Kraft, wird matter. Eine Möwe zieht Kreise am Himmel, nähert sich ihnen und kreischt mehrmals laut, ehe sie sich wieder entfernt.

»Und was haben sie dir über mich erzählt?«, fragt Kritos lächelnd.

»Ach, alles Mögliche«, sagt sie eifrig, weil es nicht mehr um sie geht. »Sogar, dass du in Wahrheit eine Frau bist.«

»Und glaubst du das?«

»Nein, niemals.«

»Was dann? Ein Homosexueller? Oder eine Tunte, wie sie in Rhakotis sagen?«

»Ich weiß nicht. Jedenfalls bist du ein Mann.«

»Ich warne dich, manchmal bin ich auch eine Frau: In manchen Nächten bete ich die Sonne an und in anderen den Mond. Es ist schwer zu erklären, und außerdem – wozu? Das Leben verlangt keine Erklärungen, es gäbe zu viele. Als ich jung war und mich in Athen an den Debatten beteiligte, wollte ich immer alles erklären. Deshalb war ich Philosoph. So ein Unsinn!«

Sie glaubt ihm nicht. Ob er es selbst glaubt? Dieselbe Möwe nähert sich erneut und kreischt.

»Diese Möwe will dir etwas sagen. Oder dein Haar lockt sie an. Und sie kommt von rechts, ein gutes Omen. Woran denkst du gerade?«

»An nichts.«

»Unmöglich!«, lacht Kritos. »Man denkt immer an etwas, auch wenn man kein Philosoph ist.«

»Wozu braucht der edle Ahram einen Philosophen?«, rutscht es Irenia aus. »Daran dachte ich. Entschuldige.«

»Du brauchst dich nicht zu entschuldigen. Es ist eine kluge Frage. Viele stellen sie sich. Und sie glauben, dass Ahram seinen Spaß daran hat, jemanden zu beobachten, der so ohnmächtig ist wie ich. Oder dass mein perverser Verstand ihm manchmal hilft, verworrene oder unerwartete Lösungen zu finden. Dass ich eine Provokation für seine Feste bin. Oder in Rhakotis viele interessante Dinge erfahre. Dass er mich bloß aus Dankbarkeit behält ...«

All das hat der Mann fröhlich erzählt, aber jetzt rückt er näher und betrachtet sie aufmerksam.

»Ich weiß nicht, warum, aber ich werde dir jetzt verraten, was ich selbst glaube.« Er hält einen Augenblick inne und fährt dann leise fort: »Manchmal braucht Ahram ein Wort, weißt du? Ein Wort, das versteht oder vernichtet.«

Die Seemöwe ist verschwunden und hat eine eindringliche Stille hinterlassen. Zum Glück fragt sie mich nicht das Schrecklichste, denkt der Mann, nämlich wozu ich Ahram brauche. Ob sie hinter diesen Augen darüber nachgrübelt? Dann fährt er fort:

»Sieh mal, wie die Männer das Brennholz zum Leuchtturm emportragen. So klein wie Ameisen … Gefällt dir das Große Haus, wie sie es nennen, damit es nicht so aussieht, als wollte man mit dem Königspalast des Statthalters wetteifern?«

»Es ist wunderschön, aber zu …«

»Zu pompös?«

»Ja, pompös … und unfertig.«

»Du hast Recht.«

»Zum Beispiel«, platzt es wieder aus ihr heraus, »warum ist dieser Park hier so gut gepflegt und das Grundstück um Ahrams Turm so vernachlässigt? Nur wilde Kräuter zwischen den Steinen …«

»Es ist sein Garten. Er will es so.«

»Das hier ist auch sein Garten, und der ist genauso gepflegt wie der im Palast des Statthalters.«

»Das liegt daran, dass im Turm ein anderer Ahram wohnt … Es gibt zwei Ahrams. Ist dir das nicht aufgefallen? Das wundert mich. Ich hätte es dir zugetraut.«

»Kennst du mich schon so gut? Bloß auf Grund meines Haars?«, neckt ihn die Sklavin, die sich offensichtlich wohl fühlt in seiner Gesellschaft.

»Auf Grund deiner Augen, die so abgründig blau sind wie das Meer … Aber so ist es: Es gibt zwei Ahrams. Von allem gibt es zwei Seiten, wie ein anderer Philosoph einmal sagte … In uns sind immer zwei, aber einer bleibt im Verborgenen. Die Menschen fürchten sich vor dem anderen Ich. Ahram natürlich nicht; ich auch nicht, sieh mich an. Der Unterschied liegt darin, dass Ahram beide voneinander trennt.« Er zeigt auf die Mauer, die den Turm von der restlichen Anlage trennt. »Ich bringe sie zusammen und stehe zu ihnen. Und meine Extreme sind stärker: Frau und Mann. Ahram dagegen …«

»Zwei Männer natürlich. Der im Turm ist keine Frau.«

»Nein, aber auch nicht zwei Männer. Kommst du wirklich nicht darauf? Enttäusche mich nicht.«

Sie überlegt, denkt an den ersten Tag: an jenen fernen Nachmittag auf Tanuris, als der Hund Malki anfiel.

»Ein Kind? Mann und Kind?«

»Wunderbar! Ich wäre enttäuscht gewesen, wenn du es nicht erraten hättest. Hier, nimm das Armband. Du hast es dir verdient.«

Sie ist überrascht, damit hatte sie nicht gerechnet. Sie zögert, das Armband anzunehmen, doch der Mann besteht darauf:

»Wenn dich jemand fragt, wem du es gestohlen hast, dann schicke ihn zu mir. Das ist es: Mann und Kind. Der andere Ahram ist ein Kind. Nach der Geburt spalten wir uns ziemlich rasch in zwei Menschen: einen sichtbaren und einen unsichtbaren. Eines der Kinder in Ahram wurde erwachsen und mächtig, das andere blieb ein Kind …« Er lächelt sie wohlwollend an. »Du wunderst dich, dass ich so mit dir spreche? Was würdest du sagen, wenn du wüsstest, dass ich dich früher schon mal gesehen habe?«

»Es würde mich überraschen und dann auch wieder nicht. Ich habe ja auch das Gefühl, als würde ich dich schon lange kennen.«

»Kennen? Dann bist du klüger als ich!«, entgegnet er sarkastisch. »Verrate mir also, wer ich bin!«

Sie denkt nach.

»Du bist jemand, der vom ersten Augenblick so mit mir spricht, dass ich ihn wie meinesgleichen behandele.«

Jetzt überlegt der Mann.

»Du hast den Philosophen sprachlos gemacht. Wenn ich noch ein Armband hätte, wäre es jetzt ebenfalls deins.«

Irenia lacht, und dann sind beide so heiter wie der Abend.

»Irenia. Irenia! … Irenia? Ahram hat Recht. Wir müssen dir einen anderen Namen suchen. Das wird gar nicht so leicht.«

»Ich hatte andere. Kilia, Falkis, Nur …«

Der Mann schlägt sie alle mit einer Handbewegung aus.

»Wir werden schon einen finden. Unsere wahren Namen kommen von selbst zu uns.«

Irenia hält sich jetzt nicht mehr zurück.

»Wo hast du die letzten sechs Tage gesteckt, Kritos?«

»Hast du mich gesucht?«

»Ich gebe zu, ich war neugierig. Aber jetzt weiß ich, dass ich mich nicht so ... einsam gefühlt hätte.«

»Ich fühle mich auch manchmal fremd hier. Dann verschwinde ich für eine Weile ... In den letzten Tagen hatte ich eine Mondphase. Warum sollte ich es verbergen? Mit einem Liebhaber. Wir waren wochenlang zusammen, und er wäre sicher länger geblieben, hätte man ihn nicht an eine Garnison am Limes in der orientalischen Wüste nahe dem Meer versetzt. Harte Gegend! Er wird keine Mühe haben, einen Ersatz zu finden. Er ist ein Decurio. Aber kein bisschen vulgär. Aus dem zisalpinischen Italien, wo das Wasser der Seen grau ist, wie er sagt.« Er lacht bewegt. »Er schrieb Verse. Ziemlich schlechte, aber trotzdem hübsch. Wie sein Name. Tulius Emilianus ... Ein Klang wie Musik, nicht wahr? Das ist eins der guten Dinge am Latein, neben den vielen schlechten ... Kannst du schreiben?«

»Nein. Nur ein bisschen lesen.«

»Ich werde mich darum kümmern ... O ja, es war ein wunderschöner Mond. Ahram geht es auch so. Nein, nicht wie mir!«, sagt er und lacht. »Er ist ganz Sonne! Ich meinte, dass auch er sich im Großen Haus fremd fühlt. Deshalb wohnt er im Turm. Und wenn es ihm zu viel wird, verschwindet er. Übrigens, der Turm. Woher weißt du, dass der Garten verwildert ist?«

»Ich bin auf einen Feigenbaum geklettert und habe über die Mauer gespäht. Ich weiß, das war nicht rechtens.«

»Ich verzeihe dir«, sagt er im Spaß. »Du sollst ihn ganz sehen. Komm mit. Ich mache dich mit Uschait bekannt.«

»Das wäre schön! Aber ich muss jetzt ins Frauenhaus zurück.«

»Du kannst ihnen sagen, dass du mit mir zusammen gewesen bist. Komm schon. Jetzt kennst du den Trick. Wenn du etwas verbrochen hast, schiebst du die Schuld auf mich, ich habe breite Schultern. Aber du darfst nicht übertreiben!« Er steht auf und wendet sich zum Gehen. Dann hält er plötzlich inne, und seine Stimme wird beinahe zärtlich.

»Du gefällst mir. Es ist selten, dass man sich auf Anhieb mit jemandem so gut unterhalten kann.«

Er dreht sich um und geht voran. Die Frau folgt ihm, während sie sich das Tuch wieder um den Kopf schlingt.

Bald gelangen sie zu dem Tor in der Mauer. Kritos klopft an, und als er hört, wie die Tür des Turms aufgeht, ruft er:

»Ich bin's, mein Schatz, Kritos.«

»Ich komme, ich komme schon«, antwortet eine hohe, feste Stimme.

Das Tor geht auf, und eine Frau, die wie Tenuset aussieht, nur fünfzehn Jahre jünger, steht vor ihnen und starrt Irenia an. Bevor sie etwas sagen kann, drängelt sich ein riesiger Hund an ihr vorbei und beschnüffelt die Sklavin, wobei er mit dem Schwanz wedelt und zufrieden knurrt.

»*Tijon*!«, ruft Uschait überrascht. »Wo hast du deine schlechten Manieren gelassen?« Sie wirft Irenia einen Blick zu. »Sonst ist er nie so zutraulich, mit niemandem.«

»Er kennt mich aus Tanuris.«

»Ach, dann bist du bestimmt Irenia. Ohne dein Haar zu sehen, bin ich nicht darauf gekommen. Ich glaubte, sie wäre eine deiner Freundinnen«, sagt sie, an Kritos gewandt.

»Das ist sie auch«, antwortet er ernst, sieht Irenia an und fügt hinzu: »Siehst du, wie Uschait dich akzeptiert? Du bist hier keine Fremde.«

»Aber nur, weil ich mit Kritos komme«, entgegnet Irenia und lächelt halb überrascht, halb schüchtern.

Kritos' Augen jedoch sagen etwas anderes.

Wie unwirklich der Garten von hier oben aussieht! Was für eine wunderschöne Mischung: das Licht des silbernen Mondes und die Flammen des Leuchtturms auf den Bäumen und Pfaden! Wie Kritos, Mond und Sonne in einem. Ich bleibe lieber auf und erfreue mich daran, schlafen kann ich sowieso nicht, am liebsten würde ich wie der Wachhund *Tijon* durch den Garten streifen. Was für eine Überraschung! Er hat ihn hierher gebracht. »Damit er mir hilft, das Haus zu bewachen«, hat Uschait erklärt, aber gibt es hier keine Hunde? Und wie zutraulich *Tijon* war! Ganz anders als auf Tanuris. Hier kann er mich besser leiden. Was ist eigentlich los? Um mich geschehen Dinge, die mich verwirren, wie heute Morgen die Menschenmassen. Was für eine Stadt! Ägyptens würdig, obwohl eher griechisch, dieses Land wimmelt von Straßen, von Vegetation und Göttern. Kein Vergleich zu Antiochia, der drittwichtigsten Stadt des Reiches, möglich, dass nicht einmal Rom so viel wert ist, weil es kein Meer hat. Mit einem Schlag bin ich keine Fremde mehr, nach sechs einsamen Tagen ohne Bachir. Sogar Ahram war unsichtbar wie die Götter, aber jetzt ist alles anders, jetzt hat sich Kritos meiner angenommen, und ich bin nicht mehr fremd. Aber warum? Nur weil wir uns so gut unterhalten haben? Wie schön, die Delfine auf der Bank. Ich weiß, dass es stimmt, irgendetwas verrät es mir, zum ersten Mal fühle ich mich heimisch in Ägypten, in dieser Stadt, in Ahrams Garten, in dem Haus, das er gebaut hat, den Sälen mit Blick auf den Hafen, seinem abgeschiedenen Harem und in dem geheimnisvollen Turm, der dem geheimnisvollen Ahram gehört, dem anderen Ahram, wie Kritos sagt. Was für ein Mann! Welchen Unsinn hatten die Leute mir erzählt, die ihn nicht verstehen! Sie stellten ihn als Homosexuellen, Verrückten, Zyniker und Schwindler hin! Blind sind sie! Ich verstehe etwas von Männern, die sich wie Frauen kleiden, in Byzanz lud Astaphernes sie ein, und keiner war wie er. Kritos spricht wie ein Mann. Und wie er mich angesehen hat, wie ein Lehrer und ein Freund zugleich, ich kann es nicht beschreiben, jedenfalls wie ein Mann. Ob er wie eine Frau zu seinem Geliebten spricht? Bestimmt, das bringt er fertig, aber mit mir hat er sich wie ein Mann unterhalten, egal wie er angezogen war, auf alle Fälle sehr elegant. Ob ich mich schämte, ihm mein Haar zu zeigen, weil er ein Mann war? Es ist noch nicht so lang, wie ich es gern hätte. Diese schmalen grauen, leicht umschatteten Augen haben mich mehr als ausgezogen, sie haben durch mich hindurchgesehen. Dass ich mich noch schäme, mich auszuziehen, nach allem, was geschehen ist! Vor ihm schon und auch vor Bachir. Als wir auf der Feluke zur Insel segelten und man meine Brüste durch den nassen Stoff sah, das war schlimmer, als nackt vor ihnen zu stehen wie eine Sklavin. Vor Ahram und seinen lüsternen Seeleuten, es war demütigend und erregend zugleich. Kritos glaubte, ich hätte Angst vor der Strafe, wenn ich ihm mein Haar zeigte, aber es war mehr, dass ich mich schämte. Vielleicht hat er es gemerkt, er ist ja so scharfsinnig …

Warum hat er mir das Armband geschenkt? Er verachtet den Luxus, hat man mir erzählt, aber er wollte sich nicht nur von etwas trennen, es war mehr, und was für eine schöne Arbeit, eine Wölfin, die zwei Kinder säugt, ein Andenken an Rom, natürlich. Ein Geschenk seines Liebhabers vielleicht? Ich werde es nicht oft tragen, die Neider hier würden sich wundern, aber ich kann es streicheln. Vielleicht erklärst du mir, was los ist. Warum bin ich nicht mehr fremd hier, du, der sein Handgelenk geschmückt hat? Wozu aber braucht Kritos Ahram? Ich habe mich nicht getraut, ihn zu fragen. Ich hatte schon viel zu viel riskiert! Er ermunterte mich, Fragen zu stellen, und ich hatte keine Angst, er allerdings auch nicht. Er hat mich ausgefragt wie alle anderen auch, wie Bachir oder Uschait, als sie mich in den Turm hineinließ, wie Ahrams Freunde, ja sogar der Schreiber Soferis. Er ließ mich am zweiten Tag rufen, um mich in die Bücher einzutragen. Er sah aus, als versuchte er, durch mich hindurchzusehen! Das waren keine Fragen für die Bücher, und er ist nicht nur Schreiber, er ist sein Sekretär, hat ein eigenes Amtszimmer abseits von den Gemächern der anderen Schreiber. Alle starrten mich an, als ich herauskam, bestimmt ruft er andere Sklaven nicht zu sich, um sie in die Bücher einzutragen. Auch er ist Ahrams Freund, er hat dasselbe Funkeln in den Augen, daran erkennen sie sich, an den Gesten, ich weiß nicht, sogar die gute Uschait. Sie wird um die vierzig sein, Tenuset nannte sie immer meine Kleine, sie ist noch nicht alt, nicht so alt wie ihre Schwester, möglich, dass sie noch Frau ist. Meine Mutter auf Psyra wurde auch im Alter noch von mehr als einem Mann begehrt, ich weiß es. Wie sie mich forschend angesehen hat, diese Hüterin des Turmes. Ob sie mich auch für eine Spionin hält? Ich sah sie belustigt an, aber sie war nicht gekränkt, niemand hier fühlt sich von mir gekränkt, auch Ahram nicht, seit dem ersten Tag, als *Tijon* … Warum hat er ihn mitgebracht? Als wäre er die Verbindung zwischen Tanuris und dem Großen Haus. Ist das der Grund, warum ich mich nicht mehr fremd fühle? Hat sein animalischer Geruchssinn darüber entschieden, dass ich zugelassen wurde? Ein Bote von was weiß ich. Ach, aber ich bin im Turm gewesen! Natürlich bin ich keine Fremde! Was für ein Gefühl! Obwohl ich kein bisschen überrascht war, nur ein einziger Raum unten und eine Feuerstelle, die von Steinbänken umgeben ist. Auf einer davon wird wahrscheinlich Uschait schlafen. In der Mitte der Tisch, größer und höher als die ägyptischen, mit Sitzhöckern, wahrscheinlich versammelt Ahram hier seine Leute, die so genannten Berater, wer weiß, ob auch eine Frau darunter ist, Bachir sagte, nein. Wie seltsam, eine bogenförmige Mauernische, aber keine Statue. Eine Holztreppe führt nach oben, zum Allerheiligsten, in Ahrams Gemächer. Aber so weit bin ich nicht gekommen, es war schon ein Wunder, dass ich so schnell in den Turm gelangte. Ich darf nicht zu viel verlangen, es ist seine Zuflucht – doch wozu braucht der mächtige Ahram eine Zuflucht? Kritos brachte es an den Tag, er hat mich durchschaut. »Etwas fehlt dir.« Er wusste, dass es nicht nur Malki ist, der sich immer stärker von mir abwendet, je mehr er zum Mann wird, aber das ist etwas anderes. Jetzt verstehe ich diese Zuflucht, sie ist für den anderen Ahram bestimmt, für das Kind. Wieso bin ich nicht schon früher darauf gekommen? Auch Uruk und sogar Narsos lebten, ohne nachzudenken, je mehr Mann, desto mehr auch Kind im Innern. Und Kritos? Wer weiß, vielleicht ein Mädchen. Verrat es mir, mein Armband! Du wurdest mir als Schlüssel zu dieser Welt gegeben, du hast mir das Tor geöffnet, nicht Uschait. In Byzanz trugen die Freier des Freudenhauses einen Ring: Nicht jeder kam hinein. Und ich? Was bin ich? Bist du verrückt, Irenia? Du bist ein Niemand, eine Sklavin mit einem Armband am Handgelenk. Du kennst nicht mal deine Eltern, jedenfalls waren es nicht eine Göttin und ein Sterblicher. Ich habe das Gedächtnis verloren, aus welchem Grund auch immer, und sie ließen mich im Stich. Du bist weniger als ein Niemand, du heißt nicht einmal Irenia, denn in Kürze wirst du in dieser neuen Welt einen anderen Namen bekommen. Wie heiße ich in Wirklichkeit? Nach so vielen anderen Namen, von dem Kilia der erste war. Von der Bank aus sah der kleine Strand mit den vertäuten Booten wie der auf Psyra aus. Wie fern alles ist, sogar Domicia verschwindet im Nebel, dabei ist es erst drei Monate her! Dieses vor Leben brodelnde Ägypten bringt alles durcheinander und verwirrt mich genauso wie das Gewimmel in der Stadt, Ahrams Reich, verschlossen und offen zugleich, Ahram das Kind. Ob auch ich zwei Seiten habe? Wer ist mein anderes Ich? Domicias Mann? Ob ich Mann und Frau bin, wie Kritos? Niemals, das weiß ich! Ich war Frau mit ihr, mehr Frau als jemals allein! Deshalb war es so tief, so sanft, so überwältigend, so wild! Deshalb waren die Zärtlichkeiten Mond und Feuer wie dieser Garten, sie brannten und besänftigten zugleich. Und sie dauerten viel länger als die der Männer. Wer ist also mein anderes Ich? Möge doch der nächste Name mir für immer bleiben! Ich habe die Lehrjahre satt! Und was, wenn ich nur eine bin, weil die andere auf Psyra abhanden kam? Das verlorene kleine Mädchen. Ich war niemals eine andere, aber irgendwo muss ich doch eine Kindheit gehabt haben, in irgendeinem Land und mit irgendwelchen Eltern. Ist es das, was mir fehlt? Nicht Malki? Brauche ich mein anderes Ich? Wer kann es mir geben? Ich bin verkrüppelt, wie Uruk, unvollkommen, also muss ich zwei sein wie alle anderen, wie die beiden Jungen auf dem Armband, die die Wölfin säugt. Ich streichle sie, der eine hat den anderen umgebracht. Ich hingegen habe meine andere Seite nicht getötet! Sie wurde mir getötet, ich bin nur eine Hälfte, und es macht mir nichts aus zu weinen, weinen, weinen, ich brauche es. Drei Monate ohne Zärtlichkeiten, ich bin nicht Uruk, ich bin nicht stark genug, um dieses verkrüppelte Leben zu führen, ohne Beine zu kämpfen. Auch er war auf seine Art mächtig, obwohl kein Seefahrer.

Als das Boot, in dem die Frau ruderte, auf Sand lief, war der Strand menschenleer. Welcher gütige Gott mochte für sie das Feuer angezündet haben, das ihr Vestericus vom Schiff aus gezeigt hatte? Obwohl das Rudern und die Strände ihr vertraut waren, bekam sie einen Augenblick lang Angst und sah auf das Meer zurück. Doch die Laterne am Heck des Schiffes war längst verschwunden.

Von den Pinien, die bis an den Sand reichten, kamen dunkle Schatten auf sie zu. Vier seltsame Gestalten: eine mit vier Beinen, die andere scheinbar ohne Kopf, die Dritte von oben bis unten schwarz angemalt und die letzte ein Mädchen mit nackten Armen und Beinen und einem ägyptischen Kopfschmuck. Sie umkreisten sie neugierig, führten sie zum Feuer und boten ihr zu essen und zu trinken an. So begann eine lange Reise, in der sie zum fünften Zacken eines Wandelsternes wurde, einer Schauspieltruppe, die durch Kleinasien zog und davon lebte, dass sie die Menschen unterhielt.

Uruk, der Anführer der Truppe, war der mit den vier Beinen. Er ging auf Krücken, seit er vom Pferd gefallen und zum Krüppel geworden war. Er rezitierte Geschichten und sang merkwürdige Lieder von der Steppe, wo er zur Welt gekommen war. Um sich als Krüppel verteidigen zu können, hatte er die kräftige Brust und muskulösen Arme eines Herkules entwickelt. Doch die eigentliche Stärke dieses Mannes aus Sogdiana zeigte sich in dem tatarischen Kopf des Nomadenkriegers, dem langen Haar, dem dichten, herabhängenden Schnurrbart und den schräg stehenden Augen, die vom ständigen Absuchen des Horizontes und seinem durchbohrenden Blick zusammengekniffen waren.

Die Gestalt, die scheinbar keinen Kopf hatte, weil sie ein viereckiges Barett trug, das wie eine Verlängerung des schwarzen Umhangs wirkte, war ein Hebräer namens Ruchaim. Er war hoch gewachsen und hager, hatte schmale Lippen, ein bleiches Gesicht und große dunkle Augen, dazu eingefallene Wangen, lange, geschickte Finger und eine leise Stimme, die sich nur selten zu Wort meldete. Von seiner Schulter hing ein Beutel, den er nachts als Kopfkissen benutzte. Darin befand sich ein in grüne Seide gewickeltes Buch, in dem er ehrfürchtig las, nie ohne sich zuvor die Hände gewaschen zu haben. Sein Beitrag bestand aus erstaunlichen Zaubertricks und Hellsehereien, die so unerklärlich waren, dass die Zuschauer nicht nur beeindruckt waren, sondern manchmal sogar vor Ehrfurcht erschraken.

Yabora stammte aus Nubien, deshalb war sie ihr vor dem Feuer erschienen, als sei sie schwarz angemalt. Sie hatte einen überaus gelenkigen Körper und ließ sich während ihrer verführerischen Tänze, bei denen sie lauter akrobatische Verrenkungen machte, von einer Schlange umschlingen, die sie sorgsam in einem großen Korb aufbewahrte. Sie trug bunte Gewänder, die mit einem Gürtel aus geflochtenem Elefantenhaar gerafft waren. Ein kleiner Beutel mit Amuletten hing daran. Sie lachte gern und zeigte dabei die strahlend weißen Zähne zwischen den vollen, aufgeworfenen Lippen. Sie war die Geliebte des Hebräers und seine treue Gefährtin, wenn sie nicht gerade einen ihrer hysterischen Anfälle hatte oder an Depressionen litt.

Fakumit, das kleine Mädchen mit den langen dürren Beinen, war erst seit kurzer Zeit bei der Truppe. Uruk hatte sie zwei syrischen Seeleuten abgenommen, die sie als Sklavin nach Byzanz bringen wollten. Man hatte sie aus ihrem Elternhaus in der Nähe von Sais entführt, aber weder die ständige wehmütige Erinnerung an ihre Eltern, noch die vielfältigen Arten der Misshandlung durch ihre Entführer hatten aus ihrem Gesicht den verführerischen Ausdruck der Unschuld vertrieben oder die kindlichen Bewegungen ihres hoch aufgeschossenen Körpers verändert, an dem gerade erst die kleinen Brüste hervortraten. Fakumit war glücklich, dass Irenia sich ihnen anschloss. Endlich hatte sie jemanden, mit dem sie Ägyptisch reden konnte. Sofort begann sie, ihr akrobatische Kunststücke beizubringen, um gemeinsam aufzutreten, und auch Tänze, die sie mit instinktiver Anmut vorführte.

In ihrer Verlorenheit erschien Kilia die Begegnung mit der Theatertruppe wie eine Vorsehung. Seit drei Jahren kam Uruk regelmäßig in dieselben Städte, wenn diese ihre Feste feierten, da es die günstigste Zeit für Auftritte war. Auch unterwegs, wenn sie ihr Lager in kleinen Dörfern aufschlugen, gelang es ihnen, die Aufmerksamkeit der Menschen auf sich zu ziehen. Sie waren fasziniert von Yaboras geschmeidigem schwarzem Körper, der zum Klang von Ruchaims Flöte und Uruks Trommeln tanzte. Dann folgten die akrobatischen Kunststücke, die die Nubierin und Fakumit zusammen aufführten, und die Zaubertricks des Hebräers. Uruk, der bereits am Anfang eine Kostprobe seiner Kraft geliefert hatte – manchmal forderte er sogar einen Zuschauer heraus –, beendete die Vorstellung entweder mit einer Ballade über einen Stammeskrieg, eine tragische Liebesgeschichte oder eine Blutrache, die er seinem jeweiligen Publikum anpasste, indem er sie auf regionale Eigenheiten zuschnitt. Er beherrschte mehrere Sprachen, bediente sich jedoch hauptsächlich des Aramäischen, das fast alle verstanden. Die Menschen wurden von seiner Stimme, die wie eine tiefe Zither klang und Hochmut ebenso wie Angst, Leidenschaft oder Panik ausdrucken konnte, regelrecht betört. Sie veränderte sich, je nachdem, welche Rolle er gerade spielte. Wenn er von Schlachten erzählte, merkten die Männer, wie das Blut in ihren Adern kochte, die Frauen hingegen spürten ein gewisses Kribbeln in den Lenden, wenn der verletzliche, zugleich aber brutale Mann sich in einen Verführer verwandelte. Niemand dachte an seine Verkrüppelung, denn er war lebendiger als alle anderen, obwohl er seine Beine nicht gebrauchen konnte.

Sie ließen die Küste, an der Kilia sich ihnen angeschlossen hatte, hinter sich, zogen von Dorf zu Dorf bis nach Pergamon und anschließend über die berühmte Königsstraße der alten Perser nach Sardes in der Paktolos-Schlucht, durch die ein Fluss mit Sand aus Gold strömte.

Kilia, die darauf brannte, sich nützlich zu machen, begann Uruk zu begleiten, wenn er Liebeslieder sang, und ihre verführerische Stimme passte ausgezeichnet zu der des Mannes aus Sogdiana. Außerdem erhielt sie einen neuen Namen. Nachdem Ruchaim sein Buch konsultiert und mit Zahlen und Buchstaben mehrere kabbalistische Kombinationen erstellt hatte, verwarf er schließlich die Namen Kilia und Falkis als unpassend. Die anderen schlugen andere Namen vor, bis Uruk, der die ganze Zeit über geschwiegen hatte, erklärte:

»Du wirst Nur heißen, das Licht. Du trägst es in deinen Augen.«

Später erzählte Uruk ihr, dass die Göttin des Lichtes bei seinem Volk ein strahlend weißes Vogelweibchen sei. Niemand wisse, wo es im Süden hinter den hohen Bergen überwintere, aber im Frühling komme es jedes Mal wieder. Nur Wenige hätten das Glück, es zu sehen, weil die meisten von seinem leuchtenden Weiß geblendet würden. Wenn es aber dazu komme, weil das Vogelweibchen es erlaube, dann bedeutet dies, dass große Dinge bevorstehen.

In der reichen lydischen Handelsstadt verbrachten sie die härtesten Wochen des Winters und traten gelegentlich auf dem großen Karawanenplatz auf. Schließlich zogen sie über Cilicia weiter nach Antiochia, Richtung Meer. Manchmal hörte ein reicher Händler oder hoher Provinzbeamter Uruk auf seinem Maultier oder Pferd singen und ließ ihn rufen, damit er am Abend während eines Festmahls in seinem Palast auftrat. Kilia begleitete ihn, fasziniert von der beeindruckenden Würde, die Uruk ausstrahlte, wenn er sich umblickte, aufrichtete, die Trommeln über dem Feuer stimmte und sich ganz wie ein geladener Gast benahm, statt wie ein bezahlter Musiker. Er konnte jedes noch so provinzielle oder banale Festessen in ein echtes Ereignis verwandeln, und hinter den Läden in den oberen Fenstern der Innenhöfe sah man die Augen der Frauen leuchten, und manchmal hörte man auch leises Seufzen, bis das Wirbeln der Kriegstrommeln schließlich das Lied ankündigte, mit dem Uruk seine Vorstellung gewöhnlich beendete. Magische Trommeln! Alles konnten sie unter seinen Fingern und Händen ausdrücken: den Galopp eines Flüchtenden, der um sein Leben reitet, die Verfolgung durch die Reiterei, den tödlichen Speerwurf, und auch das Rauschen von Blättern im Wind, bis hin zu einer Stille, die man hören kann, und dann wieder Sturm und Donner, Drohung und Vergebung.

Leider braute sich auch ein Sturm innerhalb der Truppe zusammen, die bislang in brüderlicher Harmonie gelebt hatte. Nur wurde Zeuge, als eines Tages Yabora bei einem ihrer Wutanfälle einen kleinen Dolch aus der Brust zog und sich auf Ruchaim stürzte. Doch sie stach nicht zu, sondern brach vor ihm in Tränen aus, ließ sich zu Boden fallen und wand sich verzweifelt wie eine verwundete Schlange. Während der Wochen in Sardes, inmitten des Luxus und der Muße der lydischen Stadt, war Fakumits Weiblichkeit wie eine Blütenknospe aufgebrochen und lockte Ruchaim unwiderstehlich an. Wenn die beiden Frauen zusammen tanzten, konnte der Kontrast nicht größer sein: Während die Nubierin durch ihre lüsternen Bewegungen zu verführen suchte, bezauberte die Ägypterin mit einer Reinheit, die noch viel sinnlicher war. Unschuld kann verheerende Folgen haben, wenn sie keine Grenzen kennt, denn sie verführt, ohne es zu merken. Die Zuschauer lagen ihr zu Füßen. Yabora, Ruchaims Geliebte, beobachtete dieselbe Wirkung bei ihm und spürte, wie er sich immer mehr von ihr entfernte. Ihre zermürbende Eifersucht entlud sich in gewalttätigen Wutausbrüchen oder rachsüchtiger Niedergeschlagenheit. Uruk sah das Unglück kommen, glaubte jedoch nicht, dass er einen Weg finden könnte, um die Katastrophe zu verhindern. Zudem hatte er seit dem ersten Tag ihrer Begegnung bloß noch Nur im Sinn. Er hatte ihr gegenüber nicht die kleinste Andeutung gemacht, brachte ihr aber so viel Aufmerksamkeit entgegen, dass er es manchmal lieber verbarg. Trotzdem wusste sie, wer in der Nacht die abgelaufenen Sohlen ihrer Sandalen erneuert hatte oder wer die Blume, die sie manchmal am Morgen beim Aufwachen fand, neben ihr Kopfkissen gelegt hatte – weder der Wind hatte sie gebracht, noch war sie Fakumit aus der Hand gefallen, wie Uruk ihr einreden wollte. Während all dies gleichzeitig seinen Lauf nahm, zogen sie durch Berge und Täler: Eine Leidenschaft wuchs, eine andere ging zu Bruch, eine dritte wurde unterdrückt.

Der Eklat kam ganz plötzlich, als sie sich in der Nähe der syrischen Stadt Nikopolis unweit von Antiochia befanden. Eines Morgens, als Nur aufwachte, saß Uruk im Schneidersitz ihr gegenüber und starrte sie an. Sein Gesicht war steinern, wie immer, wenn er nicht gerade sang oder leidenschaftlich lachte.

»Sie sind fort«, sagte er nur.

»Wer?«, fragte sie, während sie sich verschlafen in dem leeren Zelt umsah, wo die Frauen schliefen.

»Alle drei. Kurz vor Mitternacht ist der Hebräer mit Fakumit aufgebrochen. Wenig später folgte ihnen Yabora mit ihrer Schlange. Den Esel hat sie auch mitgenommen. Um sie schneller einholen zu können, nehme ich an.«

»Und du hast es zugelassen?«

»Sie sind freie Menschen«, entgegnete er und zuckte die Achseln. »Es ist das Beste. So konnten wir nicht weitermachen. Aber es wird böse enden.«

Uruk wirkte wie immer selbstsicher. Als wüsste er, was geschrieben stand. Oder als würde er es bestimmen.

»Was machen wir jetzt?«

»Wir leben weiter. Wir werden zusammen singen, und ich erzähle meine Geschichten. Oder möchtest du, dass auch wir uns trennen? Denk darüber nach«, sagte er schließlich und warf ihr einen durchdringenden Blick zu.

»Darüber muss ich nicht nachdenken. Vielleicht könnte ich tanzen, um den Zuschauern zusätzlich noch etwas zu bieten.«

»Bestimmt.«

Noch in derselben Nacht tanzte Nur zum ersten Mal in Nikopolis vor einem Publikum, das sich nicht entscheiden konnte, was ihm besser gefiel, ihre Liebeslieder, die von einem langsamen, aber ungemein verführerischen Tanz begleitet wurden, oder Uruks Balladen von den Heldentaten des Kriegs.

Tage später bestätigte sich das verhängnisvolle Schicksal, das Uruk prophezeit hatte. In einem kleinen Dorf fand man Fakumits Leiche. Sie war erstochen worden.

»Wenn mir Yabora je wieder über den Weg läuft, bringe ich sie um«, erklärte Uruk.

Nur genoss weiterhin Uruks Aufmerksamkeit, ohne dass der Mann sonst in irgendeiner Weise seine Gefühle für sie offenbarte. Gleichzeitig fiel ihr auf, dass Uruk diskret die erotischen Angebote nutzte, die ihm so manche Zuschauerin machte. Nur konnte sich seine Passivität ihr gegenüber nicht erklären, aber sie wagte es nicht, den ersehnten ersten Schritt zu tun, da sie Angst hatte, ihn zu verletzen: Er hätte es als einen Akt des Mitleids empfinden können. Sie benahmen sich weiter wie Geschwister, bis sich schließlich in Antiochia alles veränderte.

Sie waren mitten im Frühjahr zur Zeit der Feste und großen Märkte in diese schöne Stadt am Orentes gekommen. Als sie eines Nachmittags vor einer dichten Menschenmenge auftraten, gesellten sich vier Männer dazu. Ihre langen Wamse und hohen Stiefel wiesen sie als Mitglieder einer der vielen Seidenkarawanen aus, die die kostbare Ware von der asiatischen Steppe über Palmyra zu den Häfen am östlichen Mittelmeer transportierten. Uruk begann, zur Begleitung seiner Trommeln zu singen, worauf die Männer überrascht aufsprangen. Der älteste von ihnen stieß einen lauten Schrei aus, und Uruk, der mit dem Rücken zu ihnen auf dem Boden gesessen hatte, wandte sich fröhlich und ungläubig zu ihm um. Beide Männer zeigten mit dem Finger aufeinander und lachten laut. Die Zuschauer beobachteten die unerwartete Szene, während sich die vier vorsichtig einen Weg durch die Reihen der auf dem Boden hockenden Menschen zu Uruk bahnten und zwei von ihnen ihm aufstehen halfen. Laut lachend umarmten sich die fünf, während die Zuschauer neugierig zuschauten und sich nicht vom Fleck rührten. Schließlich verkündete Uruk dem Publikum, dass seine Freunde den heiligen Tanz seines Stammes aufführen würden, der den unterirdischen Göttern der Felder und des Wassers gewidmet war. Der Alte setzte sich neben Uruk und zog eine Flöte aus Schilfrohr aus der Brusttasche, als die Trommel zu spielen begann. Die anderen drei tanzten, manchmal allein, manchmal ineinander verhakt, liefen auf einander zu und stoben wieder auseinander, verfolgten sich, ahmten einen Kampf nach, wobei sie die aufblitzenden Messer zückten und so taten, als würden sie zustechen, oder rauften sich das Haar in heiliger Raserei. Die ganze Zeit stampften sie auf die Erde, verletzten und beschworen sie mit den Füßen, als wäre der Boden das gespannte Fell einer Trommel, sie sprangen, flogen, fielen, knieten nieder, immer im Rhythmus, im Rhythmus des pochenden Blutes, schneller und schneller, zum Klang der Trommeln, mit denen Uruk die Welt erbeben ließ, angestachelt durch die unwiderstehliche Melodie der Flöte, losgelöst und außer sich, bis sie erschöpft und keuchend zu Boden fielen. Nachdem die Trommeln verstummt waren und die Männer einfach liegen blieben, herrschte lange Zeit Stille. Die Zuschauer waren wie berauscht, bis sie allmählich aufstanden und ehrfürchtig auseinander gingen, ohne ein Wort und ohne daran zu denken, wie üblich einige Münzen in den Kreis zu werfen, da alle das Gefühl hatten, an einem heiligen Ritual teilgenommen zu haben.

Schließlich standen die Tänzer wieder auf, scharten sich um Uruk und redeten auf ihn ein, als wollten sie ihn von etwas überzeugen. Nach einer Weile verließen sie ihn halb zuversichtlich, halb enttäuscht. Nur stellte ihn zur Rede.

»Sie kommen morgen wieder, um zu sehen, ob ich es mir anders überlegt habe. Sie wollen, dass ich mit ihnen gehe.«

Dann verriet er ihr etwas, das er noch nie zuvor jemandem erzählt hatte. Er war der erstgeborene Sohn und unanfechtbare Erbe eines Khans aus der Steppe, der nach einem Reitunfall seine Beine nicht mehr bewegen konnte. Weil er als Krüppel in einem Reitervolk zu nichts mehr nütze war, hatte er beschlossen, wegzugehen und sich auf andere Weise seinen Lebensunterhalt zu verdienen. Während seiner Abwesenheit hatte man nun herausgefunden, dass sein jüngerer Bruder dem Pferd aufpeitschende Kräuter zu fressen gegeben und obendrein den Heiler bestochen hatte. Der hatte unter dem Druck derjenigen, denen der Unfall seltsam vorgekommen war, zugegeben, dass er den Verletzten absichtlich falsch behandelt hatte. Es war Zeit, dass Uruk als Sieger zu seinem Volk zurückkehrte.

»Und wirst du gehen?«, fragte Nur.

Uruk sah sie lange Zeit an und antwortete:

»Was möchtest du?«

Nur war nicht bloß von dem Verlangen nach diesem Mann erfüllt, das sie so lange unterdrückt hatte, sondern auch vom Geist der Erde, den die Tänzer beschworen hatten, dem wilden Galopp durch die Steppen und der Gewalt, die Dürre und Blitz hervorbrachten. Plötzlich wurde ihr bewusst, dass Uruk ein Gefangener seiner eigenen Leidenschaft war, wie ein zugefrorener Bach im Winter. Sie aber fühlte sich frei wie ein entfesselter Strom. Deshalb sagte sie:

»Du bist es, der lieber bleiben würde: weil du mich begehrst.«

Es war keine Frage, sondern eine Feststellung.

»Ich kann von dir nicht erwarten …«, sagte der Mann ernst, ohne seinen schützenden Panzer zu verlassen, während er auf seine verkrüppelten Beine anspielte. Da der Stolz seinen Verstand trübte, glaubte er, dass sein Zustand einer Frau etwas ausmachen könnte.

»Das musst du auch nicht. Ich gehöre dir«, unterbrach sie ihn und nahm ihn mit einem einzigen Blick der Hingabe selbst in Besitz.

Sie waren vollkommen allein auf dem freien Feld. Allein unter dem hohen, sternenübersäten Himmel, umgeben vom fernen Bellen der Hunde. Aber niemand hätte Nur nun aufhalten können. Sie legte Uruk die Hände auf die Schultern, und der starke Oberkörper sank widerstandslos auf den alten Teppich, der ihm als Lagerstätte diente. Sie beugte sich langsam über ihn, wie eine schwarze Wolke, die sich auf ein dürstendes Feld senkt, und küsste ihn auf den Mund. Es war, als hätte man ihr einen Samen eingepflanzt. Als sie die Zunge wie eine Wurzel in seinem Mund vergrub, spürte sie, wie dieser Samen keimte und sich vom bebenden Fleisch des Mannes aufsteigend Blumen und Früchte in ihr öffneten. Seine kräftigen Hände glitten an ihren Hüften empor und hoben ihr Kleid an, während sie über seinem ausgestreckten Körper kniete und sich die bestickte Bluse aufknöpfte, um ihm ihre Brust darzubieten.

Was für ein Rausch! Sie ritt auf den gelähmten Beinen, die eigenen Schenkel über dem steifen Zwiesel ihres Sattels gespreizt. Es war Leidenschaft, aber auch ein Ritual wie das der Priesterinnen auf den priapäischen Altären mit ihren Phalli aus Elfenbein. Zuerst ein langsames Schlingern, dann ein sanfter, vorsichtiger Trab auf einem verspielten Fohlen und schließlich ein wilder Galopp, überwältigend, stürmisch, über die brennende Steppe, deren Flammen die Reiter umgaben. Das Tier bäumte sich unter ihr auf, denn es konnte nicht warten. Dann kam der Schwindel, ein Augenblick wie eine Ewigkeit, in der sie sich sein vom Erdbeben der Lust verzerrtes Gesicht in der Nacht vorstellte, das gierige Keuchen, erschöpfte Stöhnen und den letzten triumphierenden Lustschrei hörte, während sie sich selbst in wiederkehrenden Fluten erhob und dann wieder auf die mächtige Brust senkte, während sie empfing und vergoss, wusste und nicht wusste, ob sie in diesem anderen Körper lebte … Schließlich spülten die Wellen der Ekstase sie auf seinen Körper, wie eine Gestrandete ans Ufer seiner Haut, und wieder tranken ihre Lippen von denen des Mannes. Sie waren noch gierig, doch der Durst war gestillt, es ging nur um Zärtlichkeit und Wonne.

Am nächsten Tag warteten die vier Nomaden vergeblich auf Uruk. Das Paar war weitergezogen und ergoss sich ineinander wie ein wilder Wasserfall. Trotzdem war der Mann zuweilen traurig, und es schien, als wartete er voller Wehmut auf eine Entscheidung. Ihr Glück konnte nicht von Dauer sein, es stand geschrieben. Und so sollte er schließlich Vergeltung üben, mit derselben heißblütigen Verzweiflung, mit der er sie liebte.

Nein, ihr Glück war nicht von Dauer. Einige Tage später hielt neben den im Kreis versammelten Zuschauern ein berittener Würdenträger, der eine von Wächtern umringte Sänfte begleitete. Der kleine Vorhang der Sänfte schob sich beiseite, und eine mit Schmuck behängte Dame streckte den Kopf heraus. Sie trug einen Schleier, doch Uruk erkannte sie auf Anhieb, nicht nur wegen ihrer dunklen Haut, sondern wegen der Schlange, die sich hinter ihr träge und sinnlich hin und her bewegte. Der Mann unterbrach sein Lied und ging auf die Sänfte zu, als wollte er ihr seine Reverenz erweisen. Ehe sich irgendwer dazwischenwerfen konnte, stand er, auf eine Krücke gestützt, vor der Frau und schlug mit der anderen Fakumits und vielleicht auch Ruchaims Mörderin den Schädel ein.

Es dauerte nur wenige Sekunden. Der erschrockene dickleibige Würdenträger hetzte seine Eskorte auf den Rächer, und die Soldaten umzingelten ihn. Uruk hielt sie laut lachend auf Abstand, mit einer Krücke, die er über dem Kopf schwang. Sein Lachen war brutaler, Furcht erregender und frohlockender, als seine Worte es jemals gewesen waren. Dann sang er mit lauter Stimme ein Kriegslied. Die Soldaten trauten sich nicht in die tödliche Reichweite seiner Krücke, aber zwei spannten ihre Bogen, und die Pfeile bohrten sich in Uruks steinerne Brust. Weitere waren nötig, um die Krücke langsamer werden zu lassen. Ein Soldat trat vor, stieß ihm das Schwert in den Leib und wurde selbst erschlagen. Die anderen fielen über ihn her, Uruk stürzte rücklings zu Boden und hörte auf zu singen. Er wehrte sich nicht mehr. Als die Soldaten ihn für tot hielten und hinter dem flüchtigen Würdenträger herliefen, nahm Nur ihn in die Arme und hörte ihn flüstern:

»Es war so schön, mein Vögelchen!«

Nie wieder nannte sie sich Nur.

9. Im Haus des Lebens

Das Meer ist ruhig und der Wind günstig. Die Zeremonie zu Malkis Einkleidung kann wie geplant stattfinden. Der Park des Hauses gleicht einem Ameisenhaufen mit all den Gästen, die sich am Anlegeplatz im Norden der Insel versammelt haben, um in das Boot zu steigen, das sie nach Kanopos bringen wird. Die Sklaven bringen Getränke und Essen an Bord, wo die Musiker bereits warten. Es ist nicht die *Jemsu*, auf der so viele Menschen keinen Platz hätten, sondern ein leichtes Handelsschiff mit Segeln und Rudern, dessen Achterdeckhaus um einen großen Sonnenschutz erweitert wurde, obwohl der Sommer fast schon zu Ende ist. Neferhotep, seine Frau und ihr Sohn stehen im Mittelpunkt der Feierlichkeiten, zusammen mit Ahram, der zweiten Frau des Erhabenen und Malkis beiden Stiefbrüdern. Sinuit zieht mit ihrer unvergleichlichen Perücke, die sie zum ersten Mal trägt, die Aufmerksamkeit aller und den Neid der Damen auf sich. Sie glänzt wie die Sonne selbst. Neben Ahrams wichtigsten Mitarbeitern gehören auch die Damen der feinen Gesellschaft mit ihren Kindern und eine Vielzahl von Neferhoteps Kollegen zu den Gästen. Es ist ein einziges Durcheinander von Stimmen, Hin und Her, Lachen, Kindern, die ungeduldig auf das Auslaufen des Schiffes warten, bunten Kleidern, die zur Schau gestellt werden, Anweisungen und Ermahnungen, Ruhe zu bewahren.

Von der Bank mit den Delfinen aus beobachtet Irenia das fröhliche Gewusel. Sie erinnert sich an einen Tag vor drei Wochen, als sie wie heute in aller Frühe aufstand und gereizt die Frauengemächer verließ, weil sie das Gefühl hatte zu ersticken und keinen Schlaf finden konnte. Auf dem Weg zum Anlegeplatz an dem kleinen Strand war sie durch den Innenhof, den Privatgarten und an der Steinbank vorbeigekommen, auf der sie jetzt sitzt. Wie üblich hatte sie Trost im Rauschen der Wellen, dem Geruch nach Meer und dem sanften Prickeln des Sandes gesucht. Gerade war die Sonne vor ihr aufgegangen, noch stand sie niedrig, und die imposante Säule des Leuchtturmes glich einem vertikalen dunklen Pinselstrich in der Farbe des Neumondes. Das eben erloschene Feuer auf seiner Spitze qualmte noch. Im Hintergrund färbte sich der Himmel in allen Schattierungen der Morgendämmerung.

Erst als sie den Anlegeplatz erreichte, merkte sie, dass sie nicht allein war. Auf der anderen Seite des hölzernen Piers saßen zu ihrer Überraschung Bachir und Ahram. Sie blieb erschrocken stehen. Hatte sie die Freiheit, die man ihr gewährte, missbraucht, indem sie fast noch bei Nacht das Frauengemach verließ? Andererseits, was machte Ahram hier? Wie würde er reagieren? Doch beide sahen sie nur lächelnd an. Und erst als sie schüchtern grüßte, fragte Ahram:

»Was machst du hier, so früh am Morgen?«

»Verzeiht, Herr, ich wusste nicht ...«

»Sie liebt das Meer«, sagte Bachir zu ihrer Entschuldigung. »Auf Tanuris hat sie das auch gemacht.«

»Warte, bleib hier«, erklärte Ahram, als sie schon wieder gehen wollte. »Ich überlege gerade, ob ich dich meiner Tochter abkaufen sollte. Nicht wahr, Bachir? Was meinst du dazu?«

Irenia war wie erstarrt vor Überraschung.

»Herr, das kommt auf Euch und die Herrin an. Ich bin bloß eine Sklavin.«

»Ja«, mischte sich Bachir ein. »Aber Ahram mag keine Sklaven, die sich nicht wohl fühlen.«

»Malki wird jetzt von einem Hauslehrer erzogen werden, du hast getan, worum ich dich bat, und ich bin mit dir zufrieden. Was sollst du jetzt noch auf Tanuris? Bachir meint, dass man dir vertrauen kann, und genau solche Menschen will ich um mich haben.«

»Ich werde niemals illoyal sein, Herr. Darauf könnt Ihr Euch verlassen.«

»Ich glaube dir. Kritos hat mir erzählt, dass er dir Lesen und Schreiben beibringt, und Uschait hast du auch gefallen.«

»Ihr braucht mir nichts zu erklären, Herr. Ich werde tun, was Ihr befehlt.«

»Dann wirst du hier bleiben, wenn die anderen nach Tanuris zurückkehren. Noch bevor ich nach Palmyra abreise, werde ich alles regeln.« Ahram warf Bachir einen Blick zu und lächelte. »Kannst du dich noch erinnern, wie viel Spaß wir damals in Palmyra hatten, alter Freund?«

Die Sklavin sah ihn an. Sie begriff es nicht. Der Mächtige, der in seinem Palast so unsichtbar war wie ein Gott, benahm sich am Strand wie derjenige, den sie im Beiboot für den Ruderer gehalten hatte, als sie ihn zum ersten Mal sah. Er war barfuß, trug eine schlichte Tunika, einen Turban, den Dolch in der Schärpe und das geheimnisvolle Medaillon um den Hals. Niemand hätte ihn von Bachir unterscheiden können, sie sahen aus wie Brüder. Und dieser Mann fragte eine Sklavin, ob er sie kaufen sollte! Er sah sie an.

»Da ich dir vertrauen kann, sollst du es wissen. Ich werde nach Palmyra reisen, aber das ist geheim. Vor fünfzehn Jahren waren wir schon einmal dort, Bachir und ich, auch damals inkognito.«

»Wir haben schon einiges zusammen erlebt!«, sagte Bachir stolz.

Im anschließenden Schweigen schienen sie ihre Abenteuer im Geiste noch einmal Revue passieren zu lassen. Irenia war es peinlich, sie wusste nicht, ob sie gehen oder bleiben sollte. Schließlich brach Bachir das Schweigen und tat, obwohl er kein guter Schauspieler ist, so, als wäre ihm gerade etwas eingefallen.

»Uschait wird langsam alt. Warum hilft sie ihr nicht im Turm?«

Ist denn das die Möglichkeit?, dachte die Sklavin bei sich. Ahram nickte zustimmend, aber auch nachdenklich.

Plötzlich hörten sie Schritte im Sand. Es war Tinab, der Schiffspatron der *Jemsu*. Er sah Irenia überrascht an und warf ihr dann einen anzüglichen Blick von der Seite zu, den Ahram nicht bemerkte. Schließlich stand Ahram auf und nahm seine Sandalen.

»Ah, du bist schon da. Gehen wir. Ich werde dir sagen, wann wir auslaufen, damit du das Boot fertig machst. Ich warte oben auf dich, Bachir.«

Er verabschiedete sich mit einer Geste von der Sklavin und ging auf den Palast zu. Der Seemann folgte ihm.

Bachir musterte die verdutzte Irenia mit einem spitzbübischen Ausdruck und ironischem Lächeln.

»Gefällt dir meine Idee, Mädchen? Dann setz dich.«

Irenias Gefühle brachen über sie herein wie ein Wasserfall.

»Oh, Bachir! Ich bin so glücklich!«, rief sie fast unter Tränen. »Ich mag die Frauengemächer nicht, ich komme mir vor wie ein seltsamer Vogel unter all den Frauen. Sie beneiden mich um die Freiheit, die ihr mir gewährt, und um meine Beziehung zu Malki. Sie freuen sich schon, dass diese bald ein Ende hat. Sie sind sogar auf die Tunika eifersüchtig, die ich trage. Tanuris war so viel ruhiger.«

»Ja, hier geht es zu wie in einem Wespennest. Aber im Turm wird es anders. Uschait ist eine gute Frau.«

»Das weiß ich, deshalb bin ich auch so glücklich.«

Sie nahm Bachirs Hand und küsste sie, ehe er sie verwirrt zurückziehen konnte.

Ja, an diesem Morgen hatte sich ihr Leben verändert, und jetzt denkt sie über die erste Zeit im Turm nach, während sie die heiteren Kanopos-Ausflügler beobachtet. Alle sind bereits an Bord gegangen, als Letzter rudert Ahram, der erst vor kurzem aus Palmyra zurückgekehrt ist, mit dem Beiboot zum Schiff.

Die Segel werden gehisst, und auch die Ruder erheben sich mit einem Schlag. Sie haben zwar Rückenwind, wollen aber sichergehen, dass sie rechtzeitig ankommen, ehe die berühmte Prozession den Tempel von Sarapis verlässt. Das Schiff setzt sich in Bewegung, und während zu beiden Seiten die Gischt der Ruder aufschäumt, nimmt es Kurs nach Osten und lässt Alexandria hinter sich.

Eine Stunde später passieren sie die Insel Karu, die Ahram an einen bedeutsamen Nachmittag erinnert, und wenig später Tanuris und seine Bucht. Fast schon am Ziel angelangt kommen sie am Tempel des Herakles vorbei und nähern sich dem Pier. Die Frau des *agoranomos* von Alexandria, die unter den Ägyptern mit ihrer griechischen Abstammung prahlt, schreiben kann und sogar kleine Verse für derlei Anlässe dichtet, erinnert die Damen daran, dass Paris und Helena nach ihrer Flucht aus Troja in diesem Tempel um Zuflucht baten. Doch die Priester verweigerten ihnen ihren Schutz, weil sie ihre sündhafte Verbindung missbilligten. Dies ruft unter den Damen unterschiedliche Reaktionen hervor, von verächtlichem Lächeln bis Zustimmung von Seiten der besonders Sittsamen.

Sie sind dabei, von Bord zu gehen, als in der Ferne Trompeten erklingen. Die Unterhaltungen verstummen, und alle sehen zu, dass sie sich beeilen. Die Aufregung entspringt nicht so sehr ihrem religiösen Eifer, sondern dem Wissen, dass am Nachmittag, wenn das Ritual in ein Volksfest ausartet, die Ausflüge auf den bunten Barken fantastische und aufregende Abenteuer versprechen, für die Kanopos selbst in Rom berühmt ist. Die Prozession ist Anlass von Szenen, die wie kaum ein anderes Ereignis des Jahres dazu beigetragen haben, Ägyptens Ruf als Land der Lust und Sinne auf der ganzen Welt zu verbreiten.

Schließlich gelangen die Gäste, inmitten einer Menge, die von den Sklaven nicht gerade sanft beiseite gedrängt wird – leider verblassen die Farben der Kleider und Perücken bereits unter dem vielen Staub –, zu dem berühmten Tempel von Sarapis, wo die Priester die kleine Tochter von Ptolemaios III. und seiner Frau Berenike zur Göttin weihten. Mehr als die Ephemeriden beeindruckt die Ansammlung elegant gekleideter Menschen der Ruf des Heiligtums als Stätte magischer und zügelloser Rituale, die von den Adepten als Diskurse und Praktiken der hohen Philosophie propagiert werden. Die Christen verurteilen den Tempel und dessen Lehrer, und gegen sie wehrt sich der neue selbst ernannte Hüter der Heiligen Lehren, Antoninus, der um jeden Preis versucht, den Glanz des Kultes und die alten Tradition des Glaubens wiederherzustellen. Jedenfalls bieten die verzierten Granit- und Kalksteinsäulen, die kunstvollen Mosaike und die vornehmen, in unmittelbarer Nähe zum Meer gelegenen Bäder einen herrlichen Anblick. Direkt gegenüber dem Tempel, wo Ahrams Sklaven ein Sonnendach aufgestellt haben, lassen sich die Damen der Gesellschaft auf Teppichen und Kissen nieder und versuchen, ihre quengelnden Kinder beisammen zu halten, damit sie nicht im Durcheinander der Händler verloren gehen, die kleine Brote, Granatäpfel, Feigen, Wassermelonen und neben bereits fertig zubereiteten Hähnchen und Gänsen sogar Krüge mit frischem Gerstensaft anbieten.

Diejenigen, die seit Jahren an den Feierlichkeiten teilnehmen und die bacchische Pilgerfahrt durch den Kanal bereits kennen, finden die pompöse Prozession eher langweilig. Am eindruckvollsten ist der Auftritt des Gottes, der mit seiner hellenistischen Kleidung an Zeus erinnert, auf dem Kopf aber einen prall gefüllten Korb trägt, der die Fruchtbarkeit symbolisiert. Zwanzig Priester tragen ihn auf einem mit Emblemen verzierten Gestell, das den Eindruck vermittelt, es bewege sich von allein, weil von den vier langen Holzbalken, die das Gestell halten, bemalte Tücher herabhängen, unter denen die Träger verborgen bleiben. Vor, hinter und neben dem Gott schreiten andere Priester mit kahl geschorenen Schädeln, wedeln mit Zweigen und Fächern oder halten Sonnenschirme hoch, während andere die Kästen tragen, in denen sich die vorgeschriebenen Insignien des Serapistenkultes befinden. Dahinter folgt ein weißer Ochse mit langen Straußenfedern zwischen den goldgeschmückten Hörnern, der von einem weiteren Priester geführt wird. Ein Mann begleitet sie und beweihräuchert den Ochsen und den Gott. Dann folgen die Tänzerinnen, die Soldaten, die Musiker, die Bruderschaft des Kultes und die Beamten. Langsam schiebt sich der Zug voran, unter dem lauten Getöse von Trompeten, Trommeln, Klappern, Schellen, Schnarren und dem unaufhörlichen Geschrei jubelnder Menschen, die nur verstummen, wenn sie den Bierkrug zum Mund führen oder ein Stück von der Gurke, dem Brot oder dem abbeißen, was immer sie gerade in der Hand haben.

Zur Erleichterung der Gelangweilten und der Damen, die wissen, wie sie das Fest genießen werden, enden schließlich die Förmlichkeiten, und es beginnt der Teil, der sie mehr interessiert, bevor sie wieder an Bord gehen und sich über das festliche Mahl hermachen, das unter der Aufsicht des Haushofmeisters Amoptis zubereitet wurde. Es handelt sich um Malkis Eintragung in die Bücher. Der oberste Schreiber persönlich wird sie empfangen, und um die lange Schlange von Menschen zu umgehen, deren Söhnen dasselbe bevorsteht, die aber den Eingang nehmen müssen, der dem gemeinen Volk offen steht, begeben sich Neferhotep und sein Gefolge durch einen separaten Eingang ins Haus des Lebens. Nach wenigen Minuten trägt Malki bereits seine Männerkleidung und ist unter dem Namen »Malki-Ptah-inf-ankh, Sohn von Neferhotep und Sinuit« eingetragen; das Epithetum bedeutet »Möge der Gott Ptah sein Leben beschützen«.

Und während sich die Gäste in Kanopos jetzt auf die Süßigkeiten stürzen, die auf dem Schiff unter dem purpur-grün gestreiften Sonnendach serviert werden, bevor das eigentliche Essen kommt, unterhält sich die Sklavin im Turm mit Uschait über Ahrams viele Reisen. Erst vor ein paar Tagen ist er zurückgekehrt, gerade noch rechtzeitig, um an den Festlichkeiten für seinen Enkel teilzunehmen.

»Das hätte er sich niemals entgehen lassen!«, erklärt Uschait. »Malki ist sein Lieblingsenkel, weil Sinuit das einzige Kind ist, das er mit Damira hatte, der Frau, die er am meisten liebte. Die anderen, die Mütter der Söhne, die sich nun überall auf der Welt um Ahrams Geschäfte kümmern, haben ihm nie so viel bedeutet. Außerdem war Damira die Tochter von Belgaddar, dem reichen phönizischen Kaufmann, der unseren Herrn als jungen Mann adoptierte und ihm sein Vermögen vererbte.«

Normalerweise ist Uschait nicht so gesprächig, daher nutzt die Sklavin die Gelegenheit.

»Kennst du ihn gut, Mutter?«, spricht sie sie respektvoll an. »Bist du schon lange bei ihm?«

»Oh! Seit kurz nach seiner Heirat. Meine Schwester und ich gehörten zu den ersten Dienerinnen im neuen Haus.«

»Warum darfst du im Turm sein?«

»Das ist normal. Weil ich das war, was ich war, und ihn niemals enttäuscht habe. Ich war sehr schön, und Tenuset auch, aber er hat mich vorgezogen, weil ich jünger war.« Als sie den verwirrten Ausdruck der Sklavin bemerkt, setzt sie hinzu: »Du verstehst nicht? Er nahm mich öfter mit in sein Gemach als andere Sklavinnen. Später schickte er uns zurück in den Süden, mit einer ordentlichen Aussteuer, aber als er dieses Haus baute, holte er uns beide wieder her und ließ meine Schwester auf Tanuris.«

Die Sklavin würde sich nur allzu gern weiter unterhalten und diesen Schwall von Vertraulichkeiten ausnutzen, der sie ein wenig überrascht. Warum heute, warum jetzt? Doch plötzlich erscheint in der halb offenen Tür des Raumes Kritos. Sie wundert sich nicht, ihn diesmal in einem Männergewand und männlichen Sandalen zu sehen. Da sie sich fast täglich zum Unterricht treffen, weiß sie, dass er im Moment eine Sonnenphase durchmacht. Aber die ersten Worte nach der Begrüßung überraschen sie doch.

»Uschait, ich brauche unbedingt ein Kaninchen! Aphrodite möge es dir vergelten!«

Die Frau bricht in Gelächter aus.

»Sind wir mal wieder so weit?«

»Und wenn schon! Ich brauche ein prächtiges Kaninchen, ein fettes Männchen mit glänzendem Fell. Am besten weiß, das wäre herrlich! Ich revanchiere mich mit einem Strauß Hyazinthen!«

»Was soll ich mit deinen Hyazinthen, du Narr? Sag mir lieber, wer der Auserwählte ist? Bestimmt hast du ihn in Rhakotis aufgetan, nicht wahr?«

»Jemand, den du nicht kennst und auch nicht kennen musst. Wann kriege ich das Tierchen?«

Die Sklavin hört dem unverständlichen Dialog zu, und Uschait hält inne, um ihr zu erklären, dass ein lebendes Kaninchen die traditionelle Gabe ist, mit der ein Mann einem Jüngling seine Liebe erklärt und ihm offenbart, dass er mit ihm anbändeln will. Anschließend wendet sie sich wieder Kritos zu:

»Während du sie unterrichtest, hole ich dir dein Kaninchen aus der Küche. Ich wünschte, du wärst immer so.«

Kritos zuckt die Achseln, Uschait verschwindet, und sie setzen sich draußen in den Schatten des Turmes gegenüber dem Leuchtturm, in dem sich jetzt das spätnachmittägliche Licht spiegelt. Der Philosoph nimmt ein neues Bündel Schreibrohre aus der Tasche, die Ahram aus Cnido bringen lässt, weil sie die besten sind, und Irenia legt die restlichen Schreibutensilien zurecht: Tinte und Schwamm, Papyrus und Bimsstein, um ihn zu glätten. Kritos staunt immer wieder über das Talent dieser Frau, die so schnell lernt, doch kaum hat die Stunde begonnen, merkt er, dass sie nicht bei der Sache ist.

»Was ist los mit dir, sollen wir es heute lieber lassen? Woran denkst du?«

»Woran ich denke? Dass ich Malki verliere, ohne den Jungen … Ich liebe ihn sehr!«

»Versteh doch. Jetzt bekommt er eine andere Erziehung. Sein Hauslehrer ist ein Schreiber aus guter Familie. Ich kenne ihn. Du kannst ganz beruhigt sein. Und später werde ich mich um ihn kümmern, weil sein Großvater nicht will, dass er zu ägyptisch wird.«

»Und ich? Ich bin allein und habe nichts anderes zu tun, als mich mit Uschait um Ahrams Turm zu kümmern. Das heißt, um das untere Zimmer, denn nach oben geht nur sie.«

»Eine Anweisung von Ahram. Nicht mal ich darf sein Gemach betreten, wenn er nicht da ist.«

»Was gibt es denn da oben?«

»Ah, die weibliche Neugier!«

»An meiner Stelle wärst du auch verrückt danach, es zu wissen!«

»Deshalb sage ich es ja: ich kenne die weibliche Neugier aus eigener Erfahrung!«

»Wieso bist du eigentlich nicht mit den anderen nach Kanopos gefahren?«

»Ich war nicht eingeladen. Die Damen haben wohl meine Unverschämtheiten satt. Für sie bin ich kein Philosoph, sondern ein

Hofnarr. Sie meinen, sie könnten mich beleidigen, wenn sie mich so nennen, dabei ist es eine der ehrenwertesten Tätigkeiten, die es gibt. Ich sammle auf der Agora und in Rhakotis die Schimpfwörter auf und spucke sie später den Matronen ins Gesicht, die sich insgeheim daran ergötzen. Ich lese ihnen auch die dreisten Schmähschriften vor, die auf den Mauern der Stadt geschrieben stehen, und die satirischen Spottgedichte über die neuesten gesellschaftlichen Skandale. Meine Schamlosigkeit gibt ihnen das Gefühl, dass sie selbst keineswegs schamlos sind. Diese Menschen sind verachtungswürdig. Sie wollen zügellos sein und gleichzeitig respektiert werden. Jetzt wird in Kanopos manch eine bereits angebändelt haben. Letztes Jahr kamen während der Prozession zwei Damen abhanden und tauchten erst am folgenden Tag wieder auf. Aber ihre Ehemänner waren wichtige Persönlichkeiten, und niemand sagte etwas, außer in Rhakotis, natürlich. Von mir aus sollen sie das Leben genießen, lange bleibt es ihnen ohnehin nicht mehr.«

»Was meinst du damit?«

»Das fragst du, eine christliche Aufwieglerin? Prophezeien deine Prediger nicht eine neue Welt und den Untergang der jetzigen?«

»Ich war keine Christin, das weißt du doch!«

»Ich glaube dir, aber das ändert auch nichts. Wir treiben auf dem offenen Meer. Das Schiff dieser Leute ist überall leckgeschlagen, und die Haifische warten bereits. Das ist schon früher in der Geschichte so gewesen. Die Entdecker des Eisens kamen aus dem Norden und beendeten Kretas Blüte. Dann kamen die Römer und verwässerten die Weisheit der Athener und Ionier. Jetzt sind sie dran. Mag sein, dass ihnen noch einige Zeit bleibt, weil sich die Zivilisationen durch ihre eigene Masse noch eine Weile auf den Beinen halten, wie ein Flusspferd, das im Dickicht des Schilfrohrs tödlich verwundet wurde. Aber am Ende wird das Römische Reich an seinem Wundbrand zu Grunde gehen. Die Zukunft gehört den Barbaren: den Briten, den Germanen, den Goten und danach vielleicht den Numidiern und den Völkern aus Punt ...«

»Warum?«

»Weil es das Schicksal der Mächtigen ist. Auch die Reiche, die morgen entstehen, werden eines Tages wieder untergehen. Warum? Vielleicht ist ganz einfach das, was wir Zeit nennen, dafür verantwortlich. Die Zeit ist wie das Blasen des unerbittlichen Wüstenwindes, der Menschen und Reiche verweht, als wären sie aus Sand. Die Römer taugen nicht mal mehr dazu, große Verbrechen zu begehen. Sie sind schäbig und käuflich geworden. Habt ihr Umstürzler das alte Buch der Hebräer gelesen?«

»Ja, und auch das neue der Apostel.«

»Hast du dich nie gewundert über so viel Brutalität? Der Vater, der seinen Sohn opfert, weil sein Gott es so will? Der König, der seinen Untertan umbringt, um sich dessen Frau zu nehmen, die Sünderin, die gesteinigt wird? ... Und unsere alten Bücher sind auch nicht anders. Atriden, die morden, Inzest und Gewalt. Wenigstens war damals Leidenschaft im Spiel, es hatte irgendwie Größe ... Jetzt sind die römischen Kaiser zwei oder drei Jahre an der Macht, bis sie von feigen Meuchelmördern umgebracht werden. Im Osten, in Persien, halten sich die Tyrannen länger, aber auch die Zeiten eines Kyros oder Dareios sind vorbei, egal wie viele Schlachten Schahpur noch gewinnen mag. Als ich in Persien war ...«

»Du warst dort?«

»Ja, ich war drei Jahre in Persien, damals, als Ardaschir noch herrschte. Ich musste um Asyl bitten wie so viele andere Griechen in der Vergangenheit. Aber wir sprachen von den Damen, die nach Kanopos gefahren sind. Wenn du sie kennen würdest, wärst du überrascht, womit sie sich befassen. Kleider, Schmuck, Massagen, Klatsch und Skandale ... Und Perücken. Wie tot dein Haar auf Sinuits Kopf wirkt, obwohl sie glaubte, zu strahlen wie die Sonne. Traurig!«

»Man muss sie verstehen, du bist doch der Philosoph.«

»Gerade aus dem Verstehen rührt ja die Traurigkeit. Sieh dir die Tiere an, die Fische, die dir so Leid tun, wenn sie vom Haken gelöst werden und auf dem Trockenen zappeln, bis sie verenden. Sie spüren den Schmerz, aber sie sind nicht traurig, weil sie nicht verstehen und es auch nicht versuchen. Schlimm ist es nur, wenn wir spüren, dass uns etwas fehlt, aber nicht wissen, was es ist. In unserem Innern schlummert ein bodenloser Abgrund. Manchmal meinen wir, wir könnten ihn mit irgendetwas zuschütten, das wir uns sehnlichst wünschen, aber das macht ihn nur noch größer. So ist der Mensch.«

Kritos hält inne und schweigt. Die Sklavin erkennt in seinem nach innen gerichteten Blick einen wehmütigen Schleier, aber auch den Glanz des Stolzes. Dann fährt seine Stimme fort:

»Die Götter dagegen sind Götter, weil sie diesen Abgrund nicht haben. Sie sind vollkommener als wir. Trotzdem glaube ich nicht, dass sie uns erschaffen haben. Im Gegenteil, die Menschen haben die Götter erschaffen.«

»Du selbst glaubst an keinen Gott, obwohl es so viele gibt. Oder?«

»Ich denke wie Epikur. Wenn es sie gibt, dann ist es offensichtlich, dass sie sich nicht um uns kümmern. Ich habe sogar den Verdacht, dass Epikur nicht einmal daran glaubte, dass es sie gab, aber das konnte er nicht sagen, ohne sich in Gefahr zu begeben. Jedenfalls sind es zu viele. Mein Gott ist der Mensch: Mann und Frau. Mein Gott ist ein Zwitter.«

»Dann bist du derselben Ansicht wie Mutter Porphyria.«

»Aber du hast mir erzählt, dass sie glaubte, ihre Göttin würde sich um das Wohl der Menschen sorgen, und das ist eine Illusion. Wenn du jemals eine Göttin brauchst, dann erschaffe sie dir selbst … Sieh mal, meine Göttin für heute ist der Knabe, der wahrscheinlich in diesem Moment in meiner Hütte auf mich wartet.«

»Deiner Hütte?«

»In meinem Tempel, meiner Zelle, nenne es, wie du willst.«

Er deutet auf die andere Seite der Bucht am Ende des Gartens. Neben der Mauer zwischen Bäumen und Pflanzen erkennt die Sklavin ein grünes Häuschen.

»Ach ja, jetzt sehe ich es. Es ist so gut getarnt, dass man es kaum erkennen kann.«

»Das ist Efeu. Es umgarnt mich. Es war Dionysos' und Attis' Pflanze. Aber sie ist auch ein Symbol für das Weibliche, weil sie sich ohne Hilfe nicht hochranken kann. Was meinst du, passt sie zu Kritos?«

Er lächelt über seine Anspielung und setzt hinzu:

»Unverwüstlich, aber trotzdem verletzlich. Irgendwann zeige ich dir das Häuschen, aber nicht heute. Dort gibt es kein verbotenes Zimmer. Jetzt aber werde ich mich mit meiner Göttin vereinen. Sie müsste gleich kommen.«

Als Uschait mit einem heftig zappelnden Kaninchen in der Hand auftaucht, endet die Unterhaltung. Kritos sammelt seine Sachen ein und geht, nachdem er der Sklavin noch ein Geheimnis anvertraut hat:

»Ja, es gibt zu viele Götter und Göttinnen, aber wenn du jemals einen brauchst, such dir irgendeinen aus. Es sind alles nur unterschiedliche Namen und Gestalten für ein und dasselbe.«

Wie soll ich an irgendetwas anderes denken, wenn ich Malki verliere? Er war meine neue Nira, er gab meinem Leben einen Sinn; jetzt ohne irgendeine andere Sorge als die lächerlichen Arbeiten im Turm beneide ich Porphyrias Anhängerinnen. Domicia mit ihrem Glauben spürte den inneren Abgrund nicht, im Gegensatz zu mir, ich werde von Unrast geplagt und kann nicht vergessen, indem ich mich wie diese Damen betäube. Kritos hat Recht, sie wissen nicht, welchen Abgrund sie in sich tragen, sie versammeln sich, räkeln sich auf ihren Kissen, stopfen sich mit Süßigkeiten voll, beklagen, dass sie zunehmen, und tratschen über Leute, die nicht anwesend sind. Sie erinnern mich an den großen Vogelkäfig, den Astaphernes hatte, ein einziges Wirrwarr von Farben, Gesang, bunten Federn, ein fortwährender Kampf um Körner oder Wasser. Ich aber kann nicht vergessen. Eigentlich müsste ich froh sein, ich bin Tanuris, Amoptis und seine Tochter los, und der Turm bedeutet sogar meine Befreiung aus den Frauengemächern. Ich bin nur noch von Ahram abhängig, der so anders ist, aber was bedeute ich ihm? Gekauft hat er mich nur wegen meiner angeblichen magischen Kräfte. Damit ich ihm nützlich bin. Wenn er wüsste, dass es solche Kräfte gar nicht gibt! Wie soll ich ihm das bloß klar machen? Wenn ich sie doch nicht besitze, wenn es doch nur Zufälle sind, Eingebungen, was weiß ich! Sobald er das merkt, wird er mich beiseite schieben, wie Uschait. Schlimmer noch, sie fing wenigstens in seinem Bett an, ich nicht, obwohl er mich gelegentlich so ansieht, dass ich denke ... Ich bin verrückt! Warum sollte er mich begehren, wenn er doch alles hat? Die ganze Welt gehört ihm! Er ist nicht wie die Menschen von heute, er ist wie die alten, die aus dem Buch der Hebräer oder die Atriden. Hat Kritos deshalb davon gesprochen? Stark und ursprünglich ist er, mit einfachen Bedürfnissen, wie dieser Turm. Stein und Meer, so weit das Auge reicht, umgeben von Felsen und Kräutern. Jetzt verstehe ich diesen Garten, er ist wie er, wie der Schlachtruf seiner purpur-grünen Farben, wie dieser nackte Raum mit seinen Steinwänden. Und oben? Eines Tages gehe ich hoch und sehe mir den Adlerhorst an, den er seinem Palast vorzieht. Obwohl er so mächtig ist, geht er barfuß wie heute Morgen. Er ist wie Kritos, auch er betet nicht die Götter der anderen an. Wer ist wohl Ahrams Gott? Die Göttin in der Höhle auf Karu? Keine Statue in der Nische des Turmes, und in der Grotte? Dieses Geheimnis ist Uschait neulich rausgerutscht. Es gibt eine geheime Grotte, die nicht mal sie kennt! Direkt hier, am Fuß des Turms, auf Meereshöhe. Ich hatte die Stufen der Treppe am Rande des steilen Hanges nicht bemerkt, nur Ahram benutzt sie. Das erinnert mich an die Höhle auf der Insel an jenem Nachmittag auf Karu, als er sein Hemd auszog, ins Wasser sprang und ich das Medaillon um seinen Hals sah, eine flache Scheibe, die mir nicht verriet, wer sein Gott ist. Er trägt sonst keinen Schmuck, nur einen Ring mit einem großen Smaragd während der Festlichkeiten. Uschait sagt, dass er das wegen der Gäste tut, seine Hände sind nicht gierig, und seine Füße sind wie die der Fischer. Er besitzt viele Reichtümer, und doch ist er nicht reich; er gehört einer anderen Art von Mensch an. Aber warum ist er dann so getrieben? Diese vielen Reisen, und auch hier gibt er keine Ruhe! Was macht er mit seiner Macht? Schüttet auch er einen inneren Abgrund zu? Oder füllt er ihn mit einer Frau aus? Was wollte er in Palmyra? Er erzählt niemandem etwas. Und diese Zenobia soll sehr hübsch sein. Gestern hat mir Kritos von Palmyra erzählt, diesem aufstrebenden neuen Reich. Ob es zu denen gehört, die in Zukunft das Sagen haben werden? Eine verführerische Königin, obwohl sie verheiratet ist, aber Ahram hält nichts auf, er kann sie verführen, er blendet jeden. Mich aber hat er wegen meiner magischen Kräfte gekauft. Ach, hätte ich bloß welche! Stattdessen habe ich nur Einsamkeit, und meine Freunde sind vielleicht gar keine Freunde, möglicherweise sind Bachir und Uschait nur da, um mich zu beaufsichtigen, und Kritos, um mich auszuhorchen und auszuspionieren wie Amoptis auf Tanuris. Stolz wie ein Gockel hat er heute den Ausflug organisiert und sich mit dem hiesigen Haushofmeister Hermonius unterhalten. Yazila trug bereits eine Frauentunika, wie eine Katze bewegt sie sich, man sieht ihr das nubische Blut an. Bin ich froh, sie aus den Augen zu haben, es sind Feinde. Wieso stellt mir Kritos so viele Fragen? Was für ein außergewöhnlicher Mensch! Er hat die Augen einer Frau und den Blick eines Mannes, und noch viel mehr. Ich bin ungerecht, sie mögen mich, Kritos unterhält sich gern mit mir. So viele Männer habe ich kennen gelernt, aber keiner war wie er, vorgestern sagte er, meine Augen seien blaugrün, ein ganz bestimmtes Blaugrün, wie das Meer. Dasselbe hatte auch die Mutter gesagt, Ahram hat es noch nicht bemerkt, aber eines Tages wird er einsehen, dass ich keine magischen Kräfte besitze, dass ich keine Hellseherin bin, bloß eine arme Sklavin, die nicht mal eine Kindheit hat, nur einen tiefen inneren Abgrund! Was soll aus mir werden? Und ich hoffte auf eine Wende in meinem Leben! Wie schnell mir das Herz klopfte, als er sagte, dass er mich kaufen wollte! Ich bin wirklich eine Träumerin. Wozu frage ich mich, was aus mir werden soll? Wie ich mit dieser unendlichen Leere leben soll? So viel Unruhe, ohne zusammenzubrechen, leben, ohne zu brennen, das ist kein Leben! Dieser Turm ist lebendiger als ich, er wird von einem lebendigen Mann erwärmt wie ein hohler Ofen, und ich bin im Innern kalt. Oder etwa nicht? Warum machen wir immer weiter, auch wenn wir gar nicht leben? Jetzt verstehe ich die Mutter, die einzige, die ich hatte, Narsos' Mutter auf der Insel, diejenige, die in meinen Augen das sah, was Kritos gesehen hat. Sie war wie Ahram, ein Stein, der von innen glüht, wie die Göttin ihres Landes, die Männer verzehrende Kybele, ein weiblicher Ahram, die mich verstehen, mich trösten würde. Ich bin nicht wie die Frauen in Kanopos, Ahram! Auch wenn du das nicht siehst. Bin ich vielleicht wie Kritos? Wir sind aus einem anderen Holz, wie die Mutter, erst jetzt verstehe ich sie. Was soll aus mir werden? War *Tijon* an jenem Nachmittag nicht ein Bote für etwas? Jetzt verstehe ich sie, sie hielt ihr Feuer im Innern verborgen, weil man nie weiß. Das ruhige Meer kann plötzlich stürmisch werden, das Leben hat viele Ecken, und wenn man um eine biegt, wird der Nebel zur Sonne. So kam Uruk zu mir, jetzt verstehe ich es, ich lebte mit der Sehnsucht zu brennen, wie jene Glut, die mich am ersten Tag verbrannte, sie war dabei zu sterben, ein Rubin, der seine Farbe verliert und zu Asche wird, aber dann kam meine Hand: Es war ihr Leben. Und wie sie aufglühte! Sie verbrannte mich, wurde durch meinen Körper wieder geboren! Doch welcher Körper wird jetzt mir zu neuem Leben verhelfen?

Kilia betrachtete ein weiteres Wunder in dem Leben, das sie langsam erlernte, seit sie am Strand aufgefunden worden war. Sie musterte die goldgrüne Pflaume mit einem Tropfen ausgeschwitzten Saftes auf der Schale, durchscheinend wie Öl. Sie führte sie zum Mund, biss hinein, und die Frucht floss wie Honig durch ihren Hals … Aber was für ein Schreck, als sie fast den Kern verschluckt hätte! Die Mutter lachte … Wie Honig: Auf Psyra hatte niemand außer der Mutter Bienenstöcke. Allen anderen, die es versuchten, flogen die Schwärme davon. Ein weiterer Beweis für die Macht der Mutter, die in den Augen der Inselbewohner als Magierin galt. Kilia hatte sie vom ersten Moment an Mutter genannt oder die Phrygierin, wie die anderen sagten, weil sie ihren schwierigen fremden

Namen nicht behalten konnten. Sie war ungewöhnlich in ihrer liebevollen Bewirtschaftung des Bodens, ihren Kenntnissen über Kräuter und Krankheiten, ihren unnachahmlichen Webarbeiten, die ihre Winter ausfüllten und die sie später auf Chios verkaufte, in ihrer Verachtung für den Kult der Aphrodite und ihrem Respekt vor dem Kult der Göttin in der Grotte, in ihrer exotischen Haarpracht, ihrem schlanken Körper und dem ledigen Leben, das sie führte, um sich ganz ihrem Sohn zu widmen ... Man hatte sie in der kleinen, abgeschlossenen Gemeinde aufgenommen, weil man sie brauchte. Niemand konnte die Frauen so gut führen, Streitigkeiten schlichten, Harmonie erzeugen oder nach einem Rückschlag wieder Hoffnung ausstrahlen wie sie. Und niemand hatte irgendetwas eingewendet, als die Mutter Kilia aufnahm, es war ganz selbstverständlich gewesen.

Auch ihr Mann, Narsos' Vater, war anders gewesen, obwohl er von der Insel stammte. Er hatte sich in den Kopf gesetzt, die Fischer der Insel dazu zu bringen, statt wie üblich in den niedrigen Gewässern weiter draußen nach Korallen zu tauchen, aber die besten Fanggründe lagen zu weit im Süden. Jemand aus Samos, der dort tauchte, hatte ihm von Austernperlen am Pontos Euxeinos erzählt, und so entschied er sich zu dieser langen Reise, allein, denn alle anderen auf der Insel hielten ihn für verrückt. Er blieb monatelang weg und kehrte ohne Perlen zurück, aber er brachte die Mutter mit, die sich ihm in Amastris angeschlossen hatte – wie es dazu gekommen war, blieb ein Geheimnis. Sie war wertvoller als alle Perlen, denn sie hielt sein Leben in Ordnung und erschloss der Familie mit ihrem Beet und den Webarbeiten zusätzliche Einnahmequellen. Zum ersten Mal machte er für die Inselbewohner den Eindruck, glücklich zu sein, ohne die Unruhe, die ihn früher zu immer neuen Horizonten getrieben hatte. Doch als sein Sohn noch kein Jahr alt war, verschwand ihr Mann während eines unerwarteten Sturmes, der auch vielen anderen Männern den Tod brachte.

Das war, was alle wussten. Was sie nicht ahnten, war das, was die Mutter an jenem Nachmittag, als sie den harten Kern der wundersamen Pflaume entdeckte, Kilia anvertraute, die in wenigen Tagen die Frau ihres Sohnes werden sollte. Überrascht von ihrer Süße hatte Kilia gefragt, ob der Baum auch in anderen Ländern wachse oder das Ergebnis ihrer Macht sei.

»Macht?«, wiederholte die Mutter und lachte. »Es ist viel einfacher als das. Die Menschen hier sind Menschen des Meeres, mein Volk aber gehört der Mutter Erde an. Ich liebe die Erde, und die Erde liebt mich. Unsere Göttin ist die Göttin, die man hier Kybele nennt; wir nennen sie Adgistes und ihren Tempel am Fuß des Berges, an einem Fluss namens Sangarios, wo ich geboren wurde, Dydimo. Sie ist die Große Gottmutter, Herrin über die Fruchtbarkeit, Lebensschöpferin bis zur Unerträglichkeit, bis zum Wahnsinn. Es gibt sogar Männer, die sich ihretwegen kastrieren. Sie opfern ihr das Geschlecht und werden dadurch heilig. Wir nennen sie Galli. Beim Fest des Blutes im Frühling, das zu Ehren von Attis, des Gemahls der Göttin stattfindet, geißeln sich der Archigallus und seine Priester so lange mit Peitschen zu Ehren der Göttin, bis Blut fließt. Lieben heißt geben und nehmen: Das lehrt uns die Erde.«

Während Kilia zuhörte, betrachtete sie ein weiteres Wunder: ein dünnes grünes Blättchen, das in einem Topf aus der Erde wuchs. Sie hatte immer geglaubt, Zistrosen und Zypressen seien ewig und unveränderlich wie Steine. Und jetzt wuchs aus dieser Erde, die so tot war wie Staub, dieser ungeheure grüne kleine Sporn. Als die Mutter vor einiger Zeit den trockenen Samen in den Topf gelegt hatte, war er so hart wie ein Sandkorn gewesen, und Kilia hatte nicht an seine Zukunft geglaubt. Um sie zu überzeugen, hatte die Mutter andere Samen in Wasser gelegt, und jetzt staunte Kilia über die Lebenskraft in den Körnchen. Grüne Hände wuchsen aus ihnen, die sich zur Sonne erhoben, und kleine weiße Beine, die sich tief in den Boden gruben.

»Das tat der Mann, den ich liebte«, fuhr die Mutter fort. »Er liebte die Göttin mehr als mich und entmannte sich, um ihr zu dienen. Ich wurde verrückt, oder das Wasser des Sangarios, das einen zum Wahnsinn treibt, raubte mir den Verstand. Ich floh am Fluss entlang, bis ich zu einem menschenleeren Strand am Meer gelangte. Dort lagen ein Boot und ein Mann, der so schön war wie Narsos, sein Sohn. Wie du war auch er mit dem Meer gekommen, die Erde war ihm fremd, sie brachte ihn zum Staunen. Deshalb haben wir uns zusammengetan, ich folgte ihm, er nahm mich mit, es war eine Hochzeit zwischen Meer und Land. Er trieb mich zum Wahnsinn, so wie der Sangarios … Ja, er war wie du, deshalb erzähle ich dir diese Dinge, die ich sonst niemandem erzählt habe, außer meinem Sohn, der sich an dir erfreuen wird, so wie du dich an ihm. Du hast blaugrüne Augen, sie wechseln die Farbe wie das Meer. Du bist hier fremd, und du bist vom Meer an einen kleinen einsamen Strand gespült worden, wie ich … Ich habe dich sofort erkannt. Du bist für mich gekommen, für meinen Sohn. Für meinen Sohn. Endlich!«

Die Stimme der Mutter war voller Leidenschaft gewesen. Sie stand von ihrem kleinen Schemel auf, legte den Stoff beiseite, umarmte das Mädchen und drückte es fest an sich. Die von harter Arbeit gezeichneten Hände, die sie festhielten, erschienen Kilia als Herrinnen der Schöpfung: die schönsten Hände der Welt.

»Deine Augen schillern zwischen blaugrün und dunkelgrün, fast grau. Im Moment leuchten sie dunkelviolett wie das Meer beim Sonnenuntergang.«

Sie setzte sich wieder hin und schwieg einen Augenblick, als wäre sie selbst von ihrer impulsiven Offenheit überrascht. Das Mädchen beobachtete sie wie ein weiteres Wunder, wie die Pflaume oder den soeben aufgegangenen Keimling. Die Mutter war ein Wunder. Ein sprechendes Wunder.

»Wir brauchten dich, mein Sohn und ich. Du kannst dir nicht vorstellen, wie sehr! Ich weiß nicht, wie ich überleben konnte, es war nur seinetwegen, natürlich. Zum Glück ging ich jeden Monat nach Chios, um dort meine Stoffe zu verkaufen. Ein Händler kaufte sie mir ab und nahm mich mit in sein Bett: Ich bezahlte mit meinen Stoffen dafür. Er war nicht mein Mann, aber er war ein Mann.«

Immer mehr bewunderte Kilia die groß gewachsene, schlanke Frau mit dem sonnengebräunten Gesicht und der rissigen Haut, die eine scharfe Zunge besaß und herzlich lachen konnte, wenn sie an die Vergangenheit dachte. Ihre lebendigen Augen musterten das Mädchen, als wollten sie es durchdringen, als versuchte sie, all ihr Wissen und ihre Weisheiten auf Kilia zu übertragen.

»Allmählich begann ich zu verstehen, warum die Göttin das männliche Geschlecht forderte, und ich begann, mich ihr zuzuwenden, obwohl ich sie hasste, weil sie mir den Mann genommen hatte. Der Großen Gottmutter; der Einzigen. Auch ich war Mutter geworden. Mein Sohn wuchs heran und begann, mit dem Schiffspatron zur See zu fahren. Ich hatte Angst, dass er wie die anderen Schiffsjungen den Älteren als Frau dienen müsste; hier ist das Brauch, aber in Phrygien nicht. Als es wieder Zeit wurde, nach Chios zu fahren, nahm ich ihn mit. Unterwegs, mitten auf dem Meer, erzählte ich ihm, wozu ich nach Chios fuhr, und auch, dass der Händler eine Tochter hatte. Er sollte sie meinem Narsos anbieten, wenn er sich an mir erfreuen wollte. Alles ging gut aus ... Du wirst schon verstehen. Mir machte es nichts aus, dass mein Sohn zur See fuhr wie alle anderen, aber er sollte auch wissen, dass er ein Mann war und wie man mit Frauen umgeht. So erlernt man das Leben. Doch dann starb die Älteste auf der Insel, die jeden Nachmittag die Frauen zur Grotte geführt hatte. Nur Frauen durften sie betreten. Ich wurde zu ihrer Nachfolgerin gewählt und erweckte die vergessenen Riten des wahren Kultes wieder zum Leben, um der Großen Mutter eine neue Liebe darzubringen, als Wiedergutmachung für all die Jahre, in denen ich sie gehasst und ignoriert hatte ... Ich bin zufrieden: Heute gehen alle Frauen der Insel zu dem kleinen Tempel der Aphrodite, weil es Brauch ist, aber ihre Herzen weihen sie der Großen Gottmutter, der Einzigen, der Ältesten. Aphrodite ist nur ein anderer Name für sie: Sie ist eine Statue, nicht die wahre, tiefe Kraft selbst.«

Der Abend nahte, die Fischerboote mussten bereits in der Nähe des Strandes sein, obwohl sie die Klippe noch nicht umsegelt hatten, auf der die fernen, winzigen Marmorsäulen des Tempels leuchteten. Die Mutter sprach weiter, als gäbe es nur diese eine Stunde, um der zukünftigen Frau ihres Sohnes ihr ganzes Leben zu vermachen. Eine Bestimmung, die stärker war als sie, zwang sie, ihre gewohnte Muschel zu verlassen und die geheime Fackel einer anderen Frau zu überreichen.

»Narsos' Heirat war nicht nach meinem Geschmack. Ich wusste von Anfang an, dass diese Frau äußerlich schön war, in ihren Adern jedoch kein Blut floss. Ich war glücklich, als sie durchbrannte und mein Sohn mich wieder nach Chios begleitete. Der Händler war gestorben, ein anderer hatte ihn ersetzt. Er hatte keine Tochter, aber eine Frau, die dann auch Narsos' Frau wurde. Niemand wusste etwas davon. Jetzt werden wir nicht wieder zurückmüssen. Mein Verlangen lässt nach, ich bin müde, es bedeutet mir nichts mehr. Narsos wird dich haben. Und du wirst ihn zu neuen Höhen führen, weil du bist wie ich. Auch ich war so etwas wie eine Schiffbrüchige hier.«

»Schiffbrüchige, ich?«, fragte Kilia überrascht.

»Was sonst? Alle gingen unter, und nur du hast überlebt, auch wenn du das Gedächtnis dabei verloren hast. Vielleicht hat dich ein Delfin an den Strand gebracht, es wäre nicht das erste Mal, dass sie Schiffbrüchigen helfen. Die Seeleute können ein Lied davon singen. Wir werden nie wissen, wie, aber du kamst aus dem Meer mit deinen meergrünen Augen. Narsos hat das verstanden, ihr werdet euch gut vertragen.«

Sie schwieg einen Augenblick und sagte dann:

»Wer wird der Großen Mutter dienen, wenn ich sterbe? Es gibt keinen mächtigeren Gott als sie, alle anderen, Götter und Göttinnen sind nur ihre Abbilder, ihre Schatten. Wer weiß, vielleicht hat sie selbst dich gerettet.«

Das erste Fischerboot umsegelte die Klippe. Es war nicht Narsos, aber es kündigte auch sein Boot an. Die Mutter seufzte.

»Sag ihm nie, dass du all dies weißt, meine Tochter.«

Kilia war gerührt. Obwohl sie die Frau aus Phrygien schon lange Mutter nannte, war es das erste Mal, dass diese sie als Tochter bezeichnet hatte.

10. Ahrams Männer

Fünf Tage später kommt Ahram im Morgengrauen die kleine Treppe des Turmes herab und überrascht die Sklavin, die zwar schon wach ist, aber so früh nicht mit ihm gerechnet hat. Uschait schläft noch; als Ahram es sieht, flüstert er hastig:

»Weck sie nicht auf. Bring mir das Übliche.«

Irenia stellt so leise wie möglich ein Tablett auf den Tisch mit Milch, Datteln und einem Stück Fladenbrot, das eigens für ihn gebacken wird. Ahram isst keine anderen Früchte, und er murmelt, nachdem er die Datteln probiert hat, genüsslich:

»Hmm, gut!«

»Die Ernte hat begonnen, das sind die ersten, Herr«, erklärt die Sklavin. Als sie sieht, dass der Herr zufrieden ist, wagt sie eine Entschuldigung. »Uschait hat schlecht geschlafen.«

»Lass sie schlafen. Ich brauche sie nicht.«

Er beendet sein Frühstück und verabschiedet sich mit einer Kopfbewegung. Die Sklavin hört, wie er mit dem Hund spricht und danach das Quietschen des Törchens in der Mauer. Sie ist gekränkt. Ihm ist gar nicht in den Sinn gekommen, zu fragen, woher sie weiß, dass Uschait schlecht geschlafen hat. Auch die Sklavin leidet in letzter Zeit an Schlaflosigkeit.

Ahram durchquert rasch den Garten. Zögernd geht die Sonne auf und wirft den langen Schatten des Leuchtturms auf die Palmwedel wie den Zeiger einer riesigen Sonnenuhr. Am hinteren Tor des Großen Hauses erwartet ihn sein Sekretär Soferis, wie immer in griechischen Kleidern, aber mit einer ägyptischen Perücke.

»Sie müssten alle da sein«, verkündet er.

Ahram erwidert seinen Gruß, und zusammen gehen sie durch Gänge und Treppenfluchten an den Räumen der Schreiber vorbei zur Galerie im Ostflügel, die bereits von der Sonne durchflutet ist.

Alles strahlt vor weißem Marmor. Die versammelten Männer unterbrechen ihre Gespräche, begrüßen Ahram mit freundlichem Respekt und beglückwünschen ihn zu seiner Reise. Danach setzen sie sich je nach Brauch auf griechische Stühle, ägyptische Schemel, neben denen kleine Tische stehen, oder wie Ahram auf Kissen, die auf den Teppichen verteilt sind. Soferis schließt die Tür, die nur noch Mnehet, Ahrams kräftiger Leibwächter aus Nubien passieren darf, um Erfrischungsgetränke zu bringen oder andere Wünsche zu erfüllen. Schließlich setzt er sich zur Rechten von Ahram und packt seine Schreibutensilien aus.

Ahram lächelt, als er den Blick über seine Männer schweifen lässt: Assurgal, den Astrologen aus Chaldäa, Philopator, seinen Erfinder, Narbises, seinen Buchhalter und Finanzberater, Dagumpah, den Kosmographen aus dem fernen Indien, der auch im Museum arbeitet und so an offizielle Informationen aus aller Welt herankommt, und schließlich Artabus, seinen Kapitän, der wegen seiner vielen Reisen nicht immer an den Versammlungen teilnehmen kann. An einem Ende des Halbkreises sitzt Bachir, an dem anderen Kritos, der noch immer seine männliche Tunika trägt. Alle richten ihre Blicke erwartungsvoll auf den Seefahrer.

»Ja«, kommt er ihren Fragen zuvor. »Wir haben das Abkommen erreicht.«

Zufriedenes Murmeln erhebt sich, dann fährt Ahram fort:

»Ich werde euch sofort Bericht erstatten, aber zuvor eine Frage: Hat jemand den Eindruck, die wahren Gründe meiner Reise könnten durchgesickert sein?«

Sie sehen sich gegenseitig an und schütteln die Köpfe. Soferis versichert ihm, dass das Geheimnis gut gehütet wird. Die Leute glaubten, dass Ahram zum Lager seiner Gelehrten am Arabischen Golf gefahren sei wie jedes Jahr. Die *Jemsu* hat dieses Mal freilich weiße Segel getragen, um nicht aufzufallen.

»Na schön. Dann lasst uns die aktuelle Lage besprechen. Seit Gallus vor sechs Jahren zum Kaiser ausgerufen wurde, ist Roms Ostflanke stetig verletzlicher geworden. Schließlich war Gallus gezwungen, sich mit den gotischen Seeräubern, die immer wieder ins Ägäische Meer vorstießen, zu verbünden. Wie ihr euch bestimmt erinnert, reiste ich damals nach Palmyra und verbrachte dort einige Tage, um mich von seiner wirtschaftlichen und strategischen Bedeutung zu überzeugen. Die Stadt war erheblich gewachsen, seit ich sie mit Bachir das letzte Mal acht Jahre zuvor besucht hatte. Ein Jahr später hatte Schahpur Mesopotamien erobert, Artavasdes auf den armenischen Thron gehoben und bedrohte nun die römischen Häfen am Pontos Euxeinos. Daraufhin erhob sich Aemilianus mit den Truppen aus Mysia, um sich zum Kaiser ausrufen zu lassen, Gallus kam zu Tode, aber der Thron ging schließlich an Valerian und dessen Sohn Gallienus, die ihn bis heute behalten haben. Die mesopotamische Front hielt stand, weil Odaenathus und seine palmyrische Streitmacht Schahpur aufhielten. Und da wurde die militärische Bedeutung dieses Fürsten sichtbar, der – kannst du dich erinnern, Bachir? – nur ein einfacher Aristokrat aus der Provinz war, dem niemand die Verteidigung der Ostfront zugetraut hätte. Nach seinem Sieg über den Perser habe ich mich insgeheim mit Odaenathus verbündet, wie ihr wisst. Wir stimmten unsere jeweiligen Interessen aufeinander ab, so dass meine Schiffe und seine Karawanen in den syrischen oder phönizischen Häfen gut zusammenarbeiteten. Jetzt aber geht es um etwas viel Wichtigeres: Odaenathus trachtet nach einem unabhängigen und starken Reich, und auch wir wollen, dass Rom nicht länger nach Belieben über unser Schicksal entscheidet. Wir brauchen ein Heer, und Odaenathus braucht unsere Unterstützung gegen die persische Expansion, die sich nach seinem erfolgreichen Widerstand nun mit der schrecklichen Plünderung Antiochias letztes Jahr gegen Syrien richtet. Valerian kann ihm nicht zu Hilfe kommen, weil die Goten erneut das Ägäische Meer unsicher machen und sich in Gallien seine Rivalen mit Unterstützung der dortigen Legionen zu Gegenkaisern ausgerufen haben. Im Gegenteil, Rom braucht Odaenathus im Osten, und zwar so sehr, dass er – wie man mir versichert hat – demnächst zum römischen Prälaten von Arabia ernannt werden soll und den

Rang eines Konsuls erhalten wird, neben dem des Fürsten von Palmyra, den er ohnehin innehat.«

Zustimmendes Murmeln und auch Staunen über die ungewöhnliche Ernennung des Fürsten von Palmyra zum Konsul.

»Als Odaenathus letztes Jahr die Fürstin Zenobia heiratete, schickte ich ihm, wie ihr wisst, eine Karawane mit Geschenken, aber ich hielt es in Abstimmung mit ihm für ratsamer, nicht persönlich an den Hochzeitsfeiern teilzunehmen. Meinen Spitzeln zufolge besitzt diese Frau eine sehr starke Persönlichkeit. Sie ist nicht einfach die Ehefrau, sondern übt großen Einfluss aus; sie weiß, wie man das Vertrauen des Volkes gewinnt, und hilft ihrem Mann, Palmyra groß und stark zu machen. Ich bin jetzt dorthin gereist, um sie persönlich kennen zu lernen. Assurgal hat mir versichert, dass die Sterne günstig für die Begegnung standen.«

»Außerdem habe ich jetzt Odaenathus' Horoskop«, unterbricht der Astrologe mit seiner tiefen Stimme, »und es harmonisiert mit dem deinen, Herr. Leider konnten unsere Informanten nicht herausfinden, wann genau die Fürstin geboren wurde.«

Verständnisvolles Lachen in der Versammlung. Niemanden in der Runde interessiert das Geburtsdatum einer Frau aus einem orientalischen Harem.

»Ich war nur drei Tage in Palmyra, weil ich auf der Hin- und Rückfahrt große Umwege machen musste, aber sie haben gereicht. Ich habe …«

»Hast du auch wieder das Freudenhaus zwischen dem großen Springbrunnen und dem Theater besucht?«, unterbricht ihn Bachir mit einem breiten Grinsen auf dem Gesicht.

»Dazu war ich nicht da, und außerdem hatte ich keine Zeit«, antwortet Ahram ebenfalls lächelnd. »Ich bin kaum aus dem Palast neben dem Tempel von Baalschamin herausgekommen.«

»Er ist kaum aus dem Palast gekommen, weil Zenobia so hübsch ist«, flüstert Kritos seinem Nachbarn Artabus zu, einem verschlossenen, mittelgroßen Seemann mit ruhigen schwarzen Augen und einer vorspringenden Stirn, der sich genauso kleidet wie Ahram.

»Ja, wirklich sehr hübsch«, bestätigt Ahram, der es gehört hat und die Späße mit einer Geste beendet. »Sie hat schwarze Augen und so weiße Zähne, dass ihr ganzes Gesicht strahlt. Aber das Wichtigste ist ihr Talent. Ich habe an einer Versammlung des Regierungsrates teilgenommen und konnte beobachten, wie diskret sich die Fürstin im Hintergrund hielt und wie zutreffend und klug ihre Kommentare waren. Später, als wir zu dritt über die Bedingungen unseres Geheimabkommens verhandelten, mischte sie sich viel offener ein und hatte eine äußerst weitsichtige Vision. Odaenathus ist zweifellos ein brillanter Heerführer, sie aber denkt wie ein Kaiser, obwohl sie eine Frau ist.«

»Sie hat dir den Kopf verdreht!«, wagt der wohlbeleibte Narbises einzuwenden, einer der ältesten Mitarbeiter von Ahram, während er seine ägyptische Perücke zurechtrückt.

»Ich bin glücklich, dass ich es mit zwei außergewöhnlichen Menschen zu tun hatte. Was die Geschäfte angeht, könntest du so manches von ihr lernen, Narbises. Aber das Wichtigste ist, dass ich die Sorge aus dem Weg räumen konnte, die mich zu der Reise veranlasste. Jetzt, wo ihn Rom zum Konsul ernennen will, musste ich wissen, ob er tatsächlich gedenkt, dem Römischen Reich zu dienen. Wir sollten nicht vergessen, dass es schon mal einen arabischen Kaiser gab. Philippus.«

Ahram lässt einige Augenblicke verstreichen und fügt dann triumphierend hinzu:

»Nun gut. Ein klares Nein. Odaenathus denkt wie ich. Er will Rom vernichten, indem er sich mit Rom verbündet. Und auch mit Schahpur, wenn es sein muss. Er ist Araber wie wir. Und mehr noch Zenobia. Deshalb sind wir zu einem Übereinkommen gelangt. Die Einzelheiten müssen noch ausgehandelt werden, aber das Bündnis ist so gut wie besiegelt. Endlich habe ich jemand gefunden, der mir ebenbürtig ist: einen Heerführer auf dem Land, wie ich es auf dem Meer bin. Odaenathus wird das Heer sein und ich die Flotte, und zusammen werden wir dafür sorgen, dass Rom und Ktesiphon nicht mehr über unser Schicksal entscheiden. Odaenathus kennt Persiens militärische Stärke und sagt eine Niederlage der Römer voraus. Wir werden alle frei sein: Griechen, Ägypter, Afrikaner, Armenier, alle. Und wir werden uns zusammentun, damit man uns niemals wieder unterjochen kann.«

Man hätte meinen können, dass plötzlich ein anderes Licht die Galerie überflutet hat, nicht die Sonne, die bereits weitergewandert ist, doch es liegt wohl nur an den strahlenden Gesichtern der Versammelten.

Dann erläutert Ahram ihnen die Einzelheiten, und sie besprechen zusammen Vorschläge und Einwände. Einige sind vorsichtiger als andere, wieder andere ungestümer als angebracht, aber am frühen Nachmittag besteht bereits Übereinstimmung, was die Grundrichtung angeht, und die Anwesenden werden gemäß ihren Kompetenzen die nötigen Schritte einleiten. Philopator, der groß gewachsene, nervöse Baumeister mit den langen, knochigen Fingern wird in ihrem geheimen Lager den Stand der Forschung überprüfen, Narbises sich um die finanziellen Folgen des Unternehmens kümmern, Artabus Ahrams Flotte inspizieren und sich überlegen, wie sie für militärische Zwecke eingesetzt werden könnte. Dagumpah mit seiner brüchigen Stimme versichert, dass er seine Informationsquellen im Museum und im Serapeion nutzen wird; Soferis seinerseits wird Ahrams Netz aus Spionen und Informanten, die unter der Tarnung seiner unzähligen Handelsniederlassungen am Mare Nostrum und in den großen Städten arbeiten, für dieselben Zwecke einspannen. Ahram hört ihnen zufrieden zu. Schon seit Jahren arbeiten sie zusammen und stellen die Effektivität seiner straff geführten Organisation unter Beweis.

»Die Schwäche der Römer an ihrer Ostflanke ist unsere Chance, weil sie weiter zunehmen wird. Rom ist nicht mehr der Mittelpunkt des Reiches, dort finden nur noch die großen Spektakel statt, aber es ist kein Machtzentrum. Das Schicksal des Reiches hängt von seinen Grenzen ab, von den dortigen Legionen werden Kaiser gestürzt oder an die Macht gehoben, dort schlagen die Römer die Germanen und Perser oder werden von ihnen geschlagen. Deshalb sind die Grenzen des Reiches unser Schlachtfeld, und dort steht Odaenathus mit seinem Heer. Er braucht uns, damit wir ihn mit unserer Flotte versorgen und ihm den Rücken freihalten. Außerdem sind wir allen in etwas überlegen, das kaum jemand benutzt: Technik. Ich kann euch noch nichts verraten, aber Philopators Erfinder halten einige Überraschungen für uns bereit. Ich wiederhole: Die Zukunft entscheidet sich an Roms Grenzen.«

»An allen Grenzen«, mischt sich Kritos leise ein. »Weil es diese Grenzen auch innerhalb des Reiches gibt – denken wir nur an die Christen oder Sklaven, und auch innerhalb der Menschen, das Leben wächst immer an seinen Grenzen.«

Seine Worte, die nicht jeder versteht, werden kommentarlos zur Kenntnis genommen, nur Ahram scheint darüber nachzudenken. Dann stehen alle auf, zuversichtlich ob der guten Aussichten.

Als sie auseinander gehen, nimmt Ahram Kritos beiseite, nachdem er sich von Bachir verabschiedet hat. Dieser will noch etwas essen, bevor er mit neuen Anweisungen nach Tanuris aufbricht. Die beiden Freunde setzen sich an einen kleinen Tisch, um in aller Ruhe zu Mittag zu essen, mit Blick auf den schönen Hafen, die Ptolemäerburg mit ihren Gärten, die Schiffe, die vor Anker liegen oder vorbeisegeln, und natürlich auf den Leuchtturm, der sich jetzt, da die Sonne im Zenit steht, in strahlender Pracht zum Himmel erhebt.

Während der privaten Unterhaltung erzählt Ahram Kritos noch einige Anekdoten von der Reise nach Palmyra und verrät ihm, welchen Eindruck er von Odaenathus' Heer und den Menschen hatte, die er kennen gelernt hat, vor allem von dem Herrscherpaar. Manchmal jedoch wirkt er abwesend und fährt gedankenversunken über den Knauf seines Dolches. Kritos deutet es als Zeichen einer tieferen Sorge und wechselt das Thema.

»Ich kenne da eine Frau in Alexandria, um die wir uns kümmern müssen. Sie ist interessant.«

»Wer ist es?«

»Du kennst sie auch. Sie heißt Clea. Erinnerst du dich nicht mehr? Die Frau des Epistrategen Dromicus.«

»Ah, eine schlanke Dunkelhäutige, die das Haar so kurz wie ein Knabe trägt? Und was ist so interessant an ihr?«

Kritos lächelt. Was Ahram abstößt, zieht ihn an.

»Erstens, ihr Ehemann. Ich weiß, er ist ein Trottel. Aber er ist der Epistratege. Er kennt sämtliche Truppenbewegungen des römischen Heeres im Orient. Und man kann ihn zum Sprechen bringen, oder sie.«

»Warum sie?«

»Weil sie Spaß daran hätte und es in ihrem Interesse läge. Sie ist eine außergewöhnliche Frau, auch wenn ihr das nicht merkt. In Rhakotis erzählt man sich ...«

Ahram klopft Kritos lächelnd auf die Schulter.

»Schon bist du wieder in Rhakotis!«

»Ja, bei meinen Leuten. Wir interessieren uns für Dinge, die ihr nicht für wichtig haltet. Ihr habt nur eure Feste, eure Geschäfte und Lagerhäuser im Kopf, alles andere interessiert euch nicht. Das gilt auch für dich, trotz deiner Vergangenheit. Ihr würdet euch wundern, was man in Rhakotis alles über euch weiß, dank der Armen, die unter Brücken oder in den Abwasserkanälen hausen.«

»Ich streite ja nicht ab, dass du um vieles besser informiert bist als wir hier. Aber was ist mit dieser Clea?«

»Nun, offensichtlich findet sie trotz ihrer gesellschaftlichen Stellung Gefallen an der Welt von Rhakotis. Sie genießt das Leben in vollen Zügen. Sie lässt sich oft in Rhakotis blicken, immer mit unterschiedlichen Partnern, manchmal Männern, manchmal Frauen. Und sie ist sehr intelligent, davon konnte ich mich bei einem eurer Bankette selbst überzeugen. Eine Frau, die Talent hat und Mut. Warum fühlen wir ihr nicht auf den Zahn?«

»Nur zu.«

Das hatte Kritos vor, doch da Ahram sonst ganz anders vorgeht, hakt er nach.

»Willst du nicht vorher Soferis' Spione auf sie ansetzen, wie sonst üblich?«

»Wenn du ihr traust?«

»Ich? Keinen Deut!«, widerspricht Kritos, der sich immer mehr wundert. »Ich wollte eigentlich, dass sie den ersten Schritt tut und sich mir oder dir anvertraut.«

»Ich habe doch schon gesagt, dass du das übernehmen sollst. Es kommt auf einen Versuch an.«

Es passt nicht zu Ahram, dass er sich nicht selbst um etwas kümmert, was seine wichtigsten Pläne betrifft. Kritos sieht ihn einen Augenblick an und fragt dann in einem anderen, vertrauteren Tonfall:

»Was liegt dir auf der Seele?«

»Was wohl? Palmyra, meine Pläne, du weißt schon.«

»Und was noch?«

»Nichts«, lautet die knappe Antwort.

»Wir kennen uns schon so lange, Ahram. Wir haben bereits über Palmyra, über die hiesige Lage und noch vieles andere gesprochen ... Aber du hast mich nicht ein einziges Mal nach der Sklavin gefragt. Sie lernt sehr schnell ...«

»Hast du irgendetwas Neues herauskriegen können?«, unterbricht ihn Ahram.

»Nichts, das gegen sie spräche oder irgendeinen Verdacht rechtfertigte.«

»Dann lass mich damit in Ruhe. Ich habe wichtigere Sorgen.«

»Dieselben wie letztes Mal, als du vor Tagen nach ihr gefragt hast?«

»Jetzt reicht es!«, fährt ihn Ahram wütend an. »Ich habe diese Frau satt. Bachir und du, ihr habt nur sie im Kopf! Dass sie ideal ist für Malki, dass ich sie im Turm aufnehmen soll, dass sie schnell lernt ... Jetzt ist es genug! Wenn ihr so weitermacht, endet es noch damit, dass sie mich umbringt.«

Kritos antwortet mit ruhiger Stimme.

»In diesem Fall gäbe es eine ganz einfache Lösung. Schenk sie mir.«

Ahram zuckt überrascht zusammen. Seine Wut verwandelt sich in Verachtung.

»Schenken? Dir …? Eine Frau?«

»Ja, mir. Du würdest sie nicht mehr zu Gesicht bekommen. Wenn sie eine Magierin ist oder Böses im Schilde führt, dann wird es mich treffen.«

»Und was interessiert dich so an ihr? Willst du dir vielleicht auch eine Perücke aus ihrem Haar machen lassen?«

»Sie hat wunderschönes Haar, zweifellos, aber ihre Augen sind noch viel kostbarer. Wie das Meer. Ist es dir nicht aufgefallen?«

»Natürlich nicht … Und wo würdest du sie unterbringen? In deinem Palast …? Ah ja, in einem Loch in Rhakotis, damit sie für dich Geld beschafft … Wenn du Geld brauchst, dann sag es mir. Du bist doch sonst nicht zimperlich.«

»Mag sein, dass ich ein Parasit bin, aber kein Zuhälter. Du hast mir etwas versprochen, wenn deine Reise erfolgreich ist. Nun, dann gib es mir.«

»Nein. Nicht sie. Zuerst will ich wissen, wer sie ist und was sie vorhat. Ich denke nicht daran, sie dir zu schenken.«

»Dann verkauf sie mir.«

»Bist du plötzlich zu Reichtum gekommen? Womit willst du sie bezahlen? Mit dem Geld, das du mir abnimmst?«

»Sei nicht vulgär. Ich will sie haben, damit es dir besser geht. Weil sie dir Sorgen macht, seit sie herkam. Du fürchtest dich vor ihr.«

Ahram springt so wütend auf, dass er den kleinen Tisch umstößt.

»Ich? Mich fürchten? Nur du kannst es wagen, so mit mir zu reden, ohne zu sterben! Wenn ich mich nicht an so vieles erinnern würde …«

Kritos bemerkt nicht nur die Wut, sondern auch die Unruhe in den Adleraugen. Ahram dagegen sieht Kritos' kaum behaarte weiße Brust, entblößt durch die nervöse Hand, die das Gewand an der Schulter losließ, als auch er aufsprang. Diese nackte Zerbrechlichkeit entwaffnet Ahram. Er hält inne und sagt dann:

»Geh mir aus den Augen, geh!«

Kritos wirft sich das Gewand wieder über die Schulter und geht ohne ein Wort. Nachdenklich steigt er die Treppen hinab und grüßt jemanden, der ihm entgegenkommt, ohne ihn zu erkennen. Er geht durch den Park und bleibt vor der Steinbank mit den Delfinen stehen. Er selbst hatte die Bank in einem heruntergekommenen ptolemäischen Haus entdeckt und für wenig Geld erstanden, um sie Ahram zu schenken, als er damals auf Pharos das Große Haus baute. Er folgt der Bucht zum nördlichen Anlegeplatz und gelangt schließlich zu seiner Hütte. Dort öffnet er die Tür, tritt ein und schließt sie wieder. Er setzt sich auf das Bett, stützt die Ellbogen auf die Knie und den Kopf in die Hände und denkt nach. Die Sonne fällt durch das einzige kleine Fenster auf seine Füße.

Er seufzt. Dann steht er auf und nimmt eine Kladde aus dem Regal. Einige Papyri fallen heraus, auf denen ungleich lange Zeilen geschrieben sind. Er sagt sich das Gedicht auf, lässt sich Rhythmus und Inhalt auf der Zunge zergehen. Schließlich legt er die Kladde wieder an ihren Platz und betrachtet das einzig Wertvolle im Raum: ein Brokattuch vor der Nische, die ihm als Schrank dient. Er öffnet die Truhe am Fußende des Bettes und nimmt einige Kleider heraus. Dann zieht er sich langsam aus und legt das *strophium* an, die Brustbinde. Obwohl er sie nicht nötig hat, weil er keine Brüste hat, ist sie ein unverzichtbares Symbol, um in die Mondphase zu wechseln. Er braucht nur dieses Band an seinem nackten Körper zu sehen, und schon wird in ihm eine andere Sensibilität geweckt. Darüber streift er einen feinen Chiton, den er oben und unten mit Gürteln befestigt, damit er elegant fällt. Dann schmückt er sich mit einer Fibula an der Schulter, bindet sich ein Band um die Stirn, zieht die Sandalen an und schnürt sie die dünnen Waden hoch. Er streicht sich über das Kinn: Es ist glatt rasiert. Aus einem Fläschchen tupft er sich etwas Parfüm auf Schläfen, Hals und Handgelenke. Er öffnet die Tür und tritt hinaus. Der Schlüssel bleibt stecken. Er geht zu dem kleinen Tor in der Mauer und öffnet es mit einem anderen Schlüssel, den er am Gürtel trägt, verschließt das Tor von außen wieder und steigt den Hang hinunter zu dem Pfad, der über das Heptastadion zur Stadt führt.

Auf der Insel sind nicht viele Menschen unterwegs, aber er begegnet Soldaten aus der Festung, Fischern aus dem Dorf und einigen Eseltreibern vom Leuchtturm. Es sind fast alles bekannte Gesichter, sie kennen ihn. Deshalb ist keiner überrascht, ihn so verkleidet zu sehen, als er mit raschen Schritten und heiterer Miene an ihnen vorbeigeht.

Er kennt Cleas Lieblingsplätze in Rhakotis und hofft, sie für sich interessieren zu können.

Was hat er sich dabei gedacht? Ich lasse ihm zu viel durchgehen. Für wen hält er sich, dass er mich bittet, ihm die Sklavin zu schenken? Ich brauche ihn nicht, um herauszufinden, was sie vorhat, ob sie eine Magierin ist, auf eigene Rechnung arbeitet oder für irgendwen spioniert. Ich bin schon mit Schlimmerem fertig geworden. Nur das interessiert mich an ihr. Alles andere ist mir egal. Mir zu sagen, ich hätte Angst vor ihr! Wenn ich kein Gedächtnis hätte, wenn er mir nicht das Leben gerettet hätte ... Mit dem Wort, das ist seine Begabung, niemand kann ihm darin das Wasser reichen. Aber mit dem Wort kann er auch verletzen.

Verdammtes Weib! Warum sollte ich mir ihretwegen den Kopf zerbrechen, jetzt, da mir Palmyra zu Füßen liegt? So ein Unsinn! Endlich der richtige Verbündete! Ein Landheer für meine Schiffe! Ihr Römer habt mit all eurer Schmeichelei Odaenathus nicht kaufen können, so wie damals Philippus, nur um ihn später zu beseitigen. Er hat Charakter, und sobald die Stadtmauern fertig sind, wird keiner seine Festung mehr einnehmen können, die obendrein von der umliegenden Wüste geschützt wird. Vor allem aber von seinem Heer. Solche Reiter hat Rom nicht! Sie können es sogar mit den Parthern aufnehmen. Und er hat das richtige Alter, ist noch keine vierzig. Wie ich damals, als ich Rom vor dem Verhungern bewahrte und so den Verdacht von mir ablenkte. Noch war ich nicht stark genug. So alt wie ich, als ich zum ersten Mal Palmyra besuchte. Damals war es noch eine ruhige Stadt wie das heutige Alexandria, das nur an seine Karawanen und Geschäfte dachte. Zenobia ist zwar nur halb so alt wie Odaenathus, aber um vieles talentierter. Diese verfluchte Sklavin, von der niemand weiß, wie alt sie ist! Unmöglich, ihr Horoskop zu erstellen. Wahrscheinlich hätte es auch nichts gebracht. Ob es eine Lüge ist, dass sie ihr Gedächtnis verloren hat? Oder nur ein Trick, damit man keine Nachforschungen anstellen kann? Sie sieht aus, als wäre sie gerade zwanzig geworden, aber sie könnte genauso gut dreißig sein. Bei Frauen ist man nie sicher.

Es bleibt noch viel zu tun. Odaenathus' Jugend birgt auch Gefahren, er könnte etwas überstürzen. Wir müssen unsere Falle weiter ausbauen, und sie ist jetzt schon riesig: die ganze bekannte Welt. Ich werde dem Fürsten das Geheimnis der Geduld beibringen. Und Zenobia? Sie ist vorsichtig. Wir werden Erfolg haben. Für ihn Asien, vom Sinai bis zum Osten, für mich das Mare Nostrum. Und das Aus für Rom und Persien. Ja, die beiden sind vorsichtig. Ich war erstaunt, wie sehr unsere Perspektiven und unsere Pläne übereinstimmten. Vor allem in dieser Nacht! In den Gärten und in der Stadt unten wurde es langsam dunkel. Der große Säulengang in der untergehenden Sonne! Er ist den unseren ebenbürtig mit seinen Kragsteinen auf halber Höhe der Säulenschäfte, die die prächtigen Statuen tragen. Dann die Nacht, das Festessen, und die Tänzerinnen, fast wie in meinem Heimatland Saba, nur was die Musik angeht, ist Alexandria überlegen. Es waren meine Sterne, die aus meiner Wüste. Wie hell sie leuchteten! Sie versprachen mir, dass ich mein Gelöbnis halten werde, dass sich mein Traum erfüllen wird, dass ich lange genug leben werde, um ihn zu vollenden. Am Morgen hatte der Arsu am Himmel geleuchtet, der Stern, den ich mit meiner Mutter anbetete und der mir damals auf Samos Kritos schickte. Wie oft er mit seinen Ratschlägen Recht hat! Unglaublich! Und derselbe Mann erzählt mir dann so einen Unsinn.

Vor allem aber Zenobias Augen, wie sie mich angesehen hat, während wir die Zukunft planten! Wäre sie nur ein bisschen größer, sie wäre majestätisch. Trotzdem! Wollüstig räkelte sie sich auf ihrem Diwan! Sie ist Odaenathus überlegen, aber eine vollkommene Ergänzung des Kriegers. »Sie ist klüger als ich«, hat Odaenathus gesagt und dabei gelächelt, und sie hat die Wimpern gesenkt und mir einen Blick von der Seite zugeworfen, ebenfalls lächelnd. Mehr noch, sie blendet einen. Sie steckt uns alle mit ihrem Zauber an, anders kann ich mir meine Gefühle nicht erklären. Ich war wie trunken, wusste nicht, was mit mir los war, aber es war ein hellsichtiger Rausch. Ich sah unglaubliche Sterne, nicht nur weiße, sondern auch rote, gelbe, grüne, und sie funkelten heller als je zuvor. Die Blumen dufteten süßer, die Sklavinnen waren noch verführerischer und die Parfüms noch durchdringender … Wenn es ein Paradies gibt, dann muss es so sein. Niemals habe ich mich so gefühlt. Alles schien zu schweben, und trotzdem war alles viel wirklicher als sonst. Ich war wie in Trance, und doch waren meine Gedanken klar und scharf. Ich sah die Zukunft zum Greifen nahe vor mir. Zenobia als klug zu bezeichnen ist untertrieben. Ihre Augen verbargen mehr, als sie verrieten. Diese Sklavin dagegen mit ihrem unglaublichen Haar hat den reinsten Blick der Welt. Ihre Augen weichen niemals aus, sehen einen immer aufrichtig an. Nun, ich habe sie auch nicht zu oft angesehen, nicht, dass sie sich darauf was einbildet! Aber es könnte auch eine noch raffiniertere Taktik von ihr sein. Sollen die anderen das herausfinden, Soferis, Bachir, wer auch immer. Mit diesen Lappalien kann ich mich nicht befassen. Was war in Zenobias Blick? Etwas Persönliches? Dieses Lächeln, diese vollen Lippen, aber eher grausam als sinnlich. Oder irre ich mich? Jedenfalls ist sie meine Verbündete. Ich werde sie trotzdem im Auge behalten, doch der Anfang ist viel versprechend. Und dieser Bund kommt uns allen zugute. Warum also sollte er scheitern?

Kritos hat mir die gute Laune verdorben. Warum hat er mir nicht gesagt, dass er ihr ein Armband geschenkt hat, statt mich um so eine Verrücktheit zu bitten? Das behält er für sich, meint, ich würde es nicht mitbekommen. Warum hat er es ihr geschenkt? Und warum trägt sie es? Wie hätte ich es an ihrem Arm nicht sehen sollen? Hätte es mir Uschait nicht gesagt, ich wäre nie darauf gekommen, woher sie es hat. Wieso behältst du das für dich, Kritos? Wenn du nicht mein Stern wärst, wenn du nicht der Ahram des Wortes wärst, hätte dich das Kopf und Kragen gekostet. Besser, ich behalte auch dich im Auge. Mal sehen, was du jetzt machst, da ich sie dir verwehrt habe. Sei vorsichtig! Vielleicht bist du für die Frauen ein Trottel und tapst ihr in die Falle. Vielleicht will sie uns entzweien, gegeneinander aufhetzen, sich bei dir einschmeicheln, um dich gegen mich zu benutzen. Vorsicht, mein guter Freund! Zuerst müssen wir die Wahrheit herausfinden, dann kannst du sie haben. Falls ich sie dir überhaupt geben will, aber ich muss wissen, was sie im Schilde führt.

Ob Uschait tatsächlich geschlafen hat, als ich heute Morgen herunterkam? Vielleicht war sie müde, aber es gibt auch Zaubertränke, die einen einschlafen lassen, und dann kann sie mir das Frühstück machen. Das Schlimme ist, dass ich nie sicher sein kann! Einige Locken lugten aus ihrem Kopftuch, ob das Absicht war? Wieso trug sie heute Morgen nicht das Armband? Habe ich sie überrascht, als ich in aller Frühe herunterkam, um noch vor der Versammlung mit Bachir zu sprechen, oder spioniert sie mir nach? Immerhin war sie bereits auf den Beinen, als ich aufstand. Verfluchte Ungewissheit! Ich muss sie beenden, egal wie.

Es ist wie eine Besessenheit. Ob sie mir irgendetwas in die Milch tut? Nie habe ich meine Zeit so sehr verschwendet wie jetzt. Ja, sie war bereits auf. Aber als ich um Mitternacht zur Grotte ging, schliefen beide. Auch sie. Wenigstens hat sie sich niemals da hinunter getraut. Der Faden, den ich dort gespannt habe, wäre gerissen. Es ist ein heiliger Ort. Wenn sie das wagt, dann ist es aus. Aber sie hat es nicht getan … Irenia, was für ein Name. Wenn ich sie behalte, dann braucht sie einen anderen. Es stimmt, ihre Augen sind wie das Meer. Ob sie Bachir auf Tanuris etwas ins Getränk getan hat? Er nimmt sie immer so in Schutz! Ich wünschte, ich könnte in aller Ruhe nachdenken. So entschlossen hat sie sich dem Hund entgegengestellt. Ob sie Macht über Tiere hat? Ist *Tijon* vielleicht einer ihrer Dämonen, der ihr dazu diente, mich auf sie aufmerksam zu machen? Nein, sie hatte wirklich Angst, und *Tijon* ist mir treu. Und das mit dem Riff unter dem Wasser, als wir zum ersten Mal hinaussegelten? Warum soll sie es nicht auf ganz natürliche Weise gesehen haben? Dasselbe gilt für Malkis Amulett. Aber die Sache auf der Insel. Wie konnte sie so lange unter Wasser bleiben? Wie konnte sie den Dolch finden? Manche meiner Perlentaucher können länger unter Wasser bleiben als ich, und sie ist am Meer großgeworden. Aber was war davor? Da liegt das Problem! Dass sie tauchen kann, heißt nicht, dass sie magische Kräfte besitzt. Ihr Körper dagegen in der nassen Tunika, als wir nach Tanuris zurücksegelten ... kein Wunder, dass Tinab den Kopf verloren hat! Vor allem aber ihr Blick, da hat Kritos Recht. Diese Augen, als ich meinen Verdacht andeutete. Dieser unschuldige Blick. Kann ich ihm vertrauen?

O nein, die Geschichte mit den Muränen nie, so etwas ist ohne magische Kräfte nicht möglich ... Falls es überhaupt stimmt! Wenn sie eine römische Spionin ist, hätten sie es leicht gehabt, das mit Cyrene zu erfinden und sie unter diesem Etikett zu verkaufen. Vielleicht hat Amoptis seine Hände im Spiel, und er hat sie nicht zufällig gekauft ... So, jetzt ist aber Schluss, ich darf nicht mehr an sie denken ... Trotzdem hätte ich ihr damals am Strand nicht verraten dürfen, dass ich nach Palmyra fahre. Es war ein Geheimnis. Wie unvorsichtig von mir. Aber sie macht so einen vertrauenswürdigen Eindruck ...! Ich muss müde sein, dass ich diese Besessenheit nicht abschütteln kann. Warum soll ich die ganze Zeit über eine armselige Sklavin nachgrübeln? Sie kann keine Feindin sein. Oder liegt es daran, dass ich eine Frau brauche? Ich bin nicht Odaenathus, aber auch noch kein Greis. Es müsste eine sein wie Zenobia, mit der ich nicht nur über die Liebe, sondern auch die Politik reden kann. Die Frauen im Harem langweilen mich. Obwohl sie darauf brennen, mir alles recht zu machen. Trotzdem bin ich lieber allein mit meinen Gedanken. Ich war knapp davor. Ja, Ahram, gib es zu, um ein Haar. Als ich von der Grotte zurückkam und sie da lag und schlief. Da wollte ich sie mit nach oben nehmen. So hätte ich sie aus dem Sinn, könnte sie vergessen, das wäre eine Möglichkeit. Aber was ist, wenn ich in ihre Fänge gerate, weil sie doch nicht so harmlos ist?

Dann wäre es noch schwieriger, die Wahrheit herauszufinden. Aber eine mögliche Lösung wäre es trotzdem. Ja, bestimmt … Nein, nein, lieber nicht, dafür kann ich eine andere nehmen, es wäre Verschwendung … Trotzdem habe ich daran gedacht. Ich habe es nicht getan, aber wenn ich mir einmal etwas in den Kopf gesetzt habe … Es war eine anstrengende Reise. Unerkannt hin- und zurückzugelangen und während der Verhandlungen jedes Wort auf die Goldwaage legen zu müssen. Ich muss mich ausruhen … Mich verwöhnen lassen, wie Soferis rät. Aber im Turm? Besser in meinem Zimmer im Großen Haus neben der Säulenhalle … Ach, die Taube dahinten kommt zu uns … Ja, es ist eine unserer Brieftauben! Ich muss Soferis rufen lassen, wahrscheinlich gibt es Neuigkeiten. Das ist das Wichtige und nicht diese Frau, die mich nicht in Ruhe lässt.

Sie ist ausgebrochen, explodiert, die Flut ist gekommen, tritt über die Ufer, erfasst mich, ertränkt mich … Ich bin außer mir, außer mir. Ich dachte, dass er mich endlich wahrnehmen würde, wenn er von seiner Reise zurückkehrt. Ich sagte mir, »jetzt, wo ich im Turm lebe und er mich jeden Tag sieht«, aber es sind fünf Tage verstrichen – fünf Tage! –, in denen ich nur gesehen habe, wie er ankommt und nach oben geht, wo das verbotene Bett steht, in denen ich sehe, wie er wieder herunterkommt und höre, wie er mit mir spricht, ohne mich anzusehen, auch wenn er mich mit diesem Lächeln ansieht, das nicht mir gehört. Nachts nur durch eine lächerliche Treppe voneinander getrennt … Nein, ich sagte es mir nicht, weil ich es nicht wagte, ich wollte es mir nicht sagen, ich wollte nicht an das Unmögliche denken, aber jetzt ist es ausgebrochen wie ein Vulkan, Ägypten mit all seiner gewaltigen Lebendigkeit, die sich über mich ergießt, mich mit ihrer Wahrheit blendet, die Flut, der Soptet in meinem Leben, jetzt kann ich es nicht mehr verbergen und spreche dich mit du an, mein Herr, du warst ein Mythos, der sich in ein Du verwandelt hat, nah und fern wie die Götter, du, gleichzeitig Uruks Stimme, Narsos' Füße, Rotephs Grobheit, du, Herr über Alexandria, über die Schiffe, über den Orient und deine Sklavin, die nicht existiert, nicht schläft, keine Ruhe findet, sich in ihr Schicksal ergibt, das Unmögliche erleidet, ohne Hoffnung brennt, obwohl ich wenigstens lebendiger bin als früher, als ich nichts wahrnehmen, nur existieren wollte.

Es begann damals, obwohl ich nichts merkte, vor achtundsiebzig Tagen, am Ende des ägyptischen Jahres. Der Nil stand kurz davor, seine Ufer zu überschwemmen. Es war während der Schalttage, als der Hund, die Reißzähne von den Göttern geschärft, dich rief. Der Junge hatte ihn provoziert. Jetzt wird mir bewusst, was es bedeutete: entweder Tod oder Ahram, und es war Ahram, mein täglicher Tod und mein täglicher Himmel, aber es ist unmöglich, zwecklos, ich werde wahnsinnig, wie sollst du mich jemals beachten, wenn du mich nicht mal auf der Feluke bemerkt hast, als meine Brüste Tinab verrückt machten? Du hast mir Malki überlassen wie einem Hauslehrer, ich gab ihn dir zurück, wie du ihn wolltest, jetzt habe ich ausgedient. Eine weitere Sklavin im Turm, ein Bündel, das dich bedient. Und dich so nah zu haben! Ich spüre bis ins Mark deine Manneswärme, rieche den Mann in dir, so sehr, dass ich es nicht aushalten kann, wie heute Morgen, als du gefrühstückt hast. Was für ein Glück, dass Uschait noch schlief, als du in aller Frühe kamst. Du hast den Datteln mehr Aufmerksamkeit geschenkt als mir, trotzdem war ich glücklich, dir so nahe zu sein, und es war nicht mal hell. In der Dunkelheit schien die Nähe zwischen uns so intensiv, dass ich um ein Haar die Milch verschüttet hätte, aber nicht einmal da hast du mich angesehen. Irgendwann werde ich sie absichtlich verschütten, damit du dich aufregst. Wenn du mich wenigstens schlagen würdest wie auf der Insel! Beim Verlassen des Turmes hast du mit dem Hund länger gesprochen als mit mir. Ihn hast du gestreichelt, mich nicht. Vor ein paar Tagen hast du das Armband entdeckt, ich habe es bemerkt, auch wenn du nichts sagtest, heute trug ich es nicht, weil ich nicht so früh mit dir gerechnet hatte, aber du wirst es jeden Tag zu Gesicht bekommen, bis du mich fragst, bis du mich verdächtigst, es gestohlen zu haben, weil du mich für eine Magierin hältst. Wie gern wäre ich eine! Dann wärst du mein, aber ich habe den Verstand verloren, ich konnte nicht mehr, ich musste gegen dein Schweigen ankämpfen und sagte, ohne nachzudenken: »Bist du zufrieden mit mir, Herr? Habe ich alles richtig gemacht?« »Hätte ich denn einen Grund zur Unzufriedenheit?«, hast du geantwortet. Du merkst nicht mal, wie unbeholfen ich bin, ich habe den Verstand verloren, ich wollte dir gefallen, damit du Uschait schlafen lässt, damit auch ich dir das Frühstück auf dein Zimmer bringen darf, das ich mir heimlich angesehen habe. Wenn Uschait das wüsste! Dein Bett, das nur dir gehört, zumindest sagt Uschait, dass du immer allein schläfst. Wie schaffst du das mit deiner Männlichkeit? Ich bin nur eine Frau, aber ich kann das nicht, und trotzdem würde ich es nur mit dir wollen, das Unmögliche, nicht mal mit Kritos, auch nicht wegen seiner umschatteten grauen Augen oder seines zwitterhaften Äußeren. Aber nicht mal mein Parfüm fiel dir auf, und wenn du mich fragen würdest, würde ich es dir ins Gesicht schreien: »Kritos hat es mir geschenkt«, damit du mich endlich als Frau wahrnimmst. Ich bin verrückt oder verblödet, weil ich das Unmögliche will. Heute trug ich keine Binde um die Brüste, und sie wippten unter der Tunika auf und ab, aber wenn du sie nicht mal auf der Feluke sahst, wie sollst du sie jetzt sehen? Unmöglich, ich bin verrückt. Du warst überrascht, dass ich schon auf war, aber ich schlafe doch gar nicht mehr! Meinst du, ich hätte dich heute Nacht nicht gehört? Ich sah dich die Treppen hinuntersteigen und durch die Tür gehen, nackt wie ein Gott, den Dolch, den ich aus dem Meer holte, in der Hand, das Medaillon oder Amulett auf der Brust. Ich weiß nicht, wieso ich nicht schrie, als ich dich sah. Sobald du den Turm verlassen hattest, lief ich zum Fenster, dein Körper leuchtete rot im Schein des Leuchtturms, als du vor dem Hund stehen bliebst, ihn siehst du. Ach, wäre ich doch eine Hündin! Dabei bin ich ja eine! Eine läufige Hündin, die wahnsinnig ist nach dir, ohne dich erreichen zu können, meine Flut tritt nicht über deine Schwelle. Du bist auf die kleine Treppe zugegangen, die hinunter zur Grotte führt, und ich wäre dir fast gefolgt, nackt wie ich war, aber ich tat es nicht, weil ich dich beobachten wollte, ich wollte herausfinden, was du machen würdest, wenn du dich unbeobachtet fühlst, ich muss alles wissen, ich bin verrückt, aber ich werde nicht aufgeben, wenn es sein muss, werde ich auf der Suche nach dir sterben, aber aufgeben werde ich nicht. Als du den Pfad wieder hinaufkamst, warst du noch schöner als zuvor! Du hattest im Meer gebadet, und deine feuchte Haut leuchtete granatapfelrot, du glaubtest, ich würde schlafen, und bliebst vor mir stehen, ich hörte dich atmen, du hast gestöhnt, und ich dachte: Er hat mich gesehen! Er sieht mich an! Hast du nicht gehört, wie heftig mein Herz schlug? Mein Körper hätte sich fast in die Luft erhoben, in deine Arme, damit du mich mit nach oben nimmst, zu dir, die Sklavin zur Frau machst, zu einer Frau, die sich einer Leidenschaft ergeben hat, die sie ignorieren wollte, weil sie so unmöglich ist. Aber du hast nichts getan, du wolltest dich nur vergewissern, dass ich dich nicht gesehen hatte. Du hattest vor der Spionin Angst, vor den magischen Kräften deiner Feindin. Ich, deine Feindin? Bist du denn blind? Ich bin doch dein Fleisch, dein Reich, dein Wille! Ich bin von dir durchdrungen, bin nur du!

11. Die Offenbarung

»Mädchen! Wo hast du nur deinen Kopf? Willst du dein Haar nicht einseifen?«

Die Sklavin nutzt die freien Stunden am Morgen, um sich im Brunnen neben dem Turm das Haar zu waschen. Uschait hat Recht, sie greift nach einem kleinen Stück bester phönizischer Seife aus Soda und Fett. Wenn du wüsstest, was mir durch den Kopf geht, würdest du mich für verrückt halten! Außerdem ist mir mein Haar egal, wenn der Herr es nicht mal wahrnimmt!, denkt Irenia und lenkt dann rasch vom Thema ab.

»Dieser Brunnen ist ein Wunder. So nah am Meer, und trotzdem kann man das Wasser trinken. Allerdings muss man den Eimer tief herunterlassen.«

»Er ist einzigartig auf der Insel«, erklärt Uschait. »Der Herr behauptet, er sei das Geschenk eines Sterns. Er war zugeschüttet, als man den Palast baute, und er hat ihn selbst entdeckt bei der Renovierung des Turmes. Das Wasser, das sie im Palast und in den Gärten benutzen, kommt aus der Stadt, durch ein Aquädukt unter den Bögen des Heptastadions.«

Diese Uschait hört einfach nicht auf zu reden, denkt Irenia, die lieber ihre Ruhe hätte, um nachzudenken. Zu allem Überfluss kommt jetzt auch noch Bachir den Pfad hinauf. Unter anderen Umständen hätte sie sich darüber gefreut.

Er hat einen prächtigen Fisch, den er an den Kiemen trägt und nach der Begrüßung Uschait übergibt, damit sie ihn zubereitet.

»Hier, frisch aus dem Meer.«

»Das habe ich mir gedacht«, sagt Uschait. »Als der Herr heute so früh losging und nicht den Weg zum Großen Haus nahm, wusste ich, dass er zum Hafen hinunter wollte.«

Man hat der Sklavin bereits erzählt, wie gern Ahram im Morgengrauen, wenn die Fischerboote vom nächtlichen Fang zurückkehren und neue ausfahren, die Fischer des Dorfes oder des Fischereihafens Eunostos auf der anderen Seite des Heptastadions aufsucht. Er liebt es, sich mit ihnen zu unterhalten und sie zu einem Krug Gerstensaft einzuladen; sie erinnern ihn an seine Jugend, als auch er hinausfuhr. Er springt barfuß von Boot zu Boot, inspiziert die Netze, erkundigt sich, ob die Saison gut ist und wie es den Verwandten geht.

Bachir lobt Irenias Haar.

»Ich weiß nicht, warum ich es so pflege«, erwidert sie unwirsch. »Sie werden es mir sowieso wieder abschneiden.«

»Ist denn die Perücke der Herrin immer noch nicht aufgetaucht?«, fragt er mit boshaftem Blick und verschmitztem Lächeln.

Jetzt macht er sich auch noch über mein Unglück lustig, denkt die Sklavin noch wütender.

»Wirklich, sehr seltsam dieser Diebstahl«, mischt sich Uschait ein. »Wer hätte etwas davon?«

»Na, jede Frau, die in Kanopos zur Einkleidung Malkis dabei war«, antwortet Bachir. »Am selben Tag ist die Perücke verschwunden, und alle Frauen hatten ihr neidische Blicke zugeworfen. Mach dir keine Sorgen, Irenia. Auch wenn sie es wieder abschneiden, es wächst schnell nach.«

Irenia verschwindet im Turm, um nicht antworten zu müssen. Sogar Bachir ist jetzt gegen sie. Während sie im Innern das Gemüse vorbereitet, das sie beide essen werden, lauscht sie dem Gespräch durch das kleine Fenster.

»Warst du mit ihm am Strand?«

»Ja«, antwortet Bachir. »Warum?«

»Weil der Herr nicht im Turm geschlafen hat. Um Mitternacht ist er hinunter zur Grotte gegangen und erst nach dem Morgengrauen zurückgekommen.«

»Die ganze Nacht?«, fragt Bachir überrascht. »Wie seltsam.«

»Das letzte Mal, dass er so etwas getan hat, ist fast fünf Jahre her, als Malki geboren wurde.«

Irenia überrascht es nicht. Auch sie war wach, aber Uschaits Schlaflosigkeit hinderte sie daran, wie die Nacht zuvor ans Fenster zu laufen und auf die Rückkehr des nackten, vom Schein des Leuchtturms rot gefärbten Gottes zu warten. Was für eine Qual, sich schlafend zu stellen, während sie wartete.

Bachir holt eine Prise *quem* aus der Tasche und kaut nachdenklich.

»Deshalb war der Herr so seltsam gelaunt. Sogar den Fischern ist es aufgefallen. Ich glaubte, er würde sich wegen der Reise Sorgen machen.«

»Der nach Palmyra?«

»Nein, der neuen, die er gerade vorbereitet. Dieses Mal wird er sehr lang wegbleiben.«

Noch eine Reise? Er fährt schon wieder weg?, denkt die Sklavin erschrocken. Doch sie nimmt sich zusammen und erscheint an der Tür, ohne sich ihre Enttäuschung anmerken zu lassen.

»Warum lang?«, fragt sie.

»Weil er Philopator und Artabus mitnimmt. Sie fahren nach Darnis zu seinen großen Werften. Außerdem will er einige seiner wichtigsten Handelsniederlassungen besuchen, auf jeden Fall die, die seine Söhne leiten: in Cyrene, Athen und die in Ostia bei Rom, die sein Ältester führt. Er wird mindestens einen oder zwei Monate unterwegs sein, wenn er all diese Orte aufsuchen will.«

Irenia geht wieder in den Turm hinein, als würde es sie nicht interessieren, aber als sie weiter das Essen zubereitet, laufen ihr die Tränen über die Wangen. Sie lauscht nicht länger dem Gespräch draußen. Ein oder zwei Monate, das halte ich nicht aus!, sagt sie sich. Dann wischt sie sich mit dem Handrücken die Tränen ab und lächelt bitter. Natürlich werde ich es aushalten, wie immer!

Schließlich bricht Bachir auf, und Uschaits müde Augen nehmen das verweinte Gesicht der Sklavin nicht wahr, die den Tag mit gespieltem Gleichmut erträgt. Gelegentlich sieht sie zum Großen Haus hinüber. Die Galerie im Ostflügel und die beiden angrenzenden Räume, die von Ahram benutzt werden, sind vom Turm aus nur schwer einsehbar. Des Nachts erkennt sie Licht in den Räumen, aber fast gleichzeitig wird das Feuer im Leuchtturm angezündet, und das rote Licht überflutet die Gärten und die Gebäude. Uschait geht zu Bett. Die Sklavin, die nicht schlafen kann, setzt sich draußen auf einen Stein und denkt nach, während sie sich von den nächtlichen Düften der wilden Kräuter, die sich mit dem salzigen Geruch des Meeres vermischen, überwältigen lässt.

Sie will sich gerade zurückziehen, als sie Schritte hört – unverkennbare Schritte! – und aufsteht. Ahram öffnet das Tor in der Mauer. Der Hund läuft auf ihn zu und legt ihm die Pfoten auf die Schultern. Als die Sklavin Ahrams irritierten Gesichtsausdruck sieht – ist es, weil er mich hier angetroffen hat, als würde ich auf ihn warten? – eilt sie hin, zerrt den Hund am Halsband zurück und bindet ihn mit der Leine an einen in den Boden gestampften Pfahl. Der Mann, der Irenias Gruß nicht erwidert und sie einfach nur ansieht, wendet seine Aufmerksamkeit dem Knoten zu, den sie gedankenverloren gemacht hat. Ihre Hände halten noch die Leine, als Ahram die seine darauf legt. Und als er das silberne Armband berührt, erstarren beide zu Stein.

Er sieht sie an und wird angesehen. Ihre Blicke explodieren, zwischen ihren Händen läuft etwas hin und her wie Strom. Sie waren über das Halsband des Hundes gebeugt, doch jetzt erheben sie sich, ohne einander loszulassen und stehen sich gegenüber. Irenia zittert. Aus der Kehle des Mannes dringt ein merkwürdiges Geräusch, wie ein unterdrücktes Stöhnen. Dann folgt Stille. Sie hat das Gefühl, als würde sie innerlich zerfließen und gleichzeitig verbrennen. Schließlich sagt die heisere Stimme:

»Komm.«

Und dann, als wäre es etwas anderes:

»Jetzt!«

Noch ehe er das sagt, hat er mit einer Hand das Armband am Handgelenk der Sklavin gepackt und sie an sich gezerrt. Mit der anderen Hand öffnet er das Tor, aber keiner von ihnen hört das übliche Quietschen. Der Hund zerrt an der Leine, weil er ihnen folgen will, sie sehen nichts. Der Mann führt sie den Hang entlang bis zu der Treppe. Er steigt die steilen Stufen über dem Meer hinab, als ginge es in eine Kampfarena. Die Frau folgt ihm, ignoriert die Gefahr zu stürzen, ungestüm, als wäre sie diejenige, die ihn antreibt. Nach einer letzten Biegung führen die Stufen sie fast schon auf Höhe der sanften Wellen zum Eingang einer Grotte. Eine unerwartete Öffnung in der steilen Felswand. Über den vom Meer glatt geschliffenen leicht schrägen Boden plätschern die kleinen Wellen langsam hinein und wieder hinaus. Jenseits der Reichweite des Wassers, weiter hinten, liegt ein Teppich aus trockenem Seegras, ein Bett. In der Felswand darüber befindet sich eine Höhlung; sie sieht aus wie eine bogenförmige Mauernische.

Das Paar bleibt stehen, wo die Wellen enden. Ahram keucht, aber nicht vor Erschöpfung. Sie beobachtet zitternd das Meer draußen und entdeckt überrascht, dass sie sich in einer anderen Welt befinden. Sie haben eine Nacht hinter sich gelassen, die in den roten Flammen des Leuchtturmes brannte, und sind im Schatten der Felswand in das magisch helle Reich des Mondes hinabgestiegen. Er wirft einen silbernen Streifen auf die Wellen, der geradewegs in die Unendlichkeit führt. Es ist ein anderer Mond, einer, den sie noch nie zuvor gesehen hat ... Oder vielleicht doch? Ist es vielleicht ein Mond, den sie kennt – woher? – und nur vergessen hat? Über diesen silbernen Weg des Mondes dringt etwas ins Herz der Frau ein, bis in ihr Innerstes, bis in ihren Abgrund. Einen Augenblick lang – später wird ihr das unglaublich erscheinen – vergisst sie den Mann und versucht, sich zu erinnern, an etwas zu erinnern ... etwas zwischen dem Nebel ... zwischen dem Nebel von ... wann?

Ein Schmerz am Handgelenk holt sie aus der Erinnerung zurück. Der Druck seiner Hand bohrt ihr das Armband ins Fleisch. Und seine Stimme befiehlt:

»Wirf es ins Meer! Du selbst, wirf es ins Meer!«

Irenia hätte es nicht getan, aber sie ist nicht mehr Irenia. Eine andere Hand, die ihre, streift das Armband vom Handgelenk, auf dem es einen blauen Fleck hinterlassen hat, betrachtet es einen Augenblick im Mondschein und wirft es anschließend ins Wasser. Ein heller Punkt, der einen Bogen beschreibt, fällt, das Wasser kräuselt und in den dunklen Meereswellen verschwindet.

»So!«, sagt die Stimme hinter ihr triumphierend, und sie spürt, wie er sie umarmt, wie sich ihr Rücken gegen seine Brust presst. Er trägt sie zum Ende der Grotte und stellt sich vor ihr auf, groß und dunkel im Gegenlicht des Mondscheins. Dann löst er die Spange auf seiner Schulter und lässt den Umhang zu Boden fallen. Nun trägt er nur noch die kurze Tunika. Die Sklavin kniet vor ihm nieder und streift ihm die Sandalen ab. Sie spürt einen heißen Schauer, als sie zum ersten Mal seine Füße streichelt, die Füße eines Fischers wie die anderen damals. Woran wollen sie sie erinnern, wie eben der Mond, den sie schon einmal erlebt zu haben glaubte? Woran?

Die kurze Tunika fällt. Ihre Hände gleiten zögernd an den Beinen des Mannes hoch, die eine da, wo die Narbe der Muräne ist, etwas langsamer. Er bewegt sich nicht, angespannt und zugleich erleichtert, die Flut ihres Fleisches wie zärtliche Gischt auf seiner Haut zu spüren. Er legt die Hände auf die Schultern der Frau und hebt sie hoch, zieht sie aus, er umfasst ihre Brüste, und sie spürt, wie ihre Brustwarzen hart werden, unter diesen Fingern aus Leder und Traum, Seide und Feuer zugleich.

Sie blicken sich an: Er sieht die klaren Augen und sie, obwohl er im Gegenlicht steht, zwei funkelnde Punkte in dem dunklen Gesicht, wie zwei Pfeile, die sie mit seiner Lust durchbohren. Ihre Hände liebkosen seine Brustwarzen und ertasten unter dem dichten Haar eine weitere Narbe. Gleiten wieder an den Flanken hinab, während sie auf die Knie sinkt. Langsam nähert sie ihr Gesicht und schließt den Mund um das Glied, das erregt, aber noch nicht steif ist. Es ist kein begieriger, kein besitzergreifender Kuss, sondern eine Hommage, eine Erfüllung, eine Verheißung. Sein Geschlecht versteht sie und reagiert. Jetzt kniet der Mann sich zwischen die gespreizten Schenkel, die sie ihm darbietet, nachdem sie sich rücklings auf dem trockenen Seegras ausgestreckt hat. Mit einem Mal schreckt sie zusammen. Warum verharrt er so reglos und starrt auf die Höhlung in dem Felsen über ihrem Kopf? Aber es ist nur eine Sekunde – dann beugt er sich vor, stützt sich auf die Hände, und seine hungrigen Lippen, umgeben von feinen Härchen wie eine Anemone, bedecken die ungeduldigen Brüste, den zarten Hals, das entzückte Gesicht.

Endlich siehst du mich, würde sie denken, wenn sie denken könnte, wenn auch nur ein Fünkchen Verstand in ihrem Körper wäre. Stattdessen greift sie nach dem Band, an dem das goldene Amulett des Mannes hängt.

»Nein!«, murmelt der Besitzer, jetzt rasend vor Begierde, genauso wie sie, und streichelt ihr weiches Haar, entdeckt die Ohrläppchen darunter, küsst und liebkost sie mit der Zunge.

Ihre Körper umschlingen sich, die Bewegungen werden heftiger. Sie spürt, wie der steife Sporn sich gegen ihren Bauch presst, und öffnet sich, ergibt sich ihm. Er findet sie, berührt sie und dringt sanft, aber kraftvoll in sie ein. Sie kostet diesen Augenblick der ersten Lust aus, mit dem Mann in ihrem Schoß, den sie jetzt ganz für sich hat, in seiner ganzen Länge und Macht. Sie nimmt ihn in Besitz, jetzt gehört er mir, indem er mich zur Seinen macht! Sein Penis verwandelt sich in eine Nabelschnur, eröffnet dem Schoß ein neues Gefühl, kehrt zum Ursprung zurück, festigt die Vereinigung. Sie genießt es, und der Mann verlängert dieses Gefühl, weil er ein guter Reiter ist und wartet, ehe er sich wieder bewegt, das Geschlecht aus seiner weichen, warmen Gefangenschaft befreit und es ihr anschließend wieder übergibt, sanft und heftig, ruhig und inbrünstig, während er Worte in einer unverständlichen Sprache murmelt.

Sein Rhythmus ist nicht aggressiv, sondern kosmisch: ein Auf und Ab wie von Wellen, eine im Wind wogende Palme. Seine Flanken ruhen auf ihren nackten Schenkeln, die ihn wiegen, auf die Fersen gestützt. Er hat das Gefühl, auf einer Welle aus Fleisch zu schweben, während ihre Hände ihn umschlingen, seinen Rücken zerkratzen oder streicheln und ihr Stöhnen, ihre Liebesworte seine Ohren betäuben wie Musik. Er löst sich in ihr auf, ohne Angst, überlässt sich ganz ihr. Je mehr er sich hingibt, desto stärker wird seine Lust, und je größer seine Hingabe, desto größer sein Triumph. Tiefer und tiefer, und zugleich höher, je tiefer er sinkt. Je mehr er sich konzentriert, umso mehr verliert er sich. Nicht das Meer umgibt ihn, sondern der Himmel, die Sterne, das Universum. Seine Dämme brechen, er wird überschwemmt, mit fortgerissen. Und auch ihr Triumph wird größer, je mehr sie besiegt wird. Der Druck der Quelle wächst und wächst, immer höher, immer klarer, immer spitzer und lebendiger, alles von einem Licht durchflutet, das die Höhle in einen Diamanten verwandelt, mit dem Paar als Zentrum. Bis die Quelle überläuft, und die flüssige Lanze sich in eine Blume verwandelt, die sich in runden Kreisen ergießt wie eine Flut …

Genau in diesem Augenblick, als beide gleichzeitig aufschreien, überspült eine kräftige Welle ihre Füße. Für die Frau ist es wie der Schlag einer Zimbel, der sie betäubt und ihr zugleich etwas ankündigt. Als käme der Ozean, um sie in eine andere Zeit zu entführen, als dringe er in sie ein, um ihren Abgrund zu füllen. Denn plötzlich erinnert sie sich daran, was der Mond ihr zuvor mitteilen wollte. Sie erinnert sich an alles, als sie auf dem Höhepunkt der Leidenschaft ihre Vergangenheit wiederfindet. Der Orgasmus bringt ihr die Erinnerung zurück. Die Zuckungen des Körpers vervielfältigen, erweitern sich zu einem Strudel der Offenbarung, und der Mann, der schon glaubte, erschöpft zu sein, beobachtet eine ermutigende und erstaunliche Reaktion, als sie unter ihm erbebt. Er fragt sich, ob sie es vielleicht erraten hat. Denn das Meer hat auch ihn wieder jung gemacht und in eine andere Zeit gespült. Noch ehe er auf die leere Nische über dem Kopf der Sklavin blickte, hatte er geahnt, dass ihre Umarmung genauso magisch sein würde wie seine erste, aber auch so gewaltig, als wäre es die letzte.

Beide versinken in ihren Erinnerungen, während sie ineinander zerfließen. Sie schweigen. Worte sind jetzt überflüssig. Als er sich neben ihr ausstreckt, sie in den Armen hält und beide spüren, wie ihnen das hellsichtige Meer mit seinen herbstlichen Fluten bereits bis zu den Knien reicht, leuchtet in beider Augen dasselbe geheimnisvolle Licht, und auf beider Lippen breitet sich dasselbe Lächeln aus. Es ist nicht nur die Befriedigung des Fleisches, sondern der wunderbare Geist der Offenbarung.

Während der Mann neben ihr erschlafft, sich sanft wie die Ebbe zurückzieht, schaudert sie vor ihrer Entdeckung und lässt ihre Wiederauferstehung noch einmal vor ihrem inneren Auge vorbeiziehen. Nein, nein, ich kann es ihm nicht sagen, wer weiß, was er dann macht?, denkt sie, während ihr brennender Körper erlischt und sie wohlig wegdämmert, obwohl sie hellwach ist. Ahram spürt, wie sie ihn ansieht, erwidert aber ihren Blick nicht. Er will zwei Tränen verstecken, eine von vor langer Zeit und eine von eben. Was habe ich gegeben? Was habe ich empfangen? Wer ist es gewesen? Das sind die Fragen, die ihm durch den Kopf gehen. In diesem Augenblick entspringt ihren Lippen, ohne dass sie es merkt, eine süße wohlklingende Melodie, die sich von allen unterscheidet, die er jemals gehört hat.

Er kann sie unmöglich auf einer seiner unzähligen Schiffsreisen gehört haben. Er hatte nie Gelegenheit, die Sirenen singen zu hören. Denn es ist der Gesang der Sirenen: keine Worte, nur Klänge aus der Unterwasserwelt, die sie, die Töchter des Nereus, dem Mond widmen, wenn das Meer schläft.

Ich hatte mich schon aufgegeben, und plötzlich wird mir mit einem Schlag alles gegeben. Nie im Leben hatte ich mir so viel erträumt, seit ich denken kann, bis zu dem Augenblick, als er mich in seinem Gemach liebte. Auf den Armen trug er mich zu seinem Bett! Wenn ich sein schlafendes Profil betrachte, kommen mir die Tränen, ihm verdanke ich alles, er hat mein zweites Ich gefunden, ich war eine Sirene, eine Meerjungfrau! Ich besaß keine Kindheit, weil ich die Ewigkeit besaß und sie nicht wollte, wie klar ich mich jetzt daran erinnere! O Ahram, mein Ziel, mein Schicksal! Du bist der wahre Magier! Warum hast du dich bloß so hartnäckig dagegen gewehrt? Jetzt verstehe ich, du spürtest etwas Seltsames, es war nicht nur meine

Magie, sondern dein Verlangen, mich zu durchschauen. Das hast du gefürchtet, du hast Angst vor dir selbst gehabt, ich kann es immer noch nicht fassen, dass ich hier neben dir liege, in deinem Allerheiligsten, weil du noch immer Angst vor dir selbst hast, jetzt verstehe ich deine Zurückhaltung. Was für Wochen! Und ich fürchtete schon, Zenobia hätte dich verführt! Du hattest Angst, dich vor mir zu fürchten, das war entscheidend, du wolltest wissen, ob deine Kraft stärker war als meine. Oder dachtest du, du könntest mich vergessen, wenn du mich besitzt? Nein, das nicht, du wolltest mehr, und deine Haut ergab sich, als deine Hand die meine berührte, am Halsband des Hundes, wieder war es *Tijon,* der uns zusammenführte, wie damals am ersten Tag, der Götterbote und das Armband, o ja. Das war es, das Armband! Es machte dich wütend. Du warst auf Kritos eifersüchtig, mein Sohn, mein Liebster! Wenn du wüsstest, ich mag ihn, weil er so ist wie ich, ich meine, wie ich war. Auch in seiner Seele herrscht eine Leere, ich weiß nicht, welche, und seine Augen erregen und unterjochen mich, aber das ist nichts, nur eine Brise im Vergleich mit deinem Sturm. Indem du mich zur deinen machtest, hast du mich wieder zum Leben erweckt, in deinen Armen habe ich mich erinnert, du warst der Höchste, der Einzige, der mein Vergessen besiegt hat. Bis du kamst, war ich keine echte Frau, nicht die Frau, die ich sein wollte, du hast die Mauern eingerissen, die vielleicht sogar die Göttin errichtet hatte. Niemand zuvor ist so tief in mich eingedrungen, niemand gab mir das Gedächtnis zurück, und es waren starke Männer. Vor allem Uruk, er liebte mich wie ein Erdbeben, aber er machte mich nur zur Frau, Narsos war wie ein brünstiges Pferd, aber er machte mich nur zur Mutter, Domicia war wie Seide, aber sie machte mich nur zur Geliebten, und Roteph war die Gewalt, die mich nicht erreichte. Sie alle lehrten mich die Lust, doch sie bereiteten mich lediglich auf deine allumfassende Gegenwart vor, kündigten dich an, der du alle in dir vereinst. Indem du mich zur Frau machtest, verwandeltest du mich in alles, auch in die Sirene. Du hast mich zu den Wassern meiner Vergangenheit geführt und das Tor zu meiner Erinnerung geöffnet. Du hast mir sogar eine Kindheit geschenkt, denn die Götter sind ewige Kinder, weder wachsen sie, noch leiden sie, weder lernen sie noch verstehen sie, weder leben sie noch sterben sie. Du und ich, wir waren füreinander bestimmt, das wurde mir auf den Stufen an der Klippe klar, als wir von Rotschwarz zu Silberblau wechselten, vom Feuer des Leuchtturmes zum Glanz des Mondes. Das Meer mit seinem Netz aus Mondlicht war bereits mein Meer, und deine Fischerbeine diejenigen, die ich seit Jahrhunderten vom Meeresgrund aus beobachtete, wenn die Landbewohner ins Wasser tauchten. Alles war plötzlich wieder wie früher, dein Haar wie Meerespflanzen, weich auf den Schenkeln, elastisch auf der Brust, kraus im Schoß. Es gibt so viele verschiedene Arten von Algen auf dem Meeresgrund! Plötzlich fiel es mir wie Schuppen von den Augen. »Ich habe mit den Algen gespielt, ich bin durch sie hindurchgeschwommen!« Ich war ganz sicher, konnte aber wegen deiner Leidenschaft nicht weiterdenken, dennoch war ich bereit, wie der Mond, obwohl ich mich noch nicht erinnern konnte, du musstest zuerst meine Tore rammen, meine Schleusen öffnen, den Schwindel entfesseln, diesen steilen Abgrund, den unvergleichlichen Kitzel in diesem Kampf um Leben und Tod. Und da erkannte ich den Augenblick wieder, von dem ich unter Wasser immer geträumt hatte. Den ich jeden Tag an Land gesucht und den mir die Göttin schließlich gewährt hatte. Meine Erinnerung öffnete sich wie mein Körper deinem Verlangen, mein Blut begann zu singen, wie damals, als ich Aphrodite im Tempel beschwor, tausend Flüsse strömten durch meinen Körper, ich hörte ihre Herzen schlagen und ihre Stimmen sprechen, spürte meine Tiefen und mein Echo. Als du dich in mir verströmtest, erbebte die Welt wie durch Magie, gerann zu wohl klingendem Kristall, hoch und durchdringend, anhaltend und gewaltig, ein Schrei, der bis zu den Sternen aufstieg, und ich war in diesem Kristall, ich war das Kristall selbst, ich fühlte mich nicht nur lebendig, ich war das Leben selbst, dieses Leben, das in jedem Augenblick geboren wird und stirbt, ohne sich jemals zu erschöpfen, das Leben, das man genießt, weil es sich entzieht, das Leben, auf das man wartet, weil es wieder geboren wird, ich war dieses

Leben, und du hast es mir geschenkt, du, das Kind, das Angst hatte, mich zu besitzen, du hast mir sogar meine Vergangenheit wiedergegeben, das Leben, das die Gewohnheit uns raubt, du hast es mir zurückgegeben, als Schrei und als Strom. Die Erde bebte, und ich bebte mit ihr, ich floss über, wurde beinahe selbst zum Schrei. Jetzt würde ich gern schreien und dir alles erzählen: Wie ich anfing, mich für die Sterblichen zu interessieren, wie ich sie schließlich beneidete und die Göttin um Hilfe bat. Wie gern würde ich dir auch mein anderes Leben geben, so wie ich dir alles gegeben habe. Es ist eine Qual, mich zurückzuhalten! Mich selbst zum Schweigen zu zwingen! Aber ich will dich nicht verlieren. Du könntest mich für verrückt halten, wenn ich es dir sagte. Und angenommen, du glaubst mir, würdest du dich dann vor meiner Herkunft fürchten? Und was, wenn die Göttin mir das Gedächtnis raubte, damit ich nichts verrate? Aber verboten hat sie es mir nicht! Vielleicht dachte sie, es würde genügen, wenn sie mir das Gedächtnis nimmt, als wäre es ein unüberwindlicher Graben, aber sie hatte nicht mit dir gerechnet, mit der Kraft deiner Liebe! Wenn du sie besiegen konntest, wird uns nichts geschehen, eines Tages werde ich es dir erzählen, du wirst erfahren, wie ich dich suchte, ohne deinen Namen zu kennen, wie ich auf der Suche nach dir das Meer verließ, um Frau zu sein, einem Mann, meinem Mann ebenbürtig, wie ich durch die Körper von Männern und Frauen wanderte. Diese Geschichte werden wir zusammen noch einmal durchleben. Aber auch ich habe Angst: Männer sind so kompliziert …

Diese Sirene war anders als ihre unsterblichen Schwestern, die Töchter des Nereus. Schon wegen ihres erstaunlichen, unvergleichlichen Haars, das nicht korallenrot war, sondern golden schimmerte wie die Schuppen mancher Fische, weder blond noch dunkel wie das der anderen Sirenen. Vor allem unterschied sie sich in ihrem Verhalten. Es langweilte sie, wie die anderen die Zeit damit zu verbringen, Tintenfische oder Einsiedlerkrebse zu beobachten, die Seerosen zu bewundern, mit den Fischen zu spielen oder sich durch das Seegras zu schlängeln, um die zärtliche Berührung seiner biegsamen Wedel zu spüren. Stattdessen interessierte sie sich für Dinge, die ihren Schwestern völlig fremd waren. Vor allem saß sie lange Zeit reglos auf einem Felsen, ohne einen einzigen Gedanken zu haben, den die anderen hätten empfangen können, da Sirenen sich ohne Sprache verständigen. All das war so ungewöhnlich, dass die Nereiden zuweilen den Verdacht hegten, sie gehöre einer anderen Spezies an. Sie hielten sie nur deshalb nicht für krank, weil in der Welt der Unsterblichen Krankheiten unbekannt sind.

Insbesondere interessierte sie sich – sie wusste nicht, seit wann, weil Sirenen keine Zeit kennen – für das große Tier, das wie eine Miesmuschel mit einer spitzen Vorderseite aussah und seine Brut offen auf dem Rücken trug. Es war ein Landtier, das nicht tauchen konnte, aber seine Jungen sprangen manchmal ins Wasser und sammelten Korallen und Schwämme. Es besaß eine große Rückenflosse, die aber merkwürdigerweise aus dem Wasser ragte. Manchmal zog das Tier sie ein, und dann konnte es sich nicht mehr bewegen. Meistens warf es dann eine lange Schnur mit einer Kralle am Ende aus, mit der es sich an einer Klippe oder im sandigen Meeresgrund festhakte. Andere Male ließ es ein eigenartiges Gewebe aus vielen Fäden ins Wasser, in denen sich die Fische verfingen. Anschließend zog das Tier das merkwürdige Organ wieder ein, und die Fische verschwanden in seinem Bauch. Offensichtlich ernährte es sich von ihnen. Wegen seiner außerordentlichen Größe schien es mit den Walen verwandt zu sein, von denen einige Sirenen berichteten, die in den fernen Westen, bis zu den Säulen des Herkules und darüber hinaus, gereist waren.

Die Jungen besaßen keinerlei Panzer. Sie waren blass, wehrlos, verletzlich, etwas größer als Sirenen, vor allem aber äußerst tollpatschig. Ständig mussten sie wieder an die Oberfläche, um Luft zu schnappen, damit sie weiter tauchen konnten, und sie waren miserable Schwimmer. Zwar glichen ihre Oberkörper mit Kopf und zwei Armen denen der Tritonen, doch fehlte ihnen von den Hüften abwärts die Schwanzflosse, die unverzichtbar ist, um sich im Wasser wirkungsvoll fortbewegen zu können. Stattdessen bewegten sie zwei Fortsätze im gleichmäßigen Rhythmus, ohne jedoch viel erreichen zu können, weil das Wasser zwischen ihnen entwich, statt sie durch den Widerstand anzutreiben. Wenn man näher hinsah, konnte man zwischen diesen beiden Fortsätzen noch einen winzigen Schwanz mit einem Beutel erkennen, der, wie die Sirene dachte, bestimmt der Spross ihrer zukünftigen Schwimmflosse darstellte, wenn sie eine Entwicklungsphase erreichten, in der sie, wie andere Meerestiere auch, noch keinen Panzer hatten wie die Erwachsenen. Wann das sein würde, spielte für die Sirene keine Rolle, aber irgendwann hatte sie das Gefühl, dass sie diesen wehrlosen, unbeholfenen Wesen bei ihrer Suche nach Korallen und Schwämmen helfen musste. Sie wartete in der Bucht auf sie und beobachtete sie zwischen dem Seetang versteckt. Sie schickte ihnen Botschaften, aber sie wussten nicht, wie man sie empfängt. Sie besaßen nicht einmal die Wahrnehmung von Delfinen oder Fischen, mit denen eine Verständigung leicht war. Angesichts ihrer beschränkten Fähigkeiten war sie überrascht von der Hartnäckigkeit, mit der sie tagein, tagaus etwas derart Unnützes wie Korallen sammelten. Wäre sie vielleicht jeden Tag an Land gegangen – was sie gewöhnlich nur in Vollmondnächten tat –, um über irgendeine Insel zu kriechen und Steine zu sammeln? Den Grund für dieses Verhalten herauszufinden, wurde für die Sirene zu einer Besessenheit. Brauchten sie die Korallen zum Überleben? Denn diese Wesen waren sterblich wie die Fische und die Pflanzen. Alle Sirenen kannten die Stelle, an der einer ihrer schwimmenden Panzer, den Poseidon während eines nächtlichen Wutanfalls versenkt hatte, vom Rest seiner Jungen umgeben, langsam verfaulte.

Um ihnen zu helfen, begann sie, ganze Korallenzweige und Schwämme auszureißen und an einer bestimmten Stelle auf dem Meeresgrund, über der das große Ungetüm immer stehen blieb, zu einem Haufen zu stapeln. Als das Tier auftauchte, die lange Schnur mit der Kralle ins Wasser warf und die Jungen ins Meer sprangen, verfolgte die Sirene aus sicherer Entfernung das Geschehen. Nach einer Weile – offensichtlich hatten sie keine besonders guten Augen –, entdeckte einer der Jungen den Haufen und schwamm dorthin, so schnell er konnte. Die Gesten, die er machte, während er so viele Schwämme und Korallen sammelte wie möglich, ehe er wieder an die Oberfläche stieg, interpretierte die Sirene als Ausdruck des Entzückens. Ohne dass sie miteinander kommuniziert hätten, entstand eine Verbindung zwischen dem Sterblichen und der Sirene, die fortan das Spiel wiederholte und das Junge so daran gewöhnen konnte, jeden Tag dieselbe Stelle aufzusuchen.

So führte sie etwas Neues und Aufregendes in ihr ewig monotones Dasein ein. Da sie unbedingt mehr erfahren wollte, beschloss sie, dem schwimmenden Panzer in einigem Abstand zu folgen, wenn die Sonne unterging, das Tier die Rückenflosse aufrichtete, die Kralle aus dem Meeresgrund zog und sich wie immer davonmachte. Vergeblich versuchten ihre Schwestern, ihr diese unheilvolle Annäherung an derart fremde Wesen auszureden. Sie folgte dem seltsamen Tier zu einer von zwei steilen Klippen geschützten Bucht, an deren Strand sich eine Reihe von Nestern befand, aus denen weitere Jungen wie die des großen Tieres kamen, es aus dem Wasser zogen und die Fische, die es im Bauch trug, herausholten. So wurde ihr klar, dass die schwimmende Kreatur nur ein Gegenstand war und die Wesen, die sie für dessen Brut gehalten hatte, in Wirklichkeit Landbewohner waren.

Sonnenuntergang auf Sonnenuntergang folgte sie dem Fischerboot, und wenn es dunkel wurde, beobachtete sie heimlich die eigenartigen Wesen. Sie erkannte, dass sie gar nicht so hilflos waren, wie sie angenommen hatte. Ihre beiden zum Schwimmen ungeeigneten Fortsätze entpuppten sich als äußerst nützlich, wenn es darum ging, am Strand oder zwischen ihren Nestern hin- und herzulaufen. Am meisten jedoch beeindruckte sie das Licht, das sie erschaffen konnten und das aus den Löchern ihrer Nester drang. Eines Nachts konnte sie am Strand beobachten, wie sie dieses Licht erzeugten. Drei von ihnen bückten sich um einen Haufen von trockenen Zweigen, vermutlich Landalgen, rieben etwas zwischen den Händen, und plötzlich tanzten aus der Erde rote und gelbe Flammen hoch. Das unbekannte Wunder faszinierte die Sirene. Offensichtlich war es auch für diese Kreaturen sehr wertvoll, denn sie hielten sich an den Händen und begannen, im Kreis zu tanzen. Die Sirene hätte viel von ihrer Göttlichkeit gegeben, um eine Blume erschaffen zu können, die so groß, so hell und so fröhlich war, wie die, die diese Wesen in den Sand pflanzen konnten, wann immer sie wollten.

Sie entdeckte auch, dass sich die Wesen verständigen konnten, allerdings nur mittels eines Mediums, das um vieles primitiver war als die mentale Kommunikation der Sirenen. Aus ihren Mündern drangen Geräusche, die bei den Partnern wiederum ein bestimmtes Verhalten auslösten. Die Luft am Strand war erheblich reicher an Geräuschen als die an einsamen Felsen oder gar die vollkommene Stille in der Tiefe des Meeres. Ganze Nächte verbrachte sie nun am Strandufer, den Körper halb im Wasser, das Kinn in die Hände gestützt, und lauschte hingerissen auf etwas, das sehr anders war als das Kreischen der Möwen oder das Krachen der Brandung, die sie kannte. Die Landbewohner bereicherten das Leben mit dem Klatschen der Hände, dem Schnippen der Finger und ihren Stimmen … Ach, ihre Stimmen, was für ein Reichtum, was für eine Vielfalt an Klängen! Vor allem das Lachen. Ein wahres Wunder …! Außerdem benutzten sie Hilfsmittel: Irgendwann beobachtete die Sirene voller Staunen, wie einer eine leere Muschel zum Mund führte und einen tiefen Ton erzeugte, wie dunkler Wind. In einer Nacht, als sie die leuchtende Blume mit den grauen sich zum Himmel kräuselnden Rauchwolken anfachten und im Kreis tanzten, begann einer der Landbewohner auf etwas einzuschlagen, das widerhallte, und ein anderer blies in einen Stock und entlockte ihm eine wunderschöne Melodie, wie sie noch keine Sirene je gehört hatte.

Im Vergleich mit diesem Strudel an Farben, Geräuschen, Gerüchen und Bewegungen war das Leben unter Wasser grau und stumm, trübe und leer, eine endlose Wiederholung der gleichen

Reize, und die Sirene begann, sich selbst statt die Menschen zu bemitleiden und ihr unsterbliches Dasein als eine ewige Strafe zu empfinden. Als sie schließlich das aufregende Leben eines Menschenpaares beobachten konnte, begann sie sogar, ihre Unsterblichkeit zu verabscheuen.

Es war in einer Nacht, als viele tanzende Lichter aus dem Sand sprossen und wie wildes Haar im Wind flackerten. Alle Landbewohner hatten ihre Nester verlassen und sich am Strand versammelt, große und kleine lagen sich in den Armen, tanzten und lachten … Über den Flammen drehten sie Stöckchen mit aufgespießten Fleischklumpen, von denen sie gelegentlich ein Stück abbrachen und sich in den Mund steckten. Dazu tranken sie eine rote Flüssigkeit, die ihnen manchmal über das Kinn lief. Der Mond am Himmel schien ihr buntes Treiben mit einem wohlwollenden Lächeln zu verfolgen. Die Sirene kam ihnen so nah wie noch nie, trotz der Gefahr, entdeckt zu werden, doch niemand schaute aufs Meer. Zu vorgerückter Stunde ließen sich manche in den Sand fallen und blieben dort liegen, andere kehrten nach und nach in ihre Nester zurück, bis am Strand zwischen den roten Häufchen der ausgegangenen Lichter nur noch wenige Körper herumlagen.

Doch nicht alle suchten ihre Nester auf. Manche verschwanden am Ende des Strandes im Westen, wo an einem Hügel riesige Landalgen wuchsen. Nur ein einziges Paar ging auf die Klippen im Osten zu und kam der Sirene bedrohlich nah, ohne sie jedoch zu entdecken, da die beiden eng umschlungen waren und nur Augen füreinander hatten. Der Pfad führte um einige Klippen, und die Sirene folgte ihnen am Wasser entlang. Aufmerksam lauschte sie den Klängen, die aus den Mündern kamen und gelegentlich durch das Plätschern der Wellen, den Sog des Meeres, einen Schrei, der eher ein Lachen war, oder das Stöhnen der heiseren Stimme unterbrochen wurden. Das Paar lief die ganze Bucht entlang und stieg dann zu einem schmalen Streifen Sand hinab, den man vom Strand aus nicht sehen konnte.

Der Nacktere von beiden – die heimliche Spionin hatte bereits beobachtet, dass sie irgendwelche Häute auf ihrer schuppenlosen Haut trugen – zog den anderen ganz aus. Die Sirene staunte nicht schlecht, als sie im aufkommenden Licht des Morgengrauens einen Oberkörper wie ihren eigenen erkannte, mit zwei prächtigen Brüsten, wie sie bei den Korallentauchern niemals gesehen hatte. Aber im Gegensatz zu den Tauchern hatte sie nichts zwischen den Beinen, weder den kleinen Schwanz noch das Säckchen. Die Sirene hatte nicht viel Zeit, um sie sich genau anzusehen, denn im gleichen Augenblick streckten sie sich im Sand aus und gaben sich einem Spiel hin, dessen wilde Gewalt und faszinierende Intensität für die Augen, die es beobachteten, unerklärlich waren. Sie umarmten sich heftig, manchmal wie zwei Kämpfer, wanden und verrenkten sich wie die Flammen der roten Lichter. Voller Neid beobachtete die Sirene die Beine, die ihr zuvor so unbeholfen erschienen waren. Man konnte sie zusammen mit den Armen dazu benutzen, sich ineinander zu verschlingen, sich auf dem Boden abzustützen, vorzubeugen, sich an den Rücken des anderen zu schmiegen oder ihn an sich zu ziehen. Allmählich fand das schlangenartige Doppelwesen zu einem gleichmäßigen Rhythmus; die Kreatur, die auf der anderen lag, hob und senkte sich in einem immer schneller werdenden Rhythmus. Das Stöhnen, Hecheln, Keuchen, Seufzen, Beißen und Schreien ließen den Oberkörper der Sirene erschaudern, und ihre Brustwarzen richteten sich auf. Was ihr am Anfang wie ein Spiel vorkam, schien nun in einen Todeskampf überzugehen: Die Bewegungen des Reiters wurden immer frenetischer, seine Nackenmuskeln spannten sich; der Berittene warf mit halb geschlossenen Augen und zusammengepressten Lippen den Kopf hin und her. Bis beide plötzlich einen Siegesschrei ausstießen, der Reiter sich krampfhaft streckte und sich dann auf den anderen Körper fallen ließ, als wäre er mit einem Schlag ausgeblutet.

In der stillen grünen Welt der Sirenen existierte nichts Vergleichbares, nichts, das ein Gesicht dermaßen hätte verändern können. Wenn es ein Kampf gewesen war, so hatte es keinen Sieger gegeben. Er war aus Erschöpfung beendet worden, wie dem heftigen Keuchen zu entnehmen war. Besser gesagt, beide hatten gewonnen, denn auf ihren Gesichtern zeigte sich ein mattes, aber triumphierendes Lächeln. Wie sehr die Sirene sie um ihre unbeschreiblichen Masken und reglos im Sand liegenden Körper beneidete! Nach einer Weile strich das Reittier mit den Fingern sanft über die Brust des Reiters. Es war eine Geste, die die Sirene überwältigte und der sie keinen Namen geben konnte. Sie spürte nur einen starken Stich im Herzen, weil sie ihr auf ewig verwehrt bleiben würde.

Von diesem Augenblick an begann sie, diese Wesen zu beneiden, die zu so viel Leidenschaft fähig waren, und ihre eigene Unsterblichkeit so sehr zu hassen, dass sie beschloss, eine wohlgesonnene Göttin zu bitten, ihr dieses Leben zu ermöglichen.

12. Leben in der Zeit

»Ich war eine Sirene«, flüstert sie ihrem Geliebten zaghaft ins Ohr. »Hörst du? Eine Nixe.«

Sie kann es nicht für sich behalten. Es ist das Leben, das sie lebt. Unmöglich, es nicht hinauszuposaunen!

Ahram dreht den Kopf auf dem Kissen zu ihr. Wie nah ihre blaugrünen Augen, die jetzt klar und tief sind!

»Du musst es wissen, ich will dir alles über mich erzählen. Ich war wirklich eine Sirene im Meer mit einem Fischschwanz. Später wurde ich zur Frau«, schließt sie mit einem Seufzer. So, jetzt ist es unwiderruflich. War das richtig? Sie versucht, im Gegenlicht des kleinen Fensters in seinem Gesicht zu lesen.

Der Mann hatte anfangs nur die honigsüße Melodie der Stimme wahrgenommen. Jetzt hat er den Sinn erfasst, und sein Ton klingt beunruhigt und ungläubig.

»Was hast du da gesagt?«

Noch könnte sie es als einen Scherz abtun. Aber das kommt ihr nicht mal in den Sinn. Hastig erklärt sie mit wenigen Worten, was sie all die Jahre vergessen hatte, und dass sie sich nicht an ihre Kindheit erinnern konnte, weil sie keine hatte.

Der Mann stützt sich auf den Ellbogen und beugt sich über den Körper, der neben ihm liegt. Er sieht ihr in die blaugrünen Augen, die ihn jetzt leicht erschrocken und flehend anblicken. Sein Oberkörper schmiegt sich sanft an ihre rechte Brust; der Mund unter dem Schnurrbart senkt sich auf die weichen Lippen, verharrt dort einen Augenblick lang, streift sie nur zärtlich, ohne mit der Zunge einzudringen.

»Bei dir ist alles möglich. So musste es sein.«

Sie fürchtet, dass er sie immer noch falsch verstehen könnte. Sie lässt nicht locker, zählt weitere Einzelheiten auf: Den Haifisch und die Muränen, die sie nicht angegriffen haben, das Brandmal und die Striemen der Peitsche, die verschwinden, ihre Wettervorhersagen, ihre Tauchfertigkeiten. Der Mann spürt, dass sie die Wahrheit sagt, und bezweifelt nicht, dass sie selbst fest daran glaubt. Aber es ist trotzdem unglaublich! Er akzeptiert die Worte, will aber vorsichtshalber mehr erfahren.

»Warum hast du aufgehört, eine zu sein? Haben dich die Götter bestraft?«

»Nein. Ich bat Aphrodite darum, und sie hat es mir gewährt. Ich lernte die Menschen kennen, als ich beobachtete, wie sie Korallen sammelten, ich entdeckte, wie sie waren, dass sie lebten, viel mehr lebten als ich, und da wollte ich zur Frau werden.« Sie senkt die Stimme, nähert sich dem Mann. »Ich sah, wie sie sich liebten, so wie wir letzte Nacht, so wie vorhin. Ich wollte diese Liebe auch erleben. Und schließlich ist es mir gelungen! Endlich! Deine unvergleichliche Leidenschaft hat mir die Erinnerung zurückgebracht.«

Ahram denkt an die Männer, die sie besessen haben; sie merkt es an seinem unsicheren Blick.

»Denk nicht an die anderen, es war nie wie jetzt! Wenn es so gewesen wäre, hätte ich viel früher meine Erinnerung wiedergefunden. Verstehst du? Oder glaubst du, ich hätte gelogen, als ich dir sagte, dass ich meine Vergangenheit vergessen habe?«

Ahram ist sicher, dass sie ihn nicht belogen hat. Er lächelt.

»Du hattest sie vergessen, ich bin davon überzeugt. Du bist eine Tochter des Meeres. Ich wusste doch, dass dein Haar nicht das einer Griechin ist. Bachir hatte ein gutes Auge. Weiß er es oder irgendjemand anders?«

»Wie könnte er? Ich habe es selbst gerade erst erfahren, in deinen Armen! Glaubst du mir nicht …? Nur du hast das Vergessen besiegt. Weißt du was? Ich wusste nicht, ob ich es dir sagen sollte. Ich hatte Angst, dass die Göttin mich bestraft, wenn ich es dir verrate. Dass ich sterben muss, oder dass sie mich in eine Sirene zurückverwandelt. Aber ich habe es dir erzählt, und es ist nichts passiert. Wir sind immer noch zusammen! O Ahram, Ahram, ich bin so glücklich!«

Sie umarmt ihn heftig, schmiegt sich an ihn und fährt fort:

»Du musstest kommen ... Niemand sonst konnte das Vergessen besiegen. Mit dir war es wie damals, als ich Aphrodite um Hilfe bat. Die Offenbarung des Lebens, ein Sturm ... Ich weiß nicht, wie ich es sagen soll. Niemand hatte mich so erhoben, nicht einmal Uruk, der Krieger, der dir so ähnlich war ... Nur du hast mich wie die Wellen geschaukelt, mich wie ein Orkan hin und her geschleudert, wie der Ozean verschluckt ... Ahram, Ahram ...!«

Während sie spricht, erlebt ihr umschlungener Körper noch einmal den Augenblick, in dem sie das Gefühl hatte, als höbe er sie im Triumph auf seinem Schild in die Luft, als wäre es ihrer beider Sieg. Ganz oben, am höchsten Punkt, unter dem Gewicht des Mannes, seinem feurigen Atem und seinen Bissen, wie auf den Gipfeln der verschneiten Berge, wo der Schnee brennt und die Sonne das Auge blendet. Der Mann spürt, dass sie vor Leidenschaft zittert, genau wie er.

»Ich glaube dir. Nur ein unsterbliches Wesen, eine Göttin hätte mir geben können, was du mir gegeben hast.«

»Es liegt nicht daran, dass ich eine Göttin bin. Ich bin keine Göttin mehr.« Sie rückt etwas von ihm ab, beharrt darauf, verstanden zu werden. »Im Gegenteil, ich habe dir so viel gegeben, weil ich eine Frau bin. Götter leben nicht, sie sind nur. Ich aber wollte leben, und in dir spüre ich das Leben.«

»Jetzt kann auch ich dir etwas beichten. Ja, du hast mich eingeschüchtert, und ich hatte Angst vor deiner Magie.«

»Aber es gibt keine Magie!«

»Das wird mir jetzt langsam auch klar. Dein merkwürdiges Verhalten und deine blaugrünen Augen. Jetzt verstehe ich, warum du mich so verrückt gemacht hast. Einer derartigen Anziehungskraft konnte ich einfach nicht widerstehen.«

Sie lächelt, und als sie erkennt, dass sie ihm vertrauen kann, breitet sich ein frohlockendes Gefühl in ihr aus.

»War es nicht das Armband, das dich so wütend gemacht hat?«, zieht sie ihn auf.

»Sprich nicht mehr davon!«, fährt er sie barsch an und setzt dann hinzu: »Hattest du es absichtlich angelegt?«

»Nein, ich hatte nicht mal mit dir gerechnet, aber du hast Recht, sprechen wir nicht mehr davon. Seit ich dich sah, gehöre ich dir, obwohl ich es mir nicht eingestehen wollte. Für mich war es genauso unmöglich wie für dich jetzt der Gedanke, eine Sirene in den Armen zu halten. Wie fühlt es sich an?«

»Nun, ich werde mich wohl daran gewöhnen müssen. Aber ich gehe das Risiko ein.«

»Das Leben ist ein einziges Risiko. Das weißt du genauso gut wie ich. Deshalb hast du mich der Vergesslichkeit entreißen können. Wann hast du angefangen, an mich zu denken?«

»Ich wollte nichts davon wissen, bis heute Nacht. Aber es fing an dem Tag an, als wir nach Karu segelten. Als du im Meer nach meinem Dolch getaucht hast, bekam ich Angst um dich. Ich wollte dich nicht verlieren, deshalb bin auch ich ins Wasser gesprungen. Und es war eine Niederlage, weil du länger unter Wasser bleiben konntest als ich«, schließt er mit gespieltem Groll.

»Und haben dich meine nassen Brüste nicht versöhnt, wie deine Matrosen?«

»Ich habe sie nicht einmal gesehen, da ich nur daran dachte, was auf der Insel geschehen war.«

Die Stimme der Frau wird wieder ernst. Sie kommt aus dem Innern des Herzens.

»Dann sieh sie dir jetzt an! Hier … sie sind nicht mehr jung.«

»Viel jünger als ich und fest!«

Er küsst sie. Sie versucht, ihm das Band mit dem goldenen Medaillon abzunehmen, das zwischen ihren Körpern ruht. Er wehrt sich.

»Ich lege es nie ab. Weder im Krieg noch bei der Liebe.«

»Jetzt brauchst du es nicht mehr«, flüstert sie. »Von nun an bin ich dein Talisman.«

In ihren Augen ist so viel Liebe, dass sich der Mann ihnen ergibt.

»Blaugrün. Ich werde dich Glauka nennen.«

Ihre Lippen finden zueinander, ihre Hände greifen in sein Haar. Plötzlich löst sich Ahram von ihr.

»Die Sonne ist aufgegangen und fällt jetzt in die Grotte. Komm, lass uns noch einmal zurückgehen.«

Hastig ziehen sie sich an und steigen die Treppe hinunter. Uschait schläft noch, mit dem Gesicht zur Wand. Sie treten in die Sonne, die über den Gipfeln hängt. *Tijon* beobachtet sie reglos. Hand in Hand klettern sie die Stufen bis zum Meer hinunter. Bei Ebbe kann man den felsigen Eingang noch besser sehen, wie eine Vorkammer für Luft und Sonne. Ahrams Amulett ist oben im Zimmer geblieben.

Er zieht die Tunika aus und springt ins Wasser. Sie folgt ihm. Die Kälte mindert die körperliche Lust, die sie oben in der Kammer überwältigte, und regt ihre Muskeln an. Sie tollen wie die Delfine, verfolgen sich, tauchen unter den Wellen, über die das goldene Sonnenlicht seine Netze auswirft. Er schwimmt unter Wasser hinter ihr her, packt sie, streichelt ihre Beine.

»Du hast ja gar keinen Fischschwanz!«, neckt er sie.

»Bist du enttäuscht?«

Sie reißt sich los, während er ihre Wendigkeit im Wasser bewundert. Ihre schönen Beine, die perspektivische Verkürzung ihres Oberkörpers und die Brüste mit den aufgerichteten Warzen im purpurroten Warzenhof. Sie lässt sich einfangen, fasst nach seinem Geschlecht, spürt, wie es steif wird. Sie erinnert sich an die ersten Fischer, als er näher kommt und sie umschlingt. Sie liebkosen sich wie die Herren des Ozeans, die unerreichbaren Delfine.

Vom Meer gesalbt und von der Sonne gebräunt kehren sie zum Felsen zurück. Sie legt sich hin und betrachtet das erigierte Glied. Ein dunkles, purpurschimmerndes, mächtiges Götzenbild. Bloß ein Auge, wie ein Zyklop. Sie richtet sich auf, um es anzubeten, ihre Lippen umschließen es wie eine Krone. Doch dann greift eine Hand sanft in ihr Haar, zieht sie beiseite auf den Boden. Ihre Beine spreizen sich, er kniet sich über sie, und so kehren sie zu dem an- und abschwellenden Meer ihrer Liebe zurück, bis die steigende Flut sich in einem Schwall von Gischt entlädt. Danach liegen sie nebeneinander, mit geschlossenen Augen, und lassen sich von der süßen herbstlichen Sonne streicheln. Ein Seufzer. Wer war es?

»Ich habe eine Göttin geliebt, aber sag es niemandem.«

»So hatte ich mir vorgestellt, was ich damals sah.«

Die Zeit vergeht. Die Zeit, denkt sie, auch sie habe ich erobert. In der anderen Welt gab es keine Zeit. Sie stehen auf, ziehen sich an und kehren in den Turm zurück. Uschait liegt immer noch im Bett, mit dem Rücken zu ihnen. Ist das möglich?, denken beide und steigen leise die Treppe hinauf. Doch wie üblich ist das Zimmer bereits gemacht, nur das aufgeschlagene Bett erwartet sie. Sie lachen, legen sich wieder hin und unterhalten sich.

»Wie lebt es sich denn unter der Meeresoberfläche?«, fragt Ahram neugierig.

»Du hast es doch gerade erlebt, es ist immer das Gleiche. Nur wenn man aus dem Wasser kommt, spürt man den Zauber der Luft. Das Wasser umarmt dich, aber die Luft liebkost. Sie ist voll von duftenden Strömungen, die sich kreuzen. Wenn sie eine Farbe hätten, wären wir von lauter Luftschlangen umgeben. Und was für Farben. Auf dem Grund des Meeres ist alles bloß grün und grau!«

Sie sprechen, sie schweigen, sie erleben sich. Nach einer Weile muss Ahram fort. Sie steht mit ihm auf und tritt zu einem Gegenstand, der sie von allen im Raum am meisten beeindruckt hat. Einem Spiegel. Er ist nicht aus feinem Silber wie sonst die besten, die es auf dem Markt zu kaufen gibt, sondern eine neue Erfindung, die Ahrams Gelehrte gemacht haben. Er besteht aus hauchdünnem klarem Glas, das hinten mit einer Schicht aus poliertem Metall verkleidet ist. Sie betrachtet gerade ihr perfekt gespiegeltes Gesicht, als sie plötzlich sieht, wie ihr Haar sich erhebt und wächst. Erstaunt dreht sie sich um und erkennt, wie Ahram Sinuits Perücke hochhält.

»Du hast sie also gestohlen!«, ruft sie mit gespieltem Entsetzen.

»Tenuset hat sie gestohlen, auf meinem Befehl hin!«, berichtigt er sie ernst. »Es schmerzte mich, dass eine andere dein Haar trägt.« Er lacht und wechselt das Thema. »Du warst dabei, deine Schönheit zu bewundern? Und, ist der Spiegel ihrer würdig?«

»Ich habe in meinem Gesicht nach irgendeinem Zeichen gesucht, irgendeiner Veränderung. Weil ich eine andere bin.«

Ahram nimmt sie in die Arme. Sie legt die Wange auf seine Schulter und sagt leise:

»Du hast mich zur Frau gemacht. Endlich.«

Er versteht nicht.

»Was warst du vorher?«

»Nur ein Weib. Ich existierte, aber ich lebte nicht. Im Gegensatz zu jetzt.«

Ahram verabschiedet sich mit einem Kuss von ihr und geht die Treppe hinunter. Sie sieht, wie er den schläfrigen Hund streichelt und durch das Tor geht.

Erst als sie herunterkommt, steht Uschait auf und tritt auf sie zu. Die Sklavin spürt verwundert, wie sie errötet. Uschait lächelt sie an, ihr reifes Gesicht strahlt.

»Seit dem ersten Tag wusste ich, dass es so kommen würde, Herrin. Ich freue mich.«

»Nenn mich niemals wieder Herrin!«, ermahnt sie Uschait scheinbar ärgerlich und fragt dann schüchtern: »Freust du dich wirklich?«

Mit erhobenem Kopf sieht Uschait ihr in die Augen und antwortet:

»Ich liebe ihn immer noch, und er braucht dich. Deshalb freue ich mich.«

Die Sklavin umarmt sie innig. Als sie sich wieder voneinander lösen, sagt sie:

»Nenn mich ab jetzt Glauka.«

Uschait antwortet nicht. Erst später, als beide wie üblich zusammen zu Mittag essen, erklärt sie:

»Als ihr heute Morgen in der Grotte ward, ist Kritos vorbeigekommen.« Glauka wirft ihr einen fragenden Blick zu, und sie fährt fort: »Ich habe ihm nur gesagt, dass ihr zusammen dorthin gegangen seid. Ich konnte ihn nicht anlügen.«

Die Sklavin nickt wortlos.

Eine Sirene, eine weibliche Sirene! Es scheint so unmöglich, und trotzdem ist es wahr. Sie lügt nicht, und außerdem ergeben die Steinchen zusammen allmählich ein Bild. Es ist meine Stunde, das Schicksal schickt sie mir, um wahr werden zu lassen, was mein Amulett mir versprochen hat. Noch ein Stern, der mich begleiten soll. Kritos brachte mir das Wort, aus Palmyra holte ich die Macht, und jetzt bringt sie mir die Leidenschaft. Meine Stunde ist gekommen. Ich beneidete Odaenathus um seine Lebensgefährtin, und das Schicksal hat mich überreich beschenkt. Wenn er wüsste, was passiert ist, würde er mich beneiden! Er besitzt keine Göttin!

Ja, die Leidenschaft. Wie die, die mir vor vierzig Jahren Ittara schenkte. Ittaras Rückkehr. In letzter Zeit musste ich immerzu an sie denken. Nicht von ungefähr bin ich ihr auf der Insel Karu wieder begegnet. Ihre Grotte, ihre Statue, alles war wie damals. Es war kein Zufall, dass Malki den Dolch ins Wasser warf. Es war das Zeichen für sie, für Glauka. Die Göttin führte die Hand des Kindes. Glauka, der Name gefällt mir, er gehört mir, so wie ihre Augen. Sie ist wie Ittara, ihre Küsse, ihre Haut, ihre Brüste, ihre Scham, die Art, wie sie sich bewegt. Keine andere weckte in mir diese Erinnerung. Es waren immer einfache Frauen. Ittara und Glauka dagegen sind Göttinnen, beide. Die meines Anfangs und die meines Zenits.

Wie mich Odaenathus beneiden würde! Alle! Aber ich muss schweigen, niemand darf es erfahren. Auch sie habe ich gewarnt. Weder Uschait noch Kritos dürfen es wissen. Niemand würde es glauben. Ich sehe schon die Schmähschriften und Spottgedichte auf den Mauern wie bei den anderen Skandalen: »Ahram ist verrückt geworden!« »Eine Schlange, die sich als Sirene ausgibt, hat ihm den Verstand geraubt.« Nein, es muss geheim bleiben, auch wenn es die Wahrheit ist. So viele Zeichen, so viele wunderbare Dinge an ihr. Bachir hat es sofort erkannt. Aber auch er darf es nicht erfahren. Niemand, nur wir beide. Niemand konnte mich je hinters Licht führen, wenn es um so viel ging. Während sie sprach, sah ich ihr in die Augen: Sie lügt nicht ... Ich merke es, wenn Frauen lügen, sie lügt nicht. Man muss ihr nur beim Schwimmen zusehen! Nicht mal die Delfine sind so beweglich. Genauso ist es bei der Liebe. O ihr Götter, allein der Gedanke an sie erfüllt mich mit Verlangen.

Am liebsten würde ich es in die ganze Welt hinausposaunen, Freunden wie Feinden verkünden. »Seht her, ihr armen Teufel! Was wollt ihr jetzt machen?!« Ah, Glauka, Glauka, die nur mir gehört! Sie hat Recht: Sie ist mein Talisman. Diesen hier werde ich weiter tragen, weil es Ittaras Amulett war, das mir Glauka ankündigte, meinen neuen Talisman, meinen neuen Stern. Ich werde ein gleiches Amulett herstellen lassen für sie. Es war wie damals auf der Insel, als ich dem Tode nahe war. Nur musste ich damals den anderen Männern den Vorrang lassen, die während der Nacht kamen, dem Kerl mit dem Zicklein und seinen Nachfolgern. Welch ein Albtraum, welche Schmach! Jetzt bin ich alle und der Einzige, obwohl es vor mir andere gab. Es macht mir nichts aus, sie waren nichts. Keiner von ihnen erweckte ihre Erinnerung wieder zum Leben. Nur für mich wurde sie zur Sirene. Für meinen letzten Sieg auf dem Meer und an Land. Was gehen mich meine Vorgänger an? Das Armband? Pah! Ich befahl ihr zwar, es ins Wasser zu werfen, doch nur weil es störte. Kritos kann mir keine Frau streitig machen, noch weniger eine Sirene. Warum wollte er sie von mir geschenkt bekommen? Ob er etwas geahnt hat ...? Unmöglich, das kann er niemals erraten haben! Erst als ich es erfuhr, sah ich sie als Sirene. Andere werden sie für eine Magierin halten, die Sirene gehört nur mir, Ahram dem Seefahrer. Ich habe sie mir verdient, weil ich so viele Jahre zur See fuhr. So wie Salomon Bilqis, die Königin meines Heimatlandes Saba eroberte. Ihr heiliger Körper gehört mir allein.

Und das in der Stunde der Entscheidung. Die letzte Brieftaube hat Neuigkeiten von meinen Leuten in Palmyra gebracht. Odaenathus hält Wort, er hat alles, was wir besprachen, in die Wege geleitet. Er hat seine Spione in Ktesiphon untergebracht und stellt seine Karawanen zusammen. Von meinen Werften in Darnis sind auch gute Neuigkeiten eingetroffen. Die Modelle der Doppelschiffe funktionieren sehr gut. Zwei miteinander verbundene Schiffsrümpfe! Was für eine Stabilität! Was für eine Belastbarkeit! Auf ihnen wird man die größten Katapulte transportieren, die man sich vorstellen kann. Wir werden alle großen römischen Häfen bedrohen. Philopators Leute sind Genies. Ich muss sie besuchen und mir ihre Arbeit ansehen.

Wir sind wie geschaffen füreinander, für diesen Augenblick. Ich, weil mich Ittara einweihte, und sie, weil sie eine Sirene ist. Im Vergleich mit unserem Bündnis verblasst Palmyras Glanz, obwohl die Stadt mein Heer stellt. Warum sich jetzt über Lappalien aufregen? Soferis macht sich Sorgen wegen des Geldverleihers Firmus. Er hat nach zähen Verhandlungen vom römischen Statthalter endlich das Monopol für den Handel mit Olivenöl bekommen. Der Streich ist ihm gelungen, aber was geht uns das an! Er ist kein Feind, er will nur fett und reich werden. Sein Ehrgeiz gilt dem Geld, nicht der Macht.

Es ist wirklich ein Wunder. Während der ganzen Nacht habe ich kein einziges Mal an die Politik gedacht! Du wirst sehr glücklich mit mir sein, Glauka. Auch du musstest einen langen Kampf bestehen, um mich zu finden. Jetzt aber ist er zu Ende. Du wirst alles haben, was du dir wünschst. Selbstverständlich kannst du nicht länger Sklavin sein, ich werde dir die Freiheit geben. Du wirst Herrin über alle sein. Ganz Alexandria wird staunen. Sie werden mich kritisieren, aber daran habe ich mich gewöhnt, egal, was ich mache. Sie sollen wissen, dass du eine Sklavin warst, schließlich bist du nicht die erste befreite Sklavin, die das Höchste erreicht. Dass du eine Sirene warst, werden sie jedoch nie erfahren; außerdem würden sie es gar nicht glauben. Du wirst meine Frau werden, meine Hauptfrau. Und mit mir wirst du zur mächtigsten Frau weit und breit, denn ich befinde mich auf dem Höhepunkt meiner Macht. Wie klar doch die Zeichen sind!

Es ist der Anfang vom Ende Roms, die Einlösung des Versprechens, das ich meiner Mutter gab, auch wenn ich selbst nicht damit rechnete, dass es so ganz und gar wahr werden könnte. Das Reich wird nicht sofort zusammenbrechen, möglich, dass ich selbst es nicht mehr erlebe, aber mein Sohn wird Zeuge sein. Mit dir will ich einen. Was für eine Zukunft würde den Sohn eines Sterblichen und einer Göttin erwarten! Denn das bist du immer noch, Glauka. Um so zu lieben wie du, muss man einfach göttlichen Ursprungs sein. So wie Ittara es war.

Eigentlich müsste ich müde sein, aber das Gegenteil ist der Fall. Du raubst mir meine Kräfte nicht, sondern verdoppelst sie. Ich weiß nicht, wie ich Soferis vormachen soll, dass ich heute nicht zum kleinen Hafen ging und nun zu spät zur Arbeit komme, weil ich zu müde war.

Auf dem weniger steilen der beiden Felsen, die die Bucht umgaben, wo die Sirene die beiden Landbewohner beobachtete, lag ein kleiner Tempel, der Aphrodite, der Anadyomene, geweiht war. Sie war aus dem Schaum geboren, den das von Kronos abgeschlagene Geschlecht seines Vaters Uranos im Meer abgesondert hatte. Es war eine ganz schlichte Weihestätte. Nur ein kleiner, mit Marmorfliesen ausgelegter Raum mit vier Ecksäulen und einem Sockel in der Mitte, auf dem sich die Statue der Göttin befand. Nicht sehr alt, aber er befand sich an einem Ort, der seit langem heilig war, weil er einer alten primitiven Gottheit gewidmet gewesen war, deren Name in Vergessenheit geriet.

Die Sirene beschloss, Aphrodite um die Gnade zu bitten, so leben zu dürfen wie die Sterblichen, nachdem sie zu der Einsicht gekommen war, dass ihr Vater Nereus ihrem Wunsch niemals nachgeben würde. Von der Göttin erhoffte sie sich mehr Verständnis, da sie selbst Wesen gekannt und geliebt hatte wie jene, in die sich die Sirene verliebt hatte. So kam es, dass die Sirene in einer Vollmondnacht, nachdem alle Lichter des Dorfes ausgegangen waren und sie sogar einem der Boote gefolgt war, die des Nachts mit einem wundersamen Licht am Bug zum Fischen ausliefen, bis zum Ufer des Tempels schwamm und dort, halb im Wasser liegend, wartete.

Im ersten Morgenlicht konnte sie oben, wenige Ellen entfernt, die Statue ganz genau sehen. Vor dem dunklen Laub der Zypressen und Myrten leuchtete der Marmor noch heller als sonst. Sanfte Wellen plätscherten um ihre Hüften, und manchmal leckte eine an ihren Brüsten, als wollte sie die Sirene in dem Element zurückhalten, das stets das ihre gewesen war. Ein kleiner Tintenfisch schien dasselbe im Sinn zu haben, als er sie mit einem seiner lustigen Tentakel, die ihr so viel Vergnügen machten, am Arm berührte. Doch die Sirene dachte an die Göttin. Sie stellte sie sich vor wie sie selbst in diesem Augenblick, halb im Wasser, die göttliche Haut noch vom weißen Schaum benetzt, schwarz das Moos zwischen den Beinen, weil die Göttin den Menschen darin immer ähnlicher wurde. Bei diesem Gedanken fasste sich die Sirene ein Herz. Jetzt, dachte sie. Dann ließ sie stumm, doch mit der ganzen Glut ihres Verlangens das Stoßgebet mit ihrer Bitte los, in der Hoffnung, Aphrodite würde sie erhören. »Mach mich zu einem von ihnen, o Göttin, du, die du sie genießen durftest!«

Sie fürchtete schon, sie habe sie nicht gehört, als plötzlich eine unsichtbare Hand sanft über die Zweige der Myrten und die Wipfel der Zypressen strich. Die Sirene empfing die Antwort als stummen Gedanken, der voller Mitleid, aber auch göttlicher Irritation war angesichts der Unzufriedenheit einer Unsterblichen mit ihrem Status.

»Weißt du, worum du mich bittest?«

Die Sirene wollte sich nicht auf eine Diskussion einlassen und beharrte auf ihrem Willen, ihrem überwältigenden Verlangen, ohne weiter darüber nachzudenken.

»Ich habe sie gesehen. Ich will so sein wie sie!«, bat ihr Geist, ihre Brust, ihr Körper aus Haut und Schuppen. Es war nicht länger ein Verlangen, sondern eine fixe Idee. Entweder das oder nichts, lautete ihre Losung.

»Ist dir nicht klar, dass du deine Unsterblichkeit verlieren würdest?«

»Was nützt sie mir?«

»Sie schützt dich vor dem Tod. Davor, dass du in den Strudel der Zeit fällst, die sich nicht zurückdrehen lässt. Niemals!«

»Sie lachen. Sie genießen das Leben. Ich will leben wie sie.«

»Sie bezahlen teuer dafür. Sie sind sterblich. Die Zeit ist ein gnadenloser Wind, der alles hinwegrafft und verweht, auch dich.«

»Wohin?«

»In den Tod. Hast du nicht die Kadaver der toten Fische gesehen, die auf dem Wasser treiben, absinken und sich auf dem Grund auflösen? Kannst du dich nicht an die hohlen Muscheln erinnern? Das wird dein Schicksal sein, wenn du sein willst wie sie. Das Leben bezahlt man mit dem Tod.«

»Ist es das nicht wert?«

Die Sirene meinte, einen göttlichen Seufzer gehört zu haben, ehe die Antwort kam.

»Das weiß ich nicht. Wir Unsterblichen sind, aber wir leben nicht.«

»Wie wahr! Deshalb will ich den Preis zahlen. Enthalte mir das Leben nicht vor. Du hast selbst die Lust kennen gelernt.«

Jetzt ist es mehr als ein Seufzer, es ist ein Stöhnen. Dann eine plötzliche Verwandlung. Vor ihr am Fuß des Felsens erscheint die Silhouette einer Frau, und die Sirene hört Worte, die sie, obwohl sie sie nur mit den Gedanken erfasst, auch von den Sterblichen gehört hat, die Brüste hatten wie sie. Die Stimme ist von Wehmut erfüllt.

»Nein, ich nicht. Meine Liebhaber kannten sie. Ich konnte mir nur vorstellen, was sie fühlten: eine Ekstase, die kein Gott jemals gefühlt hat, mit dem ich zusammen war.«

Eine Weile herrschte Stille, dann:

»Vielleicht ist es das wert, aber dazu muss man deinen Mut besitzen. So sei es, und ich hoffe, dass du es niemals bereust.«

So sprach die göttliche Tochter des Schaums, ehe sie verschwand.

In diesem Augenblick überwältigte ein Gefühl der Angst die Sirene, und da wusste sie, dass sie nicht länger unsterblich war, denn noch nie zuvor hatte sich eine Sirene von irgendetwas bedroht gefühlt. Doch bereute sie nicht, was jetzt folgte. Ein heftiges Kribbeln erfasste sie von der Hüfte abwärts und löste sämtliche Schuppen von ihrer Haut. Vom Grund des Meeres traf sie ein Blitz und spaltete ihren Unterleib in zwei Hälften. Sie fühlte, wie sie in die Tiefe gesogen wurde, klammerte sich mit beiden Händen an einen Felsen und schwang sich mit aller Kraft aus dem Wasser. Sie warf einen Blick an sich herab: Dort, wo früher ihr Fischschwanz gewesen war, entdeckte sie zwei Beine und dazwischen ein kleines Büschel Seegras. Von hier breitete sich nun das Kribbeln über den ganzen heftig bebenden Körper aus. Unter der Oberfläche ihrer Haut, wo sie früher nie etwas empfunden hatte, spürte sie ein Labyrinth von Fasern, Flüssigkeiten, Fältchen, Höhlen, Leitungen, Strömungen, die sich kreuzten, Katarakten, Erschütterungen und Botschaften ... In ihrem Kopf tobte ein Wirbelwind, ihr Magen verkrampfte sich, ihre Brust war ein Käfig voller Erregung ... Luftstöße gingen durch ihren Mund ein und aus, ihre Lungen füllten sich, ungeahnte würzige Gerüche überfielen ihre Nase, wunderbare Klänge betäubten ihre Ohren. Anders als in ihrer trüben Unterwasserwelt entdeckte sie die Transparenz und Sinnlichkeit der Luft, mit ihrem Duft nach Zypressen und Rosen, nach Rosmarin und dem salzigen Meer, nach feuchter und trockener Erde.

Die ganze Welt hatte sich in Bewegung gesetzt. Das unerschütterliche Universum bebte heftig, als würde es mit jedem Augenblick neu erschaffen werden. Die Welt hatte ihre Ketten gesprengt. Die Zypressen, die sich zuvor kaum bewegt hatten, glichen lodernden grünen Flammen, von inneren Vibrationen bewegt, nicht vom Wind. Das Gras reckte sich in die Höhe, angetrieben von einem winzigen, aber unaufhaltsamen Impuls, die Wolken zogen sich fortwährend zusammen und wehten wieder auseinander. Alles mutierte, war voller Poren und Schlünde, die gierig atmeten, der ganze Kosmos glich einem Thorax, der ein- und ausatmete. Allmählich wurde es hell, und alles war Licht, Beben, Schaudern und Bewegung: Selbst der Marmor und die Felsen unter der reglosen Oberfläche vibrierten. Der Marmor wandelte sich von apollinisch zu dionysisch, von einfach zu geheimnisvoll, von beständig zu unbeständig, und auf der Oberfläche zeigten sich winzige Schäden, Schatten zukünftiger Risse, Vorboten des Zerfalls.

Die neue Frau öffnete die Augen und entdeckte staunend diesen universellen Pulsschlag, ohne zu wissen – sie erinnerte sich nicht mehr an ihr früheres Leben –, dass sie die Zeit viel stärker empfand als die Sterblichen, die sich daran gewöhnt hatten. Sie trieb in der Zeit, in diesem Strom, der Blumen ebenso wie Steine, Wolken und Menschen dahinrafft. Nichts war von Dauer, alles verging unaufhaltsam. Wenn sie das Meer beobachtete, konnte sie sehen, wie das Wasser verdunstete, die Delfine mit jedem Sprung alterten, die Schwämme sich zersetzten. Wie alles unausweichlich hinweggefegt wurde, obwohl es sich vehement dagegen wehrte: Alles in einem Zustand des Lebens, Seins und Nichtseins zugleich.

In diesem Strom wurde sich die Frau zum ersten Mal der Energie und Dynamik in ihrem Körper bewusst. Welche Ekstase! Welch ein Wunder! Instinktiv richtete sie sich auf dem Felsen auf, hob die Arme und stieß einen Schrei aus. Sie wäre stehen geblieben und hätte ihrem neuen Leben entgegengeschrien – nur um sich aus eigener Kraft in die Höhe zu erheben wie eine Zypresse oder Säule –, doch da sie noch nicht gelernt hatte, das Gleichgewicht zu halten, gaben ihre Beine nach, und sie setzte sich keuchend wieder hin, berauscht von der Luft, den Düften, Geräuschen und Farben, die die aufgehende Sonne vor ihren Augen entfaltete.

Im Sitzen konzentrierte sie sich auf das Leben, spürte die Luft in der Kehle und nahm alles in sich auf: die erregende Rauheit der Felsen unter ihren Fingern, das überwältigende Aroma der Myrte bei jedem Windstoß, das Kitzeln des Haars im Nacken. Vor allem spürte sie einen inneren Rhythmus, der sämtliche anderen Empfindungen übertraf: einen langsamen, gebieterischen Rhythmus, den sie sich nicht erklären konnte, bis sie die kleine Ader an ihrem Handgelenk sah: tack, tack, tack, und synchron dazu das Zwitschern eines Vogels hörte: piep, piep, piep. Ihr Blut und das der Welt pochten im Gleichklang wie ein Strom, und ihr Leben verwob sich mit dem Universum.

Nun glitten ihre Gedanken die Kehle hinab, aber die entsprechenden Laute blieben aus. Kein Klang erreichte die ausdrucksvolle Intensität ihres Blutes, ihrer Haut, ihres Fleisches. Sie drohte aus ihrem Körper zu quellen, zu platzen, sie musste sich losreißen und denen anschließen, die sie suchte. Da sie ihren Beinen nicht vertraute, sprang sie ins Wasser, und ihre Arme – nicht sie selbst – erinnerten sich an Reflexe, mit denen sie den Rest ihres tollpatschigen Körpers über Wasser halten konnten. Es kostete sie viel Kraft, die Bucht zu umschwimmen, mehrmals drohte sie zu ertrinken, aber schließlich erreichte sie den Strand. Sie machte noch ein paar Schritte und sank dann ohnmächtig zu Boden, weniger aus Erschöpfung, sondern überwältigt von diesem Ansturm der Gefühle.

Erst später fanden einige Frauen ein Bündel im Sand.

13. Der Prozess auf Samos

Im ersten Licht des Tages steht Glauka auf und schließt vorsichtig die Fensterläden, damit Ahram nicht aufwacht. Sie kehrt zum Bett zurück, aber statt sich wieder hinzulegen, setzt sie sich auf einen Schemel und beobachtet den schlafenden Körper. Sie kennt ihn bereits auswendig, aber sie wird nicht müde, ihn zu bewundern: die leicht gebräunte Haut, Muskeln und Sehnen, unter denen die Knochen zu erahnen sind, das Geflecht aus Adern und Venen, die behaarte Brust, die Haltung, die entspannt und zugleich wachsam ist… Sie denkt daran, wie sanft sie in der Nacht zuvor geschlafen hatte, als eine Liebkosung sie weckte und sie überrascht die Augen aufschlug: Ahram, der soeben von seiner endlosen Reise zurückgekehrt war. Ahram, der sich im Großen Haus gerade lange genug aufgehalten hatte, um zu erklären, wie müde er sei, und dann zu ihr in den Turm geeilt war.

Keiner von ihnen hatte Schlaf gefunden. Zweimal hatten sie die Öllampe nachfüllen müssen, denn der Leuchtturm konnte ihre Sehnsucht, sich anzusehen, nicht befriedigen, jetzt, da keine Handelsschiffe mehr verkehren und er nur noch schwach brennt. Ihre Umarmungen wurden hin und wieder unterbrochen, wenn Ahram ihr von der Reise erzählte: wie sie zum Smaragdlager am Arabischen Golf gelangt waren und anschließend wieder durch den Nilkanal zum Mare Nostrum zurückgesegelt waren. (»Du Schuft, du bist an Alexandria vorbeigesegelt? Ich liebe dich nicht mehr«, unterbricht sie ihn, verzeiht ihm aber sogleich wieder mit ihren Küssen.) Dann weiter nach Korinth, gegen den Nordwind ankämpfend, um dort seinen Sohn zu treffen, der sich um die Niederlassung in Athen kümmert; von Korinth, den Wind im Rücken, nach Messina, wo er mit dem zweiten Sohn verabredet war, der die Geschäfte in Ostia und Rom leitet; anschließend zu den Werften in

Darnis, den Laboratorien in Antiphrae und schließlich wieder nach Hause. »Mehr als sieben Wochen, du warst mehr als sieben Wochen unterwegs!«, jammert Glauka, lässt sich jedoch von seiner Umarmung trösten.

Der gestrige Morgen gehörte natürlich dem Schlaf. Am Nachmittag war Ahram ins Große Haus gegangen, um sich nach eventuellen Problemen zu erkundigen und seinen Leuten das Wichtigste von der Reise zu berichten. Danach wieder zurück in den Turm, zu einer weiteren Liebesnacht, diesmal einer ruhigeren, aus der er jetzt erwacht.

Durch eine Spalte im Fenster dringt ein kühler Luftzug. Es ist bereits Herbst, der Monat *tybi* hat begonnen, und was Glauka in der letzten Woche am meisten beunruhigte, war die Angst, dass Ahram immer noch unterwegs war, obwohl die Saison zu Ende ist und die Schiffe nur noch auslaufen, wenn es sich um unaufschiebbare Angelegenheiten handelt. Jetzt ist alles vorbei, und sie ist nur noch neugierig auf die Überraschung, die Ahram ihr versprochen hat, abgesehen von all den Geschenken, die er ihr sonst noch mitgebracht hat: ein Spiegel, noch größer als der alte, Weihrauch aus Punt und ein prächtiger Gürtel aus Korinth, eine herrliche Arbeit aus Silber mit eingefassten Edelsteinen.

Auf den ersten Blick scheint die Überraschung nichts Besonderes zu sein. Glauka betrachtet die versiegelte Amphore. Bestimmt ist es kein auserlesener Wein, denn weder Ahram noch sie machen sich viel aus Alkohol, obwohl er manchmal mit seinen Gästen anstößt und auch mit seinen Freunden trinkt. Es muss etwas Neues sein, eine Erfindung seiner Gelehrten.

»Neugierig?«, fragt Ahram und umarmt sie. »Dann sollst du es jetzt sehen, und danach gehen wir zum Hafen hinunter.«

»Zum Hafen? Zusammen?«, fragt Glauka, weil Ahram bisher immer allein dorthin gegangen ist.

»Ja. Und jetzt sieh es dir an.«

Er bewegt sich wie ein Priester während eines heiligen Rituals, und sie kostet es aus, ihn so fröhlich zu sehen. Er erinnert sie an ein glückseliges Kind. Er nimmt einen Steinbecher und stellt ihn draußen vor dem Fenster auf das breite Mauersims. Mit dem Dolch bricht er die Versiegelung der Amphore auf. Dann gießt er vorsichtig etwas von der Flüssigkeit in den Becher. Glauka versteht, dass die durchsichtige, leichte, etwas ölige Flüssigkeit, deren Geruch ihr unbekannt ist, nicht zum Trinken bestimmt ist. Es scheint auch keine Medizin zu sein. Als sie sich umdreht und ihn fragen will, ist Ahram verschwunden. Einen Augenblick später kommt er mit einem brennenden Papyrusstiel von der Feuerstelle unten wieder die Treppe hinauf.

»Gleich ist es so weit. Aber tritt nicht zu nah heran.«

Er führt den brennenden Papyrusstiel an den Becher, und plötzlich schießt eine Stichflamme auf, so hoch wie das Fenster. Erschrocken weicht Glauka zurück. Nie zuvor hat sie etwas gesehen, das eine so gewaltige Feuersbrunst entfachen kann. Als wäre es Magie oder eine dämonische Kraft.

»Bei allen Göttern! Was ist das?«

Ahrams Augen leuchten, sein ganzes Gesicht strahlt.

»Wir nennen es den Geist des Feuers! Kennst du das Öl in den Steinen?«

»Ja, aber das ist anders! Schwarz, zähflüssig, und es brennt nicht!«, erwidert sie und erinnert sich an die Flüssigkeit, die in Armenien aus den Steinen sickerte und von manchen Leuten als heilende Salbe benutzt wurde.

»Nun, wir haben ihn aus diesem Öl gewonnen. Es ist seine Kraft, wir haben sie destilliert. So wie man Wein aus Trauben gewinnt.«

Er verschließt die Amphore und stellt sie wieder an ihren Platz neben dem Modell der Pentere. Als das Feuer erloschen ist, spült er den Becher aus und stellt auch ihn weg, zieht sich an und schnürt sich die Sandalen zu. Dann steigen sie die Treppen hinunter, leise, um Uschait nicht zu wecken.

»Auf einer meiner Reisen erfuhr ich, dass manche Völker in Persien Steinöl auf ihre Scheiterhaufen schütten«, erklärt Ahram, »weil sie dann besser brennen. Ich ließ daraufhin dieses Öl von meinen Alchemisten untersuchen. Feuer ist so wertvoll wie Gold. Und das, was du gesehen hast, ist das Ergebnis!«

Wie ein glorreicher Held, denkt Glauka. Aber auch wie ein Kind mit seinem Spielzeug.

Draußen erwartet eine zarte herbstliche Morgenröte den Sonnenaufgang, ein sanftes Farbenspiel von Rosa, Gelb und Blau. Als sie durch das kleine Tor treten, folgt ihnen in gebührendem Abstand Mnehet, Ahrams nubischer Leibwächter. Zu Glaukas Überraschung gehen sie nicht zum Fischerdorf, sondern hinter dem Haus am Frauentrakt und den Lagerhäusern vorbei bis zum großen Haupteingang, an dessen Anlegeplatz Tinab, der Schiffspatron der *Jemsu*, mit einem kleinen Boot auf sie wartet. Ahram erklärt ihr, dass sie zu den Fischern von Kibotos wollen, wo der Nilkanal in den Mareotis-See mündet. Während sie den Hafen Eunostos passieren, kommt Glauka noch einmal auf das Feuer zurück.

»Und wozu ist der Geist des Feuers gut?«

»Für alles Mögliche, im Krieg ebenso wie im Frieden! Der Leuchtturm zum Beispiel würde damit viel besser brennen!«

Hinter dem Heptastadion sieht man den hohen Leuchtturm noch qualmen.

»Willst du es ihnen vorschlagen?«

Ahram lacht und sagt dann mit gedämpfter Stimme:

»Ich bin doch nicht verrückt! In Ägypten gibt es kein Holz, und ich verdiene mein Geld damit, dass ich es mit meiner Flotte von Phönizien hierher transportiere. Diese Sonne der Nacht da oben hängt ganz von mir ab, und ich werde sie nicht aufgeben. Es ist seltsam, dass die Ägypter, die so hervorragende Bauwerke wie die Pyramiden errichtet haben, oder die Römer mit ihren Straßen und Brücken, keinen Forschergeist besitzen. Deshalb kann man sie besiegen, und deshalb werde ich dieses Geheimnis für mich behalten. Wenn es zum Krieg kommt, werden meine Feinde eine gewaltige Überraschung erleben. Stell dir vor, wenn meine neuen Katapulte plötzlich ein Feuer schleudern, das viel zerstörerischer ist als das berühmte Feuer der Hellenen.«

Glauka teilt seine kriegerische Begeisterung nicht, aber sie ist glücklich, dass er ihr ein Geheimnis anvertraut, weil es sie noch mehr zu seiner Gefährtin macht.

»Wie hast du es entdeckt?«

»Ich habe einen meiner Gelehrten nach Armenien geschickt, damit er Nachforschungen anstellt. Er brachte einige Muster von der Küste des Hyrkanischen Meeres mit, fast schon in Schahpurs Reich. Die Gegend ähnelt der Wüste im Osten Ägyptens, und dort haben wir danach gesucht. Schließlich sind wir auf dieses Öl gestoßen, obwohl wir tief graben mussten, um es zu fördern. Ich ließ es zum Smaragdlager bringen, damit es untersucht wird, und meine Gelehrten kamen auf die Idee, es in ihren alchemistischen Destillationsgeräten zu untersuchen. Dieses Öl enthält viele Dinge, aber das Nützlichste ist sein Geist. Die Amphore, die du gesehen hast, stammt von dort. Noch weiß niemand etwas davon, und es ist sehr wichtig, dass es auch so bleibt.«

Sie sind bereits kurz vor dem kleinen Hafen. Ein Knabe hat sie gesehen und läuft los, um sie anzukündigen. Als das Boot anlegt, springt Glauka auf die Steinstufen, ohne sich etwas daraus zu machen, dass ihre Füße nass werden. Ahram ist stolz auf sie. Oben warten zwei alte Fischer und staunen über die natürliche Art der Frau, der es nichts ausmacht, dass auch der Saum ihrer Tunika nass wird. Von einer dichten Menschenmenge umgeben, darunter Frauen und Kinder, die Ahram *abba* nennen und unter denen er ein paar Münzen verteilt, gehen sie auf eine Schenke zu. Alle starren neugierig die Dame an, die den Seefahrer begleitet, denn sonst ist er immer allein gekommen. Sie tuscheln: »Eine Dame aus dem Palast« … »Eine von Ahrams Frauen« … »Sie trägt aber ein Sklavenband« … »Sie ist wunderschön« … »Aber jung ist sie nicht« … »Hast du ihr Haar gesehen?« Doch eigentlich wundert sich niemand so recht: Ahram ist immer gut für eine Überraschung.

Vor der Tür erwartet sie der Wirt, wischt sich die Hände am Kittel ab und stützt sich mit der Achselhöhle auf die Krücke, die das rechte amputierte Bein ersetzt.

»Das ist Psachys, Glauka. Früher war er ein guter Seemann, und jetzt ist er ein guter Wirt. Er panscht das Bier und den Wein nur so viel, wie es vernünftig ist. Und im Sommer hat er das beste Honigwasser weit und breit.«

Der Mann heißt sie willkommen und tritt zur Seite, um sie einzulassen. Seine Frau hat Ahrams Lieblingstisch bereits sauber gewischt und sucht nun einen angemessenen Schemel für die Dame. Nur wenige Gäste sind anwesend. Die meisten haben ihren Gerstensaft bereits getrunken und sind zum Fischen ausgelaufen. An einem Tisch sitzen noch zwei Männer mit ein paar Dirnen, die angesichts der Neuankömmlinge befangen sind, es jedoch mit aufdringlichem Gelächter und übertriebenen Gesten zu überspielen versuchen. Mit Genugtuung beobachtet Ahram, wie natürlich sich Glauka in dieser Umgebung verhält. Als der Wirt Ahram etwas zuflüstert, den beiden Dirnen einen Blick zuwirft und anschließend Glauka von der Seite ansieht, ahnt sie, worum es geht.

»Nein, lasst sie in Ruhe. Warum sollen sie nicht hier sitzen dürfen?«

»Heute trinken wir Wein«, sagt Ahram, nachdem er Glaukas Entscheidung nickend zugestimmt hat. »Aber von dem, den du trinkst!«

Unterdessen hat die Nachricht von seiner Ankunft die Fischer erreicht, die noch an Land sind, und sie kommen, um Ahram das Neueste zu berichten: vom Hafen, dem Fang, dem Meer, dem Markt und von Dingen, die nicht mal der Statthalter erfährt. Dann fragen sie ihn nach seiner Reise aus; jeder hier weiß von seiner langen Abwesenheit. Wie war der Wind, wie das Meer, was erzählt man sich in der Fremde? Manche Äußerungen erstaunen Glauka, doch diese ungebildeten Menschen aus Alexandria kommen mit Seeleuten aus aller Welt zusammen und sind über die Vorstöße Schahpurs gegen Rom, die Aushebung einer Legion im gallischen Hafen von Massilia, die Getreideknappheit in Griechenland und sogar über die Skandale der ägyptischen Aristokratie bestens informiert. Bier und Wein fließen, die Fröhlichkeit steckt an. Schließlich bringt der Wirt, ohne dass es ihm aufgetragen wurde, einen großen Tontopf mit einem Gericht aus langen, flachen Fischstücken mit Zwiebeln, Kohl und zarten Papyrussprösslingen. Alle Hände greifen sich ein Stück Fisch, auch Ahram probiert.

»Es ist gut, aber es fehlt ein Schuss *garum.*«

Der Wirt ist keineswegs gekränkt, sondern erklärt ihm lachend, dass diese Sauce zu teuer für einfache Leute wie sie ist, worauf Ahram verspricht, ihm einen Tiegel vom besten *garum* aus Nova Karthago zu schicken.

Glauka denkt an den stolzen Ahram mit seinen prächtigen Festen im Großen Haus, von denen ihr Uschait erzählt hat, und betrachtet gerührt die Natürlichkeit, mit der dieser Mann die einfachen Fischer behandelt. Ahram, der Mächtige, zeigt sich hier genauso fröhlich wie im Turm, als er ihr seine Überraschung präsentierte. Ja, er trägt noch das Kind in sich, denkt sie, als sie sich an Kritos' Worte erinnert. Ahram prahlt damit, dass sie unter Fischern aufgewachsen ist, und als er die Mutter des Wirtes sieht, die in einer Ecke ein Netz flickt, bittet er Glauka, ihr zu helfen. Als es ihr problemlos gelingt, obwohl sie schon lange aus der Übung ist, erreicht das allgemeine Entzücken seinen Höhepunkt, und Glauka fühlt sich von Ahrams Freunden ohne Vorbehalte akzeptiert. Als sie die Schenke verlassen, nähert sich eine Frau mit einem Kind auf dem Rücken und bittet Ahram um Hilfe bei einem Problem, das er ihrer Meinung nach ganz leicht lösen kann, indem er mit der Hafenaufsicht spricht.

Auf der Rückfahrt erkennt Glauka, wie sich in den marmornen Gebäuden an der Promenade, die im Schein der hoch stehenden Sonne funkeln, der kosmopolitische Charakter Alexandrias widerspiegelt. Neben den hellenistischen Heiligtümern und den römischen Regierungsgebäuden erheben sich die beiden Obelisken von Kleopatra, die Kuppeln des jüdischen Tempels und des Museums und die Palmen in den prachtvollen orientalischen Gärten.

»Hat es dir gefallen? Würdest du beim nächsten Mal wieder mitkommen?«, fragt Ahram.

»Hast du es nicht gemerkt? Sieht man es mir denn nicht an? Am liebsten würde ich dich jetzt küssen, weil du mich mitgenommen hast!«

»Ganz Alexandria würde uns sehen«, sagt er und lacht. »Und ich muss so tun, als sei ich ein wichtiger Mann.«

»Das bist du auch, wichtiger als jeder andere. Und trotzdem widmest du mir deine kostbare Zeit. Ich habe mich wieder so jung gefühlt wie damals auf Psyra.« Sie senkt die Stimme. »Und da ich jetzt weiß, wer ich früher war, bin ich glücklich, weil ich gut daran tat, mich für dieses Leben zu entscheiden ... Oh, Ahram, mein Seefahrer! Natürlich will ich wieder mitkommen! Ich will überallhin, wo du mich mitnimmst!«

Das Boot setzt sie am Hauptpier ab. Sie treten durch den Portikus, während die Wächter salutieren, und gehen auf das Haus zu, wo Ahram bleiben wird.

»Morgen oder übermorgen kommst du mit mir. Ich habe dir ein Zimmer neben meinen Gemächern einrichten lassen.«

»Was soll ich da?«, fragt Glauka überrascht. Aber sie ist froh, dass er sie nicht in den Frauengemächern unterbringt.

»Nur in meiner Nähe sein, und die Nacht verbringen wir im Turm, wie immer.«

Ahram bleibt stehen. Glauka folgt der Richtung seines Blickes und sieht, wie vor ihnen Kritos, der sie nicht bemerkt hat, auf die Bank mit den Delfinen zugeht. Er hat wieder eine Mondphase, denkt sie, als sie seine Frauentunika sieht.

»Schade um diesen Mann, dabei hätte er mehr zu bieten!«, sagt Ahram traurig.

Glauka widerspricht.

»Schade? Warum?«

»Schade um das Leben, das er führt, um die Zeit, die er in Rhakotis verplempert. Dieses ewige Hin und Her.«

»Aber er fühlt sich gut dabei, und er zwingt niemanden, so zu leben wie er.«

»Ich bitte dich ... Wenn er ein Jüngling wäre, könnte ich es ja vielleicht noch verstehen, aber in seinem Alter sollte er sich nicht mehr als Frau verkleiden. Das ziemt sich nicht für einen Mann.«

»Es ist sein Leben. Und er hat den Mut, es so zu führen, wie er will.«

»Na, wenn es dir nichts ausmacht ... Gestern hat er wieder mal in den höchsten Tönen von dir geschwärmt. Bestimmt sucht er dich gerade.«

Ahram tritt durch eine Seitentür ins Haus, und Glauka folgt dem Philosophen zur Bank.

»Salve, Glauka!«

Kritos nennt sie so, seit Ahram zu seiner Reise aufbrach, nachdem der Seefahrer selbst ihm von dem neuen Namen erzählt hatte. Glauka erwidert den Gruß, setzt sich neben ihn auf die Bank und beobachtet die Sorgfalt, mit der er die Falten seiner Tunika glättet. Wie immer hat Kritos einen kurzen Blick auf ihr Handgelenk geworfen. Sie hat ihm schon vor Wochen erklärt, dass ihr das Armband ins Meer gefallen ist, aber er hat es ihr nicht geglaubt.

»Ich wollte dir noch einmal danken. Ahram hat mir erzählt, dass du mich kaufen wolltest.«

»Wirklich? Wollte ich das?«

»Stell dich nicht dumm.«

»Das war nur ein Scherz. Ich hätte dich gar nicht bezahlen können, und das war mir auch klar. Keine Ahnung, warum ich es gesagt habe.«

»Ich weiß, warum, und du auch.«

Der Mann geht nicht darauf ein und entgegnet:

»Jedenfalls hattest du Glück, dass dich Ahram nicht verkaufen wollte. Bestimmt bist du jetzt sehr glücklich.«

»Ja, das bin ich. Aber wirklich wissen kann man es erst am Schluss. Mit dir wäre ich sicher auch glücklich geworden.«

Sie bemerkt die Reaktion des Mannes, der sie mit einem noch traurigeren Lächeln als sonst betrachtet.

»Das ist das Schönste, was man mir je gesagt hat. Aber denk doch einmal nach. Wohin hätte es dich geführt?«

Es liegt keine Bitterkeit in seinen Worten, nur die Weisheit eines Menschen, der das Leben so nimmt, wie es ist.

»Ich wäre dir gefolgt«, antwortet sie ernst. »Und ehe du dich versiehst, wärst du vielleicht dann mir gefolgt – wer weiß.«

Kritos hält einen Moment inne und sagt dann wie zu sich selbst:

»Vielleicht. Man weiß nie. Wir wissen nicht, wer wir sind. Ich jedenfalls weiß nicht, was ich bin, wie du siehst. Ich könnte behaupten, ich sei die Welt, weil sie für mich begann, als ich geboren wurde, und enden wird, wenn ich sterbe. Weißt du denn, wer du bist?«

Jetzt schon!, hätte Glauka am liebsten gerufen, aber sie kann sich gerade noch rechtzeitig beherrschen. Sie schüttelt stumm den Kopf, aus Furcht, ihre Stimme könnte sie verraten. Kritos wechselt das Thema.

»Willst du mit dem Unterricht weitermachen, obwohl Ahram jetzt zurück ist?«

»Warum nicht?«

Ein Ausdruck der Erleichterung erscheint auf seinem Gesicht, und fast hätte er geseufzt, ehe er sagt:

»Das ist ein gutes Zeichen. Ahram hat noch einiges mit dir vor, er zählt auf dich, was seine Zukunftspläne angeht … er hat immer alle möglichen Projekte, das ist dir bestimmt nicht entgangen … Ich bin froh darüber. Aber dass er mich mit deiner Erziehung beauftragt, kann auch bedeuten, dass er keine Gefahr darin sieht, wenn wir uns treffen. Und das ist beinahe so, als würde er mich verachten.«

»Ahram verachtet dich doch nicht, Kritos!«, entgegnet sie spontan. Aber dass er ihn bemitleidet, verrät sie ihm lieber nicht. »Warum sagst du das?«

»Nun ja! Jetzt, wo er alles hat«, antwortet Kritos und sieht sie viel sagend an, »wird er mich nicht mehr so wie früher brauchen. Er sagte immer, ich sei sein Glücksstern.«

»Ahram liebt dich, Kritos«, erklärt sie sanft.

»Ja, auf seine Art.«

Ihre Stimme wird noch sanfter.

»Wir alle lieben auf unsere Art. Wir alle, auch du und ich.«

Der Mann sieht sie überrascht an:

»Was soll ich dir eigentlich beibringen, wenn du doch schon alles Wichtige weißt? Willst du wirklich das bisschen lernen, das ich zu bieten habe?«

Da sie nickt, öffnet er seine Kladde und beginnt mit seiner Lektion. Glauka folgt ihm, doch manchmal ist sie mit ihren Gedanken woanders. Sie denkt an die Zeit, die sie mit Ahram verbracht hat, sie betrachtet die Hände, horcht auf die ruhige Stimme, und verweilt bei den großen, ein wenig traurigen grauen Augen des Mannes, der neben ihr sitzt. Kritos entgeht es nicht, aber er fährt mit dem Unterricht fort, bis er eine günstige Gelegenheit findet, die Stunde für beendet zu erklären und sie sich auf einen neuen Termin verständigen.

Nachdem sie sich verabschiedet haben, geht Glauka zum Turm zurück. Dort findet sie einen prächtigen Riesenbarsch, den die Fischer ihnen geschickt haben. Sie nimmt sich vor, den von heute Morgen zu übertreffen und Ahram damit zu überraschen. Aus ihrer Zeit auf Psyra kennt sie ein Rezept mit Kräutern, das ihr die Mutter beigebracht hat.

Ich hatte eine solche Angst beim Kochen! Aber der Fisch war köstlich, genau richtig. Er hat sich die Finger abgeleckt und Uschait eingeladen, mit uns zu essen, damit auch sie meinen Fisch bewundert! Er war glücklich wie ein Kind, dabei hatte er bereits gute Laune, als er kam, wahrscheinlich läuft alles nach Plan. Aber der Barsch war ein voller Erfolg, obwohl ich schon befürchtete, ich hätte das Rezept vergessen. Ein Glück, dass ich hier ein paar Kräuter gefunden habe! Vielleicht ist der Fisch sogar von allein gar geworden, wie ein guter Freund, wie damals, als ich mit ihnen und den kleinen Weißbrassen spielte. Was für ein Unsinn! Ich bin so glücklich. Ich habe ihm gefallen, er wollte, dass ich mich in dem großen Spiegel betrachte, den er mir mitgebracht hat. Offensichtlich besteht der Rücken des Spiegels aus einem neuen Metall, Quecksilber! Ein flüssiges Metall, wie seltsam! Flüssig wie meine erste Welt! Es ist ein Mondmetall und stärker als Gold – hat er mir erklärt –, denn es raubt ihm die Farbe, wenn sie sich vereinen. Bestimmt ist er wegen des Feuergeistes so glücklich, heute Nachmittag ist Soferis gekommen, um die Amphore mit in die verschlossene Kammer zu nehmen, das Ganze ist streng geheim. Dass er ihn entdeckt hat, deutet er als gutes Omen, so wie ich sein guter Stern bin. Kritos hatte es bereits geahnt. Deshalb hat er mich behalten, und weil ich eine Frau bin, er machte mich zur Frau. In den letzten sieben Wochen seiner Reise, – sieben Wochen! –, fand ich nur Trost in der Erinnerung an die drei unvergesslichen Nächte, die ich mit ihm verbracht hatte, und am Ende hatte ich sogar Angst, dass er nach seiner Rückkehr ein anderer sein könnte.

Drei Nächte, in denen er mich mit Lust überschwemmte, wie auch jetzt wieder nach seiner Rückkehr, seine Berührungen erwecken meine Haut zu neuem Leben, ich fühle mich noch nackter, noch empfindlicher, wie die strotzende Knospe eines Baumes, meine Poren saugen seine Berührungen auf wie eine Seerose aus meiner früheren Unterwasserwelt, mein ganzer Körper ist erregt, die Achselhöhlen, die Schlagader, die Höfe um meine Brustwarzen, meine Scham, die Grube am Schlüsselbein, die Kniekehlen … in jeder Ritze spüre ich seine Finger, wenn ich nur daran denke, seine Küsse, die feuchte, sanfte Berührung seiner Zunge, die Liebkosung seiner Haut, die nach Salz und gegerbtem Leder schmeckt, wenn ich sie küsse, aber weich ist wie zarter Papyrus. Astaphernes verstand etwas davon! Er streichelte meine Brüste gedankenverloren, erregte sie und wies mich anschließend ab. »Schade, dass du kein Junge bist«, sagte er und wandte sich dem Knaben zu, der neben ihm lag. »Nimm dir ein Beispiel an ihrer Haut, kostbarer als Seide, Jade oder Elfenbein, eine Wohltat für meine Hände.« Und jetzt ist deine Haut eine Wohltat für mich, selbst die Narbe auf deiner Brust, von der Frau, die du so grausam bestraft hast, erregt mich. »Ihr Frauen verletzt einen immer zu weit oben, weil ihr das Messer von oben nach unten stoßt. So darf man es nicht machen, der Gegner braucht nur zurückzuweichen, und schon trefft ihr euch selbst.« Was wolltest du damit sagen? Wirst du jetzt etwa doch wieder misstrauisch? Aber nein, du hast dich nicht verändert, es ist dieselbe unerschöpfliche Leidenschaft. Ich war eine Sirene, und du? Warst du ein Faun oder ein ägyptischer Pan?

Sieben Wochen ohne dich, nur gelegentlich eine Nachricht von einer deiner Brieftauben. Bachir berichtete mir, wo du warst, mal in Korinth, dann in den Werften, was weiß ich! Du warst unterwegs, um die Welt zu verändern, und wer weiß, dich mit Odaenathus und dieser Zenobia zu treffen. Wie du dich weigerst, mir von Palmyra zu erzählen! Verfluchte Reise, wie viel Unglück man doch vermutet, wenn man einsam ist, diese Frau und du, das schwirrte mir in den einsamen Stunden durch den Kopf. Ich verließ den Turm nur für den Unterricht mit Kritos, ansonsten lebte ich in Klausur wie Porphyrias Anhängerinnen, wenn sie sich von der Welt zurückzogen. Zum Glück war Uschait da, was für ein Schatz! Nichts kann sie davon abhalten, mir zu dienen, manchmal nenne ich sie Tenuset, es rutscht mir so raus, aber sie ist entzückt. Sie muss einmal sehr schön gewesen sein, schlank mit festen Brüsten, die jetzt erschlafft sind. Auch mir blüht dieses Schicksal. Wird mich Ahram dann verlassen? Wenn ich so lange lebe, wird er bereits alt sein, ja, die Menschen altern, wir werden alt, oder könnte es sein, dass ich ihn … Nein, nein! Ich will nicht mal daran denken! Ihn überleben, niemals, das Leid macht das Leben genauso intensiv wie die Lust, vielleicht sogar noch intensiver. Was hat Ahram in mir gesehen, um mich zu lieben? Zeugte mich mein Vater etwa mit einer sterblichen Frau? Man erzählt solche Geschichten über die Götter, aber als ich eine Sirene war, konnte ich es nicht einmal vermuten, wir wussten nichts über die Menschen. Er liebt mich, auch wenn er mich so lange allein lässt. Was für ein Trost, an seiner Decke zu riechen, sie anzufassen! Oder in die Grotte hinabzusteigen! Jetzt verstehe ich, warum er auf Karu so reagierte, als ich seinen Dolch rettete, die Höhle erinnerte ihn an diese hier. Seltsam ist die leere Nische, aber trotzdem ist die Grotte heilig. Deshalb wurde ich darin geboren, in seinen Armen, sie ist nur für uns bestimmt, nicht mal Uschait ist je da unten gewesen. Ich war schwimmen und bin untergetaucht. Werde ich jemals wieder einer Sirene begegnen? Kommen sie hierher? Ich versuche, die Fische zu fragen, aber sie verstehen meine Gedanken nicht, obwohl sie etwas spüren, denn sie sehen mich verwundert an, doch weiter passiert nichts. Es macht mir nichts aus, ich will kein Fisch mehr sein, meine Entscheidung war richtig. Arme Aphrodite, sie wird niemals einen Ahram erleben! Wozu all die Reisen, diese schmerzliche Abwesenheit? So ist das Leben, ein unbeständiges Glück, je größer es ist, desto zerbrechlicher. Nur die Nachrichten, die Bachir brachte. Er weiß von unserer Liebe und ist hingerissen, obwohl er mich manchmal noch genauso ansieht wie damals am Strand. Er brachte mich zu Ahram. Wieso hat mich Ahram nicht gefragt, was ich in diesen Wochen gemacht habe? Ist es ihm egal? Darin ist er wie alle Männer, nur seine Angelegenheiten im Sinn und die Lust. Was aus unserem Leben wird, ist ihnen einerlei, wir werden schon zurechtkommen, aber wenn er seine Projekte vergisst, ist er wie umgewandelt! Was für ein Ausflug heute Morgen! Wie glücklich wir im Hafen waren! Und ich mit seinen Leuten, er trägt das Meer im Blut, obwohl er aus der Wüste stammt, auch das eint uns, die Fischer waren begeistert, fürchteten, ich würde mich wegen der armen Dirnen aufregen. Wenn sie meine Vergangenheit kennen würden! Er amüsierte sich, er kneift die Augen zusammen und blinzelt verschwörerisch, aber meine Vergangenheit lässt ihn kalt, er fürchtet niemanden, nicht mal Kritos, der mich unterrichtet, er beachtet ihn nicht, für ihn ist er kein Rivale, aber verachten tut er ihn nicht, nein, er liebt ihn auch – auf seine Art.

Ja, Kritos tut mir Leid, er wollte mich kaufen, um Ahram auf mich aufmerksam zu machen, und jetzt sieht es so aus, als würde er es bereuen; heute Morgen habe ich es gespürt. Warum? Wollte er uns nicht zusammenbringen? Ein komplizierter Mensch mit komplizierten Gedanken, auch er liebt auf seine Art, aber allmählich verstehe ich ihn. Ahram dagegen wird ihn niemals verstehen, er hat mir von seiner Kindheit erzählt und wie er Ahram kennen lernte und ihm das Leben rettete, Ahram wird ihn nie verstehen können, sie sind zu verschieden! Als er mir erzählte, dass Kritos mich hatte kaufen wollen, war sein Ton spöttisch und sarkastisch. Oh, Ahram, du bist so klug, wenn es um Geschäfte geht, aber so unwissend, was das andere betrifft! Kritos rührt einem das Herz, und du machst dich lustig über seine Lektionen, lachst über seine Ideen und seine Gedichte, zum Glück werde ich sie benutzen, um dir mehr zu bedeuten, um näher an das Kind heranzukommen, das du im Innern trägst. Kritos rührt einem das Herz, aber sein ganzes Wissen nützt ihm nicht, er ist verloren. Wie er sich windet! Wie eine Seerose oder Schnecke. In all der Zeit habe ich ihn nicht dazu bringen können, mir sein kleines grünes Haus zu zeigen, obwohl es ganz in der Nähe ist. Seine Hütte, wie er immer sagt. Wie sie wohl aussieht? Besonders groß ist sie ja nicht. Vielleicht eine Höhle, so wie die von Ahram? Ach, ich werde sie schon zu sehen bekommen! Heute Morgen tat er mir so Leid! »Wohin hätte es dich geführt?« Die Frage fuhr mir wie ein schmerzlicher Stich durchs Herz. Ach ja, die Liebe! Eine andere Art von Liebe, natürlich, es gibt ja so viele! Ihr Männer glaubt, es gebe nur die eures Geschlechts, aber jeder Körper hat seine eigene Sprache. Die von Ahram ist einfach, aber so stark, so lebendig! Dein Körper, Kritos, ist kompliziert, er entgleitet dir, aber du bist mehr Mann, als du glaubst, dein Blick verrät dich gelegentlich, obwohl du es nicht merkst, ich weiß mehr als du davon, im Freudenhaus von Byzanz vertrauten sie uns so manches an, sogar Dinge, die sie selbst nicht über sich wussten. Ahram trägt ein Kind in sich, ohne dass er es weiß, in diesem Körper aus Stein und Feuer, der mich zu ungekannten Höhen führt, ja, bis zu den Sternen! Aber ein Kind, seine Projekte sind seine Spielzeuge, und er widmet ihnen sein Leben! Als gäbe es nur sie! Ich liebe auch das Kind in dir, ich bin deine Mutter, so wie du mein Vater bist, weil ich in deinen Armen dahinschmelze und trotzdem alles fühle. Ich sollte jetzt schlafen, denn um Mitternacht wirst du wieder voller Tatendrang zu mir kommen, um wie ein kleines Kind zu genießen, so wie du dir heute nach dem Fisch die Finger abgeleckt hast. »Ich habe ihn noch nie so glücklich gesehen«, sagte Uschait. Ich bin auch noch nie so glücklich gewesen, bis ich in dein Haus kam, bis du mich ganz gemacht hast und zur Frau obendrein. Wenn ich daran denke, dass wir nie zueinander gefunden hätten, wenn Kritos nicht gewesen wäre! Du hättest nicht lange genug gelebt, um mich eines Tages in den Armen zu halten, denn die Steinewerfer von Samos hätten dich umgebracht. Was für eine schreckliche Vorstellung!

Die Menschenmenge drängte gegen die Schranke, die den Teil des Saales absperrte, in dem das Gericht tagen würde. Dieses war in aller Eile zusammengetreten, denn es ging um Gotteslästerung, die schwerwiegendste Verfehlung überhaupt, begangen obendrein von einem Fremden. Auf Samos wurde dieses Verbrechen durch Steinigung bestraft, an der sich die ganze Stadt beteiligte, daher hing ein erwartungsvoll morbider Kitzel in der Luft.

Der Richter saß bereits auf seiner Bank, neben ihm hatten ein Gehilfe und der Schreiber Platz genommen. Etwas abseits stand der Herold, und auf einer Seite des Saals befanden sich die mit kleinen Strohmatten gepolsterten Holzbänke der zuvor ausgewählten Geschworenen. Zwei Urnen hatten sie vor sich stehen, eine schwarze und eine rote, in die sie am Ende ihren Kieselstein legen würden, für oder gegen den Angeklagten. Dieser stand zwischen zwei Bogenschützen vor dem Richter und den Zuschauern. Es war ein Mann von etwa fünfunddreißig, der ein orientalisches Gewand und einen Turban trug und gleichgültig in die Menschenmenge starrte. Seine äußere Gelassenheit in dieser entscheidenden Situation weckte die Bewunderung einiger Anwesender, die meisten aber ärgerte sie, denn sie werteten sie als Beweis seiner Gottlosigkeit.

Auf ein Zeichen des Richters hin forderte der Herold die Menge zur Ruhe auf, anschließend wurde die Anklageschrift verlesen. Die Fakten waren eindeutig: Der in Saba gebürtige römische Staatsbürger und Angeklagte Ahram, wohnhaft in Alexandria, hatte am Tag zuvor mit einem Segelschiff, dessen Eigentümer er war, vor der Insel Anker geworfen, um Handel zu treiben. Er war früh am Morgen an Land gegangen, hatte beim örtlichen Händler ein Pferd gemietet und um einen Führer gebeten. Dieser sollte ihn zu einigen Winzern begleiten, die den berühmten Wein der Insel anbauten. Vom Führer auf einem zweiten Pferd gefolgt, durchquerte der Fremde die Stadt und verließ diese durch das Tor im Süden. Als er an dem berühmten Hera-Tempel vorbeikam, der der Schutzgöttin der Insel geweiht war, verließ gerade eine Prozession mit einer Eskorte von Soldaten, Trompeten- und Zimbelspielern das Heiligtum. Jeden Monat fand sie zu Ehren des symbolischen Schutzschildes statt, den die Göttin über die Insel hielt. Laut Gesetz mussten Passanten am Wegesrand stehen bleiben und warten, bis der Zug vorbei war. Der Angeklagte jedoch hatte die entsprechenden Warnungen des Führers missachtet und seinem Pferd die Sporen gegeben, als er an der Prozession vorbeikam, wobei er das Schild und die beiden Beamten, die es trugen, so heftig gestreift hatte, dass das heilige Banner zu Boden gefallen war. Ein Sakrileg, das so weit man zurückdenken konnte, noch nie vorgekommen war.

Zeugen waren unnötig, da der Angeklagte die Fakten nicht in Frage stellte. Als man ihm das Wort erteilte, fasste er sich kurz. Er wies alle Schuld von sich und behauptete, er habe Zeus' Gemahlin nicht verunglimpfen wollen. Für das Unglück machte er allein das Pferd verantwortlich, das sich plötzlich aufgebäumt habe, so dass er es nicht mehr im Zaum habe halten können. Er sei kein guter Reiter, sondern ein Mann des Meeres. Zudem kenne er als Fremder die Rechte nicht, die ihm zustünden, daher bitte er um einen Redner, der seine Verteidigung übernehmen könne.

Die Zuschauer murmelten missmutig, doch der Richter hielt es für gerecht, dass dem Angeklagten in einem derart schweren Fall der vorgeschriebene Rechtsbeistand gewährt werde, und befahl dem Herold, zu fragen, ob jemand bereit sei, im Namen des Angeklagten zu sprechen. Der Richter ging davon aus, dass keiner der Anwesenden seine Verteidigung übernehmen würde, da niemand den Fremden kannte. Doch dann bahnte sich ein Mann einen Weg durch die versammelte Menschenmenge und die Wächter. Nur wenige kannten ihn, da er erst vor kurzem aus Smyrna gekommen war. Und nur wenige erinnerten sich an seinen vor langer Zeit verstorbenen Vater und wussten, dass es Kritos war, der aus der griechischen Stadt Teos an der kleinasiatischen Küste stammte. Der Richter erteilte ihm das Wort und drehte die Sanduhr auf seinem Tisch um, die die Zeit des Redners festsetzte.

Bald wurde deutlich, dass der Mann, der um die fünfundzwanzig Jahre alt sein musste, kein Anfänger war. Er gewann die Aufmerksamkeit der Menge, indem er gleich zu Beginn versicherte, dass er ungeachtet der Aussage des Angeklagten nicht gedenke, dessen Unschuld zu beweisen, da seine Schuld zweifellos feststehe. Es gehe vielmehr darum, das Verbrechen, dessen er sich schuldig gemacht habe, genau zu definieren. Gotteslästerung sei es nicht, da man nicht davon ausgehen könne, dass jemand, selbst wenn er die Gesetze, die das Verhalten der Menschen während der Prozession regelten, nicht kenne, bewusst einen derartigen Zusammenprall provozieren würde, der seinen Interessen, sich mit den Inselbewohnern gut zu stellen, um mit ihnen Handel zu treiben, zuwiderlaufe. Bedeutete dies aber, dass gar keine Gotteslästerung stattgefunden habe? Nein, durchaus nicht, diese sei zweifelsfrei begangen worden, allerdings nicht durch den Angeklagten, sondern durch dessen Pferd, das wahrscheinlich von einem Gott oder Dämon dazu angestachelt worden sei.

Man hörte skeptisches Murmeln und Rufe, die unlautere Machenschaften oder gar Tricks vermuteten und die Einstellung des Redners in Frage stellten, doch dann zitierte dieser, und der Richter musste ihm mit einem Nicken Recht geben, ein altes Gesetz, das bei den so genannten Blutgerichten »die Bestrafung des Tieres oder Steines, Eisens oder Holzes, die den Tod verschuldet habe«, vorsah, »ehe der Ort gereinigt wird«. Das Verbrechen der Gotteslästerung hatte also stattgefunden, und es gab auch einen Schuldigen, der gesteinigt werden musste: das Pferd.

Langsam rieselte der Sand aus der oberen in die untere Hälfte der Uhr. Der Angeklagte hörte neugierig lächelnd den Argumenten seines Verteidigers zu, als dieser erklärte, der Angeklagte habe sich jedoch ebenfalls schuldig gemacht, weil er als weit gereister Mann die in der gesamten hellenistischen Welt bekannte Bedeutung einer Prozession wie der auf der Insel Samos zu Ehren der Göttin Hera nicht kenne und weil er überdies fahrlässig ein Fortbewegungsmittel gewählt habe, das er nicht beherrsche. Was würde der Angeklagte sagen, wenn ein unerfahrener Mann die Pinne seines Schiffes übernähme und Schiffbruch erlitte? Für diese Vergehen, die den Ruhm von Samos schädigten und eines vernünftigen Händlers unwürdig seien, habe der Angeklagte es verdient, zu einer Geldstrafe verurteilt zu werden, die der Richter kraft seines Amtes und seiner Erfahrung festlegen werde und die dem Hera-Tempel zugute kommen solle, um die Göttin nach der erlittenen Kränkung wieder gütlich zu stimmen.

Die Rede der Verteidigung beeindruckte den Richter, weil sie seine juristischen Fundamente anerkannte, es dem Gericht überließ, Samos' Ehre zu retten, ökonomische Vorteile für die Stadt in Form einer Geldstrafe versprach und obendrein dem Plebs nicht das Vergnügen nahm, ein lebendiges Wesen zu Tode zu steinigen. Als die Kieselsteine in den Urnen gezählt wurden, hatten die meisten Geschworenen für den Angeklagten gestimmt und sich damit der These des Verteidigers angeschlossen, der sich mittlerweile wieder unter die Zuschauer gemischt hatte.

Der Richter verkündete das Urteil und erklärte den Angeklagten für frei, verbot ihm jedoch das Auslaufen, solange er die Geldstrafe nicht bezahlt hatte, und das Volk machte sich auf den Weg zum nahe gelegenen Hinrichtungsfeld, wo das Pferd angebunden und von der Menschenmenge gesteinigt werden sollte. Die Wächter ließen den Angeklagten frei, und dieser verließ den Gerichtssaal und nahm auf den Stufen des Portikus die Glückwünsche seiner Mannschaft entgegen, die die Verhandlung beklommen verfolgt hatte. Etwas abseits erwartete ihn lächelnd sein Retter.

Ahram ging auf ihn zu und bedankte sich herzlich, ohne dass man ihm anmerkte, in welch gefährlicher Lage er sich befunden hatte.

»Als ich so gut wie tot war, bist du gekommen und hast mir das Leben gerettet, obwohl du mich nicht kennst und mir nichts schuldest. Ich habe noch niemanden kennen gelernt, der so gut argumentieren kann. Woher kommst du? Wie kann ich mich erkenntlich zeigen? Ich habe die Mittel, um dich zu belohnen. Die Kraft deiner Worte hat mich in Staunen versetzt.«

»Ich bin Kritos, Sohn des Diorides aus Eretria. Doch du brauchst nicht zu staunen. Das Wort ist mein Beruf. Ich habe in Athen Rhetorik und Philosophie studiert. Ich habe sogar die Kunst des Widerspruchs praktiziert nach der Schule des Karneades, der Rom blendete, indem er zuerst eine These vertrat und sie dann mittels einer Gegenthese verwarf. Ich muss gestehen, dass ich meinen Spaß hatte. Zudem war es einfach, dich zu verteidigen. Es gibt tatsächlich Gesetze und Präzedenzfälle, in denen Tiere bestraft wurden, aber das Gericht hat nicht nach den Grundsätzen der Vernunft geurteilt, sondern weil ich an seine Gefühle appelliert habe. Ich habe die Eitelkeit des Gerichts gekitzelt, indem ich die Prozession lobte, und ich habe seine Habgier geweckt, indem ich eine Geldstrafe in Aussicht stellte. Und all das, ohne dem Volk das Spektakel der Steinigung zu nehmen. Reine Taktik, um Menschen zu manipulieren.«

In diesem Augenblick ging ein Aufschrei durch die Menge. Zweifellos hatte das Volk angefangen, Steine zu werfen, denn über den Stimmen hörte man das verzweifelte Wiehern des Gauls.

»Armes Tier!«, sagte Ahram mit einem Ton des Bedauerns. »Aber es ist tatsächlich wahr, dass ich kein Reiter bin. Ich habe mein ganzes Leben auf dem Meer verbracht. Trotzdem liebt man in meinem Land die Pferde, und dieses war ein wirklich prächtiges Tier.«

Kritos lächelte zynisch.

»Mag sein, dass sie eines Tages das Tier heilig sprechen wie den christlichen Bischof Polykarp, den sie auf demselben Platz steinigten wie ... das Pferd dort drüben, das am meisten zu deiner Rettung beigetragen hat. Du weißt nicht, was ich weiß, aber der Besitzer des Pferdes genießt keinerlei Sympathie in der Stadt, weil er überheblich ist und Wucherpreise verlangt. Die Aussicht, ihm Schaden zu-

zufügen, indem man sein Tier tötet, war das, was die meisten Menschen dazu bewog, ihre Meinung zu deinen Gunsten zu ändern. Diejenigen, die jetzt das Pferd steinigen, bestrafen symbolisch dessen Besitzer ... Wie du siehst, habe ich nichts Großartiges vollbracht.«

»Im Gegenteil! Es zeugt nur noch mehr von deinen Fähigkeiten und von den Kenntnissen, die du von dem menschlichen Verhalten hast. Für dein Alter ist das erstaunlich. Wie auch immer, mein Angebot solltest du nicht ablehnen. Ich hätte keine Ruhe, wenn du nicht irgendetwas annehmen würdest, abgesehen von der ewigen Freundschaft des Seefahrers Ahram.«

»Ah, vorhin habe ich mich schon gefragt, ob du nicht dieser Ahram bist, von dem ich in Smyrna so viel gehört habe! Nun gut, dann will ich dich um etwas bitten, doch du kannst es mir verweigern. Nimm mich mit nach Alexandria, wo es noch gute Philosophen und Dichter gibt, abgesehen vom Museum und der hervorragenden Schule der Medizin. Dort werde ich die Möglichkeiten haben, die mir auf Samos verwehrt sind.«

»Ist das alles?«

»Wenn du willst, kannst du mich in die alexandrinische Gesellschaft einführen und mir helfen, meinen Lebensunterhalt zu verdienen. Ich bin ein guter Redner und verfüge über ausgezeichnete Empfehlungen meiner Lehrer in Athen«, erklärte Kritos lächelnd.

Sie einigten sich darauf, und dann sagte Ahram:

»Gehen wir! Ich kann die Todesschreie dieser armen Kreatur nicht länger ertragen. Wie kann man sie nur für schuldig erklären? Glaubst du an so etwas?«

»So steht es im Gesetz«, antwortete Kritos, während sie, gefolgt von Ahrams Männern, in Richtung Hafen schlenderten. »Und vor Gericht gilt das Gesetz mehr als die Gerechtigkeit. Die Redekunst mehr als die Wahrheit. Beweise mehr als Tatsachen.«

Als Ahram seinen bitteren Unterton bemerkte, fragte er:

»Sag mir eins, wenn es nicht wegen des Honorars war, warum hast du dich dann für mich verwendet?«

»Das sagte ich schon. Ich hatte meinen Spaß daran. Du bist mir nichts schuldig.«

Doch die Antwort hatte einen Augenblick auf sich warten lassen, und Ahram, der es gewohnt war zu verhandeln, entging das kurze nachdenkliche Zögern nicht, als gäbe es noch einen anderen Grund, den sein Gegenüber zu verbergen suchte. Da er aber mit dem Ausgang zufrieden war, legte er beim Gehen den Arm um die Schultern des Philosophen, bis sie zu seinem Schiff gelangten. Dort verabschiedeten sie sich, da Kritos nach Hause wollte, um seine Abreise vorzubereiten. »Ich habe noch etwas zu erledigen«, erklärte er und versprach, am nächsten Tag um die Mittagszeit an Bord zu kommen. Ahram wollte am Morgen beim Richter die Geldstrafe bezahlen.

Nachdem er die Erlaubnis erhalten hatte, am frühen Nachmittag auszulaufen, und das Schiff aus dem Hafen manövriert hatte, übergab Ahram seinem Steuermann das Ruder und setzte sich auf ein Kissen unter dem Sonnendach am Achterdeck. Als er sich zu Kritos umwandte, um ihm eine Frage zu stellen, kam ihm dieser zuvor.

»Ich habe eine Überraschung für dich.«

Bei diesen Worten zog er unter seinem Gürtel ein flaches goldenes Medaillon an einem schwarzen Band hervor. Er reichte es Ahram und lächelte. Der stieß einen Freudenschrei aus und beugte sich zwischen seinen Kissen zu Kritos herüber.

»Mein Talisman!«

Verblüfft und wortlos sah er ihn an. Dann umarmte er Kritos.

»Du bist ein guter Geist. Ein *djinn*, wie wir bei uns sagen. So hast du mir ein zweites Mal das Leben gerettet, ich schwöre es … Wie hast du das angestellt? Sie haben es mir bei meiner Verhaftung abgenommen …«

»Ich habe mir am Morgen etwas Zeit dafür genommen … Es war dein gutes Recht, es zurückzubekommen.«

Ahram lächelte sarkastisch.

»Du wirst mehr als nur das Recht auf deiner Seite gebraucht haben, um ihren habgierigen Krallen dieses Gold zu entwenden.«

»Es war nicht viel«, sagte Kritos lächelnd und hielt Ahrams Hand zurück, die schon auf dem Weg zum Geldbeutel war. »Du schuldest mir nichts. Aber wenn du unbedingt willst, dann schreib es mir gut.«

So begann eine Reise, in deren Verlauf der Seefahrer immer mehr über seinen neuen Freund erfuhr und seine Talente und Fähigkeiten zu schätzen lernte. Tatsächlich brauchte er jemanden, der die Kunst des Wortes beherrschte. Sie war entscheidend bei Verhandlungen und in Angelegenheiten wie derjenigen, die er gerade erlebt hatte, obwohl er von Natur aus eher zu einer härteren Gangart, ja sogar Gewalt neigte. Zudem entpuppte sich Kritos als ein kluger Ratgeber, sogar wenn er über mögliche Geschäfte auf Samos sprach. Deshalb nutzte Ahram die Reise, um mehr über das Leben seines Retters zu erfahren. Kritos verweigerte sich nicht, er erzählte bereitwillig über seinen Vater, einen Griechen aus dem verborgenen Eretria und Händler, der Selbstmord begangen hatte, als er selbst drei Jahre alt war, weil er die Schmach des Ruins nicht ertragen konnte. Und von seiner Mutter, die aus Sardes stammte und ihre ganze Liebe auf ihn konzentriert hatte, nachdem seine kleine Schwester wenige Monate nach der Geburt gestorben war.

»Sie waren alle beide Idealisten«, erklärte Kritos. »Mein Vater taugte nicht für die Geschäfte. Meine Mutter heiratete aus Liebe und gegen den Willen ihrer Familie. Sie war eine hervorragende Zitherspielerin und brachte mir einiges von dieser Kunst bei. Sie kümmerte sich sehr um mich, weil ich als Kind zum Kränkeln neigte.«

Er erinnerte sich an die Insel Chios, wohin er mit seiner Mutter gezogen war, weil deren Schwester dort lebte, und später an sein Leben in Smyrna, wohin sie ihrem zweiten Ehemann gefolgt waren. Ihn hatte sie nicht aus Liebe geheiratet, sondern nur, um ihre Lage und die des Kindes zu verbessern.

»Meine Kindheit war schrecklich, weil die Familie auf Chios meine Mutter und mich schlecht behandelte. Meine Mutter weinte sich die Augen aus. Da wir im gleichen Bett schliefen, nahm ich sie oft in die Arme, um sie zu trösten. Mit meinem Stiefvater besserte sich unsere Lage: Er war ein guter, bereits in die Jahre gekommener Mann, der ihr weder große körperliche Freuden schenken noch viel Hoffnung machen konnte, aber sehr gut zu uns war. Ich begann, die Palästra und das Gymnasion zu besuchen, und obwohl ich im Ringkampf hoffnungslos unterlegen war, konnte ich im Studium bald alle abhängen. Niemand zitierte Homer so gut, und keiner beherrschte die Tücken der Grammatik des Dionysios Thrax besser als ich. In der Palästra dagegen bestanden meine Siege höchstens in den wohlwollenden Kommentaren der Männer, die von den Bänken der Exedra aus unsere Übungen verfolgten. Sie schwärmten von meinen anmutigen Bewegungen, meinem geschmeidigen Körper und meiner samtweichen Haut. Mit vierzehn hatte ich bereits mehr als einen Bewunderer!« Kritos lächelte verschmitzt in sich hinein.

Während Ahram ihm zuhörte, beobachtete er fasziniert Kritos' undefinierbares Lächeln, das spöttisch und traurig, sanft und aggressiv zugleich sein konnte. Es sah beinahe so aus, als wäre der Mund ständig zu einem Lächeln verzogen, als bewegten sich die Lippen unmerklich und veränderten das, was er sagte, so dass es sich nur deuten ließ, wenn man den prägnanten Blick der schmalen hellen Augen hinzuzog. Bei den letzten Sätzen nahm sein Gesicht einen mehrdeutigen Ausdruck an, und Ahram verstand, dass Kritos in seiner Jugend einen erwachsenen Liebhaber gehabt haben musste, wie es unter diesen Umständen üblich war.

»Der Tod meiner Mutter«, fuhr Kritos fort, »war ein schrecklicher Schlag für mich, zudem machten mir die Verwandten meines Stiefvaters, die an eine mögliche Erbschaft dachten, das Leben schwer … Ich wusste nicht, was ich tun sollte, in ihrem Haus jedenfalls konnte ich nicht bleiben. Ich versuchte, Schreibgehilfe eines Rhetorikers zu werden, doch das Glück wollte es, dass ich in der Palästra einen Reisenden aus Athen kennen lernte, der mich mitnahm. Er war ein außergewöhnlicher Mann, verheiratet, aber kinderlos. Er handelte mit kostbarer Keramik, Kunstgegenständen und wertvollen Materialien, von Bernstein bis Elfenbein. An seiner Seite lernte ich Künstler und die Sitten der feinen Gesellschaft kennen. So war ich sein Liebhaber und konnte zugleich den besten Philosophen in Athen zuhören. Ich war ihm auf den ersten Blick aufgefallen, und er war meine erste Liebe, die innigste und längste, die ich je erlebt habe.«

Seltsamerweise strahlten das Lächeln und die Augen in diesem Augenblick eine unübersehbare Wehmut aus. Ahram wurde bewusst, zu welchen Gefühlen dieser Mann fähig war, der sich andererseits so zynisch gab, wenn er über Recht und Gerechtigkeit sprach.

»Es waren fast drei Jahre, wie ich sie nie wieder erlebt habe. Leider konnte mich seine Ehefrau nicht ausstehen, was verständlich ist, da sie befürchtete, ihr Mann könnte mich adoptieren und sie um die Erbschaft bringen. Möglich, dass es tatsächlich so gekommen wäre, denn ich war auf Grund meiner schwächlichen Gesundheit zwar ein Spätzünder, hatte jedoch bereits einen Bart, und unsere Beziehung stieß in der Gesellschaft allmählich auf Ablehnung. Bevor mein Gönner mich jedoch adoptieren konnte, wurde er vergiftet, und seine Ehefrau beschuldigte mich der Tat. Ein Diener half ihr dabei, indem er aussagte, er habe gesehen, wie ich einen Heiler aufsuchte, der bekannt dafür war, gefährliche Gifte zu verkaufen. Plötzlich sah ich mich einem Verfahren gegenüber, das tödlich für mich hätte ausgehen können, ohne Freunde und ohne Gönner … Also tat ich das, was auch andere berühmte Griechen vor mir getan hatten: Ich floh nach Persien. In Ktesiphon lebte ich drei Jahre davon, Unterricht zu geben. Und ich reiste durch das persische Reich. Es war eine Zeit des Friedens mit Rom nach dem ersten siegreichen Feldzug Ardaschirs. Mit der Ära der Soldatenkaiser in Rom änderte sich die Lage, und ich bekam Schwierigkeiten. Also zog ich nach Smyrna. Dort erfuhr ich, dass der Diener, der gegen mich ausgesagt hatte, von der Ehefrau meines Gönners bestochen worden war und sie später, weil er sich von ihr übergangen fühlte, als wahre Anstifterin des Giftmordes angezeigt hatte.«

Ahram unterbrach ihn, denn er hatte eine Veränderung am Himmel entdeckt. Und in der Tat ging wenig später einer jener gefährlichen Sommerstürme über ihnen nieder, die von den Seeleuten »Poseidons Zorn« genannt werden. In der Gefahr konnte Ahram eine weitere von Kritos' Fähigkeiten beobachten: seine unerschütterliche philosophische Gelassenheit. Am nächsten Morgen, als der Wind sich gelegt hatte, lobte Ahram ihn für seine Ruhe.

»Der Tod kann jeden Augenblick kommen«, antwortete Kritos, ohne seinem Verhalten eine Bedeutung zuzumessen. »Wir leben ständig an der Grenze zwischen Leben und Tod. Ich bin ein Grenzgänger: Meine Mutter brachte mich zwischen Äolien und Ionien zur Welt. Grenzen sind die besten Bühnen des Lebens.«

Ahram fiel auf, wie sich Kritos' Bericht immer mehr von den reinen Tatsachen entfernte und in abstrakte Überlegungen überging. Es war das Einzige, was ihn bisher an seinem neuen Freund störte: die Neigung zu theoretischen Spekulationen. Daher versuchte er ihn auf konkretere Gedanken zu bringen.

»Wir sind seit Tagen auf See, und du bist jünger als ich. Ich muss dir nicht sagen, dass wir Seeleute dafür eine Lösung haben. Sieh dir den Schiffsjungen an. Er hätte nichts dagegen, sich mit einem Seemann zu vergnügen.«

Kritos warf dem Jungen einen Blick zu. Er trug nur ein schmales Tuch um die Hüften und hatte den verführerischen Körper eines Jünglings, braun gebrannt und mit starken Muskeln von der Arbeit an Bord. Als hätte er geahnt, dass sie über ihn sprachen, sah er in diesem Augenblick auf und strahlte die Männer auf dem Achterdeck viel sagend an. So kam es, dass Kritos noch am selben Nachmittag mit dem Jungen in der Kajüte verschwand, während Ahram an Deck Mittagsschlaf hielt.

Als sie am Abend wieder unter dem Sonnendach saßen, erklärte Kritos, bevor Ahram ihn danach fragen konnte:

»Bevor du es von dem Jungen erfährst, will ich dir sagen, dass heute Nachmittag in der Kajüte er der Liebhaber und ich der Geliebte war. Es war eine Wonne, weil ihr es ihm nicht erlaubt hattet und es kein schöneres Vergnügen gibt, als einen jungfräulichen Knaben in die Liebe einzuführen. In einem Alter, da sie auf dem Höhepunkt ihrer Manneskraft sind und sich nur selbst befriedigen können. Es war wunderschön.«

»Jetzt verstehe ich, warum seine Augen so leuchteten, als er an Deck kam! Ich dachte, es hätte an deiner Kraft gelegen.«

»Es war die seine. Ich koste jetzt noch seinen letzten Stoß aus, nachdem ich ihm den Rhythmus beigebracht hatte.«

So lernte Ahram seinen Gast besser kennen und war nicht enttäuscht, auch seine Schwächen zu entdecken, obwohl ihn die Gelassenheit, mit der er von dem Abenteuer mit den vertauschten Rollen berichtete, überraschte. Kritos erzählte bereitwillig von seinem Leben, obwohl er genau wusste, dass Ahram ihn nur aushorchen wollte. Doch da ihn diese Absicht keineswegs störte, erzählte er bis zum Ende.

»In Wahrheit ist jetzt alles gesagt. In Smyrna hatte ich von Anfang an Glück. Ich machte mir einen Namen, indem ich Plädoyers für mehrere bedeutende Männer hielt und sie erfolgreich verteidigte. Ich kam sogar zu etwas Geld und konnte mir einen gesellschaftlichen Status erkämpfen, aber … Na ja, irgendwann interessierten mich die Leute dort nicht mehr, und ich kam mit einem Lehrer, der mich einstellen wollte, nach Samos. Ich war noch keine drei Monate auf der Insel, als du dort anlegtest.«

»Mein Glück, dass du da warst«, erklärte Ahram, dem Kritos' Zögern nicht entgangen war. Vermutlich hatte der Aufenthalt in Smyrna irgendeine unangenehme Episode in seinem Leben mit sich gebracht. Welche es war, würde nicht schwer herauszufinden sein.

Wenn der Wind sich hielt, würden sie am nächsten Tag den berühmten Leuchtturm sehen. In der Nacht feierten sie ein fröhliches Fest, das Ahram Gelegenheit bot, weitere Beobachtungen zu machen. Kritos fand leicht Kontakt zu den Seeleuten und faszinierte sie mit seiner Fantasie. Für ihn empfanden die Männer nicht die respektvolle Verehrung wie für Ahram, aber sie waren sehr empfänglich für seine Worte und seine Ausstrahlung. Er begegnete ihnen nicht auf Augenhöhe wie Ahram, aber er distanzierte sich auch nicht von ihnen. Wie üblich verlor Ahram am Ende des Gelages nicht die Selbstkontrolle und beobachtete mit Befriedigung, dass auch Kritos seine Würde beim Trinken behielt. Seine Augen glänzten, gewiss, und seine Schritte waren etwas unsicher, aber den Wein bemerkte man nur an seiner freieren Sprache und seiner Ausdrucksweise, die zynischer und bitterer war als sonst. Als es so weit war, übergab er sich an der Reling, diskret wie ein vornehmer Römer, ehe er wieder in die Kajüte zurückkehrte, in der das Fest stattfand.

In Alexandria machte Ahram Kritos einen Vorschlag. Er war ihm eingefallen, nachdem dieser ihm seinen Talisman zurückgegeben hatte. Kritos solle als eine Art Berater in seine Dienste treten, mit allen Freiheiten, um weiterhin seinen intellektuellen Interessen nachgehen zu können. Ahram war fest davon überzeugt, wie schon oft zuvor in seinem Leben– vor allem wie damals bei Bachir –, dass sein guter Stern für die Begegnung mit dem Philosophen verantwortlich war. Gewiss, Kritos' Geschichten waren lückenhaft und verzerrt – aber keineswegs unglaubwürdig –, und er würde noch Zeit genug haben, um die fehlerhaften Informationen zu vervollständigen.

Kritos nahm das Angebot an, obwohl sich das Zusammenleben mit Ahram und seiner Frau in dem Haus, in dem sie damals wohnten, mit seinen Ausflügen nach Rhakotis, seiner extravaganten Art, sich zu kleiden, seinen Gepflogenheiten und Freundschaften schwer vereinbaren ließ. Er gab sich jedoch Mühe, jede Art von Skandal zu vermeiden. Als Damira kurz nach der Geburt ihrer Tochter Sinuit starb und das Große Haus fertig wurde, änderte sich die Lage zu seinen Gunsten. Und als er kurz nach dem Umzug die kleine Hütte am Ende des Privatgartens bekam, hatte Kritos das Gefühl, endlich zu Hause angekommen zu sein.

14. Die Macht und das Leben

In der kleinen Galerie am Ostflügel, in die man nur durch Ahrams Arbeitszimmer oder das Privatgemach daneben gelangt, beobachtet Soferis Ahrams frühere Sklavin und jetzige Gefährtin. Nachdem es in der Nacht geregnet hat und sich die Sonne hinter einer dichten Wolkenwand versteckt, zeichnet das weiche Herbstlicht unbeschreibliche Muster auf das wunderbare Haar, das sie nun unbedeckt nach Art der Griechen trägt: zu einem Knoten aufgesteckt, mit ein paar einzelnen Haarsträhnen zu beiden Seiten. Ihr Blick ist auf die Webarbeit gerichtet, mit der ihre Hände beschäftigt sind, ein kompliziertes geometrisches Muster in Schwarz und Rot im Stil von Amorgos.

Vor drei Tagen ist sie zu ihm ins Große Haus gezogen, und die Gerüchte wollen nicht aufhören. Soft-er-Osiris, oder Soferis, wie man seinen Namen abkürzt, gehen in diesem Moment einige davon durch den Kopf. Es wundert ihn nicht, dass manche geradezu abstrus sind, denn Ahram hat nie eine Frau mit in seine Gemächer genommen, sondern sich stets mit denen aus seinem Harem oder gelegentlichen Affären begnügt. »Sie hat ihm einen Zaubertrank gegeben«, »Ahram will ihr die Freiheit schenken«, »Er hat sie längst freigelassen, obwohl sie noch das Sklavenband trägt«, »Sie ist schwanger von ihm«, »Sie ist eine gotische Fürstin – seht euch nur das Haar an«, »Ach was, sie ist eine Aufwieglerin«, »Sie hat Bachir bezirzt«, »Sie ist älter als hundert Jahre, aber sie ist eine Magierin« ... Derlei raunt man sich in den Lagerhäusern und Küchen zu. Während Soferis seine Kladden mit den Pergament- und Papyrusblättern, seine Schreibfedern und die Tinte zurechtlegt, weil Ahram bald kommen wird, bewundert er die Anmut, mit der die Frau Hände oder Kopf bewegt. Welche Wahrheit verbirgt sich hinter Glauka?, fragt er sich. Er kann verstehen, warum Ahram ihrem Zauber erlegen ist, mehr noch aber, warum sie seiner Liebe erlag. Ahrams Liebe! Er kennt sie aus eigener Erfahrung und hat sie in vollen Zügen genossen, als er noch Kind war. Ahram war ihm Liebhaber und Vater zugleich, ein Ersatz für den, der in den Diensten des Seefahrers gestorben war. Die Beziehung endete wie üblich, als Soferis ins Mannesalter kam und, wie sein Vater zuvor, Ahrams Privatsekretär wurde, dem er dann mit beispielloser Treue und Tüchtigkeit diente. Bis heute entsprangen sie einem tiefen Gefühl, einer Mischung zwischen der Liebe eines Sohnes und der eines Liebhabers. Ein Überbleibsel von früher, welches sogar die Tatsache überdauert hat, dass er mittlerweile verheiratet ist und zwei aufgeweckte Kinder hat.

Vertraute Schritte lenken ihre Blicke auf die Tür, in der Ahram erscheint, gefolgt von dem Nubier Mnehet, der im Arbeitszimmer zurückbleibt. Sie lächeln und begrüßen sich, und Ahram lobt Glaukas Weberei, die sich zusammen mit Soferis erhebt, während er ihr zärtlich übers Haar fährt.

»Wir werden heute hier arbeiten«, entscheidet Ahram. »Die feuchte Luft ist angenehm … Bleib, Glauka, deine Anwesenheit bringt mir Glück.«

Glauka weiß, dass er sie jetzt immer in seiner Nähe haben will, obwohl er irgendwelche andere Gründe vorschiebt, weil er sich noch nicht an die neue Situation gewöhnt hat. Es wundert sie, dass ihr autoritärer Herr sich manchmal so strikt an Konventionen hält. Soferis dagegen führt die Aufforderung auf Assurgals Besuch zurück, der heute schon in aller Frühe ins Große Haus kam. In Alexandria kann niemand, der etwas auf sich hält, auf einen Astrologen verzichten, der ihm ständig oder zumindest gelegentlich zur Seite steht, und Assurgal gehört als Chaldäer zu den Besten seiner Zunft.

Während sich die beiden Männer an die Arbeit machen, beobachtet nun Glauka ihrerseits den Sekretär. Als Mitglied der feinen Gesellschaft von Alexandria kleidet er sich nach der griechischen Mode, trägt aber eine ägyptische Perücke, die zu seiner ockerfarbenen Haut passt und seiner schmächtigen Gestalt Würde verleiht.

Die schwarzen Augen, die dank der leichten Schminke etwas länglich erscheinen, liegen tief in den Höhlen und erwecken den Eindruck von Schläue. Sein Blick dagegen ist intelligent und ehrlich. Glauka weiß, dass Soferis aus Loyalität zu seinem Herrn Zweifel hegt, ob dieser gut daran tut, einer Frau, die erst vor fünf Monaten in seinem Leben erschien und von der niemand so recht weiß, woher sie stammt, zu erlauben, an seinem Alltag teilzunehmen. Vielleicht deswegen beginnt er seinen Bericht auf Demotisch statt auf Griechisch wie sonst. Ahram lacht.

»Glauka spricht auch Demotisch, Soferis.«

Der Schreiber wirft Glauka einen Blick zu und verbeugt sich entschuldigend. Nachdem sie mit ein paar Worten seine Loyalität gelobt hat, fährt er ein wenig verwirrt mit seinem Bericht fort. Es stimmt, in der kurzen Zeit, seit sie in dieses Land kam, hat sie die demotische Sprache, die ihr Fakumit nur bruchstückhaft beibrachte, fast fließend zu sprechen gelernt, und wenn sie wie jetzt an die Verstorbene denkt, spürt sie jedes Mal einen Stich im Herzen.

Sie wendet sich wieder ihrem Stoff zu und lauscht gedankenverloren den Worten der Männer. Sie vermischen sich mit dem leisen Plätschern des Wassers, das sich in ein muschelförmiges Marmorbecken am Ende der Galerie ergießt. Sie hört die Namen von Völkern an der kleinasiatischen Grenze: Armenien, Baktrien, Sogdiana, Parthien. Sie sprechen über Truppenbewegungen und römische Statthalter, die ausgewechselt wurden. Später erkennt sie die Namen von Hafenstädten in Kleinasien, Afrika, Griechenland und Rom und die klangvollen Namen von Schiffen: *Achilleus*, *Zerbus*, *Isiacus*, *Taurus*, *Hypacus*. Zwei weitere Namen lassen sie aufhorchen: Odaenathus und Zenobia. Immer wenn die Rede von Letzterer ist, schreckt sie zusammen. Die Lobreden, die Ahram auf die Fürstin hält, haben sich nur allzu gut in ihr Gedächtnis eingeprägt, und sie spürt instinktiv, dass die Bewunderung des Seefahrers nicht nur der Fürstin und Lebensgefährtin des Fürsten, sondern auch der Frau gilt.

Soferis setzt Ahram über die letzten Informationen, die er aus

Palmyra erhalten hat, in Kenntnis; allesamt positiv. Odaenathus hat es nicht nur geschafft, Schahpurs Vorstöße aufzuhalten und sich somit Roms Achtung zu verdienen, sondern gleichzeitig dafür gesorgt, dass immer mehr Karawanenstraßen durch Palmyra führen. Mit den Einnahmen ist er dabei, eine bewegliche Reiterei aus Pferden und Kamelen auszuheben. Die Kamele waren Ahrams Idee. Er ist davon überzeugt, dass in den Wüsten von Parthien und Arabien dieses Tier bislang noch nicht optimal für den Krieg eingesetzt wird.

Abgesehen von diesen Informationen ist auch ein persönliches Schreiben des Fürstenpaars an den Seefahrer eingetroffen, das verschlüsselt ist und für Außenstehende nichts als orientalische Floskeln und bedeutungslose Nichtigkeiten enthält. Ahram nimmt es zusammen mit dem dechiffrierten Text, den Soferis ihm reicht, entgegen. Er lächelt, weil das Schreiben die Informationen seiner Spitzel bestätigt und ergänzt.

Die Nachrichten über Alexandria dagegen sind verwirrender. Valerian will die Christen nicht mehr tolerieren, und der Statthalter Aemilianus hat den Bischof verbannt. Die Gläubigen sind nervös und befürchten eine neue Welle von Verfolgungen. Gleichzeitig treiben Agitatoren im Volk ihr Unwesen, und niemand weiß, ob fremde Mächte dahinter steckten oder die ägyptische Priesterschaft, die stets danach trachtet, ihre alte Macht wiederherzustellen. Es kursieren sogar Gerüchte über Anhänger eines neuen, »legitimen« Pharaos, die sich im südlichen Nubien formieren sollen. Ahram hält all das für Märchen, ist jedoch verwundert, als er hört, dass der reiche Geldverleiher Firmus angeblich politische Ambitionen hegt.

In diesem Augenblick nimmt Mnehet einer Sklavin ein Tablett mit Gerstensaft, Honigwasser, Datteln und anderen Früchten ab und stellt es auf einen kleinen Tisch. Glauka kommt dem Nubier zuvor und schenkt Ahram und Soferis ein, der es selbst tun wollte. Entzückt beobachtet Ahram den verblüfften Schreiber und die Eleganz, die Glauka in ihrer neuen Tunika ausstrahlt.

Sie sprechen noch über die letzte Edelsteinlieferung aus dem Lager, die unter einigen Verlusten eingetroffen ist, weil sie über Land kam und man den Schutz dreier Herrscher, deren Gebiete der Bote durchquerte, erkaufen musste. Am Ende besprechen sie den Tagesablauf anhand einer Liste von Besuchern, die um eine Audienz gebeten haben und nun darauf warten, dass Ahram in den Saal hinunterkommt, wo er das Volk empfängt. Beide haben bereits einen der typischen Antragsteller entdeckt, die mit höchsten Empfehlungen, unsinnigen Bitten oder absurden Projekten kommen, um die großen Probleme zu lösen. Der heutige glaubt eine Lösung gefunden zu haben, um der Bedrohung durch die Pest entgegenzutreten, die offenbar in manchen Dörfern des Menhit erneut ausgebrochen ist und die von den Priestern als Strafe der Götter bezeichnet wird, weil die alten Sitten und Bräuche vernachlässigt werden.

»Aber es ist noch ein weiterer seltsamer Besucher da«, fügt Soferis hinzu. »Einer dieser neuen Hebräer, ein Aufwiegler. Er kommt aus der Provinz Thebais.«

»Die muss man ernster nehmen. Diese Christen sind ein zähes Völkchen, das sich durch die Verfolgung nicht kleinkriegen lässt. Wir können sie gegen Rom benutzen.«

Dann sprechen sie noch einen Augenblick über Tages, Artabus' Sohn, der bereits sieben Jahre alt ist und nun mit der Schule beginnen wird. Ahram freut sich, nur gute Neuigkeiten über den Sohn seines besten Kapitäns zu erfahren. Schließlich sammelt Soferis seine Unterlagen ein und verabschiedet sich mit einer Verbeugung von Ahram und Glauka.

»Gestern im Museum war es für dich bestimmt viel interessanter. Ich hoffe, dass du dich heute nicht gelangweilt hast … Was hältst du eigentlich von Soferis? Du weißt ja, dass er seit seiner Jugend bei mir ist. Sein Vater ging mit einem meiner Schiffe unter. Er war einer der ersten Ägypter, die an mich glaubten.«

Während er noch spricht, steht Ahram auf und winkt Glauka, ihm zu folgen.

»Er gefällt mir, aber ich gefalle ihm nicht.«

»Das ist es nicht. Er ist nur verwundert, dass wir wichtige Dinge so offen vor dir besprechen. Ich war immer extrem vorsichtig, und er ist beunruhigt wegen deiner unbekannten Vergangenheit … Wenn er wüsste!«

»Zum Glück weißt du es … Du hast doch keine Zweifel mehr, oder?«

Sie sind von dem Nebenzimmer, in dem Ahram manchmal schläft oder sich ausruht und das über ein angrenzendes Bad verfügt, ins Arbeitszimmer gelangt. Dort betreten sie ein weich gepolstertes Podest und machen es sich auf dicken Kissen bequem. Ahram küsst sie und betrachtet ihr Gesicht.

»Natürlich nicht. Jetzt könntest du mich nicht mehr hinters Licht führen. Außerdem habe ich noch einen Beweis, den du nicht kennst. Sieh mal.«

Er nimmt das Amulett ab, das goldene Medaillon, das Glauka auf seinem nackten Oberkörper gesehen hat. Dann zieht er den Dolch aus der Scheide und öffnet mit dessen Spitze die Scheibe, die, wie Glauka jetzt sieht, aus zwei aneinander gepressten Teilen besteht. Der Dolch trennt sie, und im Innern kommt der wahre Talisman zum Vorschein, der von dem Goldschild beschützt wird. Ahram legt ihn feierlich in Glaukas Hand. Es ist eine Münze aus Zinn von der Größe einer Tetradrachme, auf der im Relief ein Baum mit einem zunehmendem Mond zu sehen ist. Zu beiden Seiten des Baumes schwebt ein silberner, in das Metall eingelassener Stern.

»Inanna, der Mond über dem Baum des Lebens. In Saba machten wir ihn zum Gott, Ilmuqah, sie aber nannte ihn Inanna und betete ihn in der Höhle an. Sie hat mir das Medaillon geschenkt.«

»Sie? Die Priesterin auf deiner Insel?«

Ahram nickt. In ihren vertraulichen Nächten hat er angefangen, Glauka von seiner Vergangenheit zu erzählen.

»Die Göttin, die sie auch Ischtar, Astarte, Aschtoreth und Tanit nennen.«

»Auf Psyra sah die Phrygierin im Mond den Gott Men.«

»Das ist dasselbe. Meine Mutter brachte mir bei, ihn mit erhobenen Armen anzubeten. Für sie war es der Gott Shin. Die Sterne sind etwas anderes: Morgen- und Abendstern. Ittara erklärte mir, dass es derselbe Stern ist, der einmal am Morgen und einmal am Abend erscheint, aber für meine Mutter waren es zwei verschiedene Gestirne, und ihnen vertraute sie mich an. Jetzt habe ich beide bei mir: dich und Kritos ... Ja, Kritos, trotz allem, was er ist! Dass ich dieses Medaillon trage, habe ich ihm zu verdanken, er rettete es auf Samos für mich. Dreh es um, und du wirst es sehen.«

Glauka wirft einen Blick auf die Kehrseite, auf der zwischen Meereswellen eine Sirene abgebildet ist. Um ihr Haar wiederzugeben, ist Gold verwendet worden, nicht Silber wie auf der Vorderseite. Glauka weiß nicht, was sie sagen soll.

»Als ich das Haar sah, das meine Tochter in der Schachtel aufbewahrte, musste ich sofort an diese Sirene denken. Und als ich dich sah, wusste ich, warum du so stark gewesen warst an jenem ersten Tag, als du dich dem Hund entgegengestellt hast ... Später kamen immer mehr Zeichen dazu!«

Er umarmt und küsst sie wortlos. Glauka reißt sich los und tut so, als wäre sie wütend.

»Und du hast mir nichts gesagt! Sogar als ich verzweifelt darum kämpfte, dass du mir glaubst, dabei hattest du längst den Beweis um den Hals. Du bist grausam. Auspeitschen könnte ich dich dafür!«

»Du hast die Erlaubnis dazu, aber du wirst es nicht über dich bringen! Weißt du was? Ich werde ein zweites Medaillon machen lassen, damit du es trägst.«

Sie sehen sich in die Augen, umarmen sich leidenschaftlich und lösen sich dann wieder voneinander. Ahram seufzt:

»Ich muss jetzt nach unten, um die Leute zu empfangen. Heute sind besonders viele Beamte gekommen. Die Bürokraten sind sehr mächtig, und sie werden mit jedem Tag mächtiger. Sie schaffen nichts, sie stellen nichts her, aber sie können alles blockieren. Und sie haben jeden von uns doppelt registriert: einmal im Haus des Lebens und dann in den Katastern des Statthalters. Mittlerweile hat sich sogar bis Rom rumgesprochen, dass Ahram zum ersten Mal eine Gefährtin in seine Gemächer eingelassen hat. Verstehst du? Sie wissen nur nicht, was für eine Gefährtin. Du wirst hier sein, wenn ich zurückkomme. Dann können wir zusammen essen und unsere zärtliche Umarmung fortsetzen.«

Sie küssen sich. Glauka erklärt, dass sie sich mit Kritos verabredet hat, um ihren Dialog weiterzuführen – er nennt sie nicht mehr Lektionen, obwohl sie immer noch lernt –, und verspricht, rechtzeitig wieder zurück zu sein. Doch als sie zur Bank mit den Delfinen gelangt, ist Kritos noch nicht da. Sie setzt sich, um auf ihn zu warten, und fragt sich, was ihm dazwischengekommen sein mag, weil er sonst immer sehr pünktlich ist, trotz seines chaotischen Lebens.

Wenig später wird ihr der Protagonist selbst von den Abenteuern erzählen, die er in der Nacht zuvor erlebte. Er eilte durch die Straßen von Rhakotis, auf dem Weg zu einem aufregenden Jüngling, den er vor kurzem kennen gelernt hat, als er eine Frau in Begleitung von zwei Männern sah. Der Gang und die Haltung der Frau erinnerten ihn an jemanden, aber er wusste nicht, an wen. Ein derart elegant gekleidetes Trio zu dieser späten Stunde in Rhakotis war ungewöhnlich, zumal es nicht von der sonst für die Menschen seines Standes üblichen Eskorte von Sklaven begleitet wurde. Kritos versteckte sich in einem Portal und wurde dank der dunklen Wolken, die sich jeden Moment über die Stadt ergießen wollten, und des schwarzen Umhangs, den er für gewöhnlich als Jäger oder Gejagter bei seinen nächtlichen Eskapaden trägt, nicht entdeckt, obwohl die drei unmittelbar an ihm vorbeigingen. Das Einzige, was nicht zu der Aufmachung der Frau passte, war ihr zerzaustes Haar, das auf eine einfache Herkunft schließen lassen sollte. Zum Glück trug einer ihrer Begleiter eine brennende Fackel – nur jemand, der sich in Rhakotis so gut auskannte wie Kritos, fand sich in dieser Dunkelheit zurecht –, und als er das weibliche Gesicht sah, verflogen alle Zweifel. Es war tatsächlich Clea, die Ehefrau des Epistrategen, die sich mit einer Perücke verkleidet hatte. Da er einiges über sie wusste, erschien ihm ihr seltsamer nächtlicher Spaziergang nicht ungewöhnlich. Die eigentliche Überraschung kam erst, als er bemerkte, dass die Bewegungen und Formen ihrer Begleiter, die männliche Kleidung trugen, sie als Frauen verrieten. In Rhakotis und in bestimmten Häusern von Neopolis gab es viele Männer, die sich wie Frauen kleideten, und Kritos kannte die meisten von ihnen sehr gut, aber Frauen, die sich als Männer ausgaben, waren selten, und in diesem Fall gab es nur eine Erklärung. Sie wollten von etwas ablenken, das noch ungewöhnlicher war: dass drei Frauen der vornehmen Gesellschaft zu dieser späten Stunde ohne männliche Begleitung durch Rhakotis spazierten. Ohne seine Intuition und seinen langjährigen Umgang mit Menschen, deren Geschlecht nicht auf den ersten Blick zu erkennen war, hätte Kritos die Täuschung nicht durchschaut.

Seine Neugier und sein Interesse für Clea waren stärker als die Verlockung der Verabredung, und so folgte er vorsichtig den drei Frauen den Hügel hinauf, auf dem sich das Serapeion befindet, bis in die Nähe des Stadions. Zu den nahe gelegenen Katakomben wollten sie bestimmt nicht, denn Clea war keine Christin. Schließlich aber sah er, wie sie mit einem vereinbarten Zeichen an einer Tür klopften und in ein neues dreistöckiges Gebäude eingelassen wurden, ähnlich wie den Häusern, die außerhalb der Stadtmauern gebaut worden waren, als das Viertel immer größer wurde.

Kritos merkte sich das Haus und beschloss, der Sache bei Gelegenheit nachzugehen, weil er keine Lust hatte zu warten. Kaum hatte er kehrtgemacht, da musste er sich schon wieder verstecken, als ihm eine weitere Gruppe von vier verkleideten Frauen entgegenkam. Und da fielen ihm plötzlich die Geheimbünde von Frauen ein, etwa die »Töchter Sapphos« in Smyrna, die eine so wichtige Rolle in seinem Leben gespielt hatten. Aber er verwarf die Vorstellung und dachte an seinen Jüngling, der hoffentlich noch auf ihn wartete.

Dummerweise wurde er erneut aufgehalten, als er an einer Schenke vorbeikam und sah, wie ein Wirt, den er kannte, vor der Tür eine junge Frau verprügelte. Die würdevolle Ergebenheit, mit der sie die Strafe ertrug, erregte Kritos' Aufmerksamkeit. Um sich zu rechtfertigen, erklärte der Wirt, er habe die Frau erst am Tag zuvor gekauft, und nun weigere sie sich, die Wünsche der Kunden zu befriedigen, wie es in den Schenken von Rhakotis nun mal Brauch sei. Kritos sah sie an. Sie war eine junge ägyptische Fellachin mit dunkler Haut, rundem Gesicht und wulstigen Lippen. Die Tränen in ihren schwarzen Augen leuchteten im Licht der Fackel, die neben der Tür an der Hausmauer hing. Kritos seufzte, weil das Schicksal ihm die Freuden der Nacht bereits verdorben hatte, doch dann hatte er plötzlich eine Idee. Lächelnd fragte er den Wirt nach dem Preis, den er bezahlt hatte, und bot an, ihm die Sklavin abzukaufen. Da Kritos ein Stammkunde war, wollte der Wirt ihm den Gefallen tun, und so ging die junge Frau in den Besitz des Philosophen über, der den Wirt anwies, sie in Ruhe schlafen zu lassen, bis er sie am nächsten Morgen abholte. Damit war sie in Sicherheit. Alle wussten um Ahrams Macht.

Da Glauka all dies noch nicht weiß, wundert sie sich, als sie Kritos in Begleitung einer jungen Frau kommen sieht. Ob sie zu Kritos' geheimem Leben außerhalb des Großen Hauses gehört?, fragt sie sich neugierig. Kritos klärt sie auf und stellt ihr die junge Frau vor.

»Sie heißt Nebet, ›Sykomore‹. Sie ist eine gute Sklavin, ich schenke sie dir.«

»Bist du von Sinnen? Wie soll eine Sklavin andere Sklaven besitzen?«

»Na schön, dann schenke ich sie eben Ahram, aber sie ist für dich bestimmt. Du wirst bald keine Sklavin mehr sein, und brauchen tust du sie jetzt schon. Sag nicht Nein.« Er lächelt sie verschmitzt an. »So wird Ahram sehen, dass auch ich etwas vom Sklavenkaufen verstehe. Außerdem wird dir dieses Geschenk bestimmt nicht ins Meer fallen wie das Armband.«

Glauka würde sich am liebsten weigern, weiß aber nicht, wie, und nimmt schließlich an, vorausgesetzt, Ahram ist einverstanden. Einige drohende Worte überzeugen sie.

»Pech für sie, wenn du sie nicht willst. Dann bringe ich sie wieder dahin zurück, woher ich sie habe.«

»Hast du sie denn legal erworben?«

»Selbstverständlich! Ich werde so viele Papyri unterschreiben, wie du willst, und wir werden sie in die Bücher eintragen lassen.«

Er schubst die Frau auf Glauka zu, und die Sklavin, die das Gespräch auf Griechisch nicht verstanden hat, begreift, dass sie vor ihrer endgültigen Herrin steht. Sie fällt auf die Knie und spricht sie auf Demotisch mit Herrin an.

»Nenn mich nicht so«, erwidert Glauka. »Ich bin selbst eine Leibeigene.«

Die Frau wirft ihnen einen verwirrten Blick zu, weil sie befürchtet, Opfer eines Scherzes vornehmer Leute geworden zu sein. Glauka beruhigt sie und erklärt, dass sie den Herrn um Erlaubnis bitten wird, damit sie bleiben darf.

Da es bereits spät ist, sagt Kritos den Unterricht ab und geht mit seinen Papyri unter dem Arm wieder davon. Die junge Frau läuft ihm nach und küsst ihm die Hand, obwohl er sich dagegen wehrt.

»Danke, dass du mich da herausgeholt hast.«

Kritos reißt sich los und lacht, während er Glauka zuruft, dass das Mädchen offenbar ziemlich dickköpfig ist.

»Wo hat er dich rausgeholt? Aus einer Schenke?«, fragt Glauka, während sie die Frau zum Turm bringt, wo sie bleiben wird, wenn sie mit Ahram zu Mittag isst. Die Ägypterin nimmt ihre Hand und zwingt sie, stehen zu bleiben.

»Herrin ... Du musst es wissen: Es war keine Schenke, sondern eins der Häuser in Rhakotis, wo die Männer sich im oberen Stock befriedigen lassen ... Meine Eltern haben mich als Sklavin verkauft, weil wir sonst verhungert wären. Man hatte meine beiden Brüder verhaftet, und allein konnten wir das Land nicht mehr bestellen, weil mein Vater krank und gelähmt war ... Der Wirt wollte meine Jungfräulichkeit verkaufen ... aber dann kam dieser Herr und hat mich gerettet.«

Glauka kennt solche Geschichten zur Genüge, fragt aber trotzdem nach.

»Warum hast du eingewilligt, dich von deinem Vater verkaufen zu lassen?«

Die Frau sieht sie mit glänzenden Augen an.

»Was hätten meine Eltern sonst machen sollen? In meiner Seele werde ich immer frei sein.«

Dieser Satz und die Verhaftung der Brüder lassen Glauka aufhorchen.

»Bist du vielleicht Christin?«

Die Frau nickt, und in ihren Augen spiegelt sich die Angst vor den Konsequenzen wider.

»Bei den Christen heiße ich Eulodia, aber das darf niemand erfahren, weil wir verfolgt werden.«

»Hier spielt das keine Rolle«, beruhigt sie Glauka. »Hier kannst du in Frieden leben. Ich habe selbst unter Christen gelebt, obwohl ich keine bin. Komm.«

Glauka führt sie zum Turm und übergibt sie Uschaits Obhut, die den Kopf schüttelt.

»Kritos kommt wirklich auf die unmöglichsten Ideen! Dir eine Sklavin zu schenken!«

Aber sie nimmt sich der jungen Frau freundlich an, und Glauka kann endlich in das Große Haus laufen, wo Ahram auf sie wartet und belustigt Kritos Geschenk annimmt. Sie essen hastig zu Mittag und ziehen sich dann ins Nebenzimmer zurück, um sich ihrer Lust hinzugeben.

Wie schön eine Umarmung bei Regen ist, und wie herrlich alles, was dann folgt! Zuerst bist du wie immer der Blitz des Lebens, ein kräftiger Wirbelwind, doch seine Intensität lässt nicht nach, der langsame Rückzug dauert den ganzen Nachmittag an! Der Klang des Regens ist beruhigend. Das Grau vor dem Fenster, die feuchte Luft. Ein winterliches Frösteln in unseren Körpern, die noch vor Glut brannten. Unsere eng aneinander geschmiegten Körper, meine Hände auf deinem Rücken, und deine auf meinem, auf meinen Hinterbacken, die Beine ineinander verschlungen, nur ein einziger Körper, dein Bart auf meiner Schulter und meiner Wange. Was für eine Wonne, was für eine Lust! Dein Herz pochte gegen das meine, unser Blut floss in dieselbe Richtung wie zwei brüderliche Ströme. Das ist schön! Zeitlos, ja zeitlos, und trotzdem so lebendig! O mein Ahram, du schenkst das Leben!

Und dein Flüstern, hin und wieder ein Wort, und dann dein Angebot, mir die Freiheit zu schenken! Dummkopf! Wozu will ich frei sein? Auch wenn du mich in die Freiheit entlässt, werde ich immer deine Sklavin bleiben. Und dieser Smaragd, den du mir mitgebracht hast. Was soll ich mit Edelsteinen, es sei denn, du willst sie an meinen Händen sehen, um mich anderen zu zeigen? Ich will keinen Reichtum, denn du bist unbezahlbar und das Einzige, was ich mir wünsche. Wie seltsam, dass du Astaphernes kanntest. Der Smaragd hat mich an seinen Lapislazuli erinnert. Du hattest sogar mit dem Gedanken gespielt, Armenien zu benutzen, so wie jetzt Palmyra. Selbst von der Intrige mit Tiridates wusstest du! Merkwürdig, wie das Leben manchmal spielt. Auch dadurch fesselt es uns aneinander, aber was kann enger sein als unsere Vereinigung? Und du fragst mich heute Morgen, ob ich mich gelangweilt habe? Ich langweile mich nie. Wie kann man sich langweilen, wenn man lebt? Außerdem bist du selbst das größte Schauspiel für mich, du weißt so viel über die Welt, du bist wie der Adler, der über Berge und Täler herrscht. Die Beute, die du dir aussuchst, deine mutige Entschlossenheit, alles versetzt mich in Staunen, und dann kann ich nicht glauben, dass du dir meine banalen Worte anhörst und diese aufdringlichen Bittsteller, die deiner Zeit nicht würdig sind, geduldig empfängst und obendrein noch an ein Geschenk denkst, das im Turm auf mich wartet. Es kam mit einem Schiff, während wir uns in den Armen lagen. Was für eine herrliche Tunika! Vom anderen Ende der Welt, dem Land der Seresh, so weit weg, dass nicht einmal du daran denkst, dorthin zu reisen. Seit Vestericus mich entführte, hatte ich vergessen, was Seide ist. Astaphernes, der Sybarit, trug Seide. Er schenkte mir ein Taschentuch, mit dem er meine Haut streichelte. Eine Berührung, die ich vergessen hatte. Was für ein Gefühl, sie heute wieder zu entdecken! Es ist wirklich eine wunderschöne Tunika! Uschait und Nebet staunten. »Merkwürdig, wie fest und fein dieses Leinen ist«, sagte Uschait. Ich musste sie aufklären, aber sie glaubten mir nicht, dass es das Werk von Raupen ist. Dann halfen sie mir, sie anzuziehen. Nackt, mit erhobenen Armen ließ ich sie mir über den Kopf streifen. Wie sanft der Stoff über meinen Körper fällt. Wie eine zärtliche Berührung. Als wäre er aus Wasser gemacht, aus Händen und Lippen! Meine Haut prickelte, als ich mich im Quecksilberspiegel betrachtete, noch eine Überraschung für Nebet. Wie schön der Stoff fällt, wie eine zweite Haut auf der meinen, frei und lebendig. Es sollte mir nicht wichtig sein, aber die Seide macht mich schön für dich, Ahram, in ihr will ich auf dich warten, komm nicht zu spät! Zwei außergewöhnliche Geschenke habe ich heute bekommen, die Tunika und Nebet. Kritos und seine Intuition. Was für ein Mädchen! Als ich in den Turm kam, hatten sich Uschait und sie bereits angefreundet. Sie ist nicht hübsch, sie hat den plumpen Körper einer Bäuerin, kurze Beine und eine stumpfe Nase, aber wunderschönes schwarzes Haar, das ja. Ihre Anwesenheit beruhigt, sogar wenn man sie ignoriert, sie strahlt Ruhe aus wie Bachir. Bachir, seit Tagen sehe ich ihn nicht. Uschait erzählt, er sei auf Tanuris geblieben, und es stimmt, eigentlich ist er schon zu alt für das ständige Hin und Her, und sie sollten ihm seine Ruhe gönnen, vor allem in Anbetracht seiner Freundschaft mit Ahram. Uschait sagt, er würde es nicht wollen, aber krank ist er nicht. Eulodia erinnert mich an ihre Glaubensschwestern, sie ist genauso heiter wie Domicia, aber natürlich nicht halb so elegant. Wir werden uns gut vertragen. Uschait kann jetzt, wo ich im Großen Haus bin, eine Hilfe gut gebrauchen. Eulodia ist keine Sektiererin, sie gehört zur Kirche des Bischofs Dionysius. Wie die meisten Christen sind sie keine Umstürzler, auch wenn man sie so nennt. Eher fühlen sie sich als Afrikaner wie der Bischof Cyprianus und trachten nach einer Kirche, die von Rom unabhängig ist. Freiheit, diese Idee interessiert Ahram. Er erörtert mit Soferis Möglichkeiten, sich mit ihnen zu verbünden und sie zu unterstützen. Ach, wäre nur Roteph noch am Leben! Was für ein Feldherr! Ahram ebenbürtig. Was für ein herrlicher Stoff! Ich lege mich hin und warte auf dich. Nebet ist bereits nach unten gegangen und lässt mich allein an meinem Platz. Ich werde sie Eulodia nennen.

Ja, hier ist mein Platz, meine Mitte, mein Abgrund und der Gipfel, den ich mir vorstellte und erst nach einem langen Weg erreichte. Wie viele Versuche vorher, wie eine Blinde, die sich durch ihre dunkle Welt tastet. Ich berührte ein glühendes Stück Kohle und glaubte schon am Feuer angelangt zu sein, obwohl es nur die Oberfläche war. Und wie viele Narben, Stunden der Verzweiflung, Gefängnisse und Freudenhäuser, Schläge und Erniedrigungen, Abschiede ohne Wiederkehr, die einem die Seele töten. Der schreckliche Tod unschuldiger Menschen, wie der meiner Tochter, es war, als hätte man mir das Herz durchbohrt. Das werden Männer nie durchmachen, sie werden nicht erleben, wie man ihr eigenes Fleisch tötet, wie sie ausbluten und trotzdem weiterleben. All das habe ich durchgemacht, nackt und einsam, bis zu der strahlenden Gewissheit, bis dein Feuer meiner Nacht ein Ende setzte. Ich brauche nur daran zu denken, dass das hier mein Thron ist und auch deiner, und schon fühle ich dich neben mir, auch wenn die Welt untergehen würde, du wärst hier, weil es so ist wie heute Nachmittag, mit dieser frischen, feuchten Luft. Der Regen hat aufgehört, aber im Fenster leuchtet der Leuchtturm und an meiner Seite das sanfte Licht des Öllämpchens, um dich besser zu sehen, wenn du mich nachher umarmst, meine Hände streicheln meine Brüste, fahren über meinen Bauch und meine Hüften, ohne dass die Seide im Weg ist. Sie gibt mir das Gefühl, als wären es deine Hände, die ich spüre, deine leidenschaftliche Kraft, das schönste Geschenk des Lebens. Die Götter können nicht so fühlen, undenkbar, sich eine Sirene in Kleidern vorzustellen, sie würde nichts spüren. Ich selbst spürte das Wasser nicht, bis ich begann, mich für die Sterblichen zu interessieren, danach spürte ich sogar die Luft, nicht nur den Wind, sondern die reglose Luft, die mich umgab. Und du hast keine Zweifel mehr an mir, trotzdem verzeihe ich dir nicht, dass du deinen Talisman brauchtest, um mir zu glauben. Aber das Wichtigste ist, dass du mir glaubst, dieser Botschaft aus der Hand deiner Ittara glaubst, meiner Aphrodite oder wer es immer sein mag. Warum hast du ihn mir nicht eher gezeigt? Es war eine Qual zu erleben, wie du an mir gezweifelt und mich für eine Lügnerin gehalten hast. Du bist grausam, aber das ist es nicht, es ist deine Scheu, die Angst, dich zu kompromittieren, vor allem jedoch die Tatsache, dass du nichts mit solchen Gefühlen anfangen kannst. Du bist auf anderen Gebieten der Herr, aber nicht auf dem meinen, dem des Lebens und der Liebe. Du hältst Abstand zu deinen Frauen und widmest dich wie heute Morgen deinen Schiffen, Verbündeten, Feinden und der Macht. Ja, der Macht, nicht dem Geld. Es ist die Macht, die dich beherrscht, für sie bist du sogar bereit, dich mit den Umstürzlern zu verbünden. Langsam lerne ich dich kennen und liebe dich immer mehr, ich brauche dich nicht zu idealisieren, auch ich bin aus Fleisch und Blut, und du bist parteiisch, eigensinnig, grob und ungerecht, du verachtest die Bücher, bedienst dich aber des Wortes. »Das beste Buch ist der Mensch«, sagst du. Deine Gefühle werden von deinen Taten erdrückt, sie aber sind mein Element, das Leben. Die Gefühle sind stärker als alles andere, dabei ist es nicht so, dass du nicht leben würdest. Im Gegenteil! Du bist das Leben selbst, aber du merkst es nicht, du verkörperst es, ohne es zu genießen, du lebst es, ohne es auszukosten, nur dein Fleisch genießt, aber die Lust dringt nicht bis in deine Seele vor, dein Orgasmus ist nur Befriedigung, der Schwindel, der mich überwältigt, ist bei dir die Macht, die Potenz, wie du sagst. Für mich ist dieser Schwindel das Leben, das wir im Alltag nur von weitem wahrnehmen, verschwommen. Im Schwindel bade ich in der Quelle, im totalen Leben, im Absoluten. So wie die Große Gottmutter, die wir nur anhand der kleinen Göttinnen kennen, Itarra, Tanit, Astarte, Aphrodite. Mit dem Leben ist es genauso, wir erleben es nur als Echo, aber im Schwindel offenbart sich das Leben selbst, das Höchste, die Wurzeln der Welt, von denen die Götter nichts ahnen. Darin bist du wie die Götter, aber am Ende wirst du mich verstehen. Ich weiß, dass es Zeit braucht, aber ich werde es dir beibringen. Du bist so starrsinnig, so selbstsicher! Noch verstehst du mich nicht, auch wenn du mir glaubst, noch fragst du mich, warum ich meine Unsterblichkeit aufgab. Deswegen, du Dummkopf, weil ich das Leben leben wollte. Als du mich gestern ins Museum mitgenommen hast – mit deinen Gelehrten bist du fröhlich wie ein Kind –, und Dagumpah uns die Wasseruhren zeigte, diese perfekten Uhren, die Claudius Ptolemäus für seine Berechnungen benutzte, waren sie gerade dabei, ein Teil zu ersetzen. Erinnerst du dich? Das Teil, durch das das Wasser läuft und das abgenutzt war, obwohl es aus Granit bestand, dem harten Gestein, das man für die Götterstatuen in den Tempeln verwendet. Das weiche Wasser hatte es abgenutzt, aber mehr noch die Zeit, sie rafft alles dahin. Das bedeutet es, am Leben zu sein: die Zeit zu spüren. Damals fiel es mir wie Schuppen von den Augen. Im Heiligtum schloss mich die Zeit in ihre Arme, und seitdem hat sie mich nicht mehr losgelassen. Arme aus Seide wie meine Tunika, wie das Wasser, das den Stein aushöhlt, kaum merklich, aber unerbittlich, so faszinierend wie das Elektron im Museum, das deine Gelehrten rieben, um damit Papyrusstückchen anzuziehen. Die Zeit bedeutet Leben, nicht Ewigkeit! Würdest du unsterblich sein wollen? Würdest du ewig gegen Rom kämpfen wollen? Die Zeit macht uns zu dem, was wir sind, wir lieben so sehr, weil sie uns mitreißt, damit wir sie vergessen. Aus lauter Verzweiflung, weil wir merken, dass wir uns allmählich auflösen, klammern wir uns an den Anker der Liebe, aber das Seil ist glatt, wir finden keinen Halt, werden fortgerissen, und die Seele verzweifelt, während unsere Hände an dem Seil abgleiten. Dennoch: Manchmal sind wir stärker als die Strömung! Nur für einen kurzen Augenblick, dieser Moment ist der Schwindel, oder wie immer du es nennen willst. Das ist das Leben, das zu mir kommen wird in deinem Körper, in diesen Sehnen, in diesen Seilen der mutigen Feluke, deinem Rumpf, deinem Bugspriet, der gegen den Strom ankämpft, gegen den Wind der Zeit, der die Segel aufbläht, sie strafft und liebkost und das Schiff deiner Sehnsucht antreibt. Langsam lerne ich die Seemannssprache. Meine Fischer waren nur Körper, die sich erregten und befriedigt wurden, du bist eine ganze Welt, der Schlüssel zu meinem Gedächtnis.

Wie ich zittere, wenn du mich überraschst! Du kommst von hinten, deine Arme umfassen meine Hüften, deine Hände legen sich um meine Brüste, ich spüre dein Geschlecht an meinen Hinterbacken, wie es sich dagegenpresst, mein Herz schlägt heftig, wartet darauf, dass du mich vorbeugst, mir die Tunika hochschiebst, mich berührst, dich an mich klammerst und in mich eindringst, während ich deinen Atem im Nacken spüre ... Wenn du das erlebst und nicht nur vollziehst, wirst du den Unterschied kennen lernen zwischen ein bisschen Leben und dem Absoluten, zwischen der kleinen Göttin und der Gottmutter. Dann wirst du sehen, dass sie stärker ist als deine Macht, deine Obsessionen, der Planet, auf dem du das Sagen hast. Die Liebe hat ein eigenes Licht: Sie ist ein Stern, du wirst es schließlich erkennen, das Kind in dir zuerst, das aus deiner Vergangenheit, das Kind, das deine Mutter liebte und jetzt auf eine andere Art mich lieben muss. Allmählich öffnest du dich, was hast du mir heute alles erzählt! Sie halten dich für einen Phönizier oder Kanaaniter, du aber bist stolz auf deine Heimat Saba. Du glaubtest, ich würde deine Königin nicht kennen, aber meine christlichen Freunde hatten mir von Salomon und seinen Liebschaften erzählt. Meine Antwort machte dich glücklich, und du hast stolz gesagt, oder vielmehr das Kind in dir sagte es: »Aus dem Land stamme ich, dem der schönen Bilqis.« Und sehr leise hast du noch hinzugefügt: »Jetzt bist du meine Bilqis.« Etwas Schöneres hättest du nicht sagen können! Jetzt, nachdem du mir die Geschichte erzählt hast, verstehe ich, warum du Rom so hasst. Aber das tut deiner Stärke nicht gut, du würdest ohne Hass besser leben, du bist mehr, du umhüllst mich wie deine neue Tunika, diese Haut, die du mir geschenkt hast und in der ich nun auf dich warte, bis die kommt, die deine Hände mir überstreifen, um mich zum Schwindel zu führen ... Deine Macht hat sich verliebt, und meine Liebe ist mächtig. Sie sind eins, genau wie wir.

Weißt du, wann ich es begriff? Als sie den Bart meines Vaters ermordeten. Jetzt, da du schläfst, kann ich dir antworten, meine Sirene, denn in Worten bist du mir überlegen wie Kritos. Manchmal verstehe ich dich nicht, das heißt, ich verstehe dich, aber ich weiß, dass es nicht so ist. Warum nimmst du mir meine Kriegspläne und meinen Machthunger übel? Versteh doch, wenn man nicht mächtig ist, wird ein anderer über dich entscheiden. Das ist nun mal die Wahrheit. Ein anderer wird dich erniedrigen oder zerstören, wird dir deine Würde nehmen und sogar deine Männlichkeit. Das Wichtigste auf der Welt! … Ihr Frauen könnt das nicht verstehen, ihr wurdet geboren, um erobert zu werden. So war es seit jeher. Wenn aber ein Mann unterworfen wird, verliert er seine Seele. Du verstehst mich nicht, aber es ist egal, solange ich dir das gebe, was dir sonst niemand gibt, und du mir, was keine mir gab. Unsere Körper verstehen sich. Jetzt, wo du mich nicht hörst, will ich es dir gestehen: Wenn ich mich in dir verliere, vergesse ich die Macht. Die Männlichkeit, den Krieg, alles. Lächelst du? Wovon träumst du? Oder kannst du meine Gedanken hören, obwohl du schläfst? Wie die Sirene, die du früher gewesen bist. Dann genieße sie in deinem Traum, ich wiederhole es: Ich vergesse alles. Sogar das, was ich bin, wenn ich in dir bin. Ich habe es dir vorhin bereits gesagt, als wir uns umarmten.

Du musst es verstehen. Ohne Macht ist man ein Niemand. Ich habe es von einer Sekunde auf die andere begreifen müssen, als ich noch ein Kind war und sie den Bart meines Vaters umbrachten. Eben noch hast du den meinen gestreichelt. Er hat dich am Hals gekitzelt. Sogar zwischen deinen Schenkeln. So sehr vergesse ich meine Männlichkeit. Nie zuvor habe ich das bei einer Frau gemacht, das war Sache von Sklaven oder lesbischen Frauen. Aber bei dir ist es etwas anderes. Ich liebte auch den Bart meines Vaters an meinen Wangen. Das Erste, woran sich meine Haut erinnert, stärker als an die Brust meiner Mutter. Ihre Brust war weich wie meine Haut, der Bart meines Vaters aber bedeutete Stärke. Wenn er die Decke vor dem Eingang hob, um unser Zelt zu betreten, erschien er mir wie ein Riese. Seine Stimme klang kräftig im Vergleich zu der meiner Mutter. Sie klang wie das Horn, mit dem man den

Stamm zusammenruft; die meiner Mutter war die Flöte unserer Tänze. Ich habe sie ständig vor Augen. Meine Welt war das Zelt, darin war alles ewig: die beiden Stimmen, die Teppiche, die Küsse. Draußen war alles in Bewegung: die Felsen, der Sand, die Tiere, die kamen und gingen, der Himmel, der eisig war oder wie Feuer. Wenn die Sonne verschwand, kam der Mond. Alles drehte sich um das Zelt, aber darin, in meiner Welt, änderte sich nichts. Der Bart des Riesen, die Hände meiner Mutter. Der Riese hob mich in den Himmel, bevor er mich auf seine Schultern setzte; ich spürte seinen Bart auf meinen nackten Schenkeln. Später ließ er mich langsam wieder herunter, und der Bart strich über meine Wange. Er verlieh mir Kraft, er machte mich unverwundbar. Du wirst es nicht glauben, aber ich empfand es so. Als sie jenen Bart ermordeten, verlor ich mit einem Schlag meine Geborgenheit.

Als sie ihm die Kehle durchschnitten. Dieser Nachmittag hat sich wie glühendes Eisen in meine Erinnerung gebrannt. In die eines fünfjährigen Jungen. Vor meinen Augen schnitten sie ihm die Kehle durch. Vor den Augen seiner eigenen Frau, die von zwei Männern festgehalten wurde. Sie hielten ihr auch den Mund zu, aber nicht ihre Augen, damit sie sich mit Schrecken füllten. Damit die Frau, die sie vorher vergewaltigt hatten, ihren Mann sterben sah. Zwei Ungeheuer hielten ihn fest. Ein anderes mit einem federbuschgeschmückten Helm schlich sich von hinten an. Mit einer Hand legte er ihm das Schwert an die Gurgel, mit der anderen packte er ihn am Bart und zerrte seinen Kopf nach hinten. So war es, er zog am Bart, um den Hals für das Schwert zu entblößen. Ich weinte nicht. Das verlangte nach mehr. Hätte ich geweint, meine Tränen hätten in meinen Augen gekocht … Sein Leben zerfloss im Blut. Meine Mutter versuchte vergeblich, sich loszureißen. Mich hielten zwei Hände fest. Ich bestand nur noch aus Augen: sehen und nicht vergessen. Noch heute sehe ich es mit demselben Schrecken vor mir wie damals. Wer nicht so gelitten hat, weiß nichts vom Leben …

Sie schlachteten unseren Stamm ab. Wahrscheinlich gab es

Schreie, Kampf, Tote und mehr Tote, Reiter, die unsere Zelte niederrissen, sie in Brand steckten, Tiere, die flüchteten. Ich aber sehe nur den blutverschmierten Bart, diese blicklosen Augen, das Schwert, die schreiende Frau und den Helm mit dem Federbusch. Die Hände, die mich festhielten, schubsten mich in die Arme des Helmträgers. Er hob mich in die Luft wie mein Vater, aber für mich war es umgekehrt, weil ich unter mir plötzlich einen Zwerg sah. Ich spuckte ihn von oben an, und er lachte. Als er mich wieder herunterließ, streifte mich sein Gesicht, aber statt des Bartes spürte ich die bronzenen Backenstücke seines Helms. Sie sprachen in ihrer Sprache. Ich verstand sie nicht, aber ich weiß, was er sagte: »Lasst ihn am Leben; er hat die Lektion gelernt. Jetzt kennt er Roms Macht.« Ja, ich hatte die Lektion gelernt, ich weiß, was Rom ist. Das Hassenswerteste auf der Welt. Später erfuhr ich von Hannibal, der als Kind den Römern ewigen Hass geschworen hatte. Wahrscheinlich hatte er nicht halb so viel Wut, denn ich werde nicht in Capua einschlafen. Warum vernichteten sie uns, was hatten wir verbrochen? Wir waren Nomaden, Hirten, seit Menschengedenken. Aber sie brauchten keinen Grund, die Macht braucht keine Gründe: Das hatte ich gelernt. Kritos sagt, die Zeit sei ein Strom, der in den Tod fließt, und jetzt sagst du mir, die Zeit sei das Leben selbst, dass wir aus ihr und von ihr leben und dass unsere Würde darin besteht, ihr trotz unserer sicheren Niederlage zu trotzen. Aber sie ist nicht das Leben, die Zeit ist der Tod.

Ich habe einen immer wiederkehrenden Traum: Aus einer Stadt ist vor Jahren ein Krieger losgezogen. Alles im Traum ist schwarz, die Stadt, die Wüste, der Krieger, sein Helm, sein Schwert, das nicht glänzt. Der Helm hat zwei Löcher, doch die Augen sieht man nicht. Er geht langsam, aber unaufhaltsam. Ich weiß, dass er mich einholen wird. Ich werde sehen, wie er auf mich zukommt, ohne Angst, und wenn ich schwach werde, fange ich an, auf ihn zuzulaufen. Das ist die einzige Macht, die ich verehre; niemand sonst wird mich jemals unterwerfen.

Das verstehst du nicht, mein Liebling: dass ohne Macht dein Leben nicht dir gehört. Du, die du mir ein anderes Leben schenkst, kannst mich nicht verstehen, weil du eine Frau bist, obwohl du eine Frau bist, wie ich sie niemals für möglich gehalten hätte ... So also habe ich es gelernt. Dieser Morgen hat mich für immer verändert. Nur wir beide blieben am Leben, meine Mutter und ich, zwischen Asche und Toten. Die Verfluchten verschwanden in einer Staubwolke am Horizont. Sie starrte auf ein zerbrochenes Schwert, ich weiß, dass sie sich nur meinetwegen nicht umbrachte. Sie ließ mich Hass schwören, Hass und noch mehr Hass. Stell dir vor: ein fünfjähriger Junge, der Rom Rache schwört, stell dir dieses Stimmchen in der Wüste vor ... Wir zogen los, die Sonne im Rücken. Die Richtung war egal, ohne Nahrung, ohne Wasser waren wir des Todes. Aber wir hatten Glück, einige aus dem Stamm der Abu-Raim retteten uns. Sie brachten uns nach Sirwa in unser Königreich Saba. Mit sieben Jahren zog ich bereits mit den Karawanen meines Onkels los. Ich tränkte die Kamele und Esel, sammelte den Dung ein, um später Feuer zu machen. Alle kommandierten mich herum, schlugen mich, ließen mich Hunger leiden, aber ich hielt durch. »Meine Stunde wird kommen«, sagte ich mir, und sie kam. Ich werde mein Gelöbnis einhalten. Du erzählst mir von deinem Leben, und ich erzähle dir meins: das Leben eines Mannes.

Das Große an dieser Welt ist, dass sich beide in uns umarmen ... Deshalb lächle nur in deinem Traum, mein Liebling.

II

DIE SIRENE

(262–270 n. Chr.)

»Ohne einen Wechsel der Götter,
bleibt alles, wie es war.«

A. Machado

15. Das Fest im Großen Haus

»Schau nur! Da kommt der Stratege!«

»Ach was! Siehst du nicht, dass er keine Eskorte hat?«

»Der andere aber!«

»Bloß zwei Epheben. Wahrscheinlich ist es der *eutheniarchos.*«

»Welchen Rang hat er?«

»Er ist nur für die Versorgung der Stadt zuständig. Sei doch nicht so ungeduldig. Die hohen Tiere kommen immer zuletzt.«

Heute wird in den Kalenden des April das tausendfünfzehnte Jubiläum der Gründung Roms gefeiert und das zweite Jahr der Herrschaft von Kaiser Gallienus. Es ist Trockenzeit, *schômu*, und ganz Ägypten damit beschäftigt, die Ernte einzufahren. Auf der Insel Pharos am Fuß der Rampe, die das Ende des Heptastadions mit dem Portikus des Großen Hauses verbindet, hat sich das alexandrinische Volk versammelt, um den Aufmarsch der Gäste zu verfolgen, die zum neunundfünfzigsten Geburtstag des Seefahrers geladen sind. Seit Ahram vor zehn Jahren Malkis Geburtstag, der mit dem seinen zusammenfällt, zum ersten Mal feierte, hat sich das Fest zu einem der wichtigsten gesellschaftlichen Ereignisse der Stadt entwickelt. Noch strahlender leuchtet es, seit der Seefahrer vor fünf Jahren Glauka, die Hetäre mit dem berühmten Haar, in sein Haus aufnahm. Aus Gründen der Sicherheit finden die Kontrollen am Portikus statt, zu dem die Gäste vom Hafen Eunostos aus mit dem Boot bis zur Landungsbrücke fahren oder über das Heptastadion gelangen, das mit Hilfe von Fackeln im Abstand von jeweils sechzig Ellen außergewöhnlich hell erleuchtet wird. Nachdem die Gäste die Säulen des Portikus passiert haben, werden sie vom Haushofmeister Hermonius empfangen. Anschließend führen einige Sklaven die bedeutendsten Persönlichkeiten durch den beleuchteten Garten zu einer großen Terrasse vor dem Haus, wo die Gäste sich unter freiem Himmel versammeln, bis das große Bankett in den Sälen beginnt.

Die angenehm laue Frühlingsnacht, die süß duftende Luft, in der sich das Silber des zunehmenden Mondes und der rötliche Schimmer des Leuchtturmes vermischen – all das verstärkt noch die Freude der Gäste, die einander mit Trinkbechern in der Hand begrüßen oder an die unter den Palmen aufgestellten Tische treten. Dort werden sie von aufmerksamen jungen Sklavinnen bedient, deren Oberkörper nach ägyptischem Brauch entblößt sind. Am Hafen spiegeln sich schaukelnde Schiffslaternen und brennende Fackeln im Wasser. Nördlich der Insel patrouillieren Barken mit Ahrams Leuten, um ungebetene Gäste abzufangen. Der römische Statthalter hat sein Erscheinen zugesagt und obendrein zwei Dekurien geschickt, die Ahrams Wachmannschaft verstärken sollen.

Jetzt treffen die ersten Sänften und sogar einige Reiter ein, die ihre Tiere der Obhut der Stallknechte überlassen. Wie üblich regt sich das Volk über die unzulässige Benutzung von Staatssänften zum Zweck solcher Privatvergnügungen auf. Ein Raunen erhebt sich auch angesichts einiger Gäste auf Maultieren, die eigentlich dazu da sind, tagsüber das Brennholz über die innere Rampe zum Leuchtturm hinaufzutransportieren, obwohl sie anlässlich des Festes von ihren Reitern mit einem prächtigen Geschirr ausgestattet wurden.

»Sieh mal, sogar die Priester kommen! Und dann wettern sie wieder gegen den Luxus und fordern Genügsamkeit von uns!«

»Es sind die Priester aus Sarapis. Der alte Hetep-te-Amon führt sie an. Dieser Schweinehund!«

»Wie kannst du so was sagen!«, mischt sich von hinten jemand mäßigend ein.

»Meine Nichte arbeitet im Tempel, also werde ich es wohl wissen! … Aber die hier kommen nur, um Ahram ihre Aufwartung zu machen. Zum großen Festmahl bleiben sie nicht!«

»Bestimmt hat ihnen Ahram bereits heute Morgen ein üppiges Mahl in den Tempel bringen lassen«, brummt ein Legionär.

»Vielleicht auch nicht, Ahram versteht sich nicht besonders gut mit der Priesterkaste.«

»Und wieso kommen dann dahinten auch die Priester des Isis-Tempels mit ihren kurzen weißen Röcken?«

Die Menschen machen ihnen respektvoll Platz. Ein in ein blaues Gewand gehüllter rabenschwarzer Numide aus dem Land der Garamanten ist des Spektakels überdrüssig und zieht sich zwischen den Ägyptern zurück, die er um Kopfesgröße überragt. Während er vorbeigeht, tastet mehr als einer nach seiner Rocktasche und prüft nach, ob die Obolusse, die er dabeihatte, noch da sind. Jeder weiß, dass für die Männer der Wüste Diebstahl kein Vergehen ist. Der Bestohlene ist selbst schuld, wenn er sein Hab und Gut nicht zu verteidigen weiß. Doch unter den Zuschauern sind nicht nur Ägypter. Man sieht Hebräer mit schwarzen Überröcken, Perser mit weiten Hosen, Nubier, die so dunkelhäutig sind, dass man sie in der Nacht kaum erkennen kann, Leute aus Phrygien mit ihren eigentümlichen Wollmützen, Syrier und Phönizier mit lockiger Haarpracht, groß gewachsene Araber, hochnäsige Hellenen und sogar einen Eunuchen aus Kybele mit schwarzem Leibschurz und einer kleinen Schellentrommel, die von seinem Gürtel baumelt. Zwischen ihnen drängeln sich die Libellisten und Pamphletisten auf der Suche nach Neuigkeiten, irgendeinem Skandal oder Gerücht, und sei es noch so belanglos, das sie in den nächsten Tagen in den Straßen verbreiten können. Sie schreiben ihre Epigramme auf Papyrus und verkaufen sie in den Läden des Emporiums oder schmücken mit ihnen und imposanten Zeichnungen die Mauern der Stadt, die die Betroffenen von ihren Sklaven schleunigst wieder entfernen lassen.

Die Gewissheit, dass Ahram im Morgengrauen Geldmünzen und die Reste des Festessens an das Volk verteilen lassen wird, aber auch die angenehm warme Nacht halten die Menge bei Laune. Längst hat die Stadt den Schrecken von vor zwei Jahren vergessen, als Schahpur in Mesopotamien das römische Heer vernichtend schlug und sogar Kaiser Valerian gefangen nahm. Der persische

Herrscher hatte ihn gezwungen, sich vor ihm auf den Boden zu werfen, damit er die Sandalen des Sassaniden im Nacken spürte. Das ganze Oströmische Reich hatte vor der Bedrohung gezittert, und in Alexandria befürchtete man, dass die Stadt genauso geplündert werden könnte wie zuvor Antiochia. Zum Glück gelang es dem neuen Kaiser Gallienus die Ordnung wiederherzustellen, mit Unterstützung von Odaenathus, der jetzt König von Palmyra ist und Schahpurs Vormarsch nicht nur aufhalten konnte, sondern selbst fast bis zur Hauptstadt des Persers vorstieß. Nun genießt er große Beliebtheit unter den oströmischen Feldherren. Doch all das ist bereits Geschichte für eine Stadt, die sich vorwiegend ihren Geschäften und ihrem Vergnügen widmet. Die Frage, die nun die Gemüter der Stadt bewegt, lautet: Wie wird sich der neue römische Statthalter Lucius Salvinius Quitonius verhalten, der erst vor einem Monat über die wieder aufgenommene Schiffsroute von Ostia in der Stadt eingetroffen ist? Noch sind die feierliche Truppenparade, die ihm zu Ehren stattfand, und die ersten Eindrücke, die von den Beamten und Angestellten der Präfektur verbreitet wurden, in aller Munde. Es heißt, er sei offen für Verhandlungen. Jedenfalls atmeten die Händler und Kaufleute, die fast ein Jahr lang die Grobheit des Vorgängers hatten ertragen müssen, erleichtert auf.

Immer mehr Tragstühle kommen an und auch luxuriöse Privatsänften, manche sogar mit zwei Sitzplätzen ausgestattet, die von Eseln oder bis zu acht Sklaven getragen und von weiteren Sklaven mit brennenden Pechfackeln eskortiert werden. Das Volk mustert sie mit gierigen Augen.

»Ist das nicht Niterokes, der Chef der Bürgerwehr?«

»Und ob! In einer Doppelsänfte mit Geleit, dabei besaß er nicht mal einen Knüppel, als er vor zwölf Jahren in diese Stadt kam. Eine goldene Nase hat er sich mit seinem Leibwächtergeschäft verdient!«

»Seine Geliebte konnte man aber nicht erkennen!«

»Muss ja verdammt hübsch sein, wenn die Vorhänge an ihrer Seite zugezogen waren.«

»Tirianus! Tirianus!«, hört man rufen, als eine weitere prächtige Sänfte vorbeikommt, von der ein beleibter Mann winkt und Münzen in die Menge wirft.

»Elender Spekulant!«, ruft eine Stimme, die die Menge zum Lachen bringt, den wulstigen Lippen des Beleidigten jedoch nur ein mildes Lächeln entlockt.

»Hahnrei!«, murmelt ein Grieche mit arglistigem Gesicht. »Seht nur, wer neben seiner Frau in der Sänfte dahinter sitzt.«

»Eine Freundin, oder nicht?«

Man sieht in der Tat zwei Frauengestalten, die nach der letzten römischen Mode lockige Perücken tragen.

»Dann sieh genau hin, du Trottel! Die eine ist die Frau des Baulöwen, die andere aber ist ihr Liebhaber, der sich als Frau verkleidet hat, damit er sich zusammen mit ihr auf der Straße blicken lassen kann. Die ganze Stadt weiß davon, und sie genießt diese Auftritte.«

»Was für ein Biest! Ist ihr Galan etwa schwul?«

»Ganz im Gegenteil, sie bevorzugt richtige Männer. Aber für das viele Geld, das sie in einen Liebhaber investiert, muss sich der Kerl so kleiden, wie sie will. Und obendrein muss er sich ranhalten und seine Glückssträhne ausnutzen, denn diese Frau wechselt ihre Liebhaber schneller als andere Leute das Hemd.«

»Und Tirianus lässt sich das gefallen?«

»Bei der Mitgift, die sie in die Ehe brachte, und dem Einfluss, den die Familie seines Schwiegervaters hat, käme ihn eine Scheidung teuer zu stehen. Außerdem hat er seine eigenen Mädchen und sogar Knaben.«

»Warum lädt Ahram so einen Kerl überhaupt ein?«, fragt ein Mann aus Phrygien, der das Gespräch belauscht hat.

»Du bist wohl immer noch in deinen Bergen, was? Ohne Tirianus kann man am Delta so gut wie nichts bauen. Außerdem ist er für die Verträge mit dem römischen Heer zuständig, und Ahram unterhält beste Beziehungen zu den Feldherren der Legionen.«

»Da, jetzt kommen gleich mehrere hohe Tiere auf einmal!«, ruft eine andere Stimme.

Die Leute blicken auf die Rampe des Heptastadions, und ein junger Mann, der vor kurzem das Gymnasium abgeschlossen hat, erklärt:

»Vier Epheben als Ehreneskorte. Es ist Kronion, der *gymnasiarchos*, und die beiden dahinter sind der *kosmetor* und der *exegetos* mit jeweils zwei Mann Eskorte.«

Doch dann wird die Gruppe von Schwärmen lärmender junger Leute überholt, die ihrem Idol zujubeln, einem Sänger aus Korinth, der dreimal in der Woche das Odeon füllt.

»Claudius! Claudius! Claudius …!«

Er sitzt auf einem einfachen Tragstuhl, der jedoch von sechs Verehrerinnen geschultert wird – eine Ehre, um die sich noch unzählige andere Mädchen reißen, deren Köpfe wie die der Trägerinnen mit Kränzen aus Rosen oder Hyazinthen geschmückt sind. Die Menge stimmt in die Hochrufe ein. Der Sänger mit den schulterlangen Locken, die er mit einem Stirnband geschmückt hat, strahlt rechts und links in die Menge und winkt mit einer schwer beringten Hand, während die andere ein grunzendes Ferkel festhält, dem er eine rosafarbene Schleife um den Hals gebunden hat.

»Er wird natürlich auf dem Fest singen.«

»Es heißt, er nähme zehn Talente dafür. Und einen Wertgegenstand als Andenken! Ahram wird sich großzügig erweisen. Und der andere wird sich revanchieren und bestimmt einige Verse über die Liebe an Bord eines Schiffes mit purpur-grünem Segel zum Besten geben.«

»Heutzutage ist alles Werbung«, schnaubt eine alte Frau. »Früher verkaufte sich gute Ware von selbst. Jetzt muss man sie anpreisen.«

»Ich halte nicht viel von diesem Claudius«, erklärt ein junger Mann. »Zu schmalzig. Der Sachse dagegen, der letzte Woche gesungen hat, war richtig gut. Wie hieß er noch?«

»Brucius?«

»Genau der. Dieser Brucius hatte es in sich. Was für eine Stimme, was für Bewegungen und Texte! Auf alles hat er geschissen!«

Niemand wagt, etwas zu sagen. Die jungen Leute von heute sind aggressiv. Außerdem mischen sich stets die Spitzel des Statthalters unter das Volk, da will niemand das Risiko eingehen aufzufallen.

Aber der Sänger und die hohen Würdenträger des Gymnasiums sind schon an ihnen vorbei. Es folgt ein Mime, der im Theater auftritt. Er ist als Frau verkleidet, grell geschminkt und wendet sich mit witzigen Sprüchen an das Volk. Seine Sänfte wird von den Mitgliedern seiner eigenen Truppe getragen, die bereits für das Stück, das sie aufführen werden, kostümiert sind.

»Was wird denn gespielt?«, fragt jemand aus der Menge.

»*Die Hörner des Satrapen.* Siehst du nicht, dass mit Ausnahme des Mimen alle persische Kleider tragen?«

»Dieser Venucius ist ein großartiger Schauspieler. Gestern war ich in seiner Vorstellung, und wir haben uns halb totgelacht. Er bringt auf der Bühne sogar ein Zicklein zu Welt. Er holt es zwischen den Beinen hervor und erklärt dann dem persischen Tyrannen, es sei seinem Söhnchen wie aus dem Gesicht geschnitten.«

Ein anderer Grieche, der wortlos an der Gruppe vorbeigeht, schüttelt angewidert den Kopf und denkt an die großen Tragödien der Antike, die in Epidauros und Athen aufgeführt wurden. Er liebt die Straßen und die Menschen, zwischen ihnen fühlt er sich wie ein Fisch im Wasser, aber der Niedergang der Kunst schmerzt ihn. Wenn wir die Hochachtung vor der Kunst und der Philosophie verlieren, was bleibt uns dann?, denkt er bei sich. Doch kaum hat er den Gedanken zu Ende geführt, huscht ein faunisches Lächeln über sein Gesicht. Er erinnert sich, dass es viele Arten gibt, das Leben zu genießen, auch weniger erhabene. Ja, trotz der hehren Freuden darf man die anderen nicht vergessen, gesteht er sich schließlich ein.

Am anderen Ende des Heptastadions, auf der Hafenmole der Stadt, vervielfältigen sich die Lichter. Unsichtbare Trompeten hallen durch die Nacht.

»Da kommt der Statthalter!«

»Wo sind eigentlich die Tänzerinnen geblieben? Werden sie beim Fest nicht auftreten?«, fragt eine wohlbeleibte Frau.

»Was bist du blöd!«, fährt ihr Mann sie an. »Meinst du, sie lassen sie hier mit den Gästen marschieren, nur damit du sie sehen kannst? Sie sind wahrscheinlich zusammen mit den Musikern in Booten auf die andere Seite des Gartens gebracht worden; womöglich sind sie sogar schon gestern Abend angekommen.«

Langsam nähert sich der Geleitzug des Statthalters, angeführt von vier Soldaten, die Trompetenstöße in den Wind schmettern, und gefolgt von einer berittenen römischen Eskorte. Der Grieche, der kein Freund politischer, militärischer oder klerikaler Macht ist, setzt seinen Spaziergang zur westlichen Spitze der Insel fort, auf der entgegengesetzten Seite des Leuchtturmes, da, wo sich der Poseidontempel erhebt. Dort verliert er sich jenseits der vielen Laternen in der Dunkelheit.

Ein junger Mann mit verschmitztem Lächeln holt ihn ein:

»Ave, Kritos. Gehst du nicht zum Fest?«

»Später, wenn alle betrunken sind und meine Tiraden richtig genießen können.«

»Dir gefallen die Feste nicht, oder?«

»Du gefällst mir viel besser, Acilius, das brauch ich dir ja wohl nicht zu sagen«, erwidert der Grieche und wirft einen Blick auf die vollkommenen Beine des jungen Mannes unter der Chlamys.

Das Grinsen des jungen Mannes wird breiter, und seine Stimme klingt ein wenig dreister als zuvor, als er jetzt antwortet:

»Du hast Glück. Heute Nacht habe ich nichts vor. Ich hätte nichts dagegen, mich von dir beglücken und von deiner Flut überschwemmen zu lassen.«

»Dabei hatte ich es mir eigentlich genau umgekehrt vorgestellt.«

Sie sehen sich an und lachen.

»Wer schneller in Fahrt kommt, macht den Anfang«, schlägt Acilius vor.

»Nein, nein!«, entgegnet Kritos. »Kein Wettkampf, keine Eile. Ich werde zuerst dich befriedigen, mein Lieber. So kann ich anschließend ungehemmt genießen. Komm, opfern wir unsere Liebe Vater Poseidon in der kleinen Bucht neben dem Heiligtum.«

Während die beiden auf die vom Licht des Leuchtturmes rosa gefärbten Marmorsäulen des Tempels zugehen, erfreut sich das Volk weiter an dem Spektakel. Jetzt kommt der *arabarches* vorbei, der, wie die Menge beobachten wird, wieder verschwindet, sobald er seine Aufwartung gemacht hat. Er stattet dem Seefahrer nur einen kurzen Höflichkeitsbesuch ab, weil er an die Interessen seiner hebräischen Gemeinde denken muss.

»Was macht der für ein mürrisches Gesicht«, bemerkt ein Ägypter auf der Mole.

»Weil er so viel Korruption und Sünde verabscheut«, verteidigt ihn wütend ein Mann, dessen Hut und die kleinen Locken an den Schläfen ihn als Glaubensbruder des Rabbi ausweisen.

»O ja, es ist viel Luxus, aber Ahram ist ein Freund der Fischer, und der halbe Hafen bekommt von ihm zu essen.«

»Wenn wir schon von Luxus reden, dann seht euch die an. Die wissen, wie man das Leben genießt!«, ruft eine andere Stimme dazwischen.

Es sind Nabatäer, Beduinen auf prächtigen Pferden, wie man sie in Ägypten selten sieht. Sie werden von Sklaven begleitet, die im Vorbeigehen Münzen an die Menge verteilen. Ihr Reich ist die Wüste, und unter dem Sand liegen ihre versteinerten Schätze: die berühmten Rubine. Sie reisen stets mit großem Gefolge und geben sich äußerst großzügig, weshalb sie sehr beliebt sind, obwohl sie sich mit niemanden vermischen. Dann folgen zwei Sänften, die von gedämpftem Murren und Pfiffen empfangen werden, was von den Gästen in dem geschützten Innern jedoch nicht zur Kenntnis genommen wird.

»Wie können die es wagen?«

»Es sind Schiffsausrüster, Mann, aus Rhodos.«

»Ebendrum. Unsere Todfeinde seit jeher. Verbündete der Seeräuber.«

»Im Gegenteil, sie bekämpfen sie jetzt. Außerdem ist Rhodos nicht mehr das, was es einmal war. Jetzt gehört das Meer Alexandria. Besser gesagt, Ahram.«

»Und Rom!«

»Noch. In Rom wechseln die Kaiser ständig, manchmal gibt es sogar mehrere gleichzeitig, einmal hatten wir in einem Jahr sechs Kaiser. Rom ist dabei, seine Macht zu verlieren.«

»Hört auf mit der Politik. Was geht euch das an?«, fällt ihnen die Frau ins Wort, die schon vorher gesprochen hat, und sieht sich ängstlich nach eventuellen Spitzeln um. »Seht nur, seht. Da kommt Korinthia mit ihrem neuesten Verehrer! Luxus und Schönheit in einer Person!«

Die so gerühmte Frau ist in der Tat eine blendende Erscheinung. Im Licht der Fackeln, die sie begleiten, schimmert der Schmuck und verleiht ihrer nicht mehr jungen, doch gut erhaltenen Schönheit noch mehr Glanz. Wie die besser Gestellten ihrer Zunft trägt sie eine Tunika aus teurer Gaze aus Cos, die so gut wie durchsichtig ist. Neben ihr sitzt ein braun gebrannter Adonis, der mindestens zwanzig Jahre jünger ist als sie und dem Publikum hochnäsige Blicke zuwirft.

»Ist sie denn nicht mit Demetrios, dem *agoranomos* verheiratet?«

»Du bist nicht auf dem Laufenden, wie üblich! Ihr Männer bekommt auch gar nichts mit! Dabei waren die Wände voll mit Epigrammen über ihre Scheidung! Einige sind heute noch da, unser Sohn hat sie mir vorgelesen. Diese reichen Leute heiraten und lassen sich scheiden, so wie wir unsere Laken wechseln.«

»Vielleicht tritt sie am Ende des Festes sogar auf!«, meint ein dritter Zuschauer.

»Warum erst am Ende?«

»Es heißt, sie führt sehr gewagte und freizügige erotische Szenen auf. In einer Krypta unter dem Festsaal, zu der nur wenige Auserwählte Zugang haben, die bis zum Ende des Festes bleiben. Habt ihr nicht den Transvestiten Dulcirius vorbeikommen sehen? Der lässt es sich mit der Faust besorgen!«

»Er lässt sich schlagen?«, fragt die Frau mit den Epigrammen.

»Er lässt sich die Faust in den Arsch schieben, Weib!«

»Bei Anubis! Das kann doch nicht wahr sein!«

Einige lachen angesichts von so viel Naivität.

»Kommt, wir gehen was trinken und kommen später zurück, wenn das Fest zu Ende geht. Beim Rauskommen sind die Leute lustiger. Manche sind so betrunken, dass man sie wegtragen muss.«

»Nein, ich gehe lieber schlafen.«

Noch immer treffen verspätete Gäste ein, doch wenig später hallen Trompeten durch den Garten und künden denjenigen, die das Recht auf einen Sitzplatz haben, den Beginn des Festmahls in den Sälen an. Alle übrigen Gäste, die nur zu dem davor stattfindenden Empfang eingeladen waren, verweilen im Garten, erfreuen sich an den dort aufgebauten Speisen und Getränken und genießen die laue Nacht, die Unterhaltungen und die neuen Bekanntschaften, die sich in dieser Umgebung schließen lassen. Zum Abschluss werden Münzen und Lebensmittel an die Gäste verteilt, die mit Hochrufen die Großzügigkeit des Seefahrers und die Schönheit seiner Lebensgefährtin preisen.

Draußen vor dem Großen Haus sitzen die einfachen Leute am Wegesrand, entschlossen, sich nichts entgehen zu lassen, oder schlendern auf und ab, während sie darauf warten, dass die Granden der alexandrinischen Gesellschaft das Fest wieder verlassen. Sie trinken aus den Schläuchen oder Krügen, die sie eigens dafür mitgebracht haben, und essen Süßigkeiten, die gewitzte Straßenhändler anbieten. So manches Pärchen schleicht sich zum entferntesten Strand der Insel davon, in dieselbe Richtung, die auch Kritos und Acilius genommen haben, wo das Licht des Leuchtturmes gegen die Felsen prallt und Schatten auf den Sand wirft.

»Was stehst du da rum wie angegossen, Eulodia? Los, lauf schnell zum Turm und bring mir mein Malachit. Ich kann es nicht finden … Ach, du hast es? Ich bin nicht aufgeregt, aber die Gäste sind schon alle da und werden gleich in den Palast kommen. Ich muss sie mit Ahram an der Tür empfangen. Wir sind spät dran, natürlich, denn während ich mein Bad nahm, hast du die Zeit vor dem Spiegel vertrödelt. Er fasziniert dich genauso wie mich damals, als er ihn mir schenkte, aber das ist fünf Jahre her. Langsam müsstest du dich daran gewöhnt haben. Mach nicht so ein Gesicht, ich schimpfe ja gar nicht. Du weißt, dass ich sehr zufrieden mit dir bin. Aber jetzt musst du aufpassen, du darfst nicht zittern, wenn du mir das Grün auf die Lider aufträgst, denk daran, dass es Malachitpulver ist, und lach nicht, ich weiß selbst, dass der Preis ein Klacks für Ahram ist, aber ich bin nun mal so, ich mag mich nicht herausputzen, nur heute bleibt mir einfach nichts anderes übrig.«

Ahram hat mir aufgetragen, mich hübsch zu machen, ich soll gefallen, vor allem dem Statthalter und dem Befehlshaber der römischen Flotte, die beide eben eingetroffen sind. Ich weiß, du magst diese Feierlichkeiten auch nicht, Eulodia, deshalb verstehen wir uns so gut. Ein Glück, dass Kritos dich damals gefunden hat, als hätte er in jener Nacht schon gewusst, dass Uschait bald sterben würde. Vielleicht hat er es ja tatsächlich geahnt. Kritos ist sehr empfindsam. Sie war so eine gute Frau! Sie liebte Ahram immer noch, und trotzdem war sie nicht auf mich eifersüchtig, weil sie wollte, dass er glücklich ist. So viel ist geschehen in diesen Jahren! Das ist der fünfte Geburtstag Ahrams, an dem ich teilnehme. Wie aufgeregt war ich beim ersten, als er mich allen vorstellte. Und heute ist er in Hochform. Odaenathus' Siege sind seine Siege, er hat sie vorausgesehen. So vieles ist passiert! Kritos hat mir sogar endlich seine Hütte gezeigt! Eine kleine Zelle wie die des christlichen Diakons, zu dem Domicia mich einmal mitgenommen hat. Statt des Kreuzes hat er Bücher und Papyri, ein Tempel des Wortes. Ob er Uschaits Tod tatsächlich vorausahnte? Und ob er spürt, dass ich früher eine Sirene war? Niemals! Es ist nicht schön, dass ich das vor meinem besten Freund und Lehrer verheimliche, aber Ahram möchte, dass ich das Geheimnis wahre, nicht weil er Kritos selbst misstraut, dafür aber seinen Affären und seltsamen Bekanntschaften umso mehr, leider. Warum sage ich leider? Komisch. Genauso sprach Ahram über Kritos, als er mich das erste Mal zu dem kleinen Hafen mitnahm. Und jetzt sage ich dasselbe. Obwohl ich es nicht meine, sage ich es, dabei ist er gar nicht zu bedauern, es ist sein Leben. Wie sehr haben Ahram und ich uns in diesen Jahren einander angeglichen! Welchen Gefallen hat mir Amoptis getan, als er mich kaufte! Dabei tat er es nur, um mir das Haar abzuschneiden und es seiner Herrin zu schenken. Die Arme ist gealtert, die beiden Abtreibungen haben sie sehr mitgenommen, und Neferhoteps Verhalten auch. Sie tut mir Leid. Bachir hat es mir erzählt, er weiß es von Tenuset. Außerdem ist es noch keinen Monat her, da konnte ich mich auf Tanuris selbst davon überzeugen. Malki dagegen ist ein richtiger Junge geworden! So groß und stark ist mein Kleiner jetzt! Wie stolz er auf dem kleinen Kamel saß, das *Al-lat* geboren hat, und wie stolz Bachir neben seinem Schüler auf der Stute ritt. »Er hat das Reiten im Blut!«, sagte er und streichelte seine Stute. »Wahrscheinlich war es ihr letzter Wurf, sie wird alt.« Was für eine stattliche Figur Malki abgab! Selbst Ahram strahlte vor Stolz, dabei wollte er einen Seefahrer aus ihm machen. So viel! Ich danke Amoptis, der mein Haar sah, nein, ich danke dem Schicksal, der Gottmuter, dem Leben, das Ahram einen weiteren Stern schenken wollte. Das sagt er selbst: Kritos ist der Morgenstern, und ich bin der Abendstern, der einzige und schönste weit und breit, beide vereint in diesem Medaillon, das in meiner goldenen Scheibe versteckt ist. Genau wie sein Talisman. Es war sein schönstes Geschenk, obwohl er manchmal gar nicht auf seine Sterne hört, er hört nicht auf uns, die Macht berauscht ihn, sein Glück nimmt ihn völlig in Beschlag. In diesen Jahren voller Katastrophen im Reich erhielt er fast nur gute Nachrichten, abgesehen von wenigen Ausnahmen, die nicht allzu ernst waren. Die Goten verfügen am Pontos bereits über Häfen und haben einige von Ahrams Schiffen gekapert, was ihn allerdings nicht besonders zu beunruhigen scheint. Vestericus muss eines grausamen Todes gestorben sein! Ich habe geweint, als Artabus es mir erzählte. Er hat mich auch geliebt, auf seine Art. Aber es war ein Tod, der seiner würdig war. Sein Schiff allein gegen vier römische Triremen. Am Ende ließ er zu, dass sie es enterten und schlug noch eigenhändig Löcher in den Rumpf, um schneller unterzugehen. Auf diese Weise konnte er zwei der Schiffe mit in die Tiefe reißen, und auch er selbst fiel ihnen nicht lebend in die Hände. Ahram wird mit den Seeräubern fertig, und auf dem Land kann er sich auf Odaenathus verlassen, dessen schnelle Pferde und Kamele Schahpur geschlagen haben. Welche Genugtuung für Ahram, der es vorausgesagt hatte! Er vernichtete auch Fulvius Quietus, als sich dieser in Emesa zum Gegenkaiser ausriefen ließ, und rettete so Gallienus den Thron, der ihn zum Gouverneur des Oströmischen Reiches ernannt hat. Er wird auf dem Weg nach Rom in Alexandria vorbeikommen. Ahram ist froh darüber. Er wird hier im Palast wohnen, welch ein Triumph für meinen Mann! Und Zenobia? Wird auch sie kommen? Wie wenig er von ihr spricht, aber er denkt immer noch an sie. In Palmyra hat sie ihm den Kopf verdreht. Zum Glück hat er sie seitdem nicht wieder getroffen. Ich habe Lust, aber auch Angst, ihr zu begegnen. Warum Angst? Nach fünf Jahren bin ich mir Ahrams sicher. Was macht es schon aus, wenn er hin und wieder in seinen Harem geht? Oder sich auf seinen Reisen mit anderen Frauen vergnügt? Es hat sich nichts geändert; wenn wir zusammen sind, spüre ich immer noch den Schwindel. Ob er mit Zenobia geschlafen hat, als sie über den Vertrag verhandelten? Es wäre gefährlich gewesen, wegen Odaenathus, aber Gefahr hat Ahram noch nie von etwas abschrecken können. Wir werden sehen, wie diese Zenobia ist, mich wird sie nicht hinters Licht führen können. Ich bin genauso eine Frau wie sie, wenn nicht mehr; nicht umsonst war ich eine Sirene, mich macht die Macht nicht blind, sie dagegen ist machtbesessen und wiegelt ihren Mann Odaenathus auf. Oje, ich höre die Trompeten. »Du hast Recht, Eulodia, es sind nicht die unsrigen, sondern die am Heptastadion, die die Ankunft des Statthalters ankündigen.« Aber bald werden auch unsere erklingen. »Reich mir den Spiegel, ja, es ist gut geworden, aber der linke verläuft etwas zu nah an der Schläfe, nein, nein, lass es, jetzt ist keine Zeit mehr! Hast du das Wachs auch gut mit dem Malachit vermischt? Nichts ist schrecklicher, als wenn im Morgengrauen die Schminke rissig wird, ich weiß, ich weiß, das Wachs kommt aus den Oasen, lass.« Das beste Wachs stammt aus den Wüsten im Süden, seltsam, dass alles, was die Wüste hervorbringt, besser und stärker ist, als das, was aus dem Delta kommt. Mein Ahram zum Beispiel, ein Mann der Wüste, auch wenn er später zum Seefahrer wurde. Was gäbe ich darum, wenn das Fest bereits vorbei und wir wieder hier wären, allein. Ich würde dir eine neue Geschichte über mich erzählen, weil du mir so gern zuhörst. Dabei solltest auch du mir mehr über dein Leben erzählen, ich will wie deine Königin Bilqis sein, die sich jede Nacht von jungen Männern Geschichten erzählen ließ. Aber sie muss ein ziemliches Mannweib gewesen sein, deine Königin, sie verlor ihre Zeit mit denselben Dingen wie du früher. Zum Glück bringe ich dich langsam auf den richtigen Weg. Was für einen Schaden die Götter anrichten, wenn sie uns dem Leben entfremden! Nun ja, nicht die Götter, sondern diejenigen, die sie angeblich auf Erden vertreten, jetzt wettern sie gegen den Verfall der Sitten! »Nein, nicht diese Sandalen! Die anderen dort. Ich habe es dir doch vorhin erst gesagt! Die mit dem halben Absatz aus Elfenbein und den Schnüren aus Löwenhaar, mit den flachen wirke ich an seiner Seite viel zu klein. Ihn stört das nicht, aber auf dem Fest wird es von Klatschmäulern nur so wimmeln, und danach werden sie in den Schmähschriften über uns herziehen.« Nun, über uns herziehen werden sie sowieso. Die Priester wettern von allen Seiten gegen den Luxus. Zwar sind die Priester aus dem Serapeion etwas toleranter, weil sie Ahram viel zu verdanken haben, aber die übrigen müssen sich nach einer anderen Klientel richten, obwohl auch sie von uns Spenden erhalten. Jetzt behaupten sie, die Pest sei eine Strafe der Götter, und haben es auf die Homosexuellen abgesehen, weil sie angeblich die Überträger sind. Was für ein Unsinn, die Pest ist dieselbe wie früher. Im Leben gibt es alles. Als wären die Homosexuellen das größte Übel auf der Welt! Als gäbe es sie in den Tempeln nicht auch! Und welcher Gott hat die Strafe verhängt? Waren alle einer Meinung? Seth, Sarapis, Jehova, Mithras, Christus? Haben sie abgestimmt? Der Einzige, der etwas Vernünftiges über die Götter zu sagen hat, ist Kritos. Offensichtlich gibt es jetzt in Rom einen neuen Propheten oder einen Philosophen, ich habe nicht richtig verstanden, was mir Kritos erklärt hat, einen gewissen Plotinos. Seine Ideen gefallen dem Kaiser, und es heißt, der Kaiserin Salonina noch mehr. Sie wollen eine Stadt namens Platonopolis gründen. Kritos lacht über seine Ideen, er behauptet, dass dieser Mann alles, was er sich ausdenkt, zuerst aufschreibt und dann daran glaubt, weil er es schwarz auf weiß sieht. Ach, wie viel ich Kritos in diesen Jahren zu verdanken habe! Ich werde es ihm niemals vergelten können. Wenn ich nur wüsste, was mit ihm los ist! Ein wahrer Freund vom ersten Augenblick an, seit unserer ersten Begegnung an jenem Tag, kurz nach meiner Ankunft hier, auf der Bank mit den Delfinen. Ganz anders als Ahram! Sie sind wie die beiden Pole der Welt, deshalb ergänzen sie sich so gut, sie sind entgegengesetzt, aber sie brauchen sich, so wie ich Kritos' Worte. »Du brauchst sie nicht mehr«, hat er mir vor fast einem Jahr gesagt, und mir gefror das Blut in den Adern. Wie könnte ich ohne deine Stimme leben? Wolltest du aus meinem Leben verschwinden? Zudem wusstest du, dass es nicht wahr ist, du könntest mich ein Leben lang unterrichten. Irgendetwas ist mit dir, du hast dich innerlich verändert, aber ich habe nicht herausfinden können, warum; du willst dich mir nicht anvertrauen. Doch habe ich mich dir anvertraut? Jetzt erst wird es mir klar, vorher habe ich nicht daran gedacht. Kann es sein, dass du meine Vergangenheit erahnst und mein Schweigen dich verletzt? Schmerzt es dich immer noch? Ich werde es dir bald sagen, Kritos, verzeih mir, wenn es das war, aber nein, es muss etwas anderes sein. Wie viel ich dir verdanke! Deinetwegen kenne ich das wahre Alexandria. Ahram hatte niemals Zeit, mir die Stadt zu zeigen, er gönnt sich keinen Augenblick der Ruhe, und das ist mein Schmerz. Wird er jemals Zeit für mich haben, das heißt, für sich selbst, Zeit für sein Leben? Kritos unterstützt mich, so gut er kann. Als Ahram mir die Freiheit schenkte, bat er mich, ihn zu heiraten, und ich lehnte ab. Kritos brachte mich auf die Idee, als er mir von Perikles erzählte. »Du kannst Ahrams Aspasia sein«, seine Hetäre. Wie Phryne oder so viele andere, seine Lebensgefährtin, obwohl ich nicht so vollkommen bin. Ich beherrsche nicht den Tanz und nur ein einziges geheimes Lied, das allein mein Liebster hört, den Gesang der Sirenen, aber ihm ist es egal, er will mich für andere Dinge, ich soll ihm von Nutzen sein, und jetzt sieht er ein, dass ich Recht hatte. Als seine Hetäre kann ich an allen Festen teilnehmen und auch an seiner Seite sein, wenn sie unter sich sind, vor allem während der Gelage, an denen nur Männer teilnehmen. Sie akzeptieren mich und meine Meinung, als wäre ich eine von ihnen, und nur deshalb verbringen wir mehr Zeit zusammen, obwohl er mich bei solchen Gelegenheiten nicht als Frau sieht, so besessen von seinen Plänen ist er. Trotzdem gehört diese Zeit uns, und die Bezeichnung gefällt mir: Lebensgefährtin. Wie schön es ist, Lebensgefährtin des Seefahrers Ahram zu sein! »Jetzt sind es unsere Trompeten!« Der Statthalter ist eingetroffen, die zum Essen geladenen Gäste werden gleich in den Saal treten. Ob alles bereit ist? Hermonius hat es mir geschworen, alles ist bestens vorbereitet, im Garten, in den Sälen, in den Räumen unterhalb und in der Krypta. »Eulodia, die Tunika, die türkisfarbene aus Seide, die er mir damals schenkte, als Kritos dich herbrachte. Kannst du dich erinnern?« … Es ist erst fünf Jahre her, seitdem ist viel geschehen. Die Zeit nimmt alles mit, sogar die Erinnerungen, obwohl sie sich mit Händen und Füßen dagegen sträuben …

»Wie sehe ich aus? Nein, übertreib nicht! Uschait hätte mich gern so gesehen. Kannst du dich an das letzte Jahr erinnern? Und jetzt den Schmuck.« Wie gern hätte ich Kritos' Armband getragen, das unten auf dem Meeresgrund vor der Grotte liegt, aber ich habe es nicht finden können, obwohl ich danach getaucht habe. Ob eine meiner früheren Schwestern es mitgenommen hat? Ich werde hier wohl nie auf Sirenen treffen, die vielen Schiffe und das schmutzige Wasser schrecken sie ab. Und wozu auch? Sie würden mich nicht verstehen. »Hast du die Brosche gut festgemacht? Ich will diese Perlen nicht verlieren, ja sie stehen mir, ich werde den Leuten gefallen.« Gefallen aber will ich ihm, vor allem ihm, nur ihm. Ah, und das Kettchen an meinem Knöchel, es erinnert mich an das Zeichen der Sklavin. Ich bin und bleibe seine Sklavin, obwohl er mir längst die Freiheit geschenkt hat.

Endlich zieht sich der römische Statthalter zurück! Er ist ein umgänglicher Mann, der Geschäfte machen will. Natürlich auch von dem Posten profitieren, den man ihm zugeteilt hat, wie alle, und er tut gut daran, weil ihm nicht viel Zeit bleiben wird. Ein Jurist, er wird mit sich verhandeln lassen, es ist nur eine Frage des Geldes. Er wollte nicht, dass man ihn zum Portikus begleitet, aber wenn man es nicht anbietet, sind sie gekränkt. Glauka hat ihn beeindruckt. Wie schön sie war, als sie die Treppen herabstieg! Wie souverän sie diese Angelegenheiten meistert! Die Farbe ihres Kleides brachte ihr Haar erst richtig zur Geltung. Was für eine Haltung, welche Würde, wie eine echte Königin sah sie aus. Das ist sie ja auch tatsächlich, das sind wir beide, ohne dass man uns so nennt, wir brauchen es nicht, es genügt, dass wir einen König im neuen aufstrebenden Reich haben, Odaenathus.

Die Feste werden immer besser. Mein Geburtstag. Dass ich nicht lache! Niemand kennt den Tag, an dem ich geboren wurde, nicht mal das Jahr. Na ja, an die sechzig Jahre müsste ich sein, ich sage neunundfünfzig, damit sie etwas zu rechnen haben. Wir Nomaden sind frei. Wir haben weder ein Haus des Lebens noch Schreiber oder Register. Ich bin so alt wie meine Kraft, und Glauka hat mir mehr gegeben. Dieses Datum wählte ich aus, weil Malki an diesem Tag geboren wurde, und das Jahr wegen des Kometen, die Astrologen meinten, es sei ein gutes Datum. Malki hingegen ist in den Büchern eingetragen. Wie schnell er in letzter Zeit gewachsen ist, er wird ein bildhübscher junger Mann sein! Auch Sinuit ist hübscher geworden, reifer. Ja, sie ist gereift. Sie wird ihrer Mutter immer ähnlicher … Wenn ihr Vater Belgaddar mich jetzt sehen könnte! Ich bin nicht mehr der entflohene Galeerensklave, der sein Handelsschiff rettete. Sein Großenkel wird eines Tages vielleicht ein Fürst. Auf alle Fälle wird er mächtig sein. Rom zerfällt: überall Kaiser, die sich gegenseitig bekämpfen. Und immer, wenn man am wenigsten damit rechnet, erscheint ein neuer auf der Bildfläche, wie Regalianus, Postumus oder Tetricus. Sie streiten sich um einen Kadaver. Und Firmus, was führt der im Schilde? Sind seine neuen politischen Ambitionen echt, oder dienen sie bloß seinen Geschäften? Ich werde ihn schlagen, so wie ich ihn auf dem Meer geschlagen habe. Jetzt versucht er nicht mehr, im Reedereigeschäft mitzumischen, sondern konzentriert sich auf die Ernten, auf die Monopole. Mal sehen, wie lange das dauert. Er stützt sich auf die Macht der Priesterkaste, genau wie mein Schwiegersohn. Warum will er unbedingt zum Schutzherrn der Serapisten in Kanopos ernannt werden? Er steckt mir zu sehr unter einer Decke mit den Priestern. Na ja, auf diese Weise deckt er meine Flanke, die Priester konnten mich nie leiden. Verflixt noch mal! Was ist, wenn auch er mich nicht leiden kann? Ich werde ihn im Auge behalten, er soll sich bloß in Acht nehmen.

Alles war bestens organisiert, ich muss Hermonius beglückwünschen. Natürlich hat Soferis im Hintergrund die Fäden gezogen. Die Musik war vortrefflich und die Aufführungen noch besser. Diese Harfenspielerin aus Tanuris, Marsia, ist ausgezeichnet. Claudius hätte sie gern gekauft. Ich habe eine wirklich gute Mannschaft. Die Kommunikation untereinander wird immer besser, und auch meine Gelehrten machen Fortschritte. Wir müssen dieses Mineral unter die Lupe nehmen, von dem Philopator meint, es ließe sich vielleicht verflüssigen. Das wäre großartig, weil Steine nicht brennen. Es wäre für vieles gut. Wir dürfen aber nichts überstürzen. Wir haben noch einen langen Weg vor uns. Wir müssen darauf achten, dass Persien nicht allzu stark ist, wenn wir losschlagen. Odaenathus wird diese Flanke sichern. Mal sehen, was mein Gesandter aus Armenien zu berichten hat. Dort steht die persische Vormachtstellung auf der Kippe, trotzdem gelingt es Rom nicht, von seinem Stützpunkt in Trapezunt aus tiefer ins Land vorzustoßen.

Das Volk hat genug zu trinken bekommen und auch genügend Münzen. Die Gäste waren zufrieden. Aber immer muss sich irgendjemand danebenbenehmen. Dieser Tirianus zum Beispiel, der seine Frau mit ihrem Liebhaber anschleppt. Zu Hause kann er machen, was er will, aber nicht hier. Damit hat er sich den Auftrag für die Erschließung von Taposiris verscherzt. Soll Firmus ihm doch bei der Finanzierung helfen! Und keine Bebauung der Strände. Mit solchen Leuten will ich nichts zu tun haben. Claudius dagegen war mehr als diskret. Sein Gesang hat alle mitgerissen. Na ja, so großartig war er auch wieder nicht, aber die Jugend hebt die Sänger in den Himmel. Gern hätte ich der Unterhaltung mit dem Statthalter gelauscht, aber man muss sich schließlich um alle Gäste kümmern. Er hat die politischen Ziele Roms sehr gut verteidigt, und seine Versprechen klingen plausibel. Er hat Recht, die öffentliche Sicherheit in der Stadt lässt sich nicht nur mit den Schlächtern dieses Niterokes aufrechterhalten. Aber Illusionen sollte er sich nicht machen; mit seinen Legionären wird er das Problem auch nicht in den Griff bekommen, die können ja nicht mal in Rom für Sicherheit sorgen.

Sehr schöne Frauen waren da, die Griechinnen und Römerinnen kommen in ihren durchsichtigen Gazestoffen schon fast halb nackt, wie die Ägypterinnen. Dem Oberrabbiner wären beinahe die Augen aus den Höhlen gesprungen, als er sie anglotzte. Wie reizend! Mit seinem Besuch wollte er sich erkenntlich zeigen, dabei zieht er im Hintergrund alle Fäden, um mir die Konzession für die Versorgung des Leuchtturmes mit Brennholz abspenstig zu machen. Mit dem Statthalter hat er bereits gesprochen, der hat mir eine Andeutung gemacht. Aber wohlwollend. Ich glaube, dass er im Gegenzug mehr Schiffe für Roms nächsten Feldzug fordern wird. Die Seeräuber greifen die Handelsschiffe an, deshalb brauchen sie eine Menge Triremen, um alle Schiffe zu beschützen. Wir werden uns schon einig werden. Wenn er zu viel verlangt, fahre ich mit Odaenathus' Unterstützung zum Kaiser nach Rom. Im Moment kann Rom mir nichts abschlagen. Doch ich will auch nicht den Eindruck erwecken, als gäbe es eine Verbindung zwischen Palmyra und mir. Oder dass ich Odaenathus brauche.

Alle waren überrascht, als ich ankündigte, dass Odaenathus und Zenobia auf dem Weg nach Rom im Großen Haus auf Pharos Halt machen würden. Ein König in Alexandria, im Haus eines Seefahrers! Das sieht man nicht alle Tage. Natürlich behaupte ich, dass unsere Beziehung rein geschäftlicher Natur sei: Meine Schiffe sind die Verlängerung seiner Karawanen und umgekehrt. Alle waren überrascht, obwohl manch einer es bereits wusste. Solange sie nichts anderes erfahren, ist es mir egal. Ich muss aus diesem Besuch Kapital schlagen. Der Statthalter hätte sie lieber bei sich im Palast untergebracht, ich wette, dass er Odaenathus umgehend eine Einladung geschickt hat. Er aber wird höchstens die Einladung zu einem Festmahl im Königspalast annehmen. Der ganze Orient hat sich verändert. Die Macht liegt nicht mehr in Persien oder Rom, sondern in Palmyra und bei meiner Flotte. Sobald wir stark genug sind … Ah!

Kritos kam, noch ehe der Statthalter aufbrach. Wenn ich ihn brauche, lässt er mich nie im Stich. Er sah tadellos aus und hatte sich sogar umgezogen; zuvor hatte er den Eindruck gemacht, als wollte er nach Rhakotis. Er war charmant, heiter und entspannt. Wie ein richtiger Gelehrter ließ er sich über juristische Sachverhalte aus. Der Statthalter kam aus dem Staunen gar nicht mehr heraus. Alles ist bestens gelaufen, kein einziger ernst zu nehmender Zwischenfall, nur die üblichen Betrunkenen, die zum Portikus getragen werden mussten, wo man ihre Eseltreiber rief. Manche brachte man sogar nach Hause. Der heikelste Teil jedoch steht uns noch bevor: die Feier in den unteren Räumen und in der Krypta. Da verlieren die Leute sämtliche Hemmungen. Allerdings sind die Gäste nicht mehr so zahlreich und auch vornehmer. Sogar der neue *nauarchos* ist geblieben: Ich hätte gedacht, dass er mit dem Statthalter gehen würde, der ebenso neu in der Stadt ist wie er. In seiner Begleitung war übrigens diese Clea. Sachen gibt es! Sie unterhielt sich sehr angeregt mit Kritos. Wann war sie noch aus Alexandria weggegangen? Vor Valerians Niederlage. Kritos war fest davon überzeugt, dass sie in politische Intrigen verwickelt ist, das weiß ich noch, aber wir haben es ihr nicht nachweisen können. Ihre Affären schon, aber alles andere … Hatte sie sich nicht von dem Strategen, oder wer immer es war, scheiden lassen? Oder hat er sie verstoßen, weil er genug von ihren Abenteuern hatte? Wie sie mit Kritos gesprochen hat – als wollte sie ihn verführen. Wenn sie wüsste! Na ja, er wird es mir schon erzählen.

Fünf Jahre ist es her, dass mir Glauka auffiel, weil sie sich so entschlossen dem Hund entgegenstellte. Jetzt liebt *Tijon* sie über alles. Und wer nicht? Sie ist vollkommen, die ganze Welt bewundert sie und beneidet mich. Dabei wissen die Leute das Beste nicht! Ihr fehlt nur ein bisschen … ein bisschen Ehrgeiz, ja Ehrgeiz … Fünf Jahre, in denen sich die Welt auf den Kopf gestellt hat. Mein Plan fängt an, Früchte zu tragen. O ja, meine Liebe, wenn ich mein Werk vollende, wird die Macht nicht mehr deine Rivalin sein. Ich werde mich an deinem Busen erholen, ich werde nur dir gehören! Lass mich bloß meine Aufgabe beenden, du wirst schon sehen! Es wird nicht mehr lange dauern; und ich werde nach wie vor der Mann sein, der dein Feuer entfacht.

16. Cleas Ohrring

Glauka zog sich sehr spät zurück, während Ahram sich um die letzten Gäste kümmerte. Doch kaum hat sie die Augen geschlossen, da wecken seine Schritte sie wieder auf. Sie erkennt sie sogar im Schlaf.

Sie beobachtet, wie er leise hereinkommt. Seine Silhouette löst sich im rosig angehauchten Aschgrau der Morgendämmerung auf. Als er merkt, dass sie wach ist, beugt er sich vor und küsst sie:

»Schlaf weiter, du musst müde sein. Das Fest ist zu Ende.«

»Und du?«

»Ich drehe noch meine übliche Runde.«

Die übliche Runde, immer ist mein Mann auf Kriegsfuß, denkt sie und betrachtet ihn liebevoll.

»Ich komme mit, obwohl ich völlig zerzaust bin ... Wirst du später zum kleinen Hafen gehen?«

»Dein Haar ist immer schön«, antwortet er, um der Frage auszuweichen. »Komm, wir wollen sehen, was die Leute zurückgelassen haben«, schließt er und grinst wie ein Wolf.

»Die Fische in deinem Netz«, sagt sie und erwidert das Lächeln. »Gehen wir. Gab es Unannehmlichkeiten?«

»Nur das Übliche. Ein paar Sachen sind zu Bruch gegangen, einigen Gästen ist der Wein zu Kopf gestiegen ... Und als die Tänzerinnen zurück in die Stadt wollten, fehlte eine. Sie wird schon wieder auftauchen; vielleicht hat auch irgendein hohes Tier sie mitgenommen. Hermonius schließt das allerdings aus.«

»Ich vertraue Hermonius.«

»Ich auch. Fangen wir im Garten an.«

Sie gehen an den Räumen der Schreiber vorbei, die zu dieser Stunde verlassen und ordentlich aufgeräumt sind, dann an den Empfangssälen und gelangen schließlich über die Außentreppe in den Garten. Dort erwartet sie Soferis mit dem Haushofmeister und einigen Sklaven.

»Du bist noch auf, Soferis?«

»Ich sehe gern am Schluss noch einmal nach dem Rechten, Herr.«

Hermonius erstattet ihnen Bericht. Die Gäste, die nur zum Empfang im Garten eingeladen waren, haben sich einigermaßen zivilisiert benommen, nur den üblichen Unrat hinterlassen, eine junge Königspalme zerfetzt, die Hermesstatue in der Gartenlaube mit Wein bespritzt und ihre Notdurft im Springbrunnen verrichtet, neben dem üblichen Erbrochenem. Das einzig Beunruhigende sind einige Blutflecken auf einer Bank.

»Es waren zwei Männer, die sich gestritten haben«, erklärt einer der Diener, der als Gast verkleidet ist, aber zum Sicherheitspersonal gehört, das auf die Gäste und deren Schmuck aufpassen sollte. »Ich habe sie getrennt, und einer blutete aus der Nase, nachdem der andere ihm einen Schlag versetzt hatte … «

»Na schön«, unterbricht ihn Ahram, »wenn das alles ist, will ich mir jetzt das Innere ansehen. Ein paar Gäste werden wohl noch da sein, oder?«

»Einige«, lächelt der Haushofmeister und folgt Ahram mit Soferis und Glauka. Im Großen Haus treffen sie auf zwei weitere Leibwächter, die als syrische Kaufleute verkleidet sind.

»Die kenne ich nicht«, sagt Glauka leise zu Ahram, damit niemand sie hört.

»Ich habe sie absichtlich eingestellt«, gibt er ebenso leise zurück. »So erfährt ganz Alexandria, wie korrupt der Adel ist. Diese Wächter werden alles ausplaudern. Es gibt zwei, die ich immer nehme, weil ich vermute, dass sie mit Pamphletschreibern befreundet sind. Auf diese Weise sorge ich dafür, dass alles an die Öffentlichkeit kommt.«

Glauka wundert sich nicht mehr über die prunkvollen Feste, die Ahram gibt. Am Anfang hielt sie sie für überflüssig; ermüdend, eine Zeitverschwendung, die nicht gerade zu Ahrams Ruhm beitrug. Doch er überzeugte sie. Er gab sie nicht seines eigenen Prestiges wegen, sondern um das der römischen Herrscher zu untergraben. Er tat es, um ihre Gier und Unfähigkeit öffentlich zu machen. »Das gemeine Volk soll sehen, was für Schweine sie sind«, erklärte er. »Das Schlimme ist nur, dass ihr Verhalten bei manchen Menschen sogar Bewunderung weckt. Aber im Großen und Ganzen ist es von Nutzen, wenn man die Obrigkeit bloßstellt.«

Sie erreichen den großen Empfangssaal. Die Düfte des Gartens und der süße Gesang der Vögel weichen einer bedrückenden Atmosphäre. Es ist feucht und stickig dort drin, die Laternen brennen noch, und es riecht nach verwelkten Blumen, Schweiß und abgestandenen Speisen.

»Wie sieht es im Vomitorium aus?«, fragt Ahram und zeigt auf die Tür.

»Es ist bereits gereinigt«, antwortet Soferis.

Sie ziehen einige Vorhänge hoch, und als das Licht den Saal überflutet, wird das ganze Ausmaß der Verwüstung deutlich. Als wäre ein Sturm durch den Saal gefegt: umgeworfene Tischchen, Kerzenleuchter, die auf dem Boden liegen und auf den Teppichen Brandflecken hinterlassen haben, zertretene Girlanden und Blumen, das Erbrochene von jemandem, der es nicht rechtzeitig in das dafür vorgesehene Vomitorium geschafft hat, verschütteter Wein, ein Vorhang, der halb zerrissen von der Wand hängt. Und mitten im Chaos einige menschliche Körper mit schmutzbefleckten Kleidern oder gar halb nackt. Einer schnarcht laut vor sich hin, andere liegen benommen da, mit halb geschlossenen Augen. Auf einer Kline schläft Tirianus' Frau, völlig nackt.

»Wo ist denn ihr Liebhaber?«, fragt Ahram überrascht, der ihren Mann selbst verabschiedet hatte.

Einer der Sicherheitsleute erklärt verlegen:

»Als das Fest so richtig in Fahrt kam, hat sie einen Narren an mir gefressen und einfach keine Ruhe gegeben, bis ich mich mit ihr eingelassen hatte. Daraufhin wurde ihr Begleiter so wütend, dass er gegangen ist.«

»Dazu warst du aber nicht hier!«, fährt Ahram ihn barsch an.

»Ich konnte es nicht vermeiden, Herr. Der Stratege befahl es mir, nachdem sie selbst ihn dazu angestachelt hatte. Hätte ich mich geweigert, dann hätten sie herausgefunden, dass ich kein Gast war.«

Ahram schweigt, aber er merkt sich den Mann. Er wird ihn in Zukunft nicht mehr einstellen, obwohl er zugeben muss, dass er gar nicht anders handeln konnte. Möglich, dass sich der Stratege rächen wollte, da er vor Monaten vergeblich um die Gunst der Dame gebuhlt hatte.

Zwei Epheben aus der Eskorte des *gymnasiarchos*, der darauf bestand, dass sie zum Festmahl eingelassen wurden – was normalerweise nicht üblich ist –, schlafen eng umschlungen. Daneben liegen zwei weitere Paare, ein heterosexuelles und ein gleichgeschlechtliches, ebenfalls ineinander verschlungen. Ahrams Blick bleibt an zwei älteren Männern hängen, die fast nackt sind. Der Kopf des einen ruht zwischen den Schenkeln einer Frau mit dem Mund neben ihrer Scham. Der andere umarmt seinen Freund von hinten in einer eindeutigen Stellung.

»Was für eine Schande!«, sagt Ahram mit gespieltem Entsetzen, um die Aufmerksamkeit der anderen auf das Pärchen zu lenken. »Der *nauarchos* und der *archidikastes!* Der Befehlshaber der Flotte und der Oberste Richter! Das hätte ich nicht gedacht.«

»Es ging um ein Glückspiel«, erklärt der Leibwächter von vorhin. »Sie haben gewürfelt, zuerst um die Kleider, bis sie nackt waren, und dann um ihre Hintern, und der *nauarchos* hat verloren. In Rom ist das Spiel der letzte Schrei.«

Ahram bedeutet ihm mit einem Blick fortzufahren, und der Mann tut es, leicht angeheitert, obwohl er mit Rücksicht auf seinen Auftrag nur so viel wie unbedingt nötig getrunken hat, um keinen Verdacht zu erregen.

»Der *nauarchos* stöhnte vor Schmerzen, aber er hielt tapfer durch, bis zum letzten Stoß. Er hatte nicht gemerkt, dass der Richter mit gezinkten Würfeln gespielt hat.«

Eine ideale Geschichte, freut sich Ahram insgeheim. Sie wird sich wie ein Lauffeuer verbreiten und die Pamphletisten zu ein paar bissigen Epigrammen inspirieren. Marine und Justiz, und obendrein beides Römer. Perfekt. Doch er täuscht entgegengesetzte Gefühle vor.

»Hermonius«, befiehlt er streng. »Sieh zu, dass man sie ankleidet und diskret nach Hause bringt.«

In diesem Augenblick saust etwas über den Boden und gibt dabei so seltsame Geräusche von sich, dass Glauka zusammenfährt. Doch es ist nur das Schweinchen des Sängers, das durch eine Tür das Weite sucht. Lachend ordnet Ahram an, Claudius das Tier zurückzubringen.

Nachdem er die Säle begutachtet hat, geht Ahram auf die Treppe zu, die in die Krypta hinunterführt, und befiehlt den Sicherheitsleuten zurückzubleiben. Unten in der Krypta muss es zu den größten Ausschweifungen des Festes gekommen sein, vor allem während des erotischen Spektakels, auf das der Mann in der Menge zuvor anspielte und das nur Privilegierten vorbehalten ist, die zu allem bereit sind. Wahrscheinlich gerade weil es sich um Leute handelt, die berufsmäßig Orgien feiern, oder um Amateure, die den Profis in nichts nachstehen, stoßen sie hier unten auf keine unangenehmen Überraschungen. Es sind nur noch zwei Transvestiten und eins der käuflichen Mädchen da. Sie plaudern entspannt mit der berühmten Dophinia, der Besitzerin des vornehmsten Freudenhauses von ganz Alexandria. Für derartige Anlässe nimmt Ahram gern Dophinias Dienste in Anspruch, die mit ihrem Personal das Fest in der Krypta erst richtig in Schwung bringt. Die wohlbeleibte Frau verneigt sich und blickt dann zu der Gruppe auf, die die Treppe herunterkommt. Ihre Frisur ist gepflegt, das runde Gesicht, in dem zwei ruhige, listige Augen lächeln, faltenlos und sorgfältig geschminkt. Die Dame ist die Achtbarkeit in Person und weder sie noch ihre Begleiter – sie haben sich erhoben und schicken sich an, nach einem höflichen Gruß die Treppe hinaufzusteigen –, lassen irgendwelche Zeichen der Trunkenheit erkennen. Glauka bewundert die elegant drapierte Tunika, unter der die Dame ihre Dickleibigkeit geschickt verbirgt.

»Ave, Seefahrer. Du kannst zufrieden sein. Deine Gäste haben ihren Spaß gehabt, ohne dass es zu irgendwelchen Peinlichkeiten gekommen wäre.«

»Kein Wunder, wenn alles in deinen Händen liegt. Ich werde mich dankbar erweisen, Dophinia, auch du wirst keinen Grund zur Klage haben. Wie war das Fest? Hast du viele Kunden gehabt?«

»Genug, wenn man bedenkt, dass viele sich nicht trauen, die Ärmsten! Aber es waren ein paar illustre Herrschaften darunter.«

»Zum Beispiel?« Ahrams Augen leuchten auf.

Die Dame vergewissert sich, dass nur Ahram, Glauka, Soferis und Hermonius sie hören können. Während Ahram der Verbreitung dessen, was in den oberen Sälen geschieht, direkten Nutzen zieht, setzt er sein Wissen über die Vorkommnisse in der Krypta subtiler ein. Nicht dass er sie erpressen würde, aber er bietet den Betreffenden großzügig seine Verschwiegenheit an und weiß früher oder später Profit daraus zu schlagen.

»Niemand Geringeres als der Stratege. Er kam von oben in die Krypta und erzählte laut lachend von dem Trick mit den Würfeln, bei dem der *nauarchos* das Nachsehen hatte. Aber auch der *kosmetor*, der sich um die Epheben kümmert, und Legarion.«

»Der Geldverleiher?«, fragt Ahram überrascht, weil es sich bei dem Genannten um einen Partner von Firmus handelt.

»Genau der, Herr. Und eine Frau in einer Männertunika, die man im Dunkeln für einen Mann hätte halten können, weil sie auch das Haar ganz kurz trug. Sie war nur einen Augenblick da, und ich habe nicht gesehen, dass sie mit irgendjemandem angebändelt hätte. Offensichtlich war sie nur gekommen, um für morgen Victinius zu bestellen, mein bestes Pferd im Stall. Ich habe sie nicht erkannt, obwohl sie mich an irgendwen erinnerte.«

Bevor Ahram enttäuscht wird, nachdem alle Nachrichten bislang so viel versprechend klangen, erhebt sich plötzlich eine Stimme.

»Aber ich kenne sie! Ave, meine Freunde!« Von einem Diwan,

auf dem er wie ein toter Sack gelegen hatte, erhebt sich jetzt Kritos. Er lächelt wie immer und macht trotz der anstrengenden Nacht einen frischen Eindruck.

»Hast du hier geschlafen?«

»Wo könnte ich besser schlafen als in meiner Welt? Aber diesmal war ich ein Musterbeispiel, besser gesagt, ein abschreckendes Beispiel. Ich war nämlich die einzige enthaltsame Person auf dieser Orgie.«

»Außer mir!«, erklärt Dophinia.

»Darauf würde ich allerdings nicht wetten. Ich sah so manche Hand, die sich zwischen den Falten deiner Tunika auf die Suche nach dem Körper machte«, wirft Kritos ihr vor, und die Frau lacht herzhaft auf.

»Und wer war die Dame?«, unterbricht Ahram die beiden.

»Vielleicht erkennst du sie daran wieder«, antwortet Kritos und hält einen kostbaren langen Ohrring aus Gold in die Höhe, ohne Stein, aber mit einer wunderschön eingefassten Kamee, wie man sie in der Campagna trägt. »Während sie sich mit Dophinia unterhielt, rieb sie sich am Ohr, und dabei muss sie ihn verloren haben. Ich fand ihn jedenfalls auf dem Boden. Ich lag direkt neben ihnen, doch sie glaubten, ich würde schlafen.«

Ahram versucht stirnrunzelnd, den Ohrring mit jemandem in Verbindung zu bringen, aber es ist Glauka, die das Rätsel löst.

»Clea! Ich kann mich an diese Ohrringe erinnern, sie fielen mir sofort auf. Sie war mit dir oben, Kritos, ihr habt euch sehr angeregt unterhalten.«

»Ich wusste doch, dass ich sie irgendwoher kenne, aber das ist schon lange her, und ich habe mit so vielen Menschen zu tun«, erklärt Dophinia.

»Sollen wir ihr den Ohrring schicken oder warten, bis sie danach fragt?«, will Soferis wissen.

»Sie wird nicht danach fragen!«, versichert Dophinia. »Das würde niemand tun, müsste sie doch angeben, wo und wie sie ihn verloren hat. Manche verstecken sogar den anderen Ohrring und bezichtigen ihre Sklavin des Diebstahls, um vor ihren Männern nicht das Gesicht zu verlieren.«

Ahram schweigt und fragt nach der Tänzerin, die verschwunden ist. Die Angelegenheit gefällt ihm nicht. Während der Orgie könnte sie sogar jemand ins Meer geworfen haben. Eine Wasserleiche direkt vor seinem Haus wäre nicht gut für seinen Ruf. Doch nachdem sie wieder nach oben gegangen und in den Garten hinausgetreten sind, erfahren sie, dass man sie mit Gürteln gefesselt und geknebelt in einem Oleanderbeet gefunden hat. Mehrere Männer haben sich brutal mit ihr vergnügt, aber ernste Verletzungen hat sie nicht davongetragen. Ahram entschädigt sie, nachdem sie ihm entweder den Namen verraten oder weitere Angaben über die Übeltäter gemacht hat, mit denen sie identifiziert werden können.

Vor dem Tor verabschiedet sich Kritos, um nach Hause zu gehen. Soferis bleibt noch, um die letzten Aufräumarbeiten zu überwachen, und Ahram und Glauka kehren wieder zu ihrem Gemach im Großen Haus zurück. Wie eine rote Kugel hängt die Sonne am Horizont über dem Meer. Das Feuer des Leuchtturmes ist soeben gelöscht worden, und eine träge Rauchwolke schmückt seine Spitze. Der Tag verspricht heiß zu werden.

»Hast du noch vor, zum kleinen Hafen zu gehen? Die meisten Boote sind bereits ausgelaufen«, erklärt Glauka und zeigt auf zwei Boote, wahrscheinlich die letzten, die dabei sind, ins offene Meer hinauszufahren. »Wir müssten uns beeilen.«

Ahram streckt ihr vom Diwan, auf dem er sitzt, die Arme entgegen.

»Nein, mein Herz. Ich war schon am Hafen. Als ich dich weckte, kam ich gerade von dort zurück. Psachys, der Wirt, hat mir viele Grüße für dich aufgetragen, meine Königin.«

»Warum hast du mir nichts gesagt?«, protestiert sie und setzt sich zu ihm.

»Du hast geschlafen. Und ich gehe lieber hin, bevor die Boote auslaufen. Damit sie sehen, dass ich nüchtern bin und einen klaren Kopf habe wie immer. Ahram gibt Feste, weil er dazu gezwungen ist. Weil er anschließend besser mit Würdenträgern und Reichen verhandeln, weitere Niederlassungen gründen, mehr Menschen Arbeit verschaffen und seinen Freunden helfen kann. Trotzdem ist Ahram kein Hedonist, er lebt nicht so wie die feine Gesellschaft, die sich niemals am kleinen Hafen blicken lässt. Ja, ich war dort und habe ihnen etwas zu essen, Wein und Gerstensaft gebracht. Sie sollen auch was davon haben.«

»Deshalb beten sie dich an, du Schuft!«

»Ja, aber nicht, weil ich sie kaufe, sondern weil ich einer von ihnen bin. Weil ich genauso gut Seemannsknoten machen kann wie sie. Und weil ihnen keiner besser das Wetter voraussagen kann als ich.«

»Noch besser als ich?«, zieht sie ihn auf.

»Das natürlich nicht. Wie könnte ich, schließlich war ich nie eine Sirene.«

»Dafür bist du ein Triton.«

Seine Küsse bringen sie zum Schweigen. Dann sagt Ahram:

»Wie war das Fest?«

»Ich denke, ganz gut. Der neue Koch ist hervorragend. Die kleinen Ferkel, denen man nicht ansah, dass sie mit Trüffelwürstchen gefüllt waren, kamen sehr gut an.«

»Und was hältst du von dem neuen Statthalter? Los, verrate mir, was es mit dieser Wolke am Horizont auf sich hat.«

»Mit ihm wirst du dich besser verstehen als mit dem alten. Aber er ist etwas eingebildet, er glaubte, er könnte mich mit seinen Lobliedern auf die Tugenden der römischen Gesellschaft beeindrucken. Dabei schielte er ständig auf die Treppe, die zur Krypta führt, wahrscheinlich hatte man ihm davon erzählt, und er hatte Lust, sich anzusehen, was da unten los war. Aber es fehlte ihm der Mut.«

»Es war sein erster Besuch bei uns. Wenn er sich länger auf dem Posten hält, wird er eines Tages auch hinuntergehen. Oder wir schicken ihm das, was er gern hätte, in den Königspalast.«

»Vorsicht. Er ist empfindlich und alles andere als dumm.«

»Nun gut, wir werden sehen. Ich habe ihn bereits um eine Audienz gebeten. Und jetzt sag mir, was wir hiermit machen sollen.«

Von Ahrams erhobener Hand baumelt der Ohrring, den Kritos gefunden hat. Im Licht der Sonne kann man die fein gearbeitete Kamee besser bewundern. Ein unscheinbares, aber kostbares Schmuckstück für alle, die etwas davon verstehen.

»Du meinst, wir sollen ihn ihr schicken?«

»Selbstverständlich«, bestätigt Ahram. »Aber es wäre keine schlechte Idee, wenn du ihn selbst hinbringst, um ihre Freundschaft zu gewinnen. Kritos ist davon überzeugt, dass diese Frau etwas zu verbergen hat, und Informationen über den *nauarchos* sind sehr wichtig für mich … Was hältst du von der Idee? Es ist taktvoller, wenn eine Frau ihn zurückgibt, findest du nicht?«

»Wie du willst«, antwortet sie und fügt schelmisch hinzu: »Könnte es nicht sein, dass du selbst ein Auge auf sie geworfen hast?«

»Ich ziehe Meerjungfrauen vor. Sie sind viel aufregender.«

»Was du nicht sagst!«

»Du kannst dich auf der Stelle davon überzeugen.«

Sie seufzt, als fiele es ihr schwer, sich dem, was sie sehnsüchtig erwartet, zu beugen. Trotzdem fragt sie sich, welche der schönen Frauen auf dem Fest Ahram wohl im Sinn hat, als er sie streichelt. Was spielt das eigentlich für eine Rolle? Sie ist mit ihm allein, und er wird sie zum Höhepunkt treiben! Doch dann drängelt sich eine andere Gestalt in ihre Gedanken.

»An wen denkst du?«, fragt Ahram, als er sie zum Bett steuert. Seine Ahnung überrascht und erfreut sie zugleich.

»An den Musiker. Den, der die Doppelflöte spielte.«

»Welchen? Ich habe nicht darauf geachtet.«

»Er spielte für uns Frauen, nachdem wir uns zurückgezogen und euch Männer mit den Sklavinnen und Tänzerinnen allein gelassen hatten … Ich weiß, Musik ist nicht deine Sache, aber dieser blinde Musiker war einmalig. Er entlockte seiner Flöte Melodien aus einer anderen Welt. Obwohl er mitten unter uns war, spielte er nur für sich oder für jemanden, der abwesend und trotzdem da war … Versprich mir, dass du ihn noch mal einlädst, nur für mich.«

»Ich werde Hermonius fragen, wo er ihn aufgetrieben hat.«

»Nein, Kritos hat ihn gefunden. Der Flötenspieler hat es mir selbst gesagt. Es war eine Überraschung von Kritos.«

»Jetzt vergiss Kritos endlich und komm her!«, unterbricht Ahram sie unsanft.

»Darf ich mich nicht mal mehr abschminken? Gestern Abend fiel ich tot ins Bett und hatte keine Zeit dafür.«

»Ich vernasche dich bis auf den letzten Rest Schminke!«

Dophinia hat Stil; sobald sie ihr Honorar mit Ahram besprochen hatte, kam sie zu mir, um mich zu begrüßen. Wir haben uns auf der Stelle verstanden, ich, weil ich ihr Gewerbe kenne, sie, weil sie sehr viel über mich weiß, fast schon zu viel, irgendwer von hier, der ihr Haus besucht, muss sie informieren. Artabus vielleicht? Nein, er ist loyal und sehr diskret. Wahrscheinlich einer seiner anderen Berater. Assurgal, natürlich! Er kann für seine Orakel jede Information gebrauchen, abgesehen von denen, die er aus den Sternen gewinnt, und sie sammelt Klatsch im Überfluss, aber zu verschenken hat sie bestimmt nichts, sie wird ihn gegen anderen Klatsch eintauschen, ich kenne diese Händel sehr gut. Ja, bestimmt ist es Assurgal, ich muss Ahram warnen, der es wahrscheinlich schon längst weiß, denn er weiß ja immer alles!

Irgendwas wird sie wohl aus mir herausgekriegt haben mit ihrer Menschenkenntnis. Selbst wenn ich es wollte, könnte ich niemals so tun, als sei ich eine Hetäre, die Ahram als Jungfrau aufgetrieben hat. Sie ist gekommen, um sich gut mit mir zu stellen, aber auch, um zu sehen, ob ich ihr eines Tages zur Verfügung stehen könnte, nachdem ich in den letzten Jahren nie in die Krypta gekommen bin. Wozu auch? Das kenne ich doch alles längst! Sie wollte mich aushorchen, sie ist schlau, wie eine Spinne fängt sie ihre Kunden, deshalb ist sie in ihrer Zunft so weit gekommen, dafür taugt jeder. Mir hat sie auch Angebote gemacht, zum Beispiel, als sie ihren Zuchthengst Victinius, den Clea bestellt hat, über den grünen Klee gepriesen hat. Aber als ich sie nach Clea fragte, setzte sie eine Unschuldsmiene auf. »Sie gehört nicht zu meinen Kundinnen«, antwortete sie. »Ich war überrascht, als sie heute zu mir kam, denn als sie vor fünf Jahren hier war, hatte sie ihre eigene Geschichte am Laufen, verstehst du, Herrin? Sie und noch ein paar andere, aber bei sich zu Hause, ich habe niemals erfahren, wer die anderen waren.« Weiß sie wirklich nicht, wer die anderen waren, oder wollte sie es mir nicht verraten? Und dann kam sie wieder auf ihren Victinius zu sprechen, wahrscheinlich lässt sie sich selbst von ihm bespringen. Sie drehte den Spieß um, wollte sehen, ob ich anbeiße. Was für ein Geschäft für sie, wenn es ihr gelänge, mich in das Bett eines anderen zu locken! Geld und Einfluss! Niemand Geringeres als Ahrams Hetäre. Sie wäre sehr diskret, ganz bestimmt, aber ich müsste teuer dafür bezahlen. Sie würde mir nicht großartig schaden, versteht sich, man schlachtet schließlich nicht ein Huhn, das goldene Eier legt. Trotzdem, sie hat Stil. Als sie erkannte, dass bei mir nichts zu holen ist, haben wir uns gut verstanden. Wie alte Freundinnen haben wir uns unterhalten, weil ich ihr über meine Vergangenheit erzählte. Sie hätte es sowieso erfahren. Sie war weder unterwürfig, noch hat sie mir geschmeichelt. Sie erinnerte mich an meine Monate in Byzanz, nicht gerade die beste Zeit in meinem Leben, aber ich habe sie gelebt. Eigentlich kann man nie sagen, dass das Leben besser oder schlechter ist, es ist einfach nur das Leben. Sie denkt genauso. Plötzlich überraschte sie mich, viele hätten sich bei ihr nach mir erkundigt, auch Frauen, offensichtlich bin ich ein Rätsel für die Stadt. Ich hätte es wissen müssen, aber ich habe nicht mal im Traum daran gedacht. Sollen sie mich in Frieden lassen. Indem ich mich von Frau zu Frau mit ihr unterhielt, gewann ich ihr Vertrauen. Das könnte Ahram eines Tages von Nutzen sein, sie wird mir gefällig sein im Gegenzug für andere Gefälligkeiten, sicher. Auf diesem Schlachtfeld könnte sich keiner von Ahrams Männern so gut schlagen wie ich, im Geheimbund dieser Frauen. Bestimmt hat sie überall auf der Welt ihre Kontakte, sie tauschen die Mädchen untereinander aus, empfehlen die Kunden weiter. Was für eine Idee! Wir suchen ein schlaues Mädchen und bringen es im besten Freudenhaus von Palmyra unter! Was für eine Informationsquelle! So wie die Männer im Bett reden, könnten wir vielleicht auch etwas über diese Zenobia erfahren. Für Ahram ist sie vollkommen; es kommt ihm nicht mal in den Sinn, dass es anders sein könnte. Ich kann ihre Ankunft kaum erwarten, ich möchte die beiden kennen lernen, aber ich fürchte mich auch davor. Wir werden sehen.

Im Augenblick gibt es andere Probleme. Sinuits Gesundheit ist angeschlagen. Ahram merkt es nicht, ich habe sie darauf angesprochen, aber sie vertraut sich mir nicht an. Ich hatte gehofft, dass sie sich nach fünf Jahren an meine Stellung im Haus gewöhnt haben müsste. Ich habe sie immer unterstützt und ihr meine Zuneigung gezeigt, denn es stimmt, ich liebe sie, sie ist Malkis Mutter und besser als viele andere, aber sie akzeptiert mich nicht. Als hätte ich ihren Vater mit meiner berühmten Magie verführt, als hätte ich mich eines bösen Zaubers bedient. Es gibt solche Töchter, vor allem, wenn sie als junge Mädchen die Mutter verloren haben. Zum Glück liebt mich Malki, aber vor seiner Mutter muss ich mich in Acht nehmen. Obendrein ist sie besorgt, ich weiß nicht, warum, aber Yazila beunruhigt sie. Sie spürt, dass irgendwas im Busch ist. Sie ist erwachsen geworden, aber ihr Charakter ist sehr seltsam, mal ist sie unausstehlich, dann plötzlich sanft wie ein Lamm, und heimlich weint sie sich die Augen aus. Sinuit hält sie für sehr attraktiv. Bald wird sie fünfzehn, eigentlich müsste sie längst verheiratet sein, ich weiß nicht, was ihr Vater vorhat. Sie könnte ihm Scherereien bereiten, das Mädchen ist schwierig. Vielleicht eine verbotene Liebe? Sie ist zu ehrgeizig, eine gefährliche Streberin. Mich hasst sie immer noch, Amoptis achtet nicht darauf, die Männer merken nicht, was in uns vorgeht, auch Ahram sieht nicht, dass Sinuit krank ist, sogar Kritos ist so. Warum kam er bloß so spät? Am Anfang war er gleichgültig gegenüber allem, später taute er auf, aber da sind wir Ehefrauen weggegangen. Wären keine Damen dabei gewesen, wäre ich noch geblieben, aber ich musste mich um die weiblichen Gäste kümmern. Ich sah nur, wie er langsam in Schwung kam und anfing, seine Weisheiten zum Besten zu geben. Das war nach der

Unterhaltung mit Clea. Natürlich habe ich ihre Ohrringe bemerkt. Wie hätte man eine solche Frau übersehen können? Sie ist ein Blickfang. Sehr verführerisch mit dem kurzen Haar und den schlanken Hüften, die beiden unterhielten sich die ganze Zeit, manchmal hatte ich das Gefühl, als würden sie zu mir hinübersehen. Sie, höchst elegant, das muss man ihr lassen, die malvenfarbene Tunika war ein Volltreffer, mir würde sie nicht so gut stehen, aber für sie ist sie perfekt. Eine von Kritos Affären? Ich bin es leid, ihn ständig zu fragen, was er in Rhakotis treibt. Natürlich kann ich es mir denken, aber ich will es von ihm selbst hören. Dann antwortet er auf dieselbe Art, wie er mir Vorträge über die »Abgründe des Geistes« oder die »Niederungen der Leidenschaft« hält. Ich glaubte, sein Häuschen würde mir mehr über ihn verraten, aber es ist fast eine Zelle, ein winziger Tempel, seine Kleider verborgen hinter einem prächtigen sassanidischen Brokattuch, dem einzigen kostbaren Gegenstand im Raum. »Ein Andenken«, sagte er. Bist du gestern wegen der beiden Transvestiten von Dophinia in die Krypta hinabgestiegen? Ich kann verstehen, dass sie dir gefielen, sie waren sehr weiblich und schön und auf verwirrende Weise androgyn. Gefiel dir Clea aus diesem Grund? Ich glaube kaum, dass du so etwas in Rhakotis findest. Und wie gut sie geschminkt waren. Mit welchem Geschmack! Auch Dophinia sah nicht aus wie der Zwiebelsack, der sie wahrscheinlich im Bett ist. Die Brüste straff umwickelt und unter den perfekten Falten des Stoffes versteckt. Sie erinnerte mich an meine Herrin im byzantinischen Freudenhaus, manche begehrten sie noch, aber sie war nicht billig. Das nenne ich professionell! Und wie die Männer danach angaben, mit ihr ins Bett gegangen zu sein, wie hart ihr Penis gewesen war und wie oft sie es hintereinander getrieben hätten! Ob Yazila schwanger ist? Aber das ist eigentlich kein Problem, nur für ungebildete Frauen, und das sind leider die meisten. Arme Dinger! Bachir wird es mir erzählen, wenn er demnächst für einige Tage herkommt. Er verbringt immer mehr Zeit auf Tanuris, sogar Ahram vermisst ihn. Vor kurzem war er hier, er laboriert an seinem Rheuma, aber ansonsten ist er so gut beisammen wie immer und betrachtet mich mit unfehlbarer Zärtlichkeit. Er hinkte und kaute sein *quem*, wie üblich. Rein wie Gold, ein richtiger Mann mit einem richtigen Leben, obwohl er bestimmt auch ein anderes hat, das verborgen ist und unsichtbar bleibt. Man kann nicht Flöte spielen wie der Mann gestern, ohne dass man etwas im Innern trägt, eine Last, ein Feuer, das Brandmal einer Lebenswahrheit, seiner eigenen Wahrheit und niemandes sonst. Was für einen Klang diese Flöte hatte! Sie erinnerte mich an Nagularis, den Blinden im Freudenhaus, mein Paradies in Byzanz. Wenn ihn jemand rief, damit er sich vor uns Anfängerinnen produzieren konnte, musste ich vor Seligkeit und Trauer zugleich weinen, ein Gefühl unbeschreiblichen Glücks erfasste mich. Ich muss diesen Flötenspieler von letzter Nacht noch einmal hören, Yarkos hieß er, ich werde Kritos fragen, wo er ihn aufgetan hat. In Rhakotis? Dann würde sich ein Ausflug dorthin lohnen. Wie aufmerksam von Kritos! Und ohne mir etwas zu sagen, wie immer. Es war Musik der endlosen Weite, der Steppen, sie klang wie die von Nagularis, der Skythe war, und ein wenig auch wie Uruks Gesang. Wie mag dann Pans Flöte erst klingen? Nein, aus dieser klang mehr Schmerz; seltsam, obwohl unser Gesang keinen Schmerz kannte, erinnerte mich die Flöte an unseren Gesang, an den Gesang der Sirenen. Schade, dass Ahram das alles entgeht. Ja, Musik ist reine Freude, Astaphernes liebte die Musik. Wie virtuos sein Knabe die Lyra spielte! Die Betrunkenen, die Nagularis zuhörten, schätzten ihn nicht, aber ich sah, dass der Mann inmitten der Orgie allein war. Man wollte auf ihn zulaufen, aber es war auch deutlich, dass er sich an seinem Schmerz ergötzte, er war ein einsamer Berg, ein Mann luftiger Höhen, schön, doch verletzlich in seiner Blindheit, eine angestoßene Frucht, eine kostbare Perle, leuchtend, schillernd, aber undurchsichtig, ich weiß nicht, wie ich es ausdrücken soll. Was mir bloß alles einfällt! Es liegt an Kritos' Unterricht, sein Wort ist ansteckend, er war wie ein düsteres Morgengrauen, wie ein verstümmelter Blitz, er konnte sich nur in seine Musik retten, in seine doppelte Melodie, wie zwei ineinander verschlungene Schlangen, die sich paaren …

Ich habe nie wieder von ihm gehört, von Nagularis, dem Blinden aus dem Freudenhaus in Byzanz.

Am selben Nachmittag sitzen sich Kritos und Clea in einem der Räume gegenüber, die das Museum älteren Studenten zur Verfügung stellt, wenn sie den Gelehrten der Wissenschaft zur Hand gehen. Von weitem schweben vereinzelte Klänge von Zithern und Flöten aus den Klassenräumen und vermischen sich mit dem Rauschen des Windes in den Wipfeln des Gartens.

»Du warst es also, der ihnen meinen Ohrring gegeben hat«, sagt Clea mit hämischem Lächeln.

»Lass die Scherze, Clea. Ich habe ihn zufällig gefunden. So wie du es mir aufgetragen hast.«

»Du bist ein Schatz. Ich danke dir. Ich gehe davon aus, dass sie ihn mir zurückschicken werden.«

»Ganz bestimmt. Und ich hoffe, dass ich Ahram so neugierig gemacht habe, dass er wie erwünscht, Glauka beauftragen wird, ihn dir persönlich zu bringen. Immerhin hast du ihn an einem ziemlich kompromittierenden Ort verloren. Und jetzt verrate es mir. Du hast es versprochen. Warum willst du Glauka auf diese Art kennen lernen?«

»Du sagst es so, als führte ich Übles im Schilde.«

»Zumindest ist der Weg einigermaßen verschlungen. Du hättest sie einfach ansprechen können wie jeden anderen Menschen auch.«

»Der Weg bist du. Zugegeben, er ist sonderbar, aber ich will sie nicht wie jeden anderen ansprechen. Ich muss ihre Freundin werden, wir brauchen uns gegenseitig.«

»Ihr braucht euch?«

»In dieser Gesellschaft müssen Frauen wie wir zusammenhalten. Oder glaubst du, dass es viele Frauen wie sie gibt?«

»O nein, weder in Alexandria noch in Ägypten. Vielleicht nicht mal im ganzen Reich!«

Clea wirft ihm einen scharfen Blick zu und lächelt.

»Siehst du. Ich habe dir bereits geantwortet. Und jetzt bist du dran. Warum hast du dich auf dieses Spiel eingelassen? Warum bist du gekommen?«

Wenn ich das wüsste, denkt Kritos. Um Glauka zu beschützen, na ja, oder um Ahram zu beschützen? Aus Neugier? Weil mich diese Frau erregt? Er muss vorsichtig sein, vorhin hat er zu leidenschaftlich geantwortet, er darf nicht vergessen, dass sie Gladiatoren sind, die sich in der Kampfarena argwöhnisch umkreisen und nach einer verwundbaren Stelle in der Verteidigung des anderen suchen. All das schießt ihm blitzschnell durch den Kopf, dann antwortet er:

»Hast du etwa keinen Spiegel, meine hübsche Clea?«

»Danke, aber ich will keine Schmeicheleien von dir hören, sondern etwas anderes.«

»Vorsicht. Vielleicht suchst du etwas, das ich dir nicht geben kann, weil ich es nicht habe.«

»Mach jetzt keinen Rückzieher! Ich weiß, was du hast, und was du nicht hast. Lass uns ganz ehrlich miteinander sein. Du hast Ahram, und du bist Rhakotis. Wärest du ein Niemand, hättest du nicht schon so lange bei Ahram gelebt.«

»Aha, du hast es also auf Ahram abgesehen?«

»Warum nicht? Aber auch Rhakotis interessiert mich, sonst wäre ich nicht zu dir gekommen. Ich lebe es genauso wie du, das weißt du ja.«

»Aber Vorsicht mit Ahram. Er ist sehr besitzergreifend.«

Clea lacht ungeniert.

»Mach dir keine Sorgen um mich. Mich hat noch nie ein Mann besessen. Darin bin ich ganz jungfräulich.«

»Entschuldige, wenn ich dich daran erinnere«, entgegnet Kritos spöttisch, »aber immerhin hast du bei der berühmten Dophinia einen Mann bestellt.«

»Entschuldige, wenn ich dich daran erinnere, aber immerhin werde ich dafür bezahlen. Mit anderen Worten, die Besitzergreifende bin ich.«

»Und was ist mit deinen Ehemännern? Dem Epistrategen? Dem *nauarchos*? Vermutlich gibt es ja noch mehr.«

»Ich habe sie alle benutzt und mir nur wichtige Männer ausgesucht, weil die sich am leichtesten ausnehmen lassen. Sie sind aufrichtig davon überzeugt, dass sich alles nur um sie dreht, einschließlich man selbst! Und wenn sie ausgedient haben, jage ich sie davon.«

»So wie du dich von dem Epistrategen hast scheiden lassen?«

»Selbstverständlich! Für mich war es ein großer Tag! Ich musste in Rom hart dafür arbeiten, aber noch zählt es etwas, wenn man einen Vater hatte, der Sohn des Septimius Severus war. Was sollte ich noch mit ihm? Sein einziger Verdienst bestand darin, Valerian geholfen zu haben, den Thron zu besteigen, als Aemilianus Gallus tötete, um ihn zu beerben. Aber hätte ich mit ihnen untergehen sollen, als vor zwei Jahren Valerian und sein Heer von Schahpur vernichtend geschlagen wurden? Also lebte ich als freie Frau in Rom, bis ich mich mit dem *nauarchos* einließ. In Rom kriegt man wenigstens Luft! Manchmal stinkt zwar die ganze Stadt, aber atmen kann man trotzdem. Es ist, als wäre man zur gleichen Zeit überall auf der Welt. In Rom schlägt das Herz der Welt.«

Kritos hat seine Zweifel. Doch statt sie auszubreiten, hört er ihr lieber zu.

»Der Westen des Reiches gewinnt immer mehr an Bedeutung. Das Getreide Hispanias, sein Blei, sein Kupfer. Zinn weiter oben im Norden, bei den Casiteriden. Meinst du nicht? Und der geheimnisvolle Ozean ...«

»Erlaubst du mir eine Frage? Wir sind doch inzwischen alte Freunde. Verrate mir, für wen du arbeitest.«

Überrascht schlägt die Frau die großen Augen weit auf und füllt sie mit Unschuld.

»Für mich selbst natürlich! Muss man immer für jemanden anders arbeiten?«

Dann sagt sie mit einem Lächeln, das ihre Worte Lügen straft:

»Allerdings lasse ich Rom und seine hohen Beamten im Glauben, ich würde für das Vaterland arbeiten.«

Kritos erwidert ihr Lächeln.

»Ich glaube nicht, dass dich das Vaterland besonders interessiert.«

»Nein. Aber das Mutterland. Ich will nichts von Vätern wissen, nur von den Müttern. Du verstehst mich schon. Es ist genauso wie bei dir, also streite es nicht ab. Du bist auch kein Mann des Vaterlandes … Deshalb könnten wir uns zusammentun. Ich würde für mich arbeiten, und ihr, für wen ihr wollt.«

»Wen meinst du mit ihr? Ahram, Glauka?«

»Ich nehme an, das wäre dasselbe.«

»Was die Ziele angeht, ja. Aber ihre Wege unterscheiden sich. Und du würdest Glaukas Weg vorziehen.«

Erneut füllen sich die Augen der Frau mit blanker Unschuld.

»Frauen verstehen einander besser. Obendrein wird es auf diese Art keine böswilligen Gerüchte geben. Wir müssen peinlich auf unseren Ruf achten.«

Kritos lacht amüsiert. Er fühlt sich sichtlich wohl.

»Du bist wirklich unschlagbar, Clea!«

In der komplizenhaften Stille betrachten sie, bewundern sie, verstehen sie einander. Kritos lenkt das Spiel auf eine andere Bahn.

»Willst du Glauka auch hier empfangen? Sehr gemütliches Arbeitszimmer – es hat sogar ein Bett.«

»Es wird einer Freundin von mir, einer Mathematikerin, vom Museum zur Verfügung gestellt. Sie ist heute nach Memphis gereist, um bei irgendwelchen Berechnungen zu helfen.«

»Deine Geliebte, natürlich. Benützt du auch sie?«

»Frauen benützen sich gegenseitig. Nur so können wir uns vor euch schützen … Verstehst du, deshalb suche ich die Freundschaft mit Glauka, deshalb will ich, dass du uns zusammenführst. Ich weiß, dass du ihr bester Freund und obendrein ihr Lehrer bist.«

Kritos unterdrückt einen Seufzer. Vor dieser Frau muss er sich in Acht nehmen.

»Kommt darauf an. Sie ist nämlich selbst eine Lehrerin.«

»Das sind alle Frauen, obwohl die Männer sich weigern, es zuzugeben. Sie fürchten sich davor, und deshalb haben sie die Welt so organisiert, wie sie ist.«

»Und dir gefällt nicht, wie sie ist, ich weiß … Ich weiß es schon lange. Soll ich dir was verraten? Als du noch mit dem Epistrategen verheiratet warst, sah ich dich eines Nachts mit zwei Freundinnen, ihr hattet euch als Männer verkleidet. Ihr habt mit einem Geheimzeichen an einer Tür geklopft. Es war irgendwo in Rhakotis. Stört es dich, dass ich das weiß?«

»Ich gebe mir nicht viel Mühe, mich zu verstecken. Ja, wir gehörten einem kleinen Bund von Frauen an. Warum sollte ich es vor dir verbergen? Du wirst mich verstehen, weil auch du so viele deiner Fantasien auslebst.«

»Natürlich verstehe ich dich. Und ich habe nichts dagegen, dass du mich in der Hand hast, ich gebe es zu, selbst wenn du mit mir spielst. Wie mit den anderen.«

Clea mustert ihn mit einem undefinierbaren Lächeln.

»Du wirst doch nicht denken, dass ich mich in Glauka verliebt habe?«

»Wenn ich an deine damaligen Freundschaften denke.«

»Das war etwas zwischen Frauen, ja, aber ich mag nicht nur Frauen. Damit du im Bild bist, es gibt einen weltweiten Geheimbund von Frauen, die so genannten Amazonen, mit einer geheimen Königin namens Hippolyta. Männer sind ausgeschlossen, es sei denn, eine von uns bringt einen mit, der ihr untertan ist.«

»Und ich soll jetzt dein Gast sein? Oder hast du mich nur aufgesucht, um über mich an Glauka zu kommen?«

»Ich habe dich aufgesucht, weil du anders bist.«

»Und was gefällt dir an meinem Anderssein?«

»Dein doppeltes Geschlecht. Die Ehre, die du uns erweist, indem du dich wie eine von uns kleidest.«

»Es ist kein doppeltes Geschlecht, sondern eines, das wechselt.«

Cleas Blick wird eindringlicher. Kritos Augen halten ihm stand, funkelnd, beinahe belustigt.

»Und was bist du heute?«

»Passiv«, antwortet er. Und als er sich an die Schinderei von letzter Nacht mit Acilius erinnert, erklärt er: »Eindeutig passiv!«

Es folgt eine Stille, in der die Brust der Frau sich lebhafter als sonst hebt und senkt. Schließlich steht sie auf und sieht ihn von oben herab an.

»Wunderbar! Ich bin immer aktiv. Wenn ich dir gefalle, müssen wir nicht länger um den heißen Brei herumreden. Also: Was meinst du?«

»Ja«, antwortet Kritos mit einem tiefen Seufzer. »Du gefällst mir, sehr sogar. Die langen Beine machen dich noch schlanker, deine schmalen Hüften, fast wie die eines Mannes, die geraden Flanken. Ein vollkommener Knabe … bis man über deine Brüste stolpert! Ah, deine Brüste! Da überschlagen sich die Augen! Sie sind Herausforderung und Verachtung zugleich; voll und arrogant widersprechen sie dem knabenhaften Körper … Mit dir ist es keine Sünde, die ohnehin keine Rolle spielt; mit dir ist es eine Grenzüberschreitung, eine Herausforderung der Nemesis, die über die Einhaltung der Grenzen wacht. Mit dir ist es, als wären wir wie die Götter … Und auf dem Gipfel dieser Blick, der einen betört, dieser Pfeil, der mich bereits durchbohrt hat, Verheißung und Bedrohung …«

Clea antwortet mit heiserer Stimme.

»Du hast mich perfekt beschrieben, obwohl du mich noch nie gesehen hast.«

»Weil du die Kunst beherrschst, dich durch deine Kleidung noch mehr zu entblößen. Wie gut das *strophium* deine Brüste hält!«

»Ich benutze gar keins. Warte, du sollst sie besser sehen.«

Clea verschwindet hinter einer Trennwand in der Ecke des Raumes.

Kritos spürt sein Herz heftig schlagen wie in seinen besten Tagen. Abgesehen von ihren Worten verführt ihn diese Frau auch mit ihrer Intelligenz; die Lust findet im Gehirn statt. Was macht sie bloß? Ist das nicht egal? Wünscht er sich nicht schon lange insgeheim, Liebhaber einer Lesbierin zu sein? Ist es ein Wink des Schicksals?

Hinter dem Vorhang taucht Clea auf, nackt. Ihre Brüste sind so arrogant, wie sie der Mann zuvor beschrieben hat, aber der Rest des Körpers männlicher als je zuvor, da aus ihrer Scham ein Phallus aus Elfenbein wächst, den sie mit goldenen Bändern geschickt um die Hüften gebunden hat. Kritos stöhnt vor Bewunderung auf und spürt im Innern bereits die Vorfreude auf das, was ihn erwartet.

»Der vollkommene Androgyn!«

»Nein, eine Gynandrie, zuerst Frau. Obwohl jetzt du die Frau bist, das hast du dir doch gewünscht, nicht wahr?«

Kritos nickt in stummer Verzückung.

»So soll es sein. Vielleicht benutze ich dich ein anderes Mal als Aktiven.«

»Das könnte ich nicht«, flüstert Kritos leise. »Ich kann nur bei Frauen, die mir nichts bedeuten, der Mann sein. Sobald ich sie schätze wie dich, sobald ich sie bewundere ...« Er denkt einen Augenblick nach und sagt dann: »Sobald ich liebe, bringe ich nichts zu Stande. Bei Männern ist es genau umgekehrt.«

»Dann wollen wir uns lieben wie Frauen, obwohl du dieses Ding zwischen den Beinen hast.«

Ihre Fröhlichkeit steckt Kritos an.

»Vergiss es und denk dran, dass du auch von hinten eindringen kannst.«

Cleas Lachen klingt sinnlich.

»Du bist wunderbar! Ich habe einen Schatz gefunden. Jemanden wie dich gibt es nicht noch einmal! Was für Freuden auf mich warten! Komm, Liebling, öffne dich mir.«

Kritos hat sich mittlerweile ausgezogen und fragt:

»Wie magst du es am liebsten?«

»Zuerst passiv: auf den Knien, den Oberkörper auf das Bett gestützt. Du sollst weder etwas sehen noch etwas tun, nur fühlen, wie ich in dich eindringe. Danach werde ich es dir andersherum besorgen, damit du die Lust in meinem Gesicht siehst und ich die deine, wenn ich zustoße.«

Kritos gehorcht, öffnet sich und empfängt sie zweimal, wie angekündigt ... Später kosten sie beide dieses Erlebnis aus, während sie sich innerlich erholen, in der Stille weniger Worte, die auf den verebbenden Zärtlichkeiten treiben. Draußen vor dem Fenster dämmert der Frühlingsabend, und die Luft ist erfüllt vom Duft der Mimosen.

»Kritos? Was wolltest du wirklich? Im Grunde deines Herzens? Warum bist du gekommen?«

Kritos zögert eine Antwort hinaus, dann sagt er fast unhörbar, als wäre er weit weg:

»Weil ich ahnte, dass wir hierin gleich sind.«

Clea wirft ihm einen undurchsichtigen Blick zu und lacht, denn sie denkt, dass er sich Illusionen macht. Er ist trotz allem ein Mann, erkennt sie verächtlich und beschließt, das Ganze eines Tages Hippolyta zu erzählen. Doch im Augenblick nickt sie, lächelt und plaudert fröhlich mit ihm weiter.

Erst als Kritos gegangen ist, fällt Cleas Maske. Darunter kommt ein wütendes Gesicht zum Vorschein. Sie versucht sich zusammenzunehmen, bricht aber trotzdem in Tränen aus.

Wieder schlägt die Erinnerung mit erbarmungsloser Brutalität zu; wie in ihren Albträumen, wie während ihrer Depressionen, wie jedes Mal, wenn sie die Umarmung eines Mannes erträgt. Es sind dieselben Farben und dieselben unauslöschlichen Umrisse, trotz der Jahre.

Die Erinnerung an den Vater, Sohn des großen Septimius Severus, des geachteten römischen Senators, der während einer zügellosen nächtlichen Siegesfeier der Soldateska, als er an der Grenze zu Dazien Legionen befehligte, mit der gefangen genommenen Tochter eines geschlagenen sarmatischen Fürsten Clea zeugte. An den Vater, diesen strengen, vornehmen Mann mit seinem Hofstaat von Günstlingen und Poeten, die ihm huldigten, und dem die Sklavin dankbar war, weil er sie nicht allein zurückließ, sondern sie und ihre Tochter nach Rom mitnahm, obwohl er nie wieder ein Wort mit beiden wechselte und sich kaum an sie erinnerte, so viele Sklaven hatte er. Diesen Vater, der in seiner goldbestickten Senatorentoga aussah wie ein Gott und den die Tochter nur aus der Ferne, hinter Fensterläden oder Sträuchern versteckt, bewundern konnte. Diesen Vater, den sie trotz allem bewundert und liebt und der eines Tages den Sklavenbaracken näher kommt als sonst. Dort überrascht er ein Mädchen, das mit ihren zwölf Jahren bereits halbwegs zur Frau erblüht ist und ihn anstarrt. In ihren kindlichen großen Augen enthüllt sich ihm plötzlich die Erinnerung an ein anderes Augenpaar, das er vor langer Zeit an der Grenze zum fernen Sarmatien entdeckt hatte.

Den Vater, der ihr das Kinn streichelt, während sie vor Freude zittert, sie abschätzend begutachtet und mitnimmt, während sein Diener stehen bleibt und schadenfroh lächelt, weil er sich vorstellen kann, was passieren wird. Den Vater, den sie verehrt, der sie nach ihrem Namen fragt und dann wie einer, der sich an etwas Banales erinnert, sagt:

»Dann bist du die Tochter von …«

Sie schmilzt dahin vor Glück, weil es tatsächlich der Name ihrer Mutter ist und sie in den Augen des reifen Mannes ein Funkeln erkennt, das ein neues Verhalten ihr gegenüber verspricht. Tatsächlich ist der Vater jetzt zärtlicher. Er legt ihr die Hand auf die Schulter und führt sie zu einem kleinen Tempel in der Nähe, wohin niemand ihnen folgt. Dort schlägt er die Falten seiner komplizierten Toga auseinander, holt unter der Tunika sein steifes Glied hervor und fragt mit gütiger Stimme:

»Weißt du, was das ist, mein Kleines?«

Das Mädchen nickt, weil sie in diesem Alter unter den Sklaven bereits gesehen hat, was manche Paare damit machen, und dann fährt die gütige Stimme fort:

»Nun, heute gehört er dir, komm, meine Hübsche, bück dich … so, ja, genau so.«

Die Welt versinkt in Dunkelheit. Sie hört und versteht nichts mehr. Obwohl ihr Körper die schmerzliche Gewalt erleidet, und obwohl sie später, als sie allein ist, Blut an den Fingern entdeckt, als sie die Scheide berührt, ist dies alles einem fremden Körper widerfahren. Es gibt keinen Vater mehr, sondern einen Kindesmörder.

Ein Mädchen ist gestorben, ohne dass eine Frau geboren wurde. In Zukunft werden alle Männer derselbe Vater sein, der in einen gefühlslosen Körper eindringt, der nicht ihrer ist.

Ein Eindringen, das ihr stets verhasst war. Umso mehr, als der Senator ihr später die Freiheit schenkte und sie mit einer einzigartigen Erziehung begünstigte, obwohl er sie kaum je wieder ansah. Und noch mehr, weil er noch so lange lebte und alle der Meinung waren, er sei ihr gegenüber so gütig gewesen. Er, der Mörder, der sie für immer der Möglichkeit eines Orgasmus mit einem Mann beraubt hatte.

In der Erinnerung erstarrt, weint sie, weil Kritos sie durchschaut hat, er hat ihren Fluch erkannt und es bestätigt, als er sagte: »Hierin sind wir gleich.« Noch ein verfluchter Mann, der sie verletzt, sie hätte noch härter und wuchtiger zustoßen sollen, als würde sie alle Männer dieser Welt auf einmal vergewaltigen. Nicht nur aus Rache, sondern weil sie alle Feinde sind, gegen die sich die geeinten Frauen erheben müssen, wenn sie in Freiheit und Würde leben wollen.

Nein, kein Mann wird mir jemals Lust bereiten, nicht einmal Ahram, denkt sie bei sich und weigert sich, es zuzugeben, während die Tränen über ihre Wangen laufen und wieder einmal ihr Herz besänftigen, damit sie mit ihrer heimlichen Freundin Hippolyta den immer währenden Kampf der Frauen unerbittlich vorantreiben kann.

Als sie im Geiste diesen Entschluss fasst, erstrahlt ein grausames Lächeln auf ihrem Gesicht.

17. Rom und Persien

Als Glauka im Turm die Treppen herunterkommt, sieht sie, dass Eulodia immer noch beim Putzen ist.

»Was machst du denn? Es blitzt und blinkt doch längst alles!«

Die Christin fängt an, sich zu rechtfertigen, und Glauka muss lächeln. Man kann sie einfach nicht von der Arbeit abhalten. Diese Frau sucht ihr Glück in vollkommener Hingabe. Aber ob sie das wirklich glücklich macht? Nein, sie ist einfach so. Es ist wie mit ihrer Heiterkeit. Sie muss sie nicht erzwingen, genauso wenig wie ihre Liebe zur Arbeit. Alles blüht in ihr auf wie die Rosen in einem Beet. Oder besser gesagt, wie die Veilchen: Würde man sie mit einer Rose vergleichen, wäre sie entsetzt.

Glauka eilt zu der von Ahram einberufenen außerordentlichen Versammlung, an der dieses Mal verschiedene Informanten von auswärts teilnehmen sollen. Ahram selbst ist bereits vor einer Weile zum Großen Haus vorgegangen. Sie hat sich verspätet, weil sie überlegte, was sie zu dieser Gelegenheit bloß anziehen sollte. Es nehmen einige Männer teil, die sie nicht kennen, und sie möchte weder den Eindruck vermitteln, dass sie wegen ihrer Beziehung zu Ahram überheblich geworden ist, noch sich einschüchtern lassen. Schließlich hat sie sich für einen hellgrünen griechischen Chiton aus Leinen entschieden, ohne Ärmel, denn es ist schon sehr warm. Er wird an den Schultern mit zwei Spangen festgehalten, eine prächtige Ziselierarbeit aus Byzanz und das einzige Schmuckstück, das sie trägt. Der weiße Gürtel, der ebenfalls aus Leinen ist, verschwindet unter den Falten, die geschickt verteilt sind. An den Füßen trägt sie unauffällige ägyptische Sandalen aus Leder, deren Spitzen nach oben gebogen sind. Das Haar hat sie im Nacken zu einem Knoten geschlungen und mit einer Schleife aus dem gleichen grünen Leinen umwickelt.

Als Glauka den mit Säulen geschmückten Saal betritt, unterbrechen die Anwesenden ihre Unterhaltungen. Alle Blicke sind auf sie gerichtet, und wie üblich spürt Glauka diese Neugier, die sie lieber nicht wecken würde, die aber, wie sie weiß, Ahram gefällt, wenn sie so respektvoll und herzlich ist. Mit einem kurzen Nicken grüßt sie diejenigen, die sie kennt: Soferis, Philopator, Narbises, Dagumpah, Assurgal und Artabus. Sie ist überrascht, als sie eine kleine, schlanke braun gebrannte Frau sieht, mit ungeschminkten tiefschwarzen Augen, deren Züge sie an jemanden erinnern. Ohne abzuwarten, dass man sie ihr vorstellt, kommt die Frau auf sie zu und sagt mit ungezwungener Stimme:

»Ich bin Xira, die Tochter von Porphyria, Herrin.«

Porphyria! Damit hatte sie nun überhaupt nicht gerechnet. Glauka umarmt und küsst die Frau überschwänglich.

»Was für eine Überraschung! Ich wusste gar nicht, dass sie eine Tochter hatte.«

»Meine Mutter hat es immer verheimlicht. Sie hatte Angst, dass die Heiden mich töten könnten. Sie wollte nicht, dass wir zusammen in Gefangenschaft geraten, denn ich sollte in diesem Fall ihr Werk zu Ende führen. Ich werde dir alles erzählen.«

»Ja, ja, wir müssen reden. Natürlich bist du auch Christin, oder?«

Glauka hätte sich am liebsten weiter mit ihr unterhalten, um zu erfahren, woher sie so plötzlich aufgetaucht ist, doch Ahram führt sie zu den anderen: Dikantros, Geograph aus Korinth, der gerade den Orient bereist hat, Sutides, der Mime, ein kleines, fast kahlköpfiges Männlein, das den Kopf heben muss, um sie anzusehen, und einen ausgeprägten Buckel hat, aber seine Augen strahlen vor Intelligenz; Bhangu, halbwegs bekleidet mit einem Leopardenfell, kommt aus der Nähe von Punt; und schließlich Tulius Narbonius, ein Kaufmann aus Gallien, dessen Lächeln unter dem langen Schnurrbart zu beiden Seiten des Mundes kaum zu sehen ist.

Während der wenigen Worte, die sie mit jedem Einzelnen wechselt, spürt Glauka, wie die Männer versuchen, sie einzuschätzen. Schließlich setzen sich alle auf ihren jeweiligen Platz, Stuhl oder Kissen, je nachdem, was ihnen vertrauter ist. Glauka nimmt Platz auf einem Kissen neben Ahram mit Blick auf den Hafen. Zu dieser Zeit, da die Sonne noch tief steht, fällt der Schatten des Leuchtturmes auf die Galerie, und die Luft hat sich noch nicht erwärmt, obwohl der Tag heiß zu werden verspricht. Es weht ein leichter Südwind, dessen nicht gerade angenehme Gerüche aus dem Hafen und dem Mareotis-See die Frühlingsdüfte aus dem Garten gelegentlich verdrängen. Mnehet verteilt wie üblich kleine Stücke von eingelegtem Fisch, Pistazien, Gebäck, Rosinen und Früchte auf die kleinen Tische und bringt Karaffen mit Wasser, Gerstensaft und Wein aus dem Delta und Samos. Dann zieht er sich zurück und schließt die Tür.

Ahram heißt die Anwesenden willkommen und äußert sich erfreut, dass sie alle kommen konnten, denn es ist gar nicht leicht, so viele Menschen zusammenzubringen, und es stehen wichtige Entscheidungen bevor. Dann unterbricht er sich und fragt:

»Weiß Kritos Bescheid?«

»Ich habe ihn nicht persönlich angetroffen, aber eine diskrete Botschaft an zwei oder drei Orten hinterlassen, wo er verkehrt.«

Glauka spürt, wie ihre Sorge um den Philosophen wieder auflebt, der sich in letzter Zeit sehr verändert hat. Außerdem weiß sie, wie wichtig es für Ahram ist, dass er an diesen Versammlungen teilnimmt. Meistens vertritt er eine andere Meinung als die anderen, regt sie dadurch zum Nachdenken an und inspiriert sie zu neuen Ideen.

Ahram hofft, dass er noch kommt, und bittet Dikantros den Anfang zu machen, weil sich im Augenblick im Orient am meisten tut.

Der Geograph spricht präzise, mit einem attischen Akzent; seine Gesten sind vornehm, doch nicht geziert. Glauka ist von seinen klaren Augen und seiner Stimme fasziniert. Er beginnt mit einer detaillierten Zusammenfassung seiner Reise, die ihn von Korinth nach Biblos und dann weiter nach Palmyra führte, wo er drei Wochen verbrachte. Anschließend folgte er mit Karawanen oder auf Schiffen dem Lauf des Euphrats bis Orchoe, wo er auf den Tigris wechselte und so bis Ktesiphon gelangte. In der sassanidischen Hauptstadt verbrachte er drei Wochen und musste wegen seiner griechischen Herkunft nicht wenige Unannehmlichkeiten erleiden. Anschließend reiste er am Fluss entlang nach Norden, durchquerte Armenien und gelangte nach Trapezunt, von wo er nach einem kurzen Aufenthalt in Byzanz die Rückreise über das Meer antrat.

»Es ist so, wie du bereits gesagt hast, Ahram, überall brodelt es. Wohin man kommt, spürt man Macht und Unsicherheit. Es sind Kräfte entstanden, die noch nicht wissen, in welche Richtung sie sich bewegen sollen, wie das Wasser nach einem Regenguss nicht weiß, ob es in diese oder jene Richtung fließen soll. Aber gleichzeitig gibt es auch kontrollierte Aktivitäten. Von diesen sind die eindeutigsten in Palmyra zu finden, dessen Reich nun, wie ihr alle wisst, von Cilicia bis Arabia reicht. Und Odaenathus und Zenobia wissen ganz genau, was sie wollen. Mit Persien ist es etwas anderes. Auch Schahpur will die Grenzen seines Reiches erweitern, aber seine Möglichkeiten, Entscheidungen zu bündeln, sind beschränkt, da die Macht der Satrapen und lokalen Stammesführer noch stark ist und sie nicht immer den Forderungen ihres Königs nachkommen. Was mich aber am meisten überrascht hat, war die Vielfalt der Meinungen. Die vielen in Schahpurs Reich versammelten Völker haben es heute nicht mehr so leicht wie in früheren Zeiten. Überall gibt es neue Götter, die von den Menschen angebetet werden, fremde Bräuche werden übernommen, alte Sitten verändert …«

Dikantros muss kurz innehalten, denn in diesem Augenblick tritt Kritos ein. Er begrüßt die Anwesenden, entschuldigt sich und setzt sich am äußersten Ende des Saales neben Artabus, obwohl Ahram ihm signalisiert, neben ihm Platz zu nehmen, damit er nicht den ganzen Raum durchqueren muss.

»Ich weiß nicht mehr, wo ich stehen geblieben war, jedenfalls sollte man Schahpurs Machttalent nicht unterschätzen, das dem seines Vaters Ardaschir, des Begründers der Dynastie, in nichts nachsteht. Er versucht, die Zügel des Landes fest in die Hand zu bekommen, indem er überall neue Städte bauen lässt. Eine Stadt hat er nur errichten lassen, um dort die Gefangenen anzusiedeln, die er bei seinem Sieg über Valerians Legionen gemacht hatte. Die Legionäre kommen aus der ganzen Welt. Zudem besitzt er die Dreistigkeit, sie *Ven-Antiok-Schahpur* zu nennen, also »die Stadt Schahpurs, die größer ist als Antiochia«! Ich bin durch Gebiete gereist, die noch vor drei Jahren brachlagen, und wo jetzt alles wächst, weil er die Bewässerungsanlagen restauriert und Kanäle zwischen den beiden großen Flüssen seines Reiches gebaut hat. Der Handel ist gut organisiert; überall bekommt man ausländische Waren. Die Geschäfte könnten nicht besser sein, obwohl jeder davon ausgeht, dass Rom auf Persiens Expansionsgelüste mit einem erneuten Angriff reagieren wird. Durch diese unsicheren Perspektiven sind ganze Bereiche entstanden, die sich ausschließlich Spekulationen widmen. Die Geldgeber benutzen jetzt ein Dokument zum Handeln, das sie *scheq* nennen.«

»Das musst du mir bei Gelegenheit mal näher erklären«, unterbricht ihn Narbises, der immer ein offenes Ohr für Währungsangelegenheiten hat.

»Wann immer du möchtest. Es gibt eine rigorose Verwaltung; auf diesem Gebiet unternimmt Schahpur die größten Anstrengungen, um das Land zu organisieren und ihm den Zusammenhalt zu verleihen, den es noch nicht hat.«

»Als ich hereinkam, war die Rede von neuen Göttern«, sagt Kritos während der folgenden Stille.

»Ja, genau. Schahpur ist bei allen Religionen hoch angesehen, weil er keine verfolgt. Zudem ist ein neuer Prophet auf der Bildfläche aufgetaucht. Er heißt Manes und predigt einen universellen Kult, der die alten Magier, die Römer und sogar die Religion der Hebräer und des neuen Christus einschließt.«

»Dazu kann ich etwas sagen«, unterbricht Kritos zur allgemeinen Verwunderung. »Manes denkt ähnlich wie Plotinos ... anscheinend liegen diese Ideen in der Luft und machen sich in den Köpfen von Menschen breit, die weit auseinander leben. Merkwürdig«, setzt er leise hinzu, als redete er mit sich selbst.

»Die neue Heilsbotschaft kommt Schahpur äußerst gelegen, deshalb nimmt er Manes vor den alten Priestern in Schutz. Er sieht in ihm ein weiteres Mittel, um seine Macht nach innen zu festigen. Und da die neue Religion auch die alten einschließt, dient sie Schahpurs Bestreben, das Reich auch nach außen zu einigen.«

Um nicht allzu sehr auf ein Thema einzugehen, das Ahram als Mann der Tat langweilen könnte, erwähnt Dikantros nur kurz, dass Manes nicht nur die Überzeugungen der Anhänger Zarathustras von einer Welt teilt, in der es einen fortwährenden Kampf zwischen Gut und Böse gibt, sondern auch wie die Inder an Seelenwanderung glaubt. In seinen Kult bezieht er sogar den Gott Mithras ein, der als erwiesener Kämpfer für das Gute bei den oströmischen Legionären so beliebt ist. Er akzeptiert die Taufe wie die Christen und verwirft jede Art von Götzen wie die Hebräer.

Schließlich fasst Dikantros zusammen: »Wir können also davon ausgehen, dass Schahpur ungeachtet der Konflikte, der unterschiedlichen verwirrenden Strömungen im Lande, der neu aufkommenden Kräfte und der Tatsache, dass Persien in sich noch nicht gefestigt ist, ein großer Führer ist, der über ein mächtiges Reich herrscht. Wir dürfen ihn keineswegs unterschätzen.«

»Das tun wir auch nicht«, erklärt Ahram. »Trotzdem wurde dieser große Heerführer von Odaenathus geschlagen.«

»Wahrscheinlich hat damals einer seiner wichtigen Vasallen versagt. Wobei ich nicht an Palmyras Stärke zweifle, das heute noch mächtiger ist als vor zwei Jahren.«

»Beide sind stark«, mischt sich Kritos ein. »Und das ist gut so. Denn sollte Odaenathus die Perser unterwerfen, könnte er eine hegemoniale Machtstellung anstreben.«

»Wir würden seinen Bestrebungen eine Grenze setzen«, erwidert Ahram und lächelt selbstsicher. »Wenn er es überhaupt wagt, gegen uns, seine Verbündeten vorzugehen. Das Meer zwingt dem Land seine Grenzen auf.«

»Odaenathus wird wahrscheinlich dasselbe denken. Er könnte befürchten, dass auch wir uns gegen ihn wenden, wenn wir mit ihm zusammen Rom wieder zu einer kleinen auf das Gebiet um Latium beschränkten Macht verwandelt haben.«

Kritos' Worte stoßen auf allgemeine Verwunderung. Ahram widerspricht ihm, ohne einen Hehl aus seinem Unmut zu machen.

»Wir sprechen hier über einen Verbündeten, Kritos, der sich uns gegenüber ebenso loyal verhalten hat wie wir umgekehrt ihm gegenüber. Ich sehe keinen Grund, warum wir jetzt so tun sollten, als wäre er unser Feind!«

»Vielleicht habe ich mich nicht deutlich genug ausgedrückt«, wendet Kritos ein. »Ich wollte euch nur auf eine ganz einfache Tatsache aufmerksam machen, nämlich, dass die Welt nicht nur aus Rom, Persien, Odaenathus und uns besteht. Dikantros als Geograph weiß es, und Dagumpah noch besser, weil er nicht in dieser Gegend der Welt geboren wurde. Die Welt hört nicht hinter den Sarmaten oder Skythen auf! Und jenseits von Persien liegen Indien, das Land der Seresh und vielleicht sogar noch andere Reiche. Auch im Süden von Nubien und südlich der Cyrenaica geht die Welt weiter. Und hinter den Säulen des Herkules erstreckt sich ein unendlicher Ozean. Manche haben auf ihm bereits die Küsten Afrikas umrundet, doch auf der anderen Seite des Meeres muss es auch eine Küste geben.«

»Na und?«, unterbricht ihn Ahram, für den Kritos allzu sehr vom Thema abschweift, wie vorhin, als er sich über Manes und Plotinos ausließ.

»Nun, in diesen unsicheren Zeiten, wie Dikantros sagt, könnten von dort ganz neue Entwicklungen auf uns zukommen.«

»Gut, aber noch gibt es nicht die geringsten Anzeichen dafür. Also halten wir uns lieber an die Realität … Soll Sutides uns jetzt Bericht erstatten. Dikantros hat uns von dem einen Despoten berichtet, jetzt erzähl du uns von dem anderen, Sutides.«

Der Mime verfügt weder über die präzise wissenschaftliche Ausdrucksweise des Geographen noch die zuversichtliche Sicherheit der Jugend. Er legt eher die Skepsis eines Menschen an den Tag, der das Leben kennt. Seit kurzem ist er beim Theater von Alexandria unter Vertrag, nachdem er zuvor in Syrakus, Athen und Cyrene aufgetreten ist. In Alexandria gedenkt er länger zu bleiben, während er in den anderen Städten jeweils nur wenige Tage verbrachte und auf den Beginn der Schiffsaison wartete, um übersetzen zu können. Glauka hört ihm aufmerksam zu, denn sein Ruhm reicht weit über die Grenzen des Reiches hinaus. Er ist genauso bekannt wie Saulus Beticus, ein anderes großes Idol der Theaterliebhaber, und drückt sich mühelos aus, mit ausdruckvollen Gesten. Wenn er spricht, dann mit scharfen Worten und dem ganzen Körper, so dass man seinen Buckel gänzlich vergisst, als würde dieser die Beweglichkeit des Körpers nicht im Geringsten beeinträchtigen.

Für diejenigen Anwesenden, die ständig Nachrichten aus Rom bekommen, enthält sein Bericht nicht so viele Neuigkeiten wie der von Dikantros. Der zunehmende Zerfall der Ordnung im Reich ist auf allen Gebieten sichtbar. Seit der Zeit der Soldatenkaiser, die mit Maximinus begann, herrscht im Reich die Anarchie. Ein Kaiser folgt auf den anderen, weil sich ständig irgendwelche Legionen erheben und den amtierenden Herrscher stürzen. Die Verwaltung löst sich langsam, aber sicher auf, und jeder versucht, die Zeit, die ihm auf seinem Posten verbleibt, auszunutzen. Auf diese Weise wird die Korruption gefördert. Große Geschäfte kommen meistens nur mit Hilfe von Konzessionen, Schmiergeldern oder der Vergabe von Monopolen zu Stande. Die Kaiser sind damit beschäftigt, zumindest die Prätorianer in Schach und das Volk mit Brot und Spielen bei Laune zu halten. Der Plebs versucht, sich mit allen Mitteln das Leben so angenehm zu machen wie nur möglich. Geld ist das Einzige, wonach jeder strebt. Die Familie zerfällt, Religionen und Sekten sprießen wie Pilze aus dem Boden, während die Zeremonien der alten Staatsreligion nur noch als Feste und gesellschaftliche Ereignisse betrachtet werden. Nichts wird mehr respektiert: Kurz bevor Sutides Rom verließ, brannte eine Vestalin aus der berühmten Familie Julia mit einem Klempner aus Dalmatien durch, der in den Tempel gekommen war, um einige Reparaturen durchzuführen. »Na ja, er soll ein stattlicher Bursche sein«, rechtfertigt Sutides die Tat lachend.

»Alles löst sich auf«, schließt er. »Kunst und Literatur zählen nicht mehr. Die dreiste Suche nach dem Neuen, nur um aufzufallen, wird mit dem reifen Talent, das durch harte Arbeit entsteht, verwechselt. Dasselbe passiert in der Wissenschaft. Das Römische Reich besteht nur noch aus Anwälten und Steinmetzen, die für die Legionen Brücken und Straßen und für das Volk Thermen und Arenen bauen. Sogar das Theater ist dem Untergang geweiht. Heute begeistern sich die jungen Leute nur noch für singende Schauspieler wie diesen Claudius, den ihr hier in Alexandria habt, obwohl die meisten nur durchschnittliche Sänger und noch schlechtere Mimen sind und ihr künstlerisches Unvermögen mit dem Lärm von Schlaginstrumenten zu übertünchen versuchen: mit riesigen Trommeln, ellenlangen Ratschen, Klappern aus Holz und Kupfer, Zimbeln, die von wildem Trompetenklang begleitet werden. Und die Jugend ist außer sich vor Entzücken, weil man ihr keine anderen Vorbilder oder Idole anbietet. Früher konnte in Epidauros ein einziger guter Flötist die erhabensten Gefühle in seinem Publikum wecken.«

Während Glauka an Yarkos denken muss, der sie vor einer Woche auf Ahrams Fest so begeistert hatte, wirft Kritos spöttisch ein: »Wer sagt, dass erhabene Gefühle heutzutage überhaupt noch etwas bedeuten? Man will beeindruckt und erschüttert werden. Nicht Erleuchtung ist gefragt, sondern Verblendung.«

Der Mime hätte dieses Thema, das ihn persönlich betrifft, gern vertieft, schließt jedoch mit der Feststellung, dass Rom im Untergang begriffen ist. Wie ein toter Elefant, der sich zwar noch eine Weile auf den Beinen halten wird, aber seine Vitalität, ja, seine Identität bereits eingebüßt hat.

»Hauptsache, er begräbt uns nicht unter sich, wenn er stürzt«, murmelt Kritos.

»Keine Angst«, lächelt Ahram. »Wir sind diejenigen, die die Sehnen seiner Kniekehlen durchschneiden, also werden wir wissen, wann er fällt.«

Damit ist die Analyse der beiden großen Weltmächte abgeschlossen. Im Westen Rom, im Osten Persien. Während die Männer den Rednern noch Fragen stellen, nutzt Glauka die Zeit und bittet Mnehet um neuen Wein und frisches Wasser, die sie eigenhändig mischt. Als die Versammlung eine kleine Pause einlegt, tritt Glauka zu Xira.

»Was ist aus Porphyrias Anhängern geworden? Wie seid ihr der Kampfarena entkommen?«

»Ein Überlebender eurer Gruppe konnte uns warnen, und wir flohen aus der Cyrenaica weiter nach Westen in die Nähe Karthagos. Als ein Jahr danach Bischof Cyprianus den Märtyrertod starb, begriff ich, dass Roteph Recht hatte und sein Weg der einzig richtige ist.«

»Roteph! Hast du ihn gekannt?«

»Ja. Er war bei unserer Gruppe gewesen, bevor er sich euch anschloss. Damals war ich nicht seiner Meinung. Ich lehnte die Gewalt ab und gab meiner Mutter Recht. Aber Cyprianus' Tod hat mir die Augen geöffnet. Deshalb bin ich jetzt hier.«

»Deshalb?«, fragt Glauka, der die junge Frau eine Überraschung nach der anderen bereitet.

Als die Sitzung wieder aufgenommen wird, berichtet Xira über die Christen, die Ahram von Tag zu Tag mehr interessieren, weil sie bereit sind, für ihren Glauben zu sterben. Das ist bei jedem Kampf entscheidend, und auch sie sind gegen Rom.

Xira sympathisiert mittlerweile mit Gruppen von Christen, die sich vom Bischof von Rom losgesagt haben, weil er über sie bestimmen will und sich deshalb zu sehr mit den römischen Machthabern einlässt. Damit steht sie den »afrikanischen« Christen mit Rahmed als Oberhaupt nahe. Er ist ein neuer Diakon, der dem Beispiel Christi folgend gegen die Reichen zu Felde zieht und die Römer bekämpft, weil diese ihnen verbieten, ihren Glauben zu praktizieren und zu predigen.

»Rom ist das Babylon des Baltasar«, versichert sie mit glühenden Augen, »und wir suchen das Jerusalem Christi. Seine Worte werden in Rom anders gedeutet als in Afrika. Wir trachten nach einem

Leben in Freiheit, und solange ihr uns diese Freiheit geben könnt, werden wir eure Verbündeten sein.«

»Auch wir wollen uns von Roms Herrschaft befreien«, versichert Ahram.

»Darin sind wir uns einig. Aber Alexandria ist ein anderes Babylon, und wenn wir schon unter seiner Herrschaft leben müssen, so wollen wir wenigstens verhindern, dass es uns seine Sitten und Bräuche aufzwingt.«

Glauka merkt, dass diese Frau schon lange nicht mehr an einen weiblichen Christus glaubt. Ihren Worten jedenfalls ist zu entnehmen, dass zumindest ein Teil der Christen – unter ihnen die Anhänger von Roteph, wie Glauka, beeindruckt von der Erinnerung, jetzt erkennen muss – bereit ist, überall im südlichen Mare Nostrum gegen das Joch Roms zu kämpfen.

Damit kommen sie auf Ägypten zu sprechen. Zuvor hat Bhangu noch darauf hingewiesen, dass Nubiens alte Leidenschaft, sich von der Herrschaft der Pharaonen zu befreien, heute lebendiger sei als je zuvor, verstärkt durch ihre Hautfarbe, die sie als Schwarze auch im Römischen Reich unbestreitbar zu Außenseitern degradiert. Was Ägypten angeht, so kennt jeder die Lage selbst zur Genüge. Alle wissen, dass Alexandria und andere Städte wie Naukratis hellenistische Enklaven sind, denen die Welt des Nils fremd ist. Und jeder ist sich der Einzigartigkeit dieser Stadt bewusst, in der Rassen und Religionen verschmelzen. Das Ägypten der alten Pharaonen ist eine andere Sache, und weder Ptolemaios noch die römische Besatzung haben das Leben der einfachen Leute großartig verändert. Der Einfluss der Christen nimmt stetig zu, weil sie großen Zuspruch unter der armen Bevölkerung genießen. Aber in den Dörfern auf dem Land, in den Städten des Südens und in den Tempeln herrschen nach wie vor die alten Götter und dieselben sozialen Strukturen wie zurzeit Ramses des Großen.

»Nur ist Ramses nicht mehr da!«, ruft Artabus aus.

»Genau das Gegenteil von Persien. Dort haben wir einen großen Herrscher, der versucht, ein Reich zu einigen. Hier haben wir ein Reich, dass seit der Vereinigung beider Königreiche monolithisch ist, aber keinen Herrscher hat.«

»Also brauchen wir einen Pharao«, folgert Philopator.

Alle sehen Ahram an, der laut auflacht.

»Seid ihr verrückt? Weder will ich noch könnte ich einer werden.«

Glauka, die Kritos beobachtet, sieht, wie er den Wunsch, etwas zu sagen, unterdrückt. Schließlich fasst Philopator den Grundtenor zusammen:

»Wir müssen aus dieser Realität Kapital schlagen, Ahram. Ägypten würde sich demjenigen anschließen, der sich gegen Rom erhebt. Die gesamte ägyptische Intelligenz, vor allem aber die Priesterkaste, empfindet große Scham, weil es von einem Land mit einer niedrigeren Kultur unterjocht wird, das bloß ein Dorf war, als Ägypten seine Pyramiden baute. Bloß weil niemand da ist, der den Kampf anführt, können die Römer mit nur zwei Legionen, eine in Alexandria und eine in Memphis und Heliopolis, sowie den kleinen Truppenverbänden in den Befestigungen entlang der Grenzen das ganze Land kontrollieren.«

Durch Soferis bestärkt, weist Bhangu auf eine kuriose Nachricht hin. Es heißt, in Ptolemais gebe es einen Jungen, der ein direkter Nachfahre der Pharaonen sein soll. Schon ist die Rede von einer Prophezeiung im Tempel von Theben, die besagt, dass er die Herrschaft übernehmen und Ägyptens Macht wiederherstellen wird. Soferis' Informationen unterscheiden sich nur unwesentlich von denen seines Kollegen, auch er berichtet von der Existenz eines möglichen Anwärters auf den ägyptischen Thron, dessen Geschlecht auf die 30. Dynastie, also vor die ptolemäische Herrschaft zurückgeht, und dessen Vorfahren in Tempeln versteckt überlebt haben sollen.

Dagumpah weiß zu berichten, dass ähnliche Gerüchte auch unter den Gelehrten des Museums kursieren, doch von den Historikern nicht besonders ernst genommen werden. Es gibt jedoch etwas, was kein Gerücht ist: Aus den Archiven der Bibliothek lässt sich ersehen, dass in letzter Zeit ein reges Interesse an Papyri über die 30. Dynastie und die darauf folgende persische Eroberung besteht. Zufällig habe er mitbekommen, wie sich zwei Priester über den nubischen Fürsten Khabbasch unterhalten hätten, den letzten einheimischen Herrscher Ägyptens zwischen der Ermordung von Artaxerxes III. und der Besatzung von Dareios Kodomannos.

»Also scheint es tatsächlich so«, folgert Philopator, der angesichts von Ahrams Schweigen die Debatte leitet, »als gäbe es Gruppen, zumindest innerhalb der Priesterschaft, die nach einer Legitimierung für einen möglichen ägyptischen Thronanwärter suchen. Doch ich glaube nicht, dass sie über die notwendigen Mittel verfügen, um ihren Forderungen Nachdruck zu verleihen. Was meinst du?«

Die Frage ist an Ahram gerichtet, der scheinbar in Gedanken versunken ist und nur antwortet:

»Ich stimme zu. Diese Gerüchte sollten uns nicht beunruhigen ... Aber du hast Recht«, fügt er hinzu. »Wir täten gut daran, uns nach einem geeigneten Pharao umzusehen. Die Spannungen nehmen täglich zu. Die Priesterkaste ist gereizt, weil Rom die alten Zuwendungen für die Tempel gekürzt und sie damit gezwungen hat, die beim Volk so verhasste ›Religionssteuer‹ einzuführen. Gleichzeitig entsteht eine neue Generation von Priestern und Schreibern, und die Zahl der Deserteure auf dem Land, die die Arbeit auf den Feldern einfach liegen lassen, nimmt mit jedem Tag zu.«

»Viele schließen sich uns an«, erklärt Xira.

Anschließend informiert Tulius Narbonius über die Lage in Gallien und Germanien. Seine Berichte sind zwar allgemein bekannt, bestätigen jedoch ebenfalls den Zerfall der römischen Autorität. Die Überfälle der Barbaren häufen sich. Und sobald Nachrichten eintreffen, dass es in Rom Schwierigkeiten gibt, erhebt sich irgendein opportunistischer Feldherr in Gallien mit seinen Legionen und ernennt sich zum Gegenkaiser.

Zu guter Letzt berichtet Artabus von seiner kürzlichen Reise nach Chersonesos im Norden des Pontos Euxeinos. Dabei verbrachte er auch zwei Wochen in Byzanz. Das Interessante an dieser Region sind die ständigen Vorstöße der Goten, die über die Donau kommen und mittlerweile sogar über Stützpunkte an der thrakischen Küste verfügen.

»Haben sie ihre Schiffe verbessert?«

»Es sind immer noch dieselben schlechten Segelschiffe, aber mit leichten Rümpfen, und schnell, weil sie ausgezeichnete Ruderer sind. Die römischen Schiffe sind nur bei gutem Wind sicher, wenn sie wendig sind, andernfalls kann man sie sehr leicht entern.«

Artabus hat auch das Rote Meer bereist, aus Mosqa Weihrauch und aus Musa Myrre mitgebracht. In diesen Gegenden ist das römische Joch weniger spürbar, abgesehen von den Kontrollen der Karawanen an den römischen Grenzposten entlang der nabatäischen Grenze. Das ist der Grund, warum die Nabatäer Palmyra unterstützen.

All diese regionalen Berichte fügen sich mit denen von Philopator und Narbises zu einem Ganzen zusammen. Mit Ausnahme weniger Einzelheiten, die nur Ahram auffallen, geht der Erfinder auf die verschiedenen Untersuchungen über die Verwendungsmöglichkeiten von Quecksilber, die neuen Spiegel, das faserige Mineral, das sich vielleicht verarbeiten lässt, um feuerfeste Schiffspanzerungen herzustellen, und die Gifte ein, die sie im Schlangengehege und in einem botanischen Laboratorium gewinnen. Ausführlich berichtet er über die großen Doppelschiffe mit zwei Rümpfen und einer Brücke in der Mitte, die sie zu einem einzigen Schiff vereint. Sie sind zwar langsam, können aber ungeahnte Lasten tragen und für den Handel wie für militärische Zwecke eingesetzt werden. Zu Glaukas Verwunderung erwähnt er mit keinem Wort den Feuergeist; offensichtlich will Ahram dieses Geheimnis immer noch nicht preisgeben.

Narbises' Vortrag dagegen ist gespickt mit finanztechnischen Ausdrücken, und die meisten können ihm nicht angemessen folgen. Die Aufmerksamkeit der Anwesenden wird erst wieder geweckt, als er auf die Machenschaften gewisser einflussreicher

Gruppen in Alexandria zu sprechen kommt, die fest entschlossen sind, Ahram das Monopol zur Versorgung des Leuchtturmes mit Brennholz streitig zu machen. Es ist ein lohnendes Geschäft, aber es erfordert auch eine Handelsflotte, die sie gerade unter Vertrag nehmen wollen. Obwohl die Gewinne aus dem Monopol beträchtlich sind, interessiert sich Ahram noch mehr für das Prestige und die Macht, die er als Lieferant daraus zieht. Ein Ausfall der Beleuchtung würde einen gewaltigen Skandal nach sich ziehen. Der verantwortliche Statthalter würde vom römischen Kaiser entlassen werden, selbst wenn sich herausstellen sollte, dass die Schuld bei dem Lieferanten zu suchen ist. Nicht umsonst ist der Leuchtturm von Alexandria ein Symbol: das Licht des Mare Nostrum. Mit Narbises' Bericht endet das Treffen, jetzt stehen die Anwesenden auf und bilden kleine Gruppen.

Seit einiger Zeit bewegt sich der große Fächer an der Decke leicht hin und her. Er wird draußen von Sklaven betätigt, die das Gespräch nicht hören können. Die Getränke und die Speisen werden zur Mittagszeit reichhaltiger und üppiger, und die meisten Anwesenden, die nicht im Palast wohnen, treten zu Glauka, um ihr ihre Aufwartung zu machen, obwohl fast alle sie bereits aus der vorigen Versammlung kennen. Vor allem Sutides zeigt großes Interesse, ihr vorgestellt zu werden, da er schon so viel Gutes über sie gehört hat.

»Und ich erst über deinen Ruhm im Theater«, lächelt Glauka.

»Als ich Ahram in Rom traf, wollte ich unbedingt wissen, was für eine Frau es ist, die ihm das Wasser reichen kann und bereits fünf Jahre an seiner Seite ist. Jetzt verstehe ich, und es wäre mir eine große Ehre, wenn du meine Einladung annimmst und irgendwann in die Theatervorstellung kommst. Ich werde mir alle Mühe geben, dich nicht zu enttäuschen.«

Glauka bedankt sich für die Einladung und verspricht zu kommen. Der Erfolg der Uraufführung, die gestern Abend stattgefunden hat, verbreitet sich bereits in der ganzen Stadt, und es wird bestimmt Spaß machen, mit Ahram ins Theater zu gehen.

Seltsam, die Begegnung mit Xira! Wer hätte das gedacht! Das Leben ist doch immer wieder gut für Überraschungen. Ich wusste nichts von ihrer Existenz, aber sie von meiner, sie hat es mir nach der Versammlung gebeichtet. Manchmal besuchte sie unsere Gruppe, gab sich aber nie zu erkennen, obwohl ich damals ihre Mutter und Domicia bereits gut kannte. Ich fragte sie, warum. Sie sah mich mit ihren offenen schwarzen Augen an und sagte lächelnd: »Weil ich dich hasste!« Ich war wie vor den Kopf geschlagen, weil sie es so selbstverständlich aussprach, während wir dastanden, uns Luft zufächelten und eine Sklavin Getränke servierte. Wir waren ganz entspannt, und auch sie freute sich, dass wir uns getroffen hatten. »Ich fand dich abscheulich«, wiederholte sie, und als sie sah, wie verblüfft und verletzt ich war, lachte sie und nahm meine Hand. »Jetzt natürlich nicht mehr!« Sie hat mich gestreichelt, und als ich immer noch nicht verstand, hat sie es mir erklärt. Sie hatte Angst, ich könnte sie als Nachfolgerin ihrer Mutter verdrängen, und sie war der Meinung, sie könnte das Göttliche Weib und seine Botschaft besser vertreten als ich. Ich gab ihr Recht, ich war ja nicht mal eine richtige Christin gewesen, sie hätte eher Angst vor Domicia haben müssen. Als ich das sagte, lachte sie mir ins Gesicht. »Domicia? Sie hatte nicht die Kraft! Ja, sie war intelligent und wusste vieles, aber sie war auch schwach.« Ich war verblüfft. Wie unterschiedlich man einen Menschen beurteilen kann! Ich hatte nicht mal Zeit, um mich zu erholen, da folgte schon der nächste Schlag. »Und dann kam das Schlimmste, die Sache mit Roteph.« Es stellte sich heraus, dass Xira in Roteph verliebt gewesen war! Bevor er zu uns kam, war er in ihrer Gruppe gewesen und hatte sie vom ersten Augenblick an in seinen Bann gezogen. Das war ein richtiger Mann, ein Krieger, er würde die Christen aus Roms Knechtschaft befreien. Sie träumte davon, sich ihm anzuschließen, doch dann kam Roteph zu uns, zu Porphyrias Gruppe, und sie erfuhr, dass er sich für mich interessierte. »Wie hätte ich dich nicht hassen sollen? Zudem ist das Leben nichts wert, wenn man nicht irgendwen hasst!« Was für einen Blick ich ihr zugeworfen haben muss! »Du verstehst mich nicht, kein Wunder, du hast im Leben immer Glück gehabt!« Ich musste lächeln. Wenn sie wüsste! Fast wäre sie wütend geworden, weil sie mein Lächeln für Spott hielt, und erklärte entschieden: »Roteph hatte Recht! Das ist die Wahrheit. Nächstenliebe zu predigen, wenn man uns umbringt – so können wir nicht für unseren Glauben kämpfen! Ich sage dir das, damit du weißt, dass sich Ahram auf uns verlassen kann. Wir werden gute Verbündete sein, der Hass eint uns, wir wollen Rom vernichten, aber wir wollen auch nicht das frühere ägyptische Reich, es ist veraltet und viel zu schwach. Du siehst ja, dass sie es nicht mal schaffen, zwei lächerliche Legionen zu vertreiben, die weit über das Land verstreut sind. Unsere Zukunft liegt im Westen, in der Cyrenaica, in Afrika, Numidien, den beiden Mauretanien und im Meer, in dem anderen Meer, das unser Meer sein wird« – ihre Augen leuchteten. »Allmählich organisieren wir uns, einige unserer Anhänger haben die römische Verwaltung unterwandert und warnen uns, wenn wieder Verfolgungen geplant sind. So können wir viele Menschen retten. Roteph hatte Recht. Der Hass ist eine viel stärkere Waffe als die Liebe, und deshalb freue ich mich, dass wir jetzt Verbündete sind. Ich weiß, dass du meine Mutter mochtest, aber sie hatte sich zähmen lassen, von meinem Vater, diesem Mistkerl.« Sie war aufgebracht, ihre Worte durchbohrten mich wie eisige Pfeile. Sie tat mir Leid, aber gleichzeitig fand ich sie bewundernswert. Was wird aus dieser jungen Frau werden? Kaum dreißig. Wie soll man ihr diesen Hass abnehmen, wenn man ihre glühenden Augen sieht? Die weißen Zähne, die an einem süßen Brötchen knabbern oder Pistazien knacken, die Lippen, die Granatapfelsaft mit Honig oder verdünnten Wein schlürfen. Wie soll man an diesen Hass glauben, den sie mit so viel Inbrunst vorträgt? Ihre Worte haben mich an Kritos erinnert, der ebenfalls von anderen Welten spricht …

Was hat Kritos nur? In letzter Zeit macht er mir Sorgen. Manchmal habe ich das bange Gefühl, dass er mir aus dem Weg geht, ich sehe ihn kaum noch auf unserer Bank, aber wenn ich ihn treffe, dann ist er ganz der Alte, immer zuvorkommend und liebevoll. Es macht Freude, ihm zuzuhören, und trotzdem ist er irgendwie anders. Ich fürchte, dass er mir etwas verheimlicht. Das hat mir noch gefehlt! Bachir, den ich kaum noch zu sehen bekomme, weil er Tanuris so gut wie gar nicht mehr verlässt, und wenn ich Ahram frage, winkt er ab. »Bachir kann machen, was er will, er hat sich alles verdient.« Mehr bekomme ich aus ihm nicht heraus, und auch, was Sinuit angeht, nimmt er mich nicht ernst. Warum er sie nicht nach Alexandria holt?, frage ich ihn, und er wirft mir einen fast vorwurfsvollen Blick zu. »Auf Tanuris holen sie jetzt die Ernte ein, du willst doch nicht im Ernst, dass Neferhotep alles im Stich lässt.« Dabei verbringt der Erhabene doch die meiste Zeit in Alexandria unter dem Vorwand, an den Versammlungen des Stadtrates teilnehmen zu müssen! Amoptis ist derjenige, der Tanuris verwaltet. Tatsache ist, dass Ahram ihn nicht hier haben will. Und wie es Yazila geht, weiß ich auch nicht, ich habe zwar Sinuit einen Brief geschrieben, was mich einige Mühe kostete, aber Kritos fand ihn gut und war stolz auf mich. Die Antwort war vage, bestimmt wollte sie dem Schreiber die Wahrheit nicht diktieren. Was geht um mich herum vor? Yazila ist mir nicht wichtig, aber man muss sie im Auge behalten. Seltsamer ist Kritos' Verhalten, nicht nur mir gegenüber. Heute hätte er Ahram fast zur Weißglut getrieben. Tatsache ist, dass er immer mit unerwarteten Ideen kommt, die sehr nützlich sind, aber heute hat er Ahrams ganzes Konzept in Frage gestellt, als er behauptete, man könne auf die Welt der Römer und Perser nicht dieselben Pläne anwenden wie auf die übrige große Welt. Das ändert alles! Warum sagt Kritos so etwas? Wenn Ahram auf ihn hören würde, müsste er ganz von vorn anfangen. Ich weiß nicht, das ist alles so kompliziert! Eine noch größere Welt? Das ist schwer zu glauben. Ahram will davon nichts wissen, und ich verstehe es. Und als die Rede darauf kam, dass sie einen Pharao brauchen, warum hat Kritos da geschwiegen? So geht es nicht weiter, ich muss ihn fragen, was mit ihm los ist. Wenn er sich über mich geärgert hat, dann muss es ein Missverständnis sein. Alles läuft schief, ich habe eine richtige Pechsträhne, und am meisten schmerzt mich das mit Ahram, er hat nicht aufgegeben und wird es auch in Zukunft nicht tun, aber seit er mich liebt, wünscht er sich einen Sohn von mir. Ich habe ihn keinen Augenblick lang im Unklaren gehalten, sondern ihm sofort erzählt, wie Astaphernes' Arzt mir erklärt hatte, dass ich niemals wieder Mutter werden kann. Die Seeräuber auf dem Schiff hatten mich mit ihrer Brutalität zu Grunde gerichtet, als ich nichts mitbekam. Ahram beklagt sich nicht, er hat abgewartet und gehofft, dass der Arzt oder ich Unrecht hätte. Auch andere Ärzte haben mich untersucht, und ich weiß, dass er Amulette bestellt hat. Obwohl er mir nichts sagt, wünscht er sich einen Sohn von mir. Zum Glück ist Malki da, jetzt konzentriert er sich auf ihn und möchte, dass er eine Zeit lang zu uns kommt. Malki liebt mich, das ist ein Trost.

Es ist schon spät. Ahram wartet auf mich, um mit dem Boot nach Alexandria zu fahren. Ich muss dieser Clea den Ohrring zurückbringen, es kann nicht länger warten. Ich bin spät dran, weil ich mit Xira zu den Bädern gegangen bin, ihr Körper hat mich seltsamerweise an Ahram erinnert, er ist fast knabenhaft, klein, schlank, kaum Hüften, winzige Brüste, aber große braune Brustwarzen, die spitz und steif sind, und weiche Haut, die jedoch eher krank als attraktiv wirkt. Ich habe das Gefühl, dass man unter dieser Haut ihren Hass spürt, den Hass, der sie ständig begleitet, ich weiß nicht ... Sie wollte nicht hier übernachten, sondern ihre Reise nach Osten fortsetzen, um sich den anderen Sekten im Delta anzuschließen.

O Aphrodite, göttliche Mutter! Verbündete wie sie machen mir Angst, ich fürchte dann um Ahram, er hasst die Römer zwar auch, aber nicht so. Er kann auch lieben, er will lieben, der Hass bei ihm hat eine andere Dimension, und es ist nicht die einzige. Seine Liebe wird immer größer. Nur die Macht führt ihn in Versuchung! O göttliche Mutter, erlöse ihn von diesen Verbündeten! Wer ein Kind in sich trägt, hasst nicht. Ich werde nie wieder eines in mir tragen, aber ich bin Mutter gewesen und weiß es. Im Dorf auf der Insel, nachdem mich Narsos zum ersten Mal nach der Geburt und der darauf folgenden Zeit der Reinigung liebte, als ich ihn in den Armen hielt, während er in mich eindrang, wusste ich, dass ich mit dem Mann auch ein Kind umarmte. Sogar Uruk war ein Kind, dieser männliche Wirbelwind, und auch du, Ahram, selbst wenn du mich »meine Tochter« nennst. Alle Kinder, sogar die intelligentesten, sehnen sich nach ihrer Kindheit zurück und nach einer Mutter, obwohl sie es nicht zugeben. Was geht in mir vor? Gestern ist mir die Schere aus der Hand gefallen, wie damals am Strand. Die Mutter webte, sie war die Einzige, die mit dem kleinen Webstuhl umgehen konnte, sie bat mich um die Schere, und als ich sie ihr gab, fiel sie in den Sand. »Das bringt Unglück!«, sagte sie, weil sie geschlossen war und wie ein Dolch im Sand stecken blieb, meine heute fiel offen, aber es erinnerte mich trotzdem an damals. Kurz darauf starb die Mutter und dann verlor ich Narsos und meine kleine Nira. Was geht hier eigentlich vor? Was kann ich machen? Ich habe Angst, ich muss mit Kritos sprechen, er darf mich nicht einfach so im Stich lassen.

Ahrams Ersatzboot mit seinen sechs Ruderern und dem Sonnendach am Achterdeck gleitet durch das Wasser des Großen Hafens, nachdem es die Bögen des Heptastadions passiert hat, und nähert sich langsam der Marmortreppe, die einst Kleopatra hinaufstieg und nun dem Statthalter, seinen Beamten und bedeutenden Persönlichkeiten der Stadt vorbehalten ist. Der Steuermann steht auf dem Achterdeck, blickt über das Sonnendach neben der Kajüte und weicht aufmerksam Barken und Schaluppen aus, die sich durch den Hafen bewegen, obwohl ihnen ohnehin alle aus dem Weg gehen, sobald sie das purpur-grüne Banner am Mast des Bootes erkennen.

Ahram denkt an das Gespräch, das er bei diesem Antrittsbesuch mit dem Statthalter führen wird. Neben ihm fächelt sich Glauka Luft zu und vergewissert sich, dass der Ohrring, den sie Clea zurückgeben wird, noch in ihrer kleinen Gürteltasche steckt. Der *nauarchos* bewohnt einen der kleinen Paläste der königlichen Residenz innerhalb der Gartenanlage. Früher wohnten hier die Verwalter der Ptolemäerkönige.

Das Boot legt an. Zwei ranghohe Offiziere, die neben der Schildwache stehen, salutieren bei Ahrams Anblick und helfen Glauka an Land. Ahram und seine Hetäre verabschieden sich; einer der Offiziere gibt einem Sklaven, der diskret im Hintergrund wartet, ein Zeichen.

»Dieser Mann wird dich hinführen, Herrin!«

Mittlerweile ist auch Eulodia ausgestiegen, die auf einer Bank hinter den Ruderern saß. Sie läuft ihrer Herrin nach, und zusammen folgen sie dem Sklaven, der durch den Garten vorangeht, nachdem er sie mit einer tiefen Verbeugung begrüßt hat. An seiner hohen Stimme und seinem Gang erkennt Glauka einen Eunuchen, eine Seltenheit in Alexandria.

Der Sklave führt sie durch einen Seitenflügel in den Palast des Befehlshabers der Flotte, während Eulodia sich vor dem Tor auf eine Bank setzt, um auf sie zu warten. Durch ein Atrium mit einem Springbrunnen und mehreren großen Säulen gelangt sie schließlich zu dem Zimmer, in dem sie erwartet wird. Als sie eintritt, steht Clea auf und kommt auf sie zu. Es ist ein kleines Zimmer mit einem Tisch, Stühlen und vielen Polstern auf einem Diwan. Zwei Eckfenster lassen die frische, duftende Gartenluft herein. Die beiden Frauen begrüßen sich und machen es sich auf dem Diwan bequem. Auf einem kleinen Nebentisch sieht man einige Bücher, entrollte Manuskripte, weiße Papyri und Schreibutensilien. Clea versucht, den Eindruck zu vermitteln, sie habe ihren literarischen Ambitionen gefrönt.

»Nimm den Schleier ab und mach es dir bequem, Herrin«, fordert Clea sie auf und hilft ihr. »Was für beneidenswertes Haar, und dein Chiton ist wunderschön!«

Glauka trägt einen hellblauen Umhang mit kurzen Ärmeln und nur eine Fibula als Schmuck auf der linken Schulter. Hier bei sich zu Hause läuft Clea nur in einer leichten, aber undurchsichtigen Tunika herum. Sie entschuldigt sich, dass sie wegen der Hitze so nachlässig gekleidet ist, nachdem Glauka sie zu ihrer Aufmachung beglückwünscht hat.

Die beiden unterhalten sich eine Weile über die Mode und ziehen über den einen oder anderen Gast her, der an Ahrams Fest teilgenommen hat. Clea fand es angeblich ganz außergewöhnlich, vergleichbar nur den besten in Rom. Glauka interessiert sich für Cleas Rückkehr nach Alexandria und fragt sie nach den Unterschieden zwischen der römischen und der alexandrinischen Gesellschaft. Nachdem Clea ihr etwas zu trinken angeboten hat, erkundigt sie sich nach dem Grund ihres Besuches. Inzwischen haben sie schon beschlossen, sich beim Vornamen zu nennen.

»Ich wollte dir persönlich etwas vorbeibringen«, antwortet Glauka, »etwas, das du zweifellos in meinem Haus verloren hast, weshalb ich mir die Freiheit nahm, dich in deiner Residenz zu stören.«

Damit reicht sie ihr den Ohrring, und Clea versichert ihr, dass sie sich keineswegs belästigt fühlt.

»Oh, den habe ich schon überall gesucht!«, ruft Clea entzückt. »Ich bin dir so dankbar! Abgesehen von seinem bescheidenen Wert, ist es ein Erinnerungsstück, das mir viel bedeutet. Ich nehme an, dass ich ihn während des Essens verloren habe.«

»Nun, um die Wahrheit zu sagen, haben wir ihn unten in der Krypta gefunden. Und wegen des hohen Ranges deines Gemahls hielt ich es für angebracht, wenn ich die Sache selbst in die Hand nehme und niemand anderen damit beauftrage.«

»Eine noble Geste, die noch mehr Dankbarkeit verdient … Ich möchte unter allen Umständen Gerüchte vermeiden, die meinem Mann schaden könnten, auch wenn er sich auf dem Fest den Ausrutscher mit dem *archidikastes* geleistet hat, wie du sicher weißt. Was mich selbst betrifft …«, ihr Lächeln wird sanft und vertraulich, »… so muss ich dir gestehen, dass es mir nicht viel ausmacht. Ich nehme an, dass du so manchen Kommentar über meinen frühren lockeren Lebenswandel in Alexandria gehört hast. In Wahrheit halte ich nichts davon, sich das Leben noch langweiliger zu machen, indem man sich mit dem begnügt, was die Männer beschließen. Sie wollen ohnehin, dass alles beim Alten bleibt. Ich bin mir durchaus bewusst, dass ich mit meinem Verhalten viele Menschen vor den Kopf gestoßen habe.«

»Mich jedenfalls nicht. Und erst recht nicht, weil du in die Krypta gegangen bist. Du kannst auf mein uneingeschränktes Verständnis und meine Diskretion zählen. Deshalb will ich dir auch verraten, dass in Wirklichkeit Dophinia den Ohrring gefunden hat, die obendrein so indiskret war, Ahram und mir den Grund deiner Unterhaltung mit ihr zu verraten.«

»Ah, Victinius!«, lacht Clea kein bisschen verlegen. »Aber dieses Weibstück hat wirklich keine Manieren; man kann ihr nicht über den Weg trauen.«

»Sieh es ihr nach. Sie konnte sich darauf verlassen, dass es unter uns bleiben würde. Ich habe es dir erzählt, weil ich nicht nur gekommen bin, um dir den Schmuck zurückzubringen, sondern weil ich den Wunsch hatte, dass wir uns näher kennen lernen. So vieles unterscheidet dich von den frivolen und oberflächlichen Frauen dieser Stadt und macht dich, ja, einzigartig … Nein, ich will dir nicht schmeicheln. Dein Auftreten, deine Bildung, dein guter Geschmack … Natürlich weiß ich, dass sich viele über dein Verhalten ereifern, aber ich verstehe dich sehr gut und wünsche mir, dass wir beide gut miteinander auskommen. Mein Leben begann am Strand eines Fischerdorfes … und dann hat es mich überallhin verschlagen. Ich wurde gefangen genommen, an ein Freudenhaus in Byzanz verkauft, in einen Harem gebracht und noch vieles mehr. Jetzt bin ich Ahrams Hetäre. Aber um ein Haar hätte man mich den Raubtieren in der Arena zum Fraß vorgeworfen. Du dagegen bist die Enkelin eines großen Kaisers und Ehefrau eines hohen Würdenträgers. Ich bin dir zu Dank verpflichtet, weil du so freundlich warst, mich sofort zu empfangen.«

»O ja, mein Großvater war ein großer Mann und auch mein Vater. Aber meine Mutter wurde wie du von den Römern gefangen genommen und versklavt, obwohl sie die Tochter eines sarmatischen Fürsten war, und ich kam als Unfreie zur Welt. Ich will ganz ehrlich zu dir sein: Noch bin ich nicht die Ehefrau des Befehlshabers der Flotte; das Verfahren in Rom ist noch nicht abgeschlossen, weil seine Familie sich mit Händen und Füßen dagegen sträubt. Ich weiß, dass du es nicht weitererzählen wirst.«

»Du kannst auf mich zählen«, lächelt Glauka. »Jetzt, wo wir uns gegenseitig unsere Geheimnisse verraten haben, bin ich froh. Ich weiß, dass wir uns gut verstehen werden. Endlich habe ich eine Freundin in dieser Stadt gefunden!«

In diesem Augenblick betritt der Eunuch mit Erfrischungen und Süßigkeiten das Zimmer und lässt sie anschließend wieder allein.

»Es gibt in Alexandria nicht viele wie ihn«, sagt Glauka über den Sklaven.

»Er ist bei mir, seit ich mit dem Epistrategen durch den Orient reiste. Er ist viel besser als eine Frau, er ist klüger und sanfter. Und weil er sich beschützt fühlt, ist er mir so treu ergeben wie ein Hund. Er war es auch, der mich vor ein paar Tagen zu Victinius brachte. Warum nicht? Unsere Männer haben sowieso niemals Zeit für uns, erst recht nicht, wenn sie ein hohes Amt bekleiden und immerzu beschäftigt sind. Natürlich, ein Mann wie Ahram ist anders.«

»Und wie war dieser Victinius?«, fragt Glauka rasch, in der Hoffnung auf weitere Einzelheiten, denn schließlich ist sie gekommen, um sich Cleas Vertrauen zu erschleichen.

Clea lacht boshaft.

»Du wirst es nicht glauben, aber um ein Haar hätte er versagt … Nach einer Weile wurde es besser, aber am Anfang … Aber was soll ich dir erzählen, du weißt es ja, diese Männer, die von ihrem Penis leben, sind viel unsicherer, als man annimmt. Ich kann dir nur abraten, wenn das dein Problem sein sollte. Willst du ein paar von diesen Blättchen in deinen Honigsaft mischen?«

Sie sagt es mit einem völlig unschuldigen Gesicht und hält eine silberne Schatulle hoch, die sie aus der Tischschublade genommen hat. Glauka spürt, wie die Frau versucht, sie auszuforschen und auf der Suche nach irgendeiner Schwäche ist. Als Glauka ablehnt, bedrängt sie sie nicht weiter.

»Heute nehmen viele Leute so was, glaub mir.«

»Ich verurteile es nicht, aber ich glaube, dass das Leben die stärkste Droge ist und man keine anderen braucht. Findest du nicht?«

»Mir gefällt das Leben immer mehr!«, antwortet Clea fröhlich. »Sogar der Eunuch erregt mich. Na ja, das ist etwas übertrieben. Aber das Leben selbst, ja. Besser gesagt, die vielen Leben, denn ich habe mehr als eines, wie du weißt.«

Wenn du wüsstest, mit welchem Leben ich anfing!, denkt Glauka, während Clea fortfährt:

»Manchmal ist es ganz schön kompliziert und mühsam, aber es lohnt sich. Und ich spreche nicht nur vom Leben mit Männern ... oder Frauen. Und du?«

Sie sieht Glauka forschend an, die ihrem Blick nicht ausweicht.

»Ich weiß, was du meinst. Im Freudenhaus kam es vor und erst recht im Harem.« Sie zögert einen Augenblick und überlegt. Eigentlich will sie dieser Frau etwas, das für sie so wichtig war, nicht anvertrauen, aber sie muss sie für sich gewinnen. Schließlich sagt sie: »Ich habe sogar die innige Liebe zwischen Frauen kennen gelernt ... Erstaunt dich meine Ehrlichkeit?«

»Aber nein, auch ich bin ehrlich zu dir, zum ersten Mal im Leben. Es ist so entspannend! Nicht wahr? Aber neben der Lust habe ich auch noch eine andere Leidenschaft.« Sie zeigt auf die Manuskripte auf dem Tisch. »Ich hatte gute Lehrmeister und liebe die Literatur.«

»Darin bist du mir überlegen. Ich fange erst jetzt damit an. Dank Kritos, dem Philosophen, mit dem du dich auf dem Fest so gut unterhalten hast.«

»Kritos! Das glaube ich! Ich fand ihn entzückend. Auch er führt mehrere Leben, wie wir ... Weißt du, dass wir uns nach dem Fest im Museum getroffen haben? Und wieder haben wir uns sehr angeregt unterhalten.«

Glauka verspürt einen Stich im Herzen. Gestern noch hat sie ihn getroffen, und er hat ihr nichts gesagt. Ob er wegen dieser Frau so anders ist? Seine Heimlichtuerei schmerzt sie sehr.

»Wie ich dich darum beneide, dass du mit ihm reden kannst!«, fährt Clea fort. »Mit meinem Mann kann man sich nicht unterhalten, höchstens über Schiffe und die See. Früher hat es mich nur gelangweilt, jetzt regt es mich auf, aber ihm ist es einerlei. Das Einzige, worüber wir uns unterhalten könnten, wären die Kraftausdrücke und Obszönitäten aus den Schenken, und darin wäre ich ihm wahrscheinlich überlegen. Was für ein Glück du mit Kritos hast. Die meisten Schriftsteller sind bloß eitle Gockel, die nicht wissen, wie man mit Frauen umgeht. Kein Wunder, wenn ich mir diese dummen ägyptischen, hebräischen und sogar römischen Kühe ansehe, die meinen, sie wären immer noch die ehrwürdigen Matronen der Republik, obwohl sie in Wahrheit bloß die dümmsten Ziegen des Reiches sind.«

»Ja, meine Freundschaft zu Kritos ist ein großes Glück. Seit er mich unterrichtet, habe ich große Fortschritte gemacht. Er ist einmalig, egal, was man sich über ihn erzählt.«

»Dasselbe sagt er von dir.«

»Hat er von mir gesprochen?«

Glaukas Verwunderung ist echt, obwohl ihr später klar wird, dass Clea nicht zufällig auf dieses Thema gekommen ist. Trotzdem stört es sie, Gegenstand ihrer beider Unterhaltung gewesen zu sein, ohne dass Kritos ihr irgendetwas erzählt hatte.

»Er hat sehr gut von dir gesprochen. Wie talentiert und klug du bist …«

Glauka winkt ab, alles nur Freundeslob. Auf Umwegen kommt Clea auf die Freundschaft zwischen Kritos und Ahram zu sprechen. Offensichtlich will sie wissen, wie weit sie reicht, wie viel sie von Kritos über Ahram erfahren kann. Und wie nicht anders zu erwarten, kommen sie schließlich auf das große bevorstehende Ereignis zu sprechen: den Besuch der Könige von Palmyra.

»Zenobia – noch so eine außergewöhnliche Frau!«

»Hast du sie jemals getroffen?«, fragt Glauka neugierig.

»Ja, als mein Mann in Palmyra war. Aber ich hatte sie auch schon in Rom kennen gelernt, als sie mit Odaenathus dort war und Gallienus ihn zum König von Palmyra ernannte. Allerdings hatte ich nicht viel mit ihr zu tun. In Rom bin ich ein Niemand.«

»Es heißt, sie wäre wunderschön«, sagt Glauka leicht gequält.

»Mehr als das, sie ist faszinierend. Sie hat eine unglaubliche Ausstrahlung. In Rom hat sie einen gewaltigen Eindruck hinterlassen … Odaenathus natürlich auch«, fügt sie boshaft hinzu. »Aber er ist nur ein stattlicher Mann. Sie dagegen ist geheimnisvoll. Sie hat das gewisse Etwas, wie man heute sagt, und ist ungemein intelligent.«

Glauka will dieses Thema lieber nicht vertiefen. Da sie zu dem Schluss gelangt, dass sie von dieser ersten Begegnung nicht mehr erwarten kann, lässt sie das Gespräch über irgendwelche oberflächlichere Themen dahinplätschern. Sie sprechen vor allem über den berühmten römischen Mimen, der die Theatersaison in Alexandria mit großem Erfolg eröffnet hat, und Clea entpuppt sich als Theaterliebhaberin.

»Mich begeistern vor allem die realistischen Theaterstücke, die man in Rom aufführt. Da wird wirklich gestorben. Natürlich nicht die Hauptdarsteller. Aber wenn eine Schlacht inszeniert wird, holt man Gefangene, damit sie sich wie in der Kampfarena gegenseitig umbringen. Kurz bevor wir nach Alexandria kamen, sahen wir ein Stück, bei dem ein Christ gekreuzigt wurde, bis er starb … Das war schrecklich aufregend!«

Glauka denkt an Roteph und ihre Kameradinnen und unterdrückt eine Geste des Abscheus. Sie verabschiedet sich, sobald die Höflichkeit es zulässt. Beide versichern sich, einander bald wieder sehen zu wollen.

Als derselbe Führer Eulodia und sie zum Anlegeplatz zurückbringt, erfahren sie, dass Ahram noch beim Statthalter ist und dem Kapitän Anweisung gegeben hat, sie sofort wieder nach Pharos zu bringen. Wenn er fertig ist, wird er eine Hafenbarkasse nehmen.

Während der kurzen Überfahrt ist Glauka in Gedanken versunken. Was hat Kritos nur? Er ist nicht mehr derselbe wie früher. Mit diesem Gedanken verabschiedet sie sich von Eulodia und schlendert nachdenklich zu der Bank mit den Delfinen, statt zum Turm. Die Sonne geht gerade unter, und der Leuchtturm wird von ihren Strahlen in rosiges Licht getaucht. Als sie näher kommt, entdeckt sie überrascht die Silhouette des Philosophen. Sie kann ihre Freude nicht unterdrücken.

»Kritos!«

Der Mann wendet sich lächelnd um und dreht dabei ein Efeublatt zwischen den Fingern.

»Ave, Glauka! Ich habe mir gedacht, dass du anschließend hier vorbeikommen würdest.«

Glauka setzt sich zu ihm und macht ein ernstes Gesicht:

»Ich bin sehr böse auf dich! Dass du vorgestern diese Frau besuchst und mir nichts sagst...! Und nicht nur das! Seit einiger Zeit...«

»Ich werde es dir erklären ...«

»Nein, nein! Lass mich ausreden. Ich finde, du hast dich verändert. Du bist so ausweichend, nicht nur mir gegenüber, aber das stört mich am meisten.« Ihre Stimme wird sanfter. »Sag, hast du etwas an mir auszusetzen?«

»Nichts!« Seine Stimme ist so tief, dass sie Glauka auf der Stelle besänftigt. »Sieh mal, ich habe dir nichts von Clea erzählt, weil ich überzeugt bin, dass diese Frau wichtig ist, obwohl Ahram meine Meinung nicht teilt. Ich war bei ihr, um etwas aus ihr herauszubekommen, und du hast sie aus demselben Grund besucht, ganz sicher, aber ihr seid beide sehr verschieden und ich kann mir nicht vorstellen, dass sie dir übermäßig sympathisch ist. Aus diesem Grund dachte ich mir, es sei besser, wenn ich dein persönliches Urteil nicht mit meiner Meinung beeinflusse.«

Über dieses Argument ließe sich streiten, aber die Spontaneität, mit der Kritos geantwortet hat, beruhigt Glauka. Sie tauschen ihre Eindrücke aus und kommen zu dem gleichen Ergebnis: Cleas Ziel ist es, so viel wie möglich über Ahram in Erfahrung zu bringen, wahrscheinlich, um den Statthalter zu informieren. Natürlich weiß Kritos viel mehr als Glauka, für die der Ohrring nur ein Zufallsfund ist, trotzdem will er sie lieber im Dunklen lassen, um in Zukunft einen größeren Aktionsradius zu haben.

»Aber es ist nicht nur das, Kritos. Du verhältst dich auch sonst anders als früher. Ist irgendetwas? Kann ich dir helfen? Oder traust du mir nicht?«

So viel Angst zittert in ihrer Stimme, dass Kritos, der sich nur selten eine Berührung gestattet, zärtlich ihre Hand nimmt, um sie zu beruhigen. Dann fragt er:

»Warum sagst du das?«

»Heute Morgen zum Beispiel, während der Versammlung hast du Ahram dermaßen auf die Palme gebracht, als hättest du es extra darauf angelegt.«

»Ich nehme immer die entgegengesetzte Position ein.«

»Aber heute ging es zu weit. Und er hat es gemerkt.«

Kritos' Gesicht wird ernst.

»In Wahrheit habe ich mehr geschwiegen als sonst, Glauka.«

»Das ist mir nicht entgangen.«

»Ja, ich weiß, du hast mich beobachtet. Ich verstehe dich auch ohne Worte. Du musst gar nichts sagen.«

Wie bei den Sirenen, denkt Glauka, während Kritos fortfährt:

»Als sie über den Pharao sprachen, wollte ich ihnen erklären, dass es unumgänglich ist. Ahrams großer Plan sieht zwischen den geschwächten und untergehenden Reichen von Persien und Rom eine dritte Macht vor, die das Gleichgewicht wahrt und aus Odaenathus und ihm besteht, Alexandria und Palmyra, die eine Synthese zwischen Orient und Hellenismus bilden sollen. Doch er vergisst, dass Alexandria weder ein Land noch ein Volk ist, sondern bloß eine Insel. Er ignoriert eine Kultur wie die Ägyptens, er vergisst ein ganzes Volk. Nur, weil er die Priesterkaste hasst. Darin gebe ich ihm Recht, trotzdem ist Ägypten wichtig. Ich habe es ihm schon lange gesagt, aber erst jetzt, erst heute fängt er an, es zu begreifen.« Er lächelt. »Und jetzt wird er alle Hebel in Bewegung setzen, um einen Pharao zu finden. Ihn interessiert nur das Meer, und er ist zufrieden, wenn er über diesen Pharao bestimmen kann.

Wie über Odaenathus oder wen auch immer! Er interessiert sich nicht für den Thron, sondern für die Macht … Jedenfalls ist ein Pharao unentbehrlich. Der Beweis ist, dass die Priester, die längst nicht so viel Macht wie Ahram haben, dabei sind, diesen vermeintlichen Nachfahren zum Leben zu erwecken. Natürlich ist er nicht echt, aber es gibt viele unechte Dinge, die trotzdem funktionieren.«

»Du meinst also, dass diese Gerüchte stimmen?«

»Ja. In Rhakotis sind schon die ersten fanatischen Anhänger eines freien Ägypten aufgetaucht. Und in den Tempeln wiegeln die Priester die Massen auf.«

Beide schweigen. Der Marmor des Leuchtturms glüht nun rot wie ein fernes Feuer, wie eine riesige Kerze, die von innen brennt. Kritos seufzt tief auf.

»Und das Schlimmste … Aber es wäre völlig zwecklos, es auch nur zu erwähnen. Niemand würde mich verstehen.«

»Was ist das Schlimmste, Kritos? Würde ich dich auch nicht verstehen?«

»Du schon, auch wenn ich es mir selbst nicht erklären kann.« Er sieht sie eindringlich an. »Du verstehst die Realität des Lebens. Das Schlimmste, Glauka, ist, dass sich alle etwas vormachen und weder der Pharao noch der Untergang der beiden großen Mächte irgendetwas lösen wird.«

»Ist das dein Ernst?«, fragt Glauka erschrocken.

»Es ist eine Frage der Weitsicht. Ahram ist felsenfest davon überzeugt, dass das heutige Übel in der Welt aus der Rivalität zwischen Orient und Okzident rührt, dass Rom und Persien die anderen Länder ausbeuten und weder die Fähigkeit haben noch die Kunst beherrschen, die Welt wirklich zu führen. Von dieser Meinung ist er nicht abzubringen. Er glaubt, wenn man Griechenland, die Wiege des Okzidents, wieder zum Leben erweckt und mit Palmyras orientalischer Kultur vereint, würde eine neue zentrale Macht entstehen; sie würde die Spannung zwischen den anderen beiden aufheben und Freiheit und Frieden in einer Welt garantieren, in der es keine Ausbeutung mehr gibt, sondern der Handel blüht ... Aber er vergisst, wie ich heute dargestellt habe, die gesamte restliche Welt. Er sieht nicht, dass die griechische Kultur heute nur noch von der Vergangenheit lebt, statt etwas Neues hervorzubringen, und dass das Beste des Orients nicht in Palmyra liegt, das letztlich eine römische Stadt ist, obwohl sie noch Tempel hat, in denen Bel verehrt wird. Odaenathus ist lediglich daran interessiert, das Monopol für sämtliche Karawanenstraßen an sich zu reißen, und Ahram will die Schiffsrouten kontrollieren. Die griechischen, palmyrischen oder römischen Götter können niemanden mehr inspirieren ... Sogar die modernen Statuen spiegeln diese Unsicherheit wieder, wenn man sie mit den alten vergleicht! Aber in den Steppen der Skythen, in den Urwäldern Indiens, im unbekannten Reich der Seide, im Land der Flusspferde und Elefanten, wo die verborgene Quelle des Nils liegt, und wer weiß, vielleicht sogar jenseits des großen Meeres, gibt es auch Menschen, Völker und Götter. Die Zukunft, Glauka, kann nicht Göttern gehören, die bereits tot sind, Schöpfern ohne Hinterlassenschaft. Die Zukunft gehört all diesen anderen Völkern, nicht uns, und sie werden sich schließlich Rom und Griechenland, Ägypten und Palmyra einverleiben ... Überleg mal, sogar hier sind neue Götter aufgetaucht. Ihnen gehört die Zukunft, diesen Völkern, die wir Barbaren nennen. Die andere Welt ist die Grenze der Geschichte, und an der Grenze ist das Leben immer am intensivsten.«

Bei dieser Vision wird Glauka fast schwindlig, aber sie begreift, dass irgendwann »die anderen« das Sagen haben werden, wie heute die Römer, die es früher auch nicht gab. Zuvor waren sie die anderen, damals in der Blütezeit von Athen, und erst recht in der von Memphis und Theben. Sie sieht Kritos voller Bewunderung an und fragt ängstlich und hoffnungsvoll zugleich:

»Dann sind die Pläne von Ahram, Ahram ...«

Sie traut sich nicht weiter. Kritos unterbricht sie mit einer fast fröhlichen Geste.

»Ach, mach dir wegen Ahram keine Sorgen. Das, was ich gesagt habe, wird nicht zu unseren Lebzeiten geschehen. Und Ahram kann durchaus Erfolg haben, wenn das Schicksal es gut mit ihm meint. Warum nicht? Dieser Mann hat so viel Glück!«

Doch Kritos eindringlicher Blick im fahlen Dämmerlicht verunsichert Glauka zutiefst. Sie fragt sich, ob es nicht besser wäre, das, was Kritos äußert, zu ignorieren, obwohl …

Keiner von beiden kann es sehen, doch in diesem Augenblick erhebt sich eine Brieftaube vom Dach des Königspalastes und nimmt Kurs nach Osten Richtung Palmyra. Sie transportiert eine verschlüsselte Botschaft, die Clea soeben geschrieben hat.

18. Abschied von Bachir

Der Sommer speit seine stärkste Glut aus. Bis auf die Terrasse des Großen Hauses wird die heiße Wüstenluft, die nach dem braken Wasser des Mareotis-Sees stinkt, vom Südwind getrieben. Das Plätschern des Wassers im marmornen Becken ist eine Erleichterung für Ahram und Glauka, die zu dieser frühen Stunde ihr Frühstück einnehmen. Entzückt beobachtet Ahram Glauka, deren Figur in der prächtigen, in den Farben des Orients gestreiften Tunika hervorragend zur Geltung kommt. Das sinnliche Lächeln erinnert ihn an letzte Nacht, zum einen, weil ihre Umarmung besonders erregend war, noch mehr aber, weil sie sich so vertraut unterhalten haben. Dazu kommt es in letzter Zeit weniger häufig, nachdem sie sich ihr Leben bereits ausführlich erzählt haben. Dabei hat Glauka das Gefühl, viel offener zu sein als er. Gestern Abend fragte Ahram nicht wie üblich nach Einzelheiten über das Leben der Sirenen und die Tücken des Meeres, sondern nach dem Leben mit Uruk und seinen Gefährten. Irgendwie kamen sie im Lauf der Nacht auf die kleine Ägypterin zu sprechen, die ermordet wurde, und nun staunt Glauka, als Ahram plötzlich wissen will, warum sie eine derart lebendige Erinnerung an Fakumit behalten hat.

»Keine Ahnung, aber ich erinnere mich vor allem an ihre Augen. Vor ihnen löste sich alles auf, was auf der Welt hässlich und schmutzig ist. Nichts konnte ihnen etwas anhaben, nichts sie vergewaltigen. Verwundert beobachteten sie das Elend in den Dörfern und die Grausamkeiten der Kaufleute, aber es ließ sie unberührt. Auch wenn ihr Tränen über die Wangen liefen oder ihr Mund verbittert war, die Augen glänzten immer. Sie waren unergründlich und immun gegen alles. Immer fröhlich, hin- und hergerissen zwischen Zärtlichkeit und Staunen, aber niemals falsch. Wenn es auf der Welt einen sicheren Hafen gab, dann in ihren Augen …«

Glaukas Worte verlieren sich in der Vergangenheit, während Ahram erstaunt die Ausdrucksweise bewundert, die diese Frau in den Jahren angenommen hat, seit sie von Kritos unterrichtet wird. Einen anderen würden solche Gedanken beunruhigen, aber der selbstsichere Ahram beglückwünscht sich zu ihren Fortschritten. Von seinen Besuchern, die ihn um seine Lebensgefährtin beneiden, werden sie lobend erwähnt. Er will gerade nachhaken, als ein verwirrter und blasser Soferis sie unterbricht. Die Nachricht trifft sie so unerwartet wie ein Dolchstoß: Bachir ist tot.

Ahram springt mit einem Satz auf, während Glauka den Kopf senkt und spürt, wie ihr die Tränen kommen.

»Wie? Wann?«

»Auf Tanuris, gestern Nacht, in Tenusets Zimmer, die gleichfalls tot ist ... Nein, nein, sie sind nicht ermordet worden; nun ja, ehrlich gesagt, ich weiß es nicht. Die Leiche ist unten.«

Sie haben Bachir mitgebracht, tot! Glauka hört es, löst sich aus ihrer Erstarrung von Eis und Fieber und läuft hinter Ahram und Soferis die Treppen hinunter.

Zum Glück ist die Zeit für Besucher noch nicht gekommen. Nur ein Haufen neugieriger Diener hat sich versammelt, die Ahram und seinen Begleitern respektvoll Platz machen, um sie vorbeizulassen. Im Schatten der Mauer, auf einer Bahre, die von zwei Eseln getragen wird, erkennt man die Umrisse eines in ein Tuch gewickelten Körpers. Die beiden Eseltreiber sitzen auf dem Boden. Ein weiterer Diener blickt besorgt auf, als er Ahrams Gesicht sieht, das von Wut und Trauer verzerrt ist. In ihm erkennt Glauka den Sklavenaufseher, der sie vor fünf Jahren auspeitschte und sich mittlerweile zu Amoptis' rechter Hand hochgearbeitet hat.

Ahram ignoriert die Beileidsbekundungen des ängstlichen Sklavenaufsehers und tritt geradewegs zu der Totenbahre. Er hebt das Ende des Tuches und starrt reglos in das geliebte Gesicht, das fröhlich wirkt, obwohl die Lippen nun schwarzblau und die Augenlider in den dunklen Höhlen geschlossen sind. Er beugt sich über die Leiche und umarmt sie; er küsst die Stirn und spürt, wie ihm der süßliche von Hitze und Zeit verstärkte Geruch des Todes entgegenschlägt. Glauka hat Ahram noch nie so vom Schmerz erschüttert erlebt.

Und dann bricht die Wut aus ihm heraus. Mit den Augen eines Mörders starrt er den Sklavenaufseher an und schreit. Seine Worte sind wie Peitschenhiebe.

»Sprich! Was habt ihr getan? Seid ihr alle verrückt geworden?«

Der Mann tritt einen Schritt zurück, als würde er geschlagen. Dann fällt er auf die Knie und stammelt:

»Ich weiß nicht, Herr! Ich bin ein Niemand, hab Erbarmen, bei Isis ... Ich habe nur getan, was man mir auftrug: dir Bachir und sein Kamel zu bringen ... Diese ehrenvolle Aufgabe wurde mir zuteil ...«

Glauka sieht, dass *Al-lat* tatsächlich am Stamm einer Palme angebunden ist.

»Ehrenvolle Aufgabe? Du Idiot! Sie haben dich geschickt, weil sie Angst hatten! Und weder dein Herr noch deine Herrin hielten es für angebracht, meinen Bruder zu begleiten? Nicht einmal meine Tochter?«

»Dein Schwiegersohn, Herr, weinte ununterbrochen. Er wollte mitkommen, aber sie ließen ihn nicht ...«

Ahram hat ihm längst den Rücken gekehrt und weist Soferis an, die Leiche waschen zu lassen. Seine Stimme ist wütend und gebrochen zugleich.

»Ich kümmere mich darum«, erklärt Glauka in Tränen aufgelöst und berührt sanft Ahrams Arm, der dem Sklavenaufseher befiehlt:

»Komm her! Du wirst mir jetzt alles erzählen.«

Er schubst ihn in den erstbesten leeren Raum des Palastes, in dem er sonst die Besucher empfängt. Nur zögerlich und bruchstückhaft kommt der ängstliche Bericht. Bachir war seit einigen Tagen auf Tanuris, am Vortag ging es ihm noch gut, er gab Malki sogar Reitunterricht. Er aß zu Abend, wenig, aber das war nicht ungewöhnlich. Dann saßen Tenuset und er draußen in der frischen Abendbrise und zogen sich zusammen zurück, wie immer. Wer hätte das gedacht? Bis am nächsten Morgen eine Sklavin ins Zimmer kam, weil sie glaubte, dass die Alte allein sei, hatte niemand ihren Tod bemerkt.

»Und Tenuset hat keine Hilfe geholt, als sie sah, dass es ihm schlecht ging? Sprich!«

Der Mann sieht ihn mit erschrockenen Augen an. Überlegt. Schließlich sagt er:

»Tenuset … war tot, Herr.«

Wort für Wort muss Ahram ihm aus der Nase ziehen und findet heraus, dass die Sklavin Tenuset auf dem Bett sitzend fand. Bachir kniete auf dem Boden und umarmte ihre Hüften, als wäre er ihr in den Schoß gefallen. Sein Gesicht war ruhig; Tenuset dagegen hatte den Mund geöffnet, und ihre Augen waren weit aufgerissen. Ahram gelangt zu dem Schluss, dass er zuerst starb und der Schmerz ihr anschließend das Herz brach. Als er nichts weiter aus dem Mann herausbekommt, steigt die Wut erneut in ihm auf.

»Und niemand hat etwas getan? Du bringst ihn mir wie einen Sack! Und mein Schwiegersohn tut auch nichts! Nicht einmal eine geschlossene Sänfte für meinen Bruder! … Er war Bachir! Bachir! Kein Hund, kein Statthalter, kein Hohepriester! Er war mehr! Bachir, Bachir, Bachir …!«

Er entlässt den Sklavenaufseher mit einer Handbewegung und bleibt eine Zeit lang allein im Raum. Schließlich wischt er sich mit einer brüsken Handbewegung die Tränen aus dem Gesicht, die er nicht unterdrücken kann. Das Fenster des Raumes geht auf die wogenden Palmen und den von weißen Segeln und Masten bespickten graublauen Hafen mit dem Königspalast im Hintergrund hinaus, doch Ahram sieht nichts. Er verlässt den Raum, geht durch das Atrium und steigt die Treppe hinauf. Ein Schreiber spricht ihn ehrfürchtig an:

»Die Herrin bittet dich zu warten, Herr. Sie ist im großen Saal mit dem Verstorbenen, möge Osiris sich seiner Seele annehmen.«

Doch Ahram wartet nicht und betritt den Saal, der sonst nur für große Feste hergerichtet wird. Nun ist er schmucklos und Bachirs

Trauerfeier vorbehalten. Der nackte Körper liegt auf der einzigen Kline, die im Raum verblieben ist. Glauka und Eulodia waschen ihn liebevoll mit Schwämmen. Aus einer Räucherpfanne steigt der angenehme Duft von Weihrauch. Die zugezogenen Vorhänge sperren die Sonne aus. Als Ahram den Saal betritt, zieht sich Eulodia mit respektvoll gesenktem Kopf zurück. Glauka begrüßt den Seefahrer mit einem Blick und fährt schweigend mit ihrer Arbeit fort, die sie aus Liebe tut, nicht Pflichtgefühl. Ahram betrachtet den nackten Körper, der von den zärtlichen Händen gewaschen wird, und spürt, wie seine Wut verebbt. Sie ist genauso wie diese Fakumit aus ihrer Erinnerung, denkt er, ohne sich darüber bewusst zu sein, sie akzeptiert das Leben ebenso wie den Tod. Und dann sagt er sich, dass auch er ihn kennt und akzeptiert, aber auf andere Art.

Die Sklavin kehrt mit einem großen weißen Tuch, anderen kleineren und einem Flakon parfümierten Öls zurück. Vorsichtig trocknen die Frauen den Körper ab und salben ihn. Ahram staunt, dass auch die Gesten der Sklavin andächtig sind, fast zärtlich, und wieder einmal wird ihm bewusst, wie gut sich die beiden Frauen verstehen. Dann wickeln sie den Körper in das Leichentuch. Die Sklavin flüstert einige Worte in Glaukas Ohr, die aber schüttelt den Kopf. Daraufhin zieht sich Eulodia zurück. Ahram nähert sich Glauka, die vor der Leiche steht, und legt ihr die Hand auf die Schulter. Sie schlingt einen Arm um seine Hüften.

»Bachir«, murmelt Ahram. In seiner Stimme sind Tränen, auch wenn sie nicht mehr in seinen Augen erscheinen.

Dann erzählt er ihr, was geschehen ist: wie Bachir und Tenuset so plötzlich zusammen gestorben sind. Die beiden Menschen, die Glauka in ihrer ersten Zeit auf Tanuris am meisten liebten.

»Beide gleichzeitig?«, murmelt Glauka. »Könnte es nicht sein, dass …«, doch sie kann den Verdacht nicht aussprechen.

Ahram winkt ab.

»Bachir war nicht verletzt, und er hätte sich niemals umgebracht, vor allem nicht, ohne vorher mit mir zu sprechen … Nein, er war in letzter Zeit krank, wie du weißt. Er ist gestorben, und sein Tod hat dann sie umgebracht.«

Allmählich wird Glauka die Beziehung zwischen den beiden Alten klar. Deshalb verbrachte Bachir in den letzten Monaten so viel Zeit auf Tanuris. Plötzlich spürt sie, dass jemand hinter ihnen steht. Sie dreht sich nicht um, aber sie weiß, dass es Kritos ist. Er kommt näher und bleibt hinter ihnen stehen.

Schließlich hebt Ahram den Kopf und stößt einen erstickten Laut aus. Kritos tritt zu ihm.

»Wir müssen schnell machen, bei dieser Hitze ... Du wirst ihn nicht einbalsamieren wollen, oder?«

»Das ist was für meinen Schwiegersohn, den Erhabenen, und seine Fellachen«, erwidert Ahram. Ein kalter Schauer läuft ihm über den Rücken, als er an die Manipulationen der Einbalsamierer denkt. »Bachir war ein Mann der Wüste, und so werden wir ihn auch begraben.«

»Hier oder mit Tenuset auf Tanuris?«

Kritos hat also auch an die beiden gedacht, denkt Glauka.

»Weder noch. Du wirst schon sehen.«

»Und Tenuset?«

»Sie ist bereits begraben, wie der Diener mir erzählt hat. Sobald sie sie fanden. Wenn sie dasselbe mit Bachir gemacht hätten ...!«

Die Drohung in der Stimme ist umso schrecklicher, als er sie nicht präzisiert. Er ist wieder ganz der Alte, denkt Glauka wehmütig, als sie sieht, wie wenig Tenuset ihm bedeutet hat. Und im Blick, den Kritos ihr zuwirft, entdeckt sie eine beinahe telepathische Übereinstimmung.

Soferis erscheint an der Tür und wartet. Ahram verschwindet mit ihm, um die Vorbereitungen zu treffen. Kritos kommt näher und fährt zärtlich über Glaukas Hand, die ihr von Tränen überströmtes Gesicht senkt.

»Nachts«, sagt sie. »Ausgerechnet nachts.«

»Für die beiden war es ein schöner Tod«, tröstet sie Kritos. »Es gibt viel schrecklichere Arten zu sterben.«

Mehr sprechen sie nicht, sondern warten. Eulodia kommt, stellt ihnen zwei Schemel hin und lässt sie wieder allein. Bald darauf kehrt auch Ahram zurück und bleibt eine Zeit lang bei ihnen. Andere treten ein, um dem Toten die letzte Ehre zu erweisen. Alle Getreuen des Hauses: der hoch gewachsene Philopator verneigt sich vor dem Verstorbenen, Narbises, Artabus, andere Gesichter, die sich Glauka nicht merkt. Dann steht auch Kritos auf und verlässt den Raum.

Schließlich holt Ahram Glauka ab. Es ist alles vorbereitet. Sie werden mit der Leiche an Bord der *Jemsu* gehen, die bereits auf sie wartet. Und sie werden auch die Kamelstute mitnehmen. Vom Fenster aus beobachtet Glauka, wie sie die Leiche an Bord bringen und Seile vorbereiten, mit denen sie das Kamel ins Boot heben wollen, aber das ist nicht nötig, denn das Tier geht von allein über die Planke an Bord und bleibt vor seinem toten Herrn stehen. Dann gehen Kritos und Soferis an Bord, gefolgt von zwei Gärtnern mit Hacken und Spaten. Am Ende steigen auch Glauka und Ahram die Treppen hinunter, um an Bord zu gehen.

»Warum *Al-lat*?«, fragt sie.

»Hast du nicht gesehen, wie sie ihm gefolgt ist? Sie kommt aus der Wüste wie Bachir.«

Sie lösen die Taue, hissen die Segel und verlassen den Hafen. Mit günstigem Wind segeln sie Richtung Osten. Alle schweigen. Glauka erinnert sich an andere Fahrten an Bord der *Jemsu*, vor allem, als sie am Horizont die Silhouette der Insel Karu erkennt, wo sie den Dolch vom Meeresgrund rettete und Ahram die Göttin, die sich in sein Gedächtnis eingebrannt hatte, wiederfand. Nur noch einmal sind sie in diesen letzten fünf Jahren hierher zurückgekehrt; einige Tage nachdem Valerian von Schahpur vernichtend geschlagen worden war. Für Ahram war es eine Art Feier oder Danksagung gewesen.

Vom Westen her nähern sie sich einer kleinen Bucht. Ein leicht ansteigender Pfad führt vom Strand zu einem Hügel hinauf, wo sich eine einsame Palme vor dem rötlichen Felsen abhebt. Die *Jem-*

su nähert sich der Insel, bis ihr Bug, unterstützt von der Flut, auf Sand läuft. Die drei Freunde und Glauka, die darauf besteht, ihnen zu helfen, tragen den Verstorbenen durch das Wasser, das ihnen bis an die Brust reicht, an Land und legen den Leichnam in den Schatten eines Felsens. Die Gärtner folgen ihnen mit ihren Geräten und beginnen, am Fuß der Palme das Grab auszuheben, nachdem ihnen Ahram die Stelle gezeigt hat. Es war nicht nötig, Gewalt anzuwenden, damit das Tier ins Wasser sprang und mit dem langen Hals, der aus dem Wasser lugte wie der hohe Bug eines gotischen Schiffes, hinter seinem Herrn herschwamm.

Die Hitze und der Wind trocknen ihre Kleider. Die vier Freunde sehen sich schweigend an und betrachten die gleichgültige Schönheit der Wolken am blauen Himmel, während die beiden Gärtner in der jungfräulichen Erde das Grab schaufeln. Nach einiger Zeit steigen die beiden aus der Grube. Die Leiche wird vorsichtig herabgelassen, bis sie auf der duftenden Erde des Grabes liegt, das in die richtige Richtung zeigt. Von Osten nach Westen. Ahram schnürt ein Bündel auf, in dem sich der kleine Beutel aus Ziegenhaut befindet, den Bachir stets bei sich trug, und sein Dolch, von dem er sich ebenfalls niemals trennte. Die Männer haben ihn zusammen mit der Leiche von Tanuris mitgebracht. Er wirft den Beutel in das offene Grab, zieht den Dolch aus der Scheide und geht zu der Kamelstute, die sich am Fuß der Palme niedergelassen hat und friedlich wartet. Glauka ist starr vor Entsetzen, sie kann nicht glauben, was sie erst ahnt und sich anschließend vor ihren Augen tatsächlich abspielt. Ahram stellt sein rechtes Bein auf den Hals des Tieres, der fast auf dem Boden liegt, und fasst mit dem linken Arm darunter. Mit einer einzigen Bewegung hebt er den Kopf des Tieres und schlitzt ihm fast den ganzen freiliegenden Hals auf. Ein Blutschwall ergießt sich auf die Erde, und man hört ein angstvolles Röcheln. Glauka hat es nicht verhindern können, weil sie zu überrascht war, und die übrigen Anwesenden rühren sich nicht von der Stelle. Die Stute streckt jäh die Hinterbeine aus, als wollte sie aufstehen, doch sie kann ihrem Henker nicht mehr entkommen. Er versetzt ihr den Gnadenstoß zwischen zwei Wirbel, so dass das Tier nicht mehr dazu kommt, sich auf die Vorderbeine zu stemmen. Dann bettet Ahram den Kopf auf den Boden und tritt beiseite, während der Körper des Tieres noch eine Weile im Todeskampf zuckt. Er geht zum Grab und wirft jetzt auch den blutverschmierten Dolch hinein.

»Mit dem Nomaden stirbt auch sein Tier«, erklärt er.

Spatenweise fällt die Erde ins stumme Grab. Nur Glaukas ersticktes Schluchzen und das Klatschen der Wellen gegen die Felsen brechen dieses letzte, endgültige Schweigen. Sie steigen den Hügel wieder hinunter und waten durch das Wasser zum Schiff. Wieder werden die Segel gehisst, und dann treten sie die Heimreise an, dieses Mal langsamer, da sie Gegenwind haben. In Anbetracht der vorgerückten Stunde bieten die beiden Seeleute ihren stummen Passagieren Wasser und Süßigkeiten an, die Glauka ablehnt.

»Du weißt, warum, du verstehst es«, sagt plötzlich Ahram zu Kritos, der wortlos nickt. Glauka fühlt sich nicht nur mit ihrer Trauer allein gelassen, sondern auch auf schmerzliche Art von den vielen Taten, Bettgeschichten und wichtigen Augenblicken in Ahrams Leben ausgeschlossen, Erinnerungen, die der Verstorbene nun nicht länger mit ihr teilen kann. Augenblicke, die für immer verloren sind. Von denen, die noch lebten, war Bachir Ahrams ältester Freund. Jetzt ist es Kritos, dem sie einen eifersüchtigen Blick zuwirft. Ach – denkt sie wider jede Logik –, hätte ich Ahram doch schon immer gekannt!

Es sind drei Tote gewesen, das ist mir erst im letzten Augenblick richtig klar geworden, da traf es mich wie ein Blitz. Während der Fahrt habe ich die Stute nicht mal angesehen, sie stand reglos am Bug, als wüsste sie Bescheid, die Arme. Als man sie an Bord brachte, glaubte ich, dass sie ihn begleiten würde, wie wir, sie hatte es verdient, und ich fand die Idee wunderbar. Dann vergaß ich sie, nur Bachir zählte, der im Schatten des Achterdecks lag, geschützt vor der Sonne, das, was von ihm übrig war. Ich fragte mich, wohin wir wohl fuhren, ich war froh, als ich merkte, dass es die Insel war, Ahram hatte sie gekauft, nachdem ich ihn hingeführt hatte. Die Göttin und der Dolch, jetzt war es doppelt geheiligtes Land. Das Tier fiel mir erst wieder ein, als sie das Grab aushoben. Welch gelassene Würde, seine Augen überraschten mich, der ganze Friede der Welt ruhte darin, allumfassende Akzeptanz. Sie erinnerten mich an Fakumit, die sanften Augen, wie sehr Uruk und wir alle sie beschützten, um die Reinheit in ihren Pupillen zu retten! Manchmal schienen sie durch das Leben hindurchsehen zu können, manchmal waren sie selbst das Leben, und dann das, die Klinge, die in der Sonne blitzt, *Al-lats* Kopf gegen Ahrams Brust gedrückt, der nackte Hals, der brutale Gnadenstoß, das spritzende Blut … Warum? Warum nur? Und zu wissen, dass ich ihn liebe, den hassenswerten Ahram, den Mörder! »Mit dem Nomaden stirbt auch sein Tier.« Warum? Werden sie niemals aufhören zu töten? Auf der Rückfahrt konnte ich mich nicht mehr beherrschen und habe ihn angeschrien: »Waren zwei Tote nicht genug? Was für ein Unglückstag! Haben deine Sterne das befohlen? Deine Göttin in der Grotte auf dieser Insel?« Wie viel besser Domicias Göttin, das Göttliche Weib, die barmherzige Göttin! Er war wütend, als ich ihn anschrie und ihm seinen Mord vorwarf. Ohne ein Wort ist er weggegangen, nicht einmal zu Mittag hat er gegessen, wütend auf mich, er versteht nichts, zurück auf die *Jemsu*. Ich nehme an, dass er nach Tanuris will, um dort seinen Ärger loszuwerden. Wie dumm und taktlos sie waren! Die Leiche mit ein paar Sklaven zu schicken, zur heißesten Tageszeit, als wäre sie eine Ware. Wussten sie denn nicht, was Bachir für Ahram bedeutete? Der Körper war bereits starr, fing an zu verwesen. Ach, bin ich froh, dass meine Hände ihn gesalbt haben! Bachir, der mir so viel gab, seine Haut, seine Narben, mit ihm habe ich meine Toten begraben, habe das getan, was ich nicht für sie tun konnte, weder für Narsos noch Uruk oder meine kleine Nira, für Roteph oder Domicia, mit ihm habe ich sie alle gewaschen und gesalbt, mit ihm habe ich sie alle begraben. Ein schmerzlicher Trost. Eulodia mit ihrer Ruhe neben mir, wie gern hätte ich dasselbe für Tenuset getan, die auf Tanuris verachtet wurde. Bachir wusste, dass ich mich verliebt hatte, lange bevor es mir selbst bewusst wurde. Und seine Liebe? Und die von Tenuset? Waren sie zärtlich miteinander in der Nacht, als der Tod sie zu sich holte? Teilten sie nur die eisige Zeit des Alters? Oder ist es so, dass die Zeit uns gar nicht erstarren lassen kann, wenn wir lieben? Sie hatten sich geliebt, so wie der Herr Uschait geliebt hatte, sie waren gut, bescheiden, ehrlich gewesen. Ich streichelte seine Haut, als könnte er meine Hände spüren. Die Ägypter fassen ihre Toten in den ersten Stunden nicht an, weil sie meinen, sie könnten sie fühlen. Sie wollen sie nicht traurig machen, indem sie sie an das erinnern, was sie verlassen haben. Eulodia hat ihn so gesalbt, als wäre er einer von ihnen. Sie erzählte mir von den Katakomben, die Letzten starben bei der letzten Verfolgungswelle durch Valerian, zur Zeit des Bischofs Dionysios, es waren viele, einer ihrer Onkel, zwei Vettern, aus ihrer Kindheit erinnerte sie sich, dass sie den Kampfarenen die mehr oder weniger zerfetzten Überreste abkauften. »Jetzt sind sie bei Christus«, sagte sie mit ihrem unveränderlichen Lächeln, den immer gütigen Augen. Meine Zeit mit Bachir war das einzig Schöne an diesem Tag, sehr traurig, aber schön, Ahram ist mir ein Rätsel, ein Opfer seiner Wut, deshalb ist er nach Tanuris, er wollte nicht, dass ich ihn tröste. Ich weiß, dass er litt, dass er leidet, aber er gibt es nicht zu, das ist eines Herrschers nicht würdig, doch auf Tanuris Menschen bestrafen schon. Was für ein Dummkopf dieser Neferhotep ist! Für ihn war Bachir bloß ein Bote, und ein Diener ist ein Diener. Das ist die gute Seite an Ahram, Bachir war sein Bruder, Uschait war Uschait, aber die andere, die schlechte Seite an ihm, hat ihn zum Mörder gemacht. Das arme Tier! Diese Augen! Das Meer ist gnädiger, es nimmt sich der Toten an und bettet sie auf seinen Grund, damals wusste ich nicht, was es war, sie verwesten nicht, sie lösten sich auf oder speisten anderes Leben, hier oben herrscht Grausamkeit, gegenüber den Toten ebenso wie den Lebenden. Jetzt ist Yazila dran, was für ein Fall! Sie schien so schlau, so boshaft und darauf erpicht, vorwärts zu kommen, und jetzt hat sie sich in einen Sklaven verliebt! Es fällt mir schwer, es zu glauben, es widerspricht ihrem Ehrgeiz, und ihr Vater wirft sie aus dem Haus, Sinuit hat sie bei sich aufgenommen und will sie hierher schicken, weil sie den Zorn des Vaters fürchtet, aber diese Idee gefällt mir nicht. Wenn sie kommt, dann soll sie der Masseuse helfen. Ich will sie nicht wie eine x-beliebige Sklavin behandeln, ich will sie nicht allzu sehr erniedrigen, aber Flügel soll sie auch nicht bekommen. Sie ist eine Schlange an meinem Busen, aber auch damit werde ich fertig, nur Ahram ist wichtig, Liebster, löse dich von der Grausamkeit. Woran hast du gedacht, als du die Feluke zur Insel gesteuert hast? Du wolltest mich in der Nähe haben und hast dich trotzdem entfernt, ich wollte dir nichts sagen, man kann nichts sagen, wenn der Bruder stirbt, ich wollte nur an deiner Seite sein, mit meiner Haut die deine berühren, damit sich unser Blut gegenseitig hört, damit du den Schmerz in meinem Blut vernimmst, aber du hast mich auf Abstand gehalten. Erst bei der Rückfahrt hast du meinen Blick gesucht, aber da warst du bereits der abscheuliche Mörder in blutdurchtränkten Kleidern. Trotz deiner Wutanfälle, deiner furchtbaren Irrtümer, trotz allem hätte ich dich getröstet, deinen Kopf an meiner Brust geborgen, den Kopf des Mörders, hätte die Finger in deinen Locken vergraben, um das Durcheinander unter deinem Schädel zu besänftigen, und wir hätten zusammen geweint. Aber du weinst ja nicht! Du bist ja der Mächtige! Du hast dir nicht helfen lassen, dein Schweigen hat mich verletzt, deine plötzliche Abreise nach Tanuris, alles nur, um deine Macht unter Beweis zu stellen, alle zu erniedrigen, ihnen ihre Unfähigkeit vor Augen zu führen. Währenddessen ist der andere Körper immer noch nicht unter der Erde, die arme Gefährtin Bachirs, den Geiern zum Fraß überlassen, sie war noch warm, noch floss das Blut, ich hätte sie der Gnade des Meeres übergeben, du hast nicht mal ein anderes Grab schaufeln lassen! Du leidest, aber du kannst nicht aus deiner Haut, du musst nach Tanuris, um deine Macht unter Beweis zu stellen, und dann kehrst du zu deinen Problemen zurück, zu deinen Plänen, der Angelegenheit mit dem Leuchtturm, zu Odaenathus' bevorstehender Reise, Zenobia und zu dieser Clea, die du unter dem Vorwand besuchst, den *nauarchos* treffen zu müssen, den Befehlshaber der römischen Flotte. Aber sie wohnt in seinem Haus, und ich kenne dich, du wirst mit ihr anbändeln, obwohl sie nicht dein Typ ist. Sie ist viel zu kompliziert für dich. Was für ein Unglückstag! Zu entdecken, dass du ein Mörder bist! Ich werde es nie verstehen, nie begreifen können, und jetzt, wo Bachir nicht mehr ist, gibt es niemanden, der es mir erklären könnte. Ich werde ihn nie wieder sehen, sein Lächeln mit der Zahnlücke, seine gütigen Augen, seine Liebe, die mich einhüllte, ihm verdanke ich alles! Er führte mich zu Ahram, mein geliebter Bachir, dieser gute Mann. Zum Glück ist er auf der Insel, aber wenigstens einen Stein brauchte er, bevor der Wind sein Grab verweht. Wenn ich mir vorstelle, dass ich zurückgehe und nur noch Knochen finde, die Überreste von *Al-lat*, ich könnte es nicht ertragen. Wie kannst du mich lieben? Ich werde dich nie verstehen, ich werde mich selbst nie verstehen, ich werde nie wissen, warum ich dich liebe, so verzweifelt, mit meinem ganzen Blut und all meinen Sinnen, bis ans Ende der Welt.

Warum sich quälen und in der Einsamkeit den Kopf zerbrechen? Man kann ja doch nichts ändern. Glauka tritt nach draußen in die Galerie. Eulodia sitzt auf einem Schemel neben dem kleinen Springbrunnen an der Mauer und errötet, als Glauka sie überrascht, wie sie sich in dem prächtigen Spiegel betrachtet. Hastig legt sie ihn beiseite.

»Du brauchst ihn nicht vor mir zu verstecken! Habe ich dir nicht gesagt, dass du ihn benutzen darfst, wann immer du willst?«

Glauka bereut ihren schroffen Ton, sie hat sich nicht beherrschen können. Unzufrieden mit sich selbst fügt sie hinzu:

»Du hast so schöne Augen.«

»Trotzdem bin ich hässlich, Herrin«, murmelt Eulodia. »Ich habe ein rundes Gesicht und eine platte Nase. Aber das ist mir egal.«

Es ist ihr egal, sie sorgt sich um ihre Seele, und trotzdem guckt sie sich die ganze Zeit im Spiegel an, denkt Glauka und tadelt sich erneut wegen ihrer Strenge. Erst dann fällt ihr etwas auf.

»Was ist das?«

»Rosen«, antwortet Eulodia und errötet erneut. »Heute Nachmittag werde ich Jovinius besuchen, und seine Mutter liebt Rosen. Sie sind aus dem Garten, Herrin, da sind so viele. Und ich habe nur die genommen, die bereits verwelkten.«

Glauka legt die Hand zärtlich auf die Schulter der Sklavin, die aufgestanden war, als sie näher kam, und beruhigt sie. Sie darf ihre Enttäuschung nicht an Unschuldigen auslassen.

»Du brauchst dich nicht zu entschuldigen. Die Rosen blühen für alle.«

Jovinius ist seit einiger Zeit die große Liebe der Sklavin. Er arbeitet im Leuchtturm als Eseltreiber und gehört zu denen, die während der Nacht die mit Brennholz beladenen Tiere die spiralförmige Rampe zum Ofen hinauf- und anschließend in entgegengesetzter Richtung wieder hinabführen. Seit er elf ist, arbeitet er als Eseltreiber, zuerst mit seinem Vater, später als dessen Nachfolger. Er verzichtet auf alles, um seine Eulodia freikaufen zu können, denn er ist wie sie getauft und hat seinen früheren ägyptischen Namen Mernotis abgelegt. Vor nicht allzu langer Zeit war er im Großen Haus, weil Glauka ihn kennen lernen wollte. Er ist ein junger ägyptischer Mann, schlank, sehr braun, mit einem intelligenten Gesicht. Das Paar tat ihr Leid, sie hatte sich zwei Menschen vorgestellt, die einander begehrten, zwei Körper, die in der Enthaltsamkeit ihres Glaubens gefangen waren, aber dann stand sie vor zwei jungen Wesen, die sich sanft anlächelten, sich mit der gleichen Verzückung betrachteten und allen Widrigkeiten zum Trotz voller Hoffnung waren. Und als sie ihnen verkündete, dass Eulodia die Freiheit erhalten werde, sobald die bürokratischen Formalitäten im Haus des Lebens erledigt seien, leuchteten ihre Augen vor Glück.

Die Sklavin unterbricht die Stille:

»Herrin, ich muss dir etwas sagen. Jovinius hat mir erzählt, dass die Vorräte an Brennholz für den Leuchtturm immer weiter abnehmen und man bereits über unseren Herrn herzieht. Der hebräische *arabarches* ist mehrmals im Leuchtturm gewesen, um sich zu erkundigen, und das ist noch nie da gewesen. Irgendetwas ist da im Busch.«

Glauka bedankt sich für den Hinweis, obwohl Ahram bereits informiert ist. In Alexandria haben die Gerüchte und ethnischen Auseinandersetzungen stark zugenommen. Hellenisten gegen Ägypter und Hebräer, Römer gegen Christen und ein wenig alle gegen alle. Die Erzähler auf der Agora und im Emporium schüren die Feindschaft mit ihren Geschichten, und die Verfasser von Schmähschriften und Spottgedichten haben Hochkonjunktur. Nach Ahrams großem Fest mussten sich die Gäste, die für den größten Skandal gesorgt hatten, grausamen Spott gefallen lassen, was Ahram erfreute, dem Statthalter hingegen missfiel. Das Problem mit dem Leuchtturm wird immer ernster, weil die Brennholzreserven zur Neige gehen. Irgendjemand in Ahrams Diensten versagt, denkt Glauka, weil die notwendigen Lieferungen nicht rechtzeitig ankommen. Mit Sicherheit nicht Soferis, denn die Versorgung ist eigentlich reine Routine. Ob Ahrams Feinde es geschafft haben, einen seiner Untergebenen zu bestechen?... Und er hat an diesem traurigen Tag nichts anderes im Kopf, als sich nach Tanuris zu begeben, um seine Autorität zu demonstrieren!

Die Sklavin hat sich wieder auf den Schemel gesetzt und den Webstuhl genommen, um an dem ägyptischen Muster weiterzuarbeiten. In Alexandria schätzen die Damen diese Muster nicht, aber in Rom sind sie in Mode gekommen, und Eulodia gibt sie Ahrams Seeleuten mit, die sie für sie verkaufen. Das Geld spart sie für ihr zukünftiges Heim. Nicht zu glauben, welche Preise diese echten Handarbeiten in den römischen Modegeschäften erzielen. Eulodia hat Glauka eine Summe genannt, die sie verblüfft hat, obwohl sie weiß, dass ihre Sklavin geschickt ist und einen guten Geschmack besitzt. Glauka kann ihre Ungeduld nicht zügeln und verlässt den Raum wieder. Eulodia steht auf.

»Gehst du, Herrin?«

»Siehst du es nicht?«

»Es ist nur, weil gleich die Sklavin kommt, die dich kämmt.«

»Schick sie wieder weg! Heute brauche ich sie nicht... Und nenne mich nicht immer Herrin! Tausendmal habe ich dir das gesagt!«

Eulodia senkt den Kopf. Glaukas Stimme wird weicher.

»Du weißt genau, dass auch ich eine Dienerin bin. Eine Sklavin wie du, wenn auch eine besondere. Obwohl sie mir die Freiheit geschenkt haben und ich ein Goldkettchen statt des Sklavenbandes trage, bin ich nichts anderes!«

Nichts anderes als eine Leibeigene, murmelt sie bei sich, während ihre Schritte sie in den Garten führen. Eulodia ist eine gute Frau, aber wenn sie sich etwas in den Kopf gesetzt hat... Wie ihre Manie, dass ich so schnell wie möglich Ahram einen Sohn schenken sollte! Als könnte ich noch gebären! Und plötzlich werden diese Gedanken riesengroß und erdrücken ihr Herz...

Die brütende Hitze im Garten lässt sie sofort wieder umkehren. Sie nimmt eine andere Arbeit auf, eine der Webarbeiten aus Psyra, und setzt sich neben Eulodia in die Galerie, durch die jetzt eine frische Meeresbrise geht. Während beide wortlos in ihre Arbeit und ihre Gedanken vertieft sind, fragt sich Eulodia, was auf Bachirs Begräbnis vorgefallen sein mag – wo war es überhaupt, und wie war es? –, dass ihre Herrin so aufgewühlt ist und Ahram sofort wieder aufbrach?

Unterdessen beobachtet Ahram von der *Jemsu* aus, wie die Silhouette der Insel vor ihm immer größer wird. Seit er an Bord ging, hat er kein einziges Wort gesprochen, nur die nötigen Befehle zum Auslaufen erteilt. Tinab und die Seeleute würden sich am liebsten unsichtbar machen vor dem wütenden Gesichtsausdruck ihres Herren. Obwohl sich jetzt, nach dem kurzen Halt auf Tanuris, eher Schmerz als Zorn in seinem Gesicht widerspiegelt. Bis zu den Küchen hat man sein Geschrei gehört, als er sich Luft verschaffte und Neferhotep mit Beschimpfungen und Vorwürfen überschüttete.

Schließlich sind sie fast vor der Insel, auf der sich Bachirs Grab befindet. Ahram wundert sich, dass kein einziger Geier am Himmel kreist, die sonst jeden Kadaver sofort erspähen.

Er kann nicht ahnen, dass jemand von der Insel aus beobachtet, wie das purpur-grüne Segel der *Jemsu* näher kommt. Es ist Kritos. Kaum waren sie nach der Beerdigung in das Große Haus zurückgekehrt, hatte er eine Entscheidung getroffen. Er lief zum Hafen von Rhakotis, bat zwei Freunde, Besitzer einer kleinen Feluke, um Hilfe und segelte mit ihnen nach Karu. Auf der Insel hoben sie unterhalb von Bachirs Grab, wo der Boden fast so weich ist wie am Strand, ein Loch aus und begruben *Al-lats* Kadaver und Kopf darin. Sie waren, kurz bevor die *Jemsu* anlegte, mit der Arbeit fertig geworden. Jetzt lächelt Kritos und denkt, dass sie seine Abwesenheit im Großen Haus bestimmt einer seiner heimlichen Affären in Rhakotis zugeschrieben haben – falls sie ihnen überhaupt aufgefallen ist. Ungeduldig wartet er auf Ahrams Ankunft und ist froh, dass ihr eigenes Boot nicht zu sehen ist, da sie wegen des Windes, der mittlerweile stärker bläst als am Morgen, in einer Bucht im Norden angelegt haben. Er bittet seine Freunde, sich zu verstecken, weil er Ahram überraschen will, und verschwindet selbst hinter einem Felsen.

Ahram ist verblüfft, als er sieht, dass der Kadaver des Tieres verschwunden ist. Zuerst kann er es sich nicht erklären, doch dann entdeckt er die Spuren, die sie hinterlassen haben, als sie ihn hinunter zum Grab schleiften. In diesem Augenblick kommt Kritos aus seinem Versteck, geht auf seinen Freund zu und ruft:

»Sie ist weg!«

Ahram sieht verwirrt auf, als hätte man ihn auf frischer Tat ertappt, doch als er Kritos erkennt, fällt ihm ein Stein vom Herzen, weil es jemand ist, den er liebt und der ihm nahe steht. Sie umarmen einander kräftig, innig und bewegt. Kritos ist von Ahrams Rückkehr einigermaßen überrascht, lügt jedoch:

»Ich wusste, dass du wiederkommen würdest!«, und fügt dann zärtlich hinzu: »Bruder! Mein Bruder!«

Unwillkürlich antwortet Ahram gereizt:

»Nun, ich selbst wusste es nicht! … Aber Glauka hat nichts verstanden. Dabei ist alles so klar! Ich tat es aus Respekt gegenüber *Allat*. Wer sollte sie jetzt noch reiten? Und wie sollte sie ohne Reiter alt werden? Es wäre eine Erniedrigung gewesen, als würde man sie mit der Abwesenheit ihres Herrn quälen. Bachir selbst hat mir beigebracht, dass man die Tiere auf diese Art opfern muss … Und *Allat* hat es von mir erwartet. Hast du gesehen, wie bereitwillig sie an Bord ging, wie sie alles mit sich geschehen ließ?«

Kritos ist von dem Redeschwall gerührt, mit dem Ahram sein Verhalten zu erklären versucht. Das ist sonst nicht seine Art. Doch als Ahram die Zärtlichkeit in Kritos Gesicht sieht, weist er sie schroff zurück:

»Du verstehst das nicht. Du bist kein Reiter, kein Mann der Wüste. Aber es ist so, und sie hat es nicht verstanden und meint, ich wäre verrückt …«

Kritos Bewunderung wächst, aber er lässt sich nichts anmerken, sondern führt Ahram zu ein paar Felsen in der Nähe und setzt sich neben ihn.

»Nun, das ist ja auch keine Frauensache, wie du weißt … Auf alle Fälle ist sie jetzt geregelt …«

»Ja, du hast genauso gedacht wie ich. In der Wüste begraben wir sie nicht, wir lassen die Knochen auf der Erde liegen, wie ein Denkmal. Die Geier säubern sie schnell; die Sonne bleicht sie aus … Wenn wir dann daran vorbeikommen, denken wir an den Reiter, dem dieses Tier einmal gehört hat … Aber hier, wenn sie eines Tages herkäme und sie sehen würde … Die Frauen verstehen nichts davon …«

Er schweigt einen Augenblick und setzt dann hinzu.

»Sie verstehen es nicht, aber trotzdem hat sie Bachir gewaschen und gesalbt! So wird sie auch meinen Körper liebkosen, und ich werde ihre Hände spüren, obwohl ich bereits tot bin!«

Kritos spürt einen Stich im Herzen. Und ich? Wer wird mich waschen?, denkt er, sagt jedoch nichts. Plötzlich springt Ahram auf, als er zwei Fremde sieht.

»Es sind Freunde. Sie haben mich hierher gebracht.«

»Ja, natürlich, ich hätte mir denken können, dass dich jemand hergebracht hat. Verzeih, aber im Augenblick kann ich nur an ihn denken.«

Die Männer kommen näher und begrüßen Ahram respektvoll, dann wechseln sie einige Worte mit Kritos, und er entbindet sie von der Pflicht, auf ihn zu warten, weil er auf der *Jemsu* zurücksegeln wird. Ahram macht ihnen ein Zeichen, bedankt sich, weil sie seinem Bruder geholfen haben, und bietet ihnen seine Unterstützung an, falls sie jemals in Not geraten sollten. Die Männer ziehen sich zurück und gratulieren sich zu ihrem Glück. Ahrams Wort ist überall Gold wert.

Ahram setzt sich wieder neben Kritos.

»Er geht mir einfach nicht aus dem Kopf! Er war älter als ich, aber noch rüstig.«

Ahram merkt gar nicht, dass wir alt werden, er sieht nicht einmal, wie seine Tochter dahinsiecht, denkt Kritos, der mit Glauka über Sinuits Zustand gesprochen hat. Beide schweigen. Im Süden umsegelt das kleine Boot, mit dem Kritos gekommen ist, das Kap und nimmt Kurs auf Alexandria. Die beiden Seeleute winken, doch Ahram nimmt nichts wahr.

»Ich sehe ihn vor mir wie beim allerersten Mal«, murmelt Ahram, als führte er ein Selbstgespräch. »Seine Hand in meiner, das war das Erste, seine Hand war stärker. Man hatte mich auf der römischen Trireme an dasselbe Ruder gekettet wie ihn. Die Römer hatten mich auf dem Seeräuberschiff gefangen genommen, mit dem ich von einer ... von einer anderen Insel geflohen war. Ja, ich muss etwa fünfzehn gewesen sein; damals wollte ich unbedingt Seeräuber werden. Von ihnen habe ich eine Menge über die Kriegsführung auf See gelernt! ... Den Römern habe ich erzählt, dass ich Gefangener gewesen sei, aber sie glaubten mir nicht. Doch töten wollten sie mich auch nicht, deshalb verbannten sie mich auf die Galeere. Als ich an das Ruder gekettet wurde, spürte ich seine Hand auf der meinen. Ich hatte ihn nicht einmal gesehen, ich war blind vor

Wut, weil ich mich von den Römern hatte übertölpeln lassen und nun wie ein Tier in einem Käfig gefangen war. Ich wünschte, sie hätten mich getötet. ›Komm, Junge, so schlimm ist es nun auch nicht, und alle Übel haben irgendwann ein Ende … Sieh dich nur mal um.‹ Das sagte er mir. Durch die Ruderpforten konnte man Leichen sehen, die auf dem Wasser trieben. Da drehte ich mich um und sah seinen Blick, sein Gesicht. Ein treuer Mann, ein redlicher Mann, so war er immer.«

Ahram hält inne. Kritos sagt nichts, rührt sich nicht. Plötzlich sieht Ahram ihn an.

»Er hat mir das Leben gerettet. Wie du. Dank euch beiden bin ich hier. Er auf eine andere Art, natürlich«, lächelt er, und Kritos ist über die Zärtlichkeit auf seinen Lippen überrascht. Er hat Ahram selten so erlebt. »Die Gelegenheit kam, als das Schiff anlegte, um Wasser an Bord zu holen, und wir einen Augenblick der Unachtsamkeit ausnutzten. Sie verfolgten uns bergauf, und ich war schneller. Trotzdem kamen sie immer näher, weil ich Rücksicht auf ihn nehmen musste, denn Bachir humpelte schon damals. Dann befahl er, ich solle vorlaufen, er werde unterdessen die Römer aufhalten … Ich dachte, sie würden ihn töten und ich würde ihn nie mehr wieder sehen. Von damals stammte seine Narbe. Zum Glück konnten sie nicht auf einen weiteren Ruderklaven verzichten … Was für eine Freude, als ich ihn sechs Jahre später wieder traf! Was für eine Freude! Es war wie ein Wink des Schicksals. Von da an haben wir uns nie wieder getrennt. Damals arbeitete ich für Belgaddar, ich hatte sein Schiff bereits gerettet und seine Gunst erworben, wie du weißt … Aber Bachir wieder zu finden, war das Größte … Er hatte mir auf der Trireme das Rudern beigebracht! Wie man den Körper vorbeugt, um weniger zu ermüden, wie man die Füße richtig abstützt, das Ruder greift, den Rücken einzieht, wenn der Sklaventreiber einen vom Steg aus auspeitscht. … Und jetzt … ach, Bruder. Mein Bruder!«

Er starrt auf das rechteckige Fleckchen umgegrabener Erde, unter dem Bachir ruht.

»Ich werde ihm einen Grabstein meißeln lassen. Nur sein Name und meiner … Und noch was?«

Er sieht Kritos fragend an, er ist für das Wort zuständig.

»Wer war sein Gott?«, fragt Kritos und wundert sich, dass er niemals mit Bachir darüber gesprochen hat, obwohl er eigentlich weiß, warum.

»Die Wüste. Ich wurde zu einem Mann des Meeres, aber er blieb ein Stein aus Petra. Der Gott seines Volkes heißt Baalschamin. Er erzählte es mir auf unserer ersten gemeinsamen Reise nach Palmyra, als wir den Tempel besuchten, der diesem Gott geweiht ist.« Er lächelt bei der Erinnerung. »Damals konnte uns nichts erschüttern, niemand war uns gewachsen! Ich war ein richtiger Frauenheld, und wir gerieten in so manchen Schlamassel. Er dagegen hatte das Nomadenleben eines Tages satt und heiratete eine Frau aus seinem Stamm, obwohl ich ihm davon abriet. Es dauerte nicht lange, er hatte Pech, und dann vergaß er, dass er ein Mann der Wüste war … Das einzige Mal in seinem Leben! Er wurde weich …«

Nach einer kurzen Pause fährt er fort:

»Nein, er hat weder an diesen noch an einen anderen Gott geglaubt. Sein Gott war der Zufall, das Schicksal. Er brauchte nichts, nicht mal die Götter.«

»Dann lass *Al-lats* Namen auf den Grabstein meißeln, den seines Tiers.«

Ahram wirft ihm einen glücklichen und überraschten Blick zu.

»Ach, Kritos, du findest immer das Richtige. Wie schnell du alles auf den Punkt bringst!«

Er drückt Kritos' Hand und denkt, wie üblich, nur schade, dass du so verrückt bist, doch dann vertreibt er den Gedanken wieder. Vielleicht würden seine Worte nicht immer ins Schwarze treffen, wenn er nicht so anders wäre.

Vor ihnen wirft eine riesige rote Sonne, die knapp über dem Meer steht, einen rötlichen Streifen auf das Wasser, und kurz bevor sie den Horizont berührt, wird sie von der Mastspitze der *Jemsu* aufgespießt.

»Lass uns zurückkehren«, schlägt Kritos vor, als hätte ausnahmsweise er das Sagen.

Hand in Hand gehen beide auf das Schiff zu, steigen an Bord und setzen sich vorn an den Bug, den Blick auf Alexandria gerichtet.

19. Die Delfinbank

Der Westwind am Ende des Monats *phaophi* hat bereits eingesetzt, als Ahrams Feluke auf einem kobaltfarbenen Meer, das die gelbliche Färbung der jährlichen Nilschwelle besiegt hat, erneut zur Insel Karu unterwegs ist. Glauka und Ahram sitzen am Achterdeck neben dem Steuermann, beobachten, wie der Schiffsbug sich hebt und senkt, und betrachten die ferne Silhouette der Insel.

Glauka hat diesem Besuch widerwillig zugestimmt, nur weil Ahram sie so drängte, obwohl sie das Gefühl nicht abschütteln kann, dass eine freudige Überraschung auf sie wartet. Nervös fragt sie sich, worin sie bestehen könnte, denn die Opferung der Stute vor acht Tagen hat ihr einen Geschmack davon vermittelt, was Ahram für angemessen hält. Sie fragt sich, ob es vielleicht mit den Folgen seines cholerischen Ausbruchs auf Tanuris zu tun hat, als er nach der Beerdigung auf der Insel dort hinfuhr, um Neferhotep und die Seinen für die Art, mit der sie mit Bachir umgegangen waren, zur Rechenschaft zu ziehen. Zum Glück hat sie keine Zeit, um sich in Spekulationen zu verlieren, weil ihr Ahram gerade erklärt, wie er mit den Verschwörern fertig geworden ist, die versucht hatten, ihm das Monopol für die Versorgung des Leuchtturms mit Brennholz streitig zu machen. Seelenruhig hatte er zugesehen, wie die Reserven immer knapper wurden, bis der besorgte und aufgebrachte Statthalter ihn rufen ließ und verkündete, dass der Holzvorrat nur noch für zwei Tage reichte und der Leuchtturm danach erlöschen werde. Die Lage war so ernst wie noch nie. Von Ahrams Feinden angestachelt, hatten die Pamphletisten und Libellisten die Mauern mit sarkastischen Schmähschriften geschmückt und den Plebs aufgewiegelt. Die Agitatoren rieben sich bereits fröhlich die Hände, als Ahram seine Karten auf den Tisch legte. Zunächst erbrachte er Beweise dafür, dass ein ägyptischer Verwaltungsbeamter geschmiert worden war, um die regelmäßigen Bestellungen von Brennholz zu verzögern. Dann bot er mit zerknirschter Miene an, seine Konzession zurückzugeben, damit ein anderer sie besser ausüben könne. Der Statthalter nahm seinen Verzicht an im Glauben, dass die Verschwörer entzückt wären, die Angelegenheit in die Hand zu nehmen. Doch Ahram wusste, dass eine derart plötzliche Entscheidung die Betroffenen völlig unvorbereitet treffen würde. Diese hatten fest auf den Skandal gebaut, dass der Leuchtturm einige Tage dunkel bleiben würde, um dem Seefahrer den Todesstoß zu versetzen. Das Schiff, dass sie gemietet hatten, war erst vor kurzem ausgelaufen und würde nicht rechtzeitig nach Alexandria zurückkehren. Ahram dagegen hatte ein mit Brennholz beladenes Schiff in einer Bucht in der Nähe vor Anker. Innerhalb eines Tages brachte er die Ladung nach Alexandria und konnte sich damit zum Retter der Stadt aufschwingen. Dem Statthalter blieb daraufhin keine andere Wahl, als ihm die Versorgung des Leuchtturmes mit Brennholz erneut zu übertragen. Zu guter Letzt, schließt Ahram triumphierend, erwartet die Betreffenden noch eine gewaltige Überraschung. Dem Statthalter liegt nämlich eine Anzeige vor, in der sie beschuldigt werden, illegal Geld außer Landes zu schmuggeln. Schon morgen wird man es sehen, wenn man in einer ihrer zum Verschiffen bereitliegenden Ladungen eine große Summe Tetradrachmen des Gallienus und Goldmünzen findet.

»Bist du sicher, dass es so kommen wird?«

»Natürlich. Ich selbst habe die Anzeige veranlasst und das Geld in den Ballen verstecken lassen.«

»Du wirst es verlieren.«

»Der Leuchtturm bringt es wieder ein. Zuerst hatte ich daran gedacht, ihnen Drogen unterzujubeln, aber die Strafen für Geldschmuggel sind drastischer, obwohl der Drogenschmuggel gesellschaftlich stärker geächtet wird. So manch einer wird im Kerker und vielleicht sogar in den Steinbrüchen der Wüste landen, aus denen niemand lebend zurückkommt. Der Verlust lohnt sich; die ganze Operation kostet nicht viel.«

Sie nähern sich von Westen der Insel, wie damals, als sie Bachir brachten. Glauka beruhigt Ahrams gute Laune, der seine Genugtuung auskostet. In Wahrheit, wie sie jetzt einsieht, hat sie sich nur wegen der Erinnerung an *Al-lats* Opferung gegen die Reise gesträubt, aber mittlerweile müssten die Überreste des Tieres verschwunden sein.

In der Tat weist, als sie an Land gesprungen sind und sich der Stelle genähert haben, an der das Tier geschlachtet wurde, nichts mehr auf das blutige Ereignis hin. Oben auf dem Hügel wartet an Bachirs Grab die Überraschung. Ein aufrechter Grabstein aus rotem Porphyr mit Bachirs Namen und dem des Spenders, Ahram, in griechischer und demotischer Schrift unter dem Relief eines Dromedars. Der rubinrote, geschliffene Monolith hebt sich vom gelblich schimmernden Ocker der Erde ab.

»Wunderschön«, murmelt Glauka leise nach ein paar Augenblicken des Schweigens und greift gerührt nach Ahrams Hand. Sie traut sich nicht, weitere Fragen zu stellen. Als spürte Ahram es, sagt er:

»Und *Al-lat* liegt dort, zu seinen Füßen.«

Wie ein schlafender Wachhund. Und genau das ist sie ja auch, denkt Glauka. In ihre Augen steigen Tränen, und sie versucht, die Hand, die sie ergriffen hat, zu küssen, doch Ahram lässt es nicht zu und zieht sie zurück. Stattdessen beugt er sich vor, küsst sie und nimmt sie in die Arme.

»Danke, dass du das für mich getan hast«, flüstert sie.

»Um die Wahrheit zu sagen, Kritos ist mir zuvorgekommen«, gesteht Ahram. »Aber ich hatte dasselbe vor.«

Er erzählt Glauka, was geschah, und lacht.

»In den letzten Tagen hast du nicht mehr an das Gute in mir geglaubt, nicht wahr? ... Verstehst du mich jetzt?«

Glauka überlegt und sieht ihn an, als bäte sie um Verzeihung. Mittlerweile haben sich beide hingesetzt.

»Nein«, erwidert sie. »Ich verstehe dieses Opfer einfach nicht.«

Ahram runzelt die Stirn, doch er lächelt und wiederholt, als würde er mit einem kleinen Mädchen sprechen, die Gründe, die er einige Tage zuvor Kritos erläuterte. Glauka ist gerührt, weil sie weiß, wie schwer es diesem Mann fällt, Erklärungen zu geben oder sich zu rechtfertigen. Sie weiß, welche Huldigung er ihr damit erweist, unterbricht ihn aber trotzdem:

»Ja, all das kann ich verstehen, aber trotzdem akzeptiere ich es nicht. Das Leben ist das Leben.«

»Manches Leben ist schlimmer als der Tod.«

»Aber der Tod ist etwas anderes. Das Nichts ... würdest du lieber sterben, als, ich weiß nicht, gelähmt im Bett zu liegen, ohne dich bewegen zu können?«

»Selbstverständlich!«

»Und was wäre mit mir? Ich würde dich lieber lebend sehen, egal wie ... Uruk hätte dasselbe wie du geantwortet, bevor er zum Krüppel wurde und seine Leidenschaft, die Pferde, aufgeben musste«, fügt sie beschwörend hinzu. »Aber er hat trotz seiner Behinderung gelernt zu leben, und es war ein intensives Leben, wie ich dir erzählt habe.«

Ahram lächelt, obwohl er gereizt ist.

»Uruk war dein bester Liebhaber, stimmt's?«

»Dummkopf! Mein bester Liebhaber steht vor mir. Du bist mehr als nur ein Liebhaber, du machst mich schwindlig! Weißt du das nicht? ... Und weil du so dumme Fragen stellst, musst du jetzt mit mir in die Höhle, in der ich zum ersten Mal sah, wie du deine Göttin angebetet hast.«

Ahram nickt. Sie steigen den Bergrücken hinauf und gelangen zu dem Felsvorsprung, wo neben dem Eingang zur Höhle der Granatapfelbaum wächst. Im Gegensatz zu dem Nachmittag, als sie das erste Mal hier waren, steht die frühe Morgensonne noch tief und strahlt in die Höhle hinein, die jetzt nicht mehr geheimnisvoll, sondern offen und einladend wirkt. In der Mauernische thront die Göttin mit der Taube, ihrem rätselhaften Lächeln und den stolzen Brüsten.

»Sie hat dich zu mir geführt«, murmelt Ahram. »Sie und mein Schicksal ... Weißt du was?«, setzt er plötzlich hinzu, »ich will sie nicht hier allein lassen. Wir werden sie in unsere Grotte unter dem Turm bringen. Für hier lassen wir eine Kopie anfertigen.«

Sie bleiben eine Weile so ineinander verschlungen stehen, bis sich Ahram von ihr löst und sie einen Schritt zurücktritt, weil sie versteht. Ahram hebt die Arme zum Gebet und schweigt einen Augenblick. Dann dreht er sich zu ihr um und lächelt wie ein Kind, das man bei einer verbotenen Tat erwischt hat.

»Es ist nicht wegen der Göttin, wie du weißt. Es ist wegen allem. Wegen meiner Oase, meiner Mutter, meiner Kindheit. Sei nicht böse, kleine Sirene, meine Göttin.«

»Und auch wegen Ittara. Sie ist wunderschön.«

»Du bist wunderschön!«

»Bin ich es wirklich noch?«

»Was redest du?«, entgegnet er, zieht sie an sich und sagt plötzlich: »Lass uns zu der Bucht gehen, wo ich den Dolch verlor! Ist dir nicht heiß in dieser brütenden Sonne? Lass uns sehen, ob du es immer noch schaffst, länger als ich unter Wasser zu bleiben.«

Fast springend laufen sie den Hang hinunter und reißen sich unterwegs die Kleider vom Leib. Nur ihre Amulette behalten sie an, die geheimen, in Gold gefassten Medaillons. Sie sind allein: Die *Jemsu* liegt im Westen der Insel vor Anker und wartet auf sie. Sie legen ihre Kleider auf einen Felsen. »Den Dolch auch!«, ruft Glauka. Und dann springen sie ins Wasser.

Natürlich kann sie länger unter Wasser bleiben als er, obwohl sie darauf achtet, dass sie ihn nicht überanstrengt! Aber dieses Mal nicht aus Angst um ihn, sondern weil es ein Spiel ist. Die Körper verfolgen sich, umschlingen sich, vereinen sich, ergötzen sich an den sanften Wellen, tauchen ab und wieder auf wie ausgelassene Kinder. Sie schwimmen um die Wette um eine Klippe herum und gelangen zu einem noch kleineren Strand an einer von Felsen umrandeten Bucht, die wie eine von der Gischt geküsste goldene Muschel aussieht. Die Lust überwältigt sie wie damals auf Psyra: es ist Narsos, der neben ihr schwimmt. So wie damals, als er sie auf seinem Boot entführte und zur Frau machte. Es ist Narsos, der ihr bis zum Strand folgt, auf dem Sand einen männlichen Schatten neben den ihren wirft, der sie umarmt, ihr ins Ohr beißt, mit der Hand ihre Brust liebkost, sie sanft zu Boden zwingt – ihr Verlangen erfüllt –, sie offen findet und sich ihr lustvoll ergibt.

Nein, es ist nicht Narsos, es ist mehr als Narsos. Es ist eine andere menschliche Spezies. Narsos war die Offenbarung der Lust, die natürliche Explosion, ihr sprudelnder Ausdruck. Uruk war schon mehr, aber der Ausbruch beschränkte sich auf den Körper. Deshalb suchte sie weiter, und jetzt denkt sie, dass auch ihr göttlicher Ursprung so etwas wie Erfüllung suchte, indem er sich der Gottmutter näherte. Das erreicht sie nur mit Ahram: mehr zu sein als Sirene und Frau, verdichtet in einer gespannten, vibrierenden Faser, in einem Vergessen, das alles umfasst. Gipfel im Abgrund zu sein, ewige unerschöpfliche Quelle. Das Leben. In diesem Schwindel ist sie das Leben nach dem Feuerschwall, auf dem Weg zu einer trägen, seligen Erschöpfung. Nein, es ist nicht Narsos, vielleicht ist es nicht einmal Ahram, sondern ein Wunder. Aber Ahram ist es, der ihr dieses Wunder eröffnen kann.

Sie ruhen sich im Sand aus und flüchten hin und wieder vor der Sonne ins Wasser. Sie unterhalten sich so innig wie schon lange nicht mehr. Glauka bemerkt es glücklich. Während sie über Wichtiges und Unwichtiges reden und ihre geheimsten Gedanken austauschen, nimmt ihre Vertrautheit ungeahnte Ausmaße an. Glauka gesteht ihm, dass sie bei einem ihrer Besuche nach der Rückgabe des Ohrrings mit Clea geschlafen hat. Sie beichtet es mit einer unnötigen Entschuldigung: »Du selbst hattest mir aufgetragen, ich solle ihre Freundschaft suchen und ihr Vertrauen gewinnen, damit sie mir ihre Geheimnisse erzählt.« Ahram lacht und spielt den Eifersüchtigen, während er fragt, ob es sich gelohnt hat. Glauka stichelt, weil er sich nicht vorstellen kann, dass es Liebe ohne Penis gibt. »Du glaubst, dass uns nur die Männer Lust bereiten können, aber Clea ist sehr geschickt.« »Und wer von euch war der Mann?« »Keine. Was glaubst du, wir brauchen euch nicht.« Glauka berichtet, dass sie nichts Verdächtiges an Clea gefunden hat, was Ahrams

Interessen angeht. Sie denkt nur an den eigenen Lustgewinn. Ahram fährt mit dem Spiel fort und gesteht, dass Clea eine Expertin ist. »Ich weiß, auch ich habe mit ihr geschlafen.« »Aha, das waren also deine Besuche beim *nauarchos*!«, ruft Glauka und versetzt Ahram einen Stoß, obwohl es für sie jetzt nicht mehr so lustig ist.

Als sie von einem weiteren Tauchgang zurückkehren, sagt Ahram mit ernster Stimme:

»Bachir hat dich geliebt.«

Glauka erinnert sich an die von vielen Fältchen umrandeten Augen. Und vor allem an die Gesten, die Bachir vor ihr mehr als einmal unterdrückte.

»Hat er dir das gesagt?«

»Niemals. Aber ich weiß es. Er und ich wussten alles voneinander.«

Es muss stimmen. Sie fühlte sich von seiner Liebe eingehüllt, und sie war nicht nur väterlich. Es stimmt. Bewundernswerter Bachir, ergreifender Bachir, so liebenswert trotz seiner Rauheit!

»Und Tenuset? Ich weiß, dass sie sich liebten, ganz sicher.«

»Bei dir war es etwas anderes.«

So wie du anders bist als alle anderen. Eine einzige Liebe reicht nicht aus, um die Liebe zu leben, denkt Glauka und wird dann von etwas überrascht, das in ihrem Innern …

Die Stille bleibt so, wie sie war, bevor sie mit Worten und Zärtlichkeiten unterbrochen wurde, und gipfelt schließlich in der hingebungsvollen, offenen Vertrautheit aus den Anfängen ihrer Liebe. Glauka lässt sich von Glückseligkeit überfluten und treibt fern ihrer eigenen Abgründe davon.

Die Sonne steht im Zenit, als Ahram die Heimfahrt vorschlägt. Er denkt schon wieder an seine Angelegenheiten, sagt sich Glauka resigniert. Jetzt entfernt er sich wieder von mir. Aber wie hat sie diese Stunden mit ihm ausgekostet!

Sie ziehen sich an und tauchen plötzlich vor dem bereits besorgten Tinab auf dem Bergrücken der Insel auf. Langsam kommen sie näher und gehen dann an Bord.

»Wir werden zu spät zum Mittagessen kommen, Glauka. Wenn dir Süßigkeiten und Gerstensaft genügen, könnte uns Tinab welche bringen.«

Der Schiffspatron nickt. Sie haben stets Proviant dabei. Glauka lächelt entzückt.

»Das wird ein Festmahl!«

Die Fahrt ist wunderbar. Das leicht aufgewühlte Meer mit seinen Schaumkronen ist aufregend und erleichtert zugleich den Übergang in die alltägliche Welt. Tatsächlich denkt Ahram bereits an seine Angelegenheiten, und als sie anlegen, bleibt er im Großen Haus zurück. Glauka geht ihren Lieblingsweg am Meer entlang und ist überrascht, als sie Kritos auf der Delfinbank sitzen sieht. Warum überrascht?, denkt sie. Warum kommt mir Kritos auf diesem gewohnten Ort wie eine Erscheinung vor?

»Was hast du?«, fragt Kritos. »Erkennst du mich nicht mehr?«

In seiner Stimme klingt scherzhafte Überraschung mit, aber auch ein Hauch von Melancholie.

»Wie kannst du so etwas sagen!«, schimpft Glauka lächelnd und setzt sich neben ihn, obwohl sie es gar nicht vorhatte. »Ich habe nicht damit gerechnet, dich hier zu treffen.«

»Du bist mit der *Jemsu* gekommen, nicht wahr? Ich habe sie gesehen. Bist du zufrieden?«

»Ja, der Grabstein aus Porphyr ist wunderschön. War das deine Idee?«

»Der Stein ist von Ahram, die Zeichnung von mir.«

»Kritos, warum hast du mir nicht erzählt, dass du noch am gleichen Morgen zurückgesegelt bist, um *Al-lat* zu begraben?«

Warum wird Kritos bleich? Warum schweigt er?

»Hat Ahram dir das gesagt? Das war ein Fehler. Ich wollte dir nichts sagen.«

»Warum nicht?«

Kritos sieht sie nicht an. Seine Stimme wird dunkel.

»Wozu? Es ist alles zwecklos. Man muss dich nur ansehen.«

Glauka fühlt sich plötzlich schuldig angesichts ihres Glücks. Sie muss etwas sagen, auf der Stelle, aber sie kann nicht lügen und hat Angst, sie könnte ihn verletzen, ohne es zu wollen. Die Stille hält an.

Sprich du, Kritos, Herr der Worte, denkt sie, doch als die Stille nicht gebrochen wird, macht sie einen verzweifelten Versuch.

»Das war ein Spaß gestern Abend in Sutides' Vorstellung, nicht wahr?«

Es klingt so absurd, dass auch Kritos ein absurdes Lächeln aufsetzt.

Am Abend zuvor ist er mit Glauka im Theater gewesen, nachdem Sutides sie bei dem Treffen mit Ahram und den anderen eingeladen hatte, die Vorstellung zu besuchen. Auch Ahram wäre gern gekommen, um seinem Spion die Ehre zu erweisen, aber die Probleme mit dem Leuchtturm hielten ihn auf. Sie vergnügten sich in der Tat, und später suchte Glauka mit Kritos den Künstler auf, der ihr von der Bühne aus mehr als einmal einen bewundernden Blick zugeworfen hatte, worauf am heutigen Morgen eine boshafte anonyme Schmähschrift auf einer Mauer erschienen war.

»Das Stück war schonungslos«, fährt Glauka fort, sie muss einfach immer weiterreden. »Diese Heerführer, die vom Frieden reden und immer mehr Waffen kaufen! Diese Politiker, die über den Frieden verhandeln, während sie den kleinen Verbündeten auf den Feind hetzen, damit er für sie den Krieg führt! Alle haben es verstanden: Es ist genau dasselbe wie das, was mit der persischen Besatzung von Armenien passiert und der von Edessa durch die Römer, die die Anwesenheit ihrer Truppen dort als Unterstützung verkaufen.«

»Ja«, stimmt Kritos zu. »Er hat es sehr gut dargestellt. Deshalb hat der Epistratege kaum geklatscht. Das Publikum übrigens auch nicht.«

»Die Leute haben Angst. Außerdem können diese Speichellecker nicht klatschen, wenn die Obrigkeit es nicht tut.«

»Ja, das ist zum Teil richtig, aber es ist auch etwas anderes … Das einfache Volk bevorzugt heute die Sänger. Einen Claudius, zum

Beispiel, ihm würden sie Beifall klatschen und noch mehr, wenn er die Obrigkeit angreifen würde. Das Publikum sucht die Ekstase, das Getöse, den Rhythmus der großartigen Trommeln, mit anderen Worten, den Rausch. Wir leben in einer Zeit, in der die Menschen verblendet sein wollen, obwohl wir gerade jetzt Erleuchtung bitter nötig hätten. Die Technik wird höher bewertet als die Weisheit … Entschuldige, aber heute mangelt es mir an Manieren. Meine besserwisserischen Theorien laufen zu Recht ins Leere …«

Glauka will schon widersprechen, aber er unterbricht sie.

»Die Wahrheit ist, dass Sutides ein genialer Satiriker ist, und das hat den Epistrategen gewurmt. Letztendlich ist er bloß ein Soldat, der heute nur deshalb über staatliche Pfründe verfügt, weil seine Frau, wie es scheint, die Aufmerksamkeit des Kaisers erregen konnte.«

»Ja, er war genial«, stimmt Glauka vorsichtig zu. »Wie erreicht man bloß solche Effizienz in der Sprache, wie schafft man es, seine Worte dermaßen zu schärfen?«

»Mit Hass«, sagt Kritos lässig. »Hass ist ein guter Lehrmeister.«

So wie Ahrams Hass auf Rom. Oder Xiras Hass, denkt Glauka. Genauso effizient. Doch sie behält den schmerzlichen Gedanken für sich.

»Ist er denn stärker als die Liebe?«

Auch Kritos Stimme klingt schmerzerfüllt.

»Welche Liebe? Es gibt so viele!«

Heute war es Ahrams Liebe, denkt sie und fürchtet, dass man ihr diesen Gedanken vom Gesicht ablesen kann, doch Kritos fährt fort, ohne etwas zu bemerken, so sehr ist er mit sich selbst beschäftigt.

»Es gibt eine Liebe, die verletzt, eine andere, die ohne es zu wollen, Unheil anrichtet, eine andere, die man genießt, eine weitere, unter der man leidet … Wenn wir wählen könnten … aber es liegt nicht in unserer Hand. Wir wissen nicht einmal, was wir wollen, oder was wir sind … Erinnere dich, Ahram schlitzte *Al-lat* aus Liebe die Kehle durch …«

»Er hat es mir erklärt, und ich verstehe ihn, aber es ist nicht wahr. Warum versteht er es nicht? Er versucht es ja nicht einmal.«

»Zu verstehen? Manchmal ist es das, was einen am meisten schmerzt. Bachir hätte dasselbe wie Ahram getan; Ahram hat es getan, und du verstehst es nicht, aber wenn er es nicht getan hätte, wäre er nicht Ahram. Würdest du wollen, dass er sich ändert?« Seine Stimme klingt bitter und verzweifelt.

Nein!, schreit Glauka innerlich, und trotzdem antwortet sie:

»Wie kann ich ihn lieben, wenn er so etwas tut?«

Kritos sieht sie grausam an. Dieser Blick ist etwas Neues für sie.

»Du stellst die falsche Frage. Es geht nicht darum, wie du ihn lieben sollst, sondern ob du aufhören könntest, ihn zu lieben.«

»Du hast Recht, das könnte ich nicht«, gesteht Glauka so hastig, dass sie erst anschließend bemerkt, dass in Kritos' neuem Blick, so hart und scharf er war, auch ein seltsamer Funken Hoffnung aufleuchtete, der nun ebenso plötzlich erloschen ist.

»Damit erübrigt sich die Frage«, entgegnet er sachlich und scheinbar gelassen, als führten sie eine intellektuelle Debatte.

Einen Augenblick lang verspürt sie eine unerklärliche Notwendigkeit, sich zu erklären, zu rechtfertigen. Sie versucht, näher an den Mann neben sich heranzurücken.

»Du hast Recht. Bachir hätte dasselbe getan. Sie waren gleich, ich kann verstehen, dass sie so gut miteinander auskamen. Aber was ist mit dir? Wie könnt ihr euch so nahe stehen, wenn du doch ganz anders bist als Ahram?«

Nein, Bachir war nicht wie er, er war besser, denkt Kritos widerspenstig, aber er antwortet entspannt:

»Tja, weißt du, ich bin der Paradiesvogel im Großen Haus. Ein Tier mit vorzeigbaren Verdiensten. Wie die Vögel aus Indien in den Käfigen am Portikus.«

»Du bist ungerecht. Du weißt ganz genau, dass es nicht so ist.«

»Kann sein, dass ich ungerecht bin. Auch ich habe das Recht, hin und wieder ungerecht zu sein! Dann sagen wir, ich bin der Skandal, das schlechte Vorbild, dem man nicht nacheifern soll.«

»Kritos! Du machst mich noch wütend. Du hast so viele Fähigkeiten.«

»Gute? Dann sag mir, welche?«

Jetzt sieht Kritos sie aufrichtig neugierig, fast belustigt an.

»Sehr viele. Deine Sensibilität. Deine Intelligenz. Deine Geduld, mich all diese Jahre zu unterrichten trotz meiner Unwissenheit. Dein Verständnis, das ich am eigenen Leib gespürt habe. Manchmal siehst du durch mich hindurch, als hättest du magische Kräfte. Als könntest du in meiner Seele lesen. Und deine Heiterkeit.«

»Sensibilität? O ja, aber ist das etwas Gutes? Ich leide darunter, denn sie hat mich zu dem gemacht, was ich bin. Meine Geduld mit dir? Es war ein Vergnügen zu sehen, wie du Fortschritte machst! Mein Verständnis? Besser wäre, ich hätte keins, das würde mich weiterbringen. Und dass ich in deiner Seele lesen kann … In deiner ist etwas, das ich nicht zu entziffern vermag, aber wenn du meine sehen könntest!« Er hält kurz inne, bremst sich. »Und die Heiterkeit. Ich kann fröhlich sein, o ja, aber der andere Kritos, der kleine Kritos, nicht. Wir sind immer zwei, wie ich dir schon mal sagte. In meinem Fall ist es das kleine Mädchen, wie du nur allzu gut weißt … Meine kleine Krita!«

Die plötzliche Zärtlichkeit in dieser Stimme überrascht Glauka und steckt sie an. Dieser Mann verdient es, alles zu wissen, und sie ist kurz davor, ihm zu verraten, dass sie in einem früheren Leben eine Sirene war. Das ist es, was er nicht sehen kann, was er noch sehen muss, aber … Was braucht Kritos? Was kann sie ihm geben? Mitten in das Schweigen sagt sie nur:

»Du leidest, mein Freund …«

Ihre Hand greift nach seiner. Er senkt den Kopf ganz tief, um zu verbergen, wie seine Maske plötzlich fällt und einen Ausdruck enthüllt, dessen Schrecklichkeit nicht einmal ihm selbst bewusst ist. Aber er kann heiter sein, er hat es gerade erst bestätigt, und als er den Kopf wieder hebt, hat er wieder das Gesicht des unpersönlichen Lehrers.

»Das ist das Schicksal der Menschheit. Ein Tier empfindet körperlichen Schmerz, aber sein Geist oder das, was wir in unserm Innern entwickelt haben, leidet nicht. Tiere kennen keine Traurigkeit, abgesehen vielleicht vom Hund oder dem Pferd, die zu ihrem Unglück vermenschlicht wurden. Menschen müssen dieses Leid leben und ihm einen Sinn geben. Wir klammern uns an die Leidenschaft, weil sie unser Leben intensiver macht, wir spüren es dann wie eine Schürfwunde auf nackter Haut. Aber mit der Liebe kommt unweigerlich das Leid, und das ist etwas anderes als der Schmerz.«

In seinem Gesicht erkennt Glauka Intelligenz, Ironie, aber auch das Bestreben, die eben gezeigten Emotionen vergessen zu machen. Trotzdem ist sie beinahe gerührt, als sie fragt:

»Die Liebe ist Leid?«

»Deine nicht, das weiß ich. Aber wie gesagt, es gibt viele Arten von Liebe. Eros hat unendlich viele Gesichter.«

»Welches ist deine?«

Kritos kann der süßen Stimme nicht widerstehen. Seine Bitterkeit verschanzt sich hinter der Maske eines leichten Lächelns und dem Rückgriff auf die Theorie.

»Meine sind zwei Parallelen, die wider alle Regeln der Geometrie nicht gerade verlaufen, sondern wellenförmig, und sich wider alle Vernunft schließlich berühren, umschlingen, verflechten und ersticken. So zwingen sie die Unendlichkeit, die sie erwartete, zu ihnen zu kommen und sich in ihnen einzurichten, besser gesagt, in uns, um unsere Brust auf kosmische Art zu erweitern, den Augenblick zur Ewigkeit zu machen, mit vielen Händen und besitzergreifender Haut. Aber wir sind nicht für eine solche Spannung geschaffen: Sie dehnt uns bis zum Zerreißen … Du kennst das sicher«, schließt er abrupt.

Sein Lächeln kann die Frau nicht täuschen, die in diesem Augenblick spürt, wie sich ein tiefer Schatten über das Glück dieses Tages senkt. Sie will mehr erfahren und gleichzeitig am liebsten gar nichts mitbekommen, daher fragt sie nur:

»Suchst du deshalb das Vergessen in Rhakotis? Warum so, Kritos?«

Er sieht sie an, während sie im gleichen Augenblick bereut, was sie gesagt hat, und zieht ein spöttisches, fast faunisches Gesicht.

»Gestern wegen einer Enttäuschung, heute wegen einer Liebe, und morgen …«

Er zuckt die Achseln.

»Ist das Bad schon fertig? Ich habe dich nicht gehört, du kannst jetzt gehen, Eulodia, ja, in den Turm, ich brauche dich nicht mehr, ich kann mich selber abtrocknen, heute wird nicht eingeölt, ich muss mich nicht schön machen. Wer wartet? Wie bitte? Warum Yazila? Ist Ramitah krank? Dann will ich keine Massage, nicht von der Gehilfin, schick sie weg, sie kann gehen, du auch, nun mach schon, bis später …« Ich muss allein sein, so vieles ist geschehen, in nur einem Tag, kaum zu glauben! Ahrams Überraschung, seine Ehrung an Bachir, *Al-lats* Grab und unsere Liebe, wieder dieser Augenblick, dieser Schwindel in der Höhe, absolut und einzigartig mit ihm. In diesem Augenblick sind wir nicht zwei, ist es unmöglich, zwei zu sein, im Gegenteil, wir sind eins, das aus zwei entstanden ist, wenn ich meine geheimen Fluten spüre, die hitzige Haut, welch schaumgekrönte Welle, wie damals, als Narsos mich entführte, aber noch viel mehr, die Ewigkeit in einem einzigen Augenblick, denn später kommt das Wort. Ob Clea auch diesen Höhepunkt mit ihm erreicht? Eifersüchtig bin ich nicht, unmöglich, dass es passieren könnte, Clea ist nicht Domicia, mit ihr teilte ich die Seele, nicht nur die Haut und die Bewegungen. Was nützt Clea ihr Wissen? Sie setzt nur den Körper und die Technik ein, die Vernunft, wie Kritos sagt. Er hat mir viele tiefe Weisheiten beigebracht! Seine Seele ist ein Labyrinth. Und was ist auf dem Grund? Manchmal glaube ich, etwas zu sehen. Was hat er heute gesagt, das mich so verwirrt hat? Als ich etwas entdeckte, das ich schon längst hätte wissen müssen? Ich habe es vergessen, aber es wird mir wieder einfallen. Clea dagegen dringt nicht bis in die Tiefe vor. Du ja, Domicia, du hast geliebt, und ich mit dir! Anders als mit Ahram, aber es war auch Liebe, mit Clea hatte ich Angst, nicht zu kommen, ich sagte nichts, aber sie hat es gemerkt. Ich wurde nicht feucht! Zum Glück ist sie sehr erfahren, und ich wollte Ahram den Gefallen tun. »Du solltest dich mit ihr anfreunden.« So brachte sie mich doch zum Höhepunkt, sie genoss es wie einen Sieg, ich sah es an ihrem Gesicht, wie das der Männer, dieser Stolz, uns zum Höhepunkt gebracht zu haben, und wenn sie es erreicht haben, sind sie froh. Das ist die Ehre, wie Kritos sagt. Und Ahram! Während wir uns unterhielten, fragte er nach Einzelheiten und erregte sich daran, erneut, denn es war nicht nur der Augenblick, auch das Wort später, als wir beide nebeneinander im Sand lagen. Wie die beiden Parallelen, die Kritos erwähnte, und noch mehr, er wollte Einzelheiten über das mit Clea erfahren, ich habe ihn nicht nach seinen Besuchen bei ihr gefragt, im Gegensatz zu ihm. Und sie auch, sie wollte etwas über ihn herausfinden, so wie er über sie. Sie ist wie ein Mann. Wahrscheinlich glaubt sie, dass ich alles erzählen werde, sie war überrascht, dass ich noch keine Kinder habe mit einem Mann wie Ahram, und damit hat sie mir einen solchen Tiefschlag versetzt, dass ich ihr das mit den Seeräubern erzählte. Sie selbst wollte keine Kinder bekommen, sie weiß, wie man das anstellt. Der *nauarchos* wird mit ihr nicht fertig, er wendet sich angewidert ab und rühmt sich der vielen Kinder, die er mit seinen Sklavinnen zeugt. Ahram macht es keine Sorgen, ein Glück, dass wir Malki haben! Er muss Neferhotep eine gewaltige Szene gemacht haben, weil er sich nicht um Bachir kümmerte, deshalb ist er noch am selben Tag nach Tanuris gesegelt, der Erhabene war seitdem mehrmals in der Stadt und hat sich im Großen Haus nicht blicken lassen. Er ist nachtragend, nicht nur dumm, sondern auch böse. Wenn er könnte, würde er Ahram verraten, aber er ist feige. Malki dagegen liebt uns immer mehr. Seine Mutter betet ihn an, aber sie ist immer noch krank, und ich schaffe es nicht, dass sie sich um sie kümmern. Ahram glaubt, die ganze Welt sei so stark wie er. Vielleicht spielte die Gewalt und die Macht auch heute Morgen eine Rolle. Weil ich wegen der Sache mit *Al-lat* abtrünnig geworden war, musste er mich wieder unterwerfen, sein Revier verteidigen, Ordnung in mir schaffen so wie auf Tanuris. In seiner Liebe spielt Macht immer eine Rolle. Und wenn schon, Hauptsache, er bringt mich zum Höhepunkt. Aber die Macht vergisst er nie. Hat er bemerkt, dass seine Brutalität mich zu weit von ihm entfremdet hatte? Für so was hat er einen siebten Sinn, er durchschaut mich, deshalb ist er mein bester Liebhaber. Aber ich gehöre doch ganz ihm! Wie niemand zuvor nahm er mich in jener Nacht in der Grotte für immer in seinen Besitz. Wie könnte ich aufhören, ihn zu lieben? Unmöglich! Wie klar Kritos das sieht! Er ist noch intuitiver, durchschaut mich noch viel tiefer, aber er benutzt es nicht, er benutzt nicht das Wort gegen alles. Was sagte er heute Nachmittag noch? Was wollte er mir sagen? Er ist wirklich das Wort, er hat meine Sprache geformt, er war mein Lehrer, eigentlich müsste auch ich ihn durchschauen können. Doch was den Hass betrifft, liegt er falsch, die Liebe ist stärker – wenn sie fehlt, verfällt man dem Hass, so wie dieser Sutides. Was für eine Wut! Vor nichts hatte er Respekt, deshalb war der Epistratege so außer sich. Und Clea saß mit dem *nauarchos* in einer Loge und ließ sich nicht aus der Ruhe bringen, im Gegenteil, sie lächelte sogar zufrieden. Die Enkelin eines Kaisers, die seelenruhig zusieht, wie das Römische Reich in den Schmutz gezogen wird! Ob es stimmt, dass sie Rom hasst? Sie gestand es mir im Bett, vielleicht aus Hass gegen ihren Vater, vielleicht weil sie sich an ihre versklavte Mutter erinnerte. Wie kann man bloß im Bett über Politik reden! Nein, sie ist nicht Domicia, mit ihr dachte ich an nichts anderes. Clea dagegen wettert gegen Rom, Hunger und Armut, nicht alles sei purpurrot, der Ehrgeiz, die Morde, bestimmt erzählte sie es mir, um sich ins Gespräch zu bringen. Sie will für Ahram arbeiten. Ich bin sicher, dass er deshalb Gefallen an ihr gefunden hat, dass er sich deshalb mit ihr einlässt. Sollen sie doch alle beide zur Politik übergehen. Dass ich nicht lache! Warum bloß will sie unbedingt für ihn arbeiten? Ob der *nauarchos* sie langweilt? Ahram würde sie natürlich niemals heiraten, das nicht, aber trotzdem ist diese Frau gefährlich, sie verbirgt etwas. Wie elegant sie im Theater gekleidet war! Als sie am Ende aufstand, bemerkte ich den guten Schnitt. Was man alles aus einer Tunika machen kann! Ob sie aus Rom stammt? Ich werde sie fragen, um Ahrams willen, er mag es, wenn die Leute mich bewundern. Wie stilvoll sie den Umhang gefaltet hatte! Mir kam es vor, als hätte sie ihrem Mann vorgeschlagen, den Künstler zu begrüßen, wie Kritos und ich, aber der lehnte wütend und schroff ab, während sie nur dastand und grinste. Sie hat es drauf angelegt, dass er vor den Anwesenden die Fassung verlor, sie ist kompliziert und gefährlich, und sie hat gemerkt, dass sie nichts aus mir herauskriegt. Kritos würde es merken, aber Kritos interessiert so eine Frau nicht. Oder vielleicht doch …? Wäre das möglich? Gerade weil sie so sonderbar ist. Kritos, lass die Finger von ihr! Bleib, wie du bist! Ach, aber du bist auch so kompliziert. Was suchst du in Rhakotis? Du hast mir nicht geantwortet, ich weiß nicht, wie ich mehr über dich erfahren soll, irgendetwas hält mich ab, aber komm ihr nicht zu nah, Ahram macht mir weniger Sorgen, die Macht schützt ihn vor der Leidenschaft, er will nur seine Lust befriedigen. Bei mir auch? Nein! Nicht bei mir! Heute sehe ich alles wie durch einen Schleier, dabei war der Morgen so klar, das Licht so leidenschaftlich. Was also verwirrt mich? Vielleicht der Besuch an Bachirs Grab, an dem Ort, wo die abscheuliche Szene stattfand. Dabei ist Bachir für mich nicht verwirrend, ich spürte seinen Tod, als ich ihn im Festsaal wusch und salbte. Der Tod erschreckt mich nicht, ihn suchte ich, ohne es zu wissen, als ich darum bat, von der Unsterblichkeit erlöst zu werden. Jetzt kenne ich ihn und habe keine Angst, noch weniger an Ahrams Seite, mit ihm werde ich sterben. Wenn es heute Morgen während des Höhepunktes gewesen wäre … Nein, nein, es ist besser weiterzuleben, aber irgendetwas in meinem Innern verwirrt mich: Nur deshalb komme ich auf solche Gedanken und kann mich nicht daran erinnern, was Kritos gesagt hat. Eines seiner Worte drang so tief in mich ein, dass ich es jetzt nicht wiederfinde, ich hätte es im Flug fangen sollen. Er hat mir noch nicht ganz beigebracht, wie man das Wort lebt, denn das schulde ich ihm. Es ist nicht Ahrams Welt, die nur von der Tat beherrscht wird, Kritos hat mich für das Wort geöffnet, aber ich bin eine schlechte Schülerin, ich muss noch viel lernen, ich brauche ihn, er vervollständigt mich. Es ist eine andere Art der Ergänzung, die eine ist der Augenblick, ganz oben auf der Krone der Welle bin ich vollkommen, so sehr, dass ich nur das bin, ich vergesse die Sirene und die Frau, ich bin nur der Augenblick, die Ewigkeit, das Leben, eigentlich müsste ich wir sagen, denn Ahram gehört dazu, aber das Wort ist etwas anderes, wie er selbst gesagt hat, Eros hat unendlich viele Gesichter. Ist es das? Irgendetwas fehlt, ich muss nachdenken. O Kritos, Kritos! Manchmal glaube ich, dass Ahram Recht hat, wie schade, dass du dich in Rhakotis zu Grunde richtest! Aber du hast es gesagt. Und wenn es ein anderes Gesicht ist, eine andere Liebe für dich? Eine einzige Liebe reicht nicht. Wer hat das gesagt? Ist es das? Wie verwirrt ich bin nach diesem Morgen! »Eulodia, das Wasser wird kalt! Eulodia! Hörst du nicht?« Ach, ich habe sie ja eben weggeschickt! Ich bin schon ganz durcheinander.

Was ich in Rhakotis suche? Du fragst mich das, Glauka, ausgerechnet du?

Bei diesem Gedanken, der ihn seit Stunden verfolgt, seit er sie weggehen sah, erscheint ein bitteres und zugleich sarkastisches Lächeln auf Kritos' Gesicht. Er wirft einen Blick auf seine Beine, die noch nicht enthaart werden müssen, auf sein aufsässiges Geschlecht, dieses Organ, das ihm nicht immer gehorcht und zur Unzeit oder gegen seinen Willen mit Ungeduld oder Gleichgültigkeit reagiert, und wieder einmal erinnert er sich an Kalidea, diese Schöne aus Smyrna, die, ohne es zu wissen – oder wusste sie es? –, dieses Geschlecht verfluchte und damit das ganze spätere Leben des viel versprechenden Rhetorikers vorherbestimmte, der damals erst vierundzwanzig war … Wie kann die Liebe nur so zerstörerisch sein?

Er vertreibt die Gedanken. Man muss in der Gegenwart leben, und Gegenwart, das heißt, vorsichtig den weiblichen Chiton überzustreifen, die Sandalen mit den goldenen Schnüren anzuziehen, die Stirn mit einem amberfarbenen Band zu schmücken und sich zu parfümieren. Tiresias ist sein Lehrmeister, er war nacheinander Mann und Frau; doppelte Lust sein Ziel … nein, das ist es nicht, er macht sich nichts vor. Ihm geht es darum, die Erniedrigung zur Schau zu stellen, das, was die anderen als Erniedrigung bezeichnen, sie wie ein herausforderndes Banner hochzuhalten. »Ihr habt mich in die Grube der Schlange geworfen, die einen bei lebendigem Leib verschlingt, aber ihr habt mich nicht zerstört. Aus dem Innern ihrer Eingeweide lache ich über euch.« Er macht sich sorgfältig zurecht und denkt an die riskante Vorstellung heute Abend. Sutides' Truppe ist vorgestern nach Rom zurückgekehrt, und heute hat Progistus seinen ersten Auftritt. Er ist ein Schmierenkomödiant, der sich auf geschmacklose Vorstellungen spezialisiert hat, um das Publikum zu beeindrucken. Heute steht *Spartakus* auf dem Programm, und Kritos fragt sich, wie der Statthalter und seine Beamten so blind gewesen sein können, diese Aufführung zu genehmigen. Obwohl er das Werk nicht kennt, scheint das Thema und das, was man sich über Progistus erzählt – der Schauspieler und Autor in einer Person hat eigenhändig dafür gesorgt, dass Einzelheiten an den Mauern der Stadt erschienen –, bestens dazu geeignet zu sein, den alexandrinischen Plebs aufzuwiegeln, der zu Aufruhr und Plünderungen neigt. Und als wäre das nicht genug, hat der Autor unter dem Vorwand, das Stück zu einem abschreckenden Beispiel für Unruhestifter zu machen, die Präfektur um einen zum Tode Verurteilten gebeten, der dann, wie es jetzt in Rom Mode ist, vor dem Publikum gekreuzigt werden soll. Kritos ist neugierig, denn in Alexandria ist ein solcher Realismus im Theater bisher unbekannt. Er hat keine Angst um seine persönliche Sicherheit, sollte es tatsächlich zu Tumulten kommen. Er ist nicht nur in der ganzen Stadt bekannt, sondern weiß auch, in welchen Rängen er Schutz finden kann. Und der schlimmste aller Fälle, was andere vielleicht als Unglück bezeichnen würden, wäre für ihn vielleicht sogar eine Lösung. Nein – an so was soll man gar nicht erst denken, trichtert er sich ein.

Als er zum Theater kommt, kann er sich mit eigenen Augen davon überzeugen, dass seine Ahnung richtig war. Der Plebs schreit und drängt sich vor dem Eingang, der von zwei großen Fackeln beleuchtet wird, eine an jeder Seite, mehr Blickfang als Lichtspender, denn das Tageslicht wird reichen, um das Stück bis zum Sonnenuntergang aufzuführen. Er kämpft sich bis zu den Sitzreihen seiner Freunde vor, die ihn herzlich begrüßen und ihn einladen, bei ihnen zu sitzen. Kritos entscheidet sich für einen Platz zwischen zwei jungen Sänftenträgern, die in Rhakotis sehr bekannt und wohlgelitten sind.

Das Stück ist so, wie er vermutet hat. Die Protagonisten sind die reinsten Abziehbilder, vom tyrannischen Kaiser bis zur keuschen Dienerin, vom bösen Großgrundbesitzer bis zum großzügigen Spartakus. Die Verse sind zwar schlecht, doch sorgen die ständigen anarchistischen Tiraden des Sklavenführers gegen die Obrigkeit dafür, dass die Menge immer wieder in lautes Gebrüll und frenetischen Applaus ausbricht. Der Stellvertreter des Statthalters, der von seiner Loge aus die Vorstellung verfolgt, wird unruhig und fragt sich, ob er über genügend Männer verfügt, um einen Volksaufstand niederzuschlagen. Das Volk ist in der Tat erhitzt, vor allem durch den Konsum von Bier und Wein. Aber je enthusiastischer der Plebs wird, desto tiefer versinkt Kritos in seiner Apathie und fragt sich, ob es die Sache wert ist, eine derart mittelmäßige und geschmacklose Vorstellung über sich ergehen zu lassen, bloß aus soziologischem Interesse. Als Progistus – der die Rolle des Spartakus gespielt hat – sich auf dem Weg zur Hinrichtung von dem ersetzen lässt, der tatsächlich zum Tode verurteilt wurde, hält es Kritos nicht länger aus. Er steht auf und geht auf den Ausgang zu, während die Zuschauer ringsum über die feine Dame spotten, die zu empfindlich ist, um eine lebensechte Tragödie zu ertragen. Als er das Theater verlässt, fühlt er sich erleichtert, als wäre ein schmutziger Umhang von seinen Schultern gefallen.

Er durchquert Bruchium und Neapolis, geht die Via Kanopos entlang und biegt dann links in die kleinen vertrauten Gassen ab. In einer Schenke isst er eine frisch gefangene Weißbrasse mit gekochten Bohnen und Papyrussprossen. Statt Bier nimmt er Gerstenwasser. Er ist erleichtert, wieder unter Menschen zu sein, die in den kleinen Dingen des alltäglichen Lebens Trost finden, *senet* spielen oder würfeln, während sie sich über die Ereignisse im Viertel unterhalten. Manche rufen Kritos an ihren Tisch, der sich sonst gern zu ihnen gesellt, doch heute Abend müssen sie sein offenkundiges Verlangen nach Einsamkeit respektieren.

Anschließend bummelt er durch die Straßen, die für eine Weile vom Plebs verstopft sind, der aus dem Theater strömt. Zu größeren Ausschreitungen ist es nicht gekommen; die Flut zieht sich langsam zurück, und das Viertel findet seinen gewohnten Rhythmus wieder. Der abnehmende Mond bietet Kritos, der keine Ruhe findet, seinen eigenen Schatten als Begleiter an. Auf keinen Fall möchte er zurück ins Große Haus, und wie immer in solchen Fällen sucht er Zuflucht in seinem zweiten ständigen Wohnsitz: einem kleinen Zimmer auf dem Söller von Ursas diskretem Freudenhaus. Die Besitzerin hat er einmal bei einem Prozess verteidigt, ihre Mädchen und Transvestiten sind seine Freunde. Hier gelingt es ihm meistens, mit sich ins Reine zu kommen, indem er sich dem Ambiente des Hauses anpasst. Es ist geprägt von einer Menschenhorde, deren Empfindsamkeit manchmal geradezu betäubt ist und dann wieder in rührende Übertreibung ausartet. Ursa ist ihm treu ergeben. Die Klugheit und Lebensweisheit in diesem plumpen Leib mit den voluminösen Brüsten, an denen sich die Männer immer noch ergötzen, überraschen ihn immer wieder. Gelegentlich mischt er sich unter die Kunden im Hof, wenn sie ihm genehm sind, oder geht mit einem der Mädchen ins Bett, die darauf brennen, sich mit jemandem zu vergnügen, der so anders ist. Andere Male unterhält er sich eine Weile mit ihnen, lädt sie zum Trinken ein und zieht sich schließlich allein in seine Dachkammer zurück, um dort oder auf der Terrasse zu schlafen, wenn die Nacht so heiß ist wie diese.

Heute hätte er Lust gehabt, etwas zu plaudern, doch als er den Saal betritt, sieht er den Musiker Yarkos mit seinem Blindenführer.

Er ist hier ein gern gesehener Gast und zieht dieses Haus den anderen in Alexandria vor, wo er sich ebenfalls von den Kunden dafür bezahlen lässt, ein bisschen Schwung in die Feste zu bringen. Als Kritos ihn zum ersten Mal sah, fragte er sich, warum dieser Mann mit seinen Fähigkeiten nicht in den Häusern der Adligen auftrat, wo man seine Kunst zu schätzen wüsste. Doch je mehr sie sich anfreundeten, desto deutlicher wurde Kritos, dass sie nicht nur das Schicksal der Behinderung teilen, wenn auch auf unterschiedliche Art, sondern sich auch sonst sehr ähnlich sind. Als er ihn heute Abend sieht, wo er das Gefühl hat, eine endlose Wüste zu durchqueren, meint er plötzlich aus einem lähmenden Albtraum zu erwachen.

Gerade als er auf den Blinden zugehen will, packt ihn ein angetrunkener junger Mann, der ihn für eines der Mädchen hält, am Arm, um ihn in ein Zimmer im oberen Stockwerk zu zerren. Doch der Wein hat ihm die Sinne noch nicht so benebelt, dass er unter der Frauentunika nicht das wahre Geschlecht des ungeschminkten Gesichts erkennt. Sofort lässt er den Arm wieder los, als hätte er sich verbrannt. Vielleicht hat er Angst, man könnte seine Männlichkeit anzweifeln. Kritos und die drei anwesenden Mädchen lachen. Der junge Mann ist pikiert und will schon Genugtuung verlangen, doch in diesem Augenblick geht Ursa dazwischen. Kritos lächelt den jungen Mann an:

»Du bist mir noch zu jung«, sagt er, »Aber deine Zeit kommt noch, so hübsch wie du bist!«

Der Kunde, der mittlerweile von der Besitzerin erfahren hat, mit wem er es zu tun hat, überlegt kurz und beschließt dann, es als Scherz aufzufassen und weiterzugehen. Kritos tritt zu dem Blinden, der seine Stimme erkannt hat, und bittet ihn, etwas für ihn zu spielen. Der blinde Musiker freut sich über diese Gelegenheit. Wenn er für andere Kunden spielt, verlangen sie immer vulgäre Stücke oder die neumodischen Lieder, die er manchmal von seinem Blindenführer vortragen lässt. Der macht sich Hoffnung, in Zukunft als Sänger aufzutreten. Kritos dagegen bittet den Blinden zu improvisieren, was dieser viel lieber tut.

Zusammen steigen sie zum Dach hinauf und lassen sich Gerstensaft und Schalen mit allerlei Kleinigkeiten bringen, Pistazien, Sesam, weißen Bohnen, geräuchertem oder gesalzenem Fisch und anderen Leckereien. Es ist bereits spät, der Lärm auf den Straßen hat nachgelassen. Sie wollen allein sein und setzen sich auf die Dachterrasse, unter den Mond am flachen westlichen Horizont, zwischen Mareotis-See und Meer. Der Blindenführer ist unten geblieben, er brennt darauf, das Leben in den Freudenhäusern zu ergründen und vielleicht das eine oder andere neue Lied zu lernen, das ein Kunde oder eins der Mädchen zum Besten gibt.

Der Blinde setzt die Doppelflöte an und befestigt das Band, mit dem sie gehalten wird, im Nacken. Kritos lehnt sich gegen die kleine Mauer, die als Brüstung dient. Dann schweben die ersten einzelnen Noten durch die Nacht, noch keine Musik, sondern bloß Töne auf der Suche nach dem nächsten Ton oder einem Thema … Die leisen Geräusche auf der Straße sind wie eine Hintergrundmusik des Lebens, wie das Rauschen des Meeres oder der Zeit. Plötzlich hält ein Ton an, ein anderer folgt, genauso intensiv und rein. Eine Melodie entsteht, schwingt sich empor, dreht sich um sich selbst wie ein farbiges Band, flattert wie ein Flügelschlag, zwitschert wie der Lockruf eines Vogels … und schlagartig wird Kritos bewusst, was er will! Jetzt versteckt er nichts mehr vor sich selbst, weder seine unerwiderte Leidenschaft noch den Irrweg seines Lebens oder den Ursprung des Ganzen! Denn plötzlich erinnert die Melodie ihn an eine andere, lydische Melodie in Smyrna bei einem ausgelassenen nächtlichen Symposium im Haus von Kalideas Mann, einem wohlhabenden Kaufmann. Sie führte ein freizügiges Leben voller Abenteuer und hatte Kritos Hoffnungen gemacht. Dem jungen Rhetoriker waren seine Erfolge auf dem Forum zu Kopf gestiegen, und aus seinem missglückten Abenteuer in Athen hatte er nichts gelernt. Er glaubte an diese Frau, idealisierte sie, redete sich ein, sie sei unglücklich mit ihrem Mann, und träumte davon, ihr Befreier zu werden und sie auf seinen Siegeszug von Smyrna nach Rom mitzunehmen … Unterdessen planten sie und ihr Hofstaat aus Liebhabern einen skandalösen Streich, der Kritos dem Spott der ganzen Stadt ausliefern würde … Die Melodie fährt fort, wechselt, verändert sich, während Kritos diese Zeit und was daraus folgte noch einmal durchlebt, den inneren Fluch, der auf seinem Leben lastet, die endgültige Zerstörung seiner Liebesfähigkeit. Und während er sich erinnert, öffnet er die Augen und mustert sich schonungslos, realistisch, nimmt sich an, so wie er ist, und söhnt sich mit sich aus … Denn erst auf dem Grund, sei es der Verbitterung oder der Erniedrigung, erfährt man, wer man ist, und erst dann spürt man wieder festen Boden unter den Füßen. Und von oben, von der durch die Musik verwandelten Nacht, sinkt der Balsam der Kunst bis auf den Grund des Brunnens hinab, erweckt die Vernunft der Weisheit, und schließlich findet Kritos Frieden … Von diesem Augenblick an ist er nur noch Gehör und Gefühl, alles andere ist vergessen, während er sich von der Musik umschmeicheln, erfüllen und beseelen lässt. Er ist Vogel, Pferd, Seemann, Planet. Ein schlagendes Herz.

Es dauert eine Weile, bis er merkt, dass die Musik verstummt und auch unten alles still ist. Er hört, wie die Stufen der alten Holztreppe knarzen unter den vorsichtigen Schritten eines der Mädchen und den stärkeren ihres späten Freiers, der ihr aufs Zimmer folgt. Er hört, wie eine Stimme um Wasser bittet. Das Leben holt ihn wieder ein, und er sieht, wie der Blinde das Band, das die Flöte an seinem Mund hielt, löst.

»Freund, mein Freund«, sagt er leise. »Was machst du mit dem Wind in diesen Röhrchen? Wie kannst du ihn so dehnen, beschleunigen, bremsen und verbiegen, wie lässt du ihn tänzeln und springen?«

Der blinde Musiker lächelt und tastet herum, bis er den Krug findet und einen Schluck nimmt.

»Heute Nacht will ich dir mein Geheimnis verraten … Nicht ich bin derjenige, der das alles macht; es ist der Wind selbst, der lebendig ist und diese engen Röhren mit den vielen kleinen Türchen liebt, die sich plötzlich öffnen und schließen. Ja, ich will dir mein

Geheimnis verraten. Als ich in Thrakien geboren wurde, war meine Patin eine Kräuterhexe. So nennen wir dort die Frauen, die magische Kräfte besitzen. Sie schenkte mir nichts. Meine Eltern waren wütend, sie hatten gehofft, dass sie mir zum Augenlicht verhelfen könnte, nachdem ich blind auf die Welt gekommen war, doch sie wusste, dass die Zeit noch nicht gekommen war. Erst viel später, als mir bereits die ersten Barthaare sprossen, besuchte sie mich auf dem Berg und pustete mir dreimal auf die Finger. Deshalb erkennt der Wind sie wieder, und sie ihn. Deshalb rufen sie ihn, und er gehorcht.«

»Ich verstehe«, erklärt Kritos und fragt sich, welche persönliche Geschichte – egal, ob traurig oder fröhlich – wohl dieser Legende zu Grunde liegen mag.

»Nein! Nein, du verstehst nicht«, fährt Yarkos fort, und sein heiterer Tonfall wird plötzlich traurig. »Ich bin nämlich noch nicht fertig. Nachdem sie auf meine Finger gepustet hatte, berührte die Magierin mit der linken Hand mein Herz und hinterließ eine Narbe. Deshalb können der Wind und meine Finger immer nur so spielen, wie du es eben gehört hast.«

Jetzt versteht Kritos, dass es auch in Yarkos' Leben eine Kalidea gegeben haben muss. Er beugt sich vor und umarmt ihn: seinen Schicksalsgefährten.

20. Die Könige von Palmyra

Plötzlich hört man einen lauten Aufschrei unter der entzückten Menschenmenge. Alle blicken zum Leuchtturm hinauf. Dessen Rauch, eben noch ein dünner Strich, der sich im heißen, windstillen Tag vertikal zum Himmel erhob, hat sich plötzlich in eine dichte schwarze Rauchsäule verwandelt. Das ist das Zeichen: Der Ausguckposten, der Mann mit den schärfsten Augen in der ganzen Stadt, hat am Horizont das unverwechselbare purpur-grüne Segel von Ahrams größtem Schiff gesichtet. Die *Soptet*, eine Quatrireme, die mit besonders luxuriöser Ausstattung zum syrischen Hafen Sidon entsandt wurde, um Odaenathus und Zenobia, Könige von Palmyra und Gouverneure des Oströmischen Reiches, abzuholen. Die ganze Stadt, die sich für große Feste ebenso begeistern kann wie für gewalttätige Aufstände, versammelt sich an den Hafenmolen, die vom Anlegeplatz am Königspalast bis zum Aufgang des Heptastadions reichen. Königlicher Besuch mit all seinem Prunk ist stets ein Ereignis besonderer Art, vor allem aber, wenn es sich um jemanden handelt, der so bewundert wird wie Odaenathus, dieses orientalische Bollwerk gegen die persische Bedrohung. Der Mann, der dort gesiegt hatte, wo Rom vernichtend geschlagen worden war, zudem in Begleitung einer Frau wie Zenobia, die bereits zu Lebzeiten eine Legende ist. Über sie erzählt man sich in aller Öffentlichkeit nur Großes und hinter vorgehaltener Hand lauter Geheimnisse, die seit Tagen von den Libellisten ausgeschlachtet werden.

Die Vorbereitungen sind perfekt. Seit Valerian auf dem Weg zu seinem verhängnisvollen Feldzug gegen den persischen König einen kurzen, nur wenige Stunden dauernden Zwischenaufenthalt in Alexandria einlegte, kann sich niemand an etwas Vergleichbares erinnern. Das königliche Paar soll auf den glänzenden Marmorstufen der Landungsbrücke vom römischen Statthalter und allen Würdenträgern der Stadt empfangen werden und von dort auf Sänften und hoch zu Ross an der Hafenmole entlang zu Ahrams Haus gebracht werden. Die Wegstrecke wird von einer Kohorte der 14. Alexandrinischen Legion gesichert. Indem der Statthalter sie als Erster auf den Stufen seines Palastes empfängt, gleicht er die Tatsache aus, dass das königliche Paar sich im Haus des Seefahrers einquartiert hat. Der Statthalter ist noch nicht von seinen Gemächern herabgekommen, aber am Anlegeplatz befinden sich bereits der *archidikastes*, der *dioichetes*, der die Finanzen verwaltet, mehrere Richter, und – mit schimmerndem Brustharnisch, der sich von der weißen Toga der Beamten abhebt – der Epistratege, der *nauarchos* und andere ranghohe Militärs. Ein wenig dahinter warten die bedeutenden Persönlichkeiten von Alexandria: die Hohepriester verschiedener Religionen, der *arabarches* und die Oberhäupter anderer Glaubensgemeinschaften, der *eutheniarchos* und der Leiter des Hafens, die Mitglieder des Stadtrates, der *gymnasiarchos*, die bedeutendsten Gelehrten des Museums und der Bibliothek, wichtige Kaufleute, darunter der reiche Firmus, die Chronisten des Reiches und andere Persönlichkeiten. Ahram steht in der ersten Reihe und hebt sich durch seine gewohnt bescheidene Tracht und den Dolch in der Schärpe von den Übrigen ab, doch sein Turban ist mit einem blitzenden Smaragd geschmückt, und er trägt Stiefel aus dem Leder der Wüstengazelle. Etwas abseits wartet die Gruppe seines Hauses, die das Königspaar nach Pharos geleiten wird: eine kleine Ehreneskorte und zwei Sänften, die von kräftigen Zugeseln getragen werden. In einer von beiden wartet Glauka hinter geschlossenen Vorhängen auf Zenobia.

An diesem Nachmittag ist es nicht mehr so heiß wie im Sommer, und das rege Interesse an dem Ereignis macht das Warten weniger ermüdend. Alle vor Anker liegenden Schiffe mussten sich zwischen die künstliche Landzunge von Timonion und das Heptastadion im großen Hafen zurückziehen; die kleineren Boote wurden sogar in den Hafen von Eunostos verbannt, um das Einfahrtsmanöver der imposanten Quatrireme in den Hafen zu erleichtern, die natürlich nicht bis zum Anlegeplatz vorfahren kann. Kurz darauf sehen die Menschen, wie der Statthalter in seiner prunkvollen purpurrot und golden geschmückten Toga, mit der er das königliche Paar empfangen wird, die Stufen des Königspalastes hinabsteigt. Das lässt darauf schließen, dass das Schiff bereits so nahe ist, dass man es von den Terrassen des Königspalastes aus sehen kann. Endlich tauchen hinter dem Leuchtturm Ahrams purpur-grüne Segel auf, die in der Flaute schlaff herabhängen, und bald darauf erscheinen auch der Bug und der hohe Rumpf, angetrieben von vier Reihen von Rudern, die sich exakt im gleichen Rhythmus bewegen und das Wasser zu beiden Seiten des Schiffes mit Schaumspitzen säumen. Das Volk sieht in dieser Erscheinung eine Demonstration Ahrams unvergleichlicher Macht, vor allem, als gleich dahinter die römische Kriegstrireme auftaucht, die Ahrams Schiff aus Höflichkeit begleitet und viel leichter und längst nicht so imponierend ist wie die *Soptet*, die im ganzen Mare Nostrum bekannt ist, vom Pontos Euxeinos bis zu den fernen Säulen des Herkules.

Mit einem Mal heben sich alle Ruder senkrecht an den Schiffsseiten empor und verharren in dieser Position. Das Schiff treibt weiter auf die Hafenmole zu, von wo Ahram und der *nauarchos* bereits in einer festlich geschmückten Barkasse mit zwölf Ruderern und einem Sonnendach am Achterdeck ausgelaufen sind. An Bord hört man Befehle, dann werden die Anker zu Wasser gelassen. Schließlich liegt das Schiff still, doch die reglose Masse, deren Masten unmerklich schaukeln, vermittelt denselben Eindruck von Macht wie zuvor.

Man sieht, wie Ahram und der *nauarchos* über eine Treppe an Bord gehen, die eigens für die Bequemlichkeit Zenobias gebaut wurde, und danach, wie das königliche Paar und der kleine Prinz Vaballath in die Barkasse hinabsteigen und unter dem Sonnensegel Platz nehmen. Am Bug steht ein Offizier und hält die Standarte von Palmyra hoch: zwei goldene Palmen, die sich vor einem blauen Hintergrund kreuzen, dazu eine aramäische Losung. Bald legt die

Barkasse am Pier des Königspalastes an, wo der Statthalter als Erster Odaenathus auf orientalische Weise mit einem Kuss begrüßt und sich vor Zenobia tief verneigt.

Während die oberste Autorität der Stadt die versammelten Würdenträger mit Titel, Rang und Namen vorstellt und anschließend Zenobia zu Ehren Hunderte von Tauben zum Klang von Posaunen, Pauken und Trompeten in den Himmel aufflattern, beobachtet Glauka durch einen Spalt zwischen den Vorhängen ihrer Sänfte die Ankömmlinge. Zenobias eher kleine Statur und ihre füllige, orientalisch wirkende Figur überraschen sie, aber in der majestätischen Haltung und ihrem königlichen Auftreten offenbart sich die wahre Herrscherin. Odaenathus dagegen ist ein echter Krieger, ein Feldherr. Er ist groß, kräftig gebaut und bewegt sich wie ein Soldat. Einem Raubvogel gleich dreht er den Kopf hin und her und erinnert sie damit ein wenig an Ahram. Von seinem linken Handgelenk hängt eine Reitpeitsche oder ein Feldherrenstab, mit dem er sich gelegentlich gegen das Bein schlägt. Nach Art der Parther trägt er eine weite Hose.

Während der Begrüßungszeremonie fährt die Barkasse immer wieder zwischen der Mole und dem Schiff hin und her, um die Amme des Jungen, weitere Mitglieder der königlichen Gefolgschaft und den übrigen Hofstaat abzuholen. Glauka beobachtet Vaballath, der sie mit seinen vier Jahren an den kleinen Malki damals auf Tanuris erinnert. Aber Malki lief mit nacktem Oberkörper herum, während der kleine Fürst im prunkvollen orientalischen Stil gekleidet ist und mit ernstem Gesicht vor seiner Amme einherschreitet. Abgelenkt wie sie ist, merkt Glauka zunächst gar nicht, dass das Königspaar in Begleitung von Ahram und dem Statthalter fast schon bei den Sänften angekommen ist. Hastig steigt sie aus und erwartet das königliche Paar. Sie verneigt sich tief, bis eine Hand sie wieder aufrichtet. Es ist Zenobia, und als sie sie aus der Nähe sieht, versteht sie, warum diese Frau so berühmt ist. Wegen ihrer leuchtenden schwarzen Augen, ihrer strahlend weißen Zähne und dieses Gesichts, das Sinnlichkeit und weiblichen Stolz zugleich ausstrahlt. Eine Frau, die sich ihrer Macht gewiss ist. Als sie Zenobia ihre Sänfte zeigt und selbst in die zweite steigen will, ruft die Königin mit ernster, sanfter Stimme:

»Oh, nein, meine Liebe. Du fährst mit mir. Wir haben so viel zu besprechen!«

So sieht sich Glauka plötzlich neben der Königin, während der Junge, seine Amme und die Zofe in der zweiten Sänfte Platz nehmen. Dann setzt sich der Zug in Marsch. Hinter einem berittenen Tribun kommt Odaenathus hoch zu Ross mit dem Epistrategen zu seiner Rechten, der nun den Statthalter vertritt, und Ahram zu seiner Linken. Es folgen Odaenathus' Adjutant und Mnehet, die persönliche Eskorte der Könige von Palmyra, die beiden Sänften und eine weitere Eskorte aus Söldnern. Den Tross bilden die Sklaven der Könige. Auf der einen Seite der Sänfte der Königin geht ein kräftiger nubischer Sklave, der an einer goldenen Kette Zenobias Lieblingstier führt: einen Geparden. Auf der anderen Seite geht ein Schreiber, der nicht von der Seite der Königin weicht. Sobald Zenobia es sich neben Glauka bequem gemacht hat, sagt sie:

»Uff! Ich konnte es kaum erwarten, mich hinzusetzen. Als ich eben an Land ging, hat das Schiff so geschaukelt, dass ich umgeknickt bin und mir den Absatz von meinem Schuh abgebrochen habe. Ich werde deinen Schuster in Anspruch nehmen müssen, Glauka. Und auch deine Masseuse, mir tut der Knöchel weh …«

Während sie spricht, zieht sie den kaputten Schuh aus, einen kleinen Stiefel aus feinstem Leder mit goldenen Verzierungen, und entblößt ihren schönen braunen Fuß. Glauka nickt und versichert ihr, dass man ihre Schuhe sofort reparieren wird. Sie ist froh über diese ersten inoffiziellen Worte, die ein Klima des Vertrauens schaffen. Allmählich wird ihr klar, warum die Königin in dem Ruf steht, Menschen so leicht für sich einnehmen zu können. Umso mehr, als sie ihre nächsten Worte hört:

»Vor dem Essen brauche ich vermutlich auch noch deinen Perückenmeister. Ich nehme an, dass der Statthalter und all die anderen Würdenträger zum Empfang kommen werden, oder?«

»Ja, Majestät.«

»Nein, nein! Nenn mich Zenobia, wenn wir unter uns sind. In Rom werden sie mich Septimia Zenobia nennen, und bei uns heiße ich Zenobia Bath Zabbai, aber du kannst Zenobia sagen.«

»Danke, Fürstin. Wir haben einen vortrefflichen Perückenmeister, er ist bereits bestellt. Und auch eine Masseuse, die Euch nach dem Bad den Knöchel massieren wird. Yazila ist zwar jung, aber sehr erfahren ... Nach der langen Reise seid Ihr bestimmt müde.«

»Alle behaupten, die Fahrt wäre sehr angenehm gewesen und das Schiff hätte kaum geschlingert, aber ich mag die See nicht.«

»Werdet Ihr seekrank?«

»Das kann ich mir nicht leisten!«, lacht sie. »Auch darin muss man sich wie eine Königin benehmen. Mein Volk bewundert Stärke, es hat noch viel von einem kriegerischen Nomadenstamm, auch wenn Palmyra heute eine zivilisierte Stadt ist.«

»Ahram jedenfalls war begeistert.«

Zenobia wirft ihr einen durchdringenden Blick zu.

»Wir haben keine Mühen gescheut, es ihm so angenehm wie möglich zu machen. Er ist ein außergewöhnlicher Mann ... Aber du scheinst mir seiner durchaus würdig.«

»Fürstin ...«

»O ja, ja. So gut dein Perückenmeister auch sein mag, ein Haar wie deines wird er mir nicht geben können. Ahram hatte versucht, mir die Farbe deines Haars zu beschreiben, aber das ist unmöglich.«

Während sie sich unterhalten, winkt Zenobia durch die offenen Vorhänge huldvoll der versammelten Menge zu. Glauka hat die Vorhänge an ihrer Seite zugezogen und sich in die Ecke zurückgelehnt, damit nur die Königin die Huldigungen entgegennimmt. In der zweiten Sänfte beugt sich der kleine Prinz, der von der Amme festgehalten wird, wie seine Mutter aus dem Fenster und winkt den hingerissenen Frauen in der Menge zu.

Gelegentlich zeigt Glauka auf die Gebäude, an denen sie vorbeikommen. Als Zenobia die Obelisken der Kleopatra sieht, hält sie mitten im Satz inne und sagt dann etwas, das Glauka erstaunt:

»Ach, Kleopatra! Sie hätte ganz Rom haben können, wenn sie nicht so eine typische Frau gewesen wäre!«

Dann kommt sie wieder auf das Kleid zu sprechen, das sie zum Bankett anziehen wird. Gelegentlich wirft sie ihrem Schreiber eine Anweisung zu, der sich beflissen eine Notiz macht.

»Ob man mir für heute Abend eine römische Frisur machen könnte? In Palmyra bedecken wir uns immer den Kopf und legen keinen großen Wert auf die Frisur. Ich würde so gern eine Frisur haben, wie man sie an den Statuen oder auf den Münzen sieht. Etwas, das gerade Mode ist. Ich weiß nicht. Langsam muss ich mich anpassen, wenn ich in Rom Eindruck schinden will.«

»Der Perückenmacher und die Kämmerin, übrigens ebenfalls ein Mann, der beste in ganz Alexandria, stehen euch zur Verfügung.«

»Ist er einer von diesen ... Na ja, von denen es hier so viele geben soll? Mein Schreiber ist auch ein Eunuch, und er leistet mir vortreffliche Dienste.«

»Die Kämmerin ist wirklich einzigartig. Man beneidet sie um ihre Schöpfungen. Sie ist sehr gefragt.«

Zenobia winkt der Menschenmenge zu und dreht sich zu Glauka um.

»Sag mir ganz ehrlich, wie du mich findest? ... Es heißt, die alexandrinischen Frauen seien so kultiviert!«

»Ich bin hingerissen, Fürstin! Glaubt mir. Ihr seid eine Königin von Kopf bis Fuß. Ihr wärt es auch ohne den Titel. Ich weiß nicht, ob es eine Respektlosigkeit ist, wenn ich das so sage.«

»Es ist das Schönste, was ich je gehört habe.«

Glauka ist über die Spontaneität, mit der sie es gesagt hat, erstaunt und auch über das wachsende Vertrauen, mit dem Zenobia eine Frau bedenkt, die schließlich nur Ahrams Hetäre ist. Später, im Gästeflügel des Großen Hauses, als die männliche Kämmerin mit ihrer Arbeit beginnt, wird sie entdecken, dass Zenobia das schönste schwarz glänzende Haar besitzt, das sie jemals gesehen hat.

Zuvor hat die Königin ein Bad genommen und sich dabei mit ihrer Zofe eingeschlossen. Glauka war überrascht, denn sie scheint keinen Makel zu haben, den sie vor den Augen einer anderen Frau hätte verstecken müssen. Jetzt überlässt sie sich, nachdem man sie gesalbt, parfümiert und in eine elegante Tunika gehüllt hat, den Händen der Kämmerin, während sie sich weiter mit Glauka unterhält.

»Endlich fühle ich mich wieder wohl. Das Schiff ist nichts für uns, obwohl ich nicht seekrank wurde. Alles war bestens organisiert, aber dieser Gestank nach Fisch in den Kajüten, dieses raue Holz, das kärgliche Essen ... Wie soll man sich bei dem Schlingern die Lider schminken lassen? Da ziehe ich das Schaukeln auf einem Kamel in der Wüste vor, da hat man wenigstens festen Boden unter den Füßen. Leider ist die Sicherheit an Land nicht gleichermaßen gewährleistet. Man kann noch so viele Wächter haben, ein Fanatiker, der bereit ist zu sterben, kann es immer auf irgendeine Weise schaffen, bis zum König vorzudringen. Und in Palmyra mit seinen unzähligen Sekten mangelt es nicht an Fanatikern!«

Sie lacht und zählt die vielen Religionen und Tempel auf: Hellenisten, Phönizier, Assyrer, Manichäer, die Anhänger der Lehre des Zarathustra, Mystiker, Hebräer ... Sogar die neuen Christen tauchen inzwischen dort auf ...

Glauka hört zu und denkt an ihre Erfahrungen mit der Wüste und dem Meer, die so anders sind: an ihre schreckliche Reise durch die Wüste in einem Korb auf dem Kamel, die sie zu Astaphernes führte, und an die friedlichen Schiffsfahrten mit den Fischern oder Korallentauchern. Sie ist noch in Gedanken versunken, als Zenobia sie mit einer Frage überrascht:

»Und wer ist dein Gott?«

»In Wirklichkeit bete ich keinen an ... Aber gut, ich verehre Aphrodite Urania. Sie hat mir etwas sehr Wichtiges geschenkt.«

Kaum hat sie es gesagt, da bereut sie schon, so offen zu dieser Frau zu sein. Ein weiterer Beweis für Zenobias Verführungskünste, mit denen sie sich das Vertrauen ihres Gegenübers erschleicht. Sie wird ständig auf der Hut sein müssen. Und damit erweckt diese Frau mehr Argwohn als Sympathie in ihr!

»Aber Götter sind sehr nützlich. Sie kontrollieren die Massen, meinst du nicht?«

»Kritos behauptet, dass die Götter, falls sie überhaupt existieren, sich gar nicht um die Menschen kümmern«, antwortet sie, um ihre eigene Meinung zu kaschieren.

»Kritos?«

»Ihr werdet ihn kennen lernen. Er ist Philosoph und für Ahram wie ein Bruder. Er lebt hier im Haus.«

Die Kämmerin ist fertig, und die Zofe beginnt, die Königin zu schminken. Bislang stand sie die ganze Zeit reglos neben ihr, die Hände als Zeichen des Respekts in den Ärmeln versteckt, wie alle Sklaven in Palmyra. Glauka zieht sich in ihre Gemächer zurück, wo Eulodia sie für das Essen heute Abend zurechtmachen wird. Das Festessen wird nicht so ausgelassen sein wie die Geburtstagsfeier, und es wird auch keine Veranstaltung mit besonderen Gästen in der Krypta stattfinden. Trotzdem werden außer den Würdenträgern, die unter Federführung des Statthalters das Königspaar auf der Mole empfangen haben, noch viele weitere Gäste erwartet. Nach den rituellen Trankopfern wird man in politischen Reden die Freundschaft zwischen Palmyra und Rom preisen und anschließend Geschenke austauschen: Odaenathus hat das beste Pferd seines Stalls für Ahram mitgebracht und Seide für Glauka. Der Fürst wird einen goldenen Gürtel und Zenobia ein prächtiges Halsband aus herrlichen Smaragden erhalten.

Das von Soferis und dem Haushofmeister Hermonius vortrefflich inszenierte Abendessen hätte Glauka, die auf der Trikline zwischen dem zweiten Magistrat und dem Geographen Dagumpah liegt, sicher zu Tode gelangweilt, wäre Letzterer nicht ein unerschöpflicher Quell von seltsamen und interessanten Gelehrsamkeiten, die über seine wenig angenehme Erscheinung hinwegtrösten. Zum Beispiel eröffnet er ihr im Augenblick, dass die Sphinxe in Syrien als weiblich gelten, in Ägypten hingegen männlichen Geschlechts sind. Während die beiden Männer noch darüber lachen, fragt Glauka, ob einer der Gäste schon mal eine Sphinx gesehen hat, worauf diese verneinen. Dennoch befinden sich in der Bibliothek unzählige Abhandlungen über diese Zwitter.

Das Besuchsprogramm ist sorgfältig geplant. Am nächsten Morgen wird Ahram Odaenathus und dessen hohe Berater zu einem Arbeitstreffen mit dem Statthalter und seinen Beamten begleiten. Auf der Tagesordnung steht, wie nicht anders zu erwarten, die Lage im Orient. Odaenathus wird ihnen berichten, wie es um Persien steht. Wie jeder weiß, hat er bei seinem letzten Feldzug Armenien wieder für das Römische Reich zurückgewinnen können, und im Süden ist er nur deshalb nicht bis Ktesiphon vorgestoßen, weil er zuerst seine Macht in den eroberten Gebieten konsolidieren wollte, bevor er das Risiko eingeht, die Grenzen seines Reiches weiter auszudehnen. Schahpur denkt natürlich nicht daran, seine Eroberungspläne aufzugeben, trotzdem ist Odaenathus der Meinung, dass es vorerst Frieden geben wird, weil auch der Perserkönig daran interessiert ist, die Macht im eigenen Reich zu festigen. Zudem genießt er seit seinem Sieg vor zwei Jahren über Valerian hohes Ansehen, das er zu nutzen weiß, um neue Vasallen und Verbündete im Osten zu finden und sogar vor den Königen von Hindustan als Großmacht aufzutreten.

Da Rom ständig in Geldschwierigkeiten steckt, um die Besoldung und Verpflegung der Söldnerheere zu gewährleisten, die die Grenzen des Reiches schützen, ist dieses Thema von größter Bedeutung, und deshalb erkundigt sich der Statthalter nach den Steuereinnahmen in Palmyra und vor allem nach den berühmten Abgabentabellen, die in eine fast hundert Ellen lange Steinmauer gemeißelt sind und von jedem Reisenden eingesehen werden können. Odaenathus versorgt ihn mit detaillierten Informationen, dann ist es Zeit für eine kleine Erfrischung. Die Unterhaltung entspannt sich, man spricht über Persönliches. Odaenathus erkundigt sich nach den wichtigen Persönlichkeiten in Rom, nach Neuigkeiten und den Spektakeln der Hauptstadt, die jedes Jahr nach dem Sommer ihr lebhaftes kulturelles Leben wieder aufnimmt. Schließlich kommt man auf das Thema Christen zu sprechen, die Rom zunehmend Sorgen bereiten, weil sie trotz ihres seltsamen Gottes und der merkwürdigen Riten ständig neue Anhänger gewinnen. Dennoch denkt Gallienus im Moment nicht an eine neue Christenverfolgung. Odaenathus erklärt, dass die Christen in Palmyra noch keine Bedrohung darstellen, weil sie nur wenige sind, die Manichäer dagegen immer stärker werden. Da seine Zuhörer kaum etwas über Mani wissen, den Gott, den Schahpur in Persien bevorzugt, muss er ihnen einen Glauben erklären, der sie in manchen Aspekten an das erinnert, was die Christen, die Perser und sogar die Hebräer propagieren.

Die Stunden vergehen im Flug. Die Besucher nehmen ihr Bad und das Mittagessen im Königspalast ein. Am Nachmittag, nach dem Mittagsschlaf, findet eine weitere Versammlung statt, dieses Mal in Ahrams Haus, an der aber kein Römer mehr teilnimmt, sondern nur der Hausherr und seine Gelehrten. Ahram will die Gelegenheit nutzen, um Odaenathus über die Fortschritte, die sie beim Bau der Flotte und in der wissenschaftlichen Forschung gemacht haben, zu informieren, nur die Erfindung des Feuergeistes behält er nach wie vor für sich. Odaenathus ist von seiner Mannschaft beeindruckt, lauter Männer aus der Wirtschaft und Wissenschaft, ganz anders als seine eigenen Gefolgsleute, die reine Krieger sind.

Nach einem Höflichkeitsbesuch bei der Gemahlin des Statthalters haben die Königin und Glauka den Tag dazu genutzt, um durch die Straßen der Stadt zu spazieren und sich die Märkte und Sehenswürdigkeiten anzusehen. Glauka kann sich erneut von Zenobias Talent überzeugen, Menschen für sich einzunehmen und sogar über Unannehmlichkeiten seelenruhig hinwegzusehen, als sie auf einer Mauer ein Epigramm lesen, in dem sie von dessen Verfasser wegen ihrer angeblich behaarten Beine als »Königin des Waldes« bezeichnet wird.

»Auch wenn es wahr wäre«, lacht Zenobia spontan, »es würde mich auf eine Ebene mit der schönen Bilqis erheben, der Königin von Saba, die dasselbe Schicksal hatte. Weißt du, wie Salomon dahinter kam?«

Da Glauka es nicht weiß, erzählt sie ihr die Geschichte. Der König führte sie zu einem Gemach, dessen Boden aus Glas bestand, und als Bilqis ihr Spiegelbild sah, glaubte sie, es sei Wasser und hob ihr Kleid an, weil sie Angst hatte, es nass zu machen. So erhaschte der König einen Blick auf ihre Beine und konnte sich von der Richtigkeit ihres Rufes überzeugen, trotzdem hielt es sie nicht davon ab, ihn mit ihrer Schönheit zu verführen. Zenobia lacht, während sie das erzählt. Glauka dagegen fällt plötzlich ein, wie diskret Zenobia sich zurückzog, um ihr Bad zu nehmen. Und wenn es nur das ist, warum enthaart sie sich nicht, wie es im Römischen Reich sogar die Männer tun?

Für den Abend schlägt Soferis ihnen einen Theaterbesuch vor, falls sie Lust haben. Angekündigt ist eine Komödie mit dem Titel »Der beste Liebhaber«. Darin verwandelt der Gott Poseidon, nachdem eine allzu keusche Prinzessin, in die er verliebt ist, die jedoch einen anderen liebt, ihn abgewiesen hat, ihren Verehrer aus Rache in einen Esel. Ganz Alexandria ist aus dem Häuschen, weil die realistische Inszenierung die Begattung der jungen Frau durch den Esel vor dem Publikum vorsieht, wozu sich der Mime, der die junge Frau spielt, bereit gefunden haben soll. Jetzt fragen sich alle, ob die Begattung nun ein anderer Schauspieler übernimmt, der sich als Esel verkleidet, oder ob sie es tatsächlich fertig bringen, ein echtes Tier für diese Rolle abzurichten. Soferis berichtet lachend, wie auf den Straßen bereits Wetten abgeschlossen werden.

Zu Glaukas Erleichterung, die an einer Vorstellung, wie sie sie während ihres Aufenthaltes im byzantinischen Freudenhaus schon zur Genüge gesehen hat, nicht interessiert ist, zieht die Königin es vor, den Abend mit Glauka und ihren Sklavinnen am Springbrunnen in der Galerie zu verbringen und die abendliche Frische zu genießen, während die Männer die Theatervorstellung besuchen. Doch die Handlung der Komödie geht ihnen nicht aus dem Kopf, und schließlich wendet sich das vertrauliche Gespräch zwischen ihnen intimeren Themen zu.

»Körperliche Liebe?«, seufzt Zenobia. »Bei dem Leben, das wir führen, ist dazu fast keine Zeit mehr. Nicht dass sie mir viel bedeuten würde, aber für die Männer ist sie so wichtig … Lächerlich, wie sie sich ständig um dieses kleine Ding sorgen, findest du nicht?«

Wie kann sie nur so mit mir reden?, denkt Glauka. Vielleicht hält sie sich einer Hetäre gegenüber für überlegen, auch wenn es sich um Ahrams Hetäre handelt, und bildet sich ein, nichts könne gegen sie verwendet werden … Wie sicher sie sich ihrer Macht ist!

»Vor zwei Jahren«, fährt Zenobia fort, »als Odaenathus einen Angriff von Schahpur befürchtete, der über ein viel größeres Heer verfügte als er, zerbrach er sich den Kopf darüber, dass er mehrere Nächte nicht mit mir schlafen konnte. Du wirst es nicht glauben, aber das machte ihm mehr Sorgen als Schahpur. Und wenn ich ehrlich sein soll, auch mir, denn in diesen Fällen suchen die Männer sich gern andere, jüngere Reize …«

Es ist bereits dunkel geworden, die Vögel schlafen, nur das leise Plätschern des Springbrunnens füllt die Pausen in der Unterhaltung der beiden.

Obwohl Glauka sich vorgenommen hatte, nicht allzu viel von sich preiszugeben, kann sie der Versuchung nicht widerstehen, auf diesem Gebiet ihre Überlegenheit zur Schau zu stellen.

»Beim nächsten Mal versuch es mit seinen Füßen.«

»Du meinst mit Odaenathus' Füßen?«

»Ja, manchmal hilft es. Pass auf, du ziehst ihm die Sandalen aus und …«

Glauka beschreibt ihr, wie sich die Chinesen die Fußballen massieren, genüsslich an den Zehen lutschen oder die Fußsohlen kitzeln … Zenobia stützt sich mit dem Ellbogen auf den Diwan, nähert ihr Gesicht dem von Glauka und nimmt ihre Worte begierig auf.

»Und stimmt das? Hast du es ausprobiert? … Mit Ahram?«

»Das war nicht nötig«, antwortet Glauka mit einem überlegenen Lächeln. »Aber ich habe gesehen, dass es wirkt. In Astaphernes' Harem, wohin mich die Seeräuber verkauft hatten.«

»War er wenigstens anziehend?«

Beide lachen.

»O nein. Er war dick und schmierig, aber sehr gebildet. In mancherlei Hinsicht sogar bewundernswert. Wie auch immer, ich schaffte es nie, zu seiner Bettgefährtin ›erhoben zu werden‹, wie sein Lieblingseunuch immer sagte. Wir Frauen dienten nur seinem Ruf und seinen Gästen. Er zog Knaben vor.«

»Wir können ihnen dasselbe bieten«, erwidert Zenobia selbstbewusst.

Glauka weiß nicht, worüber sie mehr verwundert ist, über ihre eigene Offenheit oder die Vertraulichkeiten der Königin. Doch es ist eine Nacht, in der alles natürlich erscheint, hier in der Frische, während sich die Aromen des Gartens mit dem neuen undefinierbaren Duft aus der Räucherpfanne vermischen, die Zenobias Zofe entzündet hat. Ein Geruch, der alles so leicht und luftig macht und trotzdem verdichtet. Mit ihm scheinen alle Wünsche greifbar nah, die Möglichkeiten unbegrenzt.

»Ich bin mir nicht sicher. Astaphernes behauptete, dass die männliche Öffnung mehr Widerstand leistet, enger ist und mehr Lust bereitet.«

Zenobia lässt sich nicht anmerken, welches Gefühl dieser Satz in ihr weckt. Sie hat ihn schon einmal während eines ausgelassenen Festmahls in Palmyra aus Odaenathus' Mund gehört, der über jemand anderen sprach. Und dann fällt ihr plötzlich ein, dass Odaenathus ihr nach der Hochzeit ihren jetzigen Schreiber brachte und seine intellektuellen Fähigkeiten über den grünen Klee lobte, die in der Tat über alle Zweifel erhaben sind.

»Und was habt ihr Frauen in dem Harem gemacht?«

»Süßigkeiten gegessen, zugenommen, uns gegenseitig bespitzelt, Dame gespielt, uns Bälle zugeworfen oder uns im Garten versteckt. Vor allem aber Intrigen geschmiedet. Das kleinste Ereignis war gut genug, um tagelang Gesprächsstoff zu liefern, vor allem, wenn es einer von uns, den Eunuchen oder Knaben nutzen oder schaden konnte … Ich habe die Zeit damit verbracht, zu lernen, wie man webt, sich schminkt und Pflanzen für medizinische oder kosmetische Zwecke einsetzt … Und ich lernte die Sprache.«

»Da hast du's! Für uns Frauen ist körperliche Liebe nicht so wichtig.«

»Da irrst du dich. Die Frauen bildeten ebenfalls Paare und lebten ihre Liebesgeschichten und Eifersüchteleien. Überall standen künstliche Phalli herum. Manche haben sie gesammelt, so wie die Männer Waffen. Ein alter Eunuch war ein Meister darin, sie herzustellen. Aus Elfenbein, Holz, Jade oder Marmor … Was weiß ich! Er machte glatte, geriffelte, kleine und große. Sogar aus Metall oder gegerbtem Schafleder.«

Plötzlich wird Glauka bewusst, dass sie übertreibt, zu weit geht, aber irgendetwas in dieser seltsam parfümierten Nacht hat sie in einen Zustand der Erregung versetzt. Sie hat das Gefühl, als schwebte sie, als sei sie außer sich, kopflos. Zudem empfindet sie eine boshafte Freude daran, Zenobia ihre Überlegenheit in etwas zu zeigen, das sie seltsamerweise selber verabscheut. Scheingefechte mochte sie noch nie. Deshalb versucht sie, das Gespräch von der körperlichen auf die geistige Liebe zu führen, doch auch ihr scheint Zenobia nicht viel Bedeutung beizumessen, für sie gibt es offensichtlich Wichtigeres im Leben. Im Gegenteil, sie lässt die Liebe links liegen, kommt auf die Männer und ihre Pläne zu sprechen und versucht, Glauka in ein Gespräch über die gemeinsamen Projekte von Ahram und Odaenathus zu ziehen, die ihnen beiden bekannt sind. Doch Glaukas Interesse an diesem Thema ist nicht besonders groß, und außerdem kann der Zauber der Nacht nicht verhindern, dass sie auf der Hut ist, während beide darauf warten, dass ihre Ehemänner aus dem Theater zurückkehren.

Am nächsten Morgen gehen Ahram und Odaenathus mit ihren Mitarbeitern in aller Frühe an Bord eines neuen leichten Segelschiffes, um sich die Werft in Antiphrae anzusehen. Ein paar Stunden danach empfängt Zenobia die vornehmsten Damen der alexandrinischen Gesellschaft zu einer Audienz und unterhält sich lange mit Clea, die sie noch aus ihrer Zeit in Palmyra kennt, als sie dort mit ihrem früheren Mann, dem Epistrategen, wohnte. Clea nimmt die Gelegenheit wahr, um ihr die Bittschrift einer Freundin zu überreichen, die in Palmyra lebt. Die Königin reicht das Pergament an ihren Schreiber weiter und wendet sich einer anderen Dame zu, während Clea einige Worte mit Glauka wechselt und sich anschließend zurückzieht. Nach dem Empfang verrät Zenobia Glauka unter anderem, dass sie nicht gedenkt, Cleas Bittschrift zur Kenntnis zu nehmen, weil Clea während ihres Aufenthaltes in Palmyra anfangs regelmäßig bei Hof verkehrte, um sich dann plötzlich und unter ungeklärten Umständen von ihr zu distanzieren.

Das Mittagessen nehmen sie allein ein, da der Ostwind die Rückkehr der Männer von der Werft verzögert. Nur Kritos leistet ihnen Gesellschaft, der zu Glaukas Überraschung heute nicht besonders geistreich ist. Zenobia ist in Gedanken bereits bei der bevorstehenden Abreise aus Alexandria; vielleicht kommen sie deshalb nicht mehr auf andere wichtige Themen zu sprechen. Sie unterhalten sich lediglich über das Rom, das Zenobia vorfinden wird, und die beiden wunderbaren Perücken, die sie für die Reise gekauft hat. Während Zenobia die Preise erwähnt, die in Tetradrachmen oder Dinaren gezahlt werden, erzählt sie von dem faszinierenden Karawanenmarkt in Palmyra und den vielen Informationen aus fremden Ländern, die dort aus den entlegensten Winkeln der Erde zusammengetragen werden. Kritos berichtet von der gestrigen Theatervorstellung. Die Wette gewannen diejenigen, die auf einen echten Esel gesetzt hatten, obwohl der Schauspieler während dieser Szene durch einen Professionellen aus Alexandria ersetzt wurde, der Gerüchten zufolge über ein beträchtliches Aufnahmevermögen verfügen soll. Wegen der Kürze des Stückes habe anschließend ein Schönheitswettbewerb stattgefunden, bei dem das Volk eins von Dophinias Mädchen zur Siegerin gekürt hatte.

Schließlich, nachdem die Mittagszeit weit überschritten ist, legt das Schiff mit Ahrams und Palmyras Banner an. Auf Wunsch Zenobias beeilen sich alle, die Reisenden auf die Quatrireme zu geleiten. Das Protokoll der Abschiedszeremonie, bei der die hohen Beamten der Präfektur und der Statthalter auf den Stufen des Palastes stehen, wird entsprechend kurz gehalten. Das Königspaar will denselben Wind, der Ahrams Schiff zuvor aufgehalten hat, nun nutzen, um bis zur Bucht von Taposiris im Westen zu gelangen, wo sie vor Anker gehen werden, um nicht bei Nacht segeln zu müssen.

Endlich sind sie fort! Was für Tage! Sie haben mich von meinen Gewohnheiten abgehalten. Na ja, so schlimm war es nun auch wieder nicht. Ich hatte Angst vor dieser Begegnung mit Zenobia, vor dem, was sie über mich denken würde. Ich hatte mich immer geweigert, nach Palmyra zu reisen, und Ahram war letztes Mal fest entschlossen, mich mitzunehmen, aber hier war es nicht so schwer, wenn auch sehr verwirrend. Ich weiß nicht, was ich denken soll. Was ist das für eine Frau? Einerseits anziehend, verführerisch und geschickt, andererseits hat man ständig das Gefühl, sich in Acht nehmen zu müssen. Als führte sie etwas im Schilde. Mir gegenüber war sie reizend, manchmal allerdings auch distanziert. Ich kann es verstehen, und trotzdem verwirrt es mich, jedenfalls ist sie genauso machtbesessen wie Ahram. O Aphrodite, ich habe Angst, dass er sich auf diesem Gebiet zu gut mit ihr verstehen könnte! Besser noch als mit Odaenathus – er ist bloß ein Krieger, sie ist diejenige, die ihn anstachelt. Er würde nicht nach mehr trachten, König von Palmyra und unersetzlich für Rom, das genügt ihm, sie aber will über die ganze Welt herrschen. Was für eine Bemerkung über Kleopatra! Sie lässt wirklich nichts aus. Der angekettete Gepard – sobald wir im Haus waren, würdigte sie ihn keines Blickes mehr und ließ ihn wegbringen, das Tier ist nur für das Publikum gedacht. »Beeindruckend, nicht wahr, fast wie ein Panther«, sagte sie zu mir, »aber aus der Nähe stinkt er und kann gefährlich werden. Aber er ist schön, vor allem, wenn er jagt.« O ja, Zenobia ist auch eine Jägerin; als sie das sagte, glänzten ihre Augen und ihre weißen Zähne strahlten. Es ist seltsam, so wie sie aussieht, würde man sie eher in einem Harem vermuten, müßig auf einem Diwan, aber dieser Blick, dieser Stolz, dieses ständige Misstrauen! Der Ehrgeiz treibt sie an. Andererseits war sie manchmal wieder ganz zutraulich, oder war das auch nur Taktik? Ich weiß nicht, was ich denken soll, gestern

Abend sprachen wir über die körperliche Liebe, aber sie war nur an Techniken interessiert, mehr an der Lust als an der Erotik. Sie benutzt die Lust als Waffe. Kritos war nicht angetan, er wirkte gleichgültig, aber Ahram war beeindruckt, er könnte ihretwegen den Kopf verlieren. Zum Glück leben sie so weit voneinander entfernt, sie würde ihn bloß benutzen, und er starrt sie wie verzaubert an. Kritos dagegen war geradezu kalt während des Essens, ich warf es ihm vor, als sie fort waren und Ahram zum Statthalter gegangen war, um über den Besuch Bericht zu erstatten. Kritos hat sich entschuldigt, er konnte nicht anders, Zenobia bedeutet ihm nichts, aber er versteht meine Verwirrung und hat mir erklärt: »Die Frau ist voller Widersprüche. Sie kommt mir vor wie die Frucht eines Lebens zwischen den Welten, an den Grenzen der großen Karawanenstraßen. Genau wie ich, du weißt ja, ich bin in Klazomenai zur Welt gekommen und in Teos aufgewachsen, zwischen Ionien und Äolien, die wiederum zwischen Hellas und Orient liegen.« Er behauptet, dass Grenzen zwar verwirrend, aber auch produktiv sind, dass an den Grenzen das Leben stärker brodelt als in der Mitte. »Und es gibt so viele Grenzen! Die Haut unserer Körper, geographische Grenzen, die Zeit zwischen zwei Epochen, wie wir sie gerade erleben, Glauka, zwischen Roms Ende und der Zukunft.« Wie sicher er sich da ist, ich sehe das nicht so klar, aber diese Zukunft lässt mich kalt, ich interessiere mich für die Gegenwart. Ich wünschte mir etwas weniger Unsicherheit, würde gern wissen, ob Ahram sich wirklich auf dieses königliche Pärchen verlassen kann, jetzt und auch später, das ist das wirklich Wichtige. Ob sie Odaenathus liebt? »Ich tue alles nur für ihn, er hat es verdient.« Das kannst du jemand anderem erzählen! Wenn ich ein Mann wäre, dann könntest du mich hinters Licht führen, aber ich bin eine Frau und kann deine wahre Leidenschaft erkennen, es ist Macht, nicht Liebe. Und wie geschickt du mit einem Lächeln verletzen kannst, viel Anerkennung für Alexandria, aber dann das Loblied auf Palmyra. »Dieser See, den ihr hier habt, stinkt nach Kloake, alles, was aus Asien kommt, bekommen wir zuerst, die Wüste, die uns umgibt, ist die beste Schutzmauer.« Ihr ganzer Stolz in Palmyra: eine breite, von Säulen gesäumte Straße, ähnlich wie unsere. »Aber in gewisser Weise besser, denn sie ist mit Statuen von Göttern und Bürgern der Stadt geschmückt, eine Lektion für das Volk, eine Präsenz ...«

Diese falsche Toleranz, dieses schlaue Entgegenkommen, das sich in Überlegenheit verwandelt, aber was geht mich all das an? Soll sie mich verachten. Zuerst lässt sie mich gestern Nacht über die Liebe reden und dann nimmt sie mich mit in ihre Gemächer und zeigt mir ihre Phalli aus Elfenbein, mit Seide bezogen! Was für eine großartige Idee! Straff, die Naht unsichtbar. Triumphierend sagte sie: »Du kannst dir nicht vorstellen, was für ein Gefühl, glatt, aber trotzdem rau, du verstehst. Natürlich wechsele ich den Bezug nach jedem Mal. In Palmyra ist so etwas unverzichtbar, wir leben viel abgeschlossener als ihr hier, ich kann natürlich das Haus verlassen, wann ich will, aber es gibt immer Zeugen. Odaenathus ist manchmal lange fort auf seinen Feldzügen. Also bleibt mir nur die Wahl: entweder so ein Ding oder andere Frauen. Wie ist es bei dir? Magst du Frauen?« Natürlich mag ich Frauen, aber nur solche wie Domicia; mit Clea war es nur eine Art Leibesübung, reine Lust. Wie es wohl mit Zenobia wäre? Sie hat mir eindeutige Angebote gemacht, es war krankhafte Neugier, so wie bei Clea, da bin ich ganz sicher, jedenfalls kannte sie die Technik der Fußmassage nicht, mit den Phalli wollte sie sich rächen, und dass Odaenathus ständig unterwegs ist, macht ihr bestimmt nichts aus. Im Gegenteil, wenn er nicht anwesend ist, hat sie im Reich das Sagen. Es ist mir egal, wenn sie mir überlegen ist, Ahram gehört mir, und er ist zufrieden, der Besuch in Alexandria war ein Erfolg für ihn. Übrigens hat Clea mich neulich belogen, als sie sagte, sie habe Zenobia nur flüchtig gekannt, offenbar war sie ständiger Gast bei Hof. Oder ist es Zenobia, die lügt? Ihre Versionen stimmen nicht überein, ich traue keiner von beiden. Worüber sie sich wohl unterhalten haben? Noch ein Grund, ihnen zu misstrauen. Ich werde meinem Ahram davon erzählen.

Ahram gehört mir, deshalb gehöre ich auch ihm, aber gestern

Nacht sind sie nicht ins Theater gegangen, oder sie sind nur ganz kurz geblieben. Ich würde eher Kritos glauben, der uns erzählte, dass ein echter Esel die berühmte Szene gespielt hat. Ahram dagegen hat gesagt, es wäre ein als Esel verkleideter Schauspieler gewesen. Sie haben sich das Stück nicht bis zum Ende angeschaut. Wo sie wohl gewesen sind? Bestimmt haben sie sich am Anfang in der Loge des Statthalters blicken lassen, die er ihnen zur Verfügung gestellt hatte, und als das Stück begann, haben sie sich zurückgezogen, sind einfach verschwunden, Kritos wird es wissen, aber nichts sagen, höchstens mir. Er ist immer noch so seltsam, ich muss einiges mit ihm klären, er ist ein unverzichtbarer Freund, ein Leben ohne ihn wäre unvorstellbar für mich. Ich brauche ihn in dieser komplizierten Welt, er weist mir den Weg durch die Machtintrigen, die mich nicht interessieren, er wird es mir sagen, obwohl ich es mir denken kann. Sie sind zu den Frauen gegangen wie alle Männer, in Wirklichkeit muss Zenobia für Odaenathus eine Last sein, obwohl sie unverzichtbar und eigentlich diejenige ist, die das Reich regiert. Doch schwindlig macht sie ihn nicht, ganz bestimmt nicht, deshalb sucht er das woanders. Nach Alexandria zu kommen und seine Frauen nicht zu probieren? Unmöglich, so berühmt wie sie sind! Wahrscheinlich sind sie zu Dophinia gegangen oder zu einem noch vornehmeren Ort, viele Damen hier würden alles drum geben, und jemand, der es organisiert, findet sich allemal, der Haushofmeister oder irgendein anderer. Aber es ist mir egal, genauso egal wie Clea, auch so eine. Der wahre Ahram, der mit dem Kind im Innern, gehört nur mir, der andere ist ein Mann wie jeder andere, er muss seine Rolle als Mann spielen, schon seines Ansehens wegen.

Und sein Ansehen ist gewachsen, der Besuch war ein voller Erfolg, er ist glücklich, die Könige sind zufrieden, und die Bürger Alexandrias wissen nun, wie einflussreich der Seefahrer ist. Auch seine Macht ist gewachsen, und darauf kommt es ihm an, aber jetzt müssen wir zu unserem alltäglichen Leben zurückfinden und uns den endlosen Problemen stellen. Sinuit hat mir einen Schrecken eingejagt, niemand hat sich um sie gekümmert, und ich selbst war zu sehr mit der Königin beschäftigt. Sie sieht schrecklich alt aus, obwohl sie sehr glücklich mit dem Protokoll war, weil sie ständig in der ersten Reihe stand und auch am Abendessen teilnehmen durfte. Ihr Mann, der Erhabene, der Herr, Mitglied des Stadtrates, hat sich kein bisschen um seine traurige Frau gekümmert, nur Kritos redete mit ihr, weil ich ihn darum gebeten hatte. Was für ein sensibler Mann, und wie zärtlich er sein kann! Auch er macht sich Sorgen. Er fand sie mutlos und vom Leben enttäuscht. Der Sohn ist ihr einziger Lichtblick, aber selbst er wendet sich von ihr ab. Die Jugend kann sehr egoistisch sein. »Sie hat keine Lust am Leben mehr«, sagt Kritos. Malki fühlt sich im Gymnasium sehr wohl, und wenn er einen freien Tag hat, kommt er lieber zu uns, als dass er nach Tanuris fährt. Wir haben Sinuit vorgeschlagen, sie sollte zu uns ziehen, um in der Nähe ihres Sohnes zu sein, aber sie hat abgelehnt, ich glaube, dass Neferhotep es ihr ausgeredet hat. So ist er freier, wenn er nach Alexandria kommt, wir wissen, dass er Freundinnen hat, die er hier besucht. Eulodia hat es uns gesagt. Möglich, dass sie sich irrt, aber diese Christen wissen über alles Bescheid, überall haben sie ihre Leute. Eulodia ist treu, sie vergisst niemals, wer sie gerettet hat, fragt ständig nach Kritos, macht sich Sorgen um seinen Lebenswandel und kann nicht verstehen, dass ein so gebildeter Mann nicht an Gott glaubt, nicht mal an einen heidnischen Gott. Kritos lacht, wenn er sie hört, aber liebevoll. Er sagt ihr, dass er jenseits von gut und böse sei, ein Grenzgänger. Immer bringt er dieses Beispiel an, die Unterscheidung zwischen den Grenzen und der Mitte. Aber wie anregend seine Erläuterungen sind! Gestern wandte er sie auf Zenobia an, und auch auf Odaenathus, der zwar Beduine, aber römisch geprägt ist, bereits sein Großvater Hassan Ibn Udhaina war vor zweiunddreißig Jahren römischer Senator. Die Familie Udhaina, die Familie Odaenathus. Er wurde im römischen Heer ausgebildet, kennt sich aber auch mit der Reiterei der Parther und den Kamelen der Nomaden aus. Auch ich bin ein Kind der Grenze, zwischen Meer und Land, zwischen Sirene und Frau, jetzt allerdings nicht mehr. Es gibt kein Zurück, jetzt bin ich nur noch Frau, bis zum Ende, wie Tiresias, Kritos' Vorbild. Diese Persönlichkeit fasziniert mich. Das Sirenendasein ist verloren, aber etwas ist trotzdem haften geblieben, eine andere Sicht der Dinge. Deshalb mein Argwohn gegen Zenobia: weil ich sie nicht durchschauen kann. Wird sich Ahram auch in Zukunft auf sie verlassen können? Oder benutzt sie ihn nur als Mittel zum Zweck? Sie brauchen die Flotte, aber was ist danach? Vom Schiff allein aus kann man kein Reich regieren, und sie hat bereits eines, Ägypten gehört nicht Ahram, auch wenn er das glaubt, Kritos macht ihn immer wieder darauf aufmerksam. Ob sie es auch auf Ägypten abgesehen hat? Hat sie vor, es sich eines Tages einzuverleiben? Ich verstehe es nicht, es ist nicht meine Welt. Rom würde es natürlich verhindern, Ägypten ist die persönliche Schatzkammer des Kaisers, aber Rom ist geschwächt. Auf diesem Gebiet bin ich verloren, zum Glück verstehen sich Odaenathus und Ahram blendend. Fast bin ich froh, dass sie letzte Nacht zusammen ausgebüchst sind, es macht sie zu Komplizen, so etwas eint die Männer, ihre kleinen Affären. Odaenathus hat mehr den Osten im Visier, er denkt an Indien. Warum auch nicht? Hätte Alexander der Große eine bessere Flotte gehabt, wer weiß, bis wohin er gekommen wäre, das ist Ahram stets bewusst, und auch er denkt an Indien. Odaenathus vertraue ich, aber Zenobia, Zenobia … Sie fährt nach Rom, um es zu erobern, sie kann es, sie ist so verführerisch. Selbst ich verlor an ihrer Seite beinahe die Kontrolle, sie brachte mich zum Reden … Oder lag es an dem Weihrauch, den ihre Zofe verbrannte? Was war das bloß?

Ich habe Philopator gewarnt, dieses Schiff braucht mehr Kiel, der Rumpf ist leicht und schnell, die Bemastung auch, es liegt gut im Wind, aber es schlingert zu sehr. Bei einem Sturm wäre das Schiff in Gefahr. Zum Glück hatten wir gutes Wetter und Gegenwind, als wir von Antiphrae zurücksegelten. Genau den Wind, den ich mir gewünscht hatte, um die Rückfahrt zu verlangsamen. Ich hätte sie gern überredet, noch eine Nacht zu bleiben, doch Zenobia bestand darauf, so schnell wie möglich auszulaufen. Pech! Clea und ich hatten alles so gut geplant!

Das ist leider schief gegangen, aber alles andere war ein Erfolg. Jetzt wissen die Alexandriner, wer Ahram der Seefahrer wirklich ist: Gastgeber eines Königs, auf Augenhöhe. Der Statthalter war beeindruckt, als Odaenathus mich wie einen Würdenträger des Reiches zu seiner Besprechung im Königspalast mitnahm. Schade, dass sie nur so kurz geblieben sind, ich hätte Odaenathus gern das Smaragdlager im Süden gezeigt. Dort hätte er meine Forscher sehen können und eine Vorstellung von dem bekommen, woran wir arbeiten. In unser Unternehmen bringe ich nicht nur meine Schiffe ein, sondern auch meine Gelehrten, die für eine Menge Überraschungen sorgen werden. Wer über die beste Technik verfügt, dem gehört auch die Zukunft, und die Römer sind keine Erfinder, nur gute Baumeister. Aber ich konnte sie nicht länger hier aufhalten, sie müssen noch mehrere Tage in Rom verbringen, und die Schiffsaison ist bald vorbei. Wie viel Zeit man mit der Bürokratie des Römischen Reiches verliert! Vielleicht kann Odaenathus auf der Rückreise das fertige Doppelschiff sehen, je nachdem, wann sie kommen. In Antiphrae werden nicht meine besten Schiffe gebaut. Es wäre aber auch nicht klug gewesen, ihm mehr zu zeigen, solange der *nauarchos* dabei war. Vielleicht können sie auf der Heimfahrt ein paar Tage länger bleiben.

Die Ankunft war prächtig, an Alexandria kann sich die Welt ein Beispiel nehmen. Alle waren da, und diejenigen, die nicht auf die Mole des Palastes eingeladen waren, haben sich schwarz geärgert. Was aber hatte Firmus dort zu suchen? Ich habe ihn nicht eingeladen. Er ist zwar ein bedeutender Bürger dieser Stadt, aber er bekleidet kein öffentliches Amt. Das muss Soferis mir erklären, wahrscheinlich hatte die Präfektur ihn eingeladen. Behauptet er nicht immer, die Politik würde ihn nicht interessieren? Dafür bewegt er sich aber oft in diesen Kreisen. Wir müssen ihm mehr auf die Finger schauen. Er lügt. Durch sein Monopol auf den Getreidehandel des Reiches unterhält er enge Verbindungen zu den Priestern in den Tempeln, den Großgrundbesitzern, denen das Land gehört. Er hat sich lange mit meinem Schwiegersohn unterhalten. Ob Neferhotep etwa sein eigenes Süppchen kocht? Vergisst er, dass ich derjenige bin, der ihm zu essen gibt? Und meine Tochter vernachlässigt er. Glauka hat Recht, sie sieht nicht gut aus. Aber sie ist selber schuld, weil sie sich nicht gegen ihren Mann durchsetzt. Sie müsste zu uns ziehen, Tanuris würde darunter nicht leiden. Doch sie ist schwach und lässt sich unterdrücken. Genau wie ihre Mutter, wenn ich mich ihrer nicht angenommen hätte!

Ein herrliches Tier! Ein Pferd für einen Kaiser. Du, Malki, wirst es reiten, eines Tages wirst du auf diesem Pferd an allen vorbeiziehen. Du wirst das Werk deines Großvaters fortsetzen. Nicht als fetter Intrigant wie dein Vater, sondern wie Odaenathus. Aber du wirst mehr von der Welt wissen, weil ich es dir beibringen werde. Du hast einen sehr guten Eindruck auf den König gemacht, und der Leiter des Gymnasiums schwärmte in den höchsten Tönen von dir, du schlägst dich tapfer in der Palästra. Ein wunderbares Geschenk! Und die Seide für Glauka, herrlich! An ihr wird ihre Leuchtkraft erst richtig zur Geltung kommen! Es zeugt von Einfühlungsvermögen. Es gibt Farben, die aussehen, als wären sie nur für sie gemacht. Das ist der Vorteil, wenn man die Karawanenstraßen kontrolliert; man kann sich das Beste aussuchen. Aber meine Smaragde haben Zenobia in Staunen versetzt. Und der Gürtel aus Goldplättchen ist eines Königs wie Odaenathus würdig. Beim Abendessen haben übrigens beide ihre Geschenke getragen.

Die Frauen haben viel miteinander gesprochen, Glauka schien sich darüber zu freuen, obwohl sie noch keine Zeit hatte, mir Einzelheiten zu erzählen. Ich bin gespannt, was sie von der Königin hält. Frauen schätzen sich untereinander nicht besonders, vor allem nicht, wenn sie einander ebenbürtig sind. Bestimmt wird sie mich auf ihre Fehler aufmerksam machen. Natürlich hat Zenobia welche, wie wir alle, aber sie ist die ideale Ehefrau für einen König. Die Leute hier fanden sie bezaubernd. Ich hätte gern zugehört, was die beiden miteinander besprochen haben. Vermutlich hat sie sich wegen der Reise nach Rom Sorgen gemacht, sie ist so wichtig für die beiden, für uns alle. Ja, das muss es gewesen sein, denn sie war nicht so gelöst wie in Palmyra. Wie damals in jener magischen Nacht unter den Sternen mit dem Duft des Weihrauchs! Als wir gestern zurückkamen und die Frauen in der Galerie antrafen, roch es genauso. Ich hatte das Gefühl, als wäre ich wieder in Palmyra. Dass ich nicht unter vier Augen mit ihr sprechen konnte! Trotzdem hat sie darauf beharrt, dass sie auslaufen, und das obwohl wir uns verspätet hatten! Die Verspätung hat mir nicht genützt. Der Steuermann wunderte sich wegen meines Manövers, der *nauarchos* dagegen weniger. Ich sagte ihm, ich würde mein Schiff kennen, es liege an dem fehlenden Kiel, und er hat es geschluckt. Artabus dagegen durchschaute mein Manöver. Was für einen verschwörerischen Blick er mir zuwarf! Warum wollte sie unbedingt aufbrechen, warum hat sie mir die Zweisamkeit einer Nacht verweigert? Alles war so gut geplant! Odaenathus hatte ich mit Clea verkuppelt, die sehr damit einverstanden war. Im Bett eines Königs, obendrein eines so stattlichen Mannes wie Odaenathus! Für ihn eine feine römische Dame, Ehefrau des Befehlshabers der Flotte, was für ein Schnäppchen! Und da sie von Odaenathus getrennt schläft, hätte ich Zenobia besuchen können, und dann, wer weiß? In Palmyra gab sie eindeutige Signale. Ob sich daran etwas geändert hat? Zumindest hätten wir ein vertrauliches Gespräch führen können; ich hätte sie besser kennen gelernt. Diese Frau hat viele Facetten. Vielleicht hatte sie Angst, Odaenathus könnte uns überraschen. Und ich konnte ihr nicht sagen, dass Clea ihn davon abhalten würde. Mal sehen, vielleicht bei ihrer Rückkehr, wenn die Sorgen um Rom vorüber sind. Sie ist verführerisch, aber das Wichtige ist ihre Politik. Sie hat viel zu sagen bei Odaenathus. Und sie ist ehrgeizig, sehr sogar. Ich bin gespannt, wie sie sich nach ihrem Aufenthalt in Rom verhält, wie Rom sie beeinflusst. Sie ist verdammt ehrgeizig, ich muss auf der Hut sein.

Vielleicht hat sie sich daran gestoßen, dass sie bei der Versammlung nicht dabei sein konnte, so wie ich damals in Palmyra. Aber bei der Eröffnung war sie anwesend, sie hat alle meine Mitarbeiter kennen gelernt, und später konnte sie nicht bleiben, sie musste der Frau des Statthalters ihre Aufwartung machen. Aber Odaenathus war überall dabei. Meine Leute haben großen Eindruck auf ihn gemacht. Vor allem Philopators technischer Bericht. Dass ich über ein derart effizientes Netz von Informanten verfüge, hätte er nicht gedacht. Zum Beweis habe ich Dikantros über die Lage in Palmyra referieren lassen. Es war eine großartige Idee, ihn so zeitig dorthin zu schicken. Er hat es gerade noch rechtzeitig zurückgeschafft. Sein Bericht über die Gerüchte, die in Palmyra über die Könige im Umlauf sind, war hart und ungeschminkt, er hat sich dafür entschuldigt und dem König seinen Respekt gezollt. Odaenathus zeigte sich nicht erbost und hat mich beglückwünscht. Trotzdem ist mir sein besorgter Blick nicht entgangen. Er hat es gut weggesteckt. Ob sie deswegen verärgert war? Und Kritos war einfach brillant mit seinen Ideen: dass die Zukunft dem Süden gehört. Hellas ist Vergangenheit, Rom und Persien, die gegenwärtigen Großmächte, sind dem Untergang geweiht. Die Zukunft liegt an den südlichen Küsten des Mare Nostrum und in dem unbekannten Land noch tiefer im Süden. Von den Herkulessäulen bis zum Indus. Und über den Indus hinaus. Die Welt ist größer als Rom und Persien: die Welt der Zukunft.

Odaenathus hat nur noch gestaunt. Er wusste nicht, wozu Kritos mit dem Wort fähig ist! Er hält sich für Alexander, nein, für noch größer! Mit der heutigen Technik kommt man viel weiter, die Schiffe des Mazedoniers waren bloß Nussschalen im Vergleich mit den meinen. Ich kann ihn bis an die Küste von Indien bringen. Aber das ist Zukunftsmusik. Zuerst müssen wir Rom in die Knie zwingen, mit Palmyras Hilfe und meiner Flotte in den ägyptischen Häfen. Ich glaube nicht, dass wir einen Pharao brauchen, wie dieser Antoninus im Tempel von Kanopos verkündet. Irgendein Herrscher tut es auch. Die ägyptischen Fellachen sind nicht aufmüpfig, nur die Bürger in den Städten, und die Städte lassen sich kontrollieren. Außerdem weiß ich, wie man die Fellachen auf seine Seite bringen kann: indem man ihnen das Land gibt, das sie bewirtschaften; jetzt gehört es den Priestern, die sie ausbeuten. Kritos behauptet, sie seien viel zu gläubig. Aber was ist, wenn sie aufhören, zu glauben? Auf dem Land gibt es immer mehr Christen, und die wären entzückt, sich dieses Land anzueignen. Sie werden sich jedem anschließen, der ihnen Land gibt und ihnen erlaubt, ihrem Glauben nachzugehen. Ich muss das mit Glauka besprechen. Ihre Eulodia kann den Kontakt zu den hiesigen Christen herstellen, zu denen, die im Untergrund leben, nicht zu ihren Führern, die interessieren mich nicht, sie würden nur über ihren Gott sprechen wollen. Ägypten fällt uns wie ein reifer Apfel in den Schoß. Und dann können wir uns zusammen mit Palmyra um den Süden kümmern. In einem gebe ich Kritos Recht: Die große momentane Auseinandersetzung vollzieht sich nicht mehr zwischen Rom und Persien, zwischen dem Westen und dem Osten, sondern zwischen dem Süden und dem Norden. Die Sklaven gegen die reichen Herren, hier wie da. Auf dieser Seite stehen Mauretanien, Numidien, die Cyrenaica und die Übrigen; auf der anderen Seite Armenien, Sogdiana, Baktrien, Hyrkanien ... all diese Länder, die Dagumpah kennt. Die Versammlung war ein Erfolg. Odaenathus konnte sehen, wer Ahram ist. Und sich in der Werft von Antiphrae ein Bild von Philopators Organisationsvermögen und unseren Maschinen machen, die es sonst nirgendwo auf der Welt gibt, nicht einmal in Rom.

Es war eine gute Idee, dass wir uns kurz in der Theaterloge zeigten, die uns der Statthalter zur Verfügung gestellt hatte, und erst danach zu dem Haus gingen, das Dophinia organisiert hatte. Auf diese Frau ist Verlass. Sogar wenn sie das Doppelte nehmen würde, wäre es die Sache wert. Odaenathus hatte die Nase voll von den ständigen offiziellen Gesprächen; sein Körper verlangte nach etwas anderem. Hübsche Mädchen, die uns das Abendessen servierten. Aber die richtige Überraschung kam erst, als Clea und ihre Freundin auftauchten. Um ein Haar wäre mir Odaenathus um den Hals gefallen. »Ich hätte dir doch nicht irgendeine Dirne anbieten können!«, sagte ich ihm. Schon während des Festes hatte er ein Auge auf Clea geworfen, es war Teil des Plans. Eine angenehme Abwechslung gegenüber seinen üppigen Frauen. Er hätte die ganze letzte Nacht mit ihr verbringen können, wenn Zenobia uns nicht alles vermasselt hätte ... Ob sie etwas geahnt hat? Möglich wäre es. Es könnte der Grund für ihre Eile gewesen sein ... Fast hätten sie uns durchschaut, als sie nach der Szene im Stück fragten. Ich musste mir hastig etwas einfallen lassen. Morgen werde ich mich danach erkundigen müssen. Wenn sie einen echten Esel spielen ließen, werde ich Glauka erzählen, dass ich es zu vulgär fand, um es vor der Königin zu erwähnen. Nein, sie haben meinen Plan nicht durchschaut, Zenobia ist völlig auf Rom fixiert. Es steht viel auf dem Spiel. Auch für mich, wer weiß, was der Kaiser ihm anbietet, jetzt, wo er ihn so dringend braucht. Brächte Odaenathus es fertig, die Lager zu wechseln und sich auf die Seite Roms zu schlagen? ... Nein, das glaube ich nicht. Rom kann ihm nicht mehr bieten. Und ich habe meine beiden Glückssterne, mein Schicksal. Heute ist eine gute Nachricht über den Feuergeist aus dem Smaragdlager eingetroffen. Ach ja, die neue Masseuse, Yazila, sie hat so neugierig auf meinen Schreibtisch geschaut, als ich mich abtrocknete. Ob sie die Botschaft gesehen hat? Ich muss besser aufpassen. Sie könnte für ihren Vater spionieren. Ihr Anblick ist angenehmer als der ihrer verstorbenen Vorgängerin. Ihr Körper ist so erregend wie die der kleinen Negerinnen des Königs Mlango. Schöne braune Brüste. Und diese runden Augen, die ständig strahlen, die überall hinsehen, sehr verführerisch ... Aber Glauka würde es verletzen, wenn ich sie mit in mein Bett nehme; bei anderen Frauen wäre es nicht so, aber diese hier tat ihr auf Tanuris so weh, wie sie nur konnte ... Schade, sie gefällt mir. Jedenfalls besser als Cleas Freundin gestern Nacht. Verflixte Weiber!

Sie werden zufrieden von ihrer Reise zurückkehren, weil sie sehen werden, dass Rom ein toter Elefant ist, der sich mit letzter Kraft auf den Beinen hält; man muss ihm nur noch die Sehnen in den Kniekehlen durchschneiden, dann fällt er. Es wird also genug Zeit geben, um Odaenathus zum Smaragdlager im Süden zu führen, und Zenobia kann uns begleiten, wenn sie will. Ich werde eine weitere Nacht bei Clea für ihn arrangieren. Vielleicht kann sie etwas über seine wahren Absichten in Erfahrung bringen. Und wer weiß, vielleicht kann ich bei Zenobia landen. Vorwärts Ahram, dein Schicksal wartet!

21. Der Gesang der Sirene

Ahram lässt einen zufriedenen Blick durch den großen Saal schweifen. Hermonius war schon immer ein exzellenter Haushofmeister, aber unter Glaukas Aufsicht übertrifft er sich selbst, was im Arrangement der Blumen und den neuen Bezügen für die Triklinen deutlich wird. Die untergehende Sonne taucht die imposante Marmorsäule des Leuchtturmes, der noch nicht brennt, in goldenes Licht und lässt den herrlichen, von Gärten umgebenen Königspalast und den Isis-Tempel auf der anderen Seite des Hafens hell erstrahlen. Dem neuen Statthalter wird sich während des Mahls dieser Anblick bieten, der sich in der Dämmerung allmählich auflösen und anschließend vom rötlichen Licht des Leuchtturmfeuers gefärbt erneut erscheinen wird. Dieses Mal ist die Anzahl der Tischgäste begrenzt: alles in allem achtzehn Personen, auf sechs Triklinen verteilt, die sich hufeisenförmig gegenüberstehen, damit sich während des Symposiums alle ansehen können. Auf jeder Trikline ruht eine Frau zwischen zwei Männern, um für gute Stimmung und anregende Gespräche zu sorgen, ohne jedoch allzu großes Verlangen zu wecken. Dieses können die Gäste später befriedigen, wenn Tänzerinnen und Knaben für diejenigen auftreten, die sich nicht in Ruhe zurückziehen wollen. Bis dahin hört man nur die sanfte Musik von Flöte und Harfe, hin und wieder unterbrochen von einem von Yarkos Liedern, den Kritos zur Freude Glaukas eingeladen hat. Die andere Musikerin ist Marsia, die Harfenspielerin, die nach Sinuits Tod von Tanuris ins große Haus gerufen wurde.

Mit dem Empfang wird nicht nur der neue Statthalter Roms geehrt, der zum ersten Mal zu Besuch kommt – ein fähiger Kaufmann aus Karthago, der sich um das Reich verdient gemacht hat, nicht ohne sich dabei zu bereichern, versteht sich –, sondern zugleich der Befehlshaber der römischen Flotte, Gelius Anneus und seine Gattin Clea verabschiedet, die zu ihrem großen Verdruss nach Ephesos auf einen anderen militärischen Posten versetzt wurden, nachdem sie vier Jahre in Alexandria verbracht und dabei zwei Statthalter überlebt hatten. Ahram betrachtet die Abreise gleichgültig, ja fast erleichtert. Die Kosten, die Clea als Informationsquelle verursachte, übertrafen den Nutzen, da Ahram alles, was sie beisteuerte, auch durch andere Kanäle erfuhr. Ihr einziger Nutzen lag darin, dass er einen direkten Draht zum *nauarchos* hatte. Da die erotischen Vorlieben der Dame nicht mit seinen eigenen übereinstimmten, konnten die aufregenden Begegnungen der ersten Wochen Ahram nicht lange halten, so dass er diese bald auf einen höflichen Umgang beschränkte. Kritos dagegen hielt die sexuelle Beziehung zu Clea bis zum Schluss aufrecht und sorgte damit für so manch eine interessante Information, vor allem, was die römische Verwaltung von Ägypten betraf. Wie immer, wenn ein neuer Statthalter in die Stadt kommt, müssen neue Informationsnetze geknüpft werden, und Ahram vertraut darauf, dass das Symposium, der Wein und die angenehme Gesellschaft ihm erlauben werden, etwas über den Charakter des frisch ernannten Statthalters zu erfahren. Zudem wird ein prominenter Gast anwesend sein, der sich auf der Durchreise befindet: ein Adliger aus Armenien, Verwandter des kürzlich verstorbenen Tiridates, mithin Mitglied einer alten Herrscherfamilie, der seines Ranges und seiner Kultiviertheit wegen in Rom ein gern gesehener Gast ist. Der Statthalter persönlich hatte vorgeschlagen, Tigram Fenisiades einzuladen, als er seine Ehefrau entschuldigte, die sich noch auf der Überfahrt von Rom nach Alexandria befindet.

Jetzt treffen die Begleiter ein. Zwei Musiker und die vier hübschen Mädchen, die Dophinia geschickt hat, um die Gemüter zu erfreuen und die Unterhaltung anzuregen. Hermonius läuft hin und her, legt letzte Hand an und erteilt Anweisungen. Auf den Nebentischen stehen Schalen mit kleinen Häppchen und die Krüge mit den Getränken: verdünnter Wein, Bier, Honigwasser und andere Erfrischungsgetränke. Seit einiger Zeit steigt duftender Rauch aus den Räucherpfannen auf. Ahram begrüßt die Mädchen mit einigen Dankesworten und zieht sich zurück, um später, wenn die ersten Gäste eintreffen, gemeinsam mit Glauka zu erscheinen.

Als schließlich alle Gäste versammelt sind und sich auf den Triklinen ausgestreckt haben, beginnt Ahram mit dem rituellen Trankopfer, das dieses Mal Neptun gewidmet ist, und schlägt nach den Regeln der Gastlichkeit den Statthalter zum Leiter des Symposiums vor. Alle stimmen zu. Der hohe Würdenträger beugt den Kopf ein wenig vor, um sich von Glauka, die zu seiner Rechten sitzt, mit einem Kranz zum Wortführer krönen zu lassen und bedankt sich bei der Lebensgefährtin seines Gastgebers mit einem Kompliment. Die Rosen, die er gerade erhalten hat, entgegnet er, seien auf ihrem wundervollen Haar sicher besser aufgehoben. Dann widmet er ein weiteres Trankopfer der Gottheit Sarapis und erklärt anschließend den Dialog für eröffnet. Clea fragt den Armenier, der rechts von ihr auf seiner Kline lagert, ob er schon einmal in Alexandria gewesen sei, und als dieser verneint, bittet sie ihn um einen ehrlichen Eindruck. Der Durchreisende ergeht sich in Lobeshymnen, preist die Schönheit der Stadt, den herrlichen Hafen mit seinem bedeutenden Markt, die brodelnde Geschäftigkeit in den Straßen und das intensive kulturelle Leben, das sich sogar in den vielen geistreichen satirischen Epigrammen zu aktuellen Themen auf den Mauern zeigt. Sie übertreffen die von Rom, wenngleich er den Sinn nicht immer erfasst, weil er die Spitznamen der angesprochenen Persönlichkeiten nicht kennt. Diese Bemerkung löst allgemeines Gelächter aus, und jeder ist rasch mit einem Beispiel bei der Hand.

»Kennt ihr das Epigramm gegen Lisandros, den *eutheniarchos*?«, fragt Lysias, Musiker und Dichter aus Korinth, der zwischen Clea und dem Baumeister Philopator ruht. Er gibt es zum Besten und betont genüsslich die bissigen Anspielungen.

»Ein wirklich gelungener Vers«, stimmt ihm Kronion zu, der *gymnasiarchos*. »Allerdings entbehrt der Vorwurf der Veruntreuung jeder Grundlage.«

»Papperlapapp!«, erwidert der *archidikastes* Cornelius Misius und gibt mit einer Geste zu verstehen, dass er während der gerichtlichen Untersuchung genug gesehen hat, um den Wahrheitsgehalt der Schmähschrift zu bestätigen. »Wenn ich offen reden könnte …«

Es ist eine willkommene Einführung in die Lieblingsbeschäftigung der Stadt. Die einen schimpfen über die Verfasser von Schmähschriften und Libellisten, die bis in die Intimsphäre anderer Menschen vordringen und sogar ihre Ehre verletzen, die anderen verteidigen das Recht auf freie Meinungsäußerung, weil nur sie die Demokratie garantiert. Kritos weist zynisch darauf hin, dass so manch einer der auf diese Weise Angesprochenen sich über die Popularität freut. Die anwesenden römischen Beamten heben die Bedeutung des Römischen Reiches hervor, das darüber wacht, dass die Rechte der Bürger und ihre Freiheiten respektiert werden, natürlich nur, solange sie im Rahmen einer gewissen, für das friedliche Zusammenleben unentbehrlichen Ordnung wahrgenommen werden. Das Wort »Ordnung« bringt auf der Stelle das Thema zur Sprache, über das sich die Oberschicht der Stadt immer mehr den Kopf zerbricht: die Unsicherheit auf den Straßen.

»Ich kann mich noch sehr gut daran erinnern«, erklärt Serapion, der ehrwürdige Dekan der historischen Abteilung im Museum, obendrein ein bedeutender Philosoph, der trotz seiner siebzig Jahre einen scharfen Verstand behalten hat, »wie man früher des Nachts seelenruhig durch die Straßen schlendern konnte, sogar im Hafenviertel …«

»Auch hinter dem Museum?«, unterbricht ihn der Dichter spöttisch, wegen der Vielzahl an Kneipen und Freudenhäusern im Studentenviertel.

»Auch dort, wenn man eine gewisse Vorsicht an den Tag legte.« Serapion lächelt, ehe er hinzufügt: »Die Gefahren, die dort lauerten, waren andere; jedenfalls konnte man sie einigermaßen heil überstehen.«

Alle haben etwas zu sagen. Der *nauarchos* nimmt die städtischen

Bürgerwehren in Schutz, auch wenn fast jeder über einen gewaltsamen Überfall zu berichten weiß. Didima pflichtet Serapion bei und erzählt, wie sie neulich nachts, als sie auf dem Heimweg war, ausgeraubt wurde. Sie ist eins der vier Mädchen, die Dophinia geschickt hat, eine groß gewachsene hübsche Mazedonierin, deren Körper, kaum verhüllt von kunstvoll gearbeiteter Gaze, eher an Pallas Athene als an Aphrodite erinnert.

»Bloß ausgeraubt? Wie tief sind die Räuber dieser Stadt doch gesunken!«, scherzt der *nauarchos*.

Sie diskutieren über Vergewaltigungen, sogar an Frauen in Begleitung, und wechseln dann auf entsprechende Fragen des Armeniers zu anderen Themen, die die Stadt beschäftigen. Die Unterhaltung verteilt sich auf die beiden Gruppen auf den einander gegenüberstehenden Triklinen und wird gelegentlich von Rufen nach Getränken oder einem Lob auf das Essen unterbrochen. Die Unsicherheit, die Verschmutzung des Hafens, die gelegentlichen Übergriffe der Sicherheitskräfte, die schleppende Justiz, die viel zu hohen Steuern und die Verbreitung der Travestie sind Themen, zu denen jeder etwas beitragen kann. Schwieriger wird es wegen der finanztechnischen Termini bei der Erörterung von Währungsfragen und des Werteverfalls bei Edelmetallen. Die Schwankungen in der Parität des Goldes, die bei fünfzehn Silberdinaren festgelegt ist, hat alles ins Wanken gebracht. Jeder spürt und beklagt den daraus entstandenen Preisanstieg, vor allem die Frauen schimpfen über Teuerungen bei Haushaltswaren und Kleidung.

»Immerhin«, erklärt der Armenier galant, »die Stoffe sind zwar teuer, dafür aber auch wunderschön. Nur in ganz wenigen Städten der Welt kleidet man sich so gut wie in Alexandria.«

»Besser als in Antiochia?«, fragt Harmisia aus Byzanz herausfordernd, während sie ein Stück in *garum* eingelegten Tintenfisch zu den wulstigen Lippen führt.

»Vorsicht!«, warnt Ahram den Reisenden. »Das Mädchen ist vor kurzem aus Antiochia gekommen und hat sehr gute Erinnerungen an die Stadt behalten.«

»Ich bewundere diese Stadt und natürlich auch die schöne Harmisia, dennoch bin ich der Wahrheit verpflichtet. Die alexandrinische Mode ist eine bewundernswerte Mischung aus römischer Strenge und orientalischem Überschwang, getragen von einem nicht zu überbietenden Geschmack.«

Daraus entwickelt sich eine lebhafte Diskussion über die Mode. Die Frauen spekulieren darüber, was man in diesem Sommer tragen kann, und von da kommen sie auf die Schönheit zu sprechen. Der Statthalter klagt über manche Damen in Rom, die sich von ihren Gymnastiklehrern beeinflussen lassen und nun die Muskeln und die Kraft von Männern besitzen wollen, ohne zu merken, dass sie das weibliche Schönheitsideal verletzen.

»Das ist nur wahr, aber wenn wir etwas stärker wären, würden wir uns von der Gewalt auf den Straßen nicht so bedroht fühlen«, gibt die Mazedonierin Didima zu bedenken.

»Das Problem der Unsicherheit und der steigenden Preise«, mischt sich der Armenier erneut in die Diskussion ein, »findet sich heutzutage überall auf der Welt, auch wenn die letzten vier Jahre relativ friedlich waren. Wir leben nun mal in einer unsicheren Zeit.«

»Kein Wunder!«, erklärt Kritos. »Unsere Welt zerfällt.«

Es folgt energischer Widerspruch, den der Denker zu widerlegen versucht. Schließlich hebt er seinen Becher stumm auf die gegenüberstehende Trikline. Clea weiß nicht so recht, ob die Geste ihr oder dem Dichter neben ihr gilt. Damit verlagert sich die Unterhaltung von lokalen Themen auf die allgemeine Weltlage, was Ahram freut, weil er neugierig auf die Meinung des Statthalters ist. In den vergangenen Jahren herrschte zwischen den beiden Großmächten Frieden, dagegen haben sich die regionalen Konflikte vervielfacht, mal von der einen, mal von der anderen Großmacht angestachelt, so dass ständig kleine Stellvertreterkriege ausgebrochen sind. Es ist sogar zu lokalen Aufständen gekommen, wie die Erhebungen von Fulvius Quietus und Aemilianus, an die sich alle noch gut erinnern können. Zudem rüsten beide Großmächte weiter auf, und in Rom ist nun Aurelian der starke Mann. Gallienus hat ihn zum Befehlshaber der neuen Reiterei ernannt hat, einer Streitmacht, die eigens ins Leben gerufen wurde, um Niederlagen wie die von Kaiser Valerian im Jahr 260 in Zukunft zu vermeiden.

»Ich war dabei«, erklärt der Mann aus Armenien offen und zieht sofort die Neugier aller auf sich. Um sie zu befriedigen, erzählt er, wie Valerian, der Augustus, der römische Kaiser in seinem purpurnen Umhang, den er über dem Brustpanzer trug, vor dem Thron des Königs der Könige niederknien und die Stirn in den Staub senken musste, um einen ewigen Augenblick lang den Stiefel des Perserkönigs im Nacken zu ertragen, wie die Perser und deren Verbündete in lautes Jubelgeschrei ausbrachen und viele römische Gefangene weinten.

»Ich war nur ihr Gefangener«, fährt er fort, »das römische Heer in Armenien hatte mich zwangseingezogen. Daher war meine Gefangenschaft nicht allzu hart. Wir wurden gut behandelt und hatten sogar Frauen. Viele römische Legionäre dagegen mussten ihren Siegern als Frauen dienen.«

Plötzlich merkt er, wie in seiner Stimme die freudige Genugtuung eines Bürgers mitschwingt, dessen Land wiederholt von Rom unterjocht wurde, und er versucht, seine Äußerung herunterzuspielen.

»Das ist ein persischer Brauch, der die Gefangenen nicht entehrt.«

»Diesen Brauch gibt es in vielen Ländern«, hört man Kritos sagen, »dazu braucht man nicht Kriegsgefangener zu sein.«

Die anwesenden Gäste wissen, wie gern der Philosoph sie mit seinen Äußerungen schockiert. Nur der Statthalter wirft ihm einen schrägen Blick zu, während der Mann aus Armenien verkündet, dass der große Sieg an einer Felswand in der Gegend von Beistun in Stein verewigt werden soll.

»Viel hat Schahpur von seinem Sieg nicht gehabt«, erwidert der *nauarchos* und klopft auf das Polster seiner Kline. »Schenk mir Wein ein, Mädchen!«, ruft er und hält der Sklavin seine Trinkschale hin.

»Dank Odaenathus«, fügt Ahram leise hinzu, der daran interessiert ist, eine Spannung aufzubauen, ohne sich zu kompromittieren, damit er sehen kann, wie der neue Statthalter reagiert.

»Odaenathus hat unter Beweis gestellt, dass er ein echter Römer und mehr als ein Verbündeter ist, und Rom hat es ihm vergolten mit dem Rang und den Titeln, die er verdient«, erklärt der Statthalter. »Ich selbst hatte die Ehre, ihn letztes Jahr in Emesa kennen zu lernen.«

»Römer? Ich glaubte, er sei Araber«, fragt Didima, deren Spitzfindigkeit Ahram, der neben ihr sitzt, verblüfft.

»Rom ist das Vaterland aller Menschen, die die freie Welt lieben«, antwortet der Statthalter huldvoll. »In Rom kann jeder bis ganz oben gelangen, ungeachtet seiner Rasse oder seines Glaubens. Es ist noch gar nicht lange her, dass wir einen Araber als Kaiser hatten, aber es gab auch Illyrer, Thraker oder Mazedonier, sogar Afrikaner wie Septimius Severus. Leider muss ich gestehen, dass wir bislang noch keinen alexandrinischen Kaiser hatten. Aber was nicht ist, kann noch werden, dessen bin ich sicher. Wer weiß, ob nicht eines Tages einer meiner neuen Freunde hier die Kaiserkrone tragen wird.«

»Was würde ein Alexandriner davon haben, Kaiser zu werden?«, wirft Kritos in die Runde. »Bitte versteht mich nicht falsch, damit ist keineswegs eine Beleidigung der Kaiser beabsichtigt.«

»Wohl wahr, in dieser Stadt zu leben ist ein Privileg, das man schwerlich gegen die Last des purpurnen Umhangs eintauschen möchte.«

Tigram macht keinen Hehl aus seiner Präferenz:

»Welche Last muss das sein: die Kaiserwürde und die schreckliche Verantwortung, ein vom Einsturz bedrohtes Gebäude zusammenzuhalten! Bei aller Bewunderung, die ich für Rom empfinde, ehrenwerter Praefectus, kann ich in der Vertraulichkeit dieses Symposiums nicht umhin, daran zu erinnern, dass die gewalttätigen Umstürze eines Kaisers durch einen anderen überhand nehmen, was dem Zusammenhalt des Imperiums schadet. Wenn man die ganze Welt bereist, wie es bei mir der Fall ist, wird einem bewusst, wie sehr die Autorität des Reiches nachlässt.«

Diese Orientalen mit ihrer blumigen Ausdrucksweise, denkt Glauka, aber die Rhetorik der Römer steht ihnen in nichts nach.

»Die zweifellos gewalttätigen Machtwechsel sind aber auch ein Beweis für die Flexibilität des Systems und für funktionierende demokratische Strukturen, wie unser Statthalter gerade so treffend unterstrichen hat«, mischt sich der *archidikastes* ein und unterbricht damit seine diskrete Unterhaltung mit der hübschen Didima. Auch Serapion hält mitten in seinem Gespräch mit Harmisia inne, denn die Unterhaltung hat eine politische Wendung genommen, und vor den hohen römischen Beamten erscheint es ratsam, die eigenen Worte auf die Goldwaage zu legen.

»Sie tun Roms Macht keinen Abbruch, auch wenn es zuweilen auf dem Land Rückschläge erleidet. Mit unseren Schiffen sichern wir dem Römischen Reich die uneingeschränkte Vorherrschaft«, versichert der *nauarchos* kategorisch.

»Trotz der gotischen Seeräuber, die sich früher nicht über die Grenzen ihrer Flüsse hinauswagten?«, entgegnet Ahram, um zu unterstreichen, dass das Mare Nostrum nicht mehr dasselbe ist wie früher.

»Aber auf dem Land war Valerians Gefangennahme ein Ereignis, das den Untergang des Reiches symbolisiert«, beharrt Lysias.

Der *nauarchos* sieht den Dichter mit der ganzen Anmaßung eines Heerführers an.

»Was sind schon Symbole!«

»Heute werden die Menschen von Bildern berührt«, wendet Lysias ein und presst sein Bein unauffällig gegen das von Clea.

»Dann sollen Roms Feinde mit ihren Symbolen gegen unsere Schwerter antreten!«, verkündet der *nauarchos* und bricht in lautes Gelächter aus.

»Im Gegenteil«, berichtigt der Statthalter seinen verdutzten Untergebenen. »Sollen sie mit gezückten Schwertern kommen, auf dass sich in der Schlacht Roms Überlegenheit zeige!«

»Sollen die anderen die Welt in Ordnung bringen«, flüstert Tanufis dem Befehlshaber der Flotte zum Trost ins Ohr, während er den makellosen Körper des ägyptischen Mädchens neben sich bewundert, mit seinen entblößten tanagrafarbenen Brüsten und dem jugendlich straffen Schenkel, den man durch den hüftlangen Schlitz ihrer Tunika sehen kann.

»Genau das ist jetzt der Fall«, erklärt Serapion. »Schahpur ist zwar vor Odaenathus zurückgewichen, aber sein Schwert ist immer noch scharf und hängt drohend über dem Okzident.«

»Odaenathus hat ihm Roms Macht mehr als zur Genüge vorgeführt«, entgegnet der Statthalter. »Er wird ihn mit unseren Legionen und seinem Heer auch ein zweites Mal in die Schranken verweisen können.«

»Odaenathus ist römischer Konsul, zugegeben, aber die Palmyrer sind nicht Römer, sondern Araber«, erinnert Ahram den Statthalter mit leicht provozierendem Unterton. »Palmyra steht zwischen dem persischen Reich und dem Römischen Imperium.«

»Wir stehen alle zwischen den beiden«, erklärt Lysias, ermutigt durch Clea, die ihr Bein an dem des Dichters reibt. Die leichte Schräglage der Klinen schützt solche Gesten vor neugierigen Blicken. »Wenn es zum Krieg kommt, wird Alexandria zwischen beiden zermalmt.«

»Von Rom wird kein Krieg ausgehen, es sei denn, es wird angegriffen oder muss einem seiner Verbündeten zu Hilfe eilen«, versichert der Statthalter.

»Genau das ist das Gefährliche. Dass man uns beschützt!«, wendet Kritos spöttisch ein. »Rom besetzte Dacien, um es vor den barbarischen Skythen zu retten, Persien besetzte Armenien, um ihm die Unabhängigkeit zurückzugeben. Wir müssen den Großmächten dankbar sein, dass ihnen unser Wohl so am Herzen liegt.«

»Rom bringt der Welt seine hoch entwickelte Kultur und unterstützt alle zivilisierten Völker«, tönt der Statthalter. »Und mit Hilfe seiner Verbündeten wird es auch in Zukunft seinem historischen Auftrag nachkommen.«

»Einem Auftrag, den die Hellenen bereits erfüllten, als Rom noch ein Dorf war«, betont Lysias. »Und der ebenfalls bis tief in den Orient reichte. Schahpur wäre heute nichts weiter als ein Nomade zu Pferd, wenn Persien von den Parthern nicht die von Alexander dem Großen gegründeten Städte und von den Seleukiden nicht das Verwaltungssystem geerbt hätte. Griechenland ist die Mutter der modernen Welt, und noch heute zeigt sich seine Überlegenheit in der Tatsache, dass es nirgendwo auf der Welt andere Staaten unterdrückt.«

»Genau das ist der Grund, warum Rom seine Verbündeten gegen Persien beschützt«, entgegnet der Statthalter scharf. Doch ehe Ahram sich einmischen und Lysias zügeln kann, der vom Wein und den anzüglichen Berührungen Cleas erregt ist, geht Kritos dazwischen.

»Es ist gut, dass man uns beschützt, keine Frage, aber besser wäre es, wenn wir uns selbst verteidigen könnten ... mit Roms Hilfe natürlich. Vergessen wir nicht, dass heutzutage Alexandria die fortgeschrittenste hellenistische Kultur vertritt und im Süden, in Afrika, von den Herkulessäulen bis zum Nil, eine neue, brodelnde Welt entsteht.«

»Wohl wahr, und daher muss man diese neue Welt organisieren«, stimmt ihm der Statthalter zu. »Deshalb beunruhigen uns die christlichen Aufwiegler in Karthago, diese Afrikaner, die gegen Rom wettern.«

»Zum Glück sind sie untereinander völlig zerstritten«, beschwichtigt der *archidikastes*, »da gibt es die Gnostiker, die Asketen, die Monisten, die Revolutionäre und was weiß ich noch alles.«

»O ja, Rivalität kann alles zerstören«, nickt der Armenier. »Wenn die Griechen auch weiterhin eine bedeutende Rolle in der Welt spielen wollen, dann müssen sie sich einen. Heute kann sogar eine Stadt wie Alexandria mit ihren zahlreichen Gelehrten und Forschern allein nicht überleben. Die Zeit der Stadtstaaten ist vorbei. Das ist die Lektion, die wir von Rom und Persien lernen müssen.«

»Ich fürchte, dass diese Einheit weder heute noch morgen zu Stande kommen wird«, entgegnet der *dioichetes* bissig.

»Vielleicht nicht mit Gewalt, sondern durch die Rechtsprechung«, argumentiert der *archidikastes*, froh darüber, seine juristischen Kenntnisse in die Diskussion einbringen zu können.

»Während die Großmächte untereinander streiten, wer uns nun retten soll, habe ich beschlossen, mich selbst zu retten«, ruft Kritos und hebt seine Trinkschale.

»Auf unsere zurückhaltende Glauka, die sich nicht damit aufhält, die Welt zu verändern, sondern sie zu leben!«

Alle trinken. Der Statthalter staunt über die lockeren Sitten in Alexandria, in Rom hätte man während eines offiziellen Essens niemals auf eine Hetäre angestoßen, auch nicht, wenn es sich um die Lebensgefährtin des Gastgebers handelt. Eine Weile herrscht Schweigen, das nur vom leisen Murmeln der vier Mädchen und ihrer männlichen Nachbarn unterbrochen wird, während die Gäste sich über die Gänse, Rebhühner, Wachteln und das andere Geflügel hermachen, das soeben von Sklavinnen serviert wurde.

»Ich muss gestehen«, sagt Philopator, nachdem er mit seiner knochigen Hand um das Wort gebeten hat, »dass ich in meinem Beruf Tatsachen den Worten vorziehe. Und Tatsache ist, dass wir den technischen Fortschritt nicht bedacht haben. Der wahre Fortschritt ...«

»Ich habe nicht von Technik gesprochen, sondern vom Leben«, fällt ihm Kritos ins Wort. »Wir sollten die Dinge nicht verwechseln.«

»Wie auch immer«, fährt Philopator unbeeindruckt fort. »Die wahre Macht liegt heute weder in Rom noch in Ktesiphon, sondern in der Technik. Wer die neuen Erfindungen beherrscht, wird auch die Welt von morgen beherrschen. Rom ist mächtig wegen seiner Baumeister, seiner Denker, seiner Steinmetze ...«

»Und seiner Rechtsgelehrten«, unterbricht ihn der *archidikastes*.

»Und seiner Rechtsgelehrten, selbstverständlich«, stimmt Philopator zu, »aber die am weitesten entwickelte Technik findet man in Alexandria. Bei Ctesibios, Heron und vielen anderen. Es ist uns nicht bewusst, aber die Wasseruhr, die sich von selbst reguliert, ist der Keim der zukünftigen mechanischen Sklaven, die den Menschen die schwersten Arbeiten abnehmen werden. Und der Dampf, der die Aeolipile antreibt, wird die neue Kraft sein.«

»Geht da die Fantasie nicht ein wenig mit dir durch?«, wendet Lysias spitz ein.

»Das sind alles wissenschaftlich belegte Tatsachen!«, entgegnet der Baumeister aufgebracht. Wie alle ist auch er von Clea hingerissen, hat aber als Einziger das erotische Spielchen zwischen dem Dichter und ihr bemerkt, da er auf derselben Trikline ruht.

»Und werden wir bessere Menschen sein mit dieser neuen Kraft? Werden wir stärker empfinden?«, fragt Kritos. »Mich interessiert nur eine Kraft: Jene, die mich mit Leben erfüllt. Die Selbstregulierung interessiert mich nur insofern, als sie meinen Körper betrifft … Wenn die Technik uns hilft, freier und spontaner zu leben, ist sie mir willkommen, nicht aber, wenn sie Römern und Persern dazu dient, größere Katapulte oder höhere Belagerungstürme zu bauen, mit denen sie uns unterjochen. Ich lege meine Hoffnung nicht in die Hand eines politischen Erlösers, sondern baue darauf, dass die Kolosse auf Lehmfüßen stehen. Persiens Dekadenz offenbart sich in der Tatsache, dass es das viel kleinere Palmyra nicht besiegen konnte, Roms dagegen spiegelt sich weniger in seinen Niederlagen wider, da stimme ich völlig mit dem ehrenwerten Statthalter überein, sondern in seinen Statuen.«

»In seinen Statuen?«, rufen einige Anwesende verdutzt, während Lysias, der sofort verstanden hat, begeistert nickt.

»Ja, weil die Künstler zu den klügsten und hellsichtigsten Menschen gehören. Vergleicht die Gesichter der Büsten, die heute gemeißelt werden, mit denen aus der Zeit des Augustus. Das waren kraftvolle und ernste Gesichter von Männern und Frauen, die mit sich selbst im Einklang waren. Jetzt dagegen sind die Gesichter unübersehbar von Angst und Unsicherheit entstellt. Ganz zu schweigen von den Statuen der Helden und Götter! Ach, die Götter! Die

Götter, meine Freunde, die Götter. Sie sind der Schlüssel zum Geheimnis der Geschichte.«

Solch transzendentale Gedanken lassen alle verstummen. Der Statthalter wirft Kritos einen überraschten Blick zu.

»Willst du sagen, dass die Götter die Geschichte bestimmen, Kritos?«, fragt Serapion ironisch, der in der materialistischen Schule der Historiker ausgebildet wurde.

»Die Götter kümmern sich nicht um uns, das hat schon der große Epikur gelehrt. Was ich meine, weiser Serapion, ist, dass die Geschichte der Götter das Spiegelbild unserer eigenen Geschichte ist. Ihr Entstehen, ihre Macht und ihr Untergang entsprechen den tiefen Veränderungen unserer eigenen menschlichen Geschichte. Wir leben nun in einer Zeit der Unsicherheit, weil wir dabei sind, unsere Götter auszutauschen. Die griechischen und römischen Götter verschwinden, und auf den Staatsaltären nehmen die neuen Anwärter ihre Plätze ein.«

Erneutes Schweigen; einige Anwesende sind empört, während andere die Gelegenheit ergreifen, die kräftigeren Fleischgerichte wie Wildschwein oder Zicklein zu probieren.

»Ja«, fährt Kritos fort. »Das ist auch schon früher vorgekommen. Es gibt noch die kollektive Erinnerung an längst vergessene Götter und Göttinnen. Was ist aus dem Aramäer Hadad, dem Sabäer Ilumquh, dem Nabatäer Duschora, dem Palmyrer Yarkhibol, dem Kanaaniter Anath oder dem Babylonier Marduk geworden? Sie alle besaßen Tempel, bekamen Opfergaben, inspirierten Kriege und Heldentaten. Heute sind ihre Tempel nur noch vergessene Ruinen, so wie die Tempel der heutigen Götter es auch einmal sein werden.«

»Derart blasphemische Ideen kann ich nicht akzeptieren«, widerspricht ihm der *gymnasiarchos*. »Zu Sokrates' Zeiten, Kritos, hätte man Menschen wie dich wegen Irreführung der Jugend an den Pranger gestellt.«

»Genau das ist es doch. Weil man früher wirklich an die Götter glaubte! Heute hingegen nicht, und das ist auch der Grund für diese Desorientierung und Dekadenz. Es gibt keine Blasphemiker, aber es gibt auch keine Führer oder Vorbilder mehr.«

»Du selbst bist die Dekadenz in Person!«

»Richtig, weil ich ein Kind meiner Zeit bin, dieser unsicheren Zeit. Aber ich bin zumindest bei klarem Verstand. Ich lebe die Zeit und bin mir ihrer bewusst. So wie es sein soll.«

»Ich glaube an Isis«, hört man die schüchterne Stimme von Tanufis, die sich einen Ruck gegeben hat. »Ich spüre, dass sie mich beschützt.«

»Wenn du an sie glaubst, dann existiert sie für dich wirklich«, sagt Kritos lächelnd. »Im Übrigen wäre jeder Gott froh, für deine Schönheit zu existieren, mein Kleines ... Aber seht ihr nicht, dass wir von unzähligen neuen Göttern umgeben sind und noch gar nicht wissen, für welchen wir uns entscheiden sollen? Für Mithras, Sarapis, den Gott Mani, den der Christen, für die Götter der Germanen oder der Kelten ... Habt ihr denn keine Augen im Kopf? ... Es sind schon lange nicht mehr Roms Götter, die die Welt beherrschen.«

»Es gibt ewige Götter und ewige Gesetze«, widerspricht der *archidikastes* vehement, »die Gerechtigkeit und Wahrheit verkörpern.«

»Ewige Gesetze? Leben und leben lassen ist das Einzige. Verdammt seien diejenigen, die uns andere aufzwingen wollen, um unser Leben zu zerstören! Ich kenne keine Wahrheit, nur Wahrheiten. Mit den Göttern ist es genauso. Jeder soll seinen eigenen Gott anbeten. Den, der ihn leben lässt.«

»Wahrheiten?«, sagt Philopator spöttisch. »Dann wäre also auch dieser armselige Gott der Christen eine Wahrheit, obwohl er gar keine Macht besitzt und sich sogar von den Menschen ans Kreuz schlagen ließ?«

Glauka erinnert sich, dass genau das sie an den Christen so angezogen hatte. Deren Gott hatte sich wie sie für die Sterblichkeit entschieden. Aber sie wartet auf Kritos' Antwort.

»Für die Christen ist er die Wahrheit, so sehr dich das verwundern mag ... Und das bringt mich auf eine Idee. Wie wäre es mit einem Spielchen? Wer hat welche Wahrheit? Wer glaubt an welchen Gott?«

Sein Vorschlag wird trotz einigen Widerstands angenommen, aber nur weil es ein Spiel ist. Die römischen Beamten verehren natürlich den offiziellen Pantheon und die göttliche Gestalt des Caesar Augustus. Lysias gibt sich als Anhänger der Aphrodite zu erkennen, die auch von Clea verehrt wird, neben dem mächtigen Eros. Diesem Kult huldigen ebenfalls die beiden griechischen Mädchen und Titira, die Tänzerin aus Gades, während Tanufis erneut ihre Verehrung für Isis beteuert. Die Alexandriner verehren Sarapis, und der Mann aus Armenien den Sonnengott Apollon. Ahram erkennt seine zwei Schicksalssterne als übermenschliche Kraft an, und Kritos unterstreicht, was er schon zuvor erklärte: »Ich bin Anhänger der philosophischen Schule des Epikur. Die Götter der Tempel interessieren mich genauso wenig wie ich sie.«

In der darauf folgenden Stille richten sich alle Blicke auf Glauka.

»Ich glaube nicht, dass die Götter sterben, nur, dass sie sich von uns entfernen. Ich weiß nicht, wohin, jedenfalls aus dem Gedächtnis der Menschen. Aber ich habe einmal etwas von Aphrodite erbeten, und sie hat mich erhört.«

»Bist du sicher, dass es Aphrodite war?«, fragt Kritos leise und durchdringt sie mit seinem Blick. »Ich kann bloß das wiederholen, was ich bereits Tanufis gesagt habe. Ihr beide habt Recht, und ihr vertraut euch ein und derselben Göttin an, die andere Atargatis, Ischtar, Astarte, Artemis oder Venus nennen ... Der Großen Gottmutter, mit anderen Worten. Der Einzigen, weil sich ihr Altar in der Seele befindet und nicht in den Tempeln. Weil sie sich in allem Lebendigen manifestiert, weil sie selbst das Leben ist. Sie entfernt sich nicht von uns, wir geben ihr nur immer wieder neue Namen.«

Dasselbe sagte die Mutter, die Phrygierin auf Psyra, schießt es Glauka durch den Kopf. Die Alte, die Dunkle, die Tiefgründige. Sie erinnert sich an die unaufhörlichen Wellen, Uruks galoppierende

Pferde, das vibrierende Universum, das sie im Schwindel mit Ahram erlebt.

»Ja, das ist meine Göttin, nennt sie, wie ihr wollt.«

Die Anwesenden lächeln und klatschen Beifall. Wer würde es wagen, sich gegen Aphrodite, Urania, Anadyomene, Euploia, Pandemos oder einen anderen ihrer vielen Beinamen zu stellen? Der Statthalter hebt lächelnd die Hand und verkündet:

»In meiner Eigenschaft als Leiter des Symposiums erkläre ich die Debatte für beendet. Soll jetzt die Musik anheben. Schluss mit den Diskussionen über Geschichte, Politik oder Wissenschaft: Möge die Liebe, die uns alle in ihren Bann gezogen hat, das einzige Thema für den Rest dieser Nacht sein.«

Zwischen Gelächter und fröhlichen Rufen wird Obst, Eis, Likör, Zimtschnaps und sogar heißer Punsch, auf blauen Flammen brodelnd, gereicht. Gleichzeitig treten zum Rhythmus der Klappern, Zimbeln und Trommeln Mädchen und Jünglinge zusammen mit den Tänzerinnen auf die Bühne. Hinter der Gruppe kommt auch Yazila und bleibt unauffällig an der Tür stehen, falls es während der Tänze oder Spiele zu einem Unfall kommt und sie als Masseuse gebraucht wird. Der Statthalter wirft einem der Knaben einen flüchtigen Blick zu, doch nicht kurz genug, als dass Ahram ihn nicht bemerkt hätte. Er ruft eins der Mädchen, die gerade gekommen sind, zu sich und flüstert ihm etwas ins Ohr, worauf es den Knaben an der Hand nimmt und mit ihm auf den Statthalter zugeht. Beide verneigen sich tief vor ihm: zwei fast unverhüllte Körper.

»Ich hoffe, dass du die doppelte Gesellschaft annimmst, die ich dir zur Inspiration anbiete, da du von der Liebe gesprochen hast, ehrenwerter Caios Dromicus«, sagt Ahram.

Der Statthalter bedankt sich für die Liebenswürdigkeit bei Ahram, der seinem geheimen Wunsch nachgekommen ist und ihm zugleich mit dem Mädchen ein Alibi verschafft hat, während das Paar sich zu Füßen der Trikline des Statthalters niederlässt. Das wäre mein Gott, denkt Kritos bei seinem Anblick. Derjenige, der beide Geschlechter miteinander verschmilzt. Zu Beginn aller Zeiten muss ein androgyner Gott geherrscht haben. Ein vollkommener Gott des Lebens mit doppeltem Geschlecht, wie die Doppelaxt der Großen Mutter in Kreta.

Um sich an dem von höchster Stelle autorisierten Thema zu beteiligen, rezitiert der *gymnasiarchos* »*Vivamus, mea Lesbia, atque amemus*«, ein Werk des berühmten Catullus, worauf Lysias sofort wieder eine Diskussion entfacht. Doch die Wirkung des Weines, die betörende Musik, die verschleierte oder unverhüllte Schönheit der Tänzerinnen und vor allem ihre willigen Körper in greifbarer Nähe verlangen nach anderen Reizen. Mehrere der Gäste haben das Manöver beobachtet, mit dem Ahram dem neuen Statthalter unauffällig den Knaben angeboten hat, und obwohl niemand es wagt, darauf anzuspielen, verlagert sich das Thema der zitierten Gedichte wie von selbst auf diese Art der Lust. Lysias bringt es schließlich auf den Punkt, indem er das allseits bekannte Epigramm des Alceus zitiert:

> Schon sprießt Haar auf deinen Beinen, Nicardus.
> Bald reicht es dir bis zum Hintern,
> dann liebt dich niemand mehr. Genieße schnell!
> Unerbittlich schwindet deine Jugend.

Zufrieden beobachtet Ahram, wie der Statthalter spontan in das allgemeine Gelächter einstimmt, obwohl er gleichzeitig die versteckten Annährungsversuche des Knaben, der zu seinen Füßen sitzt, bremst und ihn zu mehr Diskretion ermahnt. Der *nauarchos*, dem der Wein zu Kopf gestiegen ist, möchte weitere Verse hören, doch Kritos kühlt mit einigen gelehrten Anmerkungen über die Metrik von Epigrammen das Gespräch wieder ab, und der *gymnasiarchos* schließt sich ihm mit zwei Versen von Kallimachos an, um, wie er sagt, »dem König der alexandrinischen Dichter« zu huldigen. Schließlich beendet der Statthalter die Debatte mit dem Hinweis, das Thema sei die Liebe, nicht die Theorie der Literatur, und erklärt unter dem lauten Beifall der Mehrheit den Tanz und die Freuden der Nacht für eröffnet.

Serapion zieht sich unter dem Vorwand seines Alters zurück, und auch Glauka nutzt die Gelegenheit und entschuldigt sich mit einem plötzlichen Anfall von Kopfschmerzen. Der Statthalter bedauert ihre Unpässlichkeit und bittet – mit Ahrams Einverständnis – um das Privileg, ihr sagenumwobenes Haar, dessen Farbe und Beschaffenheit er als unvergleichlich rühmt, ein einziges Mal in seiner ganzen Fülle betrachten zu dürfen.

Ahram nickt lächelnd, Glauka bemerkt Cleas neidischen Blick, in Kritos' Augen jedoch einen anderen Ausdruck, der sie kurz zögern lässt, bevor sie Stück für Stück den Knoten löst und das seidenweiche bernsteinfarbene Haar langsam über ihre Schultern fällt. Der Statthalter bedankt sich mit einem Trinkspruch, dem sich alle anschließen. Da es ein römischer Trinkspruch ist, bietet er Glauka anschließend seinen Becher an, damit auch sie daraus trinkt. Anschließend zieht sie sich, in die Kaskaden ihres losen Haars gehüllt, zurück.

Die Tänzerinnen stellen sich in einer Reihe auf, um mit ihrer Vorführung zu beginnen. Marsia hat soeben ihre Harfe gestimmt, doch ehe sie zu spielen beginnt, schlägt Kritos vor, dass Titira – die Tänzerin aus Gades, mit der er sich während des Essens lebhaft unterhalten hat – eine Kostprobe ihrer Kunst gibt. Der Vorschlag wird angenommen, das Mädchen stellt sich vor den beiden Gästegruppen auf und beginnt den Tanz mit Bewegungen, für die der geschickte Trommelspieler schnell den passenden Rhythmus findet. Zunächst bewegt sie nur Hände und Hüften; dann beginnt sie, sich ganz langsam zu drehen und zeigt einem Gast nach dem anderen ihr Gesicht, das sich wie die verschiedenen Phasen des Mondes verändert. Plötzlich bedeutet Yarkos, der zugehört hat, dem Trommler mit einem Zeichen zu verstummen und improvisiert eine Melodie auf seiner Flöte, die die Bewegungen des Tanzes verändert. Glauka, die bereits draußen im Gang ist, hört die Flöte und kehrt noch einmal um. Verzaubert durch das, was sie hört und sieht, bleibt sie an der Tür stehen, gleich hinter dem Vorhang. Vor ihr, bereits im Saal steht Yazila, deren attraktiver brauner Körper von einem granatroten Gewand verhüllt ist, das gut zur Farbe ihrer Haare passt. Die Nähe ist Glauka unangenehm, doch die Melodie der Flöte zieht sie unwiderstehlich an.

Woher kommt diese langsame, sinnliche Musik, die wie Titiras Körper ihren Rhythmus unmerklich steigert? Woher stammt dieser Tanz, der immer drängender um einen ruhenden Pol wirbelt? Wie lässt sich mit so wenigen Bewegungen so viel Verlangen wecken? Welch geheimes Einverständnis verbindet die Melodie des Blinden mit dem mädchenhaften Körper? Die Musik und das Mädchen sind erfüllt von einem geheimnisvollen Blut, von einem verborgenen Feuer, von Weisheit... Der Körper flattert wie ein Wimpel im Wind, die ausgestreckten Hände schreien vor Verlangen, die Hüften biegen sich in Erwartung ... Die Musik erregt die Frau, die ihr folgt und sie zugleich inspiriert; die beiden umschlingen einander wie Schlangen, wie Liebende ... Glauka ist so fasziniert, dass sie sich erst zurückzieht, als das Mädchen sich ausgestreckt auf den Boden fallen lässt wie eine von der Lust erschöpfte Geliebte.

Als sie am Fenster auf mich wartete und der Mond auf ihr Haar fiel, konnte ich die Laune des Statthalters verstehen, aber sie gehört mir. Was für ein Lächeln auf ihrem Gesicht! Wie gern hätte ich mich aus dem Staub gemacht, diese vielen Verse langweilen mich zu Tode. Worte und Worte, und der Statthalter wollte einfach nicht gehen. Er ist vorsichtig, der Knabe gefiel ihm, obwohl er sich nicht traute, es zu zeigen, nicht einmal am Schluss, als jeder sich einen Partner nahm. Ich werde ihm den Jungen schicken lassen, damit er mir dankbar ist, obwohl er eher eine Schwäche für Geld als für die Liebe zu haben scheint. Wir werden sehen, man kann nie wissen. Vielleicht beißt er an, und wir können durch den Jungen so manches erfahren. Was aber, wenn er ihn benutzt, um etwas über uns herauszufinden? Vorsicht ist geboten, ich traue diesen ägyptischen Jungen vom Land nicht über den Weg. Die schlauen sind wie Skorpione unter einem Stein, egal wie sehr man sie zuvor begünstigt hat. Vorsichtig ist der Statthalter und schlagfertig. Sehr geschickt, wie er auf Odaenathus reagiert hat. Wie gut kennen sie sich? Der Fürst wird es mir verraten. Und Sutides wird mir sagen, wie er an diesen Posten gekommen ist. Die Kaiser vertrauen Ägypten, ihre wichtigste Kornkammer, nicht irgendeinem Dahergelaufenen an. Mit der Zeit ich werde auch ihn durchschauen.

Clea tut mir Leid, aber sie ist selbst schuld. Sie hat sich überschätzt. Der neue Posten wird kein Zuckerschlecken. Natürlich war der *nauarchos* den Problemen Alexandrias nicht gewachsen, er hat bloß seine Schiffe im Kopf. Und Clea war als Informationsquelle nicht besonders ergiebig. Wenigstens fiel sie mir nicht zu Last. Als sie merkte, dass ich mich nicht mehr für sie interessierte, wurde sie nicht aufdringlich und widmete sich anderen. Aus Firmus muss sie mehr herausbekommen haben. Wie mag Neferhotep an sie herangekommen sein? Mit Geld, natürlich. Er trifft sich immer noch mit ihr, obwohl im Augenblick sein vordringliches Interesse den Priestern in Kanopos gilt, diesen Intriganten, die auf der Suche nach einem neuen Pharao sind und von Antoninus angeführt werden. Die Frau war nicht besonders ergiebig, darin hat sich Kritos geirrt. Trotzdem, heute war er fabelhaft, als hätten wir uns vorher abgesprochen, um den Römer zu durchleuchten. Es war das einzig wirklich Interessante, als er ihn inmitten all der Verse dazu brachte, über Karthago zu sprechen. Ich habe den Eindruck, als hätte Rom großes Interesse an Africa Procunsularis. Zu spät, wir sind ihnen zuvorgekommen. Trotzdem werden wir eine Lösung finden müssen, wer Ägyptens Thron besteigen soll. Aber das hat Zeit, es ist nicht dringend. Scheint, als würde das Gerede über diesen falschen Pharao im Süden verebben. Kritos ist ein Meister der Unterhaltung. Wie geschickt er die Diskussion auf die Götter, die Technik und die Weltlage lenkte. Ich muss wirklich wieder einmal zum Smaragdlager fahren, um zu sehen, wie weit meine Forscher sind. In letzter Zeit haben wir nicht sehr viel von ihnen gehört. Richtig, ich darf nicht vergessen, Philopator darauf anzusprechen. Er vergisst sich, wenn er von der Technik spricht, man darf dem Römer nicht allzu viel verraten, sonst kommt er noch auf dumme Gedanken. Nicht dass sie Geschmack an der Forschung finden, sie sollen weiter ihre Brücken und Straßen bauen. Mir ist es lieber, wenn sie denken, ich sei nur auf der Suche nach Smaragden und dem Gold der ägyptischen Alchimisten.

Wie schön, hier auf Glaukas Schenkeln zu liegen, es ist ein sanftes Kissen! Was interessiert mich das Gold! Ich kann mir so viel Gold leihen, wie ich will. Oder mit Olivenöl verdienen. Die Ernte in Tarraconensis und Griechenland wird schlecht ausfallen, und Afrika wird die Preise diktieren, das ist für mich genauso viel wert wie pures Gold. Der Importeur hier will mich übers Ohr hauen, aber ich werde ihm den Mob der Straße auf den Hals hetzen. Soferis soll mir einen Libellisten beschaffen, aber unauffällig. Destrimax, seine Epigramme sind die schärfsten. Er kann Meinungen manipulieren, die Leute sollen etwas erwarten, und wir tun das Gegenteil und gewinnen dabei. Da ist viel Geld zu holen, aber wir brauchen es auch, um unser Netz von Informanten aufrechtzuerhalten und unsere Pläne zu verwirklichen. Dafür sind Worte gut. Für die Schmähschriften, um Feinde zu zerstören, um die Masse dahin zu bringen, wo man sie haben will. Und nicht, um wie heute Nacht in Versen verschwendet zu werden. Pah!

Aber sie können einen auch bezaubern, allerdings nur, wenn man sie ausspricht, nicht, indem man sie niederschreibt. Wie süß waren die, mit denen mich Glauka empfing. Sie gehen mir zu Herzen. Ich hatte Glück an jenem Nachmittag, als der Hund so aufgebracht war. Und wie sehr *Tijon* sie jetzt liebt! Er ist fast blind, aber er erkennt sie von weitem. Ohne ihn hätte ich nicht mal erfahren, dass meine Tochter Glauka gekauft hatte. Arme Sinuit! Sie ist kränklich und schwach wie ihre Mutter. Zum Glück lebt Malki bei uns, sein Vater würde ihn nur verderben. In ein paar Jahren werde ich ihn mit Artabus auf Reise schicken, ehe er das wehrfähige Alter erreicht. Er hat genug studiert. Eine Sklavin zu kaufen, nur um aus ihrem Haar eine Perücke zu machen! Tenuset brachte mir die Perücke zurück, das Haar ist genauso schön wie am ersten Tag. Wie gut ich die Laune des Statthalters verstehe! Aber warum schien sie sich ihres Haars zu schämen? Sie muss doch stolz darauf sein. Lag es vielleicht daran, dass diese Kleine in den Saal kam, Yazila? Eigentlich gar nicht mehr so klein. Ich verstehe nicht, warum ich so lange auf ihren Körper verzichtet habe. Sie steht in voller Blüte, diese festen Brüste, bald wird sie verwelken. Und im Bett hat sie bereits Erfahrungen gesammelt, irgendetwas war da doch vorgefallen. Jetzt oder nie! Warum soll sich Glauka daran stören? Ist Yazila nicht eine von vielen in meinem Haus? Und bald wird sie nichts mehr wert sein.

Ich verstehe nicht, warum Kritos schließlich zugelassen hat, dass Tigram Titira mitnimmt. Heute war er kein bisschen weiblich, ganz im Gegenteil! Er unterhielt sich sehr angeregt mit ihr. Erst schien sie so schüchtern zu sein, und dann ging sie aus sich heraus. So still und so sinnlich. Ihr Tanz erregte mich. Sogar Lysias ließ von Clea ab, was sie ihm äußerst übel nahm. Dabei ist an diesem Mädchen so gut wie nichts dran, sie hat nur ihre Bewegungen und die Augen. Funkelnde Kohle. Ich muss sie ausprobieren, muss wissen, wie sie sich da unten bewegt, bestimmt ist es was Besonderes. Außerdem redet sie nicht viel, ich mag kein Geschwafel. Und ich werde mir den Flötenspieler mitnehmen, damit ich ihn gleichzeitig höre, vielleicht entflammt die Musik sie noch mehr.

Glauka hat Recht, dieser Musiker ist unschlagbar auf seiner Flöte. Was Kritos in Rhakotis alles entdeckt! Und er scheint sich zum Guten zu verändern, er besucht dieses Viertel nicht mehr so oft. Ob er die Jahre allmählich spürt? Aber in Persien ist er viel gereist und kam sehr gut informiert zurück. Er ist ein Talent, schade um den Rest. Die Forscher waren verblüfft, er kannte die Erfindungen nicht, aber er hat sie sofort begriffen. Ja, er verändert sich zum Besseren, keine Ahnung, warum, aber mir wird es sehr gelegen kommen, wenn, wie wir mit unseren Plänen voranschreiten. Es muss vorwärts gehen, schließlich werde ich nicht jünger. Eigentlich brauchte man mehrere Leben, wenn man die ganze Welt im Kopf hat und gegen Rom antreten muss! Dagumpah glaubt, dass es das gibt, dass wir nach dem Tod weiterleben. Kritos hält es nicht für ausgeschlossen. Aber ich möchte nicht jemand anders werden, ich will weiter Ahram sein. Und Rom auf den Knien sehen. Was Kritos sagte, gefiel mir. Die heutigen Statuen haben Angst. Sie sind weder so mächtig noch so gefestigt wie früher. Die heutige Welt hat Angst. Ihr fehlt der Mut, deshalb drängt der Perser, weil er ein brutaler Barbar ist. Barbaren haben keine Angst. Deshalb müssen wir den Kontakt zu den Goten suchen. Und zu den Völkern des Südens.

Mal sehen, was Tigram morgen zu berichten hat. Im richtigen Augenblick wird es nicht schwer fallen, ganz Armenien dazu zu bewegen, sich zu erheben, nicht nur Armenia Minor. Tigram muss Farbe bekennen, und danach werde ich ihn weiter bearbeiten. Seine Familie herrschte früher über das Land; der Thron wird ihn reizen. Die Frage ist, ob er mit Rom ist oder mit uns. Das mit den Statuen und ihrer Angst scheint ihn beeindruckt zu haben. Morgen bringe ich ihn auf der *Jemsu* nach Tanuris. Neferhotep hält sich in Alexandria auf, um an einer Versammlung des Stadtrates teilzunehmen, und kann mich nicht stören.

Vielleicht wäre es keine schlechte Idee, Titira und noch ein Mädchen für den Armenier mitzunehmen. Wenn ich ihn einlade, wird er nicht ein zweites Mal den Statthalter hinter meinem Rücken aufsuchen, so wie gestern. Ich werde mit ihm reden. Ich muss ihn davon überzeugen, dass Rom nicht mehr der bessere Verbündete ist. Odaenathus und ich gewinnen immer mehr an Macht, langsam zieht sich die Schlinge zu.

Aber was ist bloß im Lager los? Seit Tagen trifft keine einzige Brieftaube mit Nachrichten mehr ein. Sollte innerhalb einer Woche immer noch nichts gekommen sein, werde ich jemanden hinschicken müssen. Artabus ist noch bis Ende des Monats unterwegs, und die Angelegenheit ist äußerst brenzlig. Mehr noch nach dem Unfall mit der Maschine. Seltsame Dinge gehen vor. Ob sich ein Saboteur eingeschlichen hat? In wessen Auftrag? Ich habe immer schon vermutet, dass Odaenathus vor Ktesiphon etwas Ähnliches passiert ist. Warum zum Teufel gelang es ihm nicht, die Stadt einzunehmen, wenn der Perser doch bereits am Boden war? Ob ich Feinde im Lager habe? Wenn es sein muss, werde ich Köder auslegen und die Betreffenden auf frischer Tat ertappen.

Sie war wach und wartete auf mich. Ihre Schenkel, ihre Finger in meinem Haar. Welche Ruhe. Wie kannst du an Ruhe denken, Ahram? Sind es die Jahre? Und ihr Gesang, dieser Gesang, der nur für mich bestimmt ist! Ahram und seine Sirene … Es sind nicht die Jahre, es ist die Müdigkeit … Nein, ich bin nicht alt, noch nicht.

Ich hätte das Beste des Abends verpasst, wäre ich nicht zurückgekehrt, um Yarkos zu hören. Während der Unterhaltung spielte er nur seichte Musik, begleitet von der Harfe. Nichts Ungewöhnliches, eine Enttäuschung. Ich verstehe, es ist seine Routine. Doch bei den ersten Tönen des Tanzes musste ich innehalten und wieder zurückgehen. Hermonius sah mich verwundert an. Diese Flöte und diese Tänzerin! Beides! Weise, sinnlich, unergründlich! Sie sagten alles, was unaussprechlich ist, alles. Titira, die sich nur mit Kritos unterhalten hatte, fast unauffällig in ihrer Jugend, viel zu dunkel, und dann das! Eine Blüte, die sich auf einen Schlag öffnet … Kritos hatte es geahnt, deshalb ließ er sie als Erste tanzen. Worüber haben sich die beiden beim Essen wohl unterhalten? Er muss so etwas wie einen siebten Sinn haben! Es entschädigte mich für die Schmach, diese Laune des Statthalters, der mich die ganze Zeit über angestarrt hatte. Licinius' Kunstwerk zu zerstören! Er ist schon alt, aber ein echter Künstler. Ich verstehe nicht, wie andere zu diesem Phönizier gehen können, der gerade in Mode ist. Es war mir peinlich, mein Haar zu entblößen, es allen Blicken preiszugeben. Ich wünschte, Ahram hätte es nicht zugelassen! Clea wäre vor Neid fast geplatzt, und Kritos hat mir einen vorwurfsvollen Blick zugeworfen, der mich beschämt hat, aber warum? Dieser verletzte Blick durchbohrte mich, fast weinend ging ich hinaus, aber dann kam das Wunder, die Flöte entschädigte mich für alles. Sie war das Beste an diesem Abend, der ohnehin ein Erfolg war, denn später haben sich alle noch sehr amüsiert. Ahram war jedenfalls froh, als er kam und mit dem Kopf in meinem Schoß einschlief. Ich saß am Fenster, er machte es sich auf dem Boden bequem und legte den Kopf auf meine Schenkel, und so ist er eingeschlafen, mein Ahram. Sein Körper zieht mich mit den Jahren immer noch mehr an. Alles ist gut gegangen, es war genau die richtige Anzahl von Gästen. Die Mädchen waren sehr diskret, eine vorzügliche Auswahl. Didima, die neben dem *archidikastes* saß, wunderschön und gelehrt, war die erstaunlichste von den vieren, mit einer heimlichen Würde, stolz darauf, dass sie eine Frau ist. Gern hätte ich mich länger mit ihr unterhalten. Alle waren sehr gut gekleidet, aber nicht so stilvoll wie Clea, sie wollte ihren Abschied mit einem Sieg feiern. Wo hat sie bloß dieses feine Leinen her? Aus Euboia, sagte sie. Und was für Stickereien! Der Saum ist nichts Ungewöhnliches, aber man muss etwas davon verstehen, um es zu schätzen. Schade, dass Eulodia es nicht sehen konnte, so ungefähr stelle ich mir ein Kleid aus dem Tuch vor, das ich im Emporium gesehen habe. Ich bin froh, dass Clea die Stadt verlässt, auch wenn sie mir nicht länger Kopfschmerzen bereitet, wie damals vor vier Jahren, als sie nach Alexandria zurückgekehrt war. Ein Glück, dass ich sie nicht interessiert habe, und Ahrams Laune war auch nicht von Dauer, trotzdem mochte ich ihre Gesellschaft nicht, ich weiß nicht, warum, aber sie kam mir vor wie eine dunkle Wolke an einem wunderschönen, klaren Tag. Ja, ich bin froh, dass sie weggeht. Ich wünschte, Yazila würde auch gehen, diese kleine Intrigantin. Früher nahmen die Masseusen nicht an den Festen teil, und jetzt auch nur für den Fall, dass sich eine der Tänzerinnen verletzt. Aber sie will gesehen werden, provozieren, vielleicht sogar Ahram, der sie bislang nicht beachtet. Wie dankbar ich ihm dafür bin! Trotzdem, bei Männern weiß man nie, Neferhotep hat nicht lange um Sinuit getrauert. Kaum war sie unter der Erde, hat er sich mit Clea eingelassen, sie haben sich in den letzten Jahren hin und wieder getroffen, eine merkwürdige Beziehung, von der sie nicht allzu viel haben dürfte. Warum dann? Sie scheint Gefallen daran zu finden. Aus den Männern wird man einfach nicht klug, aber Neferhotep will ich auch gar nicht verstehen. Jetzt, da er sicher weiß, dass Ahram Tanuris nicht zurückfordern wird, lässt er sich immer weniger hier blicken. Es ist auch nicht gerecht, dass Ahram ihm die Schuld an Sinuits Tod gibt, er hat sich zwar wirklich nicht um sie gekümmert, aber Ahram auch nicht, obwohl ich es ihm mehrmals gesagt habe. Jetzt fühlt er sich schuldig und lässt es an seinem Schwiegersohn aus. Wir haben Malki für uns gewonnen, er ähnelt Ahram immer mehr, auch im Charakter. Er liebt das Gymnasium, und an seinem freien Tag kommt er zu Besuch, dreizehn Jahre, fast vierzehn und sehr hübsch. Wenn Clea ihn zwischen die Finger bekäme! Zum Glück verschwindet sie, die Arme. Ob sie jemals den Schwindel erlebt hat? Ich bezweifle es, bei ihr spielt sich die Liebe im Kopf ab, statt auf der Haut. Sie verteidigt sich mit ihrer Intelligenz, aber wir Frauen müssen nun mal mit den Karten spielen, die sie uns lassen, es ist ihre Schuld. Einen Ahram findet man nicht alle Tage! Was für ein Glück ich hatte! Heute Nacht machte sie sich an Lysias heran, der Statthalter bemerkte es, aber er hatte nur Augen für den Knaben, wie mir Ahram lächelnd erzählte, als er zurückkehrte. »Er hat sich nicht getraut, den Jungen mit ins Separée zu nehmen. Er hat Angst, dass jemand Rom informiert, aber wir werden ein Treffen für ihn arrangieren. Am Ende nahm er ein Mädchen mit.« Die Krypta war heute geschlossen, aber wer wollte, verschwand in einem der kleinen Räume. Es war ein seriöses Essen, ich fragte ihn, in welcher Phase sich Kritos befand, bloß aus Neugier. »In keiner, er ging allein, kurz nach dir, ich glaube, er wollte nach Hause.« Ich fragte nicht weiter nach, Ahram war müde und zufrieden, er schlief sofort ein, wie ein kleines Kind. Im Schlaf ist er ein anderer, so sanft! Was für eine Manie, immer dieses Gerede über Odaenathus und Palmyra! Er kommt mir vor wie besessen, ob Zenobia dahinter steckt? Immer wieder stelle ich mir diese Frage, wie dumm von mir, meine Rivalin ist die Macht, nicht dieses Weib. Seit vier Jahren ist Ahram nicht mehr nach Palmyra zurückgekehrt, seit sie hier waren, er denkt an nichts anderes als an Odaenathus' Heer, das seine Flotte ergänzen soll, und er ist von seinen Sternen, seinem Schicksal überzeugt. Das Gespräch über die Götter war interessant, Kritos ist unschlagbar, diese Götter, die er erwähnte …, aber er irrt sich, die Unsterblichen existieren tatsächlich, ich war eine von ihnen. Warum habe ich ihm meine wahre Vergangenheit nie offenbart? Es fällt mir schwer, Kritos zu belügen, aber ich kann mich nicht dazu durchringen, und allmählich glaube ich, dass Ahram nicht der Grund ist, weshalb ich mich so sträube, sondern dass es an mir selbst liegt. Ich weiß nicht, warum. Es gibt Götter, aber sie ändern sich, die Unsterblichkeit geht auf andere über, mehr als im Olymp leben sie in der menschlichen Seele. Wenn man aufhört, an sie zu glauben, müssen sie gehen, wohin, weiß ich nicht. Genau das ist es, was heutzutage geschieht, deshalb habe ich nie wieder eine meiner Schwestern gesehen, jetzt suche ich nicht mal mehr nach ihnen, wenn ich um den Turm schwimme. Wahrscheinlich werden sie in einem göttlichen Elysium sein, einem unterirdischen Olymp, ohne je gelebt zu haben. Meine armen Schwestern! Wie viel ich den Fischern von damals verdanke! Meinem Narsos! Das ganze Leben, das ich jetzt lebe, die Unsterblichkeit des Augenblicks, im nächsten sehen wir weiter. Du hast es verstanden, Aphrodite, du hattest Erbarmen mit mir. Wirst auch du einen anderen Namen erhalten? Geht Rom unter, weil seine Götter verschwinden, oder ist es umgekehrt? Und wer sind die neuen Götter? Das Göttliche Weib meiner früheren Glaubensschwestern? Die Bischöfe lehnen sie ab, schließlich sind sie Männer, aber dass ein Gott stirbt, ist nichts Neues. Kritos hat es mir erzählt, Tammuz und Osiris sind von den Toten wieder auferstanden, und als ich das hörte, hätte ich ihm um ein Haar mein Geheimnis gebeichtet. Wieso tat ich es nicht, obwohl ich ihm mehr traue als irgendwem sonst? Verrückt, dieser Wunsch nach Unsterblichkeit. Der ewige Durst der Menschen. Sie wissen das Leben nicht zu schätzen, weil sie es haben! Darin ist Ahram stark, er ist wie ich, er will nicht unsterblich sein, nur so lange wie möglich leben. Aber er verwechselt es mit Macht, das eine raubt ihm das andere. Er wird sich ändern, ich werde ihm die Augenbinde abnehmen. Unsterblichkeit, wie albern! Diese ewige Langeweile, tagein, tagaus dasselbe, eine Ewigkeit nach der anderen, ohne Überraschungen, ohne innere Ströme, ohne Ängste oder Schrecken, ohne Schmerzen, die einem die Bedeutung des Glücks zeigen, mit launischen Lieben, die keine Zuflucht vor der Zeit zu sein brauchen, ohne die wahre Liebe! Warum ist Kritos so früh gegangen? Er hätte leichtes Spiel bei dem Jungen gehabt, der zu seinen Füßen saß, wahrscheinlich kannten sie sich, jedenfalls warf der Knabe ihm sehnsüchtige Blicke zu. Er flehte Kritos förmlich an! Warum hat er nicht Titira mitgenommen, die Tänzerin, die die ganze Zeit über neben ihm gesessen hatte? Wie gern ich sie belauscht hätte! Er hatte ihre Sinnlichkeit erahnt, deshalb bat er sie zu tanzen. Warum ergötzt er sich nicht an ihrem glutvollen Körper? Mich erregte sie mit ihren stillen Tanz, bestimmt ist sie eine Meisterin der Langsamkeit in der Liebe. Kritos sei in keiner Phase gewesen, behauptet Ahram, aber es war glänzend, wie er über die Forscher spottete. Die Leute halten ihn für einen Skeptiker, eiskalt, dabei sehen sie seine Zärtlichkeit nicht, seine gelegentliche Verzweiflung, seine glühende Empfindsamkeit. Er kennt sich aus mit der Liebe! Mehr als die hohen Tiere, diese lüsternen Bastarde, die nach Macht lechzen, ohne stark genug dafür zu sein wie Ahram, die auf ihrem kleinen Thron hocken und beim Kaiser um Gefallen betteln. Er verachtet sie! Was war heute mit ihm los? Was ist seit langem mit ihm los? Diese Stimmungsschwankungen haben nichts mit seinen Phasen zu tun, es ist etwas anderes, etwas Tieferes, es sind Fluchten. Wie neulich, als er zum Smaragdlager verschwand, angeblich um sich zu informieren, was die Forscher dort unten treiben. Ich glaubte ihm kein Wort. Ahram schon, aber er macht sich auch nicht die Mühe, seinen Freund zu verstehen. Kritos flüchtete vor seiner Einsamkeit, so wie er nach Persien reiste und Ahram entzückt war, weil er so viele neue Erkenntnisse mitbrachte. Aber für mich war seine Abwesenheit eine Tortur! Als er dann mit Artabus auf Reisen ging, konnte ich es nicht fassen! Was macht Kritos auf dem Meer? Wie lang zogen sich die Monate hin! Ohne ihn fehlte mir etwas, Ahram war mit seinen Angelegenheiten beschäftigt, nur die Nächte bei mir, lange Nächte, aber was war mit den Tagen, die noch länger waren? Und ohne Kritos Worte, eine unverständliche Reise. Ob er seinen Gott sucht, den androgynen Gott? Darin irrt er, nicht der Androgyne empfindet die größte Lust, sondern der Mann oder die Frau mit ihrem andersgeschlechtlichen Partner. Dem Zwitter bringt ein anderer Zwitter nichts, es muss einem etwas fehlen, wenn man empfangen will. Mit Domicia war das anders, es ging um die Lust, nicht um den ewigen Augenblick, der nur mit dem anderen Geschlecht möglich ist, wie der Tanz mit der Flöte oder wie ich Ahram umarmen werde, wenn er aufwacht, mein Kind, meinen Mann. Ich werde ihm wie eine Amme den Gesang der Sirene vorsingen, nur er hat ihn gehört, nur ihm habe ich je vorgesungen. Wie schön seine dichten Locken sind! Sie sträuben sich gegen die Liebkosung meiner Finger. Ich wage nicht, mich zu bewegen, um ihn nicht zu wecken, trotz der unbequemen Stellung und der Schmerzen in den Knien. Liebend gern erleide ich für ihn diese kleine Tortur, opfern, wenn ich nur so einschlafen könnte! Die Nacht ist herrlich, sogar der Mond scheint stärker als sonst, stärker als der Leuchtturm, ich könnte singen! Der Garten ist wie Silber mit einem leichten rötlichen Schimmer vom Leuchtturm oben, der Mond erfüllt mich wie meine Schwestern, ich muss singen, ganz leise, damit er weiterschläft, wenn ich die Beine ausstrecke. Ich werde singen, und wir werden zusammen einschlafen. Hörst du mich im Traum, mein Ahram? Horch ... halt! Was bewegt sich da unten im Gebüsch? Ein Wächter ist es nicht, er versteckt sich hinter den Bäumen, seine weiße Tunika hat ihn verraten, jetzt bewegt er sich nicht mehr, ein Gast? Ein Efeukranz auf dem Kopf! Er ist es, er kann Kränze aus Rosen, wie die Männer sie auf den Festen tragen, nicht ausstehen. Es ist Kritos, der gehört hat, wie ich singe, er hat zugehört, dem Gesang der Sirene gelauscht ... Kritos ...

22. Die Zeit der Echse

»Es ist nichts, halb so schlimm«, ruft Soferis und fasst sich an die Schulter. Doch zwischen den Fingern, die das Gelenk umklammern, tropft Blut herab, und sein Gesicht ist totenblass.

Ahram blickt auf den Körper des Mannes herab, der vor ihm auf dem Boden liegt, und auf das Blut, das aus der Wunde sickert, während er versucht, zu begreifen, was gerade geschehen ist. Alles ging so schnell! Gerade eben noch besprach er einige Angelegenheiten mit Soferis, während Glauka in der Galerie nebenan farbige Fäden in ihr Tuch webte. Plötzlich kam der Mann, den sie für einen Boten hielten, mit einer Bittschrift in der Hand auf die beiden Männer zu und verbeugte sich respektvoll. Doch als er sich aufrichtete, schlug der Respekt in Gewalt um, und das Pergament in seiner Hand verwandelte sich in einen scharfen Dolch. Das Pult, an dem Ahram einige Dokumente unterzeichnete, hinderte ihn daran, schnell genug aufzuspringen, um sich zu verteidigen. Wäre Soferis nicht dazwischengegangen, hätte der Dolch Ahrams Brust durchstoßen statt Soferis' Schulter. Wäre Glauka nicht vom Schrei des Sekretärs aufgeschreckt mit der Schere in der Hand ins Zimmer geeilt, um sie dem Angreifer mit der geballten Kraft ihrer eigenen Angst in die Halsschlagader zu stoßen, hätte der Mörder lediglich über den am Boden liegenden, sich vor Schmerz krümmenden Soferis hinwegsteigen müssen, um seine Tat zu vollenden.

Es ist kaum zu glauben, dass jemand ungehindert bis in dieses Arbeitszimmer gelangen konnte. Wo war Mnehet, der sich sonst stets in Hörweite des Zimmers aufhielt? Wie hatte der Mörder die Wachen am Eingang überlisten und sich unbemerkt an den Kammern der Schreiber vorbeischleichen können, ohne auch nur ein einziges Mal kontrolliert zu werden? All diese Fragen schwirren Ahram durch den Kopf, während er den Nubier ruft, Soferis hilft, sich aufzusetzen und versucht, mit seiner Schärpe die nicht allzu starke Blutung seines Sekretärs zu stillen. Glauka, die noch immer zittert vor Schreck, hilft ihm mit einem improvisierten Verband. Ein Sklave eilt herbei und rechtfertigt Mnehets Abwesenheit, den Ahram selbst – er hatte es vergessen – geschickt hatte, um Artabus zu holen. Ahram entlässt den Sklaven wieder, noch ehe dieser die Leiche des Attentäters hinter dem Diwan bemerkt. Er will sich eine eigene Version der Tat ausdenken, um das Versagen seiner Sicherheitsmaßnahmen nicht publik werden zu lassen. Danach wird Zeit genug sein, sie zu verstärken und die Verantwortlichen zur Rechenschaft zu ziehen.

Nachdem sie ihn verbunden haben und sich Soferis zu erholen scheint, dreht Ahram die Leiche des Attentäters um und untersucht sie. Ein völlig unbekanntes Gesicht. Der Mann ist tot.

Als ihm klar wird, dass dies die Untersuchung erschweren wird, lässt Ahram seine ganze Wut über die Leichtigkeit, mit der ein Mörder ihn im eigenen Haus überraschen konnte, an Glauka aus. Sein verletzter männlicher Stolz wendet sich angesichts seiner Ohnmacht gegen die Frau.

»Du hast ihn getötet, du Idiotin!«

Nachdem sie ihm gerade das Leben gerettet hat, ist das ein derart abwegiger Vorwurf, dass Glauka ihn nur ungläubig anstarren kann.

»Verstehst du nicht? Jetzt werden wir nie erfahren, wer ihn geschickt hat, um mich zu ermorden!«

»Hätte ich ihn nicht getötet, hättest du erst recht nichts mehr erfahren«, entgegnet Glauka würdevoll.

»Ich kann mich selbst verteidigen, dazu brauche ich keine Frau!«, schreit Ahram außer sich vor Wut. »Wenn du noch eine Sklavin wärst, würde ich dich jetzt auf dem Hof auspeitschen lassen, vor allen!«

Glauka kennt Ahrams Gewalttätigkeit und auch seine Willkür, wenn seine Macht in Frage gestellt wird, doch diesmal bringt seine ungerechte Art sie dermaßen auf, dass sie zurückschreit:

»Ich bin immer noch deine Sklavin, und du kannst mich auspeitschen lassen, wann du willst, aber wage ja nicht, es öffentlich zu tun!«

»Kennst du eigentlich gar keine Scham mehr?«

»Ich schäme mich nur für dich.«

Wie kann er nur so gemein sein, wie ein kleines Kind, denkt Glauka, während sie spürt, wie Ahram sie am Arm packt und unbeeindruckt von Soferis' vorwurfsvollem Blick so heftig schüttelt, dass sich ihre Frisur löst.

»Du traust mir zu, dass ich dich auspeitschen lasse?«, faucht Ahram. »Weißt du nicht, wie sehr ich dich liebe?«

»Du tust mir weh«, antwortet Glauka, während Ahram, nachdem er auf diese brutale Art seine Reue ausgedrückt hat, seinen Griff lockert und sie heftig an sich zieht. Als er sie wieder loslässt, kehrt Glauka zu ihrem Webstuhl in der Galerie zurück und hört, wie Ahram im Arbeitszimmer nach Hermonius ruft und anschließend mit Soferis erste Mutmaßungen über den Mordanschlag anstellt.

Sie ist von Ahrams Reaktion tief getroffen, aber sie will sie verstehen, weil sich in letzter Zeit so viele seltsame Dinge ereignet haben. Erst heute Nacht hat Ahram ihr anvertraut, dass der Armenier Tigram, den er mit dem Festmahl geehrt und später im Haus von Tanuris aufgenommen hatte, offenbar ein Spion des persischen Königs ist, obwohl er behauptet, aus Armenien geflohen zu sein, weil ihm Schahpur nach dem Leben trachtet. Ernster noch ist das Problem mit Ahrams Forschern im Smaragdlager. Ein Bote, der gestern Abend eingetroffen ist, brachte höchst beunruhigende Nachrichten aus dem Forschungslager im Süden mit. Der für die Sicherheitskräfte im Lager verantwortliche Mann ist auf merkwürdige Art ums Leben gekommen, wahrscheinlich durch Gift. Zudem wächst die Unzufriedenheit unter den Forschern wegen der harten Lebensbedingungen. Noch beunruhigender für Ahram ist die Meldung, dass einer von ihnen, der sich mit den Anwendungsmöglichkeiten des Feuergeistes beschäftigt, eine ganze Nacht verschwunden war und erst am nächsten Morgen wieder im Lager auftauchte. Er behauptete, er sei spazieren gegangen, weil er nicht schlafen konnte, und habe sich in der Wüste verirrt. Die Erklärungen des Boten waren konfus und offenbaren, dass der Mann, der den verstorbenen Leiter der Sicherheitsleute ersetzt hat, keinesfalls Herr der Lage ist. Ahram hat sofort gehandelt und einen Vertrauten von Artabus geschickt, der ihn ablösen soll, denn jede Infiltration oder Sabotage der dortigen Arbeiten hätte äußerst ernste Folgen.

Glauka bleibt in der Galerie, sie ist immer noch verwirrt, unruhig und zittert, mehr wegen ihrer Auseinandersetzung mit Ahram als wegen des Mannes, den sie soeben getötet hat. Sie kann Ahrams Jähzorn verstehen, aber sie fürchtet, dass er nicht nur auf die Vorkommnisse und schlechten Nachrichten aus dem Lager im Süden zurückzuführen ist. In letzter Zeit hat er sich verändert, ist manchmal gereizt und abwesend. Ob er sie satt hat? Sie sitzt auf dem Schemel vor dem Webstuhl, den sie nur anstarrt, ohne die Fäden zu berühren, und lauscht der Stimme des Haushofmeisters, der sich mit Ahram und Soferis unterhält. Die Durchsuchung der Leiche hat nichts ergeben, abgesehen von der Tatsache, dass der Mann beschnitten war. Das weist auf einen orientalischen Attentäter hin, entweder im Dienst des Persers oder einer Gruppe in Alexandria, die dem Seefahrer feindlich gesinnt ist. Aus der Kleidung lässt sich nichts ableiten. Keinerlei Hinweis. Auch wie er ins Haus gelangen konnte, bleibt ein Rätsel. Die drei Männer diskutieren und analysieren die Lage. Nach einer Weile kommt Ahram in die Galerie, betrachtet Glauka nachdenklich und sagt:

»Du warst sehr mutig. Ich danke dir. Nicht jede Frau hätte so schnell reagiert.«

Als Glauka Ahram kommen hörte, hatte sie eilig das Schiffchen am Webstuhl betätigt, um den Anschein zu erwecken, sie sei in ihre Arbeit vertieft. Nun antwortet sie mit ein paar beiläufigen Worten, um die Bedeutung des Vorgefallenen herunterzuspielen.

»Hier«, sagt Ahram und reicht ihr die vom Blut gereinigte Schere, und sie erinnert sich, dass sie sie unbewusst fallen ließ, nachdem sie zugestochen hatte. »Du hast mir das Leben gerettet.«

»Ja, aber auf sein Leben habe ich nicht geachtet.« Sie kann nicht anders, sie muss es sagen.

»Sei mir nicht böse, sondern versuch mich zu verstehen. Ich sage doch, wie dankbar ich dir bin.«

Glauka zuckt die Achseln.

»Wie geht es Soferis?«

»Assurgal hat ihn verarztet. Die Wunde ist nicht ernst. Ich habe ihm befohlen, mit niemandem darüber zu reden«, erklärt Ahram.

»Auch wenn er nichts sagt, Soferis hat alles gesehen.«

»Was meinst du damit?«, fragt Ahram überrascht.

»Was wohl? Deinen Wutanfall, deine Brutalität mir gegenüber. Vor seinen Augen!«

Ahram seufzt. Alle Frauen sind gleich. Geben dem Bedeutung, was keine hat, und umgekehrt.

»Soferis ist wie ein Sohn für mich, das weißt du. Außerdem habe ich dir bereits gesagt, wie sehr ich dich liebe. Ich habe mich bei dir entschuldigt!«

»Ja, gesagt hast du es. Erwartest du etwa, dass ich mich dafür bedanke?«

Wenn die Diskussion so weitergeht, ist ein Dialog unmöglich, denkt Ahram.

»Nein, natürlich nicht … Ich lasse dich jetzt in Ruhe. Ich muss sehen, ob ich irgendwas herausfinden kann. Diese Widrigkeiten häufen sich. Gestern das mit dem Lager und heute Morgen ein Attentat hier im Haus …«

Er geht nachdenklich, und einen Augenblick lang hat Glauka beinahe Mitleid mit ihm, weil ihm all das so viel bedeutet. Doch sie unterdrückt den Impuls. Bin ich denn blöd? Mitleid mit ihm! Er liebt die Gefahr, da kann er sich beweisen und als Sieger hervorgehen! Die Gefahr ist sein Leben!

Sie kann nicht länger tatenlos in der Galerie sitzen, verlässt das Haus und geht in Richtung Turm. Zum Turm und dem ummauerten Garten mit der Grotte in den Klippen, wo alles begann … Doch die Erinnerung macht sie traurig, und sie weicht vom Weg ab. Unbewusst lenken sie ihre Schritte zu der Delfinbank. Dort findet Kritos sie wenig später.

»Machst du dir Sorgen, Glauka? Dazu hast du keinen Grund. So schlimm ist es nun auch wieder nicht.«

»Du weißt es schon?«

»Wie alle hier. Spione im eigenen Haus, wie es in den schlechten Tragödien von heute so schön heißt. Der verräterische Dolch, der von einem treuen Diener aufgehalten wird. Trotzdem brauchst du dich nicht zu sorgen, der Vorfall ist nichts Neues für Ahram. Sein ganzes Leben lang war er von Neid und Dolchen umgeben, obwohl die früheren Attentate leichter zu durchschauen waren ... Ich soll mich in Rhakotis umhören! ›In deiner Welt‹, hat er gesagt ...« Sein Ton klingt sarkastisch.

Kritos hält inne, sieht Glauka aufmerksam an und sagt dann:

»Aber ich sehe, dass es etwas anderes ist ... Was betrübt dich? Erzähl mir dein Leid, Glauka, deine traurigen Stunden, jene, die man sonst niemandem anvertraut.«

Als sie schweigt, fügt er hinzu:

»Oder möchtest du lieber allein sein?«

Glauka schüttelt den Kopf, und Kritos setzt sich neben sie, ohne ihr in die tränenfeuchten Augen zu blicken.

»Dass er die Gefahr liebt, verstehe ich, aber seine Reaktion nicht«, gesteht sie schließlich. »Er hat mich so gedemütigt, dabei hatte ich seinen Mörder getötet!«

»Du? So hat man es mir nicht erzählt! Es heißt, Ahram selbst habe ihn getötet.«

Glauka zuckt die Achseln.

»Er behauptet, ich hätte die Spuren verwischt, indem ich ihn umgebracht habe. Er hat mich als Idiotin beschimpft.«

»Mach dir nichts draus. Ahram musste sich Luft verschaffen, deshalb war seine erste Reaktion so grausam, du weißt ja, wie er ist ...«

»Nein, das weiß ich nicht. Seit längerem weiß ich das nicht mehr. Er hat sich verändert. Mir gegenüber ist er nicht mehr so wie früher.

Er respektiert mich nicht, macht Dinge, von denen er weiß, dass sie mich verletzen, wozu soll ich sie dir erzählen … Das Schlimmste ist, dass ich ihm nichts mehr bedeute, er hat nur seine Pläne im Kopf, seine Intrigen, die Macht … Als ich noch auf Tanuris war, glaubte ich, dass ich ihm im Großen Haus näher wäre, aber das stimmt nicht. Er ist viel weiter weg. In seiner Welt der Macht.«

»Übertreib nicht. Ahram denkt immer an seine Pläne, an seine Macht, wie du sagst, erst recht, wenn man gerade versucht hat, ihn zu ermorden. Aber für dich ist er immer noch derselbe.«

»Nein, er liebt mich nicht mehr, oder seine Liebe beginnt nachzulassen.«

»Er liebt dich nicht mehr? Dich?« Kritos' sanftes Lächeln drückt Melancholie und Verwunderung zugleich aus. »Das ist unmöglich, Glauka.«

Glauka dreht sich abrupt um und sieht ihn eindringlich an. Zum ersten Mal seit dem Ereignis fällt die krampfhafte Trauer von ihr ab und wird durch etwas ersetzt, das sie nicht versteht. Kritos deutet den Blick und tritt mit einem unbefangenen Lächeln den Rückzug an.

»Und erst recht für Ahram. Ahram will alles! Wie soll er dich nicht wollen!«

Kritos spürt, dass sein Manöver zu durchsichtig war, dass er sich verraten hat, und versucht das Thema leichtfertig abzutun.

»Alle lieben dich, Glauka, das weißt du. Sogar ich!«

Doch Glauka sieht ihn immer noch an, und Kritos verstummt angesichts des dünnen Eises, auf dem sie sich bewegen. Ahrams Augen strahlen immer Kraft aus, denkt Glauka. Und Kritos' Augen? In diesem Moment? Sie betrachtet sie aufmerksam. Nicht dass sie ständig die Farbe wechseln wie ihre eigenen, nein, sie sind undefinierbar, irgendwo zwischen Blau und Grau. In ihnen erkennt sie Güte, Sarkasmus, Wehmut, Verachtung, Zweifel, Unsicherheit, Zärtlichkeit, Angst … vor allem aber abgrundtiefe Verzweiflung …

»Warum sagst du ›sogar ich‹?«, fragt sie leise.

»Du weißt doch, was ich bin, oder nicht? Zwinge mich nicht, es zu sagen … Das Gegenteil von Ahram, diesem Ausbund an Selbstsicherheit. Mit seinen Gelehrten, seinen Forschern, seinen Verbündeten und seinen Plänen … Ein starker Mann. Ich bin das Gegenteil, das weißt du doch. Ich bin der aus ›dieser Welt‹, Rhakotis. Der mit den Phasen. ›Schade um ihn‹, heißt es über mich.«

»Nein. Der bist du nicht. Zumindest nicht nur. Hinter deiner Maske bist du ein anderer«, sagt sie nachdenklich. »Allerdings bin ich nicht sicher, wer …«

Auch Kritos denkt nach und scheint ihr etwas verraten zu wollen, doch dann lächelt er bloß und antwortet:

»Das stimmt. Ich gebe es zu. Ich verkleide mich, ich liebe es, mich zu verkleiden. Ich stelle die Welt auf den Kopf, tue das Gegenteil dessen, was normal ist. Weißt du, dass es in Rom ein Fest gibt, bei dem für einen Tag die Sklaven die Rolle ihrer Herren spielen und umgekehrt?« Kritos spricht hastig, erleichtert darüber, den Dialog von dem Terrain wegzulocken, auf dem er ins Schlittern kam. »Eine großartige Idee! Man müsste das Fest auch auf das Rechtssystem anwenden. Die Verbrecher würden über ihre Richter richten. Es wäre herrlich! … Und auch auf die Liebe. Die Männer wären Frauen und die Frauen Männer … na ja, das Letzte zumindest ist mir nicht fremd, wie du weißt, wenn ich meine weibliche Phase lebe. Und alle Welt regt sich darüber auf.«

»Ja, ich kenne diesen Kritos, aber es gibt auch einen anderen. Du hast mir einmal erklärt, dass es zwei Ahrams gibt. Und es gibt auch zwei Kritos.«

»Oder drei.«

»Schon möglich. Du bist komplizierter als er.«

Kritos spürt, wie die Dankbarkeit ihn angesichts dieser Liebkosung überwältigt und fordert sie heraus.

»Wie sind sie denn, diese vielen Kritos? Verrate mir zumindest ein bisschen über sie.«

»Ich kenne einen Kritos, der zärtlich, verletzlich und sehr, sehr empfindsam ist … Im Meer gibt es einen Krebs, der keinen eigenen Panzer besitzt und nackt, schutzlos, den scharfen Korallen ausgeliefert durchs Leben wandert ... Er schützt sich, indem er eine fremde, leere Muschel sucht, die ihm dann als Zuhause dient.«

»Mit einem Wort, ein lebensuntüchtiges Ungeheuer!«

»Wäre er lebensuntüchtig, dann gäbe es ihn nicht ... Und ein Ungeheuer? Er hat nichts von einem Ungeheuer. Er ist so natürlich, wie die Natur ihn einst erschuf. Das Leben schafft keine Ungeheuer, wir sind es, die sie erfinden.«

Kritos zögert.

»Wie soll man dich nicht lieben, wenn du sogar eine Philosophin bist? Aber das heißt, dass ich mich selbst zum Ungeheuer mache.«

»Hör auf, dich immerzu selbst anzuklagen. Sei nicht so eingebildet, du überschätzt dich. Man sieht, dass du nicht solchen Ungeheuern begegnet bist wie ich.«

»In meiner Welt wimmelt es davon ... Männern wie Frauen.«

»Ihr Männer wisst nicht besonders viel über andere Männer. Und noch viel weniger über Frauen. Erst im Freudenhaus nehmen die Männer die Masken ab, die sie auf der Straße tragen, glaub mir. Und auch wenn nicht, wir Huren erkennen selbst das, was sich hinter der Maske versteckt.«

»Sprich nicht so, Glauka.«

»Bist du etwa schockiert? Dann bist du noch ein blutiger Anfänger. Die beste Schule des Lebens ist das Freudenhaus. Dort erfährt man tiefe Wahrheiten.«

»Soll ich mich bei Dophinia einschreiben so wie ein Junge ins Gymnasium? Sie hat auch Transvestiten.«

»Flüchte dich nicht in deine Scherze.«

»Das tue ich nur, damit du deinen Kummer vergisst«, murmelt Kritos mit einem Lächeln, das die Stille erhellt.

Stimmt, denkt Glauka, als ihr bewusst wird, dass sie ihren Kummer tatsächlich vergessen hat, seit er neben ihr sitzt. Dieser Wortwechsel, das Tasten nach Erkenntnissen, der kurze Blick in die tiefsten Abgründe des anderen, nur um sich sofort wieder zurückzuziehen, haben sie ganz und gar in Beschlag genommen.

»Und außerdem flüchte ich nicht. Ich gehe dir nie aus dem

Weg«, fährt Kritos fort. »Vor dir verstelle ich mich nicht, und ich hoffe, dass du nicht davor zurückschreckst, mich ganz kennen zu lernen. Ich kann nicht mehr. Ich erkläre mich als das, was ich bin: ein lesbischer Liebhaber, verstehst du? Jemand, der nur als Frau eine andere Frau lieben könnte, auch wenn sie so tief in sein Leben vorgestoßen ist wie keine andere zuvor ... Deshalb sagte ich vorhin ›sogar ich!‹ ... Und was zeigt dir das?«

Die Pferde sind mit ihm durchgegangen, er hat es nicht verhindern können, und während er sprach, bemerkte er seine Erektion, die ihm das Blut ins Gesicht trieb. Ersteres bleibt unter seiner Tunika unentdeckt, aber die Schamröte in seinem Gesicht überrascht Glauka.

»Ja, was sagt das einer Frau, die so weiblich ist wie du? ... Hast du keine Antwort darauf? Soll ich es dir sagen? Nichts!«

Glauka schweigt, denn es ist genau das Gegenteil. Diese Worte sagen ihr alles. Wie Blitze erhellen sie plötzlich Tausende von Fragezeichen, hinterlassen aber auch dunkle, abgrundtiefe Schatten. Sie kann nicht sofort auf ihre eigene Verwirrung reagieren, nur auf Kritos' Schmerz, die Verzweiflung, mit der er das letzte Wort gemurmelt hat.

»Es verrät mir, dass du nicht weißt, wie eine Frau empfindet, die so weiblich ist wie ich. Du weißt nicht, was für uns wirklich wichtig ist ... Wieso kannst du Glauka nicht durchschauen, obwohl du in der Lage bist, in Ahram zwei Wesen zu erkennen?«

»Durchschaust du dich denn selbst? Mag sein, dass ich keine Ahnung habe von dem, was du sagst, aber auch du kennst dich nicht. Deshalb antwortest du nicht auf meine Frage ... Du weißt genauso wenig, ob es die andere Glauka gibt, die zu dieser wunderbar verschlungenen Liebe fähig wäre. Der Liebe zwischen androgynen Wesen. Zwischen der Frau, die Mann wird, ohne ihre Weiblichkeit zu verlieren, und dem Mann, der zur Frau wird, so dass sie beide Arten der Lust erleben. Doch in dir sind nicht zwei Glaukas. Darin besteht deine Vollkommenheit. So wie weder in einem Delfin, einer Seemöwe noch in diesem Efeublatt, das ich in der Hand hin-

und herdrehe, zwei Wesen existieren. Du bist das einfache, ganze Leben, unberührt von der Verunreinigung durch Gedanken, Vernunft oder alles, was uns trotzdem erst zu Menschen macht.«

»Willst du damit etwa sagen, dass ich kein Mensch bin?«, erwidert Glauka lächelnd.

»Das ist das Unerklärlichste von allem. Du bist vor allem anderen unglaublich menschlich! Das Wort hat dich nicht verdorben. Du bist nur eins, und dennoch verstehst du mich. Auch du bist abgründig, und trotzdem liebst du Ahram, so wie du ihn liebst ... du lebst so, wie man leben sollte. Du bist menschlich, wir dagegen sind bloß Zerrbilder ... Wie schaffst du das?«

Glauka ist kurz davor, ihm ihr Geheimnis anzuvertrauen, ihre Vergangenheit als Sirene. Doch was hätte das für Konsequenzen? Sie nimmt sich zusammen, sie muss erst ihre eigene Verwirrung bewältigen. Sie überlegt, was sie antworten soll, und plötzlich überfällt sie wieder der Schmerz über die vorhin erlittene Verletzung.

»Ja, ich liebe Ahram ... Das ist das Problem, wir lieben ihn beide, nicht wahr?«

»Ja, wir lieben ihn beide«, wiederholt Kritos, so heftig, dass Glauka einen kurzen Blick auf das andere Geheimnis erhascht, als sie den Blitz in den Augen des Mannes sieht, der sofort wieder unterdrückt wird.

Zwanzig Tage und wir sind genauso klug wie am ersten. Wozu habe ich meine Informanten? Wir kennen weder den Mörder noch diejenigen, die ihn geschickt haben. Ich hätte wie ein Dahergelaufener sterben können, ich, Ahram! Wie ein armseliges Schwein, das am Hafen niedergestochen wird. In meinem eigenen Haus, umgeben von Wächtern! Und mit mir wäre der ganze Plan gescheitert, an dem wir seit Jahren arbeiten! Als ich ein Niemand war, lebte ich viel sicherer, allein mit meinem Dolch. Es ist zum Verzweifeln, bloß verzweifle ich nicht so schnell. Was geht eigentlich hier vor? Tigram entpuppt sich als Spion, im Lager gibt es Probleme, von Odaenathus höre ich nichts, und die Häscher, die meine Feinde schicken, können ungehindert in meinem Haus herumspazieren … Ich hatte nicht mal Zeit, den Dolch zu ziehen. Man müsste sie alle auspeitschen. Mnehet, den Leiter der Wachmannschaft, die Schreiber in den Vorzimmern, die Wächter am Eingang. Aber in der Stadt darf niemand erfahren, dass Ahram dermaßen verletzlich ist. Die Heimlichkeit, mit der sich der Mörder ins Haus schlich, wird mir helfen, das Ganze zu vertuschen. Was habe ich bloß für einen Verbündeten?, würde sich Odaenathus fragen. Ich darf nicht einmal daran denken! Ahram von einer Frau gerettet, von einer Frau! Und ich muss ihr auch noch dankbar sein, obwohl sie alles verpfuscht hat und wir nun mit den Ermittlungen kein bisschen vorwärts kommen. Aber mutig war sie. Ob sie dafür mit ihrer Krankheit bezahlen musste? Wurde sie etwa vergiftet? Noch ein Rätsel mehr. Was für Zeiten! Jeder andere hätte einen Schrecken bekommen und würde glauben, das Glück habe ihm den Rücken zugewandt. Ich nicht: Ob am Morgen oder am Abend, stets strahlt da oben mein Glückstern.

Mehr als sie rettete mich Soferis, er war mein Schutzschild. Er schenkte mir seinen Körper wie vor fünfundzwanzig Jahren, als ich sein Liebhaber war. Meine Frau und sein Vater starben fast zur gleichen Zeit; es war nur natürlich, den Sohn eines Freundes in die Liebe einzuführen, immerhin war ich für den Jungen verantwortlich. Als der Mörder zustach, fiel mir Soferis in die Arme. Wir hörten unsere Atemstöße. Er konnte nicht aufstehen, weil er mit einem Arm die blutende Wunde am anderen zu stillen versuchte. Er lehnte sich an mich, bis Glauka ihm half aufzustehen. Spürte er dasselbe wie ich, mein Fleisch an seinem Körper? Wie seltsam! Der Tod hatte mich gerade erst gestreift, und ich spürte Erregung! Wie attraktiv sein jungenhafter Körper damals war! Ich erinnere mich noch an das erste Mal, unterwürfig versuchte er die Schmerzen zu verbergen, stolz darauf, dass er endlich in die Liebe eingeführt wurde. Seine Haut, sein Rücken …

Und dann gelingt es irgendeinem Dreckskerl beinahe, mich zu töten! Schon zwanzig Tage und immer noch keine einzige Spur. Wir wissen nur, wer sein Komplize war, der Schreiber, der an dem

Tag nicht zur Arbeit erschien und seitdem verschwunden ist. Ihn werden wir nicht mehr finden, wahrscheinlich haben sie ihn längst beseitigt. Wir haben nur eine Leiche, eine stumme Leiche: keine Tätowierung, nur beschnitten, aber davon gibt es unzählige ... Den Füßen nach zu urteilen, war er kein Seemann. Eher ein Stadtmensch, eine Ratte aus den Kloaken. Er hatte nicht die Hände eines Nomaden oder Fellachen. Er sah auch nicht wie ein Perser aus, eher wie ein Phönizier oder Syrer. Ganz gewöhnliche Kleidung ... Kritos hatte ihn noch nie gesehen, aus Rhakotis war er nicht. Ob er übers Meer gekommen war? Nun, den Haien wird sein Fleisch gemundet haben. Wer hat ihn entlohnt? Schahpur oder seine Spione? Die hiesigen Hebräer, weil ihnen das Geschäft mit dem Leuchtturm durch die Lappen gegangen ist? Die besessenen Priester, die ihre Pharaonen wieder zum Leben erwecken wollen? Er wusste, wie er ins Haus gelangen konnte, er kannte sich mit unseren Gepflogenheiten aus. Der Schreiber hatte ihn hervorragend unterwiesen. Hätten wir ihn doch lebend gefasst! Dann hätte keine Schere der Welt ihn vor einem langsamen und qualvollen Tod gerettet.

Glauka war schnell. Ob der Schock sie krank gemacht hat? In der Nacht brannte sie vor Fieber. Oder lag es daran, dass ich so brutal zu ihr war? Ich habe mich doch entschuldigt! Außerdem müsste sie das verstehen. War es nur das? Assurgal meint, es könnte Gift gewesen sein, auch er weiß nicht, was sie hat, aber ich wüsste nicht, warum man uns beide hätte töten wollen. Und als Folge des missglückten Attentats auf mich lässt es sich auch nicht erklären. Fieberwahn, doch die Ursachen bleiben im Dunkel. Sie sprach nur über das Meer, ihre Schwestern, ihre Vergangenheit, konfuses Zeug über Kritos, den Mond, sie erwähnte auch Yazila, aber mein kleiner Zeitvertreib mit ihr ist doch kein Grund, so krank zu werden, ich selbst habe ihn ihr gebeichtet. Noch ein Problem, denn mit Eulodia konnte ich sie nicht allein lassen. Im Wahn murmelte sie etwas über Sirenen und deren Gesang! Assurgal war am Ende seiner Weisheit. Genauso der ägyptische Arzt und auch der Leibarzt, den der Statthalter einen Tag später schickte. Und ich die ganze Zeit an ihr Bett gefesselt, trotz aller anderen drängenden Probleme, die ich habe! Niemand weiß, was sie hatte, noch warum sie sich endlich langsam wieder erholte. Das ist nicht die Wissenschaft meiner Gelehrten, die sonst immer richtig liegen. Ich hatte schon Angst, ich könnte sie verlieren, es hätte mir fast den Verstand geraubt. Zum Glück hörten meine Sterne da oben nicht zu leuchten auf. Inanna rettete sie, die Göttin in der Höhle. Ich ging hinunter in die Grotte und betete in meiner Verzweiflung zu der Statue der Göttin, die ich von der Insel Karu hatte herschaffen lassen. Ich flehte das Meer an, das mir Glauka geschenkt hatte. Es war während der dritten, der entscheidenden Nacht, und am nächsten Morgen ging es ihr besser. Ja, Inanna hat sie gerettet, dank ihres Amuletts, Zwilling meines eigenen.

Was geht hier eigentlich vor? All das ist kein Zufall, die Probleme nehmen überhand. Als steckte ein Fluch dahinter. Liegt es an Yazilas Hass auf Glauka? Die Ägypter verstehen sich auf die Magie. Ob ihr Vater die Priester von Kanopos aufgesucht hat? Ich habe mich doch nur ein paar Mal mit ihr vergnügt, sie war mir viel zu langweilig! Das kann es nicht sein, aber es steckt etwas dahinter. Tigram ein Spion! Zum Glück bin ich stets auf der Hut. Die Erkenntnisse meines Informanten lassen keinen Zweifel. Dieser Mann spioniert für Schahpur, auch wenn es heißt, der Perser würde ihn verfolgen. Zumindest weiß ich nun, woran ich bin, denn weder der Statthalter noch der Kaiser in Rom hegen den geringsten Verdacht.

Und meine Forscher? Was geht da unten in der Wüste vor? Die erste Brieftaube, die Artabus' Leute schickten, brachte keine Klarheit. Ob meine Feinde es geschafft haben, jemanden in das Lager einzuschleusen? Das können nur die Römer gewesen sein, die auch meine Werften unterwandern, was mich nicht weiter stört. Aber das da unten ist etwas anderes. Ich muss selbst hin, um Licht in die Angelegenheit zu bringen, und zwar bald. Ich werde die Gelegenheit nutzen, um einen Abstecher nach Punt zu unternehmen, es ist Jahre her, dass ich den alten Mlango gesehen habe. Wenn er noch lebt, wird er immer noch das Sagen haben, auch wenn jetzt einer seiner Söhne das Reich regieren sollte. Ein König, der meiner

Freundschaft würdig ist, ein richtiger Koloss! Und was für schöne schwarze Mädchen er mir anbot! Seltsam, die Todesgefahr erinnert mich an die Lust: erst Soferis, jetzt die Mädchen aus Punt ... Wie stark das Verlangen neulich Nacht war. Wenn bloß Glauka nicht so krank geworden wäre!

Ja, das Amulett meiner Göttin hat sie geheilt. Mit ihm begann sie sich zu erholen. Später war es Kritos, das steht fest. Seine Gesellschaft, sobald sie draußen in dem kleinen Garten liegen konnte. Als das Fieber nachließ, bestand sie darauf, in den Turm gebracht zu werden. Sie war sehr geschwächt. Er kam mit Marsia und ihrer Harfe, und manchmal brachte er den Flötenspieler mit. Erstaunlich wirksam seine Medizin. Glauka erholte sich von Tag zu Tag. Trotzdem kann sich niemand den Grund für ihre Krankheit erklären. Eine Krise, meint der Leibarzt, als würde das irgendetwas erklären. Nicht mal Assurgal wusste weiter, obwohl er sich bei den Sternen nur selten irrt.

Was das Lager angeht, da könnte der Statthalter seine Finger im Spiel haben. Nicht dass er sich noch als alter Fuchs entpuppt. Aber ich bin ein Adler. Bachir hätte aus dem toten Mörder mehr herausbekommen. Er kannte sich mit allen Rassen aus und verfolgte eine Spur, bis er seine Beute erwischte. So einen wie ihn gibt es nicht noch mal. Wie damals, als man uns die Smaragde aus unserem Versteck gestohlen hatte. Was Kritos mit Worten erreicht, gelang ihm mit Taten. Ja, diese neue Gefahr fördert eine Menge Erinnerungen zu Tage. Was wäre aus Soferis geworden, als er mit dreizehn Jahren seinen Vater verlor? Ich war ihm ein neuer Vater, nachdem sein Vater mich in Belgaddars Unternehmen nach Kräften unterstützt hatte! Ein frommer Mann, zu fromm. Er glaubte, es gebe Dinge, die die Götter verboten haben. Ein bisschen mehr Ehrgeiz, und er wäre so mächtig wie ich geworden. Aber er war nicht in Armut geboren. Man hatte ihm weder den Vater vor den eigenen Augen ermordet noch ihn an die Ruder einer Galeere gekettet. Nach solchen Erfahrungen hat man das Recht zu allem. Wir leben in einer Welt von Raubtieren: Fressen oder gefressen werden, das ist die

Devise. Und so rettete ich Soferis und brachte ihm bei, was das Leben ist; und jetzt setzte er sein Leben für mich aufs Spiel. Kritos hat einmal die These aufgestellt, mein Verlangen nach Soferis sei so etwas gewesen wie die Sehnsucht nach Inzest. Damals lachte ich nur. Kritos hat immer so ausgefallene Ideen. Er denkt anders als die übrige Welt. Er denkt zu viel, verliert sich in Worten. Aber wie aufopfernd er sich um Glauka gekümmert hat!

Kritos, mein erster Stern. Seit er mich damals mit seiner Rede rettete. Ja, ich gebe es zu, dort war das Wort nützlich. Weil die Richter Männer wie Kritos waren. Natürlich; unter Soldaten hätte es keine Worte gegeben, nur den Tod. Mein Stern, zu dem meine Mutter mich im Morgengrauen erhob. Arsu, der die zurückweichende Nacht endgültig vertrieb. Wie duftete damals die Welt! Keine Blume, kein Parfüm war später je so mächtig. Auch der Duft in Zenobias Garten war intensiv, aber das war eine andere Kraft. Ich reckte mich hoch und höher, während meine Mutter mich auf dem Arm emporhielt, und starrte auf das funkelnde Licht am Himmel. Es war Arsu, der noch vor der Sonne die Dunkelheit vertrieb und uns den Tag brachte. Am Namen erkannte Ittara, dass ich aus Saba stammte, ohne ihn hätte ich nie etwas über meine Ursprünge erfahren. Er schickte mir Kritos. Später brachte mir Azizu, der Schicksalsstern, der sich am Abend zeigt, Glauka.

Verflucht! Die Erinnerungen lassen mich nicht los! Ich darf mir das nicht erlauben, es gibt noch viel zu tun. Odaenathus' Schweigen. Mein Informant hält mich auf dem Laufenden, aber er? Wieso höre ich nichts von ihm? Sein Ungestüm macht mir Sorgen, man muss ihn bremsen, er ist zu impulsiv, und wir sind mit den Vorbereitungen noch nicht fertig. Ein guter Soldat, aber kein guter Politiker. Noch dürfen wir Rom und Persien unsere Absichten nicht offenbaren. Wir müssen die beiden stärker unterwandern, mehr interne Konflikte schüren, regionale Aufstände anzetteln, die einen gegen die anderen aufwiegeln. Und dann Odaenathus und ich; Palmyra und Alexandria mit Ägypten. Ägypten ist unverzichtbar. Wäre doch Malki nur schon etwas älter! Nächstes Jahr wird er in

See stechen, um sich mit seinen Onkeln unsere Handelsniederlassungen in Rom, Cyrene und Athen anzusehen. Vom Land weiß er bereits genug. Bachir hat einen ausgezeichneten Reiter aus ihm gemacht. Herrlich, wie er auf *Al-Lats* Sohn am Strand entlanggaloppiert! Jetzt soll er auf den Wellen galoppieren wie sein Großvater. Was für ein Leben dich erwartet, mein Junge, und du fängst ganz oben an! Aber lernen musst du von der Pike auf. Bachir wäre ein großartiger Lehrer gewesen. Schon wieder diese Erinnerungen. Ich will sie nicht. Vorbei ist vorbei. Man muss Odaenathus lenken, Zenobia wird mir dabei helfen, sie ist viel schlauer als er. Sie besitzt weibliche Intuition, auch wenn die Frauen uns Männer nie verstehen werden.

Wie Glauka. Sie ist hellsichtig, fast schon zu sehr. Ob die Sache mit Yazila sie beeinflusst hat? Sie war nie eifersüchtig, hat sich nie um meine anderen Frauen gekümmert. Und da war Yazila im Harem, gerade neunzehn und schon reif. Würde Kritos auch das als Inzest bezeichnen? Ich habe sie von Geburt an gekannt, aber das ist etwas anderes. Neunzehn Jahre. Wie die Zeit vergeht! … Genug der Erinnerungen, ich will doch nicht bei lebendigem Leib verfaulen, ich, ein Mann der Tat!

Die Echse ist nicht zurückgekommen, der Stein liegt immer noch da, von der Sonne gesalbt, so wie sie es mag, trotzdem ist sie nicht aufgetaucht … Es ist jetzt ein, zwei, drei, vier Tage her, genau: vier Tage, jetzt verwechsele ich sie nicht mehr wie vorher, vielleicht ist sie deshalb nicht zurückgekommen, weil jetzt wieder eine andere Zeit herrscht, die alltägliche von immer. Sie kam von Anfang an, seit sie mich zum ersten Mal in den Garten brachten. Der Frühling war so frisch! Wie ein wiedergewonnener Schatz! Ich entdeckte sie sofort, reglos lag sie unter dem Stein, anderthalb Handbreit lang, ein herrliches Exemplar, prunkvoller goldgrauer Malachit, im Profil ein Auge aus blindem Gagat, Lichtscharte und Abgrund zugleich. Nur an dem leise pochenden Hals erkannte man, dass sie lebte, die Haut war strahlend weiß, als sie zum Rhythmus ihres pulsierenden Blutes die Augenblicke einer universellen Zeit zählte, die nicht vergeht, Summe unzähliger Augenblicke, ein jeder für sich absolut, ohne Anfang, ohne Ende, ohne Tosen und ohne Gischt, Spiegelungen in einem Teich, ich war wie verzaubert. Ich weiß nicht, wie viele Tage, für mich war es ein einziger, am Himmel glitten Sonne und Mond vorbei, Menschen kamen und gingen, Worte umflatterten mich, die Brise rauschte, alles war wie der Wind, und ich mitten in der erstarrten Zeit, in der des pochenden Halses auf dem Stein. Poch, poch, poch, poch, Freiheit in der Vergänglichkeit! So viele Ewigkeiten gab es zu entdecken! Welche Erleuchtung, welche Klarheit, und deshalb ist die Königsechse nicht wiedergekommen, weil ich jetzt die einzelnen Tage wieder voneinander unterscheiden kann. Aber die Augenblicke, die ich in ihrem Reich verbrachte, kann mir niemand nehmen, ich wurde aus der Verwirrung wieder geboren und rettete mich vor dem Delirium ...

Vor dem Fieberwahn, der drei Tage andauerte, wie man mir erzählte. Er überfiel mich in den Gemächern des Großen Hauses, wo alle mit mir litten, dabei litt ich gar nicht, im Gegenteil, ich fand wieder zu mir, ich spürte meinen Körper wieder ganz intensiv, fast wie damals in Aphrodites Tempel, die inneren Vibrationen und Ströme, meinen Puls, dessen Schlag sich verstärkte. »Du warst dem Tode nahe«, sagt man mir immer wieder, dabei war ich mitten im Leben. Ich genoss das Bewusstsein der Sterblichkeit, das Leben ist nicht dieser ewige Augenblick, dieser Schwindel, den mir Ahram verschafft. Wäre er das Leben, würden wir seinen Ausbruch gar nicht bemerken. Oder aber das ganze Leben ist nur dieser Augenblick, doch wir können ihn nicht spüren, wir sagen »Leben«, »Fluss«, »Feuer«, ohne es zu leben, wir halten die Glut im Ofen für die Flamme, die Lust für Liebe, die Existenz für Überfluss, deshalb war mein Fieber das Leben, ein Feuer wie das im Leuchtturm, das mich verzehrte, aber auch entflammte. In ihm loderte meine ganze Vergangenheit auf, das Meer und die Insel, der Harem und Domicia, Ahram und Zenobia, alles brodelte, alles kochte »Sie fantasiert«, sagten sie, aber ich lebte, das Fieber verwandelte mich in eine Flamme, die im Schatten des Todes aufflackerte, und dann kam die Echse, ihre unbewegliche Zeit, die Ordnung mit sich brachte. Wie klar war dann das, was wichtig ist! Yazila und Zenobia lösten sich auf, und auch die Macht und die Eifersucht, alles Schäbige verschwand. Das Ewige aber leuchtete auf, Liebe und Freundschaft, die ein und dasselbe sind, Ahram, Eulodia, Kritos, Bachir, Domicia, Malki und die Wärme des Lebens: die Sonne und das Meer, alles lebendig in der Zeit der Echse. Ich sah mich ganz klar. »Durchschaust du denn dich selbst?«, fragte Kritos. Wie lange ist das her? Die Zeit der Echse: lang genug, um tief in mich hineinzusehen. Jetzt könnte ich Kritos antworten, und ich werde ihm antworten, wenn er fragt, wir werden einander antworten. »In dir sind nicht zwei Glaukas« – wozu auch, in einer bin ich ganz, Männer sind so unreif, alles müssen sie analysieren und einordnen! Sogar Kritos, der viel weiser ist als das Kind Ahram!

Draußen, in der gewöhnlichen Zeit, kamen und gingen sie, ohne meine Krankheit zu kennen, die sie beunruhigte. Wie froh bin ich über das Versagen der Ärzte! Ihre stolze Wissenschaft scheiterte, sie brachten mein Trauma mit dem Dolch, der Aufregung des Lebens, mit möglichen Giften in Zusammenhang, ich hörte ihnen von meinem Lager im Schatten des Turmes belustigt zu, von dort, wo die Echse ihren Thron hatte, und wusste, dass das Gift nichts anderes ist als das Haus der Macht, und deshalb wollte ich in meinem Wahn zurück zu dem Ort, wo mich Ahram in Besitz genommen hatte. Das hat mich gerettet, vor allem aber *Tijon*, sie haben es mir erzählt, sie brachten mich bewusstlos her, und am kleinen Tor tauchte leise der Hund auf und berührte mit der Schnauze meine herabhängende Hand. Ich schlug die Augen auf und sagte seinen Namen, als ich ihn erkannte. Sie hörten es nicht, aber sie sahen, wie ich die Lippen bewegte. Welche Freude für Ahram! Geliebter *Tijon*, du bist schon so alt, dass du dich kaum noch bewegen kannst. Du könntest die Echse jener anderen Zeit sein, der alltäglichen Zeit, die uns zwischen den Händen zerrinnt und mitnimmt. Ich jedenfalls bin wieder darin: Ich zähle die Tage, ich bin wieder da, bin neugeboren, die Krise ist vorbei, wie sie sagen. Sie begnügen sich damit, dem Ganzen einen Namen zu geben. Aber ist wirklich nichts passiert? Ich sah Ahram sterben, stach mit der Schere aus einem Impuls heraus zu, und der Körper fiel blutüberströmt zu Boden, ich sah Ahrams erniedrigende Vorwürfe, meine Tränen, während er bloß den Spuren hinterherlief, sah den gefühllosen, treulosen Ahram, der einen Narren an Yazila gefressen hat, und meine letzte Zeit der Verwirrung, der Unsicherheit und Ungewissheit, die sie »Krise« nennen. Zum Glück hat dieser Aufenthalt in der Zeit der Echse dafür gesorgt, dass die Spreu vom Weizen getrennt wurde, Yazila zum Beispiel, sie hat ihn nie interessiert, und plötzlich diese Laune, die damals während des Festes entflammte, männliche Eitelkeit, aber er hat mich so tief verletzt! Eulodia erzählt mir, dass es schon wieder vorbei ist, aber was, wenn er in einer dieser Nächte ein Kind mit ihr gezeugt hätte? Was für eine schreckliche Vorstellung! Ausgerechnet mit ihr! Wie konnte er mich nur derart kränken? Und er verkündete es mir selbst, noch warm von dem anderen Körper; er prahlte damit, während er zugleich verächtlich über sie lästerte, »viel zu grün«. Wie konnte er nur! Aber all das hat keine Bedeutung mehr, auch nicht für ihn, mein Fieber machte ihm Angst, er suchte Medizin für mich, brachte sogar Priester ins Haus, die vom Isis-Tempel, die ihm so viel verdanken, und einen Rabbi. Er bat Eulodia, für mich zu beten, wich nicht von meiner Seite im Großen Haus, als ich Fieber hatte, deshalb behielt er mich dort und tat so, als beruhigte es ihn, wenn ich mit ihm sprechen konnte. In den Turm ist er nicht so oft gekommen, seine Angelegenheiten hielten ihn ab, stattdessen schickte er mir Kritos. Einen ganz anderen Kritos! Auch er wie neugeboren! Und warum? Einen unerschütterlichen Kritos, der alles in die Hand nahm. Ein Mann, der das Ruder während eines Sturmes fest in der Hand hält, keine einzige nächtliche Eskapade nach Rhakotis, keinen einzigen Tag als Frau verkleidet, und wie gut er daran tat, Yarkos mitzubringen! Was hat er mit seinen blinden Augen gesehen? Diese Musik, die mich mir selbst offenbarte, zuerst führte sie mich wie ein Licht am Ende des Labyrinths, aber in der Zeit der Echse war sie meine Begleiterin, in Wellen wie das Meer und sanft wie die Algen. Sie beschwor meine Vergangenheit, half mir, mich so zu sehen, wie ich bin, als Frau mit der Erinnerung einer Sirene, gab mir mein Wesen als Frau zwischen den Welten zurück, wie Kritos, damit auch ich in den anderen lesen kann. Eulodias stumme Angst und meine erste Handlung, nachdem ich in dieses Leben zurückgekehrt war, den Schreiber vom Haus des Lebens zu rufen, damit sie als Freie in den Büchern registriert wird. Sie ist keine Sklavin mehr, ihr Jovinius war auch anwesend. Wie ihrer beider Augen gestrahlt haben! Jetzt sind sie frei, aber Eulodia will nicht von mir weg, wir werden Jovinius ins Große Haus holen, ihn von der harten Arbeit im Leuchtturm erlösen. Es macht glücklich, andere glücklich zu machen. Ahram gefiel dieser Junge, noch ein Mann der Wüste, er brachte mir Honig aus dem Süden, von wilden Bienen, süße Kraft, an der alle naschten, die mich besuchten. Ahrams Männer machten nur kurze Stippvisiten, um mich nicht zu ermüden, wie Ahram befohlen hatte, Malki war rührend, Ahram so zärtlich in den Nächten, alle so durchsichtig für mich in meiner lichten Mattigkeit. Es war die Zeit der Echse, und plötzlich das Aufblitzen ihrer Zunge, die ein unsichtbares Insekt fängt. Auch ich habe das Unsichtbare im Licht dieser Zeit eingefangen und kann nun bis auf den Grund meines Herzens sehen … Jetzt zähle ich die Tage, kann sie voneinander unterscheiden, deshalb bitte ich Eulodia um den Spiegel. Mir ist plötzlich eingefallen, dass ich alt und hässlich aussehen müsste, es ist das Ende meiner Erleuchtung, der Anfang meines neuen Bewusstseins. Eulodia durchschaute mich, ich sah es an ihrem Lächeln. »Keine Bange, Herrin, du bist wunderschön.« Ich sehe mich an, und es stimmt nicht, oder vielleicht doch, auf eine andere Art, irgendetwas in mir hat sich seit jenem Tag verändert. Ich bin immer noch dieselbe, die vor neun Jahren zum Turm kam, dieselbe, die Ahram zur Sirene machte, in seiner Grotte unten am Meer, Ahram, der sich jetzt um mich sorgt, wie Eulodia mir sagt, der alles vergaß, auch Kritos hat es mir versichert, der sich nicht auf seine Angelegenheiten konzentrieren konnte und sie dennoch erledigte, der weder über Palmyra noch über seine Gelehrten sprach, die ihn jetzt so beunruhigen, der alles vergessen hatte, wie Kritos sagte, jetzt bekommt er seine Glauka zurück, die, die alle für ihn vorbereitet hatten. Wie klar ich mein Leben in diesen Tagen gesehen habe! Narsos, das Fleisch, Uruk, das Blut im Galopp, der Harem und Byzanz, die Techniken, Domicia, tiefe Zärtlichkeit und Identifikation, all das bereitete mich auf Ahram vor, auf dieses Ägypten, wo alles möglich ist. Schon sprechen sie wieder über die Flut wie damals, als sie mich für Tanuris kauften, sogar Amoptis führte mich zu Ahram, aber dieses Ägypten kann mehr, es kann mich neu erschaffen, ohne mich zu verändern, es kann mich wieder auferstehen lassen. Auch ich lebe zwischen den Welten wie Kritos. Er war in diesen Tagen unersetzlich, vollkommen, sogar Eulodia hat er für sich eingenommen. »Eines Tages wird Gott sein Herz berühren«, sagt sie immer wieder, für sie ist er wie ein Bruder, obwohl sie das Leben, das er führt, verwerflich findet. Kritos ist Balsam, wenn er sich um jemanden kümmert so wie in den vergangenen Tagen um mich. Jetzt kommt er nicht mehr so oft, und wenn, dann nur für einen kurzen, abgelenkten Augenblick. Er ist nicht mehr derselbe Steuermann wie in der Zeit der Echse, wahrscheinlich ist er wieder nach Rhakotis zurückgekehrt. Warum sagte er das über Ahram? Dass wir ihn beide lieben? Es kam von Herzen, aus seinem tiefsten Inneren, aber noch wichtiger waren diese entscheidenden Worte. »Vor dir flüchte ich nicht, ich verstelle mich nicht vor dir.« Jetzt wirst du dich nicht mehr verstellen können, alles ist so offenkundig geworden in dieser stillstehenden Zeit, in der Zeit, als du vollkommen warst, ein selbstsicherer Mann. Jetzt bin ich zwar in die normale Zeit zurückgekehrt, aber ich werde nie vergessenen, dass es eine andere gibt, die nur uns gehört. Ich antwortete dir nicht, aber meine Antwort habe ich bereits gehört, es ist jene, die uns das Leben schenkt.

»Erlaube, dass ich dich begleite, Herrin. Falls dir etwas zustößt!«

»Was soll mir denn zustoßen, Eulodia? Ich bin schon wieder

ganz gut auf den Beinen. Außerdem will ich nur bis zur Bank und mich dort eine Weile hinsetzen.«

Eulodia gibt klein bei. *Tijon* wirft seiner Herrin einen treuen, müden und verständnisvollen Blick zu. So ist es jetzt eben. Als Glauka durch das kleine Tor an der Mauer tritt, überkommt sie ein seltsames Gefühl. Als hätte der Turm, den sie über alles liebt, sie gefangen gehalten.

Seit ihrer Krankheit entdeckt sie immer neue Gefühle. Auch Impulse wie das Verlangen, um diese Zeit zur Bank mit den Delfinen zu gehen, sich hinzusetzen, über den glatten Marmorrücken der Tiere zu streicheln, den Finger in die gegabelte Schwanzflosse zu stecken und zu beobachten, wie der Sonnenuntergang den Himmel allmählich mit malvenfarbenem Licht überzieht. Nur für sich zu atmen. Sich zu hören. Wie oft hat sie in diesen Tagen in sich hineingehorcht, auf die vielen leisen Stimmen in ihrem Innern! ... Langsam geht sie den Pfad entlang, um nicht zu ermüden. Die Seeluft füllt ihre Lungen mit salziger Energie. Zwischen der Myrte leuchtet etwas Weißes, und sie ist enttäuscht, weil sie nirgendwo Kritos' Silhouette entdecken kann. Sie seufzt. Dann erreicht sie die Bank und setzt sich. Zur gleichen Zeit geht Kritos auf den Turm zu, wirft einen Blick in den kleinen Garten und ist ebenfalls enttäuscht, sie dort nicht anzutreffen. Als Eulodia in der Tür erscheint, fragt Kritos:

»Ist nicht vor einigen Tagen in den Küchen etwas vorgefallen?«

»Nicht, dass ich wüsste.«

»Ist dort nicht eine Katze verendet?«

»Ach ja! Das arme Ding, es war ein sehr schönes Tier, wirklich schade. Sonst war nichts. Aber für die Sklaven in den Küchen war es eine Tragödie. Die Heiden halten Katzen für göttliche Tiere! Sie haben die Götter beschworen und Rituale gegen den bösen Blick abgehalten, denn der Tod war schon irgendwie merkwürdig. Ja«, sagt sie und fährt fort, als sie Kritos' Interesse bemerkt. »Sie war munter wie immer, die Köchin gab ihr ihre Milch mit Honig, und kurz darauf begann sie zu zittern und starb .... Seltsam, es war am selben Tag, an dem die Herrin krank wurde.«

Kritos überlegt, aber er fragt Eulodia nicht, ob Glauka an diesem Tag auch Milch getrunken hatte. Er ist sicher und möchte verhindern, dass die Dienerin denselben Verdacht schöpft wie er.

»Wo ist deine Herrin?«

»Sie ist zur Bank gegangen. Sie wollte unbedingt allein hin, es ist nicht meine Schuld.«

Ohne zu antworten macht sich Kritos auf den Weg zur Bank. Glauka empfängt ihn mit einem Lächeln, aber auch mit Vorwürfen.

»Was war in den letzten Tagen mit dir los? Du bist gar nicht mehr vorbeigekommen. Wie ein Arzt. Sobald man gesund ist, vergessen einen die Ärzte!«

»Ich war vorgestern da!«

»Stimmt. Aber davor bist du jeden Tag gekommen und hast die ganze Zeit bei mir verbracht ... Bist du etwa böse auf mich?«, fügt sie spöttisch lächelnd hinzu.

»Wie kommst du darauf? ... Ich war gerade auf dem Weg zu dir, zu dieser Bank.«

Glauka bemerkt Spuren der Erschöpfung in Kritos' Gesicht.

»Du warst wieder in Rhakotis«, wirft sie ihm liebevoll vor.

»Warum nicht?«, erwidert Kritos. Seine Antwort ist barsch, fast aggressiv und zugleich auch verletzt. »Wo soll ich denn sonst hin? ... Du siehst doch, wie ich bin.« Sein Ton wird sanfter. »Ein Wesen zwischen den Welten. Deshalb kam ich her, zu dieser Bank zwischen dem Turm und dem Großen Haus, deinen beiden Wohnungen. Diese Bank hier gehört niemandem. Sie steht zwar auf Ahrams Grundstück, aber gefunden habe ich sie. Sie gehört uns.«

»Nein, das Große Haus gehört nicht mir, es ist ein Hort der Macht, des Giftes. Das Haus gehört nur Ahram. Mein Zuhause ist der Turm.«

»Natürlich. Ahrams Nachtlager.«

Glauka betrachtet ihn, bevor sie sanft sagt:

»In den letzten Tagen hattest du den Turm zu deinem Zuhause gemacht. In der Zeit der Echse warst du der Herr. Das hat mir die Augen geöffnet.«

»Was für eine Echse? Wovon redest du?«

Glauka erklärt ihm die Geschichte mit der Echse und wie sie ein ganz anderes Zeitgefühl erlebte. Kritos hört ihr aufmerksam zu, immer mehr interessiert. Schließlich nickt er ernst.

»Ich verstehe … Eine Zeit, die uns gehört.«

Glauka wirft ihm einen überraschten Blick zu.

»Aber du hast sie nicht erlebt. Ich habe dir eben erst davon erzählt.«

Warum war ich dann da?, fragt sich Kritos. Doch schließlich sagt er nur traurig:

»Woher willst du wissen, ob ich sie erlebt habe oder nicht? Was weißt du schon von mir?«

Ihre Antwort ist leise, aber durchdringend.

»Jetzt alles.«

Kritos sieht sie forschend an, ehe er antwortet:

»Schon möglich … Jedenfalls war es auch für mich eine andere Zeit. Eine andere Welt, eine andere Dimension … Du warst anders da als sonst. Das habe ich gefühlt, und ich …«

»Weil du ein anderer Kritos warst. Einer, den du in deinem Innern trägst … Deshalb nahm ich dir übel, dass du dich ihm verweigerst.«

Kritos zögert.

»Ich weiß nicht, wie ich diese Tiefe erreichen kann … Sie ist für mich unerreichbar.«

Glauka widerspricht heftig:

»Nein! … Nein, Kritos, das ist sie nicht. Obwohl du die Echse nicht gesehen hast, warst du ein anderer, diese Zeit hat uns geprägt. Sie hat uns in Besitz genommen.«

Es folgt eine weitere Stille, als müssten sie die Worte erst sacken lassen. Glauka wartet und denkt: Wird er sich erneut weigern, es zu akzeptieren? Die traurige Antwort bestätigt ihre Ahnung.

»Bald wirst du wieder ins Große Haus zurückkehren, vielleicht schon morgen … Kritos' Platz dagegen ist ein anderer. Dort drüben, siehst du ihn? Auf der anderen Seite, in meiner Zuflucht.«

Ich kannte die Antwort vor ihm! Ich las sie in seinen Gedanken! Wie die Sirenen, denkt Glauka triumphierend. Sie gibt sich Mühe, ganz einfach zu klingen:

»Und die Bank hier, ist sie nicht auch Kritos' Platz?«

Der Mann überlegt und sagt dann:

»Ja ... mehr noch. Hier bin ich ganz ich. Ich meine ... es ist der Ort, wo ich dieser Tiefe am nächsten komme, von der du gesprochen hast. Trotzdem erreiche ich sie nicht.«

»Weil du dir selbst im Weg stehst.«

Kritos zuckt resigniert die Achseln.

»Das liegt an meinem Wesen. Wie manche Götter, die ihren Zenit im Tod finden: Tammuz, Osiris, sogar der weibliche Christus deiner Porphyria, in ihm triumphieren sie ... Ich kann mich noch erinnern, wie du mir Rotephs Ende geschildert hast, den man ans Kreuz gefesselt den Raubtieren zum Fraß vorwarf, wie eine Frucht aus Fleisch und Blut, eine Frucht, die dich liebte ... Wie ich ihn beneide!«

»Er hätte dich beneidet. Wie gern hätte er mit dir getauscht, um jetzt hier zu sein ...«

Sie sagt es nicht, hier, an meiner Seite, sie denkt es nur. Und als sie merkt, dass Kritos es trotzdem irgendwie verstanden hat, jubelt sie erneut: Wie die Sirenen!

»Ja, ich bin hier, und du auch ... Aber ich kann nicht vergessen, dass dein Platz im Turm ist.«

Glauka sieht es ein, trotzdem lehnt sie sich dagegen auf. Es ist wie in einem Strudel. Wo ist der Ausgang? Kritos sah die Echse nicht, aber er war ihr Gefährte. Sind sie jetzt wieder in jener anderen Zeit? Und mitten im Sturm ein heller Blitz. Klarheit.

»Zum Turm gehört ein anderer Raum. Die unterirdische Grotte am Meer ... Kennst du sie?«

»Uschait hat mir davon erzählt. Aber sie gehört Ahram allein, ich war noch nie dort.«

»Sie gehört nicht nur ihm. Sie gehört vor allem anderen der Göttin. Der Göttin des Lebens, nicht der der Macht.«

»Ich weiß nicht. Ich habe mich nie getraut. Vor dem Eingang gewisser Tempel mache ich Halt, weil ich glaube, dass ich ihrer nicht würdig bin …«

»Genauso geht es mir vor der Hütte, in der du wohnst«, gesteht sie ihm bescheiden. »Wenn du mich nicht an der Hand nimmst, bleibe auch ich vor deiner Tür stehen. Und du hast mich nur einmal, vor Jahren, mit hineingenommen.«

Eine lange Pause, in der unhörbare Botschaften hin- und hergehen. Schließlich hebt Kritos den Kopf und denkt: Wie viel Kraft es mich gekostet hat, und Mut! Glauka versteht und spürt ein inneres Zittern, das man ihr jedoch nicht anmerkt.

»Du kannst kommen, wann immer du willst.«

Kritos wundert sich selbst. Er weiß, dass er diese Worte nur hier auf dieser Bank aussprechen konnte.

»Und du kannst in die Grotte kommen, wann immer du willst. Ich sorge dafür. Eine andere Glauka wird dich führen.«

»Eine andere Glauka? Es gibt keine zwei, das sagte ich dir doch schon.«

»Ich ändere mich, ohne mich zu teilen. Ich bin nicht zwei, sondern doppelt … Ich bin anders, Kritos. Ist dir das noch nie aufgefallen?«

»Du bist dieselbe, weil du schon immer anders warst. Das wusste ich, noch ehe du herkamst. Ich habe es an Bachirs Stimme erkannt, wenn er über dich sprach, und an Ahrams Schweigen, wenn er ihm zuhörte. Und als ich dich zum ersten Mal zu Gesicht bekam, sah ich mich bestätigt. Es war genau hier, kannst du dich erinnern? Deshalb ziehst du mich an und stößt mich zugleich ab. Aber nie fühlte ich dich so ganz, so unvergleichlich, wie in jener Nacht während des Festmahls.«

»In jener Nacht?«

»Ich bin um den Turm geschlichen und habe dir nachspioniert. Und dann hörte ich dich plötzlich singen. Aber es war viel mehr als nur Gesang.«

»Ich wusste es. Ich sah dich durchs Fenster.«

»Und du hast mir trotzdem verziehen! Ein Glück! … Ich hatte dir diesen Gesang gestohlen. Er galt nämlich nicht mir. Er war so unbeschreiblich, wie aus einer anderen Welt … Nicht einmal Yarkos könnte da mithalten … Ich weinte, ich weinte vor Eifersucht, weil das Lied Ahram galt, der neben dir saß. Das hat mir das Herz gebrochen. Der Gedanke, dass du nur deshalb so singen konntest …«

»Nicht nur deshalb. Es stimmt, ich sang für Ahram. Aber mein Gesang hat auch einen anderen Ursprung. Er entspringt einer Grenze. Er kommt aus einer anderen Welt.«

»Welcher? Ich muss es wissen!«

»Nicht jetzt! Noch nicht!«

Gekränkt entgegnet Kritos:

»Siehst du! Ich verdiene es nicht!«

»Doch, das tust du. Aber lass mir Zeit, bis ich dir alles erzählen kann, ohne Einschränkungen … Zweifle nicht. Bald ist es so weit. Bald muss es so weit sein.«

Kritos sieht sie an und will gerade etwas sagen, als seine Möwe – unsere Möwe, denkt auch Glauka – ihn mit ihrem Kreischen unterbricht. Eine Weile beobachten sie stumm und reglos, wie der Leuchtturm immer rötlicher erglüht, während das Licht abnimmt, das Meer sich verdunkelt, die Wolken schillern … Die Nacht kündigt sich an …

Kritos erkennt die Botschaft, die der Leuchtturm sendet: Man muss den Himmel erklimmen, um auf dem Gipfel zu verbrennen.

23. Die Nacht des Kritos

Es ist wie der erste Nachmittag, den sie vor neun Jahren im Großen Haus verbrachte, nur dass Glauka damals die untergehende Sonne von einer Dachluke im hinteren Teil des Hauses aus beobachtete, wo die Sklaven untergebracht waren. Jetzt hingegen sitzt sie auf ihrer Delfinbank, und hinter ihr erhebt sich der von der Sonne rot gefärbte Leuchtturm aus Marmor, von dessen Spitze bald der aufsteigende Rauch die nächtliche Feuermähne ankündigen wird. Das Wasser in der Bucht ist bereits malvenfarben, und am Himmel schweben rosige Wolken.

Die Schönheit des Lebens tut weh. An diesem glühenden und zugleich friedlichen Sommerabend ist alles – die laue, sanfte Luft, der Duft der Blumen, das Flattern der Schmetterlinge, das Zwitschern der Vögel, die Harmonie der Farben, das Rauschen des Meeres, das Murmeln des Lebens – wie ein stechender Schmerz. Es kommt ihr fremd vor. Trotz des Lebens ringsum fühlt sie sich allein, und trotz der Fülle schmerzt ihre Einsamkeit. Ahram ist wieder einmal unterwegs, diesmal nach Darnis zu seinen Werften an der Cyrenaica, um die Arbeiten an seiner Flotte zu beaufsichtigen. Er ist so tief in seine Machtpläne versunken, dass ihn nicht einmal eine so kleine Affäre ablenken kann, wie die mit Yazila, die offenbar schon wieder vorbei ist. Und Kritos? Seit einem Monat lässt er sich kaum noch blicken! Und das nach allem, was er gesagt hat, und nach ihrem Angebot, ihn mit in die Grotte unter dem Turm zu nehmen ... Was ist los mit ihm? Warum diese Distanz? ... Niemand an ihrer Seite, nur Eulodia, aber die denkt bloß an ihren Gott und ihren Jovinius. Jeder hat mit seinen eigenen Angelegenheiten zu tun, seiner Arbeit, sich selbst ... Und wer bin ich?, fragt sich Glauka bedrückt.

Der Kummer frisst sie langsam auf. Ihre Traurigkeit steht im krassen Widerspruch zu der verschwenderischen Fülle, die sie umgibt. In ihrem Innern höhlt ein stetiger Tropfen die Dinge und die Wesen auf, löst sie und reißt sie fort. Ist so das Altwerden?, fragt sie sich. Dass die Erde, die Sterne und die Lebewesen ihre Reise unbeirrt fortsetzen, während sie zurückbleibt, den Anschluss verliert, am Ufer der Zeit stehen bleibt … Über dem Meer balanciert sorglos der Mast der *Jemsu*, die mit eingeholtem Segel um den ausgeworfenen Anker tanzt. Unter der Wasseroberfläche existiert eine andere Welt, eine, die sie hervorbrachte und die kein Alter kennt. Glauka ist nie wieder anderen Sirenen begegnet, auch nicht in Vollmondnächten wie diesen, wenn sie vor der Meeresgrotte tauchte. Hat Alexandria sie mit seinem Leuchtturm vertrieben, oder haben sie diese Welt, in der nun neue Götter geboren werden, bereits verlassen? Wie viel von ihrem früheren Leben hat sie behalten? In letzter Zeit grübelt sie viel über ihre Identität nach, um deretwillen sie sich mit Kritos gestritten hat. Ist Glauka wirklich nur eine? Sie ist nicht mehr sicher. Sie hat das Gefühl, eine Ganzheit zu sein, aber auch zwei Herzen zu besitzen, wie ein Janus mit zwei Gesichtern. Wie damals, als sie halb Frau, halb Fisch war, mit zweierlei Loyalitäten, obwohl sie es noch nicht wusste. Ich bin ein Kind der Grenzen wie Kritos, sagt sie sich. Warum aber ist er dann nicht bei mir? Ob es unterschiedliche Grenzen gibt? Sie erinnert sich an Porphyrias Göttliches Weib, das nicht nur Gott und Mensch zugleich, sondern auch Frau in Gestalt eines Mannes war: eine doppelte Grenze also. Jedenfalls lebe ich, denkt sie. Diese Gewissheit hält sie trotz ihres Kummers aufrecht, sonst wäre sie in Tränen zerflossen. Sie lebt, auch wenn sie spürt, wie ihre Lebenskraft schwindet. Dennoch bereut sie es nicht, Aphrodite in jener Nacht um Hilfe gebeten zu haben. Ihr Kummer ist nicht das Altern, sondern das Gefühl der Verlassenheit. Wie sehr sie sich nach der kurzen Zeit der Echse zurücksehnt! Dieser Ruhe. Was will sie, was braucht sie? Wann begann ihr Kummer? Ist er etwa die Vorahnung eines schrecklichen Unheils?

Die Stimme erreicht sie ganz unvermutet, jene Stimme, auf die sie schon so lange verzweifelt wartet. Ihre Hand klammert sich an den marmornen Kopf des Delfins, als müsste sie einen Gefühlsausbruch unterdrücken, als sie Kritos' Stimme hört, als sie sieht, wie Kritos auf sie zukommt, als er sich neben sie setzt, sie seinen Geruch einatmet und die Berührung seines Chitons spürt.

»Verzweifle nicht, Glauka. Auf einen Tag mehr oder weniger kommt es jetzt bei dieser Windflaute auch nicht mehr an. Bald ist dein Ahram wieder da.«

Seine Finger spielen wie üblich mit einem kleinen Efeublatt.

»Ich warte gar nicht auf ihn. Eine Brieftaube hat die Nachricht gebracht, dass er sich verspätet.«

»Dann habe ich mich getäuscht. Du sahst aus, als hättest du Kummer.«

Glauka schweigt, und Kritos spürt, dass er sich nicht geirrt hat. Er respektiert ihr Schweigen, doch das Mitgefühl des Liebenden erfüllt ihn.

Über ihnen flattert eine Möwe. Ob es unsere ist, denkt Kritos, weil sie von links kommt, und das gilt als böses Omen. Er lächelt, denn er selbst glaubt nicht an so etwas, hat aber trotzdem das Gefühl, von Glaukas Traurigkeit angesteckt zu werden.

Beide schweigen, während ein innerer Wirbelsturm in ihnen tobt. Aber es ist ja gar kein Kummer mehr, denkt Glauka überrascht, sondern Erwartung. Kritos ist bei mir. Was bringt er?

Auch die Welt scheint zu schweigen, als wäre sie stehen geblieben. Die Vögel schlafen bereits, das Meer ist unbewegt, der Leuchtturm wieder weiß, nachdem die Sonne verschwunden ist, die Luft reglos ... Die sommerliche Fülle legt sich zur Ruhe. Glauka verspürt den Schmerz der Schönheit nicht mehr und drückt es mit einem Seufzer aus.

»Was für eine unvergleichliche Stunde! Mit dem Tag geht auch alles andere zu Ende.«

Sie sagt es in Gedanken an ihre Traurigkeit, die so plötzlich verflogen ist, doch Kritos' Antwort spiegelt das wider, was ihm durch den Kopf geht.

»Im Gegenteil, mit der Nacht fängt alles an.«

Glauka ist plötzlich hellwach, aber nicht ängstlich. Sie lächelt: »Wir sind an der Grenze, wie du sagen würdest.«

»Ja, da, wo alles möglich ist. Wo Verbannte wie ich atmen.«

Als Glauka ihn ansieht, fällt es ihr wie Schuppen von den Augen. Sie erkennt das tiefe Geheimnis ihrer Traurigkeit, die Einsamkeit hat einen Namen, und jetzt wird ihr auch klar, warum Kritos sich in letzter Zeit so rar gemacht hat.

»Wo nun auch ich wohne«, antwortet sie, und als sie Kritos' erstaunten Blick sieht, fügt sie leidenschaftlich hinzu: »Wenn du wüsstest, wie sehr auch ich eine Grenzgängerin bin!«

Und im gleichen Augenblick beschließt sie, ihm ihr Geheimnis anzuvertrauen.

»Nicht so sehr wie ich, schau mich gut an!«, erwidert Kritos und zeigt auf seine Kleidung.

»Eine Tunika kann man im Nu ablegen, nicht aber die eigene Haut.«

Kritos wirft ihr einen forschenden Blick zu. Sie verspürt eine prickelnde Freude bei dem Gedanken an die Überraschung, die ihn erwartet.

»Wer ist der Gott der Grenzgänger?«, fragt sie.

»Es gibt mehrere. Nemesis, die Göttin der Grenzen. Janus, der nach innen und nach außen sieht und zwischen gestern und morgen steht. Hermes, der Gott der Reisenden und der Vater der Hermaphrodite. Zeus selbst, der sich oft verwandelt hat ... Vor allem aber Proteus, der Vielgestaltige und Weise ... Was hältst du von dieser Liste? Es gibt noch weitere, unter denen du wählen kannst.«

»Welchem vertraust du dich an?«

Kritos kommt nicht aus dem Staunen heraus. Dieses Thema haben sie doch schon längst abgehakt. Wieso kommt sie jetzt darauf zurück? Und wieso hat sie gesagt, dass sich die Haut nicht so leicht ablegen lässt wie ein Kleid?

»Du kennst meinen Gott bereits, aber jetzt, in dieser Stunde der

Dämmerung kann ich ihn dir besser beschreiben. Wenn eines Tages während einer Finsternis, wenn Sonne und Mond in einer geraden Linie stehen, wie Anaximander ausführt, sich beide zu einem einzigen sanften, blendenden Licht vereinen, zu einer unwiderstehlichen und gütigen Kraft, dann wäre das mein Gott. Ein Gott zwischen den Grenzen, androgyn, ein Zwitter. Er würde sich in einen Gott verlieben, der genauso wäre wie er, und aus ihrer Vereinigung ginge eine neue Welt hervor, ein neuer Mensch ... Er würde mehr als nur Wunder wirken. Er würde das Unmögliche vollbringen: sein und nicht sein zur selben Zeit, Gegensätze auflösen, das Ganze und das Nichts, Licht und Dunkelheit miteinander versöhnen. Er könnte Parallelen hier vor unseren Augen zusammenführen und die Unendlichkeit in der Hand eines kleinen Jungen einfangen. Er wäre der wahre Eros, weil er die Herrlichkeit aller Formen der Liebe ausleben würde ... Aber du weißt, dass ich von den Göttern nichts erwarte. Sollte es sie tatsächlich geben, so kümmern sie sich nicht um uns Menschen.«

»Es gibt sie. Ich weiß es ... Ich werde dich schon noch überzeugen«, erwidert sie hastig angesichts seines skeptischen Gesichts. »Aber sie können nicht lieben wie die Menschen, obwohl auch sie sich zusammentun und paaren. Ohne den Tod im Hintergrund, ohne die Zeit in den Knochen ist die Liebe trivial ... wie das Spiel, das du spielst«, schließt sie mit ernstem Ton, aber mitfühlendem Blick und deutet auf seine Kleidung.

Der Mann ist für einen kurzen Augenblick getroffen, aber dann versteht er. Es ist meine Erniedrigung und mein Vorstoß zugleich, denkt er und antwortet ruhig:

»Jeder spielt, so gut er kann ... Mit dem Wort zum Beispiel, das ich gerade lese ...«

»Philosophie?«

»Nein. Poesie. Sie ist besser als die beste Philosophie, die bloß Zweifel nährt, während die Poesie die Wahrheit offenbart.«

»Ich bitte dich, Kritos, lass mich an dieser Wahrheit teilhaben. Ich brauche sie!«

Kritos zögert. Er sieht sie an, und als er sich schließlich entschei-det, strömen die Worte wie von selbst aus seinem Mund:

Wenn du noch nie aufschrecktest
Fiebrig, der leeren Seite des Bettes zugewandt
Tastend
Mit Händen, die sich vergebens
Gegen die gnadenlose Abwesenheit wehren

Wenn du noch nie den Tod spürtest
Der dich bei lebendigem Leib zerreißt
Und die Leere in deinen brennenden Adern verstärkt
So wie der Spalt zwischen deinen Schenkeln
Das Verlangen deines Geschlechts

Wenn deine Stimme nicht das Stöhnen unterbrach
Das ein fahles Morgenlicht zerschnitt ...
Dann weil in deinem Leben nie die Flamme brannte
Die wir Liebe nennen

In ihr verzehre ich mich, und dein Name
Ist mein Schrei: Dir öffnet sich mein lebendiger Körper
Meine Haut stirbt in Erwartung deines
Fiebers, ich ringe nach Luft
Wie ein Fisch im Todeskampf

Und solange mir der Balsam deines Kusses fehlt
Die sanfte Glut deiner Zunge
Ermüdet meine Hand, nutzlos
In unfruchtbarer Liebkosung
Denn nur du hast die Schwingen
Für den tödlichen, lebenspendenden Flug
Um anzukommen, Diotima, mit dir ...

Kritos hält inne. Glauka blickt ihn erwartungsvoll an.

»Sappho?«

Kritos weicht aus.

»Ein unbekanntes Fragment, das mir in die Hände fiel. Es war in ... ach, das ist eine lange Geschichte. Ich schenke es dir. Leg es mir ins Grab, wenn meine Stunde geschlagen hat.«

In Glaukas Augen stehen plötzlich Tränen.

»O Kritos! Du tust mir weh! Sprich nicht von deinem Tod.«

»So sehr würde er dich bekümmern?«

Glaukas Hände zittern.

»Zwing mich nicht, dir zu antworten«, fleht sie ihn an.

Kritos' Widerstand schmilzt dahin. Auch er zittert, und seine Stimme scheint entschlossen, sich gar nicht erst Zeit zu lassen, um das Gesagte zu bereuen:

»Verzeih, Schwester. Es ist nicht von Sappho. Diese Verse sind ihrer nicht würdig, es sind meine eigenen ... Ich habe sie in den letzten Tagen geschrieben, als ich mich nicht mehr beherrschen konnte. Ich wollte es dir nicht sagen, aber du verdienst die Wahrheit.«

»Hast du sie für deinen Geliebten geschrieben?«

Sie fragt nicht nur aus Neugier. Es ist ein plötzlicher bitterer Aufschrei, der sich wie der Pfeil einer unmöglichen Hoffnung ins Herz des Mannes bohrt.

»Nein ...«, entgegnet er und zögert, will aber weder sich noch sie länger verleugnen. »Ich habe sie für die Frau geschrieben, die ich liebe.«

Seine Stimme ist von Trauer erfüllt, als er hinzufügt:

»Ich kann dir ihren Namen nicht verraten. Ich würde vor Scham sterben. Welche Frau würde mich schon erhören? ... Ich habe es dir ja schon einmal anvertraut: Ich bin nur ein Liebhaber von Lesben, es ist das Einzige, was ich zu bieten habe ... Verstehst du jetzt mein Schweigen und warum ich mich für einen kurzen Augenblick hinter Sapphos Maske verstecken wollte?« Seine Stimme überschlägt sich, ergreifend, entfesselt. »Unmöglich hätte ich eine Frau als Liebhaber ansprechen können!«

Er wagt es, ihr einen verstohlenen Blick zuzuwerfen, und erblasst, weil sich in Glaukas Gesicht staunende Verwirrung abzeichnet. Er steht auf, um zu gehen:

»Es schockiert dich, nicht wahr? Ich sehe es doch! Verzeih!«

»Warte, Kritos, geh nicht weg!«

Sie sagt es leise, aber er hätte sie gehört, auch wenn sie es nur gedacht hätte. Er macht kehrt und setzt sich wieder neben sie, zitternd und konfus.

»Ja, ich bin schockiert, weil du so wenig von Frauen verstehst. Du hast uns niemals richtig kennen gelernt ... Ich habe dir von meinem Leben mit Narsos erzählt, mit Uruk ... und auch mit Ahram«, fügt sie unsicher hinzu. »Aber von einer anderen Liebe habe ich dir noch nichts verraten. Hör zu: Ich war einmal sehr glücklich mit einer Frau. Wir brauchten keinen Mann für unsere Liebkosungen, wir haben uns auf eine Art verstanden, wie kein anderer uns je hätte verstehen können. Sie war ...«

Während Kritos aufmerksam zuhört, schüttet Glauka ihm ihr Herz mit den leidenschaftlichen Erinnerungen an Domicia aus. Das Vertrauen zwischen ihnen vertieft sich, jetzt, da ihre Gesichter nur noch helle Flecken in der nächtlichen Luft sind, der Mond gerade erst über dem Meer aufgeht und der Leuchtturm vor kurzem entzündet wurde. Kritos hört überrascht zu und staunt sogleich über seine Verwunderung, denn die Liebe zwischen Frauen ist ihm keineswegs fremd. Bei seinen Freundinnen in Rhakotis kommt sie häufig vor. Doch die Überraschung, die ihm bevorsteht, ist so gewaltig, dass er sie sich nicht einmal in seinen kühnsten Träumen hätte vorstellen können. Nach kurzem Zögern macht Glauka eine unerwartete Erklärung.

»Auch du verdienst die Wahrheit. Ich hätte sie dir schon längst beichten sollen. Eine Wahrheit, die nur Ahram kennt, der mir verboten hat, sie jemals einem anderen Menschen anzuvertrauen. Doch du bist Kritos. Wenn ich dir vorhin sagte, dass eine Tunika keine Haut ist, dann deshalb, weil vor nicht allzu langer Zeit meine Haut von der Hüfte abwärts noch aus einem Schuppenkleid bestand.«

Während Kritos sie sprachlos ansieht, erzählt sie, wie sie früher eine Sirene war und mit Fischen und Algen lebte, bevor sie als Frau auf der Insel Psyra neu geboren wurde. Genauer gesagt, sie lebte nicht, denn Götter können weder leben noch sterben. Aus diesem Grund hatte sie auf dieses Dasein verzichtet … Sie hält inne und lächelt.

»Starr mich nicht so ungläubig an! Es ist die Wahrheit, so unglaublich sie dir erscheinen mag.«

»Nicht ungläubig sehe ich dich an, sondern erleuchtet. Endlich wird mir alles klar. Jetzt weiß ich, warum du von Anfang an einzigartig warst, anders. Jetzt verstehe ich, warum dein Gang dem Auf und Ab einer Alge in den Wellen gleicht, dein Haar wie Wasser fließt, deine unergründlichen Augen grün wie das Meer leuchten und zugleich so besänftigend sind. Jetzt weiß ich, warum du manchmal, wie heute, als ich herkam, voll Salz und Bitterkeit bist … Ich glaube dir. Natürlich glaube ich dir! Aber erzähl weiter, damit ich noch mehr über dich erfahre.«

Glauka erzählt Kritos alles über ihre Vergangenheit als Sirene. Und während sie ihm ihre tiefsten Erinnerungen anvertraut, wächst in ihr das Gefühl, dass niemand zuvor so zugehört und sie so gut verstanden hat. Sie erzählt, wie sie die Menschen entdeckte, die in ihr die Sehnsucht zu leben erweckten und sie anschließend Aphrodite aufsuchte. Und wie sie dann alles vergessen hatte, als sie sich in eine Frau verwandelte und in die Welt der Zeit trat, bis sie die Erinnerung daran wiederfand.

Sie verrät ihm nicht, wie es dazu kam, sondern fährt fort:

»Die Zeit! Die Zeit ist der Nerv des Lebens. Ihr spürt das nicht so sehr, weil ihr von klein an an sie gewohnt seid, aber über mich kam sie ganz plötzlich wie eine Flut. Ich spüre den Nerv der Zeit ohne Unterlass, und wie ihre Finger an mir kratzen, bis meine Existenz vollkommen bloßliegt. Der Strom meines Blutes trägt mich, aber auf einem anderen totenbleichen, kalten Strom, der noch schneller ist und mich, meinen Körper, mein Gedächtnis und mein geflügeltes Herz mit sich in die Tiefe reißt. Ihr spürt die Macht der

Zeit nur, wenn ein Mensch oder ein Gegenstand unter ihrer Last zusammenbricht, mir dagegen ist sie ständig bewusst. Manchmal ist sie bloß ein fernes Rumoren, aber eins, das niemals aufhört. Und weißt du was? Manchmal ist sie auch wie eine Zuflucht für mich, wie eine Hoffnung. Wenn sich das Leben von seiner schlechten Seite offenbart, sich als Feind erweist und die Menschen zu Unmenschen werden. Dann ist der Gedanke, dass der Fluss der Zeit alles dahinrafft, dass auch das Übel nicht von Dauer ist, tröstlich. Wie eine Hoffnung, die den unsterblichen Göttern verwehrt ist … ja, eine Hoffnung.«

Sie wiederholt das Wort, als wollte sie sich selbst überzeugen. Kritos bleibt es nicht verborgen. Dann fällt ihm ein, wie er sie zuvor angetroffen hat, und er fragt ruhig:

»Wie jetzt?«

Sie nickt wortlos. Die Frage konfrontiert sie mit ihrem Kummer der letzten Wochen, mit ihrer Einsamkeit in einer Welt des Überflusses, den Spannungen zwischen Ahram und ihr. Entfernt er sich von mir?, fragt sie sich auch jetzt wieder. Doch als sie sieht, wie der leuchtend helle Mond über dem Meer am Horizont emporsteigt, erinnert sie sich an ihr sorgenfreies Leben als Sirene und ruft:

»Ach, in solchen Vollmondnächten tauchten meine Schwestern und ich aus der Tiefe des Meeres auf und sangen!«

»So wie du neulich nachts im Turm gesungen hast«, erinnert sich Kritos leise. »Damals konnte ich mir nicht erklären, warum dein Gesang so unbeschreiblich war, so süß und zerstörerisch zugleich. Er lullte mich ein wie eine Flut … auch wenn er nicht für mich, sondern für Ahram bestimmt war.«

Die abgrundtiefe Bitterkeit in seiner Stimme rührt Glauka.

»Heute werde ich für dich singen. Für dich allein. Komm.«

Es sind die Worte einer armen Frau, die sich verlassen fühlt und in ihrer Einsamkeit um Verständnis ringt. Kritos hingegen hört eine edelmütige Göttin sprechen, die einem sterblichen Verehrer ihre Gunst erweist.

Wortlos folgt er ihr durch den menschenleeren Garten, durch

Licht und Schatten, die der helle Mond und das Feuer des Leuchtturmes zwischen die Bäume werfen. Einer der Wachhunde kommt von weitem auf sie zugerannt, doch sein wütendes Kläffen schlägt in freudiges Japsen um, als er Kritos erkennt. Ein Wächter kommt ihnen entgegen und grüßt sie respektvoll. Sie aber nehmen in ihrer Trance nichts mehr wahr, so entrückt, als wären sie gar nicht da.

Glauka öffnet das quietschende Gartentor. Wäre sie nicht so abwesend gewesen, hätte sie Eulodias erschrockenen, erstaunten Blick am Fenster entdeckt. Auch merkt sie nicht, dass *Tijon* sich lautlos angeschlichen hat, um sie zu beschnuppern. Sie geht weiter bis zum Rand der Klippen und steigt die schmalen Steinstufen zur Grotte hinunter, während Kritos ihr folgt. Der noch tief stehende Mond wirft einen Silberstreifen über das Meer, der bis zu den Füßen der Statue in der kleinen Nische reicht. Das sanfte Plätschern der Wellen gegen die steilen Felsen hallt in der Grotte wider. Abgesehen von dem Lichtstreifen ist das Meer eine schwarze, geheimnisvoll wogende Masse, und sein Rauschen erinnert an die Atemzüge eines Riesen. Glauka und Kritos haben das Gefühl, vom Kosmos umarmt und von seiner Kraft durchdrungen zu werden. Die Große Mutter, denkt Glauka, als sie die Statue in der Nische betrachtet, die ihr herrlicher als je zuvor erscheint. Sie zieht die Sandalen aus, setzt sich an den Rand der Grotte und taucht die Füße ins Wasser. Aus dem Meer steigt die Erinnerung bis in ihr Herz empor. Da beginnt sie zu singen.

Sie singt, und für Kritos reduziert sich die ganze Welt auf diese Melodie. Sie singt wie eine Sirene, aber auch wie eine Frau. Die Wehmut, die Angst und die Einsamkeit, die den Göttern fremd sind, weben unvorstellbare Zwischentöne in den Gesang, zu denen göttliche Wesen niemals fähig wären. Kritos löst sich in diesem Gesang auf, wird blind und taub für die übrige Welt und spürt, wie seine Leere sich mit einer Hoffnung füllt, einer unmöglichen Hoffnung.

Schließlich verstummt die Stimme langsam, und die Welt kehrt zum Glanz des Mondes, zum Rauschen der Brandung, zu der schützenden Grotte und dem gütigen Lächeln der Göttin zurück. Glauka folgt dem Gebot des Augenblickes, steht auf, streift die Tunika ab und entledigt sich der Brustbinde. Schließlich löst sie auch das Haar, das ihr in sanften Wellen über die Schultern fällt. Kritos vertraut sich ihrer Führung an und riskiert jetzt alles. Als er sich auszieht, wundert er sich nicht mehr über seine fast schmerzhafte, flammende Erektion.

Sie lächeln nicht, sie sprechen nicht. Sie sind nur Liebende, die ein ernstes und heiliges Ritual vollziehen. Die Priesterin sinkt vor dem Mann auf die Knie, streicht über die schlanken Beine, nähert ihr Gesicht dem steifen Geschlecht und beugt sich vor, um es zwischen ihren Brüsten zu liebkosen. Sie sehen sich an, und erst jetzt lächelt sie einladend den Augen unter der breiten Stirn und dem blonden Haar zu. Die Hände des Mannes legen sich auf ihre Schultern und schieben sie sanft und langsam nach hinten, bis sie auf dem Boden liegt. Glauka zieht die Knie an, öffnet die Schenkel und wartet auf den Mann, der sich behutsam über sie beugt. Sie fühlt die Küsse auf Augen, Wangen und Stirn. Sie spürt das Gewicht des anderen Körpers, seine Wärme, die gegen ihre Brust drückt, und etwas Steifes zwischen seinen Schenkeln, das aber nicht in sie eindringt, obwohl die Zärtlichkeiten andauern.

Sie ist nicht überrascht, nichts kann sie mehr verwundern. Alles ist neu, und trotzdem gehört es zu einem uralten Ritual. Sie erinnert sich an eine ähnliche Nacht am selben Ort, aber jene gehört nun einer anderen Welt an, und die Göttin weiß es. Plötzlich brechen die Liebkosungen ab, der Körper des Mannes bäumt sich krampfhaft auf, und dann stöhnt er, fast schluchzend. Sein Geschlecht pulsiert, etwas Warmes, Feuchtes läuft an ihren Schenkeln herab und tropft auf den Boden. Kritos liegt reglos da, mit geschlossenen Augen. Sie wartet.

Schließlich küsst er sie erneut, und seine Lippen wandern zwischen den weichen bernsteinfarbenen Locken langsam an ihrem Hals hinunter. An der Brust macht er Halt, umkreist spiralförmig den Hof, entflammt die Brustwarze, beißt sie, saugt an ihr und widmet sich anschließend ihrer Zwillingsschwester. Eine Hand wie Seide auf ihrer Hüfte, Lippen wie saugende Bienen oder geschmeidige Schnecken. Sie hinterlassen eine Spur der Lust auf den offenen Poren der Haut, die erregt und fiebrig jede Berührung aufsaugt. Seine Wangen liebkosen den glatten Bauch, der Mund trinkt vom Brunnen des Nabels, nähert sich dem krausen Busch, zerwühlt ihn. Auch die Hände verirren sich dorthin, öffnen vorsichtig die purpurne Blume. Sanft senken sich die Lippen auf die Blüte, finden ihr Ziel, und die Zunge fährt aus wie ein vibrierender Stachel ...

Nein, ich habe nicht geträumt, auch wenn ich wie im Traum gehandelt habe. Ich war nicht Herrin meiner selbst und trotzdem bei klarem Verstand, mir völlig bewusst, was ich tat. Ich wollte nur für ihn singen, das war ich ihm schuldig, nachdem ich ihm mein Geheimnis anvertraut hatte, aber als ich in die Grotte kam, lächelte mich die Göttin an und segnete diese Liebe, so wie alle Lieben, die der Frauen wie die der Sirenen, die der Sonne wie die der Nacht, alles ist eins, auch wenn es zwei Seiten hat wie ich selbst. Ahram ist Liebe und Macht, Kritos ist Liebe und Wort, ich selbst bin Liebe und Leben, wir sind die Zukunft. Aber Ahram ist besessen von seinem Spielzeug, der Macht, wie ein Kind, und Kritos, er wurde erst in der Zeit der Echse zum Mann, mit seinen Sehnsüchten, die er hartnäckig leugnete, seinem unvorstellbaren Mut, den Mächtigen die Stirn zu bieten, seinen Ängsten, hinter denen sich die Leidenschaft verbarg, seinem heimlichen Triumph über die Schwäche, ein Mann, auch wenn er sich dagegen sträubt, und jetzt liegt er neben mir. Was mag er denken? Bestimmt ist er betroffen, weil er vorzeitig gekommen ist. Und wenn schon! Er weiß nicht, wie selten wir es überhaupt merken, wenn sie in uns den Höhepunkt erreichen, wir ziehen die äußeren Zärtlichkeiten vor, aber er ist wie alle Männer, ein Sklave seines Penis, dieses verfluchten Geschlechts. Sie jammern, wenn er schlaff ist, und protzen mit seiner Steifheit, jedes Versagen ist ein Weltuntergang, und sie lassen sich kastrieren von fordernden Müttern, die wie Blutegel sind, diesen Matronen und ihrer Macht. Männer sind so verletzlich! Jetzt liegt er neben mir, aber ich spüre nicht mal, wie er sich bewegt … Wo ist er? Er ist verschwunden! Und ich habe nichts gemerkt! So sehr war ich in Gedanken, so sehr in meiner Lust verloren, ich werde ihn zurückerobern, ihn überzeugen, er wird von mir lernen, so wie ich von ihm gelernt habe. Ein Dummkopf, ein Gefangener seiner Mythen, aber er hat mich gerettet, mich der Welt zurückgegeben, meine Leere bezwungen. Niemals zuvor habe ich so gelitten wie in den letzten Wochen, weil ich noch nie zuvor jemanden so geliebt habe wie Ahram, und jetzt gehöre ich ihm noch mehr als heute Morgen, jetzt, da ich das Gefühl habe, verstanden zu werden. Deshalb hat die Göttin gelächelt, sie gab ihren Segen, ihre Zustimmung. Wie unterschiedlich sie sind! Ahram ist der Schwindel, der Augenblick, er herrscht über meine Haut, sein Geruch berauscht mich, vergiftet mich, bei seinem Anblick werde ich feucht, aber er versteht mich nicht, er nimmt mich, ohne ganz bei mir zu sein, er gibt sich, ohne sich zu öffnen. Er saugt mich aus, ohne sich selbst zu verschenken. Domicias Liebe war eine, bei der man das Gefühl hatte, sich zu verlieren, im siebten Himmel zu schweben. Und jetzt Kritos, er will es nicht glauben, dass ich in seinen Armen gelegen habe, er weiß es und glaubt es nicht. Es war, als würde ich überflutet, als ertränke ich im Triumph, doch nicht auf dem höchsten Punkt einer Fontäne, sondern in einer tiefen Quelle. Mit Ahram ist es wie sterben und wieder aufleben, mit Kritos hat auch die Vergänglichkeit Bestand. Er ist ein Gefährte, der nicht von meiner Seite weicht, genau wie damals Domicia, ein Freund, der mich einhüllt in seine Spuren, in Klänge, Erinnerungen, Fantasien, der meinem Körper das Wort hinzufügt. Und wie er die Welt liebt! Ahram dagegen lehnt ab, was anders ist, alles, was er nicht akzeptiert. Er leugnet seine Tabus oder zerstört sie, Kritos dagegen nimmt alles in sich auf, was er ist und was er nicht ist, sein Unglück und sein Glück, seine doppelte Natur. Ahram ist so von sich überzeugt, dass er einem leid tun kann. Vieles entgeht ihm! Wie ein Kind will er immer das größte Spielzeug haben, das, was am hellsten funkelt, den vollsten Teller, nicht den feinsten, aber in seiner Welt ist er der Beste, gewaltig wie das Meer, wie die Wüste, ein Magnet, der alles ringsum anzieht, aber kalt und von gleichgültiger Grausamkeit. Wie wird er reagieren, wenn er davon erfährt? Wird er mich wie ein Blitz erschlagen? Aber das ist es wert, diese Grotte, ein Tempel für uns drei am Fuß des göttlichen Lächelns, er ist es wert. Alles ist möglich in Ägypten, das wurde mir schon im Sklavenhaus auf Tanuris klar, aber wie viel tatsächlich, konnte ich nicht ahnen. Eine doppelte Liebe wie die Doppelaxt der Großen Mutter, die allumfassende Liebe an der Grenze, Feuer und Honig, beide so wirklich, für die Sirene und für die Frau, wie die beiden ägyptischen Seelen, *bâ*, die des Körpers, und *kâ*, die der unsterblichen Götter. Wird Ahram uns verstehen? Er nimmt sich auch andere Frauen, wenn er Lust dazu hat, aber wird er uns verstehen? Wird er über Kritos herfallen, der jetzt verschwunden ist? Wo steckt er? Was für ein einfühlsamer Liebhaber, mehr noch als Domicia, ihr stand der Glaube im Weg. Er spürte, dass es nicht mein letzter Höhepunkt gewesen war, dass ich weitermachen wollte. Wird Ahram das verstehen? Unmöglich, es vor ihm zu verheimlichen, es wäre seiner Liebe nicht würdig, der Liebe, die ich für ihn empfinde. Treue heißt Verlässlichkeit. Wird er verstehen, dass ich mich auch für ihn bereichert habe, dass er jetzt mehr an mir haben wird? Er wird es spüren, meine Haut wird es ihm zeigen, der Schauer meiner Seufzer in seinen Armen, das war etwas Heiliges, Ahram, mein Liebster, du wirst das Lächeln der Göttin verstehen müssen, deiner Göttin, die es guthieß. Du hattest mich allein gelassen, und wenn dir Uruk gleichgültig war, warum sollte dir Kritos etwas ausmachen? Uruk war ein Krüppel, Opfer eines Unfalls, und Kritos ist Opfer seines Denkens, er eroberte mich mit dem Mut seiner Feigheit. Du, der nie zweifelt, wirst mich verstehen müssen, aber für dich ist dieser lesbische Liebhaber unbegreiflich. Es war nicht wie die Flamme deines Feuers, sondern wie ein berauschender Abstieg ins Nichts, ohne das glühende Leben aufzugeben. Du hältst mit deiner Kraft die Zeit auf, Kritos begleitet mich in ihr, er hüllt mich in die Zeit, diese Ungewissheit, die das Leben ist und die man bis auf den letzten Tropfen austrinken muss … Ahram, Liebster, lass mir diesen Gefährten, der mich versteht, der mir unter die Haut geht, statt sie nur in Besitz zu nehmen, der eine Sirene als Frau und auch als Mann versteht. Ich werde dich umso mehr dafür lieben, auf eine andere, vollkommenere Art, frag deine Göttin, wenn du daran zweifelst, du bist meine Mitte, er ist mein Begleiter … Aber wo ist dieser Begleiter jetzt? Wie lange ist es her, dass er verschwand? Das Licht des Mondes ist der Dunkelheit gewichen. Am Eingang der Grotte erstirbt das Licht, ich bin im Dunkeln, nackte Angst überkommt mich, als ich mich daran erinnere, was Kritos einmal sagte: »Das Meer begräbt alle Ängste.« Was hast du getan? Hast du denn keine Achtung vor dir selbst? Hast du nichts verstanden? Willst du mich etwa vor Ahrams Blitz bewahren? … Kritos! Kritos! Wie lang die Treppen sind! Wenn ich dich da oben nicht finde, werde ich mich selbst in die Tiefe stürzen, das ist nicht möglich, das kannst du nicht getan haben! O Göttin! Es ist nicht wahr …

Rasende Angst erfüllt Glaukas Brust, die noch zunimmt, weil sie nicht denken kann. Schließlich kommt sie atemlos oben an der Treppe an, schon am Rand des Steilhangs, und bleibt erst stehen, als sie Kritos im Garten an einen Baum gelehnt sitzen sieht. Sein Körper leuchtet im Mondlicht wie Alabaster, unwirklich und wirklich zugleich. Überrascht entdeckt er die Erscheinung oben am Felsen, weiß und wunderschön in ihrer Nacktheit, nachdem sie vor lauter Panik die Tunika unten vergessen hat und barfuß hochgerannt ist. Er sieht, wie ihre Hand zum Herzen fährt, als sie ihn erkennt, und sie sich abwendet, um wieder in die Grotte hinabzusteigen.

»Warte, ich hole dir deine Kleider«, ruft er.

Glauka beobachtet, wie er die Treppenstufen hinunterläuft und verschwindet, als hätte die Erde ihn verschluckt, während das Pochen in ihrer Brust und die Atemnot in ihren Lungen allmählich nachlassen. Die Welt, die ihr vor wenigen Stunden noch so fremd war, legt sich nun um sie und erfüllt sie. Die sachte Liebkosung des Windes, das grelle Zirpen der Zikaden, der weiche, dunkle Ruf der

Eule, das Rauschen der Palmwedel, die raue Härte des Gesteins unter ihren Füßen … Wie damals in der Nacht, in der sie aufhörte, göttlich zu sein, als der Marmor Risse bekam und das Labyrinth ihrer Adern sich mit unzähligen Strömen füllte. Nur dass der Marmor jetzt Bestand hat.

Kritos taucht wieder auf, und während sie sich anzieht, schnürt er ihr die Sandalen zu.

»Du hast mich zu Tode erschreckt. Ich glaubte schon …«

Kritos sieht sie verwundert an.

»Auch ich hatte Angst. Ich fürchtete, du würdest alles bereuen, wenn du von der Wolke herabsteigst, die uns fortgerissen hat. Ich hatte Angst vor deiner Traurigkeit, vielleicht auch vor deiner Ablehnung, ich weiß nicht … Ich wartete hier darauf, dass du mich abweist.«

»Nein!« Es ist beinahe ein Schrei. Dann fügt sie sanfter hinzu: »Wie konntest du das denken? Fühlst du dich schuldig? Deprimiert?«

»Nein! Niemals im Leben habe ich etwas so Wunderbares erlebt. Aber morgen … Wenn Ahram …«

»Ich weiß, auch ich habe daran gedacht.«

Sie setzt sich da hin, wo zuvor Kritos gesessen hat. Zusammen überlegen sie.

»Es gibt keinen Rausch ohne Kater«, erklärt Kritos. »Es ist immer schwer, aus der Tiefe wieder aufzutauchen. Deshalb bin ich vorhin geflüchtet. Damit du frei bist. Deshalb habe ich hier auf dich gewartet, voller Angst …«

»Ich hatte auch Angst. Ich hatte Angst, dass du dich …«

»Mich umbringen würde?«, unterbricht er sie mit einem breiten Lächeln. »Wenn ich mich noch nie so lebendig fühlte wie jetzt!«

»Und du Dummkopf hältst dich für einen lesbischen Liebhaber!«

»Das war ich doch, letztendlich«, murmelt er verwirrt.

»Niemals! Ich fühlte mich von einem Mann geliebt.«

»Ja«, nickt er. »Das habe ich gemerkt … Deshalb war es so …«

Er macht eine Bewegung mit den Händen, als zöge er einen vollkommenen runden Kreis, der die ganze Welt einschließt, und fährt fort:

»Es war wie ein Trankopfer für die Erde, das Meer und dich. Aber nicht auf der Erde, sondern in dir, wo ich mich verlor. In deiner Anemone, in deinem Meer, in deinem Duft ... heute Nacht habe ich das Meer geküsst, habe ich das Meer gekostet ... Was bist du für eine Frau? Eine Göttin!«

»Und du, was für ein Mann! Was für ein Liebhaber!«

Schweigend sehen sie sich an. Schließlich murmelt Kritos:

»Aber du denkst bereits an morgen.«

»Ich bereue nichts. Es war, was ich bin.«

»Und auch ich ... Und du fühlst dich nicht schuldig?«

»Weil ich lebe? Sollen andere darüber entscheiden, mich dafür steinigen, nicht ich.«

Kritos erinnert sich, dass auch Ahram einmal um Haaresbreite gesteinigt worden wäre. Er lächelt. Das Leben geht seltsame Wege.

»Was habe ich Ahram weggenommen?«, fragt Glauka. »Ich liebe ihn so, wie ich dich niemals lieben werde, und dich liebe ich so, wie ich ihn niemals lieben könnte. Und jetzt werde ich ihm noch mehr geben können, weil ich in letzter Zeit so niedergeschlagen war ... Wie könnte ich ihn nicht lieben? Er ist ...«

Sie macht eine hilflose Geste und verstummt. Jetzt spricht Kritos, das Gesicht im Schatten der Bäume verborgen. Sie verdecken den Mond, der inzwischen hoch am Himmel steht. Nur das rötliche, unwirkliche Licht des Leuchtturmes erhellt ihre Gesichter, obwohl sie sich so wirklich wie nie zuvor im Leben fühlen.

»Du hast mir dein Geheimnis anvertraut, jetzt will ich dir auch eins verraten. Ich liebe Ahram, so wie du. Seit langem schon, mein ganzes Leben lang! Als ich ihm begegnete, war ich ruiniert und verunsichert, und er war ein Löwe, umzingelt von Richtern und dem Plebs, der seinen Tod forderte. Er war so furchtlos, so schön, und ich brauchte jemanden, eine Stütze – da habe ich mich in ihn verliebt. Deshalb habe ich ihn verteidigt. Vom ersten Augenblick an hätte ich mein Leben für ihn gegeben. Ein Löwe, aber auch ein Kind. Erinnerst du dich, was ich dir über die zwei Ahrams sagte?«

»Ja, ein Kind, trotz seiner Macht. Ahram, dieser starke Mann braucht mich mehr als du ... Er würde sich wundern, wenn er mich hören könnte!«, schließt sie mit einem leisen Lächeln.

»Sein Stolz darf nicht darunter leiden. Er darf nicht denken, dass seine Glückssterne erlöschen. Du weißt ja, du und ich ... Wenigstens du hast ihm gehört, und gehörst ihm immer noch ... Wie ich in der ersten Zeit Soferis beneidet habe, wie gern hätte ich seine Erinnerungen. Wie gern wäre ich von Ahram als Liebhaber auserwählt worden. Er hat niemals etwas geahnt, und ich habe mich nicht getraut, ihm meine Liebe zu zeigen ... Sein Stolz darf nicht darunter leiden. Das müssen wir um jeden Preis vermeiden.«

»Aber nicht auf Kosten dessen, was wir sind. Diese Nacht war echt. Eine Lüge oder eine Laune hätte in uns niemals so starke Gefühle geweckt.«

»Eine wunderbare Wahrheit.«

»Die Große Mutter segnete sie, ich habe es bis ins Mark gespürt. Wir werden ihm kein Leid zufügen, nur er selbst kann sich schaden, wenn er uns nicht versteht. Die Göttin lächelte, er soll sie fragen ... Da unten wusste ich, dass wir Ahrams Grotte nicht entweiht hatten ... Ich habe ihm nichts weggenommen. Das Schlimme ist, dass er ein Gefangener seiner Herkunft ist. Ein Mann der Wüste mit unerschütterlichen Grundsätzen. Das wurde mir auf der Insel klar, als wir Bachir begruben. Kannst du dich daran erinnern?«

»Ja. Er ist kein Mann des offenen und weiten Meeres, sondern ein Nomade. Ein Mann aus dem steinigen Arabien, aus der Welt der Rache.« Er lächelt und sagt: »Aber du solltest keine Angst haben. Ich werde ihm ein vortrefflicher Sündenbock sein, an dem er seine ganze Wut ablassen kann. Das ideale Opfer.«

»Auch ich bin bereit zu sterben.«

»Du, sterben? Dich braucht er, du hast es selbst gesagt. Und jeden Tag mehr. Wenn ich sterbe, dann wenigstens durch seine Hand.« Er lächelt erneut. »Das ist auch eine Art, sich erobern zu lassen, sich jemandem hinzugeben. Dann wird er mich niemals vergessen können, und ich werde in seinen Träumen weiterleben.«

»Warum, warum nur?«, seufzt Glauka verzweifelt. »Er braucht mich, aber ich brauche auch dich. Ich liebte dich nur zur Hälfte, von weitem, aber ich brauche dich, damit du mich begleitest, langsam mit mir stirbst, um diese andere Seite des Lebens zu leben, die er ignoriert und die du auskostest, so dass jeder Augenblick eine Ewigkeit ist … Seine Umarmung ist unwiderstehlich, aber du schenkst mir das Wort, du hast es mir beigebracht. Allein dafür lohnt es sich, sterblich zu sein! Die Sirenen kommunizieren ohne Worte, nur mit Gedanken. Wir lebten in der Welt des ewigen Schweigens, ohne den Klang von Stimmen, ohne die Musik der Worte … Und du bist die Grenze, die kreative Vieldeutigkeit, Ahram dagegen die feste Mitte, unerschütterlich, standfest.«

»Nein, er wird uns nicht verstehen«, sagt Kritos nach einer Weile nachdenklich. »Er versteht nie, er entscheidet und handelt. Dir hat er wenigstens seine Lust geschenkt. Ich habe nur davon träumen können, unzählige Male. In meiner Einsamkeit schloss ich die Augen und stellte mir vor, wie sein krauses Brusthaar sich an meinen nackten Rücken schmiegt, seine Hoden gegen meine Hinterbacken schlagen, wenn er in mich eindringt, wie ich ihn sagen höre, dass er mich liebt, wie er explodierte und mich überflutet, mich völlig in Besitz nahm … Erleben werde ich es nie.«

Stille, ein unhörbarer Seufzer, als würde alles Leben durch eine Ritze entweichen.

»Wird das Schicksal mir noch einmal eine Nacht wie die letzte gewähren? … Dass wir erneut zusammenfließen wie zwei Flüsse, die dazu bestimmt sind, sich zu vereinen? Wäre das zu viel verlangt?«

»Hoffen wir darauf, bei unserem Leben. Bei der Großen Mutter. Deinem androgynen Gott.«

Sie lassen sich von der Klarheit des Mondes durchdringen, dem silbrigen Glanz auf den dunklen Wellen, dem Rhythmus der Brandung, in dem das Universum atmet.

Ein leises Lächeln spielt auf Kritos' Lippen, zärtlich drückt er Glaukas Hand.

»Hast du nicht daran gedacht, Ahram zu verheimlichen, was heute Nacht mit uns passiert ist?«

Glauka sieht ihn verwundert an.

»Was sagst du da? Keinen Augenblick. Ich werde ihn niemals belügen, und du auch nicht.«

»Du bist unglaublich!«

Sanft küsst er die Hand in der seinen. Der Mond hat seinen Höhepunkt erreicht und beginnt den Abstieg, die Insekten sind längst verstummt. Die Stille erfüllt sich mit neuen Geräuschen, bis Kritos plötzlich seufzt:

»Ich habe Hunger!«

»Ich auch«, erwidert Glauka und lacht. »Komm …«

Sie stehen auf und gehen Hand in Hand auf den Turm zu, wie Kinder, die einen Streich vorhaben.

»Eulodia wird uns sehen«, murmelt Kritos.

»Sie hat uns längst gesehen«, antwortet Glauka und lächelt glücklich. »Sie sah, wie ich nackt aus der Grotte gelaufen kam, und während wir uns unterhielten, hat sie uns die ganze Zeit beobachtet … Weißt du, dass sie dich liebt, Kritos? … Ja, erschrick nicht. Sie ist ihrem Jovinius treu, aber sie ist wie wir, sie liebt auch dich. Sie hat es mir nie gesagt, aber ich weiß es. Aus der Art, wie sie von dir spricht, wie sie dich ansah, als du bei mir warst, damals in der Zeit der Echse.«

Vor der Turmtür hält Kritos Glauka zurück.

»Lass uns nicht hineingehen. Komm.«

Er geht voran. Sie spüren nicht den sandigen Boden unter ihren Füßen, als sie den Pfaden des Gartens folgen, der in weißes und rotes Licht getaucht ist. Schatten erscheinen ihnen wie feste Felsen, helle Flächen dagegen völlig unwirklich. Sie spüren den Mond, die Bäume, die Gerüche der Luft und das ferne Meer. Der Duft der Blumen und das Säuseln der Palmen berauscht sie. So viel Überfülle steigt ihnen zu Kopf. In der Luft wie auch in der Seele schwankt die Waage mit Wehmut in der einen und Lebenskraft in der anderen Schale.

In der Bucht flimmern die roten Fackeln der nächtlichen Fischer wie Leuchtkäfer auf dem Wasser. Die Wachhunde kommen als nächtliche Gespenster auf sie zu, bis sie Kritos erkennen, der des Nachts oft im Garten spazieren geht.

Schließlich steht das Paar vor Kritos' Hütte. Als er den Schlüssel aus dem Mauerspalt nimmt, wo er ihn aufbewahrt, ist Glauka überwältigt von dem Gefühl, Kritos' Heiligtum betreten zu dürfen. Überrascht stellt sie fest, dass die kleine Tür mit den eisernen Scharnieren beim Aufgehen nicht quietscht. Als wäre auch sie in dieser magischen Nacht unwirklich und schwerelos.

Die Öllampe, die Kritos mit Hilfe zweier Feuersteine anzündet, erhellt den spartanisch eingerichteten Raum mit den Büchern in einer Nische und den an der Wand hängenden Kleidern. Das sassanidische Brokattuch mit seinem leuchtenden Muster aus Rot und Gold bedeckt die gegenüberliegende Wand wie Feuer. Zum ersten Mal fällt der Blick der Frau auf einen ungewöhnlichen Gegenstand: eine Peitsche, die zwischen dem kleinen Fenster und der Tür hängt. Sie sieht Kritos fragend an.

»Sie hat mit dir zu tun«, erklärt er leise. »Auch wenn du dich nicht daran erinnerst. Sie zerfetzte deinen Rücken auf Tanuris.«

»Wie könnte ich das vergessen? Aber ich hätte nie erwartet, sie hier zu sehen.«

»Sie befand sich in Bachirs Besitz. Am Tag nach deiner Bestrafung nahm er sie Amoptis weg und bewahrte sie auf. Nach seinem Tod bekam ich sie. Bachir liebte dich auch, wusstest du das?«, fügt er nach einer kurzen Pause hinzu. »Auf seine Art.«

Die Erinnerung an den Mann der Wüste wirft einen Schatten auf Glaukas Fröhlichkeit in dieser Nacht. Auf dem Schreibpult neben dem Bett entdeckt sie einige eng beschriebene Papyri.

»Gedichte«, erklärt Kritos, als er ihren neugierigen Blick bemerkt. »Ich schrieb sie für eine Person, die alles hat, was ich ihr nicht geben kann.«

»Bist du immer noch davon überzeugt, dass du mir nichts gibst?«, entgegnet sie mit gespielter Empörung.

»Nein, du hast Recht.«

Während ihrer Unterhaltung stellt Kritos ein einfaches Mahl auf dem Tisch zusammen. Brot, Käse, Lotussamen, Oliven, Pistazien, Früchte und Wasser. Sie kosten davon wie von edlen Speisen, die sie mit ihren Worten, Blicken und zärtlichen Gesten verfeinern.

Neue Geheimnisse, Zärtlichkeiten … Allmählich wird es hell. Die offenen Fenster spiegeln unzählige Farbabstufungen am Himmel, während sich im Osten eine rote Sonne aus dem Wasser erhebt. In ihrem Glanz wiederholt sich das Feuer der Begierde, das sie in dieser Nacht erlebt haben und nun über ihren gesättigten, freien Körpern neu aufflackert.

24. Ein Stück Mondschein

»Was kann Amoptis gewollt haben?«, fragt Glauka halblaut, nach einem Schweigen, in dem man den fernen Lärm der Festlichkeiten in Bruchium hört, wo der erste Tag im Monat *phaophi* gefeiert wird.

Kritos hat sie nicht gehört. Er sieht sie an und erkennt in ihr die Sirene, die ihn in einer magischen Nacht vor zweiundzwanzig Tagen – er zählt jeden einzelnen – in der Meeresgrotte in die Liebe einweihte. Am folgenden Tag kehrte Ahram von seiner Reise zurück. Kaum waren sie allein in Ahrams Arbeitszimmer, und noch ehe der Seefahrer den Turm aufgesucht hatte, gestand ihm Kritos seine leidenschaftlichen Stunden mit Glauka. Er wollte vermeiden, dass sie es vor ihm tat und Ahrams geballte Wut zu spüren bekam. Am Anfang glaubte Ahram ihm nicht. »Sie und du? Sie mit dir?«, wiederholte er überrascht, beinahe sarkastisch. »Mit dir, einem degenerierten, impotenten Schwächling?« Doch angesichts des männlichen Blickes, der dem seinen unbeeindruckt standhielt, begann er zu begreifen. Als seine Hand zum Dolch fuhr, rief Kritos: »Na los, stich zu! Ich bin der einzig Schuldige.« Ahram reagierte mit einem lauten, gebrochenen Lachen und abgrundtiefer Verachtung. »Ganz Alexandria würde über mich spotten, wenn ich dich töte … Das werden meine Diener tun, aber vorher will ich aus ihrem eigenen Mund hören, dass sie die Hure ist, die sie schon immer war … Geh! … Geh und sag ihr, dass ich sie heute Nacht nicht im Turm sehen will … Soll sie sich zu den anderen Weibern in die Frauengemächer begeben, dort werde ich sie zur Rechenschaft ziehen! … Geh mir aus den Augen, du Hurensohn!«

Doch als der wutentbrannte Ahram Glauka zur Rede stellen wollte, wurde er von Soferis und einem Boten daran gehindert, der soeben völlig erschöpft von einer überstürzten Reise eingetroffen war und aufgelöst über schreckliche Ereignisse berichtete, die im

Smaragdlager stattgefunden hatten. Die Nachrichten waren in der Tat so besorgniserregend – einer der Forscher war auf mysteriöse Weise verschwunden, fremde Männer waren plötzlich aufgetaucht, und das war nicht alles –, dass er sich gezwungen sah, unverzüglich mit Mnehet und vier weiteren Männern an Bord einer Feluke zu gehen, nicht der *Jemsu*, um Alexandria unerkannt wieder zu verlassen. Er kam nicht dazu, Glauka zu sehen. Nur deshalb war es uns vergönnt, diese wunderbaren zweiundzwanzig Tage miteinander zu verbringen, denkt Kritos. Doch mittlerweile macht er sich Sorgen um Ahrams Wohl. Er hätte längst zurück sein müssen. Überdies haben sie kaum Nachrichten von ihm erhalten.

»Warum hatte er es so eilig, mich zu sprechen, obwohl er doch weiß, dass Ahram nicht da ist?«, fragt Glauka Kritos erneut.

Sie sitzen auf der Terrasse von Ursas Freudenhaus, im Schatten eines Strohdaches neben dem Raum, der nicht viel größer als ein Taubenschlag und stets für Kritos reserviert ist. Glauka hatte das hellenistische Fest als Vorwand benutzt, um in Eulodias Begleitung in die Stadt zu gehen. Eulodia wartet im Haus von Jovinius' Mutter in Rhakotis und will sie später, bei Anbruch der Dunkelheit, wieder abholen. Es ist das erste Mal, dass Glauka sich am Abend mit Kritos treffen kann, sonst haben sie sich notgedrungen immer nur morgens gesehen, wenn Glauka das neue Badehaus besuchte, das der Nachfolger des Perückenmeisters Lisinius eröffnet hat. Durch die Hintertür können die Damen sich unbemerkt davonschleichen. Vom Meer bläst ein frischer Südwind, der den Gestank des Mareotis-Sees vertreibt. Ob das unser erster und letzter Abend ist, fragt sich Glauka, ohne zu ahnen, dass Kritos gerade derselbe Gedanke durch den Kopf schießt. Dann kommt sie wieder auf Amoptis zu sprechen, ein Thema, das ihr weniger Sorgen macht.

»Vielleicht wollte er sich für seine Tochter einsetzen, falls er von ihrem Verbrechen überhaupt weiß, denn wir haben die Sache so diskret wie möglich behandelt.«

Nachdem Glauka erkrankt war und Kritos vom Tod der Katze in den Küchen erfahren hatte, stellte er Nachforschungen an und fand heraus, dass Glauka von der vergifteten Milch getrunken hatte und alles darauf hindeutete, dass Yazila dahinter steckte. Er besprach die Angelegenheit mit Artabus und Soferis, und die drei fanden nur eine Erklärung dafür. Nachdem das Mädchen von dem misslungenen Mordversuch an Ahram erfahren hatte, musste sie beschlossen haben, ihren alten Hass auf Glauka zu befriedigen, in der Annahme, man würde Ahrams Attentäter auch Glaukas Gifttod in die Schuhe schieben. Möglich war sogar, dass sie an dem Mordkomplott gegen Ahram beteiligt gewesen war, doch das waren reine Vermutungen. Artabus wollte sofort Klarheit schaffen und sie zwingen, ein Geständnis abzulegen, wenn nötig, mit Hilfe der Folter. Doch Kritos und Soferis meinten, es sei besser, die Entscheidung bis zu Ahrams Rückkehr zu verschieben, die unmittelbar bevorstand, wie sie damals annahmen.

»Habt ihr in Bezug auf Yazila schon irgendetwas entschieden?«, fragt Glauka. »Was soll ich Amoptis sagen?«

»Wir warten immer noch auf Ahram.«

Sie sehen sich an. Sie denken an nichts anderes als an Ahrams Rückkehr. Egal, worüber sie sprechen, immer kommen sie auf Ahram zurück. Aber sie lächeln. Sie haben sich bereits daran gewöhnt, mit diesem Damoklesschwert über ihren Häuptern zu leben. Kritos kann es kaum erwarten, dass das Schwert ihn endlich erschlägt, Hauptsache, Glauka bleibt verschont. Er denkt, dass so viel Glück nicht von Dauer sein kann, und will lieber auf dem Höhepunkt seiner Seligkeit sterben.

»Er müsste längst zurück sein. Es sei denn, die Lage hätte ihn gezwungen, länger im Süden zu bleiben.«

»Es sind bereits zehn Tage vergangen, seit wir das letzte Mal von ihm gehört haben, oder?«

»Ja. Die letzte Taube brachte die Nachricht, dass er wohlbehalten im Lager angekommen ist.«

Sie können Ahrams Schatten nicht entkommen. Stets schwebt er über ihnen, aber nicht nur als Bedrohung, sondern auch als Ansporn. Glauka erlebt ihre Liebe zu Kritos im sicheren Bewusstsein, dass sie nicht anders kann, aber auch, dass sie es Ahram beichten muss, sobald er zurück ist, ungeachtet der Konsequenzen. So früh wie möglich. Kritos dagegen bemerkt überrascht, dass sein Tod, der bei Ahrams Rückkehr so gut wie sicher ist, seine Manneskraft auf wundersame Art steigert und er Glaukas Wünschen nun ohne Schwierigkeiten nachkommen kann. Das Einzige, das beide beklagen, ist, dass sie ihre Zärtlichkeiten geheim halten müssen und nicht offen ausleben dürfen. Weder sie noch er halten es für angebracht, sich im Turm zu treffen, und nur ein einziges Mal ist es ihnen gelungen, während der Nacht gemeinsam in die göttliche Grotte zurückzukehren. Im Großen Haus und in Kritos' Hütte ist das Risiko, entdeckt zu werden, zu groß. Überdies ist Malki nun für den Sommer aus dem Gymnasium zu ihnen gezogen, und seine wachsende Zuneigung für Glauka findet in regelmäßigen Besuchen Ausdruck.

»Es erstaunt mich«, fährt Glauka fort »dass Ahram bei seiner Abfahrt aus dem Lager keine Brieftaube geschickt hat wie sonst üblich.«

»Manche Brieftauben erreichen ihr Ziel nicht, wie du weißt. Es gibt viele Habichte und Jäger ... Machst du dir Sorgen?«

Will er wissen, ob sie sich Sorgen um Ahrams Wohl macht oder um die Entscheidung, die er nach seiner Rückkehr treffen wird?

»Ich mache mir keine Sorgen, weil ich alle Verantwortung auf mich nehme«, antwortet sie. Und als Kritos nickt, fährt sie fort: »Ich lebe jede einzelne Stunde, als hätten wir ein Ziel erreicht ... Damit meine ich jede Stunde mit dir«, verbessert sie sich, »denn die anderen gehören einer anderen Welt. Die fünf Mal, die wir uns getroffen haben ... sie fanden an einer Grenze statt, wie du sagen würdest.«

»Ja. Die Gefahr bringt das Blut in Wallung. Und ein Leben, das an einem seidenen Faden hängt, auch ... wie der Tod selbst. Entschuldige, wenn ich das sage.«

»Das Wort erschreckt mich nicht. Glaub mir, wenn ich ihn spüre, dann denke ich nur daran, dass ihr beide mich braucht. Er mehr als du, wie du weißt.«

Kritos antwortet nicht. Er wird sie nie davon überzeugen können, was sie ihm bedeutet. Er steht auf und wässert das von der Sonne ausgetrocknete Röhricht, das ihnen Schatten spendet. Nun ja, denkt er, ich werde nichts und niemanden mehr brauchen, denn für Ahram sind Grenzen nicht dazu da, um bewohnt, sondern um verletzt und zerstört zu werden. Einen Augenblick lang bewundert er die runden weißen Wolken, die sich vor dem seidigen Himmel abzeichnen, und kostet sein inneres Glück aus. Ekstase am Rande des Todes, der schärfsten aller Grenzen!

Ein schlankes Mädchen mit jugendlichen Brüsten in einem kurzen Umhang kommt die Treppe hinauf und bringt ihnen Erfrischungsgetränke aus Honig und Minze. Sie lächelt schüchtern und mustert sie neugierig mit ihren Gazellenaugen. Sie nippen an den Getränken und bedanken sich.

»Sie stammt aus Theben«, erklärt Kritos, als das Mädchen verschwunden ist. »Sie ist neu hier. Noch arbeitet sie nicht.«

»Sie erinnert mich an meine Vergangenheit«, lächelt Glauka. »In Astaphernes' Harem hat mich ein ähnliches Mädchen bedient. Wie ein lustiges kleines Tier. Sie hatte denselben Akzent, den ich später bei Uruk hörte … Und in Byzanz gab es auch so ein Mädchen. Immer gibt es Mädchen wie sie an diesen Orten. Jetzt wird sie bei den anderen sitzen und ihnen erzählen, was wir gemacht und wie wir ausgesehen haben.«

»Du bist so unbefangen hier hereingekommen«, sagt Kritos, der im Atrium wartete, als sie mit Eulodia kam. »Und du bist geradewegs auf die kleine Tür mit der Treppe zugegangen, als würdest du dich im Haus auskennen.«

»Du hattest mir den Weg genau beschrieben. Außerdem sind diese Häuser alle gleich.«

»Sie haben dich bestimmt für eins von Dophinias Mädchen gehalten, mit dem eleganten Umhang und deiner diskreten Schminke.«

»Das ist auch so ein Unterschlupf von dir, nicht wahr, Kritos? … Bringst du oft Gäste hierher?«

»Nein. Hierher habe ich noch nie zuvor jemanden gebracht … bis auf Yarkos und seine Flöte. Eines Tages werden wir ihn hier spielen hören.«

Er hat seine Überraschung verraten. So sicher ist er sich seines Lebens! Als er Glaukas nachdenklichen Blick erkennt, befürchtet er, wieder einmal Ahrams Schatten heraufbeschworen zu haben.

»Denk nicht dran«, fleht er die Frau an.

»Woran?« Sie versteht sofort und lächelt. »Warum nicht? Er ist ein Teil von allem; das Schicksal hat uns in der Hand … Aber daran dachte ich nicht. Ich musste daran denken, wie meine Tochter wohl in diesem Alter ausgesehen hätte.«

Traurig fährt sie fort, während Kritos aufmerksam zuhört.

»Ich hatte mir einen Jungen gewünscht, der das Werk seines Vaters fortsetzen könnte, der ahnen würde, wo die Fischbänke waren, der dieselbe männliche Kraft besitzen würde wie du … Und du gabst dich als lesbischer Liebhaber aus, du Schwindler! … Während der Schwangerschaft war ich sicher, dass es ein Junge werden würde, so schwer war er, so kräftig strampelte er in meinem Bauch. Auch Narsos war davon überzeugt und machte sich daran, ein kleines Boot zu schnitzen, das erste Spielzeug, das man in dem Dorf seinem Sohn überreichte. Nur die Mutter rechnete mit einem Mädchen, wie ich später erfuhr. Sie wünschte sich sogar ein Mädchen, und heute denke ich manchmal, dass es ihr vielleicht gelungen ist, sein Geschlecht mit den Kräutern zu beeinflussen, die sie mir zur Stärkung gab. Sie war es, die mich nach der Geburt tröstete, als sie merkte, wie enttäuscht ich war. Sie überzeugte mich schließlich von der Macht der Frauen, mit der sie die Männer beherrschen, obwohl sie sich ihnen scheinbar unterwerfen … Von wegen Macht! Ein Hieb mit dem Eisen genügte, um meine kleine Nira zu töten. Und auch mich hätte die Macht der Seeräuber um ein Haar vernichtet.«

Kritos wartet, bis ihre Verbitterung nachlässt. Die Stunden der Liebe erinnern uns an unsere Vergangenheit, denkt er. Heißt es nicht, dass man vor dem Tod sein ganzes Leben noch einmal vorbeiziehen sieht? Schließlich sagt er:

»Ich dagegen bin tatsächlich ein Beweis für diese weibliche Macht. Mich vernichtete eine Frau aus Smyrna. Ich stand kurz vor dem, was man Erfolg nennt, hatte mir einen Namen gemacht, indem ich wohlhabende Leute erfolgreich vor Gericht verteidigte, wofür ich eine Menge Gold bekam. Ich erhielt Zugang zur Oberschicht und durfte an ihrem sorglosen, freizügigen Leben teilnehmen. Die Königin jener gehobenen Gesellschaft hieß Kalidea und war ebenso berühmt für ihre Schönheit wie für ihre Untreue gegenüber einem vermögenden Ehemann, der selbst keinem Abenteuer abgeneigt war. Ich verliebte mich unsterblich in sie, wie ein kleiner Junge. Ich machte sie zu meiner Göttin! Für sie aber war ich nur ein Spielzeug, eine Laune, ein Objekt ihrer Flatterhaftigkeit. Sie reizte mich, nur um mich anschließend lachend abzuweisen … Bis sie spürte, dass ich sie wirklich vergötterte, nicht nur begehrte … Noch heute begreife ich nicht, warum meine Bewunderung in ihr bloß Abscheu und Ekel erregte, als hätte ich damit ihr wahres Ich beschmutzt, als hätte ich ihr einen Spiegel vorgehalten und sie gezwungen, ihrer Verderbtheit und Gefühllosigkeit ins Gesicht zu sehen. Ihr Spott verwandelte sich in Hass, grenzenlosen Hass. Sie musste sich für meine Bewunderung rächen, und mit Hilfe ihrer Freunde und einiger Mädchen, die auf sonderbare Weise mit ihr liiert waren, brachte sie mich in eine derart peinliche Situation, dass ich zum Gespött der ganzen Stadt wurde. Sie machte mich zum Gegenstand grausamer Wandschmierereien, Schmähschriften und Epigramme. Meine Plädoyers mochten noch so gut sein, niemand nahm mich mehr ernst. Und als ich zum ersten Mal wieder vor Gericht auftrat, brachen die Richter in Gelächter aus, sobald sie mich sahen. Ich musste Smyrna Hals über Kopf verlassen und meine viel versprechende Karriere vergessen …«

Glauka spürt, wie aufgewühlt Kritos ist. Seine Stimme und seine Worte lassen nicht nur alte Erinnerungen wieder aufleben – er macht die Situation selbst noch einmal durch, erlebt Ideal und Erniedrigung genauso intensiv wie damals, obwohl sie mit dem Kritos von heute, der sich in Frauenkleidern in Rhakotis herumtreibt, nichts mehr zu tun haben. Oder sind es doch dieselben, fragt sie sich insgeheim, während sie ihm zuhört.

»Sie hat mich zerstört, es war, als hätte sie mich kastriert. Später konnte ich der Frau, die ich liebte und die mich begehrte, kein Mann mehr sein. Seitdem konnte ich nur noch mit meinen Freunden oder mit Frauen schlafen, die mir nichts bedeuteten ... Bis ich dir begegnete, meiner Wiederauferstehung, meinem letzten Ziel ...«

Er beugt sich über ihre Hand und küsst sie.

»Du duftest nach reifer Frucht wie ein offener Granatapfel.«

Glauka denkt an Tulius Emilianus, Kritos' Liebhaber, den Dekurio, der in die Wüste an den Limes des Hadrianus versetzt worden war ... Er schrieb Gedichte ... Ein Mann, der weit weg von hier zur Welt gekommen war, wo die Seen zwischen den Bergen grau sind ... Sein Name und Kritos' Geständnis waren ihr seit dem Tag im Gedächtnis geblieben, als sie ihn auf der Delfinbank kennen gelernt hatte. Damals, während ihrer ersten Zeit im Großen Haus, als sie noch die Sklavin Irenia war und sich niemals hätte vorstellen können, dass Ahram sie zu Glauka, seiner Hetäre, machen würde und sie später auch noch Kritos' Geliebte werden sollte. Denn er war es, der sie dahin gebracht hat, wo sie jetzt ist, auch wenn er es nicht einsehen will, unfähig, es zu verstehen, und diesen Gedanken mit aller Kraft von sich weisen würde.

»Warum sollen wir drei uns nicht lieben dürfen«, erklärt Glauka, »wenn wir es doch tun? Was ist das für eine Welt, die dem Grenzen setzt, was wir unausweichlich fühlen? Was nehme ich Ahram weg, wenn ich dich liebe? Ich liebe ihn doch mehr als je zuvor, weil ich mehr über die Liebe weiß ... Du, Kritos, sagst immer, dass neue Götter kommen werden. Warum können sie nicht mehr Verständnis haben, nicht menschlicher sein? Hat es denn niemals solche Götter gegeben? Götter, die wahre, tiefe Liebe predigten?«

»Ich fürchte, dass die Menschen immer grausame, fordernde, selbstgerechte Götter verehrt haben, weil sie fast ausschließlich von den Mächtigen erfunden wurden, die sich auf sie bezogen, um die

Gesetze zu verkünden, die ihre Macht legitimierten … Nur auf Kreta, wo sich die Frauen in der Arena über die Stiere lustig machten, herrschte eine andere Welt. Aber das Kreta der roten Bronze wurde von den Kriegern des schwarzen Eisens vernichtet … von wilden Männern, Feinden der Verständigung und der Zärtlichkeit.«

»Anders als Männer wie du, die stark und zugleich sanft sind, mutig und verständnisvoll.«

»Stark? Ich?«

»Stark, ja. In der Zeit der Echse warst du der Lotse des Schiffes, so selbstsicher wie kein anderer.«

»Glauka, du willst die Männer weiblicher machen, dabei müssten zuerst die Frauen den Männern gleichgestellt werden … Aber das wird noch eine ganze Weile dauern.«

»Wer weiß … Ich konnte mich nie dazu durchringen, den christlichen Sektiererinnen zu folgen, aber vielleicht führt uns die Göttliche Mutter tatsächlich ins Reich der Liebe. Porphyria und Domicia zumindest haben es prophezeit. Das wäre dann die vollkommenste Emanation der Großen Mutter … Vielleicht werden in fünf oder zehn Jahrhunderten alle an diesen weiblichen Christus glauben und die Ahrams jener Zeit verstehen und schätzen, was sie heute noch verachten …«

»Das klingt nicht besonders zuversichtlich.«

»Nein, weil die Anhängerinnen Porphyrias den Körper verachteten. Und wie kann es Leben ohne den Körper geben? Wir würden in die unveränderliche Existenz der Götter zurückfallen, vor der ich geflüchtet bin.«

»Wie war denn dein Leben im Meer?«

»Unter der Oberfläche war es immer gleich. Darüber gab es Wind, Sturm und das Spiel der Gischt. Aber unten war es eintönig, sobald das Licht abnahm. Es herrschte Stille, eine schreckliche Stille. Auf Psyra brachte mich anfangs jeder Schrei, jedes Geräusch aus der Fassung; heute hingegen läuft es mir kalt den Rücken herunter, wenn ich an dieses Schweigen denke. Ohne das Lachen der Welt, dieses herrliche lebendige Lachen. Wir Sirenen lachten nicht. Worüber auch? Wir weinten nicht. Wozu? Nie gab es etwas Neues, keine einzige Überraschung. Das größte Abenteuer war der Vollmond, wenn wir aus dem Wasser auftauchten und im Mondlicht sangen, aber auch der Gesang war immer gleich und unveränderlich. Heute weiß ich, dass wir nicht aus Spaß sangen, sondern um uns zu vergewissern, dass wir noch eine Stimme hatten ... Es war eine kompakte Welt. Ich erinnere mich, wie mich die Leichtigkeit der Luft in Staunen versetzte; die Liebkosungen der Meeresströmungen sind nicht so sanft wie der Wind. Alle Farben erloschen, vor allem in der Tiefe, wo das flimmernde Sonnennetz, das über den Wellen ausgebreitet lag, nicht hinreichte. Ja, natürlich gab es Fische mit goldenen Schuppen und Seeanemonen mit purpurnen Fangarmen und grün schimmernde Algen, aber das war kein Vergleich mit der Erde! Mit Geranien oder einem Regenbogen. Selbst das rote Feuer der Korallen, das in der Luft so herrlich leuchtet, verliert in der Tiefe alle Farbe ... Vor allem aber war es ein Leben ohne Höhen und Tiefen, nichts berührte unser Herz. Später wurde mir bewusst, dass die spitzen, harten Dinger, die ich manchmal auf dem Meeresgrund fand, die Gräten toter Fische waren. Krebse hatten sie abgenagt. Ich erinnerte mich, dass ich gesehen hatte, wie Schiffe sanken und sich zusammen mit ihrer Besatzung auf dem Grund zersetzten, aber dieses Sterben ließ uns kalt, wir wussten nicht, was der Tod bedeutet ... Wir lebten nicht, so einfach ist das. Wir spürten dieses Leben nicht. Es treibt die Menschen zwar manchmal zum Wahnsinn, aber das ist nicht so wichtig. Es lohnt sich zu leben, obwohl es uns am Ende vernichtet.«

Sie haben ihren Saft ausgetrunken, die Sonne senkt sich langsam herab. Bald wird Eulodia kommen, um sie abzuholen. Sie wird unten auf sie warten, hinter ihrem Glauben verschanzt, aber widerwillig unter den Mädchen in diesem Sündenpfuhl, dem sie selbst nur um Haaresbreite entgangen ist.

»Ja, das Leben ist es wert, gelebt zu werden!«, wiederholt Glauka und löst sich vom nackten Körper des Mannes. Sie kniet sich auf den Boden vor dem Bett, auf dem beide gelegen haben, und ihre Lippen suchen auf der kaum behaarten Brust nach der Brustwarze, dieser kleinen dunklen Koralle, die sich unter ihrem Kuss aufrichtet. Wie eine gefräßige Seeanemone saugt ihr Mund an ihr, entfernt sich dann, wandert weiter und entflammt auch die zweite. Das in der untergehenden Sonne rot schimmernde Haar streift sanft und zärtlich über den ausgestreckten Körper.

Anschließend fährt der Mund an der Flanke hinab, berührt wie der Flügel eines Schmetterlings die Haut über der Leber, diesem inneren Organ, das als Sitz der Seele gilt, und lässt sie erschauern. Weiter wandert er bis zu der Vertiefung in der Mitte des Bauches und geht in diesem ruhigen Hafen, der sich im Rhythmus der ein- und ausatmenden Dünung hebt und senkt, eine Weile vor Anker. Er setzt die Reise fort zu dem dichten, blond gekräuselten Busch, knabbert daran und stößt schließlich auf eine träge Schlange.

Aber auch eine gefügige Schlange, die auf die suchenden Lippen reagiert und sich auf einen Schenkel stützt, während sie langsam zum Leben erwacht. Dann beginnt sie, sich gegen den Kuss aufzulehnen, schwillt an, bäumt sich auf. Glaukas pochendes Herz lächelt, froh über die Macht, die es über diesen Körper ausübt, glücklich, dass sie ihm seine alte Kraft wiedergegeben hat. Glauka weiß, dass sie Kritos damit den Sieg über sich selbst schenkt.

Die Lippen kommen und gehen, das steife Glied genießt die Gefangenschaft, die Lust lässt es erschaudern, es vergisst seine Ängste. Und schon ändert die Macht ihr Geschlecht. Sein Zepter befreit sich, eine Hand greift in das bernsteinfarbene Haar und zwingt die Frau auf das Bett. Kritos selbst steht auf, kniet sich hinter sie, liebkost ihren Hintern, tastet nach dem reifen Granatapfel und entdeckt ihre geheimste Mitte, aus der eine klebrige Flüssigkeit sickert.

Die Geschlechter finden sich. Ah! Der erste Stoß! Dann ein sanftes Auf und Ab der Wellen am Strand, der Ansturm des Meeres gegen den Felsen, die wütende Brandung gegen die Steilküste. Der Ozean umgibt und erfüllt sie zugleich.

Wie lange? Woher soll man das wissen? Die Wasseruhr gibt keinen Aufschluss. Aber lange. Jetzt erlischt das Feuer allmählich, aber sie haben nie gekannte Höhen erreicht. Schließlich schmiegt sich seine Brust schwer und süß an ihren nackten Rücken. Die Flut, die sie zugleich so voll und so leer gemacht hat, zieht sich zurück. Kritos dreht den Körper um, den er soeben besessen hat, küsst ihn und legt in diesen Kuss mehr, als er mit tausend Worten sagen könnte. Seine Brust presst sich an ihre Brustwarzen, beide knien voreinander, eng umschlungen, als wollten sie den Himmel selbst erobern.

Was kann im Lager passiert sein? Was hat ihn dazu bewogen, noch weiter in den Süden, nach Punt zu reisen? Während wir auf die Nachricht warteten, die uns seine Rückkehr ankündigte, meldet die Brieftaube von heute eine noch größere Entfernung. Ohne Erklärungen, ohne Einzelheiten, das ist alles so merkwürdig, so ungewöhnlich. Ich habe keine Angst mehr davor, was er nach seiner Rückkehr entscheiden könnte, ich will jetzt nur noch, dass er endlich zurückkommt, dass er alle Gefahren übersteht. Ich weiß nicht, welche. Auf all seinen Reisen ist ihm noch nie etwas zugestoßen, trotzdem habe ich große Angst um ihn, genau wie Kritos. Wenn Ahram etwas zustoßen würde, ich würde mich umbringen. Wie könnte ich weiterleben? Manchmal denke ich, dass ihn Kritos' Geständnis verwirrt und vielleicht veranlasst hat, noch größere Risiken einzugehen. Ich darf nicht einmal daran denken. Zum Glück habe ich das Armband wieder, das Kritos mir geschenkt hatte und das ich ins Meer warf, jenes Andenken an seinen Liebhaber Tulius Emilianus, das er mir als Liebespfand überreichte. Welch ein Glück, dass ich es wieder habe! Es ist das Einzige, was mich hoffen lässt …

Die Botschaft, die die Brieftaube brachte, war verschlüsselt. Ob Soferis mir den richtigen Text vorgelesen hat? Hat er vielleicht etwas, das mich betraf, verschwiegen? Ich glaube nicht, jedenfalls ist mir an Soferis' Verhalten nichts Ungewöhnliches aufgefallen, außerdem war es eine kurze Nachricht, nur wenige Zeilen. Meine Angst um Ahram lässt alles so bedrohlich erscheinen, und hier nehmen die Schwierigkeiten zu. Ahram ist unentbehrlich, Artabus und Soferis sind völlig überfordert. Was geht auf Tanuris vor? Als Amoptis vom Einkaufen in Kanopos zurückkam, wurden er und seine Männer überfallen und getötet. Räuber heißt es, die es auf seine Waren abgesehen hatten. Warum bloß habe ich ihn nicht empfangen, als er mich sprechen wollte? Jetzt werde ich nie erfahren, was er auf dem Herzen hatte. Soferis ist nach Tanuris gereist, jetzt ist dieser Sklavenaufseher zum Haushofmeister aufgestiegen, und Neferhotep weiß nicht ein noch aus. Kritos findet diesen Tod verdächtig, er meint, er hänge mit Amoptis' dringendem Wunsch zusammen, mich zu sprechen, er glaubt nicht an einen Überfall so dicht vor Alexandria. Das ist noch nie vorgekommen. Er hat den Verdacht, dass es gedungene Mörder waren, aber warum? Und wer steckt dahinter? Der Erhabene schließt solche Überlegungen kategorisch aus. Es habe schon immer Räuber gegeben und Amoptis habe sehr kostbare Waren bei sich geführt. Irgendetwas auf Tanuris ist faul, Ahram würde es herausfinden. Ein weiteres Problem ist Yazilas Tod, sie stürzte sich während eines Spazierganges vom östlichen Felsen in die Tiefe. Alle sagen, es sei ein Unfall gewesen, Kritos hält es für einen Selbstmord, er hatte sie befragt und sie bedrängt, ihre Komplizen zu verraten, um sich Artabus' Folter zu ersparen. Der Seemann wäre genauso grausam mit ihr umgegangen wie Ahram selbst, und sie schwor unter Tränen, dass sie allein gehandelt habe, sie hörte gar nicht mehr auf zu schluchzen, es sei ein Impuls gewesen, nachdem sie Ahram für tot gehalten habe, ein Gerücht, das bis zu den Küchen vorgedrungen war. Sie hasse mich, weil ich ihr Leben zerstört hätte. Dass mich dieses Mädchen mit seinen fröhlichen Affenäuglein dermaßen hassen konnte! Wie ist das möglich? Sie hatte Angst vor der Folter, Kritos ist sicher, dass es Selbstmord war, aber was, wenn sie wie ihr Vater ermordet wurde? Was, wenn es einen Zusammenhang zwischen den beiden Todesfällen gibt? Was, wenn Kritos es mir verschweigt, um mich nicht zu beunruhigen? Was ist das für eine Verschwörung gegen Ahram? Er würde sie sofort aufdecken! Er würde sie mit einem Schlag beenden, aber er muss sich beeilen. Wenn er überhaupt je zurückkommt! Ich will nicht mal daran denken, trotzdem, es lässt mich nicht los. Er würde alles wieder in Ordnung bringen, aber diese letzte Botschaft war so seltsam. Wir werden beide froh sein, wenn er endlich kommt, auch wenn es unseren Tod bedeuten könnte. Kritos ist besorgt, wir planen unsere Treffen nicht mehr, wir sehen uns auf der Delfinbank wie früher, das lässt niemanden Verdacht schöpfen, nur unsere Hände und unsere Blicke finden zueinander, voller Entsetzen, dass wir sein Unglück ausgelöst haben könnten. Aber Angst um uns haben wir nicht, merkwürdig. Zum Glück hat mir das Meer das Armband zurückgegeben, meine alte Welt hatte Mitleid mit mir, ein Geschenk der Göttin, mit dem ich nun weniger leide, sonst wäre das Schuldgefühl unerträglich. Was sage ich denn? Wie kann ich von Schuld sprechen? Kritos steckt mich an, nein, schlimmer: Es ist Angst, die Sorge um Ahram. Eulodia hält dieses Gefühl für Gewissensbisse, ich sehe es ihren Augen an, aber trotzdem ist sie mir treu ergeben! Nicht mich macht sie dafür verantwortlich, sondern die Götter, die ich ihrer Meinung nach verehre. Bestimmt wünscht sie sich, dass ich mich ihrem Christus anschließe, aber das ist unmöglich. Ihr Glaube ist der der Sektiererinnen. Sie haben keinen Respekt vor ihrem Körper, vor dem Leben darin, dem Feuer im Blut, der Lust der Haut. Die Große Mutter hat uns all das geschenkt, damit wir es leben. Als ich gestern in die Grotte hinunterstieg, hatte sie Angst um mich, weil sie ein geheimes Treffen vermutete und befürchtete, man könnte mich mit Kritos überraschen. »Wohin gehst du, Herrin?« Ich las es in ihrem Blick. »Keine Angst, ich gehe allein in die Grotte, um für Ahrams Rückkehr zu beten.« Ihre Augen beruhigten sich, und ich umarmte sie. Überrascht wandte sie mir ihr Gesicht zu, und statt auf die Wange küsste ich sie auf die Lippen. Was war das für ein Schreck! »Wir sind doch Freundinnen, oder etwa nicht?«, musste ich sie beruhigen. »Herrin, Herrin, ich will nur dein Bestes!« Sie küsste meine Hand, obwohl ich sie zurückzog. Ich ging allein zur Grotte hinunter, und dort wartete das Armband auf mich. Jetzt macht mir nur noch Ahram Sorgen, seine Rückkehr, wie allen hier. Sogar Malki ist unruhig und weicht nicht von meiner Seite, er sucht Schutz, obwohl er bereits den Körper eines Mannes hat, groß und stark wie sein Großvater. Aber noch so weich. Manchmal begleitet er mich zur Bank, Kritos spricht mit ihm, und ich erinnere mich an die Zeit, als ich seine Schülerin war. Ich bin immer wieder erstaunt, wie gut er sich mit uns verträgt; er stört uns nicht, auch wenn wir lieber allein wären. Er ist Mitglied des geheimen Zirkels, unseres Zirkels, zu dem auch Ahram gehört, obwohl er nichts davon weiß und seine Rückkehr vielleicht unseren Tod bedeuten würde. Vier ganz unterschiedliche Wesen, die das Leben in sein Tuch gewebt hat, ein geheimnisvoller Weber, das Leben, das auch den Tod einschließt. Welch ein Überfluss! Jeder Tag kommt mir vor, als wäre er der letzte. »Das ist der letzte Sommer!«, rief Vestericus damals mit seinem barbarischen Lachen, ein Lachen, das aus dem Bauch kam, eine Welle, die alles mit sich riss, nicht einmal Uruk lachte so. Nur der Sterbende weiß, was das Leben ist, nur der Kranke, was Gesundheit bedeutet. Die Zeit der Echse gab mich dem Leben zurück, nur der Gefangene schätzt die Freiheit. Kritos erregt diese drohende Gefahr, unsere Existenz zwischen Leben und Tod, auf Messers Schneide, der Körper weiß es, er hat seine eigene Kraft. Wie oft hat er im Freudenhaus von Byzanz für mich entschieden! Ein Freier bezahlte für mich, nahm mich, keuchte über mir, und ich ließ alles gleichgültig geschehen, doch dann – urplötzlich – erregte sich mein Körper, und obwohl sich der Wille dagegen sträubte, trug das Fleisch den Sieg davon und kam ebenso zum Höhepunkt wie der Mann. Der Geist wurde vergewaltigt und konnte nichts dagegen tun. Der Körper war stärker, aber das hatte nichts mit Liebe zu tun, mit meiner Liebe zu Ahram oder Kritos. Ihr überwältigt mich ganz, ihr entreißt mich den beiden erhabensten Zeiten, zuerst Sehnsucht, Vorfreude, begehrliches Tasten, langsames Schwelen, Widerstand gegen den bereits entflammten Körper, Umarmungen ohne eine einzige Berührung, und dann die andere Zeit, Züngeln des Feuers, Herrlichkeit des Abgrundes, Auf und Ab der Wellen,

Ertrinken in Lust, absolutes Lebendigsein inmitten dieser beiden Zeiten. Diese Freude der Zeiten mit Kritos und mit Ahram, wie unterschiedlich sie sind, aber auch wie ähnlich! Nur sie waren in der Lage, mir das zu geben, was ich mir von meiner Geburt erhoffte. Bis ich sie fand, hatte ich nur Vorläufer gehabt, doch Ahram ist nicht Kritos' Vorgänger. Beide sind einzigartig, sind Gabelungen desselben Astes, beide kennen die höchsten Gipfel und die tiefsten Abgründe. Kritos liebt Ahram, das ist überraschend, aber es wundert mich nicht. Wie konnte Ahram das übersehen? Warum hat er diese Liebe nicht angenommen? Vielleicht weil sie einzigartig sind, weil auch Kritos ein Herr ist, wenngleich auf einem anderen Gebiet. Seine Ängste waren absurd. Hätte er sich mir auch ohne die Zeit der Echse offenbart? Vielleicht musste er sich erst als König fühlen im Schatten des Turms, in dem verwilderten Garten. Und ich? Hätte ich mich so entschieden? Denn erst in der Zeit der Echse sah ich klar, verstand ich meine Leere, konnte ihr einen Namen geben. Er brauchte mehr Zeit, um zu verstehen. Die Weisheit des Mannes zeigt sich in seinen Ideen, die der Frau in ihren Gefühlen, in der Haut, im Körper, der ohne zu denken versteht. Wir verirren uns nicht auf verschlungenen Wegen, wir verlieren die Orientierung nicht. Das Leben ist ein endloses Labyrinth, viele kommen nicht von der Stelle, sie bleiben immer da, wo sie geboren wurden, in dem Hof, dem einen kleinen Zimmer, dabei gibt es tausend Räume, verfallene Säle, Gewölbe, Dachterrassen, halb verborgene Tore und überall einen Gott, viele Götter, die alle ein und derselbe sind. Das ist die Sehnsucht des Menschen. Man muss der Wahrheit auf den Grund gehen, nicht von unseren Hoffnungen leben wir, sondern von den Anstrengungen, die wir unternehmen, um das Leben zu erhalten, das uns trägt und gleichzeitig verbraucht. Leben heißt Bewegung, sogar in der Zeit der Echse. Eulodia wundert sich, warum ich mich immer hübsch mache, und kann sich ihre Kommentare nicht verkneifen. »Gehen wir aus?« Ich beruhige sie, ich will nur hinunter zur Bank, um Kritos zu überraschen, wenn er das Armband an mir entdeckt. Die Göttin hat es mir wiedergegeben, es ist das Zeichen ihres Einverständnisses. Als ich in die Grotte hinunterging, erwartete ich nicht viel, ich betete vor der Statue und bat sie um Ahrams Rückkehr, dass sie ihn mir nicht wegnehmen möge, und dann sah ich, wie die Morgensonne auf dem Meer glitzerte und erinnerte mich an die Landschaften unter Wasser, an das schimmernde Netz aus Licht, das zwischen den Algen wogt. Plötzlich zog mich das Meer unwiderstehlich an, ich streifte die Tunika ab und sprang ins Wasser. Die bekannten Felsen kamen mir plötzlich so anders vor, ein dicker Barsch schwamm auf mich zu und starrte mich aus seinen vorspringenden Augen an, während sich sein Maul öffnete und schloss. Er war schon alt und langsam, hier und da fehlten ihm ein paar Schuppen. Ich fragte ihn, ob er Sirenen gesehen habe. Fische können sich uns nicht mitteilen, aber sie verstehen uns wie ein Hund, der die Gedanken seines Herrn lesen kann. Nur Delfine können sich ausdrücken, nur sie erzählten uns von den Sirenen. Der Barsch verneinte mit einer Bewegung der Schwanzflosse und folgte dann einem Schwarm Weißbrassen. Als ich ihm nachschaute, fiel mein Blick auf etwas Funkelndes. Die Sonne drang bis auf den sandigen Boden, wo ein Krebs etwas in seiner Schere hielt, es war ein runder Gegenstand. Ich kam näher, und der Krebs verdrehte seine Augen in meine Richtung. Er hielt das Armband hoch, das ich vor neun Jahren ins Meer geworfen hatte. Unglaublich! Da war es, die Luft ging mir aus, ich hatte gerade noch Zeit, danach zu greifen und wieder aufzutauchen. Der Krebs klammerte sich eine Weile fest, dann lockerte er den Griff seiner Schere und ließ sich wieder in die Tiefe fallen. Ich konnte es immer noch nicht fassen, als ich auf dem Wasser schwamm und das Armband in der Hand hielt. Das Armband, das Ahram mir verboten hatte, um Kritos aus meinem Herzen zu verbannen. Die Göttin hat es mir wiedergegeben und mit ihm Kritos, genauso ist es, die Göttin segnet unsere Verbindung. Jetzt liegt alles in ihrer Hand, und deshalb bin ich sicher. Ich kann nicht mehr daran zweifeln, auch wenn Ahram es nicht versteht, auch wenn er uns tötet. Die Wahrheit ist das Leben, nur ihm sind wir verpflichtet.

»Aber wo steckt dann Ahram? Was macht er?«

Kritos' Frage ist an Artabus und Soferis gerichtet. Beide haben soeben die neue Botschaft verlesen, die aus dem Lager eingetroffen ist und die Unterschrift von Artabus' Gewährsmann trägt. Es sind keine weiteren Komplikationen im Lager aufgetreten. Das Beunruhigende ist aber, dass die Nachricht an Ahram gerichtet ist, den sie bereits zurück in Alexandria vermuten. Damit sind die Sorgen um Ahrams Verbleib aufs Neue entfacht.

Andererseits versichert ihr Informant in Saba – ein bedeutender Kaufmann aus Marib, der den Handel mit Weihrauch nach Alexandria kontrolliert –, als Antwort auf eine Anfrage, die sie an ihre über das ganze Land verstreuten Informanten geschickt haben, dass er nichts von Ahram gehört hat. Dafür berichtet er von einem unerklärlichen Überfall auf eine seiner Karawanen. Offenbar wurde er von Männern ausgeübt, die aus Palmyra kamen, wie ihm einer der Überlebenden geschildert hat. Möglich, dass dieser Angriff nichts mit dem Verschwinden des Seefahrers zu tun hat, dennoch bleibt die Frage, was die Männer aus Palmyra in dieser Region zu suchen hatten und warum sie die Karawanen ihres Verbündeten ausrauben. Den Worten des Zeugen zufolge handelte es sich keineswegs um räuberische Wegelagerer, sondern um gut ausgerüstete Söldner; und in dieser Region geschieht nichts ohne Odaenathus' Zustimmung.

Die drei Freunde, die sich in Soferis' Arbeitszimmer versammelt haben, sind besorgt und nachdenklich. Sie fürchten schon, dass sich ein Unglück auf hoher See ereignet haben könnte, denn ein so berühmter Mann wie Ahram dürfte in dieser Gegend nicht unerkannt bleiben. Sie besprechen die Angelegenheit und gehen schließlich auseinander, ohne eine Entscheidung getroffen zu haben. Sie müssen etwas unternehmen, aber was?

Kritos geht nachdenklich auf die Bank mit den Delfinen zu, und als er fast angekommen ist, sieht er, wie Glauka völlig aufgelöst auf ihn zugerannt kommt. Das lose Haar fällt über ihre Schultern, die Tunika klebt an ihrem nassen Körper. Kritos springt erschrocken auf, vielleicht ist in der Grotte etwas passiert. Er weiß, dass sie in letzter Zeit dort jeden Morgen verbringt, in Erinnerung an Ahram und um Erleichterung vor der sommerlichen Hitze zu finden, die kurz vor ihrem Höhepunkt steht. Doch Glaukas Schrei kündigt etwas anderes an:

»Kritos! Komm! Schnell! Wir müssen ins Haus! Ahram hat Schiffbruch erlitten und ist in Gefahr!«

Kritos läuft ihr verwirrt nach, während er versucht, mehr zu erfahren. Doch die Erklärungen kommen nur bruchstückhaft und wirr.

»Ich bin in die Grotte hinuntergegangen, wie immer. Ich war sehr unruhig, und plötzlich tauchte ein Delfin auf. Ich war überrascht, so nah an der Insel, du weißt ja, dass sie das trübe Wasser im Hafen meiden. Seine Sprünge waren ungeschickt, er schien verletzt zu sein, er tat mir Leid, und ich wollte ihm helfen, also sprang ich ins Wasser und schwamm auf ihn zu, er aber floh nicht vor mir, als wollte er mir etwas mitteilen. Du weißt ja, dass sie wie die Sirenen kommunizieren. Er war erschöpft, denn er war aus Versehen durch eine lange Meerenge geschwommen, die zu beiden Seiten von Land gesäumt war. Gefährliche Gewässer, voller Boote. Man hatte mit einer Harpune auf ihn geschossen, sie steckte noch in seiner Schwanzflosse. Ich zog sie heraus. Du kannst dir nicht vorstellen, wie dankbar er mich ansah!«

»Ja, aber was hat das mit Ahram zu tun?«

»Ich habe dir das alles erzählt, damit du mir glaubst … Zuvor war der Delfin in wärmeren Gewässern in einen Sturm geraten, zusammen mit einem Schiff, aus dem dann ein Mann ins Wasser stürzte und sich nur mühsam, mit strampelnden Beinen, über Wasser hielt. Entweder konnte er nicht schwimmen oder er hatte sich in den Kopf gesetzt, sich an einem Stück Seil im Rücken festzuklammern, wie der Delfin meinte, weil er die Hände nicht vom Rücken nahm … Verstehst du? Der Mann war gefesselt, Kritos! Deshalb konnte er nicht schwimmen. Aber der Delfin hatte Mitleid mit ihm und brachte ihn zur nächstgelegenen Küste … Verstehst du jetzt?

Ahram war gefesselt, und sie hatten ihn ins Meer geworfen, oder er hatte sich selbst ins Wasser gestürzt ...«

»Warum sollte es Ahram sein?«, unterbricht sie Kritos ungläubig.

»Ach ja, stimmt, das habe ich dir noch nicht erzählt. Es kann nur Ahram gewesen sein, sonst wäre der Delfin nicht so überrascht gewesen, als er das Medaillon an meinem Hals entdeckte. Er wurde ganz unruhig. Und warum? Weil der Mann im Wasser ein Medaillon trug, das identisch war. Du weißt doch, dass mir Ahram ein Medaillon geschenkt hat, das mit seinem identisch ist! ... Er ist es! Du glaubst mir nicht? Wir müssen ihn retten! ... Ich habe den Delfin gebeten, nicht fortzugehen, er wird sich daran erinnern, dass ich ihn von der Harpune befreit habe, außerdem habe ich ihm Krebsfleisch gegeben. Sie lieben Krebsfleisch, aber sie können die Panzer nicht knacken, und ich habe Eulodia nach anderen Meeresfrüchten geschickt, sie soll das Fleisch ins Wasser werfen, der Delfin wird uns den Weg zeigen, ich habe mit ihnen gelebt ...«

Kritos würde ihr gern glauben, aber es fällt ihm schwer, obwohl er ihre Vergangenheit kennt. Er zweifelt nicht an dem Schiffbruch, aber warum muss es Ahram sein?

»Beruhige dich, bitte! Wie kannst du so sicher sein?«

»Delfine lügen nicht, nur die Menschen lügen ... Ahram ist wahrscheinlich auf einer kleinen Insel, deshalb hat er uns nicht benachrichtigt, wenn er überhaupt noch am Leben ist, vielleicht hat es ihn auf eine der kleinen Felseninseln verschlagen, von wo er allein nicht fliehen kann ... Er darf nicht sterben, ich will, dass er lebt!«

Während sie noch spricht, zieht sie Kritos mit, läuft ins Haus, drängt sich mit ihm im Schlepptau an den verdutzten Sklaven und Schreibern vorbei und betritt Soferis' Arbeitszimmer, wo auch Artabus sitzt. Beide sehen erstaunt auf und warten auf eine Erklärung.

Das Schlimme ist, dass sie ihnen die Gründe für ihre Gewissheit nicht verraten darf, nämlich das, was der Delfin ihr erzählt hat. Unmöglich kann sie ihnen offenbaren, wie sie an die Information gelangt ist. Also spricht sie von einer ihrer Eingebungen, die sie schon mehrmals vor einem bevorstehenden Sturm gewarnt hätten, und behauptet, eine Botschaft von der Göttin erhalten zu haben. Die beiden Männer, die ihr zuhören, wissen von der Existenz der Statue in der Grotte, obwohl sie sie niemals gesehen haben. Sie argumentiert, dass man Ahram im Meer suchen müsse, weil ihn niemand an Land gesehen hat ... »Alles, nur nicht tatenlos abwarten!«, schreit sie schließlich verzweifelt.

Die Männer respektieren ihre Verzweiflung, sind jedoch noch nicht überzeugt. Sie können die weiblichen Anwandlungen nicht ernst nehmen, trotz allen Verständnisses. Kritos versucht, ihre Ahnung mit logischen Argumenten zu untermauern. Es sei zu viel Zeit vergangen, nirgendwo habe man eine Spur von Ahram gefunden, man müsse etwas unternehmen. Er schlägt eine diskrete Expedition wenigstens zum Königreich Kombo vor, dem letzten bekannten Aufenthaltsort Ahrams, dabei könnten sie auch die vielen kleinen Inseln unter die Lupe nehmen und nach Spuren eines möglichen Schiffbruchs suchen, denn alles deute auf einen Unfall auf See hin. Dasselbe denken die beiden Männer auch, doch Artabus weiß, wie schwierig eine derartige Suche ist, er kennt sich im Arabischen Golf mit seinen unzähligen Inseln und Felsen bestens aus. Glauka erzählt, dass sie einen Delfin in der Nähe der Grotte gesehen habe, zweifellos ein Zeichen der Göttin, denn Delfine kommen sonst nie in die Nähe des Hafens. Dass ist allerdings wirklich ein so außergewöhnliches Ereignis, dass die Männer nur zustimmen können.

»Die Göttin hat ihn geschickt, damit er uns den Weg weist!«, versichert Glauka bestimmt.

»Durch den Arabischen Golf? Wann hat man je einen Delfin durch das Süßwasser des Nils schwimmen sehen?«

»Es ist der Beweis dafür, dass er ein göttlicher Bote ist. Die Göttin hat ihn auf diese gefährliche Reise geschickt.«

Sie starren sie ungläubig an. Die Vermutung, der Schmerz treibe sie allmählich in den Wahnsinn, hängt in der Luft. Glauka beharrt darauf, dass ihnen der Delfin helfen wird, wie so vielen anderen vor ihnen, wenn man den Erzählungen der Seeleute glauben will.

Kritos unterstützt sie mit einem einzigen Argument: Sie machen sich schuldig, wenn sie weiterhin die Zeit verstreichen lassen, ohne etwas zu unternehmen. Die Illusion, dass Glauka und er diejenigen sein könnten, die schließlich Ahram gegen den Rat aller anderen retten, beflügelt ihn. Seine Sprachgewalt und seine Gabe, Menschen zu überreden, lassen ihn sehr überzeugend wirken. Wer würde sich verweigern, wenn es darum ginge, Ahram zu Hilfe zu kommen? Aber wie? Und wo?, liest man in den Gesichtern der Versammelten. Schließlich fordert Glauka:

»Na gut, wenn wir uns nicht einigen können, dann gebt mir eine kleine Feluke und ein paar Männer, und ich werde ihn allein suchen.«

In diesem Augenblick stürzt Malki erschrocken herein. Man hat ihm von Glaukas und Kritos' ungewöhnlichem Auftritt im Großen Haus erzählt. Der Junge, auf dessen Oberlippe bereits der erste männliche Flaum zu erkennen ist, schlägt sich auf die Seite Glaukas, sobald er auf dem neuesten Stand ist. Wenn sie ausfährt, wird er sie begleiten. Das Schlimmste, was geschehen kann, ist, dass die Expedition fehlschlägt, aber dann hätten sie seinen Großvater wenigstens nicht im Stich gelassen. Die beiden skeptischen Männer fühlen sich zunehmend schuldig, dass sie noch nichts unternommen haben, und schließlich kippt ihre Meinung zugunsten des Rettungsversuchs. Sie gehen noch einmal sämtliche von Ahram erhaltenen Botschaften durch und erörtern Meldungen und Möglichkeiten, darunter auch – ohne eine abschließende Bewertung zu wagen – den Bericht über den seltsamen Überfall der Palmyrer … Als Glauka bemerkt, wie der Widerstand bröckelt, legt sie dem Jungen einen Arm um die Schultern. Der sieht sie an wie jemand, der Zuflucht bei einer Hoffnung sucht, zugleich aber auch wie ein Mann, der entschlossen ist, sie zu verteidigen. Jetzt ziehen alle am selben Strang.

Sie beginnen, die Einzelheiten zu besprechen. Soferis muss gegen seinen Willen in Alexandria bleiben. Artabus wird seine ganze Erfahrung und sein seefahrerisches Können einbringen.

Eine Zeit lang streiten sie sich über Glaukas Teilnahme, doch sie ist unnachgiebig. Sie erinnert die Männer an ihre Gabe, Winde und Meeresströmungen vorauszusagen und an den Delfin und erklärt ihnen, dass sie sich als Mann verkleiden wird, mit einem Turban, der ihr Haar verdeckt, ja sie sei sogar bereit, sich das Haar abzuschneiden, wenn es sein muss. Sie wollen auf einem kleinen Schiff auslaufen, heimlich, mit so wenig Besatzung wie möglich und zwei kampferprobten Kriegern. Außer Glauka und Artabus werden auch Kritos und Malki mitkommen. In Alexandria werden sie verlauten lassen, sie sei krank und könne den Turm nicht verlassen. Ein Rückfall der heimtückischen Krankheit, die sie gerade erst überwunden zu haben glaubte. Eulodia wird sich darum kümmern, diese Geschichte aufrechtzuerhalten.

Die *Jemsu* kommt nicht in Frage, sie ist allzu bekannt. Artabus schlägt ein robustes Segelschiff vor, das im Hafen von Antiphrae vor Anker liegt. Ein sicheres und wendiges Schiff, das er selbst für schnelle Reisen benutzt hat, wenn auch nicht vergleichbar mit der *Jemsu*.

Nachdem die Versammlung beendet ist, begeben sich Glauka und Kritos in die Grotte, zusammen mit Malki, der sie noch nicht kannte. Der Delfin taucht nicht sofort auf, und ihre Unruhe wächst, während sie Malki erklären, sie seien fest davon überzeugt, dass das Tier ein von der Göttin gesandter Bote ist. Als er endlich auftaucht und Malki beobachtet, wie Glauka auf ihn zuschwimmt und ihn mit dem Krebsfleisch füttert, das Eulodia aus dem Turm gebracht hat, verstärkt sich diese Überzeugung auch in ihm. Fasziniert fiebert der Junge dem Abenteuer entgegen, auf dem sie seinen Großvater retten wollen.

Am Nachmittag des darauf folgenden Tages trifft das Segelschiff ein. Sie lassen es mit dem notwendigen Proviant ausstatten. Der Delfin bleibt in unmittelbarer Umgebung des Bootes, das vor der Grotte ankert. Dort gehen sie bei Anbruch der Nacht an Bord. Vom Heck aus beobachtet Glauka den zunehmenden Mond, als Malki zu ihr tritt, gefolgt von Kritos.

»Ich glaube an dich, Glauka. Wir werden Ahram finden«, erklärt er.

Und für sich denkt er, ja, wir werden ihn finden, und dann werde ich derjenige sein, für den es keine Rückkehr geben wird.

Hinter ihnen knarren die Taue, als sie die Segel setzen. Bald treibt eine günstige Brise sie Richtung Osten auf die Kanobische Nilmündung zu, und als der Delfin zum Staunen der Seeleute vor dem Schiff ins Süßwasser des Kanals schwimmt, sind alle davon überzeugt, dass sie von einem Boten der Göttin geführt werden. Später werden sie flussaufwärts segeln und durch den Ptolemaios-Kanal in den Arabischen Golf gelangen, »die lange Meerenge«, durch die der Delfin zuvor gekommen ist.

Hoch am Himmel scheint der Mond, als sie an der Insel Karu vorbeisegeln, wo Bachir seine letzte Ruhestätte gefunden hat. Hilf mir, Ahram zu finden, du, der du mich jetzt verstehst, bittet Glauka inbrünstig, als sie sich an den gütigen Blick des Alten erinnert.

Vor dem Bug, schneller als das Schiff, springt eine einzelne Welle, ein Stück Mondschein, ein Wunder an Kraft und Eleganz, ein geschmeidiger Delfin.

25. Die Felseninsel

Und nichts, aber auch gar nichts tun zu können!... Schlimmer als ein Gefängnis ist dieser Fels. Keine Wärter, die man täuschen, keine Gitter, die man herausreißen könnte. Allein der Gedanke daran macht mich wahnsinnig. Schlimmer als ein Kerker.

Obwohl dieses Gefängnis mich gerettet hat. Nein, eigentlich war es der Delfin. Während eines Wirbelsturms aus Wasser und aufgewühlter Nacht erschien er mir manchmal weniger Delfin als ein starker Wille. Nichts war so wichtig wie atmen und sich über Wasser halten, sich über Wasser halten und atmen. Und wenn ich manchmal sank, ein Stoß, der mich wieder nach oben trieb ... Der Delfin, ja, der Delfin ...

Ich darf nicht sterben, ich muss am Leben bleiben! Sie werden alarmiert sein, sich auf die Suche machen und mich finden. Meine Freunde ... Und die Verräter auch. Ich werde überleben, selbst ohne Hilfe. Zum Glück ist diese Insel nicht flach: Der spitze Berggipfel hier wird mich davor bewahren, in der Sonne zu verbrennen. Ich werde ihn umkreisen, immer dem Schatten nach. Und am Mittag, wenn die Sonne im Zenit steht, werde ich mich ganz eng an den Hang pressen. Wäre ich die ganze Zeit der Sonne ausgeliefert gewesen, wäre ich längst tot!

Tot. Aber ich lebe noch, dank der Herbststürme, von denen einer mich fast auf dem Gewissen hätte. Das Regenwasser sammelt sich in kleinen Ritzen des Felsgesteins. Gelobt seien diese Wolkenbrüche, denn ohne zu trinken wäre ich längst verdurstet. Ich kenne den Durst. Ich weiß noch, wie ich mit Bachir die Kaschiren durch die Wüste von Thanuit verfolgte. Unsere Zungen schwollen an, unsere Haut trocknete aus! Aber wir kratzten uns und lachten. Wir urinierten um die Wette: Wer hatte den stärkeren Strahl? Wir lachten. Und wir bekamen sie zu fassen, diese Banditen. Das, was uns gehört hatte, holten wir uns wieder, und das, was ihnen gehörte, behielten wir.

Zwei Wochen sind vergangen … Es kommt mir vor wie ein einziger Tag! Aber ich habe sie gezählt, dort drüben auf dem Stein, ein Strich für jeden Tag. Dazu kommt die Zeit, in der ich nicht bei Bewusstsein war. Die Möwe hielt mich für tot, ihr Schnabelhieb erweckte mich wieder zum Leben. Aber richtig lebendig bin ich auch nicht, Nichtstun ist dasselbe wie Totsein.

Nein! Du bist am Leben! Ich sehe dich, ich höre dich, du sprichst mit mir … Nie habe ich so viel geredet wie hier, ich allein. Das ist nicht gut, nur Verrückte führen Selbstgespräche. Aber sie sind auch auserwählt, von den Göttern oder den Dämonen. Andere verstummen und sagen jahrelang kein einziges Wort. Vorsicht, Ahram, du darfst nicht verrückt werden. Jetzt musst du schlauer sein als jemals zuvor. Es kommt nur aufs Überleben an. Später sind die Verräter dran. Alle, die von draußen und die von drinnen. Die von drinnen! … Meine beiden Sterne, vielleicht treiben sie es gerade in meinem eigenen Haus … Es macht mich verrückt! … Warum habe ich sie nicht auf der Stelle umgebracht, als diese Hafenschwuchtel es mir erzählte? Ihn und diese Schlange, die ich in meinem Haus genährt habe. Wie konnte ich so blind sein und mich derart hinters Licht führen lassen? Wenn ich Rom bezwingen will, muss ich viel schlauer sein. Und ich werde Rom bezwingen. Das ist einer jener Rückschläge, bei dem jeder andere verzagen würde, nicht aber Ahram. Die beiden sind nicht meine Glückssterne. Die sind nicht in Alexandria, sondern oben am Himmel. Um mich zu beschützen.

Und wenn sie mich doch nicht verraten haben? Kritos mit seiner Sprachgewandtheit kann ja alles verkehren. Und er ist wirklich verrückt, das war er von Anfang an. Er ist wahnsinnig, er weiß weder zu leben noch das Leben wie ein Mann zu genießen … Wie ein Mann? Pah! Und sie? Wenn Kritos nicht gelogen hat, wie soll ich ihr jemals wieder glauben? War sie wirklich eine Sirene? Oder ist das die Strafe der Göttin, weil ich mich mit einer Sirene einließ? Alle ihre früheren Männer mussten sterben: der aus Psyra, der Gote, der Christ … Aber sie waren nicht Ahram! Nein, sie waren nicht Ahram! Und meine Göttin bestraft mich nicht, sie hat nicht einmal zugelassen, dass man mir mein Amulett wegnahm. Ich berühre es, es wird mich retten.

Der Fischer, der mich hier findet, wird ein reicher Mann sein. Irgendwer wird in diesen Gewässern schon vorbeisegeln. Ich werde zurückkehren, Nachforschungen anstellen und mich rächen. An allen Verrätern, auch denen von draußen, diesen falschen Verbündeten. Denn jetzt habe ich keinen Zweifel mehr. Wenigstens habe ich die Falle entdeckt. Es war Palmyras langer Arm, der im Lager sein Unwesen trieb. Doch was bezweckten Odaenathus und Zenobia damit? Ob Rom sie gekauft hat? Mit dem Kaiser wären sie nicht mehr als gekrönte Sklaven, während ich ihnen ein ganzes Königreich anbot! Ich verstehe das nicht. Es macht mich verrückt …

Nicht mal den Dolch haben sie mir gelassen. Verfluchte Bande! Warum haben sie mir nicht auch das Medaillon weggenommen? … Um mich identifizieren zu können, sie hatten Befehl, mich irgendwohin zu bringen. Ich tat gut daran, mich ins Wasser zu stürzen, als das Schiff mit dem Sturm kämpfte und mich niemand bewachte. Lieber wollte ich im Meer sterben, als die Erniedrigungen ertragen zu müssen, bevor man mich dann tötet. Jetzt lebe ich wieder, auch ohne den Dolch. Ich zerteile den Fisch mit der scharfen Kante einer großen Meeresmuschel, sie ist mein Messer. Trotzdem kann ich nichts anderes tun, als mich unablässig im Kreis zu drehen, immer dem Schatten nach. Genau wie im Kopf: schon wieder diese Selbstgespräche. Wie reglos das Meer scheint, obwohl es doch immer aufgewühlt ist! Mein Kerker! In jener Nacht wollte es mich verschlingen. Dabei bin ich sein Freund! Ich wurde zu einem Mann des Meeres! Ich glaubte, ich könnte auch mit gefesselten Händen schwimmen. Ich hatte es schon einmal geschafft, auf Rhodos, aber damals war das Meer ruhig. In diesem Sturm war ich nicht mehr als ein Stück Holz. Machtlos trieb ich in den Wellen. Die Luft war unten und über mir das Meer; und jedes Mal, wenn ich den Mund zum

Atmen öffnete, schluckte ich Salzwasser … Zum Glück war der Delfin da. Ich hatte den Geschichten der Seeleute nie geglaubt! Auf dem Rücken hob er mich manchmal über Wasser. Diesen Delfin muss Ittara geschickt haben, ganz sicher … Aber wieso brachte er mich dann nur zu diesem gottverlassenen Stück Felsen? Die Möwe, die auf mich einhackte, konnte ich nicht fangen, aber ich fand ihr Nest. Ihre Eier retteten mich, das war meine erste Mahlzeit. Danach folgten die anderen, aber jetzt sind alle aufgebraucht, und es gibt nur noch Krebse. Und Fische, wenn der Sturm sie auf den felsigen Strand spült, wo sie verenden …

Der Spion, dessen Spur ich verfolgte, war ein Köder. Er sollte mich ins Land des Weihrauchs locken, wo Männer aus Palmyra mir auflauerten. Sie sollten mich erledigen. Es waren Palmyrer, ohne Zweifel, wie auch der Mann, der das Schiff befehligte, als sie mich zum zweiten Mal gefangen nahmen; die anderen waren Söldner. Sie hatten den Leiter des Lagers bestochen, das verstehe ich nicht. Warum hat er sich an Palmyra verkauft? Er hätte genauso gut reich werden können, wenn er von jeder Lieferung ein paar Smaragde in die eigene Tasche gesteckt hätte. Aber die Menschen wollen mehr als Reichtum. Und diese dummen Forscher. So viel Weisheit, und trotzdem sind sie unfähig, sich selbst zu verteidigen! Sie taugen bloß dazu, dass man sie benutzt, mitsamt ihren Ideen und Maschinen. Ich bin von Verrätern umgeben, sogar im eigenen Haus. Nur Bachir nicht, mein Bruder. Aber Bachir ist tot, fast hätte ich es vergessen. Und Malki. Oder denkt auch er nur an die Erbschaft? Nein, er ist wie ich. Obwohl er Glauka über alles liebt, und er ist bereits ein Mann. Nein, Malki ist auf meiner Seite. Den Fischer, der mich hier herausholt, werde ich reich machen. Und dann falle ich wie ein Blitz über Alexandria her! Es ist nicht möglich, sie werden mich doch suchen wollen. Sie: Soferis, der mir gehörte, und Artabus, der mir sein Leben verdankt … Es können doch nicht alle Verräter sein!

… Diese Algen sind nicht dieselben wie gestern, oder war es vorgestern? Oder noch länger her? Die feinen, langen, die mir so schlecht bekamen. Es war schrecklich, als hätte sich mein Magen in Wasser aufgelöst. Aber ich muss das Risiko eingehen, die Krebse flüchten vor mir. Sie haben viel gelernt in diesen wenigen Tagen. Und ohne Sturm keine gestrandeten Fische. Der seltsame gelbe Ruderer mit den Schlitzaugen, der uns auf der Expedition nach Triteraso so viel Unglück brachte, hatte sie auch gegessen ... Wie viele Jahre ist das her? Na ja, so viel Unglück nun auch wieder nicht, wenigstens nicht mir. Ich konnte mich als Einziger retten. Dank des Sterns meiner Mutter. Damals hatte ich Bachir aus den Augen verloren und noch nicht wiedergefunden. Wenn Bachir noch lebte, wäre er längst auf der Suche nach mir. Ihm entkam keine Beute. Und wie gut er Fährten lesen konnte! Aber auf dem Land, in seiner Wüste ...

Meine Sterne ... die mich betrügen. Sogar Bachir konnte Glauka hinters Licht führen. Wie gut er von ihr sprach! Aber klar, er war ja in sie verliebt. Trotzdem hätte er sie mir niemals weggenommen. Was kann sie nur an diesem impotenten Waschlappen gefunden haben? Er kann ihr nichts geben, er hat nichts. Weder Reichtum noch Macht, nicht mal Männlichkeit ... Nur mir hat er zu verdanken, dass er noch am Leben ist. Ganz anders als Bachir, der jetzt auf dieser Insel am Fuß der Palme liegt. Sie täuschte auch ihn. »Die Frau, die du brauchst«, sagte er ständig. Kein Wunder, er selbst war in sie vernarrt, blind. Und auch ich war blind. Ich hätte es merken müssen, spätestens, als ich sie damals zwang, das Armband ins Meer zu werfen. Mein Riecher hatte mich gewarnt, so wie er mich immer vor meinen Feinden warnt, aber ich wollte nicht auf ihn hören. Sie hatte mich verzaubert, sie kann einfach jeden einwickeln. Das sind die Schlimmsten. Wie Zenobia, auch so eine! Sie, mehr noch als Odaenathus, muss dahinter stecken. Wir sollten die Weiber aufs Bett beschränken. Um sie zu benutzen und uns bedienen zu lassen. Ich glaubte, Glauka wäre anders, so wie Ittara anders war. Doch was für ein Unterschied! Ittara setzte ihr Leben für mich aufs Spiel, dabei war ich damals noch ein Junge! Wie konnte ich Glauka nur in die Falle gehen? Und jetzt auch Zenobia. Sind sie denn nicht auch gegen Rom wie ich? Wollten sie mich umbringen, weil sie meinen, sie brauchten mich nicht länger? Halten sie sich für mächtig genug, wenn sie über das Festland herrschen? Ist meine Flotte überflüssig? Aber Zenobia kann nicht dahinter stecken, sie ist anders, sie denkt wie ein Mann, obwohl sie so sinnlich ist. Odaenathus muss mich verraten haben, er ist dumm, bestimmt weiß die Königin nicht, dass er den Befehl gab, mich gefangen zu nehmen. Wahrscheinlich war er eifersüchtig! Vielleicht hatte er meine Absichten durchschaut, als die beiden in Alexandria waren. Er hätte mich darauf ansprechen können, von Mann zu Mann, von Angesicht zu Angesicht, statt mich so hinterhältig zu verraten …

… Zu Anfang schmeckten die Schüsselschnecken noch, aber mittlerweile ekeln sie mich an. Wenn ich sie mit einem Stein zertrümmere und die weiße, gelbliche oder erdfarbene Masse sich noch bewegt. Igitt! Ob sie denken? Wie soll eine Schnecke denken? Das Schlimme sind nicht die Selbstgespräche, sondern all das dumme Zeug, das man dabei von sich gibt. Wenn man zerquetscht wird, kann man nicht denken. Ich aber denke, obwohl man versucht hat, mich zu vernichten. Man hat meine Schale zertrümmert, meinen Panzer, und jetzt bin ich hier, ohne Fluchtmöglichkeit, wie ich mich auch drehe und wende. Verdammte Möwe, einen fetten Fisch hat sie erwischt! Sie selbst lassen sich nicht fangen, nicht mal, wenn ich mich tot stellte. Ja, ich bin wie eine Schnecke, aber ich kann denken … Was rede ich da? Ich werde wirklich noch verrückt! Nein, ich werde überleben! Es liegt an dieser Hilflosigkeit. Nichts tun zu können, ist das Schlimmste, es raubt mir den Verstand. Kraft, Ideen und Pläne zu haben und nichts tun zu können. Eine Qual! Alles andere kann ich ertragen, es wäre nicht das erste Mal. Sonne, Hunger, Stürme … Ich habe schon Schlimmeres erlebt. Aber diese Untätigkeit! Während meine Schiffe durch die Welt segeln, meine Waren in den Hafenmärkten ausgelegt werden, meine Erfinder unentwegt forschen … Vielleicht kümmert sich gerade in dieser Sekunde mein Gärtner um die verwelkten Blätter eines Rosenbeetes … Worauf wartet ihr Idioten eigentlich? Hier bin ich, auf einer

Felseninsel mitten im Arabischen Golf! Ich, euer Herr, der Seefahrer! In die Spalte eines Felsens gequetscht, während ich auf den Schlaf warte, der nicht kommt. Könnte ich nur den ganzen Tag schlafen! Ich kann nichts tun, nur warten und durchhalten... Wenigstens bin ich nicht mehr so allein wie vorher, sondern habe Gesellschaft: eine halbe Puppe, die ich gebaut habe, indem ich einen Stein auf den anderen legte. Mit meiner Jacke, die im Wind flattert. Wenn jemand vorbeisegelt und sie sieht, wird er sie für einen Menschen halten. Es könnte jemand kommen, wenn ich auf der anderen Seite des Felsen bin, und mich nicht sehen. Dann wäre es endgültig um mich geschehen. Es kann nicht sein, es darf nicht sein! Zwei Wochen und keine Seele in Sicht. Wo liegt bloß diese Insel? So fern ab von jeglicher Zivilisation? Als wäre ich in einer anderen Welt. Einer anderen Welt! Ob ich überhaupt noch am Leben bin? ...

... Ich habe mich auch früher schon mal verirrt oder verspätet, aber niemals so lange. Hat sie denn die letzte Taube, die ich ohne Nachricht losschickte, als ich sah, dass sie mich gefangen nehmen würden, nicht beunruhigt? Sie müssten sich längst auf die Suche gemacht haben. Es kann doch nicht sein, dass auch Soferis und Artabus zu den Verschwörern gehören! Soferis, dem ich Vater und Liebhaber zugleich war! Bin ich denn nur noch ein Niemand für euch? Bin ich schon tot? Oder waren alle an der Verschwörung beteiligt? Die Palmyrer ebenso wie meine eigenen Männer, und nur ich wusste von nichts? Man selbst erfährt es immer als Letzter, heißt es. War es mit Glauka und mir auch so? Wussten alle, dass sie sich diesem Schwächling an den Hals geworfen hatte? Ich war viel zu gut, aber jetzt werde ich mich rächen. Irgendeine Göttin muss noch auf meiner Seite sein, der Beweis dafür ist der Delfin. Und wenn Kritos mich belogen hat? Seine Gedanken sind so pervers, vielleicht wollte er mich dazu bringen, Glauka eigenhändig umzubringen. Verständlich, wenn er sie nicht haben konnte. Obwohl er selbst dabei draufgehen könnte, aber wozu will er leben? So muss es gewesen sein, sie hat ihn abgewiesen, daraufhin hat er beschlossen, sich zu rächen. Wie klar man in der Einsamkeit doch alles sieht! Weil man gezwungen ist nachzudenken; das Einzige, was ich tun kann. Er wollte sich rächen, brachte es aber nicht fertig, sie selbst zu töten. Mit seiner Lüge wollte er mich dazu bringen, sie zu töten und die Erinnerung an sie für immer zu vergiften. Ich hätte vor meiner Abreise mit ihr sprechen sollen, mich nicht auf Kritos' Wort verlassen dürfen. Wie konnte ich seinem Wort glauben, wenn es doch seine beste Waffe ist? Doch genau in diesem Augenblick traf der verdammte Bote ein …

Und Odaenathus? Warum hat er das getan? Und Zenobia, weiß sie von meinem Unglück? Ist meine ganze Organisation durchsetzt? Unmöglich, es sind Menschen, die ich selbst zu dem gemacht habe, was sie heute sind. Ich werde alles erfahren, das hier ist nicht das Ende. Der Delfin und diejenige, die ihn schickte, geben mir Kraft. Außerdem haben sie mir das Amulett gelassen. Wenn meine Fantasie mit mir durchgeht und ich anfange, seltsame Dinge zu sehen, drücke ich es ganz fest, und dann wird alles wieder gut. Ittaras Medaillon, Ittaras Geist, der mich mit seiner Göttin beschützt. Und wenn ich daran denke, dass ich Glauka genau so eins habe machen lassen! Brennt es nicht auf ihrer Brust? Das hier ist eine von vielen Prüfungen in meinem Leben. Aber eine entscheidende. Die letzte, die das Schicksal mir auferlegt, damit ich mir meinen Triumph verdiene. Dieser Fels ist mein neuer Stapellauf, ein Sprungbrett in die Zukunft …

… Was hätte Bachir getan? Hätte er die treulose Ehefrau und diesen Schweinehund getötet? Das Gesetz seines Stammes hätte es so vorgeschrieben, anderenfalls hätte er seine Ehre verloren. Doch jetzt, wenn ich darüber nachdenke … Hat er denn wirklich nach diesem Gesetz gelebt? Warum hat er seinen Stamm verlassen und ist nie wieder zurückgekehrt? Wieder diese Gedanken … Mir bleibt nichts anderes übrig, als zu grübeln, und mittlerweile dröhnt mir der Schädel. Er muss diese Frau damals sehr geliebt haben, denn er sah sich nie mehr nach einer anderen um. Warum hat er sie und die Seinen verlassen? Er hat es mir nur teilweise erzählt. Und ich dachte, wir hätten keine Geheimnisse voreinander! Wir alle haben unsere Geheimnisse. Glauka hatte welche vor mir. Kritos auch … Sollen sie welche haben, aber nicht vor mir. Es gibt viel zu tun. Und ich werde es tun. Die Leute sollen mit noch mehr Respekt als je zuvor von Ahram reden. Ja, ich werde es tun! Auch ohne bisher etwas getan zu haben, bin ich noch am Leben. Gibt es einen besseren Beweis? Die Göttin verschonte mein Leben, damit ich mein Werk vollenden kann. Weder die Verräter noch der Sturm, weder giftige Algen noch Hunger haben mich zerstören können. Und auch Odaenathus werde ich vernichten, wenn nötig …

Sie werden nach mir suchen, es bleibt ihnen gar nichts anderes übrig. Aber wie und wo? Und ich muss mir meine Reise noch einmal ganz genau vergegenwärtigen, vielleicht wird mir die Situation dann klarer. König Mlango von Kombo. Ob er auch mit den Verrätern unter einer Decke steckt? Waren seine Informationen zutreffend, seine Gastfreundschaft echt, oder wollte er mich nur hinhalten? Aber die Spur, auf die er mich setzte, war echt. Der Spion war tatsächlich an Bord eines Schiffes gegangen, das zum Land des Weihrauchs segelte. Und wenn sie mich absichtlich dorthin locken wollten? Es war eine Falle, denn dort haben sie mich überrumpelt! Was ist wohl aus meinem Schiff und meiner Mannschaft geworden? Man hat sie umgebracht, ganz bestimmt! Sonst hätte sich einer von ihnen nach Alexandria durchgeschlagen und Soferis informiert. Vielleicht ist es ja so, und sie werden mich bald finden. Aber ich will mir keine Illusionen machen, daran gehe ich nur zu Grunde. Wie lange könnten sie brauchen? Hier finde ich nichts mehr zu essen, und meine Kräfte schwinden. Aber noch habe ich welche. Wahrscheinlich sind sie an der afrikanischen Küste entlang bis nach Kombo gesegelt. Und auf der Rückfahrt werden sie bestimmt die arabische Küste absuchen. Da bin ich ganz sicher. Als ich gefesselt an Bord war, konnte ich genau erkennen, dass wir am Kap der Gewürze nach Osten abdrehten, nachdem wir die Meerenge durchfahren hatten. Klar, Richtung Palmyra, mit dem Schiff bis Zaabram oder Yambu und von da würde es mit einer Karawane weitergehen. Oder zu einem einsamen Strand, wo sie auf mich warten würden. Odaenathus wäre daran gelegen, dass Zenobia nichts erfährt ... Es sei denn, sie ist einverstanden. Nichts machen zu können und nichts zu wissen – was für eine Qual! Zum ersten Mal in meinem Leben bin nicht ich derjenige, der die Pläne macht, bin nicht ich Herr über mein Schicksal. Jetzt liegt es in der Hand der Göttin, zweifellos, sie hat mich stets beschützt. Meine Mutter, Ittara, die Sterne, die Göttin des Delfins. Glauka ist bestimmt einer Täuschung zum Opfer gefallen, sie wurde von Kritos verraten und verkauft ... Wo werden sie mich bloß suchen? ...

Nachts konnte ich sie sehen, wie im Königreich von Kombo, dem Land der schwarzen Männer. Die Kriegstänze, denen ich beiwohnen musste. Die Feier, mit der der König mich ehrte, ich konnte mich nicht verweigern, wenn ich etwas erfahren wollte. Ich konnte sie sehen, als wäre meine Felseninsel das Fell einer Trommel, auf das die Tänzer mit den Füßen stampften. Und die schwarzen Mädchen, die im großen Gästezelt auf mich warteten. Genau wie auf meiner ersten Reise, vor so vielen Jahren. Alles nur Hinhaltetechnik oder ein Ritual der Gastfreundschaft? Warum hat mir Mlango nicht sofort verraten, in welche Richtung der Spion geflüchtet war? Stattdessen erzählt er mir seelenruhig, dass mein Forscher genau an dieser Stelle vor seinen Augen ermordet worden war. Hätte er mir rechtzeitig Bescheid gesagt, wohin der Spion geflüchtet war, hätte ich ihn gefasst, noch ehe er die arabische Küste erreichte. Und auf hoher See hätte er keine Chance gehabt ...

Nachts konnte ich sie sehen, die Tänze und die Mädchen. Kein schlechtes Leben, das König Mlango führt! Er herrscht zwar nicht über Rom, aber in seinem Reich ist er unangefochten. Hätte ich das Mädchen abgelehnt – eigentlich hatte ich ja nichts anderes im Kopf, als diesem Mörder nachzujagen –, hätte er sie enthaupten lassen. Als sie mein Zelt verließ, vergewisserten sich draußen zwei Frauen, dass sie nicht länger Jungfrau war, und brachen anschließend in wilde Freudenschreie aus.

Ich hätte merken müssen, dass dieses Abenteuer eine Prüfung war. Schon als wir durch den Tanitikos-Kanal in den Nil fuhren und später durch den Tumilat-Kanal in Bubasti in den Sinus Arabicus hinein, war der Wasserstand viel zu niedrig für die Jahreszeit, und dann brach auch noch unerklärlicherweise die Pinne am Heck. Und warum erwartete uns in Adulis niemand mit Kamelen? Im Nachhinein war es besser so. Da niemand im Lager mit mir rechnete, konnten sie nichts vertuschen. Mein Forscher war nicht geflohen, man hatte ihn entführt. Die Verräter waren mitten im Lager. Kutsadis, Artabus' Vertrauter, hatte bereits zwei entlarvt und hingerichtet. Ich kann noch die ängstlichen Gesichter der anderen sehen. Ein weiterer gestand, ich zwang ihn dazu. Er gab mir den ersten Hinweis darauf, dass Palmyra hinter diesem Rückschlag stand. Aber ich konnte es immer noch nicht glauben. Ich musste den flüchtigen Spion zu fassen bekommen. In Kombo, oder wo immer er sich aufhielt.

Verräter. Auch mein Informant in Arabien, der Weihrauchhändler, hat sich von ihnen kaufen lassen. Der Hinterhalt lockte mich in das Land meiner Geburt, meiner Väter, nach Saba. Odaenathus' Männer verkleideten sich als Banditen, um mich zu überfallen, und das war ihr Verhängnis. Die Amazonenkriegerinnen der Königin von Saba tauchten nicht zufällig dort auf, die Göttin hatte sie geschickt. Sie umzingelten uns und nahmen uns gefangen, auch Odaenathus' Männer. Erst da hatte ich den Beweis, sie gaben sich als Palmyrer zu erkennen und drohten sogar der Anführerin. Doch die ließ sich nicht beirren, ihre Königin sollte entscheiden, was mit uns geschieht. Was hätte mir dann für ein Schicksal geblüht? Hätte man mich gefangen genommen, um Lösegeld zu erpressen? An Odaenathus ausgeliefert, weil Saba vor Palmyras Macht kriecht? Keturah hat es verhindert. Nachts sah ich die Tänzerinnen und die Jungfrau von Kombo, jetzt sehe ich die festen Brüste Keturahs vor mir, der Amazone, die mir zur Flucht verhalf. Ob es stimmt, dass sie aus derselben Oase kam wie ich? Tat sie es wirklich nur aus Liebe? Nein, es war die Göttin und mein gesegnetes Amulett.

Jetzt wird mir so vieles klar. Ich sehe sie sogar mitten am Tag. Es ist wie ein Dunst, der über dem Meer hängt, voller Gestalten und Gesichter. Wenn ich die Augen schließe, kann ich sie immer noch sehen. Ich muss den Felsen berühren, den Boden unter den Füßen spüren, um wieder zu mir zu finden. Oder ins Meer springen und schwimmen. Gestern war es fast Selbstmord, weil urplötzlich ein Hai auftauchte. Trotzdem habe ich keinen Augenblick geglaubt, dass er mein Ende wäre. Ich fand sogar Gefallen daran, mein Leben zu riskieren, als wäre ich auf einem Fest. Das war Wahnsinn, so was darf sich nicht wiederholen. Aber ich kann auch nicht zulassen, dass mich diese Visionen blind machen. Wenn das so weitergeht und sie mich nicht finden, werde ich überleben, aber in welcher Verfassung? Werde ich langsam verrückt? Ich, Ahram, verrückt? …

Gestern habe ich ihn den ganzen Tag nicht gesehen. Ob wir ihn verloren haben? Ein Glück, dass nicht gerade Paarungszeit ist, sonst wäre er vielleicht irgendeinem Weibchen nachgeschwommen, aber auch eine Fischbank könnte ihn weglocken, oder er ist erschöpft vom vielen Schwimmen. Die Delfine haben ein Bewusstsein, aber der hier spürt nicht, wie ich darauf brenne, endlich anzukommen. Ohne den Delfin, ohne meine Göttin Aphrodite, wäre ich verloren, er ist mein Führer, mein Leitstern … Ob wir ihn überholt haben? Kritos kommt auf mich zu, aber er legt mir nicht mehr wie früher den Arm um die Schultern, ich vermisse seine Berührung, aber ich verstehe. Er bleibt neben mir stehen, und während mein Blick ängstlich von backbord nach steuerbord und vom Bug zum Heck schweift, beruhigt er mich. Das Meer ist nicht allzu aufgewühlt, obwohl manchmal die Gischt spritzt. »Wir sehen nur die Gischt und die Wellen im Meer, aber niemals den Grund, diese ungeheuerliche Tiefe«, sagt Kritos, als könnte er meine Gedanken lesen. Nur leichter Seegang, und manchmal, beim Anblick eines grüngrauen Rückens, fängt mein Herz wie wild an zu schlagen, weil ich den ersehnten Kopf vermute, das Maul, das aussieht wie ein Schnabel auf der Unterlippe, den gekrümmten Rücken, die Seitenflosse, den grazilen Sprung und das Wiedereintauchen ins Wasser. Jedes Mal irre ich mich, und dann macht auch mein Herz einen Sprung, aber die Eintönigkeit der Reise ist stärker. Ständig flattert der Wind im Haar, höre ich das rhythmische Knarren der Taue oder das Knattern der Segel, wenn das Schiff den Kurs wechselt. Letzteres ist jetzt öfter der Fall, weil der Steuermann nicht mehr so recht weiß, wohin. Ohne Delfin kein Kurs, ich merke, wie mich alle ansehen, während wir auf ihn warten, sogar Dinoh, der Schiffjunge streckt den Kopf durch die Kajütentür. Alle sind von mir abhängig, alle, selbst Ahram, der nicht hier, aber trotzdem anwesend ist. Er ist unsere Mitte, ist gegenwärtig in uns allen, bis ins Holz des Schiffes, o ja! Auch ich bin von dem Delfin abhängig. Ob er uns verlassen hat? Ich will es nicht glauben. Unmöglich, dass er uns bis hierher führt und dann verlässt, das kann nicht sein, die Göttin schickte ihn, das Armband ist der Beweis. Ich berühre es auf meinem Handgelenk, damit es Glück bringt. Kritos sieht mich an und errät meine Gedanken, wie auch ich umgekehrt die seinen. Er fragt sich, ob sich Ahram an das Armband erinnern wird, wenn er es sieht. Dasselbe frage ich mich auch. Wäre es vielleicht besser, es auszuziehen, um ihn nicht noch mehr zu verletzen? Aber erst, wenn ich ihn finde, ich werde es nicht einfach weglegen, es ist mein Talisman, und dass ich es nach so vielen Jahren wiederfand, kann kein Zufall sein. Schon wieder getäuscht, aber nein, er springt wieder hoch, ich kann es nicht glauben! Kritos, hast du gesehen? Ja! …

Da, vor dem Bug, und gleich noch einmal, unverwechselbar, er ist es! Kritos' Hand umklammert meinen Arm, ohne dass er es merkt, seine Begeisterung schnürt mir das Herz zusammen, aber sofort lässt er mich wieder los, als könnte die Geste das Tier verscheuchen. »Verlier ihn nicht aus den Augen«, rufe ich dem Schiffsjungen zu, der nicht auf meinen Befehl wartet und sofort in die Kajüte läuft, als er meine Freude bemerkt. Jetzt kommt er auf mich zu, mit dem Eimer voller Krebsfleisch und Fisch, die Krebse bewahren wir lebend in einem Eimer Wasser auf und knacken sie erst kurz vor der Fütterung. Ich muss ihn aufhalten, ich höre Malkis Freudenschreie, während er alle auf den Delfin aufmerksam macht. Und der scheint sich auch zu freuen, uns zu sehen, denn er macht gleich mehrere Sätze hintereinander. Ich springe mit dem Netz voll Futter ins Wasser, und höre noch, wie Artabus Befehl erteilt, die Segel einzuholen. Der Delfin hat mich bereits bemerkt, mein Bewusstsein empfängt seine fröhliche Begrüßung, natürlich, er selbst hat keine Ängste ausgestanden, aber seine Begrüßung ist trotzdem fröhlicher als sonst, vielleicht hat er mich vermisst, besser gesagt, sein Lieblingsfressen. Schon ist er neben mir, streift mich seine glatte Haut, manchmal hinterlässt eine Berührung seiner rauen Flosse einen roten Fleck, aber was für eine Freude! Er ist wieder bei uns! Er hält den Kopf reglos in die Höhe, öffnet das Maul mit den leuchtend weißen Zähnen, seine schlauen Augen leuchten, er verschlingt sein Futter, taucht ab und wieder auf. Wenn ich ihm die kleinen Fleischstücke der Sturmschwalbe zuwerfe, die wir gestern gefangen haben, wird sein Blick noch wacher, Geflügelfleisch ist er nicht gewohnt. Er macht Freudensprünge. Als das Netz leer ist, spielen wir wie immer, er umkreist mich, und ich klammere mich an ihn. Ich weiß, dass Malki uns beobachtet, wahrscheinlich denkt er an Glaukas Zauberkräfte. Er kann es nicht fassen, mit welcher Leichtigkeit ich mich im Meer bewege, dabei ahnt er nichts von meinem Geheimnis, und bestimmt beneidet er mich. Ich würde ihn eines Tages gern mit ins Wasser nehmen, wenn nur nicht die Haie wären. Auch jetzt taucht plötzlich einer auf und nähert sich mir, seine Rückenflosse durchschneidet das Wasser, ich sehe seinen weißen Unterleib, als er sich zum Angriff auf die Seite dreht. Malki schreit entsetzt los, doch dann umkreist mich der Delfin, und der Hai versteht, auch wenn er länger braucht, um meine Gedanken zu erfassen. Jetzt weiß er, dass ich zu ihnen gehöre, er respektiert mich wie die anderen in meinem früheren Leben und dreht ab, während ich mit dem Delfin allein bleibe, im angenehm kühlen Wasser, im Schatten des schaukelnden Schiffes. Der Delfin schwimmt unter dem Kiel hindurch. Ich mache es ihm nach und schaffe es, obwohl ich nicht viel länger die Luft hätte anhalten können. Er freut sich, als ich auf der anderen Seite wieder auftauche, wo die Sonne auf dem Wasser glitzert. Was für ein Paradies unter Wasser! Wie konnte ich es nur verlassen? Als wüsste ich das nicht! Dumme Frage! Das Wasser, das Licht, die Anmut des Tieres, dieses angenehme Gefühl auf der Haut überwältigt mich, aber ich finde trotzdem wieder zu mir und meinen Problemen zurück. Ich versuche, mit dem Delfin zu sprechen, mache ihm Versprechungen, frage, wohin uns die Reise führt. Plötzlich springt er Richtung Süden, ohne nachzudenken, und dreht sich zum Schiff um wie ein Hund, der sich vergewissert, dass sein Herr ihm folgt. Ich steige wieder an Bord, Artabus befiehlt, die Segel zu hissen, der Steuermann lächelt, und das Schiff nimmt mit einem kleinen Ruck Kurs nach Süden, immer weiter durch den Arabischen Golf Richtung Süden. Ich bin atemlos von der Anstrengung und lege mich auf die Brücke, um in der sengenden Sonne meine Kleidung zu trocknen. Kritos kommt zu mir und wirft mir einen fragenden Blick zu. Mein Lächeln antwortet ihm: Alles in Ordnung, er weist uns wieder den Weg, jetzt brauchen wir uns keine Sorgen mehr zu machen.

Das Schiff wiegt mich sanft hin und her. Was wird unser Führer von uns denken? Wofür hält er unser Schiff? Für einen riesigen Fisch, bestimmt, ein anderes Tier, ein anderes Wesen wie er, das Kinder oder Tentakel hat. Es macht ihm Spaß, um den Bug zu schwimmen, wenn das Schiff in Fahrt ist, es zu überholen und sich dann wieder zurückfallen zu lassen. Er spielt mit dem riesigen Fisch, ganz bestimmt. Das Segel ist die Rückenflosse und die Pinne am Heck die Schwanzflosse, die Augen sind auf beiden Bugseiten deutlich aufgemalt, auf jeder Seite eins, ein riesiger gutmütiger Fisch, der ihm Leckereien anbietet. Hmmm! Und dann schlägt meine Stimmung plötzlich um, die Angst kehrt zurück. Wie lange wird er uns noch führen? Obwohl ich mit niemandem darüber rede, weil ich ganz sicher zu sein glaube, frage ich mich trotzdem, ob es Ahram sein wird, zu dem er uns bringt. Ob er noch am Leben ist, wenn wir ihn finden? Von seinem Aufbruch bis zu dem Tag, an dem wir ausliefen, vergingen neun Wochen, fast zwei sind wir bereits unterwegs, und alles ist meine Schuld. Für ihn ist meine Liebe zu Kritos ein Verrat, er kann sie nicht verstehen. Dabei nehme ich dir doch nichts weg, mein Liebster, mein Ahram! Es ist etwas anderes. Du bist unser Gott, und wir beide lieben dich! Aber du bist ein Feuer, und das Feuer versteht nie, sondern verbrennt, was sich ihm in den Weg stellt, so wie du die anderen verbrennst. Ich stehe in Flammen, selbst hier auf dem Schiff, wo es keine Lust gibt, alles nur von Liebe erfüllt ist. Du wirst es nicht verstehen, aber es ist so, auch wenn du uns töten solltest, wenn wir dich finden. Kritos ist sicher, dass er sterben wird, dabei bin ich die Schuldige, er hätte niemals den ersten Schritt gewagt. Ich war es, die ihm in jener Nacht die Hand reichte, ich wollte ihn zum Mann machen, seine Männlichkeit erwecken, sie ihm zeigen, ihn auf meine Höhe heben, unsere Höhe, Ahram, aber das verstehst du nicht. Ich spüre, dass deine Reise ins Unglück führte, weil du außer dir warst und nur den vermeintlichen Verrat im Kopf hattest. Du hast die Kunst der Kriegslist vergessen. Du dachtest nur an uns, an Verrat und blutige Rache, und weil du nicht auf der Hut warst, haben sie dich überwältigen können. Deshalb bist du jetzt da, auf dieser Insel – zumindest hoffe ich es, brauche ich es! – hungrig, voller Zweifel an uns, die wir dich lieben. Ich bin an deinem Unglück schuld und werde mich selbst bestrafen, solltest du es nicht tun, wenn ich dich endlich gefunden habe, wenn ich dich wieder zu dem gemacht habe, der du einmal warst …

Ja, Kritos weiß, dass er dem Tod entgegengeht, daher die Entsagung und leidenschaftliche Zärtlichkeit in seinen Blicken, wenn er mich ansieht, als wäre es das letzte Mal. Wortlos durchdringt er mich, wie er es auf der Delfinbank nie getan hat. Die Delfine aus Marmor kündigten den hier aus Fleisch und Blut an. Zu wissen, dass Kritos' letzte Reise in den Tod führt! Schreckliche Vorstellung! Wenn Ahram ihn nicht tötet, wird er sich selbst richten. Gestern fragte ich ihn, wie lange Ahram ohne Nahrung und Wasser überleben könnte, und er lächelte bitter: »Ich werde es bald wissen, aber dann werde ich es dir nicht mehr verraten können.« Er will auf der Insel bleiben, er hat beschlossen, nicht nach Alexandria zurückzukehren, ich weiß es, auch wenn er nichts sagt. Er möchte nicht im Weg stehen, wenn Ahram mir vielleicht vergibt. Geliebter Kritos! Wir dürfen nicht darüber spekulieren, soll das Leben entscheiden, ich weiß nur, dass wir uns auf ihn zubewegen, in Wahrheit ist es nicht der Delfin, der uns zu ihm führt, er ist es selbst, Ahram. Ich spüre, dass er hier bei uns ist und uns anzieht wie der Magnet, den mir der Forscher im Museum zeigte. Ein Magnet zieht das Schiff an, seine Kraft ist in uns allen, nicht nur in Kritos' oder meinem besessenen Versuch, ihn zu finden, denn wenn er stirbt, würden auch wir sterben. Sie erfüllt auch Artabus und sogar den Steuermann und die Seeleute, ganz zu schweigen von Malki, der kein Wort sagt und sich seine Angst nicht anmerken lässt. Aber in diesem vierzehnjährigen Körper ist die Angst allgegenwärtig, auch er liebt Ahram, auf eine andere Art. Vor einigen Nächten rief er im Traum nach ihm, als wir beide in der Kajüte schliefen. Er hat solche Ähnlichkeit mit Ahram. Er dreht mir den Rücken zu, schamhaft wie ein Mann, wenn er sich auszieht. Er hat denselben Körper wie sein Großvater; wenn ich die langen Beine, den festen, glatten Hintern sehe, muss ich fast seufzen. Übrigens, auch er beobachtet mich, wenn ich mich hinlege. Er ist kein Kind mehr, wir müssten ihm eine Frau beschaffen, die ihn in die Liebe einführt, so eine wie diese Didima damals beim Festessen für den Statthalter, sie hatte Stil und würde mich verstehen. Sie erkundigte sich bei Kritos nach mir, als ich erkrankt war, damals in der Zeit der Echse. Es ist, als wäre es eine Ewigkeit her! Sie wird im Bilde sein, ich bin sicher, dass Malki bereits an die Liebe denkt, wie Ahram in seinem Alter, unser Sohn Malki, ein weiterer Stern an unserem Firmament, wie der auf dem Medaillon, das ich trage. Der Morgen- und der Abendstern, für Ahram waren es Kritos und ich. Was mag er jetzt wohl von uns denken? Ja, es ist meine Schuld gewesen, er wird sich verlassen und verraten vorkommen. Des Nachts höre ich ihn atmen, wenn wir nach der Hitze des Tages in unserer Kajüte liegen, aber es ist Malki, der atmet, und jedes Mal, wenn es mir bewusst wird, spüre ich diese Beklemmung, meine Brust zieht sich zusammen, diese Brust, die Ahram gehört. Ich steige wieder an Deck, der Steuermann hält die Pinne, am Himmel die Sterne, auf dem schwarzen, leicht aufgewühlten Meer leuchtet die Gischt. Hoher Seegang seit heute Morgen. Der Delfin würde mich beruhigen, aber jetzt ist es unmöglich, ihn zu sehen. Wenigstens fühle ich mich mit dieser Welt des Meeres verbunden, auch ich schlafe nicht, ich döse nur. Gestern warf mir Kritos einen mitleidigen Blick zu. Ich weiß, ich habe stark abgenommen, genau wie er, aber wir werden diese Probe bestehen, wir werden ihn finden und von vorn anfangen. Es wird kein Zurück in die Vergangenheit geben, unmöglich, es wird noch schöner sein. Egal, ob du entscheidest, mich zu töten oder wieder zur Sklavin zu machen, wir werden von neuem anfangen und diese Herausforderung gemeinsam meistern. Der Delfin verspricht es uns, die Göttin befahl ihm, den Schiffbrüchigen an Land zu bringen und uns zu ihm zu führen. Wenn er wüsste, wie ich darauf brenne anzukommen! Ein verzweifeltes Verlangen! Nicht einmal Malki sind die Ringe unter meinen Augen entgangen, und Artabus war sprachlos, als wir den Delfin aus den Augen verloren und ich weinend in seinen Armen zusammenbrach. Ich sehnte mich nach Kritos' Armen, aber ich traute mich nicht. Artabus tröstete mich, und ich weinte hemmungslos, wie damals während der schlaflosen Nächte im Bauch des Seeräuberschiffes. Auch seine Augen füllten sich mit Tränen. Hätte ich nur Soferis hier, mit ihm könnte ich über die Liebe zu Ahram reden, er hat sie auch genossen, doch sein Platz ist in Alexandria. Wie sehr wir dich alle lieben, Ahram! Wir alle! Und dieser süße leise Gesang jetzt? Es ist Likos, dieser seltsame Seemann, der seiner Traurigkeit freien Lauf lässt. Er ist anders als die rauen Seeleute, die ich kennen lernte, diese Männer aus Holz und Tau statt aus Fleisch und Blut. Artabus hat ihn mitgenommen, weil er aus Arabien stammt, wie Bachir und Ahram, und die Küsten des Arabischen Golfes kennt. Wie ist das möglich, dass er so jung ist und schon so gut singen kann? Mit einer derart unterdrückten Leidenschaft. Hat er seine Liebste im Hafen zurückgelassen? Bestimmt, ich gehe auf ihn zu, er verstummt. »Sing weiter, es beruhigt mich … wie bist du hierher gekommen? Woher kannst du so gut singen?« … Welche Überraschung, er ist ein Freund von Eulodia! Er berichtigt mich: »Kein Freund, ein Bruder.« Jetzt verstehe ich: Er ist Christ, noch eine Verstärkung gegen meine Unruhe, noch ein Zeichen, als würde mich Eulodia begleiten, sie, die von meiner Liebe zu Kritos weiß und sie »Sünde« nennt, mich aber nicht verurteilt, sondern sich auf meine Seite schlägt. Sie in der Gestalt dieses Seemanns, der jetzt wieder sein Lied anstimmt, das irgendwem gewidmet ist, ganz bestimmt. Ich widme es Ahram, wir segeln mit Liebe beladen, ein Schiff der Liebe, es gibt keine andere Kraft auf der Welt, die weiter besteht, wenn die Macht verwelkt ist. Mein Leben ist die Liebe, das Feuer in den Adern, die Gewalt, die sich unterwirft, die Zärtlichkeit, das Zusammenleben mit Ahram bis in den Tod und jetzt auch mit Kritos, der mir beisteht, um ihn zu finden. Kritos, der skeptische Weise mit seiner komplexen Gelassenheit, Inbegriff der Menschlichkeit. Zusammen werden wir ihn finden, und danach wird sein Wille geschehen. Aber was wird er von uns wollen? Wenn er uns nur verstehen könnte! Er sollte uns verstehen, er wusste vor mir, wer wir waren. Er durchschaute Kritos und mich schon damals, deshalb reagierte er so gereizt, als er das Armband an mir sah, er verstand, dass es eine Art Liebespfand war, obwohl wir selbst nichts ahnten, im Gegensatz zu ihm. Es war sein Instinkt, der ihn vor Gefahren warnt. Er durchbohrt den Feind mit seinem Blick, lässt sich von der Kraft des Donners leiten, er wusste es, ohne es zu wissen. Warum ahnt er jetzt nichts? Werden die uralten Bräuche siegen? Wir sind doch nur die beiden Kehrseiten einer einzigen Liebe! Einer Liebe, die dir gilt! Wie die beiden Gesichter auf dem Medaillon, das du am Hals trägst, deinem und meinem. Trägst du es noch? Oder haben sie es dir geraubt? Kritos ist nur deine andere Glauka und ich dein anderer Kritos! … Nein, aber du weißt, was ich meine, du bist unser beider Leben, Sonne, Feuer … ein Gott hat viele Jünger …

Wärst du Kritos, dann würdest du verstehen, aber du bist nicht er, und deshalb liebe ich dich, er versteht, und deshalb liebe ich ihn; ihr seid die Einzigen, die mein Geheimnis kennen, meine Vergangenheit als Sirene. Kritos linderte meinen Kummer, indem er mich nach der Zeit bei den Fischen ausfragte. »Wie ist es da unten? Was hast du gemacht, wie hast du gelebt?« Es war kein Leben, das ist der Unterschied, da unten war nur Stille, kaum Farben, ein zeitloser Raum. Die Fische starben, ohne dass wir davon wussten, sie schwammen an uns vorbei, und für uns waren es dieselben oder andere, die Muscheln leerten sich, ohne dass wir es bemerkten. Wir waren unempfindlich, nutzlos, bloß eine Kulisse für die Welt, unsere Körper waren härter als die Felsen, die schließlich zu Sand zerfallen. Wenn ich daran denke, es ist schrecklich, so jenseits von allem zu sein, als wäre man das Nichts. Kritos versteht mich, sieht mich aber beunruhigt an; ich weiß, was er auf dem Herzen hat. »Und deine Ängste heute, dein Schmerz um Ahram, dein Bangen, was aus uns wird?« Diesmal bin ich diejenige, die ihn versteht. Zweifellos ist es anstrengend, sterblich zu sein, es ist wie ein Seiltanz, ich verlor meine kleine Tochter, sah, wie diejenigen, die ich liebte, getötet wurden, und jetzt fürchte ich um die, die ich liebe, kenne den Schmerz in einem verletzten oder kranken Körper, aber auch das heißt, den Körper zu spüren, diesen Körper, der von der Zeit zersetzt wird und schließlich zu Staub zerfällt. All das gehört zum Kreislauf des Lebens. Fischen und Delfinen zu folgen, dem Wind und dem Mond eine Schwester zu sein. Diese Brüste, die nicht mehr so straff sind, sie machen mich nicht traurig. Sie schenkten einem anderen Wesen Fleisch und Blut, sie sind nicht nutzlos wie zuvor da unten. Die Angst um Ahram verfeinert meine Seele, die Sorge um andere verschönert die Wolken, besser kann ich es dir nicht sagen, aber du verstehst mich, Kritos. Das Leben ist ein unbeschreiblicher Zustand, Roteph lebte an den Pfahl gefesselt, als die Löwen ihn zerrissen, ich lebe auf Messers Schneide zwischen meiner Sehnsucht nach Ahram und der Angst vor seiner Gewalt, auf dieser Doppelklinge zwischen Schuld und Unschuld, wie jemand, der weiß, was Schuld bedeutet und trotzdem jubelt wie nach einem Sieg. So habe ich immer gelebt, aber erst du hast mir beigebracht, wie man diesen Zustand bezeichnet, ich bin eine Grenzgängerin, genau wie du, Kritos, immer auf der Grenze, das heißt mitten im Leben …

Hätte ich nur meinen Dolch, ich würde mir die Kehle durchschneiden. Was sagst du da? Nein, niemals, nicht mal im Geiste! Solche Gedanken sind nur der Bodensatz eines Albtraums. Der gestrigen Nacht. Oder der davor. Aller Nächte, die immer gleich sind. Ich habe manchmal vergessen, die Tage in den Felsen zu ritzen. Verdammte Albträume! Ich kann mich nicht an sie erinnern, aber sie plagen mich unentwegt. Wie ein Fluch verfolgen sie mich … Natürlich, ein Fluch! Wer steckt dahinter? Sie, wer sonst? Dieser Fieberwahn. Später kann ich mich nur an schwarze Massen erinnern, die sich in Blitzen entladen, schleimig wie das böse Wasser, das mit seinen Tentakeln meine Beine umklammerte. War es gestern? Wer weiß! Ich musste bis zur Hüfte ins Wasser steigen. Warum? Ach ja. Um die Schildkröte zu fangen, die mir doch entkam. Sie machte sich über mich lustig, ich sah es in ihren kleinen Augen. So fett, so schwer, und trotzdem entwischte sie mir. Und in dem Augenblick packte mich das böse Wasser. Böse, weil es beinahe durchsichtig ist … Allerdings war das mit der Schildkröte an einem anderen Tag. Egal, jetzt zieht sich ein Streifen von Bläschen über mein Bein. Und wie es juckt! Es brennt. Ob ich Fieber habe? Die Schildkröte hat mich verflucht … Was für eine Wohltat war da der Sturm. Mit Wucht prasselten dicke Tropfen zu Boden. Ein erfrischender Schmerz, wie eine Massage. Zenobia hatte die besten Masseusen in ihrem Palast. So etwas gibt es in Alexandria nicht. Na und, was machst du dir Gedanken darüber, du hast Massagen nie gemocht. Ja, stimmt, Massagen sind etwas für reiche Fettwänste wie Firmus, Männer, die nie gekämpft haben. Für dich aber ist der Sturm, der dir Wasser bringt. In den Felsritzen hast du nun genügend Wasser, um wieder einige Tage zu überleben. Du solltest sie mit irgendetwas zudecken, in der Sonne verdunstet das Wasser zu schnell. So ein Unsinn, am besten wäre es, das Wasser in Amphoren zu bewahren. Genau, morgen werde ich einige Amphoren mit Wasser füllen. Oder ich weise Mnehet an, es zu tun ... Wo versteckt sich der Kerl? Das Beste an dem Sturm war die Muräne. Eine Welle hatte sie auf eine Klippe geschleudert, wo sie mit dem Tod rang. Es war eine Freude, sie so zu sehen. Sie schnappte nach mir wie die, der ich meine Narbe verdanke. Vielleicht war es dieselbe, es heißt, sie würden sehr alt. Nein, erinnere dich, die andere hat dich in einem anderen Meer gebissen. Aber am Ende habe ich mich gerächt! So wie ich mich an allen rächen werde. Das beste Fleisch seit langem. Ich schärfte meine Muschel an dem Felsen, und konnte sie wie mit einem Messer häuten. Schade, dass die Muschel nicht spitz ist! Und sie passt nicht in die Scheide, das ist ein Problem. Aber du hast doch gar keine Scheide! Ja, stimmt, sie fiel ins Meer. Zähes Fleisch, aber ein voller Erfolg. Ein Zeichen: Auch meinen Feinden werde ich die Kehle durchschneiden. Das Maul in ihrem abgeschlagenen Kopf öffnete und schloss sich weiter. Ist es sechs Tage her? Ich zähle die Striche und erkenne den Tag: Ihn habe ich in meinem Kalender besonders markiert. Siehst du, wie ich Ordnung halte? Ich will kein Durcheinander. Aber den einen oder anderen Tag musst du trotzdem vergessen haben. Und wenn schon, Hauptsache, ich behalte den Überblick. Ich darf nur nicht den Kopf verlieren ...

... Heute ist das Meer zu grün. Und auch der Himmel sieht finster aus. Aber so schnell wird es nicht regnen. Diese grüne Wüste hat mich schließlich doch zu dem ihren gemacht. Mehr noch als die Wüste, in der ich geboren bin: die Oleanderbüsche im Wadi, die Palmenhaine in der Oase. Aber bin ich wirklich wie das Meer? Wie ist es? Was redest du da? Du weißt doch nichts. Du siehst nur sein Gesicht: die Wellen, die Gischt, die Farbe, aber was ist mit dem Meeresgrund? Die Kraft des Meeres kommt aus seinem Inneren, harte Schläge, die ganze Schiffe zerbersten lassen. Meine Kraft kommt auch aus dem Bauch! Ich brauche sie. Zum Leben und zum Töten. Ich werde meine Feinde häuten wie die Muräne. Auch sie werden den Mund öffnen und schließen, trotz ihrer abgeschlagenen Köpfe. Aber vorher sollen sie ihre Ohnmacht spüren, so wie ich jetzt hier. Ich besitze so viele Schiffe, so viel Land, so volle Lager und so viele Männer, die für mich arbeiten, sogar neue Maschinen erfinden … und dennoch bin ich hier gefangen! Gefangen unter freiem Himmel, ohne Türen oder Gitter. Hätte ich doch nur eine kleine Feluke! … Genauso werde ich meine Feinde quälen … Bist du sicher? Hast du nicht gemerkt, wie du das sagst? Nur mit dem Kopf, ohne den Hass wirklich zu spüren … Ich habe den Hass nicht verloren, er schlummert nur. So wie mein Verlangen. Ist das möglich? Was für ein Leben, als ich mit Bachir durch die Wüste ritt! Wenn wir zu einem Zeltlager kamen, ein Paar grüne Augen hinter dem Schleier sahen, über dem dicken Kleiderbündel, das Wasser aus dem Brunnen brachte. Schon spürten wir die Erregung! Der Hass schläft nur. Er wird erwachen, sobald ich wieder in Alexandria bin. Diese Prüfung kriegt Ahram nicht klein …

… Den ganzen Tag starre ich auf das Meer, aber ich kann nicht auf den Grund sehen. Glauka, ja, sie konnte es. Und wenn sie dich belogen hat und gar keine Sirene war? Nein, sie hat mir viele Beweise geliefert, erinnere dich. Sie sagte die Winde voraus, wusste, wo die Fischbänke auftauchen würden, sie hat mich nicht belogen. Erst jetzt. Wie ist das möglich? Hat sie mich wirklich belogen? Ich kann es nicht begreifen. Willst du es denn begreifen? Was heißt hier begreifen, wozu soll das gut sein? Wenn du deinen Feind verstehst, bist du verloren: Dein Arm verliert an Schlagkraft. Man muss hassen, mehr als je zuvor … Und wenn sie mich doch nicht betrogen hat? Kritos' Wort kann sie verwirrt haben, er hat die Zunge einer Viper. Es hat keinen Zweck, etwas verstehen und begreifen zu wollen. Gib es auf. Überlass Kritos das Verstehen. Und was nützt ihm all dieses Verstehen? Sieh dir an, wie er lebt. Bietet den Seeleuten und Wegelagerern von Rhakotis seinen Hintern an! Er hat die Rollen vertauscht, jetzt vögelt nicht er die Jungen, sondern lässt sich von ihnen vögeln. Das Verstehen führt bloß zur Erniedrigung. Nein. Man muss handeln. Befehlen, schlagen, töten. Jedem das, was er verdient. Und Glauka hat es verdient, wieder Sklavin zu sein. Das ist schlimmer als der Tod. Ich werde sie an ein Freudenhaus verkaufen, dorthin, woher sie kam. Aber vorher werde ich sie skalpieren, damit sie niemanden mehr mit ihrem Haar blenden kann. Ja, an ein Freudenhaus ... Was redest du da? Verlier nicht den Kopf, Ahram. Merkst du das nicht? Du könntest es nicht ertragen. Ständig würdest du daran denken, wie ein anderer auf ihr liegt, sich an ihrem Körper und ihren Liebesseufzern ergötzt ... Das würde ich nicht aushalten! Genug, denk jetzt nicht mehr an sie. Rede nicht so viel. Es liegt nur daran, dass mich das Meer anschreit, wenn ich schweige. Verflixtes Bein, wie diese Bläschen jucken. Aber ich bin nicht mehr so heiß, das Fieber hat nachgelassen, seit ich mir die eitrigen Pusteln aufgeschnitten habe ...

... Um diese Zeit verliere ich jegliche Orientierung. Es könnte ebenso gut Abenddämmerung wie Morgengrauen sein. Ich werde abwarten und sehen, ob am Horizont die Sonne oder der Mond auftaucht. Setz dich solange, Ahram. Mach dir keine Sorgen. Wenn ein Fischer im Westen vorbeisegelt, wird er die Puppe mit der purpurnen Jacke sehen. Setz dich in aller Ruhe hin, ja, so, stütz das Kinn auf die Hände. Nein, so saß Kritos immer da, wenn er nachdachte. Gerade deshalb, jetzt wirst du nachdenken. Du brauchst einen klaren Kopf, du sagst es selbst. Du darfst dich nicht irgendwelchen Träumen hingeben, vergiss sie. Wie kann ich sie vergessen, wenn sie ständig bei mir sind? Welche denn? Ich weiß es nicht, ich kann mich nicht daran erinnern. Siehst du! Du hast sie bereits vergessen. Ich kann nicht denken, alles ist so wirr. Dann wiederhole mit mir: Soferis und Artabus sind Freunde. Morgen oder übermorgen oder an irgendeinem anderen Tag wird am Horizont die *Jemsu* auftauchen. Und dann wird diese Prüfung ein Ende haben. Dann hast du gesiegt und die Hilfe des Delfins verdient. Oder meinst du, die Götter hätten ihn vergeblich geschickt? Du hast Recht: Ich werde nach Alexandria zurückkehren und Odaenathus vernichten. Allein dadurch, dass meine Schiffe seine Waren nicht mehr befördern. Die Karawanen werden nicht mehr durch Palmyra kommen. Sie werden sich andere Häfen und andere Straßen suchen. Palmyra wird im Sand ersticken und Zenobia mit ihrem Haar Glaukas Füße trocknen. Hat dich denn Glauka nicht verraten? Behalte einen klaren Kopf. Denk nach wie Kritos. Erinnere dich an dieses Wort, auf das er immer wieder zurückgriff, bevor er eine Entscheidung traf, wenn etwas kompliziert wurde. Methode, nicht wahr? Du wirst Glauka töten, wenn sie dich verraten hat, aber vorher wirst du es überprüfen. Kritos' Wort genügt nicht, du weißt ja, wie er ist, wenn er spricht. Dann frage ich mich wieder, warum ich Glauka töten sollte? Das ist es, was mich so verwirrt … Was hätte Bachir an meiner Stelle getan? Warum kommt Bachir nicht? Er würde mich besser beraten als du. Er war wirklich weise! …

… Was hat Kritos ihr gegeben? Was hat er, das ich nicht habe? Nach so vielen Jahren. Ob ich mit falschen Würfeln gespielt habe? Oder mit guten Würfeln schlecht gespielt? Hier ist der Kampf einfach: die Sonne meiden, Wasser horten, zu essen suchen, in meinem Felsenspalt schlafen. Wären da nicht diese Träume! Jetzt erinnere ich mich an einen. Er handelte von Bachir. Er war glücklich, er sagte es mir kurz vor seinem Tod. Er brauchte keine Macht, weder besaß er sie, noch wollte er sie besitzen. Das hat er immer wieder gesagt, wenn ich ihm ein Amt übertragen wollte. »Wozu? Als ich jung war, genügte mir mein Dolch und mein Zelt; jetzt genügt mir mein Gehstock und meine *Al-lat.* Mehr will ich nicht. Lass mich dein Bote sein, damit ich wie in der Wüste kommen und gehen kann, wann ich will.« Ich glaubte immer, dass die alte Geschichte mit seiner treulosen Frau ihm noch zusetzte, aber nein, es lag daran, dass er glücklich war. Weil er weise war. Und Kritos ist nicht glücklich, deshalb kann er auch nicht weise sein. Aber was heißt das, weise sein? Weißt du nicht, dass ich die Weisen kaufen kann, wann immer ich will? Mein Lager ist voll von Weisen, und sie stehlen mir nicht einmal einen Smaragd, diese Dummköpfe … Es ist dasselbe, ich will sie nicht verstehen. Nur eines zählt, dass ich zurückkomme und triumphiere. Du solltest sie aber verstehen. Begreifst du nicht, dass du sie dann leichter besiegen kannst? Bachir liebte mich. Und du, hast du ihn geliebt? Natürlich! Ich hätte mein Leben für ihn gegeben! Aber ist das lieben? Was sonst? Du hieltest es für Liebe. Du hast ihn nicht geliebt, auch wenn du dein Leben für ihn gegeben hättest. Überleg, hast du jemals jemanden geliebt? Natürlich! Ich habe viele geliebt! Von Ittara bis … nein, nicht bis Glauka, nein. Doch, aber nicht mehr! Ich würde sagen, bis … Malki, ja, mein Malki! Ob auch er auf dem Schiff sein wird, das mich rettet? Sie werden es verboten haben, er ist noch ein Kind. Nein, er ist kein Kind mehr. Gestern im Gymnasium konnte man sein Schamhaar sehen, und er soll gut bestückt sein. Man wird ihn bald einführen müssen, initiieren. Gestern? Na ja, an dem Tag neulich. Für ihn will ich eine Frau, die ihm die Liebe beibringt, eine Lehrerin, wie ich sie hatte. Damit er einen guten Anfang hat. Ittara! Was für seltsame Erinnerungen mich befallen, jetzt sehe ich jene Liebe mit anderen Augen. Natürlich: Erinnerungen, über die du nie nachgedacht hast, Fragen, die du dir nie hast stellen können. Aber es kommt mir vor, als müsste ich von neuem anfangen! Hast du Angst davor? Ich habe vor gar nichts Angst! Aber warum sollte ich von vorn anfangen, wenn ich alles habe? Hast du denn wirklich alles? Wo sind deine Freunde? Was wirst du mit ihnen machen? Und mit denen, die du liebst? Ich werde tun, was ich will! Ich denke nicht daran zu verstehen, das ist bloß Schwäche. Kritos als Erster, deshalb hat er mich belogen. Aber wann hat er mich belogen? Als er mich täuschte oder als er es gestand? Man muss stark sein wie das Meer. Doch seine Stärke liegt in der Welle: oben. Und unten? Wie bist du im Innern? Ich habe keine Ahnung, und es interessiert mich auch nicht. Ich habe keine Lust, mich weiter mit dir zu unterhalten. Ich habe Wichtigeres zu tun. Zu tun? Ja, ich muss warten. Durchhalten und warten. In die Sonne gehen, um den Horizont abzusuchen. Meine Augen sind noch die alten, die von Ahram. Und Soferis und Artabus müssten bald auftauchen …

Malki schrie als Erster. Es war der Jubel eines triumphierenden Hahns, nachdem zwei Tage zuvor der Seemann mit der schönen Stimme, der sich in diesen Gewässern auskannte, versichert hatte, dass es in diesem Gebiet keine weiteren Inseln in der Nähe der Küste gebe. Sie waren daraufhin weiter aufs Meer hinausgesegelt, ohne dass jemand sich seine Enttäuschung hätte anmerken lassen. Sogar der Delfin verschwand nun immer länger aus ihren Blickfeld, als wollte auch er sie verlassen, während Glauka wie eine Besessene mit weit aufgerissenen Augen am Bug des Schiffes stand und sogar den Durst vergaß.

Dann schrie Malki auf und zeigte auf eine einsame Felseninsel auf Backbord, im Rücken der Mannschaft, die die ferne Küste absuchte. Ein einsamer Fels, weitab von der Küste, nicht mehr als ein Punkt am Horizont. Im selben Augenblick tauchte auch der Delfin wieder auf und wies ihnen mit seinen Sprüngen den Weg. Sie nahmen Kurs auf diese letzte Hoffnung. Stumm näherten sie sich der spitzen, kargen Masse, die vor ihrem Bug an Größe gewann. Wieder wurde die Stille von Malkis durchdringender Stimme gebrochen, als er auf der Klippe, direkt über der Brandung die Silhouette erkannte. Eine Silhouette mit Ahrams unverwechselbarer purpurroter Jacke, die alle kennen. Und noch während Malki auf die Insel zeigt, wird ihm bewusst, dass ihn diese Geste zum Mann gemacht hat. Zu dem Mann, der sie von ihren Ängsten erlöst.

Warum aber ist die Silhouette so starr? Warum gibt sie dem sich nähernden Schiff keine Zeichen? Wenn sie Feinde befürchten müsste, hätte sie sich zumindest versteckt. Und wieder überwältigt sie die Angst. Niemand zweifelt mehr daran, dass Ahram auf diesem Felsen gestrandet ist, aber sie fürchten, dass sie nur noch seine Knochen finden werden. Verzweifelt sucht Glauka Trost an Kritos' Brust. Malki, der die Puppe entdeckt hat, spürt dieselbe Verzweiflung und umarmt beide. Der Steuermann umsegelt auf Befehl von

Artabus, der wie alle die Sprache verloren zu haben scheint, die Insel. Dann entdecken sie hinter einer Klippe, die sich langsam um sich selbst zu drehen scheint, einen Mann, der im Schatten des kegelförmigen Vorsprunges hockt. Sein Kopf ruht auf den Armen, die über den Knien gekreuzt sind. Es ist, als wäre er völlig entrückt. Einen Augenblick lang fürchten sie, dass ihn der Tod vor kurzem in dieser Stellung überrascht haben könnte. Dann hebt der Mann den Kopf, starrt ungläubig auf die Silhouette des Segelschiffes, als wäre es eine Fata Morgana, steht mühsam auf, hebt die Arme und schreit …

Von diesem Augenblick an überschlagen sich die Ereignisse an Bord des Schiffes. Mit Ausnahme des Schiffsjungen hätte sie später vielleicht niemand in der richtigen Reihenfolge wiedergeben können. Glauka springt ins Meer, schwimmt auf die steile Küste zu, verletzt sich, als sie den Felsen hochklettert, und läuft die wenigen Meter bis zu dem Schiffbrüchigen. Als sie seine eingefallenen Augen, den vom Bart versteckten Mund und den bis auf die Knochen ausgemergelten Körper erkennt, bricht sie in Tränen aus. Dann lacht sie, weil Ahram lebt. Und schluchzt erneut, weil der Körper, den sie umarmt, nicht reagiert. Währenddessen ist auch Malki ins Wasser gesprungen, und die Seeleute ziehen das Segel ein, werfen den Anker aus, rudern auf die Insel und kommen auf sie zu.

Freude in den Stimmen, Tränen in den Augen. Doch nicht in Ahrams Augen, die wie glühende Kohle brennen, weit offen mit einem Blick gleichgültigen Staunens. Eilig werden alle Vorkehrungen getroffen, um die Insel wieder zu verlassen, sie können es nicht abwarten, endlich nach Alexandria zurückzukehren. Doch Ahram zeigt keinerlei Regung. Stumm starrt er auf den Felsen, seine Sonnenuhr, seinen Schattenspender. Schließlich geht er einige Schritte langsam auf eine runde Mulde im Felsen zu, die mit einem flachen Stein bedeckt ist. Mit hohler Hand schöpft er Wasser und trinkt, während alle ihn ängstlich beobachten, weil sie um seinen Verstand fürchten. Glauka, deren Blick von Tränen verschleiert ist, zieht das Armband aus und reicht es Kritos, der es hastig und stolz über das Handgelenk streift und dann langsam auf einem Stein Platz nimmt.

Alle werfen sich ratlose Blicke zu, als Ahram plötzlich etwas Neues zu entdecken scheint. Sein Blick fällt auf das vor Anker liegende Schiff, sein Gesichtsausdruck gewinnt an Leben, er führt die Hand wie einen Sonnenschutz zur Stirn und spricht dann die ersten schwachen, aber vernehmlichen Worte:

»*Jemsu*? … Das ist nicht meine *Jemsu*!«

Er seufzt tief und peilt dann ein Ziel an, das aber widersprüchlich ist. Er macht einige Schritte auf das Schiff zu, bleibt stehen und tritt zu der selbst gebauten Puppe. Er nimmt seine rote Jacke und geht dann wieder auf das Schiff zu. Erst jetzt sieht er einen nach dem anderen an, erkennt sie und winkt mit einer Handbewegung zum Aufbruch. Er ruft Glauka zu sich, und als sie sich ihm nähert, fragt sie flüsternd:

»Ich auch?«

Ahram fährt ihr nachdenklich über das goldene Haar und nimmt sie dann in die Arme. Kein Wort fällt. Alle Wörter, die aus seinem Mund sprudelten, als er allein war, fehlen ihm jetzt, um das zu sagen, was er gern sagen würde. Er ruft Kritos zu sich, der immer noch auf dem Stein sitzt, ihn ansieht und den Kopf schüttelt. Ahram geht mit Glauka an der Hand zu ihm, sieht das wehmütige Lächeln auf den Lippen des Mannes und hört, wie er sagt:

»Es ist besser, wenn ich hier bleibe.«

»Was weißt du schon?«, entgegnet Ahram hastig mit heiserer Stimme, die zum ersten Mal wieder so herrisch wie früher klingt.

»Und du?«

»Ich auch nicht. Immer noch nicht. Gerade deshalb.«

Die drei sehen sich reglos an. Glauka zittert im Innern. Die beiden Männer voller verwirrender Gefühle, aber entschlossen. Malki steigt noch einmal von Bord – alle anderen befinden sich bereits auf dem Schiff – und läuft auf das Trio zu.

»Jetzt kommt endlich!« Es ist der autoritäre Tonfall eines entschlossenen Mannes.

Sie gehorchen. Ahram lässt Glauka und dann Kritos den Vortritt. Am Schluss schubst er sanft seinen Enkel vor sich her, als sie über die Planke an Bord gehen. Ganz langsam, ohne sich umzusehen.

Ahrams Schritte gewinnen an Sicherheit, sobald er auf den Planken des schlingernden Schiffes steht. Er setzt sich neben den Steuermann. Seine Stimme ist noch schwach, trotzdem beflügelt sie die Männer, die sich beeilen, die Planke einzuholen und das Segel zu hissen. Alle sind wie elektrisiert. Ein gehorsamer Wind bläht das Segel und dreht den Bug der glücklichen Heimfahrt zu. Niemand interessiert sich mehr für den Delfin, der vergeblich um das Schiff springt. Alle blicken zum Himmel auf und nach vorn.

Nicht alle. Manche blicken nach innen, betrachten die wieder aufgeflammte Ungewissheit. Glauka beobachtet, wie Kritos das Armband an seinem Handgelenk streichelt, sie kann nicht glauben, dass der Mann so stolz auf das Zeichen seines Todes ist. Sie will es nicht glauben; sie überlässt sich lieber einem schmerzerfüllten, stummen Fatalismus, jetzt, nachdem sie Ahram gerettet haben.

Malki, der wie ein Schreiber mit gekreuzten Beinen neben seinem Großvater sitzt, bemerkt die Spannung zwischen ihnen. Er versteht sie nicht, aber er ahnt – dank seiner gerade entdeckten männlichen Intuition – die tiefen Abgründe in ihren Herzen. Er beobachtet, wie Kritos und Glauka es vermeiden, sich anzusehen, dass sein Großvater stumm dasitzt, statt ihnen seine Abenteuer zu erzählen. Auch Artabus und die Mannschaft respektieren die Stille …

Ahram ruft Malkis Namen, und der Junge steht neben ihm auf. Sein Großvater stützt sich mit der rechten Hand auf die Schulter des Jungen, der fast schon so groß ist wie er. Glauka und Kritos, die alles beobachten, fragen sich, ob Ahram mit dieser Geste den Jungen aufwerten oder sich nur auf ihn stützen will, weil er noch schwach ist.

Der stets praktische Artabus nimmt eilig eine Brieftaube aus dem Käfig und befestigt eine knappe Botschaft an ihrem Bein, bevor er sie zum Himmel schickt. Soferis soll die frohe Botschaft so schnell wie möglich erfahren. Die Taube steigt in die Luft, flattert eine Weile auf der Stelle, bis sie sich orientiert hat, und fliegt kurz darauf mit dem Boreas davon. Bald verliert sich der weiße Fleck zwischen den Wolken, doch in ihrer aller Herzen flattert sie weiter wie das Lied der Auferstehung.

26. Das Tor

Das Meer ist ein anderes Meer. Als hätte der Ozean gewartet, bis sein Sohn Ahram in Sicherheit war, brach am späten Abend der erste Herbststurm los und setzte der Schiffsaison ein jähes Ende. Am Morgen regnet es nicht mehr, aber die vielen Pfützen und abgebrochenen Äste im Garten sind Zeugen des nächtlichen Sturms. Die entfesselten grauen Wellen rennen mit gewaltiger Wucht gegen die Klippen von Pharos an, und das Grollen der Brandung ist bis zu den Fenstern des Großen Hauses zu hören. Während im Hafen der Betrieb fast zum Erliegen gekommen ist, und die Seeleute damit beschäftigt sind, die festgemachten Schiffe für den Winter abzudecken, ist das Große Haus, das während Ahrams Abwesenheit in einen Zustand der Lethargie gefallen war, am gestrigen Nachmittag mit seiner Ankunft auf einen Schlag wieder zum Leben erwacht. In der Galerie warten Ahrams alte Berater gespannt auf den Beginn der Versammlung. Leise unterhalten sie sich über die Neuerungen, denn sie werden weder von Mnehet, Ahrams Leibwächter, bedient, noch ist Glauka anwesend, die sie früher immer empfing. Kritos' Abwesenheit dagegen fällt nicht besonders auf, es wäre nicht das erste Mal, dass er sich verspätet. Die Versammelten sind vor allem darauf erpicht, weitere Details über Ahrams Abenteuer zu erfahren, die Artabus in aller Kürze zu schildern versucht.

Soferis betritt den Saal, und kurz darauf erscheint auch Ahram. Alle treten zu ihm, um ihn willkommen zu heißen. Obwohl der ausgemergelte Körper und die eingefallenen Wangen unter dem Bart Mitleid erregen könnten, strahlen die wiedererlangte Kraft in Blick und Stimme sowie seine aufrechte Haltung dieselbe Autorität aus wie früher.

Nachdem alle in dem aus Klinen, Teppichen und Polsterkissen

gebildeten Halbkreis ihre Plätze eingenommen haben, fasst Ahram die Geschehnisse seiner Reise bis zum Smaragdlager zusammen, berichtet von den Problemen, die er dort vorfand, und erklärt, welche Entscheidungen er dort getroffen hat. Soferis unterbricht ihn, um die Männer wissen zu lassen, dass die Nachrichten, die sie von Kutsadis erhalten haben, von einer völligen Normalisierung im Lager berichten. Anschließend schildert Ahram seinen unfreiwillig verlängerten Aufenthalt im Königreich Kombo, wo ihm die Auskünfte des Königs Mlango, wenn auch mit einiger Verspätung ermöglichten, den Saboteur, der sich in das Lager eingeschlichen hatte, vom afrikanischen Punt bis zum Land des Weihrauchs über das Rote Meer zu verfolgen. Seine Berater kommen aus dem Staunen nicht heraus, als sie erfahren, dass Odaenathus hinter der Sabotage steckt und der Spion eine Fährte hinterließ, die den Seefahrer nach Saba in einen Hinterhalt lockte, um ihn gefangen zu nehmen. Narbises, Philopator und Dagumpah können das, was sie hören, nicht glauben und bitten ein um das andere Mal um Beweise für die unbegreiflichen Ereignisse, bis sie am Ende Ahrams These akzeptieren, da alles eindeutig gegen Odaenathus spricht. Es besteht nur noch ein Fünkchen Hoffnung, dass Zenobia nichts von der Intrige wusste. Dann könnte man immer noch einen Weg finden, um Palmyra für sich zu gewinnen, obwohl alle es für eher unwahrscheinlich halten. Ahram schließt seinen Bericht, indem er ihnen erzählt, wie er mit Hilfe der Amazonen und der Königin von Saba zunächst der Gefangennahme entkam, dann aber erneut in die Hände des Seemanns fiel, dessen Schiff er gemietet hatte und der seine Befehle insgeheim von Palmyra empfing. Als Ahram begriff, dass sie ihn an Palmyra ausliefern würden, und im Licht der Blitze eine bergige Insel in der Ferne erkannte, nutzte er den Sturm und warf sich ins Meer, obwohl er an den Händen gefesselt war. Den Rest der Geschichte, wie sie vom Felsen wieder zurückgelangten, hat Artabus bereits ausführlich erzählt.

Das unerklärliche Verhalten Palmyras setzt eine lebhafte Diskussion in Gang, während den Männern Gerstensaft und Honigwasser serviert werden. Anschließend wird Ahram davon in Kenntnis gesetzt, dass Soferis seine lange Abwesenheit von Alexandria mit einer Reise nach Hispania erklärt hat, die das Ziel hatte, die guten Handelsbeziehungen weiter auszubauen. Nur der Statthalter bat diskret um weitere Einzelheiten, vielleicht weil er fürchtete, Ahram könne auf dem Weg dorthin in Rom Halt machen und über die Probleme in der Verwaltung Ägyptens berichten, doch er war augenblicklich beruhigt worden. Dann berichtet jeder Berater einzeln von den wichtigsten Vorkommnissen auf seinem jeweiligen Gebiet, doch nichts ist so bedeutend, dass es einer weiteren Debatte bedürfte.

Schnell kommen sie auf das Thema zu sprechen, das ihnen allen auf den Nägeln brennt: Odaenathus' Verrat. Soferis teilt ihnen mit, dass sie in all diesen Wochen vom Hof in Palmyra ausschließlich Berichte erhalten hätten, wie man sie von einem Verbündeten erwarten könne. Manchmal enthielten sie sogar entscheidende Einzelheiten über Palmyras Streitkräfte und seine strategischen Pläne, als hätte Odaenathus entweder nichts mit der Aggression zu tun, oder als wäre es der Versuch, auf diese Art von seiner Schuld abzulenken. Infolgedessen sind alle der Meinung, dass es, solange sie keine Entscheidung getroffen haben und weder auf einen Abbruch der Beziehungen noch auf einen Gegenangriff vorbereitet sind, das Beste wäre, den Informationsaustausch so fortzuführen, als wäre nichts geschehen. So könnten sie Odaenathus im Glauben wiegen, sie hätten ihn nicht durchschaut und Ahram sei nach wie vor sein treuer Verbündeter. Für einen offenen Bruch, falls er im Interesse Alexandrias liegt, bleibt immer noch Zeit, und bis dahin kann man sich um die wesentliche Frage kümmern, nämlich das dunkle Motiv, das hinter Palmyras Angriff steckt. Hat Odaenathus tatsächlich beschlossen, sich auf die Seite Roms zu schlagen? Dann hätte man einen Wechsel im Verhalten des Statthalters gegenüber Ahrams Geschäften bemerken müssen. Oder ist er zu der Überzeugung gelangt, dass Persien die Zukunft ist, und hat sich mit Schahpur verbündet? Welche anderen Faktoren könnten ihn zu einer solchen

Entscheidung bewogen haben, die auf den ersten Blick nicht nur hinterhältig ist, sondern auch Klugheit vermissen lässt?

Die Beratungen werden mit der Analyse diverser Berichte ihrer im ganzen Orient verstreuten Informanten fortgesetzt. Dabei stoßen sie auf eine interessante Beobachtung. Clea, die zuvor als Ehefrau des *nauarchos* in Alexandria wohnte, residiert nun allein in Palmyra und ist häufiger Gast im königlichen Palast. Zunächst misst keiner dieser Tatsache große Bedeutung bei, nur einer der Versammelten erinnert daran, dass Kritos schon immer vermutet hatte, diese Dame könnte in politische Intrigen verstrickt sein. Wenig später glauben die Anwesenden Ahrams Erschöpfung zu erkennen, als er für einige Augenblicke die Augen schließt. Sie kommen zu der Entscheidung, abzuwarten und sich so zu verhalten, als wüssten sie nicht, wer hinter den Machenschaften steckt. Aber sie müssen auf der Hut sein. Anschließend verabschiedet sich ein Berater nach dem anderen. Sie ahnen nicht, dass Ahram keineswegs abgelenkt ist, sondern trotz seiner Erschöpfung seine ganze Konzentration aufbringt, um in den Stimmen seiner Gefolgsleute nach einem Tonfall zu horchen, der den Verräter entlarven könnte. Sein jüngstes Abenteuer zwingt ihn, allem und jedem zu misstrauen; nicht einmal seine treuesten Gefährten sind davon ausgenommen. Als sie den Saal verlassen haben, seufzt er insgeheim, weil er bei niemandem ein Zeichen der Unsicherheit, der Angst oder falscher Begeisterung bemerken konnte. Heißt das, dass ihm immer noch alle treu sind, oder nagen Müdigkeit und Alter an seinem Urteilsvermögen?

»Wo ist Glauka?«, fragt er schließlich Soferis, der ihn die ganze Zeit schweigend beobachtet hat.

»Ist sie nicht im Turm? … Dann wird sie wahrscheinlich in den Frauengemächern sein oder im Garten.«

»Ich will sie im Turm haben, lass es ihr ausrichten.«

Soferis nickt, wieder einmal über Ahram erstaunt. Aus welchem Holz ist dieser Mann geschnitzt, der nach den schweren Strapazen der letzten Wochen als Erstes nach einer Frau für sein Bett verlangt? Doch die Erinnerungen an seine eigene Jugend zeugen von Ahrams außergewöhnlicher Manneskraft. Trotz all der Jahre spürt Soferis in seinem Körper noch immer so etwas wie einen Nachhall jenes alten Feuers.

Als Glauka die Nachricht erhält, macht sie sich gehorsam auf den Weg in den Turm, um dort auf Ahram zu warten. In der Zwischenzeit nimmt der eine Stärkung zu sich – die er nach seinen entbehrungsreichen Tagen mehr als je zuvor genießt –, während Soferis ihm von den seltsamen Umständen berichtet, unter denen Amoptis und Yazila zu Tode kamen. Als Glauka durch das kleine Tor tritt, wird sie von *Tijon* begrüßt, der trotz seiner Gebrechlichkeit freudig auf sie zukommt. Sie streichelt ihn liebevoll und fragt sich traurig, was Ahram mit ihr vorhat. Eulodias Gesicht hingegen spiegelt weniger Traurigkeit denn Sorge, als Glauka die Treppenstufen zum Turmzimmer hinaufsteigt, das sie nicht zu betreten gewagt hat, seit sie aufbrachen, um Ahram zu suchen. Ob es das letzte Mal ist, das ich dieses Liebesnest betreten darf? Die Frage bricht ihr das Herz und füllt ihre Augen mit Tränen, mehr wegen des Leids, das sie dem Mann zugefügt hat, als wegen ihres eigenen Schmerzes. Obwohl sie sich unschuldig fühlt, ist sie bereit, das Schicksal, das er für sie ausersehen hat, anzunehmen.

Während der ganzen Heimfahrt von dem Felsen verhielt sich Ahram ihr gegenüber gleichgültig, aber höflich. Er teilte mit ihr die Kajüte am Heck, wo er des Nachts erschöpft ins Bett fiel und von Albträumen gequält wurde, während sie neben ihm lag und versuchte, ihn zu verstehen. Wird er in der Lage sein, uns zu verstehen?, fragte sich Glauka tausendmal und wünschte es sich von ganzem Herzen, nicht weil es ihr das Leben retten, sondern weil es den Kummer des Mannes, den Schmerz über den verletzten Stolz seiner besitzergreifenden Liebe lindern würde. Die anderen vermuteten in den gemeinsamen Nächten die Vereinigung zweier Liebender, die sich endlich wiedergefunden hatten. Nicht einmal Artabus merkte etwas von der Spannung, die zwischen ihnen herrschte.

Nicht so jedoch Malki. Er brachte Glauka mehr als einmal mit seiner neuen Art, sie anzusehen, in Verlegenheit. Seit er als Erster den Felsen gesichtet hatte, der in der Ferne aus dem Meer ragte, kam seine Persönlichkeit immer mehr zum Vorschein. Er allein ahnte, obwohl er die Tatsachen nicht kannte, dass sich zwischen seinem Großvater und dessen Lebensgefährtin etwas verschoben hatte; deshalb durchbohrte er sie mit seinen fragenden Blicken. Sie hingegen bewog sein Verhalten, ihn aus einem neuen Blickwinkel zu betrachten, als jemanden mit einem Geschlecht, als Mann. Vielleicht war es Zufall, aber während der Fahrt war die Stimme des Jungen tiefer geworden, der Flaum auf seiner Oberlippe dichter und sein Verhalten selbstbewusster und gleichzeitig großspuriger. Glauka entdeckte darin die Unsicherheit, hinter der Halbwüchsige ihre mangelnde Reife verstecken, und war zugleich überrascht, in ihm immer mehr ein Ebenbild seines Großvaters in jungen Jahren zu erkennen. Als sie die forschenden Blicke des jungen Mannes bemerkte und ihr bewusst wurde, dass er über Nacht zum Mann geworden war, verwirrte sie diese Erkenntnis noch mehr.

Während sie jetzt im Turm auf ihr Schicksal wartet, fürchtet sie den Tod nicht, genauso wenig wie früher, als sie in den unterirdischen Gewölben des Zirkus darauf wartete, von den Prankenhieben der Bestien in Stücke gerissen zu werden. Jetzt wie damals fürchtet sie nur den Schmerz, weil er die Würde des Lebens zerstört. Da sie sich bewusst ist, durch eigenen Willen sterblich geworden zu sein, betrübt sie nur der Gedanke, dass sie das Gefühl, lebendig zu sein, verlieren könnte, dass das Feuer in ihrem Körper erlöschen und ihre inneren Ströme versiegen werden. Sie will einfach nicht glauben, dass Ahram sie für immer verstoßen könnte, indem er sie verkauft oder töten lässt. Dieser Gedanke schmerzt, weil es bedeuten würde, dass sie nicht in der Lage war, ihm all das zu geben, was er ihr gegeben hat. Können die Jahre ihrer Liebe Ahram so wenig bedeuten, dieser Liebe, die sie immer noch empfindet und die im Schmerz lebendiger ist als je zuvor?

Ihre wirren Gedanken zerstreuen sich in dem Augenblick, als sie die vertrauten Schritte auf den Steinstufen erkennt. Ihr Herz schlägt so wild, dass sie fast den Verstand verliert. Die Schritte verstummen, und sie hört seinen Atem. Ahram ist hinter ihr stehen geblieben. Glauka dreht sich um, fällt auf die Knie und senkt den Blick, so dass sie nur noch die Füße des Mannes sehen kann.

»Du bereust es also … Und ich hatte gehofft, dass du vielleicht keinen Grund hättest, etwas zu bereuen, und mir dein beschämter Blick erspart bliebe.«

Glauka erhebt sich und sieht dem Mann in die Augen, der gegen seinen Willen das Ausmaß an Würde bewundert, das sich in dieser Geste verbirgt.

»Du irrst dich. Ich schäme mich nicht. Und ich bereue auch nichts. Wir waren und fühlten wie Kinder des Lebens.«

»Wie Kinder der Hölle meinst du wohl!« Die Wut geht mit ihm durch, weil er sie gerade noch bewundert hat. Das Blut macht ihn blind, raubt ihm den Verstand. »Da! Damit du weiter was fühlen kannst!«

Die schallende Ohrfeige wirft die Frau auf das nahe gelegene Bett. Die Hand des Mannes greift zum Dolch, während sie ihn unerschrocken anstarrt. Doch dann dreht er sich um und tritt zur Wand, wo eine Peitsche hängt. Eisen gegen Leder. Aus Eisen aber ist die Hand, die ihr die Tunika vom Leib reißt und den in sanften Honigfarben schimmernden Körper mit wenigen Griffen völlig entkleidet. Über diesen Körper, der von ihrem Henker einstmals nur zärtlich und sanft berührt worden war, ergießt Ahram jetzt die schlimmsten Beschimpfungen, immer wieder unterbrochen von derselben besessenen Frage:

»Was hat er dir gegeben, das ich nicht hatte? Er ist nicht mal ein Mann, diese Hafenschwuchtel!«

Glauka schweigt und wartet auf das Brennen der Peitsche, doch das Leder fällt nicht. Stattdessen drehen die wütenden Hände, die dem mitleidigen Blick der Frau ein Ende machen wollen, den Körper um und zwingen ihn auf die Knie, die Arme auf dem Bett ausgestreckt, den Rücken schutzlos ausgeliefert. Ahrams kochendes

Blut gerät bei dem Anblick ihrer nackten Hinterbacken in Wallung. Mit beiden Händen spreizt er sie, und dann spürt Glauka, wie das steife Glied nach ihrem geheimsten Eingang tastet, ihn findet und dann mit wuchtigen, brutalen Stößen eindringt, mit einer verletzenden Hektik, die nichts mit Lust zu tun hat, während die aggressive Stimme nicht aufhört, sie zu beschimpfen:

»Hat er dir das gegeben, das Schwein? … Er hat doch nichts! Warum hast du es mit ihm getrieben?«

Weil er mir das nicht gegeben hat, genau deshalb, denkt die Frau, während sie den Schmerz der Stöße aushält. Sie hat früher Schlimmeres ertragen müssen, ungeschicktere und brutalere, aber niemals so verächtliche Stöße, deshalb hat sie Angst, vor allem aber, weil das bestialische Verhalten nicht sie, sondern Ahram erniedrigt, weil es an den Grundfesten seiner Liebe rüttelt … Zerstöre dich nicht selbst, Ahram, zerstöre uns nicht, sagt sie sich im Geiste immer wieder vor. Sie war auf den Tod oder auf Vergebung gefasst, sogar auf die Peitsche, nicht aber auf diesen Beweis seines Hasses. Sie schließt die brennenden Augen, als wären ihre Tränen aus Blut. Dieser Hass! … Nicht ihr geschundener, vergewaltigter Körper ist gebrochen, sondern ihr Herz.

Hass? Über ihren gepeinigten Rücken hinweg vernimmt sie ein neues Geräusch, ein Schluchzen oder Weinen zwischen den Stößen. Sie nennt es so, weil sie kein Wort kennt, um diesen Riss in der Stimme zu beschreiben, dieses Röcheln in der menschlichen Kehle, wie das eines geschlachteten Lamms, ein blutiger Auswurf, keine Worte, ein Schnitt vom Hals bis zu den Eingeweiden, ein ungeheurer innerer Aufruhr, der unaussprechliche Zusammenbruch des Mannes, der sich schließlich ergibt und auf ihrem Rücken zusammensackt …

Doch nur für einen Augenblick, dann zuckt sein Oberkörper zurück, als hätte er sich an der weichen Haut verbrannt. Sie rührt sich nicht, hört wie Ahram zwei Schritte zurückweicht, spürt auf ihrem Körper das Gewicht seines Blicks, der sie erforscht, und spürt den tiefen Schmerz in der zittrigen Stimme:

»Du nicht, aber ich schon. Ich schäme mich für dein Verhalten, und ich hasse mich für meine Weichheit… Dieser Felsen ist schuld. Vor dieser Einsamkeit hätte ich euch alle beide getötet… Ich werde diese Schmach ertragen« – die Stimme ist halb erstickt –, »aber deinen Anblick ertrage ich nicht. Geh …. Du sollst gehen!«

Glauka steht auf, wirft hastig eine neue Tunika um und sieht Ahram einen kurzen Augenblick an. Unerschrocken wie zuvor, aber von stummem Kummer erfüllt. Als sie an der Tür ist, hört sie die gebrochene Stimme murmeln:

»Bleib unten, aber komm nie wieder hier hoch. Und bleib innerhalb der Grenzen des Gartens!«

Glauka senkt wortlos den Kopf und steigt die Treppe langsam hinunter. Am Fuß der Treppe begegnet sie einer verstörten, ängstlichen Eulodia.

»Herrin! Was ist passiert? Wie geht es dem Herrn? Ist er… Er hat so geschrien…«

Glauka bemerkt, dass sich die ehemalige Sklavin nicht getraut hat, das Wort »tot« auszusprechen, und schüttelt den Kopf. Eulodia lässt nicht locker.

»Aber dieser Schrei… Noch nie habe ich so etwas gehört! Ist er krank?«

Wieder schüttelt Glauka den Kopf und denkt daran, dass wir manchmal tot sind, obwohl wir noch leben, so wie sie damals tot war, als man am Strand ihre kleine Tochter getötet hatte, und auf dem Seeräuberschiff immer noch tot war. Aber sie sagt nichts. Sie setzt sich auf die Steinbank, stützt die Ellbogen auf die Knie und starrt in die kleine Flamme im Kamin. Sie erinnert sie an die Glut, die ihr auf Psyra die Finger verbrannte, und während sie in ihren Erinnerungen versinkt, hört sie Eulodias sanfte Stimme:

»Ich hatte solche Angst, dass er dich töten würde, Herrin! Die Heiden tun so etwas, aber Christus hat uns die Sünden vergeben.«

Glauka verbirgt das Gesicht in den Händen und fängt endlich an zu schluchzen. Vielleicht würde Ahram weniger leiden, wenn er sie getötet hätte. Es ist ein Schluchzen, das vor allem ihren Anteil an Ahrams Schmerz ausdrückt und ihr die innere Anspannung nimmt .... Eulodia, die nichts versteht, macht keine Anstalten, sie zu trösten, sie spürt, dass diese Tränen notwendig sind, und murmelt nur:

»Herrin! Der Herr ist ein guter Mensch ... Ein guter Mensch ...!«

Damals sah ich ihn zum ersten Mal, als ich mich vor neun Jahren zwischen seinen Enkel und den aufgebrachten Hund stellte. Auch damals ging ich vor ihm in die Knie, wie vorgestern, und meine Augen bekamen nur die Füße eines Seemanns zu sehen, damals, als er in mein Leben trat. Der Mann von damals hätte mich getötet, hätte, ohne mit der Wimper zu zucken, den Dolch gezogen und mir die Kehle durchgeschnitten. Er hätte mir weniger Schmerzen zugefügt als jetzt, als ich ihn hinter mir weinen hörte, als er in mich eindrang, ein sterbender Tiger ... Der Ahram von damals hätte mich getötet, aber dieser hier ist ein anderer, der nach dem Felsen, er selbst hat es vorgestern gesagt. Nicht einmal der Tatsache, dass Clea in Palmyra ist, hat er Bedeutung zugemessen. Ich hatte diese Spionin schon immer in Verdacht, wer weiß, vielleicht war sie es, die dem Mörder, der versuchte Ahram umzubringen, die Informationen über das Große Haus lieferte, nachdem Ahram sie verschmäht hatte. So viel Hass auf das männliche Geschlecht, aber trotzdem verrückt nach einem richtigen Mann, und jetzt weiß Ahram kaum noch, wer sie ist ... Er ist ein anderer Ahram, vielleicht mehr denn je mein Ahram, aber ich wage es nicht, mir Hoffnungen zu machen ... Wie hat er diese Wochen überlebt? Er erzählte uns die Einzelheiten, aber das war nicht das Wesentliche. Ich muss verstehen, was in diesem Mann vorging, als er allein auf dem Felsen war, ich muss ihn sich selbst zurückgeben und mir auch. Egal wie schrecklich diese letzten Stunden waren, diese zwei Tage hier im Turm eingesperrt, wo Eulodia mich zwang zu essen, und ich beobachtete, wie er in aller Frühe das Haus verließ und erst spät zurückkehrte. Ich wusste, dass er oben war, während ich hier unten schmachtete. Zwei verzweifelte Nächte, ohne ein Auge zuzutun, schlimmer als tot, weil von ihm verstoßen! … Aber auch er konnte mich nicht vergessen, in meinem Schmerz war ich unfähig, es zu ahnen, jetzt weiß ich es. Auch er hat keine Sekunde geschlafen. Doch was weiß ich schon? Nur, dass er nicht mehr derselbe ist, seit er auf diesem Felsen war, wie er ihn nennt, als wäre er durch ein Tor seines Lebens gegangen … Ein Tor, das wohin führt? Ich rufe mir seine Worte ins Gedächtnis zurück, ich muss sie behalten, damit ich ihn neu verstehen lerne, tiefer in seine Seele blicke, ihm helfe, wieder zu sich zu finden … Eine süße, unendlich anstrengende Aufgabe, aber nur so werde ich sein Inneres erreichen, und dann wird er mehr mir gehören als der Ahram, der früher getötet hätte.

Schämen, wofür? Weil man etwas ausdrückt, was in einem steckt, weil man auf das Leben reagiert wie die Blume auf die Sonne? Weil man es lebt, ohne irgendwem etwas wegzunehmen? … Die Ehre beschmutzen! Unselige Worte! Die Lügen der Mächtigen oder eines heiligen Buches! Ehre! Reputation! Nichts als Düsterkeit, die das Leben erstickt, zumindest auf dem Felsen bedeuteten sie nichts, dort, wo es weder Richter noch heilige Bücher noch andere blinde Männer gab, wo nur Stein und Meer herrschten, Wind und Krebse. Dort hat er angefangen zu begreifen, zumindest das hat der Felsen bewirkt … Und viel mehr, er weiß noch gar nichts davon, aber ich habe es in seiner Umarmung gespürt, als er mich heute im Morgengrauen rief und ich mit pochendem Herzen die Treppe hinaufrannte … Mein armer Ahram! Wie elend er aussah! Unglaublich – Tränen in seinen Augen! Wie weh es mir tat, als ich sah, dass er nicht die Kraft hatte, sie zu unterdrücken! Doch er versteckte sie nicht, er hatte den Mut, sich auf diese Art von dem alten Ahram loszusagen, von dem – da bin ich sicher –, der starb, als er mich vorgestern züchtigte. Noch weiß ich nicht, was er wirklich fühlt oder welche Zukunft uns drei erwartet, aber das, was er mir wiederholte, ist auf jeden Fall wahr: Er ist durch ein Tor getreten, er hat eine Schwelle in seinem Leben überschritten. Er muss den abrupten Kurswechsel in seiner Geschichte verstehen, der christliche Seemann an Bord erzählte ihm, dass die Insel der letzte der so genannten »Felsen des Jiraq« ist, und jetzt will er unbedingt herausfinden, wer dieser Jiraq war, ein Gott, ein Seemann … Er ist davon besessen, das Geheimnis, das ihn auf dieser Insel anrührte, zu lüften. Wenn jemand von der Insel oder dem Berg spricht, berichtigt er ihn sofort: »Nein, der Fels, Ahrams Fels.« Sein Tor aus festem Stein.

Sein Tor, aber er weiß nicht, wohin es führt, das verrieten mir gestern Nacht seine Worte in den Pausen, während wir uns liebten. Ich war völlig erschöpft, mehr von der nervösen Anspannung als der Lust, aber auch überwältigt von dem wiedergewonnenen Schwindel. Endlich sprachen wir, während ich in seinen Armen Schutz suchte wie er auf seinem Felsen, Ahram meine Tür, während das erste graue Licht eines weiteren verregneten Tages allmählich durch das Fenster drang, seine Stimme in der Wölbung meines Ohrs, seine Hände auf meinen Hüften. »Der letzte Felsen, verstehst du? Das Ende einer Epoche, die Grenze einer Welt. Meine Grenze …« Eine Nacht voller Feuer und Vertrautheit! »In den ersten Tagen dort empfand ich nur Wut, einen ohnmächtigen Zorn. Wut auf mich: Wie konnte sich Ahram nur dermaßen täuschen lassen? Wut auf alle … Verräter … Ich meine auf die Palmyrer. Sie waren es, auch wenn wir die Gründe nicht kennen …« (Er zögerte, bevor er »Verräter« sagte, er dachte auch an Kritos und mich.) »Dann erinnerte ich mich an den Delfin, er hatte mich zum Felsen geführt, um mich auf die Probe zu stellen. Und auch, um euch auf die Probe zu stellen, um zu sehen, ob ihr mich suchen oder im Stich lassen würdet. Ich habe so viel nachgedacht in meiner Einsamkeit! … Verstehst du? Deshalb habe ich dich jetzt gerufen, weil wir alle drei die Prüfung bestanden haben.« Wie seine Arme mich an ihn pressten, als er diese Worte sprach, zärtlich und kraftvoll!

Es fällt ihm ungeheuer schwer, zu verstehen und seine Finsternis zu überwinden! Allein, dass er es versucht, dass er die Augen nicht davor verschließt, grenzt an ein Wunder! »Ja, es war eine Prüfung. Wie die Prüfung im Gymnasium. Jetzt bin ich ein Mann, jetzt darf ich in den Krieg.« (In der Dunkelheit konnte ich mir sein Lächeln vorstellen, und dann war ich es, die seinen Körper drückte, den Epheben streichelte, den Jungen, das Kind, das bei mir Schutz suchte, welch ein Geschenk des Lebens, als alles bereits verloren schien!) »Ich konnte nie das Gymnasium besuchen. Meine Schule waren das Ruder, die Seeräuber, das Blut, Gold und die Handelskarawanen. Ich wurde nie initialisiert wie Malki ... Aber jetzt habe ich meine Prüfung bestanden, und gerade noch rechtzeitig, nicht wahr?«

Wie konnte ich ihm anders antworten als mit einem Kuss? Auf unsere vereinten Lippen das Siegel setzen, das der *gymnasiarchos* auf die Liste der Absolventen setzt, ein Kuss, der ihn von seiner Unsicherheit heilt. Es fällt ihm so schwer! »Ich schäme mich, wenn ich dich umarme. Ich bin weich geworden, ich weiß es.« (Ein Stich der Angst.) »Ob ich alt werde? ... Ich warne dich, ehe ich mich in einen nutzlosen Greis verwandele und dich nicht mehr lieben kann wie heute Nacht, bringe ich mich um ... Es war wie damals beim ersten Mal! Kannst du dich erinnern?« Wie könnte ich das je vergessen? Mein anderes Tor, das in meine Vergangenheit führte. Meine Liebe, die an den Anfang des Lebens zurückkehrt wie ein Kind, das die ersten Schritte wagt! ... »Ich weiß nicht, wie ich es sagen soll: Ich folge meinen Gefühlen, aber nicht dem, was von mir erwartet wird. Es ist beschämend ... Bin ich für dich ein Mann, ein richtiger Mann?« Diese dummen Zweifel ärgerten mich, ich gab ihm einen sanften Klaps, red nicht so einen Unsinn! ... »Wenn ich zu meinem Stamm zurückkehrte, wäre ich ein Mann ohne Ehre.« Verfluchte Ehre! »Aber lieber will ich der Verräter sein, als dass du zur Verräterin wirst. Das heißt, ihr beide zu Verrätern werdet, denn ich bin stärker, ich kann damit fertig werden ...« Er schwieg, dachte nach, zwang sich zu sprechen: »Ich habe niemals jemanden um Vergebung gebeten. Möchtest du, dass ich dich jetzt darum bitte?« »Nein, mein Liebster, ich habe dir längst vergeben!« Er versteht nicht, er hat nichts dazu gelernt, er kennt nicht die tausend Richtungen des Lebens, wie er selbst zugibt. »Wie seltsam! Es ist das erste Mal, dass ich so handle. Ohne einen Plan, ohne zu wissen, warum oder wozu, nur auf Grund meiner Gefühle.« Ich versuchte, es ihm zu erklären, irritiert von seinem Widerstand gegen ein Leben, das er »Leidenschaft« nennt, was es natürlich auch ist. Dummkopf, du bist dabei, die Liebe zu verstehen, dich dem Leben zu öffnen, früher hast du dich geirrt, du bist einfach vorwärts geprescht, ohne zu wissen, wohin die Reise dich führte. Er schweigt, widerspricht nicht, küsst mich, in der Nacht war er zärtlich, zärtlich wie noch nie, wie mein Herz, das niemals Angst hatte, weich zu sein, und niemals aus Stein sein wollte …

Worte, Liebkosungen, Vertrautheiten, Zärtlichkeiten, Stille, im Frieden unserer nebeneinander liegenden Körper versunken, während es Tag wurde, der Regen nachließ, die malvenfarbenen und gelben Strahlen der Sonne sich durchs Fenster stahlen, ein wässriger Morgen, der Duft nach feuchter Erde, fröhlich schwankende Palmen, der Geruch des Herbstes, als würde die Welt von neuem anfangen, das Tosen des Meeres unter uns, diese Ewigkeit … Ja, es ist wahr, dieser Felsen war ein Tor, eine Prüfung für uns, und jetzt nimmt mich Ahram an Bord eines anderen Schiffes, das doch immer dasselbe ist …

»Ich habe mir auf dem Felsen den Kopf zermartert! … Ich dachte daran, dich zu verkaufen. Und auch ihn, das wäre schlimmer, als ihn zu töten. Dann hatte ich das Gefühl, schlau zu sein, auf kindische Art. Ich dachte, wenn ich dich auf den Sklavenmarkt brächte und dort von einem Strohmann kaufen ließe, könnte ich dich insgeheim immer noch besitzen. Ich wäre der respektable Ahram, und du wärst in meiner Gewalt … Wie dumm Ahram ist, nicht wahr?« Ich schleuderte ihm mein Haar ins Gesicht und sagte Ja, das Idiotischste auf der Welt sei ein Mann, der dazu erzogen wurde, immer nur Mann zu sein. Wann werden sie endlich begreifen, worauf es uns Frauen in Wirklichkeit ankommt? Wann werden sie verstehen, dass die Bedeutung der Liebe nichts mit ihrem Geschlecht zu tun hat? Zum Glück gibt er jetzt zu, dass er sich nicht mehr vollkommen sicher ist … »Weißt du, warum ich zu dem Schluss gelangte, euch doch nicht zu töten? Nicht aus Mitleid, so weich und tief gesunken ist Ahram noch nicht. Sondern weil ich mich weigerte, es zu glauben. Ich konnte es mir nicht erklären, euer Verhalten, ich wollte mehr wissen, euch zur Rede stellen, mehr darüber erfahren … Ich dachte oft an den Augenblick, an dem ich dich wieder sehen würde. Ich stellte mir vor, wie wütend und aufgebracht ich wäre, aber als das Schiff sich näherte und ich dich am Bug erkannte, war ich einfach nur verblüfft. Ich staunte, dass es euch noch gab, dich, das Schiff, alle. Dass nun ein anderer dieselbe Welt bewohnte, obwohl ich es selbst war. Was sollte ich machen? Ich wusste es nicht, ich war nicht darauf vorbereitet. Dann bist du ins Wasser gesprungen, und ich sah den Delfin an deiner Seite. Der Delfin, der mich dorthin geführt hatte, brachte nun auch dich. Wie sollte ich da nicht verstehen? Du bist aus dem Wasser aufgetaucht, auf mich zugekommen, und da war der Felsen auch für dich ein Tor, das du durchschreiten musstest … Aber vielleicht dachte ich all das gar nicht und komme jetzt erst darauf. Oder ich dachte es, aber unbewusst, ich weiß es nicht, jedenfalls umarmten wir uns.« Während er mir das erzählte, konnte ich mich nicht mehr daran erinnern, dass der Delfin an meiner Seite geschwommen war, bloß an diesen unbekannten Ahram, der reglos auf dem Stein saß und nur noch in seinen Augen lebendig war. Was für ein ergreifender Augenblick …!

Also war ich schon da in sein Leben zurückgekehrt und nicht erst vorgestern, als ich auf seine Füße starrte, die Füße eines Seemanns, wie am ersten Tag. Damals hatte uns ein Hund zusammengebracht, diesmal war es ein Delfin … Es kostete ihn sehr viel Überwindung, es mir zu gestehen, aber jetzt weiß ich es. Obwohl er mir bereits auf der Rückreise verziehen hatte, ließ er mich im Ungewissen, damit ich leide. Elender Dickschädel! Aber nein, er wusste es noch nicht, es ist ihm erst jetzt klar geworden. Ich aber habe an Bord die Hölle durchgemacht. Malki warf mir merkwürdige Blicke zu, und eines Tages fragte er leise: »Liebt dich Großvater nicht mehr?« Ich sah ihn überrascht an, das Kind war über Nacht zum Mann geworden, ich erkannte ihn nicht wieder, dafür war mein Ahram unsicher. »Ob ich alt werde? Dass ich nicht mehr hassen kann, macht mir Sorgen.

Rom natürlich schon. Und diese Verräter aus Palmyra auch. Sie hasse ich!« Welche Freude, er konnte nun das Wort »Verräter« ohne zu zögern aussprechen, er meinte nicht mehr Kritos und mich, sondern seine wahren Feinde. Ich umarmte ihn! Endlich! Auf dem Felsen sind ihm noch mehr graue Haare gewachsen, und er klagt wieder über das Alter. »Wirst du mich noch lieben?« Zweifelst du wirklich daran, du Dummkopf? Mehr als zuvor, mein Alter! Ja, auf dem Felsen bist du alt geworden, hast deinen Körper vollendet, ihn auf das Wesentliche reduziert, seine Festigkeit, das Silber des Haars, die Geographie deiner Knochen, die Flecken auf der Haut, die am Hintern und an den Ellbogen runzliger ist, doch immer noch wie altes Elfenbein, glänzend und kostbar. All das Leben, das ich in ihr liebkose! Deine Muskeln sind Fasern und Sehnen, ich entdecke eine neue Schönheit an dir, die eines alten Baumes, der viele Stürme überstanden hat. In der Liebe bist du jetzt viel geduldiger. Deine Augen spiegeln Weisheit, zuvor waren sie dunkel, jetzt trübt sie ein Schleier, so dass sie grau wirken, und damit ähneln sie denen von Kritos, du bist hinreißender als je zuvor, zärtlich und knorrig zugleich, und du machst mich immer noch schwindlig …

Er sprach mit mir über Malki. Von wegen Kind! Er hat schon Schamhaare. Ahram ist wie besessen, er hat ihn zu seinem Sohn gemacht, dem Sohn, den ich ihm nicht schenken kann. Er hält es mir nicht vor, trotzdem schmerzt es ihn auf dem Grund seiner Seele, aber nicht so wie mich, die ich ihm nicht geben konnte, was er sich wünscht! Und dann sagte er in der Nacht: »Du musst ihn initiieren. Du musst seine Ittara sein. Malki verdient eine Göttin. Ich werde ihn lehren, wie man mit Waffen umgeht, aber du musst ihm die Liebe beibringen.« Ich wusste nicht, was ich sagen sollte, er versteht das nicht, ich könnte es nicht, ich habe ihn in den Armen gehalten – öfter als seine eigene Mutter! Typisch Mann! Ich will versuchen, es ihm zu erklären, aber noch mehr überraschte mich, was er nach einer langen Pause sagte, während der er mit sich selbst kämpfte: »Und Kritos das Wort. Kritos soll ihm das Wort beibringen. So wird er alles haben.«

Ich wagte nicht, mich zu rühren – und wenn ich jetzt daran denke, läuft es mir immer noch kalt über den Rücken –, als er dann fragte: »Wo steckt eigentlich Kritos?« Ich schmolz dahin, endlich dieser Name aus seinem Mund, ohne Verachtung oder Groll. Ich antwortete, wahrscheinlich in Rhakotis, ich hätte ihn seitdem nicht mehr gesehen, er stand auf und trat ans Fenster. Er wandte mir den Rücken zu, um seine Emotionen zu verbergen, wie eine sanfte Silhouette vor dem hellen Himmel, sehr schmal, aber mit breiten Schultern und den Hüften eines jungen Mannes. Als er fragte: »Wie konnte er nur?«, wagte ich nicht mal zu atmen und sagte voller Angst: »Er wandert auf anderen Wegen als du, er hat die deinen nicht besetzt, er hat dir nichts genommen.« Was hätte ich sonst sagen sollen? »Fühlst du denn nicht, dass ich dir ganz gehöre?«, setzte ich leise hinzu … Unserer beider Stimmen schwiegen, der Himmel entflammte immer mehr, die feuchte Brise wehte mir seinen Geruch zu, den Geruch seines nackten Körpers, der meine bebende Haut bedeckte, und dann kam er zurück und sagte ganz unerwartet: »Ittara gab sich im Tempel allen hin, aber sie war heilig. Mehr als eine Frau war sie eine Heilige, verstehst du? In der Grotte. Nicht in dem griechischen Tempel, in diesen künstlichen, von Menschenhand erschaffenen Säulen, sondern im Innern der Erde. Der Fels war auch eine Art Tempel, eine auf den Kopf gestellte Höhle, Stein, der nach oben wuchs. Ich musste oft an Ittara denken, sie sprach dort zu mir, und sie erzählte mir auch von dir. Sie war deine Freundin, ich weiß nicht, wie. Deshalb sind wir wieder zusammen, weil sie sich allen hingab und doch mir gehörte, nur mir …« Es waren die schwierigsten Worte für Ahram, und da er sich mittlerweile umgedreht und die Sonne im Rücken hatte, konnte ich seine Augen nicht sehen, die auf meinem ausgestreckten Körper ruhten, der angespannt und zugleich aufgelöst war. Er streichelte mich wie ein kleines Mädchen und murmelte: »Vielleicht verstehen die Götter, ich kann es nicht. Aber Ittara war heilig, und das genügt mir. Ich wäre für sie gestorben, ich hätte sie niemals töten können.« Ich widersprach mit einem Schrei: »Die Götter am allerwenigsten, Ahram. Sie verstehen gar nichts. Dabei würden sie es so gern! Wenn sie wüssten, was Verstehen überhaupt ist! Aber sie wissen es nicht, hör mir gut zu, mein Liebster, wenn du darauf bestehst, kann ich dir mein Wort geben, dass ich Kritos niemals aufsuchen werde, dass auch er mich nicht suchen wird, dass wir beide versuchen werden, uns nicht zu sehen, aber ich kann dir nicht versprechen, dass es niemals wieder vorkommt, weil es geschah, ohne dass wir es gesucht hätten. Es war nicht so, wie ihr Männer die Frauen sucht; es war heilig, so wie auch du heilig bist, mein Ahram.« Er legte sich wieder neben mich und schwieg, seine Brust hob und senkte sich beim Atmen, im Licht sah ich, wie sein Haar in der Brise zitterte, zarte Algen im Wasser. Wie viel Kraft es ihn kostete, doch schließlich überwand er sich und erklärte: »Sag ihm, dass er jederzeit zurückkommen kann, das heißt, wenn er will.« Du dummes Kind! Was heißt, wenn er will? Das Schlimmste für ihn ist doch, dass er dich nicht sehen darf! Mir kamen die Tränen, und ich gestand ihm verwirrt, aber aufrichtig: »Du bringst mich noch dazu, es zu bereuen.« Und er erwiderte: »Ich will nicht, dass du es bereust. Ittara war etwas Heiliges.«

Wie er mich dann liebte! Mit einem neuen Gefühl, dem nach dem Felsen, das trotzdem uralt war, wie damals, als er mir die Erinnerung an die Sirene wiedergab, an mein früheres Leben im Meer … aber auch anders, mit mehr Weisheit, die aus dem Schmerz erwächst, der Scham und der Reue, dem Gefühl, wenn wir uns widerstrebend überwinden, dieser Zartheit, wenn wir vor der eigenen Courage zurückschrecken. Er war Verlangen und Zärtlichkeit, Mitgefühl und Kühnheit, Anbetung und Vorwurf … Ich konnte es dank Kritos besser schätzen, ohne seine Worte könnte ich mich jetzt nicht so daran erinnern, es so genießen … Und später eine unendlich sanfte Müdigkeit, eine leichte, schwebende Nähe! Schließlich kam er auf Odaenathus, den Felsen und seine Pläne zu sprechen, doch die tiefste Wahrheit war der Kuss auf meine Brustwarze, noch wund von seinen Nägeln, als er mich vor zwei Nächten auf die Knie gezwungen hatte …

Unten im Turm, als er sich bereits auf dem Weg zum Großen Haus befand, konnte Eulodia ihr Staunen nicht mehr zügeln: »Warum ist der Herr so spät aufgestanden? Ist er noch so erschöpft?« Ich zog es vor zu lügen. »Ja, er ist immer noch sehr müde.« Später nahm ich Soferis beiseite, dem Kritos' Abwesenheit bereits aufgefallen war, erinnerte ihn an frühere Eskapaden und bat ihn, Kritos ausrichten zu lassen, dass ich ihn sprechen möchte. Jetzt warte ich auf ihn, hier zwischen den beiden Delfinen, die uns immer begleitet haben, diesen Götterboten, obwohl sie aus Stein sind, und sie bringen ihn mir, ich höre seine Schritte, stehe auf, laufe auf ihn zu. Sein Lächeln ist einzigartig, lebendige Weisheit, ruhige Akzeptanz, er nimmt meine Hände, und wir setzen uns, es ist unsere alte Welt, aber mit einem neuen Gesang, und unten am Strand erkennen wir Likos, den christlichen Seemann. Ahram hat ihn für die *Jemsu* behalten, den Sänger seiner Rettung, unserer Rettung. Kritos fragt sich erregt, wieso ihn Ahram wieder im Haus haben will. »Du wirst ihm doch nicht gesagt haben, dass ich ihn liebe?« – »Nein, ich habe ihm nur von unserer Liebe erzählt.« Er sieht mich fragend an. »Und versteht er sie? Was für ein Mann!« Noch begreift er es nicht ganz, aber es stimmt: Was für ein Mann! Und auch du, Kritos. Ich bin stolz auf meine Männer, sie rühren mich, und dann sagt Kritos: »Ich begegnete ihm drüben am Rosenbeet, und er sah mich mit anderen Augen an als auf dem Schiff… Er bemerkte das Armband und sagte nichts.« – »Ja, es stimmt, das Armband ist nicht mehr wichtig, Ahram ist ein anderer«, erkläre ich ihm, »er ist auf seinem Felsen durch ein Tor gegangen.« Wir schweigen einen Augenblick lang, und ich vermisse etwas, am Himmel, unsere Möwe, egal ob dieselbe oder eine andere, die das Meer uns immer schickte, dafür aber hören wir nun Likos am Strand singen, und der Delfin ist auch noch bei uns, ich sehe ihn zwischen den Wellen herumtollen, unterhalb des Turmes in der Nähe der Grotte.

Schon Hunderte von Jahren bevor der Tempel zu Ehren Aphrodites auf dem Hügel gebaut worden war, gab es auf Psyra einen Großen Geheimen Kult, Überbleibsel aus der Zeit, als man noch die alten Götter anbetete und, noch vor Zeus, die Große Gottmutter über die Menschen herrschte. Die Frauen im Dorf feierten den Kult unter Ausschluss der Männer. Sie hätten wie Rachegöttinnen jeden zerstückelt, der versucht hätte, sie zu überraschen, wenn sie sich in der abgelegenen Bucht versammelten. Dort befand sich zwischen den Klippen eine Grotte, die der Großen Göttin gewidmet war. Zwar stellten sie stets Wachen auf den Pfaden auf, die zur Grotte führten, um männliche Spione abzufangen, befürchteten jedoch nie, vom Meer aus beobachtet zu werden. Deshalb entdeckten sie damals im Jahr des tausendjährigen Bestehens von Rom auch nicht, wie die Sirene, halb im Wasser, halb auf einen Felsen am Strand gestützt, fasziniert die uralten göttlichen Riten beobachtete.

Manchmal tanzten die Frauen im Kreis und stimmten archaische Gesänge an, manchmal versammelten sie sich vor der Grotte, in deren Innern dann Zeremonien stattfanden, die sie vom Strand aus nicht sehen konnte. Am Abend, wenn die Farben des Tages verblassten, sich das blaue Meer malvenfarben und der Himmel purpurn und golden färbte, entfachten sie ein loderndes Feuer am Strand, jagten ausgelassen hin und her oder fielen sich in die Arme, bis sie erschöpft zu Boden sanken oder paarweise zwischen den Zypressen auf dem Hügel verschwanden.

Fasziniert verfolgte die Sirene die unbekannten Bräuche voller Neid auf so viel Feuer in der Luft und in den Körpern, so viel Ausschweifung, so viel lebendige Ekstase, die in ihrer gewohnten unsterblichen Welt auf dem Meeresgrund undenkbar waren. Am folgenden Morgen bemerkte sie eine große Veränderung im Verhalten der Frauen, die noch wenige Stunden vorher so fröhlich gewesen waren. Jetzt wirkten sie ernst, still und feierlich. Sie warfen die Asche des Feuers ins Meer, säuberten den Strand, zogen sich an und richteten sich das Haar. Als die Sonne fast im Zenit stand, stellten sie sich zu zweit in einer Reihe auf und stiegen, angeführt von einer, die offensichtlich die Hohepriesterin war, den Hügel hinauf. Die Sirene schwamm um die Bucht herum und konnte sehen, wie sie auf der anderen Seite wieder ins Dorf hinabstiegen. Dort warteten die Männer und Knaben auf einem Feld. Unter ihnen befand sich ein Junge mit einer Myrtenkrone, fast noch ein Knabe, der nur einen Lendenschurz um die Hüften und ein Paar Sandalen trug. Zwei Greise führten ihn zur Hohepriesterin, die dann aus der Reihe der Frauen eine aussuchte, deren reife Formen unter der Tunika deutlich sichtbar waren. Die doppelte Reihe der Frauen teilte sich und ließ das Paar hindurch, Hände streckten sich aus, um den nackten Oberkörper des Knaben zu berühren, während die Frau voranging und den Jungen an der Hand durch das Spalier geleitete. Anschließend nahmen die beiden denselben Weg in die Grotte, den die Frauen zuvor gekommen waren, während die übrigen Frauen und die Dorfbewohner zurückblieben und sich erneut dem Tanzen und Feiern hingaben, diesmal zusammen mit ihren Männern.

Die Sirene schwamm wieder um den Hügel herum zurück, und als sie zu der kleinen Bucht gelangte, waren die Frau und der Junge bereits am Strand angelangt. Sie hatten sich ausgezogen und betrachteten sich, der junge Mann stand vor der Frau mit der üppigen, aber noch straffen Figur. Die Frau trat einen Schritt auf den Jungen zu, legte ihm die Hände auf die Schultern und ließ sie anschließend gekonnt an seinem jungen Körper hinabgleiten … Kurz darauf wälzten sie sich fest umschlungen im Sand, und die Sirene fragte sich, ob es ein Streit oder ein Spiel war, das sich unter lautem Stöhnen und Seufzen zu einem hektischen Todeskampf steigerte. Wenn es wirklich ein Kampf war, so gab es keinen Sieger, denn am Ende lagen beide nebeneinander, und ihre Gesichter erschienen ihr wie Masken der Seligkeit. Später stützte sich die Frau auf den Ellbogen, fuhr dem Jungen durch das kurze Haar und warf ihm einen unbeschreiblichen Blick zu, in dem sich die Liebe einer Frau mit der einer Mutter vermischte.

Schließlich verwandelte sich die Sirene selbst in eine Frau, die die Erinnerung an ihre Vergangenheit verlor. Erst als sie an einem denkwürdigen Tag ihr Gedächtnis wiederfand, begriff sie, dass das Pärchen damals eine von den Göttern vorgeschriebene Initiation in die Liebe vollzogen hatte, vielleicht das Echo einer göttlichen Paarung. Und jetzt erlebt Glauka in ihren Gemächern in Alexandria wie in einer Erleuchtung jene Vergangenheit noch einmal, lebendiger als je zuvor. Vor ihr steht eine andere Hohepriesterin. Didima hört ihr zu und lächelt. Die beiden Frauen haben sich lange und ausgiebig über lebenswichtige Themen unterhalten, denen Männer normalerweise aus dem Weg gehen, und verstehen sich prächtig. Vor einigen Tagen hatte Glauka sie in Dophinias Haus aufsuchen wollen und erfahren, dass die junge Frau nicht mehr bei ihr war. Sie hatte sich selbstständig gemacht, kein Wunder bei ihrer Eleganz und ihrem Talent. Als Glauka sie bat, Malki in die Liebe einzuführen, sagte sie begeistert zu. Die Aufgabe war interessant und konnte den Anfang einer einträglichen Beziehung mit dem mächtigen Geschlecht Ahrams darstellen.

Und so empfängt Didima wenig später im gleichen Zimmer, in dem Zenobia während ihres Aufenthaltes in Alexandria gewohnt hat, den jungen Malki, der zuvor von Glauka auf die Begegnung vorbereitet worden ist. Seine Augen leuchten beim Anblick der schönen Frau, die ihn erwartet. Glauka bleibt in der Galerie zurück, wo sie dem Plätschern des Wassers in die Marmormuschel des Springbrunnens lauscht und scheinbar abwesend den Hafen und den Königspalast betrachtet. In Wirklichkeit jedoch ist sie in entferntere Gefilde versunken, in die tiefsten und verborgensten Winkel ihrer Erinnerungen. Sie denkt an einen wütenden Hund, der im Innenhof von Tanuris ein kleines Kind bedroht, an einen Jungen, der auf einem Kamel reitet, an einen jungen Seemann, der aufgeregt auf eine Insel zeigt, die alle suchen, an einen Mann, der sie des Nachts in der Kajüte des Schiffes von seinem aus Papyrus geflochtenen Lager aus beobachtet, der ihr schamhaft den Rücken zuwendet, aber aus den Augenwinkeln ihren nackten Körper beobachtet. Hat Malki damals wirklich geschlafen, wie sie glaubte?

Allmählich lösen sich die Erinnerungen auf und werden von ihrer Fantasie verdrängt, sie stellt sich Malki in Didimas Armen vor, als er ihr entschlossen seine Männlichkeit beweist, seine schüchternen und dann wieder stürmischen Gesten. Immer wieder hat sie dasselbe Bild vor Augen, das einer unschuldigen Schmetterlingslarve, die sich mit Hilfe der Frau Stück für Stück verwandelt, bis sie die Flügel der Lust ausbreitet. Der Gedanke, dass auch sie selbst diese Lust hätte prägen können, lässt sie nicht los. So hätte sie eine Überschreitung verkörpern können, die alles niederreißt, bis zu den blutbefleckten fruchtbaren Grenzen des Menschlichen. Ja, sie hätte das Kind in ihren Armen mit dem Mann, der sich auf ihren Schenkeln wiegt, verabschieden können. Der Gedanke lässt sie erschauern, als berührte sie tatsächlich diesen jungenhaften Körper, der – sie ahnt es, sie weiß es! – sich in Wahrheit nach ihr sehnte … Es war nicht möglich, ihr Körper hätte nicht reagiert. Doch es schmerzt sie, nicht genießen zu können wie Ittara, nicht den jungen Körper Ahrams umarmen zu können, ihn nicht zum Mann machen zu können wie Ittara damals auf der Insel ihren Ahram.

Sie steht auf und geht in ihr Zimmer, wo sie in einer Schatulle aus Zedernholz einige wertvolle Gegenstände aufbewahrt. Sie holt ein *udjat* heraus, das Horusauge: Das Amulett, das der kleine Malki an der Hüfte trug und das sie im Teich wieder fand, als er es dort verloren hatte … »Gut gegen die Bisse, hier gibt es viele Skorpione.« Und während sie das Amulett in der Hand hält, glaubt sie die Stimme der verstorbenen Sinuit zu hören, wie damals auf der Terrasse gegenüber dem Meer. Wie viel Zeit vergangen ist …

Ein tiefer Seufzer, dann löst sich ihre quälende Vorstellung von eben auf wie die Wellen im Meer und lässt nur einen einsamen, vom Leben verlassenen Strand zurück: einen Abgrund von Wehmut.

27. Odaenathus' Ende

Noch einer trifft ein, und auch sein Gesicht ist düster. Wie der wolkenverhangene Himmel, wie das aufgewühlte graue Meer, dessen Wellen mit einem fast Unheil verkündenden Tosen gegen die Klippen der Insel Pharos peitschen. Der Südwind vertreibt den Nebel des vor Kälte erstarrten Gartens und trägt den Gestank des Mareotis-Sees heran. Wieder wurde heute, im Monat *mechir* zu Beginn des Winters, wegen des beunruhigenden Verhaltens der verbündeten Palmyrer eine Versammlung einberufen, genau wie vor einem Jahr, als sie am Tag nach Ahrams Rückkehr von der Felseninsel zusammengekommen waren. Damals jedoch hatten sie sich wenigstens über Ahrams Rettung freuen können.

Alle Berater sind bereits anwesend, sogar der Geograph Dikantros, der sich nur selten bei derartigen Versammlungen blicken lässt. Auch Malki ist anwesend, den sein Großvater seit der Reise nach Punt langsam in seine Geschäfte und Pläne einweiht. Nur Narbises fehlt, er ist vor einigen Monaten gestorben und wird von seinem langjährigen Assistenten, dem Syrer Botrys, ersetzt. Wegen der Sorge um die allgemeine Lage, vielleicht aber auch wegen des trüben Tageslichts, wirken die Gesichter der Versammelten alt und verbraucht. Sogar Glauka merkt man die Jahre an, obwohl die Frisur die ersten grauen Haare noch versteckt und der Körper unter der Tunika seine alte elegante Vollkommenheit bewahrt.

Seit der letzten Versammlung vor drei Monaten haben die Katastrophen überhand genommen. Bereits drei Wochen nach Ahrams Rückkehr überraschte sie Odaenathus – ohne sie zuvor darüber in Kenntnis gesetzt zu haben, wie es sich für einen guten Verbündeten geziemt hätte – mit der Nachricht, dass er sich in Palmyra zum »König der Könige« hatte ausrufen lassen, ohne jedoch Rom seine Gefolgschaft als Vasall aufzukündigen. Kaiser Gallienus, der gerade einen Feldzug gegen die Barbaren führte, wagte es nicht, gegen Palmyras eigenmächtige Handlung vorzugehen. Da dies unmittelbar nach Ahrams Schiffbruch geschehen war, liegt die Vermutung nahe, dass der Hinterhalt, in den man den Seefahrer gelockt hatte, Teil der palmyrischen Pläne war. Ahrams Verschwinden hätte es Odaenathus ermöglicht, angesichts der Unerfahrenheit von dessen jungem Enkel nach Belieben über die Flotte des Seefahrers zu verfügen. Das Scheitern des Hinterhaltes hatte Odaenathus nicht daran gehindert, sich zum »König der Könige« ausrufen zu lassen, also musste er diesen Zug von langer Hand vorbereitet haben.

An Odaenathus' Verrat war offenbar nicht zu rütteln, daher erschien es ratsam, ihn als Verbündeten abzuschreiben und ohne Palmyra neue Pläne zu schmieden, auch wenn nun Ahrams Ziel, Rom zu vernichten, in weite Ferne rückte und sie sich zudem in Palmyra einem neuen Feind gegenübersahen. Doch ehe sie sich um Alternativen kümmern konnten, überraschte sie Odaenathus erneut, indem er ihnen einen seiner höchsten Beamten als Emissär schickte, um die freundschaftlichen Bande zwischen dem neuen Monarchen und Alexandria zu beteuern, sich ein Bild von den Gerüchten über einen Zwischenfall zu machen, die Ahram betrafen, und seine Freude darüber zum Ausdruck bringen, dass dieser Zwischenfall keine ernsthaften Auswirkungen gehabt hatte. Ahram und seine Männer wurden von diesem Zug überrumpelt, der für einen Verbündeten normal gewesen wäre, für einen Feind aber völlig unverständlich war. Sie berieten erneut, ob sie den Bruch mit Palmyra beschleunigen oder lieber vorsichtig abwarten sollten. Die zweite Möglichkeit setzte sich schließlich durch, vor allem, weil Ersteres einen offenen Bruch mit Palmyra bedeutet hätte, ohne über den endgültigen Beweis für Odaenathus' Verrat zu verfügen. Der Gesandte wurde freundlich empfangen und mit wohlgesetzten Worten zurückgeschickt, nachdem sie ihn unter dem Vorwand der Gastfreundschaft eine Weile dabehalten hatten, um ihn mit allen verfügbaren Mitteln auszuhorchen. Doch nicht einmal Dophinias verführerischste und listenreichste Schülerin konnte dem Palmyrer etwas entlocken, das auf eine hinterhältige Intrige oder einen Verrat hingedeutet hätte.

Mittlerweile hatte Ahram über Kanäle, die seine Berater aus Dummheit oder Unkenntnis nicht konsultiert hatten, erfahren, was Amoptis vor seinem Tod so dringend Glauka hatte mitteilen wollen. Dabei kam eine ägyptische Verschwörung größten Ausmaßes zum Vorschein, zu der auch der Meuchelmörder gehörte, der versucht hatte, Ahram zu töten. Dieses undurchsichtige Komplott, das von den ägyptischen Priestern angezettelt worden war, hatte zum Ziel, die ständigen Machtkämpfe der römischen Feldherren um den römischen Thron – wie etwa den zwischen Aurelian und Gallienus, der gerade erst ausgebrochen war – zu nutzen, um in Ägypten einen Aufstand gegen die Römer anzuzetteln und das alte ägyptische Königreich wiederherzustellen, indem sie einen Pharao auf den Thron hoben, den sie in einem ihrer Tempel in der Nähe der Grenze zu Nubien auf diese Aufgabe vorbereitet hatten. Zu diesen Machenschaften gehörte auch der Plan des Priesters Antoninus aus Kanopos, das reiche Latifundium Tanuris wieder in den Besitz der Priesterkaste zu überführen, dessen Verwaltung Amoptis vor Jahren für seine Komplizenschaft versprochen worden war. Doch angesichts der weitreichenderen Ziele der Verschwörung sahen sich die Priester auf einmal nach einer Persönlichkeit um, die auf Tanuris und in Alexandria über bedeutenderen Einfluss verfügte als der Haushofmeister Amoptis. Auf Grund seines großen Ansehens in Alexandria schien Neferhotep der ideale Mann zu sein. Als Amoptis davon erfuhr, sah er sich seines Lebenstraumes beraubt und beschloss, Glauka von den Plänen in Kenntnis zu setzen. Die Priester jedoch waren misstrauisch geworden und kamen ihm zuvor, indem sie ihn ermorden ließen.

Ahram zerbrach sich noch den Kopf, wie er mit Odaenathus' widersprüchlichem Verhalten umgehen sollte, und suchte nach Beweisen für Neferhoteps Verrat, um dessen Ambitionen ein Ende zu setzen, als am Anfang des neuen Jahres die Nachricht von der Plünderung Athens durch die Horden der Goten Alexandria erreichte. Nicht einmal Dexippus hatte sie verhindern können, der mit der Verteidigung der Stadt beauftragt worden war und von dem es geheißen hatte, er sei der Einzige, der den Kampfgeist der Athener hätte beflügeln können. Seit diesem Schock befürchteten einige Alexandriner einen ähnlichen Überfall. Obwohl die Seeräuber seit dreißig Jahren das Ägäische Meer unsicher machten, hatte ihnen niemand zugetraut, dass sie sich eines Tages erdreisten könnten, ein so bedeutendes Ziel wie die griechische Hauptstadt selbst anzugreifen. In den neuen ostgotischen Reichen mit der Hauptstadt Chersonesos, deren Könige Ostrogotha und Kniva die anhaltende Anarchie in Rom ausnutzten, um sich zu bereichern und ihre Einflusssphäre auszuweiten, sahen die Alexandriner einen weiteren Beweis für den rapide zunehmenden Zerfall des Römischen Reiches. Ahram bekam die Konsequenzen unmittelbar, durch den Verlust von Männern und Waren, in den Gebieten zu spüren, die in Reichweite der Seeräuberschiffe lagen. Kein Monat verging, ohne dass eins seiner Handelsschiffe geentert wurde, wie ihm die wenigen Seeleute berichteten, die sich an Land hatten retten können. Wenigstens veranlasste Athens Unglück den Kaiser Gallienus zu einer energischen Reaktion. Zwar hatte er alle Hände voll zu tun, die Rebellion seines Feldherrn Aurelian niederzuwerfen, doch brachte er den Barbaren am Fluss Nestos eine verheerende Niederlage bei, so dass sie vorerst keine weiteren Beutezüge in der Ägäis unternehmen konnten. Trotzdem stellte der dreiste Überfall der Ostgoten Ahram vor ein weiteres Problem: Hatte Odaenathus, mit dem der Seefahrer schließlich immer noch vorsichtige Beziehungen unterhielt, sich etwa mit den gotischen Seeräubern verbündet, um mit deren Flotte, statt seiner, gegen Rom zu kämpfen? Wenn dies der Fall war – was auch die plötzliche Dreistigkeit der Goten erklären könnte –, hatten Alexandria, die ganze Ägäis und sogar Persien Grund, sich Sorgen zu machen. Das mächtige Palmyra, um eine schlagfertige Flotte verstärkt, stellte eine weitaus größere Bedrohung dar als ein untergehendes Rom. Ahram begann daher, die Möglichkeit in Betracht zu ziehen, seine Beziehungen zu Schahpur zu verbessern und sich dabei seiner Kontakte zu dem persischen Spitzel Tigram Fenisiades zu bedienen, die er nicht abgebrochen hatte. Der Armenier war ebenfalls über Odaenathus' Politik äußerst beunruhigt. Sie bedrohte nicht nur die Bestrebungen seines eigenen Landes nach Unabhängigkeit, sondern auch seine persönlichen Ambitionen als Spross eines alten Adelsgeschlechts auf den armenischen Thron. Mit Genugtuung fand er sich daher bereit, dem sassanidischen Herrscher in Ktesiphon das Angebot der Freundschaft zu überbringen und mit Schahpur die Möglichkeiten eines Bündnisses mit Alexandria zu erörtern. Auf verschlungenen Pfaden machte sich der Spion insgeheim auf den Weg. Die Mission schlug fehl, doch das war nicht mehr von Bedeutung, denn nach der Plünderung Athens nahmen die Ereignisse eine andere, völlig unerwartete Wendung, als machte sich das Jahr 1020 einen Spaß daraus, die anhaltende politische Instabilität auf die Spitze zu treiben. Plötzlich gab es Gerüchte, wonach Odaenathus mit seinem ältesten Sohn Herodianus, der aus einer früheren Verbindung stammte, zu einem Feldzug aufgebrochen sei, um die Goten aus Kappadokien zurück aufs Meer zu treiben. Die Berichte bestätigten sich wenig später, als Odaenathus tatsächlich von Sebaste aus entlang der armenischen Grenze bis Trapezunt vorstieß. So erhielt Ahram endlich eine gute Neuigkeit: Die vermeintliche Allianz zwischen Palmyra und den Goten erwies sich als falsch, auch wenn Odaenathus' wahre Intention weiterhin im Dunkel blieben.

Inmitten dieser Ungewissheit traf zu Anfang des Sommers in Alexandria eine Nachricht ein, die in der ganzen Stadt Entsetzen verbreitete und auf sensationelle Weise die Machtverhältnisse der Welt auf den Kopf stellte: Odaenathus und sein ältester Sohn waren unerwartet zu Tode gekommen. Während immer mehr Einzelheiten durchsickerten, vervielfältigten sich die Spekulationen im Großen Haus. Waren die beiden im Kampf getötet worden, was einen beunruhigenden Sieg der Goten über die einzige Macht dargestellt hätte, die sich ihnen in Kleinasien entgegenstellen konnte? Waren sie an der Pest oder eines anderen natürlichen Todes gestorben? Hatte man sie ermordet, wie es so oft der Fall ist, wenn innere Machtkämpfe toben? Im Großen Haus, im Königspalast des Statthalters und in der ganzen Stadt wurde lebhaft über die Nachrichten diskutiert, während die Menschen die erdrückende Hitze eines Sommers ertrugen, in dem die Nilschwelle Schäden verursacht hatte. Wie um die allgemeine Unruhe noch weiter zu schüren, bestätigte sich die letzte Hypothese. Ahram schickte Zenobia sofort eine Botschaft, um ihr sein Beileid auszusprechen und seine Unterstützung anzubieten. Er äußerte die Hoffnung, ihre alte Freundschaft bald erneuern zu können, um das gegenseitige Misstrauen aus der Welt zu schaffen. Als er von der Königin eine Antwort erhielt, in der sie sich bedankte und gleichzeitig darüber klagte, vor welch gewaltigen Problemen nun eine »schwache Frau« wie sie stehe, dachte er sogar daran, persönlich nach Palmyra zu reisen. Doch Kritos' Zweifel an der Aufrichtigkeit der Königin, die Erinnerung an die leidvolle Erfahrung in Saba und auf dem Felsen, vor allem aber Glaukas verzweifelte Einwände, die hinter dem Ganzen üble Machenschaften vermutete, hielten ihn davon ab. Er verschob die Reise, bis er mehr Licht in die Angelegenheit gebracht hatte.

Zudem war äußerste Vorsicht geboten. Wer steckte hinter den Attentaten? Die Meuchelmörder, die Odaenathus' Leibwache übereilt getötet hatte, waren zweifellos gedungene persische Söldner gewesen, doch wer hatte sie bezahlt? Alles wies auf Schahpur hin, doch es war nicht sein Stil. Er hatte nie so reagiert, nicht einmal in Zeiten, als Odaenathus ihm bedeutendere Niederlagen beigebracht hatte. Man munkelte auch, aber nur hinter vorgehaltener Hand, um die Römer nicht vor den Kopf zu stoßen, der Statthalter der römischen Provinz Arabia, Cocceus Rufinus, sei der Anstifter, ein gewalttätiger Mann, der wegen zahlreicher Zwischenfälle an den Grenzbefestigungen in Streit mit Palmyra geraten war. Andere dachten an die Goten, die den Niederlagen, die ihnen Odaenathus zufügte, ein Ende bereiten wollten. Das Rätsel beunruhigte alle, denn der Mord stürzte den gesamten Orient in eine ungewisse Zukunft.

Als die Hitze des Sommers zur Neige ging und sich die verheerende Nilschwelle allmählich zurückzog, kam ein anderes Gerücht auf, das noch erstaunlicher und beunruhigender war, denn darin wurde Zenobia selbst bezichtigt, den Mord befohlen zu haben, um ihrem Sohn Vaballath die Nachfolge auf den Thron zu sichern und sich obendrein – so hieß es – für einen Ehebruch zu rächen, den sie als stolze Frau und Fürstin nicht hinzunehmen gedachte. Dieser Version zufolge hatte Menius, Odaenathus' Neffe, von der Königin angestachelt, die Mörder gedungen. Wäre an diesem Gerücht etwas Wahres gewesen, hätte es für Ahram schwer wiegende Konsequenzen haben können, wenn er wie vorgeschlagen nach Palmyra gereist wäre. Jetzt war er nicht nur froh, sondern beschloss, der Sache auf den Grund zu gehen. Zum Glück befand sich Dikantros gerade auf Rhodos, und er beauftragte ihn mit der heiklen Mission, nach Palmyra zu reisen und Nachforschungen anzustellen.

Nach zwei Monaten kehrte der griechische Geograph aus Palmyra zurück und berichtet nun vor versammelter Mannschaft über seine Eindrücke. Obwohl es keine handfesten Beweise gibt, deutet alles darauf hin, dass weder Schahpur noch die Goten etwas mit dem Mord zu tun hatten. Was Cocceus Rufinus angeht, so wäre er unweigerlich in Rom in Ungnade gefallen, da das Römische Reich seit Jahren auf Odaenathus angewiesen ist, um seine Ostgrenze zu verteidigen. Obendrein waren keine Maßnahmen gegen den Statthalter ergriffen worden, obwohl Gallienus sofort einen Quästor nach Bostra geschickt hatte, der die Sache untersuchen sollte, so dass sie von seiner Unschuld ausgehen können. Die Fakten jedoch, die Zenobia belasten, wiegen schwerer, erklärt er nach kurzem Zögern. Auch wenn sie einen Racheakt aus Eifersucht ausschließen, bleibt doch das Bestreben, ihrem Sohn zu helfen und die Gunst der Stunde zu nutzen. Weiß doch ganz Palmyra von dem abgrundtiefen Hass, den Odaenathus' Erstgeborener für seine Stiefmutter empfand. Dikantros hatte so diskret wie möglich alle Quellen befragt, die ihm zur Verfügung standen, und suchte, da er sie von Alexandria her kannte, sogar Clea auf, die mit dem Königspaar eng befreundet war. Wie er befürchtet hatte, konnte er nichts Bedeutsames aus Clea herausbekommen, aber eine Sklavin, die seit langem im Dienst der Dame stand und wie er selbst aus Korinth stammte, deutete ihm hinter vorgehaltener Hand an, dass Zenobia in das Attentat verwickelt sei.

Auf den Bericht des Griechen folgt Totenstille. Ahram sieht in die Gesichter seiner Freunde und denkt, dass sie wie er selbst Dikantros' Meinung teilen. Die Hypothese, dass Zenobia hinter den Morden steckt, scheint am plausibelsten zu sein. Er stößt einen tiefen Seufzer aus.

Doch er ist nicht der Einzige, der Zenobias Verrat nicht wahrhaben will. Philopator beugt nervös seinen schmalen Oberkörper vor und fragt:

»Warum sollte sie ihren Ehemann töten lassen? Sie hätte doch bloß Herodianus umbringen müssen, um ihrem Sohn Vaballath den Thron zu sichern.«

»Das Risiko wäre zu groß gewesen«, entgegnet Dikantros und erhält allgemeine Zustimmung. »Wenn Odaenathus jemals dahinter gekommen wäre, hätte es das Ende für sie und ihre Söhne bedeutet.«

»Außerdem«, mischt sich Assurgal mit seiner arroganten Stimme ein, »kann sie den Goten ihre Köpfe als Pfand für ein zukünftiges Bündnis versprochen haben.«

Ein zukünftiges Bündnis! Diese Worte klingen bedrohlich, denn die Goten sind nach wie vor Ahrams Todfeinde auf den Meeren.

»Mir fällt gerade etwas ein, dem ich damals keine Beachtung schenkte«, erklärt Dagumpah, der vor sechs Monaten aus Indien zurückgekehrt und noch hagerer als vor seiner Abreise ist. »Auf meiner Reise, ich weiß nicht mehr, wo genau, hörte ich, wie ein Kollege Gerüchte über einen geheimen Pakt zwischen Palmyra und Persien erwähnte. Schahpur ist nicht mehr der Jüngste und offensichtlich darum bemüht, seine Macht durch Bündnisse zu festigen. Es soll seinem Sohn und alleinigen Erbe Hormizd zugute kommen, der sich bereits als Vizekönig von Armenien bewährt hat. Es sind umfassende Bündnisse, die auch Hochzeiten nicht ausschließen.«

»Das sind doch bloß böswillige Gerüchte«, unterbricht ihn Ahram, der so viel Verrat auf einmal nicht wahrhaben will. »Halten wir uns an die Fakten. Jetzt kommt es darauf an, wie die Königin reagieren wird. Wenn ihre Reaktion auf mein Hilfsangebot positiv ausfällt, und zwar in Taten, nicht mit Worten, könnten wir letztendlich besser dastehen als vor Odaenathus' Tod. Wenn sie sich aber gegen uns wendet, werden wir die nötigen Schritte einleiten.«

Glauka bemerkt die Bitterkeit in seiner Stimme. Der Bruch mit Palmyra hieße, dass er ganz von vorn anfangen müsste, nach so vielen Jahren. Dessen sind sich alle bewusst.

»Ich fürchte Letzteres«, sagt Kritos vorsichtig, um Ahram nicht mit einem weiteren Indiz, das gegen Zenobia spricht, zu belasten. »Tatsache ist, dass Palmyra sich überall nach Verbündeten umschaut. In letzter Zeit umgarnt es sogar die radikalen Christen. Einer von Zenobias wichtigsten Beratern ist Bischof Paulus von Samosata.«

»Der war schon bei Odaenathus dabei«, wendet Ahram ein, »aber du hast Recht, er war vor allem der Berater der Königin. Lasst uns lieber alle Möglichkeiten sondieren, die Palmyra offen stehen, damit wir Vorkehrungen treffen können und gegen böse Überraschung gefeit sind.«

Doch Dikantros weiß noch mehr zu berichten. In Palmyra wurden die beiden Opfer des Anschlags mit einem prunkvollen Begräbnis geehrt, das römische und persische Rituale umfasste. Anschließend wurde Vaballath mit einer persischen Tiara, die mit einem römischen Siegeskranz aus Lorbeer geschmückt war, zum »König der Könige« gesalbt. Damit treten die ehrgeizigen Ambitionen Zenobias offen zu Tage. Sie hat sich nämlich zur Regentin ernannt, da der Thronfolger noch viel zu jung ist.

»Wir haben es mit einer völlig neuen Weltlage zu tun«, erklärt Kritos. »Jetzt stehen sich nicht mehr Okzident und Orient, die beiden Großmächte Rom und Persien gegenüber, sondern das Alte und das Neue. Der Kampf findet zwischen den beiden untergehenden Reichen und den neuen, aufstrebenden Völkern statt. Und die beiden alternden Reiche fördern, ohne es zu wissen, die neuen Kräfte innerhalb ihrer eigenen Grenzen. In Rom herrscht völlige Anarchie, niemand glaubt mehr an die alten Götter, und das Römische Reich zerfällt von Tag zu Tag mehr. Nur noch mit größter Mühe kann es im Norden die Goten, Alanen, Skythen und Markomannen und in Afrika die Numider oder Gaetulier in Schach halten. Die Barbaren greifen Roms Grenzen an, während im Innern die Christen die alten Götter des Reiches stürzen.«

»Die Christen?«, fragt Botrys überrascht und verächtlich zugleich.

»Ja, die Christen, die manche von euch Umstürzler nennen. Noch sind es wenige, zugegeben, aber ihr Glaube ist jung und zieht von Jahr zu Jahr immer mehr Menschen an. Persien dagegen mag gefestigter erscheinen als Rom, doch Schahpur herrscht nicht über ein Volk, und seine Untertanen sind nicht auf seiner Seite, obwohl er sich größte Mühe gibt und alle Mittel anwendet, einschließlich der synkretischen Verehrung des Gottes Mani. Der König der Könige hängt von den Satrapen ab, die an die Macht wollen, und im Innern seines Reiches brodelt es vor lauter Unabhängigkeitsbestrebungen in Armenien, Parthien, Sogdiana, Karmanien. Alle wollen das persische Joch abwerfen … Wir erleben das Ende einer Welt und die Geburt einer neuen.«

»Und Palmyra ist die neue Welt?«, will Ahram wissen.

Glauka lässt sich nicht anmerken, wie sehr Ahrams leidenschaftliches Interesse sie überrascht. Früher hat er Kritos' weitsichtige Visionen leichtfertig abgetan, obwohl er seine Analysen aktueller Ereignisse immer sehr schätzte.

»Zenobia mag das glauben, ich jedoch nicht, weil die Götter in Palmyra nicht gewechselt haben. Es sind immer noch dieselben Götter, Baal-Schamin und Bel, alte orientalische Götter in griechisch-römischen Tempeln. Und welches sind Zenobias langfristige Ziele? Genau dieselben wie die der Cäsaren: die Macht, das

Reich. Sie verfolgt ihre Ziele mit allen Mitteln, Gewalt, Bestechung, Korruption und Mord. Sie wird alles tun, nur nicht die Götter wechseln. Die Christen dagegen haben ganz andere Ziele, sie predigen eine Welt ohne Gewalt, in der Friede und Liebe zwischen den Menschen herrschen. Ich bezweifle, dass sie das jemals erreichen, schließlich sind sie auch nur Menschen, aber wenigstens leben sie an einer Grenze: der Grenze zwischen den Zeiten, wie die Germanen und die Numider an der Grenze des Römischen Reiches leben … Zenobia soll das Neue verkörpern? Ich neige dazu, den Gerüchten, die sie umgeben, Glauben zu schenken. Ihr Handeln steht ganz in der Tradition einer alten römischen Kaiserin: Sie hat Menius verleitet, Odaenathus zu ermorden, und ihm die Ehe versprochen, so dass sie zusammen das Reich regieren können … wenn sie die Ehe nicht längst auch Hormizd versprochen hat, dem erklärten Anwärter auf den persischen Thron.«

Noch eine Überraschung für Glauka, Kritos' leidenschaftlicher Eifer, vor allem aber Ahram, der dessen Meinung nicht verworfen hat, sondern seinem Gesicht nach zu urteilen, fast teilt. Seit der schrecklichen Erfahrung auf der Felseninsel haben sich Ahrams Wertvorstellungen ganz offensichtlich verändert. Jetzt wird deutlich, dass dieser Wandel auch das betrifft, was bislang den Antrieb seines Lebens ausmachte: Macht und Rache.

Deshalb respektiert Glauka, nachdem die Versammlung beendet ist und alle gegangen sind, Ahrams langes nachdenkliches Schweigen. Schließlich seufzt dieser und sagt:

»Man könnte es noch retten, aber ich fürchte, dass diese Frau alles, was wir aufgebaut haben, mit einem Schlag vernichten wird. Dabei waren wir so nah am Ziel!«

Glauka wartet. Ahrams Stimme spricht mehr zu sich selbst als zu ihr, obwohl – und das rührt sie – sie nicht zu hören wäre, wenn sie nicht anwesend wäre.

»Auch wenn viele es glauben, ich hatte niemals vor, gegen Rom zu Felde zu ziehen, auch nicht mit Odaenathus' Heer. Es ging nicht darum, Rom zu vernichten, so wie die Römer es mit Karthago getan haben, sondern es zurechtzustutzen, seine Macht auf Italien zu beschränken. Seit die römischen Feldherren begannen, sich untereinander zu bekämpfen, war ich fest davon überzeugt, dass Rom untergehen würde. Meine neuen Waffen, meine Schiffe, Odaenathus' mächtiges Heer sollten Rom nur noch den Todesstoß versetzen und eine neue orientalische Seemacht entstehen lassen: Palmyra und Ägypten, die gleichberechtigt neben Rom und Persien herrscht ... Der Augenblick war gekommen. Gallienus wird an allen Fronten bedrängt, seine Feldherren in Gallien und im Orient handeln auf eigene Faust, Aufstände erschüttern Rom, Christen und andere Sekten gewinnen immer mehr Zulauf, die alten Götter des Olymps geraten ins Wanken ... Und dann kommt diese verrückte Zenobia und macht uns einen Strich durch die Rechnung ...«

Er hält inne, seufzt erneut und sieht Glauka an, während sich sein nach innen gerichteter Blick in einen Ausdruck tiefer Bewunderung verwandelt.

»Wärst du nicht bei mir, würde ich denken, dass Zenobia wie diese dunklen Wolken meine Sterne zum Erlöschen gebracht hat. Seit Tagen kann ich sie nicht sehen, weder am Morgen noch am Abend.«

Als Glauka zu den stürmischen Wolken am Himmel aufblickt, die nun, nachdem der Nebel sich aufgelöst hat, sichtbar werden, fährt er fort:

»Aber du bist bei mir. Sie strahlen immer noch.«

Aus seiner Stimme klingt weder Überschwang, Sicherheit noch Besitznahme, sondern eine unbeschreibliche Zärtlichkeit, wie sie Glauka noch nie aus diesem Mund gehört hat.

Glauka lächelte während der Versammlung. Dieses Lächeln war mir neu. Ist es wirklich neu, oder hatte ich es bislang nur nicht wahrgenommen? Die Jahre machen sie immer noch schöner. Weiblicher und zugleich geheimnisvoller, mehr Sirene, das, was sie einmal war. Nein, es sind nicht die Jahre. Ob es etwas ist, das ihr fehlte, das ich ihr nicht geben konnte? Verdankt sie es Kritos? Ich könnte sie fragen, und sie würde es mir verraten. Ja, sie würde mir die Wahrheit sagen. Aber ich will es nicht wissen, niemals! Bestimmt treffen sie sich, umarmen sie sich … bestimmt liebt er sie. Verflucht! Auch wenn es in diesem Häuschen ist, der grünen Hütte! … Hütte? Der Turm, in dem ich sie liebe und wo sie nur mir gehört, ist auch nicht viel besser … Aber gehört sie mir noch? Nicht ganz, nur halb. Besser, ich denke nicht daran. Sie soll glücklich sein. Sie behauptet, sie gehörte mir nicht zur Hälfte, sondern ganz. Kritos' Glauka sei eine andere Glauka. Das kleine Haus und der Turm haben eine gewisse Ähnlichkeit. Beide sind spärlich eingerichtet, sie mag keinen Luxus, darin ist sie wie ich. Das Paar und sonst nichts, was ablenken könnte. Wozu auch? Ich glaube nicht, dass sie sich oft sehen. Ich weiß immer, wo sie ist. Sie sind diskret, das muss man ihnen lassen. Ansonsten wäre ich gezwungen … dem Ganzen ein Ende zu machen. Vor den Leuten könnte ich es nicht erlauben!

Und vor mir? Wieso lasse ich es zu? Manchmal verstehe ich es und manchmal nicht. Die Frauen sind mir ein Rätsel! Die unerbittliche, grausame Zenobia zum Beispiel, die mit der ganzen Welt spielt: mit dem Perser und dem Goten, die Menius verführt, klar, obwohl jedes Wort aus ihrem Mund gelogen ist. Und dann schreibt sie mir diesen hinterhältigen Brief, in dem sie um Hilfe für eine »schwache Frau« bittet. Schwache Frau! Diese Hündin! Ich hätte es viel früher erkennen müssen. Nicht Odaenathus steckte hinter diesem Hinterhalt in Punt. Er war ein ehrenvoller Krieger. Er würde von Angesicht zu Angesicht töten, ohne Tricks. Jetzt verstehe ich den freundlichen Besuch seines Gesandten, nachdem ich zurückgekehrt war. Odaenathus war ehrlich … Verzeih mir, alter Waffenbruder! Du hattest mit deiner Lebensgefährtin nicht so viel Glück wie ich. Glauka hatte die Königin schnell durchschaut, sie warnte mich ständig vor ihr. Ihretwegen bin ich nicht nach Palmyra gereist. Sie hätten es neulich endlich geschafft, mich zu erledigen. Glauka ermahnte mich stets zur Vorsicht, und sie irrte sich nie. So wie sie auch mich nie getäuscht hat, niemals! Lasse ich es deshalb zu? … Und Clea? Als ich hörte, dass sie in Palmyra sei, glaubte ich, sie habe es auf Odaenathus abgesehen und sei seine Konkubine, nachdem sie ihn schon in Alexandria bezirzt hatte. Aber laut Dikantros ist sie immer noch bestens mit Zenobia befreundet. Bestimmt hat sie ihr auf die eine oder andere Art geholfen: Eine Hand wäscht die andere.

Was wird Zenobia jetzt machen? Ihre ersten Züge werden es mir verraten. Ihr Heer, das Schahpur besiegte, führte gerade einen Feldzug gegen die Goten. Wenn es sich nun stattdessen mit der Flotte der Seeräuber zusammentut, werde ich dann in der Lage sein, mit so wenigen befreundeten Häfen meine Schiffe zu schützen? Meine Schiffe und meine Lagerhäuser …? Werde ich auf Roms Hilfe angewiesen sein wie Rom auf Schahpurs Hilfe? Und mich aus dem Pontos Euxenios und sogar Byzanz, das bereits eingenommen ist, zurückziehen müssen? Rom um Hilfe bitten zu müssen, nachdem ich es ein Leben lang bekämpft habe! Und der Hass? Der Hass, den du mir beigebracht hast, Mutter? Der ewige Hass, den ich vor dem Morgenstern und dem Abendstern schwor? Wo ist er? Ich horche in mich hinein und finde ihn nicht … Ist das vielleicht der Grund, warum ich in meinem eigenen Haus nicht töte? Weshalb ich sie mit derselben Liebe küsse, weshalb ich ihm begegne, ohne dass mein Blut kocht … Ist es deshalb? Weil auf dem Felsen ein neuer Ahram geboren wurde, der ganz tief in mir war? Kann ich es leugnen? Es stand geschrieben. Deshalb die ganze Reise, deshalb schickte mir meine Göttin den Delfin, um mir das Leben zu retten, damit ich eine andere Reise antreten konnte. Eine Reise ins Innere meines Herzens. Um einen anderen Ahram zu entdecken. Dann gibt es tatsächlich diese andere Glauka! Heute Morgen war ich während der Versammlung manchmal so abwesend. Als hätte alles, auch die Goten und Zenobia, gar nichts mit mir zu tun, als wären nicht ich und meine Macht bedroht, die ich mir während so vieler Jahre hart erkämpfen musste. Meine Schiffe gehen verloren und mit ihnen meine Macht. In der Stadt lächeln mich die Menschen immer noch an, aber es ist ein anderes Lächeln. Sie warten auf meinen Untergang. Ha! Ich werde nicht klein beigeben, noch lebe ich! Mein Blut brennt nicht mehr wie früher, aber es fließt noch durch meine Adern, und niemand wird es vergießen. Trotzdem war ich heute so abwesend, als ginge mich all das nichts an. Es fällt mir schwer zu glauben, aber ich bin tatsächlich ein anderer. Lasse ich mich gehen, weil meine Macht schwindet, oder schwindet meine Macht, weil ich mich gehen lasse? Weil ich sie nicht zu verteidigen weiß? Noch genieße ich es, die Zügel in der Hand zu halten und die kräftigen Pferde zu lenken, aber längst nicht mehr so wie früher. Liegt es an den Jahren? Sie wiegen schwer, aber es liegt nicht am Alter. Es ist der andere Ahram, derjenige, der sie vor einem Jahr am Leben ließ. Als ich heute Morgen meine Männer ansah, hatte ich das Gefühl, als läge ein Schleier über der Realität. Selbst der neue Verrat, der meines Schwiegersohnes Neferhotep, dieser feigen Ratte, lässt mich kalt. Jetzt habe ich keinen Zweifel mehr: Dieser Idiot will Pharao oder zumindest Minister werden. Der frühere Ahram hätte ihm sofort alles weggenommen, was er ihm gegeben hatte. Aber jetzt ist es ihm egal. Soll er sich weiter an Tanuris erfreuen. Ich will Malkis Vater keinen Schaden zufügen, außerdem habe ich weder vor diesem Antoninus Angst noch vor den Priestern, die an der Verschwörung beteiligt waren … Ja, alles hat an Realität verloren. Nur Glauka nicht. Sie ist lebendiger, wirklicher und schöner als je zuvor. Die Welt konzentriert sich ganz auf sie, die sich Kritos überstreift wie ein Kleid, wie das Sklavenband am Knöchel, das sie gegen ein Goldkettchen austauschte, um mich daran zu erinnern, dass sie immer noch mir gehört, obwohl ich ihr die Freiheit schenkte. Wenn sie wüsste, welche Macht sie über mich hat! Trotzdem fühle ich mich deshalb nicht wie ein Sklave, im Gegenteil, so spüre ich, dass sie mir noch mehr gehört. Ist das nicht komisch? Ich musste erst fünfundsechzig Jahre alt werden, um die Komplexität des Lebens zu erkennen. Es kommt nicht nur darauf an, wer die Macht hat, und sie zu gebrauchen, wenn man sie hat. Das Leben ist viel verschlungener, viel reicher, behauptet Glauka.

Und Malki, welches Leben wird er haben? Er ist auch Teil der

Realität, aber auf eine andere Art. Malki! Du bist der Einzige aus meiner ganzen Sippschaft, der mir ähnlich ist! Auf der Rückreise wurde es mir klar. Du hast genauso tief geschlafen wie ich und bist aufgewacht, sobald sich etwas änderte, bei dem kleinsten fremden Geräusch oder dem geringsten Windwechsel. Manchmal hatte ich das Gefühl, dass du mich genauso ansiehst wie ich mich selbst. Nichts entging dir. Du spürtest, was zwischen uns vorging, zwischen deiner Glauka und deinem Großvater. Und das, obwohl du die Liebe noch nicht erlebt hattest! Anders als jetzt. Ich bin stolz auf dich! Didima erzählte Glauka, wie gut du dich beim ersten Mal geschlagen hast ... Was erwartet dich im Leben? Seit der Zeit von Maximinus vor mehr als dreißig Jahren haben die Soldatenkaiser alles zu Grunde gerichtet. Sie bringen sich untereinander um, für das Purpur, wie Hunde, die sich um Fleischabfälle balgen. Diese verhassten Römer! ... Bravo! Ich habe verhasst gesagt! Ja, aber nicht so wie früher, aus dem Bauch heraus ... Dreißig Jahre, die mir dazu dienten, stark zu werden, um gegen Rom zu kämpfen. Für dich aber würde ich gern eine andere Zeit haben, wie die des Severus. Damals gab es auch Meuchelmorde, die wird es immer geben, aber alles war beständiger, und man konnte langfristiger planen, weil man die Hoffnung hatte, das Begonnene zu Ende führen zu können ... Wie wird dein Leben aussehen? Heute Morgen sah dich Glauka an, und bestimmt dachte sie dasselbe. Mach dir keine Sorgen, ich werde dir beibringen, wie du kämpfen musst, um so zu werden wie dein Großvater, und wie du überleben kannst. Übrigens, die kleine Sklavin, die du jetzt mit ins Bett nimmst, gefällt mir. Glaub nicht, ich hätte es nicht bemerkt.

Was sieht Glauka bloß in Kritos? Und was gibt er ihr? Wie sie ihn während seiner Krankheit pflegte! Auch das hat mich zu dem gemacht, der ich heute bin. Indem ich Kritos mit anderen Augen sah. So gewöhnte ich mich wieder an seine Gegenwart: indem ich mit ihr in seine »Hütte« ging, wie er immer sagt. Er wollte nicht im Großen Haus versorgt werden mit vielen Ärzten in der Nähe. »Ärzte!«, sagte er sarkastisch, und es klang, als spuckte er aus. Ich glaube ja selbst nicht an Ärzte, alter Freund … Ist das möglich, habe ich gerade »alter Freund« gedacht? Ja, ihn krank zu sehen, war für uns beide gut. Wahrscheinlich war er von der langen Reise erschöpft oder das Essen an Bord ist ihm nicht bekommen, er ist das Leben auf dem Meer nicht gewohnt. Wäre er nicht erkrankt, hätte ich diese Beziehung wahrscheinlich nicht so schnell toleriert … Ich weiß es nicht, aber da lag er auf seinem Bett und kämpfte mit dem Tod, tagein, tagaus, mein Retter aus Samos, mein lebenslanger Freund, der Freund … ja, auch das, den Glauka liebt … Wie hätte ich ihn hassen können. Die Erinnerung ließ mich nicht los, ein ganzes Leben waren wir zusammen. Du warst mein Morgenstern, der einzige, bis sie kam. Ich glaubte immer, es seien zwei, aber Ittara brachte mir bei, dass beide dasselbe sind. Wenn ich dich mit Glauka besuchte, fragte ich mich, ob ihr beide nicht dasselbe in mir seid … Ich sah deinen Körper auf dem Bett, und es war nicht der, den ich so verachtete, weil er sich in Rhakotis erniedrigte und den Schwänzen der Seeleute hingab … Ich weiß, dass du mittlerweile deine Gewohnheiten verändert hast, aber schon vorher, als ich dich besuchte, war dein Körper ein anderer. Du hast dich verändert genau wie ich. Du warst auf keinem Felsen, aber du hast dieselbe Reise gemacht. Glauka hat auch dich verändert. Ist sie jetzt dein Stern? Du warst ein anderer, bist ein anderer und ich auch, aber auf uns wartet dasselbe Schicksal: sie, sie zu erreichen, in ihr zu leben. Seltsam. Als du reglos wie ein Toter im Bett lagst und wir dich besuchen kamen, war es so, als wären wir nur einer, der dich ansah. Seltsame Freunde! …

Warum seltsam? Wenn sie unser beider Stern ist, dann ist ihre Gegenwart nur natürlich. Und sie ist auch deine Ittara, obwohl du sie nicht kanntest … Ittara … die Erinnerung ist so lebendig, dass ich sie förmlich vor mir sehe. War sie, meine erste Frau, auch göttlich wie Glauka? Sie prägte mein Leben, und ich verstand es nicht, sie zu lieben. Jetzt erst erkenne ich, was ich in Wirklichkeit für sie war. Jetzt verstehe ich ihre Liebe. Ist es, weil ich jetzt gelernt habe, Glauka zu lieben? Sie weinte meinetwegen, jetzt erinnere ich mich daran, und es schmerzt mich. Statt sie zu trösten, regte ich mich auf, wenn ich sie weinen sah. Ich war so jung! Ich wusste nichts vom Leben. Und weiß ich jetzt mehr? In jener Nacht brachte sie mich auf die Palme. »Warum musst du die ganze Zeit heulen?!« Aber sie gab keine Antwort. Ich schrie sie an: »Hast du dich nicht beklagt, dass du allein bist, ohne Liebe? Hier hast du sie, los, genieße sie!« Und in der Hand hielt ich mein steifes Geschlecht. Sie ließ alles mit sich geschehen ... Und dann kam wieder der Vollmond, und sie verweigerte ihren Dienst. Sie wollte die Männer nicht empfangen. »Es wird mich das Leben kosten, aber ich kann nicht.« – »Warum nicht?« Niemals werde ich ihren verletzten Blick vergessen! »Was willst du jetzt machen?« – »Ich weiß es nicht, aber ich kann nicht.« – »Ich werde es in Ordnung bringen.« Ich kam mir allmächtig vor, und in meiner Überheblichkeit fiel mir nichts Besseres ein als dieser Dumme-Jungen-Streich. Ich sagte, sie solle sich verstecken, dann zog ich ihre Tunika, die hohen Sandalen an und streifte das Armband in Form einer Schlange mit Augen aus Malachatsteinen über. Mit einem Schleier konnte ich im noch spärlichen Licht des Mondes als Mädchen durchgehen ... Als die Männer mit ihren Opfergaben kamen, erklärte ich ihnen, die Priesterin sei krank, man habe mich geschickt, um für sie zu sorgen. Es waren dumme Bauern, die nickten und wieder abzogen. Nur einer sagte: »Dann diene du. Ersetze du sie in allem!« – »Das kann ich nicht, ich bin noch nicht initiiert.« Was hatte ich für einen Spaß, dabei war es ihr Todesurteil! Die Bauern dachten nach und wurden misstrauisch. Bestimmt waren sie es, die sie in Hierapolis anzeigten, wir sahen nämlich eine Priesterin aus dem Tempel der Atargatis kommen. Ich selbst konnte über das Meer entfliehen, aber später erfuhr ich, dass man die Priesterinnen für dieses Vergehen zu Tode steinigte. Damals tat es mir Leid, ich bereute es, aber erst heute schmerzt die Wahrheit richtig. Und wenn ich daran denke, dass ich später auf Samos selbst gesteinigt werden sollte und Kritos mich rettete! Ich vergaß schnell, aber seit Glauka mich damals zur Insel Karu führte, ist die Erinnerung an Ittara immer lebendiger geworden. Und jetzt tut es weh, dass ich so unsensibel war. Nie wieder soll es so weit kommen! Wie kann diese Erinnerung so tief reichen? So tief, dass schließlich sogar vergessene Worte wieder ans Licht kommen! Ja, so endete, ihr Gebet, nach dem »lass mich füllen deine Ekstase«:

Lass mich du sein, damit ich dir diene,
indem ich mich allen und jedem darbiete.
Lass mich für sie
der Ewige Augenblick sein:
der Kelch des Lebens,
in dem du dich darbietest.

So betete Ittara zu der Göttin … Sie gab und empfing, sie empfing und gab … Meine Ittara! Damals begriff ich nicht. Aber ich habe viel dazugelernt.

Wie schweigsam mein armer Ahram in der Versammlung war! Bis zum Schluss wollte er Zenobias Verrat einfach nicht wahrhaben, erst Odaenathus' Ermordung hat ihn überzeugt. Natürlich war sie es! Sie war von Anfang an eine Lügnerin und kroch in Palmyra nur zu ihm ins Bett, obwohl er es stets verneint hat, um ihm mit ihren wunderschönen Locken den Kopf zu verdrehen. Sie sind das Beste an dieser Frau, ich gebe es zu. Wie schlau, wie gerissen! Und wie sie ihn in die Irre führte, so dass er glaubte, Odaenathus habe das Attentat in Punt auf ihn geplant, ohne dass sie davon Kenntnis hatte! Und dann der berühmte Brief, in dem sie klagt, wie schutzlos sie nach Odaenathus' Tod sei … Als flehte sie ihn förmlich an, sie zu retten! … Hinterhältiges Weib! Endlich hat sie ihre Maske fallen lassen, jetzt wissen wir, dass sie unser Feind ist, und das ist besser so.

Deshalb war er so schweigsam, weil er überrascht war, dass er ihr vertraut hat, er, Ahram der Seefahrer, der Mächtige, und zum Glück nicht, weil ihm die Erinnerung an seine Einsamkeit auf dem Felsen immer noch zu schaffen macht. Wie schrecklich ein derart erzwungener Aufenthalt für einen Mann wie ihn sein muss. Schlimmer als der Tod! Plötzlich zur Tatenlosigkeit verurteilt, er, ein Mann, der nur davon lebt, die Welt und die Menschen zu lenken … Ja, er hat sich verändert, in diesen Monaten ist es mir immer klarer geworden. Kein Wunder nach einer solchen Erfahrung! Auch älter ist er geworden, aber weniger, als ich befürchtet hatte, nicht wie sein Freund Soferis, sein jüngster Freund, der aber auch schon in den Vierzigern ist. Dessen Bewegungen werden langsamer, das Alter zeigt sich bei ihm in seiner Leibesfülle. Da ist Ahram anders, aber trotzdem sind die Jahre grausam, auch für ihn. Meine größte Angst ist, dass er zu viel aushalten muss, dass er plötzlich zusammenbrechen könnte. Ich darf nicht einmal daran denken, ich will ihn nicht überleben, es ergäbe keinen Sinn, nicht mal Kritos könnte mich retten, ich würde selbst sterben. Mein Leben dreht sich nur um ihn, ich wäre lieber tot, als diese unerträgliche Leere erleben zu müssen, das Ende der Welt, ich erschauere vor Angst, wenn ich daran denke … Wie grausam die Jahre sind! Aber schlimmer war das Leben unter dem Wasser, außerhalb der Zeit, immer dieselbe Eintönigkeit … Ich sehe mich lieber lebend im Spiegel, auch wenn meine Brüste jetzt nicht mehr so voll sind, meine Haut nicht mehr so glänzt, und mein Körper nicht mehr so straff ist … aber dieser Körper hat alles genossen, genau wie das Herz, das ihn am Leben hält! Nur mein Haar hat seine viel beneidete Farbe behalten, nicht einmal Zenobia kann da mithalten. Wie sie mein Haar anstarrte, als die beiden in Alexandria zu Besuch waren! Schwarzes Haar ist hier nichts Ungewöhnliches, doch ihres war einzigartig … Ja, wir sind alle gealtert, nur Malki nicht. Was für ein wunderbarer Junge! Wenn er so weitermacht, wird er ein zweiter Ahram sein, trotzdem wäre es besser, wenn er noch ein bisschen mehr von Kritos lernen könnte. Bisher schreckt Ahram noch davor zurück, ihn Kritos als Lehrer anzuvertrauen. »Wenn er mit dem Gymnasium fertig ist«, wiederholt er ständig … Bei mir hat er nachgegeben, aber nicht bei seinem Enkel. Was für ein Irrtum! Typisch Mann, typisch Ahram! Und auch was mich angeht, irrt er: Er kann nicht verstehen, dass ich ihn noch mehr liebe, seit ich mit Kritos schlafe, dass die Liebe zu Kritos meine Liebe zu ihm noch steigert …

Kritos hat sich von seiner furchtbaren Krankheit gut erholt. Fast wäre er daran gestorben. Weder Assurgal noch der griechische Arzt oder Eulodias Gebete schienen ihn heilen zu können. Was war es dann? »Du hast mich gerettet, an dem Nachmittag, als Eulodia nicht da war und du ihren Platz eingenommen hast. Als du zugelassen hast, dass mein kranker Schweiß, der bereits nach Tod roch, sich an deinem nackten Körper labte, als du dich neben mich gelegt hast, um mich zu wärmen, weil ich mitten im Sommer vor Kälte zitterte. Und mein Todesschweiß verlor den Mut vor deinem frischen Leben, so wie das tosende Meer enttäuscht an einem harten Felsen abprallt … Du hast mich gerettet, mit deinem Körper, mit deinem Atem, mit deiner Nähe an jenem Nachmittag.« All das stimmt, trotzdem kann ich es nicht glauben … doch nein, halt, ich glaube es. Habe ich nicht oft genug in Ahrams Feuer oder in Kritos' Seele die Kraft der wahren Liebe gespürt? Egal, wer ihn gerettet hat, auf alle Fälle hat er sich erholt.

Welch wunderbares Wiedersehen, diese erste Umarmung nach der wochenlangen Genesung! Wir gingen von der Delfinbank zu seinem grünen Häuschen. Und dann die Überraschung! Plötzlich tauchte zwischen den Wellen am Meer unser Delfin auf, den wir nach meinem Vater Nereus getauft haben und der sich die ganze Zeit in der Nähe der Grotte aufgehalten hatte. Als hätte er gewusst, dass wir wieder da waren. Warum war er gekommen, trotz seiner Angst vor dem Leuchtturm? Was wollte er uns mitteilen? Kritos kam zuerst darauf. Süße Worte. »Sieh mal, dein Liebhaber kommt dich besuchen … Aber er ist nicht dein einziger Liebhaber …« Sein Blick verriet mir alles. Er führte mich an der Hand in seine Hütte, den Tempel seiner Einsamkeit, und es war wie in der ersten Nacht in der Grotte. Ich erschauderte, als ich von dem Mann geliebt wurde, der soeben dem Tod entronnen war, und mir wurde wieder einmal bewusst, dass Kritos mit derselben Intuition, demselben Wissen um meine Begierde küsst wie Domicia, und dennoch ist er ein Mann, obwohl er sich selbst für androgyn hält. Den Unterschied des Geschlechts spürt man bei jeder Berührung, bei jedem Blick, gerade deshalb ist die Vereinigung so unbeschreiblich!

Wir bezahlen dafür mit dem Altern. Und wenn schon! Ich küsste in ihm die Wiederauferstehung, das Leben, das niemals endet, auch wenn wir sterben. Er küsste meine Sirenen- und meine Frauenbrüste, seine Hand auf meinem Rücken war die Hand der Götter – wenn die Götter etwas fühlen könnten. Auf jeden Fall ist er ein Mann, das wusste ich auch ohne seine Erektion zu sehen, ein Mann, der seine Schwächen bezwingt, weil er sie annimmt, sie akzeptiert, sie auslebt … Kritos! Kritos! Trotzdem siehst du nicht, dass ich dir nichts gebe, dir nichts schenke, sondern dass du selbst mir genauso viel Liebe schenkst wie umgekehrt. Man müsste ein Wort, besser noch tausend Worte für »Liebe« erfinden. Es gibt keine zwei gleichen Lieben auf der Welt, und alle sind heilig, ich meine, menschlich, solange sie wahr sind. Er weiß nicht, wie er mich ganz annehmen kann, aber er akzeptiert es, und das löst alles, es schafft das Problem aus der Welt und öffnet das goldene Tor.

Wenn Ahram wüsste! Es überrascht mich nicht, dass er es nicht weiß, ich bin ja selbst nicht sicher. Wenn ich nur wüsste, was er auf dem Felsen erlebt hat! Er ist immer noch einzigartig, wenn er mich nimmt, wenn ich mich ihm hingebe; er ist immer noch die Haut, die mich beherrscht, die Zärtlichkeit, der ich mich nicht entziehen kann, der Ruf, dem mein ganzer Körper folgt, das Blut, das in meinen Adern kocht … All das ist er, mehr als je zuvor, weil ich jetzt die Angst in ihm sehe, nicht vor den anderen, sondern vor sich selbst. Die Angst, Schwäche zu zeigen, die Scham wegen Kritos und mir, als müsste man sich für eine wahre, tiefe Liebe schämen. Angst davor, tolerant zu sein, das heißt, zu verstehen und bis zum Äußersten menschlich zu sein! Er fürchtet das Wort, die Erklärungen … »Niemals habe ich so viel geredet wie auf dem Felsen, als ich ganz allein war … Jeden Tag Selbstgespräche. Sie waren das Schlimmste in dieser Zeit der Tatenlosigkeit.« Daran leidet Kritos nicht, an der Angst, etwas akzeptieren zu müssen, dafür ist dieser Mann, der alles versteht, sogar sich selbst, sich seiner eigenen Größe nicht bewusst. Kritos sieht nur seine Mängel. Auch so ein männlicher Irrtum, sie sind wie füreinander geschaffen, kein Wunder, dass sie so lange zusammen sind … Ich liebe sie so sehr! Was für eine Kraft das Leben hat, vor allem, wenn es mit uns spielt und uns auf unbekannte Wege lockt!

Während der Versammlung war er nicht der gewohnte Ahram, er schien abgelenkt, müde und alt, aber später, was für eine Überraschung! Ein Ahram, der anscheinend alles mitbekommen hatte, als wäre er aus dem Stupor erwacht, in den Zenobia ihn versetzt hatte. Wie von einem Peitschenhieb wachgerüttelt … Wie schön die Liebe mit ihm ist, sein Körper auf dem meinen, seine Raserei, sein fordernder Mund! Vor allem aber die Gespräche, die wir danach führen, Ahrams neue Gedanken, seine neue Zärtlichkeit; ich sah, dass er sich verändert, aber jetzt wird mir klar, dass dieser Wandel bis in die tiefsten Winkel seines Lebens reicht, bis hin zu seinen Machtplänen. Er sieht allmählich ein, dass er mit seinem Hass gegen Rom, diesem Traum von Rache nur seine Zeit und Kraft verschwendet, deshalb war er heute Nachmittag so zärtlich und hingebungsvoll bei der Liebe! Und nach dem starken, süßen Schwindel machte er sich mit derselben Kraft wie vor dem Felsen daran, die neue Lage zu beurteilen, lachte über sich selbst, weil er auf Zenobia hereingefallen ist, seine erklärte Feindin, schätzte die Schlagkraft seiner Forscher und seiner Erfindungen ein, die jetzt gegen Zenobia eingesetzt werden, denn er ist sicher, dass Zenobia aufs Ganze gehen wird, nun, da sie sich durch das Bündnis mit den Goten für unbezwingbar hält. Ahram lacht, wenn er an die bevorstehende Schlacht denkt, das Einzige, was ihn traurig macht, ist der Gedanke, dass all das nur Rom nützen wird, weil er nun Ägypten verteidigen muss, denn Zenobia wird versuchen, Alexandria zu erobern und ihn zu unterwerfen.

Ja, Odaenathus' Tod war wie ein Peitschenhieb in Ahrams Flanken, diese Flanken, glatt und muskulös unter meinen Händen und später kraftvoll zwischen meinen Schenkeln … Und morgen segeln wir beide ganz allein – nur von Likos begleitet – mit der Feluke nach Karu, um Bachirs Grab oberhalb der Bucht zu besuchen, den Monolithen, den Ahram für ihn am Fuß der Palmen hat aufstellen lassen. Auch wenn das Meer aufgewühlt sein sollte, mit ihm zusammen fürchte ich nichts, Ahram wird mit mir zu seinen Ursprüngen zurückkehren und mit ihnen zu mir zurückfinden … Was kann uns das Alter anhaben, bei einem solchen Leben!

28. Zenobia in Alexandria

»Sie werden bald angreifen«, erklärt Ahram.

Das Schweigen in seiner Umgebung spiegelt die Zustimmung und Besorgnis der Männer wider, die sich um ihn versammelt haben. Neben ihm steht der Epistratege mit seinem Federnbuschhelm, daneben der delegierte Befehlshaber der 14. Legion der Cyrenaica, die aus ihrem Lager in Heptanomia zur Verstärkung nach Alexandria verlegt worden ist, dann der Leiter des Stadtrates von Alexandria und einige weitere hohe Offiziere. Es herrscht allgemeines Bedauern darüber, dass sich der Statthalter im Augenblick auf hoher See befindet, wo er gegen die Flotte der Goten kämpft, die Alexandria vom Nachschub aus Rom abgeschnitten hat. Die Männer sind über die doppelspurige Rampe, die nun nicht mehr von den Maultieren benutzt wird, weil das Feuer im Leuchtturm wegen des Krieges und des Stillstands der Handelsschifffahrt erloschen ist, bis zur höchsten Spitze gelangt. Von dort betrachten sie an diesem herbstlichen Nachmittag, für die Ägypter der Beginn des Monats *tybi*, das Panorama der Stadt und ihr Umfeld. Man hört nur das Pfeifen des Windes in der Turmspitze und das Tosen des wütenden Meeres, das seine gewaltigen grauen Wellen gegen die Klippen schleudert.

Die Blicke schweifen vom Königspalast am Ende des Großen Hafens zum Sonnentor in der östlichen Stadtmauer. Auf dem Flachland davor ist das palmyrische Heer bereits bis zum römischen Legionslager von Nikopolis vorgestoßen, das kampflos aufgegeben wurde, weil es nicht zu verteidigen war. Vom Mareotis-See im Süden rückt die Streitmacht der Palmyrer auf die Vorstadt Eleusis vor, wo der Römer Popilius in der Zeit der Ptolemäer das Heer des syrischen Königs schlug. Doch dieses Mal glaubt niemand an einen Sieg, wie Ahram den Gesichtern seiner Männer entnehmen kann.

Die feindlichen Heere stoßen auf breiter Front vor. Sie stehen bereits buchstäblich einen Steinwurf von den befestigten Stadtmauern im Westen, mit der Nekropolis und dem Stadion, und vom Sonnentor im Osten entfernt, dessen mächtige bronzebeschlagene Querbalken aus Zedernholz von innen verstärkt wurden, um den wuchtigen Stößen der Rammböcke standzuhalten, die unter dem Schutz riesiger Schilder vorgetragen werden.

Die Männer auf dem Leuchtturm erörtern den aktuellen Stand der Dinge und steigen anschließend mit nachdenklichen Gesichtern hinunter. Ein Zenturio und zwei weitere Legionäre bleiben oben, um im Fall eines feindlichen Durchbruchs die Stadt mit lauten Trompetenstößen zu warnen. Ahram erinnert sich, wie er sich vor zweieinhalb Jahren, als Zenobia ihren Sohn Vaballath zum König salbte, fragte, wie weit diese Frau noch gehen würde. Was ist seitdem alles geschehen, denkt er nun, nachdem er sich vor dem Heptastadion von der kleinen Gruppe verabschiedet hat und in Begleitung seiner Eskorte auf das Große Haus zugeht. Kurz nachdem er sich im Sommer des Jahres 1021 nach römischer Zeitrechnung diese Frage gestellt hatte, war Kaiser Gallienus ermordet worden. Ihm war Kaiser Claudius gefolgt, der später wegen seiner Siege gegen die Germanen den Beinamen Goticus erhielt, obwohl es ihm nie gelang, die so genannten »Fürsten am Rhein« zu befrieden, die seit zehn Jahren in Gallien einfielen. Zu Beginn seiner Amtszeit musste er zudem Aurelians Erhebung niederwerfen, der ebenfalls Ambitionen auf den Thron hegte. Im Orient handelte ein anderer Feldherr auf eigene Faust. Diesem war sogar gelungen, Schahpur mehrmals zu schlagen, und nun machte offenbar auch er sich daran, den Kaiser Claudius herauszufordern.

Wie hätte eine Frau wie Zenobia die Anarchie in Rom ungenutzt lassen können? Ihr unvergleichlicher Ehrgeiz schien durch die bisherigen Siege ihrer palmyrischen Heere gerechtfertigt. Im Laufe des nächsten Jahres begann die Königin, ihre Expansionspläne in Kleinasien in die Tat umzusetzen. Im Norden eroberte sie Galatien mit der Hauptstadt Ankyra; im Süden besetzte sie Arabien, nachdem sie Cocceus Rufinus geschlagen hatte, und im Westen nahm sie nach einem schnellen Vorstoß durch das Eleutheros-Tal die phönizischen Städte Biblos, Berytus, Sidon und Tyros ein. Durch die Eroberung dieser Hafenstädte konnte der Oberbefehlshaber des palmyrischen Heeres Zabdas den verbündeten Goten vortreffliche Stützpunkte für ihre Flotte zur Verfügung stellen, die augenblicklich damit begann, den Schiffsverkehr mit Alexandria ernsthaft zu stören. In Galiläa vereinten sich die Truppen, die vom Landesinnern vorgerückt waren, mit den Truppenteilen, die über die libanesischen Berge gezogen und Heliopolis erobert hatten, so dass sie nun mit den Brunnen in Bostra und Philadelphia auch die wichtige Karawanenstraße kontrollierten. Das Hauptheer legte eine Atempause ein, um die Herrschaft über die neu eroberten Gebiete zu festigen und sich neu zu organisieren angesichts des regen Zulaufs von Verbündeten, die in Palmyra die neue Hegemonialmacht des Orients sahen und sich nun in Scharen dem siegreichen Heer anschlossen.

Allmählich wurden Zenobias grenzenlose Ambitionen sichtbar. Für Ahram stand damals fest, Zenobia würde sich auf Alexandria stürzen, nach Rom die zweitwichtigste Stadt der Welt, Dreh- und Angelpunkt für den Handel mit dem Land des Weihrauchs und der Gewürze. Und das Schicksal schien ihr hold zu sein. Zu Beginn des nächsten Jahres starb Claudius Goticus an der Pest, als er in Pannonien einen weiteren Feldzug gegen die Vandalen vorbereitete. Die Herrschaft seines Bruders Quintillus, der vom Senat zum Kaiser ernannt wurde, hielt den Angriffen von Lucius Domitius Aurelianus, der schon unter Gallienus Befehlshaber der neuen Reiterei gewesen war, nur drei Monate stand. Zenobia nutzte den internen Machtkampf, um die Stadt Ptolemais in Galiläa anzugreifen, die enge Handelsbeziehungen zu Alexandria unterhielt, und ihr Feldherr Zabdas stieß ohne nennenswerten Widerstand durch die Ebene von Esdraelon vor und eroberte Samaria, Judäa und Idumea. In etwas mehr als einem Monat stand das Heer der Palmyrer an der Grenze zu Ägypten.

Dort wurde das Heer von einer anderen Macht aufgehalten: der jährlichen Nilschwelle. Wochen zuvor hatte man in den Messstationen am Oberlauf des Nils bereits den ersten Anstieg des Wassers registriert, und schon im Sommer hatten sich das Tal und alle umliegenden Gebiete des Deltas, von Pelusium im Osten bis Kanopos im Westen in einen riesigen See verwandelt, aus dem nur Städte und Dörfer, die wohlweislich auf höher gelegenen Stellen gebaut worden waren, wie Inseln herausragten. Palmyras Heer schlug ein Lager auf, denn über das Schwemmland vorstoßen zu wollen, grenzte an Wahnsinn.

Die mehrmonatige Zwangspause nutzten die Alexandriner, um ihre Verteidigung zu organisieren. Kaiser Aurelian schickte einen neuen Statthalter seines Vertrauens nach Alexandria, Tenaginus Probus, zusammen mit einer Gefolgschaft von Offizieren und Würdenträgern, unter denen sich ein angesehener Epistratege befand, der sich während der Feldzüge in Pannonien und Moesia als Befehlshaber der Reiterei hervorgetan hatte. Doch nicht etwa seine militärische Erfahrung befähigte ihn, die belagerte Stadt zu verteidigen. Der neue Statthalter war ein reicher Senator und galt als hervorragender Kaufmann, dessen Verdienst vor allem darin bestand, zu den wenigen im Senat gehört zu haben, die sich seinerzeit geweigert hatten, Quintillus zum Kaiser zu ernennen. Deshalb wurde Ahram mit seiner Flotte, seinen profunden Kenntnissen der Seefahrt, der Stadt und des Umlands zum wichtigsten Berater des Statthalters und zu einem der Hauptorganisatoren der Verteidigung. In Übereinstimmung mit dem Befehlshaber der römischen Legionen der Cyrenaica beschloss er, den Vormarsch der Palmyrer am östlichen Delta mit wenigen wendigen Schiffen zu stören, indem er, sobald das Wasser die Schifffahrt wieder zuließ, von Memphis aus, wo sich der Fluss teilt, die vielen Nebenarme des Nils unsicher machte. Ohne sich Illusionen über einen Sieg hinzugeben, da die römischen Truppen weit in der Unterzahl waren, hoffte man darauf, den Vormarsch so lange aufhalten zu können, bis Aurelian, der im Augenblick wieder einmal von den germanischen Stämmen bedrängt wurde, Verstärkung schickte. Das gleichgültige und vielfach ausgesprochen feindselige Verhalten der meisten Fellachen im Nildelta erschwerte den Aufbau einer effizienten Verteidigung. In der Hoffnung, ihre früheren Latifundien und alten Vorrechte wiederzubekommen, hatten sich die Priester mit Zenobia verbündet und die Fellachen davon überzeugt, dass sie unter einem orientalischen König viel besser dran wären als unter römischer Knechtschaft.

In der Stadt dagegen hielten die einflussreichen Gemeinden der Hebräer und der Hellenen in Bruchium zu den Römern, aus Angst vor dem Verlust ihrer Reichtümer und vor Plünderungen. Sie fürchteten Palmyras brutale Unterdrückung, das neidisch auf den Wohlstand Alexandrias schielte. Die Christen ließen sich ebenfalls für die Verteidigung der Stadt gewinnen, da ihre Lage sich unter den letzten toleranteren Kaisern erheblich gebessert hatte. Und mit ihrem im ganzen Orient verbreiteten Netz von Glaubensbrüdern konnten sie wichtige Informationen über den Feind liefern. Die ägyptische Bevölkerung von Rhakotis, die Fischer im Hafen und am Mareotis-See, sowie die unteren Schichten, die stets für Aufruhr empfänglich waren und sich Hoffnung auf große Beute machten, hielten zu den Palmyrern.

Den Sommer verbrachten die Verteidiger der Stadt damit, die Befestigungsanlagen zu verstärken, Nahrungsvorräte anzulegen, die Waffenproduktion zu steigern sowie Eisenfallen und andere Hindernisse herzustellen, um die Reiterei aufzuhalten. Diese war der gefürchtetste Heeresteil der Palmyrer. Die Goten hörten nicht auf, die römischen Schiffe zu überfallen, doch konnten sie den Seeweg nach Rom nicht gänzlich unterbrechen, da die alexandrinische Flotte, vor allem Ahrams Triremen, bestens für den Kampf gegen Seeräuberschiffe ausgerüstet waren. Ab Oktober jedoch würde die Seefahrt für beide Seiten wie jedes Jahr während des Winters auf das unbedingt Notwendige beschränkt sein.

Das Delta ließ sich leider nicht lange halten. Sobald der Boden einigermaßen fest war, begann Zabdas mit seiner Offensive, und mit seiner Politik, keine Plünderungen zuzulassen, gelang es ihm, die Herzen der Fellachen im Delta im Handstreich zu erobern. Diese erhoben sich gegen die römische Besatzung. Zenobia setzte ihren unaufhaltsamen Vormarsch fort und schob eine Welle von Flüchtlingen auf Kanopos und später Alexandria vor sich her, unter denen sich auch die Bewohner von Tanuris befanden, das nicht zu verteidigen war und auf dessen Grundstück nur der Priester des Tempels zu Ehren Unserer Herrin des Wassers, die Sklaven und die ägyptischen Pächter geblieben waren. Sie glaubten, die Invasoren aus Palmyra nicht fürchten zu müssen. Ahram konnte sich Zenobias triumphierenden Blick vorstellen, wenn sie das Gut des Mannes betrat, der sie einst freundlich aufgenommen hatte und den sie später so hinterlistig hatte ermorden wollen. Doch das machte ihm weniger Sorgen als Bachirs Grab, wenngleich er ziemlich sicher war, dass die Insel die Aufmerksamkeit der Invasoren nicht auf sich ziehen würde.

Währenddessen und ohne seine Pflichten in der Stadt zu vernachlässigen, arbeitete Ahram daran, die Insel Pharos zu einem letzten Rückzugsort auszubauen, wo sie, sollte die Stadt tatsächlich den Feinden in die Hände fallen, so lange ausharren konnten, bis die Verstärkung aus Rom eintraf. Zu diesem Zweck hatte er vom Smaragdlager und seinen Werften in Darnis aus rechtzeitig die letzten Erfindungen heranschaffen lassen, die seine Erfinder gebaut hatten, vor allem ein neuartiges Katapult, mit dem man das griechische Feuer schleudern konnte, und eine Maschine zur Nutzung des Feuergeists: einen Flammenwerfer, der mittels einer Druckvorrichtung einen Strahl von brennender Flüssigkeit durch ein bronzenes Rohr warf, während die Person, die ihn bediente, sich mit einem Holzschild schützte, das mit einem unbrennbaren Gewebe aus den Fasern des neuen Minerals beschichtet war. »Drachen« nannte Ahram diese neue, Furcht erregende Erfindung, im vollen Bewusstsein der mythischen Angst, die ihr Einsatz erzeugen würde. Neben diesen neuartigen Waffen ließ Ahram große Mengen an Vorräten auf die Insel bringen, und Glauka und Soferis halfen ihm, den Widerstand zu organisieren.

Eines Nachts hatte Eulodia ihrer Herrin verraten, dass sich im Westen der Insel, hinter einigen Fischerhütten, die als Tarnung dienten, christliche Katakomben in den Klippen befänden, wo sich Glauka und die Ihren bei Gefahr verstecken könnten. Der Diakon ihrer Gemeinde hatte ihr erlaubt, dieses Geheimnis preiszugeben. Glauka war gerührt von diesem Vertrauensbeweis, hoffte aber, dass sie niemals in die Verlegenheit kommen würden, das Angebot annehmen zu müssen. Trotzdem hatte sie sich bei Eulodia bedankt und versprochen, das Versteck der Christen keiner Menschenseele zu verraten.

Jetzt verliert Zabdas keine Zeit mehr. Zwei Tage nachdem die Verteidiger der Stadt vom Leuchtturm aus die Lage erkundet haben, führt er einen Angriff auf das Sonnentor und die östlichen Befestigungsmauern aus. Zugleich rückt er im Norden gegen den Wachtturm am Kap Lochias und im Süden vom Mareotis-See aus am Kanal entlang gegen die Stadt vor. Zum Glück sind an diesen Stellen die Befestigungsmauern am wehrhaftesten, und die Bevölkerung der dahinter liegenden Viertel Rom treu ergeben: Hellenisten aus den Vierteln Bruchium und Neapolis, Hebräer, die in Nemesion zu Hause sind, Christen aus der Umgebung des Pan-Heiligtums und hohe Beamte und Würdenträger, die in den wohlhabenden Vierteln um den gut befestigten Königspalast wohnen, in dem sich die Quartiere des Statthalters und der Befehlshaber befinden.

Trotzdem setzt sich, wie von Ahram befürchtet, die Übermacht des Feindes durch. Nach nur zehn Tagen heftiger Angriffe durchbricht Zabdas' Heer die befestigten Mauern und rückt durch die Via Kanopos vor. Die Verteidiger sehen sich gezwungen, den Königspalast aufzugeben. Zabdas nimmt ihn sofort ein, während der Rest der Stadt sich noch verteidigt, mitten in der Konfusion, die von den lokalen Anhängern der Palmyrer geschaffen worden ist. Einen Tag später trifft die Königin mit ihrem Sohn ein, nachdem sie zuvor einige Tage auf Tanuris verbracht hat. Sie kommt in einer prachtvoll geschmückten Sänfte, neben ihr – hoch zu Ross – ihr Sohn Vaballath. Dem Hofstaat aus hohen Beamten und Würdenträgern, von denen manche griechische Chlamys und andere weite persische Hosen tragen, folgt eine prächtige Eskorte von berittenen Bogenschützen. Von Ahrams Terrasse aus kann man beobachten, wie über den Giebeln des Königspalastes zu den Klängen von Trompeten und Zimbeln die Standarten Palmyras gehisst und auf dem Rasen des Gartens prächtige Zelte für die Offiziere aufgebaut werden. In diesen Augenblicken stellt sich Glauka vor, wie Zenobia mit einem triumphierenden Lächeln die Stadt unter sich betrachtet, in der immer noch gekämpft wird, und auf die andere Seite des Hafens, zur Insel Pharos blickt, zum Haus des Seefahrers, dessen bevorstehende Einnahme die Krönung ihres Sieges sein wird. Doch Glauka kann sich jetzt nicht weiter mit diesen Gedanken aufhalten, da sie um Ahram besorgt ist, der immer noch in den Straßen von Alexandria kämpft und sich erst im letztem Augenblick über das Heptastadion nach Pharos in Sicherheit bringen will. Glauka wartet ungeduldig darauf, dass sich Ahram auf die Insel zurückzieht, damit sie zusammen kämpfen und, wenn es sein muss, auch zusammen untergehen. Trotz ihrer Verbitterung muss sie Zenobias Vorgehen bewundern, die alles daran setzt, die üblichen Plünderungen und Zerstörungen zu vermeiden. Es sind auch keine nennenswerten Brände zu beobachten. Alexandria ist ein kostbares Juwel, und Zenobia will es nicht zerstören.

Das ist auch der Grund, warum Glaukas Hoffnung auf Ahrams baldige Rückkehr durchkreuzt wird. Zenobia hat ihrem Heerführer Zabdas befohlen, mit nur einer Speerspitze von Elitetruppen die Hafenmolen einzunehmen, um die prächtigen Gebäude, die zwischen dem Hafen und der Via Kanopos liegen, zu schützen. Als aber Ahram, der in der Nähe von Alexanders Gruft kämpft, sich über das Heptastadion zurückziehen will, kann er sein Vorhaben nicht mehr verwirklichen, denn mittlerweile wird der südliche Zugang zu dem Steindamm von den Palmyrern kontrolliert. Trotzdem versuchen Ahram und einige wenige Getreuen, mit letzter Kraft eine Bresche in die feindlichen Linien zu schlagen, bis ihn ein Pfeil unterhalb des Schlüsselbeins trifft und gleich darauf ein zweiter ins Bein, die ihn außer Gefecht setzen. Seine Männer weigern sich, ihn im Stich zu lassen, werden umzingelt und leisten bis zum bitteren Ende Widerstand. Nur einem gelingt es, sich durch die feindlichen Linien zum Meer durchzuschlagen und verwundet bis zur Insel zu schwimmen, wo er Glauka die traurige Nachricht vom Verlust Ahrams und seiner Männer überbringt. Allein ihr Verantwortungsbewusstsein Malki und den anderen gegenüber hält die verzweifelte Glauka davon ab, sich auf der Stelle umzubringen. Sie beschließt, sich der Herausforderung zu stellen, wie Ahram es getan hätte. Sie überwindet ihre Trauer und trifft mit ihren Freunden letzte Vorbereitungen, um dem Angriff der Feinde so lange wie möglich standzuhalten, während sie von der Insel aus beobachten, wie Zenobias Söldner weiter vorrücken, den Hafen von Kibotos, die westlichen Befestigungsanlagen einnehmen und die letzten römischen und alexandrinischen Verteidiger über die Katakomben in Nekropolis bis zum prächtigen Viertel der Einbalsamierer zurückdrängen. Als sich die Nacht herabsenkt, haben sie keinen Zweifel daran, dass Zenobia im Morgengrauen Pharos angreifen wird.

Mit Kritos', Malkis, Artabus' und Soferis' Hilfe sammelt Glauka die kostbarsten Gegenstände, die sie tragen können, und einige wichtige Urkunden und Andenken ein. Dann führen sie Eulodia, Marsia und zwei weitere christliche Sklavinnen im Schutz der Dunkelheit zu dem geheimen Eingang, der zu den Katakomben hinunterführt, wo sie wie Brüder und Schwestern aufgenommen werden. In den unterirdischen Gängen stellen sie plötzlich fest, dass Kritos fehlt, doch da sie an seine extravaganten Eskapaden gewöhnt sind, gehen sie davon aus, dass er bald nachkommen wird. Mittlerweile hat Artabus das Kommando über die kleine Gruppe übernommen. Er schlägt vor, sich einige Tage in den Katakomben zu verstecken und auf einen günstigen Augenblick zu warten, wenn die Aufmerksamkeit der Besatzer etwas nachgelassen hat, um auf einem der vielen kleinen Boote, die im Hafen vor Anker liegen, nach Antiphrae oder Darnis zu flüchten, wo sich Ahrams Werften befinden. Doch in dieser grausamen Nacht trifft Glauka ein weiterer Schicksalsschlag. Da Kritos nicht auftaucht, machen sich einige Männer auf, um ihn zu suchen, doch vergeblich. Sie können sich sein Verschwinden nicht erklären. Er war der Letzte in der Schlange, möglich, dass er an den Klippen ausgerutscht und in die Tiefe gestürzt ist. In den kommenden Tagen bringen die christlichen Boten weitere bedrückende Nachrichten: Assurgal und Dagumpah sind zu Tode gekommen, als der Pöbel von Rhakotis das Museum stürmte, noch ehe die Truppen der Palmyrer eingetroffen waren, die diesen Tempel der Gelehrsamkeit schützen sollten.

Wenn Glauka nur wüsste, dass Ahram noch am Leben ist! Die Söldner, die ihn erkannten und gefangen nahmen, brachten den bewusstlosen Ahram zum Königspalast, wo er auf Befehl Zenobias von einem Arzt und einer Sklavin versorgt wurde, die nicht von seiner Seite wichen. Als der Gefangene das Bewusstsein wiedererlangt, erkennt er am Luxus der Einrichtung, an den Wedeln der Palmen, die er durch das große Fenster sieht, und am Klang der Trompeten, dass er sich in einem Raum des Königspalastes befindet. Sobald der Gefangene aufstehen kann – der linke Arm steckt in einer Schlinge, und der verwundete Schenkel trägt einen Verband – , holen ihn zwei palmyrische Soldaten ab und führen ihn durch diverse Gänge und Räume zu einer verschlossenen Tür, die sich vor ihm auftut.

Er überwindet die Erschöpfung nach dem langen Weg, der ihn hierher führte, tritt durch die Tür und schafft es, mit beinahe militärischer Haltung einige Schritte zu tun. Ganz am Ende des großen Saals, unter den holzgeschnitzten Adlern des Römischen Reiches, auf dem Thron des Statthalters sitzt mit gekreuzten Beinen im orientalischen Stil die prunkvoll gekleidete Zenobia, und neben ihr steht ein milchbärtiger Knabe, der mehr Ähnlichkeit mit Odaenathus als mit seiner Mutter hat. Unter Aufwendung seiner gesamten Willenskraft bleibt Ahram aufrecht vor ihr stehen und sieht ihr in die Augen, während die Wut sein Herz verbrennt. Hätte er nur seinen Dolch dabei! Er würde gern sterben, nachdem er sie umgebracht hat!

Zu beiden Seiten der Fürstin erscheinen jetzt mehrere Offiziere und hochrangige Würdenträger. Auf den Stufen, neben dem Thron der Königin, erkennt Ahram angewidert eine lächelnde, fast liebenswürdige Clea. Was ihn aber am meisten überrascht, ist die Krone der ptolemäischen Herrscher, die Zenobias Haupt schmückt. Später wird er erfahren, dass die Königin dem Stadtrat von Alexandria Urkunden vorgelegt hat, die beweisen sollen, dass sie direkte Nachfahrin eines Sohnes von Ptolemaios Auletes ist und daher ein Anrecht auf die Doppelkrone Ober- und Unterägyptens der letzten ägyptischen Königin Kleopatra habe. Die Tatsache, dass sämtliche Mitglieder des Rates davon überzeugt sind, dass es sich bei den Urkunden um eine Fälschung handelt, hat sie nicht daran hindern können, sich scheinheilig dem Willen der Königin zu beugen und Zenobia Augusta, Königin von Palmyra, zur rechtmäßigen Erbin des ägyptischen Königreiches zu erklären. Diese Details wird Ahram aber erst später erfahren, im Moment ist er nur darum bemüht, ihr mit dem größtmöglichen Stolz entgegenzutreten, den ein Gefangener aufbieten kann.

Derart überheblich ist sein Auftreten, dass ein aufgebrachter Offizier mit erhobener Peitsche auf ihn zugeht und ihm befiehlt niederzuknien. Doch eine Geste der Königin hält den Peitschenhieb auf, während Ahram entschlossen erklärt:

»Dazu müsstet ihr mich umbringen!«

Zenobia lächelt, huldvoll und verächtlich zugleich, was noch beleidigender ist als ihre Wut.

»Wirst du denn nie klug werden, Ahram? Du bist nicht mehr der Mächtige ... Na schön, hören wir uns an, worum du mich bitten willst. Ich habe dich kommen lassen, um dir zuzuhören.«

»Dich bitten? Höchstens, dass man mich hier wegbringt, damit ich deinen Anblick nicht ertragen muss.«

Entsetztes Raunen unter den Anwesenden. Doch Zenobia bringt sie mit einer belustigten Geste zum Schweigen.

»Willst du nicht um dein Haus, deine Schiffe, deine Güter bitten? Nicht einmal um deine Freiheit?«

Ahram antwortet nicht, sondern wirft ihr nur einen verächtlichen Blick zu. Der orientalische Geruch aus den Räucherpfannen erinnert ihn an die Atmosphäre in einem Schlafzimmer, fast wie in einem Freudenhaus. Ungläubig staunend verfolgen die Anwesenden die Unverschämtheit, mit der der verwundete Mann in der zerfetzten Tunika und den Papyrussandalen, die sie ihm gegeben haben, mit entblößtem Haupt inmitten des Marmors und Purpurs die Herrin, die über sein Schicksal entscheiden wird, herausfordert.

Zenobia seufzt gespielt mitfühlend.

»Ich hielt dich für klüger. Wenn du es wärst, dann könntest du immer noch Ahram der Seefahrer sein, einer der bedeutendsten Männer im Dienste der neuen Weltmacht.«

»Niemals werde ich von dir etwas annehmen! Niemals! ... Dein Untergang wird erbärmlich sein ... Du willst Rom beerben? Du, die ihre Verbündeten verrät, den Perser und Menius hintergeht, ihren eigenen Ehemann ermorden lässt? Eine emporgekommene Konkubine?«

Er verstummt, weil der Ekel ihm die Kehle zuschnürt und die Peitsche des Söldners sein Gesicht trifft. Die Königin verhindert es dieses Mal nicht und richtet sich wutentbrannt im Thron auf. Erst als Ahram den Offizier einen »Feigling« nennt und dieser nach seinem Schwert greift, geht sie dazwischen und ruft blass vor Zorn und mit lodernden Augen:

»Dann nimm diesen Gefallen an, obwohl du von mir nichts annehmen willst. Er ist der letzte in deinem Leben!«

Ein glänzender runder Gegenstand baumelt an einem Kettchen in ihrer Hand. Nach einem Augenblick lässt sie ihn fallen. Er landet mit einem klirrenden Geräusch auf dem Marmor vor Ahrams Füßen.

Als der Verwundete das kleine Goldmedaillon sieht, wird sein Gesicht zwischen den ungepflegten Bartstoppeln totenbleich. Seine Kehle ist wie zugeschnürt, und durch die Tränen, die er vergeblich zu unterdrücken sucht, kann er kaum etwas erkennen, als er sich hinunterbeugt und das Medaillon aufhebt. Einst hat er es eigenhändig um einen geliebten Hals gelegt. Jetzt hängt er es sich selbst um den Hals als Ersatz für jenes, das er während des Kampfes in der Stadt verlor.

»Glauka, Glauka!«, wiederholt er und küsst das Amulett, jede Haltung des Hochmuts vergessend. Er fragt Zenobia: »Ist sie tot?«, und wiederholt es noch einmal, rasend vor Wut: »Hast du auch sie umgebracht?«

Zenobia macht nur eine Kopfbewegung, und die Soldaten zerren Ahram aus dem Saal, während die Königin die Unterhaltung mit ihrem Hofstaat wieder aufnimmt, als sei der Vorfall nur eine Lappalie gewesen. Es ist ein vom Schmerz verwirrter Mann, den die Soldaten nun die Treppen hinunterschleifen. Sie bringen ihn nicht mehr auf sein Zimmer zurück, sondern in eine Zelle im unterirdischen Kerker, in die nur durch einen winzigen Spalt in der Mauer Tageslicht dringt. Ahram lässt sich auf einen Haufen Stroh fallen und hört nicht einmal, wie die Verriegelung der Tür zuschnappt. Der Schmerz zerreißt ihn, und lange Zeit kann er nur einen Gedanken fassen, der sich bald zur Besessenheit steigert: Wenn Glauka tot ist, wird auch er sich umbringen. Am Leben zu bleiben würde nur noch bedeuten, Zenobias Quälereien ertragen zu müssen.

Nachdem die Sonne untergegangen ist und sich der letzte Lichtstrahl, der durch den Spalt drang, verfinstert hat, geht plötzlich die Tür auf, und Clea tritt mit einer brennenden Laterne in seine Zelle. Nachdem sie den Wärter weggeschickt hat, sieht Ahram sie an und stellte die einzige Frage, die ihn interessiert:

»Ist sie tot?«

»Nein, man hat sie nicht getötet, aber sie ist verschwunden. Das Medaillon haben deine Sklaven gefunden, als sie mit den Soldaten Pharos durchkämmten, und da sie es erkannten, schickten sie es der Augusta. Vielleicht konnte sie flüchten, obwohl es ziemlich ausgeschlossen ist, weil die gotischen Schiffe während der Schlacht die gesamte Küste umzingelt hatten. Vielleicht hat sie sich umgebracht. Ihre Leiche könnte im zerstörten Teil deines Hauses liegen. Oder sie ist ins Meer gesprungen.«

Obwohl die Hoffnung so klein ist, gelingt es Ahram, an etwas anderes zu denken.

»Mein Haus wurde zerstört?«

»Die Söldner der syrischen Vasallen haben gegen den ausdrücklichen Befehl Zenobias Feuer gelegt, so dass fast der ganze Westflügel abgebrannt ist.«

»Der Flügel der Sklaven«, murmelt Ahram leise.

»Ja, aber leider auch der Teil, in dem die Waren gelagert wurden und das Archiv. Dabei hätte man aus deinen Aufzeichnungen so vieles Interessantes erfahren!«, seufzt die Dame, während sie vorsichtig den Saum ihrer Tunika hebt, damit sie nicht auf dem Boden schleift.

Allmählich gewinnt Ahram seine Haltung wieder.

»Du ekelst mich an, geh ... Wie kannst du am Ende diesem Weib dienen?«

»Wieso am Ende? Ich war bereits mit ihr verbündet, als wir beide uns noch gar nicht kannten. Wir gehören der Sekte der ›Amazonen‹ an, die gegen die Männer kämpft, die uns Frauen unterdrücken, verachten und ausbeuten. Ein mächtiger Geheimbund von Frauen, der in allen größeren Städten der Welt Anhängerinnen hat und von Zenobia angeführt wird. Jetzt kann ich es dir verraten. Glaubtet ihr Männer etwa allen Ernstes, wir Frauen wären dumm und schwach? Tja, jetzt liegst du uns zu Füßen, wie so viele andere auch. Nur Kritos ahnte etwas von unserem Geheimbund.«

Plötzlich erinnert sich Ahram, schmerzerfüllt und hoffnungsvoll zugleich.

»Kritos! Was ist aus ihm geworden?«

»Ebenfalls verschwunden. Manche wollen ihn auf deinem Turm gesehen haben, ehe das mit dem Drachen geschah. Aber keiner hat es gewagt hineinzugehen. Sie glauben immer noch, deine Frau hätte den Ort verflucht«, fügt sie spöttisch hinzu.

»Dem Drachen?«

»Als wir die Insel eroberten, begab sich eine Vorhut als Erstes zu deinem Turm und wollte durch das kleine Tor in der Mauer hinein.

Was sich aber dann ereignete, klingt ziemlich unglaublich. Die Soldaten berichteten, sie seien dort von einem Drachen angegriffen worden, aus dessen Rachen eine mehrere Ellen lange Flamme stieß, die die meisten von ihnen auf der Stelle verbrannte. Die anderen ergriffen vor diesem Ungeheuer, das sie noch niemals zuvor gesehen hatten und das ein grauenhaftes Brüllen ausstieß, die Flucht. Etwas später wagte ein Offizier, empört über die Feigheit der Soldaten, einen weiteren Angriff, aber auch seine Männer wurden von dem Flammen speienden Ungeheuer zurückgeschlagen. Diesmal ließen sie einen Regen von Pfeilen auf die Bestie niederprasseln und trafen wohl ihr einziges Auge. Obwohl das Ungeheuer kein Feuer mehr spuckte und sie sahen, wie ein Mann in seiner Nähe zu Boden fiel, hat sich seitdem aus Angst vor einem Fluch niemand mehr in die Nähe des Turmes gewagt.«

»Was für ein Mann?«, will Ahram wissen, der an Artabus oder einen seiner Kapitäne denkt.

»Als sie einen Tag später endlich ihre Angst überwunden hatten und sich noch einmal zum Turm begaben, war der Mann verschwunden, deshalb herrscht immer noch die Meinung, der Turm sei verflucht, obwohl man weder Stimmen noch sonst etwas hört. Sie fanden nur eine seltsame unbekannte Apparatur, die sie in den Königspalast brachten.«

Nach einem kurzen Augenblick sagt Ahram traurig:

»Wenn du mir weder etwas über Glauka noch meine Freunde berichten kannst, dann geh und lass mich in Frieden.«

»Jetzt hör mir mal gut zu, du sturer Bock. Ich habe keine Lust, noch länger in diesem stinkenden Loch zu verbringen. Ich bin gekommen, um dir deine Lage klar zu machen, obwohl du mich genauso verachtest hast wie alle anderen Frauen.«

»Nicht Glauka!«

»Glauka ... noch eine Frau, die sich uns nicht anschließen wollte, obwohl ich es ihr durch die Blume angeboten habe. Fähigkeiten und Talente der Hälfte der Frauen werden euretwegen nicht genutzt. Und wir wären euch in allen Belangen überlegen, wenn wir die gleiche Bildung erhalten könnten wie ihr. Dein Freund Kritos brachte uns diese Anerkennung entgegen, indem er sich als Frau verkleidete, er war der Einzige, der uns verstanden hat ... Glauka! Sie hat sich damit begnügt, deine Hetäre zu sein!«

Ahram nimmt sich zusammen, um nicht Glaukas wahren Ursprung zu verraten. Clea fährt fort:

»Also, hör gut zu. Es ist deine letzte Chance. Zenobias bewundernswerter Erfolg ist die Frucht unserer Pläne, unserer gemeinsamen Pläne. Bislang haben wir sie nur vom Bett aus verfolgt, der einzigen Waffe, die ihr uns gelassen habt, aber jetzt hast du sehen können, dass wir auch offene Schlachten gewinnen können und sogar Rom bezwungen haben. Odaenathus wie auch deine Glauka waren mit wenig zufrieden, sie begnügten sich damit, Vasallen Roms zu sein. Nicht mal mit dir als Verbündetem hätte Odaenathus etwas anderes sein wollen. Er war bloß ein guter Soldat im Dienste seiner Herren. Zenobia hat mit allen gespielt. Sie hat hinter Odaenathus' Rücken heimlich mit Schahpur verhandelt und beschlossen, dich in Punt wegen deiner Sturheit umbringen zu lassen, wie du trotz deiner Einfallslosigkeit bemerkt haben müsstest. Jetzt ist sie mächtig genug, um von einem erstarkten Palmyra aus, das obendrein über die Kornkammer Ägypten verfügt, ein großes Reich zu führen. Es wird von Arabern regiert, und seine Küsten werden von den Goten beschützt, die nun in Alexandria, dem größten Hafen der Welt, einen vortrefflichen Stützpunkt für ihre Flotte zur Verfügung haben. Odaenathus lehnte diesen genialen Plan ab, als sie ihn ihm vortrug. Deshalb musste er sterben, bevor er ihn an Rom verraten konnte ...«

Clea macht eine bezeichnenden Pause und fährt dann fort:

»Sieh dich in diesem Spiegel an. Noch kannst du deine erbärmliche Haut retten. Ich habe ein gutes Wort für dich eingelegt, auch wenn du es nicht glaubst, weil du nützlich sein könntest, so wie Odaenathus es war, bis er einen Fehler machte. Die Augusta würde dir die Befehlsgewalt über ihre palmyrische Flotte übergeben und mehr Mittel für deine Werften bereitstellen. Du könntest mit deinen Baumeistern deine Flotte ausbauen und perfektionieren und die Ägäis von diesen Seeräubern säubern. Die Goten sind nur gut, um Städte zu plündern und zu zerstören, jetzt sind wir nicht länger auf sie angewiesen. Du wärst der König der Meere und hättest mehr Macht als je zuvor. Es ist ein blendendes Angebot, das du eigentlich gar nicht verdienst.«

Ahram sieht sie eindringlich an und erinnert sich, dass er dieses verhasste Gesicht einmal schön fand.

»Ich will dich tatsächlich um etwas bitten, wie du siehst ... Sag mir bei dem Menschen, den du am meisten liebst, wenn du überhaupt dazu fähig bist ...«

»Zenobia«, unterbricht sie ihn mit einem boshaften Lächeln.

»Also bei dieser, dann sag mir, ob du etwas über Glauka weißt oder nicht.«

»Nein, wir wissen nicht, was aus ihr geworden ist, wie gesagt. Wir vermuten, dass sie die Klippen hinunterstürzte, als sie übers Meer flüchten wollte. Wir fanden ihr Amulett auf dem Pfad, der an den Klippen entlangführt, und sie hätte es bestimmt nicht freiwillig dort zurückgelassen. Sie kann nicht entkommen sein, aber sie ist verschwunden, obwohl wir die ganze Insel durchkämmt haben.«

Ahram hat ihr so aufmerksam zugehört wie noch nie, um die kleinste Täuschung zu erkennen. Doch er ist überzeugt, dass die Frau diesmal die Wahrheit sagt. Er senkt den Kopf auf die Brust und murmelt:

»Geh!«

»Überleg es dir gut! Nimm dir ein Beispiel an deinen Schwiegersohn! Oder willst du dümmer sein als er?«

Ahram hebt neugierig den Kopf.

»Neferhotep?«

»Er dient der Augusta und wird einen hohen Posten in der palmyrischen Verwaltung Ägyptens erhalten. Er wird zwar kein Pharao sein, wie ihm die Priester versprochen hatten, aber ...«

»Dieser Idiot!«

»Er kennt sich in der Welt der Beamten aus. Und er wird uns

nicht hintergehen.« Man hört ein komplizenhaftes Kichern. »Weil ich ihn manchmal zu mir ins Bett kriechen lasse. Er frisst mir aus der Hand wie ein Spatz.«

»Soll er dir in den Arsch kriechen! Und jetzt geh!«, schreit Ahram sie an.

Clea versetzt dem verwundeten Schenkel des auf dem Stroh liegenden Mannes einen Tritt und faucht, während sie in die Hände klatscht:

»Der Idiot bist du! Armseliger Narr!«

Der Wärter schließt die Tür auf und lässt sie hinter Clea wieder ins Schloss fallen. Ahram bleibt in der Dunkelheit zurück. Er spürt, dass er sterben wird, aber er ist froh, diese niederträchtige, verruchte Welt zu verlassen. Trotzdem rechnet er fest damit, dass Ittara ihn nicht im Stich lässt, dass seine Sterne noch leben oder in dieser anderen Welt auf ihn warten, Glauka und Kritos. Kritos war der Mann im Turm, er hat ihn verteidigt, denkt Ahram: Nur er wäre zu so einer Wahnsinnstat fähig!

Tot, alle tot, plötzlich bin ich allein, nicht mal Schmerz fühle ich noch, ohne Ahram, ohne Kritos, der in diesem Ofen verbrannte wie ein Christ, ohne einer zu sein. Gestern noch lag er ausgestreckt vor mir, in den Katakomben, so friedlich wie nach der Liebe! Sein Gesicht war noch fröhlicher, fast glücklich. Haben unsere Hände dir dieses Gefühl gegeben? Wir beide haben dich gewaschen und gesalbt, Eulodia wollte es allein tun, damit ich nicht leide, wenn ich dich so vor mir habe, aber ich ließ es nicht zu. Ich nahm dir mein Armband vom Handgelenk, das Einzige, was mir noch von euch bleibt, nachdem ich Ahrams Medaillon verloren habe. Dein Körper war wie in jener Nacht in der Grotte, als du mir nachgegeben hast: fein, schmal, engelhaft, die Hüften glatt, das Geschlecht begehrenswert, die kleinen Brustwarzen, die ich so oft geküsst und gebissen hatte … aber nur eine, an Stelle der anderen gab es jetzt ein klaffendes Loch von dem Eisen, das dich durchbohrte. Schrecklich, so schrecklich! Musste ich all das noch einmal erleben? Wieder ganz von vorn anfangen? Dieselbe eisige Hand spüren, die meine Seele erdrückt wie damals am Strand beim Tod meiner Tochter? Damals war die Sterblichkeit noch etwas Neues für mich. Das Eisen hatte Mitleid mit deinem Gesicht, du warst es, Kritos, am Strand des Todes. Ist es das, wofür wir leben? Nie habe ich bereut, mich für das Leben entschieden zu haben, aber jetzt ..., es ist zu viel auf einmal, ich kann es nicht ertragen, ihr habt mich verlassen, als ich nicht bei euch war, bei keinem von euch beiden, es ist zu viel, auch wenn du mir sagen würdest, dass es wunderschön ist ...

Denn Ahram ist tot, sie haben ihn vernichtet, wie konnte ihn diese Schlange so viele Jahre täuschen! Ich habe sie sofort durchschaut, kaum dass sie an jenem Morgen mit ihrem betörenden Lächeln und ihren grausam sinnlichen Lippen von Bord ging. Ahram kam erst dahinter, nachdem sie Odaenathus ermordet hatte und ihre Maske fallen ließ. Da erkannte er, dass sie alles wollte, dass sie bis hierher kommen würde, erst da war er wieder der Alte, unser Anführer von früher, und dass die Stadt so lange Widerstand leistete, war ebenfalls ihm zu verdanken. Warum bin ich nicht mit ihm gestorben? Nur Malki hält mich noch hier. Wie jung und trotzdem bereits ein ganzer Mann, der zusammen mit Artabus am Eingang zum Heptastadion kämpfte, man musste ihn förmlich wegzerren, ein Löwe wie Ahram. Und als der einzige Überlebende der Stadt zu uns stieß, wollte er zurück, um den Leichnam seines Großvaters zu bergen. Nur mit Mühe konnte ich ihn zurückhalten. Sie müssen ihn umgebracht haben – hätte er sich retten können, hätte er sich bis hierher durchgeschlagen. Ob sie seinen Leichnam geschändet haben? Hoffentlich haben ihn die Soldaten nicht erkannt, sie brächten es fertig, ihn zu enthaupten und Zenobia seinen Kopf zu bringen ... Ich darf nicht daran denken, mein Herz zieht sich zusammen. War es das, wofür wir ihn von der Felseninsel retteten? Diese lange Reise machten, die Seele voller Angst? Oder diente die Reise dazu, Kritos und mich reinzuwaschen von jener Nacht, von unserem Zusammensein? Nein! Wir haben uns von keiner Schuld reingewaschen! Es gab keine, sogar er hat begriffen, dass alles rein war, dass wahre Liebe niemals schuldig ist, die Welt gehorcht ihr, sie schmerzt, erdrückt, zerstört sogar, aber sie erniedrigt nicht. Die Liebe ist immer wahrhaftig, und wenn nicht, dann ist es keine Liebe. Ahram wusste es, er hatte es erkannt, darin lag seine Größe. Trotz der Art, wie er dachte, trotz seiner Herkunft war er imstande, es zu begreifen. Du hast es verstanden, indem du dich überwunden hast, du hast uns umarmt, ohne es zu sagen, so wie wir dich umarmt haben, wir haben dir nichts genommen, meine Haut gehörte immer dir, weil sie ein Teil deines Reiches war, dein exklusiver Besitz. Kritos besaß nur eine Tür, den Eingang zu meiner Seele, die ebenso dir gehörte, weil du sie von meinem Körper gelöst hast, sie blühte auf bei deiner Berührung, du hast mir die Seele aus dem Leib genommen, du hast sie verschlungen und mich zu einem Teil von dir gemacht. Es war eine andere Liebe, aber genauso wahr wie die mit Kritos, du, indem du dich meiner bemächtigt hast, und er, indem er sich mir unterwarf, du gabst mir den Schwindel, Kritos empfing ihn von mir, du warst das Feuer, Kritos meine Luft, du hast dich in der Macht verloren, Kritos im Wort, und ich brachte euch beiden das Leben, als Gottmutter, wie zwei Kindern. Auf deinem Felsen wurde es dir bewusst, und jetzt, wo wir drei alles hatten, lasst ihr mich allein … Sogar du, Kritos, der du nie ein Kämpfer warst … Warum bist auch du gegangen? Wenn ich schon nicht neben Ahram sterben konnte, so wenigstens neben dir. Eulodia kam als Erste darauf, durch die Spalten im Gestein hörten wir das Tosen des Meeres, das Waffengeklirr, die Todesschreie, das Aufeinanderprallen der Rüstungen, und plötzlich dieses fürchterliche Gebrüll, wie man es nie zuvor von einem Menschen vernommen hatte. »Das ist Kritos!«, rief sie, und dann erkannte ich dich auch. Wie konntest du so schreien? Ich erinnerte mich an Philopators Erfindung, den Trichter, dann ein Furcht erregendes Schnauben und Schmerzensschreie von anderen Stimmen. Später senkte sich die Nacht herab, alles war still. Artabus stahl sich aus dem Versteck, um nachzusehen, Malki beharrte darauf, ihn zu begleiten, die Wolken verdeckten den Mond, und ich folgte ihnen gegen ihren Willen, sonst niemand, man durfte uns nicht sehen. Wir gelangten zum Turm, natürlich, es war der Flammenwerfer und der Trichter, und daneben lag Kritos auf dem Rücken, in der Brust steckte ein Pfeil. Er lag im Sterben. Als ich seine Hand nahm, erkannte er mich, doch als ich ihn küsste, war er bereits tot. Wir brachten ihn hierher, Eulodia war bestürzt, ich klammerte mich an sie vor dem Toten. »Weine nicht, Herrin, er hat jetzt seinen Frieden«, flüsterte sie mir leise ins Ohr, »Verzeih, Herrin, aber ich habe ihn geliebt.« – »Nenne mich Glauka, Schwester.« – »Ich liebte ihn, ohne meinem Jovinius untreu zu sein. Ich wollte ihn zu Christus führen, aber er hat sich immer dagegen gewehrt. ›Ich weiß, dass meine Götter aussterben‹, sagte er immer, ›aber verlange nicht von mir, dass ich sie töte, es sind die von Epikur, und sie sind schön.‹ Wer war dieser Epikur, Herrin? Und was meinte er?« Ich drückte sie noch fester an mich. Was spielen Epikur und die Götter noch für eine Rolle? »›Das kannst du nicht von mir verlangen‹«, wiederholt Eulodia Kritos' Worte, »›soll dein Christ sie töten, der jetzt so mächtig wird, ich werde da sterben, wo ich gelebt habe, unter meinen Göttern, an die ich nicht glaube.‹ Und wie er dabei gelächelt hat! Er war der beste Mensch auf der Welt.« In deiner Erinnerung wurde er wieder lebendig, Eulodia, bei deinen Worten sah ich ihn wieder vor mir, sein unvergleichliches Lächeln, jenes, das sein Gesicht mit Verzweiflung und Hoffnung erfüllte, mit Triumph und Wehmut, das Lächeln eines Mannes, der das Leben auskostete, aber ohne für sich dabei etwas gewinnen zu wollen, leidenschaftlich und doch unabhängig ist, sein Lächeln, bevor er liebte, wie es sich später in der Liebe verwandelte, endgültig und himmlisch wurde, ohne jeden Schatten, als könnte es selbst nicht glauben, dass das Wunder so leicht war … Ahram lächelte nicht während der Liebe, er stöhnte, schrie, biss, küsste und verstummte, wenn sein Mund auf meiner Haut oder meinem Mund lag, seine Augen flehten mich an, und jetzt bin ich allein, kann weder geben noch empfangen, ich ohne das Leben … und wieder lasse ich die Zeit bei Porphyria an mir vorbeiziehen und verstehe die gekreuzigte Christus-Frau. Mir erging es genauso, ich wollte leben, und ich habe gelebt, aber wie viel Schmerz ist damit verbunden, wirklich zu verstehen, den Abgrund des Lebens zu spüren. Aber was verstehen? Das, was Kritos nun als Toter weiß? Das, was auf diesem friedlichen Gesicht zu sehen ist, das ich liebte, so wie ich Ahram liebe? Auf eine andere Weise, aber trotzdem war es dasselbe Leben. Die Märtyrer ertrugen die Qualen mit derselben Gelassenheit, als der Prankenhieb eines Raubtieres sie in Stücke riss. Damals hatte ich wenigstens Domicia, jetzt habe ich nichts, nicht einmal Gefühle. Es scheint unglaublich, so viel Schmerz zu überleben, aber das ist genau das Wort: überleben. Wer nicht ständig ums Überleben kämpft, ist nicht wirklich lebendig. Dieses Überleben im Bewusstsein des Todes macht den Menschen erst aus, alles andere existiert nur, Tiger und Berge, Fische und Sirenen. Kritos hat Recht, er hatte Recht, dort unten in der Dunkelheit der Katakomben sind die Christen wie Samenkörner, ihr Glaube verbreitet sich unterirdisch, seine Wurzeln werden die Fundamente der alten Tempel erschüttern und die Götter von heute stürzen. Welche Welt wird kommen? Wird sie menschlich sein? Manchmal glaube ich daran, wenn ich sehe, wie die Gläubigen hier unten darauf warten, dass der Sturm vorbeizieht, so gefasst und ruhig, obwohl sie wissen, dass sie vom Tod umgeben sind. Sie finden in ihren Gebeten Trost. Wie damals, als ich mit Domicia lebte, aber dann erinnere ich mich wieder an die Diskussionen und internen Machtkämpfe, ob ihr Gott ein einziger oder dreifaltig ist, an die Art, wie sie das Göttliche Weib, Porphyria und ihre Anhänger angriffen und darüber stritten, ob es verzeihlich war oder nicht, Jupiter während der Christenverfolgungen Opfer dargebracht zu haben. Wenn ich mich daran erinnere, befürchte ich, dass ihre Welt auch nicht viel anders sein wird, dann denke ich, dass alle Götter der Menschen gleich sind, dass sie unmenschlich werden, sobald sie sich durchgesetzt haben, unfähig, die Menschen zu verstehen, dass sie kein Gefühl für das Leben besitzen, weil sie es nicht leben, weil nur der Mensch, der sich seines Todes bewusst ist, wahrhaft lebt. Genau das habe ich akzeptiert, als ich mich für das Leben entschied, dass mich die Einsamkeit zerreißt, und jetzt muss ich durchhalten wegen Malki und auch weil es das Leben ist, trotz allem, das Leben. Warum hast du den Tod gesucht, Kritos? Meinst du, er hätte nicht auch mich in Versuchung geführt? Aber das ist eine große Blasphemie, eine Verirrung. Ich fühle mich gebrochen und leer, aber das Leben ist das Leben, sogar in Rotephs Arena, sogar im Feuer. Ich verstehe, dass du ohne Ahram nicht mehr leben wolltest, mir geht es genauso, aber du hast dich töten lassen, um nicht so viel zu leiden wie ich, die dem Tod widerstand. Fühlst du dich wie ein Held? Hast du an meine Einsamkeit gedacht? An diesen langsamen Tod, der mir bevorsteht? … Verzeih, es gab mehr: deine Zurückhaltung, deine Skrupel. Du hattest immer welche, sie machten dir Kummer, und jetzt haben sie dir den letzten Stoß gegeben. Wenn Ahram mich nicht mehr haben konnte, wolltest auch du auf mich verzichten, aber das Leben ist nicht so wählerisch, es ist zu stark dafür, dem Leben ist alles egal, es lebt aus sich selbst, ohne Grund, wir gehören ihm. Obwohl ich heute gestorben bin und nie wieder Glauka sein werde, kann ich doch wenigstens eine Großmutter sein, die Malki von seinem Großvater erzählt. Ohne euch werde ich nie wieder Glauka sein, ich werde mich in den Turm zurückziehen, wenn Malki es erlaubt, oder in Kritos' kleine Zelle oder zu meiner Schwester Eulodia ziehen, wenn sie will. Ich werde nur darum bitten, den Turm besuchen zu dürfen, Ahrams Zimmer, den Ort, wo die Echse über die Zeit herrschte. Ich will gelegentlich in die Grotte hinuntergehen, um die Göttin zu sehen, auf der Delfinbank sitzen, euch beide im Rauschen des Windes hören, im Rhythmus der Wellen, sehen, wie die Sonne durch das Laub auf euch scheint. Werde ich es ertragen? Soll lieber alles bald zu Ende gehen! Es schmerzt so sehr, dass ich nicht mal sicher bin, ob du dich wirklich geirrt hast, Kritos. Ich bin mir über nichts mehr sicher, außer, dass ich Kritos in der feuchten Erde riechen und Ahram im Rauschen des Meereswindes hören werde, dass ich weitermachen muss, für Malki, für Ahram, für dich, Kritos, damit ihr beide in mir weiterlebt, auch wenn ich nicht mehr Glauka sein werde. Zenobia hat auch sie getötet, sie hat uns alle drei getötet, umarme mich, Schwester Eulodia, ich bin so einsam, aber das Leben ist das Leben, ich bin so allein …

Es ist alles zu Ende. Besser so, ich kann es kaum erwarten. Wenn ich den Anblick dieser beiden noch einmal ertragen müsste, würde ich mich übergeben. Perverse Schlangen! Wollten mich kaufen! Wissen sie nicht, mit wem sie es zu tun haben? Jetzt sollen nur noch die festen Schritte der Soldaten meine Ohren trösten. Das Klirren von Eisen und Bronze, wie es sich gehört. Ein scharfes Schwert oder treffsichere Pfeile. Aber ich höre nur die müden Schritte des Wärters, oder das lautlose Kommen und Gehen des Mädchens. Sie hat meine Wunde ordentlich versorgt. Ich weiß nicht mehr, was ich sage, die Kleine hier ist eine andere. Auch sie pflegt mich, sie ist nicht mehr so jung, aber sehr sanft. Besteht darauf, dass ich esse. Sie muss verrückt sein! Wozu? Mein Ende steht unmittelbar bevor! Morgen, vielleicht heute schon? Worauf warten sie noch? Essen? Sie bringen es noch fertig, mich zu vergiften. Gift ist die Waffe der Frauen. Ich aber bin ein Krieger! Doch selbst das ist jetzt egal.

Ein römischer Krieger! Das hätte ich mir niemals träumen lassen. Am Ende habe ich Rom verteidigt. Nein, nicht Rom, sondern Alexandria. Absurd, die Schlacht hier zu schlagen! Alexandria war nie eine Stadt des Krieges, sondern der Unruhen. Hier geht es um Geld, Hebräer kämpfen gegen Hellenisten, der Pöbel in Rhakotis kämpft um das nackte Überleben … er tötet wenigstens für Brot. Die Stadt ist korrupt. Trotzdem schmerzt ihre Zerstörung. Als sie das Sonnentor stürmten, wusste ich, dass wir verloren waren. Jeglicher Widerstand war zwecklos. Nein, Alexandria ist keine Stadt des Krieges. Deshalb wollte ich mich auf Pharos verschanzen. Mit den Legionären hatten sie leichtes Spiel, sie sind nicht für den Straßenkampf ausgebildet. Trotzdem wollte der Stratege seine Taktik um keinen Preis ändern! Rom hätte gegen Odaenathus und mich keine Chance gehabt. Und dann kommt dieses Weib und macht alles zunichte!

Was wollte sie, als sie mich vor ihren Thron zerrte? Mich erniedrigen? Konnte sie sich nicht vorstellen, dass ich mich bis zum letzten Atemzug wehren würde? Wollte sie mir den Fuß in den Nacken setzen? Weder ist sie Schahpur, noch bin ich Valerian. Ich bin ein Esel. Sie wollte mich verletzen, und das ist ihr auch gelungen. Wollte sehen, wie ich Glaukas Tod beweine. Ich hoffe nur, dass sie meine Tränen nicht bemerkt hat. Glauka! Glauka! Worauf warten sie noch, warum bringen sie mich nicht endlich um? Wenn es noch lange dauert, reiße ich mir den Verband ab, damit ich verblute.

Denn Malki braucht mich nicht mehr. Nur für ihn hätte ich weiterleben wollen. Hat er sich in den Katakomben in Sicherheit bringen können? Artabus war auf Pharos, er wird sich zu verteidigen wissen. Hoffentlich hat Malki nicht zu viel riskiert ... Der Junge ist so tollkühn! Das einzig Gute, was mein Schwiegersohn jemals zu Stande gebracht hat. Er wird sich nicht lange halten. Wenn Zenobia stürzt, ist es auch mit ihm zu Ende ... wenn sie ihn nicht schon vorher beseitigen lässt. Was für ein Idiot, dabei hält er sich für so schlau! Höchstens gut für Verwaltungsaufgaben, zu mehr taugt er nicht. Um die Getreidesteuern einzusammeln und Schmiergelder in Tetradrachmen zu kassieren. Hoffentlich hat es Malki bis zu den Katakomben geschafft ... hoffentlich hält er es da unten aus und macht keinen Dummheiten ... Was für ein Glück, dass es sie gibt! Das haben wir Eulodia zu verdanken. Ob sie sich retten konnte? Glauka haben die Katakomben nichts genützt. Und sie waren für Glauka gedacht. Das Einzige, was zählte. Aber was, wenn sie noch am Leben ist? Diese zwei Hyänen bringen es fertig, mich zu täuschen. Allein, um das zu erfahren, wäre es wert, aus diesem Kerker auszubrechen. Ach, ich mache mir was vor. Ob es möglich wäre, aus diesem Kerker zu fliehen? Sie behaupten, sie hätten ihre Leiche nicht gefunden, aber kann ich das glauben? Das ist wirklich eine Qual, diese Ungewissheit! Wie großzügig Eulodia war, uns das Geheimnis der Katakomben anzuvertrauen. Was kann passiert sein? Hat sie nicht auf mich gehört, sich nicht sofort in den Katakomben versteckt? Ich hatte sie doch gebeten, sich um Malki zu kümmern, und umgekehrt Malki, sich um sie zu kümmern. Und Kritos sollte auf alle beide aufpassen. Ob er sich retten konnte? Vielleicht war er das gar nicht mit dem Drachen, er war kein Krieger. Obwohl er für Glauka sein Leben riskieren würde. Welche Qual. Und welche Freude, wenn sie am Leben wären!

Ja, ich freue mich, wenn ich daran denke, auch wenn es für mich kein Entrinnen gibt. Ist das möglich? Dass es mich nicht schmerzt, wenn ich mir vorstelle, wie sie zusammenleben? Es ist mir egal. Nein, in Wirklichkeit freue ich mich. Wenigstens die beiden sollen überleben. Das denkt der Ahram auf seinem Felsen. Warum sollten sie nicht überleben? Der Feuerspucker funktionierte hervorragend und müsste eine verheerende Wirkung gehabt haben. Vielleicht hatten sie genug Zeit, um sich in Sicherheit zu bringen. Die Katakomben findet so leicht niemand. Und später? Wenn ich dort wäre, würde ich sie heil durchbringen. Und wenn es auf einem kleinen Boot sein müsste. Palmyras Heer kann nicht sehr weit in den Westen vorgestoßen sein. Die Wüste wird es aufhalten. Zumindest wird sie seinen Vormarsch verlangsamen. Mit einem kleinen Segelboot könnten wir uns in einer mondlosen Nacht an ihren Linien vorbeischmuggeln …

Was denkst du da, Ahram? Was heckst du wieder für alberne Pläne aus? Du bist gefangen, du wartest auf den Tod, du freust dich geradezu darauf, weil Glauka nicht mehr am Leben ist. Wenn Malki sich rettet, hat er sein ganzes Leben noch vor sich: Zumindest wird er sich an seinen Großvater erinnern. Ich hatte noch Zeit, ihn auf das Leben vorzubereiten, einen Mann aus ihm zu machen. Und Kritos brachte ihm das Wort bei; der Junge wird besser sein als ich. Ich kann in Ruhe gehen. Und Bachir erhobenen Hauptes entgegentreten. Aber ich weiß nicht, ob ich alles richtig gemacht habe. Wie Recht Glauka hatte! Wir hätten noch so viel mehr erleben können! Wenn sie noch am Leben wäre, wenn ich davonkäme … Träume. Ich fühle mich schwach. Aber ich werde sterben, so wie Bachir es gewollt hätte.

Ihr huldvolles Lächeln war in Wirklichkeit voller Hass. Vergiftet.

Hoch oben auf dem Thron. Ein orientalischer Hintern auf einem römischen Thron, kreuzbeinig! Ein hübscher Hintern, zugegeben. Aber ein Sack voller Gift. Versteckter Hass. Und wo Hass ist, ist auch Angst. Nein, nein: Ich hasste Rom, ohne mich zu fürchten. Hasste ich es wirklich, oder war es nur die Lust an einem mächtigen Feind? Alles sollte viel klarer sein, aber das ist es nicht. Sie hat Angst, meine Prophezeiung erschreckte sie, aber es war mir ein Vergnügen: »Dein Untergang wird erbärmlich sein.« Wie lange wird sie sich an ihren Eroberungen erfreuen können? Aurelian wird im Norden angreifen. Er wird über Kappadokien und Syrien vorstoßen und sie überraschen. Das jedenfalls würde ein guter Feldherr tun. Aber ich werde den Teufel tun, Rom gute Ratschläge zu erteilen! ... Ich vergesse manchmal, wo ich bin. Hat diese Frau mich etwa von Anfang an gehasst? Auch in jener Nacht in Palmyra? Heute glaube ich, dass die Leute dort irgendwelche Kräuter benutzten, die einen berauschen. Die Nacht damals war so schön! »Die neue Weltmacht«, sagte sie. Aus Schilf, aus Papyrus. Artabus müsste nur meine Schiffe sammeln, meine Söhne zusammentrommeln und alles, was ich habe, in die Waagschale werfen, und schon wäre die Flotte ihrer Verbündeten verloren. Wir könnten Alexandria befreien. Wenn ich daran denke, dass ich diese Stadt von Gaunern einmal geliebt habe. Mit ihren falschen Hellenisten, feigen Hebräern, aufmüpfigen Christen, kleinmütigen Händlern ... Ja, aber hier lebte ich mit Glauka. Wie gut ich sie nun verstehe! Jetzt, da der mächtige Ahram keine Macht mehr besitzt. Trotz meiner Schiffe, meiner Reichtümer und Lagerhäuser sind mir die Hände gebunden. Ich kann nichts tun, genau wie auf dem Felsen. Aber der war ein Tor, ein neuer Anfang, ein neues Verständnis. Immer führte Glauka dieses Wort in ihrem schönen Mund. Und wie Recht sie hatte ...! Jetzt stehe ich wieder vor einem Tor, aber diesmal werde ich hinausgehen und nicht mehr zurückkommen. Je schneller, desto besser, ich ertrage diese Tatenlosigkeit nicht länger, diese Ungewissheit! Ich ersticke. Das ganze Leben lang nach Macht zu streben, um dann vor Ohnmacht zu sterben! Die Stadt tut mir Leid, vor allem Pharos. Das Haus, in dem wir lebten. Der Turm, unser Nest. Wenn ich daran denke, wie die Palmyrer durch unser Zimmer gehen! Werden sie auch in die Grotte hinabsteigen? Werden sie sie finden? Ittaras Grotte, Glaukas Grotte … Nein, Ittara hat nie einen Fuß hineingesetzt. Ittara, alles nur Erinnerungen. Glaukas Grotte, die ihrer Göttin, der wahren Göttin. Die auch die meine ist. Wenigstens bin ich ganz ruhig. Ich habe nichts getan, was Bachir nicht gebilligt hätte. Auch er tötete seine untreue Frau nicht, jetzt verstehe ich es: Er liebte sie so sehr, dass er auf seinen Stamm verzichtete, weil er sie nicht töten konnte. Ja, ich werde ihm unter die Augen treten können, wenn er noch irgendwo ist.

Und Clea … Für wen arbeitet sie jetzt? Für ihre neue Gebieterin oder für Rom? Vielleicht für beide, zuzutrauen wäre es ihr. Schon aus eigenem Interesse wird sie für Rom arbeiten, sie ist viel zu schlau, als dass sie auf das falsche Pferd setzen würde. Trotzdem wird sie das nicht davon abhalten, eine Beziehung mit der Königin zu haben. Ein hübsches Hurenpärchen! Wollten mich tatsächlich kaufen. Als würde ich nach ihrer Pfeife tanzen! Für wen halten sie sich? Bestimmt hat Clea ihr geholfen, Odaenathus zu beseitigen.

Ich denke über etwas nach, das mich nicht mehr interessiert. Ich würde nur gern wissen, dass Glauka, Kritos und Malki in Sicherheit sind. Dass sie dasselbe Leben führen wie wir zuvor. Nur dass nun Malki meinen Platz einnimmt. Nicht ganz, sie werden ihm wie Vater und Mutter sein. Und ich würde mit Bachir auf sie warten, egal wo. Auch Bachir liebte sie. Im Moment warte ich nur noch auf die Schritte der Soldaten. Aber das sind sie nicht, es sind die weichen Schritte dieser Frau, die mich immerzu drängt zu essen, und wenn ich ehrlich bin, habe ich sogar Hunger. Was macht es schon, wenn sie mich vergiften? Aber diese Frau weiß bestimmt nichts davon. Sie ist sanft, gut, hat Mitleid mit mir. Sei nicht traurig, gute Frau. Wir Krieger sind stets auf das Ende vorbereitet. Und auf mich wartet nicht diejenige, nach der ich mich sehne, da mache ich mir keine Illusionen.

Fast lautlos gleiten die Papyrussohlen über den Fußboden, aber Ahrams Ohr, das unentwegt auf das Geräusch der anderen Schritte horcht, erahnt sie mehr, als dass es sie hört. Das Quietschen der Tür dagegen durchbricht die erstickende Stille in der kleinen Zelle, in der er nun gefangen ist. Wie üblich bedankt er sich bei der Frau, die ihm einen Krug mit Wasser, eine Schale mit Steckrüben und ein Stück Brot bringt. Doch diesmal stellt sie nicht nur alles vor ihn auf den Boden, sondern beugt sich leicht über den Gefangenen und fragt leise:

»Bist du Eulodias Herr?«

Ahram nickt verwundert.

»Dann folge mir. Man wird dir zur Flucht verhelfen.«

Ahram unterdrückt einen instinktiven Freudenschrei und bleibt reglos sitzen. Ob das eine Falle ist? Ob sie etwas ausgeheckt haben? Die festen Schritte der Soldaten wären ihm lieber. Außerdem …

»Wozu? Mir ist jetzt alles egal.«

Die Frau beugt sich noch tiefer herab. Ihre Tunika fällt über ihre großen, runden Brüste.

»Deine Frau lebt.«

Ahrams Körper fängt trotz der äußeren Erstarrung an zu zittern. In seinen Ohren hallen die Worte nach. Wie betäubt sieht er sie an. Die Frau nickt.

Das Glück schnürt ihm die Kehle zu, seine Augen schwimmen in Tränen. Jetzt sieht man das Zittern der Hände. Er blickt zu der Frau auf: Ihr einfaches bäuerliches Gesicht erscheint ihm wie der Inbegriff der Wahrheit. Plötzlich steht er auf und drängt sich ungeduldig an ihr vorbei zur Tür.

Die Frau hält ihn zurück und geht durch die dunklen Gänge vor. Sie kommen an einem Sklaven vorbei, der ihnen einen gleichgültigen Blick zuwirft.

»Wie können wir so einfach fliehen? Wo ist mein Wärter?«

»Hast du ihn nicht neben der Tür gesehen? Er ist eingeschlafen, nachdem ich ihm etwas zu trinken gab, damit sie ihn nicht bestrafen. Aber er war eingeweiht, er ist auch ein Bruder.«

»Und jetzt?«

»Es schwirren so viele fremde Menschen durch den Königspalast. Hier kennt keiner seinen Nachbarn.«

Was spielt das noch für eine Rolle?, denkt Ahram, der nicht aufhört, im Geist unablässig den Namen der wieder auferstandenen Glauka auszusprechen. Sie gelangen zu einem kleinen Raum mit Gartengeräten, Töpfen mit Erde, vollen Säcken, einem Schemel aus Holz, Seilen. Dort wartet eine Frau mit einem schwarzen Umhang, den sie Ahram umlegt. Die, die ihn bis hierher gebracht hat, verabschiedet sich.

»Möge Christus dich auf all deinen Wegen begleiten.«

Ehe Ahram sich bei ihr bedanken kann, ist sie bereits verschwunden. Er dreht sich um und sieht die Frau an, die auf ihn wartet. Als sie seinen Blick mit einem Lächeln erwidert, meint er, sie zu kennen.

»Ja, du kennst mich. Ich bin Xira und habe mehr als einmal an deinen Versammlungen teil genommen. Porphyrias Tochter. Verlieren wir keine Zeit. Kannst du einen dieser Säcke tragen? Es wäre besser. Nur bis wir aus dem Palast sind, damit dich jeder für einen Knecht hält.«

Ahram versucht es. Zwar ist er schwach, doch verleiht die Hoffnung ihm ungeahnte Kraft. Sie durchqueren den Garten an der Rückseite des Königspalastes, die nicht so gut bewacht wird. Ein Sklave sieht sie, kümmert sich aber nicht weiter um sie. Sie gelangen zu einer kleinen Tür in der Mauer. Xira schließt sie auf, dann treten sie durch die Festungsmauern hinaus auf die östliche Seite des Kap Lochias.

»Jetzt kannst du den Sack ablegen.«

Endlich, denn das verletzte Bein konnte schon nicht mehr. Ahram hat das Gefühl, als hätte die Wunde unter dem Umhang geblutet. Sie gehen einen Pfad entlang, der hinunter zum Strand führt. Das Meer erfüllt Ahrams Herz wie die salzige Luft seine Lungen. Das Meer, die Freiheit.

Ein kleines Beiboot wartet am Ufer auf sie. Während Xira am

Strand zurückbleibt, entfernt der Fischer das Boot mit Ahram an Bord mit jedem Ruderschlag ein Stückchen weiter vom Ufer. Ahram erkennt in dem Fischer einen der Männer wieder, die in Psachys' Schenke im Hafen von Kibotos verkehrten. Der Mann lächelt ihn mit seinem zahnlosen Mund an.

»Wirf das Netz aus, Herr, während ich rudere. Du verstehst ja was davon. Und nimm den Umhang ab, auch wenn dir kalt ist.«

Der Himmel ist bewölkt. Sobald sie um das Kap Lochias herum sind und Kurs nach Westen nehmen, geraten sie in die vom Wind aufgepeitschte See. Das Wetter ist für den Fischfang scheinbar ungeeignet, trotzdem versuchen auch andere Boote in der Bucht am Eingang zum Hafen ihr Glück, und sie können an dem Ausguckposten hoch auf dem Leuchtturm vorbeirudern, ohne dessen Aufmerksamkeit auf sich zu lenken. An den Klippen entlang nähern sie sich der kleinen Bucht im Norden der Insel Pharos. Wie betäubt betrachtet Ahram seinen Turm auf dem kleinen Hügel, die kaum sichtbaren, in den Felsen gehauenen Stufen und den Eingang zur Grotte. Er würde ins Wasser springen, nur um schneller an Land zu kommen, wenn es nicht Wahnsinn wäre. Schließlich drehen sie ab und gehen an einem kleinen Strand an Land. Ein Mann, der auf der Erde gesessen hat, läuft auf sie zu. Ahram springt aus dem Boot, das sofort zurückkehrt, und umarmt Artabus.

»Glauka?«

»In den Katakomben. Sie weiß noch nicht, dass du am Leben bist. Wir wollten ihr keine falschen Hoffnungen machen. Wir konnten es nicht glauben, obwohl Xira es immer wieder beteuert hat. Diese Christen sind wirklich tüchtig. Überall haben sie ihre Leute.«

Während sie auf die Katakomben zugehen und dabei immer mehr ihre Vorsicht vergessen, hört Artabus erst Ahram zu und berichtet ihm anschließend über die Ereignisse auf Pharos. In den Katakomben halten sich Glauka, Malki, Soferis und Eulodia mit zwei weiteren Sklavinnen versteckt. Kritos ist tot, und von den anderen gibt es keine Spur.

Von dem Gestrüpp aus, mit dem sie den Eingang zu den Katakomben getarnt haben, kann Ahram den westlichen Flügel seines Hauses mit dem eingestürzten Dach und den von Rauch geschwärzten Fundamenten erkennen. Aber all das ist nicht wichtig, denn kurz darauf hält er in den unterirdischen Gewölben eine ungläubige Glauka in den Armen, die angesichts dieses Wunders vor Glück zittert. Eine Zeit lang halten sie sich stumm umschlungen, als wollten sie sich vergewissern, dass sie leben, dass sie echt sind, während sich ihre Gefühle wie von selbst mitteilen. Dann holt Ahram Malki dazu, und alle drei vereinen sich in einer Umarmung. Schließlich beruhigen sie sich, lächeln und sehen sich immer noch ungläubig an. Erst dann spürt Ahram den Druck der Erschöpfung in seinem Körper und den Schmerz in seinem Bein. Stöhnend lässt er sich auf ein Lager fallen. Und während Glauka ihn stützt, entdeckt sie auf der Brust des Mannes erstaunt das Medaillon, das sie verloren hatte, als sie in jener Nacht in die Katakomben flüchteten. Er will es ihr zurückgeben, doch sie schüttelt den Kopf. Wenn sie bei ihm ist, braucht sie keinen Talisman.

Der christliche Diakon, der die Szene lächelnd beobachtet, versteht etwas von Wunden und Heilmitteln. Er nimmt den Verband ab, erklärt, dass die Wunde nicht tief ist, und verarztet sie mit einer Salbe. Ahram isst und trinkt hastig, obwohl er viel lieber sprechen würde, alles erfahren will, was passiert ist, doch nach all den Strapazen und Aufregungen überwältigt ihn der Schlaf.

Später, als er aufwacht und sich etwas erholt hat, unterhält er sich mit Glauka neben einem Spalt in der Felsenhöhle, durch den das Nachmittagslicht, der Geruch nach Salzwasser und das Rauschen der Wellen dringen. Ihre Gefährten sitzen irgendwo in einer dunklen Ecke der unterirdischen Gänge und respektieren die Zweisamkeit des Paares. Ahram hat von seinen Abenteuern und den Begegnungen mit Zenobia und Clea berichtet, jetzt bringt sie ihn auf den neuesten Stand und erzählt vor allem von Kritos' heldenhaftem Tod. Ahram betrachtet bewegt die zugemauerte Nische in der Felsenwand, wo die sterblichen Überreste seines Freundes ruhen. Er nimmt die Hände seiner Frau und sieht ihr in die Augen, die nun im seidenweichen Licht der untergehenden Sonne mehr als je zuvor leuchten wie das Meer, weil sie Ahram wiedergefunden haben.

»Er hat dich sehr geliebt, nicht wahr? Als ich in meiner Zelle auf den Tod wartete, musste ich oft an euch denken. Nichts war wichtiger als ihr.«

»Dich hat er auch geliebt, Ahram. Noch bevor er sich in mich verliebte.«

»Ja. Wir waren wie Brüder.«

»Das ist es nicht. Er liebte dich wie ein Mann. Seit dem Tag, als er dich in Samos vor den Richtern sah. Deshalb hat er damals deine Verteidigung übernommen.«

Ahram sieht sie ungläubig an. Doch aus ihrem Blick spricht so viel Wahrheit, dass er ihr einfach glauben muss.

»Es kommt mir unmöglich vor. Ich weiß nicht, was ich denken soll, ich weiß nicht ... Ein erwachsener Mann ...«

Er denkt verwundert nach. Erinnert sich an Rhakotis, kann gewisse Schatten nicht verscheuchen, empfindet aber gleichzeitig einen gewissen dunklen Stolz.

Als könnte Glauka seine Gedanken lesen, sagt sie:

»Es war nicht dasselbe wie seine Liebschaften in Rhakotis. Seine Liebe war wie meine und deine. All die Jahre. So war Kritos. Er wäre glücklich gewesen, wenn du dein Lager mit ihm geteilt hättest.«

Die Schatten verschwinden.

»Warum hat er mir nichts gesagt? Damals wäre ... es mir nicht schwer gefallen. Ich bewunderte ihn.«

»Gerade deshalb, weil es dir nicht schwer gefallen wäre, weil du ihn nur bewundert hast.«

Ahram denkt, dass der Ahram auf seiner Felseninsel – und noch mehr der im Gefängnis in Alexandria – sehr vieles verstanden hat, aber noch nicht bis ganz in die Tiefe vorgedrungen ist. Und dann wird ihm klar, dass er diese Liebe irgendwie ahnte, aber sie nie für möglich hielt. Jetzt fragt er sich, ob seine Verachtung für Kritos, weil er sich in Rhakotis wie eine Hure herumtrieb, nichts anderes war als … Ist das möglich? Eine andere Art von Eifersucht …? Nein, nein, auch wenn die Freundschaft so innig und so alt war … Aber wer weiß!

»Wenn alles vorbei ist«, seufzt Glauka nach einer Weile, »werden wir ihn oben neben dem Turm begraben.«

»Ich dachte eher an seine Hütte.«

»Nein, die schenken wir Eulodia, soll sie darin wohnen.«

Glauka erzählt ihm von der heimlichen Liebe, die Eulodia für Kritos empfand, ähnlich wie die des Philosophen für ihn. Sie und Jovinius haben erkannt, dass nur der gemeinsame Glaube und eine geschwisterliche Nähe sie einte. Zudem ist Jovinius zu dem Schluss gelangt, dass er zum Diakon berufen ist. Dass Kritos einen Anspruch darauf hat, neben dem Turm begraben zu werden, weil er in der Zeit der Echse Herr über den Turm war, lässt Glauka unerwähnt.

Einige Nachmittage später, nachdem Ahram wieder einigermaßen zu Kräften gekommen ist, nutzen die Flüchtlinge den günstigen Ostwind und eine dunkle Nacht, während der das Meer ruhig ist, um den Plan, den sie zuvor besprochen haben, in die Tat umzusetzen. Die vier Männer schleichen mit Glauka und Eulodia, die Männerkleidung tragen, durch das Gestrüpp den Hang hinunter zu einer Bucht im Westen, wo ein kleines gotisches Segelschiff vor Anker liegt. An Bord wird, wenn überhaupt, nur ein Wachsoldat sein. Nachdem die Kämpfe in der Stadt beendet wurden und größere Kriegsschiffe die wichtigsten Seewege kontrollieren, wird die Küste nur noch oberflächlich überwacht.

Artabus, Malki und Soferis schwimmen lautlos auf die Feluke zu, während Ahram ungeduldig mit den Frauen am Ufer warten muss, weil sie ihm nicht erlaubt haben, an der Kaperung teilzunehmen. Wenig später rudert Malki das kleine Beiboot auf den Strand zu. Es war nicht schwer, den unachtsamen Wachsoldaten zu überrumpeln und ins Wasser zu werfen. Kurz darauf setzen die Männer das Segel und nehmen Kurs nach Westen, auf die Küste der Cyrenaica zu, die von den Palmyrern noch nicht besetzt wurde.

Drei Tage später, als ihre spärlichen Vorräte allmählich zur Neige gehen, kommen sie in Darnis an, wo sie von den Arbeitern auf Ahrams Werft jubelnd empfangen werden. Mittlerweile ist dort auch einer von Ahrams Söhnen eingetroffen, nachdem er in Athen vom Fall Alexandrias erfuhr. In Darnis berichtet man ihnen, dass Zenobias Heer im Tempel von Taposiris sein Lager aufgeschlagen hat und Philopator in der Werft von Antiphrae den Widerstand leitet. Auch er konnte mit der Hilfe des Wirtes Psachys entkommen. Ein Fischer vom Mareotis-See brachte ihn außer Landes und in Sicherheit.

Ahram hätte schon bald die Leitung seiner Geschäfte wieder in die Hand nehmen und alle Vorbereitungen für die Rückkehr nach Alexandria treffen können, doch sein vorübergehender Aufenthalt in Darnis zog sich in die Länge. Noch wagte Aurelian nicht, die Stadt zurückzuerobern, so sehr Rom die Kornkammern Ägyptens brauchte. Wie Ahram vorausgesagt hatte, begann Aurelian seinen Feldzug in Kappadokien und Syrien. Während des gesamten kommenden Jahres 1024 rückte er nur langsam gen Süden vor, eroberte Ankyra und auch Tyana dank ihres Verteidigers Heraklammon, der die Fronten wechselte und sich auf die Seite Aurelians schlug. Seinem Beispiel folgten weitere Vasallen Palmyras. Als Antiochia, die drittwichtigste Stadt des Reiches, fiel, zog sich Zenobia in ihre Hauptstadt inmitten der Wüste zurück. Daraufhin brachen in Alexandria innere Unruhen aus, denen eine lange Zeit der Verwirrung folgte. Ahram, der sich über alles auf dem Laufenden halten ließ, vernahm mit Staunen, dass es dem reichen Kaufmann Firmus gelungen war, die Herrschaft über Alexandria zu übernehmen. Mittlerweile erhob er mit Rückendeckung einflussreicher Senatoren in Rom sogar Anspruch auf den Thron. Neferhotep war während der gnadenlosen Verfolgung der Priesterkaste und von deren Anhängern umgekommen, man hatte ihn ermordet und seine Leiche ins Meer geworfen. Er würde nie in seiner ersehnten Gruft Frieden finden. Firmus selbst wurde bald von rivalisierenden Fraktionen gestürzt, es folgte ein allgemeines Chaos, bis Ende des Jahres 1025 die römischen Legionen, die in der Cyrenaica stationiert waren, die Stadt einnahmen und die Ordnung wiederherstellten. Sechsundzwanzig lange Monate waren vergangen, bis Ahram und die Seinen schließlich, kaum dass die Schifffahrt wieder möglich war, an Bord gehen konnten. Sie kehrten zu seinem Turm und dem Großen Haus in Alexandria zurück, das zwar geplündert worden war, aber bis auf den Westflügel noch stand. Nur die Grotte war von den Plünderungen verschont geblieben und auch Kritos' unscheinbare Hütte. Dass diese beiden Orte nicht angetastet worden waren, betrachteten Ahram und Glauka als gutes Omen.

Die dalmatinischen und afrikanischen Reiterheere Aurelians besiegelten Palmyras Niederlage, indem sie Emesa einnahmen und die Königin in ihrer Hauptstadt belagerten. Zenobia rief gemäß den geheimen Verträgen, die sie mit Persien abgeschlossen hatte, Schahpur um Hilfe, aber das Heer, das der persische König schickte, wurde ebenfalls geschlagen. Als sie mit ihren engsten Vertrauten durch die Wüste zu entkommen versuchte, wurde die Gruppe entdeckt und gefangen genommen. Man stellte Zabdas und andere bedeutende Offiziere in Emesa vor Gericht; einige wurden enthauptet. Die Königin und ihr Sohn mussten während des Siegeszuges in Rom zu Ehren des Kaisers, bei dem auch Tetricus, einer der Rivalen, der sich in Gallien gegen Aurelian erhoben hatte, vorgeführt wurde, zu Fuß hinter Aurelians Streitwagen marschieren.

Der alte Ahram hätte sich an Zenobias Untergang ergötzt und gleichzeitig empört, weil Clea wieder einmal in der vornehmen römischen Gesellschaft glänzte, obwohl sie immer noch zu Zenobia hielt und ihr sogar half, einen gewissen gesellschaftlichen Status zu wahren. Der neue Ahram jedoch beschränkte sich darauf, Glauka davon zu erzählen und hinzuzufügen, dass die »Amazonen« wirklich wüssten, wie man sich organisiert.

Ähnlich gleichgültig betrachtete er nun die Interessen, denen er sein ganzes Leben gewidmet hatte. In den kommenden Monaten plante und leitete er mit seinen Baumeistern und Handwerkern den Wiederaufbau des gesamten Hauses und kümmerte sich auch um die anderen geschäftlichen Belange, doch mit der Zeit begann er, die administrativen und finanziellen Angelegenheiten Soferis und Botrys zu überlassen. Letzterer hatte sich während der Besatzung der Palmyrer und des darauf folgenden Chaos den neuen Herrschern der Stadt zwar nützlich gemacht, aber als loyaler Mann Ahrams den größten Teil seines Besitzes retten können. So bildeten die beiden zusammen mit Artabus und Malki eine schlagkräftige Truppe, und Ahram konnte sich beruhigt zurücklehnen.

Kurz darauf gingen Ahram, Glauka und Eulodia an Bord eines neuen Segelschiffes, nachdem die *Jemsu* während der Seeschlacht um den Hafen Alexandrias versenkt worden war, und nahmen Kurs nach Osten. Nach einem Zwischenhalt auf Karu, wo die Höhle und Bachirs Grab intakt geblieben waren, segelten sie nach Tanuris weiter. Auch dort hatten nur wenige Veränderungen stattgefunden. Die Frauen des Erhabenen Neferhotep waren nach dem Tod ihres Gatten zusammen mit ihren Kindern zu ihren alten Familien zurückgekehrt, so dass das Gutshaus unbewohnt war. Die Dorfbewohner erlebten die Heimkehr eines gütigen Ahram, der ihnen eine große Freude bereitete, als er sofort den zerstörten Tempel zu Ehren Unserer Herrin des Wassers wieder aufbauen ließ. Ihr Bild erinnerte ihn an Inanna, die Göttin auf Karu und in der Grotte unter dem Turm. An alle Darstellungen der Großen Mutter.

Jetzt kehrt der Sommer ein, und Glauka und Ahram sitzen endlich auf der Terrasse des Hauses vor dem endlosen Grün und Blau des Meeres und des Himmels. Hoch über ihnen ziehen majestätische Wolken vorbei, Sinnbild für die nie endende Gelassenheit der Welt. Schwere stickige Luft umgibt sie, die nach feuchter Erde riecht, dieselbe, die Glauka an dem Tag erlebte, als Amoptis sie in ein Ägypten führte, in dem alles möglich schien. Bei der Erinnerung an jenen Tag unmittelbar vor der großen Nilschwelle steht sie auf und tritt zu der Brüstung der Terrasse. Ahram folgt ihr überrascht. Beide blicken in den kleinen Innenhof mit dem Brunnen hinab.

»Weißt du noch?«, fragt die sanfte Stimme. »Dort unten hast du mich vor sechzehn Jahren gefunden.«

»Ja, als du dich dem wütenden Hund entgegengestellt hast, um Malki zu retten.«

Ahram schlingt zärtlich den Arm um ihre Hüften, vergräbt das bärtige Kinn in dem geliebten Haar und sagt:

»Und auch mich.«

III

DIE ALTE SIRENE

(274 n. Chr.)

»... wo meiner harrte
er, der zutiefst Vertraute –
zum Ziel, wo ich nichts Scheinbares erschaute.«

San Juan de la Cruz

29. Die letzte Reise

Die tropfende Scheibe Wassermelone, die Ahram vor den blauen Himmel hebt, ist eine karmesinrote Pracht, ein blutender Halbmond. Im leichten Schaukeln des vor Anker liegenden Bootes glänzt dann das Scharlach vor einem anderen Hintergrund von dunklem Wasser und himmlisch weißer Seide. Likos kam soeben von der Insel zurück und brachte die Wassermelone: Auf Chios reifen sie schneller.

Der Fischer in der Bucht von Elata erkennt an dem purpur-grünen Segel des Schiffes, das gestern noch nicht da war, eins der vielen Schiffe aus der Flotte des Seefahrers, aber der lange, leichte Rumpf, die gotische Bemastung und das Häuschen am Achterdeck, das weder bei Seeräuber- noch bei Handelsschiffen üblich ist, versetzt ihn in Staunen. Unter den Augen, die auf beiden Seiten des Bugs prangen, liest er: *Samio.* Der aus Samos. Wie soll er ahnen, dass der berühmte Ahram selbst das Schiff zusammen mit Philopator und Artabus entworfen hat und jetzt auf einem Teppich im Schatten des Häuschens sitzt. Ebenso wenig weiß er, dass dieser Name den Seefahrer an die Insel erinnert, auf der er seinen lebenslangen Freund kennen lernte. Er holt sein Netz ein und fragt sich, was das Schiff in diesen Gewässern wohl sucht. Würde seine Besatzung ihm sagen, dass sie nichts anderes im Sinn haben, als zu reisen, würde er es nicht glauben, so sehr ist er selbst damit beschäftigt, sich sein tägliches Überleben zu sichern.

Auch der alte Ahram hätte es nicht verstanden, im Gegensatz zu diesem hier, der die Felseninsel, Zenobias' Verrat und ein Jahr auf Tanuris hinter sich hat. Er hat dieses neue Schiff entworfen, um die *Jemsu* zu ersetzen, die während des Krieges verloren ging. Sein Enkel Malki wird es steuern, zusammen mit Tages, dem Sohn von Artabus, der drei Jahre älter ist als er. Jetzt, nachdem es gerade vom

Stapel gelaufen ist, sind Glauka und er an Bord gegangen, um der erdrückenden jährlichen Nilschwelle zu entkommen. Am 20. Tag des *phaophi* verließen sie Alexandria und segelten einige Tage lang vor den Küsten von Kreta, wo das Meer eine Überraschung für sie bereithielt.

Sie kam an einem Morgen, als Glauka wie üblich ins Meer tauchte, um das Wogen der Wellen am ganzen Körper zu spüren. Sie brauchte lange, um wieder aufzutauchen. Ahram wollte schon ins Wasser springen wie damals auf der Insel Karu, um sie zu suchen. In diesem Augenblick erschien sie wieder und hielt Poseidons Geschenk in der Hand: eine kleine Phiole mit Parfüm aus einem gesunkenen Schiff, auf deren Siegel der Stempel Kleopatras sichtbar war. Als sie die Phiole öffneten, wurden sie trotz der Meeresbrise und den Jahrhunderten, die vergangen waren, von einem starken Duft überwältigt und schlossen sie schnell wieder.

Sie setzten ihre Fahrt fort und genossen die Inseln, als wären es Beeren einer Traube. Sie kamen nach Kasos, der Felsigen, Karpathos, der Insel der Hasen, dann nach Rhodos, der Großen, deren Koloss bereits bei dem Erdbeben untergegangen war, die aber immer noch berühmt war für ihr Seerecht, das von aller Welt anerkannt worden war. Danach nahmen sie Kurs auf Norden, schlängelten sich zwischen die unzähligen Inseln hindurch, tranken auf Kos von einem Wein namens *leukokum*, der mit Salzwasser verdünnt wird, und gelangten schließlich nach Samos, Insel berühmter Frauen – Myrina, die von Demeter geliebt wurde, Polioneta und die treue Sklavin des Äsop, Rhodope. Diese Orte weckten Erinnerungen an Kritos, und so erzählte Ahram Glauka noch einmal voller Bewunderung, wie er ihn damals kennen gelernt hatte. Später an der nahe gelegenen kleinasiatischen Küste ein weiterer Ort, der sie an Kritos erinnert: sein an der Grenze gelegener Geburtsort zwischen Teos und Klazomenai, zwischen Ionien und Äolien. Und auch hier, vor Chios, wo die knackige Frische der Wassermelone auf der Zunge zergeht und ein Krug mit Wein aus Arvisius vor ihnen steht. Artabus, der sich mit allem Wissenswerten aus der Gegend auskennt, hat ihnen erzählt, dass es der Lieblingswein von Julius Cäsar war, der ihn entdeckte, als er von Seeräubern gefangen genommen wurde.

Und überall ist Glauka. Da tauchen ihre weißen Finger an der Reling auf, wo eine Leiter hängt, Vorboten der bernsteinfarbenen Morgenröte ihres Haars, des Gesichts, des Halses, der Brust, der Hüften, der Beine, die sich nacheinander an Deck schwingen, der Füße, die sich Ahram nähern. Und vor allem das strahlende Lächeln … Ahram hält sie am Handgelenk fest und zwingt sie, sich neben ihn zu setzen, nachdem er ihren gespielten Widerstand gebrochen hat.

»Du Dummkopf! Ich bin ganz nass. Ich werde den Teppich ruinieren.«

»Glaubst du, das sehe ich nicht? So wie die Kleider an deinem Körper kleben, an deinen Brüsten, die genauso reif sind wie diese Wassermelone, an deinen Hüften, deinen schlanken Beinen …! Komm, setz dich neben mich. Der Teppich wird es dir danken.«

Sie wirft ihm einen besorgten Blick zu.

»Wenn du nass wirst, könntest du dich erkälten.«

Sein raues Lachen verspottet die Gefahr.

»Was bringst du mir dieses Mal aus der Tiefe mit?«

Die Meeresgöttin lächelt und zeigt ihm ihre leeren Hände.

»Diesmal habe ich keine versunkenen Schiffe, keine Schätze oder andere Wunder für meinen Gebieter gefunden.«

»Du selbst bist das Wunder.«

Sie schweigen. Sogar Worte stören, sie wollen ihr Glück fassen, riechen und schmecken. Unter dem Sonnendeck am Bug unterhalten sich die Gefährten und werfen ihnen gelegentlich verstohlene Blicke zu. Sie sind glücklich, weil das Paar es ist.

Ahram beobachtet seine Lebensgefährtin und weiß, dass sie beide dasselbe denken.

»Was für ein Mann aus Malki geworden ist!«, sagt sie im selben Augenblick und bestätigt seine Vermutung. »In seinem Alter musst du genau wie er gewesen sein.«

»Nicht so hübsch.«

»Schweig, oder ich küsse dich vor allen Leuten, so wie die unanständigen Weiber.«

Sie lachen.

»Hier, nimm«, erklärt Ahram und reicht ihr eine kleine Schachtel, die Likos ebenfalls mitgebracht hat. Es ist das berühmte Mastix aus Chios. »Du brauchst es zwar nicht, um deinen Atem zu erfrischen, aber du wirst es mögen. Es schmeckt nach Baum, nach Heilkräutern.«

Verzückt sieht er zu, wie die klebrigen Stücke zwischen den vollen Lippen verschwinden.

»Was ist heute für ein Tag?«, fragt Glauka, und beide müssen lachen, weil es so unwichtig ist.

Der Rumpf des Schiffes hat sich Stück für Stück von der Strömung am Ufer weitertreiben lassen. Nun liegt backbord der Fels von Pelagonesos und der Strand, während sich auf der Steuerbordseite die Umrisse der Insel immer weiter entfernen, die kleinen Häuser mitten auf den Hängen zwischen Weinreben, Zypressen und Olivenbäumen, den Johannisbrotbäumen weiter oben und den Pinien am Strand. In der Ferne, etwa hundertfünfzig Stadien weit weg, erkennt man im leichten Hitzedunst des vorrückenden Sommers die Silhouette einer anderen Insel.

»Weißt du, welche das ist?«

»So, wie du es sagst, kann ich mir denken, welche es ist. Psyra. Ich will nicht hin, das weißt du doch.«

Nein, Glauka will nicht zu der Insel zurück, auf der sie aus dem Meer stieg. Wie Aphrodite, hat Ahram in diesen Jahren oft gedacht. Sie will den Ort nicht wieder sehen, wo ihre Tochter und ihr erster Mann starben, wo die Seeräuber sie gefangen nahmen und ihr langer Leidensweg begann, der sie schließlich zu Ahram führte. Doch da wurde sie »geboren«, da liegt der Tempel, in dem die Göttin ihr das Leben schenkte und sie zu einer Sterblichen machte, und der Seefahrer möchte dort an Land gehen. Glauka errät wieder einmal seine Gedanken.

»Du kannst ihn ja besuchen, wenn du willst. Ich gehe lieber in Chios von Bord und warte dort auf dich.«

Sie nimmt eine Scheibe Wassermelone und beißt genüsslich hinein. Der rosige Saft läuft ihr über das Kinn auf die Brust und verliert sich in ihrem Ausschnitt. Sie kichert, und Ahram weiß nicht, ob es daran liegt, dass sie gekitzelt wurde, oder an dem wütenden Flügelschlag einer Möwe, der ein Fisch, den sie gerade gefangen hat, aus dem Schnabel ins Wasser gefallen ist.

»Hast du den Vogel gesehen? Wie ungeschickt!«

»Er war abgelenkt, weil er dich anstarrte. Dir dagegen entgeht nichts. Kein einziger Augenblick des Lebens. Weil du weise bist.«

»Meine größte Weisheit war, zu dir zu finden. Und mich dabei von nichts und niemandem aufhalten zu lassen.«

»Obwohl du unterwegs so viel gelernt hast?«

»Ja, es war eine Menge, aber noch viel mehr habe ich mit dir gelernt.«

Ahram wirft ihr einen dieser unglaublich zärtlichen Blicke zu, die sie erst aus der letzten Zeit kennt.

»Und du hattest Kritos.«

Glauka überlegt einen Augenblick lang.

»Er war nicht anders als du ... Weißt du was? Kritos sagte immer, kein Gott könne erreichen, dass sich zwei Parallelen berühren, die Sterblichen aber lassen sie in der Liebe zweier nebeneinander liegender Körper aufeinander treffen. Wir aber waren drei Parallelen.«

Der Wein, die Früchte, das Meer und der Himmel durchdringen ihre Worte.

»Habe ich dir gesagt, dass Soferis Nachrichten aus Rom erhalten hat? Danach hat Zenobia einen römischen Senator geheiratet und wohnt nun am Tiber neben dem berühmten Palast des Hadrian ... Wer soll das noch verstehen?«

»Ich verstehe es, aber ich kannte sie schon immer besser als du. In ihrem Alter will sie nun die Früchte ihres weiblichen Triumphs ernten. Genau wie Clea, die nicht weit weg sein wird.«

Mag sein, dass es ein Triumph ist, trotzdem klingen Glaukas Worte verächtlich.

»Außerdem haben wir erfahren, dass Rom sich mit dem König von Axum verbündet hat.«

»Axum? Wo liegt das?«

»In Afrika, weit im Süden. Noch weiter als das Smaragdlager und tiefer im Landesinneren als Punt«, seufzt er. »Mit ihnen hätte ich mich verbünden sollen, nicht mit Palmyra. Afrika ist das Neue, es strotzt vor jugendlicher Kraft, der Orient ist das Alte … Ich habe meine Verbündeten nicht gut ausgewählt.«

»Wozu Verbündete, Liebster? Für das Leben, das wir jetzt führen, brauchen wir keine Verbündeten.«

»Recht hast du. Sollen sie alle untergehen. In Persien ist vor wenigen Monaten Hormizd gestorben, Zenobias Verbündeter, der erst kürzlich seinem Vater Schahpur auf den Thron gefolgt war. Jetzt hat Bahram die Macht übernommen. In Rom sind die Anwärter auf Aurelians Thron bereits aus ihren Löchern gekrochen, man hat sogar anderen Göttern Tempel errichtet, so wie Aurelian dem Sonnengott, den er selbst eingeführt hatte. Kritos hatte Recht. Sie tauschen die Götter aus, und die Zukunft gehört den anderen. Wem genau, weiß wohl niemand zu sagen bei diesem Durcheinander aus Hebräern, Orphikern, Christen, Mihtrasanhängern …«

»Und dich zieht keiner dieser Götter an?«

»Ich habe bereits eine Göttin.«

»Nein, nein, du hast eine Frau.«

Der Geschmack dieser letzten beiden Worte lässt beide verstummen.

Dieser Wein aus Arvisius, der Julius Cäsar gefiel. Er wusste zu leben. Auch ich machte Bekanntschaft mit den Seeräubern, aber mich nahmen sie nicht gefangen. Die Menschen, die ihm am nächsten waren, erstachen ihn, mich hat niemand erstechen können. Die Meuchelmörder hielten sich nicht lange. Ein Tyrann wird nur von einem anderen Tyrannen gestürzt, und wenn die, die sich gegen den Tyrannen erheben, an die Macht kommen, verwandeln sich selbst bald in welche. Der Thron schafft Tyrannen, nicht umgekehrt. Wenn ich es mir recht überlege, lag mein Sieg in meiner Niederlage. Komisch. So hätte Kritos gesprochen, er hätte die Wahrheit in der Umkehrung gesucht. Aber Worte sind nicht mehr nötig. Die Wahrheit ist der Wein, die saftige Wassermelone, das Meer, das Freiheit bedeutet. Throne halten sich nicht auf dem Wasser, sie gehen unter. Seit mir die Macht nichts mehr bedeutet, bin ich freier als jemals zuvor im Leben. Und die Welt strahlt heller, vielleicht weil ich vom Ufer des Todes zurückgeschwommen bin. Ich glaubte mich auf dem Höhepunkt des Lebens, dort in meinem Haus, wo ich über Männer und Schiffe befahl, aber es fehlte mir etwas. So viele Dinge konnte ich nicht in Ruhe genießen, wie diese Wassermelone jetzt.

Frei, um zu lieben und geliebt zu werden. Ich habe in ihren Augen einen Funken der Unruhe erkannt, wie ein Blitz auf dem ruhigen Meer. Angst um meine Gesundheit. Angst, dass ich mich erkälte. Erkälten, ich, Ahram, das will ich sehen! Oder dass die Feuchtigkeit mir das Blut in den Adern gerinnen lässt. Oder … das, was sie ständig befürchtet: dass ich einen weiteren Anfall erleide. Als hinge ihr Leben von meinem ab. Aber natürlich, so wie meins von dem ihren. Eine weitere Kostbarkeit, die ich entdeckt habe, noch etwas, das ich besaß, ohne es zu wissen. Dieses Bedürfnis des einen nach dem anderen, dieses Gefühl der Amputation, wenn wir uns trennen, auch wenn es nur für einen Augenblick ist. Natürlich werde ich einen weiteren Anfall bekommen. Eines Tages wird es wieder so weit sein. Aber nicht jetzt, nicht hier, in dieser Vollkommenheit. Und wenn er auf dieser Reise kommt – das sage ich dir ganz leise, Ahram –, wo könnte es besser sein als auf deinem Schiff, auf deinem Meer, in ihren Armen? Ja, warum nicht?

Auf meinem Schiff, das bereits Malki gehört. Wenn er ein paar Jahre mit Artabus und Tages zur See gefahren ist, wird er ein guter Kapitän sein. Er ist unser Kind geworden, wir haben ihn zu unserem Sohn gemacht. Siehst du, Glauka? Du brauchst nicht traurig zu sein. Du hast mir doch ein Kind geschenkt. An jenem Tag vertraute ich ihn dir an, und du hast ihm den Weg gezeigt. Ohne dich wäre er nicht der, der er ist. Du hast ihn geformt, so wie du mich geformt hast. Du hast mich besiegt zu meinem Wohl. Wie sehr ich Alexandria nach der Schlacht hasste! Sie meinten, ich wäre nach Tanuris gezogen, um mich dort zu erholen, dabei war es nur, weil ich den Anblick der Stadt von meiner Terrasse aus nicht mehr ertragen konnte. Ihre Bürger, die sich lieber gegenseitig ausrauben, statt sich zu verteidigen, ekelten mich an. Die nicht gezögert hatten, sich einer Verräterin zu unterwerfen. Ein Haufen von Gaunern, die nur ans Essen und Vögeln denken und ihre Götter und Freunde gleichermaßen verrieten. Gewinnler wie Firmus. Was hatte ich dort verloren? Bei diesen Menschen, die sich an ihrem Besitz klammerten, den sie ohnehin eines Tages verlieren. Während man das Gefühl, ein ganzer Mensch zu sein, niemals verliert. Mein Hass auf Rom richtete sich auf Alexandria. Aber jetzt ist auch er verschwunden, wie der andere. Warum nicht? Hass ist keine Lösung, alles, was man hasst und zerstört, wird aus der Kraft des Gehasstwerdens wieder geboren, der Hass erschafft es neu. Tyranneien überdauern und lösen einander ab, weil sie gehasst werden. Wie oft habe ich gehasst, wenn ich das Leben hätte genießen können! Bis du mir den richtigen Weg zeigtest, so wie du ihn Malki gezeigt hast. Hättet doch ihr Frauen die Macht!

Ich muss mir ein Lächeln verkneifen, sonst müsste ich dir den Grund dafür nennen. Frauen an die Macht! Der alte Ahram hätte niemals so gedacht! Der Ahram, der die Macht des Römischen Reiches, die des Persers und der sektiererischen christlichen Bischöfe hasste, obwohl er genauso sein wollte wie sie. Er wollte gehasst werden und merkte es nicht. Jetzt will ich nur noch eine Macht besitzen: leben zu können, ohne an irgendetwas zu denken, wie das kleinste aller Tiere.

Wie viel Arbeit hat es mich gekostet, auch wenn alles in mir von selbst geschah! Ich wurde auf dem Felsen wieder geboren, so wie Glauka auf Psyra. Wie sie musste ich viele Umwege gehen, ständig am Rande des Todes wie während der Schlacht um Alexandria oder der Gefangennahme durch Zenobia. Bis ich weise wurde wie sie, dank ihr und auch dank meinem Anfall. Ich weiß nicht, ob es das Herz oder der Kopf war; ich habe das Kauderwelsch der Ärzte noch nie verstanden, aber es war die Ohnmacht, die mir meine neue Macht schenkte. Wie auf dem Felsen, aber noch erdrückender, mit noch stärkeren Fesseln. Diese Wochen im letzten Winter, als ich die rechte Seite meines Körpers nicht bewegen konnte und mit schiefem Mund stotterte, ohne dass jemand mich verstand, außer Glauka. Diese Wochen waren wie ein Destillationsglas meiner Alchemisten, in dem ich verdunstete und zu etwas Neuem wurde. Und dann die langsame Rückkehr, sie war viel mühsamer als die von dem Felsen. Mit ständigen Übungen erlangte ich allmählich die Freiheit wieder, zuerst in den Fingern, dann in der Hand, der Schulter, dem Bein, jeden Tag etwas mehr, bis die Winkel größer wurden und die Starre nachließ … Ich erklärte dem Arzt, dass ich gewinnen würde, und so war es auch. O ja, das war meine größte Schlacht. Da kam der alte Ahram wieder zum Vorschein! Immer kämpfen, niemals aufgeben! Bloß diesmal war es kein Kampf, in dem es darum ging, jemanden zu vernichten, sondern einer, in dem ich für mich selbst und für Glauka kämpfte. Um die Tränen in ihren traurigen Augen versiegen zu lassen, um die Schatten der Angst aus den Augen der Geliebten zu vertreiben. In ihrem Gesicht lag der Vorwurf an einen Mann, der sich sein ganzes Leben lang geirrt hatte: Ich musste diesen anstrengenden Berg erklimmen, auf dessen Gipfel ich wieder so lebendig sein würde wie früher … Das Leben ist nichts, das man besitzt, sondern etwas, das man ist. Wenn wir es verlieren, hören wir auf zu sein.

Das jetzige Leben: mein Körper an Glaukas Seite, ihren Zwillingsbrüsten, die sich unter der feuchten Tunika wölben und im gleichmäßigen Rhythmus heben und senken wie der Atem der Welt. Malki beobachtet uns vom Bug aus den Augenwinkeln, ein Kapitän unter seinen Männern, und hofft, dass wir sehen, wie gut er seine neue Stellung ausfüllt. Das Leben: die Gefährten, das Schiff, der Wind … Fast hätte ich es an jenem Nachmittag verloren, ohne es zu merken! Als hätte ich einen Satz vom Leben in den Tod gemacht, mitten im Gespräch mit Soferis. Im nächsten Augenblick lag ich ausgestreckt da, die Welt verschwamm vor meinen Augen, ich konnte die Hälfte meines Körpers nicht mehr bewegen und nur noch unverständliches Zeug stammeln. Für alle anderen waren zwanzig Stunden vergangen, nicht aber für mich. Und da wurde mir bewusst, was ich verloren hatte, und ich beschloss, meinen Körper zurückzuerobern! Mit Hilfe von Nar-Teb, dem nubischen Arzt mit seiner Heilkunst, die er in einem fernen Tempel im Süden gelernt hat. Ein Glück, dass Artabus' Mann im Smaragdlager ihn kannte und überreden konnte, nach Alexandria zu kommen, die Anhänger des Galenus und Hippokrates hätten mich umgebracht. Obwohl er sich, was diese Reise angeht, irrte. Er riet mir davon ab. Er weiß nicht, was das Meer für einen Seemann bedeutet. In der Wiege des Schiffes erwache ich wieder zum Leben. Vor allem rettet mich Glaukas Anblick, der Inbegriff des Lebens und meiner Sehnsucht. Sie macht mir Geschenke wie das kleine Parfümfläschchen, das Poseidon ihr auf Kreta schenkte. Manchmal habe ich Angst. Könnte es sein, dass das Meer sie ruft, sie zurückhaben will? Ob ihre Zeit auf dieser Welt begrenzt ist und sie mich bald verlassen muss? Mein Leben wäre zu Ende; aber das kann nicht sein, sie gehört nicht länger dem Meer, sie gehört mir. Nein, ich gehöre ihr, deshalb kann sie mich nicht verlassen.

Kritos hätte genauso gedacht. Wir drei sind schließlich eins geworden, wie die Christen sagen. Ob Kritos in mir geblieben ist, in ihr, in uns? Ich entdeckte es in einem Spiegel, dem größten, den wir bauen konnten, nachdem es uns endlich gelungen war, das Quecksilber aus den roten Steinen vom Sinai zu lösen. Ein vortrefflicher Spiegel. Wenn wir größere und stärker gekrümmte bauen würden, könnten wir mit der Hilfe der Sonne jedes feindliche Schiff in Brand stecken, aber das interessiert mich nicht mehr. Wozu? Der Spiegel diente mir dazu, deinen geheimen Blick zu erkennen, deine tiefe Liebe. Ich betrachtete mich darin und sah dich und Kritos hinter mir, ohne dass du wusstest, dass ich euch sah. Ich las in deinen gespiegelten Augen. Obwohl Kritos an deiner Seite war, sahen mich deine grauen und malvenfarbenen Augen mit einer derartigen Hingabe an, als wäre ich der Gott deiner Götter.

Dort liegt die Wahrheit: im Blick der Frau, die ihren Mann beobachtet, wenn sie glaubt, dass er sie nicht sieht. Und im Blick des Mannes, der sie liebt. Jetzt drückt sie meine Hand, süß und fest, mit zärtlicher Kraft. Gefährtin und Geliebte. Warum sollten Frauen keine Gefährtinnen sein können? So wie Glauka die meine ist, und auch die des Schiffes und des Meeres. Meine Gefährtin, meine Frau und meine Geliebte. Wie gestern Nacht. War es vielleicht das letzte Mal? Was für Ängste habe ich ausgestanden, als ich nach dem Anfall dachte, ich könnte niemals mehr lieben! »Ich bringe mich um, wenn ich dich nicht mehr in Besitz nehmen kann!«, und sie erwiderte: »Ich gehöre dir doch längst! Allein indem du existierst, indem du mich ansiehst!« Und es stimmt. Ich verstand es, aber ich konnte es nicht leben. Sogar das verdanke ich ihr: dass sie mir mit ihren Zärtlichkeiten meine Männlichkeit zurückgab. Was für ein Erwachen damals im Turm! Kann die Manneskraft wieder geboren werden, nachdem sie bereits gestorben war? Ich glaubte nicht daran ... »Du weinst?«, fragte sie mich überrascht. Und ich entdeckte, dass innere Glückseligkeit keinen Jubel, sondern Tränen hervorbringt ... Gestern Nacht – könnte es die letzte gewesen sein? – frage ich mich ganz gelassen. Jedenfalls hat es sie gegeben, ich habe sie gelebt. Weder wünsche noch fürchte ich etwas. Ich empfange, ich nehme an, ich existiere, atme, lebe ...

Wenn du im Spiegel sehen könntest, wie schön dein Lächeln ist, Ahram!

Du wusstest es, obwohl du glaubtest, dass ich es nicht gemerkt hatte. Und ob du es wusstest! ... Das ganze Haus freute sich über diese Reise. »Der Herr findet wieder zu sich.« »Der Alte geht wieder auf Reisen wie früher.« Aber das war es nicht. Alle meinten, du hättest dich von den Wunden der Schlacht und der Gefangenschaft erholt und auch von der plötzlichen Herzattacke, die dich wochenlang ans Bett fesselte. Du hattest den Entschluss gefasst, auszulaufen. Und alle vergaßen, dass du einundsiebzig Jahre alt bist, aber du wusstest genau, was du wolltest, du wolltest dich von deinen alten Wegen verabschieden, deine letzte Umarmung mit dem Meer erleben, nicht an Land enden, dein Feuer brauchte einen ganzen Ozean, um gelöscht zu werden, du wusstest, dass es deine letzte Reise wäre.

Du täuschtest alle, nur mich nicht. Ich ahnte es von Anfang an, seit du mich damals gefragt hast: »Warum gehen wir nicht an Bord der *Samio* und machen eine kleine Reise?« Deine Stimme versuchte, den wahren Grund zu verschleiern, deine Augen glänzten in falscher Unschuld, auf kindliche Art, umgeben von kleinen Runzeln, aber du hast mich nie täuschen können. Nicht wie die anderen. Ich wusste, dass es deine Abschiedsreise war und dass du mich an deiner Seite brauchtest ... Wie mein Herz schlug! Was für eine traurige Freude, dich auf deiner letzten Reise begleiten zu dürfen! Ich lächelte, und du warst erstaunt. »Warum bist du plötzlich so schön?« O ja, ich war diejenige, die dich täuschte!

Wieder der Alte. Von der Lähmung erholt! Was wussten sie schon? Sie ahnten nicht mal von deiner schlimmsten Wunde: das Ende deiner Träume. Kein triumphaler Einzug mehr in Ostia auf der Doppeltrireme. Zenobias Verrat hatte dich gebrochen, das war die tiefste Wunde, aber auch sie ist jetzt geheilt, du sprachst nicht mehr darüber, du erinnertest dich kaum noch an deine Forscher, du riefst sie nur noch zusammen, um ihre Moral aufrechtzuerhalten, und weil du an Malki dachtest. Die Macht interessierte dich nicht mehr, die Momente, in denen sich unsere Körper vereinten, waren dir wichtiger, das Leben war dir wichtiger. Und wie du während deiner Krankheit darum gekämpft hast, am Leben zu bleiben! Es war deine größte Schlacht, und du hast sie gewonnen! Ich saß neben deinem Bett mit meinem kleinen Webstuhl, während du reglos und stumm dalagst wie eine hohe Zeder, die von einem Blitz getroffen wurde, deren Wurzeln sie aber noch tragen, und durch dein

Blut eilten unermüdlich Ameisen zu den toten Fingern, um sie wachzukribbeln, sie wieder zum Leben zu erwecken … Ich lauschte dem Blut in der Stille, in der die anderen nur das rhythmische Klappern meines Schiffchens hörten, ich ahnte es in jener anderen Stille unter Wasser, die nur für dich und mich existiert, in einer anderen Zeit, losgelöst wie die der Echse, und ich hörte, wie es mit jedem Augenblick weiter voranschritt, immer weiter durch deine Adern floss, bis der Finger schließlich gehorchte, sich streckte, sich unmerklich bewegte. Erinnerst du dich, wie ich mich in dem Augenblick umdrehte? Ich sah das Lächeln auf deinen Lippen, als du dich allein glaubtest, ich empfing es mit den Augen, erwiderte es, so dass du dich mehr als je zuvor begleitet fühltest, weil du wusstest, dass ich, die eifrigste deiner Ameisen, ebenfalls auf dem Weg zu deinen Fingerkuppen war, um dir zu helfen. Weil ich sie brauchte, Liebster, weil ich sie wieder auf meinem Körper brauchte, damit sie meine Haut streicheln und in Besitz nehmen, mein Fleisch mit ihren Nägeln zerkratzen und bis ins Mark meiner Seele dringen, um sie mit Lust zu erfüllen! Ich brauchte deine Hände und deinen Körper, du wusstest das, und es spornte dich an, dein Blut schoss in die Finger, in alle Winkel deines Körpers, bis du dann die Hand bewegen konntest … Welche Ekstase, als sie mich zum ersten Mal wieder streichelte! Als du sie ungeschickt auf meinen Arm gelegt hast, mit dem ich den Webstuhl bediente, meinen Arm, der überrascht tat, obwohl er seit einer Ewigkeit sehnsüchtig darauf gewartet hatte und sich anschließend um deinen Hals schlang. Wo waren die alten Wunden des Stolzes, die Macht, der Hass, den man dir beigebracht hatte? Die anderen glaubten, du wärst wieder der Alte, ich aber wusste, wer du warst, ich wusste es von Anfang an. Deine Liebkosung war plump, dann folgten intensivere und erlesenere Zärtlichkeiten. Sie waren so weise wie die von Kritos, weil sie auch aus der Unsicherheit entstanden, aber so feurig, so gefühlvoll und selbstbewusst, dass sie nur von dir stammen konnten, Liebster, König meiner Haut und meines Körpers, Kaiser meines Lebens und allen Lebens vom Orient bis zum Okzident, für das es sich lohnt zu kämpfen. Zärtlichkeiten, die mich feucht werden ließen, nur sie öffneten meine Schenkel, die tiefsten Windungen meiner Muschel, sie bereiteten mich auf deine Ankunft vor, aber sie ertränkten mich auch in Wehmut, in tiefer Traurigkeit, in diesem Leben in der Zeit, das Kritos wie eine fixe Idee verfolgte, in der Zeit, die uns das Leben nimmt. Es waren deine Zärtlichkeiten, die mir die Lust und den Schmerz des Menschen schenkten, der lebt, um zu sterben. Zärtlichkeiten, die mich mit dir vereinten und nicht nur zu der Frau deiner Gefühle machten, sondern zur Mutter und auch zur Tochter deines Fleisches weihten ... In einer einzigen hast du mir alle Lieben geschenkt, die ich vorher erlebt hatte, vor deiner unvergleichlichen, höchsten Liebe, diesem Feuerwagen, der auf der Suche nach mir hinabschoss, als uns der wütende *Tijon* zusammenführte. Deine Liebe war wie die von Kritos, deine und seine Zärtlichkeit eine Neuentdeckung der Welt. Am Ende hast du es verstanden, nachdem du die Eitelkeiten abgelegt hattest, und auch die Fehler. Als ich dich empfangen hatte und erfüllt von dir war, weinte ich vor Freude, während du schliefst: In deiner Männlichkeit hatte das Veilchen der Zärtlichkeit geblüht, die Macht des Schwachen ... Du warst alles und alle, manchmal sogar Domicia, und wenn du mir deine Leidenschaft schenktest, war es so, als erlebte ich den Schwindel mit einem Androgynen; ich genoss, indem ich mich unterwarf und zugleich besaß.

Wenn ich daran denke, kommt es mir wie ein Traum vor, aber mein Körper hat ihn gelebt und verzehrt sich noch immer danach, du weißt es, du hörst mich, während du stumm neben mir liegst, du, der du mir noch gestern diese wunderbaren Worte sagtest! Als die Sonne unterging, das violette Wasser rote und goldene Funken sprühte und ich ins Meer springen wollte, hast du gerufen: »Los, kleine Sirene, such nach einem weiteren versunkenen Schiff, bring mir ein Parfümfläschchen, eine Münze!« Du hast so fröhlich gelächelt, während du meine Spiele beobachtetest. Ich fand zwar nicht das, was du wolltest, aber eine Auster öffnete sich mir und zeigte mir ihren Schatz, und ich legte ihn dir in die Hand. Du hast die Perle gestreichelt und sie bewundert, ein fester Tropfen, wie dein berühmtes Quecksilber, obwohl sie nicht glänzte wie Metall, sondern warm und blass war wie die Brust eines Mädchens. Ich höre noch deine Worte: »So waren die Tage, die du mir geschenkt hast: eine Schicht nach der anderen endlose Zärtlichkeit, schillernde Kraft, beständiges Licht.« Dann hast du mich geküsst, und wie du mich geküsst hast! Du hattest gesprochen wie Kritos, der Kuss aber konnte nur von dir sein.

Jetzt bist du nur noch Stille, für alle gestorben, für mich aber lebendig. Deine letzte Leidenschaft war der Höhepunkt deines Lebens, jetzt weißt du es, du hast sie entdeckt, als dir alles bereits unmöglich schien, als das Blut, das schließlich deine Finger erreicht hatte, nicht mehr bis zum Geschlecht vordrang. Was für Qualen hast du ausgestanden, als du deine Männlichkeit verlorst! Und was für eine Überraschung, als ich dir eine andere Tür der Liebe öffnete, als ich dir beibrachte, mich zum Höhepunkt zu bringen, ohne in mich einzudringen! Es war deine Wiedergeburt, alles zu akzeptieren, die wahre Lust zu lernen, und dann kehrte deine Männlichkeit zurück, als du schon vergessen hattest, dass sie verloren war ... Jetzt erinnern sich deine Knochen daran, nicht wahr? Und sie werden sich noch an diese Nacht erinnern, wenn sie längst zu Staub zerfallen sind. Du hattest sie als Eunuch begonnen, alle Hoffnung aufgegeben und so apathisch, dass sogar dein hartnäckiger Widerstand gegen das Weibliche einschlief. Deshalb gelang mir mit meinen Zärtlichkeiten das Wunder, dir deine Männlichkeit wiederzugeben, und der Dorn in deiner Wüste erblühte von neuem. Goldene Tränen der Freude! Du, der du nie geweint hast, sie fielen auf meine Schulter und verbrannten mich ... »Und wenn es das letzte Mal ist ...« Du konntest nicht weitersprechen, aber das letzte Mal war es nicht, nur der Höhepunkt des Wunders war anders, wie ein zärtliches Feuer, ein luzider Schwindel, Kritos, der Bruder von Ahram, Mann und Kind zugleich, meine androgyne Liebe ...! Und ich glaubte, seit Byzanz alles über die männliche Liebe zu wissen! Nie wieder hast du wie früher geredet, und noch vor wenigen Nächten, als wir in Chios angelegt hatten, hast du unter der Weinlaube, durch die das Mondlicht drang, gesagt: »Jetzt verstehe ich dich und das Leben, an deiner Seite sind seine Geheimnisse tiefer und fruchtbarer als je zuvor, aber ich kann durch sie hindurchsehen, als wären sie durchsichtig. Wenn ich Grieche wäre, würde ich dich *Aletheia* nennen, weil du die Wahrheit bist.« Ich glaubte, in deiner Stimme Kritos zu hören!

Die Herberge, in der du mich zurückgelassen hast, als du am nächsten Tag zu meiner Insel aufgebrochen bist – wie froh ich war, nicht mitgegangen zu sein! »Du hättest nichts wieder erkannt«, hast du mir bei deiner Rückkehr gesagt. Andere Fischer leben nun dort, sie haben ein neues Dorf gebaut, ja, sie hatten von Seeräubern gehört, aber die gab es auf allen Inseln. Ich fragte dich nach dem Tempel. »Ich war da, wo du mich hingeschickt hast, an der westlichsten Spitze, aber es waren nur noch Ruinen übrig, das Fundament, einige Säulen, Marmorstufen, die bis zum Ufer hinabführten, Gestrüpp und Einsamkeit, alles verwahrlost.« Wie traurig! Kann auch der Stein sterben? Dumme Frage, habe ich nicht in jener Nacht, als ich die Göttin anflehte, mit eigenen Augen gesehen, wie der Marmor Risse bekam? Jetzt suchen die Menschen nach anderen Göttern … ich war froh, dass ich nicht mitgegangen war. Wozu? Um die Ruinen meiner einstigen Welt zu beweinen? Der ersten, die ich lebte?

Dich beweine ich nicht, und meine Heiterkeit befremdet alle hier, sie denken, es sei der Schock der Tragödie. Haben sie erwartet, dass ich wie ein Klageweib zusammenbreche? Ich habe mit Malkis Augen geweint, mit seinen Tränen, die auf meine Schulter fielen, als er deine Leiche sah. Der Kapitän des Schiffes kehrte in seine Jugend zurück, suchte in einer verzweifelten Umarmung Trost, seine Tränen waren meine einzigen. Wie hätte ich dich beweinen sollen, wenn du und ich es wussten? Das war doch der Grund dafür, weshalb wir hergekommen waren! So sehr, dass sogar gestern Nacht dein Körper bis zum Ende mir gehörte, dein wunderschöner alter Körper. Im Morgengrauen kam die Welt, um dich zu verabschieden, die Luft war so süß, dass ich die Kajüte verließ, und als meine Abwesenheit dich weckte, bist auch du an Deck gekommen und hast mich in die Arme genommen. Das an der Klippe vertäute Schiff regte sich nicht von der Stelle, alle an Deck schliefen, nur du und ich erlebten den Zauber, umgeben von dunklen Basaltfelsen. Das Meer war ein Spiegel aus reinem Quecksilber, und in der tiefen, alles umfassenden Stille kam die Sonne auf dich zu, die Klippen funkelten wie Topas und Achat, in den Wolken ein durchsichtiges Rosa, die Luft leuchtete blau, himmlisch … Du und ich saßen vor diesem Erwachen der Schönheit, diesem langsamen Übergang von Nacht zu Tag, und in der murmelnden Stille vereinten sich unsere Hände, während unsere Körper wie berauscht waren …

Plötzlich spürte ich den Blitz: Deine Hand war nicht mehr die deine, dein Arm fiel schwer wie Blei gegen meine Hüfte, deine Brust war kein Rhythmus, sondern ein Stein, dein Lächeln für immer erstarrt, obwohl in den Pupillen noch der Horizont leuchtete …. Ich legte dich zitternd an meine Seite, vorsichtig, um deinem schlafenden Körper nicht wehzutun. Welch friedlicher Tod! Du bist im schönsten Augenblick gegangen, als wir das Zentrum einer magischen Korolla aus Felsen und Licht, Wasser und Spiegelungen waren. Nichts kann mein gebrochenes Herz wieder kitten, jetzt bleibt mir nur noch, dir zu folgen, deiner würdig zu sein, bis wir uns wieder treffen … Jetzt hat der Tod dich mir weggenommen wie eine Rivalin, aber ich werde dich nicht lange mit ihm allein lassen, in seinen Armen werde ich dich finden, in diesem Tod, der unser Leben schärft, ihm einen Sinn verleiht, ich werde bald dort ankommen, wo du auf mich wartest …

Der geliebte Körper liegt auf einem Teppich auf den Holzbrettern des Schiffes, wie er es sich gewünscht hat. Likos hat Glauka angeboten, die Leiche mit ihr zusammen zu waschen, und sie hätte diese Hilfe angenommen, nur diese eine, weil er der christliche Seemann auf der Reise zum Felsen gewesen war, aber dieser Körper gehörte nur ihr, und deshalb wusch sie ihn allein in ihrer Kajüte mit

Wasser, das sie frisch aus dem Meer geschöpft hatte, weil er dem Meer gehörte und auf ihm zu seiner letzten Reise aufgebrochen war. Zuvor hatte Glauka ihm das Medaillon, das er für sie hatte machen lassen, vom Hals genommen, das zweite von Ittara, das er schließlich selbst getragen hatte und das sie nun wieder um ihren Hals legte. Dann hatte sie ihn vorsichtig abgetrocknet und überrascht gemerkt, dass ihre Hände immer noch von Liebe durchdrungen waren, nun aber den Körper anders streichelten, mit einer Ruhe, die von Bitterkeit und Leidenschaft gleichermaßen erfüllt war. Anschließend hatte sie den Leichnam mit dem Parfüm aus Kleopatras Phiole gesalbt und verstanden, wozu das Meer bei Kreta es ihr geschenkt hatte.

Erst dann rief sie Malki und Likos. Die beiden trugen den Leichnam an Deck und legten ihn unter das Sonnendach, wo ihn das Meer und der Wind in seinem Leichentuch, aus dem nur das Gesicht lugte, besser liebkosen konnten. Sie setzte sich neben ihn auf den Teppich, und alle andere näherten sich schweigend. Jetzt sieht Glauka niemanden mehr; ihre Augen starren auf das Adlerprofil des Seefahrers, das kühner und heiterer ist, als sie es je gesehen hat. Sie nimmt nichts anderes wahr, nicht einmal die steilen schwarzen Klippen der Insel Thera, die sie am Abend zuvor erreicht hatten. Sie waren in die dunkle Felsenkrone hineingefahren, die halbmondförmig vor ihnen lag, verschlossen von Therasia und der kleineren Insel Apronisi. Hier hatten sie den Anker geworfen. Wie sehr sich ihr toter Geliebter vom lebendigen unterscheidet, obwohl er noch immer derselbe ist! Ahram wirkt stark wie ein Fels, aber jetzt auch fremd; anwesend und zugleich irreal. Glauka ist starr vor Schmerz und Glück: Schmerz, weil Ahram so unerreichbar ist, obwohl er neben ihr liegt, und Glück, weil alles so ist, wie es ist, und der Schmerz die intensivste Art ist, sich am Leben zu spüren. Intensiver als die Lust und die Verzückung, weil man in der Ekstase aus sich herausgeht. Jetzt aber fühlt sie sich von Kopf bis Fuß: ihr Inneres ist eine beklemmende Welt, ihr Herz ein verkrampfter Flügelschlag, ihr Körper eine Herausforderung an das Schicksal.

Sonne und Hitze zwingen ihnen ihren Willen auf. Glauka erhebt sich und spricht gefasst. Dann nähen sie schweigend das Leichentuch zu, bis auch das Gesicht verschwindet, und befestigen einen Anker an den Füßen. Sie betten Ahram auf eine Planke, stützen sie an der Brüstung des Schiffes auf und müssen sie nur noch etwas anheben, damit er ein letztes Mal in sein geliebtes Meer gleitet. Wasser spritzt auf, kleine Wellen breiten sich kreisförmig aus, und das strahlende Weiß verblasst zwischen den Wellen auf seinem langsamen Weg in die Tiefe.

Glauka beugt sich über die Brüstung und beobachtet erstaunt, wie der Körper im dunklen Wasser verschwindet, statt an der Schicht aus Algen und Sternkorallen hängen zu bleiben, weil das Schiff in der Nähe der Küste ankert. Und gerade als sie sich zurückziehen will, kräuselt sich das Wasser für einen Augenblick ohne einen ersichtlichen Grund, und einige schwere Luftblasen steigen auf. Vielleicht war es Luft, die sich aus dem Leichentuch befreite, ihr aber erscheint es wie eine Begrüßung: Das Meer heißt den Mann willkommen, der sich ihm ein ganzes Leben lang ergeben hatte.

30. Abstieg zum Gipfel

Ich habe nicht gesehen, wie er auf dem Meeresgrund aufschlug, denkt Glauka, aber vor mir erhebt sich der Gipfel von Apronisi. Hier wird die Strömung ihn nicht hin- und herbewegen, und ich werde ihn leicht finden, wenn ich zurückkehre. Sie weiß, dass das Meer mehr Erbarmen mit Leichen hat als die Luft. Sie verfaulen nicht, sie zersetzen sich nicht, sondern schlafen, in Flüssigkeit schwimmend wie im Mutterleib, bis sie sich dann auflösen. Das Meer verstreut nur die Knochen, die sich vom Skelett lösen, doch das wird sie verhindern. Diesen Entschluss fasste sie schon, als sie ihn halb gelähmt auf dem Bett liegen sah. Ja, sie hatte Kritos übel genommen, dass er den Tod in Gestalt des Drachens gesucht hatte, aber als sie neben ihrem Kranken stand, konnte sie ihn verstehen. Den Tod zu suchen heißt nicht immer, dem Leben zu entsagen, es kann auch den Höhepunkt des Lebens bedeuten. Außerdem will sie ihr Leben nicht vorzeitig beenden, sondern auf dem Meeresgrund mit Ahram auf den Tod warten. Ohnehin hat sie längst das Gefühl, tot zu sein, seit sie zum letzten Mal in dem Universum erwachten, in dem sie zusammen gelebt hatten.

Daher ist ihr die Zeit einerlei, sie hat genug davon. Sie liefen nicht sofort aus, und sie verbringt die Nacht an Deck, ohne zu schlafen. Sie prägt sich die felsige Krone der Bucht ins Gedächtnis ein, die der aufsteigende Mond allmählich in Licht taucht, bis um Mitternacht ein halbkreisförmiger Schatten neben den Felsen fällt und das ganze Meer ein heller, glatter Spiegel aus Silber ist. Sie muss sicher sein, diese Stelle später wiederzufinden. Das Morgengrauen jedoch interessiert sie nicht, sie will den Sonnenaufgang ohne ihn nicht sehen, und als die ersten Nebelschwaden sich rosig färben, weckt sie die Männer auf und erteilt unerwartete Befehle. Sie würden zögern, sie auszuführen, würde diese Frau sich nicht ebenso gut mit dem Meer auskennen wie sie selbst, oder noch besser, nicht über geheime Kenntnisse verfügen und obendrein Ahrams Gefährtin sein, ihre Herrin. Sie lichten den Anker, hissen das Segel, und der Wind treibt die *Samio* auf den Norden der Bucht zu, dorthin, wo die Krone der Bucht, die die halbmondförmige Insel Thera und die angrenzende Therasia bilden, durchbrochen wird. Das Heck zeigt gen Süden, in die Richtung, die alle erwarteten, doch sie erteilt Anweisung, Kurs nach Nordosten zu nehmen, um zwischen Ios und Sikinos hindurchzufahren, wo am Horizont bald die ersten Sonnenstrahlen aus dem Meer auftauchen werden.

»Wohin fahren wir?«, fragt Malki.

»Nach Psyra.«

»Als wir auf Chios waren, wolltest du auf keinen Fall dorthin!«

Sie wirft ihm einen nachsichtigen Blick zu.

»Das war damals.«

Nachdem sie das Ziel der Reise festgesetzt hat, übergibt sie das Kommando dem jungen Schiffskapitän und zieht sich in ihre Kajüte auf dem Achterdeck zurück. Dort riecht es noch nach Ahram und der intensiven Mischung aus Lust und Tod der letzten Nacht, bis der Wind diese Erinnerung in einigen Stunden verwehen wird.

Die Erinnerungen aber kann der Wind Glauka nicht nehmen. Im Geiste lässt sie ihr ganzes Leben an sich vorbeiziehen, während sie sich dort niederlässt, wo sie neben ihm lag, das Schlingern des Schiffes am ganzen Körper spürt, dem Singen der Taue, dem Klatschen des Wassers gegen den Rumpf und dem Säuseln des Windes in den Segeln lauscht. Genauso schaukelte das kleine Schiff der Korallenfischer, die sie retteten und, ohne es zu wissen, in Domicias Arme führten. Genauso knallten die Segel auf Vestericus' Schiff, das sie zu Uruk führte, wenn es wendete oder von einer Windbö erfasst wurde. Genauso durchfurchte die *Jemsu* das Wasser auf ihrer ersten Reise mit Malki, der damals noch ein kleines Kind war, das nichts vom Leben wusste.

Später am Tag fahren sie zwischen Paros, der Insel des Marmors, und Naxos, der Insel des Weins, hindurch, auf der Dionysos Ariadne begegnete. Am Nachmittag lassen sie Mykonos auf der Backbordseite hinter sich und nehmen Kurs nach Osten. An einem windgeschützten Strand der schroffen Insel Ikaria werfen sie den Anker aus und verbringen hier die Nacht.

Am Mittag des nächsten Tages, als die Berge von Chios mit ihren steilen, felsigen Gipfeln in der Ferne auftauchen, drehen sie Richtung Nordwesten nach Psyra ab, dem Ziel ihrer Reise, wo sie schließlich in der Nähe des Tempels nicht weit von der neuen Siedlung vor Anker gehen. Von Deck aus betrachtet Glauka die Hütten, die fast genauso aussehen wie diejenigen, die sie kannte, die Feuer im Innern, an denen sie sich wärmte, und durchlebt glückliche und schmerzhafte Augenblicke, die aus den verborgensten Winkeln ihres Bewusstseins ans Tageslicht drängen. Später tritt sie an die Reling und erspäht zwischen den Mastixsträuchern und Zypressen die weißen, teils vertikalen Flächen der marmornen Tempelruine, die nach Sonnenuntergang im Licht des aufsteigenden Vollmonds noch heller leuchten.

Die Männer warten, ohne zu verstehen. Glauka ruft Malki zu sich in die Kajüte und erklärt ihm, was sie vorhat, ohne jedoch zu erwähnen, dass sie allein nach Thera zurückzukehren gedenkt. Sie sagt, sie werde auf Psyra bleiben, weil sie sich aus der Welt zurückziehen und zu ihren Ursprüngen zurückfinden möchte, ihr Leben dort beenden, wo es begann. Vergeblich versucht Malki, sie mit der Begründung davon abzubringen, dass er sie braucht, dass alle im Großen Haus sie brauchen, dass sie die neuen Bewohner der Insel nicht kennt … Das Einzige, was sie einräumt, ist die Möglichkeit, dass sie ihre Meinung ändert und nach Alexandria zurückkehrt, wenn sie nach einiger Zeit von ihrem neuen Leben enttäuscht ist. Im Augenblick möchte sie nicht an den Orten sein, wo sie mit Ahram gelebt hat und alles an seinen Verlust erinnert. Schließlich gibt Malki auf und lässt sie in der Kajüte zurück. Er fühlt sich verlassen und verletzt, weil er glaubt, dass er ihr nichts bedeutet. Nachdem er einen Augenblick an Deck gewartet hat, damit die Männer seine Tränen nicht bemerken, verkündet er ihnen Glaukas Entschluss.

Alle diskutieren eine Weile darüber, da es aber sinnlos scheint, gehen sie schließlich schlafen in der Hoffnung, sich am Morgen von Glauka verabschieden zu können.

Doch Glauka hasst Abschiede. Dem, den sie immer noch im Herzen trägt, hat sie bereits Lebewohl gesagt, dem kleinen braun gebrannten Jungen aus Tanuris mit dem Amulett an der Hüfte. Als alles schläft und der Mond hoch am Himmel steht, steigt sie langsam die Strickleiter hinunter, bis das ruhige Wasser sie aufnimmt, und schwimmt auf den Tempel zu. Sie erinnert sich an die vielen Male, die sie für Ahram geschwommen ist, seit sie nach seinem Dolch tauchte. Wie sie eine Muschel für ihn fand, eine rote Koralle, eine Phiole mit Parfüm, eine Münze ..., bis sie ihm schließlich die Perle brachte und er ihr so herzzerreißend dankte.

Sie gelangt zu den bröckelnden Stufen des Tempels, durch deren Ritzen das Unkraut sprießt. Sie steigt hinauf, während sie sich daran erinnert, wie sie beim ersten Mal ihren Fischschwanz hinterherschleifen musste, und bleibt an den Säulen stehen, die nun im Mondlicht hell leuchten und wie in jener entscheidenden Nacht unter dem flüssigen Silber fast vibrieren. Plötzlich spürt sie einen Stich im Herzen: Die unübersehbare Verwahrlosung ist viel schlimmer, als sie nach Ahrams Worten erwartet hatte. Die Vegetation erobert den Tempel allmählich zurück, sogar ein Feigenbaum wächst in einem Spalt zwischen den Quadersteinen. Nicht nur die Blumen fehlen, die frischen und trockenen, die der Göttin früher dargebracht wurden, auch der Altar ist leer. Aphrodite Urania hat ihre Weihestätte verlassen. Glauka sucht nach der Statue, sie könnte umgestürzt sein, doch vergeblich, irgendwer hat sie mitgenommen, den Ort geschändet und Glaukas Hoffnungen zerstört. Ihr verkrampftes Herz wird kalt wie Eis. Wen soll sie jetzt beschwören, welche Gottheit wird ihre Bitte verstehen, wenn es nicht mehr dieselbe ist, die sie damals erhörte?

In ihrer Niedergeschlagenheit ist sie einen Augenblick lang versucht, zur *Samio* zurückzuschwimmen und bis Thera zu segeln, um dort ein für alle Male ins Wasser zu tauchen, auch wenn dieser schnelle Tod nicht die andächtige Gesellschaft neben den geliebten Überresten wäre, die sie sich vorgestellt hat, um sie vor den gefräßigen Fischen und Krebsen zu schützen und schließlich neben ihnen zu vergehen ... Doch ein Gefühl hält sie zurück, als spürte sie eine undefinierbare Gegenwart, und sie wartet voller Hoffnung. Plötzlich entdeckt sie etwas, womit sie nicht mehr gerechnet hatte: eine schmale Öffnung in der bröckligen Felsenwand, die früher der Statue als Hintergrund diente. Ein Mensch könnte höchstens auf allen vieren hindurchkriechen. Erst jetzt fällt Glauka wieder ein, dass die Dorfbewohner die Statue nicht Aphrodite nannten, sondern ihr einen anderen, barbarischen Namen gegeben hatten. Er ging auf eine Sage zurück, die sie sich am Lagerfeuer erzählten, darin war von einer Höhle unter dem Tempel die Rede, die beim Bau zugemauert worden war. Glauka wird bewusst, dass sie am Eingang zu dieser Höhle steht, zweifellos Heiligtum einer archaischen Gottheit, auf dem die späteren Generationen den Tempel der Aphrodite Urania gebaut hatten.

Sie kriecht durch die Spalte, und als die Dunkelheit im Innern sie umgibt, merkt sie, dass sie aufrecht stehen kann. Die Dimensionen der Grotte sind nicht auszumachen, doch gemessen an der kühlen Feuchtigkeit und dem Hall, der den leeren Raum erfüllt, muss sie einigermaßen geräumig und tief sein. Es ist, als befände man sich im Resonanzkasten einer überdimensionalen Laute.

Von Ehrfurcht erfüllt bleibt sie reglos stehen, weil sie die Gegenwart spürt, die sie draußen zurückhielt: die der Großen Mutter. Sie erinnert sich an die Höhle auf Karu mit der Statue von Inanna, die jetzt unter dem Turm auf Pharos in Sicherheit ist, und vertraut sich inbrünstig der Gottheit an. Und während sie von diesen Erinnerungen und der geweihten Luft, die all ihre Sinne schärft, vollkommen durchdrungen wird, gewöhnen sich ihre Augen langsam an die Dunkelheit. Immer mehr kann sie erkennen, bis sie plötzlich Worte vernimmt, die nicht zu hören sind, die nicht ausgesprochen werden, sondern sich in ihrem Inneren bilden, als empfinge sie sie nur mit dem Herzen. Vielleicht werden sie dort geboren. Sagte

Kritos nicht immer, dass die Götter in Wahrheit in unseren Herzen wohnen?

»Was ist dein Anliegen? Wozu bist du gekommen?«

Stürmisch, brennend vor Hoffnung und Glaube, antwortet auch sie ohne Worte wie damals, als sie noch eine Sirene war und mit anderen Lebewesen kommunizierte. Sie erläutert ihren Wunsch, gesteht ihre Sehnsucht und beweint ihren Kummer.

»Ich erbitte die Gnade, bei ihm zu sein, während er zerfällt und sich auflöst. Ich will die Muränen und Krabben verscheuchen und die hartnäckigen Seenesseln und Anemonen, ich will verhindern, dass auf seinen Knochen Korallen und Schwämme wachsen, ich will ihn von den lästigen Algen säubern … Und dort unten neben ihm zu Grunde gehen, so eng umschlungen, dass wir nur noch das eine Medaillon brauchen, das ich um den Hals trage …

»Wegen dieses Medaillons habe ich dich angehört, denn es ist mein Siegel, das ihr beide einst getragen habt.«

Ist es eine Stimme in der Stille, ist es ein weiterer Gedanke, der aus heiliger Tiefe kommt, so wie das Wasser im Schoß der Erde geboren wird, ehe es aus dem Boden sprudelt? Die Worte keimen und bleiben bestehen, schimmernd und dunkel zugleich, wirklicher und ewiger als die mit Luft in den Kehlen der Sterblichen gebildeten.

»Um an seiner Seite zu sein, will ich die Sirene sein, die ich einst war«, beharrt die Frau ängstlich.

Jetzt ist die Stille absolut – doch was bedeutet »jetzt« in diesem Raum, in dieser Zeit, in diesem entscheidenden Augenblick? Die plötzliche Taubheit ihres Herzens versetzt die Frau in Panik. Dann aber gewinnen die unfassbare Aura und der Raum allmählich wieder an Leben.

»Ich werde dich wieder in eine Sirene verwandeln, aber ich kann dich nicht länger vor der Zeit oder dem Tod retten. Die Zeit ist unbesiegbar, weil sie sich selbst mit jedem Augenblick zerstört, und wer sich einmal darin verstrickt, kann ihr nicht mehr entkommen. Du wirst zu deinen Ursprüngen finden und nach Thera zurückkehren, aber nicht ich bin es, die es dir gewährt, sondern deine heldenhafte Liebe. Akzeptiere das, was du dort vorfindest.«

Wieder kehrt steinerne Stille in die Grotte ein, doch diesmal ist es eine natürliche Stille. Glauka bleibt eine Weile reglos stehen und geht dann auf den Ausgang zu … Doch sie hat Mühe, sich auf den Beinen zu halten! Als sie gezwungen wird, sich hinzusetzen, sieht sie im Mondlicht, das durch die Öffnung dringt, wie ihre Beine sich ineinander verschlingen und zu einem schuppigen Fischschwanz zusammenwachsen, der ihr bis zu den Hüften reicht. Sie kehrt zu ihrem alten Sirenenkörper zurück … Obwohl, nein, es ist nicht mehr derselbe wie damals. Ihre Schuppen leuchten nicht, und an manchen Stellen sind sie abgefallen und geben den Blick frei auf ihre nackte Fischhaut; die Brüste haben ihre Festigkeit verloren und hängen schlaff am Oberkörper herab, das einst seidig glänzende rote Haar ist spröde und ergraut … Eine gealterte Sirene, obwohl man sich kaum vorstellen kann, wie eine Unsterbliche altern soll. Unmöglich, doch so ist es. Glauka ist jetzt eine alte Sirene. Glücklich über die gewährte Gnade, verneigt sie sich, küsst mit leidenschaftlicher Inbrunst den Eingang zur Grotte und widmet ihr dankbares Herz der Ewigen, die unter den vielen Namen weiterlebt, Mutter aller nachfolgenden Götter, Großer Uterus, heilige Quelle allen Lebens.

Die alte Sirene schleppt sich mühsam die Stufen hinab, so wie in jener lange zurückliegenden Nacht, und stellt überrascht fest, dass sie sich daran erinnern kann. Sie besitzt ihre Erinnerung noch, und ihr wird klar, dass sie sie deswegen nicht verloren hat, weil sie immer noch der Zeit und dem Tod unterliegt. Während sie die Welt im Mondlicht betrachtet, erkennt sie, dass der Strudel, der sich ihrer bemächtigte, als sie sich in ein sterbliches Wesen verwandelte, erstarrt ist. Am Himmel ziehen Wolken dahin, gewiss, und die Wipfel der Zypressen wiegen sich im Wind, aber es sind die Bewegungen eines Schlafenden, ein ausdrucksloses Stammeln. Dasselbe geschieht mit den Strömen in ihrem Innern: das Blut, die Körpersäfte fließen noch immer im Rhythmus der Zeit, doch Glaukas Sinne sind fast abgestorben und können ihn kaum noch wahrnehmen.

Und dann hat es die alte Sirene plötzlich eilig. Eilig, zu Ahram zurückzukehren. Sie kann die Zeit, die ihr noch zum Leben bleibt, nicht vergeuden. Sie wirft einen Blick auf die Landschaft, die sie nie wieder sehen wird, und auf das ankernde Schiff, das sie bis hierher brachte. Mit derselben Mühe wie vor Jahren, als sie zum ersten Mal ihre Beine benutzte, schleppt sie sich nun die letzten Stufen hinunter. Schließlich taucht sie in das Wasser und schwimmt mit derselben Leichtigkeit wie früher davon. Sie muss nicht auftauchen, sie braucht keine Luft zum Atmen. Welch eine Wonne, auf ewig bei Ahram sein zu können!

Ich muss eingeschlafen sein, ganz bestimmt. Eingeschlafen? Wann hat eine Sirene jemals geschlafen? Ich berühre ängstlich meine Hüften, ja, sie sind schuppig, und ich liege auf einer Unterwasserdüne, ohne Luft zum Atmen zu brauchen. Vor mir schwebt ein Delfin und bewegt sacht seine Flossen. Nereus. Was ist aus meinem Delfin geworden, dem, der uns zum Felsen führte? Nereus. Er sieht mich erstaunt an, überrascht von meinem Traum. Ah! Und auch von dem Medaillon an meinem Hals und dem Armband an meinem Handgelenk, er kennt nur Schmuck aus Korallen und Algen. Seine Frage erreicht mich, von Bewusstsein zu Bewusstsein. »Ich bin wie du, auch mein Leben wird zu Ende gehen, aber es hat sich gelohnt, die Sonne hat mich geküsst, ich verbrannte vor Liebe. Wenn du wüsstest! Aber es ist eine viel zu lange Geschichte …!« Und plötzlich fällt mir etwas ein, er könnte mich auf seinem Rücken schnell nach Thera tragen, aber als ich es zu Ende denke, ist er bereits fort. Es sind scheue Tiere, und sie sind immer ruhelos. Schade …

Ich habe es aber nicht mehr sehr weit, und ich bin nicht wie er, nein. Ich war tausendmal lebendiger als er, ich konnte sprechen, ich konnte ihm an dem Tag, als uns *Tijon* zusammenführte, erklären, dass ich mich um seinen Enkel kümmern würde, und jetzt werde ich ihn wieder sehen, das Meer wird uns nun für immer vereinen, schnell, ich muss mit aller Kraft vorwärts kommen, ehe die Dunkelheit in der Tiefe des Meeres meine müden Augen mit ihrem Wellenspiel aus Opal und Schatten täuscht oder ich mich in den Algen verfange, er wartet auf mich. Diese Schildkröte da, die bestimmt viel älter ist als ich und so viele Dinge gesehen haben muss, scheint noch überraschter zu sein als der Delfin ... »Ja, Schwester, meine Brüste hängen nun schlaff herab, aber sie waren einmal stolz und fest, bis in die Spitzen genossen sie die Zärtlichkeiten des Mannes, seine Finger und Lippen, sogar seine Bisse, und den süßen Mund meiner Kleinen, die mit zahnlosem Gaumen von meinem Leben saugte. Welche Wonne! Die kindlichen Händchen klammerten sich an einen Busen und zerkratzten ihn, während das Mündchen an dem anderen saugte, die Knopfäuglein schlossen sich selig, und das kleine perlmuttweiße Gesicht färbte sich rosig und ließ schließlich los wie ein gesättigter Blutegel. Ja, dafür waren meine Brüste gut, um Leben zu spenden und Liebe zu entflammen ... Du wirst mich verstehen können, du, die fast menschliche Tränen vergießt, wenn du ein Loch im Sand gräbst, dich öffnest und dich zerreißt, um deine Eier zu legen, Schwester Schildkröte, ich habe euch in der Nacht beobachtet.«

Ich werde schon wieder müde, meine Muskeln erschlaffen, das gefällt mir, denn so spüre ich das Leben noch, ich brauche nicht zu essen, aber ich schlafe ein. Ich muss ihn finden, er wird mich trotz meiner Verwandlung sofort erkennen. Wenn er mich Sirene nannte, lächelten die anderen und hielten es für einen Kosenamen, nur er wusste, dass es die Wahrheit war. Ich muss ihn finden, mich neben ihm auf dem von der Meeresströmung gewellten Sand ausruhen, sie wird in der fast hermetisch abgeschlossenen Bucht nicht allzu stark sein, dort werde ich ihn umarmen und in aller Ruhe neben ihm schlafen. Ich muss gleich da sein, dann werden wir uns langsam zusammen auflösen, zum Glück haftet an meinen menschlichen Fasern noch die Erinnerung. Es wäre schrecklich gewesen, wenn ich mich in eine Sirene zurückverwandelt hätte, die keine Erinnerung mehr hat! Wie als ich mich in eine Frau verwandelte und mich nicht mehr an das Meer erinnern konnte. Ich will mein Leben neu leben, ich will es ihm noch einmal in aller Ruhe erzählen können, wie damals, als wir uns nach der Liebe unterhielten, ich will mein ganzes Leben ein letztes Mal zurückrufen mit allem, auch dem Schmerz, rücksichtslos! »Du bist genauso stark wie ich«, sagte Uruk immer. Ich will auch die anderen in mein Gedächtnis zurückrufen, all die, die mich zu ihm führten, die mich für ihn formten … Zeugte mich mein Vater Nereus vielleicht mit einer Sterblichen? Liebe ich die Menschen deshalb so sehr, dass ich wie sie sein wollte? … Liebster, ich komme, ich bin gleich da … Der erste Tag! Ich liebte dich, noch ehe du mich liebtest, seit ich den Seemann sah, der in der schlichten Tunika aus der *Jemsu* stieg, und wusste, dass du es warst. Selbst nackt warst du ein Herr, immer eine vornehme Erscheinung. Wie groß kann ein Mann doch sein, wenn er ein ganzer Mann ist, und du warst der größte von allen, der männlichste! Mit dir erfüllte sich mein Schicksal, ich wusste es sofort, und jetzt werde ich das deine sein. Ich gehe dorthin, wo du bist, um meinen Körper mit dem deinem zu vereinen, der auf mich wartet, mit diesen Füßen, die gemacht wurden, um auf den Planken der Schiffe zu gehen, diesen Locken, die ich um meine Finger wickelte, ich werde dein Leichentuch öffnen, du brauchst es nicht mehr, weil ich auf dich aufpassen werde, ja, indem ich dir meinen Körper gebe, meinen Körper, der noch lebt, weil er nicht unsterblich ist …

Wie schwarz die Felsen trotz der hellen Sonne sind! Es besteht kein Zweifel mehr, ich habe Thera erreicht. Hohe Klippen, keine der anderen ockerfarbenen, fahlroten, sepiafarbenen, rotvioletten und gelben Inseln sieht so aus, keine ist so dunkel. Diese Gruft aus Basalt hast du dir verdient, das ist Thera, ich schwimme durch die nördliche Öffnung in die Bucht, ich bin gleich da, ich tauche unter, da drüben ist Apronisi, wo wir angelegt hatten, und da bist auch du, ich brauche nur noch unterzutauchen, es wird leicht sein, dich zu finden, zu dir komme ich, immer tiefer. Aber wo ist der Grund? Warum ist der Felsen so steil? Ich dringe weiter in die Tiefe vor, es wird immer dunkler, das Wasser wärmer …

Das Wasser wärmer? … Wie konnte ich das vergessen? Der

schwarze Basalt, der kreisförmige steile Felsen, das warme Wasser ... Der Krater eines Vulkans! Ich hatte doch gehört, dass diese Insel durch einen Vulkanausbruch entstanden war, wie Thera und Therasia, die den Kreis schließen. Es stand so geschrieben, jetzt wird mir alles klar. Du hast dir dieses Grab verdient, es war kein Zufall, dass du hier gestorben bist, die Mutter der Erde wollte es so, deshalb der sibyllinische Spruch auf Psyra: »Akzeptiere, was du dort vorfindest.« Wie sollte ich es nicht akzeptieren? Aber jetzt musst du auch mich akzeptieren, o göttliche Mutter! Ich folge dir, Ahram, du wartest nicht vergeblich, jetzt weiß ich, dass es keinen Grund gibt, dass du in ihrem Schoß ruhst ... jetzt ist es nicht mehr Dunkelheit, sondern pechschwarze Finsternis, das Wasser wird dichter und bremst meine Bewegungen, meine Arme und mein Fischschwanz erlahmen, ich dringe durch ein Meer aus dunklem Quecksilber vor. Es versucht, mich aufzuhalten, aber vergeblich, es wird nicht stärker sein als mein junges Herz. Verliebte Herzen altern nicht, nichts wird mich aufhalten, höchstens zerreißen können ... dieser Druck auf dem Arm, meine Schläfen drohen zu zerplatzen, meine Brüste sind nicht mehr schlaff, sondern eingedrückt, ich spüre eine eiserne Hand gegen meine Rippen, aber ich dringe weiter vor, Ahram, in die Tiefe, bis wir uns in Ihrem Schoß vereinen, die größer als alle Götter und Menschen ist. Dieses Tor im Vulkan führt in die Mutter aller Grotten, es ist für dich bestimmt, weil du das Feuer warst, und dieser Gedanke fasziniert mich, berauscht mich, ich steige nicht hinab, sondern hinauf! Wie damals, als mir deine Liebe die Sinne raubte, als du mich zum Schwindel führtest, diese Umarmung des Meeres erinnert mich daran ... Ich weiß, dass es das Ende ist, dass ein Gott jetzt umkehren würde, aber ich bin eine verliebte Frau, ich bin sterblich! Was für ein Wunder! Ein Gott würde entsagen, ihnen ist kein Heldentum beschieden. Nur auf dem Altar des Todes wird man zum Helden, vorwärts in dieser erstickenden Umarmung der Wassers ... und des Feuers ... Deine brennenden Arme heben mich zum höchsten Quell ... Tiefer und tiefer! Weiter als die Götter, zu dir getrieben durch die Liebe im Tod, die kein Unsterblicher je erleben wird!

Dank

Ich danke den ersten Lesern meines Manuskripts für ihre Meinung: Dai, Lourdes, Marla, Montse, Pepa und José Ricardo, vor allem aber Gloria für die Unterstützung und Ermutigung während der letzten beiden Jahre meiner Arbeit.

Und ebenso bedanke ich mich bei den *Umständen:* fünf Mal ein Ambiente, das mit A beginnt und mir Zuflucht gewährte: Alhama de Aragón, Alicante, Aranjuez, Aravaca und Andorra mit seiner fürstlichen Gastlichkeit.

J. L. S.

Anhang

Über die Sirenen und ihre Welt

Die Sirenen des antiken Griechenland waren große Vögel mit dem Kopf und den Brüsten einer Frau, aber da wir uns später an die Fischfrau der nordischen Mythologie gewöhnt haben, fand ich es angebracht, meine Sirene nach modernen Vorstellungen zu gestalten.

Abgesehen von dieser bewussten historischen Ungenauigkeit hoffe ich, bei der Beschreibung der großen Zusammenhänge und historischen Ereignisse der antiken Welt im dritten Jahrhundert unserer Zeitrechnung keine allzu großen Fehler begangen zu haben. Die erwähnten römischen Kaiser und persischen Könige haben tatsächlich existiert, ebenso die Fürsten von Palmyra und deren Gefolgschaft wie weitere Persönlichkeiten, die im Buch nur eine untergeordnete Rolle spielen: der Statthalter Tenaginus Probus, der Aufwiegler Antoninus von Kanopos, der reiche Kaufmann Firmus und andere. Odaenathus' gewaltsamer Tod durch Zenobia ist nicht bewiesen, aber einige Autoren stützen meine Version. Trotzdem war es nie meine Absicht, einen historischen Roman zu schreiben, sondern Liebe und Macht, die beiden großen Leidenschaften aller Zeiten, besser verstehen zu lernen.

Einzelheiten des alltäglichen Lebens der damaligen Zeit verstehen sich aus dem Kontext, Fußnoten erübrigen sich. Ich möchte hier nur auf die Funktionen einiger öffentlicher Ämter eingehen. Der *agoranomos* war für die Sicherheitskräfte auf den Märkten zuständig, der *arabarches* ein Oberhaupt der jüdischen Gemeinde, der *archidikastes* ein Richter; der *dioichetes* und der *eutheniarchos* waren für die öffentlichen Finanzen verantwortlich; der *gymnasiarchos* war der Leiter des Gymnasiums, und der *kosmetor* kümmerte sich um die Epheben, die im Alter von achtzehn Jahren in Griechenland an den Waffen ausgebildet wurden und sich auf die Pflichten eines

Bürgers vorbereiteten. Der *nauarchos* war der Befehlshaber der römischen Flotte, und der Epistratege hatte den Rang eines Oberbefehlshabers, ihm unterstanden die vier römischen Gouverneure Ägyptens. Zudem möchte ich daran erinnern, dass die griechische *hetaira* keine legitime Ehefrau, aber auch keine Konkubine oder Prostituierte, sondern Gefährtin und Freundin eines Mannes war wie die berühmte Aspasia für Perikles.

Die großen geschichtlichen Ereignisse der Epoche sind ab der Gründung Roms datiert, was einfacher war, als sich auf die Olympiaden oder die Krönung römischer Kaiser zu stützen. Dagegen werden die Monate des ägyptischen Kalenders benutzt, dessen Neujahrstag (der erste Tag im Monat *thoth*) sich alle vier natürlichen Jahre um einen Tag verschob, weil er von dem Erscheinen des Siriussterns (Soptet) abhing, der an derselben Stelle des Horizonts aufging wie die Sonne. Mit Hilfe der Zeittafel, in der die römische und die christliche Zeitrechnung dargestellt werden, kann sich der Leser chronologisch zurechtfinden.

Viele fesselnde und bereichernde Bücher haben mir geholfen, mich in diese Welt zu versetzen, die so spiralförmig parallel zu der meinen erscheint. Zahllose Details verdanke ich der wunderbaren *Antologia Palatina* (Biblioteca Clásica Gredos), in der auch das Epigramm von Alceus abgedruckt ist, das ich im einundzwanzigsten Kapitel benutzte, nachdem ich mir die Freiheit genommen hatte, kleine Veränderungen in der korrekten Übersetzung von Manuel Fernández Galiano vorzunehmen, um sie meinem Text anzupassen. Abgesehen von den Büchern bediente ich mich auch des Archivs unseres Archäologischen Nationalmuseums, und noch mehr erfuhr ich aus Gesprächen mit dessen Direktor José María Luzón, der sich ausgezeichnet in der antiken Seefahrt auskennt, und dem Archäologen Javier Arce, heute Direktor der Spanischen Akademie in Rom. Beiden gilt mein Dank; für eventuelle Fehler zeichne ich allein verantwortlich.

J. L. S.

Vergleichende Zeittafel

für die Jahre ab der Gründung Roms und die der entsprechenden christlichen Zeitrechnung mit den wichtigsten historischen Ereignissen

Jahr nach römischer Zeitrechnung	christlicher Zeitrechnung	
1010	257	Christenverfolgung durch Kaiser Valerian. Angriffe der Perser.
1011	258	Odaenathus, Fürst von Palmyra, wird zum Konsul ernannt.
1012	259	Cassianus Postumus Gegenkaiser in Gallien. Tiridates II. erobert Armenien zurück.
1013	260	Valerian von Schahpur I. geschlagen und gefangen genommen.
1014	261	Gallienus wird römischer Kaiser.
1015	262	Odaenathus besiegt die Perser.
1016	263	Der römische Senat überträgt den Militärs die Macht.
1017	264	Inflation in Rom. Aufstände in Afrika.
1018	265	Die Christen in Afrika sagen sich vom römischen Bischof los.
1019	266	Odaenathus' Siegeszug und Expansion Palmyras.

Jahr nach römischer Zeitrechnung	Jahr nach christlicher Zeitrechnung	
1020	267	Odaenathus wird ermordet. Die Goten überfallen und plündern Athen.
1021	268	Claudius Goticus wird Kaiser. Zenobia bricht mit Rom und besetzt Syrien.
1022	269	Claudius besiegt die Goten.
1023	270	Zenobia erobert Alexandria.
1024	271	Aurelian schlägt Zenobia und belagert Palmyra.
1025	272	Schahpur I. stirbt. Ihm folgt Hormizd I. auf den Thron.
1026	273	Palmyra erhebt sich erneut gegen Rom und wird zerstört. Hormizd I. stirbt, ihm folgt Bahram I.
1027	274	Aurelian führt Zenobia in seinem Siegeszug als Gefangene durch Rom.